半澤幹一
津田　潔　著

対釈新撰万葉集

勉誠出版

はじめに

本書は、『新撰万葉集』上巻の全注釈である。

『新撰万葉集』（別名『菅家万葉集』）は上下二巻から成り、その別名が示すごとく、古くから菅原道真撰とされてきた。しかし、上巻序文には寛平五（八九三）年、下巻序文（ただし巻末）には延喜一三（九一三）年と記されてあり、これらを信じるならば、下巻は上巻が成立してから二〇年後に編まれたことになり、上巻が道真によることはありえるとしても、下巻は道真の死後となるので、別人の手になると考えざるをえない。

また、上下巻とも収録歌の多くが日本最古期の歌合とされる寛平御時后宮歌合の歌と重なり、さらにそれらが古今和歌集にも収められているところから、少なくとも上巻は、序文にある寛平五年か否かはともかく、古今和歌集撰進の延喜五（九〇五）年までにはまとめられたのではないかと推定される。

ただ、原本はいまだ発見されず、最も古い写本としても、文永一一（一二七四）年書写という奥書のある、久曾神本と呼ばれる一本であり（ただし所蔵の関係で、その実物は一般には公開されていない）、他の諸本は年代不明か江戸時代のものである。諸本は、原撰本系と流布本系の大きく二つに分けられ、このうち原撰本系には久曾神本と永青文庫本の二本の写本、流布本系には写本（林羅山本・京大本・書陵部本など）と版本（寛文本・元禄本・文化本など）が合わせて十数本ある。

『新撰万葉集』は、和歌（短歌）一首に漢詩（七言絶句）一篇を付け合わせたものであり、上巻に一一九組、下巻に一五九組の、合わせて二七八組から成る。それらが上下巻とも、『寛平御時后宮歌合』と同じく、春・夏・秋・冬・恋の五つの部立に分けられ、秋の部以外は二〇組ずつ、ほぼ均等に配され、下巻にはさらに女郎花の部が加わる。

このうち、本書が上巻のみを取り上げるのは、分量や労力の問題を別にすれば、二つの理由がある。一つは、本集下巻は成立年代や編者が上巻よりもはるかに不確かなことであり、文学史的な定位が困難ということである。もう一つは、下巻の漢詩はそれ自体として成り立ちえないほどの傷を持つものが多く、注釈に耐えないということである。

和歌を題として漢詩を作るという趣向は、その逆の、漢詩の一句を題として和歌を作る、いわゆる句題和歌に比べれば少ないものの、後代まで行われた。『新撰万葉集』はその先駆となるものであって、平安当初の、文学の中心が漢詩から和歌に移行しつつある文学状況や菅原道真という和漢に長けた人物の存在を考えれば、『新撰万葉集』という歌集は、その頃にまさに生まれるべくして生まれた作品であると言える。

その意味で、本集は文学史的にはきわめて重要な位置付けをなされてきたが、その研究はかつては必ずしも活発とは言えない状況にあった。その理由としては、次の三点があげられる。

第一に、テキストの問題から、その成立年あるいは編者に関しての確証が得られなかったことである。第二には、和歌については、その多くが古今集をはじめとした勅撰集に収められてあり、それらの注釈があれば、あえて本集独自の注釈の必要性が認められなかったことである。第三には、漢詩について、その作者の多くが菅原道真の門人によるものとみなされ、作品そのものの出来が高く評価されなかったことである。

しかし、小島憲之氏をはじめとした和漢比較文学研究者によって、『新撰万葉集』の和歌と漢詩の対応関係の如何が取り上げられるようになり、また高野平『新撰万葉集に関する基礎的研究』（風間書房、一九七〇）や、浅見徹・木下正俊編『新撰万葉集　校本篇』『同　索引篇Ⅰ　和歌索引』『同　索引篇Ⅱ　序・漢詩索引』（私家版、一九八一・一九八三・一九八九）などの基礎資料が整うのを契機にして、以前にはないほどの研究が文学的にも語学的にも行われるようになり、二〇〇五・二〇〇六年には新撰万葉集研究会編『新撰万葉集注釈　巻上（一）』『同　巻上（二）』（和泉書院）が出版されるまでに至った。

このような状況の中、我々も本書の基盤となる「注釈稿」を、一九九四年以降、毎年度、二人の勤務先の紀要に発表し続けてきた。今回、一書とするにあたり、「注釈稿」では及ばなかった恋の部の注釈を加えたこと以外に、先行する新撰万葉集研究会編の注釈もふまえて、次の三点に重点を置き、『新撰万葉集』の新たな注釈書としての意義を示すことにした。

その第一は、本書では、和歌と漢詩の比較対照をあくまでもメインの目標に据えたことである。書名に耳慣れない「対釈」の語を冠したのも、それを明示せんとするゆえである。その目標を達成するために、和歌と漢詩それぞれ別個に、一通りの注釈を行うにとどまることなく、各組の注釈の最後に【比較対照】の欄を設け、漢詩作者が題となる和歌をどのようにとらえ、それに基づき、どのように漢詩を作ったのかについて、和漢一組の作品として、あえてその評価にまでふみこんだ検討を加えた。

第二には、和歌であれ漢詩であれ、その語釈には徹底的な用例主義をとり、それぞれの語句の意味・用法を、それぞれの表現史の中に位置づけようとしたことである。そのうえで、和歌はその多くが寛平御時后宮歌合あるいは古今和歌集所載の歌と重なるが、それらにおける配列などの意図とは切り離し、また、漢詩からの影響という点に考慮しつつも、まずは表現自体からニュートラルにその作歌状況を想定して検討し、漢詩のほうはそれとしてのセオリーをふまえつつも、日本人作詩者ならではの、和歌の解釈、詩表現の創造のありようを考慮しながら検討した。

第三には、注釈の基盤となる本文および訓について、現在、閲覧可能な諸本すべてを再確認し、厳密と適正を期したことである。漢詩はともあれ、本集の和歌は、漢詩と合わせるかのように、万葉集と同じく真名書き表記されているのが特色であるが、それゆえに訓みに揺れが生じることがあり、その揺れが漢字使用の習熟にともない万葉集以上に多様に見られる。テキストはもとより厳密に尊重する一方で、底本に従うのみではなく、解釈との兼ね合いで、より適正な本文のありように関する考察を試みた。

以上のようなねらいを込めた本書が、『新撰万葉集』に関する、さらには古代和歌、日本漢詩、和漢比較における新たな研究のきっかけとなり、今後さまざまな議論が展開されるようになることを願ってやまない。

なお、本書の出版にあたっては、平成二六年度科学研究費補助金研究成果公開促進費「学術図書」（課題番号・２６５０４１、代表者・半澤幹一）の助成を受けることができた。

目次

はじめに…(1)
凡　例…(6)
『新撰万葉集』上巻和歌初句一覧…(9)

『新撰万葉集』上巻注釈

序…1
春歌　廿一首…29
夏歌　廿一首…171
秋歌　三十六首…317
冬歌　二十一首…557
恋歌　二十首…693

関連論文

上巻全体の和歌と漢詩の対応関係…819
『論語』子罕篇「歳寒の松」の解釈とその受容について…839

注釈語索引…左1

凡例

一　底本には、寛文七年版本を用い、構成・配列もそれに従った。和歌と漢詩の一組ずつに付した番号は、浅見徹・木下正俊編『新撰万葉集　校本篇』による。

二　注釈は、和歌・漢詩とも、本文・訓、校異、通釈、語釈、補注から成り、その後に和漢の比較対照の欄を設けた。頁上段に和歌、下段に漢詩の注釈を示し、比較対照は一段組みとした。
なお、和歌と漢詩で注釈の長さに差が生じた場合には、以下の措置を施した。すなわち、同ページの範囲で、和歌のほうが長い場合には、「＊」の記号に対応する、下段の余白に続け、漢詩のほうが長い場合には、「※」の記号に対応する、上段余白に続けた。それ以上の長さの差がある際には、次のページに、和歌であれ漢詩であれ、上段から下段につながるようにした。

三　本文および訓は基本的には底本に従うが、本文漢字の字体については、現代常用漢字表内にある漢字の場合はその字体に統一し、表内にない場合は異体・別体も含め、正字に統一した。

四　訓については、本集および他の資料、解釈などにより、底本とは異なるものを採ることもある。その理由については、該当の語釈あるいは補注で説明した。漢詩の訓読については、底本および元禄九年版本の読みを基本としつつ、他の諸本の訓を参照して、適切と思われるものを採用した。近世より以前に遡ることはないが、歴史的価値を尊重したことによる。そのため、通釈や語釈とは対応していない場合がある。括弧を付した部分は私に補った部分であり、カタカナは音訓（原則として漢音）を、ひらがなは和訓を意味する。

五　校異には、次の一五本のテキストを参照した（括弧内は、注釈において用いる略称）。なお、和歌の付訓状態を合わせて示す。
〔流布本系〕

〈版本〉

寛文七年版本（底本）…本文右傍にカタカナ表記で原則的にはすべての漢字に振られる。部分的に左傍に異訓あるいは異文あり。

元禄九年版本（同上）・元禄一二年版本（同上）・文化一三年版本（文化版本）…底本に同じ付訓。

群書類従所収版本（類従本）…付訓なし。

無窮会蔵八雲軒版本（無窮会本）…本文右傍にカタカナ表記でほとんどに振られる。

日本詩紀収版本（詩紀本）…和歌の記載なく、漢詩本文のみ。

〈写本〉

内閣文庫蔵和学講談所写本（講談所本）・京都大学文学部蔵写本（京大本）・大阪市立大学蔵写本（大阪市大本）・天理図書館蔵写本（天理本）・書陵部藤波家写本（藤波家本）・内閣文庫蔵林羅山写本（羅山本）・下澤文庫蔵写本（下澤本）・道明寺蔵写本（道明寺本）…いずれも、本文右傍にカタカナ表記で、本や歌により程度差はあるが、ほとんどの漢字に振られる。

〔原撰本系〕

永青文庫蔵細川家写本（永青本）・久曾神氏蔵原撰写本（久曾神本）…ともに付訓なし。

これらのテキストは、すべて原本を撮影して電子化したものを、各和歌・漢詩ごとに一覧できるデータとし、それを資料として確認を行った（ただし、久曾神本については、翻刻活字化された久曾神昇『新撰万葉集と研究』による）。校異欄には、それらにおける全異同を示すのではなく、解釈に関わるとみなされる主要な異同のみを取り上げた。

六　通釈は本文に即しつつ、理解の便宜を図り、適宜括弧書きで言葉を補って、文脈が通るように心がけた。語釈は、和歌は原則として句単位、漢詩は語単位で、すべてを立項し、それぞれの語句の意味・用法を検討した。
その際に参照した資料は多岐にわたるが、和歌においておもに利用したものは次のとおりであり、いちいちの引用にあたっては細かい書誌事項の記載を省略した。
〈辞典・索引〉
日本国語大辞典第二版（小学館）・古語大辞典（小学館）・岩波古語辞典（岩波書店）・時代別国語大辞典上代篇（三省堂）・日本文法大辞典（明治書院）・和歌植物表現辞典（東京堂出版）
萬葉集総索引単語篇（平凡社）・八代集総索引和歌自立語篇（大学堂書店）・新編国歌大観ＣＤ―ＲＯＭ版など
〈テキスト〉
萬葉集訳文編（塙書房）・新編国歌大観（三省堂）・平安朝歌合大成（同朋社出版）・私家集大成（明治書院）など
〈注釈〉
新撰万葉集研究会編『新撰万葉集注釈　巻上（一）』『同　巻上（二）』（和泉書院→ともに『注釈』と略す）・高野平『新撰万葉

集に関する基礎的研究』（風間書房）・古今和歌集（岩波古典文学大系本・岩波新古典文学大系本・小学館古典文学全集本・新潮古典集成本・完訳日本の古典など）・窪田空穂『古今和歌集評釈　新訂版　上・中・下』（東京堂出版↓窪田評釈と略す）・竹岡正夫『古今和歌集全評釈　上・中・下』（右文書院↓竹岡評釈と略す）など

漢詩においておもに利用したものは、次のとおりである。

〈辞典・索引〉

大漢和辞典（大修館書店）・大字源（角川書店）・漢和大字典（学習研究社）・全訳漢辞海（三省堂）・漢語大詞典（漢語大詞典出版社）・古辞辨（吉林文史出版社・中華書局）・故訓匯纂（商務印書館）・校正宋本広韻（藝文印書館）・書道大字典上下（角川書店）など。

日本詩紀本文と総索引・千載佳句漢字索引・和漢朗詠集漢字索引（以上、勉誠出版）・本朝文粋漢字索引（おうふう）・菅家文草菅家後集詩句総索引（明治書院）・索引本佩文韻府（台湾商務印書館）・文選索引　上下（中文出版社）・玉臺新詠索引（山本書店）・六国史・本朝文粋註釈・十三経・全上古三代秦漢三国六朝文・全唐文・先秦漢魏晋南北朝詩　文選・全唐詩・唐代四大類書（以上、凱希メディアサービス）・台湾ＷＥＢサイト寒泉・中央研究院漢籍電子文献など

〈テキスト・注釈〉

『懐風藻』（岩波古典文学大系）・『凌雲集』（小島憲之『国風暗黒時代の文学　中（中）』）・『文華秀麗集』（岩波古典文学大系）・『経国集』（小島憲之『国風暗黒時代の文学　中（下）』）・『田氏家集注　巻之上中下』（和泉書院）・『菅家文草』（岩波古典文学大系）・『本朝文粋』（柿村註釈・岩波新古典文学大系）・『新校群書類従』第六巻（内外書籍）など

『先秦漢魏晋南北朝詩』（中華書局）・『全唐詩』（中華書局）・点校本二十四史（中華書局）・全釈漢文大系（集英社）・新釈漢文大系（明治書院）・漢詩大系（集英社）・『李白全詩集』・『杜甫全詩集』・『白楽天全詩集』（以上、日本図書センター）など

七　補注では、和歌・漢詩それぞれにおいて、語釈では説明しきれなかった点や、作品全体としての主旨・眼目、あるいは各表現史上の価値などについて、先行研究あるいは注釈などをふまえて論じた。

八　最後の比較対照は、以上の検討に基づいた結論として、和歌と漢詩の対応関係を、それぞれの表現および内容、また個別および全体にわたって論究した。

九　注釈の他に、巻末に、関連論文二本と、注釈語索引を付した。

『新撰万葉集』上巻和歌初句一覧（五十音順）

あきかぜに　こゑをほにあげて（秋風丹　音緒帆丹挙手）……59・秋
　　なくかりがねぞ（秋風丹　鳴雁歟声曾）……46・秋
　　ほころびぬらし（秋風丹　綻沼良芝）……43・秋
あきかぜの（秋風之）……73・秋
あきぎりは（秋霧者）……67・秋
あきのせみ（秋之蟬）……55・秋
あきのつき（秋之月）……62・秋
あきののの　くさのたもとか（秋之野野　草之袂歟）……52・秋
　　ちくさのにほひ（秋之野之　千種之匂）……76・秋
あきのよの（秋之夜之）……48・秋
あきはぎの（秋芽之）……64・秋
あきやまに（秋山丹）……60・秋
あさかげに（朝景丹）……111・恋
あさみどり（浅緑）……3・春
あめふれば（雨降者）……68・秋
あやめぐさ（菖蒲草）……31・夏
いくつなつ（五十人沓夏）……27・夏
いとはれて（被猒手）……109・恋
うぐひすの　すみかのはなや（鶯之　陬之花哉）……20・春
　　われてはぐくむ（鶯之　破手羽裹）……17・春
うぐひすは（鶯者）……12・春
うつせみの（蛻蟬之）……34・夏
うとみつつ（疏見筒）……33・夏
うめのかを（梅之香緒）……11・春
おくやまに（奥山丹）……57・秋
おほぞらの（大虚之）……89・冬
おもひつつ（思筒）……101・恋
おもひわび（思佗）……118・恋
かかるとき（如此時）……19・春
かきくらし　あられふりつめ（攪崩芝　雹降積咩）……83・冬
　　ちるはなとのみ（攪散芝　散花砥而已）……97・冬
かけつれば（懸都例者）……106・恋
かしまなる（鹿嶋成）……102・恋
かすみたつ　はるのやまべに（霞起　春之山辺丹）……16・春
　　はるのやまべは（霞立　春之山辺者）……15・春
かたいとに（片糸丹）……112・恋
かみなづき（十月）……93・冬
かみなびの（甘南備之）……71・秋
からころも（唐衣）……61・秋
かりがねに（雁之声丹）……58・秋
かりがねの（雁歟声之）……50・秋
かりがねは（雁之声者）……54・秋

きみがため（為君）……96・冬
きみこふと（君恋砥）……116・恋
くるるかと（暮歟砥）……29・夏
くれなゐの（紅之）……100・恋
こぞのなつ（去年之夏）……32・夏
ことのねに（琴之声丹）……37・夏
ことのはを（言之葉緒）……78・秋
こひしきに　かなしきことの（恋敷丹　金敷事之）……117・恋
　わびてたましひ（恋敷丹　侘手魂）……110・恋
こひしとは（恋芝砥者）……108・恋
こひわたる（恋亘）……104・恋
こひわびて（恋侘手）……105・恋
こまなべて（駒那倍手）……7・春
こゑたてて（音立手）……70・秋
ささのはに（小竹之葉丹）……80・冬
さつきまつ（蕤賓俟）……28・夏
さみだれに（沙乱丹）……24・夏
しもがれに（霜枯丹）……98・冬
しもがれの（霜枯之）……82・冬
しらくもの（白雲之）……88・冬
しらつゆに（白露丹）……44・秋
しらつゆの　いろはひとつを（白露之　色者一緒）……66・秋
　おりいだすはぎの（白露之　織足須芽之）……49・秋
しらゆきの　ふりてつもれる（白雪之　降手積礼留）……90・冬
　やへふりしける（白雪之　八重降敷留）……85・冬
せみのこゑ（蟬之音）……22・夏
たがさとに（誰里丹）……41・夏
ちぢのいろに（千々色丹）……119・恋
ちらねども（不散鞆）……53・秋
ちるとみて（散砥見手）……2・春
つれなきを（都例無緒）……113・恋
つれもなき　なつのくさばに（都礼裳無杵　夏之草葉丹）……39・夏
　ひとをまつとて（都例裳那杵　人緒待砥手）……103・恋
としふれど（歴年砥）……99・冬
なつくさの（夏草之）……40・夏
なつのよの　しもやふれると（夏之夜之　霜哉降礼留砥）……23・夏
　ふすかとすれば（夏之夜之　臥歟砥為礼者）……26・夏
なつやまに（夏山丹）……36・夏
なにしおはば（名西負者）……72・秋
なにひとか（何人鹿）……69・秋
なみだがは　ながれてそでの（涙河　流被店袖之）……115・恋
　みなぐばかりの（涙河　身投量之）……95・冬
にはかにも（卒尓裳）……63・秋
はなすすき（花薄）……51・秋
はなのかを（花之香緒）……6・春
はなのきは（花之樹者）……4・春

はるがすみ　あみにはりこめ（春霞　網丹張牢）……5・春
いろのちくさに（春霞　色之千種丹）……13・春
たちてくもぢに（春霞　起手雲路丹）……14・春
はるくれば（春来者）……21・春
はるたてど（春立砥）……10・春
はるながら（乍春）……18・春
ひかりまつ（光俟）……81・冬
ひぐらしに（日夕芝丹）……56・秋
ひとしれず（人不識）……114・恋
ひとしれぬ（人不識沼）……42・夏
ひとをおもふ（人緒念）……107・恋
ふくかぜや（吹風哉）……8・春
ふゆさむみ（冬寒美）……84・冬
ふゆなれば（冬成者）……86・冬
ほととぎす（郭公）……30・夏
ほりておきし（掘手置芝）……79・冬
まきもくの（真木牟具之）……9・春
まつのねを（松之声緒）……65・秋
まつのはに（松之葉丹）……87・冬
まれにきて（希丹来手）……74・秋
みづのうへに（水之上丹）……1・春
みよしのの（三吉野々）……92・冬
やまだもる（山田守）……75・秋
ゆきふりて（雪降手）……94・冬
ゆふされば（夕去者）……35・夏
よひのまも（初夜之間裳）……25・夏
よやくらき（夜哉暗杵）……38・夏
よをさむみ（夜緒寒美）……77・秋
わがやどの（吾屋門之）……91・冬
われのみや（吾而已哉）……45・秋
をみなへし（女倍芝）……47・秋

序

新撰万葉集巻之上

夫万葉集者　古歌之流也　非未嘗称警策之名焉　況復不屑鄭衛之音乎

夫《（そ）》れ万葉集《（マンエフジフ）》は、古歌《（コカ）》の流《（ながれ）》なり。未《（いま）》だ嘗《（かつて）》より警策《（ケイサク）》の名《（な）》を称《（ショウ）》せざるには非《（あら）》ず、況《（いはむ）》や復《（ま）》た鄭衛《（ティエイ）》の音《（イン）》を屑《ものかず》にもせざるをや。

【校異】
京大本・大阪市大本・天理本は、いわゆる序文を欠く。「万葉集者」を、永青本・久曾神本「万葉者」に作る。「警策之名」を久曾神本欠く。「乎」を、永青本補入する。

【通釈】
そもそも万葉集は、古歌の系統に属する。今までに傑作であるという名声が上がらなかったことがないし、ましてや、人を夢中にさせて国が滅びるという鄭衛の新楽など気に掛ける必要もない程だ。

【語釈】
夫　そもそも、の意。文頭に置き、以下の議論の話題を提示する。陸機「豪士賦序」の冒頭に「夫立徳之基有常、而建功之路不一」（『文選』巻四六）、顔延年「三月三日曲水詩序」の冒頭に「夫方策既載、皇王之迹已殊」（『文選』巻四六）とある。**万葉集者**　「万葉集」は、通説で奈良時代末に大伴家持が編集したと言われる私撰和歌集のこと。「者」は、名詞の後に置き、その名詞が主語であることを明示する。「マンエフジフ」の読みは、呉音。漢音ならば、「バンエフシフ」。**古歌之流也**　「古歌」は、古くからの伝誦歌、古人の詠歌。「古」は、「古典」の語があるように、正統的なということであり、ここは以下の「鄭衛之音」と対立する。『万葉集』題詞に「古歌曰」（巻一六・三八二二）、「古今集仮名序」に「万葉集に入らぬ古き歌」とあり、それに対応する「真名序」には「古来旧歌」とある。なお中国においては、唐代以後の語。「流」とは、系統、流派の意。班固「両都賦序」の冒頭に「或曰、賦者、古詩之流也」（『文選』巻一）、皇甫謐「三都賦序」に「詩人之作、雑有賦体。子夏序詩曰、一曰風、二曰賦。故知賦者、古詩之流也」（『文選』巻四五）、晋・摯虞「文章流別論」に「賦者、敷陳之称、古詩之流也」、白居易「賦賦」に「賦者、古詩之流也」とある。この冒頭の一節の背後に「賦」と『毛詩』との関係を窺わせることで、『万葉集』が中国の『毛詩』に匹敵する存在であることを述べる。菅原道真「未旦求衣賦」に「勅曰、賦者古詩之流、詩蓋志之所之」（『本朝文粋』巻一）とある。なお、昭明太子「文選序」に「若其紀一事、詠一物、風雲草木之興、魚虫禽獣之流、…又詔誥教令之流、表奏牋記之列、…老荘之作、管孟之流」とあり、「古今集仮名序」に「小野小町は古の衣通姫の流なり」、「古今集真名序」に「小野小町之歌、古衣通姫之流也」、紀貫之「新撰和歌序」に「慶賀哀傷、離別羈旅、恋歌雑歌之流、各又対偶」（『本朝文粋』巻一一）とある。「流也」には、底本に訓合符がある。　**非未嘗**　「未嘗」を用いた二重否定の句法は、「未嘗不」（『文鏡秘府論』北巻・論対属・句端にも「若逢見其事、則必如此也」の例としてこの句が挙がる）を用いるのが普通であり、極めて珍しい語法だが、『淮南子』繆称訓に「今謂狐狸、則必不知狐、又不知狸。非未嘗見狐者、必未嘗見狸」とある。それに依れば、今までに～したことがないというだけではなくて、と以下に繋がっていく語勢を表すが、ここは、下の「焉」と連動して、直接次文には接続せず、「未嘗不」と同じ意味を表す。当序文に多くの語句を提供する昭明太子「文選序」にも「未嘗不心遊目想、移晷忘倦」とある。　**称**　名を上げる、評判となる、の意。　**警策之名**　「警策」とは、曹子建「応詔詩」に「僕夫警策、平路是由」（『文選』巻二〇）とあるように、馬に策（ムチ）を当てることが原義。それを、陸機が「文賦」に「立片言而居要、乃一篇之警策」（『文選』巻一七）と用いて、詩文中の感動的な要の語句を指すようになった。馬に鞭を当てると疾駆するように、文章もその一言で文意が明確になるからだと李善は言う。中国においては時代が下っても、例えば、白居易「呉郡詩石記」に「韋在此州、歌詩甚多。有郡宴詩云、兵衛森画戟、燕寝凝清香。最為警策」、同「唐故虢州…墓誌銘」に「前後著文集凡若干巻。尤工五言七言詩。警策之篇、多在人口」、同「与劉蘇州書」に「然得雋之句、警策之篇、多因彼唱此和中得之、他人未嘗能発也」とあるように意味が拡散することはないが、日本においては更に意味が拡大され、優れた人柄などの意にも用いられる。「きゃうさく」「かうざく」「けいさく」等と表記される。呉音では「キャウシャク」、漢音では「ケイサク」。真済「性霊集序」に「兼摭唐人贈答、稍挙警策、雑此帙中。編成十巻」、菅原道真「七夕応製」詩の注に「詩情委頓、忝上絶句。況非警策、伏増厚顔」（『菅家文草』巻五）、大江朝綱「論運命対策」に「筆有苦耕、雖歎進退之為牛後、詞無警策、何思文章之立駱前」（『本朝文粋』巻三）とある。「名」は、名誉、名声の意。　**況復**　下の「乎」と連動して、いわゆる抑揚形を形作る熟語。ある状況を説明する文脈において、更に程度の激しい条件を補足する。『文鏡秘府論』北巻・論対属・句端に「更論後事、以足前理也」の語例としてある。「後事」である「不屑鄭衛之音」を論じて、「前理」である万葉集は素晴らしいということの「足し」にするのであるが、一般的にあまり価値のないものとされる「新楽」の「鄭衛之音」を比較の対象としても、効果は期待できないのではないか。「鄭衛之音」は、後述するように非難の対象になりこそすれ、価値あるものとみなされることは無いからである。底本等に訓合符と送り仮名がある。なお、**【補注】**参照。　**不屑**　「屑」とは、『玉篇』や『広韻』に「労也」とあるように、あれこれ気に掛ける、悩む、の意。『後漢書』馬援伝に「廖性質誠畏慎、不愛権執声名、尽心納忠、不屑毀誉」とあり、李賢注には「王逸注楚詞云、屑、顧也」とある。『晋書』隠逸伝・翟湯に「篤行純素、仁譲廉潔、不屑世事、耕而後食、人有饋贈、雖釜庾一無所受」とある。真済「性霊集序」に「余少小也、頗貴先氏之風。志学之後、楽寂歴而不屑此事」、紀長谷雄「山家秋歌其四」に「卜居山水息心機、不屑人間駿是非」（『本朝文粋』巻一）とある。ここの「不屑」は、対語の「嘗称」に対応させるために用いた衍字に近く、「況復鄭衛之音乎」とした方がずっと意味が分かりやすい。**鄭衛之音**　いわゆる「古楽」（クラシック）に対する「新楽」（ロックなどのポピュラーミュージック）のこと。『礼記』楽記に「鄭衛之音、乱世之音也」とあり、更に魏文侯が子夏に、正装をして古楽を聴くと眠くなり、「鄭衛之音」を聴くと夢中になるのは、何故か。古楽は何故あのようにつまらなく、新楽は何故あのように面白いのかと尋ねると、子夏は、古楽は本質的に和正であるから天下泰平をもたらすが、新楽は濫溺なので男女父子の区別もなくなる。今あなたの好む音楽は、溺音ではないのかと答えた。すると文侯は、では溺音はどこから生じたのかと問うと、子夏は「鄭音好濫淫志。宋音燕女溺志。衛音趨数煩志。斉音敖辟喬志」と答える。鄭の音楽は、姦淫を好んで志を淫らにし、衛の音楽はせかせかして志をかき乱すのである。則ち、人の心をかき乱してそれに夢中にさせる音楽であり、ひいては乱世や亡国に繋がりかねないと為政者達を危惧させるような音楽を言う。こうした音楽観は中国では一貫しており、音楽に造詣が深いこと唐代詩人随一の白居易でも、基本的姿勢（あるいは建前上は）は変わらない。例えば、著名な「琵琶行」を見れば、白居易が如何に当時の音楽に造詣が深く、夢中になっていたかが分かるが、「秦中吟　五絃」詩に「嗟嗟俗人耳、好今不好古、所以緑窓琴、日日生塵土」、「新楽府　五絃弾」詩では「人情重今多賤古、古琴有絃人不撫」、「新楽府　華原磬」詩に「梨園弟子調律呂、知有新声不如古」といって、いずれも新声・新楽の流行を述べて、古楽の衰退を嘆いている。「新楽府　立部伎」の主題は「雅楽の替（すた）るるを刺（そし）るなり」（自序）であり、「新楽府　五絃弾」詩の主題は、まさに「鄭の雅を奪ふを悪（にく）むなり」（自序）であった。伝統音楽が流行の歌舞に取って代わられるのがなぜ悪であるのかは、「新楽府　胡旋女」あるいは「新楽府　法曲」詩に「法曲法曲合夷歌、夷声邪乱華声和。以乱干和天宝末、明年胡塵犯宮闕」とあるように、異国から流入する新楽が、安禄山と楊貴妃の跋扈と結びつけられたからであり、それが亡国の音だという古典の主張と容易に合致したからであった。白居易の策林にも「二十一、人之困窮、由君之奢欲」に「君之耳目、雖惱鄭衛之音、厭燕趙之色」、同「六十四、復楽古器古曲」に「臣故以為銷鄭衛之声、復正始之音者、在乎善其政、和其情、不在乎改其器、易其曲也。故曰、楽者不可以偽、唯明聖者能審而述作焉」とある。

【補注】

最初に確認しておきたいことは、我々がこの文章を「新撰万葉集」の序文だと言っているだけであって、この文章自体に「序」「序文」というタイトルを持っている諸本はないということである。

本書の書名の一部である「万葉集」が、世間から高く評価されていることの記述から始まる。しかし、皇甫謐「三都賦序」などが、子夏の『毛詩』

大序を踏まえて「故知賦者、古詩之流也」と言うとき、「古詩」は明らかに『毛詩』を指すけれども、ここの「万葉集」は、下敷きになっている文脈で言えば「賦」に過ぎないわけで、古歌の末裔であるといっているだけだということは留意しておかねばならない。だから、次の「非未嘗称警策」以下の文が必要になるのだ、と言うことも出来よう。

抑揚形とは、基本的に「A猶（尚・且）…、況B乎（哉）」という形をし、それを「Aスラ尚…、況ヤ（復タ）Bオヤ」と読んで、「Aという条件でさえも…なのだから、ましてBなら尚更…だ」という意味を表す。ここで強いてそれに当てはめてみれば、Aに相当するのは「古歌之流」で、「…」が「非未嘗称警策之名焉」、Bが「鄭衛之音」と考えられるから、「あの評価の高い古歌の類においてさえ、警策と言われたのだから、新楽の中であれば、尚更傑作とされるはずだ」と言うことになる。

末尾に図示したように、この文章は多くの対句からなるが、技巧を凝らした隔句対は三組のみで、しかも単対にも平仄が考慮された形跡はない。初唐期に隆盛を迎える四六駢儷文の精巧さは、求めるべくもない。

聞説古者　飛文染翰之士　興詠吟嘯之客　青春之時　玄冬之節　随見而興既作　触聆而感自生　凡厥所草稿　不知幾千

聞説《きくな》らく古者《いにしえ》、飛文《(ヒブン)》染翰《(ゼンカン)》の士《(シ)》、興詠《(キョウエイ)》吟嘯《(ギンセウ)》の客《(カク)》、青春《(セイシュン)》の時《(とき)》、玄冬《(ケントウ)》の節《(セツ)》、見《(み)》るに随《(したがひ)》て興《(キョウ)》既《(すで)》に作《おこ》り、聆《きき》に触《(ふ)》れて感《(カン)》自《お(のず)から》生《な》る。凡《(おほよ)》そ厥《(そ)》れ草稿《(サウカウ)》する所《(とこ)ろ》、幾《(い)く》千《(セン)》といふことを知ら（ず）。

【校異】

「聞説」を、類従本・藤波家本・講談所本・羅山本・無窮会本・永青本・久曾神本「見説」に作る。文化写本「聞」に「見群」の書き入れあり。「之士興詠吟嘯之」及び「既作触聆而感自生」を、久曾神本欠く。

【通釈】

聞くところによれば、昔は優れた詩文の作者や文人墨客は、春や冬の時節に、目に触れたり耳にした際に、すぐに自然と感慨が湧いたものだ。そのようにして彼らが下書きをしたものは、何千になるか分からない。

【語釈】

聞説　この語、六朝以前の詩文に見えない。唐代以後の口語。「聞道」「見説」等とも書かれ、唐詩では夥しく現れる。「聞くところでは、聞くところによると」と訳し、「きくならく」と訓読する。韋皐「西川鸚鵡舎利塔記」に「時有高僧慧観。常詣三学山、巡礼聖迹。聞説此鳥、涕涙悲泣」とあるが、散文の中には用いられることは稀。　**古者**　むかし、往時、の意。『毛詩』衛風・有狐の小序に「古者国有凶荒、則殺礼而多昏、会男女之無夫家者。所以育人民也」、司馬遷「報任少卿書」に「古者富貴而名摩滅、不可勝記、唯倜儻非常之人称焉」（『文選』巻四一）、孔安国「尚書序」に「古者伏犧氏之王天下也、始画八卦、造書契、以代結縄之政、由是文籍生焉」（『文選』巻四五）とある。　**飛文染翰之士**　優れた詩文の作者。「文選序」に「詞人才子、則名溢於縹囊、飛文染翰、則巻盈乎緗帙」とあるに基づく。源順「七月三日陪第七親王読書閣同賦弓勢月初三応教」序に「況飛文奮藻、何不核練乎」（『本朝文粋』巻八）、大江朝綱「仲春釈奠聴講周易同賦学校如林一首」論文に「修道而居、拾秋実於仁義、染翰而作、発春華於文章」（『本朝文粋』巻九）とある。　**興詠吟嘯之客**　いわゆる文人墨客のこと。「興詠」とは、詩歌を歌い詠ずること。晋・陸機「懐土賦序」に「曲街委巷、罔不興詠」（『藝文類聚』言志）、梁・沈約「武帝集序」に、「文思安安、欽明所以光宅。日月光華、南風所以興詠」（『藝文類聚』帝王）、梁・呉均「昭明太子集序」に「見諸文学、博逸興詠、並命従遊。書令視草、銘非潤色」とある。また「吟嘯」は、もと李陵「答蘇武書」に「吟嘯成群、辺声四起」（『文選』巻四一）と使用されて、匈奴の口ずさむ歌、の意で用いられたが、劉越石「扶風歌」に「攬轡命徒侶、吟嘯絶巌中」（『文選』巻二八）、趙景真「与嵆茂斉書」に「俯仰吟嘯、自以為得志矣」（『文選』巻四三）と使われるうちに意味内容が変質し、詩歌を声高く詠じること、の意となった。『世説新語』文学にも「桓玄嘗登江陵城南楼云、我今欲為王孝伯作誄。因吟嘯良久、随而下筆。一坐之間、誄以之成」とある。　**青春之時**　「青春」とは、春のこと。何晏「景福殿賦」に「結実商秋、敷華青春」（『文選』巻一一）とあり、李善は、『楚辞』大招に「青春受謝、白日昭只」とあり、王逸が「青、東方為春位、其色青也」と言うのを引用する。また、江淹「雑体詩三十首　潘黄門悼亡　岳」詩に「青春速天機、素秋馳白日」（『文選』巻三一）とある。大江朝綱「紅桜花下作応太上法皇製」詩序に「青春之半、黒月之終、殿前紅桜、開敷可愛」（『本朝文粋』巻一〇）とある。　**玄冬之節**　「玄冬」とは、冬のこと。楊子雲「羽猟賦」に「於是玄冬季月、天地隆烈」（『文選』巻八）とあり、李善は「北方水色黒、故曰玄冬」と説明する。劉公幹「贈五官中郎将四首其二」詩に「自夏渉玄冬、弥曠十余旬」（『文選』巻二三）とある。更に、「文選序」に「冬穴夏巣之時、茹毛飲血之世、世質民淳、斯文未作」とあり、その措辞を意識する。なお、潘尼「贈陸機出為呉王郎中令」に「予渉素秋、子登青春」（『文選』巻二四）とあるのを見るまでもなく、春には秋を、冬には夏を対応させるのが一般。或いは、春から冬までの一年間、の意を含み表したと見るべきか。「時」「節」は、「時節」を分解して、共に「とき」の意で対句とした。唐・元宗「誅長孫昕等詔」に「以陽和之節、非粛殺之時」とある。ただし、底本は「之時」には訓合符があるが、「之節」にはない。　**随見而興既作**　「随見」は、目に入ればすぐに、の意。傅玄「傅子」の末尾に「用見傅子原次、或尚有漏落。後之人随見随補可也」、隋・許善心「梁史序伝論述」に「今止有六十八巻在。又並欠落失次。自入京以来、随見補葺、略成七十巻」とあり、天武紀十一年十一月条の詔に「即随見随聞、無匿蔽而糺弾」(『日本書紀』巻二九)、三善清行「意見十二箇条」に「一、請勅諸国随見口数授口分田事」とある。また、「興作」とは、『礼記』礼運に「降於山川。之謂興作」とあり、鄭玄が「山川有草木禽獣。可作器物、共国事」と注し、左思「蜀都賦」に「天帝運期而会昌、景福肸饗而興作」(『文選』巻四)とあるように、本来「興」も「作」も同義で、作り出す、意だが、ここは下句の「感自生」と対応して、「感興」「興感」(自然・事物に触れて心に湧く思い)を分解して対句にしたもの。この一句は、白居易「劉白唱和集解」に「由是毎製一篇、先相視草。視竟則興作、興作則文成。一二年来、日尋筆硯、同和贈答、不覚滋多」とあるに基づく。一篇が出来るとその草稿を相手に見せる。見終わると感興が湧くので、そうすると文章が出来るという。「既」および下句の「自」は、共に副詞。「既」は、そのまま、すぐに、まもなく、の意。「自」は、しぜんに、ひとりでに、の意。小島憲之「万葉集の編纂に関する一解釈——菅原道真撰の説によせて——」(『万葉集研究』一、一九七二)に並列の助字と見るべきとの説がある。**触聆而感自生** 「触聆」の語例を日中共に知らないが、いま菅原道真「水声」詩に「夜久人閑也不風、潺湲触聴感無窮」(『菅家文草』巻四)の「触聴」と類似するものとして考えると、耳について、耳に入ると、の意か。「感生」については、劉禹錫「上杜司徒啓」に「収紙長想、欣然感生」とあり、紀長谷雄「延喜以後詩序」に「若夫観物感生、随時思動、任志所之、不労敢沈吟」(『本朝文粋』巻八)、「古今集真名序」に「感生於志、詠形於言」とある。**凡** 全体として、の意。以前に述べたことを総括的に述べる。**厥所** 「厥」とは、『爾雅』釈言に「厥、其也」とあるとおり、比較的遠い人や事物を指す代名詞。ここでは「飛文」以下を指す。司馬相如「封禅文」に「揆厥所元、終都攸卒、未有殊尤絶迹、可考於今者也」(『文選』巻四八)、後漢・釈氏「沙弥卜慧章句序」に「凡厥所出、数百万言」とある。「所」は、下の動詞を名詞化する。**草稿** 下書きのこと。「草藁」とも。『史記』屈原伝に「懐王使屈原造為憲令、屈平属草藁、未定」とあり、その索隠に「属音燭。草藁謂創制憲令之本也。漢書作草具、崔浩謂発始造端也」という。李陽冰「唐李翰林草堂集序」に「公又疾亟。草藁万巻、手集未修。枕上授疏、俾余為序」とあり、菅原道真「書斎記」に「又学問之道、抄出為宗。抄出之用、藁草為本。余非正平之才、未免停滞之筆。故此間在在短札者、惣是抄出之藁草也」(『本朝文粋』巻一二)とある。また、真済「性霊集序」には「所遇而作、不仮草案」とある。ただし、ここの用法は、動詞としての用法で、その用例は未だ確認していない。**幾千** 「幾」は、それほど多くない数を尋ねる際の疑問詞。梁・元帝「蕩婦秋思賦」に「登楼一望、唯見遠樹含烟。平原如此、不知道路幾千」、白居易「送姚杭州赴任因思旧遊二首其二」詩に「渺渺銭塘路幾千、想君到後事依然」とある。

【補注】

前段の文脈を考慮すれば、ここで言う「古者」とは、「古歌」が作られていた頃を指すことになろうが、その末裔である万葉集の時代を含まないと断言することも出来ないだろう。そうした古代和歌が如何に制作されてきたかを述べる。

『詩品』序に「気之動物、物之感人、…斯四候之感諸詩者也」、都良香「早春侍宴賦陽春詞応製序」に「臣聞、詩人感物而思、思而後積、積而後満、満而後発」（『本朝文粋』巻八）、紀長谷雄「九日後朝侍宴朱雀院同賦秋思入寒松応太上皇製」詩序に「夫思之感秋、秋之動思、自然之理、不覚而生。…靚物流詠、触緒摛文云爾」（『本朝文粋』巻一〇）、同「対残菊待寒月」詩序に「毎至月之夕、雪之朝、雑花生樹、危葉辞枝、触物催感、乗興思人之時、不期相尋、不契相会」（『本朝文粋』巻一一）などとあり、古今集両序との類似性は、言うまでもない。

漸尋筆墨之跡　文句錯乱　非詩非賦　字対雑揉　難入難悟　所謂仰弥高　鑽弥堅者乎　然而有意者進　無智者退而已

漸《(やう)や》く筆墨《(ヒツボク)》の跡《(あと)》を尋《(たづ)》ぬるに、文句《(ブンク)》錯乱《(サクラン)》して、詩《(シ)》にも非《(あら)》ず賦《(フ)》にも非《(あら)》ず。字対《(シタイ)》雑揉《(サフジウ)》して、入《(い)》り難《(かた)》く悟《(さと)》り難《(かた)》し。所謂《(いは)ゆる》仰《(あふ)》げは弥《いよいよ》高《(たか)》く、鑽《(き)》れば弥《いよいよ》堅《(かた)》き者《(も)の》か。然《(しか)》うして意《(ここ)ろ》有《(あ)》る者《(も)の》は進《(すす)》み、智《(チ)》無《(な)》き者《(も)の》は退《(しり)》ぞく而已《(のみ)》。

【校異】

「雑揉」を、元禄九年版本・元禄十二年版本・文化版本・類従本・下澤本・羅山本・無窮会本・永青本・久曾神本「雑糅」に作り、講談所本・藤波家本「雑猱」に作る。久曾神本「乱」字を欠く。藤波家本「堅者」の右傍に、講談所本は左傍に「綸言也」と注する。「乎」を、永青本・久曾神本「也」に作る。久曾神本「弥堅」を欠く。

【通釈】

少しずつその書き散らした物を探してみると、その文や句、字や対句は入り乱れ、詩とも言えず賦とも言えず、その意味も容易に理解することが出来なかった。それは世間で言うところの、仰げば仰ぐほどいよいよ高く、錐で穴をあけようとすればするほどますます堅く感じられるという、かの孔子の人格のようなものであろうか。そうであれば、君子のような心ある者が進んでそれに関与し、小人のように賢さのない者は退いて関与すべきでない。

【語釈】

漸尋　「漸」は、少しずつ変化していく様。ただし、この語例を知らない。「尋」とは、「尋究」「尋討」の熟語もあるように、探索する、研究する、の意。　**筆墨之跡**　筆と墨のあと。それによって書かれた文章や絵画のこと。前段に「凡厥所草稿、不知幾千」と言うもののことを指す。楊子雲「長楊賦序」に「聊因筆墨之成文章、故藉翰林以為主人、子墨為客卿以風」（『文選』巻九）、唐・崔融「代皇太子請修書表」に「墳典積於邱山、筆墨盈於泉海」とあり、大江朝綱「為亡息澄明四十九日願文」に「筆墨初点、丹青未畢。今加絵画、聊以供養」（『本朝文粋』巻一四）とある。　**文句**　文章の詞句、または、文と句のこと。晋・張華「王公上寿酒食挙楽歌詩表」に「案魏上寿食挙詩、及漢氏所施用、其文句長短不斉、未皆合古」、宋・裴駰「史記集解序」に「攷較此書、文句不同。有多有少、莫辯其実」とある。　**錯乱**　入り乱れている様。劉歆「移書譲太常博士」に「今聖上徳通神明、継統揚業、亦愍此文教錯乱、学士若茲」（『文選』巻四三）、孔安国「尚書序」に「復出此篇幷序、凡五十九篇、為四十六巻。其余錯乱摩滅、不可復知」（『文選』巻四五）とあり、仲哀紀九年九月条に「時皇后親執斧鉞、令三軍曰、金鼓無節、旌旗錯乱、則士卒不整」（『日本書紀』神功紀摂政前紀）とある。　**非詩非賦**　詩とも言えず賦とも言えない、の意。白居易「池上篇序」に「曲未竟而楽天陶然已酔、睡於石上矣。睡起偶詠、非詩非賦。阿亀握筆、因題石間。視其粗成韻章、命為池上篇云爾」とあるに基づく句。酔っぱらった詩人が目覚めた際にたまたま作った作品のようなもの。ただ、それでもほぼ「韻章」を成していたとあることには注意すべきだろう。　**字対**　小島憲之前掲論文に、『文鏡秘府論』二十九種対の中の「第十五　字対」との説があるが、この語の対語「文句」との関連からすれば、恐らくは「字対」ではなく、「字」と「対」、あるいは、字の対応、の意。　**雑揉**　入り交じる、入り乱れる、の意。後漢・霊帝「徴処士荀爽等詔」に「頃選挙失所、多非其人。儒法雑揉、学道浸微」、斉・劉絵「詠博山香爐詩」に「栄色何雑揉、縟繡更相鮮」とある。異文「雑猱」は、「雑揉」の誤写。異文「雑糅」は、「雑揉」と同義。　**難入**　中に入れにくい、中に入りにくい、の意。宋玉「九辯五首其五」詩に「圜鑿而方枘兮、吾固知其鉏鋙而難入」（『文選』巻三三）とあり、前中書王「天皇御筆法華経供養講説日問者表白」に「聊叩疑関之枢、将披難入之義」（『本朝文粋』巻一三）とある。　**難悟**　「悟」は、知る、分かる、の意。魏・嵆康「四言贈兄秀才入軍詩一八章其一八」詩に「流俗難悟、逐物不還」とあるが、ここは、「悟入」（仏教語。真理を会得する）の語を、「難」を用いて分解した表現か。なおこの表現には、既に「諸仏智慧、甚深無量。其智慧門、難解難入、一切声聞・辟支仏所不能知」（『法華経』方便品）の影響があるとの指摘がある（渡辺秀夫『和歌の詩学――平安朝文学と漢文世界――』勉誠出版、二〇一四）。　**所謂**　世間で言うところの、の意。「文選序」に「所謂坐狙丘、議稷下、仲連之却秦軍…」とある。　**仰弥高**　意味は、次項を参照のこと。張衡「思玄賦」に「仰先哲之玄訓兮、雖弥高而弗違」（『文選』巻一五）、沈約「斉故安陸昭王碑文」に「万物仰之而弥高、千里不言而斯応」（『文選』巻五九）とあり、李善はいずれも『論語』子罕篇の、孔子を称えた顔淵の言葉を典拠に挙げる。なお、菅原道真「仲春釈奠礼聖王公会都堂聴講礼記」詩に「尼丘千万仞、高仰欲揚名」（『菅家文草』巻一）とある。　**鑽弥堅者乎**　陳琳「答東阿王褒」に「此乃天然異稟、非鑽仰者所庶幾也」（『文選』巻四〇）とあり、ここも李善は、『論語』子罕に「顔淵喟然歎曰、仰之弥高、鑽之弥堅。瞻之在前、忽焉在後。夫子循循然善誘人。博我以文、約我以礼。欲罷不能。既竭吾才。如有所立卓爾。雖欲従之、末由也已」とある一節を典拠とする。即ち、本当に高く、堅いものは、近づいて仰げば仰ぐほど高く、錐で穴を開けようとすればするほど堅さが分かるように、先生の人柄は、仰げば仰ぐほど高大で、切り込もうとすればするほど堅固だということが分かる。そして、いま前にいたと思っていると、気付いたときには後ろにいるという風に、自由自在に変化する云々、と顔淵は言うのである。ここから、孔子のように、学問がある人や、人格の優れた人を尊敬する言葉として「鑽仰・讃仰」という語が生まれた。従って、ここは、大昔の文人たちの作った草稿や文章（「筆墨之跡」）を、聖人孔子になぞらえてこのように表現した。菅原道真「仲春釈奠聴講論語」詩に「此間鑽仰事、遙望魯尼丘」（『菅家文草』巻一）、同「書斎記」に「家君下教曰、此局名処也。鑽仰之間、為汝宿廬」（『本朝文粋』巻一二）、三善清行「意見十二箇条　一、請加給大学生徒食料事」に「各勤鑽仰、共住学館」（『本朝文粋』巻二）とある。また、『千載集』序に「しかはあれども、まことに鑽ればいよいよ堅く、仰げばいよいよ高きものはこの大和歌の道になむありける」というのは、和歌の道の高邁深遠なことをいう文脈に用いたことでは共通すると渡辺氏は言う（前掲書）。**然而**　いわゆる、転折の意を表す。『文鏡秘府論』北巻・論対属・句端には「将取後義、反於前也。謂若叙前事已訖、云雖然乃有如此理也」との説明がある。張衡「西京賦」に「是時也、並為彊国者有六、然而四海同宅、西秦豈不詭哉」（『文選』巻二）とある。**有意者進**　「有意者」とは、心ある者。真理を解する者。『漢書』平当伝に「頃之、使行流民幽州、挙奏刺史二千石労倈有意者、言勃海塩池可且勿禁、以救民急」とある。**無智者退**　「無智者」とは、知恵のない者。菅原道真「書斎記」に「有智者見之巻以懐之、無智者取之破以弃之」とある。ここを贅言すれば、『論語』衛霊公の「子曰、君子不可小知、而可大受也。小人不可大受、而可小知也」の疏に、この言葉の根拠として、先の子罕篇の顔淵の言葉が挙げられているので、有意者を君子、無智者を小人に比定できようか。なお、ここにも「有智若聞、則能信解、無智疑悔、則為永失」（『法華経』薬草喩品）の影響があるとの指摘がある（渡辺秀夫前掲書）。**而已**　確定や肯定を強調する。楊子雲「羽猟賦序」に「宮館台榭、沼池苑囿、林麓藪沢、財足以奉郊廟、御賓客、充庖廚而已」（『文選』巻八）とある。

【補注】

ここは、制作された古代和歌作品の外形的な体裁と内容上の特徴を述べると同時に改めて評価を下し、それに関われる資格のある者を限定する。

「文句錯乱、非詩非賦、字対雑揉、難入難悟」が隔句対を形成し、それぞれ「文句錯乱」は「字対雑揉」に、「非詩非賦」は「難入難悟」に対応する。

「然而」の語の意味は深い。古代の文人たちは見聞して感興のおもむくままに作品を書いたので、詩とも言えず、賦とも言えないような物になり、容易に理解しがたい物になった。それに対して、筆者は所謂孔子の人格のようなもの（極めて価値は高いが、捉えがたいもの）だと比喩するのである。

そうであるからこそ皆が理解すべきだがそれができないので、君子だけが理解に努め、小人は撤退しておけと言うのだ。底本などは「しかれども」と読むが、元禄版本などは訓合符を付して「しかうして」と読む。

於是奉綸綍　綜緝之外　更在人口　尽以撰集　成数十巻　装其要妙　韞匵待価　唯媿非凡眼之所可及

於是《ここ》に綸綍《(リンフツ)》を奉《(たてまつり)》て、綜緝《(ソウシフ)》するの外《(ほか)》に、更《(さ)ら》に人口《(ジンコウ)》に在《(あ)》るもの、尽《ことごと》く以《(もち)》て撰集《(センシフ)》して、数十巻《(スシフケン)》と成《(な)》す。其《(そ)》の要妙《(エウベウ)》を装《(よそほひ)》て、匵《ヒツ》に韞《をさ》めて価《(あたひ)》を待《(ま)》つ。唯《(ただ)》媿《(はづ)》らくは凡眼《(ハンガン)》の及《(およ)》ぶ可《(べ)》き所《(とこ)ろ》に非《(あら)》ざることを。

【校異】

「綸綍」を、底本等「編綀」に作るも、元禄九年版本・元禄十二年版本・文化版本・類従本・下澤本・講談所本・羅山本・無窮会本・永青本に従う。文化写本「綀」に更改符を付して「綍」とし、「群」と注する。藤波家本「編綍」に作るも、訓は「リムホツ」とある。永青本「綸」字の上一字空格にし、「綍」字はもと「糸」扁のみであった所を小字で書き入れ。羅山本・無窮会本左傍に「綸言也」の注あり。久曾神本「奉編」以下「緝之」までの六字を欠く。「綜緝」を、講談所本「緝」として「綜」を補入。「更在」を、永青本・久曾神本「更有」に作る。「装其」を、羅山本・無窮会本「[illegible]其」に作り、「抄《ヌイテ》」の校注あり。また藤波家本・講談所本「装」の右傍に「抄」の校注あり。永青本・久曾神本「然其」に作る。「要妙」を、類従本・羅山本・無窮会本「要妙」に作る。「韞匵」を、類従本・藤波家本・講談所本・羅山本・無窮会本・永庫本「韜匵」に作る。文化写本も「韞」に更改符を付して「韜」にし、「群」と注する。久曾神本「妙」以下「待」までの四字を欠く。「眼之所」を、永青本・久曾神本「眼所」に作る。

【通釈】

この時に当たって、天子の言葉を謹んで受けて、まとめ集めたほかに、更に人びとの口にあったものを尽く選び集めて数十巻とした。その深遠で捉えがたい真理（書物）に装丁を施して、櫝に収めて良き理解者を待ったのである。ただ私のような目利きでない者がその資格に及ばないことを恥じるだけだ。

【語釈】

於是 『文鏡秘府論』北巻・論対属・句端には「承上事勢、申明其理也。謂上已叙事状、次復申重論之、以明其理」という説明がある。とすれば、前段で述べた古人の作品群に対して、以下のような事業が行われたということを、この語が示すことになる。底本等の版本には「ここに」の訓がある。

奉 謹んで受ける、の意。 **綸綍** 天子の言葉、みことのりのこと。『礼記』緇衣に「子曰、王言如糸、其出如綸。王言如綸、其出如綍」とあるに基づく語。唐代に入ってからよく使用され、皇帝自らもこの語を用いる。隋・許善心「神雀頌幷序」に「臣面奉綸綍、垂示休祥」とあり、貞観八年正月二十三日条に「而今綸綍出後、年代久遠、有司解体、棄而不行」（『三代実録』清和紀）、仁和三年二月十四日条の在原行平の致仕重抗表中に「伏奉勅旨、不聴臣致仕、抑遏臣乞身。綸綍出而成文、恩湛垂露」（『三代実録』光孝紀）とある。なお、『凌雲集』序には「臣以不才、忝承糸綸、命渙汗」、『文華秀麗集』序には「雖別降綸旨、俯同縹帙」、『経国集』序には「特降綸言、尚俾商確」とある。異文「編綠」の語例を知らず、前言「奉」を承けることも出来ない。 **綜緝** まとめ集めること。昭明太子「文選序」に「若其讃論之綜緝辞采、序述之錯比文華、事出於沈思、義帰乎翰藻」とあり、藤原氏宗「貞観格序」に「即詔故右大臣贈正一位藤原朝臣良相等、令因循旧格、綜緝新符。未及成功、歳月遷往」（『本朝文粋』巻八）、藤原時平「延喜格序」に「憲章前条、綜緝此典」（『本朝文粋』巻八）とあり、『文華秀麗集』序には「凡所綴緝九十二篇」とある。前段に「筆墨之跡」と言うものを集めた。 **更** さらに、また、の意。 **在人口** 人の口に上っている、人が口で覚えている、の意。陳子昂「諫雅州討生羌書」に「蜀人残破、幾不堪命。此乃近事、猶在人口」、白居易「劉白唱和集解」に「予頃以元微之唱和頗多、或在人口」、同「与元九書」に「礼吏部挙選人、多以僕私試賦判、伝為準的。其余詩句、亦往往在人口中」とあり、源順「沙門敬公集序」に「然而義辞勝句、徒在人口。其余在紙墨者、往往零落」（『本朝文粋』巻八）とある。なお、「菅家後集奥書」にも「雖居卿相之位、不抛風月之遊。凡厥文章多在人口」とある。 **撰集** 選び集めること。また、「選集」とも。孔安国「家語序」に「私以人事募求其副、悉得之。乃以事類相次、撰集為四十篇」、晋・袁宏「後漢紀序」に「予嘗読後漢書、煩穢雑乱、睡而不能竟也。聊以暇日、撰集為後漢紀」とあり、藤原時平「延喜格序」に「起自貞観十一年、至于延喜七年、其間詔勅官符、捜抄撰集、除其滋章、刪其煩雑」（『本朝文粋』巻八）、紀貫之「新撰和歌序」に「昔延喜御宇、属世之無為、因人之有慶、令撰集万葉集外、古今和歌一千篇」（『本朝文粋』巻一一）とある。

成数十巻 「文選序」には「遠自周室、迄于聖代、都為三十巻、名曰文選云耳」とある。 **装** 包み整えること。小島憲之は、隠す意と言うが、それにこだわる必要を認めない。 **要妙** 深くて微かな捉えがたい道理のこと。異文「玅」は、「妙」の別体字。『老子』第二七章に「故善人者不善人之師、不善人者善人之資。不貴其師、不愛其資、雖智大迷、是謂要妙」とあるに基づく語。左思「呉都賦」に「若吾子之所伝、孟浪之遺言、略挙其梗概、而未得其要妙也」（『文選』巻五）、謝霊運「七里瀬」詩に「遭物悼遷斥、存期得要妙」（『文選』巻二六）とある。 **韞匵** 木箱に収めて大切にしまっておくこと。「韞」は、包み収める意。異文「韜」は、包み隠す意。ただしその語では、次項と共に典拠に矛盾する。「匵」と以下の「櫝」と「匱」は、ともに木製の箱の意。次項と共に、『論語』子罕に「子貢曰、有美玉於斯。韞匵而蔵諸、求善賈而沽諸。子曰、沽之哉、沽之哉。我待賈者也」とあるに基づく語。弟子の子貢が、孔子を美玉に例え、そっとしまって世に出ないでいるか、それとも良い買い手（立派な為政者）を探して売りましょうか（出仕する）と尋ねた時の言葉。左思「呉都賦」に「伊茲都之函弘、傾神州而韞櫝」（『文選』巻五）とあるなど、『文選』中にもこの典故はよく用いられる。**待価**　「価」とは、良き商人のこと。箱に収められた物の価値を良く知る者（立派な為政者）。嵆康「琴賦」に「経千載以待價兮、寂神時而永康」（『文選』巻一八）とあり、李善は『論語』子罕の前掲文を指摘する。**凡眼**　平凡な目の持ち主。謙遜の自称。ただ用例は極めて珍しい。貞元の進士である独孤郁「上権侍郎書」に「則不能移凡眼所択、況逃乎良工巧治有識者之目哉」とある。

【補注】

ここは、「古代和歌集」編集作業を、天子の命を承けて自分自身が行ったことを述べる。

先に孔子の人格に比定した「筆墨の跡」であるが、ここでは、それを成書化した物に対して、再び「要妙」という独特の言葉で形容する。微妙で捉えがたい真理とでも訳すべき『老子』の用語である。この「古代和歌集」が、なぜそれだけの価値を持つのかと言えば、それは『万葉集』の源流となったものであり、中国の『毛詩』に匹敵するものであったからである。

ここで初めて、この文章全体の中で明確に主体となる自分が登場する。それを表すのが「媿」「凡眼」という語である。謙遜の言葉を用いてはいるが、前段で「然而有意者進、無智者退而已」と言い切っているのであるから、少なくとも和歌に対する造詣の深さは相当に自負し、誇るところがあったと見なければならない。

当今寛平聖主　万機余暇　挙宮而方有事合歌　後進之詞人　近習之才子　各献四時之歌　初成九重之宴　又有余興　同加恋思之二詠

当今《(タウキン)》寛平《(クヮンペイ)》聖主《(セイシュ)》、万機《(バンキ)》の余《(のこり)》の暇《(いとま)》に、宮《みや》を挙《(あげ)》て方《まさ》に歌《(うた)》を合《(あは)》することを事《(こと)》とすること有《(あ)》り。後進《(コウシン)》の詞人《(シジン)》、近習《(キンシフ)》の才子《(サイシ)》、各《おのおの》四時《(シジ)》の歌《(うた)》を献《(ケン)》（じ）て、初《(はじ)》めて九重《(キウチョウ)》の宴《(エン)》を成《(な)》す。又《(ま)》た余興《(ヨキョウ)》有《(あり)》て、同《(おな)》じく恋思《(レンシ)》の二詠《(ジエイ)》を加《(くは)》ふ。

【校異】

「余暇」を、底本・文化写本・講談所本・羅山本・永青本・久曾神本「余暇」に作る。文化写本は「暇」に更改符を付して「暇」に改める。「詞」に、羅山本・永青本・久曾神本「詩イ」を校注する。「九重之宴」を、底本「九重之晏」に作るも、諸本に従う。「同加」を、永青本・久曾神本「加」とする。「思之二」を、類従本・羅山本・永青本・久曾神本「思二」に作り、文化写本「之」に更改符を付して「群無」と注する。

【通釈】

寛平の今上天皇は、政務の余暇に宮殿を挙げて、今ちょうど歌を合わすという祭りを実施した。若い文人や信頼の厚い才人達が、それぞれ四季の歌を献上し、初めて皇居での宴会を開催した。更にその残っている興趣で、恋と思いの二種類の詠歌を合わせ加えた。

【語釈】

当今　現在、今の意。丘希範「与陳伯之書」に「当今皇帝盛明、天下安楽」（『文選』巻四三）、楊子雲「解嘲」に「当今県令不請士、郡守不迎師、群卿不揖客、将相不俛眉」（『文選』巻四五）とあり、大江匡衡「請重蒙天裁辨定大内記紀斉名称有病累瑕瑾所難学生大江時棟奉試詩状」に「然則何独称唐堯之時、又虞舜之時有之。爰唯是聖代所生之樹也。当今是聖代也、蓬莆何不生厨乎」（『本朝文粋』巻七）とある。底本等の版本には音合符がある。先に「聞説古者」とあった語句に対応する。**寛平聖主**　「寛平（かんぴょう）」は、宇多・醍醐両天皇の時の年号（八八九～八九八）で、「ヒャウ」の発音は慣用音。「聖主」とは、知徳の優れた天子の意。そこから、当代の天子・天皇の尊称として広く用いられる。ここは宇多天皇（八八七～八九七在位）を指す。楊雄「長楊賦」に「蓋聞聖主之養民也、仁霑而恩洽、動不為身」（『文選』巻九）、白居易「長恨歌」に「聖主朝朝暮暮情、行宮見月傷心色」とある。寛平三年二月の菅原道真「請罷蔵人頭状」に「伏願、聖主陛下、停臣所掌、更選其人」（『本朝文粋』巻五）、昌泰二年の菅原道真「辞右大臣第三表」に「不図太上天皇抜於南海前吏、聖主陛下不棄東宮旧臣」（『本朝文粋』巻五）とあるのは、いずれも当代の天皇を呼んだもの。なお、熊谷直春『平安朝前期文学史の研究』（桜楓社、一九九二）は、当代の天皇を当時の年号を冠して呼ぶ例は無いとして、この序が偽書の証拠とする。**万機余暇**　「万機」は、天子が執り行う様々な政務のこと。張衡「東京賦」に「訪万機、詢朝政」（『文選』巻三）とあり、薛綜注は、『尚書』皋陶謨に「無教逸欲有邦。兢兢業業、一日二日万幾」とあるに基づくという。菅原道真「早春侍宴仁寿殿同賦春暖応製」詩序に「留万機於一日、翫三春於二旬」（『菅家文草』巻二）、同「三月三日同賦花時天似酔応製」詩序に「我君一日之沢、万機之余、曲水雖遙、遺塵雖絶」（『菅家文草』巻五）、「続日本後紀序」に「四海常夷、万機多暇」とあり、「懐風藻序」には「余以薄官余間、遊心文囿」とある。「余暇」には、諸本に訓合符がある。異文「余暇」は、その語例を知らない。**挙宮**　後宮こぞって、の意。羅隠「悲二羽」に「及挙宮而飾、傾都而市、金玉犀象之不暇給、而二羽之用、曾不銖両焉」とある。底本には「宮」に訓読符があるが、羅山本・講談所本などには、「キウ」の音訓や音読符がある。なお、「挙」を、底本は「(こぞ)ツテ」と読む。**方有事**　「方」は、「方将」「方且」の熟語があるように、今ちょうど〜しているところ、今にも〜しそうである、などの現在進行や近未来を表す。「有事」は、職務がある、または、何か事件がある、の意で用いられるのが一般だが、「天子」に「有事」という場合は、祭祀を行うという場合が多い。潘岳「藉田賦」に「若乃廟祧有事、祝宗諏日」(『文選』巻七)、潘岳「閑居賦」に「天子有事于柴燎、以郊祖而展義」(『文選』巻一六)、顔延年「宋郊祀歌二首其二」詩に「皇乎備矣、有事上春」(『文選』巻二七)のように。**後進**　後から学び始めた者、後輩のこと。『論語』先進に「先進於礼楽、野人也。後進於礼楽、君子也。如用之、則吾従先進」とあるに始まる語。李善「唐李崇賢上文選注表」に「故選斯一集、名曰文選。後進英髦、咸資準的」、白居易「為人上宰相書一首」に「先達者用以養身、後進者資而取仕」とあり、「応補文章生并得業生復旧例事格」に「而況区区生徒、何拘門資。竊恐悠悠後進、因此解体」(『本朝文粋』巻二)、三善清行「奉左丞相書」に「又式部丞平篤行、此後進之英髦也」(『本朝文粋』巻七)とある。先に「飛文染翰之士、興詠吟嘯之客」と呼んだ人びとに対応して、こう呼んだ。**詞人**　作詩・作文の上手な人のこと。昭明太子「文選序」に「詞人才子、則名溢於縹嚢。飛文染翰、則巻盈乎緗帙」、白居易「序洛詩」に「次及鮑謝徒、迄于李杜輩、其間詞人、聞知者累百、詩章流伝者鉅万」とあり、大江朝綱「停九日宴十月行詔」に「詞人才子、漸呑吟詠之声」(『本朝文粋』巻二)、菅原文時「封事三箇条」に「方今詞人才子、顧相誡曰、人命有限、世途難抛」(『本朝文粋』巻二)、紀淑望「古今集真名序」に「自大津皇子之初作詩賦、詞人才子、慕風継塵、移彼漢家之字、為我日域之俗」とある。**近習**　主君が信頼して身近に置く者のこと。沈約「恩倖伝論」に「刑政糾雑、理難遍通。耳目所寄、事帰近習」(『文選』巻五〇)とあり、李善は『礼記』月令に「仲冬之月、…雖有貴戚近習、毋有不禁」とある、その鄭注に「近習、天子所親幸也」とあったという。菅原道真「閏九月尽灯下即事応製」詩序に「近習者侍臣五六、外来者詩人両三而已」(『菅家文草』巻五)、同「重陽後朝同賦秋雁櫓声来応製」詩序に「詩臣両三人、近習七八輩、請各成篇、以備言志云爾」(『本朝文粋』巻一一)とある。なお、白居易「胡旋女　戒近習也」とあるような、悪いニュアンスはここでは無いと見て良い。**才子**　才能と人徳を兼ね備えた人のこと。李善「唐李崇賢上文選注表」に「楚国詞人、御蘭芬於絶代。漢朝才子、綜鞶帨於遙年」、沈約「宋書謝霊運伝論」に「自漢至魏、四百余年、辞人才子、文体三変」(『文選』巻五〇)、白居易「劉白唱和集解」に「然江南士女、語才子者、多云元白」とあり、天平十年秋七月条に「天皇御大蔵省覧相撲。晩頭転御西池宮。因指殿前梅樹、勅右衛士督下道朝臣真備及諸才子曰」(『続日本紀』聖武紀)とある。**四時之歌**　四つの季節を詠んだ歌の意。陸機「文賦」に「遵四時以歎逝、瞻万物而思紛」(『文選』巻一七)とあり、李善は『淮南子』本経訓に「四時者、春生、夏長、秋収、冬蔵」とあるを指摘する。菅原道真「早春侍内宴同賦無物不逢春応製」詩序に「臣聞、春者一年之警策、四時之光彩也」(『菅家文草』巻一)、大江朝綱「為貞信公請致仕表」に「臣聞、四時之運、春多楽秋多思」(『本朝文粋』巻五)とある。**初成九重之**

宴　「九重」とは、天皇の宮殿、住まいのこと。沈約「恩倖伝論」に「夫人君南面、九重奥絶」（『文選』巻五〇）とあり、李善注は、『楚辞』九弁に「豈不鬱陶而思君兮、君之門以九重」とあるを指摘する。また「成宴」とは、宴会を開くこと。張衡「西京賦」に「恣意所幸、下輦成燕」（『文選』巻二）、宋・何尚之「華林清暑殿賦」に「觴遇成宴、暫遊累日」（『藝文類聚』殿）とある。ここは、「寛平御時后宮歌合」の開催をいう。**余興**　宴会が終わってもまだ残っている興趣の意。隋煬帝楊広「夏日臨江詩」に「逍遙有余興、悵望情不終」（『初学記』江）、白居易「小庭亦有月」詩に「客散有余興、酔臥独吟哦」とあり、慶滋保胤「池亭記」に「予杜門閉戸、独吟独詠。若有余興者、与児童乗小船、叩舷鼓棹」（『本朝文粋』巻一二）とある。

恋思之二詠　恋歌と思歌の二種類の詠歌。久曾神昇『新撰萬葉集と研究』（未刊国文資料刊行会、一九五八）は、所謂原撰本の下巻に四季の歌に続いて「思歌」の部立があることをもって、それが本来の形と見て、上巻末尾の「恋歌」と共に、ここをそのように解すべきだと言う。即ち、「恋歌」とは、恋愛の後期で、別れて後の恋の歌、「思歌」とは、恋愛の前期で、逢う以前の恋の歌であると。「思」とは、愁いを帯びて物思いに沈む様、「恋」とは、「乱」と同系で、もつれた糸にけじめを付けようとしても容易に分けられぬように、いつまでも恋しい心が断ち切れずに思いわびる様、というそれぞれの語の原義にも合う。

【補注】

ここは、過去の事実を扱ってきた前段と大きく内容を変えて、現代の天子の祭祀としての事業である歌合とその余業について述べる。「当今」だけでなく、「方」「初」と言って、現代、現在を強調することに留意したい。また、その歌合に参加する歌人を、「後進之詞人」と呼ぶのは、序の作者の年齢とのギャップを認めている可能性があろう。

「有事合歌」の読みは底本の訓による。元禄九年版本などは「歌を合するに事と有り」、羅山本などは「事有り歌を合す」と読む。

倩見歌体　雖誠見古知今　而以今比古　新作花也　旧製実也　以花比実　今人情彩剪錦　多述可憐之句　古人心緒織素　少綴不愁之艶

仍左右上下両軸惣二百有首　号曰新撰万葉集

倩《つらつ》ら歌《うた》の体《かたち》を見《み》るに、誠《まこと》に古《いにしへ》を見《み》て今《いま》を知《し》ると雖《いへど》も、而《しか》も今《いま》を以《もち》て古《いにしへ》に比《ヒ》するに、新作《シンサク》は花《はな》なり、旧製《キウセイ》は実《み》なり。花《はな》を以《もち》て実《み》に比《ヒ》するに、今《いま》の人《ひと》は情彩《セイサイ》錦《にしき》を剪《きり》て、多《おほ》く可憐《カレン》の句《ク》を述《の》ぶ。古《いにしへ》の人《ひと》は心緒《シンショ》素《ソ》を織《おり》て、少《すこ》しき不愁《フツギン》の艶《エン》を綴《つづ》る。仍《より》て左右《サイウ》上下《シャウカ》両軸《リャウチク》惣《す》べて二百有首、号《なづ》けて新撰万葉集《シンセンマンエフジフ》と曰《い》ふ。

【校異】

講談所本「情彩」の「彩」を補入する。「不慭」を、底本「不愍」に作り、永青本・久曾神本「不整」に作るも、元禄九年版本・元禄一二年版本・文化版本・下澤本に従う。久曾神本「織素少綴」の四字を欠く。「二百」を、底本等諸本「三百」に作るも、永青本・久曾神本に従う。久曾神本「号曰新撰万葉」を欠く。

【通釈】

その（できあがった）歌の体裁をよくよく見てみると、確かに古典を見て現代作品を知るの（が本来なの）だろうけれども、しかし現代作品を古典と並べてみると、新しい作品は花であり、昔の作品は実であると言うことが出来る。その花を実と並べて（現代作品を古典と並べて）みると、現代人は感情の彩りを絹織物の端布のように美しく切り取って、心にしみる文句を詠んでいるものが多いのに対して、昔の人はその心の糸を飾り気のない白絹に織り成すようにして、無理矢理ではない華麗な煌びやかさを綴ったものは少ないと言えよう。そういうことであるので、（新作の）左右の歌を上下二巻二百首余りとして、新撰万葉集と名付けた。

【語釈】

倩見　「倩」は、漢音センで男子の美称。美しい様。また、漢音セイで代わりに仕事をするように頼む、の意とされる。和語「つらつら」は、よくよく見たり考えたりする様で、従来からこの意味の訓詁が取られていない。三善道統「請被特蒙恩恤因准先例挙達辨官右衛門権佐闕状」に「右道統、謹披史漢、倩見昇沈」（『本朝文粋』巻六）、菅原文時「暮春藤亜相山庄尚歯会詩」詩序に「当斯時也、君子大夫之心、在敬老者、倩見其逍遙動履之抜俗」（『本朝文粋』巻九）とある。**歌体**　「古今集真名序」に「花山僧正、尤得歌体、然其詞甚花而少実。如画図好女、徒動人情」（『本朝文粋』巻一一）とあり、これに対応する「古今集仮名序」には、「僧正遍昭は、歌の様は得たれども、誠少なし。たとへば、絵に描ける女を見て、徒らに心を動かすがごとし」とあるように、歌の内容に対する外形的な形式や体裁を言う。鍾嶸「詩品序」に「雖詩体未全、然略是五言之濫觴也」とある「詩体」も、詩の形式や体裁のこと。**雖**　譲歩を表す重文で、ある事実や条件を示す前節に用いられる。普通後節には接続詞「然」「而」や副詞「亦」「不」「尚」などを呼応させる。ただし、底本や藤波家本・講談所本などは「誠に古を見て今を知り、今を以て古に比すと雖も」と読む。ここは、「雖」

と「而」が呼応すると見て、元禄版本に従う。更に、その後節にある「以今比古」が、「以花比実」と同じ句法を採ることも、この解釈を支持すると考える。　**誠**　事態が確実であることを強調する。確かに、の意。　**見古知今**　「温故知新」から『呉志』孫奮伝に「里語曰、明鏡所以照形、古事所以知今」、『貞観政要』任賢篇に「太宗嘗謂侍臣曰、…以古為鏡、可以知興替」などとあるのを指摘するまでもなく、歴史は現代の鏡であって、それは古今東西変わらぬ認識である。ただ、それが行き過ぎるとむやみな尚古思想が生まれ、「契舟求剣」や「守株」などの諺が生まれる元にもなるが。　**而以今比古**　現代作品を古典と並べること。「比」は、並べる、の意。おそらく、前句の「見古知今」が、昔を基準として今を知る、つまり昔を規範・亀鑑とすると言うのに対して、ここは現代作品と古典とを対等なものとして並列してみると、と言うのであろう。斉・竟陵王子良「陳時政密啓」に「以今比古、復為遠矣」、唐・郭子儀「請宣示倹徳表」に「昔漢文念中人之産、晋武焚外国之裘。皆抑止於有余、匪謙譲於当分。以今比古、無徳而称」、白居易の策林「四十八禦戎狄」に「斯皆前代已験之事、可覆而視也。以今参古、棄短取長、亦可択而用焉」とある。　**新作**　できあがったばかりの作品のこと。李白「答杜秀才五松見贈」詩に「夫子工文絶世奇、五松新作天下推」、白居易に「昨以拙詩…相公亦以新作十首恵然報示…伸答謝」詩があり、同「重答汝州李六使君見和憶呉中旧遊五首」詩に「爲憶娃宮与虎丘、翫君新作不能休」とある。　**旧製**　昔書かれた作品のこと。杜甫「贈蜀僧閭丘師兄」詩に「青熒雪嶺東、碑碣旧製存」とあり、「碑碣」に刻まれた、蜀僧が昔書いた文章をそう言う。　**以花比実**　花である新作と実である旧製を並べてみる、の意。文学論における「花（華）」と「実」の対比については、『文心雕龍』章表に「至於文挙之薦禰衡、気揚采飛。孔明之辞後主、志尽文暢。雖華実異旨、並表之英也」とある。意気高く文彩が飛ぶように華やかな作品が「華」、心を述べ尽くし文章が伸びやかなものが「実」ということになろうか。従って、よく言われるような「華」が形式、「実」が内容という、単純なものではなく、派手と地味のような対照もそれには含まれていると見るべきである。『文心雕龍』情采には、「孝経垂典、喪言不文。故知君子常言未嘗質也。老子疾偽、故称美言不信。而五千精妙、則非棄美矣。荘周云辯彫万物、謂藻飾也。韓非云艶乎辨説、謂綺麗也。綺麗以艶説、藻飾以辯彫、文辞之変、於斯極矣。研味孝老、則知文質附乎性情。詳覧荘韓、則見華実過乎淫侈」とあり、「文質」と「華実」が対語としてほぼ同義に用いられていることもそれを支持する。『孝経』『老子』『荘子』の文章を論じて皆内容はもちろん装飾・修辞にも十分注意が払われていると言い、『韓非子』に至ってそれは極点に達するという。その用語や論の展開を「綺麗以艶説、藻飾以辯彫」という対句で形容する。『孝経』『老子』は、「文質」が作者の性情とぴったりしているが、『荘子』『韓非子』は、「華実」が贅沢すぎると言う。その他、『文心彫龍』程器篇に「近代辞人、務華棄実」などとある。白居易「与元九書」にも「詩者根情、苗言、華声、実義」などとあり、そうした思潮は六朝以降唐代でも続いていた。「古今集仮名序」にも「今の世中、色に付き、人の心、花に成りにけるより、不実なる歌、儚き言のみ出来れば」、「古今集真名序」には「浮詞雲興、艶流泉涌、其実皆落、其華孤栄。…華山僧正、尤得歌体。然其詞華而少実」とある。更に紀貫之「新撰和歌序」では「抑夫上代之篇、義漸幽而文猶質。下流之作、文偏巧而義漸疎。故抽始自弘仁、至于延長、詞人之作、花実相兼而已」

（『本朝文粋』巻一二）と、「花」と「実」との対比だけでなく、それが「文」と「義」との関係である事まで言及する。 **今人** 現代人のこと。例えば、晋・郄詵「泰始七年挙賢良対策」に「臣竊観乎古今、而攷其美悪。古人相与求賢、今人相与求爵」とあり、また以下の「古人」の項を見れば分かるように、先の尚古思想も加わって、古人との対比の中では、「今人」の評判はよくない。例えば、白居易「華原磬」詩に「華原磬、華原磬、古人不聴今人聴。泗濱石、泗濱石、今人不撃古人撃。今人古人何不同、用之捨之由楽工」、同「問楊瓊」詩に「古人唱歌兼唱情、今人唱歌惟唱声」とある。

情彩 文学の本質たる感情を彩るもの。『文心彫龍』情采の冒頭に「聖賢書辞、総称文章、非采而何。夫水性虚而淪漪結、木体実而花萼振、文附質也。虎豹無文、則鞹同犬羊。犀兕有皮、而色資丹漆、質待文也」とあって、物の実質には飾りが必要であることを言う。 **剪錦** その語例を知らない。今仮りに、「錦」と類似の語である「綵」（彩りのある絹織物）を取る「剪綵」を参考にして考え、その布を虫魚花草などの美しくかわいい形に切った装飾品としておく。 **可憐之句** 「可憐」は、しみじみと深く心を動かされること。仁徳天皇三十八年秋七月条に「毎夜自兎餓野、有聞鹿鳴。其声寥亮而悲之共赴可憐之情及月尽以鹿鳴不聆」（『日本書紀』巻一一）とある。 **古人** むかしの人のこと。ただし、潘岳「藉田賦」に「古人有言曰、聖人之徳、無以加於孝乎」（『文選』巻七）、曹大家「東征賦」に「乱曰、君子之思、必成文兮。盍各言志、慕古人兮」（『文選』巻九）、張衡「思玄賦」に「伊中情之信脩兮、慕古人之貞節。」（『文選』巻一五）、陸機「文賦」に「俯貽則於来葉、仰観象乎古人」（『文選』巻一七）、魏文帝「与呉質書」に「古人思炳燭夜遊、良有以也。」（『文選』巻四二）など、いずれもそれはある規範や理想を体現した者として描かれるのが一般。菅原道真「請罷蔵人頭状」に「古人云、服之不衷、身之災也」（『本朝文粋』巻五）とある。 **心緒** 心持ち、心の動きをいう。「心」一字と同じ。李嶠「謝譴譲状」に「是用晨宵載惕、啟処増慙。素自庸愚、加以疾疹。心緒遺忘、耳目昏沈」、権徳輿「代盧相公謝賜方薬幷陳乞表第三表」に「今臣手足未平、心緒未復」、白居易「百花亭晩望夜帰」詩に「鬢毛遇病双如雪、心緒逢秋一似灰」とある。隋・孫万寿「遠戍江南寄京邑親友」詩に「心緒乱如糸、空懐疇昔時」とあるのを見れば、「緒」の原義を生かして、下の「織素」の語と縁語を作ろうとしたことが分かる。『万葉集』にも「正述心緒」の部立があった。 **織素** 「素」は、飾り気のない白絹のこと。漢「古詩為焦仲卿妻作」に「十三能織素、十四学裁衣」（『玉臺新詠』巻一）、漢「古詩八首其一」詩に「新人工織縑、故人工織素。織縑日一匹、織素五丈余」（『玉臺新詠』巻一、『藝文類聚』閨情・素）とあり、更にその語を含む詩が『藝文類聚』閨情に多く採られる。 **少綴不憖之艶** 「不憖」とは、無理に〜しない、強いて〜しない、の意。蔡邕「陳太丘碑文序」に「天不憖遺老、俾屏我王」（『文選』巻五八）、沈約「斉故安陸昭王碑文」に「曾不憖留、梁摧奄及」（『文選』巻五九）、任昉「南徐州南蘭陵郡県都郷中都里蕭公年三十五行状」に「天不憖遺、梁岳頽峻」（『文選』巻六〇）とあり、いずれも李善は『春秋左氏伝』哀公十六年夏四月の伝に「孔丘卒。公誄之曰、旻天不弔。不憖遺一老、俾屏余一人以在位」とあるを挙げる。もと、『毛詩』小雅・十月之交に「不憖遺一老、俾守我王」とあり、鄭箋が「憖者、心不欲自強之辞也」と言う語である。ここは、小島憲之前掲論文以来、異文「不整」を採る論が多いが、それでは意味を成さない。「艶」は、「艶辞」で、華やかな言葉。『文心雕龍』情采に「荘周云辯彫万物、謂藻飾也。韓非云艶采辨説、謂綺麗也。綺麗以艶説、藻飾以辯彫、文辞之変、於斯極矣」とあった（「以花比実」の項）。『韓非子』の文体を形容する「艶采」「艶説」とは、「美しく彩る」「美しく弁説する」意であり、華麗な煌びやかさを言う。また、晋司空張華詩を論じて「其源出於王粲。其体華艶、興託不奇」（『詩品』中）と言う「華艶」も、対偶の多用や、詞藻の華美を言う。**仍**　前の事実を受けることによって、ある行為や事態があるという意。**左右上下両軸**　従来、「寛平御時后宮歌合」の左右の歌を、『新撰万葉集』の上巻と下巻の二巻にしたと解釈される。それなら「左右を上下両軸に」と訓む本があって然るべきだが、その読みはない。**惣二百有首**　「惣」は、全部で、すべて、の意。例えば、白居易「故京兆元少尹文集序」に「二十年、著格詩一百八十五、律詩五百九、賦述名記書碣讃序七十五、惣七百六十九章合三十巻」とある。「二百有首」を、従来「二百数首」「二百余首」の意に解するが、その例を知らない。本来「有」の字は、十進法で十になった後、更にまだ数があることを示す場合に用いられるのであって、「百有余歳」と言うことはあっても、「有」の下に数字が来ることが原則。

【補注】

この段落では、新作として生み出された歌合わせの歌と、旧作である「古代和歌集」の歌とを比較してその特徴を述べ、『新撰万葉集』命名の所以を述べる。要するに、今人の作品は形式と内容双方が整っているのに対して、古人の作は、強いて言えば作風に難がある。つまり、自然で素直な煌びやかさのある作品は少ないというのである。吉川栄治「古歌と『万葉』――『新撰万葉集』序文の検討――」（『和歌文学研究』四六、一九八三・二）は、「今歌に重点を置いたらしい口吻が感じられる。…却って今歌の優越の主張が嗅ぎ取られる」と指摘するが、その嗅ぎ取った根拠を示していない。それは、「不整」の校訂にある。「不整」とは、先に「文句錯乱、非詩非賦、字対雑揉、難入難悟」と述べていた古代和歌を指すとすると、「不知幾千」という言葉と矛盾する。

作者が自ら編集したという「古代和歌集」と、その歌に対する見識が、本段落で漸く生かされることとなった。おそらく「随見而興既作、触聆而感自生」ではあっても、「字対雑揉、難入難悟」というあたりを「少綴不憖之艶」と批判したのだろう。

この段は、先に古代和歌時代の歌について「外形的な体裁と内容上の特徴を述べ」たことと対応する。

先生非啻賞倭歌之佳麗　兼亦綴一絶之詩　挿数首之左　庶幾使家々好事　常有梁塵之動　処々遊客　鎮作行雲之遏　于時寛平五載秋九月二十五日　偸尽前世之美　而解後世之頤云爾

先生《センセイ》啻《ただ》倭歌《ワカ》の佳麗《カイレイ》を賞《シヤウ》するのみに非《あら》ず、兼《かね》ては亦《ま》た一絶《イツセツ》の詩《シ》を綴《つづり》て、数首《スシウ》の左《ひだり》に挿《さしはさ》む。庶幾《こひねがは》くは家々《カカ》の好事《カウシ》をして、常《つね》に梁塵《リヤウチン》の動《うご》き有《あ》り、処々《ショショ》の遊客《イウカク》をして、鎮《とこしな》へに行雲《カウウン》の遏《とど》まることを作《な》さしめんことを。時《とき》（に）寛平《クワンペイ》五載《ゴサイ》秋《あき》九月《キウゲツ》二十五日《ジシフゴジツ》、偸《ひそ》かに前世《センセイ》の美《ビ》を尽《つ》くして、後世《コウセイ》の頤《おとがひ》を解《と》くと云爾。

【校異】

永青本・久曾神本「先生」の「生」に「王イ」を校注する。「倭歌」を、永青本・久曾神本「和歌」に作る。久曾神本「詩挿数首之」を欠く。「好事」を、永青本・久曾神本「奴事」に作る。久曾神本「客鎮作行」を欠く。永青本「二五日」を補入する。「偸尽」を、類従本・藤波家本・講談所本・羅山本・無窮会本・永青本「偸書」に作り、文化写本「尽」に更改符を付して「書群」と注する。「之頤」を、羅山本・無窮会本「之頤」に作り、永青本「之頤」に作る。久曾神本「五日偸尽前世之美」を欠く。

【通釈】

先生は、ただ和歌の姿の美しさを愛で讃えるだけでなく、同時に一首の絶句を作って幾つかの和歌の左に挿入した。（新撰万葉集の作品が）風流を好む者一人ひとりに常に素晴らしい音楽となるようにさせ、ここかしこの風流人達に常に美しい音楽となるようにと願う。時に寛平五年九月二十五日、一人密かに前時代の美をあらわし尽くそうとしただけであって、後の世の人びとには笑われることになるだろう。

【語釈】

先生 有徳の年長者のこと。また、学問を教える人、教師。ここでは「一絶之詩」の作者。ただし、皇甫謐「三都賦序」に「玄晏先生曰、古人称、不歌而頌、謂之賦」（『文選』巻四五）とある「玄晏先生」は、皇甫謐の自称であり、禰衡「鸚鵡賦序」では、鸚鵡を献上する人に「願先生為之賦、使四坐咸共栄観」（『文選』巻一三）と、作者自身のことを「先生」と呼ばせている。その他、『文選』の中だけでも、張衡は「安処先生」（「西京賦」）と「東京賦」）、左思は「魏国先生」（「魏都賦」）、司馬相如は「烏有先生」（「子虚賦」）という架空の人物を設定して自らの考えを展開する。その他、劉伶は「大人先生」（巻四七）に自分を仮託し、東方朔は「非有先生論」（巻五一）、王褒は「四子講徳論」（巻五一）で、それぞれ「非有先生」「浮遊先生」という非現実の先生に、自説を語らせている。また『文選』以外でも陶淵明「五柳先生伝」に「先生不知何許人也、亦不詳其姓字」、白居易「酔吟先生伝」に「酔吟先生者、忘其姓字郷里官爵…具体而微、先生安焉」とあるなど、自分自身のことを韜晦してそう呼ぶ場合がある。ということは、自分自身、又はその分身を「先生」と表現することは、漢文学の伝統的な書式の一つであり、「一絶之詩」の作者が序文の作者自身という可能性も否定できないことになる。また、永青本・久曾神本の【校異】にある「先王」を是とする説がある。この序文が「寛平五年九月」に書かれたとすれば、先代の光孝天皇は既に薨じているので、「先王」とは先々代の陽成天皇となる。九歳で位に就いた後、一七歳の時に殿上で殺人事件を起こし、退位に追い込まれてから一〇年近く、太上天皇として二条院で過ごしていたので十分な時間はあったはずだが、八二歳で薨ずるまでに陽成院歌合など僅かな文化的事業が残るだけで、「寛平御時后宮歌合」成立後短期間で少なくとも三、四〇首の七絶を作り得たとは思えない。　**非啻賞**　「啻」は、数量、行為、事情などがある範囲に限定されることを示し、この字単独で用いられることはなく、「不」などの否定詞や「何」などの疑問詞と共に用いられる。ここも、「非」との連語。左思「三都賦序」に「若斯之類、匪啻失至于兹」（『文選』巻四）とある。「賞」は、めでる、観賞する、の意。　**倭歌**　和歌のこと。例えば、『続日本後紀』嘉祥二年三月二八日条には、仁明天皇の四十賀に際して興福寺の大法師たちが長歌を奉ったが、それに続けて「夫倭歌之体、比興爲先。感動人情、最在兹矣。季世陵遅、斯道已墜。今至僧中、頗存古語。可謂礼失則求之於野、故採而載之」とある。　**佳麗**　「長恨歌」に「後宮佳麗三千人、三千寵愛在一身」とあるように、唐詩では美女の意に用いられることが多いが、ここでは前段にある「花」に喩えられる今の和歌の美しさを言う。曹子建「又贈丁儀王粲」詩に「壮哉帝王居、佳麗殊百城」（『文選』巻二四）というのは、建物の壮麗さを言うが、李善は『戦国策』の高誘の注を引いて「佳、大也。麗、美也」と言う。允恭天皇二十三年春三月条には「立木梨軽皇子為太子、容姿佳麗、見者自感」（『日本書紀』巻一三）とある。　**一絶之詩**　一首の絶句。「絶句」が詩体を意味するのは、『玉臺新詠』巻一〇に幾つか詩題としてあるものを初出とするのが一般的理解である。また、一首の絶句を「一絶」と呼ぶのは、初唐・張九齢に「答太常靳博士見贈一絶」詩があるのが早い例。例えば、韋応物「秋夜一絶」詩は、五言の絶句であり、白居易は「家園三絶」として、七言絶句を三首まとめて題とする。　**庶幾**　期待を表す。〜であることを願うの意。諸本に訓合符がある。孔安国「尚書序」に「承詔為五十九篇作伝、於是遂研精覃思、博考経籍、採摭群言、以立訓伝、約文申義、敷暢厥旨、庶幾有補於将来」（『文選』巻四五）とあり、霊亀二年五月条に「今故併兼数寺合成一区、庶幾同力共造更」（『続日本紀』巻七）、菅原道真「晩冬過文郎中翫庭前早梅」詩序に「庶幾使世人之締交者、知孔門之有此風云爾」（『本朝文粋』巻一〇）とある。　**家々**　俗語であれば、それぞれ、一人ひとり、の意。諸本に音合符がある。　**好事**　物好きな人、また、好奇心の強い人、風流を好む人のこと。諸本に音合符がある。任昉「為范尚書譲吏部封侯第一表」に「雖室無趙女、而門多好事」（『文選』巻三八）、白居易「聖善寺白氏文集記」に「題為白氏文集、納於律疏庫楼。仍請不出院門、不借官客、有好事者、任就観之」とあり、下毛野虫麻呂「秋日於長王宅宴新羅客」詩序に「然則歳光時物、好事者賞而可憐、勝地良遊、相遇者懐而忘返」（『懐風藻』）、真済「性霊集序」に「顧吾党好事、永味師迹、俾禅余之憩来、時時披対此文」、菅原道真に「傷巨三郎寄北堂諸好事」詩（『菅家文草』巻二）とある。　**梁**

塵之動　優れた音楽の喩え。むかし虞公が歌うと梁の上の塵までが動いたという故事。陸機「擬古詩十二首　擬東城一何高」詩に「一唱万夫歎、再唱梁塵飛」（『文選』巻三〇）とあり、李善は「七略曰、漢興、魯人虞公善雅歌、発声尽動梁上塵」という。また謝霊運「擬魏太子鄴中集詩八首　魏太子」詩に「急絃動飛聴、清歌払梁塵」（『文選』巻三〇）とある。『藝文類聚』歌にも劉向『別録』収載の短文が載る。**処々**　至るところに、ここかしこに、の意。「家家」と対応させて用いた例として、王勃「三月上巳祓禊序」に「王孫春草、処処争鮮。仲統芳園、家家並翠」、欧陽炯「花間集序」に「家家之香徑春風、寧尋越艶。処処之紅楼夜月、自鎖常娥」、羅隠「上太常房博士啟」に「家家無相保之心、処処有自媒之口」などがあり、紀斉名「仲秋陪中書大王書閣同賦望月遠情多応教」詩序に「隣笛家家、暗思隴頭之水咽、村砧処処、遙諳塞外之嵐寒」（『本朝文粋』巻八）がある。**遊客**　戸外で散歩する者、風流人のこと。鮑照「詠史」詩に「仕子彯華纓、遊客竦軽轡」（『文選』巻二一）、顔延年「還至梁城作」詩に「曷為久遊客、憂念坐自殷」（『文選』巻二七）とある。**鎮作**　「鎮」は、永く、常に、の意。唐・智実「致杜正倫書」に「精舎林中、鎮作妻孥之室」とある。**行雲之遏**　「遏」とは、停止する、止まる、の意。王勃「秋日登洪府滕王閣餞別序」を典拠とする語。美しい音楽の響きの喩え。名歌手の秦青が弟子の去ろうとするとき悲しんで歌を歌うと、その声は林の木々を振るわし、行く雲を止めたという、『列子』湯問篇に「薛談学謳於秦青、辞帰。青餞於郊衢、撫節悲歌、声震林木、響遏行雲」（『藝文類聚』・『初学記』歌）と見える故事。王勃「三月上巳祓禊序」に「清歌繞梁、白雲将紅塵並落」、王勃「秋日登洪府滕王閣餞別序」に「爽籟発而清風生、繊歌凝而白雲遏」とある。唐・鮑防に「歌響遏行雲賦」がある。ただ、許渾「陪王尚書泛舟蓮池」詩に「舞疑回雪態、歌転遏雲声」、菅原道真「早春侍宴同賦春暖応製」詩序に「紅衫舞破、所綴者後庭之花、朱吻歌高、所遏者行雲之影」（『本朝文粋』巻八）等とあるのを見ればわかるように、「遏行雲」とするのが一般であって、「行雲遏」とするのは王勃「秋日登洪府滕王閣餞別序」のみ。**于時**　紀年を記すときの常套句。例えば、白居易「酔吟先生伝」に「故自号為酔吟先生。于時開成三年先生之歯六十有七」とあり、『本朝文粋』には無数にある。**寛平五載**　「載」は、「歳」「年」の意。例えば、『日本後紀』嵯峨天皇・弘仁六年正月十一日条に、「名例律云、除名者、六載之後聴叙。免官者、三載之後降先位二等叙」とある。ただし、『爾雅』釈天に「載、歳也。夏曰歳、商曰祀、周曰年、唐・虞曰載」とあるように、その王朝や天子によって、年数の記載の仕方が異なった。唐代に於いても、〇〇年としたり、〇〇載としたりする年代があり、日本でもそれを十分理解していた。『続日本紀』孝謙天皇・天平勝宝六年正月三十日条に「丙寅、副使大伴宿禰古麻呂、自唐国至。古麿奏曰、大唐天宝十二載、癸卯、百官・諸蕃朝賀」とある。この記事は、吉備真備が遣唐副使として鑑真らを連れ帰った際のものであるが、早く玄宗皇帝は二十九年続けた年号の「開元」を改めて「天宝」とし、更にその二年後に「年」を「載」に変えており、『旧唐書』玄宗紀下・三載正月丙辰朔条に、「改年為載。赦見禁囚徒」とある、その事実を正確に反映しているのである。おそらくそれを知って、孝謙天皇はその翌年に、我が国でも「年」を「歳」に変更する手続きをする。『続日本紀』孝謙天皇・天平勝宝七年正月四日条に「甲子、勅、為有所思、宜改天平勝宝七年、為天平勝宝七歳」とある記事がそれである。「歳」として「載」としなかったのは、意識的に避けたためであろう（新日本古典文学大系本補注）。六国史には僅かな誤り（『続日本紀』淳仁天皇・天平宝字七年五月六日条に「天宝二載」とあるのは、上にある通り「天宝二年」の誤り）がある以外は、年号を伴った表記に誤りはなく、この「寛平五載」という表記は不審。唯一問題があるのは、『日本三代実録』清和天皇・貞観十一年四月条の詔中の「上起弘仁十載之明年、下至貞観十年之晩節」という箇所であるが、これは対句の一節であり、対語の関係で変更した（弘仁期は「年」が正しい）と見ることが出来るが、この「寛平五載」は、対句を構成するわけでもない。**尽美**『論語』八佾に「子謂韶、尽美矣、又尽善也。謂武、尽美矣、未尽善也」（『白氏六帖』楽）とある。美しさにおいて完全である。美を表し尽くす、の意。大江匡衡「返納貞観政要十巻」状に「藤原貞嗣、改小為大、鏤金銀尽善尽美」（『本朝文粋』巻七）、大江匡衡「於尾張国熱田神社供養大般若経願文」に「初謂尽善尽美、具足以快薫修」（『本朝文粋』巻一三）とある。**前世**　むかし、前の時代、の意。何晏「景福殿賦」に「見姜后之解珮、寤前世之所遵」（『文選』巻一一）、屈原「渉江」に「与前世而皆然兮、吾又何怨乎今之人」（『文選』巻三三）とあり、大江朝綱「晩春陪上州大王臨水閣同賦香乱花難識応教」詩序に「故呉札者前世之賢人也、江総者済陽之年少也」（『本朝文粋』巻一〇）とある。対語の「後世」との対比を考えれば、この「前世」には、作者の生きる現在も含まれると考えるべきだろう。なお、白居易「判五十道　得丁乗車有酔吐車茵者丁不科而吏請罪之丁不許」に「無従下吏之規、庶叶前賢之美」とある。**解後世之頤**　「後世」は、後の時代（の人びと）、子孫、若者のこと。「古詩十九首其一五」詩に「愚者愛惜費、但為後世嗤」（『文選』巻二九）、曹植「与楊徳祖書」に「夫鍾期不失聴、于今称之。吾亦不能忘嘆者、畏後世之嗤余也」（『文選』巻四二）とあり、中書王「贈心公古調詩」に「少分生前楽、万劫後世煩」（『本朝麗藻』巻下）とある。「解頤」とは、人を得心・満足させて、その見事さにあっけにとられるようにすることが、本来の意。「漢書曰、匡衡、字稚珪。好学、家貧、傭作以供資用。尤精詩、力過絶人。諸儒為之語曰、無説詩。匡鼎来。（応劭曰、鼎、方也。張晏曰、匡衡少時字鼎。）匡説詩、解人頤」（『藝文類聚』詩・笑）等として、『蒙求』などにも引用される故事。菅原文時「仲春釈奠毛詩講後賦詩者志之所之」詩序に「盈耳者四百年之風雅、洋洋猶遺、解頤者三千人之生徒、済済未散」（『本朝文粋』巻九）とある。ただし、島田忠臣「残春宴集」詩に「同情乍会頻回首、一座相看共解頤」（『田氏家集』巻中）とあるのは、単に笑う意で、ここは『句題和歌』の序文末尾に「豈求駭目、只欲解頤。千里誠恐懼誠謹言」とあるのと、類似の謙遜の辞と見て、後世に笑われる意と解する。**云爾**　文末に置く辞。底本には訓がないが、元禄版本には「云（いふ）こと爾（しか）り」の訓がある。張華「鷦鷯賦序」の末尾に「夫言有浅而可以託深、類有微而可以喩大、故賦之云爾」（『文選』巻一三）、王融「三月三日曲水詩序」の末尾に「凡四十有五人、其辞云爾」（『文選』巻四六）、范曄「後漢書皇后紀論」の末尾に「其余無所見、則係之此紀、以纘西京外戚云爾」（『文選』巻四九）とある。

【補注】

最後に、和歌だけでなく漢詩を含むに至る経緯と、本集が人びとに迎えられることに対する期待を述べ、完成の日時を記した。

「兼亦綴一絶之詩、挿数首之左」に関して、原『新撰万葉集』の上巻には和歌一首ごとに漢詩は無かったのだと一般的には考えられているが、元禄九年版本の契沖の書き入れに、「数首未詳」として「案毎与数相似原本草字毎首写者誤為数遂転真乎」（『契沖全集』一五、岩波書店、一九七五）とある。確かに「毎」と「数」の草体は、ひらがなの「あ」に似た形になり、誤写の可能性は否定できない。そうなれば、現在の和歌一首に対して絶句一首という現在の形が原形ということになる。今となっては確認のしようもないが、一説として紹介しておく。

さて、この段の問題点は言うまでもなく「先生」の存在である。吉川栄治「新撰万葉集と古今集」（『古今和歌集研究集成』一、風間書房、二〇〇四）は、

> 「亦」以下の内容からすれば、「兼ねて」は賦詩に先行する何らかの編述行為を上において類推させるものでなければならない。「倭歌に感嘆しただけでなく、併せて漢詩を賦詠挿入した」では十分に意がとおらず、「兼ねて」が実質的な意味を失う。なんらかの撰述行為が先にあって、さらに詩を挿入したと、と続くべきものであろう

という。同感であるが、ただ、「この「先生」が数種《ママ》の詩を付加したということだけであれば、この一文は副次的な逸話の挿入とかたづけられる」とあるのは、如何か。仮りに「先生」を菅原道真として、その門人某がこの序の作者であれば、例え漢詩が和歌「数首之左」に差し挟まれただけであったとしても、その数は少なくとも三、四〇首になったはずであり、師匠の作品に対する言及・賛辞が無くて良いはずがない。「庶幾使家々好事、常有梁塵之動、処々遊客、鎮作行雲之遏」の文言は、この『新撰万葉集』全体に対するもので、漢詩のみに向けられたものではない。

こうした疑問を解くのが、「先生」を序文作者の自称とする解である。その漢詩の出来栄えも十分分かった上で（或いは分かっているからこそ）、作者は卑下して一切を語らなかったと考えるのである。一解として提出しておく。

新撰万葉集（序）全文

夫万葉集者、古歌之流也。非未嘗称警策之名焉、況復不屑鄭衛之音乎。

聞説古者、飛文染翰之士、興詠吟嘯之客、青春之時、玄冬之節、随見而興既作、触聆而感自生。凡厥所草稿、不知幾千。

漸尋筆墨之跡、文句錯乱、非詩非賦、字対雑揉、難入難悟。所謂仰弥高、鑽弥堅者乎。然而有意者進、無智者退而已。

於是奉綸綍、綜緝之外、更在人口、尽以撰集、成数十巻。装其要妙、韞匱待価。唯媿非凡眼之所可及。

当今寛平聖主、万機余暇、挙宮而方有事合歌。後進之詞人、近習之才子、各献四時之歌、初成九重之宴。又有余興、同加恋思之二詠。

倩見歌体、雖誠見古知今、而以今比古、新作花也、旧製実也。以花比実、今人情彩剪錦、多述可憐之句。古人心緒織素、少綴不憖之艶。仍左右上下両軸惣二百有首、号曰新撰万葉集。

先生非啻賞倭歌之佳麗、兼亦綴一絶之詩、挿数首之左。庶幾使家々好事、常有梁塵之動、処々遊客、鎮作行雲之遏。于時寛平五載秋九月二十五日、偸尽前世之美、而解後世之頤云爾。

夫《(そ)》れ万葉集《(マンエフジフ)》は、古歌《(コカ)》の流《(ながれ)》なり。未《(いま)》だ嘗《(かつて)》より警策《(ケイサク)》の名《(な)》を称《(ショウ)》せざるには非《(あら)》ず、況《(いはむ)》や復《(ま)》た鄭衛《(テイエイ)》の音《(イン)》を屑《もののかず》にもせざるをや。

聞説《きくな》らく古者《いにしえ》、飛文《(ヒブン)》染翰《(ゼンカン)》の士《(シ)》、興詠《(キョウエイ)》吟嘯《(ギンセウ)》の客《(カク)》、青春《(セイシュン)》の時《(とき)》、玄冬《(ケントウ)》の節《(セツ)》、見《(み)》るに随《(したがひ)》て興《(キョウ)》既《(すで)》に作《おこ》り、聆《きき》に触《(ふ)》れて感《(カン)》自《お(のず)から》生《な》る。凡《(おほよ)》そ厥《(そ)》れ草稿《(サウカウ)》する所《(とこ)ろ》、幾《(い)く》千《(セン)》といふことを知ら（ず）。

漸《(やう)や》く筆墨《(ヒツボク)》の跡《(あと)》を尋《(たづ)》ぬるに、文句《(ブンク)》錯乱《(サクラン)》して、詩《(シ)》にも非《(あら)》ず賦《(フ)》にも非《(あら)》ず。字対《(シタイ)》雑揉《(サフジウ)》して、入《(い)》り難《(かた)》く悟《(さと)》り難《(かた)》し。所謂《(いは)ゆる》仰《(あふ)》げば弥《いよいよ》高《(たか)》く、鑽《(き)》れば弥《いよいよ》堅《(かた)》き者《(もの)》か。然《(しか)》うして意《(ここ)ろ》有《(あ)》る者《(もの)》は進《(すす)》み、智《(チ)》無《(な)》き者《(もの)》は退《(しり)》ぞく而已《(のみ)》。

於是《ここ》に綸綍《(リンフツ)》を奉《(たてまつり)》て、綜緝《(ソウシフ)》するの外《(ほか)》に、更《(さ)ら》に人口《(ジンコウ)》に在《(あ)》るもの、尽《ことごと》く以《(もち)》て撰集《(センシフ)》して、数十巻《(スシフケン)》と成《(な)》す。其《(そ)》の要妙《(エウベウ)》を装《(よそほひ)》て、匱《ヒツ》に韞《をさ》めて価《(あたひ)》を待《(ま)》つ。唯《(ただ)》媿《(はづ)》らくは凡眼《(ハンガン)》の及《(およ)》ぶ可《(べ)》き所《(とこ)ろ》に非《(あら)》ざることを。

当今《(タウキン)》寛平《(クワンペイ)》聖主《(セイシュ)》、万機《(バンキ)》の余《(のこり)》の暇《(いとま)》に、宮《みや》を挙《(あげ)》て方《まさ》に歌《(うた)》を合《(あは)》することを事《(こと)》とすること有《(あ)》り。後進《(コウシン)》の詞人《(シジン)》、近習《(キンシフ)》の才子《(サイシ)》、各《おのおの》四時《(シジ)》の歌《(うた)》を献《(ケン)》（じ）て、初《(はじ)》めて九重《(キウチョウ)》の宴《(エン)》を成《(な)》す。又《(ま)》た余興《(ヨキョウ)》有《(あり)》て、同《(おな)》じく恋思《(レンシ)》の二詠《(ジエイ)》を加《(くは)》ふ。

倩《(つらつ)》ら歌《(うた)》の体《(かたち)》を見《(み)》るに、誠《(まこと)》に古《(いにしへ)》を見《(み)》て今《(いま)》を知《(し)》ると雖《(いへども)》も、而《(しか)》も今《(いま)》を以《(もち)》て古《(いにしへ)》に比《(ヒ)》するに、新作《(シンサク)》は花《(はな)》なり、旧製《(キウセイ)》は実《(み)》なり。花《(はな)》を以《(もち)》て実《(み)》に比《(ヒ)》するに、今《(いま)》の人《(ひと)》は情彩《(セイサイ)》錦《(にしき)》を剪《(きり)》て、多《(おほ)》く可憐《(カレン)》の句《(ク)》を述《(の)》ぶ。古《(いにしえ)》の人《(ひと)》は心緒《(シンショ)》素《(ソ)》を織《(おり)》て、少《(すこ)》しき不愁《(フツギン)》の艶《(エン)》を綴《(つづ)》る。仍《(より)》て左右《(サイウ)》上下《(シャウカ)》両軸《(リャウチク)》惣《(す)》べて二百有首、号《(なづ)》けて新撰万葉集《(シンセンマンエフジフ)》と曰《(い)》ふ。

先生《(センセイ)》啻《(ただ)》倭歌《(ワカ)》の佳麗《(カイレイ)》を賞《(シャウ)》するのみに非《(あら)》ず、兼《(かね)》ては亦《(ま)》た一絶《(イッセツ)》の詩《(シ)》を綴《(つづり)》て、数首《(スシウ)》の左《(ひだり)》に挿《(さしはさ)》む。庶幾《(こひねがは)》くは家々《(カカ)》の好事《(カウシ)》をして、常《(つね)》に梁塵《(リャウチン)》の動《(うご)》き有《(あ)》り、処々《(ショショ)》の遊客《(イウカク)》をして、鎮《(とこしな)》へに行雲《(カウウン)》の遏《(とど)》まることを作《(な)》さしめんことを。時《(とき)》（に）寛平《(クワンペイ)》五載《(ゴサイ)》秋《(あ)き》九月《(キウゲツ)》二十五日《(ジシフゴジツ)》、偸《(ひそ)》かに前世《(センセイ)》の美《(ビ)》を尽《(つ)》くして、後世《(コウセイ)》の頤《(おとがひ)》を解《と》くと云爾。

春歌　廿一首

一番

水之上丹　文織紊　春之雨哉　山之緑緒　那倍手染濫

水の上に　あや織りみだる　春の雨や　山の緑を　なべて染むらむ

【校異】

本文では、第三句の「之」を、講談所本が欠き、結句末の「濫」を、京大本・大阪市大本・天理本が「覧」とする。

付訓では、初句の「うへ」を、類従本・文化版本・羅山本・無窮会本が「おも」とし、第三句の「はるのあめ」を、類従本・講談所本・道明寺本・羅山本・無窮会本が「はるさめ」とする。

同歌は、寛平御時后宮歌合（十巻本・廿巻本、春歌、一九番。ただし廿巻本では初句が「水の面に」、十巻本・廿巻本ともに第三句が「春雨や」）にあり、新古今集（巻一、春上、六五番。ただし初句は「水のおもに」第三句「春雨や」）にも「寛平御時きさいの宮の歌合歌　伊勢」としてあり、また新撰朗詠集（上、春、雨、七七番、伊勢。ただし初句「水の面に」第三句「春雨や」）、伊勢集（一〇三番。ただし初句「みつのおもに」第三句「春早雨や」。第二句「あやふきみだる」という本文もあり）にも見られる。

【通釈】

水面に文様を織り成しては（またそれを）乱して降るこの春の雨が、山の木々の緑の色を一面に（さらに濃く）染めるのだろうか。

春来天気有何力

細雨濛々水面縠

忽望遅々暖日中

山河物色染深緑

春《(はる)》来《(き)》（たりて）天気《(テンキ)》何《(なに)》の力《つとめ》か有《(あ)》る。

細雨《(セイウ)》濛々《(モウモウ)》として水面《(スイベン)》縠《こまやか》なり。

忽《(たちま)》ち遅々《(チチ)》たる暖日《(ダンジツ)》の中《(う)ち》に望《(のぞ)》めば、

山河《(サンカ)》物色《(ブッショク)》染《(そめ)》て深《(ふか)》く緑《(みどり)》なり。

【校異】

「細雨」を、藤波家本・講談所本・道明寺本・京大本・大阪市大本・天理本・羅山本・無窮会本は欠いて二字分を空格にするも、藤波家本にはそこに「細雨歟」の注記があり、羅山本・無窮会本は一字目部分に草冠のみ残る。また、永青本・久曾神本「芳雨」に作る。「水面」を、底本・文化写本・藤波家本「水雨」に作る。「縠」を、藤波家本・道明寺本・羅山本・無窮会本「穀」に作る。「山河」を、京大本・大阪市大本・天理本「山何」に作るも、天理本に「山河也」の注記があり、永青本・久曾神本「山川」に作る。「染深緑」を永青本・久曾神本「深染緑」に作る。

【通釈】

春になったが、天の気には一体どのような力があるのだろう。濛々と霧雨が煙るように降って、水面に絹織物の皺のような波紋が出ているのが見える。しかし、もし長閑な春の暖かい日差しのなかで眺めたならば、

【語釈】

水の上に　【校異】に示した如く他集には「水の面（おも）に」とする本文もある。「水の面」が文字どおり水面を表すのに対して「水の上」は水面より上のことを表すことになるが、たとえば「水の上に数書くごとき我が命妹に逢はむとうけひつるかも」（万葉集一一―二四三三）や「流れての世をもたのまず水のうへのあわにきえぬるうき身とおもへば」（後撰集一五―一一一五）の如く、ほぼ「水の面」と同じ用法もある。ただし、二句目の「あや織り乱る」との関係で言えば、「水の上」とともに用いられる例は他になく、「水のおもにあや吹きみだる春風や池の氷をけふはとくらむ」（後撰集一―一一）や「はるさめのあやおりかけし水のおもにあきはもみぢのにしきをぞしく」（詞花集三―一三四）などの如く、「水の面」が用いられてはいるが、底本のままにしておく。

あや織りみだる　「あや」は文様のこと。この場合は水面に関するものだから、波紋の意。「水のあやをおりたちてきむぬぎちらしたなばたつめに衣かすよは」（拾遺集一七―一〇九一）の如く、「水のあや」という表現や、「かぜふけばなみのあやおるいけみづにいとひきそふるきしのあをやぎ」（金葉集一―二五）の如く、「波のあや」という表現もある。「織（お）りみだる」は他に「秋くれば野もせに虫のおりみだるこゑのあやをばたれかきるらん」（後撰集五―二六二）の如く見られるが、用例は稀少。「みだる」は第三句の「春の雨」を連体修飾していると考えられるので、下二段活用の自動詞ではなく、四段活用の他動詞の連体形ととるのが妥当。「我がかざす柳の糸を吹き乱る風にか妹が梅の散るらむ」（万葉集一〇―一八五六）や「ぬきみだる人こそあるらし白玉のま

山河の風景はきっと深い緑に染まっているのが見えることだろう。（則ち自然を緑に染める力があるということだ。）

【語釈】

1 春来　春になる、の意。謝荘「懐園引」詩に「歳去氷未已、春来雁不還」とあり、嵯峨天皇「五言春日作」詩に「春来傷節候、幽興復熙熙」（『経国集』巻一一）、菅原道真「立春」詩に「偏因暦注覚春来、物色人心尚冷灰」（『菅家文草』巻四）とある。　**天気**　天空の気のこと。『礼記』月令に「孟春之月、（中略）是月也、天気下降、地気上騰、天地和同、艸木萌動。」（『初学記』春）とあり、『藝文類聚』雨は「曾子曰天地之気和則雨」を引用する。とすれば、春になって天気と地気が和して雨が降り、草木が芽ぶくということになる。又『春秋左氏伝』昭公元年には「天有六気、（中略）六気曰陰陽風雨晦明也」（『初学記』天）とある。藤原令緒「五言奉試賦得隴頭秋月明」詩に「蕭関天気冷、隴上月輪明」（『経国集』巻一三）とある。　**有何力**　承句を併せ考えれば、天の六気中の雨の力を問うている。藤波家本・講談所本・道明寺本・京大本・大阪市大本・天理本・羅山本・無窮会本の「力」の右訓に「アヤシキ」とあるが、漢語「力」の原義とは、やや離れた訓とすべき。

2 細雨　小雨、霧雨のこと。南斉・王倹「春詩」に「軽風揺雑穀、細雨乱叢枝。」（『初学記』春）とあり、本集上巻冬歌にも「孟冬細雨足如糸、寒気始来染葉時」（九三番）とある。また、永青本・久曾神本「芳雨」に作るも語形・平仄ともに非。ちなみに、『初学記』は、細雨の詩を春に一首、夏に二首収める。その一つが、南斉・王倹「春詩」で「軽

なくもちるか袖のせばきに」（古今集一七―九二三）などの場合と同様である。新古今集の同歌の表現について、久保田淳『新古今和歌集全評釈』では「模様を乱れ織りする。乱れ模様を織る」と説明する。また右掲の後撰集歌について、新日本古典文学大系本では、「縦糸横糸を乱れるばかりにあやつりながら綾を織っている様」と注している。前者は、「乱れ模様」というのが同心円状に出来る波紋にふさわしいかという問題があり、後者は、「乱れる」のは模様ではなくて雨の降り方になり、春の雨としては似つかわしいとは思えない。この歌の表現に即せば、降り続く雨が水面に連続的に文様を作る、つまり前の文様を乱して新たな文様を作っている状態を表していると考えられる。

春の雨や 和歌では「春雨」という複合した形が多く、「春の雨」は、「春の雨はいやしき降るに梅の花いまだ咲かなくいと若みかも」（万葉集四―七八六）や「春の雨のあまねき御代をたのむかな霜にかれ行く草ばもらすな」（新古今集一六―一四七八）などの例はあるが、きわめて少ない。句末の「や」について、『注釈』は終助詞とする（しかし通釈では「春の雨は」として以下の句に続け、最後を「染めるようだ」とする）が、これは係助詞で結句末の「らむ」と呼応するものであろう。

山の緑を 山の木々の葉の緑色の意であろう。ただし、「山の緑」という表現そのものは稀れで、他に「春雨やなべてそむらん嶺とほき山のみどりも色ふかくみゆ」（続後拾遺集一―六二）がある程度。「春は萌え夏は緑に紅のまだらに見ゆる秋の山かも」（万葉集一〇―二一七七）という例もある。それに対して、「わがせこが衣はるさめふるごとにのべのみどりぞいろまさりける」（古今集一―二五）や「うすくこき野辺の

風揺雑藹、細雨乱叢枝」とあり、源順「早春於奨学院同賦春生霽色中各分一字」詩序に「濛濛細雨之後、是春発之権輿也。遅々麗日之前、是春来之要路也」（『本朝文粋』巻八）とある。 **濛々** 雨の降る様、雨や霧がたちこめて暗い様。『初学記』雨は『説文』の「小雨曰微、微雨曰濛々」を引用し、宋・劉義恭「感春賦」に「風淑穆而吹蘭、雨濛々而洗茎」（『初学記』春）とある。諸本の訓には「トシテ」「タリ」の二種がある。前後の項を合わせ考えれば、「細雨濛々たり水面の縠（コク）」の訓みも存在した。 **水面縠** 底本「水雨縠」に作るも文意より非。諸本により改む。「縠」は表面に小さな縮み皺のある絹織物。水紋を詠む事自体は六朝詩以来あるけれども、これに例えるのは、そう多い事ではない。銭起「贈張南史詩」に「黛色晴峯雲外出、縠紋江水県前流」とあり、劉禹錫「竹枝詞九首其三」に「江上朱楼新雨晴、瀼西春水縠紋生」とある。「縠」には、音読符の他に、諸本の訓には、右訓に「コマヤカナリ」「コクス」、左訓に「アヤアリ」「コメ」がある。「コマヤカナリ」は、『篆隷万象名義』の「縠、細練」、玄応『一切経音義』巻二二の「霧縠言細如霧也」（猶、巻一〇にも類似文あり）などに拠ったもの。「アヤアリ」はここでは適訓なるもその訓詁は不明。或いは、「縠、綺也」という、『釈名』（『急就篇』巻二・王応麟補注所引）の訓詁などを参照したものか。異文「穀」は「縠」と混同されることが珍しくない。なお、朝野鹿取「秋山作探得泉字応製」詩に「谿生濃霧織薄縠、水写軽雷引飛泉」（『文華秀麗集』巻上）とあるように、「縠」は霧に喩えるのが一般的。

3 忽望 もし～を彼方に眺めれば、の意。この二字の連なりは一般の

みどりの若草に跡までみゆる雪のむら消」（新古今集一—七六）の如く、「野辺の緑」という表現は比較的見られる。「みどり」という語は語源的には、草木の新芽・新緑のことであって、それが後に色名になったのであり、これに従って、「山の緑」をこのような原義でとることも考えられるが、これと結び付く「染む」との関係で認めがたい。『注釈』では「草木を一面に緑色に染める」と通釈するが、次項に述べるように、構文はそのようにはなっていない。

なべて染むらむ　「なべて」は、一面にあるいは一様に、の意。「秋風のふきとふきぬるむさしのはなべて草ばの色かはりけり」（古今集一五—八二一）「秋風のうち吹くからに山もののもなべて錦におりかへすかな」（後撰集七—三八八）などの例がある。「染（そ）む」は、一般的には「紅に染めてし衣雨降りてにほひはすともうつろはめやも」（万葉集一六—三八七七）や「心をばちくさの色にそむれども袖にうつるは萩がはなずり」（千載集四—二五〇）などの如く、「対象ヲ特定の色ニ染む」という関係になる。したがって、かりに「山ヲ緑（色）ニ染む」という形ならば文法的には問題ないが、そう解釈すると、山は元々は緑以外の色であったということになる。また、原文の「山の緑を染む」を「山の緑ヲ（何色か）ニ染む」と補って考えると、新芽・新緑自体が持つ緑色をそれとは別の色に染め替えるということになろう。ここでは、類似例とみなしうる「わがせこが衣はるさめふるごとにのべのみどりぞいろまさりける」（古今集一—二五）や「春雨のふりそめしより青柳のいとのみどりぞいろまさりける」（新古今集一—六八）、さらに既掲の「春雨やなべてそむらん嶺とほき山のみどりも色ふかくみゆ」（続後拾遺集一—六二）

詩には見られず、「忽見・忽看・忽覩」等が一般的。「忽」は口語。仮定の意を表す。蒋礼鴻は「或」が正字であるが、時に「忽」が同音の仮借字として代わりに用いられるという（『敦煌変文字義通釈（第四次増訂本）』上海古籍出版社、一九八八。また、王瑛『唐宋筆記語辞匯釈』中華書局、一九九〇も参照のこと）。ただ、本集の他の「忽」字にはこれに類する用法字義はないし、「モシ」の古訓の用例も知らない。訓みは、しばらく諸本の訓に従う。大江朝綱「裴大使重押蹤字見賜瓊章不任諷詠敢以酬答」詩に「忽望仙楼十二重、馬頭連袂又遭逢」（『扶桑集』贈答）とあるも、意は仮定ではない。　**遅々**　日が穏やかで、なかなか暮れない様。『毛詩』豳風・七月の「春日遅々、采蘩祁祁」（『初学記』春）に基づく。晋・陸機「櫂歌行」に「遅遅暮春日、天気柔且嘉」（『藝文類聚』三月三日）とあり、家持「うらうらに照れる春日にひばりあがり情悲しもひとりしおもへば」（万葉集一九—四二九二）の左注にもその『毛詩』の一節が引かれ、空海「詠十喩詩　詠陽焔喩」詩に「遅遅春日風光動、陽焔紛紛曠野飛」（『性霊集』巻一〇）、菅原道真「詠楽天北窓三友詩」に「東行西行雲眇眇、二月三月日遅々」（『菅家後集』）とあり、『名義抄』に「ウラウラ」の訓がある。　**暖日中**　暖かな太陽、日差しのこと。初唐・褚亮「詠花燭詩」に「蘭逕香風満、梅梁暖日斜」とあり、『千載佳句』早春にも「暖日当頭催展菜、和風次第遣開花」（路半千「賞春」）の一聯が収載される。この語は恐らく『初学記』春の事対にある「遅日」（前項の毛詩の一節に基づく）のバリエーション、もしくは『毛詩』豳風・七月の「春日載陽、有鳴倉庚」（『初学記』春）とある「鄭箋」の「陽、温也」というに基づく。「中」には、諸本に捨て仮名「チ」

などを勘案して、春雨によって緑の色がより一層濃くなる、つまり「山の緑（色）ヲ（より濃く）染む」というふうにとっておきたい。歌末の「らむ」は「春の雨や」の「や」の結びとなる。「らむ」の用法は一般に、眼前にない事物のありように関する推量と、眼前にある事物の原因・方法などに関する推量の二種に分類される。この分類の基準となっているのは、対象が眼前にあるか否かという点である。この点に関するかぎり、当歌の場合、そのどちらともとることができ、また推量する内容も事物自体ともその原因・方法ともとることができるが、【補注】に述べることから、この「らむ」を前者の用法ととっておく。

【補注】

先に挙げた「水のおもにあや吹きみだる春風や池の氷をけふはとくらむ」（後撰集一―一二）における「らむ」は、上句の表現内容との関係や、「初春の歌とて」という詞書からも、眼前にはまだない対象に対する推量ととるのが適切であろう。また、本集における類歌として、「白露の色は一つをいかにして秋の山辺をちぢに染むらむ」（六六番）と「春雨は色はあをくも見えなくに野辺の緑をいかで染むらむ」（下巻一二八番）の二首があるが、これらは「いかにして」や「いかで」という疑問詞と相まって、原因・方法などに関する推量と言えよう。

当歌全体の表現構造を見てみるならば、第三句の「春の雨」が、初句・第二句の「水の上にあや織り乱る」と、下句の「山の緑をなべて染むらむ」の双方の主体となっている。

この両者の結び付け方として二通り考えられる。一つは眼前に春の雨

を持つものがある。

４山河　山と川、自然のこと。本書には異文「山川」の語例はない。陶淵明「擬古詩九首其四」詩に「山河満目中。平原独茫茫」とあり、小野岑守「五言竹樹新裁流水遠引即事有興把筆直疏得寒字応制」詩に「非経山河遠、即坐得考盤」（『経国集』巻一一）、菅原道真「読楽天北窓三友詩」詩に「山河邈矣随行隔、風景黯然在路移」（『菅家後集』）とある。**物色**　物体の形や色、ひいては、李百薬「雨後詩」に「晩来風景麗、晴初物色華」（『初学記』霽晴）とあるように、風景、景色を表す。劉勰が『文心彫龍』に物色篇を設けて、景物の移り変わりと、それに伴って生起する感情の変化を論じたように、六朝的観念的な語で、『文選』巻一三にも「物色」の項があり、「風賦」「秋興賦」「雪賦」「月賦」を収載する。嵯峨天皇「和左大将軍藤冬嗣河陽作」詩に「非唯物色催春興、別有泉声落雲端」（『凌雲集』）、菅原道真「秋日山行二十韻」詩に「日脚光陰走、年華物色凋」（『菅家文草』巻一）とある。「春来」の項の道真詩にもある。　**染深緑**　「深緑」は、濃い緑色のこと。深碧・深翠というに同じ。『初学記』春の事対に「蒼精・青祇」「玄鳥・蒼龍」「玄燕・黄鸝」「青蘋・緑芰」「緑野・青逵」等の色に関する語が載るように、五行との関連もあって春の色は青を基調とする。結句は唐太宗「首春詩」の「碧林青旧竹、緑沼翠新苔」（『初学記』春）、梁・王僧孺「春思絶句詩」の「雪罷枝即青、氷開水便緑」（『藝文類聚』春）等々の集約的・抽象的表現。ただし、「深緑」は習見の詩語ではない。その意味で別訓「深緑に染む」を避ける訓みが生まれた可能性がある。異文「深染緑」は平仄上より非。

が（池などの）水の上にあやを織り乱している様子を見ながら、その雨が山の緑をこれから一層濃く染めること自体を推量しているというもので、実景描写と推量から成る。今一つは、春の雨が一方では水の上にあやを織り乱し、もう一方では山の緑を染めるという、その二つの作用のつながりのなさに対する推量、つまり春の雨がなぜ同時に二つの相異なる作用を持つのかということに対する推量である（ただし『注釈』が指摘するように、「あや」が漢詩の「緑紋」をふまえているとすれば、両者は色つながりで結び付けえよう）。この場合、歌全体を、実景を眼前にしているか否かに関係なく、観念的・想像的な表現としてとることになる。この二つのうち、解釈の自然さ・単純さ、類歌や詩との関係から言えば、前者の方がより適切かと思われる。

表現技法としては、「春の雨」を「あや織り乱る」および「山の緑を染む」の主体とした擬人法が用いられている。また、新古今集所載の同歌について、「あや」「おる」「みだる」「はる（張）」「みどり」「そむ」が縁語関係にあるとされる（このように考えるならば、春の雨は、布に文様を織ることと、布を緑に染めることという、相互に関連しあう働きをすると見ることができよう）。

なお、泉紀子「『新撰万葉集』巻頭歌の意味と位置付け」（『和漢比較文学叢書　第十一巻　古今集と漢文学』汲古書院、一九九二）は、その表現方法に漢詩の影響があること、春歌の冒頭歌の素材・内容としては異質であることなどを指摘した上で、「宇多朝を賛美し寿ぐ」寓意があるのではないかと論じている。当詩【補注】を参照。

【補注】

韻字は「縠」（入声一屋韻）と「緑」（入声三燭韻）で破格（「力」も押韻してよい箇所であり、また以後の本集の詩でもほとんどが押韻するけれども、入声十三職韻であり、他の二字とはかなり離れた韻であるので、ここは押韻したとは認めなかった）。ただ、以後の詩のほとんどが平声で押韻するので、ここは巻頭の作品である事を意識して、敢えて古詩の体である仄韻で押韻したものとすれば、許容範囲。その響きの良さから六朝時代に平声が特に重要視されるようになったので、近体詩成立以後は仄韻詩（なかんずく入声は特に）は返って難しい詩形とされた。平仄に基本的な誤りはない。

上掲泉論文に「ゆっくりと時の流れる暖かな春の日、細かな雨が小さな波紋を作る水面からふと目をあげると、そこには深く緑に染まる春望があった」とあるが、「遅々たる暖日」とは家持の歌にあるとおり、明らかに日本でも晴天と受け取られていたのであるから、そのような解釈が成立する訳がないし、春望を眼前の景と取るのはそもそも助動詞「らむ」の基本義にも矛盾するだろう。更に白氏文集巻頭の「賀雨詩」の影響を言われて、この歌詩にも帝徳賛美の含意があるとされるが、氏が挙げられた諸例を含めてそうした雨の詩には必ず経書的世界を濃厚に表す語句が付されているのであって、少なくとも当詩にその影はない（この「賀雨詩」に関しては、神田喜一郎「読白楽天詩記（一）」（『東方学報』一九四六・一一）を参照）。

【比較対照】

表現上は、歌の上句「水の上にあや織り乱る春の雨や」は詩の承句「細雨濛々水面穀」に、歌の下句「山の緑をなべて染むらむ」は詩の結句「山河物色染深緑」に、それぞれほぼ対応する。すなわち、この歌と詩においては、歌の表現はすべて詩に対応したものが見られ、さらに詩では起句および転句の部分が補足されていることになる。

対応部分の語句・関係を細かく見れば、いくつか差異が見られる。歌の「春の雨」が詩では「細雨」となり、「濛々」という語とともに、雨の降る情景が歌よりも具体的に表されている。その一方、歌では「春の雨」が「水の上にあや織りみだる」ことの主体として擬人的に表現されるのに対して、詩では「細雨」と「水面穀」との因果関係が明確には示されておらず、もとより擬人的表現にもなっていない。

歌の下句と詩の結句との関係においては、歌の「山」が詩では「山河」の如く対象が広がり、「緑」が「深緑」の如くより限定的になっている。また、歌では上句同様に「春の雨」が「山の緑をなべて染む」ことの主体として擬人的に表現されているのに対して、詩ではその関係は必ずしも明らかではない。

詩において補足された部分については、起句「春来天気何力」は詩全体における主題提示の部分と見ることができる。それは、すなわち自然の力・作用に対する驚異や感動であって、それは歌において婉曲に示された意図と対応していると考えられなくもない。別に言えば、詩の作者は、この歌の主題をそのようなものととらえ、明示したということである。とすれば、この歌と詩は、主題的に共通した内容と言えよう。また、詩の承句「怱望遅々暖日中」については結句との関わりの上で、歌の表現においても推察可能な状況であり、少なくとも矛盾するものではない。

先に挙げた、当歌の本集における類似の歌に対する詩はそれぞれ次のとおりである。「白露の色は一つをいかにして秋の山辺をちぢに染むらむ」に対しては「白露従来莫染功　何因草木葉先紅　三秋欲暮趁看処　山野斑々物色怱」（六六番）、「春雨は色はあをくも見えなくに野辺の緑をいかで染むらむ」に対しては「春雨一色染満山　海中潮波凝千濤　在々池上青煙色　処々野辺白露低」（下巻一二八番）である。これらと比較した上で、当歌詩の対応上の特徴として次の二点を指摘したい。

まず第一に、歌と詩が全体的によく対応しているということである。詩において補足された部分も、歌の主題をより明示化したり、歌の内容・状況をより具体化あるいは一般化したりするためのものであって、歌と齟齬をきたすものではない。第二に、しかしながら表現上、歌は「春の雨」を直接的な主体として擬人化し、全体をまとめているのに対して、詩においてはそれらの関係付けが明確には示されていないということである。

二番

散砥見手　可有物緒　梅之花　別様匂之　袖丹駐礼留

散ると見て　有るべきものを　梅の花　うたて匂ひの　袖にとまれる

【校異】

本文では、第四句の「匂」を、元禄九年版本・元禄一二年版本・文化版本・類従本・下澤本が「匀」とし、結句の「丹」以下を、久曾神本が欠く。

付訓では、とくに異同が見られない。

同歌は、寛平御時后宮歌合（十巻本・廿巻本、春歌、素性。ただし、十巻本には結句の「袖」を「そら」とする）にあり、また古今集（巻一、春上、四七番）にも「寛平御時きさいの宮の歌合のうた　よみ人しらず」として、古今六帖（第六、木、むめ、四一四三番、そせい）、素性集（冷泉家本三番、これもひとのかりやるとて）にも同文で見られる。

【通釈】

散るものと思ってただ見ていればよいのに、（なまじ手折ったために）梅の花は、困ったことに、その匂いが袖にいつまでもとどまっていることだよ。

【語釈】

散ると見て　散るものと思って、の意。「散る」のは第三句の「梅の花」。

春風触処物皆楽
上苑梅花開也落
淑女偸攀堪作簪
残香匂袖払難却

春風《(シュンプウ)》処《(ところ)》に触《(ふ)》れて物《(もの)》皆《(み)》な楽《(たの)》しぶ。
上苑《(シヤウエン)》の梅花《(バイクワ)》開《(さき)》て也《また》落《お》つ。
淑女《シク(ヂョ)》偸《(ひそ)》かに攀《よ(ぢ)》て簪《かんざし》と作《(な)》すに堪《(たへ)》たり。
残香《(サンキヤウ)》袖《(そで)》に匂《にほ》ひて払《(はら)》へども却《しり》ぞけ難《(がた)》し。

【校異】

「春風」を、藤波家本・講談所本・道明寺本・京大本・大阪市大本・天理本「秋風」に作り、類従本・羅山本・無窮会本、永青本・久曾神本「和風」に作る。「上苑」を、藤波家本「上花」に作る。「淑女」を、講談所本・道明寺本・京大本・大阪市大本「淑如」に作る。

【通釈】

春の風が当たるところでは全ての物が楽しそうにしている。天子のお庭でもあの上林苑のように梅の花が咲いてはまた散っている。上品な乙女がこっそりとその花の枝を折り取れば、簪にすることも出来ようが、そんなことをすれば、残り香が袖に匂って払っても取り去ることが出来にくくなるだろうに。（そうなれば、惜梅の情がより刺激されて、楽しいどころではなくなってしまう。）

有るべきものを　ただ、あるがままに見ていればよいのに、の意。「べき」は適切・妥当の意。「ものを」は逆接確定条件を表す。
梅の花　「散る」「有る」に対して同様、以下の句の主語となる。
うたて匂ひの　「うたて」は、困ったことに、の意。ある事態が自分にとって好ましくない方に進むことを嘆く気持ちを表す。ここでは以下の「匂ひの袖にとまれる」という事態に対して言う。「まどろまぬものからうたてしかすがにうつつにもあらぬ心地のみする」（後撰集一二―八七七）「おちつもるにはをだにとて見るものをうたてあらしのはきにはくかな」（後拾遺集二〇―一二〇七）などと同様、前に逆接確定条件句を伴うことによって、予想外の困惑する事態が生じることを表す。「匂ひ」は、梅の花の匂いを指す。嗅覚としての名詞用法。梅の花の匂いについては、「匂をば風にそふとも梅の花色さへあやなあだにちらすな」（拾遺集一―三一）「ちりぬればにほひばかりを梅の花ありとや袖に春風のふく」（新古今集一―五三）などの如く「にほひ」を用いる例もあるが、名詞としては「梅が香」をはじめ、「いろ（色）」と対比して「か（香）」の方を用いることが多い。
袖にとまれる　「匂ひの」が主格で、歌末は存続の意の「り」の連体形終止となり、詠嘆性を含む。「匂ひガ袖ニとまる」という関係にある表現は珍しく、「をる袖ににほひはとまる梅がえの花にうつるは心なりけり」（玉葉集一―六七）というのが見られる程度。本集の「梅が香を袖にうつしてとどめては春は過ぐともかたみと思はむ」（一一番）の「とどむ」は類似例と言えよう。「とまる」という語を用いたのは、「まてといふにちらでしとまる物ならばなにを桜に思ひまさまし」（古今集二―

【語釈】
1 春風　春の風のこと。梁簡文帝「梅花賦」に「春風吹梅畏落尽、賤妾為此斂娥眉。花色持相比、恒愁恐失時」（『藝文類聚』梅）、嵯峨天皇「梅花落」詩に「鶊鳴梅院暖、花落舞春風」（『文華秀麗集』巻中）、菅原道真「早春陪右丞相東斎同賦東風粧梅各分一字」詩に「春風便逐問頭生、為翫梅粧繞樹迎」（『菅家文草』巻一）とある。『初学記』春には「梁元帝纂要曰、（中略）風曰陽風、春風、暄風、柔風、恵風」とあり、また事対として「和風」の語を示して「陸士衡楽府詩曰、（中略）和風飛清響、鮮雲垂薄陰」を引用する。平仄上からも「春風」と異文「和風」両文の是非を決し難い。猶、本集に「和風」の他の用例はなく、傅玄「夏賦」に「和風穆而扇物、麦含露而飛芒」（『初学記』夏）の例なども散見されることから、しばらく「春風」に従う。　**触処**　触れ触るところの意から、いたるところ、どこもみな、の意で唐詩には用いられ、岑参「江上春嘆詩」に「春風触処到、憶得故園時」とあるが、本集上巻「姮娥触処翫清光」（二三番）、「一声触処万恨苦」（四二番）、「秋風触処蛬鳴寒」（七三番）などの例に拠れば、副詞的でなく原義に近い用法。なお、元禄九年版本・元禄一二年版本・文化版本は無訓だが、底本始め藤波家本・講談所本・道明寺本・京大本・大阪市大本・天理本など、「処に触れて」と訓む。　**物皆楽**　晋・傅玄「陽春賦」に「乾坤絪縕、沖気穆清、幽蟄既動、万物楽生」（『初学記』春）などとある。
2 上苑　天子の庭園のこと。『初学記』苑囿に「其名苑、有天苑、禁苑、上苑。」とある。その代表的なものに漢の武帝の時に有名になった上林苑があり、唐代にも存続していた（『元和郡県図志』巻一・関内道・長

七〇）「ちる花のなくにしとまる物ならば我鶯におとらましやは」（古今集二―一〇七）などの歌から考えると、初句の「ちる」と対比的に表現する意図があったものと見られる。なお、梅の花の匂いが袖に止まるのは、梅の枝を折って手に持ったことによるのだろう。「折りつれば袖こそにほへ梅花有りとやここにうぐひすのなく」（古今集一―三二）や、「むめの花をればこぼれぬわが袖ににほひかうつせ家づとにせむ」（後撰集一―二八）「むめがえををればつづれるころもでに思ひもかけぬうつりがぞする」（後拾遺集一―六〇）などの例がある。もっとも、「引き攀ぢて折らば散るべみ梅の花袖に扱入れつ染まば染むとも」（万葉集八―一六四四）の如く、折らないで散った花びらを集めて袖に入れるという場合や、「むめがえにかぜやふくらん春の夜はをらぬ袖さへにほひぬるかな」（金葉集一―一八）の如く、匂いが風に運ばれて来るという場合もあるが、当歌においては、上句との対応関係からすれば、考えにくい。

【補注】

古今集では、同歌の前後に続けて「梅がかをそでにうつしてとどめてば春はすぐともかたみならまし」（古今集一―四六）と「ちりぬともかをだにのこせ梅花こひしき時のおもひいでにせむ」（古今集一―四八）を載せ、三首一組の体を成している。この前後の両歌はともに、花が散っても、せめて香りだけでも残っていれば、それを梅の花をなつかしむよすがにしたいという内容である。これらにおいては、梅の花の香りはできればとどめておきたいものであるが、四六番歌は反実仮想の表現によって、それが不可能であることを表している。対するに、当歌に

安県）。張読「閑賦」（但し、江談抄は作者を張贇とする。朗詠集私注に拠る）に「花明上苑、軽軒馳九陌之塵、猿叫空山、斜月瑩千巌之路」（『和漢朗詠集』巻上・花）とある。本集にも、「梅柳初萌自欲開、上苑百花今已富」（八番）、「上苑花下匂皆尽」（一八番）などとある。**梅花** 『西京雑記』巻一に「初修上林苑、群臣遠方、各献名果異樹。（中略）梅七、朱梅、紫葉梅、紫華梅、同心梅、麗枝梅、燕梅、猴梅」（『初学記』梅）とあるように、三千余種の名果異木が植えられた上林苑にあっても、梅は特に著名であった。初唐でも変わらなかった事は、盧蔵用「奉和立春游苑詩」に「天游御蹕駐城闉、上苑遅光晩更新。（中略）梅香欲待歌前落」、沈佺期「奉和立春游苑詩」に「東郊暫転迎春仗、上苑初飛行慶盃。（中略）殿裏争花併是梅」（以上『初学記』苑囿）とあるのでも分かる。**開也落** 咲いてはまた落ちる、の意。「也」は六朝以降「亦」と同様に使われるようになった口語。『名義抄』を始め、本集の諸本の大半に「マタ」の訓が見える。

3 淑女 奥ゆかしい善い女性のこと。周・庾信「詠春詩」に「今朝梅樹下、定有折花人」（『初学記』春）とあり、嵯峨帝「七言閑庭早梅」詩に「自恨無因佳麗折、徒然老夫野人栽」（『経国集』巻一一）とあるように、梅樹の下で花を手折る女性のイメージは習見のもの。「淑」の漢音は「シュク」。**偸** こっそり～する、ひそかに、の意。「偸～」は白詩に多い表現との説があるが（小島憲之『古今集以前』（塙書房、一九七六））、「偸攀」の語例は確認できない。**攀** 折る、手折る、の意。『名義抄』に「ヨヅ」とある。**堪作簪** かんざしにすることができる、の意。皇太子簡文「同劉諮議詠春雪」詩に「看花言可挿、定自非春梅」

おいては、匂いは袖にとどまってしまっているのであり、しかもそれを「うたて」ととらえているのであって、まったく逆の発想をしていることになる。

梅なり桜なりを手折って、それを簪にしたり家づとにしたりするという歌は、万葉集以来さまざまに見られる。当歌の上句にある「散ると見てあるべきものを」のように、あえて手を付けず、散るままに自然のままにしておいた方がよいという発想は、先に挙げた「引き攀ぢて折らば散るべみ梅の花袖に扱入れつ染まば染むとも」（万葉集八―一六四四）や、桜についてであるが「折りとらば惜しげにあるか桜花いざ宿かりて散るまでは見む」（古今集一―六五）や「とどむべきものとはなしにはかなくも散る花ごとにたぐふ心か」（古今集二―一三二）の如き例はあるものの、決して一般的とは言えない。そういう点でも当歌の発想は独特であると考えられる。

この発想を基盤にするならば、梅の枝を手折ること、そしてその結果、花は散っても匂いだけが残るということが「うたて」という気持ちを引き起こすことになるわけである。なぜ「うたて」なのかと言えば、そもそも梅の枝を手折ったのは、梅の花をいとおしみ、それをいつまでも手元にとどめておきたいという思いによるが、その結果、匂いだけが残って実物がないという不自然な状況が生じることによって、ますます梅の花を見たいという思いを募らせるという状態を招いてしまうからである。したがって、あるいは「散ると見てあるべきものを」というのは、そのような困った状態に陥って初めて思い知らされたこととも考えられる。その場合は、「ものを」を終止用法とし、第二句で一旦切れているとと

（『玉臺新詠』巻七）、陳・後主「梅花落」詩に「佳人早挿髻、試立且徘徊」とあるように、梅を頭髪の飾りにしたことは当時の風俗。

4 残香 微かに残っている香気のこと。唐・孟遅「長信春詞」に「君恩已尽欲何帰、猶有残香在舞衣」、沈佺期「和常州崔使君寒食夜詩」に「斗柄更初転、梅香暗裏残」とあり、菅原道真「紅蘭」詩に「残香経洗露、晩気未傷風」（『菅家文草』巻二）とある。 **匂袖** 「匂」は国字。この字に関しては、三木雅博「「匂」字と「にほふ」」（『文学史研究』二三、一九八二・一二）を参照。なお、この字は『平他字類抄』では光彩部の平声に分類される。 **払難却** 「却」の左訓に、底本・藤波家本・講談所本等「サリ」の訓あり。

【補注】

韻字は「楽・落・却」で、入声十薬韻。平仄にも基本的な誤りはない。

この詩、或いは梁・簡文帝「梅花賦」（『初学記』梅、『藝文類聚』梅）を参考にして作成されているのではないか。承句「上苑」は「層城之宮、霊苑之中」に、「梅花開也落」は「梅花特早、偏能識春。或承陽而発金、乍雑雪而披銀。（中略）漂半落而飛空、香随風而遠度。云々」に対応し、転句で「淑女」を持ち出すのも、「於是重閨佳麗、貌婉心嫻。云々」とあり、「偸攀堪作簪」も「折此芳花、挙茲軽袖。或挿鬢而問人、或残枝而相授。恨鬟前之大空、嫌金鈿之転旧」の縮約的な表現であり、更に結句には「春風吹梅畏落尽、賤妾為此斂娥眉。花色持相比、恒愁恐失時」（春風が梅の花を落ち尽くすことを恐れ、私は眉を顰める。花を持って自分と比べ、時を失うことを恐れて常に悲しむのだ――花も春が去れば

らえると、より妥当するであろう。

なお、『注釈』は、「うたて」と思う理由として、「その香りを男性の薫香と誤って人が「とがめる」点にあると考え」、そう考えるのは「「形見」があるためにかえってつらいという内容は、漢詩の表現からは詠み取ることができないから」とする。しかし、「漢詩の表現から詠み取ることができないから」といって、歌の解釈を変更するのは本末転倒ではないだろうか。そうしておきながら、詩結句について他の解釈の可能性も挙げたうえで、「和歌との対応の点から考えれば」として同じ解釈をあてはめているのは、さらに論理が逆転していることになろう。漢詩作者が当歌をそのような恋歌として解釈したとするのならばともかく（主体を男性ではなく「淑女」とする点に、その可能性は考えられる）、春歌として収められた当歌はあくまでもそれとして、まずは解釈しておくべきであり、それに対して詩がそのとおりに対応するとは限らず、むしろさまざまな変化・補足を付加するのが、本集のまさに特色だからである。

※　なお、転句は【通釈】にあるように、仮定条件を含むものと解釈したが、一番の詩のように、原文にそれを明示する語があるわけではない。しかし、そのように解釈しなければ、詩として意味をなさないし、詩題の代わりとなる和歌とも矛盾することになる。また、漢詩の解釈としてそうする事は、異例の事に属するわけでもない。

萎んで散り、私の容貌もやがて衰えて寵愛を失うのだと――）という意が当然響かせてあるからである。

『注釈』では、結句を中心とする当詩の解釈に破綻があること、和歌の【補注】に詳しいが、なお、梅の「芳香」について贅言しておく。

梅については、周知の如く、記紀や風土記に登場せず、万葉集では百二十首ほどの歌が詠まれるが、その香りに言及されることはほとんど無く、『懐風藻』に於いても、田辺百枝「五言春苑応詔」詩に「松風韻添詠、梅花薫帯身」、百済和麻呂「五言初春於左僕射長王宅讌」詩に「芳梅含雪散、嫩柳帯風斜」、箭集虫麻呂「五言於左僕射長王宅宴」詩に「柳條未吐緑、梅蘂已芳裾」とある程度であり、『古今集』の「暗香」を始めとする様々な梅香の詠み振りとの落差が大きすぎる。とりわけ香りと人事との関連（三三・三五番など）が説明しにくい。

その段差を埋めるのが、『文華秀麗集』巻中の嵯峨天皇「梅花落」詩の「狂香燻枕席、散影度房櫳」と、菅原清公「奉和梅花落」詩の「花点紅羅帳、香縈玉鏡臺」という楽府詩の表現である。夫婦の寝室に漂う梅香をもって、夫の不在を強く印象づけるその手法は、嵯峨帝独自のものであろう。言うまでもなく「梅花落」は、六朝以来の楽府であるが、『楽府詩集』巻二四に収められた作品群には、そうした濃厚な雰囲気をもつものはない。徐君倩「雑詩二首其二　初春携内人行戯」詩に「草短猶通屧、梅香漸著人」（『玉臺新詠』巻八）とある程度で、清潔なものである。ちなみに、隋・江総「梅花落三首其二」詩に「可憐香気歇、可惜風相摧」という表現があり、本詩の結句の解釈の参考になるだろう。　※

【比較対照】

表現上ほぼ対応していると見られるのは、歌の下句の「うたて匂ひの袖にとまれる」と詩の結句「残香匂袖払難却」のみである。それ以外は、歌の「散る」や「梅の花」などの語は詩の方にも用いられているが、表現のあり方は全体的に異なっていると言えよう。歌の「散ると見て有るべきものを」にそのまま対応する表現は詩には見られず、一方、詩の起句は歌には全く表されていず、承句や転句も歌の表現には直接見られない。

しかし、詠まれた状況・内容はかなり近く、詩は歌のそれを全体に、より具体的に示していると言える。たとえば、起句では初春の情景全体を示してあり、これは歌の状況設定と矛盾するものではない。また、歌では梅がどこに咲いているのか分からないが、承句では「上苑」によってその場所が特定されてあって、そのような設定は歌においても十分に想定可能である。転句では梅枝を手折ること、そしてその主体が「淑女」であることが明らかにされている。歌でも【語釈】で述べた如く、下句の原因となるのが梅枝を手折ることであると推測された。その主体となる人物について歌のみでは不明であるものの、それが「淑女」であることによって解釈上の不都合が生じることはない。さらに、結句は歌の下句と表現上対応するが、詩では「払へども却け難し」と梅の匂いの残る様をより詳細に表している。

異なるのは、歌では心中描写が主になっているのに対して、詩では情景および行為の描写が中心となっていることである。歌の「散ると見てあるべきものを」や「うたて」という表現が作者の後悔や詠歎の気持ちを表すものになっているのに対して、詩では前半が情景描写、後半が行為描写になっている。また、より細かく見れば、歌では梅枝を手折るという作者自身の行為が既に行われ、その結果が生じたものとして表現されているのに対して、詩では「淑女」という第三者による仮定の行為および結果として表現されているという点でも異なっている。なお、この点は本集全体の歌詩対応の傾向から見れば、非常に特異なケースである。

歌に対する詩の付し方の特徴としては、次の二点が指摘できよう。

第一に、表現そのものの対応関係はそれほど密接ではないが、全体としての状況・内容はよく対応している。第二に、ただし、歌においては「匂ひの袖にとまれる」という一点に焦点をおき、それに対する心情を表すことを主とした構成になっているのに対して、詩においては情景や行為の描写がより具体的にはなっているものの、一篇としての収斂性や主題性が希薄になっている。

三番

浅緑　野辺之霞者　裏鞆　己保礼手匂布　花桜鉇

浅緑　野辺の霞は　つつめども　こぼれて匂ふ　花桜かな

【校異】

本文では、初句の「緑」を、羅山本・無窮会本が「縁」とし、第四句の「己」を、類従本・講談所本・京大本・永青本が「巳」とし、同句の「匂」を、元禄九年版本・元禄一二年版本・文化版本・類従本・下澤本・無窮会本が「匀」し、同句の「布」を、永青本・久曾神本・京大本・大阪市大本・天理本など、一〇本が欠き、結句末の「鉇」を、底本および類従本・文化写本・藤波家本・講談所本・天理本・羅山本・永青本が「鉋」とする。

付訓では、とくに異同が見られないが、底本が初句の「みどり」を「にどり」と誤記してあるのを改める。

同歌は、寛平御時后宮歌合（十巻本・廿巻本、春歌、一一番）にあり、また拾遺集（巻一、春、四〇番）〔および拾遺抄（巻一、春、二五番）〕にも「菅家万葉集の中」〔「菅家の万葉集に」〕としてある。他に、古今六帖（第五、色、みどり、三五一四番、伊勢）、新撰朗詠集（上、春、花、一一三番。ただし第二句「春の霞は」）にも見られる。

【通釈】

薄い緑色の、野辺の霞がすっぽりとあたりを覆い隠しているけれども、

緑色浅深野外盈

雲霞片々錦帷成

残嵐軽簸千匂散

自此桜花傷客情

緑色《リョクショク》浅深《センシン》野外《ヤグヮイ》に盈《み》てり。

雲霞《ウンカ》片々《ヘンペン》として錦帷《キンヰ》成《な》る。

残嵐《サンラン》軽《かる》く簸《ひ》て千《ちぢ》の匂《にほひ》散《ち》る。

此《これ》（より）桜花《アウクヮ》客情《カクセイ》を傷《いた》ましむ。

【校異】

「残嵐」を永青本・久曾神本「残風」に作る。

【通釈】

草木の緑色が薄くあるいは濃く、野原に満ちている。霞が切れ切れにかかって、やがてそれは美しい錦の垂れ幕のようになった。そこへ昨夜の名残の山風が吹いて軽く霞の垂れ幕をあおりあげると、様々な美しい彩りが散り乱れるのが見えた。それに因って、桜花は旅人の心を悲しませた。

【語釈】

1 緑色　春の緑は、柳を始めとする草木とその野山、及び水の色を言うのが漢詩の一般。**浅深**　濃淡、薄く濃く、の意。唐・楊収「望岳陽」詩に「黛色浅深山遠近、碧煙濃淡樹高低」（『千載佳句』眺望）とあり、『菅家文草』巻五「三月三日同賦花時天似酔応製」詩に「煙霞遠近応同

（その合間から）こぼれ出るようにして咲き匂う花桜であるよ。

【語釈】

浅緑　薄い緑色、若草色のこと。「浅緑染め掛けたりと見るまでに春の柳は萌えにけるかも」（万葉集一〇―一八四七）や「あさみどりいとよりかけてしらつゆをたまにもぬける春の柳か」（古今集一―二七）などの如く、柳の葉の色に関して用いられる他、「はるさめのふりそめしよりかたをかのすそ野の原ぞあさみどりなる」（千載集一―三二）や「はるがすみたちいでむこともおもほえずあさみどりなるそらのけしきに」（後拾遺集一六―九〇七）などの如く、野や空、霞、風などの色についても用いられることがある。当歌の場合、以下に「野辺の霞」と続くため、その色が野辺のものとも霞のものともとりうるが、「つつむ―こぼる」という関係にあり、かつ「花桜」の色との対比を考えれば、霞の色とみなすのが適切と考えられる。とはいえ、霞そのものが浅緑色ということではなく、野辺が霞んで浅緑色に見えるということではあるけれど。「あさみどりのべのかすみのたなびくにけふのこ松をまかせつるかな」（後拾遺集一―三〇）や「あはれなり我が身のはてやあさみどりつひには野辺の霞とおもへば」（新古今集八―七五八）など、同様の表現を持つ歌においても、「あさみどり」は霞の色と考えられる。

野辺の霞は　霞は山にたなびくものとして数多く歌われているが、野辺においても「見渡せば春日の野辺に霞立ち咲きにほへるは桜花かも」（万葉集一〇―一八七二）や「春の野に霞たなびき咲く花のかくなるまでに逢はぬ君かも」（万葉集一〇―一九〇二）などの如く、万葉集から広く用いられる。

盈　原義は器にいっぱいになるの意であるが、『玉篇』に「盈、満也」、『爾雅』釈詁一に「溢、盈也」とあり、いっぱいになる、満ち溢れるの意で広く用いられる。

野外　郊外、野原のこと。戸、桃李浅深似勧盃」（『和漢朗詠集』三月三日）とあり、源道済「大井河和歌序」に「紅葉又紅葉、連峰之嵐浅深。蘆花又蘆花、斜岸之雪遠近」（『新撰朗詠集』紅葉）とある。

2 雲霞　「霞」は日光が斜めに射して赤く美しく光る雲。彩雲。朝焼け、夕焼けの類をいい、和語「かすみ」とは異なると一般的に説明されるが、「霞」は「低空に凝る所の霧気が日光の斜射に因りて光采を発するなり。常に太陽の出没する時に見はる。空気の下層に含む所の微細なる水点及び煙塵等は、紅色の光線を透過すること較々易きに因り故に紅色を現はす」（『支那文を読む為の漢字典』）のであり、「春の朝方（昼間）、遠方にある山などの前面に帯状にかかって雲のように見えるもの」（『新明解国語辞典』第四版）という「かすみ」と大きく意味・対象にズレがあるわけではない。ズレがあるとすれば、むしろそれを見る人間の色彩感覚や季節感の方であろう。そうでなければ、類書で「烟」や「霧」等と一緒に分類されるわけがない（例えば、『文苑栄華』は巻一五六の霧の後に「煙霞」として掲載し、『騈字類編』は巻一四・天地門一四に「烟・霞・霧・霄」を収載する）。倭絵などに描かれる霞はまさに低空の雲霧状のものであり、彩色されている物もあったかに記憶する。謝霊運「石壁精舎還湖中作」に「林壑斂瞑色、雲霞収夕霏」（『文選』巻二二）とある。ここは和語「かすみ」と全く同意。

片々　きれぎれな様。初唐・沈佺期「嵩山石淙侍宴応制」に「渓水冷々雑行漏、山煙片々繞香爐」と詠まれている。

つつめども　「つつむ」は通常、「伊勢の海の沖つ白波花にもが包みて妹が家づとにせむ」（万葉集三―三〇六）や「あかずしてわかるるそでのしらたまを君がかたみとつつみてぞ行く」（古今集八―四〇〇）などの如く、具体的な物の全体を何か別の（薄い）物で覆うことを言い、また「たらちねの母にも言はず包めりし心はよしゑ君がまにまに」（万葉集一三―三二八五）や「つつめどもかくれぬ物は夏虫の身よりあまれる思ひなりけり」（後撰集四―二〇九）などの如く、心情などを秘め隠す意にも用いられる。当歌においては、「霞ガ花桜ヲつつむ」という関係になるが、「つつむ」を用いて霞を擬人的に主体とする例も、花桜を対象とする例も他に見当たらない。ただ、類似の内容を表す例として、「花の色はかすみにこめて見せずともかをだにぬすめ春の山かぜ」（古今集二―九一）の如く「こむ（込）」や、「かをとめてたれをらざらん梅の花あやなし霞たちなかくしそ」（拾遺集一―一六）の如く「かくす」などが見られる。本集にも「春霞網に張りこめ花散らばうつろひぬべき鶯とめむ」（五番）という表現が見られる。

こぼれて匂ふ　「こぼる」の主体は以下に続く花桜であり、それを包んでいる霞から「こぼる」ということである。ただし、必ずしも何かに包まれている状態だけからではなく、「むめの花をればこぼれぬわが袖ににほひかうつせ家づとにせん」（後撰集一―二八）や「たがたにかあすはのこさむ山桜こぼれてにほへけふのかたみに」（新古今集二―一五〇）などの如く、花が枝から散り落ちるという場合もある。いっぽう、同歌を載せる拾遺集では、その配列順から見て、この「こぼる」を、霞の合間から花が見え隠れしている状態の意で解していたようにも思われる。

あり、本集にも「霞光片々錦千端」（一三番）の句がある。　**錦帷**　美しい模様を織り込んだ絹織物の垂れ幕をいう。『初学記』帷幕の事対に「錦帷」があり、『典略』の「孔子反衛、見夫人在錦帷中、孔子北面稽首、夫人自帷中再拝」を引用する。「霞」を布地に例えることは、例えば『白氏六帖』霞には謝朓「晩登三山還望京邑一首」詩の「余霞散成綺、澄江静如練」（『文選』巻二七）等が引用され、本集にも「春嶺霞低繡幕張」（五番）、「霞光片々錦千端」（一三番）等とある。「帷」には、底本・藤波家本等「イ」、講談所本・京大本等「キ」の音訓あり、羅山本は「錦帷と成る」と訓む。

3 残嵐　「嵐」は中国詩に於いては、山にかかるもやの意で殆ど用いられるが、日本漢詩の場合は、和語「あらし」の意の用例と混在する。『田氏家集』を例にとれば、巻中「過鵜渭」詩の「嵐寒山業排紅壁、浪濺石牀聳漆台」は「あらし」の意、巻下「鶴栖松」詩の「放出高声青靄遠、助来幽趣翠嵐添」は対語「靄」と同意である。ただし、玄応『一切経音義』には「迅猛風也」とあり、天治本『新撰字鏡』風部にも「盧含反、暴風」とあるように、古辞書に於いては日中共に「あらし」の意とする。「アラシ」の訓は『和名抄』から。「残」は盛りを過ぎて衰え果てたの意。「残嵐」は、夜の名残の弱い山風と解しておくが、この語の用例を確認し得ていない。異文「残風」に関しては、本集の「寒風扇処独蒼々」（九四番）では永青本・久曽神本が「寒嵐」に作る。この異文の関係も「嵐」を風と解するのを助けるだろう。嵐・風共に平声。尚、周・宗懍「早春詩」の「昨暝春風起、今朝春気来」（『初学記』春）というような状況を意味するか。　**簸**　あおりあげる、ゆりあげる、の意。

間から咲いている花が見えるという意と解される。本集における歌は時間的配列が厳密になされているとはみなしがたいが、当歌が春歌の冒頭近くにあり、また「つつむ」ということばとの対比を考えると、拾遺集歌の場合と同じく、散っているのではなく咲いていると解釈するのが適当と考えられる。『注釈』では、「包み守っている霞から余りこぼれて散り乱れる落花の情景」としているが、落花が「にほふ」つまり「美しく輝いている」とは考えがたい。「にほふ」は視覚的にも嗅覚的にも用いられる。右に挙げた後撰集歌では梅の花に対して「にほひかうつせ」とあるので明らかに嗅覚に関する例であるが、新古今集歌ではおそらく視覚に関する例であろう。一般に桜に関して「にほふ」が用いられる場合は視覚的な意味で用いられることが多い（もっとも、「くれなゐのうす花ざくらにほはずはみなしら雲とみてやすぎまし」（詞花集一―一八）の如く、桜についても「にほふ」が嗅覚を表す例もないことはない）。当歌においては、「浅緑」という色とのコントラストの点からも、視覚的な例としてとるのが適当と考えられる。

花桜かな　花の咲いている桜の意。「花橘」や「花薄」（ただし語源は「はた（旗）」）と同様であろう。逆順の「桜花」の語の方が和歌では用例が多く、万葉集から見られる。「花桜」と「桜花」（桜の花の意）とで意味の違いを見出しがたい場合が多い。本集にはもう一例「鶯はむべも鳴くらむ花桜さくと見し間に且つ散りにけり」（一二番）があるが、これなど意味的には「桜花」に置き換えることも可能である。しかし当歌においては、歌に詠まれる情景の広がりや「にほふ」を花の咲いている状態ととることなどから、花だけでなく桜全体を視野に入れた「花桜」

諸本に「ヒ」の訓を持つものがある。「ひる」（ハ行上一動詞）とは、①箕で米などを煽り振るってゴミを除き去ること。②風が吹き付けて物を揺らすこと。両義とも漢語「簸」の義を正確に反映する。劉禹錫「浪淘沙九首其一」詩に「九曲黄河万里沙、浪淘風簸自天涯」とある。**千匂散**　この「匂」は嗅覚を意味するのか、視覚的なものなのか判断に苦しむところ。本集の「雨後紅匂千度染」（六四番）は視覚と確定できるが、「野外千匂秋始装」（七六番）は歌に「みれどかひなし」とあるけれど、下句に「風前独坐翫芬芳」とあるから嗅覚として良いであろう。しかし、「不毛絶域又無匂」（一〇番）や「上林花下匂皆尽」（一八番）はどちらともとれる。ここは、「錦帷」が吹き上げられて、それに遮られていた背景が見えた様ととっておく。「千匂」は、底本など音合符を持つものがあり、「匂」に「クヰン」の音訓がふされる。

4 自此　これによって、そのために、の意。「自」は時間や場所の起点を表すのが普通だが、時にある動作の原因を表す。「此」は無論「千匂散」を指す。『注釈』は、「自此」が、「これによって、そのために」の意で用いられる例を見出しがたいと言うが、顔延年「秋胡詩」に「嘉運既我従、欣願自此畢」（『文選』巻二一）、同「五君詠五首　劉参軍」詩に「頌酒雖短章、深衷自此見」（『文選』巻二一）とあるなど、特別な用法ではない。　**桜花**　中国のものは桜桃とも言い、サクランボのこと。諸類書を見れば分かるように、その実に言及するのが一般だが、淡紅色または白色の小さな花を女子の唇に例えて詠うことも少なくない。ここは勿論日本のやまざくら。　**傷客情**　「客情」は、旅人の気持ち。自己の客観化。音合符を持つ本と、「客の情」と訓む本とが混在する。鮑照

であると考えられる。

【補注】

新日本古典文学大系本の拾遺和歌集の注では、「花を隠す霞の類型によるが、野辺の緑と桜の花の紅という色彩感が新鮮」と述べている。「花を隠す霞の類型」の表現については【語釈】で示したが、先に挙げた「見渡せば春日の野辺に霞立ち咲きにほへるは桜花かも」（万葉集一〇―一八七二）という歌の場合は、霞と桜とは「花を隠す霞」という関係とは考えにくく、両方が同時に確認できるような状況もまたありうることになろう。当歌では、野辺一帯に霞が低く垂れ込めていて、桜はもとより情景全体が霞んで見えるという状況を歌ったものと考えられる。なお、山の場合は、山桜の花が斜面一帯に見えるという状況を想定しうるが、野辺の場合には、後世、植林された桜並木のようなものでなければ、野辺一帯に桜の花が見えるというのはそもそも考えにくい。

また、「野辺の緑と桜の花の紅という色彩感」については、【語釈】で検討したように、「浅緑」は野辺そのものではなく霞の色であって、それに対する桜の方は紅ではなく薄紅色であり、薄い色同士の対比ということになる。そういう意味では色のコントラスト自体は鮮やかではなくおぼろげであると言えよう。既出の「くれなゐのうす花ざくらにほはずはみなしら雲とみてやすぎまし」（詞花集一―一八）の如く、花の色が薄いために、匂いがしなければ、白雲と見間違えられてしまうという歌もあるのが参考になる。

当歌は、浅緑色に霞んでいる野辺全体を眺望しながら、その中に点景

「楽府八首　東門行」詩に「離声断客情、賓御皆涕零」（『文選』巻二八）とある。「傷情」とは、心を痛めること。任彦昇「王文憲集序」に「薨于建康官舎。皇朝軫慟、儲鉉傷情」（『文選』巻四六）、鮑照「擬古詩八首其八」詩に「憂人本自悲、孤客易傷情」、梁・何遜「春暮喜晴酬袁戸曹苦雨詩」に「春芳空悦目、游客反傷情」とある。

【補注】

韻字は盈・成・情で下平声十四清韻。「匂」を平とすれば、平仄に基本的な誤りはない。

【語釈】には緑色は草木は水の色を言うのが一般と書いた。それは誤りでは勿論ないのだが、『佩文韻府』には「緑霞」（用例は張雨詩一例のみ）、「青霞」（梁・武帝「直石頭詩」に「翠壁絳霄際、丹楼青霞上」とある他、沈約、楊烱、劉長卿、韓愈など）、「翠霞」（郭璞「遊仙詩」に「振髪晞翠霞、解褐礼絳霄」とある他、孫綽、隋・煬帝、顧況など）、「碧霞」（李白、陸亀蒙など）、「蒼霞」（韓愈など）等々、緑に類する色で形容される「霞」が収載されている。従って、その可能性が全くないわけではない。第一句と第二句は対句だから、同一事象を別の観点から記述したと考えれば、正に「雲霞」は「緑色」となり、【通釈】も「緑色の霞が薄く濃く（従って、切れ切れに）かかり始め、やがてそれは美しい錦の垂れ幕のようになった」となる。また、漢語「霞」と和語「かすみ」の意味するものに共通性が認められることは、合山究『雲烟の国――風土から見た中国文化論』（東方書店、一九九三）などを参照。

「残嵐」は和語「あらし」の用例から考える以外無い。万葉集では季

のように桜の花がほのかに見えるという情景を面白いとも美しいとも見て、歌ったものである。歌末の「かな」という詠嘆は直接的には「花桜」に対するものであるが、その前の表現全体が「花桜」を修飾し、それに収斂している点から考えれば、花桜を焦点としながらもその情景全体に対する詠嘆を表していると考えられる。

節を明示した歌はないが、「寒し」という語から、秋あるいは冬と見られる歌が多いが、春の歌とみなされる歌（八―一一三七、八―一一六六〇）もある。時間帯としては、夜が圧倒的である。古今集では秋歌・冬歌各一首、四四六番は春、九八八番は秋か冬。時間帯は不明。ただし、九八八番は「寝る」があるので夜か。以下、新古今集までこの傾向は変わらない。以上を踏まえると、（一）嵐が春の歌にも詠み込まれるという点については、問題ない。ただし、三代集にないのが少々気にかかるが、万葉集にも見られるし、その後も春の季節歌の中に出てきているので、少なくとも歌語として季節的な限定がなされたものではあるまい。また、春歌における嵐は、花を散らすものとして詠まれている。（二）一日の時間帯に関しては、夜半が中心で明け方の例も見られる。昼日中については、そもそもそれを歌中に明示することは殆どないが、夜に嵐があって、その結果を明るくなってから見ているだろう歌はある。その結果とは、嵐が花や紅葉を散らした跡である。（三）以上から、本集の「残嵐」の例について考えてみるならば、「嵐」を山から（あるいは山に）吹く強い風とする場合、強いてそれを冬の物として、その名残と※

※とらえる必要はなさそうである。歌にはそのように解釈されうる例もなかった。通して見れば、秋や冬に嵐を歌う例がかなり多いことは事実であるけれども、春歌でも部立の後半に出てきているので、冬からの連続性はないと考えて良いと思われる。一方、一日の時間帯として考えてみた場合、夜半の嵐の名残という可能性は一応ある。そのように歌われた例は見られなかったものの、嵐が夜半から明け方にかけて、次第に弱まりながら続くことは考えられよう。その場合、夜半に嵐があった事が前提になるのであり、とすれば、それによって、桜花が相当既に散ってしまっているという状態も想定される。

【比較対照】

総じて表現上の類似度はかなり高く、ほぼ歌の語順に対応するように詩の表現がなされていると言える。すなわち、歌の「浅緑」に対して詩の起句の「緑色浅深」、以下「野辺」に同句「野外」、「霞はつつめども」に承句「雲霞片々錦帷成」、「こぼれて匂ふ」に転句「残嵐軽簸千匂散」、そして「花桜」に結句の「桜花」という具合である。

もとより、細かく見れば対応する表現にも異同が見られる。たとえば、歌では「浅緑」の一色であるのに対して、詩では「緑色浅深」と緑に濃淡があることになっている。「霞」に対しては「雲霞」、また「つつむ」に対してはそれ同様の直接行為・動作を表すことばを用いず、「錦帷」という見立てのことばによって間接的に表現している。「こぼれて匂ふ」に対しては「錦帷」ということばとのつながりで、「残嵐軽簸」という表現を用い、それによって「千匂散」という事態が生じるという因果関係を設定している。歌の「こぼれ」は霞の切れ間から見えるという意であって、何かによって散るという意ではないと解釈したが、詩の方ではその因果関係から「千匂散」を桜の花びらが散るさまととらざるをえない。

「かすみ」と「霞」との関係については、詩【語釈】該項において問題にしたとおりである。なお、安田徳子「歌語「かすみ」成立と「霞」――四季感と色彩感に注目して――」(『和漢比較文学』五、一九八八・一二)には、「『新撰万葉集』でも、「霞」は季節感より色彩感の強い語だが、漢詩集にしばしば見出せる「丹霞」「紅霞」などの表現は見えず、(略)所謂「かすみ」の意に近いものも多い。「新撰万葉集」の場合、漢詩は和歌の訳詩であり、和歌に主導的立場があり、「霞」に「かすみ」の影響が見えるのは当然であろう。しかし、今見てきたようにその逆の影響も窺われる。こうした和歌と漢詩の交差する作品が、「かすみ」と「霞」の変容に大きな役割を果たしたのである」とある。当の歌と詩に関して言えば、色彩はともに緑色であって、白色のイメージが一般的な「かすみ」とも、赤色のイメージが強いとされる「霞」とも異なっている。

主題については、歌のそれは【補注】で述べたが、詩では結句の「自此桜花傷客情」がそれを示す部分に該当しよう。とすれば詩の場合、桜花が散るのを見て感傷的な気分になることが主題とみなされるのであって、歌とは明らかに異なることになる。案ずるに、この詩の作者は、歌の「こぼれて」を散っての意にとり、それに基づいて表現を構成したのではないだろうか。その結果「残嵐」という原因となる素材が必要になったのであり、また落花に対する感傷という主題が導き出されたものと考えられる。加えて、そのために詩の前半と後半とで、内容が不調和な感じとなっただけでなく、春における時期設定にも歌とはズレが生じたと見られる。

四番

花之樹者　今者掘殖　立春者　移徙色丹　人習芸里

花の樹は　今は掘りうゑじ　春立てば　移ろふ色に　人習ひけり

【校異】

本文では、第二句の「掘」を、底本はじめ一一本が「堀」とするが他本により改める。第三句の「立春」を、永青本・久曾神本が「春立」とし、第四句の「徙」を、京大本・大阪市大本が「徒」、藤波家本・道明寺本が「従」とし、同句の「色」を、底本はじめ講談所本・道明寺本・京大本・大阪市大本・天理本の六本が「缶」とするが他本により改める。

付訓では、第三句の「はるたてば」を、藤波家本・講談所本・道明寺本が「たつはるは」とし、羅山本・無窮会本が「はるたつは」とする。

同歌は、寛平御時后宮歌合（十巻本・廿巻本、春歌、七番。ただし十巻本では初句「花の木も」、廿巻本では第三句「あぢきなく」）にあり、古今集（巻一、春上、九二番）にも「寛平御時きさいの宮の歌合のうたそせい法し」としてあり（ただし初句「はなの木も」）、他に素性集（四番）や古今六帖（第六、木、はな、四〇五四番、そせい。ただし初句「はなの木も」第二句「ほりうゑし」第三句「あぢきなく」）にもある。

【通釈】

花の咲く木は今後はもう掘り取って来て庭に植えることはするまい。春になるときまって（咲いてもやがて）衰えることになるその花の色に

花樹栽来幾適情
立春遊客愛林亭
西施潘岳情千万
両意如花尚似軽

花樹《(クワシュ)》栽《う》へ来《きた》（り）て幾《(いく)》ばくか情《セイ》に適《(かな)》ふ。
立春《(リフシュン)》遊客《(イウカク)》林亭《(リンテイ)》を愛《(アイ)》す。
西施《(セイシ)》潘岳《(ハンガク)》情《(こゝ)ろ》千万《(センバン)》。
両《ふたり》の意《こころ》花《(はな)》の如《(ごとく)》にして尚《(なほ)》軽《(かろ)》きに似《(に)》たり。

【校異】

「遊客」を、羅山本・無窮会本「遊声」に作る。「林亭」を、羅山本・無窮会本「林齋」に作り、藤波家本・講談所本・道明寺本「齋」を校注する。「情千万」を永青本「猜千万」に作る。

【通釈】

花の咲く木を自宅に今まで植えてきたけれど、一体どれほど満足することになったろうか、そんなことは殆どなかった。なぜならば、それまで訪れてくれていた風流人は、春になると私の庭を離れて、より美しい林の東屋からの風景をめでるようになるからだ。かの西施や潘岳も心は様々に揺れ動いたようだが、風流人も美男美女も心は花のように移ろい易く、軽薄だと言われても、まあ仕方が無いところだろう。

【語釈】

1 花樹　花の咲く木のこと。周・宗懍「早春詩」に「鶯鳴一両囀、花

人が倣っ（て心変わりし）たことだよ。

【語釈】

花の樹は　花の咲く木。当歌では、春に花が咲く木であろうから、梅や桜などが一応想定されるが特定しえない。この語は「花の木にあらざらめどもさきにけりふりにしこのみなるときもがな」（古今集一〇―四五五）「花の木をうゑしもしるく春くればわがやどすぎて行く人ぞなき」（拾遺集一―五二）「花の木はまがきちかくはうゑて見じうつろふ色に人ならひけり」（拾遺集一八―一一八六）などにも見られる。

今は掘り植ゑじ　「掘（ほ）り植（う）う」は、根こそぎ掘り取って移し植えること。この場合は、野山に自生していた花の木を自分の家の庭に移植することをいう。他に「やどちかくはなたちばなをほりうゑじむかしをしのぶつまとなりけり」（詞花集二―七〇）「ほりうゑしわかぎのむめにさく花は年もかぎらぬにほひなりけり」（千載集一〇―六一二）などの例がある。庭に移植された植物は様々あるが、花の木としては、万葉集には梅・山吹・橘・藤・楝・萩・椿など、八代集にも梅・桃・桜・山吹・橘・萩などの例が見られる。植物を庭に移植するのは、自らの鑑賞のためという場合もあるが、「秋さらば見つつしのへと妹が植ゑしやどのなでしこ咲きにけるかも」（万葉集三―四六四）や「恋しけば形見にせむと我がやどに植ゑし藤波今咲きにけり」（万葉集八―一四七一）の如く、恋人をしのぶよすがとするためや、「秋さらば妹に見せむと植ゑし萩露霜負ひて散りにけるかも」（万葉集一〇―二一二七）「山ぶきはあやなさきそ花見むとうゑけむ君がこよひこなくに」（古今集三

樹数重開。…遊客傷千里、無暇上高台」（『初学記』春）とあり、藤原総前「五言侍宴」詩に「花樹開一嶺、糸柳飄三春」（『懐風藻』）とある。本来「栽来花樹」とあるべきを、「花樹」を強調するために前置した。

栽来　「来」は、～するとの意。動詞の後に付いて、その動作の完了・結果を表す。**幾**　一桁程の僅かな数量を問う時の疑問詞。ここは反語の意。『名義抄』に「イクハク」とある。**適情**　その人の感情にぴったりと合って、ふさわしい、満足する、の意。この語、『淮南子』人間訓に淵源を持つが、詩語としての用例は稀。白居易「感時」詩に「今我猶未悟、往々不適意」、同「開元寺東池早春」詩に「順気草薫薫、適情鷗汎汎」とあるなど、白詩には「適意・情・性」などの類義語が多い。底本には、「適」「情」両字に音読符があり、藤波家本・京大本等には「適」に和訓「ヤル」と音訓「テキ」の左右訓があり、「情」にも講談所本等には音訓「セイ」と訓合符があるので、「情（セイ）を適（テキ）す」と「情（ココロ）を適（ヤ）る」の二訓もあった。「情をやる」も「酒飲みて情を遣るに」（万葉集三―三四六）と併せ考えると興味深い訓と言える。いま、元禄九年版本などに従う。

2立春　暦の上で春になる日。二十四気の一つで、陽暦では二月三、四日頃に当たる。但しここは、春になると、の意。**遊客**　「遊（游）人」というに同じ。六朝以来旅人、或いは遊説して歩く者の意で使われるが、ここは、本集「遊客廻眸猶誤道」（一三番）、「遊客鶯児痛未休」（一八番）、「春天多感招遊客」（一九番）などと同じく、遊興する人、風流人の意。白居易「東坡秋意寄元八」詩に「秋池少遊客、唯我与君倶」、劉禹錫「送王司馬之陝州」詩に「両京大道多遊客、毎遇詞人戦一場」な

—一二三）「手もたゆくうゑしもしるく女郎花色ゆゑ君がやどりぬるかな」（拾遺集三—一一五七）などの如く、恋人に見せるためあるいは恋人を引き寄せるためという場合もある。既掲の「花の木をうゑしもしるく春くればわがやどすぎて行く人ぞなき」（拾遺集一—五二）は、恋人に限らず通りすがりの誰もが立ち止まって賞美することを表している。

春立てば　本文の訓みとして「春立たば」という仮定表現の形も考えられなくはないが、当歌が春の歌として分類されていることを考えれば適当ではなかろう。たとえば「あらたまの年行き反り春立たばまづ我がやどにうぐひすは鳴け」（万葉集二〇—四四九〇）は春になる以前の設定で詠まれたものである。古今集所載の同歌に対して、諸注釈は「春立て」を恒常条件を表すものとして、春になるときまって〜する、と解し、その帰結句として「うつろふ」を対応させている。当歌も基本的に同様にとらえてよいと思われるが、「うつろふ」の語義との関わりにおいて、「春立てば」の解釈に若干の問題が残る。「春立つ」という表現は「立春」という漢語の訓読表現とみなされ、その暦の上での日の設定もなされているものであって、実際上の季節としてはまだ冬である。そのため、「春立つ」を含む歌には、「春たてば花とや見らむ白雪のかかれる枝にうぐひすぞなく」（古今集一—六）や「春たてばきゆる氷ののこりなく君が心は我にとけなむ」（古今集一一—五四二）などの如く、冬の景物が詠み込まれていることが多く、同様の表現と見られる「春来れば」に比べて、時期的に早くしかも限定的である。この点も考慮するならば、「春立てば」→「移ろふ」という関係は直接的には認めがたい。『注釈』では、「春立つ」が「本来、漢語の「立春」には存しない「春がどとあるように、白詩圏の詩人達が同様の意味でこれらの語を頻繁に使用すること、既に指摘がある（小島憲之『古今集以前』塙書房、一九七六）。異文「遊声」は、意味をなさない。

愛林亭　「愛」には、底本を始め諸本に「アハレフ（ム）」の訓を持つものがあるが、ここは、このむ、めでる、の意。「林亭」は、林の中のあずまやのこと。王勃「夏日宴張二林亭序」に「林亭曠望、季倫調伎之園」とあり、藤原宇合「暮春曲宴南池序」に「林亭問我之客、去来花辺」（『懐風藻』）とある。異文「林斎」とは、黄滔「題友人山斎」詩に「沙草泉経渋、林斎客集遅」とあるように、「山斎」とも称する、山林の中にある書斎。河島皇子「山斎」詩に「塵外年光満、林間物候明」（『懐風藻』）とある。「林亭」の類義語ではあるが、「斎」は、上平声十四皆韻で、「情・軽」の両韻に遠いので、採らない。

3　西施潘岳　西施は春秋時代、越国の薪売りの女であったが、越王句践が会稽の恥をそそがんと、呉王夫差に献上してその色香で政治を怠らせ、呉国を滅ぼした。その後、越の宰相范蠡に従って去ったとも、江に沈められたとも伝えられる。『初学記』美婦人にも関連文数条が引用される。潘岳は西晋の詩人。『初学記』美丈夫には「語林曰」として、彼が都を行くと婦人達がその車を取り囲み、果物を車一杯投げ入れたとか、「夏潘連璧」の語の下に、夏侯湛と潘岳は美貌でいつも同行していたので、人々は連璧と言ったという逸話が引用されている。『琱玉集』美人篇にも両者の名が見えるなど、共に古代中国を代表する美男美女で、例えば『和漢朗詠集』にも、「西施顔色今何在、応在春風百草頭」（巻下、草）、「容貌似舅、潘安仁之外甥」（巻下、妓女）とある。本集には「西

来る・春が過ぎる」に相当する意味を持つ表現であること」から、「移ろふ色」との関係についても、「特に問題なく理解することができる」とする（通釈でも「春になれば移ろいゆく」となっている）。「春立つ」という和語表現が、「立春」という漢語に比べ幅広い用法を持つのはその通りなのであるが（当詩承句の「立春」の用法でさえそうであろう）、かりに春のどの時点であろうとも、花がいきなり「移ろふ」ことはないのであって、「移ろふ」ためには、春になってまず「咲く」ことが前提になるのであり、それを整合的に解釈しようとすれば、作者は「春立つ」→「花が咲く」→「花がうつろふ」という一連の過程のうち、表現上の焦点を「移ろふ」に置くために「花が咲く」の部分を省略したと考えざるをえないということである。

移ろふ色に　「移（うつ）ろふ」は空間的移動を表すこともあるが、一般的には時間的な推移を表し、とりわけ植物の（花の）漸次的な衰退と、それにたぐえて心変わりを表すことが多い。例外的に、菊の花の場合は「秋をおきて時こそ有りけれ菊の花うつろふからに色のまされば」（古今集五―二七九）「かくばかりふかき色にもうつろふを猶きみきくの花といはなん」（後撰集一三―九六三）などの如く、霜にあたって色が濃く変化することを「うつろふ」ということもあり、「むらさきにやしほそめたるきくのはなうつろふいろとたれかいひけん」（後拾遺集五―三五〇）などは、それが一般の「うつろふ」の用法とは異なることを示している。当歌においては、花の樹の花の色が「うつろふ」とは、すなわち褪色して美しくなくなることを表していると見られる。

人習ひけり　「習（なら）ふ」は、従う、見習うの意。「あふと見し夢に

施潘岳両絺身」（一六六番）、「西施潘岳本慇懃」（二二八番）と常に一組のものとして登場する。**情千万**　「情」、異文「猜」共に平声。ただ西施も潘岳も猜疑心が強かったとの話は聞かないし、『藝文類聚』や『白氏六帖』の妬の項にも見えない。「情」には、底本は音読符を付すが、「ロ」の捨て仮名を持つ本がある。「千万」は、色々、様々の意。

4 両意　遊客の心と、中国古代の美男美女の心。**如花**　上文とのつながりからこの比喩は心情に関するものと取らねばならないが、花は多く女性の容貌など外形に例えられ、こうした例を知らない。歌との関係から移ろい易いものの比喩ととっておく。

【補注】

平仄に基本的な誤りはないが、韻が下平声十四清韻（情・軽）と下平声十五青韻（亭）で、押韻しない。

この詩は難解。「両意」は、普通に解すれば西施と潘岳の心だが、そのように解すると詩全体の統一的解釈が出来ないので、仮に上記のように解しておいた。又、四句がそれぞれ独立してしまっていて、前後の脈絡が極めて付けにくいと言う事もこの詩を分かりにくくしている原因になっていよう。

さらには「裁来」「立春」「如花」等、やや和習と思われなくもない意味用法が散見する。「来」は本来【語釈】に述べたような意味であるが、ここでは和語「きたる」の意（以前からずっと～してきた）で用いられていると解釈して、「花の木を何度も家に移し植えて来たけれども」と取った方がいいし、「立春」も本来は言うまでもなく節日の一つであっ

ならひて夏の日のくれがたきをも歎きつるかな」（後撰集二―一七三）「わがやどの梅にならひてみよしのの山の雪をも花とこそ見れ」（拾遺集一―九）などと同様。『注釈』の通釈では、この句を「人も心変わりしてしまうから」のように、一般化した解釈をしているが、【補注】に示すように、当歌は特定の出来事に関する感慨を歌ったものである。

【補注】

一首の内容構成は、下三句が上二句の理由を述べるという形になっている。すなわち、花の木を庭に植えまいと決意するのは、人が心変わりをするからということである。もっとも、この関係は必ずしも分明ではない。同様の内容構成の「やどちかく梅の花うゑじあぢきなくまつ人のかにあやまたれけり」（古今集一―三四）の場合は、なぜ梅の花を植えまいと思うかと言えば、その香りがなかなかやって来ない相手の香りと似ているために糠喜びさせられることを避けたいということからであり、また既掲の「やどちかくはなたちばなをほりうゑじむかしをしのぶつまとなりけり」（詞花集二―七〇）の場合は、橘を植えまいとするのは、それによってなまじ昔を思い出させられることを辛く思うからということであって、それぞれの関係は明らかである。これらに対して、当歌の場合は、人が花の木に倣って「うつろふ」からということになろうが、それは直接的な因果関係とはみなしがたいものである。類歌とみなされる「花の木はまがきちかくはうゑて見じうつろふ色に人ならひけり」（拾遺集一八―一一八六）について、新日本古典文学大系本では、「花の＊

て、実際に春になるという意で用いられることはない語である。「如花」は【語釈】で述べたとおりの比喩である。

＊木の移ろいやすいのを、変心と見て、庭木とすることを厭う」と注するが、その意図するところが判然としない。

廿巻本歌合所載の同歌では第三句が「あぢきなく」とあるが、それを勘案するなら、折角植えても甲斐がないという関係が想定される。その場合、花の木を植えるのは誰か（おそらくは恋人）のためだったのであるが、その甲斐空しくその人は心変わりして訪れなくなってしまったのだから、もはや植えても仕方がないということになろう。さらに、その心変わりがよりによって折角植えたその花の木の移ろいに倣ったものだとみなすならば、ますます植えようという気にはなりえないことになる。「今は掘りうゑじ」とことさらに「今は」と表現したのは、これまで野山で美しい花の木を見つけるたびに、相手に喜んでもらおうとしてそれらを庭に移植してきたことを示すものであり、「花の木」という特定の樹木に限定されないことばを用いたのも、そのように様々な花の木を移植してきたからであって、しかも「花の木は」と「は」によって取り立てるのは、それらが花の木である限り、移ろわないものはないからである。このように考えるならば、古今集所載の同歌に対して、竹岡評釈が「花の木は」ではいよいよ一般論すぎて「花の木も」のような作者の実感の流露がない」とするのは適切ではないと考えられる。

【比較対照】

歌詩ともに解釈上、問題を残すものであるが、とりわけ詩の方は歌に対応させて作ろうとした分だけ、表現相互の関連性や一篇としての完結性に疑問を抱かせるものとなっているように見受けられる。

両者の対応関係を見てみるならば、詩はできるだけ歌に即して表現しようとしたと考えられる。たとえば、「花の樹」に対して起句の「花樹」、「今は掘りうゑじ」に対して同「栽来幾適情」は、同じ内容を反対の立場から表現したものとみなしうる。また「春立てば」に対して承句の「立春」、そして「移ろふ色に人習ひけり」に対しては、表現上は直接対応するものはないものの、承句以降全体がそれと内容的に対応していると考えられる。つまり、「遊客愛林亭」というのは裏を返せば私の家の庭には来なくなるということであり、そのことを転句および結句において「情千万」あるいは「如花」「軽」などと表現することにより、花も人もともに移ろいやすいものであることを表そうとしているのである。

花が移ろうもの、また移ろいやすいものであるという見方は、歌では古くから認められるものであり、それになぞらえて人の心変わりを表現する歌も数多く見られる。ただ、当歌においては、単に花と人心とが移ろいやすいという類似性を有することを言うのではなく、「移ろふ色に人習ひけり」の如く、人が花を見習うことによって心変わりするというところに特色がある。その点、詩は移ろいやすさについては述べるが、歌における両者の関係のそのようなとらえ方までは写しえていない。そればかりでなく、本来は美男美女を表す「西施藩岳」を「情千万」ととらえたり、詩では普通、女性の美貌の形容となる「如花」を移ろいやすさを表現するために用いたりと、歌に対応させるために詩自体としてはかなり無理な表現を用いる結果となっている。

このように考えるならば、詩の前半部分についても、歌の表現に引き付けて見れば、対応関係を認めうるということであって、詩単独で解釈しようとするならば、起句と承句とのつながりはまた別様にも考えられよう。そもそも歌においても、【補注】に述べたように、上句と下句との関係は間接的であったから、その結び付け方の可能性は他にも想定しうるが、詩の起句と承句の場合はそもそも何らかの関係が成り立ちうるかというところから問題になりそうに思われる。ただ、本集における詩はあくまでもそれぞれの歌に対応させて作られたものであること（この「対応」自体のあり方も多様であるが）を前提にするならば、基本的に詩の解釈は歌のそれにならって、あるいはたよってなされるべきであり、またそうすることが各詩の作意に叶う方法にもなると考える。

その意味で極端に言えば、本集における詩は歌があるからこそ解釈が可能になるのであり、少なくとも当詩に関しては、歌の解釈に即すことによって初めてほぼ一義的かつ整合的に理解しうるのであって、歌と切り離して解釈しようとすれば、おそらく支離滅裂なものになってしまうであろう。

五番

春霞　網丹張窂　花散者　可移徙　鶯将駐

春霞　網に張りこめ　花散らば　うつろひぬべき　鶯とめむ

【校異】

本文では、第二句の「網」を、永青本が「細」とし、第四句の「徙」を、底本はじめ文化写本・藤波家本・道明寺本が「従」、京大本・大阪市大本・羅山本・無窮会本が「徒」するが他本により改める。

付訓では、第三句の「ちらば」を、藤波家本が「ちらす」、結句の「とめむ」を、底本はじめ文化写本・藤波家本・講談所本・道明寺本・羅山本・無窮会本が「とめよ」、京大本・大阪市大本・天理本が「とむ」とするが他本により改める。

同歌は、寛平御時后宮歌合（十巻本・廿巻本、春歌、一五番。ただし第四句「移ろひぬべし」結句「鶯とめよ」）にあり、夫木抄（巻二、春、四六四番、寛平御時后宮歌合、読人知らず。ただし第四句「うつろひぬべし」第五句「うぐひすとめよ」）にも見られる。

【通釈】

春霞を網のように張って、中に閉じ込めて、（やがて）花が散ったら他所に移り去ってしまう鶯を止めよう。

春嶺霞低繡幕張
百花零処似焼香
艶陽気若有留術
無惜鶯声与暮芳

春嶺《シュンレイ》に霞《かすみ》低《たれ》て繡幕《シウバク》張《は》れり。
百花《ハククヮ》の零《お》つる処《ところ》香《キャウ》を焼《や》くに似《に》たり。
艶陽《エンヤウ》の気《き》若《も》し留《とどむ》る術《おきて》有らば、
鶯声《アウセイ》と暮芳《ボハウ》（と）を惜《を》しむこと無《な》けむ。

【校異】

「繡幕」を永青本「綉幕」に作る。「零処」を類従本・羅山本・無窮会本「零所」に作る。「無惜」を文化写本「無情」に作り「惜群」を校注する。「暮芳」を、下澤本「暮方」に作り、永青本・久曾神本「暮花」に作る。

【通釈】

春の山には霞が低く垂れこめて、色とりどりの美しい幕を張ったように見える。たくさんの花が散り落ちる時には、まるでお香をたいたような好い匂いがしている。この麗しい晩春の雰囲気をとどめる術がもしあるならば、私は鶯の声や散りかけた花を惜しんだりはしないであろう。

【語釈】

1 春嶺　春の山、みね、のこと。北魏・李謐「与道俗□人…登雲峯山論経書詩」に「爾時春嶺明、松沙若点殖」とある。　**霞低**　かすみが低

【語釈】

春霞　「はるがすみ」という複合形は万葉集から見られ、八代集になると「秋霧（あきぎり）」という語も現れる。「かすみ」と「きり」は類似の自然現象を表していたが、季節による区別が行われるとともに、「はるがすみ」という歌語が用いられるようになったとみなされる。次句の「張りこむ」と結びつく類例として「春がすみゐじまがさきをこめつれば浪のかくともみえぬけさかな」（千載集一六―一〇五〇）また「山ざとの家ゐは霞こめたれどかきねの柳すゑはとに見ゆ」（拾遺集一六―一〇三一）などあり、「こむ」ということばによって、何かを霞の中に閉じ込めて見えなくすることを表す。このような発想は、既出の「浅緑野辺の霞はつつめどもこぼれて匂ふ花桜かな」（三番）の「つつむ」の場合と同様と言える。

網に張りこめ　「網（あみ）」は、鳥を捕る網つまり鳥網のこと。それを仕掛けることを「網張る」あるいは「網刺す」などといい、「ほととぎす夜声なつかし網ささば花は過ぐとも離れず鳴かむ」（万葉集一七―三九一七）「…あしひきの　をてもこのもに　鳥網張り　守部をすゑて…」（万葉集一七―四〇一一）、また「ほととぎす聞けども飽かず網取りに取りてなつけな離れず鳴くがね」（万葉集一九―四一八二）などの例がある。また当歌においては、霞を網に見立てているが、そのような例としては「浦人はかすみをあみにむすべばや浪の花をもとめてひくらん」（拾遺集一六―一〇六〇）があり（ただし、この「あみ」は魚を捕る網）、霞が一面にたちこめているさまを表す「霞の網」ということばもある（「連理秘抄」）。「網に張りこめ」の「に」は、「逢坂をうち出でて見ればくたれこめて、の意。三番詩【語釈】にあるように、霞は本来低空に現れるもの。底本等版本には訓合符がある。則天皇后「贈胡天師」詩に「雲偃攅峰蓋、霞低挿浪旂」、呉融「江行」詩に「霞低水遠碧翻紅、一棹無辺落照中」とある。**繡幕**　ぬいとりをした美しい幕のこと。霞を布地に例えることは三番詩【語釈】該項を参照のこと。異文「綉」は「繡」と音義共に同じなるも、「綉幕」の語例を知らず。初句の訓みに、羅山本・無窮会本など「春の嶺に霞繡幕を低れて張れり」とある。

2 百花　様々の花。北斉・魏収「挟琴歌」詩に「春風宛転入曲房、兼送小苑百花香」、王昌齢「西宮春怨詩」に「西宮夜静百花香、欲捲朱簾春恨長」、温庭筠「投翰林蕭舎人」詩に「万象暁帰仁寿鏡、百花春隔景陽鐘」（『千載佳句』禁中）とあり、菅原道真「清明日同国子諸生…之作」詩に「毎過清明新燧火、芳声将与百花薫」（『菅家文草』巻六）とある。**零処**　「零」は落ちること。花が萎んで落ちること。「処」は、唐詩に表れる俗語。時間を表示し、「時」「際」というのに相当する。或いは、それがもっと虚化して、さまざまなニュアンスを付加する。詳しくは王鍈『詩詞曲語辞例釈（増訂本）』（中華書局、一九八六）を参照のこと。本集には「芬芳零処径応迷」（一七番）、「粉黛壊来収涙処、郭公夜々百般啼」（二四番）、「適逢知己相憐処、恨有清談無酒樽」（三六番）、「一曲弾来千緒乱、万端調処八音清」（三七番）等々その例は多い。**焼香**　中国では『陔余叢考』焼香に考証があるように、仏家から始まったがすぐに道家が習い、既に六朝頃より宗教に無関係な場面でもその香気や清らかな雰囲気を求めて香が焚かれるようになっていた。日本でも皇極紀にその記事が見える。

近江の海白木綿花に波立ち渡る」（万葉集一三―三二三八）の如く、連用修飾句を成す助詞で、比喩的に「〜のように」の意を表す。「張りこむ」は何かを張りめぐらして、その中に何かを閉じ込めることをいうが、そのような例は万葉集や八代集などには見られず、「池をはりこめたる水のおほかればいひのくちよりあまるなるべし」（拾遺集七―三九）の如き例はある。当歌では、霞を張りめぐらして、中に鶯を閉じ込めるということ。

花散らば　この「花」は霞との関係から桜の花であろう。「散らば」という仮定表現は、散るのはこれから先のことであって、今現在は咲いていることを暗示している。

うつろひぬべき　「うつろふ」については、既に四番歌において触れてあるが、当歌においては、その主体が鶯なので、植物の場合同様の時間的な推移とは考えがたく、空間的な移動を表すものであろう。ただし、その意を示す明確な例は乏しく、「梅が枝に鳴きて移ろふうぐひすの羽白妙に沫雪ぞ降る」（万葉集一〇―一八四〇）や「朝霞春日の暮れば木の間より移ろふ月を何時とか待たむ」（万葉集一〇―一八七六）などが見られる程度である。しかも、前者の例の「移ろふ」は「木伝ふ」という語と同じく、枝から枝へとあちらこちら飛び移るさまを表していると見られる。ところが、当歌では、花が散ればその木自体から鶯が離れ去ることを表しているのであって、万葉集の例とは異なる。別の解釈として、鶯が花の元に訪れるのが次第に間遠になる、あるいは花に対する鶯の気持ちが薄れるというのも考えられるが、「網に張りこめ」や「鶯とめむ」という具体的な行為を表す表現との関係から言えば、空間的な

3 艶陽気　艶麗な晩春の雰囲気のこと。六朝以来の習見の語であり、劉禹錫「憶江南」詩に「春過也、共惜艶陽年」とあるように、唐代では多く晩春に用いられて白詩圏の詩にも用例は多い。また、滋野貞主「奉和翫春雪」詩に「欲伴仙園梅李樹、従風灑落艶陽春」（『文華秀麗集』巻下）とあり、菅原道真「早春内宴侍清涼殿同賦春先梅柳知応製」詩に「天与芳菲為第一、艶陽多少莫空移」（『菅家文草』巻六）とあるように、日本漢詩においては広く春を意味して、必ずしも晩春に限定されないが、島田忠臣「仲春釈奠…艶而富」詩に「看来更訝開珍蔵、聴得初知向艶陽」とあるのは、晩春の用例。**留術**　行く春を留めようとする方法・手段。ただし、その語例を確認できない。例えば、李邕や王維に「奉和聖製従蓬萊向興慶閣道中留春雨中春望之作応制」詩が残ることから、「留春」という語は玄宗皇帝が初めて用い、臣下に唱和詩を作らせて広まったと分かる語だが、白居易は、「落花」詩で「留春春不住、春帰人寂寞」、「城上夜宴」詩で「留春不住登城望、惜夜相将秉燭遊」と歎き、また「晩春欲携酒尋沈四著作先以六韻寄之」詩では「無計留春得、争能奈老何」と、自身の老いと重ねて春を留める「計（すべ）」がないと言う。

4 鶯声　鶯の鳴き声のこと。楊凌「剡渓看花」詩に「花落千迴舞、鶯声百囀歌」、白居易「春江」詩に「鶯声誘引来花下、草色勾留坐水辺」（『句題和歌』）とある。ただし、中国の「鶯」は、「黄鳥」の別名があるとおり、体色は黄で、コウライウグイスと呼ばれる。生態の上からも、又色彩の対比上からも、「柳」や「草」と取り合わせられることが多い。**暮芳**　散り始めた暮春の花のこと。「暮花」と意味上は同じな

移動ととらえるのが妥当と思われる。なお、寛平御時后宮歌合の歌には「移ろひぬべし」とあるが、その場合、主体を花ととると「散る」と重複する表現になるし、鶯ととれば一首全体が整わない表現となって、いずれにしても認めがたい。

鶯とめむ　底本の如く「鶯とめよ」と「とむ」の命令形で訓むと、その命令する相手は春霞ということになろう。その場合、「網に張り込め」も春霞が主体とならざるをえないが、それだと春霞自体を網に見立てたというよりも、春霞が何か別の物を張り込めるということになって、不自然な表現となる。『注釈』の通釈では、結句末を「とめむ」としつつも、「春霞よ、網のように張って閉じ込め、花が散ってしまえばどこかへ移ってしまう鶯をとどめよう」のように、「春霞よ」と呼びかけているところから、春霞に、鶯をとどめることを勧誘あるいは依頼する表現ととらえているが、とくにそれに関しての説明は見られない。

【補注】

当歌は、鶯の去るのを惜しむ歌である。このような歌は他にもありそうであるが、万葉集にも八代集にも見られない。鶯は春の到来を告げる喜ばしい鳥として、またその声で人々を楽しませる鳥として数多く取り上げられているにもかかわらず、である。たとえば本集の上巻春歌において、二一首中九首にも鶯が詠み込まれているが、その内容は「春立てど花も匂はぬ山里はものうかるねに鶯や鳴く」（一〇番）や「春来れば花とや見らむ白雪の懸かれるえだに鶯の鳴く」（二一番）などの如く春先の鶯の様子を歌うものや、「鶯はむべも鳴くらむ花桜さくと見し間に＊

るも、「花」は下平声九麻韻で通押しない。ただ、両語ともその用例を見い出し得ない。或いは梁・沈約「梁甫吟」詩に「飆風折暮草」とある「暮草」等からの造語か（『千載佳句』水草にも用例あり）。ただし、それは秋の草の意。また、鶯と花の取り合わせは、斉・梁以来で、日本でも釈智蔵「翫花鶯」詩に「求友鶯嫣樹、含香花笑叢」（『懐風藻』）とある。

【補注】

韻字は「張・香・芳」で、下平声十陽韻。平仄にも基本的な誤りはない。

行く春を惜しむ作品は、白居易において甚だしく、それは「三月尽」という彼の造語で象徴されることなど、平岡武夫「三月尽——白氏歳時記——」（平岡武夫『白居易——生涯と歳時記』朋友叢書、一九九八）に詳しい。古今集以下に見える惜春の情も、白氏文集の影響があると言われる。

＊かつ散りにけり」（一二番）「霞たつ春の山辺にさく花を飽かず散るとや鶯の鳴く」（一六番）などの如く、鶯が花の散るのを惜しんで鳴くという歌であって、当歌の如く鶯そのものを惜しむ歌はない。しかも、当歌は晩春の歌ではなく、花がまだ咲いていて、そこに鶯が訪れて鳴いている時と考えられるのであり、そのような時にあえて「花散らば」と仮定し、やがて鶯が去ることを予想して歌ったということになる。

また、網に見立てた霞によって鳥を捕らえ留めるという発想の歌も他には見当たらない。【語釈】で挙げた如く、万葉集には「ほととぎす夜声なつかし網ささば花は過ぐとも離れず鳴かむ」(万葉集一七―三九一七)や「ほととぎす聞けども飽かず網取りに取りてなつけな離れず鳴くがね」(万葉集一九―四一八二)などの例があるが、これらは鶯ではなくホトトギスに対してであり、しかも見立ての網ではなく文字どおりの網を用いるものである。

【比較対照】

素材として霞と花と鶯を取り上げている点は、歌詩に共通するが、それらの関連のさせ方や趣向はかなり異なっている。歌では、霞を網に見立てることを中心として、それと鶯を結び付けているのに対して、詩では霞を繡幕に見立ててはいるが、そのこと自体と鶯とは直接的なつながりはない。というより、鶯は結句になって初めて、しかも唐突とも思えるような感じで出てくるに過ぎない。同様に、歌では、花と鶯も「花散らば移ろふべき鶯」のように関係付けられているのに対して、詩では、両者は結句で「鶯声与暮芳」と並列されるのみである。

詩において歌と表現上明らかに対応している箇所はない。起句では霞のさまを描写するが、右に述べたようにその見立てが歌とは異なり、承句では花を取り上げてはいるが、歌ではある特定の花が想定されるのに対して「百花」としてあり、しかも歌には示されない香りが問題にされている。転句ではその全体が歌にはまったく見られない「艶陽気」というものが表現され、その仮定も歌の「花散らば」とは性質が異なっている。結句は歌意を考えれば、内容的には対応し、主題となることがらを明示しているとも言えるが、歌では鶯に焦点があるのに対して、鶯と花の双方を惜しむことになっている点、違いがある(もっとも、歌においても、花を惜しまないというわけではなく、花が散ったらせめて鶯だけでもというニュアンスを認めることもできよう)。

全体の状況設定たとえば時期設定に関しても、歌はまだ春盛りの時期に「花散らば」と来るべき事態を想定しているのに対して、詩は承句および転句の「艶陽気」による限り、晩春の時期として表現されている。

以上のように、この歌と詩の場合は、素材や主題には共通性あるいは関連性を認めることができるものの、双方の表現構成は大きく異なったものになっていると言えよう。また、素材に関しても、鶯は双方に出てきてはいるが、詩ではそれを正当に位置づけることができず、結句に無理に取り込む形になっている。このことは、歌における趣向および設定が詩には生かされなかったということによると考えられる。あるいは、歌の【補注】で述べたように、その趣向・設定が異色のものであったために、意図するところが十分に理解されなかったのかもしれない。

六番

花之香緒　風之便丹　交倍手曾　鶯倡　指南庭遣

花の香を　風の便りに　交へてぞ　鶯さそふ　しるべにはやる

【校異】

本文では、第三句の「倍」を、永青本・久曾神本が欠き、第四句の「倡」を、永青本・久曾神本が「偶」とする。

付訓には、とくに異同が見られない。

同歌は、寛平御時后宮歌合（十巻本・廿巻本、春歌、一番、紀友則。ただし第三句「たぐへてぞ」）にあり、また古今集（巻一、春上、一三番）にも「寛平御時きさいの宮のうたあはせのうた　紀とものり」として（ただし第三句「たぐへてぞ」）、他に、友則集（早春、二番。ただし第三句「たくへてそ」）や、古今六帖（第一、天、春風、とものり、三八五番。第六、鳥、うぐひす、四三九四番、とものり。ただしともに第三句「たぐへてぞ」）、新撰朗詠集（上、春、鶯、六四番、友則。ただし第三句「たぐへてぞ」）などに見られる。

【通釈】

（梅の）花の香を風という伝てに交ぜ込んで、（それを）鶯を誘い出す道案内役としてならば送ろう。

頻遣花香遠近賖
家々処々匣中加
黄鶯出谷無媒介
唯可梅風為指車

頻《(しき)》りに花《(クワ)》香《キヤウ》をして遠近《(エンキン)》賖《はるか》ならしむ。
家々《(カカ)》処々《(ショショ)》匣《はこ》の中《うち》に加《くは》ふ。
黄鶯《(クワウアウ)》谷《(たに)》より出《(いづ)》るに媒介《バイカイ》無《(な)》し。
唯《ただ》梅風《(バイフウ)》を指車《しるべ》と為《(な)》すべし。

【校異】

「匣」を、底本・元禄九年版本・元禄一二年版本・文化版本・下澤本・文化写本・藤波家本・講談所本・道明寺本・京大本・大阪市大本「𨓏」に作るも、元禄九年版本右傍に「匣」を校注するとおり、その異体字と認定する。「梅風」を永青本・久曾神本・無窮会本「梅花」に作り、無窮会本「花」をミセケチにして「風」を校注し、京大本・大阪市大本・天理本には、「風」の右傍に「花」の異文表記がある。「指車」を類従本・羅山本・無窮会本「指斗」に作り、京大本・大阪市立大本・天理本「指計」に作る。

【通釈】

梅の花の香りをたびたび送って、あちこちに広くゆき亘るようにしよう。そこここに、家ごとに、又蓋付きの小箱の中にさえ、花の香りが加わることになるまでに。鶯が谷から出てくる際に、その取り持ちをしてくれるものは無いので、ただ梅の香りを載せた風をそのしるべとする以

【語釈】

花の香を　この「花」を梅の花とする説が多いが、春の花一般とする説もある。古今集以降の歌では、梅に鶯というのが通例であるけれども、万葉集では鶯と一緒に詠み込まれている植物は梅に限らず、柳・山吹・卯花・竹・萩など、さまざまある。当歌においては、まだ鶯が里を訪れない時期、すなわち早春という設定と考えられるので、梅と見ておくのが妥当であろうと考える。またこのことは、特に香りを取り上げ、風と関連させているという点からも指摘できよう。

風の便りに　「風の便り」という表現は万葉集にはなく、古今集以降、「浪にのみぬれつるものを吹く風のたよりうれしきあまのつり舟」（後撰集一七―一二二四）「君まさばまづぞをらまし桜花風のたよりにきくぞかなしき」（拾遺集二〇―一二七八）「すみよしのまつにかかれるふぢのはなかぜのたよりになみやおるらん」（金葉集一―八六）「わがやどのむめがえになくうぐひすは風のたよりにかをやとめこし」（金葉集〔三奏本〕一―一五）などの如く、風という手段、便宜、伝て、噂などの意味で用いられている。また同様の表現として、「むめがかをたよりのかぜやふきつらんはるめづらしく君がきませる」（後拾遺集一―五〇）の「たよりのかぜ」や、「さつきやみはなたちばなのありかをばかぜのつてにぞそらにしりける」（金葉集二―一四八）の「かぜのつて」などもある。他集の同歌においては、一首全体を擬人法による表現とみなす立場から、風という使者と解するものが多い。ただし、それは第三句を「たぐへてぞ」とする場合であって、本集の本文の「交へてぞ」の場合は、そのような擬人化というとらえ方はしにくい。

外ない訳だから。

【語釈】

1 花香　花の香りのこと。花気ともいう。許渾「移摂太守寄汝洛旧遊」詩に「西池水冷春巌雪、南陌花香暁樹風」（『千載佳句』早春）とあり、菅原道真「暮春見南亜相山荘尚歯会」詩に「三分浅酌花香酒、一曲偸聞葛調絃」（『菅家文草』巻二）とある。ここの「花」は結句にあるとおり、梅の花。　**遠近**　遠くあるいは近く、あちこちに、の意。本集にも「花々数種一時開、芬馥従風遠近来」（一五番）とある。底本等諸本に、音合符を持つものがある。　**賒**　詩においては多く距離や時間の長いことを言うが、ここは支払を引き延ばすという原義を生かして、香りが辺りに遠く広がり延びる意で用いたものであろう。香りの類を主語とする用例を知らない。

2 家々処々　ここかしこに、家ごとに、の意。白居易「送東都留守令狐尚書赴任」詩に「歌酒家家花処処、莫空管領上陽春」（『千載佳句』春興、『和漢朗詠集』春興）とあり、本集下巻にも「処処家家併寂寞」（二一三番）とある。底本にはないが、元禄九年版本等版本や藤波家本など、「家家」「処処」各々に音合符を付す。　**匣中加**　「匣」はぴったりとした蓋の付いた小箱。「加」の左訓に、藤波家本・講談所本・道明寺本・京大本・羅山本など「ヲサメタリ」とある。

3 黄鶯　和名コウライウグイス。黄鳥、倉庚、鶯、鸎等とも書く。ただ、「黄鶯（鸎）」の表記は六朝時代には稀で、唐代の一般的書式である。諸本に音合符がある。これについては、津田潔「「鶯」と「鸎」――『白

交へてぞ　「まじふ」は万葉集には「ほととぎす汝が初声は我にもが五月の玉に交じへて貫かむ」（万葉集一〇—一九三九）や「…あやめ草　花橘に　貫き交じへ　縵にせよと　包みて遣らむ」（万葉集一八—四一〇一）などの如く見られるが、八代集には出てこない。

鶯さそふ　誘う対象が鶯であり、その主体は花の香を含んだ風ということになろう。古今集以降の歌では（万葉集には用例がない）、「さそふ」の主体となるものとして風はあっても香そのものの例は見られない。風は「吹く風のさそふ物とはしりながらちりぬる花のしひてこひしき」（後撰集三—九一）「花さそふ名残を雲にふきとめてしばしはにほへ春の山風」（新古今集二—一四五）「ちりつもる木のはも風にさそはれて庭にも秋のくれにけるかな」（千載集五—三七七）などの如く、花や木の葉を誘ったり、「秋風にさそはれわたる雁がねは雲ゐはるかにけふぞきこゆる」（後撰集七—三五五）「谷河のうちいづる浪もこゑたてつ鶯さそへ春の山かぜ」（新古今集一—一七）「松虫のはつこゑさそふ秋風はおとは山よりふきそめにけり」（後撰集五—二五二）「さまざまの花をばやどにうつしうゑしかのねさそへ野べの秋風」（千載集四—二六一）などの如く、雁や鶯、松虫や鹿などを誘うものとして数多く詠まれている。

しるべにはやる　八代集歌において「しるべ」となるものとしては、雲・霞・火・螢など具体的な物だけではなく、年・心・思いなど抽象的な物も詠まれている。風が「しるべ」になる例には、「白浪のあとなき方に行く舟も風ぞたよりのしるべなりける」（古今集一一—四七二）「ふきかへすこちのかへしはみにしみきみやこのはなのしるべと思ふに」（後拾遺集一九—一一三四）「しるべせよ跡なきなみにこぐふねのゆく

氏六帖』鶯門考——」（『漢文学会会報』三五、一九八九・一二）を参照のこと。　**出谷**　この語、『毛詩』小雅・伐木篇の「伐木丁丁、鳥鳴嚶嚶。出自幽谷、遷于喬木。嚶其鳴矣、求其友声」（『藝文類聚』鳥、『白氏六帖』鶯）に基づくが、その「鳥」をウグイスと解するようになるのは初唐以来のこと。和漢のこの語を踏まえる詩作については、渡辺秀夫『平安朝文学と漢文世界』（勉誠社、一九九一）第一篇第二章を参照のこと。ちなみに、この典拠と梅との取り合わせは、初唐・李嶠「鶯」詩の「…群鶯乱暁空。…韻嬌落梅風。…遷喬苦可冀、幽谷響還通」（『百二十詠』）が、早い例。　**媒介**　仲立ち、取り持ちのこと。

4 梅風　梅の香りを含む早春の風のこと。杜審言「守歳侍宴応制」詩に「弾弦奏節梅風入、対局探鈎柏酒伝」とある。鶯は、『礼記』月令に「仲春之月、…倉庚鳴」、『毛詩』豳風・七月篇に「春日載陽、有鳴倉庚」（以上、『藝文類聚』倉庚）とあるように、中国でも春の代表的な鳥であるので、『礼記』月令の「孟春之月、…東風解凍」とある通念により、強いて言えば、東風が鶯を促すものと言えよう。劉得仁「鶯出谷」詩に「東風潜啓物、動息意皆新。此鳥従幽谷、依林報早春」、羅鄴「鶯」詩に「暖辞雲谷背残陽、飛下東風翅漸長」、斉己「早鶯」詩に「何処経年絶好音、暖風催出囀喬林」等とある。平仄上は「梅花」の異文も可であるが、和歌との関連、及び第一・二句を承けたものとして、「梅風」を是とする。　**指車**　指南車のこと。現代の羅針盤のごときもので、車の上に仙人の木像を置き、その手が常に南を指すように作られたもの。手引き。指針。『晋書』輿服志には「司南車、一名指南車、駕四馬、其下制如楼、三級、四角金龍銜羽葆、刻木為仙人。衣羽衣、立車上、車雖回運

へもしらぬやへのしほかぜ」（新古今集一一—一〇七四）などあり、花が「しるべ」になる例としては、「夏の夜にこひしき人のかをとめば花橘ぞしるべなりける」（後撰集四—一八八）「みねつづきにほふさくらをしるべにてしらぬ山ぢにかかりぬるかな」（金葉集一—四六）「梅のはなにほひをみちのしるべにてあるじもしらぬやどにきにけり」（詞花集一—一〇）などがある。「しるべには」の「は」による取り立てには、できれば花の香すべてを自分の近くで感じていたいのであるが、他でもない鶯を呼び寄せるためということならばかまわないという思いが示されている。「やる」は何かを遠くへ送ることを表すことばであって、その何かは「人言を繁みと君に玉梓の使ひも遣らず忘ると思ふな」（万葉集一一—二五八六）の如く人間の場合もあるし、「…海神の　手巻の玉を　家づとに　妹に遣らむと　拾ひ取り…」（万葉集一五—三六二七）の如く物の場合もあるし、「確かなる使ひをなみと心をそ使ひに遣りし夢に見えきや」（万葉集一二—二八七四）の如く、心という場合もある。「風を遣る」という表現は、「めにみえぬ風に心をたぐへつつやらば霞のわかれこそせめ」（後撰集一三—九三〇）「そへてやる扇の風し心あらばわが思ふ人の手をなはなれそ」（後撰集一九—一三三〇）などの如く、「たぐふ」や「そふ」ということばとともに用いられた例が見られる。ただし、当歌の如く、「しるべに（は）やる」という表現は他には見られない。また、「香を遣る」という表現もない。

【補注】

春風が梅の花の香を運ぶものとして詠まれた歌は、「梅花かをふきか＊くる春風に心をそめば人やとがめむ」（後撰集一—三一）「吹く風をなにいとひけん梅の花ちりくる時ぞかはまさりける」（拾遺集一—三〇）「むめのはなかばかりにほふはるのよのやみはかぜこそうれしかりけれ」（後拾遺集一—五九）「ふきくれば香をなつかしみむめのはなちらさぬほ

而手常南指。大駕出行、為先啓之乗」とあり、『日本書紀』斉明四年条に「沙門智踰、造指南車」とある。本集にも「誰知我乗指南車」（六九番）、「舌簪簸攬指南車」（一三九番）とある。異文「指斗」「指計」は押韻上からも、意味上からも非。ただし、「指南車」の略語は、和歌表記にある通り「指南」であって、「指車」の用例を知らない。無論、それが押韻のためであるとしても、やや無理な造語と言わざるを得ない。

【補注】

韻字は「賖・加・車」で下平声九麻韻。基本的平仄に誤りはない。

賖字の用法にやや疑問が残るが、唐詩においても押韻字として用いられることが多いので、そのためか、或いは鶯の故事を用いたために、それを多用する道真の「詩友会飲同賦鶯声誘引来花下勒花車遮賖斜家」詩（『菅家文草』巻六）を思いついたものか。ただ、その詩に用いられた例でも「苦思旧谷白雲賖」とあって、通常の用法であるが。

また、歌の【補注】にあるように、当詩が白詩の「春生」詩を意識したものとすれば、「先遣和風報消息」の句は、和歌にも「たより」の語があるように、そのまま使えるものであるが、その形跡がないのは、それを全く意識していなかった事の傍証でもあろう。

どの春かぜもがな」（詞花集一―九）などある。春風は、花を散らすものとして疎まれる一方で、香を運ぶものとして喜ばれるものでもあった。また、風の運ぶ香が導きとなって人を引き寄せるという歌も、「むめがかをたよりのかぜやふきつらんはるめづらしく君がきませる」（後拾遺集一―五〇）「梅のはなにほひをみちのしるべにてあるじもしらぬやどにきにけり」（詞花集一―一〇）などの如く見られる。同様に、鶯を誘うという歌も「わがやどのむめがえになくうぐひすは風のたよりにかをやとめこし」（金葉集〔三奏本〕一―一五）「谷河のうちいづる浪もこゑたてつ鶯さそへ春の山かぜ」（新古今集一―一七）など見られるが、これらはおそらく当歌を踏まえたものであろう。

当歌が『白氏文集』巻一七の「潯陽春三首春生」詩の「先遺和風報消息、続教啼鳥説来由」をヒントにして作られたという指摘がある（太田青丘『日本歌学と中国詩学』弘文堂、一九五八）。この詩句は、『和漢朗詠集』（巻上、早春、一〇番）にも引用されているが、春の到来を告げるものとして和風と啼鳥を挙げているのであって、むしろ表現上は「春きぬと人はいへどもうぐひすのなかぬかぎりはあらじとぞ思ふ」（古今集一―一一）や「うぐひすの谷よりいづるこゑなくは春くることをたれかしらまし」（古今集一―一四）などの歌の方が近い。当歌との関わりは、その二つの素材が取り合わされているという点にあるに過ぎず、主眼は、鶯の訪れを待ちわびる思いにあると言えよう。

【比較対照】

表現上の対応は、歌の上句「花の香を風の便りに交へてぞ」が、詩の起句「頻遺花香遠近賒」に、下句「鶯さそふしるべにはやる」が結句「唯可梅風為指車」に、ほぼ対応すると言えようが、詩は、起句で「遠近賒」と贅言したために、そこから落ちることになった「黄鶯」を、転句で「出谷」の故事と、言わずもがなの「媒介」の語とを共に出して、風の吹く様を補足する承句を述べることで、出来上がっているということになろう。

このように考えてみると、漢詩作者は風と、それによって運ばれる梅の花の香りの広がり方に、主に意を用いているということになり、それはとりも直さず、彼が和歌の表現眼目をどこに見ていたかを証明することにもなろう。

また、詩の後半部では主体が鶯に代わっていることも、大きな相違と言うわけではないが、指摘できよう。更に鶯が「谷より出づ」と言って、その潜む場所が限定されているにも拘らず、承句で家の中の小箱の中にまで花の香りを送ろうと言うのは、矛盾しているということにもなる。

一方、歌では「花の香」としか言われていないその花を、詩で「梅風」と明示するのは、和歌表現の具体化という肯定的観点から見ることが可能である。

七番

駒那倍手　目裳春之野丹　交南　若菜摘久留　人裳有哉砥

駒なべて　めもはるの野に　交じりなむ　若菜摘みくる　人も有りやと

【校異】

本文では、第四句の「久留」を、京大本・大阪市大本・天理本・永青本・久曾神本が「鵤」とする。

付訓では、とくに異同が認められない。

同歌は、寛平御時后宮歌合（十巻本・廿巻本、春歌、二一番。ただし廿巻本では第四句「つみつる」結句「人はありやと」）にあり、また古今六帖（第二、野、はるのの、一一三七番。ただし第四句「わかなつみつる」）に見られ、続千載集（巻一、春上、三四番、わかなをよめる、清原深養父）、万代集（巻一、春歌上、六〇番、題しらず、清原深養父）には「おしなべていざ春ののにまじりなんわかなつみくる人もあふやと」という類歌がある。

【通釈】

馬を並べて（連れ立って）、草木の芽もふくらむ春の野に分け入って行こう、若菜を摘みながら来る人もいるかと思って。

【語釈】

駒なべて　「駒（こま）なべて」とは、馬に乗り、何人かで連れ立って、

綿々曠野策驢行

目見山花耳聴鶯

駒犢累々趁苜蓿

春嬢採蕨又盈嚢

綿々《(ベンベン)》たる曠野《(クワウヤ)》驢《ロ》に策《むちうち》て行《ゆ》く。

目《め》には山花《(サンクワ)》を見《み》耳《みみ》には鶯《(うぐひす)》を聴《き》く。

駒犢《(クトク)》累々《ルイルイ》として苜蓿《しとね》に趁《をもむ》く。

春《(シュン)》嬢《ジャウ》蕨《わらび》を採《とり》て又《(ま)》た嚢《ふくろ》に盈《み》つ。

【校異】

「目見」を、永青本「目」のみに作るも、「ミ」の右訓がある。「駒犢」を類従本・京大本・大阪市大本・天理本・羅山本・無窮会本・永青本「駒特」に作り、京大本・大阪市大本・天理本は、「特」に「犢」を校注する。逆に、下澤本・文化写本・藤波家本・講談所本・道明寺本は、「犢」に「特」を校注する。「趁」を羅山本「趂」に作る。「苜蓿」を底本等諸本「茵宿」「茵蓿」（永青本）に作るも、元禄九年版本・元禄一二年版本・文化版本・日本詩紀本・下澤本に従って改める。なお、元禄九年版本には「茵宿」の校注があり、藤波家本・講談所本・道明寺本・京大本・大阪市大本・天理本には「苜宿」の校注がある。

【通釈】

どこまでも続く広々とした野原に、驢馬に鞭をあてながら行くと、目には山に咲く花が見え、耳には鶯の声が聞こえてくる。（ひょっとすると）野原では小馬や小牛たちがウマゴヤシを求めてそれに沿って、長い

ということ。「なべて」は「なぶ（並）＋て」。「なぶ」は「なむ」ともいい、動詞としては「なむ」の方が一般的で、「なぶ」の方は「なべて」の形で、副詞として用いられることが多い。万葉集では「たまきはる宇智の大野に馬並めて〈馬数而〉朝踏ますらむその草深野」（万葉集一―四）「馬並めて〈馬並弖〉いざ打ち行かな渋谿の清き磯回に寄する波見に」（万葉集一七―三九五四）など「うまなめて」の形でしか現れないが、古今集以降は「こまなめていざ見にゆかむふるさとは雪とのみこそ花はちるらめ」（古今集二―一一一）「こまなめていざみにゆかんたつた川しら浪よするきしのあたりを」（千載集一八―一一六七）など、もっぱら「こまなめて」の形で見られる。

めもはるの野に　「はる」は「芽も張る」の「張る」と「はるの野」の「春」との掛詞になっている。同様の例は万葉集にはなく、「つのくにのなにはのあしのめもはるにしげきわがこひひとしるらめや」（古今集一二―六〇四）「紫の色こき時はめもはるに野なる草木ぞわかれざりける」（古今集一七―八六八）や「あめのしためぐむくさ木のめも春にかぎりもしらぬみよの末末」（新古今集七―七三四）「須磨の浦のなぎたるあさはめもはるに霞にまがふあまのつり舟」（新古今集一七―一五九八）など、古今集以降に見られる。『注釈』では、この「めもはる」に対して「「(草木の）芽が張る」の意と「目も遙かに（広がる)」の意とが掛けられている」とし、さらに「春」の意も込められているとする。如上の例歌に対して、新日本古典文学大系本でも、同様のとらえ方がされている。しかし、この掛詞に「目も遙」を認めることには二つの問題点がある。一つは、掛詞の成立する基本は、二つの意味がその上下の文脈と

行列をしている（かもしれないし）、春嬢が蕨を採って、それで袋を一杯にしている（姿が見えるかもしれない）。

【語釈】

1 綿々　どこまでも（いつまでも）連続して絶えない様。ただ、ここのように平面的な広がりについて用いるのは稀。白詩に比較的多い語だが、このような用例は無い。劉禹錫「桃源行」詩の「清源尋尽花綿綿、踏花覓径至洞前」あたりがこれに近いか。**曠野**　何もなく広々とした野原。曠原というに同じ。阮籍「詠懐詩十七首其十二」詩に「緑水揚洪波、曠野莽茫茫」（『文選』巻二三）とあり、李善は『毛詩』小雅・何草不黄の「率彼曠野」を指摘する。源順「無尾牛歌」詩に「又入曠野群牛中、牧童遠知不尋求」（『本朝文粋』巻一）とある。**策驢**　驢馬に鞭を打って。ただ、この語の用例を知らない。『佩文韻府』が示すのは宋・陸游の用例。或いは平仄の関係（驢は平、馬は仄）より、習見の詩語「策馬」から思いついたか。あるいは元稹「酬張秘書因寄馬贈詩」に「減粟偷児憎未飽、騎驢詩客罵先行」とあり、のんびりと行く様を言外に含めようとしたか。なお、「驢」の漢音は「リョ」。

2 目見　梁・陸倕「感知己賦」に「既耳聞而存口、又目見而登心」とあり、「遊仙窟」に「目所不見、耳所不聞」とある。**山花**　山に咲く花。劉禹錫「巫山神女廟」詩に「暁霧乍開疑巻幔、山花欲謝似残妝」（『千載佳句』暮春）とあり、道真「海上春意」詩に「染筆支頤閑計会、山花遙向浪花開」（『菅家文草』巻六）とある。**耳聴鶯**　東方朔「非有先生論」に「目不視靡曼之色、耳不聴鐘鼓之音」（『文選』巻五一）とあ

つながりを持つ点である。「芽も張る」については、「あしのめもはる」（古今集一二―六〇四）や「くさ木のめも春」（新古今集七―七三四）などは文法的にもつながりが担保され、そうでなくても「若菜」（当歌）「草木」（古今集七―七三四）などのように関連する語が見られる。それに対して「目も遥」については、上下いずれの文脈ともその明らかな関連性を見出しがたい。もう一つは、「目も遙」という表現自体が不自然である点である。「目も張る」ならばともかく形容詞（形容動詞）が続く場合には、「あききぬとめにはさやかに見えねども風のおとにぞおどろかれぬる」（古今集四―一六九）「秋はぎのしたばにつけてめにちかくよそなる人の心をぞみる」（拾遺集一七―一一一六）「としをへてよしののやまにみなれたるめにめづらしきけさのはつゆき」（詞花集四―一五四）などのように、「に」という助詞を伴う必要がある。以上から、「目も遙」というイメージを喚起するという可能性は否定しないものの、いわゆる掛詞としてこれを含めることはしない。

交じりなむ　当歌では、春の野に交じる、つまり野に分け入って行くことを表す。人が「まじる」の主体となる例としては、「今日今日と我が待つ君は石川の貝に交じりてありといはずやも」（万葉集二―二二四）、「いざけふは春の山辺にまじりなむくれなばなげの花のかげかは」（古今集二―九五）「春雨のふらばの山にまじりなんうめの花がさありといふなり」（後撰集一―三二）など挙げられる。

若菜摘みくる　「若菜（わかな）」は古今集以降の歌には数多く見られるが、万葉集には「川上に洗ふ若菜の流れ来て妹があたりの瀬にこそ寄らめ」（万葉集一一―二八三八）の一例のみ（「春菜」は何例かあり、それり、李善は『呂氏春秋』順民の「目不視靡曼、耳不聴鐘鼓」を指摘する。ちなみに、用例に挙げたように「見」には「聞」、「視」には「聴」が対応するのであって、この「目見」「耳聴」の対応は整合するとは言い難い。また、張茂先「答何劭二首其二」詩に「属耳聴鶯鳴、流目翫鯈魚」（『文選』巻二四）、白居易「春尽日宴罷感事独吟」詩に「閒聴鶯語移時立、思逐楊花触処飛」とある。

3　駒犢　こうまとこうし。『礼記』月令に「季春之月、…是月也、乃合累牛騰馬、遊牝于牧、犠牲駒犢、挙書其数」（『白氏六帖』春・三月）とある。詩語としての用例を知らない。**累々**　行列をなす様。左思「魏都賦」に「岌岌冠縰、累累辮髪」（『文選』巻六）とあり、李善は『漢書』五行志の「明年中国諸侯、果累々従楚囲蔡」を引用する。**苜蓿**　意義上からも平仄からも「苜蓿」を是とす。苜蓿は古代大宛国の語BUKUSUKの音訳。豆科の多年草で、ウマゴヤシの類。『史記』大宛伝に「俗嗜酒、馬嗜苜蓿」とある。諸本に「シトネ」の訓があるが、あるいは異文「茵」に引かれたものか。**趁**　～を求める。～に沿う。この語、その詩語としての使用例にかなりの片寄りのある語。初唐以前には殆ど用いられず、盛唐より使われる。中でも白詩の用例の多さと語義の多彩さは突出している。「ヲモムク」は底本の訓。

4　春嬢　この語の用例を知らず。「嬢」は母親の意で、宋以後はともかく、少なくとも唐代以前に「娘」と混同されて、少女の意で用いられることはないというのが常識。諸本には音合符が付され、底本や諸写本に「シャウ」の音訓が付されるのは、「娘」（ヂャウ）との相違を際立たせるためか。「嬢」の漢音は「ヂャウ」。**採蕨**　「蕨」はわらび。野山

を「わかな」と訓む説もある）。この句は一首全体から考えると、若菜を摘みに（野まで）やって来るという解釈の方が都合がよいが、その意を「摘み来る」という複合形は表しがたい。「消残りの雪にあへ照るあしひきの山橘をつとに摘み来な」（万葉集二〇―四四七一）という例は、摘んで来る、すなわち摘んでから（帰って）来るということであって、摘むことを目的に来ることではない。その意を表すには、「春の野にすみれ摘みにと来し我そ野をなつかしみ一夜寝にける」（万葉集八―一四二四）、「春ののにわかなつまむとこしものをちりかふ花にみちはまどひぬ」（古今集二―一一六）「つみにくるひとはたれともなかりけりわがしめしののわかななれども」（後拾遺集一―三六）などの如く、間に目的を示す「に」や「と」などの助詞が介在する必要がある。当歌においては、摘みながら（近づいて）来るという意味に解釈しておく。なお、「つみつる」という本文も同様に設定上の問題から、採りがたい。

人も有りやと　「人」はここでは、女性と見られる。下二句「若菜摘みくる人もありやと」は、倒置関係で上三句「駒なべてめもはるの野に交じりなむ」という行為の意図・目的を表す。類似の表現には、「名にしおはばいざ事とはむ宮こどりわが思ふ人はありやなしやと」（古今集九―四一一）「春霞たなびくのべのわかなにもなり見てしかな人もつむやと」（古今集一九―一〇三一）「ゆき帰りきてもきかなん相坂の関にかはれる人も有りやと」（後撰集一三―九八三）などあり、いずれも「〜やと」という結びで、その前に意思や願望などの表現が来ている。ちなみに、万葉集には同様の表現形式の歌は見られない。寛平御時后宮歌合の本文は結句を「人はありやと」とするが、「は」の場合は（特定の）人に自生し、春に先が巻いた若芽が出て、食用となる。「採」に「ツンデ」の訓もある。　**盈嚢**　袋を一杯にする。白居易「渭村退居寄礼部崔侍郎翰林銭舎人」詩に「塵埃常満甑、銭帛少盈嚢」とある。

【補注】

韻字は「行」（下平声十二庚韻）、「鶯」（下平声十三耕韻）、「嚢」（下平声十一唐韻）で、庚韻と耕韻は同用だが、唐韻はそれとは通押しない。平仄も、**【語釈】**に述べたように、「茵」を「苜」とすれば誤りはない。

【語釈】で指摘したように、「趁」はそれが使用される時代や作家によってかなりの片寄りがある語であるが、その大要を示せば、六朝では殆ど用いられることがない。ちなみに『文選』にはその例がなく、『玉臺新詠』にも一例（巻九、張率「白紵歌詞二首其二」詩）あるのみである。唐代では李白に用例がなく、杜甫に五例、中唐では柳宗元に二例、韓愈に四例、劉禹錫に五例であるが、白居易には四〇例以上を見る。日本漢詩でも勅撰三集以前には、滋野貞主「雑言奉和鞦韆篇」詩に「自凌旦、欲暮時、後輩趁来満路暉」（『経国集』巻一一）とある一例のみしかなかったが、『田氏家集』には九例、『菅家文草』にも十六例の多きを数える。おそらくはその割合からしても白詩の影響を考えないわけにはゆくまい。本書にも上下巻を含めて十例ある。尚この字に関しては、王鍈『詩詞曲語辞例釈（増訂本）』（中華書局、一九八六）、林昭徳『詩詞曲詞語雑釈』（四川人民出版社、一九八六）、蔣礼鴻『敦煌文献語言詞典』（杭州大学出版社、一九九四）等に詳しい解説がある。

物の有無自体の確認を目的とすることになるのに対して、「も」の場合は野に交じるという行為の目的や対象に含みを持たせることになり、この方が表現としてより適切と判断する。

又、「春嬢」の「嬢」は、万葉集では人名に用いられた「大嬢」を「おほいらつめ」と読むのが通例である。

【補注】

当歌は、本集の歌の中でも、後に同時代の勅撰集に収められていない、数少ない方の一首であるけれども、特に難があるわけでもなく、決して悪い出来の歌ではないと思われる。

表現を見ると、【語釈】で説明したように、掛詞や特定の倒置表現など、古今的な技巧が用いられるいっぽう、内容的には、春になった喜びにあふれ、若々しく潑剌とした、素朴で万葉的な雰囲気も感じられる。おそらく若い男たちにとっては、春になり、連れ立って馬に乗り、春の＊

＊野に出掛けることが出来るようになったことだけでも、心弾むものがあるだろう。加えて、そこには若菜を摘む若い女たちがいることも十分に予想されるとあれば、ますます高揚した気分になることだろう。

同様の状況を歌った歌が他にもありそうであるが、実は万葉集にも八代集にも見当たらない。春歌として若菜摘みを詠んだ歌は古今集以降、比較的多く見られるものの、たとえば「君がため春ののにいでてわかなつむわが衣手に雪はふりつつ」（古今集一—二一）や「かすがののわかなつみにや白妙の袖ふりはへて人のゆくらむ」（古今集一—二二）の如くで、その場における男女の出会いを想像させるような歌ではない。

【比較対照】

この歌に対する詩は色々問題点が多い。歌の内容にほぼ対応するのは、詩の起句と結句であろうが、ただそれも、歌では「春の野に交じりなむ」という主たる目的が、下句の「若菜摘みくる人」にあるのに、詩ではそれが全く示されていないという大きな相違がある。詩の後半部の「駒犢」と「春嬢」は、取りようによっては眼前の曠野の一風景と取れるのであって（歌がなければそう取る方がむしろ自然である）、歌の「ありやと」に相当する助字がないところに、その原因があろう。漢詩の機能そのものの中にそれがあるとすれば、転句という点に僅かにそれが示唆されているというに過ぎない。更に歌では「駒なべて」と言うのに対して、詩では「策驢行」というだけで、複数の者が連れだってという限定を示さない。ただ、「策驢」とあって、「騎驢」や「駕驢」ではないところは、歌の「交じりなむ」という意志を表そうとしたと言えるかも知れない。

また、小さな相違を挙げれば、「曠野」には「めもはるの野」という、和歌の掛詞を伴った春の芽生えをイメージする、明るさや賑わしさがない。承句がなければ、冬枯れの風景とも思える。しかし、その承句も「芽も張る」という歌の義とは異なる花と鶯が持ち出されている。ただ、「蕨」は歌の「若菜」を限定・具体化したものといえよう。

結局、詩は全体の構成上の論理を殆ど歌に依り掛かっているのであって、しかも、転句があるために「策驢行」の目的が拡散してしまっており、これでは詩は歌の内容を説明的に具体化するという、本集の詩の一般的理解に沿うものとはとても言えないだろう。強いて言えば、承句が野に出かける者の期待感を表しているということになろうか。

八番

吹風哉　春立来沼砥　告貫牟　枝丹窂礼留　花拆丹芸里

吹く風や　春立ち来ぬと　告げつらむ　枝にこもれる　花さきにけり

【校異】

本文では、第二句の「来」を、永青本・久曾神本が欠き、第四句の「礼留」および結句の「芸」を、久曾神本が欠き、結句の「拆」を、類従本・藤波家本・講談所本・道明寺本・羅山本・無窮会本・永青本が「折」、京大本・大阪市大本・天理本が「忤」とし、結句の「丹」を、講談所本が「刃」とする。

付訓では、とくに異同が見られない。

同歌は、寛平御時后宮歌合などの歌合にはないが、後撰集（巻一、春上、一二番）には「寛平御時きさいの宮の歌合のうた　よみ人しらず」としてあり、古今六帖（巻一、歳時、はるのはぜ、三九一番）にも、同文で見られる。

【通釈】

（東から）吹く風が（花の木に）「春が到来した」と告げたのだろうか。枝の中に隠れていた花が咲いたことだよ。

【語釈】

吹く風や　この表現で一句を成す例は、万葉集にも八代集にも見られな

寒灰警節早春来
梅柳初萌自欲開
上苑百花今已富
風光処々此傷哉

寒灰《カンクワイ》節《セツ》を警《いまし》めて早春《サウシュン》来《きた》る。
梅柳《バイリウ》初《はじ》めて萌《きざ》して自《おのづか》ら開《ひら》けなむと欲《ほつ》す。
上苑《シヤウエン》の百花《ハククワ》今《いま》已《すで》に富《と》めり。
風光《フウクワウ》処々《ショショ》此《ここ》に傷《いた》ましむるかな。

【校異】

「寒灰」を底本等諸本「豊灰」に作るも、永青本・久曾神本に従って改める。「梅柳」を類従本・羅山本・無窮会本「梅枝」に作り、元禄九年版本・文化写本も「柳」に「枝」を校注する。「此」を永青本「是」に作る。

【通釈】

冷たい灰が、いつまでも去らない冬の歩みに活を入れたのだろうか、ようやく春がやってきた。梅や柳もやっと芽を出したばかりで、これから花が咲くことになるだろう。ところで、天子のお庭では様々の花が今はもう盛りになっているはずなので、春の光に充ちた風景があちこちで人を感傷に浸らせていることだろう。

【語釈】

1　寒灰　一般的には、燃え尽きて火の気のなくなった灰を意味し、飽

い（後撰集の同歌は除く）。「や」は第三句末の「らむ」と係り結びの関係にある。

春立ち来ぬと　「立（た）ち来（く）」という複合動詞が「春」に用いられる例は、「ゆく年も立ちくる春も逢坂の関路の鳥のねをや待つらむ」（新拾遺集一八―一七二五）に見られる程度であり、八代集では「波」に関して用いられる。新日本古典文学大系本では後撰集の同歌について「立春になったことを「春が立ってやって来た」と擬人法的に言った」とするのは、この複合形のゆえか。ただし、単独形で「春立つ」や「春来」という表現は一般に見られるのであって、それらが複合することによって、人間の行為になるとは考えにくい。『注釈』でも、「「風」を遣わせた春が立ち現われたという擬人的表現と捉えることができる」とする。しかし、この表現の背景として、【補注】に述べるような漢詩的な発想・表現があったとしても、歌そのものの内容・表現を考えれば、とりたてて擬人的な関係とみなす必要はあるまい。

告げつらむ　主体は「吹く風」、相手は下句により、花（あるいは花の木）、内容は「春立ち来ぬ」ということになるだろう。「告ぐ」は人間の行為とするのが普通であるから、風を擬人化した表現と言える。同様の表現は万葉集にはなく、八代集に「いとどしく物思ふやどの荻の葉に秋とつげつる風のわびしさ」（後撰集五―二二〇）「秋きぬとかぜもつげてし山ざとになほほのめかす花すすきかな」（千載集四―二四五）「わすれなむまつとなつげそ中中にいなばの山のみねの秋かぜ」（新古今集一〇―九六八）など見られる。ただし、これらは秋の風についてであって、春の風の例は見当たらない。

照「贈故人二首其一」詩に「寒灰滅更燃、夕華晨更鮮。春氷雖暫解、冬氷復還堅」（『玉臺新詠』巻四）とあるように、そのもの、あるいはそのような心の喩えに用いられるが、ここは、「警節」との関連から、「葭灰」「冬灰」等と呼ばれる灰のこと。葭（あし、よし。「葦」のまだ穂が出ない物）はその茎が空洞になっているが、その極めて薄い内膜を燃やして出来た灰を意味する。古代暦法の一種の「候気法」に用いられた。『続漢書』や『後漢書』律暦志上、「律呂」（『太平広記』巻一六一）などに記載があるが、それらによれば、まず部屋を三重にしつらえる。一番外側の部屋の入口は南、次室の戸は北側に、内室の戸は南にし、更に各室にカーテンを張り巡らせて完全な無風状態を作る。そして十二本の竹笛（それぞれ一音ずつ十二の「律」すなわち基本音程を出す）を方位則ち時節に従って木製のテーブルの上に並べ、葭の内膜の灰を竹笛の内端に詰めて塞ぐ。やがてその時節の気が来ると、該当する一本の竹笛の灰がポンと弾けるのだという。人はその部屋に三日籠もってその灰の飛び方を観察し、吉凶までも予想したのである。梁簡文帝「梅花賦」に「寒圭変節、冬灰徙筩」という「筩」は竹笛のこと、隋・蕭愨「奉和冬至応教詩」に「天宮初動磬、緹室已飛灰」（『初学記』冬至）とある「緹室」とは、「緹縵」（絹のカーテン）を張った部屋であり、元稹「春六十韻」詩の「節応寒灰下、春生返照中」、韓偓「冬至夜作」詩に「中宵忽見動葭灰，料得南枝有早梅」とあるのも、冬至の習俗の反映である。本朝にもそれは輸入されていたと見えて、菅原道真「寄白菊四十韻」詩に「爽籟吹灰到、流年転轂奔」（『菅家文草』巻四）、同「同賦春浅帯軽寒応製」詩に「不是吹灰案暦疎、浅春暫謝上陽初」（『菅家文草』巻六）、同

枝にこもれる　「こもる」は「殻のようにかこまれた所に入って、外界と接触を断っている意」（岩波古語辞典）。人間に対して用いられるのが普通で、植物に関しては「この花の一よの内は百種の言そ隠（こも）れるおほろかにすな」（万葉集八―一四五六）、「君がためうつしてううるくれ竹にちよもこもれる心地こそすれ」（拾遺集二〇―一三八二）「すみのえにおひそふ松のえだごとに君が千とせのかずぞこもれる」（新古今集七―七二五）などの例があるが、当歌とは異なる内容である。しかし、十三代集になると、当歌と同様の「花は猶枝にこもりてうぐひすのこづたふ声ぞ色はありける」（玉葉集一―五八）「いつしかとさきにけらしな鶯や枝にこもれる花さそふらん」（新続古今集一―四五）「今はよも枝にこもれる花もあらじ木のめ春雨時をしる比」（新葉集一―八二）などの例が見られる。花が枝にこもるというのは、冬の間、花が枝の内にあって、春になったら外に出て来るつまり咲くための準備をしているという発想であろう。「冬ごもり」という枕詞があるが、これも「冬のあいだ落葉していた木が芽を出して茂ってきて春になる、の意で、春にかかる」（時代別国語大辞典上代篇）のであって、冬から春にかけての植物の状態・変化に関わると見られる。「雪ふれば冬ごもりせる草も木も春にしられぬ花ぞさきける」（古今集六―三二三）や「ふゆごもり思ひかけぬをこのまより花と見るまで雪ぞふりける」（古今集六―三三一）などの歌は、本当の花はまだ枝の内にあることを前提としたものである。共通の発想は「含めりと言ひし梅が枝今朝降りし沫雪にあひて咲きぬらむかも」（万葉集八―一四三六）における「ふふむ」にも言えるだろう。

花さきにけり　当歌における「花」は春に咲く花一般とも考えられるが、

「叙意一百韻」詩に「灰飛推律候、斗建指星躔」（『菅家後集』）とある。

警節　季節をハッとさせて先へ促すこと。淳和帝「九月九日侍讌神泉苑各賦一物得秋露応製」詩に「蓐収警節秋云老、百卉初腓露已凄」（『凌雲集』）とある。小島注は「いましめる季節」と訳する（小島憲之『国風暗黒時代の文学　中（中）』塙書房、一九七九）が、非。そこでも「秋云老」とあり、当詩でも「早春来」とあるように、それまでののんびりした時節の流れに刺激を与え、次の時節を引き出すこと。ここの「警」は、「驚」の意に近く、梁簡文帝「梅花賦」には「憐早花之驚節、訝春光之遺寒」（『初学記』梅）とある。ただ、この「警節」は、漢土では王融「三月三日曲水詩序」に「徐鑾警節、明鍾暢音」（『文選』巻四六、『藝文類聚』『初学記』三月三日）とあるように、行進のリズムを取る意で用いられ、その意味は全く異なる。或いは和製漢語か。

早春　春になりたての頃、初春、の意。北周・宗懍「早春詩」に「昨暝春風起、今朝春気来」（『藝文類聚』春）とあり、大伴旅人「初春侍宴」詩に「梅雪乱残岸、煙霞接早春」（『懐風藻』）とある。

2　梅柳　梅の花と柳の芽のこと。早春の景物として、しばしば併称される。例えば、初唐・杜審言「早春詩」に「雲霞出海曙、梅柳度江春」とあり、菅原道真「題駅楼壁」詩に「離家四日自傷春、梅柳何因触処新」（『菅家文草』巻四）とある。また『凌雲集』には飛雪の比喩としての用例が見え（その場合は梅の花と「柳絮」）、本集にも下巻に二、三の例がある。異文「梅枝」は、その歌語「枝にこもれる」からはふさわしいように見えるが、平仄上より非。

初萌　「初」とは、やっと〜したばかり、の意。「萌」は、草木が芽を出すこと。『礼記』月令に「(孟

立春を念頭に置けば、梅花が適当か。なお【補注】を参照。

【補注】

風は、春の歌にも数多く詠み込まれているが、その多くは花の香を運ぶもの、花を散らすものとしてである。春の到来を告げるものとしても、たとえば「袖ひちてむすびし水のこほれるを春立つけふの風やとくらむ」（古今集一―二）が代表的な例として挙げられるが、秋の到来を告げる例と比べれば非常に少ない。しかも、それはもっぱら氷を解かすことと結び付けられるのであって、当歌のように開花を促すという点から歌われたものは稀れである。「いかなればこほりはとくる春かぜにむすぼほるらむあをやぎのいと」（詞花集一―一五）「みしまえや霜もまだひぬあしの葉につのぐむほどの春風ぞふく」（新古今集一―二五）「白妙の浪ぢわけてやはるはくる風ふくままに花もさきけり」（新勅撰集一―五一）あたりが当歌に近い例と言えようか。

当歌は、花が咲いた事実を目にして、その原因・契機を、春の到来を告げると言われる風にあると推量した歌であり、「や～らむ」という表現形式とともに、古今的な詠歌パターンと言える。ただし、このような推量自体は、類例には乏しいものの、とりたてて独自性や意外性があるとは認められない。むしろ、重点があるのは、「花さきにけり」という方にあると思われる。冬の間、長く春の開花を待ち望む気持ちがあれば、花が咲いているのを発見して喜び感動するのは当然とも言えよう。しかし当歌はただそれだけのことではなく、予想以上に早く春花が咲いたことに対する驚きが込められていると考えられる。

春之月）天気下降、地気上騰、天地和同、艸木萌動」（『初学記』春）とある。　**自欲開**　「開」の訓「ひらく」は下二動詞。「蕾などが、ほころぶ。」（『岩波古語辞典』）

3 上苑　本集二番詩【語釈】該項参照。　**百花**　本集五番詩【語釈】該項参照。　**今已**　今はもう～してしまった、の意。曹植「雑詩六首其三」詩に「良人行従軍。自期三年帰、今已歴九春」（『文選』巻二九）、白居易「達哉楽天行」詩に、「吾今已年七十一、眼昏鬚白頭風眩」とある。　**富**　盛んであること。菅原道真「卜居」詩に「縦使門庭皆冷倹、不辞到老富鶯花」（『菅家文草』巻二）、紀長谷雄「山無隠」詩に「青郊不顧煙花富、絳闕初生羽翼扶」（『扶桑集』巻七）とある。なお、「富」は『説文』に「備也」とあるように、各種の財物の無い物は無い状態を言うのが原義であり、六朝や唐の詩文でも少なくとも風景の美しさの形容として用いられた例を知らないが、日本では『文華秀麗集』あたりから始まる。

4 風光　「春光」に類し、光溢れる春の大気のこと。また、唐代では広く風景、景色の意でも使われる。王勃「仲春郊外」詩に「物色連三月、風光絶四隣」とあり、黄文備「五言春日侍宴」詩に「玉殿風光暮、金墀春色深」（『懐風藻』）とある。　**処々**　ここかしこ、あちらこちら、の意。　**此傷哉**　「傷」は感傷的な気分にさせること。ここでは春の愁いに沈ませるということ。「此～哉」は強調・感嘆の助字。

【補注】

韻字は「来・開・哉」で上平声十六灰韻。平仄にも基本的な誤りはな

開花は春に先駆けてその到来を告げるものでなく、春の到来によって生じる。周囲の景色はなお冬のままであり、花も普通ならまだ枝にこもっているはずの時期であるにもかかわらず、それが咲いているという意外な事実に対する驚き。その原因としては、一早く季節の変化を告げる風しか思い至らない、ということなのではないだろうか。

なお、当歌を、『白氏文集』巻一七「潯陽春三首・春生」詩の「先遣和風報消息、続教啼鳥説来由」の翻案とみなすのが定説のようになっている。しかし類似の詩句は、周・宗懍「早春詩」に「昨暝春風起、今朝春気来。鶯鳴一両囀、花樹数重開」（『初学記』春）をはじめとして、宋之問「春日芙蓉園侍宴応制二首　其二」詩の「風来花自舞、春入鳥能言」や、李白「早春寄王漢陽」詩の「昨夜東風入武陽、陌頭楊柳黄金色」など少なくなく、春風が花鳥の活動を促すのは、早春詩の表現パターンの一つとも言えるものであった。白詩にも、他に「雪消氷又釈、景和風復暄。満庭田地湿、薺葉生牆根」（「早春」巻七）、「春風先発苑中梅、桜杏桃梨次第開」（「春風」巻五五）などとある。また元稹にも「生春凡二十章」なる白氏との唱和の連作詩があり、そこではいずれも「何処生春早」の句に始まって、全二〇章に必ず風が詠み込まれている。六番詩の【語釈】「梅風」の項も参照のこと。

他ならぬ「春生」詩の一節が『和歌朗詠集』や『千載佳句』にも採用されていることを考えれば、当歌も「春生」詩との関係の可能性がもっとも高いが、その詩が生まれ、また受容された環境も知っておく必要があろう。

い。

先ず、この詩の特徴として、「寒灰」が季節の移り変わりを促すという、逆転的発想で書かれていることを指摘しなければならないだろう。しかも、その発想は少なくとも翻案すべき八番歌の中にあったものではないということは、本集中でも異例のことに属する。

これと同じ発想が、則天皇后「唐明堂楽章　羽音」詩に「葭律肇啓隆冬、蘋藻攸陳饗祭」（『楽府詩集』巻五・郊廟歌辞）とあり、そうした修辞法を学んでいた可能性がある。なお、初句の解釈については、早く杜鳳剛「以「灰」識「気」――『新撰万葉集』巻之上春歌一と春歌八の訳詩解釈についての一試案――」（『文学史研究』三五、一九九四・一二）に指摘がある。

ただ、この詩のそれ以上の問題点は、詩の前半と後半で同時期のはずなのに大きく春の景色が異なっているということである。それは特に第二句と第三句において著しい。第二句では「初」と「欲」、第三句では「今已」という、孰れも時制を明確に規定する語が用いられている。「初」とは、行為や事態が発生して間もない意を表す副詞であり、「萌」という事態はまだ初期段階にあることを明示する。従って、「欲」も近未来を表す語だけれども、花が「開く」までには少し間があることになる。しかし「上苑」では「百花」が「今已」に盛んに咲いているという。この点で矛盾を少なくするためには、次の二つの解釈が可能であろう。その一つは、作者を上苑以外の地（日本の通念からすれば、北方か若しくは山岳地帯、中国の東風が春を運ぶというそれに従えば、西域）に想定し、そこから皇居の様子を想像しているという解釈である。詩の作がそのような設定にした原因を強いて穿鑿するとすれば、歌が白氏文集巻一七「潯陽春三首春生」詩に基づくことを承知しており、白氏の江州左遷時の作という事実を踏まえた、ということであろうか。

他方、転句を「上苑の百花今已に富（さかり）ならば」と仮定に解釈することも可能であって、そう取れば春まだ浅い風光の乏しい現実の景色を前にして、後半で仲春の麗しい光景を想像しているということになる。ただしこの解釈では、ことさら「上苑」が選び取られたのは何故かという反問には確答を与えることが出来ない。

いずれの解釈によるにしても、和歌との隔たりは大きいので、今は暫く前者によっておく。

【比較対照】

早春の時期を取り上げているという点では歌・詩とも共通しているが、それ以外はほとんど異なっていると言えよう。

まず、歌における、風が春の到来を告げ、開花を促すという発想・表現は詩にはまったく見られず、詩の【語釈】および【補注】で述べてあるように、とくにその起句は由来が明らかではない表現になっている。歌の【補注】で紹介したような、当歌に対して白詩などの影響があるとすれば、なぜそれを用いなかったかが問題になる。あまりに知られすぎていたゆえ、あえて別の表現をとろうとしたのか。そもそも風は春を告げる役割を果たすのであって、「寒灰」とは違って、その到来自体を促すものではないから、その点でも歌とは異なっていることになる。

承句も、梅に柳を並べたことや「枝にこもれる」に直接対応する表現がないことなどはともかくとしても、歌ではすでに花が咲いているのに対して、これから咲くことになるだろうとあり、両者は対象となる情景に大きな違いがある。しかも、開花の原因を歌では風に求めているのに対して、詩では起句からのつながりからしいて言えば、春の到来そのものということになるだろう。

それでも、詩の前半はまだ歌との関連性を認めることができるが、後半は歌とはまったく別個に付加されたものである。転句に示された場面転換は、もし歌における開花を特定の（特権的な？）場に限定すると考えるならば、歌との結びつきを感じさせなくはないけれども、歌の開花の状況は転句に表現されたそれとは相当の隔たりがある。また、それぞれの主題に関わる、詩の結句に見られる感傷と歌における感動とは、当然ながら性質を異にするものであり、そもそも詩における感傷の所以も明確とは言いがたい。

以上の如く、この、歌に対する詩の対応性はきわめて低いと言わなければならない。歌はいたって平明な内容であり、解釈上あるいは詩に置き換える上でとくに問題になりそうな点があるようにも見受けられない。それに対して、詩の方は意図的に歌とは趣向を変えようとしたとしても、全体としての内容の統合性にも疑問が残る。

九番

真木牟具之　日原之霞　立還　見鞆花丹　被驚筒
まきもくの　ひ原の霞　立ちかへり　見れども花に　驚かれつつ

【校異】

本文では、初句の「具」を、羅山本が「貝」とし、第四句の「丹」を、講談所本が「刃」とする。結句の「筒」を、底本および文化写本が「箇」とするが諸本により改める。

付訓では、第四句の「みれども」を、藤波家本・講談所本・京大本・大阪市大本・天理本・羅山本・無窮会本が「みるとも」とする。

同歌は、寛平御時后宮歌合（十巻本・廿巻本、春歌、二七番）にあり、拾遺集（巻一三、恋三、八一六番）にも「題しらず　よみ人しらず」としてあり（ただし三句目以降「かくこそは見めあかぬ君かな」）、他に古今六帖（巻一、天、霞、六一九番）や、夫木抄（巻四、春四、一一〇〇番、寛平御時后宮歌合、読人不知。ただし二句目「ひばらの山に」）、柿本人麿集（花、五九番。ただし下句「見れとも花のあかすもあるかな」）にも見られる。


【通釈】

巻向の檜原の霞が（春になって）再び立っていて、（それを）引き返しては（繰り返し）見るけれども、（その度に、霞が一面に美しく咲いている）花に見えて驚かれることだよ。

倩見天隅千片霞
宛如万朶満園奢
遊人記取図屏障
想像桃源両岸斜

倩《つらつら》天隅《(テン)グ》千片《(センペン)》の霞《(かす)み》を見《(み)》れば、
宛《あたか》も万朶《(バンタ)》の園《(エン)》に満《(みち)》て奢《をご》れるが如《(ごと)》し。
遊人《(イウジン)》記取《(キシユ)》して屏障《(ヘイシヤウ)》に図《(ト)》す。
想像《おもひや》る桃源《タウ(ゲン)》両岸《(リヤウガン)》に斜《なな》めならむことを。

【校異】

「千片」を久曾神本「千行」に作る。「桃源」を類従本・無窮会本「桃園」に作り、文化写本も「源」に「園」を校注する。


【通釈】

目を凝らして大空の彼方キラキラと千々に輝く霞を眺めてみると、それはまるでたくさんの花々が庭園いっぱいに咲き誇っているかのようだ。通りすがりの風流人はそれをしっかりと記憶して屏風に写し取る。そしてあの桃花源の桃の花が咲き乱れ、川の両岸にうねうねと続いているのを想像している。


【語釈】
1 倩見　よく見る、念入りに見る、の意。ただし、「倩」は靨が可愛い様をいうのが原義であり、この意義のような副詞的用法は、中国には無い。日本では本集に「倩見歌体」（上巻・序）、「倩見年前風景好」（八九

【語釈】

まきもくの　本文「真木牟具」の「牟」に異文はなく、訓も文化版本に「ム」とあるのみで、他は「モ」としている。万葉集に見られる表記は一二例のうち一例のみが「巻目」（万葉集七―一〇八七）で「まきもく」と訓みうるが、他はすべて「巻向」であり「まきむく」と訓まれている。一方、勅撰和歌集の用例は『新編国歌大観』の本文ではすべて「まきもく」となっている。万葉集の「牟」はすべて「む」と訓まれているものの、本集ではたとえば「鶯はむべもなくらむ花桜さくと見し間にかつ散りにけり」（一二番）の第二句の本文は「郁子牟鳴濫」で「む」、「いくつ夏鳴き還るらむ足びきの山郭公老いも死なずて」（二七番）の結句の本文は「老牟死不死手」で「も」のように、「牟」を「む」とも「も」とも訓む例が見られるので、ここでも「まきもく」と訓んでおく。「まきもく」は奈良県桜井市にあった地名で、垂仁・景行天皇の皇居が置かれた所。古事記歌謡にも「纏向の　日代の宮は　朝日の　日照る宮」（一〇〇番）とある。

ひ原の霞　「ひ原」も同地の地名で、三輪山・巻向山・初瀬山があるところであり、「鳴る神の音のみ聞きし巻向の檜原の山を今日見つるかも」（万葉集七―一〇九二）とともに、「三諸つく三輪山見ればこもりくの泊瀬の檜原思ほゆるかも」（万葉集七―一〇九五）や「古にありけむ人も我がごとか三輪の檜原にかざし折りけむ」（万葉集七―一一一八）などと詠まれている如く、かつてはその一帯に檜の林が広がっていたことに由来するものと見られる。このあたりの霞が取り上げられるのは、万葉集では「巻向の檜原に立てる春霞おほにし思はばなづみ来めやも」（万

番）などとあり、道真「北堂餞宴各分一字」詩に「倩憶分憂非祖業、徘徊孔聖廟門前」（『菅家文草』巻三）とあるなど、この頃から使われ始め、古辞書では『名義抄』から「ツラツラ」の訓が現れる。また、「見」は見える、ものが目に入るの意だから、「倩」がもし右の意で用いられているとすれば、接続するわけがなく、その意味でもこの語は和製漢語の可能性が高い。

天隅　天空の片隅。大空の果て。張華「鷦鷯賦」に「鷦螟巣於蚊睫、大鵬弥乎天隅」（『文選』巻一三）とある。

千片霞　「片」は『九経字様』に「片、判木也、左為爿、右為片」とあり、『広雅』釈詁に「片、半也」というように、ある物が壊れた、その破片を意味し、そこから花や葉や石など、必ずしもそうでなくても薄くて小さな物を数える際の助数詞として用いられるようになったが、六朝末から特に「一片」と熟して、水面や雲、雨などの平面的な広がりを持つ物にも用いられるようになり、現代語「一片」（一面の）とほぼ同様の意義を持つ場合があるとされる（劉世儒『魏晋南北朝量詞研究』中華書局、一九六五。松浦友久『詩語の諸相――唐詩ノート――』研文出版、一九七一）。「千片」の詩語としての用例はそう多くはなく、庾信「燕歌行」詩に「黄河春氷千片穿」とあり、沈佺期「奉和立春遊苑迎春」詩に「風射蛟氷千片断」とあるように、粉々に、の意の副詞的用法から、白居易「牡丹芳」詩の「千片赤英霞爛爛、百枝絳艶灯煌煌」や、同「眼病二首其二」詩の「散乱空中千片雪、蒙籠物上一重紗」の如き、無数の薄小なるものをイメージさせて、名詞を形容する用法が生じたと思われるが、「千片」が形容するのは花や雪が多く、霞をいう例は、令狐楚「九日言懐」詩に「晩色霞千片、秋声雁一行」とあるのみである。「一片霞」

葉集一〇—一八一三）と「児らが手を巻向山は春されば木の葉しのぎて霞たなびく」（万葉集一〇—一八一五）の二首、八代集では【校異】に挙げた拾遺集の歌一首のみであり、その後に「まきもくのひばらにたてる春がすみはれぬおもひはなぐさまるやは」（続古今集一七—一四八八）「まきもくのひばらの山のふもとまで春の霞はたなびきにけり」（玉葉集一—一九）「春やたつ雪げの雲はまきもくのひばらに霞たなびきけり」（新千載集一—一二）などの歌が見られる。

立ちかへり　「たちかへる」は反復あるいは往復の動作を表す動詞であるが、「たちかへり」という連用形が副詞的に「繰り返し〜する」の意を表すこともある。当歌の「立ちかへり」の場合、次の三つの意味・用法が考えられる。第一には、直前の「霞」がその主体となり、霞が（春になって）当地に戻り再び立つという意である。万葉集には「霞ガ立ちかへる」という表現はないものの、「霞ガ立つ」は数多く見られるし、また八代集には「はるごとにのべのけしきのかはらぬはおなじかすみやたちかへるらん」（後拾遺集一—一二）「はれずこそかなしかりけれとりべ山たちかへりつるけさのかすみは」（後拾遺集一〇—五四五）「春がすみたちかへるべきそらぞなきはなのにほひにこころとまりて」（金葉集一—三五）など該当する例が存する。第二には、下接する「見れども」を修飾し、繰り返し見るけれども、という意を表す。「立ち反り泣けども我は験なみ思ひわぶれて寝る夜しそ多き」（万葉集一五—三七五九）、「立帰りあはれとぞ思ふよそにても人に心をおきつ白浪」（古今集一一—四七四）「桜あさのをふのうらなみ立ちかへり見れどもあかず山なしの花」（新古今集一六—一四七三）などにおける「たちかへり」と同様

ならば理解しやすく、また実際に用例もあるが。また異文「千行」は落涙などの多数の垂直線をイメージさせるものであって、「千行霞」は全く意味をなさない。ただ、本集には「雲霞片々錦帷成」（三番）、「霞光片々錦千端」（一三番）など、「片々」（きれぎれに、軽く翻る）と形容される霞の表現があるので、それに類似したものと考えることも出来よう。更に、承句との関連からいえば、右に挙げた白詩「牡丹芳」の一句も、比喩の関係は逆になるが参考にする事が出来るだろう。

2　宛如　まるで〜のようだ、の意。「宛若（似）」に同じ。李白「遊敬亭寄崔侍御」詩に「相去数百年、風期宛如昨」とあり、道真には「秋日山行二十韻」詩に「未省人身換、宛如世界超」（『菅家文草』巻一）とあるなど、三例を見る。　**万朶**　無数の花のこと。「朶」は元来樹木の枝葉や花・実などが垂れ下がる様をいうが、のち花そのものをも意味するようになり、また花及びそれに類する雲等を数える際の助数詞として使用される。杜甫「江畔独歩尋花七絶」詩に「黄四娘家花満蹊、千朶万朶圧枝低」、元稹「薔薇」詩（佚詩）に「千重密葉侵階緑、万朶閑花向日紅」（『千載佳句』薔薇）とあり、本集にも「咲殺寒梅万朶連」（八七番）とある。　**奢満園**　「満園」は、庭園中一杯に、の意。杜甫「乞桃栽」詩に「河陽県裏雖無数、濯錦江辺未満園」とあり、道真「九月尽日題残菊応太上皇製」詩に「幸被君臣交畝種、任他意気満園残」（『菅家文草』巻六）とある。「奢」の本来の意義は、派手で贅沢な様。それを擬人的に、華麗に咲き誇る、の意で用いた。本集に「郭公本自意浮華、四遠無栖汝最奢」（四一番）、「三秋有蘂号芽花、麝子鳴時此草奢」（六四番）などとあり、紀長谷雄「賦萱詩」に「北堂萱草色、朱夏独先奢」（『香薬字

である。第三には、引き返すという動作の意味で、「見れども」に続き、引き返して見るけれども、の意を表す。「わがやどにさける藤波たちかへりすぎがてにのみ人の見るらむ」（古今集二―一二〇）「いしま行く水の白浪立帰りかくこそは見めあかずもあるかな」（古今集一四―六八二）「春ふかみゐでのかは浪たちかへり見てこそゆかめ山吹の花」（拾遺集一―六八）などにおける「たちかへり」と同様である。なお、これらの例は「波―たちかへり（立って寄せては返る）」と「たちかへり（引き返して）―見る」とが掛けられるか、あるいは結び付けられている。以上から考えると、当歌の「立ちかへり」は、第三の意味・用法にもっとも近いと言える（もとより、これには第一も含まれることになる）。すなわち「霞―立ちかへり（再び立つ）」と「立ちかへり（引き返して）―見れども」が重ね合わされているということである。ただし、このような表現は「波」（「藤波」なども含む）に関する例がほとんどで、「霞」の例は先に挙げた「春がすみたちかへるべきそらぞなきはなのにほひにこころとまりて」（金葉集一―三五）が見られるぐらいである。また、「見れども」との関係において、「立ちかへり」は引き返してという具体的な動作の意ではあるが、歌末の「つつ」との関係も考慮するならば、そこに自ずと繰り返しの意も込められていると見るべきであろう。なお、当歌の「見る」対象は「霞」であり、このような関係は、先掲の「わがやどにさける藤波たちかへりすぎがてにのみ人の見るらむ」（古今集二―一二〇）の場合と同じである。なお、『注釈』では、「「返り」は第四句の「見れども」の「見」に掛かり、「かへり見る」の語を形成する」とし、通釈で「振り返って見る」と解している。「引き返して見る」と

抄』巻下）とあるなど、類似の擬人法は日本漢詩にあるが、中国詩の用例を見いだしえない。

3 遊人 遊覧する人、風流人のこと。「遊（游）客」に同じ。本集四番詩【語釈】「遊客」の項を参照のこと。白居易「洛陽春贈劉李二賓客、斉梁格」詩に「淑景方靄靄、遊人稍喧喧」とあり、道真「春夕移坐遊花下応製」詩に「九重深処一株花、皆道遊人映紫霞」とあり、本集にも「無限遊人愛早梅」（一一番）、「秋日遊人愛遠方」（五二番）、「終日遊人入野山」（五六番）などとある。ここでは自分自身を客体化してこう表現した。**記取** 覚え込む、しっかり覚える、の意。動詞の後に用いられる「取」は助字。その動作を意図的、積極的に行おうとする意欲を示す俗語的用法で、六朝時代から詩にも用いられ、我国でも『凌雲集』から認められるが、「記取」については、敦煌変文や白居易「時勢粧」詩に「元和粧梳君記取、髻堆面赭非華風」、同「偶作」詩に「木雁一篇須記取、致身才与不才間」（『千載佳句』感興）とあるなど、俗文学系の作品に中唐頃より現れる。また菅原輔正「冬日陪於飛香舎聴第一皇子始読御注孝経応教詩」に「遺老愚言君記取、一経造次不応忘」（『本朝麗藻』巻下）とある。この語の訓については、底本および諸写本のように訓合符を付けて「記《キ》シ取《ト》テ」とする場合と、諸版本のように音合符を付けて「記取シテ」とする場合がある。**屛障** 屛風のこと。白居易「重題別東楼」詩に「湖巻衣裳白重畳、山張屛障緑参差」（『千載佳句』山水）とあり、島田忠臣「江州形勢」詩に「四面山峯屛障立、□泓湖岸鏡区開」（『田氏家集』巻上）とあるも、これらは何れも山の比喩。

4 想像 おもいやる、おしはかる、の意。謝霊運「登江中孤嶼」詩に

「振り返って見る」とでの見方を比べた場合、前者の正対して見るほうが驚き感が強いと考えられる。

見れども花に　前半の「見れども」は上句からつながり、後半の「花に」は結句と結び付き、句割れほどではないにせよ、一句としてのまとまりには欠けている。

おどろかれつつ　「おどろく」は、びっくりする、はっと気がつく、目が覚める、などの意を表す。「おどろく」に関与する、主体を表す以外の助詞には「に」と「と」がある。「に」の方には「あききぬとめにはさやかに見えねども風のおとにぞおどろかれぬる」（古今集四―一六九）「よるとてもねられざりけり人しれずねざめのこひにおどろかれつつ」（拾遺集一三―八〇一）など、「と」の方には「ふる雪のみのしろ衣うちきつつ春きにけりとおどろかれぬる」（後撰集一―一）「秋ののにおく白露をけさ見れば玉やしけるとおどろかれつつ」（後撰集六―三〇九）「卯の花のさけるかきねにやどりせじねぬにあけぬとおどろかれけり」（拾遺集一六―一〇七二）などの例がある。これらから、「に」は名詞に付き「おどろく」手段を、「と」は動詞句に付き「おどろく」対象をそれぞれ表示すると考えられる。たとえば、最初に挙げた「あききぬとめにはさやかに見えねども風のおとにぞおどろかれぬる」（古今集四―一六九）の場合、「と」が受ける「あききぬ」ということに対して、「に」が受ける「風のおと」によって「おどろく」という関係になる。これによれば、当歌の場合は、「花」によって何かに対して「おどろく」ということになろう。そして、その対象としては上句に示されてある「霞立ちかへり」が想定されるが、「霞立ちかへり」と「花」とがどのように

「想像崑山姿、緬邈区中縁」（『文選』巻二六）とあり、有智子内親王「七言賦新年雪裏梅花」詩に「想像宮中嬋娟処、暗知黄鳥稍相催」（『経国集』巻一一）とある。**桃源**　陶淵明の「桃花源記」に描かれた理想郷のこと。それを「桃源」と略称する事、陳・徐陵「山斎詩」に「桃源驚往客、鶴嶠断来賓」とあるように、六朝以来のことで、唐代になれば頻出する。また大伴池主「七言晩春三日遊覧」詩に「柳陌臨江縟袨服、桃源通海泛仙舟」（『万葉集』巻一七）とあり、中臣人足「五言遊吉野宮二首其一」詩にも「此地即方丈、誰説桃源賓」（『懐風藻』）とあるように、我国では上代より仙郷と意識された。異文「桃園」は典故の関係からも、また承句に「園」字があることからも非。**斜両岸**　陶淵明『捜神後記』に「縁渓行、忘路遠近、忽逢桃花、夾岸数百歩、中無雑樹、芳華鮮美、落英繽紛」とあるに基づく。銭起「尋華山雲台観道士」詩に「桃源数曲尽、洞口両岸坼」とあり、王維「桃源行」詩に「漁舟逐水愛山春、両岸桃花夾古津」とある。「斜」はうねうねとくねっている、の意。「斜岸」「斜径」等という場合のそれに同じ。白居易「巴水」詩に「軟砂如滑曲、斜岸憶天津」とあり、道真「秋日山行二十韻」詩に「委曲斜穿路、傾邪聳構橋」（『菅家文草』巻一）とある。

【補注】

韻字は「霞・奢・斜」で下平声九麻韻。平仄にも基本的誤りはない。

霞は、謝朓「晩登三山還望京邑詩」に「余霞散成綺、澄江静如練」（『白氏六帖』霞）とあるように、布に例えられるのが一般的。花に例えられることは、例えば李嶠「霞」詩に「深如綺色斜分閣、砕似花光散満

関わるか判然としない。そこで可能性として考えられるのは、「霞」を「花」に見立てるということであり、【通釈】に示したような解釈である。すなわち、霞が美しく立っていることに対して、その見え方がまるで花のようであるということによって「おどろく」のである。ただし、このような解釈を施すには、二つの問題がある。一つは「おどろく」が当歌のような表現形式で見立てを表す例が他に見当たらないことである。先掲の「秋ののにおく白露をけさ見れば玉やしけるとおどろかれつつ」（後撰集六―三〇九）は、明らかに白露を玉に見立てた表現と認められるが、「に」を用いた例ではない。今一つは、霞を花に見立てている表現がほとんど見当たらないということである。わずかに「春霞色の千種に見えつるはたなびく山の花のかげかも」（本集一三番）や「立渡る霞のみかは山高み見ゆる桜のいろもひとつを」（後撰集二―六三）がある程度である（もしこれらからの類推が許されるならば、当歌の「花」も桜であろう）。歌末は「つつ」という接続助詞で止められているが、この句が倒置表現として、直接修飾する表現を歌内に持たないとみなされるので、以下が省略されたものであろう。ただし、そのことによってこの歌末表現が単に詠嘆を表すというのではなく、「つつ」の表す反復や継続という本来の意味を保持していると考えられる。つまり、「おどろかる」が、「立ちかへり見る」ごとに反復されるということである。

【補注】

当歌は【語釈】で述べたように、類例に乏しく、解釈に困難を伴う歌である。拾遺集所載歌が「まきもくのひばらの霞立返りかくこそは見め*

*あかぬきみかな」（一三―八一六）の如く、下句がまったく異なってしまっているのも、このことと密接に関係があると考えられる。新日本古典文学大系本では、この歌について、二句目までを「立返り」を導く序詞とし、「立返り」を繰り返しの意で解している。この方がたしかに解釈しやすいだろう。当歌においても、このような序詞としての解釈の可能性もないとは言えない。しかし、拾遺集所載歌が恋歌であるのに対して、当歌は春の歌であり、霞はその景物として対象化されているので、序詞とみなすのは不適切と考えられる。

また、霞を花に見立てることについては、当歌に付された詩の表現が衣」とあるように、無いわけではないが、先に挙げた白詩「牡丹芳」の一節のように、逆の関係の方が一般的であろう。菅原道真「春夕移坐遊花下応製」詩にも「九重深処一株花、皆道遊人映紫霞」（『菅家文草』巻六）とある。後代のものではあるが、類書『事類賦』桃に「遊武陵而夾岸舒霞」の句が載るのもそれを証していよう。

また、作者の連想は霞から満園の花へ、更に桃花源へと広がる訳だが、桃花源と霞も、早くからそこが仙郷と意識された為に一緒に詠われることが少なくない。喬侃「人日登高」詩に「杜陵猶識漢、桃源不弁秦。……頼得煙霞気、淹留攀桂人」とあり、劉長卿「自紫陽観至華陽洞宿侯尊師草堂簡同遊李延年」詩に「千載空桃花、秦人深不見。……青鳥来去間、紅霞朝夕変」とあり、戴叔倫「贈韓道士」詩に「桃源寂寂煙霞閉、天路悠悠星漢斜」とあり、劉禹錫「桃源行」に「洞門蒼黒烟霧生、暗行数歩逢虚明」等とある。

一つの傍証になるだろう。その前半部分は明らかに霞を花にたとえるものである。しかも詩の【語釈】および【補注】に述べてあるように、このようなたとえ自体が詩においても決して一般的なものではないことを勘案すれば、それは他ならぬ歌の解釈から引き出されたものでなければならない。当歌においては、霧と花とを別々に景物として詠み込んだ表現とも、また花を霞に見立てた表現とも解釈する可能性も存するが、それらの方をより積極的に支持するような表現上の整合性も類例もないようであるから、その分、詩の表現との対応が重視されてよいと考えられる。

【比較対照】

歌詩の対応から言えば、和歌の「まきもくのひ原の霞立ちかへり見れども」が詩の起句「倩見天隅千片霞」に、「霞立ちかへり見れども花に驚かれつつ」が承句「宛如万朶満園奢」に、ほぼ相当するということになろう。「まきもくのひ原」という地名は、他の歌と同様、詩には表現されていない（「高砂」（六四番）、「竜田山」（六七番）、「笠取山」（六八番）、「甘南備の御室の山」（七一番）、「三吉野の山」（九二番）、「鹿嶋なる筑波の山」（一〇二番）等）。ただ「天隅」の語は歌の【語釈】にあるような山地を、やや大げさではあるがイメージさせるものとも考えられる。また、歌では判然としなかった霞と花の見立てが、漢詩の方では「宛如」の語によって明示され、更に「万朶満園奢」という、より具体的なイメージで表現されている。ただ「立ちかへり見れども」は、直接的には引き返して何度も繰り返し見るという、回数を意味するものであったが、漢詩の「倩見」は「ツラツラ」という和訓から考えれば、念入りに、詳しくという「見」の内容を意味する語であり、その点では小異があるということになろう。

しかし、歌詩の最も大きな相違点は、詩の後半に付された部分にあると言うべきであろう。歌の大意は詩の前半でほぼ尽きているのだから、それは当然としても、転句で「遊人」という人物を登場させたことは、注意すべきことであると思われる。四番詩でも類義語「遊客」が登場していたが、それは歌の中に含まれていたものであった。しかし当歌は普通に読む限り、作者自身の風景に対する驚きをそのまま一人称で語ったものとしか受け取れないにもかかわらず、そこに作者自身を客体化したと思われる人物を導入して、美しい霞がかった風景を見つめる「遊客」という、極めて絵画的な構図を用意し、それを通して作者は、承句の比喩を更に発展させているのである。しかもその「遊客」の想像は単純な連想ではなく、いったんその光景を屏風に描いて、そこから想像を巡らすという手の込んだものになっているのである。

したがって、漢詩の主題としては「霞が花のように美しい」ということで、前半部分で尽きていることになるが、その眼目は趣向を凝らした後半部にあることになり、その意味では歌と詩は作品中に於ける比重のかけ方が大きく相違するということになる。また『古今集』の中にも当歌のような一人称的な叙景歌が少なくないが、それらは案外当時の人々にとっては、当詩に示されたように作者自身を第三者的にその構図の中に想定して享受すべきものと意識されていたのかも知れない。なお、二・三番の歌と詩のとの関係もこれに関連させて考えることも可能だろう。

一〇番

春立砥　花裳不匂　山里者　懶軽声丹　鶯哉鳴

春立てど　花も匂はぬ　山里は　ものうかるねに　鶯や鳴く

【校異】

本文では、初句を、羅山本・無窮会本が「雖春立」、京大本・大阪市大本・天理本が「雖春之」とし、第二句の「匂」を、元禄九年版本・元禄一二年版本・文化版本・類従本・下澤本・羅山本・無窮会本が「匀」とし、第四句の「懶」を、類従本・講談所本・道明寺本・京大本・大阪市大本・天理本・羅山本・無窮会本・永青本が「嬾」とする。

付訓では、第二句の「にほはぬ」を、大阪市大本・無窮会本が「にほはず」とし、結句の「や」を、京大本・大阪市大本・天理本が「そ」とする。

同歌は、寛平御時后宮歌合（十巻本・廿巻本、春歌、一七番、在原棟梁。ただし十巻本・廿巻本とも、初句「春なれど」結句「鶯ぞなく」）にあり、古今集（巻一、春上、一五番）にも「寛平御時きさいの宮のうたあはせのうた　在原棟梁」としてあり（ただし結句「鶯ぞなく」）、他に古今六帖（巻〇、山ざと、九七五番。ただし初句「春くれど」結句「うぐひすぞ鳴く」）にも見られる。

【通釈】

春にはなったけれども、花も（まだ）咲き匂わない山里では、（その

墝埆幽亭豈識春
不芼絶域又無匂
花貧樹少鶯慵囀
本自山人意未申

墝埆《(カウ)カク》の幽亭《(イウテイ)》は豈《(あ)》に春《(はる)》を識《(し)》らむや。
不芼《(フツボウ)》の絶域《セツイキ》は又《(ま)》た匂《(にほ)》ひ無《(な)》し。
花貧《はなまづ》しく樹《(き)》少《すくな》くして鶯《(うぐひす)》囀《さへづ》るに慵《ものう》し。
本自《もとより》山人《(サンジン)》意《(ここ)ろ》未《(いま)》だ申《の》べず。

【校異】

「墝埆」を、藤波家本「墝埆」に作る。「不芼」を元禄九年版本・元禄一二年版本・文化版本・類従本・詩紀本・下澤本・京大本・大阪市大本・羅山本・無窮会本・永青本・久曾神本「不毛」に作り、藤波家本・講談所本・道明寺本「不色」に作る。また、底本・文化写本には音合符を伴った「不毛」の異本注記があり、京大本・大阪市大本には「色」の異本注記があり、元禄九年版本・羅山本には「芼」の異本注記があり、藤波家本・講談所本・道明寺本には「芼」の異本注記がある。

【通釈】

石ころばかりの土地の人里離れた東屋では、どうして春の訪れを知ることが出来よう。最果ての荒れ地には花も咲き匂うことがない。こうした、春に花をつける樹木の少ないところでは、鶯も心地良げにさえずることもしない。従って山に隠れ住む人も無論未だその山野を愛する心を述べ尽くすことができない。

せいで）何となく気の進まない声で鶯が鳴くのだろうか。

【語釈】

春立てど　「春立つ」については、四番歌【語釈】該項を参照。ただし、「春立つ」が暦日上の立春あるいはその頃に限定されるかと言えば、疑問が残る。【校異】に示した如く、寛平御時后宮歌合の本文は「春なれど」、古今六帖では「春くれど」になっている。また、二一番歌の「春来れば花とや見らむ白雪の懸かれるえだに鶯の鳴く」は、久曾神本・永青本では「春成者」、古今集および古今六帖では「春立てば」となっている。このような異同には解釈の如何も関わろうが、これらの表現相互に厳密な区別がなかったと考えることもできよう（ちなみに、「春なれど」や「春来れど」は勅撰集に用例があるが、「春立てど」は見当たらない）。あくまで立春にこだわるならば、歌われた情景から見て、二一番歌は「春立てば」の方がふさわしく、逆に当歌ではむしろ「春来れど」の方が適切と言えよう（立春に鶯が鳴くのはともかくとして、花が咲く咲かないについて云々するのは山里でなくとも時期尚早と考えられる）が、ここではとりあえず「春立てど」も「春来れど」同様に、実際の季節として春になることを表すと考えておきたい（もっとも、そうした場合、何をもって春になったことが確認されるのかという問題が改めて生じることになるけれども）。このことはまた、「春立てど」という条件節がどこに掛かるのかという問題にも関わる。可能性としては、直続する「花も匂はぬ」を修飾する場合と、「ものうかるねに鶯や鳴く」を修飾する場合、の二通りが一応考えられる。修飾関係は相互に近接する

【語釈】

1 墝埆　「墝」も「埆」も石の多い痩せた土地を言い、「墝角」「磽确」とも書く。『墨子』親士篇に「墝埆者、其地不育」とあり、『後漢書』丁鴻伝に「昔孫叔敖勅其子、受封必求墝埆之地」とあり、その注に「墝埆、瘠薄之地」とある。また慶滋保胤「池亭記」に「彼坊城南面、荒蕪眇眇、秀麦離離。去膏腴就墝埆」（『本朝文粋』巻一二）とあり、本集下巻にも「池内山辺猶墝埆」（一三五番）とある。諸版本は音合符があり、底本には「ケウカク」とある。藤波家本・講談所本・道明寺本・京大本・大阪市大本には左右に「ケウカク」「メクルカキ」の訓がある。**幽亭**　人里離れた静かなあずまやのこと。鄭愔「奉和幸上官昭容院」詩に「幽亭有仙桂、聖主万年看」とある。**識春**　春の訪れを知る、の意。梁・簡文帝「梅花賦」に「梅花特早、偏能識春」（『藝文類聚』梅、『初学記』梅）とあり、方干「題龍泉寺絶頂」詩に「古樹多風長似夜、寒巌四月始知春」（『千載佳句』山）とある。

2 不芼　穀物や草木が生えない、荒れた土地のこと。「芼」は『毛詩』周南・関雎に「参差荇菜、左右芼之」とあり、その毛伝が「芼、択也」と言うように、選び取るの意で多く用いられるが、『説文』が「芼、艸覆蔓」（段注「覆地蔓延」）と言い、又「毛」に通じて草の意で用いられる事も少なくないので、未だ「不芼」の上記の意義での用例は知らざるも、今暫く底本の表記に従っておく。京大本・大阪市大本のように、「不毛」の本文でありながら「エラブ」の訓を持つ諸本もあるからである。『春秋公羊伝』宣公一二年に「君如矜此喪人、錫之不毛之地、使帥一二耋老而綏焉、請唯君王之命」とあり、その何休注に「墝埆不生五穀

という一般原則から言えば、前者の可能性が高いが、それについては次項で述べることにして、後者の可能性について考えてみる。この場合、「春立てど」という逆接確定条件に照応するのは、鶯が鳴くこと自体ではなく、「ものうかるねに」という部分である。すなわち、春になったら鶯は張り切って美しく鳴くものだという前提（あるいは願望）があり、それに反する「ものうかるね」という現実があることから、「春立てど」とのつながりが成り立つことになる。この前提を直接に裏付ける例はないものの、たとえば「冬こもり春去り来ればあしひきの山にも野にも鶯鳴くも」（万葉集一〇―一八二四）「春されば妻を求むと鶯の木末を伝ひ鳴きつつもとな」（万葉集一〇―一八二六）「御苑生の竹の林に鶯はしば鳴きにしを雪は零りつつ」（万葉集一九―四二八六）などは、それを示唆するのではないかと思われる。

花も匂はぬ　「花」は時期や鶯との関わりから考えて梅の花が適当か。また「匂ふ」は花が咲き匂うの意であって、視覚的にも嗅覚的にも当てはまるであろうが、「咲く」ではなく「匂ふ」を用いたことをあえて説明しようとすれば、梅の場合、視覚よりも嗅覚に重点が置かれることが関係しているように思われる。なお「花」については六番歌の、「匂ふ」については三番歌の【語釈】該項を参照。「花も匂はぬ」は次句の「山里」を修飾するが、これは非制限的な用法、すなわちある特定の山里に限定するのではなく、山里というものは一般に花も匂わないところであるということを示す。その場合、山里がそもそも花が咲かないところであることを意味するわけでは決してない。「おもひやれかすみこめたる山ざとのはなまつほどのはるのつれづれ」（後拾遺集一―六六）や「さ

曰不毛」という。なお、異文「不色」は、「色」と「芼」との草体の類似からくる誤写であろう。いずれも「色」に「エラブ」の訓が付されるからである。　**絶域**　僻遠の地、世界の果てのこと。『漢書』陳湯伝に「総百蛮之君、攬城郭之兵、出百死、入絶域」とある。猶、『白氏六帖』巻十には「使絶域第三十五」の項があり、蘇武、張騫、陸賈等の行状が列挙されている。諸本に音合符あり。　**又無匂**　否定詞や疑問詞に前置される「又」は、軽い強調を表す場合が多い。「匂」字に関しては二・三番詩【語釈】該項を参照のこと。

3　花貧　日中共にこの語の用例を知らない。おそらくは「花疎」「花稀」等と言うべきところ。韻文における「貧」字の用例を見る限り、貧賤・貧窮の意がほとんどであり、これに類する擬人的な用例はない。強いて挙げれば、紀長谷雄「後漢書竟宴各詠史得龐公」詩序に「于時和暖在候、風景不貧」（『扶桑集』巻九・詠史）とあるくらいであるが、本集には「残春欲尽百花貧」（二〇番）、「日午寒條蕊尚貧」（八二番）など少なくない。　**樹少**　樹木の少ないこと。銭起「題陳季壁」詩に「前庭少喬木、隣舎聞新禽」とある。尚、「花貧樹少」は「花樹貧少」の互文。「花樹」は梁・元帝『纂要』に「木曰華木、華樹、芳林、芳樹」（『初学記』春）とある。本集四番詩【語釈】も参照のこと。　**鶯慵囀**　季節外れで鶯のさえずりが滑らかでないこと。「慵」は、だるい、めんどうだ等の心情を表す。白居易「酬李二十侍郎」詩に「残鶯着雨慵休囀、落絮無風凝不飛」（『千載佳句』暮春）、同「和夢得洛中早春見贈七韻」詩に「開遅花養艶、語懶鶯含思」等とある。また「慵・懶・嬾」等は白詩特有の表現と言われる（小島憲之・菅野禮行説）。

くら花さかばまづみむとおもふまに日数へにけり春の山ざと」（新古今集一―八〇）などの例を挙げるまでもなく、山里は人里に比べ開花の時期が遅いだけのことである。そのことは、初句の「春立てど」が「花も匂はぬ」を修飾するとすれば、そして「山里」に下接する「は」が人里との対比を示しているとすれば、より明白であろう。つまり、春になっても、山里は人里とは違って、なかなか花が咲かないということである。「花も匂はぬ」の「も」について、古今集の注釈書の中には「花さえも」の意に解しているものがあるが、このような限定・強調が何を前提としているのか明らかではなく、適切とは言えない。この「も」は並列を暗示・予告しているのであって、「花も匂はぬ」に並列されるのは下句の「ものうかるねに鶯や鳴く」である。

山里は　「山里（やまざと）」については、【補注】を参照。「は」については、前項を参照。

ものうかるねに　「ものうし」が感情形容詞であることから、鶯を擬人化した表現、すなわちあたかも鶯の声が「ものうし」という感情を表しているような声だという表現と考えられる。これはもとより、表現主体が鶯の声をそのように聞きなしたということに他ならず、当の表現主体の「ものうし」という感情が鶯の声のとらえ方に反映したものとも、鶯の声によって喚起あるいは触発させられたとも見ることができよう。そのような感情の原因となるのは上句に表現された事情であって、表現主体自身に予め別の原因があったということではあるまい。「ものうし」が人間以外に用いられる例は少なく、鶯に対しては他に「なきとむる花しなければうぐひすもはては物うくなりぬべらなり」（古今集二―一

4 本自　元々、本来、というのが漢語としての意味であるが、ここは和語「もとより」の転義として、当然、言うまでもなく、の意義に解釈しておく。【補注】を参照のこと。諸本に訓合符がある。**山人**　山中に隠れ住む人。孔稚珪「北山移文」に「蕙帳空兮夜鶴怨、山人去兮暁猿驚」（『文選』巻四三）とあり、王勃「贈李十四」詩に「野客思茅宇、山人愛竹林」とある。また島田忠臣「九日侍宴冷然院各賦山人採薬十韻応制」詩に「山人参跡辟蘿幽、旻景天晴採薬遊」（『田氏家集』巻上）とあり、本集下巻にも「野人喜摘春若菜、山人往還草木楽」（一二五番）とある。諸本に音合符がある。**意未申**　心をまだ十分に述べ尽くさない、の意。「古詩一九首其四」に「斉心同所願、含意倶未申」（『文選』巻二九）とあり、沈約「少年新婚為之詠」詩に「託意眉間黛、申心口上朱」（『玉臺新詠』巻五）とある。又、小野岑守「別故人之任贈琴」詩に「素琴申旧意、塵穢不嫌君」（『凌雲集』）とある。本来「未申意」とあるべきところ、押韻の関係で倒置された。「意」の内容については、四番詩「立春遊客愛林亭」等を参考にして、政治的背景等は認めなかった。平安初期には再読字の訓みは未確立だが、諸本に従い読んでおく。「申」の訓には、「ノヘ」「ノヒ」両訓があるが、「ノヒ」は採らない。

【補注】

韻字は「春・匂（匀）」が上平声十八諄韻、「申」は上平声十七真韻で、両者は同用。平仄にも基本的な誤りは無い。

起句と承句が対句。同一内容を異なる観点から描写したもの。「墝埆」と「不毛」が類義語であることは、【語釈】で触れた通りであるが、「幽

二八）や「さのみやはものうきねにもともなはんわが春つげよ宿の鶯」（玉葉集一四―一八三九）などが見られる程度である。ただし、最初の古今集の例には「やよひにうぐひすのこゑのひさしうきこえざりけるをよめる」という詞書があり、「物うくなりぬ」とはつまり、鶯が鳴かなくなったことを表すのであって、当歌の場合とは異なる。一体に、鶯に対する感情付与の表現が認められるのは、たとえば「梅の花散らまく惜しみ我が園の竹の林にうぐひす鳴くも」（万葉集五―八二四）や「春ながら年は暮れなむ散る花を惜しとやここら鶯の鳴く」（本集一八番）「鶯のすみかの花や散りぬらむわびしきこゑにうちはへて鳴く」（本集二〇番）「しるしなきねをもなくかな鶯のことしのみちる花ならなくに」（古今集二―一一〇）などの如く、落花を哀惜し、しかも鶯の盛んに鳴くさまに対する例が目立つのであって、当歌のように開花以前の、それゆえに捗々しくない鳴き方に関する例は稀少である。そもそも、花が咲いた後、鶯が来て鳴くという順序が一般的と言えようが、そのとおりの先後関係を明示する歌は意外に少ない（たとえば「花の香を風の便りに交へてぞ鶯さそふしるべにはやる」（本集六番）や「わがやどのむめがえになくうぐひすは風のたよりにかをやとめこし」（金葉集〔三奏本〕一―一五）などに対して、その逆の関係を示す歌の方がむしろさまざまに見られる（「うぐひすの待ちかてにせし梅が花散らずありこそ思ふ児がため」（万葉集五―八四五）「花だにもまださかなくに鶯のなくひとこゑを春とおもはむ」（後撰集一―三六）「山ざとのかきねに春やしるからんかすまぬさきに鶯のなく」（千載集一―六）「霞たちなくうぐひすの声きけば今よりさかむ花ぞまたるる」（玉葉集一―五六）「春のくるしるべとな

亭」も対語「絶域」との関連から言えば、静けさよりも人里離れたの意味を重視すべきかもしれない。

更に技巧的には転句が擬人法を用いたものとして注目されよう。ただ【語釈】で述べたように、「花貧」の語は熟さぬ表現であるし、それほど効果を挙げているとも思えない。また「鶯慵囀」に関しても、白氏の著名な「日高睡足猶慵起、小閤重衾不怕寒」（「香鑪峯下新卜山居草堂初成偶題東壁五首其四」詩）に代表される、彼のものぐさの心情が目に触れる生物にまで拡張されたものであることは言うまでもないが、それらは【語釈】で挙げたものも含めて「露飽蟬声懶」（「池上早秋」）、「花寒懶発鳥慵啼」（「魏王堤」）など、いずれもそれなりに「慵・懶」の用字の意図や効果が納得できるものであったが、ここでは春がまだ浅く寒いことではなくて、「不毛絶域」で「花貧樹少」であることが「鶯慵囀」の直接的原因と考えざるを得ないので、その用字に必然性があまり感じられないのである。しかしそれにも拘らず、この表現が選び取られていると言うことは、無論和歌の「ものうかる声に鶯や鳴く」に依ろうが、逆に言えばこの和歌表現はそれほどに白詩の表現と分かち難く結びついているということでもあろう。

結句の「本自」については、無名人「古詩為焦仲卿妻作」歌に「本自無教訓、兼愧貴家子」（『玉臺新詠』巻一）とあるなど漢代以後の語で、本邦でも淳和帝「秋日冷然院新林池探得池字応製」詩に「君王本自耽幽趣、泉石初看此地奇」（『文華秀麗集』巻上）とあり、本集にも「紅桜本自作鶯栖」（一七番）、「郭公本自意浮華」（四一番）等とあるように、元来、本来の意味として何の問題も無い。しかし、そう取ると転句以下は、

らばさきやらぬ花をもさそへ鶯のこゑ」（新後拾遺集一—一八）など）。「ものうかるね」とは耳に心地よく響く鳴き声ではないだろうが、だからと言って、その鳴き声を笹鳴きとするのは、辻褄合わせの解釈であろう。かりに鳴き声そのものには変わりがないとしても、それを耳にする時の心境や思い込みなどによって、異なって聞こえることは十分ありうることであるし、そのようにみなした方が上句の内容にも、また「もの」という接頭語にもふさわしいと考えられる。また、かなり時代は下るが、「はるやときくさばも見えぬ雪のうちにむすぼほれたるうぐひすのこゑ」（続古今集一—三〇）や「うちなびき春たちきぬと鶯のまだ里なれぬ初音なくなり」（新後撰集一—一一）などに見られるような、まだ鳴き慣れていない生硬な鳴き声と「ものうかるね」を結びつけるのも、「ものうし」の語義から考えて、妥当とは言えまい。第四句の本文「懶軽声丹」の「声」は音数律から「こゑ」ではなく「ね」と訓まれ異同がないが、単にそれだけではなく、「ね」が「人・鳥・虫などの、聞く心に訴える音声」（岩波古語辞典）とすれば、「ものうし」という感情形容詞に見合ったことばと考えられる。さらに言えば、ややこじつけめくが、「心から花のしづくにそほちつつうくひすとのみ鳥のなくらむ」（古今集一〇—四二二）や「我のみや世をうぐひすとなきわびむ人の心の花とちりなば」（古今集一五—七九八）などの例を考えると、「うぐひす」ということばがウ音に始まることや、鶯の鳴き声に由来することなどからも、「ものうし」ということばとの関連性が意識されたのではないかと見られる。

鶯や鳴く　本集以外はすべて「鶯ぞ鳴く」となっている。窪田評釈には、＊

「（このようにこの地は）春に花をつける樹木が少ないので、鶯も心地良げにさえずることもない。山に隠れ住む人は元来その心を述べ尽くすことができない（ものだからまだいいとしても）」とでも訳す以外になく、「未」の字義を的確に訳出することが困難になってしまうので、ここは無理を承知で上記の様にしておいた。ただ、和語「もとより」の無論、当然、の意義での用例の初出は、『日本国語大辞典』では『狭衣物語』であり、『名義抄』にもこの意義を有する漢字への訓はない。

『注釈』では、本詩の後半を「花も乏しく樹木も少ない中で、鶯も啼こうとしても気が進まないだろう。もとよりこんな山中に隠れ住む人自身も、まだ心の思いをはらすことができないでいるのだから。」と訳す。一解ではあるが、それならば何故心の憂さを晴らせないような「墝埆」に来なければならなかったのか、寧ろ心の憂さを晴らすためにそのような地を選んだのではなかったのかとの疑問がわく。

以上のように、本詩は和歌の「春立てど花も匂はぬ山里」から、元来草木の殆ど無い砂漠のような場所を連想してしまったために、季節の推移と風物の齟齬をいう和歌と内容的に懸隔が出来たばかりでなく、作品としての完成度も低いものになってしまった。

＊「菅家万葉集の「鶯や鳴く」は、「や」は疑いで、山里以外で、山里を想像したものである。今よりもはるかに思想的な、劣ったものとなる」とあり、また竹岡評釈でも同様に、「これ（＝「や」）では一首全体が山里でない場所から山里を思いやった歌となり、観念的なものとなってしまう」と評し、「鶯ぞ鳴く」の方をよりよい表現とみなしている。このよ

うな評価は実景描写重視の解釈態度の表れと考えられるが、それはともかく、問題になるのは表現主体が山里以外の場所で山里の情景を想像しているとする点である。その解釈の可能性も否定できなくはないが、しかし表現主体が山里にいる可能性も排除されるものではない。その場合、疑問・推量の対象となるのは、実際に耳にしている鶯の声のありようであり、なぜ鶯の鳴き声が「ものうかるね」に聞こえるのかということに対してである。もとより、その理由は上句に示されていることがらである。実際の情景に対して、その原因・理由を想定するというのは、古今集歌の典型的な発想パターンの一つであり、当歌は表現形式的にはやや異なるものの、そのパターンに該当するものと考えられる。その意味では、「や」の方が「ぞ」よりもむしろ古今的であると言えよう。

【補注】

小島憲之『古今集以前』は、「はるがすみたつを見すててゆくかりは花なきさとにすみやならへる」（古今集一—三一）における「花なきさと」と同様の表現として当歌の「花も匂はぬ山里」をとらえ、対応する詩に照らして次のように述べる。「春の花のにおわぬ山里といえば、すでに詩を学んだ平安人にとって遠い沙漠の国を聯想するようになっていたのである。この歌に対する右の詩の解釈は現代人にとっては唐突にみえる。しかしそれは当時の詩人による当時の詠歌意識に即した一つの解釈であり、歌人の「あや」を正しく突いたものと言えよう」。当歌に対する詩についてはともかく、これが「当時の詠歌意識に即した」ものとするならば、以下のような問題があると考えられる。

まず「春立てど」との関係である。【語釈】で述べたように、「春立てど」は逆接確定条件を表すものであり、それが「花も匂はぬ」に係るとすれば、春になれば花も匂うはずなのに、それに反して、という意味的な続き柄になる。「遠い沙漠の国」を想定するならば、季節に関わらず花は咲かないと考えられるから、逆接の仮定条件なら成り立つが、確定条件では不自然となろう。また、「鶯や鳴く」という結句を「遠い沙漠の国」を想像した上での表現ととるならば整合的と言えなくもないが、寛平御時后宮歌合や古今集などにおいては「鶯ぞ鳴く」という断定的な表現が選ばれたことを考えると、そのような想像はありえないことになる。また、そもそも「山里」ということばは、万葉集に例はなく、漢語の翻訳語でもないようであって、しかも和歌史において当時から「遠い沙漠の国」とは無縁の、日本的な特定のイメージが定着しつつあったとみなされる点からも、適切ではないと思われる（阿久澤忠『源氏物語の語法と表現』（国研出版、一九八二）の第三部第三章「平安時代の仮名文における用語「山里」」を参照）。

「鶯の声なかりせば雪きえぬ山ざといかではるをしらまし」（拾遺集一—一〇）「ふりつもるゆききえがたき山ざとにはるをしらする鶯の声」（後拾遺集一—二一）「鶯のなきにし日より山里の雪まの草も春めきにけり」（新後撰集一—二二）などの例から分かるように、山里で春を知るのは何よりも鶯声によってであって、その時点ではまだ雪深く、当然ながら花が咲くのはなお先のことである。鶯が山から里に次第に下りて来ることを考えれば、なおさらのことであろう。当歌においても、鶯はともかく鳴いているのであるから、それによって山里でも春になったことは既に知っていたはずであり、また花がまだしばらく咲かないのも明らかなことである。
当歌の趣意は、このような現実を知り、春の訪れ自体を喜ぶ気持ちを持ちながらも、なおその時点で春としての景物が十全に揃っていないことに対する漠たる不満つまり「ものうし」という気分を表すことにあったと考える。そして、そういう思いは、その目当てとみなされる梅の花を見出しえない鶯にとってこそ、まさに当てはまるものであろう。当歌は、そのような鶯に対する思い入れを表現するとともに、文字通りの春の訪れを待ちわびる山里の様子を描いた歌と言える。

【比較対照】

歌に対する詩の、個別の語句そのものの対応度・類似度は高いと言える。たとえば、「春」、「花も匂はぬ」に対する「又無匂」、「山里」に対する「墝埆」あるいは「絶域」、「ものうかるねに鶯や鳴く」に対する「鶯慵囀」などのように。しかし、その表される内容にはかなりの差異が見られる。

その中心は、場所の設定の違いである。歌【補注】で紹介したように、「春の花のにおわぬ山里といえば、すでに詩を学んだ平安人にとって遠い沙漠の国を聯想するようになっていたのである」とするならば、「山里」に対して、詩で「墝埆」あるいは「絶域」の語を用いるのは、それ自体としては納得できることである。しかし、それに伴って必然的に歌われる状況も異なってこざるをえない。つまり、歌の「山里」においては、春の訪れを風物の変化によって知ることが可能であり、ただそれが人里よりも遅いということであるのに対して、詩の「墝埆」あるいは「絶域」においては、季節の推移に伴う風物の変化がほとんどないのであるから、そもそも「識春」は不可能なことなのである。

このような基盤となる場所の設定の決定的な相違が、表現上の対応性の高さにも関わらず、内容上の食い違いとなって現れている。歌の「花も匂はぬ」は時期尚早ゆえであるのに対して、詩の「又無匂」はもともと「花貧樹少」だからであって、時期の問題ではない。また同様に、「ものうかるねに鶯や鳴く」はともに春の風物としてあるべき花がまだ咲かないということからなのに対して、「鶯慵囀」は「花貧樹少」を理由とするにしても、それは春に限ってのことではなく、詩【補注】で述べた如く、特に「慵」と形容する時機的な必然性もない。さらに、詩の結句「本自山人意未申」は、歌では曖昧だった表現主体の位置を、その場と明示しているが、その「意」は以上の点からすればおのずと歌とは異なったものになる。

当詩が、歌の「花も匂はぬ山里」から「遠い沙漠の国を聯想」したことによって出来たものであるとすれば、結果的に両者に内容的にまた主題的に懸隔が生じるのは当然のことである。そして、それによって彼我の風土の相違を示すことが意図されていたならば、歌に対する詩の一つの対応のさせ方として評価もできよう。しかし、実際には表現上の個別の対応が図られたために、詩自体としての世界が十分に表現されないばかりか、内部に矛盾を抱えることになってしまったのではないかと考えられる。

一一番

梅之香緒　袖丹写手　駐手者　春者過鞆　片身砥将思

梅の香を　袖にうつして　とどめてば　春は過ぐとも　かたみと思はむ

【校異】

本文では、第二句の「丹」を、講談社本が「刃」とし、類従本・羅山本・無窮会本・久曾神本が欠き、結句の「身」を、永青本が「見」とし、結句の「将思」を、永青本が「思牟」とする。

付訓では、初句の「の」を、元禄九年版本・元禄一二年版本・文化版本・下澤本が「が」とする。

同歌は、寛平御時后宮歌合（十巻本・廿巻本、春歌、三五番。ただし第四句以降、十巻本では「春すぎぬともかたみならまし」、廿巻本では「春すぎぬともかたみとや思はむ」）にあり、また古今集（巻一、春上、四六番）に「寛平御時きさいの宮の歌合のうた　よみ人しらず」としてあり（ただし初句「梅が香を」結句「かたみならまし」）、古今六帖（第五、服飾、かたみ、三一四二番。ただし「むめがかを袖にこきいれてとめたらば春はすぐともかたみならまし」）にも見られる。

【通釈】

梅の香を、袖に移してとどめおくことができたなら、春は過ぎるとしても、（その後は）その香りを（梅を思い出す）よすがと思うことにしよう。

無限遊人愛早梅

花々樹々傍籬栽

自攀自翫堪移袂

惜矣三春不再来

限《(かぎり)》無《(な)》き遊人《(イウジン)》早梅《(サウバイ)》を愛《(アイ)》す。

花々《(クワクワ)》樹々《きぎ》籬《(まが)き》に傍《そふ》て栽《う》う。

自《(みづか)》ら攀《よ》ぢ自《(みづか)》ら翫《(もてあそび)》て袂《たもと》に移《うつ》すに堪《(たへ)》たり。

惜《を》しきかな三春《(サンシュン)》再《ふた》たび来《(きた)》ら（ざ）ること。

【校異】

「早梅」を、藤波家本・講談所本・道明寺本「梅花」に作り、いずれも「早梅」の異本注記がある。また、永青本・久曾神本「早」を欠き、京大本・天理本には「梅花」の注記あり。「傍籬栽」を永青本・久曾神本「籬前栽」に作る。「惜矣」を、京大本・大阪市大本・天理本「惜足」に作る。

【通釈】

数え切れぬほどの風流人が早咲きの梅を愛好し、その木々を家の垣根のそばに植えている。（だから毎年その季節になれば）自分で花のついた枝を引き折って手に取って楽しみ、その香りを袂に移し留めることが出来る。しかしなんとも残念なことだ、その春という季節は（私には）もうやってくることはないのだから。

【語釈】

梅の香を　八代集では「梅が香」という言い方のほうが一般的で、「梅の香」とするのは「梅のかのふりおける雪にまがひせばたれかことごとわきてをらまし」（古今集六―三三六）のみ（ちなみに、万葉集にはどちらの例もない）。

袖にうつして　「梅の香を袖にうつす」という表現は、「むめの花をればこぼれぬわが袖ににほひかうつせ家づとにせん」（後撰集一―二八）「むめの花にほひをうつす袖の上に檐もる月の影ぞあらそふ」（新古今集一―四四）、さらに下って「女郎花にほひを袖にうつしてはあやなく人や我をとがめん」（新拾遺集四―三六三）「思ひきやふでのはやしの花の香を我が袖にさへ移すべしとは」（新葉集一六―一〇三五）など見られる。「香を袖にうつす」を意図的な行為を表す表現とみなすならば、その方法は梅の枝を折り手に持つことによってであると考えられる（古今六帖の同歌では「袖にこきいれて」とあり、より直接的になっている）。この点について、古今集所載の同歌に対する諸注釈はとくに説明を加えていないが、『完訳日本の古典』では、「あたり一面に漂っている梅の香り」としている。そのような場にしばらく留まっていれば香りが袖に「うつる」ということも想定できなくはない（たとえば「梅花たちよるばかりありしより人のとがむるかにぞしみぬる」（古今集一―三五）や「わがやどのかきねのむめのさかりにくるひとはおどろくばかりそでぞにほへる」（後拾遺集四―五五）などの如く）。和歌単独で、しかも古今集の本文に即して考えれば、なおさらである。しかし、本集における漢詩との対応をも考慮するならば、適当ではないだろう。

【語釈】

1 無限遊人　数限りない多くの風流人、の意。劉禹錫「同楽天登棲霊寺塔」詩に「忽然笑語半天上、無限遊人挙眼看」とあり、白居易「早春独登天宮閣」詩に「無限遊人遙怪我、縁何最老最先来」とある。作者自身もその中の一人として客観化される。　**早梅**　はや咲きの梅。梁・何遜「詠早梅」詩に「兎園標物序、驚時最是梅」（『初学記』梅）、唐・太宗「詠春池柳」詩に「縈雪臨春岸、参差間早梅」（『初学記』柳）とあり、菅原道真「晩冬過文郎中翫庭前早梅」詩にも「一年何物始終来、請見寒中有早梅」（『菅家文草』巻一）とある。異文「梅花」については、押韻からも平仄からも非。

2 花々樹々　「花花」は宋子侯「董嬌嬈詩」に「洛陽城東路、桃李生路傍。花花自相対、葉葉自相当」（『玉臺新詠』巻一）とあり、「樹樹」は銭起「山花」詩に「山花照塢復焼渓、樹樹枝枝尽可迷」などとあるが、ここでは平仄と字数の関係で「花樹」をこう表現した。花々と樹々の意ではない。こうした表記法は、例えば神田本「白氏文集」巻三に「昆々明々春々、春池岸古春流新」（「昆明春水満」）、「五々絃々弾々、聴者傾耳心寥々」（「五絃弾」）等とあるように、唐代の踊字の書式の一つ。おそらく起句の「無限」に響かせて、たくさんの「花樹」をイメージさせたかったのではないか。「花樹」はここでは無論「早梅」のこと。本集四番詩【語釈】該項を参照のこと。講談所本・京大本等には「キヽコト」の訓がある。　**傍籬栽**　「籬」は『新撰字鏡』に「タケカキ、シハカキ」とあるように、柴や竹で編んだ垣根。その垣根のすぐそばに植える、の意。杜甫「春水生二絶其二」詩に「南市津頭有船売、無銭即買繋

とどめてば　「とどむ」対象は「梅の香」。同様の例は少ないが、「あらざらむ後しのべとや袖のかを花たちばなにとどめおきけん」（新古今集八―八四四）「むめの花かをのみ袖にとどめおきてわがおもふ人はおとづれもせぬ」（新古今集一五―一四一〇）などある。「とどむ」は移動・変化する対象を固定するという意味であるから、この場合、「梅の香」はそのままでは消えてなくなることを前提としていることになる。「とどめてば」は順接仮定条件を表し、結句の「思はむ」と呼応する。【校異】で示したように、結句が「まし」で終わる本文では、反実仮想の表現ということになるが、当歌の表現は「梅の香を袖にうつしてとどめ」ることを必ずしも反実的つまり現実に照らしてありえない事態とは見ていない。たとえば、二番歌「散ると見て有るべきものを梅の花うたて匂ひの袖にとまれる」ということもある。「とどめてば」という表現は「とどめば」に比べれば仮定性が強いと言えようが、それ自体は現実の実現可能性の程度とは直接的に関係するわけではない。なお、当歌では「うつしてとどめてば」となっているが、「うつしとどむ」と複合すると、「うつす」は「移」ではなく「映」の意で、「花の色をうつしとどめよ鏡山春よりのちの影や見ゆると」（拾遺集一―七三）「よろづ代のためしとみゆる花の色をうつしとどめよしらかはの水」（金葉集一―三三）の如く用いられている。

春は過ぐとも　万葉集や八代集で、春の季節の終了・経過を表すことばとしては「すぐ」あるいは「ゆく」が用いられる。「すぐ」を用いた例としては、「春過ぎて夏来るらし白たへの衣干したり天の香具山」（万葉集一―二八）、「春すぎてちりはてにける梅の花ただかばかりぞ枝にのこ

籬傍」とあり、白居易「晩秋夜」詩に「花開残菊傍疎籬、葉下衰桐落寒井」とある。異文「籬前栽」も可。底本「傍」に「ソツテ」の訓あり。

3 自攀自翫　自分で梅の枝を引き折り弄ぶこと。白居易「有木詩八首其二」に「低軟易攀翫、佳人屢廻顧」、同「山遊示小妓」詩に「春泉共揮弄、好樹同攀翫」とある。　**堪移袂**　「堪」字は借用して「可」字の意義で用いられることが多い。類句は杜甫「数陪章梓州泛江有女楽在諸舫戯為艶曲二首其二」詩に「白日移歌袖、青霄近笛牀」とあるなど、無くはないが、ただ香りが衣類に移るという表現を知らない。歌の「袖」を「袂」とするが、『広韻』に「袖、衣袂也」、「袂、袖也」（両字とも去声）とあるように同義であり、わざわざ替えた理由は不明。本集では「袖」の用例の方がずっと多いのだが。『名義抄』は前者には「ソテ」、後者には「ソテ、タモト」の訓を付す。猶、二番詩に「淑女偸攀堪作簪、残香匂袖払難却」の句があった。

4 惜矣　「矣」は文末に付して、断定や慨嘆の気持ちを表す助字。異文「足」は平仄からは可なるも、意義・語順からは非。おそらく「矣」と「足」字の草書体の類似からの誤り。「惜」は「痛なり。人・物の亡失に因りて心に甘んぜざる所あるを惜といふ」（『支那文を読む為の漢字典』）。底本等諸本に「ヲシムラクハ」「ヲシキ（イ）カナ」の左右両訓があり、京大本等には「ウラムラク」の訓がある。　**三春**　春の三カ月を指す。『初学記』春に「梁元帝纂要曰、春日青陽、…三春、九春」とあり、班固「終南山賦」に「三春之季、孟夏之初、天気粛清、周覧八隅」、藤原史「元日応詔」詩に「鮮雲秀五彩、麗景耀三春」（『懐風藻』）とある。ここで「三春」としたのは下の「再来」の「再（二）」との言語遊戯の

れる」(拾遺集一六―一〇六三)や「いかなれやはなのにほひもかはらぬをすぎにしはるのこひしかるらん」(後拾遺集一五―八九一)などある。「とも」は逆接の仮定条件を表し、「まだ成立していない事実を条件として想定し、それに関係なく、それに拘束されずに、ある事実、事態が実現することを示す」(日本文法大辞典)。当歌は梅の花が見られる時期のものであろうから、当然、春が過ぎるという事態はまだ成立していない。この条件に対する帰結は「かたみと思はむ」であるが、後に述べる如く、「かたみ」とは対象となるものが眼前にない場合に初めてその一部がそれと名付けられるものである。つまり「かたみと思はむ」が成り立つためには「春は過ぐ」という事態が前提とならなければいけないのであって、「それに関係なく、それに拘束されずに」成り立つものではない。その意味では、この条件・帰結の内容は文字どおりには照応しないのであって、むしろ順接仮定条件の方がふさわしいと言える。当歌において、逆接となっているのは、季節に関わらずいつでも梅の花や香を賞美していたいという気持ちの表れであり、しかしそれが現実には春以外では「かたみ」という形でしかありえないというところに、このような条件・帰結のねじれが生じたと考えられる。本集には「色深く見ゆる野辺だに常ならば春は往くともかたみならまし」(一三〇番)「散る花のまててふ事を知りませば春は往くともをしまざらまし」(一三四番)など、同様の関係の歌が見られる。

かたみと思はむ　「かたみ」は、「ま草刈る荒野にはあれどもみち葉の過ぎにし君が形見とそ来し」(万葉集一―四七)や「君来ずは形見にせむと我が二人植ゑし松の木君を待ち出でむ」(万葉集一一―二四八四)なため。

不再来　主語は「三春」。春は二度とめぐってこない。「惜矣」という、詩には異例なほど強い主観をあらわす語を用いて、自分の身には、来年の春は巡り来ることがないことを言う。白居易は、例えば「潯陽春三題　春去」詩で「百川未有迴流水、一老終無却少人。四十六時三月尽、送春争得不殷勤」、「三月三十日作」詩で「随年減歓笑、逐日添衰疾。且遣花下歌、送此杯中物」、「柳絮」詩で「三月尽是頭白日、与春老別更依依。憑鶯為向楊花道、絆惹春風莫放帰」などと、「三月尽」という詩語を発明して、行く春を惜しみ、同時に嘆老の情を詠った詩人として名高い(「三月尽——白氏歳時記——」(平岡武夫『白居易——生涯と歳時記』朋友叢書、一九九八)が、何故その二つの事象が同時に詠まれるのかと言えば、白居易「送春帰(元和十一年三月三十日作)」詩の末尾「五年炎涼凡十変、又知此身健不健。好去今年江上春、明年未死還相見」に明らかである。すなわち、白居易にとって春という季節が最も好ましいからであり、年老いてからは、その季節にいったん別れると、来年に再び巡り会えるという保証が得られないからであった。白居易四五歳の時の作である。当詩のこの表現は、来年には自分はこの世にいないと言い切っているところに特徴がある。

【補注】

韻字は「梅」(上平声十五灰韻)「栽・来」(上平声十六咍韻)で両者は同用。平仄にも基本的な誤りはない。

梅香そのものは梁簡文帝「梅花賦」の「漂半落而飛空、香随風而遠度」(『初学記』梅)、梁・庾肩吾「同蕭左丞詠梅花詩」に「遠道終難寄、

どの如く、死んだ人や別れたあるいは離れている人を思い出すよすがのことであるが、八代集では、さらに人間に関してだけでなく一般にそのような物を表す。たとえば、春や花に関して「かたみ」を用いた例としては、「さくらいろに衣はふかくそめてきむ花のちりなむのちのかたみに」（古今集一―六六）「わがやどのやへ山吹はひとへだにちりのこらなんはるのかたみに」（拾遺集一―七二）「道とほみいる野の原のつぼすみれ春のかたみにつみてかへらん」（千載集二―一一〇）のような例が見られる。ただし、それらの「かたみ」として香りを挙げる例は他に見当たらず、「ちりぬともかをだにのこせ梅花こひしき時のおもひでにせむ」（古今集一―四七）の如く「おもひで」を用いた同巧の例はある。当歌における「かたみ」が何のそれかと言えば、梅であろう。花が咲いている状態の梅全体に対して、その一部として袖にとどめる香りが「かたみ」となるわけである。ところが『注釈』および古今集の諸注釈のほとんどが、当歌の「かたみ」を春のそれとしている中、竹岡評釈は、梅のかたみととっている。晩春の桜に関してなら、時期的にそれを惜春の情と結び付けやすいけれども、当歌では梅の花がまだ見られる春の早い時期のことであるから、春のかたみとするのは適切ではないと考えられる。したがって、上接の「春は過ぐとも」も、「（梅の花が咲く）春は過ぐとも」というふうに補うとわかりやすい。

【補注】

当歌は、梅の花が散りかけているという状況設定で、それを惜しむ気持ちを詠んだものであろう。梅の形見として花びらではなく香りが選ば

馨香徒自饒」（『初学記』梅）とある等、梅を題材とする作品に珍しくなく、むしろそれを構成する重要な要素であるが、その香りが衣に移るという表現は、温庭皓「梅」詩の「余香低惹袖、堕蘂逐流杯」や、崔櫓「岸上梅」詩の「惹袖尚余香半日、向人如訴雨多時」くらいであって、多いとはとても言えない。ちなみに白居易は「憶杭州梅花因叙旧游寄蕭協律」詩に「踏随游騎心長惜、折贈佳人手亦香」と言い、「寄情」詩でも「芳香銷掌握、悵望生懐抱」と言うように、手にその香りが移ると言うところにその特徴がある。

一方、日本漢詩においては嵯峨天皇「神泉苑花宴賦落花篇」詩に「借問濃香何独飛、飛来満坐堪襲衣」（『凌雲集』）、桑原腹赤「春日過友人山荘探得飛字」詩に「煙没主人柳、花薫客子衣」（『凌雲集』）、巨勢識人「和野柱史観闘百草簡明執之作」詩に「百香懐裏薫、数様掌中把」（『文華秀麗集』巻下）とあるなど、何れもその香りを梅と特定することは出来ないものの、花の香りが衣に移ると推定される表現は少なくない。

ところで、この詩の解釈において、何故ことさら「早梅」でなければならないのかという疑問がある。歌の方ではただ「梅の香」というだけで、「春は過ぐとも」とあるのだから、むしろ遅咲きの梅を持ち出すのならまだ理解できなくもないが。そして詩そのものの中でも早梅である必然性が特にあるわけではないからである。或いは、これも香りに関係するか。

また、『注釈』は、「花を植える人とそれを見る人（遊客）とは別である。「遊客」「遊人」は、行楽の人であるから、ここも垣根に沿って梅が植わっていることを言い、〔遊人〕が植えたわけではない」と言う。確

れたのには、おそらく梅に対する一般的な嗜好の（花そのもの（の色）から香りへという）変化や当時の衣への薫物の習慣などが関係していると見られる。もっとも、形見というのは目に見える実体がそれになるのが普通であるから、その点、当歌のように香りという非実体的なものを形見とみなすという発想は独自であると言えよう。

当歌は二番歌「散ると見て有るべきものを梅の花うたて匂ひの袖にとまれる」と設定や主題という点では共通しているが、当歌の方が梅に対する哀惜の情を屈折なく表しているという点で異なる。ただし、【語釈】で述べたように、「かたみと思はむ」という結句に対して、順接と逆接の二つの仮定条件を重ねて表現してあり、その分だけ観念的あるいは構成的な歌になっていると見られる。

※馬を下りて行楽をしようというのであるから、「遊人」と自身との距離は極めて近いと言うべきだろう。隆盛を見た盛唐という時代を経て、衰えたとはいえ、長安はじめ各地では行楽の人の姿が数多く見られ、日本の平安の京の街でもそうした人びとがいたのではなかろうか。その行楽客は服装を見れば官人であることは明白で、梅樹を自庭に植えることは、奈良以来の流行であり、『経国集』にも言及があった。

かにそうした解釈が出来ないことはなく、むしろ「遊人」（旅人）という語の基本的性質から言えば、その方が当たっていようし、もし、当詩の起句と承句の順序が入れ替わっているならば、そうした解釈もより説得力を持つであろう。しかし、ここはそうではない。この作品は四句まとめて一つの作品なのであり、四句が有機的関連の下に解釈されねばならない。あくまでも行為の主体は「遊人」と解釈すべきである。

しかも、白居易時代の「遊人」は、見知らぬ旅人という六朝以来の意味を変質させている。小島憲之『古今集以前』において、「風流人」という、思い切った訳がされているのは、そうした事態の把握の結果だろう。白詩には、「遊人」の語が一〇例余り見出されるが、そのうち以下の例は、白居易自身をそう呼んでいる例である。「微之敦詩晦叔相次長逝巋然自傷因成二絶」詩に「只応嵩洛下、長作独遊人」、「戯答林園」詩に「豈独西坊来往頻、偷閒処処作遊人」、「龍門送別皇甫沢州赴任韋山人南遊」詩に「惆悵香山雲水冷、明朝便是独遊人」。また、「開成二年三月三日…座上作」詩に「禊事修初半、遊人到欲斉」、「同諸客題于家公主旧宅」詩に「平陽旧宅少人遊、応是遊人到即愁」とある例は、諸客も含めた自分たちをそう呼んでいるのである。「曲江早春」詩の「可憐春浅遊人少、好傍池辺下馬行」という例などは、行楽客が少ないので、自分も※

【比較対照】

表現全体の対応を見ると、詩の前半部分は、当歌の前提となることがら、たとえば主体の如何、その心情や状況などを具体的に表現しているとみなすことができる。転句はほぼ歌の上句に対応し、しかも歌の「梅の香を袖にうつしてとどめ」る方法を明示し、逆に転句の「移袂」の対象は歌の「梅の香」であることが推察できるというふうに、相互補完的な関係になっている。そして詩の結句であるが、おそらく歌の下句に対応させようとしたのであろうが、表現上の関係付けは難解であり、詩の前三句との関わりも問題となる。

詩の結句だけを見るならば、これが最後となるかもしれない春だからこそ、その春を惜しむ情を表しているとみなすことができ、それが詩全体の主題にもなっていると考えられる。これは、詩の作者が当歌の主題を惜春の情にあるとみなしたことを示しているといえよう。

歌における趣向のポイントは梅の香を「かたみ」とすることであって、それによって上句と下句が結び付けられているのに対して、詩では「かたみ」に相当する語がないばかりでなく、そのような関係を表す表現もまったく欠落している。ちなみに、本集における当歌以外の「かたみ」を用いた歌に対して、一三〇番詩にも相当する語がなく、一三七番詩では結句に「片身」とあるが、これは「かたみ」に漢字を当てただけであって、漢語として意味的に対応するものではありえない。これらのことを勘案すると、詩の作者は「かたみ」に対する適切な漢語を見いだすことができなかったのかもしれない。

しかし、自分が来春までは生きていないという詩の結句から、別の見方をしてみるならば、死んだ後には、早梅が周りの者にとっては、自らの「かたみ」となるという関係が浮かび上がってこないだろうか。つまり、詩は、「かたみ」という語を比喩的にではなく、文字どおり亡き人を偲ぶよすがとして表現したのである。とすれば、詩の前三句の、早梅に対する愛着・愛玩のほどは、「かたみ」とするのにいかにふさわしいかを示すためであったとみなすことができる。当詩の前三句そして当歌に対して、唐突ともいえる詩の結句を結び付けるミッシング・リンクは、実はこの「かたみ」なのであり、そういう関係が成り立つならば、当詩は歌以上に、惜しむのが春というよりも梅であることを印象付けることになろう。

一二番

鶯者　郁子牟鳴濫　花桜　拆砥見芝間丹　且散丹芸里
鶯は　むべも鳴くらむ　花桜　さくと見し間に　かつ散りにけり

【校異】

本文では、第二句の「濫」を、京大本・大阪市大本が「監」、天理本が「藍」とし、第四句の「拆」を、類従本・文化写本・講談所本・道明寺本・京大本・大阪市大本・天理本・永青本が「折」とし、同句の「丹」を、講談所本・道明寺本が「刃」とし、結句の「且」を、類従本・羅山本・無窮会本が「早」とし、同句の「丹」を、類従本・羅山本が欠き、講談所本が「刃」とし、同句の「芸里」を、藤波家本・講談所本・道明寺本が「ケリ」とする。底本では、同句の「芸」が不鮮明であるが他本により補う。

付訓では、結句の「かつ」を、羅山本・無窮会本が「はや」とする。

同歌は、寛平御時后宮歌合（十巻本・廿巻本、春歌、九番。ただし十巻本・廿巻本とも、結句「移ろひにけり」）にあり、また古今集（巻二、春下、七三番）に「題しらず　よみ人しらず」として（ただし初句・第二句「空蟬の世にもにたるか」）にも見られる。

【通釈】

鶯は、道理で（あんなにしきりに）鳴くのだろう。桜の花は、（もう）咲くと思って見る間に、すぐ散ってしまったことだよ。

誰道春天日此長
桜花早綻不留香
高低鶯囀林頭聒
恨使良辰独有量

誰《たれ》か道《い》ふ春天《シュンテン》日《ひ》此《こ》れ長《なが》しと。
桜花《アウクワ》早《はや》く綻《ほころ》びて香《か》を留《とど》めず。
高低《カウテイ》鶯《うぐひす》林頭《リントウ》に囀《さへづり》て聒《かまびす》し。
恨《うら》むらくは良辰《リャウシン》をして独《ひと》り量《はかる》こと有《あ》らしむることを。

【校異】

「誰道」を、類従本・藤波家本・講談所本・道明寺本・京大本・大阪市大本・天理本・羅山本・無窮会本・永青本・久曾神本「誰導」に作り、元禄九年版本には「導」の校注があり、文化写本には「導群」の校注がある。「桜花」を類従本・羅山本・無窮会本「梅花」に作り、元禄九年版本には「梅」の校注がある。「良辰」を永青本・久曾神本「郎辰」に作る。

【通釈】

春は一日の中で昼間の時間が長く、時の経つのが遅く感じられるなどと一体誰が言ったのだろうか。桜花は早くもつぼみを開き始めたけれど、その香りを留めない（うちに花を散らそうとしている）。鶯は（又それを惜しむかのように）或いは高く或いは低く林の梢で騒がしく鳴き続けている。このように春の穏やかな心地よい時がいつまでも続くというこ

【語釈】

鶯は 「鶯（うぐひす）」は本集上巻春部の九首に見られるが、初句に位置するのは三首（他に一七・二〇番）あり、「は」を下接するのは当歌のみ。また、次句との関係で「鳴く」様子を表すのは、一〇番歌の「ものうかるね」、一八番歌の「ここら」、二〇番歌の「侘しきこゑ」の三首あり、当歌は一八番歌に近い。

むべも鳴くらむ 「むべ」は古くは「うべ」。副詞で、「下の句の内容をもっともなことと同意し肯定する意をあらわす」（時代別国語大辞典上代篇）。その際、「春なればうべ（宇倍）も咲きたる梅の花君を思ふと夜眠も寝なくに」（万葉集五―八三一）の「春なれば」や「み吉野の石本去らず鳴くかはづうべ（諾）も鳴きけり川をさやけみ」（万葉集一〇―二一六一）の「川をさやけみ」などの如く、同意・肯定するための前提条件あるいは根拠が示されるのが普通である。「天河かりぞとわたるさほ山のこずゑはむべも色づきにけり」（後撰集七―三六六）「ぬまみづにかはづなくなりむべしこそきしの山ぶきさかりなりけれ」（後拾遺集二―一五八）など、その関係を明示しない場合もあるが、構成上それぞれ「天河かりぞとわたる」「ぬまみづにかはづなくなり」が前提条件あるいは根拠となっていることは明らかであろう。当歌において「むべも」と同意・肯定するのは、鶯が鳴くことに対してであり、しかもおそらくただならぬ鳴き方と聞こえることに対してであると考えられる。そして、その前提条件あるいは根拠となるのは第三句以降の内容である。

花桜 「花桜（はなざくら）」については、三番歌【語釈】該項を参照。当歌では、桜の花の意にとる。

とがないように桜花がさせていることはいかにも残念なことだ。

【語釈】

1 誰道 いったい誰が言ったのだろうか、の意。「誰」は疑問、亦は反語の文章を作る疑問詞。「道」は俗語。言うの意。去声に読む。この場合、名詞の「みち」の意と区別する為であろうが、口を加えて「噵」と書くことがある。李白「上皇西巡南京歌十首其四」詩に「誰道君王行路難、六竜西幸万人歓」、万楚「五日観妓」詩に「誰道五糸能続命、却令今日死君家」とあり、島田忠臣「兵部侍郎官」詩に「誰道老君蔵柱下、自知大隠夏官郎」（『田氏家集』巻中）、菅原道真「奉感見献臣家集之御製不改韻兼叙鄙情」詩に「恩覃父祖無涯岸、誰道秋来海水深」（『菅家後集』）とある。 **春天** 春というに同じ。孟浩然「冬至後過呉張二子檀渓別業」詩に「梅花残臘日、柳色半春天」とあり、大江以言「花木被人知」詩に「春天花木富芳栄、自被人知得擅名」（『本朝麗藻』巻上）とある。 **日此長** （春は）昼間の時間が長い、の意。『毛詩』豳風・七月の「春日遅遅」の正義に「遅遅者、日長而暄之意」とあり、おそらくそれを踏まえて、盛唐・賈至「西亭春望」詩の「日長風暖柳青青、北雁帰飛入窅冥」等の表現が存在するのだろうが、白詩にも例えば「牡丹芳」詩に「戯蝶双舞看人久、残鶯一声春日長」、「送蘇州李使君赴郡二絶句其二」詩に「館娃宮深春日長、烏鵲橋高秋夜涼」、「春江閑歩贈張仙人」詩に「相逢不閑語、争奈日長何」、「日長」詩に「日長昼加餐、夜短朝余睡。春来寝食間、雖老猶有味」等とあるように、比較的多い。小野岑守「雑言奉和聖製春女怨」詩に「春女怨、春日長兮怨復長」（『凌雲集』）とあ

さくと見し間に　「さく」のは花桜、「〜と見る」は、〜と思って見る、の意。「〜を見る」ではなく「〜と見る」であるから、その意味するところは、花桜が咲いていている様子を見るのではなく、花桜を、まさに咲こうとしている状態であると思って、見るということになろう。「間（ま）」は、ここでは「現象・行為などのはじめと終りとの間の、持続している時間」（岩波古語辞典）の意。これが動詞句を受ける場合、その動詞句は「夢に見て衣を取り着装ふ間に妹が使ひそ先立ちにける」（万葉集一二―三一一二）の如く動詞の連体形か、「我がやどの萩咲きにけり散らぬ間にはや来て見べし奈良の里人」（万葉集一〇―二二八七）の如く打ち消しの助動詞で終わるのが普通であり、万葉集にはそのような例しか見られない。ところが、八代集になると、「花の色はうつりにけりないたづらにわが身世にふるながめせしまに」（古今集二―一一三）や「わがやどは道もなきまであれにけりつれなき人をまつとせしまに」（古今集一五―七七〇）などのように、過去の助動詞「き」を伴う例も現れる。ただし、「ながめせしまに」や「まつとせしまに」など限られた表現形式に偏り、当歌同様の「見し間に」という表現は「かへりけんそらもしられずをばすての山よりいでし月を見しまに」（後撰集一〇―六七五）「ほにいでて秋とみしまにをやまだをまたうちかへすはるもきにけり」（後拾遺集一―六七）などが見られるに過ぎない。このような過去の助動詞を伴った「ま」を含む歌の多くに共通するのは、それを受ける句が「けり」で結ばれているという点である。この両者の関係は、たとえば当歌の「見し間にかつ散りにけり」という場合では、「見る」という同一の行為が持続しているあいだに、気づかずにいた「散る」とる。

2 桜花　中国では所謂サクランボの花のこと。日本漢詩に桜が詠まれるのは長屋王「五言初春於作宝楼置酒」詩に「松烟双吐翠、桜柳分含新」（『懐風藻』）とあるのを嚆矢とするが、本格的な詠作は平城天皇「賦桜花」詩（『凌雲集』）に始まる。底本等に音合符あり。異文「梅花」は歌との対応上、非。　**綻**　つぼみが開いて花が咲き始める、の意。沈佺期「奉和春日幸望春宮応制」詩に「楊柳千條花欲綻、蒲萄百丈蔓初縈」、鮑溶「春日」詩に「径草漸生長短緑、庭花欲綻浅深紅」（『千載佳句』早春）とある。白居易「牡丹芳」詩に「牡丹芳、牡丹芳。黄金蕊綻紅玉房」というのは、紅玉の花房が割れて、僅かに内部に金色の花蕊が見える状態をいう。また島田忠臣「春日雄山寺上方遠望」詩に「今朝無限風輪動、吹綻三千世界花」（『田氏家集』巻上）、同「歳暮詩」に「鳥囀波上閣、花綻日中枝」（『同』巻下）とあり、菅原道真「早春内宴侍清涼殿同賦春先梅柳知応製」詩にも「宮梅早綻柳先垂、趁遇春情問便知」（『菅家文草』巻六）とある。　**不留香**　梁・昭明太子「銅博山香鑪賦」に「劉公聞之見錫、粤女惹之留香」（『初学記』香鑪）とあり、李白「代寄情楚辞体」詩に「留余香兮染繡被、夜欲寝兮愁人心」、銭起「紫参歌」に「貝葉経前無住色、蓮花会裏暫留香」とあるように、普通「留香」というときは香炉などで焚いた香りを強いて止めようとすることをいう。なお、桜の花の香りを問題とするのは、賀陽豊年「五言詠桜」詩の「風前香自遠、日下色逾明」（『経国集』巻一一）に始まる。

3 高低　或いは高く或いは低く、の意。「囀」を形容する。ただし、諸本この語には音合符を付け、「高く低く」と訓を付すものはない。中国

いう事態の変化を現在時に発見して驚くという関係になる。「ま」によって示される持続時間の物理的な幅はさまざまであるが、概して「〜し間に」と過去の助動詞を伴う表現では、結びの「けり」との対比から、少なくとも結果的・心理的には短時間ととらえられていると解釈できる。

かつ散りにけり　「かつ」は副詞で、同時に二つの動作・作用が行われるさまを表す。その二つの動作・作用自体の関係や主体の異同の如何は問われない。たとえば「秋風の寒きこのころ下に着む妹が形見とかつ〈可都〉も偲はむ」（万葉集八―一六二六）では「着る」ことと「偲ふ」こととは連鎖的に関連するが、「世間し常かくのみとかつ〈可都〉知れど痛き心は忍びかねつも」（万葉集三―四七二）では「知る」ことと「忍びかぬ」こととは対比的に関連する。当歌において「かつ」で結びつけられるのは「咲く」ことと「散る」ことであり、両者はそれ自体では対比的と言えるが、「咲く」ことがあって後に「散る」という点からすれば連鎖的とも言える。この両様のとらえ方とともに主体の異同との関係を考えると、この表現には二つの解釈の可能性が考えられる。一つはある花が咲くと同時に別の花が散るという場合、もう一つは同一の花が咲くや否や散るという場合である。前者の場合、ある花桜において、咲いている花もあれば散っている花もあるという状態を表していることになる。もとより、花そのものは複数あるのであり、またその全部が同時に咲き散るわけではないから、このような状態は現実にありえよう。一方後者の場合、同一の花において咲くことと散ることが同時に起こることはありえないのであるから、咲いたと思ったらすぐに散るということを多分に誇張的に表していることになる。上二句との関係から、当歌

詩においては基本的に視覚的な物の形容に用いられるが、劉禹錫「武昌老人説笛歌」詩に「如今老去語尤遅、音韻高低耳不知」というのは、笛の音程を言う稀な例。白居易「弾秋思」詩に「近来漸喜無人聴、琴格高低心自知」という「琴格」とは、おそらく「音」ではあるまいし、白居易「宿西林寺早赴東林満上人之会因寄崔二十二員外」詩の「鵬鶚高低分皆定、莫労心力遠相思」の「高低」は、鳥の品格のそれを意味する。まして鳥の鳴き声の形容を知らない。日本漢詩でも菅原道真「正月二十日有感」詩に「入耳高低只棹歌」（『菅家文草』巻三）とあるのが珍しい例だが、本集には何故か「蟋蟀高低壁下鳴」（四五番）、「歎息高低閨裏乱」（一〇三番）、「高低歎息満閨房」（一一六番）と、音声の形容が頻出する。　**鶯囀**　コウライウグイスが玉を転がすように続けて鳴くこと。盧照鄰「入秦川界」詩に「花開緑野霧、鶯囀紫巌風」、駱賓王「疇昔篇」に「鶯囀蟬吟有悲望、鴻来雁渡無音息」とあり、紀淑望「古今集真名序」に「若夫春鶯之囀花中、秋蟬之吟樹上」とあり、大江朝綱「晩春陪上州太王臨水閣同賦香乱花難識応教」序に「春風鶯囀之朝、秋月蛬鳴之夕」（『本朝文粋』巻一〇）とある。なお、鶯の鳴き声や生態を、「高低」と形容する例を知らない。　**林頭**　林のほとり、林の梢のこと。この語、中国での用例を見いだし得ない。「林端」「林表」等と言うべきところを、おそらくは「頭」の、場所を表す名詞に付けてその目立つ部分や端の部分を表す、という本来の用法を応用して道真が創作し、広まった語。菅原道真「臘月独興」詩に「氷封水面聞無浪、雪点林頭見有花」（『菅家文草』巻一、『和漢朗詠集』氷）とあり、本集にも「柳絮梅花兼記取、矜如春日入林頭」（八一番）とある。諸本に音合符がある。　**聒**　ガヤガ

は花桜の散るのを惜しみ嘆くことを歌ったものと考えられるので、後者のような解釈の仕方が適切であろう。これに類似した、すなわち一連の動作・作用をほとんど同時とみなす「かつ」の例としては、「…この夜は明けぬ　入りてかつ寝む　この戸　開かせ」（万葉集一三―三三一〇）、「霜のたてつゆのぬきこそよわからし山の錦のおればかつちる」（古今集五―二九一）「かつきえてそらにみだるるあはゆきは物思ふ人の心なりけり」（後撰集八―四七九）などが挙げられる。また、時代は下るが、「春ふかみあらしの山のさくら花さくとみしまにちりにけるかな」（風雅集三―二四一）「藤のはなおもへばつらき色なれやさくとみしまに春ぞくれぬる」（風雅集三―二八七）など、「かつ」を用いずに同様の内容を表す例もある。なお、寛平御時后宮歌合の本文はこの箇所を「うつろひにけり」とするが、「さく」との対比の鮮明さや「かつ」による同時性の強調という点から、当歌の本文の方がより良いと考える。

【補注】

当歌は、鶯が鳴くことと桜の花が散ることとを関連づけた歌である。このような関連を歌った歌は万葉集にはないが、本集には他にも「霞たつ春の山辺に咲く花を飽かず散るとや鶯の鳴く」（一六番）「春ながら年は暮れなむ散る花を惜しむとやここら鶯の鳴く」（一八番）「鶯のすみかの花や散りぬらむわびしき声にうちはへて鳴く」（二〇番）などあり、古今集以降は春部の後半によく見られるようになる。

当歌においては、まず、鶯がしきりに鳴く声を耳にしてなぜだろうという疑問が浮かび、それが第三句以降に示された「花桜さくと見し間に

や騒いでやかましい様。郭璞「江賦」に「陽鳥爰翔、于以玄月。千類万声、自相喧聒」（『文選』巻一二）、張協「雑詩十首其六」に「咆虎響窮山、鳴鶴聒空林」（『文選』巻二九）とある。菅原道真「叙意一百韻」詩に「魚観生竈釜、蛙咒聒階甎」（『菅家後集』）とあり、本集にも「従此擣衣砧響聒」（五一番）、「蟬身露恃夢声聒」（一八八番）等とある。

4 恨　（物ごとの）解決不可能性・回復不可能性への自覚に基づく無念さ・悔恨を表す。詳しくは松浦友久『詩語の諸相――唐詩ノート――』（研文出版、一九八一）第一部五を参照のこと。**良辰**　穏やかで気持ちの良い時期のこと。梁元帝『纂要』に「春日、…辰曰、良辰、嘉辰、芳辰」（『初学記』春）とあり、謝霊運「擬魏太子鄴中集詩八首」序に「天下良辰、美景、賞心、楽事、四者難幷」（『文選』巻三〇）とある。小野岑守「雑言於神泉苑侍讌賦落花篇応製」詩に「侍花宴、花宴何太合良辰」（『凌雲集』）、菅原道真「侍廊下吟詠送日」詩に「良辰誰擲度、益者忽相尋」（『菅家文草』巻一）とある。異文「郎辰」の用例を知らない。**有量**　限度・限界がある、の意。『管子』山権数篇に「桓公問於管子曰、請問国制。管子対曰、国無制、地有量」とあり、『礼記』礼運篇に「以日星為紀、月以為量」とあって、正義は「量、猶分限也」という。島田忠臣「奉拝西方幀因以詩讃浄土之意」詩に「見説国名為極楽、承聞仏寿是無量」（『田氏家集』巻上）、菅原道真「懺悔会作三百八言」詩に「无量无辺何処起、自身自口此中臻」（『菅家文草』巻四）、同「斎日之作」詩に「懺悔無量何事最、為儒為吏毎零丁」（『菅家文草』巻四）とあるなど、同時期の作で「量」のこの意味の用例は全て仏教語に限られているので、ここも或いは仏教語「有量」（無量の反対語）の転

かつ散りにけり」という事態によるものであることに思いあたり、そのことから「鶯はむべも鳴くらむ」と同意・肯定するという発想・表現になっている歌である。「むべ」ということばによる同意・肯定は当然ながら作者自身にも桜の散るを惜しむ思いがあることによる。

【語釈】で問題にした下句の「さくと見し間にかつ散りにけり」という表現は、それに即して考えるならば、桜の花がもうじき咲くと思って見ていたら、あっという間に散ってしまったということであって、実際にはほとんど花を見て楽しむ余裕がなかったということである。その意味では、散るのを惜しむのは勿論であるけれども、そもそも花を鑑賞できなかったことを嘆いているととることができるのであり、それゆえに一層、鶯に対する共感の度合いも強いと言える。

なお、【校異】で示しように、古今集所載の同歌は、上二句が「空蟬の世にもにたるか」と全く異なった本文に変えられている。これにより、題材としての鶯が省かれ、桜に対する哀惜の情を主題とした歌が、仏教的な無常観を歌うものになっている。この改変の意図や両歌の優劣をここで論じるつもりはないが、古今集においては、たとえば同じ春下で「のこりなくちるぞめでたき桜花ありて世中はてのうければ」（古今集一—七一）「いざさくら我もちりなむひとさかりありなば人にうきめ見えなむ」（古今集一—七七）「花のごと世のつねならばすぐしてし昔は又も＊

用の可能性もある。本集にも「年来積恋計無量、屈指員多手算忙」（一〇六番）などとある。なお、大阪市大本・天理本には、「量」に「ハカリ」の訓がある。

【補注】

韻字は「長・香・量」で下平声十陽韻。平仄にも基本的な誤りはない。絶句の構成という観点からみればやや問題を含むが、承・転句は起句の疑問を発することとなる原因を述べた句と解釈できよう。そして結句で、春を長閑ならしめぬ原因としての桜花に対する恨み言を述べている。その意味では紀友則「久方のひかりのどけき春の日にしづ心なく花のちるらむ」（古今集二—八四）と類似する内容となるが、ただ、厳密に言えば、【語釈】にも例示した通り、「日此長」とは春は昼間の時間が長いということであって、春の日が長く続くということではなく、その意味で結句の「良辰独有量」と矛盾することになり、一首全体の統一性に欠けることになろう

＊かへりきなまし」（古今集一—九八）などのように、桜を題材として取り上げながら同様の趣旨の歌が見られるので、おそらくそのような傾きに倣ったのではないかと思われる。

【比較対照】

歌に歌われた状況そのものは、詩においてもほぼ対応していると言える。すなわち、鶯に関しては詩の転句において、桜に関しては承句において表現されている。ただし、両者には微妙な違いが見られる。転句「高低鶯囀林頭聒」は、歌には示されていない、鶯の鳴く位置や場所を表しており、鶯の移動あるいはその複数の存在も想定しうる。承句「桜花早綻不留香」は、直接的には「散りにけり」に対応せず、歌では触れられていない香に関する表現によって、間接的にそれを表している。また、鶯が鳴くことと桜が散ることとを結び付けることについては、詩では明示されていないし、鶯に対する共感を表す表現も見られない。

詩の起句と結句は、歌には対応する表現がまったくない内容である。それは歌の状況を具体化するという性質のものではなく、主題に関わるものである。すなわち、歌においては桜が散るのを惜しむことを主題としているのに対して、詩においてはこの起句と結句があることによって、春日をのどかに楽しみえないのを残念に思う気持ちを主題としたものになっている。桜そして鶯は、その原因となるものであって、桜を惜しむ気持ちはもとよりあろうが、詩の構成・展開から考えれば、それを中心としたものになっているとは言いがたい。詩【補注】で述べた如く、起句における反語的な問いに対して、桜を詠む承句と鶯を詠む転句はその問いを発する原因を述べるという形で受け、結句は起句に込められた思いを直接的に表しているのであって、このような構成・展開は主題を起句および結句に置いているとみなすのが自然であろう。

一三番

春霞　色之千種丹　見鶴者　棚曳山之　花之景鴨

春霞　色のちくさに　見えつるは　たなびく山の　花のかげかも

【校異】

本文では、第二句の「色」を、底本はじめ六本が「包」とするが他本により改め、同句の「丹」を、講談所本・道明寺本が「刃」とし、結句の「景」を、類従本・講談所本・道明寺本・京大本・大阪市大本・天理本・羅山本・無窮会本・永青本・久曾神本が「影」とする。

付訓では、とくに異同が見られない。

同歌は、寛平御時后宮歌合（十巻本・廿巻本、春歌、三七番）にあり、また古今集（巻二、春下、一〇二番）に「寛平御時きさいの宮のうたあはせのうた　藤原おきかぜ」としてあり、他に古今六帖（第一、天、かすみ、六二〇番）や興風集（三番、寛平の御時きさいの宮の歌合、三番）にも見られ、いずれも同文。

【通釈】

春霞の色がさまざまに見えてしまうのは、（霞の）たなびく山に咲く（さまざまな色の）花の影（が映っているから）かなあ。

【語釈】

春霞　五番歌【語釈】該項および当歌【補注】を参照。

霞光片々錦千端
未辨名花五彩斑
遊客廻眸猶誤道
応斯丹穴聚鵷鸞

霞光《カクヮウ》片々《ヘンペン》として錦《にしき》千端《センタン》。
未《いま》だ辨《ヘン》ぜず名花《メイクヮ》五彩《ゴサイ》の斑《まだら》なることを。
遊客《イウカク》眸《まなこ》を廻《めぐ》らして猶《なほ》誤《あや》まりて道《い》ふ。
斯《こ》れ丹穴《タンケツ》に鵷鸞《エンラン》聚《あつ》まるなるべし。

【校異】

「錦千端」を、講談所本「銭千端」に作り、更改符を付けて「錦」に改める。「未辨」を永青本・久曾神本「未辯」に作る。「名花」を、京大本・大阪市大本・天理本「名華」に作り、講談所本「名華」に作り、更改符を付けて「花」に改める。「斑」を類従本・藤波家本・講談所本・道明寺本・京大本・大阪市大本「班」に作る。「廻眸」を、元禄九年版本・元禄一二年版本・文化版本・類従本・詩紀本・下澤本・無窮会本「迴眸」に作る。「猶誤道」を、元禄九年版本・類従本・藤波家本・講談所本・道明寺本・京大本・大阪市大本・天理本・羅山本・無窮会本・永青本・久曾神本「猶誤導」に作り、詩紀本「猶誤過」に作る。「丹穴」を底本・講談所本・道明寺本・羅山本・無窮会本・永青本・久曾神本「舟穴」に作る。

【通釈】

霞が切れ切れにかかって、まるで美しい錦の織物が乱雑に広げられて

色のちくさに　「ちくさ」は千種の意で、種類が沢山であること。当歌では、色がさまざまであることを表す。万葉集では、「…うちなびく春の初めは　八千種に　花咲きにほひ…」（万葉集二〇―四三六〇）「八千種の花はうつろふ常磐なる松のさ枝を我は結ばな」（万葉集二〇―四五〇一）などの如く、同意の「やちくさ」が用いられ（「ちくさ」の例はない）、花の種類だけでなく、その色の種類の多さも表していると見られる。八代集では、「吹く風の色のちくさに見えつるは秋のこのはのちればなりけり」（古今集五―二九〇）「秋ののにみだれてさける花の色のちくさに物を思ふころかな」（古今集一二―五八三）「おくからにちくさの色になるものを白露とのみ人のいふらん」（後撰集六―三一〇）「心をばちくさの色にそむれども袖にうつるは萩がはなずり」（千載集四―二五〇）などの例があるが、霞の色に関して「ちくさ」と表現した例は見当たらない。

見えつるは　「Aと見えつるはB」という表現形式を有する同様の例は、「白雲のおりゐる山とみえつるはふりつむ雪のきえぬなりけり」（後撰集八―四八四）「雲まよひほしのあゆくと見えつるは螢のそらにとぶにぞ有りける」（拾遺集七―四〇九）「しらなみのおとせでたつとみえつるはうの花さけるかきねなりけり」（後拾遺集三―一七二）などあり、「Aであるとたしかに見えたのだが（それは錯覚で）実はBであった」ということを表し、趣向としては見立てになっている。

たなびく山の　「たなびく」は、中空に帯状に広がることを言い、主に霞（他に雲、霧、煙など）について、山や野のあたりのそのさまを表す。当歌における「たなびく」主体は初句の「春霞」であり、重複を避けて

いるようで、それは霞なのか、それとも美しい花花が山腹を五色に彩っているのか、まだ区別できない状態だ。だからそれを見つめる風流人もやはり間違って言うことだろう。あれこそ、伝説に言われる丹穴山に鳳凰の類が集まって棲んでいるのに違いないと。

【語釈】

1　霞光　太陽が朝昇ろうとする時、又夕方沈もうとする時、雲を透射してくる日光を多くこう言う。朝焼け夕焼けの類。駱賓王「夏日遊徳州贈高四」詩に「林虚星華映、水澈霞光浄。霞水両分紅」、白居易「早春憶蘇州寄夢得」詩に「霞光照後殿於火、水色晴来嫩似煙」（『千載佳句』春興、『和漢朗詠集』霞）とあり、三善道統「暮春見藤亜相山荘尚歯会」詩に「春盃暖酌霞光緩、客鬢秋深雪色同」（『粟田左府尚歯会詩』）とある。この「霞光」は、赤ら顔の喩えか。尚「霞」については三番詩【語釈】該項を参照のこと。**片々**　元稹「景中秋八首其七」詩に「雨柳枝枝弱、風光片片斜」、杜甫「宗武生日」詩に「流霞分片片、涓滴就徐傾」とある。切れ切れな様。三・九番詩【語釈】参照。**錦千端**　上四字の比喩。「錦」は金糸や色糸を織り込んだ美しい模様の織物。中唐・韋渠牟「歩虚詞」に「霧縠籠綃帯、雲屏列錦霞」、白居易「秋日与張賓客舒著作同遊龍門酔中狂歌凡百三十八字」詩に「嵩峯余霞錦綺巻、伊水細浪鱗甲生」とある。李嶠「錦」詩に「雲浮仙石暁、霞満蜀江春」とあるのは、ここと逆の、霞を錦の美しさに例えたもの。また劉禹錫「薔薇花聯句」に「似錦如霞色、連春接夏開」というのは、言うまでもなく錦も霞も共に薔薇の比喩として用いられたものだが、両者の距離の近さを証

省かれているとみなす。

花のかげかも　古今集の諸注釈では、所載の同歌に関して、この「花」を桜の花ととるか、春の百花ととるか、説が分かれている。その違いは、「色のちくさに」という表現との整合性の捉え方による。多くは春の百花とするが、それは「「桜」では「色の千種」とは、いくら何でも大げさすぎよう」（竹岡評釈）ということらしい。それに対して桜ととる方も、「山の霞が、そこに咲いている桜が映るために、色が千種に変化するという事は、事実としては有り得べからざる事に思える。しかし想像とすると可能の事である。今は耽美的気分からいっているもので、それに追憶の形にもしてあるので、可能の事に感じられる」（窪田評釈）と、現実性は否定している。もっとも、雲に関する例ではあるが「白雲と見えつるものをさくら花けふはちるとや色ことになる」（後撰集二―一一九）のように、桜との関係で色の違いを表現した例もないではない。しかし、これは時間的な経過を伴う場合であって、当歌のように同時的なものではないし、その色の変化を拡大解釈したとしても、さまざまな色とは言いがたいであろう。また、当歌に対する詩も、その表現から明らかなように、この「花」を桜一種とはとっていない。とはいえ、かりに百花とみなしたとしても、それゆえに桜よりも現実的とは必ずしも言えない。「かげ」には、光、影、陰などの意があるが、「花のかげ」という表現の場合は、「いざけふは春の山辺にまじりなむくれなばなげの花のかげかは」（古今集二―九五）「くれて又あすとだになきはるの日を花の影にてけふはくらさむ」（後撰集三―一四五）などの如く、陰の意で用いられている。しかし、当歌においてはその意では不適切である。花の

するものでもあろう。三番詩【語釈】該項を参照のこと。また「千端」は事物の入り交じって紛雑とした様。魏文帝「折楊柳行」詩に「追念往古事、憒々千万端」、岑参「虢州酬辛侍御見贈」詩に「鬢毛方二色、愁緒日千端」とあるように、詩では心情の形容に用いることが多い。或いは『呉歴』に「黄武二年、蜀致馬二百匹、錦千端及方物」とあるような、布帛類の長さの単位を表す量詞としての用法に掛けているのかもしれない。賀陽豊年「晩夏神泉苑釣臺同勒深臨陰心応製」詩に「千端赫赫承春渙、百品差池仰夏陰」（『凌雲集』）とあるのは、「百品」の対語で、様々な物の意。

2 未辨　「辨」は判別・区別すること、異文「辯」は議論することがそれぞれの原義だが、古代から通用して用いられ、同音同声でもある。謝朓「臨高台」詩に「纔見孤鳥還、未辨連山極」とあり、盧照鄰「過東山谷口」詩に「不辨秦将漢、寧知春与秋」、宋之問「洞庭湖」詩に「初日当中涌、莫辨東西隅」とある。以上の例からすれば、AとBは区別できないという場合は、盧照鄰の例のように、「と」に当たる「将・与」を採って、「辨」の目的語とするのが正格な語法であり、「将・与」を省略したものが宋之問の例ということになろう。当詩の語法に近い謝朓の例は、上句にAに当たる「孤鳥」があるため、煩雑を嫌ってそれをも省略した形と理解すべきだろう。桑原腹赤「奉和聴擣衣」詩に「暗中不辨杵低挙、枕上唯聞声抑揚」、三統理平「禁中翫月詩」（佚詩）に「天山不辨何年雪、合浦応迷旧日珠」（『和漢朗詠集』月）とあり、本集には「冬嶺残雪挙眸看、…未辨白雲晴後聳」（八六番）、「四山霽後雪猶存、未辨白雲嶺上屯」（八八番）とある。**名花**　極めて美しい花、の意。王

色が霞に映っているという関係であるから、姿形がそのまま映し出された影の意でとらなければならない。ただし、花に関してこのような意味で「かげ」を用いるのは「かはづ鳴く神奈備川に影見えて今か咲くらむ山吹の花」（万葉集八―一四三五）「池水に影さへ見えて咲きにほふあしびの花を袖に扱入れな」（万葉集二〇―四五一二）、「梅の花まだちらねどもゆく水のそこにうつれるかげぞ見えける」（拾遺集一―二五）などの如く、水を媒介とする場合であって、「花の色をうつしとどめよ鏡山春よりのちの影や見ゆると」（拾遺集一―七三）のような、鏡をふまえた特殊な例はあるものの、霞を媒介とする例は見当たらない。『注釈』では、「この歌の〔花のかげ〕は、花の光、輝きを意味する、漢語「花光」を意識したものと考えられる」とし、通釈でも「花が色鮮やかに照り輝いているのかなあ」として、映った姿の意の「かげ」を認めていない。「かも」は詠嘆の終助詞。万葉集で用いられ、八代集では「かな」がそれにとって代わる。本集では「かも」と「かな」の両方が用いられているが、すでに「かな」が優勢で、八代集に見られる「かも」の例はそのほとんどが、読み人知らずか万葉歌人の歌であって、古体の表現になっている。

【補注】

霞の色については、三番歌・詩の各【語釈】において問題にしたが、日本では霧や雲と同様、基本的にそれ自体は、密度・濃淡に違いがあったとしても、有彩色とはみなされないのが普通である。三番歌では、霞の色を浅緑色ととらえたけれども、それも霞そのものの色ではなく、当

維「春過賀遂員外薬園」詩に「香草為君子、名花是長卿」とあり、島田忠臣「五言禁中瞿麦花詩三十韻」序に「雖有数十名花、傍若無色香耳」（『田氏家集』巻下）とある。なお、林娑娑「七言賦桃応令」詩に「紅華媚日紅逾煥、錦色須霞錦更鮮」（『経国集』巻一一）とあるのは、「桃花」を「錦」に例え、それに霞がかかると更に鮮烈に見えるということ。

五彩斑　青、黄、赤、白、黒の五種類の色彩を「五彩」といい、「五采」「五綵」等とも書く。『荀子』賦篇に「五采備而成文」とあるように、五行との関係もあって美しい模様を作るための基本的色彩。「斑」は色彩が入り交じって美しいまだら模様を成している様。但しシマウマを「斑馬」、虎の別名を「斑寅将軍」というように、縞模様もこう言う。講談所本・道明寺本・京大本等には「マダラカナル」の訓があり、藤波家本・羅山本などには「マダラナル」の訓がある。

3　遊客　本集四・九番詩【語釈】該項を参照のこと。自己の客観化。

廻眸　「回眸」「迴眸」とも書く。この語が白詩圏の語であること、既に指摘がある（小島憲之『古今集以前』）。ただし、この語の意味については、瞳をクルクルと動かして流し目をする、或いは振り返って見ること、というように一定しない。白詩に例を採れば、「雑興三首其一」詩に「楚王多内寵、…迴眸語君日、昔聞荘王時」とある例や、著名な「長恨歌」の一節など女性に関するものは前者に、「江州赴忠州至江陵已来舟中示舎弟五十韻」詩に「斂手辞双闕、廻眸望両京」とあるのは後者の意で解釈すべきだろう。ただし、ここも含めて、本集には「終日遊人入野山、…登峯望壑回眸切」（五六番）、「終日回眸無倦意、一時風景誰人訕」（六八番）、「風前独坐翫芬芳。回眸感嘆無知己」（七六番）、「山客廻

歌と同様、野辺の色が霞んで見えるのを、霞の色としたものである。当歌の場合も、山に咲く花々の色が霞んで見えるのを、同様に霞の色とみなしたのである。

【語釈】で挙げた類例「吹く風の色のちくさに見えつるは秋のこのはのちればなりけり」（古今集五―二九〇）の場合は、風自体の色ではもとよりなく、風に色とりどりの木の葉が飛び散っているさまを表現しているのであって、当歌のような別の物の色の反映というのとは異なる。また、「白雲のおりゐる山とみえつるはふりつむ雪のきえぬなりけり」（後撰集八―四八四）「しらくもとをちのたかねに見えつるはこころまどはすさくらなりけり」（金葉集一―三六）などは、すでに説明したように、実在の雪や桜を非在の白雲に見立てた歌であるが、当歌は「かげ」ということばがあることによって、霞とともに花も実在が想定されているのであって、花を霞に見立てた歌ということにもならない。

【語釈】「花のかげかも」の項に引いたように、『注釈』では「花のかげ」を「花光」の訓読とみなしている（そのいっぽうで「本歌は、山に棚引く霞に、その奥の花の色が「霞」に反映していることに眼目がある」とするにもかかわらず）。しかし、そうとると、下句は上句に対して直接の理由付けにはならなくなる。両者を結び付けているのは、まさに反映としての意の「かげ」だからであり、春霞を主題とした、この「かげ」という関係付けのあり方こそが、当歌のまさに眼目であって、花の様子は二次的なものであろう。

さらに『注釈』では、「霞の色が様々に見える光景を、その奥の花の色が映ったことに要因を求めるのは、漢語「霞」と和語の「かすみ」の

眸猶誤道、応斯白鶴未翩翻」（九九番）とあるように、先の二つの意味では解釈できない。それは凝視する、見つめるの意味で解釈せざるを得ず、本集の作者は白詩に学んだとしても、その意味を正確に捉えていたとは言い難いのではあるまいか。なお、本集以外の日本漢詩には、賀陽豊年「五言詠禁苑鷹生雛」詩に「理翮情方盛、廻眸気不窮」（『経国集』巻一一）、大江維時「林開霧半収」詩に「若有商風吹掃却、成行樹木足廻眸」（『天徳三年八月十六日闘詩行事略記』）、醍醐天皇「停盃看柳色」詩に「引手暫留鸚鵡翅、廻眸遙望麴塵糸」（『類題古詩』見）、大江朝綱「停盃看柳色」詩に「酔応来楽廻眸処、怨欲除憂入破時」（『類題古詩』見）、一条天皇「望春花景煖」詩に「廻眸翠柳如煙処、極目紅桃似火時」（『類題古詩』望）等とあり、維時詩に「足」とある所を見ると、ふり返る、の意で、「回視」と同義とすべきだろう。一条帝詩の「極目」とは、見渡す限り、目が届く限り、の意。『類題古詩』の「見」や「望」の項目にあるということは、「廻眸」もやはり見る動作と考えられていたと考えるべきで、瞳をクルクルと動かす、という目の動きを意味するのではあるまい。

誤道 まちがって言う、の意。「道」が言うの意を持つことは、一二番詩【語釈】該項を参照のこと。本集には前項に挙げた九九番詩の例が一つあるが、それ以外にこの語の用例を、日中共に知らない。

4 応斯 「応」は、きっと～にちがいないの意をあらわす。「斯」（平）は「是」（仄）に同じ。共に句中にあって語調を整える助字だが、「応是」とするのが一般であって、「応斯」という例を本集以外に知らない。李白「南陵五松山別荀七」詩に「相逢太史奏、応是聚賢人」、漢皓「対

内容の差を埋めようとする行為なのであろう」とするが、この点については、三番詩【語釈】「雲霞」の項に述べたとおりであって、同一の対象である自然現象に関して、光と影のどちらに重点を置くかというだけの違いであり、その違いをとりたてるならば、当歌もまた影の意味合いを端的に表したものと言える。かりに、山上に「たなびく」程度の霞が「ちくさに見え」ることが実際にありえるとしたら、日の光の加減によるものであろう。

当歌は、霞に対して、古代和歌によく見られるような、花々を包み隠すものというとらえ方ではなく、その全体を大きな鏡のようにみなして、「色のちくさに」花を映し出しているととらえるところに、窪田の言うような、耽美的あるいは想像的な独自の趣向があると言えよう。

※の項で示した通りであり、『藝文類聚』や『白氏六帖』の鸞の項にも丹穴の記事は無い。或いは張衡「東京賦」の「鳴女牀之鸞鳥、舞丹穴之鳳皇」（『文選』巻三）と、その李善の注あたりからヒントを得ているのかもしれない。彼は先に示した『山海経』南山経の一節と、同西山経の「女牀之山、…有鳥焉、其状如翟而五采文、名曰鸞鳥、見則天下安寧」を引用する。底本等すべて「エンラン」とあり、漢音「ヱン」の訓はない。なお、元禄版本以下の版本、「鵷鸞を聚むるなるべし」と訓む。

【補注】

韻字は「端・鸞」が上平声二十六桓韻、「斑」が上平声二十七删韻。この二つの韻は隣接するが同用ではない（平水韻も同様）。平仄には基

雨」詩（佚詩）に「西風暮雨驚残夢、応是巫山寄恨来」（『千載佳句』暮雨）とあるなど、唐詩の句法の一つで、白詩には二〇例近い用例がある。島田忠臣「閏十二月作簡同輩」詩に「若教今日無名閏、応是黄鶯解舌時」（『田氏家集』巻下）、菅原道真「白微霰」詩に「袖中収拾慇懃見、応是為氷涙未乾」（『菅家後集』）とある等、道真詩には六例を数える。なお、本集には「応是」が三例あるが、「応斯」も三例（九七・九九番詩）で、九七番詩には「是」の異文がある。**丹穴** 伝説上の山の名。『山海経』南山経に「丹穴之山、其上多金玉。丹水出焉、而南流注于渤海。有鳥焉、其状如雞、五采而文、名曰鳳皇」とあり、また『初学記』鳳の事対や、『白氏六帖』鳳にも「丹穴」の語がある。それを踏まえて駱賓王「獄中書情通簡知己」詩に「穴疑丹鳳起、場似白駒来」とあり、中書王「贈心公古調詩」に「丹穴招鳴鳳、滄溟驚臥鯤」（『本朝麗藻』巻下）とある。異文「舟穴」は、「丹」「舟」両字の草体が類似することからの誤写。なお、京大本等には「穴」に「クヱツ」とある。**鵷鸞** 「鵷」は『広韻』に「鵷鶵、似鳳」とあるように、鳳凰に似た伝説上の鳥。「鸞」も『説文』に「神霊之精也。赤色、五采、雞形、鳴中五音、頌声作則至」とあり、『広雅』釈鳥に「鸞鳥、鳳皇属也」というように、鳳凰の一種で赤色を基調とする美しい鳥。ただ、王勃「秋日楚州陏司戸宅遇餞崔使君序」に「城池当要害之衝、寮寀尽鵷鸞之選」、同「仲氏宅宴序」に「喜鵷鸞之接翼、曜江漢之多才」とあるように、唐代の詩文に熟して用いられる場合には、賢者や中央官僚の例えとして用いられるのが通例であって、当詩のように鳥そのものの意で使われる例を知らない。更に丹穴と鵷鸞との取り合わせも異例に属すること、丹穴※

本的な誤りはない。

【語釈】の「未辨」の項には述べなかったが、「未辨」や「不辨」「難辨」の語によって「見立て」とする修辞法は、中国には見られないが、日本には本集や三統理平の例、或いは紀長谷雄「春雪賦」に「点人皆催二毛之年、払窓未辨孤月之暁」（『本朝文粋』巻一）、菅原雅規「花錦不須機」詩に「未辨快開仙洞浦、誤言深濯蜀江津」（『類題古詩』不須）とあるなど、少なくない。ここで問題となるのは、霞が実在するのは当然としても、名花がその背景として実在しているのかどうかということであろうが、例に挙げた数例を見る限り、AはBと区別できないという文脈であって、何れもBの実在性は薄いと言わざるを得ないので、当詩もそのように解釈しておく。

木越隆「新撰万葉集上巻の漢詩の作者について」（『東京教育大　国語』復刊四―四、一九五六・九）は「廻眸」や「挙眸」の語が本集にあって、『菅家文草』には「廻眼」「挙眼」或いは「廻頭」「挙頭」としか言わないこと、及び見立てとして「未辨」の語が『菅家文草』にないことを、本集の作者が道真でないことの一例証としている。

また「誤」がレトリックに使用された例の一端を挙げておく。岑参「裴将軍宅蘆管歌」に「巧能陌上驚楊柳、復向園中誤落梅」とあるのは、蘆管（あしぶえ）の演奏の巧みさを言う比喩。韓愈「游城南十六首　落花」詩に「無端又被春風誤、吹落西家不得帰」、陳・伏知道「従軍五更転五首其三」詩に「強聴梅花落、誤憶柳園人」（『藝文類聚』戦伐）、白居易「酬裴相公題興化小池見招長句」詩に「蓬断偶飄桃李径、鷗驚誤払鳳凰池」等というのは、擬人法ということになろう。

以下、気付いたままに列挙すれば、白居易「見于給事暇日上直寄南省諸郎官詩因以戯贈」詩に「雲彩誤居青瑣地、風流合在紫微天」、白居易「池上作」詩に「浦派縈迴誤遠近、橋島向背迷窺臨」、白居易「裴常侍以題薔薇架十八韻見示因広為三十韻以和之」詩に「乍見疑迴面、遙看誤断腸」などがあり、日本漢詩では、島田忠臣「敬和源十七奇才歩月詞」詩に「誤行積雪嫌投歩、疑踏晴沙恐汚光」（『田氏家集』巻下）、菅原道真「賦得折楊柳」詩に「涙迷枝上露、粧誤絮中雪」（『菅家文草』巻一）、同「山陰亭冬夜待月」詩に「消残砌雪心猶誤、挑尽窓灯眼更嫌」（『菅家文草』巻一）何玄「翫雪」詩（佚詩）に「秦客訪花驚出洞、庾公看月誤登楼」（『千載佳句』雪）、方干「塩官事明府創瑞隠亭」詩に「新鳥啼花催醸酒、驚魚濺水誤沾衣」（『千載佳句』春遊）とある等、用例は多い。

【比較対照】

歌の内容は、詩の前半に相当するといえよう。すなわち、「春霞色のちくさに見えつるは」が「霞光片々錦千端」に、「たなびく山の花のかげかも」が「未辨名花五彩斑」に、ほぼ対応する。ただ、歌では「山の花」と、その場所が限定されるのに対して、詩ではそれが明示されず、その代わりに「五彩斑」と、言わずもがなの語句が付されている。また詩の起句の「錦千端」は霞の比喩であるが、それは和歌の「ちくさに見えつる」の中に包含されているものである。更に歌の見立てを支える「見えつるは」に対する「未辨」は、和歌の直訳と言うよりは少し捻った表現であって、中国では比喩に用いられることが無いということは、漢詩作者のこうした比喩の言い回しの多彩さを追求しようとする気持ちの表れと見ることも可能だろう。事実、日本漢詩ではこれ以後に、見立てに「未辨」が使われるようになるのであり、当時の漢詩作者の関心は、漢詩の技巧の模倣を通り抜けて、更に独自な言い回しを求めつつあったと言えよう。

詩の後半では更に「遊客」なる第三者を設定して、「誤道」「応斯」という見立てのための語句を用いているのであるが、こうした一首全体の構成は、九番詩に既に見られたものであった。そこでも和歌は「霞が花に見える」という内容であったが、漢詩は転句に「遊人」なる第三者を設定し、それが「想像」するということ、承句に「宛如」という比喩を用いることで、共通類似するものであるが、しかし、それでも同じ比喩や見立てのための語句が無いのは、先の推測を裏付けるものとなっている。

さて、歌も詩も趣向の上では霞を如何に見立てるかということで共通するが、その力点のおき方は、詩が前半で歌の内容をほぼ言い切っているために、必然的に異なることになっている。詩はその機能上、結句に重きが置かれるのが一般であり、ここでも「丹穴山」に「鴛鸞」が集まったのだろうという、途方もない想像がこの詩の目玉ということになろう。しかし、和歌でも霞に花の影が映ったのだろうというのだから、一概に漢詩ばかりを責めるわけにもゆくまい。

それにしても、こうした歌詩が普通に受け入れられていたということは（或いは、冗談・諧謔であったのかも知れないが、それにしても）、当時の人々は「霞」が一体どの様に見えていたのかと、改めて考えざるを得ない。確かに『白氏六帖』霞には「九光」「霞錦散文」等の語があるのだけれど。

一四番

春霞　起手雲路丹　鳴還　雁之酬砥　花之散鴨

春霞　たちて雲路に　鳴きかへる　雁のたむけと　花の散るかも

【校異】

本文では、第二句の「丹」を、講談所本が「刄」とし、第四句の「酬」を、底本はじめ諸本で、その俗字の「酎」を用い、講談所本が「酎」、藤波家本が「酹」、類従本・羅山本が「䣢」、永青本が「貯」とするが他本により改め、結句の「之」を、永青本が欠く。

付訓では、とくに異同が見られない。

同歌は、歌合にも、他の歌集などにも見られない。

【通釈】

春霞が立って、雲の中の道を通って鳴きながら（北へ）帰るカリに対する手向けとして、（同じ頃に）花が散るのかなあ。

【語釈】

春霞　五番歌【語釈】該項を参照。「はるがすみ」は「たつ」の枕詞としても用いられるが、当歌では両語は実質的な意味同士の関係と考えられる。

たちて雲路に　「たちて」は、前項に述べたように、その第一の主体は「春霞」であるが、下への続き柄を考慮すると、雁が「発ちて」という

霞天帰雁翼遙々

雲路成行文字昭

若汝花時知去意

三秋係札早応朝

霞天《(カテン)》の帰雁《(キガン)》翼《(つば)さ》遙々《エウエウ》たり。

雲路《(ウンロ)》行《(つら)》を成《(な)》して文字《(モンジ)》昭《あきら》かなり。

若《(も)》し汝《(なむ)ぢ》花《はな》の時《(と)き》去意《(キョイ)》を知《し》らましかば、

三秋《(サンシウ)》札《サツ》を係《か》けて早《(はや)》く朝《(テウ)》すべし。

【校異】

「遥々」に、藤波本・講談所本・道明寺本・京大本・大阪市大本「遅々」の異文表記あり。「昭」を藤波家本・講談所本・道明寺本・京大本・大阪市大本・羅山本・無窮会本・久曾神本「照」に作り、羅山本・無窮会本以外は、皆「昭」の義注を持つ。「朝」を藤波家本・講談所本・道明寺本・京大本・大阪市大本・羅山本・無窮会本「嘲」に作り、羅山本・無窮会本以外は「朝期」の異文表記を持つ。永青本・久曾神本「期」に作る。

【通釈】

霞のかかった空に、北方へ帰るカリの姿が次第に遠ざかって行く。空の遙か彼方に列を作って、それが文字のようにハッキリとみえる。カリよ、おまえは花の咲くこの春に北の故郷に帰らねばならぬことを、もし知っているならば、秋に手紙を足に結び付けて早く日本にやってくるべきだ。

関係もありえよう。「雲路（くもぢ）」は、雲中にあると想定された道。「雲井路」、「雲の通ひ路」とも。「帰る雁雲ぢにまどふ声すなり霞ふきとけこのめはる風」（後撰集二―六〇）「おほぞらに行きかふ鳥の雲ぢをぞ人のふみみぬ物といふなる」（後撰集一七―一二二二）「ひとこゑはさやかに鳴きてほととぎす雲ぢはるかにとほざかるなり」（千載集三―一五九）「あしたづの雲ぢまよひしとしくれて霞をさへやへだてはつべき」（千載集一七―一一五八）などの如く、主に鳥とりわけカリの行き来する道として用いられている。万葉集には、このことば自体は見られないが、「雲隠り鳴くなる雁の行きて居む秋田の穂立繁くし思ほゆ」（万葉集八―一五六七）「秋風に山吹の瀬の鳴るなへに天雲翔る雁にあへるかも」（万葉集九―一七〇〇）「我がやどに鳴きし雁がね雲の上に今夜鳴くなり国へかも行く」（万葉集一〇―二一三〇）などの如く、カリが雲の中あるいは上を飛ぶものとして表現されているし、古今集でも「春くればかりかへるなり白雲のみちゆきぶりにことやつてまし」（古今集一―三〇）「白雲にはねうちかはしとぶかりのかずさへ見ゆる秋のよの月」（古今集四―一九一）などのようにも詠まれている。雲ではなく霞を用いる例としては、「春がすみなかしかよひぢなかりせば秋くるかりはかへらざらまし」（古今集一〇―四六五）「霞わけいまかり帰る物ならば秋くるまではこひやわたらん」（拾遺集七―四一五）など見られる。

鳴きかへる　「鳴きかへる」という表現は稀れで、他には「雲ぢをもしらぬ我さへもろごゑにけふばかりとぞなきかへりぬる」（後撰集一八―一二七六）が見られる程度。同様の表現として、カリについては「鳴き渡る」や「鳴き行く」が用いられる。

【語釈】

1 霞天　この語、日中ともに用例は極めて少ない。唐以前では劉禹錫「答白刑部聞新蟬」詩に「晴清依露葉、晩急畏霞天」とあるのを知り得たのみ。おそらくは、「霞」のかかった空の意。ただし僅かな用例は皆秋の景を詠んだもの。　**帰雁**　春に北へ帰るカリ。『初学記』春の事対に「帰雁」があり、「礼記曰、正月鴻雁来、来、帰也、北有雁門、故曰帰雁」の文を引用する。高適「送李少府貶峡中王少府貶長沙」詩に「巫峡啼猿数行涙、衡陽帰雁幾封書」（『千載佳句』猿雁）とあり、淳和帝「奉和江亭暁興呈左神策衛藤将軍」詩に「煙霞欲曙鶏潮落、帰雁群鳴起迴汀」（『凌雲集』）、淡海福良満「被譴別豊後藤太守」詩に「帰雁遥将没、漂査去不留」（『同』）とある。また「見帰雁歌」（『万葉集一九―四一四四の題詞）とあり、「春まけてかく帰るとも」と歌い「一云　春去れば帰る此の雁」とある。　**翼遙々**　「遙々」は、遙か遠くに離れてゆく様。鮑照「代東門行」に「遙々征駕遠、杳々白日晩」、盧照鄰「長安古意」詩に「隠々朱城臨玉道、遙々翠幰没金堤」等とあるが、鳥の飛翔の形容に使用された例を知らない。「翼」には、永青本・久曾神本に「ハネ」の訓がある。

2 雲路　空の彼方。雲まで達する道。沈約「遊沈道士館」詩に「都令人逕絶、唯使雲路通」（『文選』巻二二）とあり、李善注は「張昶華山堂闕銘曰、必雲霄之路、可升而起」という。江総「游摂山栖霞寺」詩に「煙崖憩古石、雲路排征鳥」とあり、戴暠「宿報恩寺」詩（佚詩）に「蛾遶灯輪千燄動、鶴飛雲路一声長」（『千載佳句』寺）、菅原道真「重陽日侍宴紫宸殿同賦玉燭歌応製」詩に「菊知供奉霜籬近、雁守来賓雲路

雁のたむけと 当歌の「雁（かり）」は、春の歌であり、「霞たちて」また「鳴きかへる」とあるから、当然ながら、日本から北方に帰って行くカリを指す。万葉集では、秋に日本にやって来るカリを取り上げる歌が圧倒的に多く、春に帰るカリは「春草を馬咋山ゆ越え来なる雁の使ひは宿り過ぐなり」（万葉集九―一七〇八）「燕来る時になりぬと雁がねは国偲ひつつ雲隠り鳴く」（万葉集一九―四一四四）などごくわずかであるが、八代集になると逆転して、春のカリを詠む例の方が多くなる。「たむけ」は動詞「たむく」の名詞形で、「道中の安全を祈って峠の神に幣などを供えること」（岩波古語辞典）、またその供える幣をいう。「周防にある磐国山を越えむ日は手向よくせよ荒しその道」（万葉集四―五六七）「…参ゐ上る　八十氏人の　手向する　恐の坂に　幣奉り…」（万葉集六―一〇二二）などの如く、万葉集から例が見られる。八代集になると、「竜田ひめたむくる神のあればこそ秋のこのはのぬさとちるらめ」（古今集五―二九八）「道しらばたづねもゆかむもみぢばをぬさとたむけて秋はいにけり」（古今集五―三一三）「秋ふかくたびゆく人のたむけにはもみぢにまさるぬさなかりけり」（後撰集一九―一三三七）などのように、人間以外に関しても（たとえば秋という季節）、また本来の物とは異なる幣（紅葉を取り上げることが多い）を供えるという表現が現れるが、当歌のように、旅に出るのがカリ、見送るのが花、そして幣として手向けるのが散る花びらという設定の、すべてはもとよりそのうちの一つさえも共通する類歌は見当たらない。「あだ人のたむけにをれるさくら花相坂まではちらずもあらなん」（後撰集一九―一三〇五）という歌はあるが、この「さくら花」は詞書の中に「さくらの花のかたにぬさ

遙」（『菅家文草』巻二）とある。諸本に音合符あり。 **成行** 連なって列を作ること。沈約「詠湖中雁」詩に「懸飛竟不下、乱起未成行」（『文選』巻三〇）、曹操「却東西門行」詩に「鴻雁出塞北。…挙翅万里余、行止自成行」とあるなど、「雁行」はカリが列を成して順序よく飛ぶことから、カリ以外にもそうした意味で用いられた。章孝標「贈劉寛夫昆季」詩に「雁行雲接参差翼、瓊樹風開次第花」（『千載佳句』兄弟）、島田忠臣「和高侍中鎮夷府貢良馬数十疋有敕頒賜偶題長句」詩に「数十名駒一種良、恩頒近侍雁成行」（『田氏家集』巻上）、源順「春日眺望詩（佚詩）」に「一行斜雁雲端滅、二月余花野外飛」（『和漢朗詠集』眺望）とある。 **文字昭** カリの飛ぶ様を文字に例えるのは、白居易「江楼晩景物鮮奇吟翫成篇寄水郡張員外」詩に「風翻白浪花千片、雁点青天字一行」（『千載佳句』・『和漢朗詠集』眺望）とあるに基づく。島田忠臣「秋暮傍山行」詩に「雁飛碧落書青紙、隼撃霜林破錦機」（『田氏家集』巻中・『和漢朗詠集』雁）、菅原道真「重陽節侍宴同賦天浄識賓鴻」詩に「碧玉装箏斜立柱、青苔色紙数行書」（『菅家文草』巻五・『和漢朗詠集』雁）とある。「昭」は、隅々までくまなく明かなこと。「照」の原字。「文字」には版本や講談所本に音合符がある。漢音は「ブンシ」。

3 花時 春の、様々な花が咲くとき。元稹「酬胡三憑人問牡丹」詩に「花時何処偏相憶、寥落衰紅雨後看」（『千載佳句』牡丹）、白居易「早春酔吟寄太原令狐相公蘇州劉郎中」詩に「雪夜閑遊多秉燭、花時暫出亦提壷」（『千載佳句』春遊）、同「同李十一酔憶元九」詩に「花時同酔破春愁、酔折花枝当酒籌」などとあり、島田忠臣「和文十三春夜寤」詩に「惆悵花時多不快、何当得意穏眠床」（『田氏家集』巻下）とある。こ

をして」とあり、「絹や紙で作る幣を桜の花びらの形に切った」（新日本古典文学大系本）ものであって実物ではないし、人と人に関してである。また、帰雁と花とを詠み込んだ歌は、「見れどあかぬ花のさかりに帰る雁猶ふるさとのはるやこひしき」（拾遺集一—五五）「をりしもあれいかにちぎりてかりがねのはなのさかりにかへりそめけん」（後拾遺集一—七二）「なかなかにちるをみじとやおもふらんはなのさかりにかへるかりがね」（詞花集一—三四）「かりがねのかへるはかぜやさそふらむ過行く峰の花も残らぬ」（新古今集一—一二〇）など見られるものの、花をカリへのたむけとする設定ではない。「秋萩は雁に逢はじと言へればか声を聞きては花に散りぬる」（万葉集一〇—二一二六）「朝霧のたなびく田居に鳴く雁を留め得むかも我がやどの萩」（万葉集一九—四二二四）など、秋の季節の例では、花がカリとの関係で擬人的に表現されているけれども、たむけとする発想とは異なる。

花の散るかも　この表現で一句を成す例はなく、八代集にも「やまふかみすぎのむら立見えぬまで尾上の風に花のちるかな」（新古今集二—一二二）があるのみ。「かも」については一三番歌【語釈】「花のかげかも」の項で触れたが、本集にも「かも」が四例（どれも「鴨」と表記）、「かな」が一七例（どれも「鉋」と表記）あり、後者が優勢である。

【補注】

【校異】に示した如く、当歌は他集の所載を見ない歌である。その独自性は【語釈】で述べたとおり、カリが帰ることと花が散ることとを「たむけ」という点から結び付けるという趣向にある。

の語、中唐から使用され始めるが、白詩圏の語と言って良いほど、彼らに使用例が多い。　**去意**　欧陽詹「初発太原途中寄太原所思」詩に「去意自未甘、居情諒猶辛」とあるも、この語「去る意」と訓ずる諸本無く、底本・藤波家本などは、わざわざ音合符を付す。杜甫「帰雁三首其三」詩に「見花辞漲海、避雪到羅浮」とあり、巨勢識人「奉和春日江亭閑望」詩に「花香窓外伝。帰声聞去雁」（『文華秀麗集』巻上）とある。中国あるいは日本から、故郷のシベリア地方に帰ろうとする気持ち。

4 三秋　秋の三カ月。秋と言うに同じ。梁元帝『纂要』に「秋曰、…亦曰三秋、九秋」（『藝文類聚』秋）とあり、王融「永明十一年策秀才文五首其一」に「幸四境無虞、三秋式稔」（『文選』巻三六）とあり、李善は「秋有三月、故曰三秋」と注する。調古麻呂「初秋於長王宅宴新羅客」詩に「一面金蘭席、三秋風月時」（『懐風藻』）とあり、本集には「三秋有蘂号芽花」（六四番）とある。　**係札**　手紙を足に結び付ける、の意。「札」は所謂「雁札」のこと。『漢書』蘇武伝に「教使者謂単于、言天子射上林中、得雁、足有係帛書、言武等在某沢中」（『藝文類聚』雁、出典を『史記』とする）とあり、著名な蘇武の故事に基づく。但し、この故事を「係札」の語で表現した例を、日中共に知らないし（ちなみに、『白氏六帖』雁には「繋書」の語があり、蘇武の故事を引用する）、「雁札」の語も中国の用例はない（『日本国語大辞典』が指摘するのは『吾妻鏡』建久三年十二月条の用例が初出である）。また、「札」に「ふみ」の訓を付するのも中世以降のことで、底本・京大本・大阪市大本・羅山本・無窮会本には、「サツ」の訓あり。なお、李白「蘇武」詩に「白雁上林飛、空伝一書札」、同「学古思辺」詩に「白雁従中来、飛鳴苦難聞。

カリが帰る時期は、花（おそらく桜であろう）の盛りから散りかける時期にほぼ重なるのであって、既掲の八代集の諸例はそれぞれに両者を関連付けてはいるが、当歌ほど擬人的に親密な関係として表現したものはない（その意味では、むしろ万葉集の例の方が近い）。たむけするのは、そもそも両者に親密な関係があるからであって、別れに際して、無事の再会を期するためである。

当歌の表現上の重点は、結句の「花の散るかも」にあるが、それゆえに花を惜しむという感情が強く表れているとは思われない。また、花と作者が一体化して帰るカリを惜しんでいる、あるいは帰雁も散花もともに惜しむ気持ちを歌っているともとりにくい。もとより、それらに対する哀惜の情はあろうけれども、当歌ではむしろ、カリが帰ることと花が散ることとの同時性に着目し、「たむけ」という別れの場面として設定する趣向自体に主眼があったのではないかと考えられる。

すなわち当歌は、まずカリは聴覚的に、花は視覚的に、ともに夕暮れ時の霞む遠景としてとらえ、さらにその両者を別れの当事者同士とみなすことによって、幻想的で哀愁を帯びた、晩春の美しい情景を描き出そうとしたのではないだろうか。

足繋一書札、寄言難離群」とあるのは、蘇武の故事の「帛書」を「書札」と表記しており、留意すべきである。本集には「従休雁札望雲郊」（一一三番）とある。**応朝**「朝」は、宮中に参内して、天子や貴人にお目にかかる、の意。底本等版本には全て音読符がある。

【補注】

韻字は「遙・昭・朝」で、上平声四宵韻。**【校異】**に挙げた異文は「遅」（上平声六脂韻）、「照」（去声三十五笑韻）、「嘲」（下平声五肴韻）となって全て合わない。平仄に基本的な誤りはない。

当詩でやや意外だったのは、『初学記』等を初めとする諸類書の雁の項に、「成行」「文字」「係札」等の語、またはそれを含む漢詩文が当然載せられているだろうという予想が、まるで外れてしまったことであった。また『唐詩類苑』等に収載されているのは、題詞に雁の語を持つ作品が多いが、それにも「行（つら）」以外の語を見いだすのは容易ではなかった。**【語釈】**の項でも指摘しておいたが、「霞天」や「係札」の語や、雁行を文字と見立てる方法など、当詩が依ってくる所をもう少し精査する必要があろうが、白詩圏の語を中心に、盛唐から中唐までの詩を学んだ成果が窺える。

また、一首全体の内容からいえば、「知去意」と「早応朝」という転句と結句との因果関係も明確とは言い難い。

【比較対照】

歌詩の対応については、その個々についてと同様に、全体としても問題が多い。歌の表現上の重点に関しては、その【補注】にあるように、「散る花」にあるのだが、詩では花は咲く時をいうだけで、カリが帰る契機としてあるに過ぎず、全体が帰るカリを主体として詠じられている。その上、帰るカリも和歌では鳴き声に注目するが、漢詩では翼や群れ飛ぶ姿を描写するというように、その表現の仕方も対照的なものとなっている。『白氏六帖』雁には「嗈嗈鳴雁」や「粛粛嗷嗷」「仰聴」「哀哀」「寥唳度雲雁」「晨吟」等々、鳴き声に関する語句も少なくないのであり、近くは白氏自身がその声を櫓声に例えていたのであったが。

したがって、歌の「雁は聴覚的に、花は視覚的に、ともに夕暮れ時の霞む遠景としてとらえ」「幻想的で哀愁を帯びた、晩春の美しい情景を描き出そうとした」という表現意図は、全く理解されておらず、承句で起句の内容を視点を替えて描写するだけで、結句も秋になったら早く戻るように(?)と、帰雁を惜しむ一面的な内容に終始することになってしまっているのであり、しかもその内容的一貫性も詩【補注】にあるように、疑問視されるようなものであった。

転句で作者を客観化したと思われる人物を導入することは、先に何首か見られたが、ここでは作者自身が顔を出して、カリに直接呼びかけるという構成になっている。しかし、その内容が「早応朝」とあって、強い詠嘆を表すものでないだけに、当詩の特徴である作者の登場が生きていないことになってしまっているのである。

最後に、歌と詩に共通する語として「雲路」があるが、歌が【語釈】でカリの行き来する道として多く用いられているというのに対して、詩では【補注】に述べているとおり、カリを詠んだ作品の中に用いられることが稀れな語であり、【語釈】で挙げられている道真の用例は、和歌からの影響と考えても大きな誤りは犯さないであろう。そもそも和語「雲路」が、雲中にあると想定された道であるのに対して、漢語のそれは仕官して高官に昇進する例えに用いられることでも分かるように、必ずしも平行移動をいうものではないということも考慮すべきかと思われる。

一五番

霞立　春之山辺者　遠芸礼砥　吹来風者　花之香曾為

霞立つ　春の山辺は　遠けれど　吹き来る風は　花の香ぞする

【校異】

本文では、初句の「立」を、久曾神本・永青本が「起」とし、結句の「為」の下に、永青本が「流」を付す。

付訓では、とくに異同が見られない。

同歌は、寛平御時后宮歌合（十巻本・廿巻本、春歌、二九番）にあり、また古今集（巻二、春下、一〇三番）に「寛平御時きさいの宮のうたあはせのうた　ありはらのもとかた」としてあり、他に古今六帖（巻一、天、はるのかぜ、三八三番、もとかた）にも見られ、いずれも同文。

【通釈】

霞が立つ春の山のあたりは遠いけれど、（その方から）吹いて来る風は（山のあたりに咲く）花の香がすることだよ。

【語釈】

霞立つ　次句「春の山辺」を連体修飾する。同様の例は万葉集にはなく、八代集には新古今集に一例（本集一六番歌に同じ）あるのみ。他に、万葉集には「霞立（かすみた）つ」の形で「春」に関連することばを連体修飾する例として、「春の永日」二例、「春の初め」「春」各一例、「長き

花々数種一時開
芬馥従風遠近来
嶺上花繁霞泛灔
可憐百感毎春催

花々《クワクワ》数種《スショウ》一時《イツシ》に開《ひら》く。
芬馥《フンフク》風《かぜ》に従《したがひ》て遠近《をちこち》に来《きた》る。
嶺上《レイシャウ》花《はな》繁《おほく》して霞《かすみ》泛灔《ハンエン》たり。
憐《あは》れぶ可《べ》し百感《ハクカン》の春《はる》毎《ごと》に催《もよ》ほすことを。

【校異】

「数種」を天理本「数樹」に作る。「芬馥」を京大本・大阪市大本・天理本「落馥」に作り、永青本・久曾神本「芳馥」に作る。「泛灔」を、天理本・羅山本「泛艶」に作り、無窮会本・類従本「綻艶」に作る。なお、底本・元禄九年版本には、「綻艶」の校注があり、類従本には「綻」に「泛」の異本注記が、文化写本には「泛」に「綻群」の異本注記がある。

【通釈】

たくさんの花がしかも数種類、一斉に咲いたのであろう、その香ぐわしい香りが風にのってあたりに漂ってきた。（そこでその香りの源を探そうと四方を眺め回してみると）遠く峰の上では花がたくさん咲いて、霞が美しく光輝いている。ああ、春になるたびにこうした風光が人に様々な思いを起こさせるようにすることだなあ。

春日（はるひ）」三例、「春日」「明日の春日」各一例見られるが、八代集には見られない。『時代別国語大辞典上代篇』には「霞立つ」を「枕詞。同音のくり返しでカスガにかかり、春はかすみがたつところから、ハルヒにかかる」とあるが、当歌では「春」のみにかかる枕詞ではなく、「春の山辺」の情景描写の表現として実質的な意味を有する。

春の山辺は　「春（はる）の山辺（やまべ）」という表現は万葉集にはなく、八代集には古今集に四例（同歌を除く）、千載集に一例、新古今集に三例見られる。このうち、同じ歌の中に「花」を詠み込むのが六首あり、さらに「さくら」と明示しているのが二首（ともに新古今集）ある。

遠けれど　当該の山辺が人里からは遠いということであろうが、常にその両地点が遠く隔たっているというわけではないし、季節によってその物理的距離に変動があるわけでも勿論ない。当歌において対象とされた、ある特定方向にある山辺が人里から遠いということであり、しかもその遠さは「霞立つ春」だからこそ意識されるということである。「かすみ」という現象は、一般には遠景において認識されるものであって、たとえば「時は今春になりぬとみ雪降る遠き山辺に霞たなびく」（万葉集八―一四三九）や、「ながめやる山べはいとどかすみつつおぼつかなさのまさる春かな」（拾遺集一三―八一七）などは、そのことを典型的に示している。当歌では単に山辺が物理的に遠いというのではなく、霞の立つ状況が視覚的に遠さを感じさせることになっているということなのである。『遠鏡』に「霞ノ立テアル春ノコロノ山ハ遠ウ見エルケレドモ　カクベツ遠ウモナイカシテ」（『本居宣長全集』第三巻）とあるが、「カクベツ遠ウモナイカシテ」という実際の距離よりも、「霞ノ立テアル春ノ

【語釈】

1 花々　たくさんの花、の意。用例は本集一一番詩【語釈】該項を参照のこと。　**数種**　若干の、いくつかの種類、の意。「数」は、それほど多くない（二～六程度）不定数を意味し、去声で読む。「種」と異文「樹」とは、『広雅』釈地に「樹、種也」とあるように、動詞の時は双方とも植えるの意となるが、ここは勿論名詞の用法。両字とも成立するが、下文「一時開」との対比がより明瞭となるということからすれば、「種」を是とすべきだろう。ただし、『後漢書』華佗伝に「精於方薬、処斉不過数種、心識分銖、不仮称量」とあるものの、韻文での用例は「数樹」「数株」という方が圧倒的に多い。　**一時開**　同時に、一斉に咲く、の意。白居易「代迎春花招劉郎中」詩に「幸与松筠相近栽、不随桃李一時開」、同「陳家紫藤花下贈周判官」詩に「藤花無次第、万朶一時開」とあるように、異種のものが同時にという場合でも、同種のたくさんの花が一斉にという場合にも、両方に用いる。「(さ) ク」の訓も可能。

2 芬馥　草花のかぐわしい香りのこと。左思「呉都賦」に「光色炫晃、芬馥肸蠁」（『文選』巻五）とあり、呂向は「芬馥、香也」という。また島田忠臣「奉酬讃州菅使君聞群臣侍内宴賦花鳥共逢春見寄什」詩に「未堪芬馥応綸言、豈是篭禽詩思温」（『田氏家集』巻下）とあり、藤原直方「惜秋翫残菊応製」詩に「欲道銀台芬馥色、黄金数朶異陶家」（『雑言奉和』）とある。但し、この語は唐詩では香りに関する擬状語として副詞的・形容詞的に用いられることが多い。因みに、この語には諸版本は全て音合符を付す。又、異文「落馥」の用例は知らないが、「芳馥」は中唐・武元衡「安邑里中秋懐寄高員外」詩に「庭梧変葱蒨、籬菊揚芳

コロノ山ハ遠ウ見エルケレドモ」という感覚的な距離が、下句との関係においても重要なのであり、そうとらえることによって「霞立つ」という形容が表現としての実質的な意味を持つことになると考える。

吹き来る風は　「吹（ふ）き来（く）る」の「来る」により、風が作者のいる人里の方に向かっていることは明らかである。万葉集には「葦辺なる荻の葉さやぎ秋風の吹き来るなへに雁鳴き渡る」（万葉集一〇—二一三四）など、秋風に関してのみ三例あるのに対して、八代集には「ふきくれば香をなつかしみむめのはなちらさぬほどの春かぜもがな」（詞花集一—九）と「かをる香のたえせぬ春はむめの花ふきくる風やのどけかるらん」（千載集一—一八）の二例、春風に関して用いられている。

花の香ぞする　風が花の香を運ぶものとして詠まれることについては、六番歌【補注】を参照。その香の元となる花がどこに咲いているかは、直接表現されてはいないが、上句の表現との関係から、当該の山辺以外には考えられず、したがってその香を運ぶ風も当然、山辺の方から吹いて来るということになる。山辺に花が咲いていることは、山辺が遠く、しかも霞がかかっていることによって、視覚的には確認できない。このような設定すなわち霞が花を隠すということについても、三番歌【語釈】該項で説明したところであるが、当歌においては、そのように隠された花の所在を風に運ばれる香によって推測するようになっている。視覚的には確認できない花をその香によって嗅覚的に確認（しようと）する歌には、他に「花の色はかすみにこめて見せずともかをだにぬすめ春の山かぜ」（古今集二—九一）「よしのやまみねのさくらやさきぬらんふもとのさとにほふはるかぜ」（金葉集一—二九）「山ざくらかす

馥」とあるように、「芬馥」とほぼ同じ意義・用法で盛唐以後に使用され、上掲の島田忠臣詩の「芬馥」の異文でもある。**従風**　風にのって、風につれて、の意。張衡「南都賦」に「芙蓉含華。従風発栄、斐披芬葩」（『文選』巻四）とあり、都良香「陽春詞」に「中殿曙香従吹染、上陽春色被煙陶」（『新撰朗詠集』春興）とある。**遠近来**　あちこちに、自分の近辺にやって来る、の意。ここの「遠近」は、主体の周辺をいう。韓愈「詠雪贈張籍」詩に「只見縦横落、寧知遠近来」とあり、菅原道真「賦得春之徳風」詩に「遠近吹無頗、高低至有隣」（『菅家文草』巻三）とある。又本集六番詩【語釈】該項参照。音合符に「ヨリ」の訓を持つ諸本が多いので、「遠近より来たる」という訓みも可能だが、風の中に混じる香りから山の花の様子を想像する和歌との対応を考慮すれば、「に」の訓みの方が優るだろう。京大本・大阪市大本・天理本には「に」の点がある。

3　嶺上　峰の上、の意。宋之問「奉使嵩山途経緱嶺」詩に「畢景至緱嶺、嶺上煙霞生」とあり、淳和帝「春日侍嵯峨山院採得廻字応製」詩に「攅松嶺上風為雨、絶澗流中石作雷」（『文華秀麗集』巻上）とある。**花繁**　花の多いこと。盧照鄰「山行寄劉李二参軍」詩に「草礙人行緩、花繁鳥度遅」とあり、白居易「楊柳枝詞八首其三」詩に「白雪花繁空撲地、緑糸条弱不勝鶯」とある。**霞泛灔**　「泛灔」は、江淹「雑体詩三十首　休上人別怨」詩に「露彩方泛灔、月華始徘徊」（『文選』巻三一）とあり、五臣注が「泛灔、浮光貌」といい、また謝霊運「怨暁月賦」に「浮雲褰兮収泛灔、明舒照兮殊皎潔」（『藝文類聚』・『初学記』月）とあるように、本来は光が水面や月面等に反射して煌めく様を形容して、

みこめたるありかをばつらきものから風ぞしらする」（千載集一―五七）などが見られる。当歌における「花」を桜（ヤマザクラ）とするか、あるいはそれと特定しない花一般とするか、説が分かれる。同様の問題については、三番歌【語釈】該項などでも取り上げたが、和歌の表現だけで考える限り、確定しえない。蓋然性から言えば、これまで示してきた例からも明らかなように、山辺に咲く花であることや霞と関連付けられる花であることなどから、桜（ヤマザクラ）かと思われる。ただし、香りが問題になっているという点からすれば、桜とする蓋然性はかなり低くなる。渡辺秀夫『詩歌の森』（大修館書店、一九九二）は「我が国の漢詩が桜を題材として詠む場合には、積極的に外来の特定の何物かと同定することなく、中国詩における春の花々（梅・桃・杏・桜桃など）を詠じた類型的な表現趣向を模倣参照せざるをえず、その結果として、そこでは、春花を詠む中国詩の類型表現によって香りや紅色を詠みこむととなった。（略）これに対し、和歌で桜の花の香りや紅の色を詠むことは――これら漢詩の影響を受けたもののなかに若干の例外的な作例を見出すことはできるが――きわめて限定されたものであり、ほとんど好まれない」と述べるが、同『平安朝文学と漢文世界』（勉誠出版、一九九〇）の第六章「古今集歌における漢詩文的表現――対照・一覧稿」には、同歌に関して、漢詩の影響による例外的な作例として認定しうるような出典は示されていない。和歌において、桜（ヤマザクラ）の香が取り上げられることが稀れなのは（「さくら」と多く共起する「にほふ」の解釈の仕方にも関わるけれども）、桜自体の香がごく軽微であることにもよろう。少なくとも遠くの山辺の桜の香が風に運ばれて来るということ

「泛」は「汎」、「灧」は「艶」「豔」等とも書かれる。これが霞を形容するのは、劉禹錫「闕下待伝点呈諸同舎」詩に「山色葱篭丹檻外、霞光泛灧翠松梢」、白居易「天宮閣秋晴晩望」詩に「霞光紅泛灧、樹影碧参差」とあるくらいで多い用例ではない。またそれは日本漢詩も同様であり、その上この語自体の用例が少なく、菅原庶幾「落葉動秋声」詩に「辞枝残色蕭条裏、浮水虚声泛灧中」（『類題古詩』声）とある程度だが、本集下巻には「谷霞色深見泛艶」（一三〇番）、「霧霞泛艶降白露」（一六三番）と、二例を見る。異文「綻艶」の語例を知らない。おそらくは「泛」「綻」の草体の類似によるものであろう。なお、「霞」には、諸版本に音読符がある。

4 可憐　「憐」は、心がある対象に引かれて長くその思いを引きずること。「可憐」と熟すると、深い感動を伴って様々なニュアンスを表す。ここは、ああ、感に堪えない、の意。**百感**　様々な思い、複雑な心情、万感、の意。江淹「別賦」に「是以行子断腸、百感悽惻」（『文選』巻一六）、杜牧「登池州九峯楼寄張祜」詩に「百感衷来不自由、角声孤起夕陽楼」とある。**毎春**　春になる度に、春ごとに、の意。陸機「歎逝賦」に「野毎春其必華、草無朝而遺露」（『文選』巻一六）、白居易「春憶二林寺旧遊因寄朗満晦三上人」詩に「一別東林三度春、毎春常似憶情親」とあり、菅原道真「春夕移坐遊花下応製」詩に「若不皇恩相勧見、毎春空混満庭沙」（『菅家文草』巻六）とある。**催**　せきたてる、催促する、の意。物事に刺激されて感情などがきざし、起こること。駱賓王「獄中書情通簡知己」詩に「青陸春芳動、黄沙旅思催」とあり、嵯峨帝「和左大将軍藤冬嗣河陽作」詩に「非唯物色催春興、別有泉声落雲端」

は、事実としては考えにくい。その結び付けが成り立つとすれば、【補注】に述べる如く、山辺に咲く花（↓桜）を賞美したいという願望からの思い込みによると言えよう。もとよりその香が桜のそれとまったく異なるならば、たとえ思い込みによるとはいえ、結び付けは成り立たないが、桜以外の花とするにしても、それが何であるかは、同様に当歌からは特定しえない。かりに「百花」とした場合、風に感じる花の香をそもそもどのような花の香として認知したのかということが問題になろう。古今集所載の同歌は、「寛平御時きさいの宮のうたあはせのうた」という詞書の元に並べられた三首の最後の一首であり、前の二首は「さく花は千くさながらにあだなれどたれかははるをうらみはてたる」（一〇一番）「春霞色のちくさに見えつるはたなびく山の花のかげかも」（一〇二番、本集一三番）と、ともに「ちくさ」ということばが用いられている点から、同歌の「花」も「ちくさの花」を表していると類推することも可能ではあるけれども、それならば逆に「ちくさの花」を同一テーマとした配列であることを明示していないところが気にかかる。また、青柳隆志編「新撰萬葉集略注（第一）――上巻春部――」（『東京成徳国文』一六、一九九一・三）では、当歌の「花」を「漢詩に「花花数種」とあり、乱れ咲く百花を指す」としているが、漢詩作者が当歌の「花」をそのように解釈した、あるいは漢詩としての表現の必要上そのように表したということであって、当歌そのものの成り立ちや和歌表現史との関連を考えるならば、優先すべき解釈とは思われない。

（『凌雲集』）とある。

【補注】

韻字は「開・来」が上平声十六咍韻、「催」が上平声十五灰韻で、両者は同用。平仄にも基本的な誤りは無い。

例によって、この詩の解釈も大きな幅を持つが、上記のようにした理由を簡単に説明しておこう。まず、起句を【通釈】では「一斉に咲いたのであろう」として、主体が実際に眼にした景ではなく、推測したものとしたが、それは当然この詩が歌を翻案したものという前提に立ってのことであった。その意味では転句も、霞で隠された花の所在を風に運ばれる香によって推測するという和歌の設定に合わせるべきであろうが、それでは詩そのものが成り立たないし、また、花を実景として霞はその比喩と見る解釈も、詩そのものの解釈としては十分成り立つけれども、霞を実景とする和歌にふさわしいとは言えないだろう、ということである。

即ち詩では、ふと気付いた花の香りに触発されて、山上に煌めく霞とそれを通してほの見える花々を発見したということになろう。

また、歌との対応からすれば、霞は「山辺」（山のほとり）に存在したはずであったが、詩では「嶺上」になっている。「上」には確かに「ほとり」の訓があるが、それは「川上」等と熟した場合であって、「山上」「嶺上」等の場合は「うえ」の意味で例外はない。

【補注】

当歌における表現上の焦点が「(吹き来る風は)花の香ぞする」というところにあることを考えるならば、作歌上の契機はその事実の発見にあり、それに対して由来として上句から推測される情景を関連付けようとしたものと見られる。その関連付けにおいて問題になるのが、山辺の遠さと花の種類である。花の種類の問題については、【語釈】で検討したとおりである。

風に花の香を感じる時に、その花の所在を風の方角から想定するのは自然なことである。その想定はまず近場においてなされるのが普通であろうが、当歌においては、遠くにある山辺に向けられている。これは、単に近場に該当する花がない、あるいは思い当たらないということでは必ずしもなく、それよりも山辺に咲く花を見たいという願望が背景にあるからであろうと考えられる。たとえば「霞立つ山のあなたの桜花思ひやりてやはるをくらさむ」(拾遺集一六―一〇四二)や「みちとほみゆきてはみねどさくら花こころをやりて今日はくらしつ」(後拾遺集一―九七)などの歌は、その遠さゆえに、花が見たいにもかかわらずそれが叶わぬことを表現したものである。

上句の逆接確定条件句と下句の帰結句とは、山辺に行かなければそこに咲く花を賞美することができない、しかもそれは霞という障害によって決定的になっているということを前提として結び付いている。上句の「山辺は」と下句の「風は」との表現上の対比も、内容的には山辺自体は遠くにあって、そこに咲く花を見ることができないのに対して、風は近くまで吹き来たって、山辺に咲く花の香を感じさせるということを示すものである。

したがって、当歌の趣向のポイントは、風に感じる花の香を、遠い山辺の、霞に隠れて見えない花のものとみなす、その発想の意外性にあり、それによって、山辺に咲く花をじかに賞美したいという願望と、山辺から吹き来る風により嗅覚的にはそれが実現しえたことの驚きや喜びが表されていると考えられる。

【比較対照】

表現上の対応関係を見るならば、歌の下句「吹き来る風は花の香ぞする」には詩の承句「芬馥従風遠近来」がほぼそのまま対応し、上句「霞立つ春の山辺は遠けれど」に対しては転句「嶺上花繁霞泛灧」がおおよそ対応していると言え、歌の表現自体は詩における承句と転句の表現によって尽くされていることになる。

詩の起句「花々数種一時開」は、承句に表された嗅覚的な事実からの推測として示されてあり、それが転句において視覚的に確認されるという、承句と転句との仲立ちの役割を果たすものになっていると考えられる。歌では、そのような推測も確認も表現としてはなく、上句と下句との関係から言外に暗示されるのみである。この点について言えば、歌においては非明示的であったことがらが、詩では起句によって明示的に表現されていると言える。

もっとも、より厳密に考えれば、詩の起句における「花々数種」と、転句における「花」とが同一のものを指すことが必ずしも自明というわけではない。あくまでも表現相互の整合性を前提とするからであって、その限りでは歌の場合と程度差の問題に過ぎない。このことは、歌における「花」を、詩の起句の「花々数種」という表現によって解釈することの妥当性の如何にも関わる。

そもそも起句が承句からの推測として成り立つのはおそらく、大量の花が一斉に咲くほどでなければ、風に花の香を感じることはないという、一種の合理的あるいは現実的な発想によるものであり、その上なお「数種」とするところには、「芬馥」自体の質が問題にされていると考えられる。これらは、歌の内容の明示化というよりも、発想や観点の違いと言うべきであろう。

また逆に、歌に見られる「遠けれど」という距離に関する表現は、詩には直接は表れず（「嶺上」という語によって間接的にそれが示されていると見ることはできるが）、その結果、遠近の対比性が希薄になっている。それと関連して、歌においては山辺の花は見えないという設定になっているのに対して、詩では霞とともに見えるものとして表現されてあり、その結果、歌におけるような視覚と嗅覚との対比性という点でも弱いと言える。

詩の結句「可憐百感毎春催」は、歌にはまったく表現されていない内容が付加されたものである。歌における主題たりうる感情なり情緒なりを言表化したと考えられなくもないが、かりに歌が山辺の花に対する思いを歌っているとするならば、「百感」にせよ「毎春」にせよ、矛盾こそしないものの、焦点が曖昧で一般化しすぎているという感を否めまい。

以上より言えば、当歌詩の場合、表現上はほぼ対応しているが、歌の趣向のポイントとして考えられる距離的あるいは感覚的な対比性が、詩においては希薄であり、そのこともあって、主題的感情のあり方も歌に比べ拡散しているということになろう。

一六番

霞起　春之山辺丹　開花緒　不飽散砥哉　鶯之鳴

霞たつ　春の山辺に　さく花を　飽かず散るとや　鶯の鳴く

【校異】

本文では、初句の「起」を、下澤本・藤波家本が「立」とする。付訓では、第四句の「あかず」を、元禄九年版本・元禄一二年版本・文化版本が「あかで」とする。

同歌は、寛平御時后宮歌合（十巻本・廿巻本、春歌、二五番。ただし十巻本・廿巻本とも、第三句「桜花」）にあり、また新古今集（巻二、春下、一〇九番）に「寛平御時きさいの宮歌合に　読人しらず」としてある（ただし第三句「さくら花」）。

【通釈】

霞が立つ春の山のあたりに咲く花を、（まだ）堪能していないのに散ると思ってか、鶯が（しきりに）鳴くことだよ。

【語釈】

霞たつ　「春の山辺」との関わりも含めて、一五番歌【語釈】該項参照。

春の山辺に　場所を示す助詞「に」を伴って「さく」を用いた例はそれほど多くはない。その場所が山の例をいくつか挙げれば、「…久邇の都は　うちなびく　春さりぬれば　山辺には　花咲きををり…」（万葉集

霞彩斑々五色鮮
山桃灼々自然燃
鶯声緩急驚人聴
応是年光趁易遷

霞彩《カサイ》斑々《ハンパン》として五色《ゴショク》鮮《あざやか》なり。
山桃《サンタウ》灼々《シャクシャク》として自然《シゼン》に燃《も》ゆ。
鶯《うぐひす》の声《こゑ》緩急《クヮンキフ》にして人《ひと》の聴《きき》を驚《おどろ》かす。
是《こ》れ年光《ネンクヮウ》の趁《もよほ》して遷《うつ》り易《やす》きなるべし。

【校異】

「斑々」を、底本等「班々」に作るも、元禄九年版本・元禄一二年版本・文化版本・詩紀本・下澤本・文化写本・天理本・無窮会本・永青本・久曾神本に従う。道明寺本・京大本・大阪市大本・羅山本は、「班」と「斑」の判別困難。「自然燃」を羅山本「白成燃」に、無窮会本「匂成燃」に、永青本「自成燃」に作る。「年光」を京大本・大阪市大本・天理本「来光」に作り、講談所本「来」に更改符を付して「年」に改める。「趁」を講談所本「趙」に作り、更改符を付して「趁」に改める。

【通釈】

かすみの美しい彩りがまだら模様になって、五つの色がくっきりと鮮やかであり、山桃の花は満開で赤く輝き、まるで自然に燃えているかのようだ。ところで鶯がのんびり鳴いたかと思うとせわしく鳴いて、人々の耳を驚かすのは、きっと春のそのような美しい景色が移り変わろうとするのを追い求めようとしているからなのだろう。

三―四七五）「…みもろつく　鹿脊山のまに　咲く花の　色めづらしく…」（万葉集六―一〇五九）、「三吉野の山べにさけるさくら花雪かとのみぞあやまたれける」（古今集一―六〇）など見られる。

さく花を　「花」がどんな花を表すかについては、一五番歌の場合と同様の問題があるが、【校異】に示した如く、寛平御時后宮歌合や新古今集においては、第三句を「さくら花」としているところからすれば、それと特定しうる蓋然性は一五番歌よりも高いと言える。もっとも、なぜ本集だけが「さく花を」になっているのかは、詳らかにしえない。依拠したテキスト自体の問題もあるかもしれないが、あるいは配列の際、上二句がほぼ同じ表現の、直前にある一五番歌の「はな」と揃えようとした、あるいは第二句の「春の山辺に」の修飾先をその直後に持ってこようとした、またあるいは後に詩の表現との兼ね合いから、「さくら花」では都合が悪いために、逆に和歌の本文を改変した、など可能性はいろいろと考えられるけれども、いずれにしても、もともとが「さくら花」であったとすれば、それを「さく花を」に改変する積極的な理由とは言いがたい。

飽かず散るとや　「飽かず」が「散る」を修飾するという点自体は問題ないであろうが、「飽く」の意味と主体に関して考えられる解釈の可能性は一通りではない。「飽く」には①満足する、堪能するというプラスの意味と、②その度を越えて厭になるというマイナスの意味があり、それを「飽かず」と打ち消せば、当然ながら、①は満足しないでという意味、②は厭にならないで（飽きずに）という意味になる。これを当歌に即して考えるならば、①の場合、「飽かず」の主体は、「散る」主体

【語釈】

1 霞彩　かすみの美しい彩りのこと。また「彩霞」ともいう。「霞」については本集三番詩【語釈】を参照のこと。隋・薛道衡「重酬楊僕射山亭詩」に「朝朝散霞彩、暮暮澄秋色。秋色遍皐蘭、霞彩落雲端」、劉禹錫「楽天寄憶旧遊因作報白君以答」詩に「池辺緑竹桃李花、花下舞筵鋪彩霞」とあり、作者不詳「夜花不辨色」詩に「杏園幾処晴霞彩、梅楥何程宿雪光」（『類題古詩』不辨）とある。諸本に音合符を付するものが多い。　**斑々**　現代の諸辞書を勘案してその意味を分類してみると、「斑々」は、①斑点がたくさんあって、まだらな様。②交じりあっている様。異文「班々」は、①明かでハッキリしている様。②多く盛んな様。③斑点がたくさんある様。そもそも「斑」は、まだら模様が原義とされるが、「班」は、玉を二つに割ることを表し、そこから分ける、順序を決める等の意義が生まれたとされ、同声同音である上に字形まで似ていたために、早くから両字とその字義の混同が起こり（「斑々」の③は、その例）、この重言に限らず現行の諸本では互いに異文を持つことが少なくない。今白詩を中心とした唐詩に例を取ってみると、白居易「灘声」詩に「碧玉班班沙歴歴、清流決決響泠泠」、同「利仁北街作」詩に「草色斑斑春雨晴、利仁坊北面西行」とあるのは「斑々」の①の意、杜甫「憶昔二首其二」詩に「斉紈魯縞車班班、男耕女桑不相失」というのは「班々」②、白居易「山中五絶句・石上苔」詩に「漠漠班班石上苔、幽芳静緑絶繊埃」というのが「班々」③、盛唐・鄭愔「折楊柳」詩の「風花滾成雪、羅綺乱斑斑」は「斑々」の①、白居易「照鏡」詩の「皎皎青銅鏡、斑斑白絲鬢」が「斑々」②、となろう。これらの本文はい

の「花」とは別の「鶯」であり、この第四句は、鶯が花を堪能しないうちに花が散る、という解釈となり、②の場合、「飽かず」も「散る」もともにその主体が「花」となり、花が飽きることなく散る、つまりひっきりなしに散る、という解釈となる。この両者に該当する適当な例が万葉集には見当たらないが、八代集には、①の方としては「花ごとにあかずちらしし風なればいくそばくわがうしとかは思ふ」（古今集一〇―四六四）「思ふともかれなむ人をいかがせむあかずちりぬる花とこそ見め」（古今集一五―七九九）「あまの河しがらみかけてとどめなんあかずながるる月やよどむと」（後撰集六―三二九）「やまのはにあかずいりぬるゆふづくよいつありあけにならんとすらん」（金葉集三―一七四）などが、②の方としては「さきそめていく世へぬらんさくら花色をば人にあかず見せつつ」（拾遺集一―四四）「花の色はあかず見るとも鶯のねぐらの枝に手なふれそも」（拾遺集一六―一〇〇九）「秋の露やたもとにいたくむすぶらん長き夜あかずやどる月かな」（新古今集四―四三三）などが、それぞれ該当しよう。【補注】で述べる如く、当歌が惜花の情を歌ったものとして、その点を重視するならば、①の方つまり鶯が花を堪能しないうちに花が散るという意味に解する方がより適切と考える。この解釈は、「飽かなくに」という形で、「秋ぎりのたなびくをのの萩の花今やちるらんいまだあかなくに」（拾遺集一七―一一一五）「あかなくにちりぬる花のおもかげや風にしられぬさくらなるらん」（千載集二―九六）「あかなくに散りにし花の色色は残りにけりなきみがたもとに」（新古今集三―一二二）などの如く、類似の表現があるという点からも補強されよう。なおもう一点ここで問題になるのは、上句との関係、より具体的に

ずれも全唐詩に拠ったものであるが、白居易「灘声」詩は那波本が「斑斑」に、同「利仁北街作」詩は金沢文庫本が「班班」に、同「山中五絶句・石上苔」詩は宋本が「斑斑」に、同「照鏡」詩は馬本が「班班」に、それぞれ作っている。従って、この語の意味の確定は双方の意味を念頭に置いて、慎重に行わなくてはならないが、本集上巻においてもこの語は全て異文を持っている。即ち、「野樹班班紅錦装、惜来爽候欲闌光」（五三番）、「鳴雁鳴虫一々清、秋花秋葉班々声」（五八番）、「三秋垂暮趁看処、山野班々物色忽」（六六番）、「名山秋色錦班々、落葉繽紛客袖爛」（六八番）、「雪後朝々興万端、山家野室物班々」（九〇番）、「冬来松葉雪班々、素蘂非時枝上寛」（九九番）の六例がそれである。このうち九〇番・九九番の二例は「斑斑」の①の意、五八番は杜甫「憶昔」詩の例と同様であるので、「班班」の②の意（尚、大漢和などは擬音語としての用法を認めているので、これをそうとってもよい）と認めて良いであろう。問題は残りの三例であるが、いずれも秋の紅葉を詠んで二例までがそれを錦の美しさに例える。そこでこれが色彩の鮮やかさを意味する「班班」の①なのか、まだら模様を意味する「斑斑」の①なのかが問題となるのであるが、郭璞「江賦」に「鱗甲鏙錯、煥爛錦斑」（『文選』巻一二）とあって五臣は「謂魚鱗鏙錯、文彩如錦之煥爛」と注し、岑参「喜韓樽相過」詩に「桃花点地紅斑斑、有酒留君且莫還」とある、その「斑斑」の異文に「如錦」とあること、及び杜牧「斑竹筒簟」詩に「血染斑斑成錦紋、昔年遺恨至今存」とあることからすれば、これら三例の「班班」は「斑斑」の意であった可能性が極めて高い。とすれば、この「霞彩斑々」もまだら模様を形容すると見ていいだろう。言うまで

言えば、第三句の「花を」がどこに掛かるかという点である。「を」の機能にはいろいろあるけれども、当歌における可能性を考えるならば、（a）間投助詞として下句とは一応切り離す、（b）対象を示す格助詞として「飽かず」に掛かる、（c）同じく主体を示すものとして「散る」に掛かる、（d）同じく場所を示すものとして結句の「鳴く」に掛かる、などが挙げられる。このうち、（a）は当歌の構成や主題からは考えにくく、（c）は「を」の用法としては例外的であって「散る」に関する例も見当たらないし、（d）は移動動詞に関わるのが普通であって「鳴く」の該当例も見当たらない、などという点から除外しうる。（b）については一考を要する。万葉集には「飽く」が助詞「に」を取る例はあるが「を」の例は認められない。本集には「に」の例はなく「を」の例として他に、「さつきまつ野辺のほとりのあやめ草香を飽かずとやたづがこゑする」（二八番）「暮るるかと見れば明けぬる夏の夜を飽かずとや鳴く山郭公」（二九番）「常ならぬ身を飽きぬれば白雲に飛ぶ鳥さへぞ雁とねを鳴く」（一八五番）の三例が一応、挙げられる。さらに八代集には「に」の例もあるが「を」の例としても「いせのあまのあさなゆふなにかづくてふみるめに人をあくよしもがな」（古今集一四―六八三）「紅にそめし心もたのまれず人をあくにはうつるてふなり」（古今集一九―一〇四四）「限なく思ひそめてし紅の人をあくにぞかへらざりける」（拾遺集一五―九七八）などの例が見られる。これらすべての「を」が「飽く」と格関係を有するかについては留保すべき点もあるが、以上から見れば、当歌も「飽く」が「を」と結びつく例として認められなくはない。しかし、このように認めると、一首の表現としてのバランスがいちじる

もなく本集三・五・一三番の詩に既に見たように、霞は錦に例えられるものであったからである。更にこの霞は、「五色」であったと明記されている。**五色鮮**　「五色」とは青、赤、白、黒、黄をいい、これを正色とした。魏・曹丕「芙蓉池」詩に「丹霞夾明月、華星出雲間。上天垂光采、五色一何鮮」（『文選』巻二二）とあり、道経の一である『雲笈七籤』には「五色霞」の語が数例見える。尚、本集一三番詩【語釈】の「五彩」の項を参照のこと。

2 山桃　野生の桃の木のことで、花は赤色、実は桃より小さい。諸本に音合符を付するものが多い。『爾雅』釈木の「山桃」の郭璞の注に「実如桃而小、不解核」とあり、『礼記』月令に「仲春之月、…始雨水、桃始華、倉庚鳴」（『藝文類聚』・『白氏六帖』桃）とある。謝霊運「酬従弟恵連」詩に「山桃発紅蕚、野蕨漸紫苞」（『文選』巻二五、『藝文類聚』・『初学記』桃）とあり、また紀斉名「暮春遊覧同賦逐処花皆好」詩序に「山桃復野桃、日曝紅錦之幅」（『本朝文粋』巻一〇、『和漢朗詠集』春興）とある。諸本に音合符がある。**灼々**　桃花の盛んに咲いて、輝いている様。『毛詩』桃夭に「桃之夭夭、灼灼其華」（『藝文類聚』・『白氏六帖』桃）とあり、毛伝が「灼灼、華之盛也」というに基づく語。阮籍「詠懐詩十七首其四」に「夭夭桃李花、灼灼有輝光」（『文選』巻二三）とあり、平城天皇「詠桃花」詩に「春花百種何為艶、灼灼桃花最可憐」（『凌雲集』）という。本集に「班々風寒虫涙澈、灼灼草葉落色嬾」（一七八番）とあるのは、当詩と同じく「班々」と「灼々」の重言同士が対語を形成した例で、それと菅原道真「寒食日花亭宴同賦介山古意各分一字探得交字」詩に「遙計春風綿上事、残花灼々鳥咬々」（『菅家文

しく悪く感じられる。「霞立つ春の山辺に咲く花を飽かず」までが一つの連用修飾句として「散る」一語に掛かるということになるからである。そこで、以上とは別の観点として、第四句末の「とや」と関係付ける解釈を提示したい。つまり「霞立つ春の山辺に咲く花」ヲ「飽かず散る」トヤ（思ってあるいは見て）という関係であって、AヲBト思う（見る）、という構文と同じである。当歌は、第四句までが結句の「鶯の鳴く」を修飾するが、「とや」は、それが受ける表現の内容が、鶯が鳴くことあるいはその鳴き方に関する、一種の擬人的な見立てまたは感情移入の表現であることを示す。このような表現において、同様の解釈を明確に指摘できる例は見いだしがたいが、たとえば「とか」を用いた「五月雨のそらもとどろに郭公なにをうしとかただよなくらむ」（古今集三—一三〇）はそれとして示すことができるのではないかと思われる。先に挙げた本集の「さつきまつ野辺のほとりのあやめ草香を飽かずとやたづがこゑする」（二八番）や「暮るるかと見れば明けぬる夏の夜を飽かずとや鳴く山郭公」（二九番）なども、「を」と「飽かず」を直接結び付けるのではなく、同様の解釈が可能であろう。なお、既に述べた如く、寛平御時后宮歌合や新古今集所載の同歌は第三句が「咲く花を」ではなく「さくら花」となっているので、ここで取り上げたような問題は直接は表れていない。

鶯の鳴く　「の」は「鳴く」の主格を表すので、「鳴く」は連体形であり、その終止は詠嘆を含む。同表現で結句を成す歌が本集上巻春歌に他に二首（一八・二一番）ある。なお【補注】も参照。

草』巻六）とあるものなどは、『毛詩』に拠らず、『広雅』釈訓の「灼灼、…明也」あたりを意識するか。　**自然**　ひとりでに、自然に、の意。諸版本は音合符を付す。白居易「松斎自題」詩に「持此将過日、自然多晏如」とあり、賀陽豊年「三月三日侍宴応詔三首其二」詩に「自然相率舞、何待后夔工」（『凌雲集』）とある。本集にも「雨後紅匂千度染、風前金色自然多」（六四番）、「試入秋山遊覧時、自然錦繍換単衣」（七一番）、「毎宵流涙自然河、早旦臨如作鏡何」（一一四番）と三例あり、全てこの意。異文「自成」は、「自成燃（然）」の語を知らない。　**燃**　もえること。勿論ここは花の鮮紅なることの比喩。なお、『広韻』の「然」字に「説文曰焼也、俗作燃」とあるように、「然」が正字。梁・沈約「早発定山」詩に「野棠開未落、山桜発欲然」、杜甫「絶句二首其二」詩に「江碧鳥逾白、山青花欲然」とあり、王維「輞川別業」詩に「雨中草色緑堪染、水上桃花紅欲燃」（『千載佳句』春興）、藤原冬嗣「奉和翫春雪」詩に「後庭粉壁三更暁、上苑花樹一夜然」（『文華秀麗集』巻下）とある。

3 鶯声　鶯の鳴き声。「鶯啼」「鶯語」「鶯吟」等というに同じ。章孝標「上浙東元相」詩に「雪晴山水勾留客、風暖鶯声計会春」（『千載佳句』早春、但し全唐詩は「鶯声」を「旌旗」に作る）、白居易「春江」詩に「鶯声誘引来花下、草色勾留座水辺」（『句題和歌』春、『千載佳句』春遊、『和漢朗詠集』鶯）等とあるように、唐以後の語。仲雄王「書懐呈王中書」詩に「君門九重未通籍、閑臥窓樹晩鶯声」（『文華秀麗集』巻上）、菅原道真「早春侍内宴賦聴早鶯応製」詩に「不怪鶯声早、応縁楽歳華」（『菅家文草』巻二）とある。　**緩急**　緩く伸びやかに又速くせわしいこと。中唐・顧況「李供奉弾箜篌歌」に「草亦不知風到来、風亦不

【補注】

当歌においても、一五番歌と同様、「霞たつ春の山辺にさく花」は作者には直接見えてはいない。鶯の鳴き声は聞こえるが、それも近くではなく山辺で鳴くのが遠く聞こえて来るということであろう（寛平御時后宮歌合や新古今集における同歌の表現においては、「霞たつ春の山辺に」は結句の「鶯の鳴く」を修飾することになるから、そのことをより明確に示している）。そして、そのおそらくはしきりな鳴き方から、山辺の花の散るのを想像している。

花が散るのに対して鶯が鳴くというのは、鶯がそれを惜しむという想定による。この想定は、作者自身の惜花の情を移入したものと考えられる。鶯は山辺にいるのだから「飽かず」ではあってもともかく桜を見ることはできているのであるが、作者自身は遠く離れているのだから、そもそも見ないうちに花が散るということになるのであって、惜花の思いはさらに強いと言えよう。

本集には当歌以外に、同様の発想・設定の歌が五首あるが、そのうち対象となる花が桜であることを明示した歌が三首、「鶯はむべも鳴くらむ花桜さくと見し間にかつ散りにけり」（一二番）「鶯のわれてはぐくむ桜花思ひ限なくとくも散るかな」（一七番）「春ながら年は暮れなむ散る花を惜しとやここら鶯の鳴く」（一八番）、桜と推測される歌が一首、「鶯のすみかの花や散りぬらむ侘しきこゑにうちはへて鳴く」（二〇番）、梅と推測される歌が一首「春立てど花も匂はぬ山里はものうかるねに鶯や鳴く」（一〇番）見られる。

万葉集で該当する歌は二首あるが、ともに「梅の花散らまく惜しみ吾

知声緩急」とあり、菅原道真「客舎冬夜」詩に「行楽去留遵月砌、詠詩緩急播風松」（『菅家文草』巻三）とある。但し、陳・顧野王「羅敷行」に「風軽鶯韻緩、露重落花遅」等とあるも、この語が鶯の鳴き声の形容に用いられた例を日中共に知らない。『注釈』は、「ホーホケキョ」という鶯の鳴き声の特徴を「緩急」としてとらえた、という。興味深い解釈だが、「ホーホケキョ」という聞きなしは中世以降で、平安時代は「ウクヒ」と聞いていたはずで、にわかには信じられない。　**驚人聴**　「人聴」は、多くの人が知聞する所となること。転じて、人々の耳。京大本・天理本には、訓合符がある。『後漢書』朱浮伝に「浮事雖昭明、而未達人聴、宜下廷尉、章著其事」とあり、曹植「九愁賦」に「臨白水以悲嘯、猿驚聴以失条」とある。また菅原道真「重陽日侍宴紫宸殿同賦玉燭歌応製」詩に「臣在陶鈞歌最楽、願驚高聴入丹霄」（『菅家文草』巻二）とある。

4 応是　きっと〜にちがいない、の意。本集の一三番詩【語釈】を参照のこと。　**年光**　春の景色、初春の日の光のこと。初唐・王勃「上巳浮江宴韻得遙字」詩に「上巳年光促、中川興緒遙」、初唐・楊炯「和騫右丞省中暮望」詩に「年光揺樹色、春気繞蘭心」とあり、長屋王「五言元日宴応詔」詩に「年光泛仙籞、日色照上春」（『懐風藻』）、菅原道真「早春内宴侍清涼殿同賦春先梅柳知応製」詩に「宮梅早綻柳先垂、趁遇春情問便知。不見年光依樹報、非聞月令到園施」（『菅家文草』巻六）とある。異文「来光」の語例を知らない。　**趁**　追い求めること。本集七番詩【語釈】、及び【補注】を参照のこと。　**易遷**　移り変わること。ただし、後の用例でも分かるとおり、その変化はマイナスの方向への変

が苑の竹の林に鶯鳴くも」（万葉集五―八二四）「吾がやどの梅の下枝に遊びつつ鶯鳴くも散らまく惜しみ」（万葉集五―八四二）の如く、梅の花を対象としているのに対して、八代集では、古今集に集中し、しかも春下の後半の一部（一〇五～一一〇）にあって、「ちる花のなくにしとまるものならばわれ鶯におとらましやは」（古今集二―一〇七）「花のちることやわびしき春霞たつたの山のうぐひすの声」（古今集二―一〇八）「しるしなきねをもなくかな鶯もはてはものうくなりぬべらなり」（古今集二―一一〇）などの如く、「花」とのみ表現されているが、おそらく桜を指しているものと考えられる。以降の歌集では、惜花（桜）の情を歌う歌自体はあるものの、鶯と関連付けるものはほとんど見られなくなる。

以上から考えるならば、鶯が花（桜）の散るのを惜しんで鳴くという設定の歌は、本集および古今集において特徴的に見られるものと言えよう。

※なく、ことさら「山桃」としたのは、言うまでもなく和歌の「春の山辺にさく花」を意識したからに他ならない。

また、鶯声が惜春の情・惜花の情をかき立てる、或いは鶯が逝く春を惜しむ例については、羅鄴「惜春」詩に「燕帰巣後即離群、吟倚東風恨日曛」や、白居易「三月晦日晩聞鳥声」詩に「晩来林鳥語殷勤、似惜風光説向人」などのように、直接擬人法を用いたものは、鶯に限っては管見に入らなかった。しかし、白居易「残春曲」詩の「禁苑残鶯三四声、景遅春慢暮春晴」、白居易「残春晩起伴客笑談」詩の「掩戸下簾朝睡足、

化を意味する。「遷易」とするのが一般だが、ここは押韻のために倒置された。晋・陸機「塘上行」に「四節逝不処、華繁難久鮮。淑気与時殞、余芳随風捐。天道有遷易、人理無常全」（『文選』巻二八）、中唐・武元衡「酬李十一尚書西亭暇日書懐見寄十二韻之作」詩に「時景屢遷易、茲言期退休」とある。

【補注】

韻字は「鮮・燃・遷」で、下平声二仙韻。平仄も基本的な誤りはない。

まず歌の「さく花」を「山桃」とした事に関してだが、本集の詩では花の名については歌で言及されたものをそのまま用いるというのが基本姿勢であった。例外が当詩と、六番歌「花の香」を「梅風」、八番歌「枝にこもれる花」を「梅柳」とした三例であるが、他の二例は梅や柳という、日中共に馴染みの植物にすることによって具体化させたという、一応の理解が可能であるが、この「山桃」（桃でもいいが）は少なくとも日本の文学世界では桜や梅と同レベルのものではない。ちなみに桃は『万葉集』、及び八代集ではそれぞれ一〇例に満たない用例しかなく、素直に花の美しさを愛でる作はもっと少ない。中国では春を代表する花である事は間違いないが、それのみを以てここに桃の花が特に選ばれた理由とするには躊躇われる。思うに、その最大の理由は「灼々」「燃」という、桜や梅の花には無い、鮮烈な紅色のイメージが欲しかったのではないか。少し考えてみれば、先の六番の例でも梅が選ばれたのは香りが問題となっていたからと思われ、八番でも春の到来を告げる花という、その属性をきちんと踏まえて詠まれていたからである。更に「桃」では※

一声黄鳥報残春」等のように、晩春の主要な景物であることは間違いなく、当然それは白居易「春尽日宴罷感事独吟」詩の「閑聴鶯語移時立、思逐楊花触処飛」（『千載佳句』暮春）のように、惜春の思いを募らせるものであった。従って、白居易「春尽日」詩の「春帰似遣鶯留語、好住林園三両声」〈春が鶯を鳴かせる〉や、白居易「閑居春尽」詩の「愁因暮雨留教住、春被残鶯喚遣帰」（『千載佳句』送春）〈春が鶯に呼ばれて去っていく〉のように、裏返せばそのまま鶯に関する擬人法となるような表現も見えるのである。この用例は白詩ばかりだが、結果的にそうなったのであって、それは白詩には三月尽を詠む詩が多いということと密接に関係していると思われる。

なお、この結句は古来「是れ年光の趁《もよほ》して遷り易きなるべし」（底本、京大本、元禄九年版本）と訓まれてきたが、その「もよほす」の訓の基づくところを知らない。結句の訓みは、「是れ年光の易遷するを趁《お》ふなるべし。」が正しい。

【比較対照】

この歌と詩の組み合わせは、細部はともかく本集では珍しく良く対応していると言えよう。これまでの組み合わせでは対応はしていても、歌の内容は詩の二句でほぼ言い尽くしてしまうために、残りの部分（多くは後半）に歌の内容にあまり矛盾しない事柄をつけ加えるということがあったわけであるが、ここではそれもなくて、詩全体が歌の内容を過不足なく翻案している。

その方法は、歌の景物のポイントを、霞・咲く花・鶯と見て、それを一句ずつに配置し、視覚的・聴覚的により細かく描写したのち、結句で主題を述べるというものであった。したがって、異同があるとすれば、そうした方法を採ったが故のことがまず挙げられよう。歌では作者には直接見えていないにもかかわらず、鶯が鳴いて惜しんでいるのは咲く花であるわけだから、花と霞を比べれば当然花に表現の重心がかかっていることになるが、詩では起句と承句に、しかも対句風に仕立てているので、霞と花はそれぞれ同等の重みを持つことになっている。従って、鶯が惜しんでいるのも花だけではなくて、「年光」という、春の陽光に満ちた景色全体ということになり、その結果、主題という意味では歌は惜花、詩は惜春となって、後者の方が広いテーマを扱うという違いが生じることになった。

また、鶯の鳴き方についても、歌ではしきりに鳴いたと考えられるのに対して、詩では「緩急」となっていて小異がある。この語は【語釈】に触れたように、鶯の鳴き声に用いられることのない語であるが、一般的語義として、上記の他に「緩」を付帯語と見て、差し迫ったことという意味用法がある。その意味をここに応用することが許されれば、この「緩急」を頻りにの意で解釈することも可能であり、そうとれば小異もなくなることになる。

霞と花との関係では、歌ではその【補注】に言うように、霞に隠れて花は見えないと取るのが常識であるが、詩では起句が実景で承句は想像とするのはかなり強引な解釈だろう。それに関連して詩では何故赤色をイメージさせる「山桃」の花が選び採られることとなったのか、ということも含めて、

この霞については近時議論が喧しいところであり、中国での意味・用例を見極めた上で、再考する必要があるかもしれない。

歌詩双方の関係の最大の問題点は、歌では「飽かず散るとや」とあるように、今まさに花は散っている状態にあると考えられるのに対して、詩では花盛りの状態にあり、それを含めた春景色が散り移ろうのを鶯が予感して鳴いていると表現している点であろう。「飽かず散るとや」は、文法的に見れば、将来の事態として受け取ることに問題はないが、【語釈】に挙げた用例でも分かるとおり、現在の事象として解釈するのが一般的である。この相違は漢詩作者がこれを将来の事態として受け取ったと見ておきたい。

以上のように、大局的に見た場合は歌と詩がよく対応していると言い得るのであるが、よく対応しているが故に、逆によく歌と詩の表現上の基本的相違も目立たせることになった。その一つが両者の色彩感の相違である。歌の霞とその奥に想定されるところの花（桜花）は、白色と微かなピンク色であるが、詩のそれは赤紅色を中心とする極彩色であった。更に鶯の鳴き声も、歌ではその【補注】に述べた如く、山辺で鳴くのが遠く聞こえて来るのであり、詩の「人聴」を驚かす鳴き方とは明かな相違がある。この二点を要するに、歌の淡い朧気な雰囲気と、詩の鮮烈で明確な印象の対照ということであろう。

最後に、野口康代「新撰万葉集の心情表出」（『学芸国語国文学』一五、一九七九・一二）は、「漢詩では、和歌と違って完全に鶯は一物象となっている。鶯の突然の鳴き声が客観化された自己であるところの「人」を驚かし、結句の「応是年光趁易遷」という直情を導いているのであり、鶯に心情が委託されているとは考えられない」とするが、この転・結句の解釈におそらく誤りがあるのであり、明らかにそれは歌の「飽かず散るとや」を分析的に捉えたものであって、「趁」っているのは鶯と解釈せざるを得ないので、「完全に一物象となっている」とはとても言えないだろう。

一七番

鶯之　破手羽裒　桜花　思限無　早裳散銫

鶯の　われてはぐくむ　桜花　思ひ限なく　とくも散るかな

【校異】

本文では、第四句の「限」を、永青本が「限」とし、同句の「無」を、底本および類従本・文化写本・藤波家本・羅山本・無窮会本が「旡」とするが他本により改め、結句末の「銫」を、類従本・文化写本・永青本が「銫」とする。

付訓では、結句の「とく」を、羅山本・無窮会本が「はやく」とする。

同歌は、歌合にも、他の歌集にも見られない。

【通釈】

鶯があれこれ心配しながら大切に育てる桜花は（そのような鶯を）思いやることもなくさっさと散ることだなあ。

【語釈】

鶯の　「の」は主格を示し次句の「はぐくむ」にかかる。

われてはぐくむ　「われて」は「わる〔割〕」＋「て」。万葉集に「わる」の確例はなく、「高山ゆ出で来る水の岩に触れわれ〔破〕てそ思ふ妹に逢はぬ夜は」（万葉集一一―二七一六）「ぬばたまの寝ねてし夕の物思にわれ〔割〕にし胸は止む時もなし」（万葉集一二―二八七八）などの

紅桜本自作鶯栖
高翥華間終日啼
独向風前傷幾許
芬芳零処径応迷

紅桜《(コウアウ)》本自《もとより》鶯《(うぐひす)》の栖《(すみか)》と作《(な)》る。
高《(たか)》く華《(はな)》の間《(あひだ)》に翥《はふ》りて終日《ひねもす》啼《(な)》く。
独《(ひと)》り風前《(フウセン)》に向《(むかひ)》て傷《(いた)》むこと幾許《(いくばく)》ぞ。
芬芳《(フンパウ)》零《(おつ)》る処《(とこ)ろ》径《(みち)》迷《(まど)》ふべし。

【校異】

「華間」を、類従本・羅山本・無窮会本・永青本「花間」に作り、講談所本「花開」に作り、更改符を付けて「花間」に改める。「芬芳」を類従本「芬々」に作り、京大本・大阪市大本・天理本「然芳」に作る。「径」を詩紀本「経」に作り、藤波家本・講談所本・道明寺本「住」に作って「径」の異本注記あり、京大本・大阪市大本・天理本「住」に作り、羅山本・永青本「侄」に作って羅山本には「住」の異本注記があり、無窮会本「俓」に作る。

【通釈】

桜桃の木は元々鶯の住みかになっていたのだが、（今この晩春の時期になって、）高くその花々の中に飛び上がって、一日中鳴いている。吹く風を受けて、ひたすら心配することはどれほど深いことであろうか。花が落ちてしまうと道はそれに埋もれてきっと迷ってしまって帰れないに違いない。

ように「破」や「割」に当てられるが、異訓も見られる。これらの例がいずれも心理的な意味合いで用いられていることが注目される。「わる」の原義からすれば、具体的・即物的存在として「こころ」を設定し、それが分割・分裂することを表す表現になっている（平沢幹一「古代和歌における「こころ」の空間化表現」『国語学研究』三四、一九九四・三　参照）。八代集の「わる」も基本的に同様で、「よひのまにいでていりぬるみか月のわれて物思ふころにもあるかな」（古今集一九―一〇五九）「みか月のおぼろけならぬこひしさにわれてぞいづるくものうへより」（金葉集八―四八四）など、擬人化の例を含みつつ、心理的な状態を表している。「われて」の形で副詞的に「無理に。強いて。あながちに」などの意を表すとされるが、和歌においては「「割れて」の意を掛けて、思い余り心砕けての意を表す」（小学館古語大辞典）。当歌における「われて」は下接する「はぐくむ」という動詞と並列的な関係にあるのではなく、「はぐくむ」さまを形容していると考えられる。ただし、「われて」の他の例は、恋しさゆえに心が千々に乱れてということであって、当歌の場合とは異なる。ここでは、あれこれ心配して心が乱れるの意に解しておく。「はぐくむ」の原義は「は（羽）＋くくむ（包）」（当歌の用字「裹」も「くくむ」の意を表す）、そのようにして鳥が雛を養育する、さらに一般に大事に育てるの意となる。「旅人の宿りせむ野に霜降らば我が子羽ぐくめ〔羽裹〕天の鶴群」（万葉集九―一七九一）は原義どおりの用法であるのに対して、「武庫の浦の入江の渚鳥羽ぐくもる〔羽具久毛流〕君を離れて恋に死ぬべし」（万葉集一五―三五七八）「大舟に妹乗るものにあらませば羽ぐくみ〔羽具久美〕持ちて

【語釈】

1 紅桜　盛唐・孫逖「和詠廨署有桜桃」詩に「上林天禁裏、芳樹有紅桜」、白居易「桜桃花下歎白髪」詩に「紅桜満眼日、白髪半頭時」とあるように、「桜桃」（サクランボ）の別名。また、その花の色から「朱桜」ともいう。『名義抄』には「朱桜」に「ニハサクラ」の訓がある。この木は各類書に桜桃の項目があるように、古来よく詠じられてきたが、それを「紅桜」と表現するのは盛唐以後のこと。白居易「花下対酒二首其二」詩に「引手攀紅桜、紅桜落似霰」、同「宴周皓大夫光福宅」詩に「緑蕙不香饒桂酒、紅桜無色譲花鈿」、同「与沈楊二舎人閣老同食勅賜桜桃玩物感恩因成十四韻」詩に「清暁趨丹禁、紅桜降紫宸」とあるなど、白居易が屡々詠じており、一方菅原道真「春惜桜花応製」詩に「春物春情更問誰、紅桜一樹酒三遅」（『菅家文草』巻五）とあり、その詩序にも「此花之遇此時也、紅艶与薫香而已」（同、『本朝文粋』巻十）とあるように、道真がこの「桜桃」を「桜」としてよく詠んでいる。おそらく采女比良夫「五言春日侍宴応詔」詩に「葉緑園柳月、花紅山桜春」（『懐風藻』）、島田忠臣「賦雨中桜花」詩に「低入潦中江濯錦、暖霑枝上火焼薪」というのも、この「桜桃」のこと。**本自**　これまでずっと、元来、の意。六朝以後の俗語。本集一〇番詩【語釈】を参照のこと。**作鶯栖**　鶯のすみかとなる、の意。「栖」は木の上の鳥の巣が原義。ただし、「鶯栖」及びその類似表現を知らない。或いは『呂氏春秋』仲夏紀に「含桃」とある、その高誘注に「含桃、鶯桃。鶯鳥所含食、故言含桃」（『初学記』桜桃、『白氏六帖』桜桃。但し、事対を前者は「鶯含」後者は「鳥含」に作り、注文を前者は「為鳥所含」後者が「鶯鳥所含」に作る）

行かましものを」（万葉集一五―三五七九）は比喩的な用法であり、八代集における「あめのしたはぐくむかみのみぞなればゆたけにぞたつみのつのひろまへ」（後拾遺集二〇―一一七三）「あはれとてはぐくみたてしいにしへは世をそむけとも思はざりけむ」（新古今集一八―一八一三）なども同様である。当歌における「はぐくむ」は、その主体が「鶯」であるという点では原義どおりであるが、対象が「桜花」という点で異なる。花を「はぐくむ」ということは、それが蕾だった状態から無事に開花するまで大切に見守るという意味であろう。

桜花　「桜花（さくらばな）」は万葉集から二〇例も見られ、八代集には一三〇例も出てくる。ともに「桜花時は過ぎねど見る人の恋の盛りと今し散るらむ」（万葉集一〇―一八五五）、「さくら花とくちりぬともおもほえず人の心ぞ風も吹きあへぬ」（古今集二―八三）などの如く、散ることを詠む歌が多い。

思ひ隈なく　「隈（くま）」は、曲がり角のところの意。「…隈もおちず思ひつつぞ来し その山道を」（万葉集一―二五）における「くま」はその意。そこから、隠れた、陰のところをさす意となり、八代集では月に関して、その意で用いられることが多い。「思ひ隈なし」は、隅々まで思うことがない、つまり思慮が足りない、あるいは思いやりがないという意を表す。万葉集に例はなく、八代集にも「いづ方に立ちかくれつつ見よとてかおもひぐまなく人のなりゆく」（後撰集一三―七四八）「おもひぐまなくてもとしのへぬるかなものいひかはせ秋の夜の月」（千載集四―二八六）の二例が見られるのみ。当歌における「思ひ隈なく」は、桜花が鶯に対してということであり、その点で擬人的な表現となって、と言うように、鶯と桜桃との親近性は指摘できる。

2 高翥　上空高く飛び立つこと。「はふる」の訓は、和名抄等で確認できる。初唐・張説「同趙侍御望帰舟」詩に「形影相追高翥鳥、心腸併断北風船」、白居易「渭村退居寄礼部崔侍郎翰林銭舎人詩一百韻」詩に「篭禽放高翥、霧豹得深蔵」とある。但し、「翥」は、『楚辞』遠遊に「雌翥便娟以増撓兮、鸞鳥軒翥而翔飛」、顔延之「赭白馬賦」に「欻聳擢以鴻驚、時濩略而竜翥」（『文選』巻一四）等とあるように、鶯のような小鳥の飛翔にはあまり使わない語。陸翬「春日」詩の「鶯帰樹頂繁声囀、雁去天辺細影斜」（『千載佳句』早春）、温庭筠「題柳」詩の「羌笛一声何処曲、流鶯百囀最高枝」（『千載佳句』柳）等の表現はあるが。**華間**　花々の中、の意。梁・徐悱妻劉令間「答外詩二首其二」詩に「鳴鸝葉中響、戯蝶花間鶩」（『玉臺新詠』巻六）、羅隠「鶯声」詩に「井上梧桐暗、花間霧露稀」、韋応物「聴鶯曲」詩に「不及流鶯日日啼花間、能使万家春意閑」、菅原道真「早春内宴侍清涼殿同賦鶯出谷応製」詩に「管絃声裏啼求友、羅綺花間入得群」とある。**終日啼**　「終日」は、一日中、或いはずっと長い間、の意。諸本に訓合符を持つものが多い。白居易「聞早鶯」詩に「春深視草暇、旦暮聞此声」、司空曙「残鶯百囀歌同王員外耿拾遺吉中孚李端游慈恩各賦一物」詩に「残鶯一何怨、百囀相尋続」等の類似表現がある。

3 独向　「独」は唯に同じ。ここは限定ではなく、強調。ただひたすら、の意。「向」は「在」や「於」に同じ。場所を表す前置詞で、六朝以来の俗語。**風前**　風の吹いてくる正面のこと。初唐からの語だが、白詩に頻出する。白居易「落花」詩に「厭風風不定、風起花蕭索。既興風前

下接の「とくも散るかな」を修飾する。

とくも散るかな　「とく」は、「散る」時期の早さと「散る」速度の速さの両意を表しうるが、本集の「嵐吹く山辺の里に降る雪はとく散る枝の花とこそ見れ」（下巻二一一番）や「さくら花とくちりぬともおもほえず人の心ぞ風も吹きあへぬ」（古今集二―八三）「ひかりなき谷には春もよそなればさきてとくちる物思ひもなし」（古今集一八―九六七）などの例も勘案すれば、前者すなわち「散る」時期の早さを表すと見られる。当歌の異訓に「とくも」を「はやも」あるいは「はやくも」とするものもあるが、「とし」が「はやし」と比べ、「即座にするどく他のものに働きかける力あるさまをいう」（岩波古語辞典）とすれば、「も」という助詞とともに、より情意性を表して適当と考えられる。

【補注】

当歌は、語彙・表現としても「われて」「はぐくむ」「思ひ隈なく」など、古代和歌において特異な例であるが、それ以上に、鶯が桜花を「はぐくむ」という発想がきわめて独自のものである。

鶯が桜花の散るのを惜しんで鳴くという設定の歌は、本集にも何首か見られるが、当歌のように、その哀惜の情を養育・庇護の関係の結果としてとらえたものは、万葉集にも八代集にも見られない。本集の「鶯のすみかの花や散りぬらむ侘しきこゑに折りはへて鳴く」（二〇番）は、鶯が花を「すみか」とするという関係を元にしている点で、他の歌に比べれば当歌に近いが、当歌ほどの密接さはない。

そもそも、鶯は万葉集においては、梅の花に対してではあるが、もっ

歎、重命花下酌」、同「楊柳枝詞八首其六」に「蘇家小女旧知名、楊柳風前別有情」、同「西行」詩に「時向春風前、歇鞍開一酌」とあり、石上乙麻呂「五言飄寓南荒贈在京故友」詩に「風前蘭送馥、月後桂舒陰」（『懐風藻』）、菅原道真「早春内宴侍清涼殿同賦春先梅柳知応製」詩に「素心易表風前蕊、青眼難眠雨後枝」（『菅家文草』巻六）とある。　**傷幾許**　「傷」は、憂え心配すること。尚、本集八番詩【語釈】参照。「幾許」は数量・時間等について尋ねる後漢以来の俗語。底本等に訓合符あり。白居易「中秋月」詩に「照他幾許人腸断、玉兔銀蟾遠不知」（『千載佳句』月）等とある。

4　芬芳　中日共に、良い香り、或いはそれが匂う様を形容する語として用いられ、本集にも「野外千匂秋始装、風前独坐翫芬芳」（七六番）、「青女触来菊上霜、寒風寒気蕊芬芳」（九一番）等とあるが、ここは次の語「零処」より例外的に花の意と取る以外にない。「芳」や「芳菲」等の語がそうであるように、元の良い香りの意から派生させて、花の意で用いたものか。ただ晩唐・李商隠「賦得桃李無言」詩に「芬芳光上苑、寂黙委中園」とあるのは珍しい例。異文「然芳」の語例を知らない。又「芬々」は、「芬芳」と同様の語義・用法だが、花の意の例を知らない。

零処　本集五番詩【語釈】該項参照。　**径応迷**　きっと道に迷うに違いない、の意。「径」は小道。謝霊運「登石門最高頂」詩に「連岩覚路塞、密竹使径迷」（『文選』巻二二）とある。「迷」を「マヨフ」と訓むのは、中世以降。「迷」の主体は鶯。この句は転句の「傷」の内容を明かす。

ぱら花を散らすものとして表現されている。ただし、「鶯の待ちかてにせし梅が花散らずありこそ思ふ子がため」（万葉集五―八四五）また「梅が枝にきゐるうぐひす春かけてなけどもいまだ雪はふりつつ」（古今集一―五）などの如く、鶯が今か今かと花の咲くのを待ちわびる様子を表す歌はあり、それをもう少し誇張すれば、親が子を育て成長を楽しみにする、つまり「はぐくむ」とみなすことにもなりえよう。

しかし、これらは鶯と梅花との関係において言えることであって、桜花との関係においては、咲くのを待つという視点からの歌はなく、もっぱら散ることに焦点を置いた歌として詠まれている（ただし、本集の「鶯はむべも鳴くらむ花桜さくと見し間にかつ散りにけり」（一二番）には、そのニュアンスが込められていると見ることもできなくはない）。

当歌においては、咲くのを楽しみとして、桜花を大切に見守ってきた鶯と、そのような鶯に対して「思ひ隈なくとくも散る」桜の花とがともに擬人的に対比されるのは、花が散るのを前にして、鶯がしきりに鳴くさまが、「親の心、子知らず」あるいは「逆縁」のように、子を失った人間や動物の親のように思われたからかもしれない。

このように考えるならば、当歌には、単に惜花の情を鶯に託すという常套的な発想だけに終わらない寓意性も認められよう。その点でも、当歌は特異な歌と言うことができる。

【補注】

韻字は「栖・啼・迷」で、上平声十二斉韻。平仄にも基本的な誤りはない。

青柳隆志「新撰万葉集略注（第一）――上巻春部――」（『東京成徳国文』一六、一九九三・三）は当詩の後半部を、「一体、鶯がひとり花散らす風に向かって心を痛め続けて、どれほどの期間が過ぎただろうか。香り高い花が落ち積もる所では、散り敷く花で道も迷うほどである。」と解して、「幾許」を「傷」の期間と取るが、もしそう解釈するのであれば、「応」の語義からも結句は「香り高い花が落ち積もって、道に迷って（帰れないで）いるに違いない」と、心を痛める鶯の心情を推測した句とすべきだろう。この解釈の方が、現実に散りつつある桜を詠んだ和歌と、時制的にはよく合うと言えよう。ただこの解釈の問題は、「傷幾許」と問うからには傷むという心情がある程度長期にわたるという前提が要請されるはずであり、終日啼くという行為が何日も続いているとしなければならぬ点であり、とすれば承句の「高く華間に翥《かけ》りて」と矛盾をきたす点であろう。何日も散る花を惜しんでいるのなら、当然朱桜は「空枝」若しくは「残花」になっていなければならないからである。要するに、この解釈では和歌との対応以前の、この詩自体の統一的解釈が出来にくいということである。

また、これは余談に属するが、桜桃の木に鶯が住むということに関しては、例えばこの両者の取り合わせは白詩には「三月三十日作」詩に「黄鳥漸無声、朱桜新結実」と言う、この一例しか無く、それが通念であったとは決して言えない。それと同様日本漢詩においても、嵯峨天皇※

※「神泉苑花宴賦落花篇」詩に「紅英落処鶯乱鳴、紫蕚散時蝶群驚」（『凌雲集』）とある程度であって、和歌の詠みぶりとは良い対照をなす。

更に鶯が帰ることに関しては、鶯はいわゆる候鳥ではないけれど、春の鳥の代表として親しまれた存在であり、『毛詩』伐木篇の影響で早春に谷間からやって来ることになっている。しかし、いつどこへ行ってしまうかは必ずしも明瞭でなく、晩春にその声が稀に、或いは渋になる等と詠まれるのが一般である。ただ、白詩の著名な新楽府「上陽白髪人」詩に「鶯帰燕去長悄然、春往秋来不記年」とあり、更に同「和鄭元及第後秋帰洛下閑居」詩に「山静豹難隠、谷幽鶯暫還」等を見れば、晩春から孟夏に人里を離れて幽谷に戻るということになろうか。

一方、『注釈』は、「「いくばくぞ」と問うのは詩における主体の私」とする。当詩の前半を叙景、後半を叙情とするのである。それも無論一つの解釈であるが、問題は、「傷」の対象を花の散ることとしていることである。これは「迷」にあることは自明のことであって、そうでなければ詩としての統一的な解釈が出来ない。確かに「独向風前」とあるから、花が散ることを傷んでいないわけではないが、結句で花が散ると「径応迷」と言明しているのである。

また更に、「径に迷うことの背景には、「桃源」が考えられる」とし、「けれども香りたかい花の散る所はまるで桃源のようで、眼前に舞い散る花と散り敷いた花とのために、道に迷ってしまいそうである。」と結句を訳すのは如何なものか。落花の景色が桃源郷を連想させることに迷う原因があるというならば兎も角、ここはまったく無関係の事象である。「迷」字から仙境、「桃源郷」を連想するのは読者の自由であるが、それによって解釈が濁ることがあってはならない。むしろそうした連想を働かせるとすれば、前半の叙景の部分でなければならないだろう。

ところで、前半を叙景、後半を叙情とする解釈の根本的な問題は、前半の光景が「紅桜」の花の間で鶯が日がな一日鳴いており、その景色を眺める作者が、花が散ると道が埋もれて帰れなくなるからと嘆いているという、極めてありきたりの内容になってしまうということである。救いがあるとすれば、「傷」の理由を言う結句に、多少の目新しさがあるということなろうが、歌の内容ともほとんど関わることがなくなってしまう。

【比較対照】

鶯と桜花（詩では「紅桜」）との関係が取り上げられているという点は、歌と詩に共通するが、そのとらえ方には異なりが見られる。

当歌の「鶯のわれてはぐくむ桜花」に対応するのは、起句「紅桜本自作鶯栖」ということになろう。ただし、「はぐくむ」ことが栖において行われるという関係は認められるとしても、もとよりその行為および行為の対象が桜花であることまでは写しえていない。

なお、二〇番歌には「鶯のすみかの花」という、当詩のこの表現とそのまま対応する表現が見られるものの、二〇番詩にはそれに相当する表現が用いられていない。また、「桜花」を詩で「紅桜」と特定するのは、本集ではこの例のみであるが、意図するところは判然としない。花びらの色の鮮やかさや実の成ることなどが、表現全体に何らかの寄与を果たすようにも思われないし、ことさらに紅桜を鶯の栖とすることが、和歌においてはもとより漢詩の世界でも一般化していたわけでもない。

当歌の「思ひ限無くとくも散るかな」に対して、「散る」こと自体は結句の「芬芳零」によって表されているが、「思ひ限無く」や「とくも」という「散る」さまに関する表現に直接、対応する箇所は見られない。もっとも、結句の「径応迷」からは、花がおびただしく散るさまが想像されるのであって、その点での関わりは認められる。

一方、詩の承句「高翥花間終日啼」と転句「独向風前傷幾許」とは、詩にのみ見られる表現であるが、当歌に詠まれた内容から想像される状況としては矛盾するものではなく、それを具体的に詳述していると考えられる。すなわち、花が散れば鶯がそれを惜しんで鳴くというのは、和歌における常套的な想定であり、風が吹けば花が散るというのも同様である。

しかし、この点に関して重要な問題となるのは、当詩においては、鶯の鳴く理由を花の散ることそれ自体にではなく、それによって結句に示されているように、帰り道に迷うことに置いているという点である。これは当歌からはまったく想像しえない、詩独自の展開・設定である。

たとえば、「山かぜにさくらふきまきみだれなむ花のまぎれにたちとまるべく」（古今集八―三九四）「しひて行く人をとどめむ桜花いづれを道と迷ふまでちれ」（古今集八―四〇三）など、花が散ることによって帰り道を分からなくして人をとどまらせようという設定は、和歌においても見られなくはないが、鶯に関して、しかも鶯がそれを嘆くというのは見られない。もとより当歌からそのような設定が導かれる必然性もないし、詩においても【補注】に述べたように、その設定が普通ということでも決してない。

あるいは、起句に「栖」としたところから、結句の「径」が引き出されたのかもしれない。しかし、紅桜の木を「本自」の栖としておきながらも、径を辿って帰るべきところがそこではないとするならば、起句と結句とを関係付けることも難しい。

当歌の表現上の独自性は既に指摘したとおりであるが、それによって解釈上の困難をきたすという性質のものではなかった。また、歌における重点が鶯よりも桜花に置かれているのは明らかであるのにもかかわらず、詩では鶯の方に置かれている。

以上から推察されることは、当詩は歌の内容にそのまま対応するように作られたものではないということである。基盤となる状況自体はふまえつつも、結句に端的に表れているように、歌から離れて詩独自の展開を試みたものと考えられる。ただし、それによって、詩が表現全体として整合的になっているかどうかは、また別問題である。

一八番

乍春　年者暮南　散花緒　将惜砥哉許々良　鶯之鳴

春ながら　年は暮れなむ　散る花を　惜しとやここら　鶯の鳴く

【校異】

本文では、第四句の「将」と「哉」を、永青本・久曾神本が欠き、同句の「良」を、久曾神本が「許」とする。

付訓では、第四句の「をし」を、類従本・文化写本・羅山本・無窮会本以外は、底本を含め「をしむ」とするが、字余りを避け「をし」としておく。

同歌は、寛平御時后宮歌合（十巻本・廿巻本、春歌、二三番。ただし十巻本・廿巻本とも、第四句以降「惜しとなくなる鶯の声」）にあり、また新勅撰集（巻二、春下、八八番、寛平御時きさいの宮の歌合歌、よみびとしらず。ただし第四句以降「をしとなくなるうぐひすのこゑ」）にも見られる。

【通釈】

春のままで一年が暮れてほしい。（しかしそれが叶わないので、春の終わりを告げるように）散る（桜の）花を惜しいと思ってか、しきりに鶯が鳴くことだよ。

縦使三春良久留

雖希風景此誰憂

上林花下匂皆尽

遊客鶯児痛未休

縦使《たとひ》三春《(サンシュン)》良《やや》久《(ひさ)》しく留《(とどま)》らば、

風景《(フウケイ)》希《(まれ)》なりと雖《(いへど)》も此《(こ)》れ誰《(たれ)》か憂《(うれ)》へむ。

上林《(シャウリン)》の花《(はな)》の下《(もと)》匂《(にほ)ひ》皆《(み)な》尽《(つき)》たり。

遊客《(イウカク)》鶯児《(アウジ)》痛《(いたみ)》未《(いま)》だ休《(や)》ま（ず）。

【校異】

「縦使」を永青本「仮使」に作る。「雖」に、天理本「誰也」の校注がある。「花下」を永青本「苑下」に作る。

【通釈】

（春という季節は三カ月間に過ぎないと分かってはいるが、）もし春がこのままずっと留まってくれるならば、たとえ美しい春景色は稀にしか訪れることがないとしても、一体誰が悲しむことがあろうか。（ところが現実はそうではなく、そのうえ）天子の御苑の花の下では、その赤く美しい色つやもその香りも皆失せようとしているので、風流人や鶯がそれを嘆き悲しんで、鳴き（泣き）続けていることだ。

【語釈】

1　縦使　もし～ならば、の意の順接仮定条件を表す。「縦使」は本来、たとえ（かりに）～としても、という逆接仮定条件を表す語で、北斉・

【語釈】

春ながら　「ながら」が体言に接続する場合は、「〜として」あるいは「〜のままで」の意を表す。「「ながら」の品詞については、動詞および助動詞の連用形に接続するものだけを「接続助詞」とし、それ以外のものは副詞を作る「接尾語」または「準用助詞（準副助詞）」とするのが穏当なところであろう」（日本文法大辞典）が、体言接続の場合でも、内容相互の関係によって順接的にも逆接的にもなりうる。

年は暮れなむ　「暮れなむ」は、「なむ」を助動詞の連接とみなすか、終助詞とみなすかによって、解釈が異なる。すなわち、前者なら「春のままでありながら一年が暮れてしまうだろう」と、逆接的な関係で結び付き、後者なら「春のままで一年が暮れてほしい」のように、順接的なつながりとなる。どちらの解釈が適当か、結論から言えば、後者の順接、願望の意でとる方が適当と考える。その根拠の第一点は、「春ながら」の用法。万葉集にこの例はなく、八代集では「年の内はみな春ながらくれななん花見てだにもうきよすぐさん」（拾遺集一―七五）のみが順接的な関係と認められるのに対して（「くれななん」の「なん」は終助詞）、「桜ちる所は春ながら雪ぞふりつつきえがてにする」（古今集二―七五）「さきにほふ花のあたりは春ながらたえせぬやどのみゆきとぞみる」（千載集一―五二）「昔みし春はむかしの春ながら我が身ひとつのあらずも有るかな」（新古今集一六―一四五〇）など、多くは逆接的関係とみなされ、当歌の場合、表現・内容からは拾遺集の例に近似していると言える。第二点は、当歌におけるこの表現の位置付け。「春ながら年は暮れなむ」を逆接的にとらえれば、そこに間接的に示される惜年の

顔之推『顔氏家訓』養生に「縦使得仙、終当有死」、盛唐・張旭「山行留客」詩に「縦使清明無雨色、入雲深処亦沾衣」等とあるように、六朝から現れ、詩には盛唐あたりから使用される。しかし稀に、李商隠「春日寄懐」詩に「縦使有花兼有月、可堪無酒又無人」のごとく、仮定順接条件を表すことがある。この語は、『菅家文草』には五例の多きを数え、その大半は「早春侍内宴同賦開春楽応製」詩に「縦使春声天地満、不如万歳報山椒」（『菅家文草』巻五）のように逆接仮定条件を表すが、「八月十五夕待月席上各分一字其四」詩に「縦使清光纔透出、当勝徹夜甚奢疎」（『菅家文草』巻一）とあるのは唯一の例外と思われる。この一例だけは川口注にも述べる如く、下句の文意の不明確なこともあって、「たとえ〜としても」の意と取ると解釈できない。この作は同題の下に詠まれた五首の連作であるが、その題は勿論、他の四首の内容からしても月の出を心待ちする心境が描かれているはずであり、「もし清光が雲を通してほんの僅かでも射してくれるならば」でなければならないからである。異文「仮使」は、『史記』范雎蔡沢列伝に「仮使臣得同行於箕子、可以有補於所賢之主、是臣之大栄也」とあるのを始めとして、漢代から既に散文に現れ、韻文に於いては白居易「贈王山人」詩に「仮使得長生、才能勝夭折」、同「山路偶興」詩に「仮使在城時、終年有何楽」等とあるように、白詩に集中的に表れる。中書王「近来播州書写山中…」詩に「仮使眼前無見我、猶勝耳外不知誰」（『本朝麗藻』巻下）とある。ただし、韻文における例は確認し得た限りでは全て、たとえ〜としても、の意の逆接仮定条件を表す。　**三春**　本集一一番詩【語釈】参照。春というに同じだが、ここでは特に三カ月ということを強調する。

情と、第三句以降に表される惜花ひいては惜春の情とが重ね合わされていると解釈することができる。つまり鶯にとって春の暮れは年の暮れを意味するということである。しかし「ゆく年のをしくもあるかなますかがみ見るかげさへにくれぬと思へば」（古今集六―三四二）や「をしめどもはかなくくれてゆく年のしのぶむかしにかへらましかば」（千載集六―四七三）などのように文字どおりの一年の終わりを惜しむ歌は見られるが、惜春と結び付けた例は見当たらず、むしろ「なにとなくとしのくるるはをしけれどはなのゆかりにはるをまつかな」（金葉集四―二九九）や「ひととせをくれぬとなにかをしむべきつきせぬちよの春をまつには」（詞花集五―一六八）などの如く、惜年の情を春の訪れを待ち喜ぶ気持ちと対比する歌も見られることから、この解釈はとりがたい。それに対して、「春ながら年は暮れなむ」を順接的にとらえて、「散る花を惜しとやここら鶯の鳴く」に対しては、そのように願うにもかかわらず現実には叶わないので、と補うことが許されるならば、一応納得可能な続き柄になると言えよう。

散る花を　この「花」は上二句から示唆される時期を考えれば、桜の花であろう。「散る花を」単独で一句を成す例は万葉集にはなく、八代集に「ちる花をなにかうらみで世中にわが身もともにあらむものかは」（古今集二―一一二）「ちるはなををしまばとまれよのなかは心のほかの物とやはきく」（後拾遺集二〇―一一九一）など、初句に見られる。

惜しとやここら　上句の「散る花を」と「惜し」との関係が語法の問題として取り上げられる。万葉集における「惜し」が助詞「を」と関わるのは「うつせみの命を惜しみ波に濡れ伊良虞の島の玉藻刈り食む」（万

良久留　非常に長い間とどまる、の意。「良」は『名義抄』に「はなはだ」の訓があるように、かなり、ずいぶん、の意。「ヤヽ」の訓は、永青本による。曹植「与呉季重書」に「天路高邈、良久無縁」（『文選』巻四二）、白居易「琵琶行」に「感我此言良久立、却坐促弦弦転急」とあり、島田忠臣「見叩頭虫自述寄宗先生」詩に「須臾俛仰知心切、良久搏来見血流」（『田氏家集』巻下）とある。

2 雖希　「希」は、珍しい、ごく少ない、の意。「稀」に同じ。本来「風景雖希」或いは「雖風景希」とあるべきところ、平仄の関係で倒置された。底本には「風景ヲ希（ねが）フト」の訓がある。**風景**　風と光のこと。ここでは特に春の陽光に満ちあふれた大気。及びそうした光景。この語の中国に於ける意味とその変遷については、小川環樹「風景の意義の変遷」（『風と雲』朝日新聞社、一九七二）を参照のこと。王勃「春思賦」序に「於時春也、風光依然。古人云、風景未殊、挙目有山河之異」とあり、白居易「送兗州崔大夫駙馬赴鎮」詩に「魯侯不得辜風景、沂水年年有暮春」（『千載佳句』暮春）、同「三月三日」詩に「暮春風景初三日、流世光陰半百年」（『千載佳句』三月三日）、同「酬鄭二司録与李六郎中寒食日相過同宴見贈」詩に「杯盤狼藉宜侵夜、風景闌珊欲過春」（『千載佳句』春宴）等、白詩には晩春のそれを詠んだものが多い。大津首「五言春日於左僕射長王宅宴」詩に「日華臨水動、風景麗春墀」（『懐風藻』）とあり、本集には「一時風景誰人訕」（六八番）、「倩見年前風景好」（八九番）、「深春風景豈無知」（九八番）等とある。

3 上林　「上林苑」のことで、天子の庭園。本集二番詩【語釈】該項参照。底本等の版本には音合符がある。大神高市麻呂「五言従駕応詔」詩

葉集一一二四）「あまたあらぬ名をしも惜しみ埋れ木の下ゆそ恋ふる行くへ知らずて」（万葉集一一—二七二三）など、いわゆるミ語法の場合であって、この「を」は間投助詞として説明されるのが一般的である。八代集では「池にすむ名ををし鳥の水をあさみかくるとすれどあらはれにけり」（古今集一三—六七二）の如く、掛詞などの技法が用いられる場合を別にすれば、「秋はぎの花をば雨にぬらせども君をばましてをしとこそおもへ」（古今集八—三九七）「わかるるををしとぞ思ふつる木はの身をよりくだく心ちのみして」（拾遺集六—三二五）「のこりなきいのちををしと思ふかなやどの秋はぎちりはつるまで」（後拾遺集四—二九四）などの如く、「惜し」に「と思ふ」が下接する場合に「を」が用いられている。ということは、その「を」は「AヲBト思ふ」という形で「思ふ」という動詞と関わるものであって、「惜し」と直接結び付くわけではない。当歌は、本集の「霞たつ春の山辺にさく花を飽かず散るとや鶯の鳴く」（一六番）における「さく花を飽かず散るとや」と同様、「思ふ」という動詞が省略された表現としてみなすのが適当と考える。「ここら」は数量や程度のはなはだしさを表す副詞。万葉集では「ここだ」の形で「多摩川にさらす手作りさらさらになにそこの児のここだ〔己許太〕かなしき」（万葉集一四—三三七三）「我がここだ〔幾許〕待てど来鳴かぬほととぎす一人聞きつつ告げぬ君かも」（万葉集一九—四二〇八）などの如く用いられている。八代集でも「こづたへばおのがはかぜにちる花をたれにおほせてここらなくらむ」（古今集三—一〇九）「もみぢばのちりてつもれるわがやどに誰を松虫ここらなくらむ」（古今集四—二〇三）「うつろはぬ心のふかく有りければここらちる花春にあへるごと」

に「不期逐恩詔、従駕上林春」（『懐風藻』）、島田忠臣「上苑前別越前藤司馬」詩に「聞道越州多勝地、猶応恋着上林花」（『田氏家集』巻下）とある。

花下　花の下のこと。盛唐・孟浩然「梅道士水亭」詩に「再来迷処所、花下問漁舟」等とあるも、白居易「三十日題慈恩寺」詩に「惆悵春帰留不得、紫藤花下漸黄昏」（『千載佳句』送春）、同「酬哥舒大見贈」詩に「花下忘帰因美景、樽前勧酒是春風」（『千載佳句』春宴）、同「春江」詩に「鶯声誘引来花下、草色勾留坐水辺」（『千載佳句』春遊）、元稹「先酔」詩に「怪来花下長先酔、半是春風蕩酒情」（『千載佳句』春酔）等、白氏とその詩友の作品に頻出する。島田忠臣「大相府東庭貯水……酌於花下甑以賦之応教其一」詩に「料量紫茸花下尽、家香更作国香飛」（『田氏家集』巻下）とある。異文「苑下」は、その用例も知らないし、和歌の意からも非。

匂皆尽　「匂」字については本集二番詩【語釈】参照。ここは、香りとも美しい赤い色ともどちらとも取れる。とすれば、その花とは前詩との関連からすれば、桜桃あたりを想定していようか。

4　遊客　遊覧する人。花見客。自己の客観化。本集四番詩【語釈】を参照のこと。

鶯児　「児」は、名詞または形容詞に添える接尾辞。小ささ、可愛らしさ、蔑視等のニュアンスを付加する俗語。鶯の雛の意ではない。初唐末・鄭愔に「詠黄鶯児」詩があり、唐・金昌緒「春怨」詩に「打起黄鶯児、莫教枝上啼」、菅原道真「早春侍内宴同賦雨中花応製」詩に「鶯看麝剤添春沢、労問鶯児失晩窠」（『菅家文草』巻二）、同「早春内宴侍清涼殿同賦鶯出谷応製」詩に「鶯児不敢被人聞、出谷来時過妙文」（『菅家文草』巻六）とある。

痛未休　悲しみ嘆き続けて止めよう

（後撰集一六―一一五六）などの例が見られる。当歌における「ここら」は鶯の鳴く声や鳴き方のはなはだしいさまを表している。

鶯の鳴く　一六番歌【語釈】該項を参照。

【補注】

【通釈】に明らかなように、二句目までと、それ以下とは、かなり補って解釈しないと、関係付けがしにくい歌である。

「散る花を惜しとやここら鶯の鳴く」の部分については、同様の設定・表現の歌が本集にも何首か見られ、歌われているのは、花が散り、鶯がさかんに鳴いているという状況であり、それを通して、散る花を惜しみ、春の終わるのを惜しむという心情である。

「春ながら年は暮れなむ」については【語釈】で検討したが、一年中、春であってほしいという願いは、春がもうすぐ終わるという現実と表裏の関係にある。このような関係を元に詠んだ歌は、本集に他にも一九番歌や下巻に「こゑたえず鳴けや鶯ひととせに再びとだに来べき春かは」（一二一番）「年の内皆春ながら過ぎななむ花を見てだに心遣るべく」（一二七番）など見られる。

問題なのは、「春ながら年は暮れなむ」という願いを抱いているのは誰かということである。作者とすれば、以下の鶯を主体とした表現部分との間にギャップが生じる。かりに、その願いは鶯も共有しているとみなすならば、「散る花を惜しとやここら鶯の鳴く」において、鶯のさかんに鳴くのに対し「散る花を惜しとや」という理由を想定しているの＊

＊であるから、「春ながら年は暮れなむ」というのは、さらにその「惜し」と思う理由の前提となる理由を提示していることになる。

このように、当歌全体を、鶯を中心としてとらえると、その鳴き方の理由を二段階で提示する表現となり、しかもその理由相互の関係を補って解釈しなければならない。その点、当歌は表現上やや難が感じられる。寛平御時后宮歌合や新勅撰集における「惜しと鳴くなる鶯の声」という異文は、理由の想定の仕方自体を和らげたものとも考えられよう。

としない、の意。「痛」は、身体の痛みとともに、心の痛みも表す。この「痛」は、承句の「憂」の言い換え。ただし、諸本に訓点なし。

【補注】

韻字は「留・憂・休」で下平声十八尤韻。平仄にも基本的な誤りはない。

「仮使」「縦使」共に古訓は「たとひ」の一訓しか確認できないが、それを以て順接条件の用法が古代になかったとすることは出来ない。周知の如く、平安初期の訓点語にあっては、「たとひ」には「〜ば」と承けて、順接仮定条件を表す用法がむしろ通常のこととして存在したからである。

また、転句を「皆失せようとしている」と進行形に解釈したのは、和歌との関連からだけであり、漢詩そのものには時制の指定はない。

【比較対照】

歌の上二句「春ながら年は暮れなむ」に対しては、詩の前半「仮使三春良久留　雖希風景此誰憂」が、下三句「散る花を惜しとやここら鶯の鳴く」に対しては、詩の後半「上林花下匂皆尽　遊客鶯痛未休」が、それぞれほぼ対応しよう。その意味では、本集においては珍しく、歌と詩とが内容・表現ともによく対応している例と言える。ただ、その結果、もともと歌において表現上の難が見られたのが、詩においてもその【補注】で論じたように、同様の問題が生じている。

細かい差異を挙げれば、「春ながら年は暮れなむ」は直接、願望を表す表現となっているのに対して、詩では「仮使三春良久留」という仮定表現と「雖希風景此誰憂」という反語的な帰結表現とを用いることによって間接的にそれを表している。「雖希風景」はこの場合、一種の誇張表現になっていると考えられる。

「散る花を惜しとやここら鶯の鳴く」に対応する、詩の後半の表現において、歌と異なるのは、次の二点である。一つは「散る花」を承句一句に詳しく表現している点である。花を「上林」のそれと特定するのは、二番詩でも見られたが、それによって歌の状況と齟齬をきたすものではない。「花下匂皆尽」は単純に花が散ることを表しているのではなく、散ることによって花の色香が失せることまでも表している。

もう一つは、歌では鶯が散る花を惜しんで鳴くとするのに対して、詩では鶯とともに「遊客」として表現された作者自身もまた嘆くとしている点である。歌においては、作者の嘆きは鶯に仮託される形で間接的に表されているとみなされるが、そのため、歌の【補注】で触れたように、上二句の願望の主体のとらえ方に不明確さを感じさせることになっている。その点、詩では、前半に示された願望も、作者と鶯とに共有されていることが明示されていると言えよう。ただし、詩における前半と後半も、願望とそれに反する現実という関係であることを補って解釈しなければならないという点では、歌における上二句と下三句の場合と同様である。

一九番

如此時　不有芝鞆思倍者　一年緒　摠手野春丹　成由裳鉇

かかる時　有らじともへば　ひととせを　すべての春に　成す由もがな

【校異】

本文では、第二句の「思」を、藤波家本・講談所本・道明寺本・京大本・大阪市大本・天理本・羅山本・無窮会本・永青本・久曾神本が欠き、第四句の「手野」を、永青本が「者」とし、結句の「成」の下に、類従本・藤波家本・講談所本・道明寺本・京大本・大阪市大本・天理本・羅山本・無窮会本が「須」を加え、同句末の「鉇」を、類従本・永青本が「鉇」とする。

付訓では、第二句の「もへば」を、藤波家本・講談所本・道明寺本・京大本・大阪市大本・天理本・羅山本・無窮会本が「思」字を欠くにもかかわらず「おもへば」と訓み、第四句末の「に」を、羅山本は「も」とする。

同歌は、寛平御時后宮歌合（十巻本・廿巻本、春歌、三一番。ただし十巻本では第四句「すべては」、廿巻本では「すずろに」）にあるが、他の歌集には見当たらない。

【通釈】

このような（よい）季節は（他に）あるまいと思うと、一年を一まとめとしての春にする方法があればよいのになあ。

偸見年前風月奇

可憐三百六旬期

春天多感招遊客

携手携觴送一時

偸《ひそ》かに見《み》る年前《ネンセン》風月《フウゲツ》の奇《き》。

憐《あはれぶ》可《べ》し三百《サンハク》六旬《リクシュン》の期《とき》。

春天《シュンテン》感《カン》多《おほく》して遊客《イウカク》を招《まね》く。

手《て》を携《たづ》さへ觴《さかづき》を携《たづ》さへて一時《イッシ》を送《おく》る。

【校異】

「年前」を京大本・大阪市大本・天理本「手前」に作り、天理本「手」に「午也」の校注あり。「風月奇」を京大本・大阪市大本・天理本「風自奇」に作る。「可憐」を、講談所本・道明寺本「可情」に作り、京大本・大阪市大本・天理本「可惜」に作る。「多感」を京大本・大阪市大本・天理本「多歳」に作る。「携手」を永青本・久曾神本「携筆」に作る。「送一時」を藤波本・講談所本・道明寺本・京大本・大阪市大本・天理本「是一時」に作り、詩紀本にも「送一作是」の注記があり、藤波本・講談所本・道明寺本には「是」に「送」の異本注記あり。

【通釈】

年の暮れに美しい（雪）景色をチラッと見たことがあった。（その時は、まるで梅が満開の時のようで）ああ、一年三百六十日が（全部そうであったら）なあ（と思ったものだった）。（しかし、今）春は人を感じ易くさせるので、風流人を招いて、手を取り合い、杯を提げて行楽に出

【語釈】

かかる時 「かかる」は「かかり」（「かく（斯）＋あり（有）」）の連体形。万葉集では「事もなく生き来しものを老いなみにかかる（如是）恋にも我はあへるかも」（万葉集四—五五九）「黒髪に白髪交じり老ゆるまでかかる（如是有）恋にはいまだあはなくに」（万葉集四—五六三）の如く、「恋」を修飾する例が多い。八代集では「おくつゆのかかる物とはおもへどもかれせぬ物はなでしこのはな」（後撰集一〇—六九八）「あしたづのくもゐにかかる心あらば世をへてさはにすまずぞあらまし」（後撰集一一—七五四）などの如く、「懸かる」との掛詞あるいは「露・雲・雪・涙」などの縁語として用いられることが多い。いずれの場合も、指示表現としては、その対象が（詞書などに示されることはあっても）歌そのものの文脈には直接示されていないことから、現場指示の用法と見られる。当歌においては、今まさに作者が実感している春という季節のすばらしさのありようを指示していると考えられる。

有らじともへば 句中の「鞆思倍」という本文からは、「ともおもへ」という訓みが想定されるが、それでは二字余りとなるので、「思」字は「ともへ」という音連続が「と思へ」であることを示す意味的な衍字とみなしておく。初句の「かかる時」はあるまいと思うと、の意であるが、それは過去・未来にわたって文字どおりの一回限りということではなく、一年間においてということであろう。つまり、春は一年の最初の季節として一回しかないものであり、しかも四季の中でもっともすばらしい季節であるということである。

ひととせを 「ひととせ」という語形は、万葉集に確例はないが、「伊都

かけて、このすばらしい春のひとときをすごしている。

【語釈】

1 偸見 チラッと見る。但し、この語の中国詩の用例を知らない。平仄の関係で（見は仄、看は平）、本来「偸看」とすべきところを換えた。ただ「看」は、意識的に見る、「見」は目に入る、の意だから、「偸」が付される時は当然「看」が来るべきであり、現に中国詩では例外はない。初唐・張文成「遊仙窟」に「到下官処、時復偸眼（しのびめに）看十娘」（真福寺本訓、醍醐寺本別訓には「よこめに」とある）、白居易「曲江亭晩望」詩に「詩成闇著間心記、山好遙偸病眼看」（『千載佳句』・『新撰朗詠集』眺望）等という表現はあるものの、晩唐・李商隠「無題二首其二」詩に「豈知一夜秦楼客、偸看呉王苑内花」とあるのが検索し得たうちの初見であり、少なくとも白詩圏の詩にはない。「遊仙窟」や李商隠の例（「花」は、西施に紛う女性の意）は、男が気になる女性をチラッと見ること。菅原道真「残菊」詩に「唯須偸眼見、不許任心攀」（『菅家文草』巻二）、同「早春侍宴同賦殿前梅花応製」詩に「不容粉妓偸看取、応叱黄鸝戯踏傷」（『菅家文草』巻六）、同「哭奥州藤使君」詩に「帰来連座席、公堂偸眼視」（『菅家後集』）とある例なども、いずれもチラチラと見る、瞬間的に見る、の意。本集には他に「偸見」の用例はないが、「杳冥若有天容出、霽後偸看錦葉林」（六七番）、「山野偸看堪奪眼、深春風景豈無知」（九八番）、「思緒有余心不休、偸看河海与山丘」（一一八番）とある。 **年前** 年の暮れ、年末、の意。現代語「年前 niánqián」（①去年。②年の暮れ、正月前）と同義の俗語。本集には

等世」（いつとせ＝五年、万葉集五—八八〇）「千等世」（ちとせ＝千年、万葉集一四—三四七〇）などから類推される。一年間の意。

すべての春に　「すべて」ということばは、漢文訓読語の「ことごとく」に対して、和文語とされるが、万葉集にも八代集にも、さらに本集にも他に用例が見られない。十三代集で、「ものごとにうれへにもるる色もなしすべてうき世を秋の夕ぐれ」（玉葉集一四—一九五二）「とりどりのわかれの程もかなしきにすべてこの世に又はかへらじ」（玉葉集一六—二二六六）など用いられようになる。当歌における「すべて」は「ひととせ」の全部の意とするのが適当と考えられるが、表現としては「すべての春」と「春」を修飾する形になっていて、対応しない。寛平御時后宮歌合十巻本および永青本の「すべては」とすれば、「は」による取り立てが気になるものの、「ひととせ」に関する表現とみなすことができる。寛平御時后宮歌合廿巻本の「すずろに」も歌意は通じるが、表現上の必然性はあまり感じられない。「ひととせをすべての春に」という表現になったのは、あるいは選択された語彙の配列上の都合による結果とも考えられなくはないが、表現に即しなおかつ整合的に解釈するとしたら、「すべて」の「すべ（統）」の原義から、一まとめにしての春、つまり四季に分けずに一つの季節としてまとめた春という意味にとれるのではないかと考える。

成す由もがな　「〜ヲ〜ニ成す」は、何かを別の何かに変えるの意。万葉集では「白露を玉になしたる九月の有明の月夜見れど飽かぬかも」（万葉集一〇—二二二九）のように、助詞「に」をとる場合とともに、「大君は神にしませば赤駒の腹這ふ田井を都と成しつ」（万葉集一九—四

「年前黄葉再難得、争使涼風莫吹傷」（五三番）、「倩見年前風景好、玉壷晴後翫清清」（八九番）と二例を見るが、それらもこの意で解釈できる。極めて用例の乏しい語で、『注釈』は、『養老令』（十・雑令・造暦）に「凡陰陽寮、毎年預造来年暦。十一月一日、申送中務。中務奏聞。内外諸司、各給一本。並年前至所在」とあるのを指摘する。その他にも、『令集解』営繕令の「凡在京営造、及貯備雑物、毎年、諸司摠料来年所須、申太政官付主計」とある、その割注に「申太政官、謂預年前申耳。明无日期也。（太政官に申すは、預かじめ年前に申すを謂うのみ。明ければ日期なければなり。）」とある。来年の修繕計画は年内に太政官に申し出ろ、その年になってからでは修繕までに日がないから、というのである。現代においても、「年内」などという言葉が用いられるのは、少なくとも正月から半年は経ってから、せいぜい十月以降ということになるだろう。中国での用例は未だ確認できないけれども、同様の事情があったと推測でき、事務用語で口頭語であったが故に、現存しないのであろう。昨年という意味が生じるのも、書類の提出が遅れ、明くる年になってから出された際に「年前と言っておいたではないか」と上司から叱責されれば、その「年前」は、去年の意になるからだと思われる。異文「手前」は、おそらく「年」字の草書体の誤り。

風月奇　ここでは雪景色を意味する。【補注】を参照。「風月」は六朝後期から現れた語で、清風明月という美景を意味する語として用いられ、またそうした景色を愛し楽しむ風雅な心をも意味する。白居易「送姚杭州赴任因思旧遊二首其二」詩に「笙歌縹緲虚空裏、風月依稀夢想間」（『千載佳句』懐旧）、同「間吟」詩に「唯有詩魔降未得、毎逢風月一間吟」（『千載佳句』

二六〇）の如く、助詞「と」をとる例も見られるが、八代集では「に」をとる場合が圧倒的に多く、「菊のうへにおきゐるべくもあらなくにちとせの身をもつゆになすかな」（後撰集七―三九六）「心してまれに吹きつる秋風を山おろしにはなさじとぞ思ふ」（後撰集一六―一一三八）「いかで猶かさとり山に身をなしてつゆけきたびにそはんとぞ思ふ」（後撰集一九―一三二五）などの例がある。当歌においては、一年を春に変えるということになるが、論理的には春以外の季節を春に変えるということ。「由（よし）」は方法・手段の意。「もがな」は終助詞で、願望の意。「由もがな」と連合して慣用的に用いられ、現実にはあるいは現在は叶わないことがらの実現を願う気持ちを表す。万葉集では「もがも」の形で「白雲のたなびく山の高々に我が思ふ妹を見むよしもがも（毛我母）」（万葉集四―七五八）「秋田刈る仮廬作りいほりしてあるらむ君を見むよしもがも（毛欲得）」（万葉集一〇―二二四八）などのように、類型的な歌末表現の一つとして見られる。八代集でも「かくしつつとにもかくにもながらへて君がやちよにあふよしもがな」（古今集七―三四七）「あまりさへありてゆくべき年だにも春にかならずあふよしもがな」（後撰集三―一三五）、また「なすよしもがな」という表現で「ねられぬをしひてわがぬる春の夜の夢をうつつになすよしもがな」（後撰集二―七六）「うら山しあさひにあたる白露をわが身と今はなすよしもがな」（拾遺集一三―八三四）などの例が見られる。当歌においては、一年を全部春に変えるという、実現不可能な願望を表している。

詠興）などとある。また日本漢詩にも、河島皇子「山齋」詩に「風月澄遊席、松桂期交情」（『懐風藻』）、調忌寸古麻呂「初秋於長王宅宴新羅客」詩に「一面金蘭席、三秋風月時」（『懐風藻』）とあり、前者は春の光景を詠む。菅原道真の作品に於いても春と秋の美景を中心に「風月」が用いられるが、ただ「奉感見献…鄙情」詩に「反哺寒烏自故林、只遺風月不遺金」（『菅家後集』）と詠んで以後、自然を賞翫する詩心から文学的資質才能の意で使われるようになるなど、その語義の変遷については、大曾根章介「風月攷――菅原道真を中心にして――」（『日本漢文学論集』第一巻所収）に詳しいが、ここでは美景の意。「奇」は、ずば抜けている、特に優れている、の意。

2 可憐　本集一五番詩【語釈】該項を参照のこと。異文「可惜」は、平仄上より非。　**三百六旬期**　三百六十日、つまり一年間のこと。『尚書』尭典には「期三百有六旬有六日、以閏月定四時成歳」（『白氏六帖』閏月）とあり、李白「贈内」詩に「三百六十日、日日酔如泥」、白居易「除夜言懐兼贈張常侍」詩に「三百六旬今夜尽、六十四年明日催」、同「和雨中花」詩に「一年三百六十日、花能幾日供攀折」等とあり、島田忠臣「閏十二月作簡同輩」詩に「暦倍尋常歳晩遅、却知三百六旬非」（『田氏家集』巻下）とある。「旬期」は、十日というに同じ。「漢戚伯著碑」に「太歳丁亥、娉妻朱氏、旬期著横遇邪度」（『隷釈』）とある。

3 春天　春、或いは春の空のこと。白居易「早春憶蘇州寄夢得」詩に「呉苑四時風景好、就中偏好是春天」、島田忠臣「及第作」詩に「秋帳収螢不見階、春天射鵠箭無乖」（『田氏家集』巻下）とある。また、本集一二番詩【語釈】該項を参照。　**多感**　物事に感じ易い、感受性が鋭敏に

【補注】

当歌は、前歌「春ながら年は暮れなむ散る花を惜しとやここら鶯の鳴く」（一八番）における「春ながら年は暮れなむ」や、本集下巻の「こゑたえず鳴けや鶯ひととせに再びとだに来べき春かは」（一二一番）における「ひととせに再びとだに来べき春かは」と同様の発想や感慨を、一首全体に展開したものである。

歌われた時期は、それらの歌と同じく、春の暮れと見られるが、落花なり鶯声なりの具体的な状況は何ら示されず、「かかる時」という指示表現によって暗示されるにとどまる。ちなみに、寛平御時后宮歌合において同歌に合わされた右歌「待ててふにとまらぬものと知りながら強ゐてぞ惜しき春の別れは」（三二番）も、具体的な春の景物は詠み込まれていない。

問題は、「かかる時」という表現によって、どれほどの感慨を表し、どれほどの共感を呼びうるかにある。歌において、その季節の終わりが惜しまれるという点できわだっているのは春であり、景物の如何に関わらず、暮春の歌としてそのこと自体を主題化することも十分ありえたと考えられる。寛平御時后宮歌合には他にも「飽かずして過ぎゆく春の人ならばとく帰り来といはましものを」（三四番）「来る春にあはむことこそ難からめ過ぎゆくにだに遅れずもがな」（四〇番）など、同様の歌が見られる。

しかし、当歌が後の勅撰集などに採られなかったことが物語るのは、このような抽象的・観念的な歌いぶりが評価されなかったということであろう。「かかる」という指示表現が、万葉集においてはともかく、八なるということ。柳惲「雑詩」に「春心多感動、睹物情復悲」（『玉臺新詠』巻五）、白居易「江上送客」詩に「共是多感人、仍為此中別」、同「送毛仙翁」詩に「羈旅坐多感、裴回私自憐」等とあるが、白詩には類義語「多情」が多い。異文「多歳」は、おそらくは「感」の誤写。**招遊客**　「遊客」は本集四番詩【語釈】参照。尚、春に客を招いて飲酒・遊覧する事に関しては、白居易「湖上招客送春汎舟」詩に「欲送残春招酒伴、客中誰最有風情」、同「感桜桃花因招飲客」詩に「誰能聞此来相勧、共泥春風酔一場」等とある。

4 携手　手をつなぐこと。ただし、この語は『毛詩』邶風・北風に「恵而好我、携手同行」とあることを背景とした、政治的な同志を意味する場合と、『楽府詩集』巻七六に「携手曲」があるように、男女が手を取り合って行楽する事をいう場合とがあったが、ここでは勿論男女の限定はないものの、後者の意。その呉均「携手曲」には「艶裔陽之春、携手清洛浜」とあり、梁・沈約「初春詩」に「扶道覓陽春、相将共携手」（『初学記』春）、宋之問「送趙六貞固」詩に「春芳来已久。与君共時物、尽此盈樽酒。始願今不従、春風恋携手」、白居易「酔中留別楊六兄弟」詩に「春初携手春深散、無日花間不酔狂」とある。**携觴**　さかずきを提げること。「携酒」「携壷」等と言う方が一般的。白居易「喜陳兄至」詩に「坐憐春物尽。起入東園行、携觴懶独酌」、同「同諸客携酒早看桜桃花」詩に「暁報桜桃発、春携酒客過」等とある。**送一時**「一時」は、唐詩に於いては一斉に、同時にの意で、副詞的に用いられることが多いが、ここでは『淮南子』天文訓に「三月而為一時、三十日為一月」、白居易「禽虫」詩に「疑有鳳凰頒鳥暦、一時一日不参差」と

代集ではもっぱら掛詞あるいは縁語として用いられ、単独の用法が少ないのも、指示される内容の具体的な喚起性や共有性という点が配慮されたからではないかと考えられる。ただし、『注釈』が指摘するように、当歌がもともとは「春盛りの華やかさを感じられることからもそのような状況の宴（春興の宴、暮春の宴、桜花の宴―稿者注）に参加した喜びを詠んでいる」とすれば、同席の人々にとっては「かかる時」がまさにその現場を指示するものとして、共感・理解されたのであろう。

※景豈無知」と詠う。風が雪で枝を封じ込めると、まるで梅花が満開になった時のようだ。春たけなわの風景も知っているけれど、冬の山野の光景はちょっと見ただけでも目を奪われるほどだ、とその見事さを強調し、「年前」の雪景色を「偸看」して、梅が満開の「深春」の光景を思い描いている。

「年前」の光景と春景色との親近性は、本集冬歌中に、「三冬柯雪忽驚眸、…柳絮梅花兼記取、矜如春日入林頭」（八一番）、「冬日挙眸望嶺辺、…深春山野猶看誤、咲殺寒梅万朶連」（八七番）、「素雪紛々落蕊新、…黌後園中似見春」（九七番）等いくつも指摘できる。

雪と梅花の比喩、見立ては古今集時代の常套技巧であったために、それを前提として一九番詩は出来ているのである。前半は過去の回想、後半が現在の状況。冬の光景も見事だが、春にはそれにも増して交友や飲酒などの行楽の楽しみがあると言いたいのだろう。

あるように、一季節、四季の一つの意で、当然春を意味する。音合符がある。「送春」と言うべきところ、字数と押韻との関係からこう表現した。異文「是一時」は、「送」と「是」の草体の類似から来る誤写と思われるが、「一時」と「三百六旬期」との対比を強調したものと、考えることもできよう。もしそうであれば、春に友と酒を酌み交わすのは春の一時に過ぎないが、一年中であればいい、ということになる。

【補注】

韻字は「奇」が上平声五支韻、「期・時」が上平声七之韻で、両者は同用。平仄にも基本的な誤りはない。

当詩の解釈は、和歌がなかったならば、まったく違った解釈がされてもおかしくはない。その原因は前半の二句、就中「偸見」と「年前」の二語にある。

『注釈』は、詩の前半を「ひそかに年の内の風月のすばらしさをかんがえてみると、一年というものはすべてに渡って憐れむべきものがある。」と訳す。しかし、「偸見」を「偸看」の置き換えとしても、「かんがえる」という解はない。更に、この訳では、なぜ美景を考えるのに、年の内、年末でなければならないのか、まったく必然性に欠けるし、またその答えが一年中素晴らしい、というのでは、意味を成さないだろう。

これを解決するのが、本集冬歌の終わりにある九八番の詩である。「霜枯れに成りぬと思へど梅の花さけるとぞ見る雪の照れるは」に対応して、「寒風粛々雪封枝、更訝梅花満苑時。山野偸看堪奪眼、深春風※

【比較対照】

詩の方は難解であるが、内容的に前半と後半に分かれるとすれば、歌における「かかる時はあらじ」という現時点はその後半部分が対応していると見られる。「かかる時有らじ」の「時」が春であることは下三句から明らかであり、詩の転句の「春天」はそのことを示している。問題は、これと詩の前半部分との関係である。

当詩の【通釈】および【補注】に明らかなように、前半は春以前の、冬の雪景色に春の花を見て、承句の感慨を引き出すというつながりになっている。表現上、歌の「ひととせをすべての春に成す由もがな」と、詩の「可憐三百六旬期」とは、願望として共通している。異なるのは、その願望を、歌は過ぎ行く観点から捉え、詩は待ち来たる観点から捉えているという点である。もとより、どちらにせよ、現実的には叶わないことではあるが、詩においては冬でさえも想像上の春は実現するのであるから、一年をとおして不可能ではないといえる。このように考えるならば、詩の難解さというのも、歌の現時点との対応関係にこだわりすぎたことによるのかもしれない。

歌には見られない、詩の後半に描かれるそれぞれの行動についても「春天多感」という漠然とした理由を示すに留まり、ただ前半から暗示されるのみである。この点においても、歌の「かかる時」という表現に代表される具体性の欠如は、基本的に詩にも通じていると見ることができる。

ただし、歌の主意は結句末の「由もがな」という願望に収斂されるように表現されているのに対して、詩ではその主意に対応する表現を承句に位置付けざるをえなかったあたりには、あえて歌とはずらそうとした結果と読み取れなくもないものの、やはり作詩上、無理があったと考えられる。

二〇番

鶯之　晒之花哉　散沼濫　侘敷音丹　折蝿手鳴

鶯の　すみかの花や　散りぬらむ　侘しきこゑに　折りはへて鳴く

【校異】

本文では、第二句の「哉」を、大阪市大本が欠き、第三句の「濫」を、大阪市大本が「監」、天理本が「藍」とし、結句の「折」を、永青本・久曾神本が「打」とする。

付訓では、第二句の「すみか」を、羅山本・無窮会本が「とくら」とし、結句の「をりはへて」を、底本および藤波家本・羅山本・無窮会本が「うちはへて」とするが他本により改める。

同歌は、歌合にも、他の歌集にも見られない。

【通釈】

鶯の住処である（桜の）花が散ってしまうからだろうか。（鶯が）気落ちした声でずっと鳴くことであるよ。

【語釈】

鶯の　連体修飾先として次句の「すみか」と「花」の両方の可能性があるが、表現の流れとしては前者が自然であろう。

すみかの花や　「晒」字には「す」あるいは「すみか」の古訓がある。「すみか」は住む所の意。万葉集に例はなく、八代集に「をしめどもち

残春欲尽百花貧
寂寞林亭鶯囀頻
放眼雲端心尚冷
従斯処処樹陰新

残春《サンシュン》尽《つき》むと欲《ほつ》して百花《ハククワ》貧《とも》し。
寂寞《セキバク》たる林亭《リンテイ》鶯《うぐひす》の囀《さへづ》ること頻《しきり》なり。
眼《まなこ》を雲端《ウンタン》に放《はなち》て心《こころ》尚《なほ》冷《すさ》まじ。
斯《これ》（より）処処《ショショ》樹陰《シュイン》新《あらた》なり。

【校異】

「欲尽」を藤波家本・講談所本・道明寺本・京大本・大阪市大・天理本「無尽」に作り、藤波家本のみ「欲」を校注する。「鶯囀頻」を永青文庫本「鶯頻囀」に作る。「冷」を、類従本「次」に作り、文化写本にも「冷」に「次群」の注記がある。

【通釈】

春の終わりの三月ももう終わろうとする時には全ての花が無くなりかけ、行楽の人影もなくなってひっそりした林の中の東屋には、鶯のしきりに鳴く声だけが聞こえてくる。そこで、視線を彼方の雲のあたりに移して見るが、（そこにももう春の気配はないので）やはり気持ちは寂しく落ち込んだままだ。今日からいたるところで樹木の陰の濃さが改まるのだ。

りもとまらぬはなゆゑに春は山べをすみかにぞする」（後拾遺集二―一三二）や「秋くればやどにとまるをたびねにて野べこそつねのすみかなりけれ」（千載集四―二五七）などのように、通常の家屋ではなく、野山の臨時的な宿所をさす例が多い。鳥に関して用いる例は少なく、「里ごとに鳴きこそ渡れ郭公すみか定めぬ君たづぬとて」（後撰集九―五四八）や「いまさらにおのがすみかをたたじとてこの葉のしたにをしぞなくなる」（詞花集四―一四五）などが該当する程度。「やど」も人間の住まいを表すのが普通だが、「勅ならばいともかしこし鶯のやどはとはばいかがこたへむ」（拾遺集九―五三一、詞書に「内より人の家に侍りける紅梅をほらせ給ひけるに、うぐひすのすくひて侍りければ、家あるじの女まづかくさうせさせ侍りける」とある）や「おもふどちそこともしらず行きくれぬ花のやどかせのべの鶯」（新古今集二―八二）など、鶯についても用いられる例があり、これらによれば、鶯は花を住まいとするものとして詠まれている。『注釈』では、「鶯が住む辺りの花の意」とし、花そのものを住まいとは見ていない（ただし通釈では「鶯のすみかの花」とする）。鳥一般の住まいは普通「す（巣）」と呼ばれ、鶯の場合、それは藪の中などに作られるのが実際であって、「鶯のこぞのやどりのふるすとや我には人のつれなかるらむ」（古今集一九―一〇四六）「谷さむみいまだすだたぬ鶯のなくこゑわかみ人のすさめぬ」（後撰集一―三四）「うぐひすのすづくる枝を折りつればこうばいかでかうまむとすらん」（拾遺集七―三五四）「鶯のすはうごけどもぬしもなし風にまかせていづちいぬらん」（拾遺集七―三七四）などとも詠まれている。当歌においては、鶯のすみかとしての「花」が、梅なのか桜なのかという

【語釈】

1 残春欲尽　三月の晦日、或いはその前日をいう。「残春」は杜甫「将赴成都草堂途中有作先寄厳鄭公五首其二」詩に「処処青江帯白蘋、故園猶得見残春」とあるように、盛唐からの語だが、『千載佳句』送春にも白詩の語例が二例ほど見えるように、白詩圏の詩に多く用いられる。元稹「離思詩五首其五」詩に「尋常百種花斉発、偏摘梨花与白人。今日江頭両三樹、可憐枝葉度残春」（『才調集』）、白居易「南亭対酒送春」詩に「冉冉三月尽、晩鶯城上聞。独持一杯酒、南亭送残春」、同「飲散夜帰贈諸客」詩に「明朝三月尽、忍不送残春」、同「春尽日天津橋酔吟偶呈李尹侍郎」詩に「初晴迎早夏、落照送残春」、劉禹錫「令狐相公春思見寄」詩に「長吟尽日西南望、猶及残春花落時」とあり、島田忠臣「残春宴集」詩に「樹花半落林鶯老、春宴宜開春浅時」（『田氏家集』巻中）、菅原道真「春日仮景尋訪故人」詩に「因君記得惜残春。余花落処争移榻」（『菅家文草』巻一）とある。異文「無尽」は意味上より非。**百花貧**「百花」は、様々の花のこと。尚、五・八番詩【語釈】該項を参照。花の乏しいことを「貧」で表すことに関しては、菅原庶幾「花錦不須機」詩に「紅桃岸上人皆富、濃杏園辺誰道貧」（『類題古詩』不須）とあり、本集一〇番詩【語釈】を参照。

2 寂寞　寂しく静かな様。劉禹錫「送春曲三首其三」詩に「寂寞繁花尽、流鶯帰莫来」、白居易「三月三十日作」詩に「今朝三月尽、寂寞春事畢。黄鳥漸無声、朱桜新結実」、同「落花」詩に「留春春不住、春帰人寂寞」等とあるのを始めとして、白詩にはこの語が非常に多い。坂上今継「和渤海大使見寄之作」詩に「賓亭寂莫対青渓、処処登臨旅念悽」

ことが問題になる。一般的なその取り合わせとして考えれば、梅の方が妥当と思われるが、本集上巻春歌のこれまでの配列や、当歌に付された詩に歌われた時期から見れば、桜の方がふさわしいと言える。なお『注釈』では「春の花一般を指す」とするが、これは詩の「百花」に逆に引かれたものであろう。

散りぬらむ　この主体は第二句の「花」。助動詞「らむ」は下二句に対する原因・理由の推量を示す。

侘しきこゑに　「侘（わび）し」は失意の様を表し、そのように聞こえる「声」を形容する表現は万葉集にはないが、同根の動詞「わぶ」を用いた例として「物思ふと寝ねず起きたる朝明にはわび（和備）て鳴くなり庭つ鳥さへ」（万葉集一二―三〇九四）や「秋萩の散り過ぎ行かばさ雄鹿はわび（和備）鳴きせむな見ずはともしみ」（万葉集一〇―二一五二）などが見られる。八代集には「あき風のややふきしけばのをさむみわびしき声に松虫ぞ鳴く」（後撰集五―二六一）「風のおとの限と秋やせめつらんふきくるごとに声のわびしき」（後撰集七―四二一）などとともに、「花のちることやわびしき春霞たつたの山のうぐひすのこゑ」（古今集三―一〇八）「我のみや世をうぐひすとなきわびむ人の心の花とちりなば」（古今集一五―七九八）など、鶯の鳴き声に関して用いられた例がある。和歌における「わびし」一般の用法に関しては、佐藤雅代「八代集における「わびし」の消長」（『文芸研究』七四、一九九四・九）参照。

折りはへて鳴く　【校異】に示したように、本文の「折」を「打」とするもの、また「うちはへて」と訓むものもある（なお、本集下巻に「蓬

『文華秀麗集』巻上）、島田忠臣「暮春宴菅尚書亭同賦掃庭花自落各一字」詩に「一座無言春寂寞、満庭空対花開□」（『田氏家集』巻下）とあり、本集上巻にも「寂寞閑居緪瑟弾」（一〇四番）、「閨中寂寞蜘綸乱」（一〇八番）とある。　**林亭**　本集四番詩【語釈】参照。　**鶯囀頻**　「鶯囀」については本集一二番詩【語釈】を参照のこと。「頻」は、物事・動作が間をおかず次々に起こること。孟浩然「長安早春」詩に「鴻漸看無数、鶯歌聴欲頻」、中唐・張籍「酬李僕射晩春見寄」詩に「戟戸動初辰、鶯声雨後頻」とある。猶、【補注】を参照のこと。異文「鶯頻囀」は押韻上から非。

3 放眼　白居易「洛陽有愚叟」詩に「放眼看青山、任頭生白髪」とあるが、これ以外にこの語の用例を知らない。おそらく、視線を自由に遊ばせること。書物でも読んでいた眼を、その緊張を解くために、ほっと一息ついて遠くを見ること。　**雲端**　雲のはし、雲の上、あるいはそのような高く遠いところのこと。謝朓「休沐重還道中」詩に「雲端楚山見、林表呉岫微」（『文選』巻二七）とあり、李善は枚乗「雑詩九首其六」詩の「美人在雲端、天路隔無期」（『玉臺新詠』巻一）を引用する。また釈弁正「五言在唐憶本郷」詩に「日辺瞻日本、雲裏望雲端」（『懐風藻』）、菅原道真「賦得麦秋至」詩に「自此多稼瑞、将望碧雲端」（『菅家文草』巻一）とある。　**心尚冷**　心がもの寂しくしらけた状態をいう。「尚」は継続を表す。寒山「城北仲家翁」詩に「喫他杯臠者、何太冷心腹」、皮日休「奉酬魯望惜春見寄」詩に「十五日中春日好、可憐沈痼冷如灰」、同「開元寺楼看雨聯句」に「細灑魂空冷、横飄目能眩」、白居易「遊悟真寺」詩に「照人心骨冷、竟夕不欲眠」等という類似表現はあるけれど、

生の荒れたるやどに郭公侘しきまでに打ちはへて鳴く」（一六二番）という歌があり、本文が「打」ではなく「折」となっているものがあり（永青本・久曾神本）、字形的にも両字は類似している）。動詞としての「折りはふ」は行為・現象の時間的な継続・持続を表すのに対して、「打ちはふ」はそれだけではなく、空間的な延長や広がりをも表す。ともに「て」を伴って副詞的に用いられ、ずっと引き続いてという時間的な意味を表す点ではほぼ共通する。当歌においては「鳴く」を連用修飾するが、その例として「折りはへて」には「あしひきの山郭公をりはへてたれかまさるとねをのみぞなく」（古今集三―一五〇）「たがみそぎゆふつけ鳥か唐衣たつたの山にをりはへてなく」（古今集一八―九九五）「折りはへてねをのみぞなく郭公しげきなげきの枝ごとにゐて」（後撰集四―一七五）など、「打ちはへて」には「葦引の山郭公うちはへて誰かまさるとねをのみぞなく」（後撰集四―一八四）「うちはへてねをなきくらす空蟬のむなしきこひも我はするかな」（後撰集四―一九二）などあるが、鶯の鳴き声に関する例は見られない。

【補注】

当歌は、上句が下句の状況に対する原因として推量されたことがらという、古今的な表現類型の一つであると言える。ここで把握されている状況とは、鶯の鳴き声という聴覚的なものであり、原因として推量されているのは、花が散るという視覚的なことがらである。

花が散るのを惜しんで鶯が鳴くという趣旨の歌は、本集にも一二・一六・一八番歌などあるが、それらと異なるのは、次の二点である。

尚つめたいという原義は失われていないように思えるのに対して、菅原道真「春日尋山」詩に「従初到任心情冷、被勧春風適破顔」（『菅家文草』巻三）、同「春日独遊三首其二」詩に「花凋鳥散冷春情、詩興催来試出行」（『菅家文草』巻四）、同「四年三月二十六日作」詩に「好去鶯花今已後、冷心一向勧農蚕」（『菅家文草』巻四）、同「立春」詩に「偏因暦注覚春来、物色人心尚冷灰」（『菅家文草』巻四）等とあるように、道真詩には酷似するものがある。本集には「無朋無酒意猶冷」（五七番）、「冬月興希心猶冷」（二一六番）等とある。

4 従斯 「斯」は今日という時日を指す。 **処処** あちこちで、いたるところで、の意。本集六・八番詩【語釈】参照のこと。 **樹陰新** 「樹陰」は「樹蔭」に同じ。こかげのこと。梁・鄧鏗「閨中月夜」詩に「樹陰縁砌上、窓影向牀斜」（『玉臺新詠』巻八）、白居易「間出」詩に「兀兀出門何処去、新昌街晩樹陰斜」とある。「樹陰新」とは白居易「首夏」詩に「春禽余哢在、夏木新陰成」とあるように、それまでの新芽と花で出来ていた比較的柔らかな木陰が、強い日差しと繁茂した新緑でくっきりとした濃い影を形成するようになること。源道済「水樹多佳趣」詩に「沙石縦侵何得汚、枝條方茂好成陰」（『本朝麗藻』巻上）とある。

【補注】

韻字は「貧・頻・新」で、上平声十七真韻。平仄にも基本的な誤りはない。

全体としては、「林亭」からの近景を視覚と聴覚で捉えた前半と、遠景に目を転ずる転句に、結句の述懐を配してそこで夏の到来をにじませ

第一点は、鶯と花との関係を、「すみか」という点でとらえたところである。これは「鶯のわれてはぐくむ桜花思ひ隈なくとくも散るかな」（本集一七番）にやや近く、それよりは一般的な設定であろう。花を鶯の「すみか」とみなすことによって、それが散ってしまえばもはや「すみか」としての体をなさないことになるのであるから、単なる哀惜の念というよりも切実なあるいは現実的な理由となりうる。

第二点は、鶯の鳴き声を「侘しきこゑに折りはへて」ととらえたことである。先行の類例は「春ながら年は暮れなむ散る花を惜しとやここら鶯の鳴く」（一八番）を明示的な例として、鶯のしきりな鳴き声とみなされるものであった。それに対して、当歌の「侘しきこゑ」という表現からは、そのような鳴き声を想定するのは難しい。むしろ「なきとむる花しなければうぐひすもはては物うくなりぬべらなり」（古今集二—一二八）の方に近いと言えよう。したがって「折りはへて」というのも、ひっきりなしにというのではなく、元気のない声がぼやきのように、ダラダラと続くさまを表したものと考えられる。

当歌は本集独自歌であり、今述べた二点においては同趣の歌と異なりを見せるが、その二点もとりたてて異色というほどではない。表現全体として見れば、常套的な方法によるものと言える。

るという、解釈に苦労した、これまでの数首の詩とは明らかに異なった構成を持っており、佳作か否かはともかくとして、かなり手慣れた者の筆に成る作とは言えるだろう。

ただ第二句の「鶯囀頻」に関しては、残春の風物としてやや疑問が残る。これが歌の「侘しきこゑに折りはへて鳴く」を意識したものであろうことは言をまたないが、「鶯囀」そのものには「侘しい声」の義はなく、「囀」の原義からすれば寧ろ逆の性向を持つので、起句・承句は空しくなった晩春の雰囲気の中で、鶯だけが元気に盛んにさえずっている光景を写すことになる。従って、転句の視点の転換が、花鳥双方の変衰による場合より、その効果が半減されることになっているのである。鶯の賑やかさと対照的な、花のなくなった寂しさが強調される結果となり、惜花の情だけを主題とする作品になっていると言ってもいいだろう。

ちなみに、文学的通念からも、鶯の晩春における一般的鳴き方は、白居易「残春曲」に「禁苑残鶯三四声、景遅風慢暮春情」、同「春末夏初間遊江郭二首其二」詩に「柳影繁初合、鶯声渋漸稀」、同「独遊玉泉寺三月三十日」詩に「新葉千万影、残鶯三両声」、同「三月三十日作」詩に「黄鳥漸無声、朱桜新結実」、同「将至東都先寄令狐留守」詩に「黄鳥無声葉満枝、間吟想到洛城時。惜逢金谷三春尽」、同「春尽日」詩に「春帰似遣鶯留語、好住林園三両声」とあるように、途切れ途切れに二・三声鳴くのであり、杜牧「斉安郡後池絶句」詩に「菱透浮萍緑錦池、夏鶯千囀弄薔薇」、白居易「病中書事」詩に「鶯多過春語、蝉不待秋鳴」等とあるのは、やはり例外とすべきであろう。唐・太宗「初夏」詩に「一朝春夏改、隔夜鳥花遷。……呼鶯猶響殿」（『初学記』夏）、白居※

※易「首夏南池独酌」詩に「新葉有佳色、残鶯猶好音」とあるのは「猶」の字に注意すべきであり、唐・太宗「賦得夏首啓節」詩に「黄鶯弄朝変、翠林花落余」（『初学記』夏）とあるのが、常識であった。

【比較対照】

歌と詩の表現上の対応は、殆どないと言っても過言ではなかろう。歌の「鶯のすみかの花」は詩においてはまったく触れられておらず（こうした表現が漢詩作者に不可能と考えられたのでないことは、一七番詩の起句「紅桜本自作鶯栖」からもあきらかである）、したがって当歌と他の類似歌を区別するはずの重要な表現上の特色を無視する結果となってしまった。「散りぬらむ」も、「百花貧」と歌の推量表現に対して詩では現象面からの描写となっており、さらに下句「侘びしきこゑに折りはへて鳴く」は「鶯囀頻」とされて、それぞれの【補注】で述べたように、およそ正反対の鳴き声に写されているのである。

そもそも、桜花の散るを惜しんで、或いは惜春の情から鳴くという、和歌に於ける晩春期の鶯の鳴き方は、後撰集以降は見られなくなり、鶯の登場は初春に限られるようになるので、古今集を参考にする以外にない。それを見ると、「なきとむる花しなければ鶯もはてはものうくなりぬべらなり」（古今集二―一二八）「こゑたえずなけや鶯ひととせにふたたびとだにくべき春かは」（古今集二―一三一）「我のみや世をうぐひすと鳴きわびむ人の心の花とちりなば」（古今集一五―七九八）のように、当歌と類似の傾向を持つと言えるのである。したがって、「鶯囀頻」という詩の表現が、何故選ばれたのかが判然としないのであるが（一〇番詩に「鶯慵囀」なる表現が既にあった）、おそらくその理由は歌の主題の把握と係わっているのではないかと想像される。

即ち、歌では表現上の主体はあくまでも鶯であるけれど、その実体は鶯の陰に隠れた作者の、花を惜しむ心にあると把握したのではなかろうか。事実、詩では惜花、惜鶯という二つの主題に分散することなく、前者に焦点を定め、鶯声を逆に盛んにすることによって花のなくなった寂しさを浮きあがらせ、転句の視点の転換と、結句の「樹陰新」という、同じ植物によるまとめと以後の風景の展開の予想を導いているのである。詩においては、一句の中で擬人法を用いることは珍しくないものの、一首全体がそのような構成になるというのは極めて異例だということはあるにしても、以上のような構想の下に、主体的にその表現が選ばれたと考えておく。

このような言い方が許されるとすれば、この歌と詩との関係は、連歌における心付けに比定することが出来よう。

二一番

春来者　花砥哉見濫　白雪之　懸礼留柯丹　鶯之鳴

春来れば　花とや見らむ　白雪の　懸かれるえだに　鶯の鳴く

【校異】

本文では、初句の「来」を、永青本・久曾神本が「成」とし、第二句の「濫」を、類従本・京大本・大阪市大本・天理本・羅山本・無窮会本が「留」とし、第四句の「懸」を、類従本が「縣」とし、同句の「柯」を、永青本・久曾神本が「枝」とする。

付訓では、第二句の「みらむ」を、羅山本・無窮会本が「みえむ」とする（本文が「留」であるのに対して）。

同歌は、寛平御時后宮歌合などの歌合には見られないが、古今集（巻一、春上、六番）には「雪の木にふりかかれるをよめる　素性法師」としてあり（ただし初句「春たてば」結句「うぐひすぞなく」）、古今六帖（第一、のこりのゆき、二八番、みつね。ただし初句「春たたば」第二句「花とや見えん」結句「鶯ぞなく」）、同じく（第六、鳥、うぐひす、四三九三番、そせい。ただし初句「はるたてば」第二句「花とや見えん」）、素性集（冷泉家旧蔵一番、きにゆきのふりかゝりたるを。ただし初句「春たてば」）にも見られる。

【通釈】

春が来ると（鶯が、雪を梅の）花と見るのだろうか、白雪が懸かって

嗤見深春帯雪枝
黄鶯出谷始馴時
初花初鳥皆堪翫
自此春情可得知

嗤《あざむ》き見《(み)》る深春《(シンシュン)》雪《(ゆき)》を帯《(おぶ)》る枝《(えだ)》。
黄鶯《(クワウアウ)》谷《たに》を出《(い)》でて始《(はじめ)》て馴《(な)》るる時《(とき)》。
初花《(ショクワ)》初鳥《(ショテウ)》皆《(み)》な翫《(もてあそ)》ぶに堪《(たへ)》たり。
此《(こ)》れより春情《(シュンセイ)》得《(え)》て知《(し)》る（べ）し。

【校異】

「深春」を、永青本「深雪」に作り、更改符を付けて「春」に改める。「初鳥」を天理本・永青本「初鶯」に作る。「春情」を、羅山本・無窮会本「春意」に作り、羅山本は更改符を付けて「情」の異本注記を付する。

【通釈】

春もたけなわだというのに、枝々に雪が積もっているのを笑いながら見る。それは鶯が谷から出て、ようやく人里の雰囲気にも馴れた頃であり、その頃になってやっと、梅花や鶯を十分に賞翫出来るようになる。だからこの時から春情という春の長閑な心持ちを実感として理解できるのだ。

【語釈】

1 嗤見　この語の用例を本集以外に知らない。「嗤」は、あざ笑うの意で偶に詩中にも用いられるが。今暫く、笑いながら見る、の意で解釈し

いる枝で鶯が鳴くことであるよ。

【語釈】

春来れば　「春来れば」という表現形式は古今集以降のもので、万葉集には例がなく、「春されば木末隠りてうぐひすそ鳴きて去ぬなる梅が下枝に」（万葉集五―八二七）「春されば妻を求むとうぐひすの木末を伝ひ鳴きつつもとな」（万葉集一〇―一八二六）などのように「春されば」、あるいは「うちなびく春さり来れば篠の末に尾羽打ち触れてうぐひす鳴くも」（万葉集一〇―一八三〇）「冬ごもり　春さり来れば　朝には　白露置き　夕には　霞たなびく　汗瑞能降　木末が下に　うぐひす鳴くも」（万葉集一三―三二二一）などのように「春さり来れば」というのが一般的。古今集所載の同歌では「春たてば」となっているが、この表現については、四番歌【語釈】該項を参照。また、春の到来を表す「来」「立つ」「成る」の関係については、一〇番歌【語釈】該項を参照。古今集の諸注釈書のほとんどは「春たてば」を「春になったので」と解釈している。順接確定条件として、前件と後件との関係は、偶然・必然・恒常の三種類に分類されるのが普通であり、「春になったので」という解釈はこのうち、必然の関係、つまり個別的・一回的な、原因と結果という関係でとらえていることになるが、当歌においては、恒常的な関係と見る方が適切であると考える。ここで、前件となるのはもとより春が来ることであり、後件は直接的には、下接の「花とや見らむ」という表現により、鶯が雪を花と見ることである。ただし、「春来れば」は歌末の「鳴く」にも関わっている。当時のとらえ方として、春になるとておく。少なくともここではあざ笑うというほどの、きつい嘲笑の意はない。講談所本・道明寺本・羅山本・無窮会本に「アサムキ」の訓がある。雪の積もった枝を人が梅花と見間違ってしまうのは自然の策略だが、それには欺されないよと、「あざむき（小馬鹿にして）見る」と言うのだろう。尚、本集下巻に「白蔵野芽華宜、嗤見玉露貫非糸」（一六四番）とある。

深春　「春深」という方が一般的。花が咲き鳥が鳴いて、春がいかにも春らしい深い趣を見せる頃をいう。春たけなわのこと。この語は白詩圏の語。劉禹錫に何れも「何処深春好、春深…家」の句で始まる「同楽天和微之深春二十首同用家花車斜四韻」詩が残り、白居易にも「和春深二十首」があって、それも「何処春深好、春深…家」で始まる次韻の作であるが、元唱となった元稹の作は残っていない。それらの作品は、かなり政治的な諷刺を含むものであるが、当詩にその影はない。

帯雪枝　枝に雪が積もっていること。孟浩然「陪姚使君題恵上人房」詩に「帯雪梅初暖、含煙柳尚青」、元稹「西帰絶句十二首其十二」詩に「寒花帯雪満山腰、着柳氷珠満碧条」とある。

2 黄鶯出谷　本詩六番詩【語釈】該項を参照のこと。

始馴時　「馴」は馬が従順になること。またそれから意味が拡大して野生の禽獣が人に馴れて従順になることをいうが、ここでは周囲の環境に調和して隔たりを感じなくなるという、やや国訓的な意味。従って、小禽では典故のある雉、鷗以外では、張説「岳州宴姚紹之」詩に「簷松風送静、院竹鳥来馴」、杜甫「奉和厳中丞西城晩眺十韻」詩に「旗尾蛟竜会、楼頭燕雀馴」とある程度で、鶯に関して用いられた例を知らない。但し、菅原道真「正月二十日有感」詩には「遠憶群鶯馴薬樹、偏悲五馬隔滄波」（『菅

鶯が鳴くというのは恒常的な関係にあると言える。春になると花が咲くというのも同様であって、鶯が雪を花と見るという想定が成り立つのは、それを当然の前提としているからである。とすれば、この前件に対する後件は、その年限りのことではなく、例年のこと、すなわち恒常的な関係といえよう。

花とや見らむ　「花」は、「春来れば」という条件表現や下句の「白雪の懸かれる枝」という表現から、梅の花とするのが適当であろう。「AヲBトヤ見らむ」という形式であって、その主体は鶯、Aに相当するのは枝に懸かっている白雪であり、その白雪を咲いている梅の花に見立てる表現になっている。雪を梅の花（あるいは花）に見立てる表現には、雪の降るさまを花の散るさまに見立てるものと、雪が枝などに降り積もったさまを花が咲いているさまに見立てるものと、二種類ある。前者の例としては「梅の花枝にか散ると見るまでに風に乱れて雪そ降り来る」（万葉集八―一六四七）「山高み降り来る雪を梅の花散りかも来ると思ひつるかも」（万葉集一〇―一八四一）、「霞たちこのめもはるの雪ふれば花なきさとも花ぞちりける」（古今集一―九）「春立ちて猶ふる雪は梅の花さくほどもなくちるかとぞ見る」（拾遺集一―八）「はるたちてふるしらゆきをうぐひすのはなちりぬとやいそぎいづらん」（後拾遺集一―一八）などあり、後者の例としては「我がやどの冬木の上に降る雪を梅の花かとうち見つるかも」（万葉集八―一六四五）、「雪ふれば木ごとに花ぞさきにけるいづれを梅とわきてをらまし」（古今集六―三三七）「むめがえにふりおける雪を春ちかみめのうちつけに花かとぞ見る」（後撰集八―四九七）「春たちてこずゑにきえぬしら雪はまだきにさける花かと

家文草』巻三）、大江以言「暮春於右尚書菅中丞亭同賦閑庭花自落」詩に「脆是天為人散地、飄非風意鳥馴林」（『本朝麗藻』巻上）とある。

３初花　「近代呉歌九首　春歌」に「朝日照北林、初花錦繡色」（『玉臺新詠』巻一〇）、陳後主叔宝「独酌謡四首其二」詩に「中宵照春月、初花発春朝」とあるのを見れば、咲いたばかりの花、の意であろうが、ここはおそらく和語「はつはな」の意で用いているのだろう。「初花」とは、起句に「帯雪枝」と表現され、それを「花」と見紛うことが前提とされる花を指さねばならないので、本集九八番詩に「寒風粛々雪封枝、更訝梅花満苑時。山野偸看堪奪眼、深春風景豈無知」とあることをもって、「梅花」を指すと考えるべきだろう。また、本集一九番詩【補注】を参照のこと。　**初鳥**　梁・丘遅「侍宴楽遊苑送張徐州応詔」詩に「巣空初鳥飛、荇乱新魚戯」（『文選』巻二〇）とあるのを見れば、飛び始めたばかりの鳥、の意であるが、ここは春になって初めて見聞きした鳥の意。異文「初鶯」は、平仄上からも承句に同字があることからも非であるが、「初鳥」とは勿論「黄鶯」のこと。　**皆堪翫**　「皆」とは「初花初鳥」のこと。「堪翫」とは、実際的に、また心理的に慰みとしてもてあそんで楽しむことが出来る、ということ。

４自此　「此」とは転句の事情を指す。　**春情**　春の長閑な心持ちのこと。底本等刊本には音合符がある。斉・王融「詠琵琶」詩に「糸中伝意緒、花裏寄春情」（『玉臺新詠』巻四）、梁・簡文帝「春日」詩に「春心日日異、春情処処多」（『玉臺新詠』巻七）、梁・蕭子範「春望古意」詩に「春情寄柳色、鳥語出梅中」（『玉臺新詠』巻八）とあるように、本来は女性的な含みを持つ語。巨勢識人「奉和春情」詩に「孤閨已遇芳菲月、

ぞ見る」（金葉集一―二）などが挙げられる。「見らむ」は上代の語法で、「見」を「見る」の語幹とする説、未然形あるいは終止形とする説などがある。万葉集に「潮速み磯回に居れば潜きする海人とや見らむ〈見濫〉旅行く我を」（万葉集七―一二三四）「白たへの藤江の浦にいざりする海人とや見らむ〈見良武〉旅行く我を」（万葉集一五―三六〇七）などの例が見られる。

白雪の　「白雪（しらゆき）」は歌語として万葉集以来用いられることばであり、漢語の翻訳語と見られる（佐藤武義「歌語としての万葉語〈白雪〉について」『文芸研究』七八、一九七五・一　参照）。白い雪の意であるが、そもそも雪は白いのであって、ことさら「白」と形容するのは、それをきわだたせるためである。当歌の場合、それによって、見立ての対象の梅の花の色の白さとの共通性が意識される。

懸かれるえだに　「懸かる」の主体となるのはおもに雲・露・波などで、雪に関する例は少なく、「年ふれど色もかはらぬ松がえにかかれる雪を花とこそ見れ」（後撰集八―四七五）「山がくれきえせぬ雪のわびしきは君まつのはにかかりてぞふる」（後撰集一四―一〇七三）、また「ふりかかる」という複合語で「むめがえにふりかかりてぞ白雪の花のたよりにをらるべらなる」（拾遺集一―一三）などがある。

鶯の鳴く　「鶯」は「鳴く」の主体であるとともに、第二句の「見る」の主体でもある。一六番歌【語釈】該項および当歌【補注】を参照。

【補注】

当歌は、下三句の状況に対して推定される理由を上二句に述べるとい

頓使春情幾許紛」（『文華秀麗集』巻中）というのはそのニュアンスを捉えたものだが、菅原道真「翫梅華各分一字」詩に「梅樹花開剪白繒、春情勾引得相仍」（『菅家文草』巻一）、同「春日独遊三首其二」詩に「花凋鳥散冷春情、詩興催来試出行」（『菅家文草』巻四）、同「春惜桜花応製」詩に「春物春情更問誰、紅桜一樹酒三遅」（『菅家文草』巻五）などとあるのは、当詩と同義であり、『菅家文草』には六例の多きを数える。

可得知　知ることが出来る、の意。「知」の目的語は「春情」。動詞の前に置かれる「可得」は、許可または可能を表す。例えば白居易「元家花」詩に「失却東園主、春風可得知」、同「酬厳給事」詩に「不緑啼鳥春饒舌、青瑣仙郎可得知」とある。諸本「得て知るべし」と訓むように訓点がある。

【補注】

韻字は「枝・知」が上平声五支韻、「時」が上平声七之韻で、両者は同用。平仄にも基本的な誤りはない。

当詩は、一首全体が時節と景物とのズレ、および見立てという当時の表現技巧を前提として構成されている。

起句で「深春」という、聞き馴れぬ、おそらく元稹が初めて使ったと思われる語を出すと同時に（元稹詩にはそうした奇矯な表現や熟しない語句が散見する。白居易が「深春」の語を敢えて使わなかったのは、恐らく彼の見識である）、春たけなわの時期に雪が枝に積もるという人間の一般的な暦意識と、実際の天候とのズレを述べると同時に、「帯雪枝」が「梅花」を連想させるという文学的な常識を「嗤」っているのである。

う表現構成になっていて、それは基本的に、前歌「鶯のすみかの花や散りぬらむ侘しきこゑに折りはへて鳴く」（二〇番）と同様である。同様と言えば、鶯の鳴くことについてという点でもそうである。

歌に詠まれる、鶯が鳴くことと梅の花が咲くこととの先後関係に関しては、「春立てど花も匂はぬ山里はものうかるねに鶯や鳴く」（一〇番）においても検討したが、一〇番歌と当歌とでは、鶯の鳴き方やその理由の想定の仕方が異なる。すなわち、一〇番歌では、鶯がもの憂げに鳴くのに対して、当歌においては、鶯は、花が咲いたと勘違いをして、喜んで鳴いているということになる。これは逆に考えるならば、花がまだ咲いていないにもかかわらず、鶯が盛んに鳴いていることに対する不審の思いを、雪を花と勘違いしたのではないかと推定することによって、合理化しようとしたものと言える。

【語釈】でも述べたように、雪を花に見立てる歌は多く見られるが、その中には花というもの一般に対して見立てる場合と、梅の花に特定する場合とがある。梅の花の場合、雪と梅の花の両方が同時に実際に存在することがありうるので、その両者を見紛うという歌も、また逆に梅の花を雪に見立てるという歌も、万葉集から見られる。いずれの場合も、もっぱら作者がそのようにみなすということであって、当歌のように、鶯を主体とする例は稀れである。

実質的な春の訪れを待ちわびる気持ちがもとより作者自身にもあると考えれば、鶯の鳴き声とともに一日も早い梅の開花もまた望ましいことであるから、梅の枝に降り懸かった雪が本当の花になればよいという作者の思いが、「花とや見らむ」という表現には託されていると見ることもできよう。

詩の眼目はそこにあり、それが全てであると言って良い。「孟春」をキーワードとする縁語であるとするならば、そこに「深春」「始馴時」「皆堪翫」「帯雪枝」「黄鶯出谷」「初花初鳥」は、いずれも「孟春」をキーワードとする縁語であるとするならば、そこに「深春」「始馴時」「皆堪翫」という「仲春」を匂わせる表現を用いて、「嗤見」という奇矯な表現の種明かしをしているのである。

まとめの結句は、「春情」という、今度は六朝的・伝統的な語で締めくくり、冒頭と語性的な対照を意識させるようになっている。

従って、当詩はいわゆる起承転結という、漢詩本来の構成法からは明らかに外れる非常に特殊なものではあるけれど、上記のような観点からすれば、一つの体を成していると言っても良いのではなかろうか。

当歌は、時期的には明らかに初春の状況を歌ったものであり、そのような歌が本集上巻の春歌末尾に配されているのはなぜかという問題がある。春全体の歌の配列が、古今集などとは異なり、必ずしも時系列に即したものになっていないことは、これまで見てきたとおりであって、それはたとえば「花」を梅とみなすか桜とみなすかという解釈の仕方とも関わるものであった。これまで、当集の編集過程において後に増補されたのではないかとする説や、当歌を前歌と一組ととらえ、さらにそれらが冒頭歌へとつながり、春部全体が円環的構造を成しているのではないかという説などが出ているが、なお未詳のままである。

【比較対照】

歌と詩との対応から言えば、歌の内容はほぼ詩の起句で尽きてしまっており、残りの三句は漢詩作者の付加した部分と言えるだろう。

さて、その起句との対応であるが、歌が「春来れば」と言って初春をイメージさせるのに対して、詩では「深春」という春爛漫たる時期を設定して、まずその作品背景となる時期に大きなズレが生じている。さらに歌では「花とや見らむ白雪の懸かれる枝に」と言って、雪の積もる枝を花と見立てるのに対して、詩では何故かその逆の、枝に咲く花を雪に見立てるという技法を取る。無論「帯雪枝」という語そのものにはその字面だけの意味しかないが、「嗤見深春」と結合するとき、「帯雪枝」は枝に咲く花の隠喩となる。さらに、歌では鶯がその枝で鳴いていることになっているが、詩では「黄鶯」の現在位置は不明と言う他はない。歌に近づけて「嗤見」の主体を鶯とすると、漢詩の転句結句とのつながりが不明確にならざるを得ないのである。

要するに、こうした齟齬をきたす原因が、時期設定の相違から来ていることは言うまでもなかろう。では何故に初春の時期を詠じたことが明白な当歌に対して、そのような季節を設定したのか、と言うことが問われなければならないわけであるが、およそ次のような推測が可能かと思われる。

それは、当歌が持つ矛盾を解消しようとしたのではないかということである。即ち、当歌はその【補注】でも触れたように、明らかにここに配列されるべきものではないのであるが、それを詩で春真っ盛りの時期を出すことによって、この部全体のまとめにしようとしたのではなかったか。これ以前の作品配列を見ても春の麗しい光景を詠んだものは意外にも皆無であった。配列の問題は大きな問題であるので、慎重を期したいが、大まかに言えば、一番〜一〇番までが初春を、一一番〜二〇番までが暮春を詠んでいるのである。

夏歌　廿一首

二二番

蟬之音　聞者哀那　夏衣　薄哉人之　成砥思者

蟬のこゑ　聞けば哀しな　夏衣　薄くや人の　成らむと思へば

【校異】

本文では、初句の「音」を、久曾神本・永青本が「声」とし、第二句の「哀」を、京大本・大阪市大本・天理本が「悲」とし、同句の「那」を、永青本が「哉」とし、結句を、永青本が「成牟砥思倍者」とする。

付訓では、第二句の「かなしな」を、講談所本・道明寺本が「かなしき」とし、結句の「ならむ」を、元禄九年版本・元禄一二年版本・文化版本・下澤本が「なる」と訓む。結句が永青本の本文どおりならば、訓みは「成らむと思へば」で問題はなく、字余りも許容されるケースである。「成砥思者」の本文によれば、「思へ」の「へ」はともかく、「成らむ」の「む」が補読となるが、「や」との呼応や文脈を考えれば、「成る」よりも適切とみなしうる。

同歌は、寛平御時后宮歌合（十巻本・廿巻本、夏歌、四一番、友則）にあり、古今集（巻一四、恋四、七一五番）に「寛平御時きさいの宮のうたあはせのうた　とものり」としてあり、他に、新撰和歌集（巻二、夏冬、一五三番）、古今六帖（第六、虫　せみ、三九七三番。ただし結句「ならんとすらん」）、新撰朗詠集（上巻、夏　蟬、一八二番）、また友則集（三四番）にも「寛平御時中宮歌合に」として見られる。

嘒々蟬声入耳悲
不知斉后化何時
絺衣初製幾千襲
咲殺伶倫竹与糸

嘒々《ケイケイ》たる蟬《せみ》の声《こゑ》耳《みみ》に入《い》りて悲《かな》しぶ。
知《し》らず斉后《セイコウ》の化《クヮ》せしこと何《いづれ》の時《とき》ぞ。
絺衣《チイ》初《はじ》めて製《セイ》して幾《い》く千襲《センシフ》ぞ。
伶倫《レイリン》が竹《チク》と糸《シ》とを咲《わら》ひ殺《そ》さす。

【校異】

「嘒々」を、類従本・無窮会本・久曾神本「嚖々」に作り、元禄九年版本に「嚖」の注記があり、文化写本にも「嚖群」の異本注記がある。京大本・大阪市大本「⿰口瑟々」に作り、天理本「瑟々」に作り、永青本「⿰口恵々」に作る。「初製」を類従本・羅山本・無窮会本・永青本「新製」に作り、元禄九年版本・文化写本・藤波家本・講談所本・道明寺本にも「初」に「新」の異本注記がある。「千」を、無窮会本「干」に作り、藤波家本にも「干」の異本注記がある。「咲殺」を類従本・羅山本・無窮会本「吹殺」に作り、文化写本にも「吹群」の異本注記がある。

第三・四句が『新撰朗詠集』上巻・夏・更衣に採られ、そこでも「初製」を「新製」に作る。

【通釈】

澄み渡ったセミの鳴き声が（今年も）悲しげに聞こえてくる時期になった。あの斉王の后が王を怨みながら死んでセミになったのは、どの

【通釈】

セミの声を聞くと哀しいことであるよ。夏の衣のように、薄く人（の情）がなるのだろうかと思うと。

【語釈】

蟬のこゑ　古代和歌の季節歌において、セミはおもに夏の風物として、それほど数は多くないが、詠まれる。取り上げられるのは、とくに鳴き声と羽に関してである。声については、「石走る瀧もとどろに鳴く蟬の声をし聞けば都し思ほゆ」（万葉集一五―三六一七）や「あけたてば蟬のをりはへなきくらしよるはほたるのもえこそわたれ」（古今集一一―五四三）などの如く、その大きさや継続性に着目したものが目に付く。そのような声をどのようにとらえるかについては、本集の例で言えば、「琴のねに響き通へる松風を調べても鳴く蟬のこゑかな」（三七番）のように、美的な音声として鑑賞的にとらえる歌もある一方で、「夏の日を暮らし侘びつつ鳴く蟬を問ひてしてまし何事かうき」（一五三番）の如く、悲痛・痛切な声としてとらえる歌もある。また、秋歌には「秋の蟬寒きこゑにぞ聞こゆなる木の葉のきぬを風やはぎつる」（五五番）のように、温度感覚的に表現する例もある。当歌の如く、直接「哀し」ととらえる歌は、万葉集にも八代集にも見られない。ただ、セミの意の「うつせみ」を用いた「うちはへてねをなきくらす空蟬のむなしきこひも我はするかな」（後撰集四―一九二）「荒玉の年の三とせはうつせみのむなしきねをやなきてくらさむ」（後撰集一三―九七一）などの例や、先掲の「あけたてば蟬のをりはへなきくらしよるはほたるのもえこそわた

時代であったのかは知らないが。それにしてもセミはあの夏衣のような薄い羽を今調え終えて成虫になったばかりだが、どれくらい沢山の葛の衣を新調したことだろう。一斉に鳴き始めたその声は、あの伶倫の素晴らしい演奏も大笑いするほど趣深く聞こえてくることだ。

【語釈】

1 嘒々　澄んだ蟬の鳴き声を形容する重言。潘岳「秋興賦」に「蟬嘒嘒而寒吟兮、雁飄飄而南飛」（『文選』巻一三）とあり、李善は『毛詩』小弁の「菀彼柳斯、鳴蜩嘒嘒」（『白氏六帖』蟬）、及びその毛伝の「嘒嘒、声也」を引用する。異文は音義双方から非。**蟬声**　セミの鳴き声のこと。「蟬吟」「蟬韻」等とも言う。盛唐・李嘉祐「発青泥店至長余県西渡山口」詩に「千峰鳥路含梅雨、五月蟬声送麦秋」（『千載佳句』夏興）とある。**入耳悲**　いかにも悲しげに聞こえてくる、それを聞くと悲しくなる、の意。ただし、「入耳」の語は、梁・昭明太子「文選序」に「譬陶匏異器、並為入耳之娯。黼黻不同、倶為悦目之玩」とあるように、元来「悦耳」とほぼ同義で用いられたが、後には例えば白居易「五弦弾」詩の「殺声入耳膚血憯、寒気中人肌骨酸」のように、単に聞こえるの意でも用いられた。同「早蟬」詩に「亦如早蟬声、先入閒人耳。一聞愁意結、再聴郷心起」とあり、菅原道真「正月二十日有感」詩に「廻頭左右皆潮戸、入耳高低只棹歌」（『菅家文草』巻三）とあり、また同「新蟬」詩には「今年異例腸先断、不是蟬悲客意悲」（『菅家文草』巻四）とある。

2 不知　白居易「入峡次巴東」詩に「不知遠郡何時到、猶喜全家此去

れ」（古今集一一―五四三）は、当歌に通じるものと考えられる。

聞けば哀しな 「哀（かな）しな」の「な」は、詠嘆の意を表す終助詞。万葉集では「恋ひむな」という表現を中心に、動詞＋推量の助動詞「む」に下接する例がほとんどである。『日本文法大辞典』には、「奈良時代に使われていた三種の意味のうち、まず、願望・勧誘・誂えの「な」が滅び、平安時代には、禁止・感動の二種の意味で使われていた。感動の「な」については、（略）平安時代以降、「あり」や形容詞など、状態性の語につくことが多く、動詞を中心として接続する、禁止の「な」と、この面でも差があるように思われる」とある。万葉集で形容詞に接続するのは「梅の花それとも見えず降る雪のいちしろけむな間使い遣らば」（万葉集一〇―二三四四）の「いちしろし」のみであるのに対して、八代集では「秋風のよもの山よりおのがじしふくにちりぬるもみぢかなしな」（拾遺集七―四三一）「あまのがはのちのけふだにはるけきをいつともしらぬふなでかなしな」（後拾集八―四九七）などの他、いくつかの形容詞に直接続く例が見られる。

夏衣 「なつごろも」と訓み、夏用の着物のこと。「ひとへ・うすし」「たつ・きる・すそ・ひも」などにかかる枕詞としても用いられる。ちなみに、他の季節を表す語と「衣」が複合した複合語の例は見られない（万葉集に一例「秋去り衣」というのはあるが）。当歌ではすぐ下に「薄く」が続くので、枕詞としての用法と考えられるが、夏という季節やセミとの関係から言えば、単なる枕詞ではなく、歌意に関わる実質性を伴っている例と見られる。セミとの関係というのは、その羽が薄い着物とくに夏衣のたとえとしても用いられ、また「蟬の羽の」が「夏衣」

同」、劉禹錫「吏隠亭述」詩に「不知何時、再融再結」とある。

斉后化何時 「斉后」は斉の国の后。「斉女」というのが一般。『古今注』問答釈義に「牛亨問曰、蟬名斉女者何。答曰、斉王后忿而死、尸変為蟬、登庭樹嘒唳而鳴。王悔恨。故世名蟬曰斉女也」（『初学記』『白氏六帖』蟬などは、董仲舒「答問」を出典とする）とあるに基づく語で、セミの異名であったというが、晩唐・劉兼「新蟬」詩に「斉女屏幃失旧容、侍中冠冕有芳蹤」、李商隠「韓翃舎人即事」詩に「鳥応悲蜀帝、蟬是怨斉王」とあるように、この典故の詩への利用は晩唐以後の事。「化」とは、姿を変えて元と違った形になること。ここは斉王の后の死体が変化してセミとなったことをいう。諸本に音読符がある。因みに『白氏六帖』所載の本文では「尸変」を「尸化」に作る。又このことは「何時」のことかについては、紀元前一一世紀から同三世紀末までとしか言いようがない。まさに「不知」である。なお、「化何時」は誤りではないが、「何時化」の語順が一般的。押韻のため倒置された。

3 絺衣 細い葛糸で織った布で作った、夏用の衣服のこと。かたびら。「葛衣」とも。『有坂本和名集』装束部に「絺クズヌノ」とある。『礼記』月令に「孟夏之月、…天子始絺」とあり、鄭注は「初めて暑服を服す」という。杜甫「陪鄭広文遊何将軍山林十首其九」詩に「絺衣挂蘿薜、涼月白紛紛」とある。ただ、ここではセミの羽根をこのように表現した。『急就篇』に「綈絡縑練素帛蟬」とあり、初唐・顔師固が「蟬、謂絵之軽薄者、若蟬翼也」と注するように、その透明な美しい羽根を連想させることから、薄い絹織物の異名でもあった。梁・簡文帝「美女篇」に「粉光勝玉靚、衫薄擬蟬軽」とあり、中唐・李賀「石城暁」詩に「春帳

同様、「ひとへ・うすし」などにかかる枕詞になるということであって、「蟬の羽のひとへにうすき夏衣なればよりなむ物にやはあらぬ」（古今集一九―一〇三五）「なくこゑはまだきかねどもせみのはのうすき衣はたちぞきてける」（拾遺集二―七九）「ひとへなるせみのはごろもなつはなほうすしといへどあつくぞありける」（後拾遺集三―二一八）などの例がある。

薄くや人の　「薄（うす）く」は第三句の「夏衣」を受け、また結句の「人の成らむ」の補語となる。「夏衣」との関係では、物理的な薄さを表し、次句の「人の成らむ」との関係では、心情的な薄さを表す。同様の例には、「佐保川に凍り渡れる薄ら氷の薄き心を我が思はなくに」（万葉集二〇―四四七八）、「夏衣身にはなるともわがためにうすき心はかけずもあらなん」（後撰集一四―一〇一四）「わがたちてきるこそうけれ夏衣おほかたとのみみべきうすさを」（後撰集一四―一〇五四）など見られる。ただし、「薄し」が心情的な意味を表す場合、その主語となるのは普通「心」であって、直接「人」がなる例は見当たらない。

成らむと思へば　「思へば」の主語は詠み手自身で、上二句「蟬のこゑ聞けば哀しな」に対して想定した理由を述べる。

【補注】

当歌は本集上巻夏歌の冒頭歌となっている（ちなみに、寛平御時后宮歌合においても夏歌冒頭の左歌である）が、古今集では恋四のほぼ中央に収められている。一体に、本集上巻の四季歌の中で夏歌には、後の歌集において恋歌として分類される歌が多い（夏歌には五首、冬歌に二首、

依微蟬翼羅、横菌突金隠体花」等とあるように、特に女性用の衣装等をいうのが一般。　**初製**　「初」も異文「新」も共に、〜したばかり、の意で平声。「製」は衣服を仕立てることだが、ここでは勿論、蟬の幼虫が地中から出て、美しい羽根を持つ成虫になったことをいう。底本・藤波家本・京大本など「トトノヘテ」の訓がある。　**幾千襲**　「襲」は上下などの一揃いの衣服を数えるときの量詞。

4 咲殺　「咲」は、『漢書』孝成許皇后伝に「易曰、鳥焚其巣、旅人先咲後号咷」とあり、顔師古が「咲、古笑字也」と注するように、「笑」字に同じ。「殺」は前置される動詞の意味を強める働きをする口語の助字で、六朝頃よりこうした用法が見える。詳しくは志村良治『中国中世語法史研究』（三冬社、一九八四）などを参照のこと。「咲殺」（笑殺）の例としては、既に隋・煬帝楊広「幸江都作詩」に「鳥声争勧酒、梅花笑殺人」と見え、唐詩には「当塗趙炎少府粉図山水歌」に「若待功成払衣去、武陵桃花笑殺人」とあるのを初めとして、李白に六例ほどを数えるのが顕著な例。白詩にも数例ある。菅原道真「寄白菊四十韻」詩に「笑殺陶元亮、浪資楚屈原」（『菅家文草』巻四）、同「詶藤司馬詠庁前桜花之作」詩に「紅桜笑殺古甘棠、安使君公遺愛芳」（同）とあるが、本集には「戔戔新服風前艶、咲殺如恍鳳羽儀」（七一番）、「深春山野猶看誤、咲殺寒梅万朶連」（八七番）を初め、下巻にも三例を見るなど極めて多い。　**伶倫**　大昔、黄帝の臣で中国の音律の基礎を築いたとされる人の名。『呂氏春秋』古楽に「昔黄帝令伶倫作為律。…次制十二筒、以之阮隃之下、聴鳳皇之鳴、以別十二律」（類似文が『説苑』修文、『風俗通義』声音等にあり、『漢書』律暦志上には「冷綸」に作る）

春歌と秋歌に各一首）。これには、季節ごとに取り上げうる風物の多少が関係しているのかもしれない。

当歌を恋歌に分類する古今集においては、恋人の愛情がやがて冷めていくことを予感する歌として解釈される。問題になるのは、その時期がいつかということであって、夏の盛りの時期か、夏の終わり頃かの二説に分かれる。そのポイントは、セミと夏衣にある。

セミそのものは種類によって春から秋にかけて鳴くけれども、和歌に取り上げられるのは、おもに夏蟬である。たとえば、本集には上下巻を通して七首と、比較的数多く取り上げられているが、うち六首が夏、一首が秋である。ただし、夏歌に詠まれたセミも、晩夏から鳴くヒグラシを別にすれば、時期が明示されるわけではなく、一般的に夏の盛りの時期が推定されるにすぎない。

夏衣はもとより夏の暑い時期に着用するための薄地の衣服である。つまり、夏衣というのが薄いというのは当たり前のことであるから、その薄さが意識されるのは季節の変わり目の時期、とくには夏から秋へと移る頃と考えられる。

問題の時期を夏の盛りととる場合は、セミの盛んに鳴くのを聞きながら、やがて訪れる秋を予想することになるのに対して、晩夏ととる場合は、セミの声も乏しくなり、秋を間近に感じていることになる。新日本古典文学大系本では、同歌の「薄く」にセミの声のまばらの意も掛けていると説明されている。

しかし、セミの声を聞いて物思わしい気分になることを詠む歌は【語釈】で挙げたような例があるが、それらはセミの鳴き声の乏しさゆえで

とあり、『白氏六帖』制楽や掌楽等にもその名が見えるように、音律に精通した人、あるいは笛簫の名手の異称としてしばしば詩文に登場する。晋・嵆康「琴賦」に「伶倫比律、田連操張」（『文選』巻一八、因みに『文選』の注文は全て『漢書』律暦志上を出典とする）、初唐・陳子昂「与東方左史虬修竹篇」に「不意伶倫子、吹之学鳳鳴」とあり、釈空海『三教指帰』亀毛先生論に「借耳伶倫、貸目離朱」、大江維時「村上天皇供養雲林院御塔願文」に「是故別命伶倫、整理音楽、兼令舞人尽其妙曲」（『本朝文粋』巻一三）、大江匡衡「七言暮春侍宴左丞相東三条第…」序に「整伶倫於竜舟、自調春波之妙曲、択墨客於鳳筆、皆瑩夜月之明文矣」（『本朝麗藻』巻上）とある。**竹与糸** 管楽器と弦楽器のこと。音楽。「糸竹」の語順が一般。押韻のために倒置された。左思「招隠詩二首其一」に「非必糸与竹、山水有清音」（『文選』巻二二）、耿湋「上将行」詩に「旌旗四面高秋見、糸竹千家静夜聞」（『千載佳句』将軍）とある。

【補注】

韻字は「悲」が上平声六脂韻、「時・糸」が上平声七之韻で、両者は同用。平仄にも基本的な誤りはない。

『周書』時訓に「夏至之日、鹿角解。又五日、蜩始鳴」とあり、『礼記』月令にも「仲夏之月、…鹿角解、蟬始鳴」（以上、『藝文類聚』・『初学記』夏）、『呂氏春秋』仲夏紀にも類似文があるように、セミは夏の風物として中国の人々の季節感の中枢を占めるが、同時に『周書』時訓に「立秋之日、涼風至。又五日、白露降。又五日、寒蟬鳴」とあり、『礼

はなく、むしろ盛んにあるいは引き続き鳴く声に触発されるものであった。その限りでは、「薄し」が声に関して用いられる例も他にないことを勘案すれば、晩夏とする説はとりがたいように思われる。

　本集夏歌における歌の配列は、夏季の時間的推移にそのまま対応しているとは考えにくい。少なくともそれを物語る明確な徴標は見いだしがたい。その点から言えば、本集における当歌の時期を夏の初めとしなければならない積極的な理由はない。しかし、その一方で、夏歌の冒頭に、盛夏はともかく、いきなり晩夏とみなされる歌を持ってくるというのは、季節歌としては疑問である。

　ただし、夏の盛りととると、たとえば、「今は真夏であってもいつかは秋になり、夏衣が薄く感じられるように、あの人の熱い心も薄く冷たくなりはしまいかと思われる」（完訳日本の古典）という、まだ先の、しかもその原因の不明な事態を憂えるようなとらえ方が、恋歌として自然かどうかということが問題になろう。

　いずれにせよ、当歌が恋歌として解釈される要素を多分に含んでいることは確かであるものの、季節歌としてのあり方を重視して考えてみるならば、夏の（その時期はともかくとして）典型的な景物としてのセミ＊

記』月令に「孟秋之月、…涼風至、白露降、寒蟬鳴」（以上、『藝文類聚』秋）、『呂氏春秋』孟秋紀にも類似文があるように、寒蟬（ヒグラシ。また、ツクツクボウシとも）という限定はあるものの、当詩のように季節の初めに措くものとしては、秋の方がふさわしい。事実、諸類書の蟬の項に収められた詩賦は、寒蟬の限定を外れて秋の詠が多いし、『千載佳句』でも夏興の項には僅かに一聯を収めるのみなのに対して、早秋には四聯、秋興にも二聯の、セミに関する作品を収載する。無論本集の配列は、和歌が主導権を執るから、漢詩としてはこのような事態が生じるのはやむを得ないが、和歌を離れた漢詩そのものとしても、以下に「入耳悲」の語が来るのは、秋の詠にこそふさわしいと言うべきだろう。

＊を詠むことを中心として、それを機知的な趣向によってまとめた一首と見ることができる。すなわち、セミに関して、その鳴き声とともに、夏衣によって間接的にその羽も取り上げ、その縁で「薄し」ということばを持ち出し、さらに一夏の間だけという、その命のはかなさのイメージも背景として、「哀し」という心情と結び付く理由となりうる人事的な状況を仮定した歌ということである。

【比較対照】

　歌の上二句「蟬のこゑ聞けば哀しな」には、詩の起句「嘒々蟬声入耳悲」がほぼ対応するが、下三句に関しては素材的には共通するものが認められるものの、内容・表現ともそのままで詩句が対応しているとは言いがたい。

　「夏衣」と「絺衣」とが対応する同一の素材であることは問題なかろう。ともに夏用の薄い衣服であり、それがセミの羽を連想させることも共通している。異なるのは、歌では「夏衣」を枕詞として薄さを取り立て、それを人事・心情と結び付けているのに対して、詩では「絺衣」を含む転句全体をセミに関するたとえとして表現していることである。

歌においては、人事・心情を内容とする下三句が上二句に対する理由を述べるという関係にある。すなわち、セミの声を聞いて哀しいと感じるのは、そう聞き取る詠み手自身の理由によるということであって、セミの声のありよう自体は問われていない。

一方、詩においては、起句の「悲」という心情のよってきたる所以は、承句の「不知斉后化何時」によって示されていると考えられる。つまり、往時の斉后の怨恨が、セミの声のありようを「悲」という心情に基づくものにしているということであって、当の作者側の事情の如何は問題にされていない。しかも、起句の「嘒々」という形容や、結句の「咲殺伶倫竹与糸」は、セミの声の美的なことを表すものであり、それらはセミの声を、感傷ではなく鑑賞の対象ととらえていることを示す。「悲」なる心情と鑑賞的な把握とは必ずしも矛盾するものではないけれども、承句に斉后の故事を引用した分だけ、双方を自然には調和させにくくしているように感じられる。あるいは承句は、歌における恋歌的ともとりうる内容との関連性を配慮した結果かもしれないが、その恋歌性を詩全体に打ち出すだけのものにはなってはいない。

以上からすれば、歌の【補注】で述べた如く、当歌を季節歌とみなし、その全体が夏のセミを中心としてまとめたものになっていると見ると、表現や内容にズレはあるものの、その限りでは、詩は歌に対応していると考えられる。

二三番

夏之夜之　霜哉降礼留砥　見左右丹　荒垂宿緒　照月影

夏の夜の　霜や降れると　見るまでに　荒れたる宿を　照らす月影

【校異】

本文では、初句の四字目の「之」を、久曾神本が「者」とし、第二句の「哉」を、類従本・羅山本・無窮会本が欠き、同句の「礼」を、永青本が欠き、第四句の「宿」を、類従本・藤波家本・講談所本・道明寺本・京大本・大阪市大本・天理本・羅山本・無窮会本・永青本が「屋門」とし、結句の「照」の下に「栖」を補い、同句の「影」を、類従本・京大本・大阪市大本・天理本・羅山本・無窮会本が「景」とする。

付訓では、初句末の「の」を、藤波家本・講談所本・道明寺本・羅山本が「に」とし、第二句の「降」にたいして、大阪市大本が「をて」と振る。

同歌は、寛平御時后宮歌合（十巻本、夏歌、五〇番。ただし第二句「霜やおけると」）にあり、新撰和歌集（巻二、夏　冬、一五一番。ただし初句「夏の夜に」）、古今六帖（第一、歳時　夏の月、二八六番）、万代集（巻三、夏、七三〇番。ただし初句「なつのよも」第二句「しもやおけると」結句「てらすつきかな」）にある。

【通釈】

夏の夜の、霜が降りたのかと見るほどに、さびれた庭を照らす月の光

夜月凝来夏見霜
姮娥触処翫清光
荒涼院裏終宵讌
白兎千群入幾堂

夜月《ヤゲツ》凝《こ》り来《きたり》て夏《なつ》霜《しも》を見《み》る。
姮娥《コウガ》触《ふるる》処《ところ》清光《セイクワウ》を翫《もてあそ》ぶ。
荒涼《クワウリヤウ》たる院裏《エンリ》終《よもす》がら宵讌《エン》す。
白兎《ハクト》千群《センクン》幾《い》く堂《タウ》にか入《い》る。

【校異】

「夜月」を羅山本・無窮会本「衣月」に作り、京大本・大阪市大本・天理本「夜白」に作る。「姮娥」を永青本「恒娥」に作る。「触処」を京大本・大阪市大本「髑処」に作る。「終宵讌」を、底本および諸本「終霄讌」に作るも、羅山本・無窮会本に従う。京大本・大阪市大本・天理本「終宵謐」に作る。「幾堂」を藤波家本・講談所本・道明寺本・京大本・大阪市大本・天理本・羅山本・無窮会本・永青本「幾窓」に作る。

【通釈】

夜に出ていた月の光がまるで凍ったように冴え冴えとしてきて、あたりの光景は夏なのに霜が降ったように白く輝いている。姮娥がさわっている（月の光が当たっている）所では人びとはその清らかな光を楽しんでいる。こうして、荒れ果てた広大な屋敷の中では一晩中宴会が開催されている。月に居るという沢山のウサギ（月の光）は、いったい幾つの建物に入っていくことだろう。

であることよ。

【語釈】

夏の夜の　連体修飾句としてのかかり先は、すぐ後の「霜」ではなく、また「宿」でもなく、結句の「月影」であろう。類似の例に「夏の夜のふすかとすれば郭公なくひとこゑにあくるしののめ」（本集二六番および古今集三―一五六）があり、この「夏の夜の」に対して、竹岡評釈は、「夏の夜は」や「夏の夜に」として解釈する旧説を排して、「「夏の夜の」は「明くるしののめ。」で受けとめられてはいるが、（略）その間のすべての体言にかかっては受けとめられず、そのまま下へ下へと続いていく効果を上げているのである」と述べる。当歌も一首全体の構成としては、同様に解釈すべきと考える。久曾神本は「夜之」の「之」を「者」とするが、「者」を「の」と訓む例は、本集にも万葉集にも見られず、「は」と訓めば、「夏の夜」に当歌の焦点を置くことになってしまい、適切とは言いがたい。後代の私撰集の「夏の夜に」や「夏の夜も」は、すぐ後の「霜や降れると見るまでに」という表現を強調する効果を表し、その分だけ当歌における見立ての意図を、より露わにした表現になろう。

霜や降れると　霜の発生は、「降る」と「置く」の両方の動詞によって表される。万葉集ではほぼ同数用いられているのに対して、八代集では「降る」はほんの数例で、圧倒的に「置く」の方が多い（「起く」との掛詞も目立つ）。自動詞としての両語の違いを挙げるとすれば、「降る」は動態的、「置く」は状態的であって、霜が「降る」結果、「置く」という関係となろう。万葉集の「居明かして君をば待たむぬばたまの我が黒髪

【語釈】

1 夜月　夜に出ている月のこと。梁・蕭繹「春別応令四首其一」詩に「昆明夜月光如練、上林朝花色如霰」（『玉臺新詠』巻九）、巨勢識人「和伴姫秋夜閨情」詩に「真珠暗箔秋風閉、楊柳踈窓夜月寒」（『文華秀麗集』巻中）とある。異文「衣月」「夜白」は共に草体の類似からくる誤り。　**凝来**　月光が凍ったように白くさえざえとすること。「来」は動詞の後について、〜するとの意を表す助字。底本等刊本・藤波家本・羅山本等に訓合符がある。沈約「八詠　望秋月」賦に「経衰圃、映寒叢、凝清夜、帯秋風」（『藝文類聚』月）、劉禹錫「八月十五夜桃源玩月」詩に「凝光悠々寒露墜、此時立在最高山」とあり、桑原腹赤「和滋内史秋月歌」詩に「点彩蕭疎楊柳堤、凝華遙裔白雲倪」（『文華秀麗集』巻下）とある。なお、ここで「凝」字が用いられたのは、『大戴礼』に「霜、陰陽之気也。陰気勝則凝而為霜」（『初学記』霜）、『易』坤に「履霜堅氷、陰始凝也」（『初学記』霜）等とあるように、下文の「霜」にも因むものであろう。まさに月は『淮南子』に「月者、太陰之精」（『初学記』月）といわれるものである訳だから。　**夏見霜**　月光によって白く照らし出された地上の光景を、降りた霜に見立てた表現。直接的には、白居易「江楼夕望招客」詩の「風吹古木晴天雨、月照平沙夏夜霜」（『句題和歌』夏、『千載佳句』・『和漢朗詠集』夏夜）に拠ろうが、夏という季節を外せば、月光を霜に見立てるのは、梁・簡文帝「玄圃納涼詩」に「飛流如凍雨、夜月似秋霜」（『藝文類聚』熱）、同「望月詩」に「形同七子鏡、影類九秋霜」（『藝文類聚』月）とあるのを嚆矢として、唐詩には珍しくない。島田忠臣「敬和源十七奇才歩月詞」にも「平□□消驚委浪、

に霜は降るとも」（万葉集二―八九）と「ありつつも君をば待たむうちなびく我が黒髪に霜の置くまで」（万葉集二―八七）や、「埼玉の小埼の沼に鴨そ翼霧る己が尾に降り置ける霜を払ふとにあらし」（万葉集九―一七四四）などの例は、その差を示していると言える。当歌においては、「照らす」という現象との平行性を考えると、「置く」よりも「降る」の方が適当とみなせる。

見るまでに　「〜ヲ〜ト見る」という場合の「見る」は、「目にとめてこれこれだと思う。物事をこうだと判断する」（日本国語大辞典第二版）の意で、「まで（に）」という程度を表す語句を伴って、見立ての表現の一つとして用いられる。万葉集に多く、「春の野に霧立ち渡り降る雪と人の見るまで梅の花散る」（万葉集五―八三九）「海人小舟帆かも張れると見るまでに鞆の浦回に波立てり見ゆ」（万葉集七―一一八二）「さ雄鹿の朝立つ野辺の秋風に玉と見るまで置ける白露」（万葉集八―一五九八）などの例が見られ、八代集にも「あさぼらけありあけの月と見るまでによしののさとにふれるしらゆき」（古今集六―三三二）「時わかずふれる雪かと見るまでにかきねもたわにさける卯花」（後撰集四―一五三）などの例がある。当歌においては、「月影ヲ霜ト見る」という見立ての関係になっている。

荒れたる宿を　この「荒（あ）る」は、家や土地などが、手入れされないために、廃れさびれることをいう。万葉集には直接「宿（やど）」と結びつく例はないが、「ひさかたの天見るごとく仰ぎ見し皇子の御門の荒れまく惜しも」（万葉集二―一六八）「都なる荒れたる家にひとり寝ば旅にまさりて苦しかるべし」（万葉集三―四四〇）「春されば卯の花腐た

初更人定訝降霜」（『田氏家集』巻下）とある。

2 姮娥　弓の名手で、太陽を射落としたという伝説上の人物・羿の妻の名。夫が西王母から授かった不死の薬を盗み飲んで、月に逃げたということから、月の異称となる。『淮南子』覧冥訓を初めとする関連の文が諸類書の月の項にある。謝荘「月賦」に「引玄兎於帝台、集素娥於后庭」（『文選』巻一三）とあり、李善も『淮南子』覧冥訓の一節を引用する。白い光であるから「素娥」とも言う。元稹「月三十韻」詩に「漸減嫦娥面、徐収楚練機」、嵯峨天皇「侍中翁主挽歌詞二首其二」詩に「月色姮娥惨、星光織女愁」（『文華秀麗集』巻中）、菅原道真「賦晴霄将見月各分一字応令」詩に「姮娥何事遅々見、為是人情不耐秋」（『菅家文草』巻五）とある。「嫦娥」「常娥」は漢・文帝の諱・恒の避諱。異文「恒娥」は張謂「月夜看美人踏歌」にも「天上恒娥遙鮮意、偏教月向踏歌明」（『千載佳句』踏歌）とある。**触処**　さわっているところ、の意。（月光が）差しているところ。本集二番詩【語釈】該項を参照。底本にのみ訓合符がある。唐詩では俗語として、いたるところ、の意で用いられ、李商隠「月」詩に「過水穿楼触処明、蔵人帯樹遠含清」とあり、菅原道真「黄葉」詩に「随風吹遠近、触処落閑忙」（『菅家文草』巻二）、同「題駅楼壁」詩にも「離家四日自傷春、梅柳何因触処新」（『菅家文草』巻四）とある。**翫清光**　「翫」は、何度もよく味わい楽しむ、の意。「清光」は、澄んで汚れのない月の光のこと。沈約「詠月詩」に「洞房殊未暁、清光信悠哉」（『藝文類聚』・『初学記』月）、白居易「華陽観中八月十五日夜招友翫月」詩に「華陽洞裏秋壇上、今夜清光此処多」（『千載佳句』・『新撰朗詠集』八月十五夜）、菅原道真「雨晴対月韻用流

し我が越えし妹が垣間は荒れにけるかも」（万葉集一〇—一八九九）などの類例がある。八代集では、「をみなへしうしろめたくも見ゆるかなあれたるやどにひとりたてれば」（古今集四—二三七）や「人すまずあれたるやどをきて見れば今ぞこのはは錦おりける」（後撰集八—四五八）などをはじめして、さまざま見られる。「宿」は、家屋そのものの意も、庭の意もあり、当歌においては、そのどちらとも、また両方合わせてともとることができるが、霜が降る場所と詠み手の視点を考えるならば、庭の意ととる方が適切であろう。

照らす月影　「月影（つきかげ）」という複合語は、万葉集にはなく（「月の影」の例はある）、本集にもこの例のみであるが、八代集には数多く見られ、「照らす月影」という一句では結句となって、「佐保山のははそのもみぢちりぬべみよるさへ見よとてらす月影」（古今集五—二八一）「しら菊のはにおく露にやどらずは花とぞみましてらす月影」（千載集五—三四七）などの例がある。「月影」は月光のことを表すが、月そのものあるいは月の姿形を表すと解釈できる場合もある。これは「影」が光とともに、それによって照らし出される物の形をも表すことによる。たとえば、「大そらの月の光し寒ければ影見し水ぞ先づ凍りける」（本集八九番）における「影」は、「月の光」という表現があり、水に映るさまを表しているので、月の姿ととることができるが、「光」を言い換えたことばとも考えられる。「袖にうつる月の光は秋ごとに今夜かはらぬ影とみえつつ」（後撰集六—三一九）「月影はおなじひかりの秋のよをわきて見ゆるは心なりけり」（後撰集六—三二六）などの場合も同様である。ただ、そうすると、「月影」（あるいは「月の影」）と「月の光」と

字応製」詩に「笙歌一曲為相勧、飽戴清光莫暫休」（『菅家文草』巻五）とあり、「翫（玩）月」の用例は多いものの、「翫（玩）光」の語を知らない。

3 荒涼　あれはてて雑草が生い茂る様。斉・孔稚珪「北山移文」に「石逕荒涼徒延佇」（『文選』巻四三）、藤原冬嗣「奉和聖製宿旧宮応製」詩に「荒涼霊沼龍還駐、寂歴稜岩鳳更尋」（『凌雲集』）とある。**院裏**　「院」は、垣根などに囲まれた屋敷のこと。その垣根や中庭のみを指す場合もある。「裏」は、内側、内部の意。王勃「贈李十四四首其四」詩に「直当花院裏、書斎望暁開」とある。また、嵯峨天皇「和左金吾将軍藤緒嗣過交野離宮感旧作」詩に「廃村已見人煙断、荒院唯聞鳥雀吟」（『凌雲集』）とある。これは、下句の「入幾堂」との関連から、姮娥の住む「月宮（殿）」あるいは「広寒宮」と称される広大な邸宅を指すか。それについては【補注】を参照のこと。**終宵讌**　「終宵」は、一晩中の意。「讌」は「宴」と同音・同義。底本には訓読符がある。梁・庾肩吾「和望月詩」に「此夜臨清景、還承終宴杯」（『藝文類聚』・『初学記』月）とある。異文「終霄」は、その語例を知らない。「宵」の基本義は、よる、よい。異文「霄」は、みぞれが降る、そら、であるが、草体の字形が類似し、同音でもあるために、早くから「宵」に通じて用いられた。

4 白兎　月にはウサギが住んで、薬を搗くという伝説があることから、「月兎」「玉兎」等とも称され、月の異称ともなる。『初学記』の事対にも「金兎」「顧兎」「蟾兎」等の語が見える。傅咸「擬天問」に「月中何有。白兎梼薬、興福降祉」（『藝文類聚』月）、白居易「中秋月」詩に

の違いが問題になるけれども、月光の意では同様の用法がされてあり、明確な差を見いだしがたい。

【補注】

月は、万葉集にももとより詠まれているが、四季の景物としては八代集とりわけ金葉集以降、積極的に取り上げられるようになり、四季歌の一割以上を占め、新古今集では約二割に達する。八代集の四季歌全体では、秋の月がもっとも多く、その六割以上に及ぶが、次いで冬とともに夏の月が詠まれている。

月光を霜に見立てる例は、八代集に「今夜かくながむる袖のつゆけきは月の霜をや秋と見つらん」（後撰集四—二一四）「夏の夜もすずしかりけり月かげはにはしろたへのしもとみえつつ」（後拾遺集三—二二四）などある。見立ての趣意は、白い色と清涼感の二つがあると見られ、同様の例としては、他に、月光を氷や雪に見立てた歌もある。花や玉に見立てた歌もあるが、これらはもっぱら色の方を趣意としたものである。

渡辺秀夫『詩歌の森』（大修館書店、一九九四）は、「とくに〈月光＝雪・霜・氷〉の比喩への好尚は他を圧し、万葉の空にはおおむね暖かく明朗に輝いていた月の光は、いよいよ冷やかで澄明な冴えを一段と先鋭化させて王朝の人びとの上に静かに降りそそぐこととなる。これらの比喩はすべて中国詩及びそれらを受容した日本漢詩の世界にすでに広く行われていたものである」と述べている。

月光を霜あるいは氷や雪に見立てる四季歌は、必ずしも夏の歌のみに限らず、秋や冬の歌にもあり、しかもとくに夏に多いというわけでもな

「照他幾許人腸断、玉兎金蟾遠不知」（『千載佳句』月）、桑原腹赤「月夜言離」詩に「地勢風牛雖異域、天文月兎尚同光」（『文華秀麗集』巻上）とある。**千群** 陳琳「為袁紹檄豫州」文に「長戟百万、胡騎千群」（『文選』巻四四）とあり、五臣注に「百万千群、言多也」とあるように、膨大な数、非常に沢山の、の意。**入幾堂** 「堂」は高大な建物。あるいはその表座敷。従って、「幾堂」というと、この「院」は通常の寝殿造りよりも数倍に大きい、例えば内裏のようなものをイメージさせることになる。陸機「擬明月何皎皎」詩に「安寝北堂上、明月入我牖」（『藝文類聚』・『初学記』月）、徐敞「円霊水鏡」詩に「練色臨窓牖、蟾光靄戸庭」、白居易「秋月」詩に「稍転西廊下、漸満南窓前」、韋応物「月夜」詩に「坐念綺窓空、翻傷清景好」、元稹「鄂州寓館厳澗宅」詩に「何時最是思君処、月入斜窓暁寺鐘」（『千載佳句』憶友）、菅原道真「卜居」詩に「長生自在福謙家、疎牖低簷向月斜」（『菅家文草』巻二）、橘在列「余昨日奉和安才子書懐…吟以和之」詩に「渓風吹木揺秋思、山月穿窓訪夜禅」（『扶桑集』）等々、和漢の月を詠む詩作の中では月光は窓に射し込むというものが圧倒的に多く、その意味では異文「幾窓」の方が、妥当のようにも考えられるが、「窓」は上平声四江韻であって、押韻上からそれは採れない。

【補注】

韻字は「霜・堂」が下平声十陽韻、「光」が下平声十一唐韻で、両者は同用。平仄にも基本的な誤りはない。

月光は霜の外に、隋・庾信「舟中望月」詩に「山明疑有雪、岸白不

い。ただし、夏における、このような見立ての歌は、その清涼感をひときわ際立たせるものになっていると言えよう。とりわけ、「荒れたる宿を照らす月影」を対象とした当歌の場合には、単に心地よい清涼さを越えて凄然とした感さえ表しているように思われる。

※年、上皇与申天師・道士鴻都客、八月望日夜、因天師作術、三人同在雲上遊月中。過一大門。在玉光中飛浮、宮殿往来無定、寒気逼人、露霑衣袖皆湿。頃見一大宮府、榜曰広寒清虚之府。其守門兵衛甚厳、白刃燦然、望之如凝雪。時三人皆止其下、不得入。天師引上皇起躍、身如在煙霧中。下視王城崔巍、但聞清香靄郁、視下若萬里琉璃之田。其間見有仙人道士、乗雲駕鶴、往来若遊戯。少焉、歩向前、覚翠色冷光、相射目眩、極寒不可進。下見有素娥十余人、皆皓衣乗白鸞往来、舞笑于広陵大桂樹下。又聴楽音嘈雑、亦甚清麗。上皇素解音律、熟覧而意已伝。頃天師亟欲帰、三人下若旋風。忽悟、若酔中夢回爾。次夜、上皇欲再求往、天師但笑謝而不允。上皇因想素娥風中飛舞袖、被編律成音、製霓裳羽衣曲。自古洎今、清麗無復加于是矣」（柳宗元『龍城録』）。

また、姮娥は、唐詩に於いては、李白「把酒問月」詩に「白兎擣薬秋復春、嫦娥孤棲与誰隣」、杜甫「月」詩に「斟酌姮娥寡、天寒耐九秋」とあるように、月世界で孤独をかこつ寡婦として描かれ、その生活もひっそりとしていた（劉禹錫「懐妓」詩に「青鳥去時雲路断、姮娥帰処月宮深」）。月の世界を詠った「桂華曲」という楽府が白居易の時代に流行し、彼にもその作が残るが、白居易「酔後聴唱桂華曲」詩に「桂華詞意苦丁寧、唱到常娥酔便醒。此是人間腸断曲、莫教不得意人聴」とある

関沙」（『初学記』月）、菅原道真「月夜見梅花」詩に「月耀如晴雪、梅花似照星」（『菅家文草』巻一）、白居易「八月十五日夜同諸客翫月」詩に「嵩山表裏千重雪、洛水高低両顆珠」（『千載佳句』・『和漢朗詠集』八月十五夜）とあり、更に源順「月光疑夜雪」詩が有るように、雪に例えられ、また梁・沈約「八詠　望秋月」賦に「秋月明如練、照曜三爵台」（『藝文類聚』月）、梁・蕭繹「春別応令四首其二」詩に「昆明夜月光如練、上林朝花色如霰」（『玉臺新詠』巻九）、盧照鄰「明月引」に「見胡鞍之似練、知漢剣之如霜」とあるように、練（ねりぎぬ）に例えられる。従って、霜も含めたこれらの例えは、基本的には月の持つ輝くような光沢のある白いイメージを喚起させようとするためのものであり、当詩の結句の「白兎」の語も、それを端的に物語っているだろう。ただ、特に夏の月という場合は、白さは勿論のこと、時に青白くも見えるその冷たい感覚が納涼と結びついて、霜や雪に例えられることは言うまでもない。夏の月を中心とする和漢の詠月詩に関しては、柳沢良一「夏の月の美――『本朝麗藻』夏の詠月詩をめぐって――」（『講座　平安文学論究』九、一九九三・一一）に概観されている。これによれば、夏の月の美は白詩を中心とする『千載佳句』に淵源して『和漢朗詠集』に受け継がれ、平安中期の『本朝麗藻』『枕草子』等に至って定着する。従って、本集の以下の詩歌はその先蹤をなすと言って良いという。

さて、「院裏」の【語釈】において、その屋敷を姮娥の住む「月宮（殿）」あるいは「広寒宮」とする可能性について触れたが、その解釈は、承句以下の描写が月の世界、仙界の描写と考えることに繋がる。

姮娥の住まいは、例えば唐代では以下のように描写される。「開元六※

ように、「此曲韻怨切」（自注）であったという。

こうした唐詩の傾向を最もよく表して、自作にもよく利用したのが晩唐の李商隠であった。「月夕」詩に「兎寒蟾冷桂花白、此夜姮娥応断腸」、「月（一作秋月）」詩では「姮娥無粉黛、只是逞嬋娟」と、化粧も忘れたと詠い、「常娥」詩では「常娥応悔偸霊薬、碧海青天夜夜心」と、霊薬を盗んで月に逃げたことを後悔しているとまで言う。

以上のような唐詩の、「姮娥」に関するイメージを利用して、当詩が書かれていると推測するのである。もしそれが許されるとするならば、次のような解釈が可能になる。

夜に出ていた月の光がまるで凍ったように冴え冴えとしてきて、あたりの光景は夏なのに霜が降ったように白く輝いている。姮娥は、その袖が触れている所でその清らかな光を一人翫んでいる。荒れ果てた広大な屋敷の中では一晩中（寂しい）宴会が開かれている。月に居るという沢山のウサギは、いったい幾つの建物に入っていくことだろう。

【比較対照】

大まかに見れば、歌の上三句「夏の夜の霜や降れると見るまでに」に詩の起句「夜月凝来夏見霜」が、歌の下二句「荒れたる宿を照らす月影」に詩の転句「荒涼院裏終宵讌」が対応しているといえよう。例によって、詩はこの二句で歌の内容をほぼ満たしてしまっているので、その作品の成否は残りの部分を如何に表現するかに係っているわけだが、ここでは「姮娥」と「白兎」という、月に纏わる二つの伝説を一句ずつに配当することによって、それを達成しようとしたのだろう。

しかし、それは到底成功したとは言い難いのではあるまいか。すなわち、承句は「翫清光」のみが転句との関係で意味を持つだけで、「姮娥触処」はほとんど何の意味も持たず、従って「姮娥」という名を出しただけで終わってしまっているのであり、ストーリーの発展や展開に資するということが無い。「白兎」についても同様であり、歌にいう「荒れたる宿」の句が持つ侘びしさや「凄然たる感」とはかなり異質の、「幾堂」もの宮殿に「千群」もの兎が跳ね入るという、正に奇怪なイメージを喚起させることになってしまった。要するに、この二語は月の光が射しているということ以上の何物も表現してはいないのであり、むしろ転句の「終宵讌」の語とともに、和歌の中世を先取りしたような世界を台無しにすることに荷担していると言わざるを得ないのである。

このような否定的な見方に対して、当詩を弁護することが可能ならば、以下のように考えるしか無いであろう。同じ「月照平沙夏夜霜」を句題にした『句題和歌』夏で、大江千里は「月影になへてまさこの照ぬれはなつの夜ふれる霜かとそみる」と詠んだ。これは「平沙」を「なへてまさこ」にしただけの、単なる直訳に過ぎないものだが、当歌はそれに「荒れたる宿」という、新たなる要素を付け加えたことになる。しかしそれは本当の新しさではなく、原詩の七律「江楼夕望招客」詩の尾聯、「能就江楼銷暑否、比君茅舎校清涼」の「茅舎」（茅葺きのボロ屋）を意識し、「君茅舎」での月夜の風景を描いたものではなかったか。原詩ではそのような家に住む君を、「客」として見晴らしの良い「江楼」に招き、「銷暑」を勧めていたのである。それを再び漢詩に返さねばならぬ時、原詩の招客の意を生かすために、「荒れたる宿」の枠組みの中で「荒涼院裏」での宴会という設定にしたのではあるまいか。もしその推測が許されるならば、「月が冴え冴えとして霜が降りたようにいかにも涼しげに見える。そこでその清涼な月を十分鑑賞しようではないか（「清光を翫ぶ」）。荒れ果てた私の屋敷でも一晩中宴会を開けば、月の兎さえたくさん家々に入ってくるだろうから」くらいの、諧謔の詩となる。

また、もし当詩の別解が認められるとすれば、当歌の「荒れたる宿を照らす月影」を契機として、姮娥の住むという広大な広寒宮を連想し、そこでひとり宴会に臨む孤独な寡婦の姿が描かれることになる。月に住むというウサギの伝説も同時に詠み込むことにより、当歌の「単に心地よい清涼さを越えて凄然とした感さえ表している」（【補注】）という内容を、漢詩の典故を利用してうまく表現し得ていると評価することができる。

二四番

沙乱丹　物思居者　郭公鳥　夜深鳴手　五十人槌往濫

さみだれに　物思ひ居れば　ほととぎす　夜深く鳴きて　いづち往くらむ

【校異】

本文では、第三句末の「鳥」を、京大本・大阪市大本・天理本が欠き、第四句の「鳴」を、藤波家本が欠き、結句の「十」を、京大本・大阪市大本・天理本・羅山本・無窮会本が「千」とし、同句の「往」を、永青本が「行」とする。

付訓では、結句の「いづち」を、大阪市大本が「いづき」とする。

同歌は、寛平御時后宮歌合（十巻本・廿巻本、夏歌、五四番）にあり、また古今集（巻三、夏、一五三番）に「寛平御時きさいの宮の歌合のうた　紀とものり」として、古今六帖（第六、鳥　ほととぎす、四四四一番、とものり）、友則集（一〇番、寛平御時中宮のうたあはせに）にも、同文で見られる。

【通釈】

五月雨の降り続くなか、物思いをしているとき、ホトトギスは夜更けになって鳴きながらどこへ行くのだろうか。

蕤賓怨婦両眉低
耿々閨中待暁鶏
粉黛壊来収涙処
郭公夜々百般啼

蕤賓《ズイヒン》怨婦《エンプ》両眉《リャウビ》低《た》る。
耿々《カウカウ》として閨中《ケイチュウ》に暁鶏《ケウケイ》を待《ま》つ。
粉黛《フンタイ》壊《やぶれ》来《きた》る涙《なみだ》を収《をさ》むる処《ところ》。
郭公《ほととぎす》夜々《ヤヤ》百般《ももたび》啼《な》く。

【校異】

「蕤」を、類従本は草冠を欠き、文化写本もその旨の注あり。「怨婦」を、京大本・大阪市大本・天理本「怨姉」に作り、天理本「婦」を校注する。「郭公」を、羅山本「郭鴬」に作り、永青本・久曾神本「郭公鳥」に作って、右傍に「鴬」の異本注記あり。「百般」を、羅山本・無窮会本「百般一」に作り、羅山本は更改符を付けて「般」に直す。

【通釈】

五月、一人身の婦人が頭をたれて伏し目がちに愁い悩み、夜いつまでも寝られずに寝室で乏しい灯火の下で夜明けの鶏鳴を待っている。涙で化粧がくずれてきたのでそれを拭ったりしていると、ホトトギスが毎晩何度も鳴くのが聞こえてくる。

【語釈】

1　蕤賓　五月のこと。古代音楽の十二律の一つで、十二支では午、月

【語釈】

さみだれに　「さみだれ」という語は、万葉集には見られない。「さみだれ」は、陰暦五月頃に降り続く雨そのものとも、そのような時節ともとることができるが、当歌においては、実際に雨が降っているという設定ととる方が適切と考えられる。雨降りにホトトギスが鳴くことについては、万葉集にも「かき霧らし雨の降る夜をほととぎす鳴きて行くなりあはれその鳥」(万葉集九—一七五六)「かくばかり雨の降らくにほととぎす卯の花山になほか鳴くらむ」(万葉集一〇—一九六三)などあり、八代集にも「なけやなけたか田の山の郭公このさみだれにこゑなをしみそ」(拾遺集二—一一七)「ほととぎすくもぢにまどふこゑすなりをやみだにせよさみだれのそら」(金葉集二—一二六)「むかしおもふくさのいほりのよるの雨に涙なそへそ山時鳥」(新古今集三—二〇一)などの例があって、問題ない。「さみだれ」に「さ乱れ」を掛けるとする説があり、「おなじくはととのへてふけあやめぐささみだれたらばもりもこそすれ」(金葉集二—一三三)や私家集に「さみたれてものおもふときはわかやとのなくせみさへにこゝろほそしや」(好忠集五四〇番)などの例が挙げられるが、これらは動詞との掛詞であって、当歌の場合、掛詞として積極的に認めるほどの典型性はない。ただ、万葉集から「思ひ乱る」という複合語や「乱れて思ふ」という表現が見られることを考え合わせれば、下接する「物思ひ」との関係において、「乱れ」というイメージの関与は否定できない。「さみだれに」の「に」という格助詞は、「物思ひ」の直接の原因を表すのではなく、当歌全体の状況設定を表すととるのが適切であろう。

では陰暦五月に配されるので、五月の異名となった。底本には音合符があるものの、左訓に「サツキ」とある。『礼記』月令に「仲夏之月、…律中蕤賓」(『初学記』・『白氏六帖』夏)とあり、魏文帝「与朝歌令呉質書」に「五月十八日、…方今蕤賓紀時」(『文選』巻四二)、菅原宣義「雨為水上糸」詩に「蕤賓初日雨油々、細脚如糸水上浮」(『本朝麗藻』巻上)とある。

怨婦　夫から捨てられたか、或いは離れ離れで、満たされぬ怨みを持ち続けている女のこと。唐・呉少微「怨歌行」詩に「城南有怨婦、含愁傍芳叢」とあり、「怨女」(『孟子』梁恵王下、適齢期になっても未婚のままの女性)の類語だが、「怨婦」の語例は稀。ただし、菅原清公「奉和春閨怨」詩に「怨婦含情不能寐、早朝褰幌出欄楯」(『文華秀麗集』巻中)、滋野貞主「奉和御製江上落花詞」に「去馬飛禽綵色備、怨婦看憐欲寄遠」(『雑言奉和』)とあり、本集には「想像閨筵怨婦悲」(二九番)、「怨婦泣来涙作淵」(九五番)と、日本では少なくない。

両眉低　頭をたれて伏し目がちな様。愁い悩む様。劉禹錫「白太守行」詩に「揮袂謝啼者、依然両眉低」とある。「低眉」とするのが一般だが、押韻のために倒置された。「琵琶行」詩に「弦弦掩抑声声思、似訴平生不得意。低眉信手続続弾、説尽心中無限事」、「夜聞歌者」詩に「借問誰家婦、歌泣何凄切。一問一霑襟、低眉終不説」とあるのを始めとして、白詩には頻出する。島田忠臣「九月晦日各分一字」詩に「潘岳夜来応穏睡、□過無復両眉低」(『田氏家集』巻下)、菅原道真「賦得折楊柳」詩に「繊指柔英断、低眉濃黛刷」(『菅家文草』巻一)とある。

2　耿々　『毛詩』柏舟に「耿耿不寐、如有隠憂」、『楚辞』遠遊に「夜耿耿而不寐兮、魂営営而至曙」とあり、前者に朱子が「耿耿、小明憂之

物思ひ居れば　「居者」は「をれば」とも「ゐれば」とも訓む可能性もあるが、主体が一人称であり、複合する語が「物思ひ」という精神活動を表す動詞であるという点から、「をれば」の方が妥当と考えられる。阪倉篤義「動詞の意義分析」（『国語国文』四六―四、一九七七・四）は、万葉集の例に関して、そのことを明らかにしているが、八代集においても基本的に同様のことが言える（なお、古今集所載の同歌は「をれば」と仮名書きされている）。ただし、「物思ひ」に「をり」が下接する例は万葉集にも八代集にもなく、類例に「家にてもたゆたふ命波の上に思ひし居［乎］れば奥か知らずも」（万葉集一七―三八九六）があるのみである。

ほととぎす　物思いをしている時にホトトギスの鳴き声を聞くことを歌う歌は、「一人居て物思ふ夕にほととぎすこゆ鳴き渡る心しあるらし」（万葉集八―一四七六）「物思ふと寝ねぬ朝明にほととぎす鳴きてさ渡るすべなきまでに」（万葉集一〇―一九六〇）、「夏山になく郭公心あらば物思ふ我に声なきかせそ」（古今集三―一四五）「しののめになきこそわたれ時鳥物思ふやどはしるくやあるらん」（拾遺集一三―八二一）「ねでのみや人はまつらんほととぎすものおもふやどはきかぬよぞなき」（後拾遺集三―二〇三）など数多く見られる。

夜深く鳴きて　夜に関して「ふかし」という形容詞を用いる例は、万葉集には見られない。八代集には、「ふた声と聞くとはなしに郭公夜深くめをもさましつるかな」（後撰集四―一七二）「さみだれはいこそねられぬ郭公夜ぶかくなかむこゑをまつとて」（拾遺集二―一一八）「ほととぎすよぶかきこゑをきくのみぞ物思ふ人のとりどころなる」（後拾遺集三

貌也」と注するように、夜うすら明かりのなかで不安のために孤独な眠れぬ夜を過ごす、そうした状態の形容語。「傷歌行」詩に「憂人不能寐、耿耿夜何長。微風吹閨闥」（『文選』巻二七）、白居易「上陽人」詩に「宿空房、秋夜長。夜長無寐天不明、耿耿残灯背壁影、蕭蕭暗雨打窓声」（『千載佳句』雨夜、『和漢朗詠集』秋夜）、菅原道真「残灯」詩に「耿々寒灯夜読書、煙嵐度牖欲何如」（『菅家文草』巻四）とあり、本集にも「耿々長宵驚睡処」（四五番）とある。　**閨中**　女性の寝室の中、の意。顔延年「秋胡詩」に「明発動愁心、閨中起長歎」（『文選』巻二一、『玉臺新詠』巻四）、石上乙麻呂「秋夜閨情」詩に「山川嶮易路、展転憶閨中」（『懐風藻』）とあり、本集にも「閨中自此思沈々」（五五番）とある。

暁鶏　明け方を告げる鶏のこと。底本等版本には音合符がある。「晨鶏」とも。曹植「棄婦篇」詩に「憂懐従中来、歎息通鶏鳴。反側不能寐、逍遥於前庭」（『玉臺新詠』巻二）、駱賓王「艶情代郭氏答盧照鄰」詩に「抱膝当窓看夕兎、側耳空房聴暁鶏」とあり、後中書王「年々別思驚秋雁、夜々幽声到暁鶏」（『和漢朗詠集』擣衣）とある。

3 粉黛　おしろいとまゆずみ、化粧、の意。後漢・蔡邕「協初賦」に「粉黛施落、髪乱釵脱」、晋の楽府「採桑度」詩に「姿容応春媚、粉黛不加飾」とあり、一條帝「清夜月光多」詩に「入牖家々添粉黛、照軒処々混華灯」（『本朝麗藻』巻上）とある。八四・一〇八番詩にも用例がある。　**壊来**　（化粧が）くずれてしまう、の意。梁・王僧孺「春怨」詩に「積愁落芳鬢、長啼壊美目」（『玉臺新詠』巻六）、梁簡文帝蕭綱「照流看落釵」詩に「流揺粧影壊、釵落鬢花空」（『玉臺新詠』巻七）とあり、朝野鹿取「奉和王昭君」詩に「画眉逢雪壊、裁鬢為風残」（『文華秀

一一九九）などの例があり、そのほとんどがホトトギスやカリ、シカなどの鳴き声を聞くことと結び付けて用いられる。

いづち往くらむ 「五十人槌」を「いづち」と訓む場合、「五十人」には「い」のみが対応するが、同様の例に「五十人杳（いくつ）」（二七番）がある。「いづく・いづこ・いづかた・いづへ・いづら」など類義のことばがあるが、「いづち」は「に」や「へ」どの助詞を伴わずに、漠然とした方向・方角を表し、「行く」などの移動動詞を修飾する。また「か」という助詞の有無を問わず、「む」あるいは「らむ」と呼応して、疑問の意を表す。ホトトギスの鳴く場所あるいは飛んで行く方向が不明であることを詠む歌は、「木暗の夕闇なるにほととぎすいづくを家と鳴き渡るらむ」（万葉集一〇—一九四八）「我がここだ偲はく知らにほととぎすいづへの山を鳴きか越ゆらむ」（万葉集一九—四一九五）、「鳴きわびぬいづちかゆかん郭公月になくよぞよににざりける」（後撰集四—一五六）「いづ方になきてゆくらむ郭公よどのわたりのまだよぶかきに」（拾遺集二—一一三）など見られる。

【補注】

ホトトギスが夏の代表的な歌材であることは、改めて言うまでもあるまい。ちなみに、夏歌において、寛平御時后宮歌合（十巻本）では二二首中一〇首、本集上巻では二一首中一一首と、ほぼ半分の歌にホトトギスが詠み込まれているが、古今集になると、三四首中二八首と大半を占め、その傾向は八代集全体に及んでいる。また、和歌に詠まれる動物のなかで、ホトトギスは夏の歌材としてのみならず、万葉集・八代集を通

麗集』巻中）とある。**収涙** 泣くのを止める、涙を拭う、の意。曹植「贈白馬王彪」詩に「収涙即長路、援筆従比辞」（『文選』巻二四）、白居易「対酒五首其五」詩に「昨日低眉問疾来、今朝収涙弔人回」、菅原道真「傷巨三郎寄北堂諸好事」詩に「我今収涙訴冥々、何不憖遺一後醒」（『菅家文草』巻二）とある。

4 郭公 杜鵑科の布穀鳥の異称。その鳴き声から名付けられた。『名義抄』に「ホトトギス」とあるが、実際は日本のそれよりやや大型。『新撰字鏡』本草鳥名に「郭公鳥保止ゝ支須」とあるのがこの表記の嚆矢とされるが、その由来に関しては必ずしも分明というわけではない。底本にのみ音合符がある。「⿰監鳥、⿰監鳥鷜鳥名、今俗呼郭公也」（宋本『広韻』下平声・二十三談韻）、「⿰監鳥、魯甘切、⿰監鳥鷜鳥、今之郭公」（『大広益会玉篇』鳥部）とはあるものの、切韻系の韻書や万象名義等で確認できない。あるいは唐代の世俗的表記か。唐詩では「杜鵑」「子規」の表記が一般であり、「郭公」の用例を知らない。中原広俊「賦郭公」詩に「毎属梅霖年幾環、郭公伝哢夜方閑。呼名五月雨霑裡、知汝三更夢覚間。…相語不堪紅女思、一聞定解粉娃顔」（『本朝無題詩』巻二）とある。**夜々** 毎晩。夜毎に、の意。底本等版本に音合符がある。甄皇后「楽府塘上行」に「念君常苦悲、夜夜不能寐」（『玉臺新詠』巻二）、白居易「慈烏夜啼」詩に「夜夜夜半啼、聞者為霑襟」、菅原清公「奉和春閨怨」詩に「蕩子別来多歳月、那堪夜夜掩空扉」（『文華秀麗集』巻中）とある。**百般啼** 何度も鳴くこと。通常「百般」は、様々の、色々に、の意の唐代の俗語とされ、劉長卿「喜晴」詩に「湖天一種色、林鳥百般声」、韓愈「和武相公早春聞鶯」詩に「早晩飛来入錦城、誰人教解百般鳴」とあ

じて、もっとも数多く詠まれているものでもあり（動物の用例全体の約二割を占める）、しかも、さまざまなイメージによって表現されている。当歌においては、【語釈】に示したように、各句の内容とも、万葉集以来、ホトトギスと結びつきの深いものであり、それぞれは基本的に、ホトトギスの訪れる時期、鳴く時刻、生態などに基づくものと言える。ただし、夏歌としてホトトギスそのものを詠むことが中心になっているとは言いがたい。それは、「さみだれに物思ひ居れば」という上二句が単に下三句を言うための状況設定をしているとは考えにくいからである。

当歌におけるような物思いは、雨の降る夜という一般的な感傷的雰囲気によるものではなく、もっと現実的に、雨を忌んで相手の訪れがないことによるものと想定される。そのせいで、物思いにふけって夜更けまで起きている時に、ホトトギスが自分の所を通過してどこかへ行くのを、その鳴き声によって知るわけである。

これは、ホトトギスの鳴き声を鑑賞したり、もっと聞いていたいと思ったりする状況ではないし、「いづち行くらむ」という疑問も、雨の中を飛んで行くホトトギスを気遣ってというのでもない。この疑問はおそらく、物思いの展開として、詠み手自身の相手の行動に及ぶものであり、さらには二人の関係の行く末を案じるものであろう。

つまり、当歌の実質はそもそも季節歌というよりも恋歌であって、ホトトギスは結果的に恋の物思いを募らせる役割を果していると言える。そのようなホトトギスの詠み込み方は、夏歌に分類される歌において決して珍しいことではない。

る。しかし、ここは底本始め藤波家本・講談所本・京大本・大阪市大本等には訓合符が付されて「モモタヒ」の訓があり、明らかに現代の解釈と異なる。また、本集にも「百般攀折一枝情」（四三番）とあり、その【語釈】を参照のこと。

【補注】

韻字は「低・鷄・啼」で、上平声十二斉韻。平仄にも基本的な誤りはない。

閨中の婦女が夜一人で怨んでいると、鳥の鳴き声が聞こえて、其れが更に悲しみを増幅させると言う構成は、例えば、魏・明帝「昭昭素明月」詩（『玉臺新詠』巻二、『文選』巻二七。但し、『文選』では「傷歌行」）と同じであり、そこでは単に「春鳥」とあって「郭公」ではないものの、類似の構想のものは先行作品に存在したことになる。

ただ、当詩の問題は、歌にある「さみだれ」が漢訳されていないことであろう。歌におけるそれは、決して軽いものではなく、むしろ女の物思いの情調を醸し出す重要な舞台背景であったはずである。

もう一点不審な点を挙げるとすれば、【語釈】でも触れたが、何故周知の語である「怨女」を、ことさら既婚者のイメージの強い「怨婦」としたのか、ということだろう。女と婦は共に仄声であり、その意味での改変の必要はない。「怨婦」には雨の夜がより似合うように思われるのだが。

【比較対照】

歌と詩で、個々の表現については必ずしも対応していないものの、全体の設定や主題はほぼ同様と見られる。

歌の素材としての「ほととぎす」に、詩で「郭公」を対応させている点は、当の歌詩の場合のみならず、本集上巻において例外がない。夏歌におけるホトトギスの偏重は、歌【補注】で述べたとおりであって、一般に詩における扱われ方との比ではあるまい。『和漢朗詠集』や『新撰朗詠集』においても、「郭公」の項には、詩が一篇なのに対して、歌は三首も挙げられていることなどを考え合わせれば、本集における詩は、少なくとも夏歌としての素材に関しては、歌によく対応させようとしていることがうかがわれる。

ホトトギス（郭公）が夜中に鳴くこと、その鳴き声を耳にするのは遅くまで起きているからであり、それは物思いによって眠れないからであるという設定は、歌にも詩にも共通に表現されている。ただ異なるのは、歌においては、ホトトギスの行方を問い、それに自らの物思いを重ね合わせていると考えられるのに対して、詩においては、郭公が鳴くことのみを取り上げ、それを自ら泣くことと関連させているという点である。詩の、このような関連付けは、広く歌にも認められるが、当歌においては、それよりも「いづち行くらむ」という方に重点があると考えられる。

詩は全体としてまさに閨怨詩的な設定になっている。これは歌そのものが季節を詠む歌というよりも恋の歌になっているからであって、わざわざ閨怨詩的に置き換えたのではなく、歌にそのまま対応させたものである。主体を女性とすることも、詩の起句から転句にいたる表現も、状況の明示化、具体化という点で、歌のそれと矛盾するものではない。もっとも、状況設定に関して、詩【補注】で指摘している如く、詩では五月雨を取り上げず、「蕤賓」によって五月という時期を示すにとどまっていることが問題になるかもしれない。たしかに、雨の夜というのは女の物思いの情調にいかにも似つかわしい。しかし、歌では、単にそのようなイメージとしてだけではなく、背景に現実的な雨障りという事情があったと推測されるのであって、そのような習慣の有無というものが、歌と詩における取り上げ方の違いに関わっていると考えられなくもない。

二五番

初夜之間裳　葬処無見湯留　夏虫丹　迷増礼留　恋裳為鉇

よひの間も　はかなく見ゆる　夏虫に　まどひ増される　恋もするかな

【校異】

本文では、初句の「之」を、永青本・久曾神本が欠き、第二句の「湯」を、天理本・羅山本・無窮会本が欠き、第四句の「迷」を、類従本・羅山本・無窮会本・永青本・久曾神本が「惑」とし、結句末の「鉇」を、類従本・文化写本・藤波家本・永青本が「鉇」とする。

付訓では、とくに異同がない。

同歌は、寛平御時后宮歌合（十巻本・廿巻本、夏歌、四五番、とものり）にあり、また古今集（巻一二、恋歌二、五六一番）に「寛平御時きさいの宮の歌合のうた　紀とものり」として、古今六帖（第六、虫夏むし、三九八一番。ただし結句「こひにもあるかな」）、友則集（三三番）にも見られる。

【通釈】

夜まだ早い頃でも、命はかなく見える夏虫よりも、惑いのはなはだしくなっている恋をすることだなあ。

【語釈】

よひの間も　夕方の後、深夜にいたるまでの時間帯をいう。万葉集の

好女係心夜不眠
終宵臥起涙連々
贈花贈札迷情切
其奈遊虫入夏燃

好女《カウヂョ》心《こころ》に係《かけ》て夜《よ》る眠《ねむ》らず。
終宵《よもすが》ら臥起《グヮキ》して涙《なみ》だ連々《レンレン》たり。
花《はな》を贈《おく》り札《ふみた》を贈《おくり》て迷情《ベイセイ》切《セツ》なり。
其《そ》れ遊虫《イウチュウ》の夏燃《カゼン》に入《い》るを奈《いか》んかせむ。

【校異】

「不眠」を、類従本「不服」に作り、元禄九年版本にも「眠」に「服」の校注がある。久曾神本「不睡」に作る。「終宵」を、底本等諸本「終霄」に作るも、羅山本・無窮会本・永青本に従う。「贈札」を永青本・久曾神本「送札」に作る。「遊虫」を、詩紀本「遊絲」に作り、永青本・久曾神本「遊中」に作る。講談所本・道明寺本・京大本・大阪市大本「蟲」に「虫」の異本注記あり。

【通釈】

美しい女が何か心に思うことがあって、夜も眠らずに、一晩中横になったり、立ち上がったりしており、目には涙が次々にこぼれてくる。花を贈ったり、手紙を出したりと、悶々たる恋の悩みは深くなるばかりだ。遊虫が夏になって燃えるように、女の胸の炎が燃えまさるのをどうすればよいのだろう。

「よひ」の正訓表記には「夕」や「暮」のほか、本集と同様の「初夜」や「三更」などもあって、夜間の幅広い時間帯を表していたことがうかがえる。当歌においては、夜まだ早い頃、いわゆる宵の口を表していると考えられる。「初夜」という語は戌の刻、つまり午後八時を挟む二時間のことを表すが、日の暮れるのが遅い夏期であるから、「よひの間」を夜の早い時間帯と考えて、食い違いはない。また、「よひの間も」の「も」の暗示するのが、夜間におけるその後の時間的経過であり、それに伴って程度がはなはだしくなると考えられるからである。その程度とは、「はかなく見ゆる」ことと「恋もする」ことに関してであり、「よひの間も」は第二句の「はかなく見ゆる」だけではなく、結句の「恋もするかな」も修飾している。「よひ」の、夜まだ早い頃を表す例としては、他に「明日よりは恋ひつつ行かむ今夜だに早く夕（初夜）より紐解け我妹」（万葉集一二―三一一九）「あぜと言へかさ寝に逢はなくにま日暮れて夕（与比）なは来なに明けぬしだ来る」（万葉集一四―三四六一）、「夏の夜はまだよひながらあけぬるを雲のいづこに月やどるらむ」（古今集三―一六六）「夜ひのまにはやなぐさめよいその神ふりにしとこもうちはらふべく」（後撰集一一―七五六）などが挙げられる。

はかなく見ゆる　「葬処無」を「はかなく」と訓むのは、「葬処」→「はか（墓）」→「はか（捗）」という連想による。「はかなし」という語は万葉集にはなく、古今集以降に例が見られる。頼りない、甲斐がない、むなしい、あっけない、などの意味があるが、当歌においては、それと見られる直接の対象が「夏虫」であり、その生命の短さと行動の甲斐なさを「はかなし」と表現したと考えられる。そしてそれはともに、詠み

【語釈】

1 好女　美女のこと。底本等版本には音合符がある。古楽府「日出東南隅行」詩に「秦氏有好女、自言名羅敷」（『玉臺新詠』巻一・『初学記』美婦人）とある。　**係心**　心を寄せる、頼みにする、の意。『漢書』成帝紀に「不蒙天祐、至今未有継嗣、天下無所係心」とあるのを初め、史書には散見するが、中国詩には極めて稀な語。紀長谷雄「風中琴賦」に「激声只生乎彼契、逸響不係乎我心」（『本朝文粋』巻一）とある。あるいは、仏教語の「係念」（思いをかけること）や、「懸念」「繋念」（ひとところに思いをかけて、他のことを思わないこと。あることに囚われて執着すること）の類語か。　**夜不眠**　夜なのに眠ることが出来ない、の意。閨怨詩の常套句。甄皇后「楽府塘上行」詩に「念君常苦悲、夜夜不能寐」（『玉臺新詠』巻二）、秦嘉「贈婦詩三首其二」に「長夜不能眠、伏枕独展転」（『玉臺新詠』巻一）、菅原清公「奉和春閨怨」詩に「怨婦含情不能寐、早朝褰幌出欄楯」（『文華秀麗集』巻中）等とある。

2 終宵　一晩中、終夜、の意。底本に「ラ」の捨仮名がある。韓愈「江漢答孟郊」詩に「終宵処幽室、華燭光爛爛」、嵯峨天皇「和左衛督朝嘉通秋夜寓直周廬聴早雁之作」詩に「感殺周廬寓直者、終宵不寐意無窮」（『凌雲集』）とあり、本集にも「終宵対翫凝思処」（六二番）とある。　**臥起**　「臥」は休息や睡眠の為に体を横たえること。「起」は立ち上がること。寝たり起きたり。底本等版本には音合符がある。『漢書』蘇武伝に「杖漢節牧羊、臥起操持、節旄尽落」、陶淵明「和郭主簿二首其一」詩に「息交遊閑業、臥起弄書琴」とある。　**涙連々**　「連」は『戦国策』斉策四に「管燕連然流涕曰、悲夫」とあり、鮑彪が「連与

手自身についても言えることである。

夏虫に　「夏虫（なつむし）」は夏に出現・活動する虫の総称であるが、それを特定して、当歌においては、ガかホタルかで説が分かれる。ガとする説が有力なものの、ホタルを主張する竹岡評釈では、「「蛾」と解する場合には諸注のように諸種の語句を補わなくては解せないというのは、やはりその解に無理があるからである」として、「まだ日の暮れたばかりの宵の間でさえも、あちらこちらと身を燃やしながら飛びかってはいても、結局、何らの結果も生めそうにもなく、そのまま燃え尽きてしまいそうに見える螢」と解釈する方が自然であると述べている。『注釈』もホタルととっている。しかし、以下に、ホタルと解するうえでの問題点を挙げる。一つは、万葉集や八代集においてホタルを詠んだ歌のなかで、ホタルに対して「あはれなり」（後拾遺集三―二一六）や「かなし」（詞花集二―七三）と表現することはあっても、「はかなし」やそれに類した表現の例は見られないという点である。二つめには、ホタルに関しては、「あけたてば蟬のをりはへなきくらしよるはほたるのもえこそわたれ」（古今集一一―五四三）「終夜もゆるほたるをけさ見れば草のはごとにつゆぞおきける」（拾遺集一六―一〇七八）などの例の如く、とくに宵という時間帯に限定されないという点である。三つめには、ホタルについては、ホタル自らの発する光（火）が取り上げられるのがもっぱらであって、その行動に関しては問題にされないという点である。行動というのは、当歌の第四句にある「まどひ」である。「雲まよひほしのあゆくと見えつるは螢のそらにとぶにぞ有りける」（拾遺集七―四〇九）は、「雲まよひ」という表現から間接的に「まどひ」とぶさまが表わさ

漣同、泣下也」と注するように、漣の通仮字として用いられる。「漣々」も「漣々」と同じで、涙の流れる様。酒肆布衣「酔吟」詩に「一旦形羸又髪白、旧遊空使涙漣漣」（『全唐詩』巻八六二・仙）、「醜女縁起」に「珠涙連連怨復嗟、一種為人面貌差」（『敦煌変文集』）とあるように、世俗的表記法。

3 贈花　花を相手にあげること。宋・陸凱「贈范曄」詩に「折花逢駅使、…江南無所有、聊贈一枝春」、宋玉「登徒子好色賦」に「遵大路兮攬子袪、贈以芳華辞甚妙」（『文選』巻一九）、白居易「懸南花下酔中留劉五」詩に「願将花贈天台女、留取劉郎到夜帰」（『千載佳句』留客）とある。　**贈札**　手紙をおくること。「古詩十九首其十七」に「客従遠方来、遺我一書札」（『文選』巻二九）とある。　**迷情切**　『壇経』付嘱品に「吾本来玆土、伝法救迷情、一華開五葉、結果自然成」とあり、空海『秘蔵宝鑰』序に「空華眩眼、亀毛迷情、謬著実我、封執酔心」とあるように、「迷情」は一般的には仏教語とされ、煩悩に迷う心、凡人の情念等の意で用いられる。また『拾遺記』後漢に「験之史牒、訊諸前記、迷情狗馬、愛好竜鶴、非常明王之所聞示於後也」とあり、大江朝綱「早春侍内宴同賦晴添草樹光応製」詩序に「既而梨園奏音、柳枝挙袖。迷情之蕚乱落、解語之花争開」（『本朝文粋』巻一一）とあるように、あるものに心を迷わす、執着して溺れる、の意でも用いられる。底本等版本には、音合符がある。「切」は深く、強いこと。

4 其奈　強い疑問を表す。京大本・大阪市大本・天理本には訓合符が付いて「ソ」の送り仮名がある。今、底本等の版本の訓みに従った。小島憲之『古今集以前』はこの句法は白詩の影響に因るという。「井底引

れているが、例外的なものである。四つめには、「夏虫」を明確にホタルと特定できる例は「つつめどもかくれぬ物は夏虫の身よりあまれる思ひなりけり」（後撰集四―二〇九）以外には見当たらず、ホタルを「ほたる」ではなく、あえて「夏虫」と表現する積極的な理由も見いだしがたいという点である。なお、古今集における「夏虫の身をいたづらになすこともひとつ思ひによりてなりけり」（古今集一一―五四四）や「夏虫をなにかいひけむ心から我も思ひにもえぬべらなり」（古今集一二―六〇〇）の例は、「思ひ」の「ひ」に「火」を掛けたものであり、当歌以上に、「夏虫」をホタルとして詠んでいると認めることができるにもかかわらず、それらの歌については、竹岡評釈においても、他の注釈書においても、ガとみなしている。いっぽう、当歌の「夏虫」をガととらえる根拠になりそうな例としては、「…夏虫の　火に入るがごと　湊入りに　舟漕ぐごとく　行きがくれ…」（万葉集九―一八〇七）や、「夏虫の身をたきすてて玉しあらば我とまねばむ人めもる身ぞ」（後撰集四―二一三）「夏虫のしるしる迷ふおもひをばこりぬかなしとたれかみざらん」（後撰集一三―九六八）などを挙げることができよう。さらにその前提としては、仏典における例がある。森章司『仏教比喩例話辞典』（東京堂出版、一九八七）には、愛欲を貪って身を滅ぼすことを灯火に飛び込むガにたとえる表現がさまざまあることが示されている（『大智度論』巻二一、『大宝積経』巻一一二、『理趣六度経』巻五、『心地観経』巻六など）。窪田評釈は、同歌を評して「燭蛾の危うい状態を惑いと感じるのは自然の心理と思われるが、わが恋をそれと同じ惑いと感じるのは、仏教の影響を見せている心といえる」とするが、仏教の影響がある

銀瓶」詩に「終知君家不可住、其奈出門無去処」、「除官去未間」詩に「窮通与生死、其奈吾懐抱」等、白詩に少なくなく、菅原道真「元日戯諸小郎」詩に「不須多勧屠蘇酒、其奈家君白髪新」（『菅家文草』巻四）、同「雪夜思家竹」詩に「縦不得扶持、其奈後凋節」（『菅家後集』）とある。

遊虫入夏燃　未詳。「遊虫」は、その語例を知らない。底本等版本に音合符がある。「好女」の恋情が燃えさかる様の比喩と見ておく。「夏燃」には、底本には訓合符があって、「燃」に「ホノヲニ」の訓があり、藤波家本・道明寺本・京大本等にも「ホノヲ」の訓があるが、結句全体の訓は元禄九年版本に従った。

【補注】

韻字は「眠」（下平声一先韻）、「連・燃」（下平声二仙韻）で両者は同用。平仄にも基本的な誤りは無い。

【語釈】でも触れたが、その用語や表記法など、かなり特異な作品であり、結句の比喩の実体も今一つ捉えかねている。あるいは、「蜉蝣」（カゲロフ）の略称である「蝣」の戯書的表記か。『広韻』に「蝣、蜉蝣、朝生夕死」（尤韻）とある。ただし、これを虫のそれと取ると、秋に成虫となるその生態と「入夏燃」が一致しない。本集夏部の三五番に、「怨は深く喜びは浅し此の閨情、夏の夜の胸の燃ゆるは蛍に異ならず。書信休やみ来りて年月暮るれば、千般に望門庭を望むを其奈いかんせん。」とあって、本作品と類想であり、胸の「燃」を「蛍」に関係づけているところから、この「遊虫」の「遊」の単に浮遊する意と取って、蛍を想定したものとする方が穏やかかもしれない。ただ、この場合も漢

とすれば、より具体的にこのような比喩の発想・表現そのものにあるのではないかと考えられる。

まどひ増される　「迷」字を「まよふ」ではなく「まどふ」と訓むのは、『観智院本類聚名義抄』にも例があり、万葉集でも「惑」とともにそれに当てられている。また、万葉集や八代集では、「まどふ」の方が「まよふ」に比べて数多く、主に道に迷うという意味と心が混乱するという意味の二つに用いられ、しばしばその両方を掛けた表現が見られる。たとえば「月読の光は清く照らせれど惑へる〔惑〕心思ひあへなくに」（万葉集四―六七一）「春山の霧に迷へる〔惑〕うぐひすも我にまさりて物思はめやも」（万葉集一〇―一八九二）、「わがこひはしらぬ山ぢにあらなくに迷ふ心ぞわびしかりける」（古今集一二―五九七）「おもひには我こそいりてまどはるれあやなく君や涼しかるべき」（後撰集一一―七八二）「夏虫のしるしる迷ふおもひをばこりぬかなしとたれかみざらん」（後撰集一三―九六八）など。当歌においても、「まどひ」は夏虫に関しては道に迷う意味で、恋に関しては心が混乱する意味で、それぞれ関わっている。「まどひ増さる」は複合動詞ととることもできるが、他に例もなく、「まどひガ増さる」という関係でとらえて問題あるまい。「増さる」はその比較対象を表す助詞として「より」あるいは「に」をとり、当歌においては、第三句の「夏虫に」の「に」がそれに当たる。私の恋が夏虫に比べても惑い方がはなはだしいということを表す。

恋もするかな　結句にあって、第四句までが「恋」を連体修飾する、定型的な表現と言える。万葉集では「恋もするかも」という形で、「高座の三笠の山に鳴く鳥の止めば継がるる恋もするかも」（万葉集三―三七＊

詩における螢の季節は秋であり、「入夏燃」と矛盾することには変わりがない。

更に、「燃」にことさら関係付ければ、蛾を挙げることが出来よう。『藝文類聚』蛾には関連文が収載され、孟郊「燭蛾」詩に「灯前飛舞蛾、厭生何太切」、元稹「張旧蚊幬」詩に「燭蛾焰中舞、繭蚕叢上織」等とあり、菅原道真「路次観源相公旧宅有感」詩に「泉眼石稜誰定主、飛蛾豈断繞灯情」（『菅家文草』巻二）とある。

＊三）「この山の峰に近しと我が見つる月の空なる恋もするかも」（万葉集一一―二六七二）、古今集にも他に「ゆふづく夜さすやをかべの松のはのいつともわかぬこひもするかな」（古今集一一―四九〇）「わがそのの梅のほつえに鶯のねになきぬべきこひもするかな」（古今集一一―四九八）など見られる。

【補注】

宵の間は、恋の相手の訪れを待つ時間帯であり、その待つ時間が長くなればなるほど、あれこれと思いまどう程度がはなはだしくなるものである。それが、待ち始めてまだ間もないうちから、もう心が混乱していることを表しているのが「よひの間も」であり、その尋常ならざる混乱のために、すぐにも死んでしまいそうなさまを表しているのが「はかなく見ゆる夏虫にまどひ増される」である。それは、たとえ実際には訪れを待つような関係になっていないとしても、基本的に変わりないと言える。

夏虫が比較対象になったのは、【語釈】で述べた如く、それをガの類とすれば、おそらくは当時にあっても流布していたであろう、典拠となる句があったからであり、それをふまえればこそ、「はかなく見ゆる夏虫」という表現だけでも、その意図するところが了解されたと考えられる。また、当時の日常生活から考えれば、灯火を用いるのは通常、宵の間であり、その時間帯に、灯火に近寄り飛び回る夏虫を目にするという設定は、自然なことであったと考えられる。

当歌は、本集では夏の歌に含まれるが、古今集では恋の歌として採られている。歌全体の主題として考えるならば、当歌は明らかに恋の歌であって、夏の歌とみなせるのは、単に夏虫という素材が取り上げられているということだけではなく、夏場によく見られる情景の一つを髣髴とさせるという点においてであろう。

『注釈』は、結句の類型をふまえて、「本歌と他の歌との相違は、他の歌はすべて序詞によって構成されているのに比して、本歌は詠歌主体の情意を託された景物を比較の対象としている点である。このことによって序詞の趣向の目新しさを追求することを超えて、類句的表現の中に独自の方法を導入したものといえよう」とする。これはつまり、当歌の上句を実景とみなすということであり、その分だけ序詞の場合よりも、夏歌としての性質を強く持つということであると考えられる。

【比較対照】

まず、歌の初句の「よひの間も」という表現の含みが、詩においては起句の「夜不眠」や承句の「終宵臥起」によって明示化されていると言えよう。次に「はかなく見ゆる夏虫」には、結句の「其奈遊虫入夏燃」が対応すると一応考えられるが、詩のこの表現は難解であって、その対応の度合いを正確には計りがたい。

「夏虫」と「遊虫」が恋心に乱れるさまをたとえるのに用いられているということは、共通に認めてよいと思われる。問題なのは、それぞれの虫を何とするか、またそのどのような行動や状態をいうものかという点である。「夏虫」をガの類とした場合、その灯火に飛び込むことを表す比喩をふまえたものとして、詩の結句のそれぞれの漢字（語）「遊・虫・入・夏・燃」を個別的に関連付けることはできそうであるけれども、表現としての成り立ちや意味を無視して、クロスワードパズルのように当てはめることは、もとより許されまい。

しかし、たとえば「遊虫」なり「入夏」なりという漢語の存在が確認されず、「遊虫の夏に入りて燃ゆる」と訓むことが順当なところであったとしても、その言わんとすることが不明であるとするならば、歌の場合と同様に、了解済みの前提となることがらを省略し、しかも歌に対応させるために、実質的には和文様に表現したという可能性もなくはないと考える。

そのように考えるならば、転句の「迷情」も、歌の「まどひ」に対応する語であろうが、他ならぬこの語が選ばれたのには、それがもともと仏教語であって、歌における「夏虫」に対するのと同じく、「遊虫」との関わりにおいて、仏典に見られる件んの比喩表現との関連性を意識させようとする意図があったからではないかと推測される。

詩の前半に歌われた状況は、歌に示された状況から十分想定しうるものであろう。ともに女性という立場から見れば、詩における起句の「好女」という限定や、転句の「贈花贈札」というほどの積極性は、歌には認めがたいものの、恋の相手の訪れを強く待ち望んでいることを表している点では、共通していると言えよう。

これはすなわち、歌詩とも恋を歌うのが主題であって、季節自体を詠んだものではないということである。詩が閨怨詩的な設定や表現となっているのは、二四番詩の場合と同様、歌との対応のためであって、夏という季節との関わりを示すのは、結句の「夏」という語においてのみである。

二六番

夏之夜之　臥歟砥為礼者　郭公　鳴人音丹　明留篠之目

夏の夜の　臥すかとすれば　ほととぎす　鳴くひとこゑに　明くるしののめ

【校異】

本文では、第二句の「歟」の衍字が、講談所本にあり、同字を、京大本・大阪市大本・天理本が「歇」とし、同句の「砥」を、文化写本が欠き、第三句の「公」の後に、類従本・藤波家本・講談所本・道明寺本・羅山本・無窮会本・永青本・久曾神本が「鳥」を補い、第四句の「人」を、永青本・久曾神本が「二」とし、結句の「留」を、永青本・久曾神本が欠く。

付訓では、とくに異同が見られない。

同歌は、寛平御時后宮歌合（十巻本・廿巻本、夏歌、四六番、貫之）にあり、また古今集（巻三、夏、一五六番）に「寛平御時きさいの宮の歌合うた　きのつらゆき」として、新撰和歌（第二、夏、一三七番。ただし初句「なつの夜は」）、古今六帖（第六、鳥　ほととぎす、つらゆき、四四二五番）、和漢朗詠集（巻上、夏、夏夜、一五五番）にも見られる。

【通釈】

夏の夜が、横になって寝るか寝ないかという時に、ホトトギスの鳴く一声の間に、もう明ける、明け方時であるよ。

日長夜短懶晨興

夏漏遅明聴郭公

嘯取詞人偸走筆

文章気味与春同

日《ひ》長《なが》く夜《よ》短《みじかく》して晨《つと》に興《をく》るに懶《ものう》し。

夏漏《カロウ》遅明《あくるころほひ》郭公《ほととぎす》を聴《き》く。

嘯《うそぶき》取《とり》て詞人《シジン》偸《ひそか》に筆《ふで》を走《はしら》しむ。

文章《ブンシャウ》の気味《キビ》春《はる》と同《おな》じ。

【校異】

「懶晨興」を、類従本・京大本・大阪市大本・天理本・羅山本・無窮会本・永青本・久曾神本「嬾晨興」に作り、講談所本・道明寺本「嬾農興」に作る。「夏漏」を京大本・大阪市大本・天理本「夏偏」に作り、永青本「夏満」に作る。「遅明」を京大本・大阪市大本・天理本「達明」に作って「遅」を校注する。「郭公」を、類従本・藤波家本・講談所本・道明寺本・羅山本・無窮会本「郭⿱公鳥」に作り、京大本・大阪市大本・久曾神本「郭公鳥」に作り、永青本「公」の下に「鳥」を補入する。元禄九年版本には、「公」に「⿱公鳥」の校注がある。「嘯取」を京大本・大阪市大本・天理本「嘯元」に作る。「詞人」を永青本・久曾神本「詩詞」に作る。「気味」を、京大本・大阪市大本・天理本「味」に作って「気」を欠く。

また、第一・二句が『新撰朗詠集』夏夜に採られる。

【語釈】

夏の夜の　「夏の夜」という表現は、「夏の夜は道たづたづし舟に乗り川の瀬ごとに棹さし上れ」（万葉集一八―四〇六二）のように、万葉集から見られる。「夏の夜の」の末尾の「の」は、二三番歌の【語釈】該項でも触れたように、結句の「明くるしののめ」にまでかかる。

臥すかとすれば　「臥（ふ）す」は体を横たえることを表すが、睡眠を目的とする場合の例としては、「蒸し衾なごやが下に臥せれども妹とし寝ねば肌し寒しも」（万葉集四―五二四）「ある人のあな心無と思ふらむ秋の長夜を寝覚め伏すのみ」（万葉集一〇―二三〇二）、「ふしてぬる夢ぢにだにもあはぬ身は猶あさましきうつつとぞ思ふ」（後撰集一〇―六二〇）「うつつにはふせどねられずおきかへり昨日の夢をいつかわすれん」（後撰集一三―九二五）などがある。古今集所載の同歌に対して、諸注釈書は、「臥すかとすれば」を「臥すかと思へば」と同じとし、臥すか臥さないかのうちにという意にとる。しかし、「〜かとすれば」という表現はそれ自体が他に、万葉集にも八代集にもなく、「〜かと思へば」という表現もごく稀れであり、しかも「我が背子にまたは逢はじかと思へばか今朝の別れのすべなかりつる」（万葉集四―五四〇）や「怨みぬもうたがはしくぞおもほゆるたのむ心のなきかとおもへば」（後撰集一五―九八一）などの如く、当歌と同様の用法ではない。この表現を上述のように解釈するには、次のような推論が必要となる。すなわち、「臥すか」という表現の表す「臥す」という行為の成立に対する疑問は、「梅の花咲きて散りなば我妹子を来むか来じかと我が松の木ぞ」（万葉集一〇―一九二二）や「あはれともうしともいはじかげろふのあるかなき

【通釈】

昼間の時間が長く、夜の時間が短いから、（睡眠不足で）朝早く起きるのが億劫で、夏の時間の夜明け前に（寝たまま）ホトトギスの声を聞くことになる。（そのような状況を詩にしようと）口ずさんでいた詩人が、そっと筆を走らせてその詩を書き取ると、その作品の趣は春のそれと同じだった。

【語釈】

1 日長　昼間の時間が長い、の意。張籍「夏日間居」詩に「無事門多閉、偏知夏日長」、白居易「昼寝」詩に「不作午時眠、日長安可度」、菅原道真「入夏満旬過藤郎中亭聊命紙筆」詩に「不畏今朝夏日長、偸言出得旧芬芳」（『菅家文草』巻二）とあり、本集にも「誰道春天日此長」（一二番）とあった。　**夜短**　夜の時間が短い、の意。湘東王繹「夜遊柏斎」詩に「風細雨声遅、夜短更籌急」（『玉臺新詠』巻七）、杜甫「夏夜歎」詩に「仲夏苦夜短、開軒納微涼」、白居易「日長」詩に「日長昼加餐、夜短朝余睡」（下句は『類題古詩』短、紀斉名詩の詩題）とある。　**懶晨興**　「晨興」は、朝早く起きること。陸倕「新刻漏銘序」に「坐朝晏罷、毎旦晨興」（『文選』巻五六）とあり、李善は「尚書大伝曰、帝猶反側、晨興辟四門来仁賢」という。また、白居易「晨興」詩に「宿鳥動前林、晨光上東屋」とあるのを始め、白詩には一〇例近くの用例があるが、それに拠れば、厳密に言えば日の出の頃ということになろうか。『日本書紀』崇神六年条に「是以、晨興夕惕、請罪神祇」とある。底本・京大本等に「ヲクルニ」の訓点がある。「懶」は、ものぐさな様、

かにけぬるよなれば」（後撰集一六―一一九一）などのように、択一的にその行為自体の否定を含意するのではなく、その行為成立の未確認あるいは行為の未成立の確認を含意するものであり、「とす」という表現とあいまって、結果的に「小里なる花橘を引き攀ぢて折らむとすれどうら若みこそ」（万葉集一四―三五七四）「あしひきの山路越えむとする君を心に持ちて安けくもなし」（万葉集一五―三七二三）、「池にすむ名ををし鳥の水をあさみかくるとすれどあらはれにけり」（古今集一三―六七二）「花と見てをらむとすればをみなへしうたたあるさまの名にこそ有りけれ」（古今集一九―一〇一九）などの場合と同様に、その行為の成立過程、つまり取りかかろうとしていることを表すということである。さらに、「すれば」という用言已然形＋「ば」の表現は、その帰結句の事柄との時間的な継起関係を示すことから、たとえば「くるるかと見ればあけぬるなつのよをあかずとやなく山郭公」（古今集三―一五七）と同様に、「臥す」ことと「明く」こととがほぼ同時に成立することを意味するのであって、そのことが、睡眠を目的とする「臥す」という行為の十分な成立を認めがたいものにしていると言える。

ほととぎす　ホトトギスは、夕方から明け方までの間に鳴くという設定で詠まれることが多いが、とくに明け方に焦点を置いた例としては、「暁に名告り鳴くなるほととぎすいやめづらしく思ほゆるかも」（万葉集一八―四〇八四）「ほととぎすまづ鳴く朝明いかにせば我が門過ぎじ語り継ぐまで」（万葉集二〇―四四六三）、「郭公けさなくこゑにおどろけば君を別れし時にぞありける」（古今集一六―八四九）「み山いでて夜はにやきつる郭公暁かけてこゑのきこゆる」（拾遺集二―一〇一）「よひの

怠け怠ること。類義語「慵」とともに、白詩には「日高臥」詩に「怕寒放懶日高臥、臨老誰言牽率身」、「香爐峯下…偶題東壁　重題」詩に「日高睡足猶慵起、小閣重衾不怕寒」とある等、頻繁に使用されて、彼の作品を特徴づける語とされる。異文「嬾」は「懶」の本字で、同声同音。なお、一〇番詩の【語釈】該項を参照。

2　夏漏　夏の時間のこと。竇鞏「漏賦」に「赫赫曈曈、時方祝融、伝夏漏於深宮」とある。　**遅明**　夜明け前、未明のこと。諸本に「アクルコロホヒ」の訓がある。『漢書』高帝紀に「遅明、囲宛城三匝」とあり、顔師古は「此言囲城事畢、然後天明、明遅於事、故曰遅明」という。張九齢「洪州西山祈雨是日輒応因賦詩言事」詩に「遅明申藻薦、先夕旅巌扉」とある。異文「達明」も、夜明けになる、明け方に達するの意。京大本等には同じく「アクルコロホヒ」の訓がある。漢・蔡琰「胡笳十八拍」に「鞞鼓喧兮従夜達明、胡風浩々兮暗塞営」とある。京大本等の異文「夏偏達明」は、「偏」を直ちに、すぐに、の意に解釈できれば、〈郭公の声に耳を傾けている中に、夏はすぐに夜明けになってしまう〉の意となり、むしろこちらの方が歌の意に近いことになるが、「偏」は平声で平仄に難がある上、語義的にも少々無理があろう。　**聴郭公**　杜鵑の鳴く時間は、杜甫「子規」詩に「両辺山木合、終日子規啼」とあるように、基本的に昼夜の区別がなく（詩に詠われる時間としては夜の方が比較的多い）、例えば、顧況「山中」詩に「庭前有箇長松樹、夜半子規来上啼」、賈島「子規」詩に「夢辺催暁急、愁処送風頻」とあるように、夜半から明け方まで鳴いた。

3　嘯取　この語の用例を知らない。「嘯」は、口笛を吹くように口を

まはまどろみなましほととぎすあけてきなくとかねてしりせば」（後拾遺集三―一八七）などあり、これらから、ホトトギスの鳴き声が夜の終わりを知らせるとみなすこともありえよう。

鳴くひとこゑに　「ひとこゑ」は一鳴きの意。この語は、この意味では「家に行きて何を語らむあしひきの山ほととぎす一声も鳴け」（万葉集一九―四二〇三）を初めとして、八代集においても、ウグイス（後撰集一―三六、後拾遺集一―二三、金葉集一―一五）やハマチドリ（新古今集八―六四四）、オシ（新古今集一一―一〇五九）を除き、他はホトトギスに関して用いられている。ついでながら、「ふたこゑ」も「ふた声と聞くとはなしに郭公夜深くめをもさましつるかな」（後撰集四―一七二）「玉匣あけつるほどのほととぎすただふたこゑもなきてこしかな」（後撰集四―一七八）などのように、もっぱらホトトギスに関して用いられる。これらの回数へのこだわりが示すのは、ホトトギスの鳴き声を耳にすることの稀少性であり、それゆえの、聞くことに対する願望の強さである。「ひとこゑに」の「に」を時間ではなく手段・理由を表すとする説があるのも、そのような見方によるものであって、『注釈』も「ほととぎすの〔一声〕によって、〔しののめ〕になろうとしている」とし（ただし通釈では「その一声のうちに」とするが）、日本古典文学全集本の注では、古今集所載の同歌に対して、「空がほととぎすの声に目を覚まされると、擬人化したものだろう。貫之らしい機知のある歌である」と評している。「に」を、時間を表すととる場合、「ひとこゑ」という語自体に時間性を認める必要があること、そしてそれがきわめて短い時間を表すとすれば、「臥すかとすれば」という表現の示す同様の意味と重複する

すぼめて、長く声を引いて詩歌を口ずさむこと。「取」は口語。九番詩【語釈】を参照のこと。今仮に、意識的に何度も口ずさむ、と解しておく。底本および諸写本には訓合符が、元禄九年版本以下には音合符があり、永青本・久曽神本には「ウソブイ」の訓がある。　**詞人**　詩人、文人に同じ。昭明太子「文選序」に「詞人才子、則名溢於縹嚢」、劉禹錫「送王司馬之陜州」詩に「両京大道多遊客、毎遇詞人戦一場」、「懐風藻序」に「自茲以降、詞人間出」、菅原道真「新月二十韻」詩に「少婦看珍重、詞人翫忽諸」（『菅家文草』巻三）とあり、本集にも「後進之詞人、近習之才子、各献四時之歌」（上巻・序）とある。異文「詩詞」は、少なくとも唐代までの用例を知らない。　**偸走筆**　「走筆」とは、素早く筆を動かして詩文を書くこと。「北窓三友」詩に「興酣不畳紙、走筆操狂詞」とあり、更に詩題に「自到郡斎僅経旬日、…偸閑走筆、題二十四韻、…仍呈呉中諸客」とある等、白詩には一〇例ほどを数え、他の詩人にはその用例の見えない語。菅原道真「重陽日府衙小飲」詩に「停盃且論輸租法、走筆唯書弁訴文」（『菅家文草』巻三）とある。「偸」は本集二番詩【語釈】を参照。

4 文章　文字を書き連ねて、一つのまとまった思想・内容を述べたもの。班固「漢書公孫弘伝賛」に「文章則司馬遷、相如」（『文選』巻四九）、小野岑守「凌雲集序」に「文章者経国之大業、不朽之盛事」とある。　**気味与春同**　「気味」は、おもむき、かんじ、けはい、の意。諸本には音合符がある。白居易「偶飲」詩に「今日心情如往日、秋風気味似春風」、同「春眠」詩に「還有少年春気味、時時暫到夢中来」とあるなど、白詩に多用され、菅原道真「見右丞相献家集」詩に「唯詠一聯知

ことが問題になる。しかし、当歌は夏の夜の短さをいうことを中心とすると考えれば、まさにその重複こそが短さを強調することになっているのであり、その限りでは「鳴くひとこゑに」は手段・理由を示す擬人的な表現とみるよりも、「ひとこゑ鳴く間に」というのと同じ時間的な意味で考えるのが適切と思われる。

明くるしののめ　「しののめ」は、万葉集に「朝柏潤八川辺の篠の目〔小竹之眼〕の偲ひて寝れば夢に見えけり」（万葉集一一―二七五四）「秋柏潤和川辺の篠の目〔細竹目〕の人には忍び君に堪へなく」（万葉集一一―二四七八）の二例があり、これらに基づき、その原義を篠の芽とする説と篠で編んだ簾の編み目とする説があって、それが明け方の意に転じるのは、はっきりと物が見えない状態つまりは明るくなりきっていない状態を表すことからとされる。後には「しののめ」に「東雲」を当てるようになるが、本集ではまだ原義とのつながりを感じさせる「篠之目」が用いられている。類義の「あかつき」や「あけぼの」と時間的な差を認める説もあるが、明確ではない。「明くる」は先に述べたように、初句の「夏の夜の」と結びつき、連体修飾する「しののめ」とは同格的な関係になっていると考えられる。同様の「しののめのほがらほがらとあけゆけばおのがきぬぎぬなるぞかなしき」（古今集一三―六三七）や「しののめのあけゆくそらもかへるにはなみだにくるる物にぞありける」（金葉集八―四二三）などの例も、「しののめの」は時を表すのであって、直接「あけゆく」の主格ととる必要はない。

気味、況連三代飽清吟」（『菅家後集』）とある。

【補注】

韻字は「公・同」で上平声一東韻。第一句目はいわゆる踏み落とし。但し、「興」（下平声十六蒸韻）も押韻しているものと認めれば、作者はこれを韻書に拠るのではなく、日本漢字音で行っていた重要な証拠となろう。類似する傾向としては本集一番詩があった。平仄には基本的な誤りはない。

「日長夜短」の語句に関して、古詩十九首に「昼短苦夜長、何不秉燭遊」とあり、「秋夜長」の楽府もあったように、基本的な通念として長いと意識せられたのは活動しにくい夜であった。謝霊運「道路憶山中」詩には「不怨秋夕長、常苦夏日短」（『文選』巻二六）の句もある。一方、昼は『毛詩』豳風の「春日遅々」の句を背景に、「春日長」の意識が生まれたが、王維「林園即事寄舎弟紞」詩に「青簟日何長、閑門昼方静」、李昂「夏日与柳公権聯句」に「人皆苦炎熱、我愛夏日長」、韋応物「夏日」詩に「已謂心苦傷、如何日方永」等とあるように、盛・中唐の頃より古典的な通念に縛られずに、日常的な感覚として夏の日の長さが詠われるようになった。

また「文章の気味春と同じ」とは、第一句の「晨に興くるに懶し」に対応して、おそらく白居易「晩起」詩に「起晩憐春暖、帰遅愛月明。放慵長飽睡、聞健且閒行」とあるあたりを思い浮かべているのではないか。無論日が高く上るまで寝ているというのは、白詩では「天寒晩起…李常侍」詩に「葉覆氷池雪満山、日高慵起未開関」、「香炉峯下…偶題

【補注】

八代集において、四季の夜を示す表現の頻度を比較すると、「秋の夜」というのが圧倒的に多く一〇〇例以上あり、その次が「春の夜」と「夏の夜」で三〇例前後、「冬の夜」が最も少なく二〇例弱である。「春の夜」と「夏の夜」とを比べれば、八代集前半では「夏の夜」が優勢であり、後半とくに新古今集では「春の夜」の方が「夏の夜」を引き離す。

季節によって詠まれ方は異なるが、夏の夜に関しては、その短さを取り上げる歌が目立ち、その時間の長短という点では、秋と対照的である。「夏の夜はまだよひながらあけぬるを雲のいづこに月やどるらむ」（古今集三―一六六）「夏の夜の月は程なくあけぬれば朝のまをぞかこちよせつる」（後撰集四―二〇六）「なつのよは浦島のこがはこなれやはかなくあけてくやしかるらん」（拾遺集二―一二二）「きたりともぬるまもあらじ夏のよの有明月もかたぶきにけり」（詞花集八―二四七）など、夏の夜の短さが背景としてふまえられている。

より端的には「みじかよ」という語があり、「ほととぎす来鳴く五月の短夜も一人し寝れば明かしかねつも」（万葉集一〇―一九八一）、「郭公なくやさ月のみじかよもひとりしぬればあかしかねつも」（拾遺集二―一七六）など、いずれも夏の夜を表している。

当歌は、ホトトギスを詠みこんではいるが、その声よりも夏の夜の短さに驚く気持ちを詠んだ歌と考えられる。それは、「臥すかとすれば」と「ほととぎす鳴くひとこゑに」で、時間的な短さを繰り返し表＊

東壁　重題」詩に「日高睡足猶慵起、小閣重衾不怕寒」、「日高臥」詩に「怕寒放懶日高臥、臨老誰言牽率身」、「雪中晏起…皇甫郎中」詩に「怕寒放懶不肯動、日高眠足方頻伸」とある等、冬の時期のものが多く、また「慵（懶）」の気分は白詩にあっては季節を特に限定するわけではないが、「間意」詩に「病停夜食間如社、慵擁朝裘煖似春」、「無夢」詩に「老眼花前闇、春衣雨後寒。…拙定於身穏、慵応趁伴難」、「歳除夜対酒」詩に「酔依香枕坐、慵傍煖炉眠」、「酬皇甫賓客」詩に「性慵無病常称病、…花亭我酔送残春」、「四年春」詩に「柳梢黄嫩草芽新、…近日放慵多不出」、「郡斎暇日…六韻酬之」詩に「新年多暇日、晏起褰簾坐。睡足心更慵、日高頭未裹」、「姚侍御見過戯贈」詩に「晩起春寒慵裹頭、客来池上偶同遊」、「酬李二十侍郎」詩に「残鶯著雨慵休囀、落絮無風凝不飛」、「魏王堤」詩に「花寒懶発鳥慵啼、信馬間行到日西」、「和夢得洛中早春見贈七韻」詩に「開遅花養艶、語懶鶯含思」、「喜陳兄至」詩に「黄鳥啼欲歇、…坐憐春物尽、…携觴懶独酌」とある等、余寒の時期から遅々たる春日の頃まで、懶（慵）の気分と季節感とが最も良く結びついて多数の作が生まれているのは否定できない。

＊すことや、初句の「夏の夜の」と結句の「明くるしののめ」において、「夜」と「しののめ」が対極的に、しかし一気に結びつけられていること、「明くるしののめ」という反復的な表現をしていることなどにより、一首全体を通して強調されていると言えよう。

【比較対照】

『和歌朗詠集』上巻夏部の「夏夜」の項に挙げられた漢詩句三篇はいずれも、白居易の作で、月を詠んだものであるのに対して、同歌を含む和歌三首はいずれも夏の夜の短さを歌うものである。『新撰朗詠集』上巻夏部の「夏夜」の項においては、同詩を含む漢詩句三篇が挙げられているが、他の二篇は月を詠み込んでいるのに対して、和歌の方は三首のうち二首に月を詠み込みつつ、その一首ともう一首に夏の夜の短さを歌っている。「夏の夜」という項目自体が「中国系部類詞花選にみることのできない、独特な項目」(川口久雄『和漢朗詠集』講談社、一九八二)の一つであるとするならば、この項目に取り上げられた和歌は夏の夜そのものに焦点を当てたものが主であるのに対して、漢詩にはそれが見られないというのも首肯しうることである。

当歌もまた夏の夜の短さそのものを歌っているが、詩においてそれは起句に「日長夜短」という事実として表現されるのみであり、中心となるのは、むしろ夏の明け方の状況の方である。「懶晨興」も、「臥す」時間の短さが結果的に招く事態を表しているのであり、当歌に同じ気分を想像するのは不可能ではないものの、それによって何かが取り立てられることにはならない。ホトトギスの鳴き声を耳にすることに関しても、当歌においてはそれによって早くも目覚めさせられてしまうということであって、詩に歌われた状況とは異なる。

詩の後半は、夏の明け方の情趣を取り上げたものであって、結句は直接にそのありようを表現してはいないが、詩【補注】で例示している如く、春暁に類似した物憂い雰囲気を表している。その点で、ホトトギスもウグイスの代わりの素材であると言える。当歌において、そのような雰囲気を少なくとも周囲の状況に関しては認めることができないのはもとより、それをことばにしようとする余裕など到底見いだしがたい。時間的な推移として比較してみるならば、歌の方は明け方に至るまでが中心であるのに対して、詩の方は明け方になってからが中心になっていると言えよう。

歌と詩におけるこのような違いは、初めに述べたように、両者における夏の夜の短さに対する関心のあり方の差の表れと一応考えることができる。当詩は『新撰朗詠集』の「夏夜」の項にも収められてはいるが、内容を考えれば、厳密には夏の夜を歌ったものとは言えない。夏の夜の詩として月を詠み込んでいないのは、当歌を基にして作られたからに他ならないが、まったく同じ理由によって、結果的に明け方に中心を置く内容となったのであり、それが春暁的なものに結び付けられるのは、もはや歌とは関係なく、詩としての展開の成り行きだったと考えられる。

これを単なる歌の翻案ではない、詩における新たな創造ととらえることもできよう。詩の作者が当歌の主題を取り違えたとはみなしがたいし、詩作上の制約によってその主題を表現できなかったとも考えにくいからである。それにしても、詩そのものとしての完成度や、和歌とは異なった、まさに漢詩的なるものという点から考えるならば、その独自性は評価しえたとしても、詩が歌と拮抗しうるほどの創造になっているとは思えない。なお、当歌詩について、小島憲之『古今集以前』には、次のようなことが述べられている。

この歌の作者紀貫之は、夏の夜の明けやすさを郭公の「一声」によって強調しようとし、唐代の詩語、特に白詩に多くみえる「一声」を「ひとこゑ」に改装する。これを受けて、詩人は一首四句の中にあまたの白詩語を利用して、白詩的雰囲気を描く。これは平安歌人貫之の歌に対する平安某詩人の詩による一つの解釈でもある。歌が詩に先行し、不動のものである限り、詩もなるべくそれに添うことを要求される。そこに無理をすれば、時には和臭（和習）的な詩ともなり、その果ては「拙し」の評を受けることとなる。しかし歌意が満たされると、少なくともその残りの詩句は、詩人にとって、表現の自由な天地でもある。そこに詩人は自由の詩界を開く。しかもなおそこは広いかのように見えながら、実は一定の唐詩というワクがあった。それは平安人の心を魅了した「白詩語」という枠内である。（二二九～二三〇頁）

これに対して詳しく論じる余裕がないので、問題となりそうな点を、三つほど指摘するにとどめておきたい。

一つには、歌に対して詩が「なるべくそれに添うことを要求され」、「「白詩語」という枠内」で作るものだとしたら、他に「あまたの白詩語を利用して」いるにもかかわらず、何よりも歌においてポイントになっている、「白詩語」を「改装」した「ひとこゑ」に対応する「一声」をなぜ用いなかったのかという点、二つめには、はたして詩の前半二句によって「歌意が満たされ」ているのか、そもそも「歌意」とは何なのかという点、三つめには、当歌に対する「平安某詩人による一つの解釈」は、「表現の自由な天地」である後半二句には及ばないのか、つまり詩全体として、技術的に「無理」をしようとしまいと、「歌意」から逸れてしまっているということが、本集における詩作の基本条件であるはずの、歌に「添うことを要求される」ことに抵触しないのかという点である。

二七番

五十人沓夏　鳴還濫　足弾之　山郭公　老牟不死手

いくつ夏　鳴きかへるらむ　あしびきの　山ほととぎす　老いも死なずて

【校異】

本文では、初句の「沓」を、藤波家本・講談所本・道明寺本・京大本・大阪市立大本・天理本・羅山本・無窮会本・永青本が「槌」、久曾神本が「慥」とし、第三句の「郭」を、永青本と久曾神本が欠き、同句の「公」の後に、藤波家本・講談所本・道明寺本・京大本・大阪市大本・天理本・羅山本・無窮会本・永青本が「鳥」を補い、結句の「牟」を、永青本・久曾神本が「手」、類従本が「芋」、羅山本・無窮会本が「竿」とする。

付訓では、初句の「いくつ」を、藤波家本・講談所本・道明寺本・京大本・大阪市立大本・天理本・羅山本・永青本が「いつち」とする。

同歌は、寛平御時后宮歌合（十巻本・廿巻本、夏歌、六七番。ただし初句「幾千夏」結句「こゐはゝれずて」）にはあるが、他の歌集には見当たらない。

【通釈】

いったいどれくらいの夏に、繰り返し（その変わらぬ声で）鳴くことだろう、山ホトトギスは、老いて死ぬこともなく。

夏枕驚眠有妬声
郭公夜叫忽過庭
一留一去傷人意
珍重今年報旧鳴

夏枕《カシン》眠《ねぶり》を驚《おどろか》して妬声《トセイ》有《あ》り。
郭公《ほととぎす》夜《よ》る叫《さけび》て忽《たちまち》に庭《には》を過《す》ぐ。
一《ひと》たびは留《とど》まり一《ひと》たびは去《さ》りて人《ひと》の意《こころ》を傷《いた》ましむ。
珍重《チンチョウ》す今年《キンネン》も旧鳴《キウメイ》を報《ホウ》ずることを。

【校異】

「郭公」を、類従本・藤波家本・講談所本・道明寺本・羅山本・無窮会本「郭鴬」に作り、京大本・大阪市大本・天理本・久曾神本「郭公鳥」に作り、永青本「公」の下に「鳥」を補入する。元禄九年版本「公」に「鴬」を校注する。「忽」を京大本・大阪市大本・天理本「血」に作る。

【通釈】

夏の夜うとうとしていると、女が嫉妬に狂ったような声がして、ハッと目が覚めたが、それはホトトギスがあの鋭い声で鳴きながらアッという間に庭を横切って行ったのであった。そのように、この鳥はここに来て鳴いたり飛び去ったりして人の心を悲しくさせるのだが、でも有り難う、今年も今までと同じ鳴き声で鳴いてくれて。

【語釈】

いくつ夏　「いくつ」という語、万葉集にはなく、八代集にも「おぼつかなつくまのかみのためならばいくつかなべのかずはいるべき」（後拾遺集一八―一〇九八）の一例があるのみで、当歌のような時期・時間に関するものではない。類語の「いくら」には「…年月も　いくら（伊久良）もあらぬに…」（万葉集一七―三九六二）や「あをやぎの緑の糸をくり返しいくらばかりのはるをへぬらん」（拾遺集五―二七八）、「いくあき（秋）」と熟した形では「たなばたのとわたる船のかぢのはにいく秋かきつ露の玉づさ」（新古今集四―三二〇）、同じく「いくたび」の形では「おいてこそ春のをしさはまさりけれいまいくたびもあはじとおもへば」（詞花集一―四九）「つねよりもけふのくるるをしむかないまいくたびの春としらねば」（千載集二―一三四）などのように、時間とくに季節に関して用いられている。【校異】で示したように、「いくつ」を「いつち」とする本がいくつか見られるが、その場合は、第二句の「鳴きかへるらむ」を修飾し、その方向を問うものである。これは、二四番歌で確認した如く、ホトトギスに関してはよく見られる表現であり、「いつち夏」という語順は必ずしも自然とは言いにくいが、「いくつ」という語が稀にしか用いられず、しかも季節に関わる例が見られないことから、採られたものかと思われる。ただし、「いく」の他の派生語や複合語には、類似の例があることや、当歌における主題の統一性などを考えれば、「いくつ」でも成り立ちうると考える。その際、「いくつ」は「夏」の回数に関してと、第二句の「鳴きかへる」ことの回数に関してと、両方が考えられるが、二六番歌の【語釈】において指摘したよう

【語釈】

1 夏枕　この語の用例を知らない。しかし、例えば江淹「別賦」に「夏簟清兮昼不暮」（『文選』巻一六）という、「夏簟」などから思いついた語としてもおかしくはなかろう。ただ、その場合もおそらくは夏に用いる枕という意味以上ではありえないはずで、当詩のような夏の眠りというに近い意味は持てなかったのではあるまいか。「枕」にそうした眠りに近い意味が認められるようになるのは、晩唐の頃であり、諸辞書には薛能「陳州刺史寄鶴」詩の「春飛見境乗桴切、夜唳聞時酔枕醒」が挙げられている。そうした傾向の先に現れるのが、南宋・韓駒「送黄若虚下第帰湖南」詩の「長淮白浪揺春枕、故国青山接夜航」、同・陸游「丙寅元日」詩の「春枕方濃従売困、社醅雖美倦治聾」や、劉兼詩の「夜窓颯颯揺寒竹、秋枕迢迢夢故山」という、「春枕」「秋枕」の語であろう。小野岑守「雑言奉和聖製春女怨」詩に「幽閨独寝危魂鬢、単枕夢啼粉顔穿」（『凌雲集』）とある例や、『千載佳句』に収められた晩唐・趙蝦の「夜吟孤枕潮声近」（行旅）、「山当昼枕石床穏」（山居）等の句もそれに近いだろう。底本等版本には音合符があるが、講談所本・道明寺本などには訓合符が、羅山本・無窮会本には「ノ」の訓がある。　**驚眠**　はっとして目を醒ますこと。徐陵「中婦織流黄」詩に「蜘蛛夜伴織、百舌暁驚眠」、初唐・張説「岳州守歳二首其二」詩に「桃枝堪辟悪、爆竹好驚眠」、嵯峨天皇「江頭春暁」詩に「雲気湿衣知近岫、泉声驚寝覚隣渓」（『文華秀麗集』巻上）とある。　**妬声**　この語の用例を知らない。「妬」とは、他人の幸福や他の男女の睦まじさを羨みねたむこと。「杜鵑」には、杜宇という者が蜀王・望帝となったが、その臣下の妻と内通したこ

に、ホトトギスは、その鳴き声の回数を取り上げるほど、しきりに鳴くというものではないから、後者はとりがたい。「夏」に関して「いくつ」とするならば、「いくつの夏」あるいは「夏いくつ」という表現の方が自然であろうが、音数と「いくつ」の強調をねらったためと考えておきたい。なお、寛平御時后宮歌合の「いくちなつ」はおそらく「幾千夏」の意であって、「いくち」が「夏」を修飾する関係にあるということは、「いくつ夏」の「いくつ」が「夏」に関したものであるという見方を支持すると言えよう。「いくちなつ」の場合、「いくつ夏」よりもその数の多さを強める表現になるが、「いくつ夏」同様、他に例は見られない。

鳴きかへるらむ 「なきかへる」という語には「朝日照る佐田の岡辺に鳴く鳥の夜泣き反ら〈鳴変〉ふこの年ころを」（万葉集二―一九二）、「いつしかのねになきかへりこしかどものべのあさぢは色づきにけり」（後撰集一二―八七三）「雲ぢをもしらぬ我さへもろごゑにけふばかりとぞなきかへりぬる」（後撰集一八―一二七六）という例があるが、これらの「かへる」は補助動詞的に、繰り返し～する、徹底的に～するの意を主とするものである。これとは別に、「鳴きかへる」に鳴きながら帰るという意も想定されるが、それを明確に示す例は見られない。前項で取り上げた「いつち」という訓みは、当歌の「鳴きかへる」を、その意で解釈した結果と考えられる。一つの歌において、「鳴き帰る」という複合した形ではなくても、「鳴く」と「帰る」が共に用いられるのは、もっぱらカリに関してであるが、ホトトギスの例も見られる。「今さらに山へかへるな郭公こゑのかぎりはわがやどになけ」（古今集三―一五一）「とこ夏に鳴きてもへなんほととぎすしげきみ山になに帰るらとで位を去り、死後その魂が化して「杜鵑」となったという伝説がある（『蜀王本紀』『華陽国志』等）ので、それを意識したものか。ちなみに、羅隠「子規」詩に「銅梁路遠草青青、此恨那堪枕上聴」、羅鄴「聞杜鵑」詩に「汝身哀怨猶如此、我涙縦横豈偶然」、杜牧「杜鵑」詩に「至今銜積恨、終古弔残魂」等とあるように、それは「怨」「恨」の語で表現するのが一般。

2 夜叫 「叫」は、鋭い金切り声で叫ぶこと。羅鄴「聞杜鵑」詩に「花時一宿碧山前、明月東風叫杜鵑」、賈島「子規」詩に「遊魂自相叫、寧復記前身」とある等、血を吐いて死ぬという鳴き方の伝説とも関連して、その声を「叫」で表すことが少なくない。日本漢詩では嵯峨天皇「和左衛督…聴早雁之作」詩に「凌雲陣影低天末、叫夜遙音振水中」（『凌雲集』）とあるのを始めとして、雁声の形容として用いられるのが一般だが、本集には「郭公緩叫又高飛」（二九番）、「郭公一叫誤閨情」（三三番）、「郭公五夜叫飄颻」（三八番）とある。**過庭** 庭を通り過ぎること。この語は元来『論語』季氏に「嘗独立。鯉趨而過庭。曰学詩乎。…他日又独立。鯉趨而過庭。曰学礼乎」とあるに基づき、父親の教訓の意で使用されるようになっていたが、ここは文字通りの意味。

3 一留一去 「一～一～」は、～したり～したり、の意。例えば杜牧「子規」詩に「一叫一回腸一断、三春三月憶三巴」、高丘弟越「雑言於神泉苑侍宴賦落花篇応製」詩に「乍往乍還浮御盞、一連一断点仙衣」（『凌雲集』）とあり、本集には「一悲一恋是平均」（一一七番）とある。**傷人意** 人の心をひどく悲しくさせる、の意。魏・文帝「又清河作」詩に「音声入君懐、悽愴傷人心」（『玉臺新詠』巻二）、韋応物「出還」詩に

む」（後撰集四―一八〇）などがそれである。しかし、「北へ行くかりぞなくなるつれてこしかずはたらでぞかへるべらなる」（古今集九―四一二）「帰りにし雁ぞなくなるむべ人はうき世の中をそむきかねらん」（拾遺集一七―一一〇四）などにおけるカリとは違って、鳴きながら帰るという意ではない。とすれば、当歌における「鳴きかへる」は繰り返し鳴くの意であって、その繰り返しが「いくつ夏」なのかとみなすのが適切と考える。

あしびきの　「あしびきの」は「山ほととぎす」に掛かる枕詞。万葉集に「あしひきの〔足引之〕山ほととぎす汝が鳴けば家なる妹し常に偲はゆ」（万葉集八―一四六九）「藤波の茂りは過ぎぬあしひきの〔安志比紀乃〕山ほととぎすなどか来鳴かぬ」（万葉集一九―四二一〇）など四例、八代集に「いつのまにさ月きぬらしあしひきの山郭公今ぞなくなる」（古今集三―一四〇）「家にきてなにをかたらむあしひきの山郭公ひとこゑもがな」（拾遺集二―九七）など、七例見られる。

山ほととぎす　「山ほととぎす」は「ほととぎす」の異名とされ（日本国語大辞典第二版）、対象が異なるわけではないようである。ただ、「山」という語を伴うことによって、本来は山に住む鳥というイメージが付加されているかもしれない。なお、「あしびきの」という枕詞を冠しない「山ほととぎす」の例も、冠する例とほぼ同程度、万葉集にも八代集にも見られるが、その違いによる意味的な差は見いだしがたい。

老いも死なずて　「牟」字を「も」と訓むことについては、九番歌【語釈】「まきもくのひ原の霞」の項を参照。類従本の「芋」は字形の類似もあるが、「老いも」という訓みを明確にしようとしたものか。永青「昔出喜還家、今還独傷意」とあり、菅原道真「秋山」詩に「大底秋傷意、山中不勝秋」（『菅家文草』巻二）、同「聞早雁寄文進士」詩に「無勝早雁叫傷情、沙漠涼風送遠行」（『菅家文草』巻四）とある。また、その鳴き声が人にある悲しみの感情を起こさせるものであったことは、二四番詩【補注】を参照のこと。

4 珍重　貴重なもの、珍しいものとして大切にする、という本義と、有り難う、素晴らしい等の意を表す、口語としての用法がある。どちらでも解釈可能だが、ここは一応後者と取っておく。諸本には「ス」の送り仮名を持つものと、「タリ」のそれを持つものとある。白居易「元九以緑糸…以詩報知」詩に「緑糸文布素軽褣、珍重京華手自封」、島田忠臣「和野秀才秋夜即事見寄新詩」詩に「珍重馮三益、従今慰九腸」（『田氏家集』巻中）とあるほか、『菅家文草』には一〇例以上の例があり、本集にも「千般珍重遠方情」（四六番詩）とある。**今年**　底本等版本および京大本等には音合符がある。楊雄「長楊賦」に「今年猟長楊」（『文選』巻九）、菅原道真「詩情怨呈菅著作兼視紀秀才」詩に「去歳世驚作詩巧、今年人謗作詩拙」（『菅家文草』巻二）とある。**報旧鳴**　「旧鳴」の用例を知らない。おそらく、以前の鳴き方、ということ。「報旧鳴」とは、以前と同じように鳴くのを聞く、ということ。本集下巻の春歌に「旧鶯今報去年音」（一四〇番）とある。

【補注】

韻字は「声」（下平声十四清韻）、「庭」（下平声十五青韻）、「鳴」（下平声十二庚韻）で、清韻と庚韻は同用だが青韻は独用であるので通押し

本・久曾神本にある「手」によれば、「老いて死なずて」となり、意味的にはさほど変わらないものの、「て」の重なりが難。ただし、いずれにせよ「老い死ぬ」という複合語は、万葉集にも八代集にも例がない。「老ゆ」や「死ぬ」という語が用いられるのは人間に関してであって、たとえば「老ゆ」について言えば、「…我がみげは　み塩のはやし　老い〔耆〕はてぬ　我が身一つに…」（万葉集一六―三八八五）という雄鹿に関する例も、乞食者が雄鹿に成り代わって表現したものであり、八代集では桜や松など植物と結び付けて歌う例はあるが、「ききつるやはつねなるらんほととぎすおいはねざめぞうれしかりける」（後拾遺集三―一九六）「ほととぎすむかしをかけて忍べとやおいのねざめにひとこゑぞする」（新古今集後出歌一九八一）など、ホトトギスを詠み込んだ歌においても、「老ゆ」は直接はホトトギスに関与していない。もっとも、当歌における表現は「老いも死なずて」とあって、「老い死ぬ」ことを否定しているであり、それは年を経ても変わりがないということを表すのと同じであり、ホトトギスに関して、その鳴き声から、そのことを歌う例は見いだされる。万葉集では「あをによし奈良の都は古りぬれどもとほととぎす鳴かずあらなくに」（万葉集一七―三九一九）「…木の暗の　四月し立てば　夜隠りに　鳴くほととぎす　古ゆ　語り継ぎつる…」（万葉集一九―三九一九）など、八代集では「いそのかみふるき宮この郭公声ばかりこそむかしなりけれ」（古今集三―一四四）「こぞの夏なきふるしてし郭公それかあらぬかこゑのかはらぬ」（古今集三―一五九）「きかばやなそのかみの山のほととぎすありしむかしのおなじこゑかと」（後拾遺集三―一八三）などがそれに該当しよう。寛平御時后＊

ないが、極めて近い韻ではある。平仄に基本的な誤りはない。

天理本には第二句の下に「此一句難解」という書き入れがあるが、確かに当詩は特に結句の解釈に苦労するところだろう。というのは、それまでの三句の内容と結句の内容を、必然性を持って結び付け難いという事である。「珍重」は、俗語であれなんであれ、その主体は眠りを醒まされた作者であるが、何故時鳥が今年も旧鳴を告げてくれたことに感謝する必要があるのかが、一向に分からないからである。それは作者が昨年同様、今年も生存してそれを聞くことができたということ位しか考えつかないが（それは春歌一一番詩にもあった感情ではある）、それでは歌の第一義的な意味とは大きくズレることになろう。

＊宮歌合の「こゑはゝれずて」は、物思いとの関係で、ホトトギスの鳴き声をそのように評することはありうるものであり、それは「やよやまて山郭公事づてむ我世中にすみわびぬとよ」（古今集三―一五二）や「人はいさみ山がくれの郭公ならはぬさとはすみうかるべし」（後撰集一三―九五一）など、厭世的な思いにも通じるととらえることもできる。しかし、当歌全体として考えるならば、他のホトトギスを詠む歌に比べて、詠み手のそのような思いの表出は希薄である。

【補注】

「いくつ夏」「鳴きかへる」「老い死ぬ」など、他に用例の乏しい表現を持つという点では特異な歌であり、当歌が後代の歌集に採られていないのも、それに一因があるかもしれない。しかし、内容的に、ホトトギスに関して、その声の変わらなさを歌っているという点では、比較的よく見られるものである。

「いくつ夏鳴きかへるらむ」という表現は、「老いも死なずて」を伴うことによって、ホトトギスに関して単なる疑問の意を表すのではなく、その声の不変なることに対する驚嘆の意を表すと言えよう。それは同時に、詠み手自身の老い、さらには死との対比を意識させるものであって、今年もまた夏を迎え、毎年聞き続けてきたホトトギスの鳴き声を耳にできたことを嬉しく思う気持ちも含まれていると考えられる。

このように考えるならば、当歌は、ホトトギスの鳴き声を愛でる思いはもとよりであるが、そればかりではなく、その声が告げる、あるいはその声をもたらす夏という季節そのものの訪れを喜ぶ、その点でも特異な歌ということができるかもしれない。

【比較対照】

個々の表現上の対応を見るならば、それとみなしうるのは、「夏」に対する「夏（枕）」、「山ほととぎす」に対する「郭公」、「鳴き」に対する「叫」ぐらいであり、それ以外にはそのままの対応関係は認められない。しかし、内容を考えるならば、詩が歌からいちじるしくかけ離れたものになっているとまでは言えない。

詩の前半に示された状況は、二四番歌および二六番歌において確認したように、ホトトギスの鳴く時間帯や鳴き声、行動の仕方などに関して、古代和歌によく取り上げられる状況であって、当歌においては、それが表立ってはいないものの、背景として踏まえられていると考えて問題はない。また、転句の「一留一去」は承句を、同じく「傷人意」は起句を、それぞれ言い換えて、展開させたものと言えるだろう。つまり、詩の三句目までは、当歌そのものに対応しているというよりも、当歌を含め、ホトトギスを詠み込む和歌の一般的な状況設定を表現しているということである。

詩【補注】に述べる如く、問題になるのは、第三句までと結句とのつながりであるが、当詩が、歌と内容的に直接関わるとすれば、この結句においてである。なぜなら、当歌の主題が、今夏も昨年までと同じホトトギスの声を聞くことができたことに対する喜びにあるとするなら、当詩の結句はまさにそのことを端的に表現しているからである。そして、それゆえにこそ第三句までの内容とは不整合になるのである。

和歌におけるホトトギスの歌われ方の多様性については、既に述べたところである。一方には夏の鳥としてその鳴き声を待望し珍重する歌があり、また一方ではその鳴き声が恋の物思いや懐旧の情を募らせるという歌がある。この両者のイメージは無関係とは言えないが、普通にはプラスとマイナスで両立しがたいものである。夜中に「妬声」に似た「傷人意」ような鳴き声を聞かされることをありがたいと思うというのはいかにも考えにくいし、第三句までを受けて、それでもなおありがたいと思うととるのも、解釈上、無理があるだろう。

では、なぜ当詩はこのような表現構成にしたのか。考えられるは、当歌が具体的な状況をほとんど示していない、その意味では観念的な歌であるということである。表現としての特異性はともかくとして、歌の主題となることがらについては当詩の作者も了解し、それを結句に据えたのである。しかし、その結句を導くには、具体的な状況を表現しなければならず、それが結果的に恋歌的な状況設定を余儀なくしたのではないだろうか。

このような当詩における主題と状況との内容上の齟齬は、最初から詩が全体として閨怨詩的な作りをしようと意図されたものではなく、主題的な対応をめざしながらも、それにふさわしい状況設定の手掛かりが当歌から得られなかったために、常套的な表現によってまかなおうとしたことを推測させるものである。

二八番

蕤賓俟　野辺之側之　菖蒲草　香緒不飽砥哉　鶴歟音為

さつきまつ　野辺のほとりの　あやめ草　香を飽かずとや　たづがこゑする

【校異】

本文では、初句の「蕤」を、底本および文化写本・藤波家本・講談所本・永青本が「蕤」とするが他本により改める。同句の「俟」を、京大本・大阪市立大本・天理本が「待」、永青本が「侯」、久曾神本が「候」とし、第三句の「菖」を、類従本・羅山本・無窮会本・永青本・久曾神本が「昌」とし、同句の「蒲」を、羅山本・無窮会本が「蒱」とする。

付訓では、結句の「こゑ」を、京大本・大阪市大本・天理本が「ねの」とする。

同歌は、歌合にも、他の歌集にも見当たらない。

【通釈】

五月を待って育つ、野辺の端のショウブの、その香をまだ味わい足りないと思ってか、鶴の声がするよ。

【語釈】

さつきまつ　次に続く「野辺」に掛かるととれなくもないが、「さつき」に焦点を置いて考えれば、「あやめ草」を修飾するととるのが妥当であ

菖蒲一種満洲中

五月尤繁魚鼈通

盛夏芬々漁父翫

栖来鶴翔叫無窮

菖蒲《あやめ》一種《イッショウ》洲中《シウチュウ》に満《み》つ。

五月《さつき》尤《もっ》とも繁《しげ》くして魚鼈《ギョヘツ》通《トウ》す。

盛夏《セイカ》芬々《フンプン》として漁父《ギョフ》翫《もてあそ》ぶ。

栖《す》み来《きた》る鶴《つる》翔《とび》て叫《なく》こと窮《きは》まり無《な》し。

【校異】

「菖蒲」を類従本・羅山本・無窮会本・永青本・久曾神本「昌蒲」に作り、文化写本にも「昌群」の注記がある。「尤繁」を京大本・大阪市大本・天理本「花繁」に作る。「通」を天理本「生」に作る。「盛夏」を類従本「盛火」に作り、元禄九年版本にも「火」の校注がある。「芬々」を類従本・無窮会本「紛々」に作り、元禄九年版本に「紛々」の校注があり、文化写本にも「紛群」の校注がある。「漁父」を類従本・無窮会本「漁火」に作り、京大本・大阪市大本「潸文」、天理本「増文」に作る。「栖来」を京大本・大阪市大本・天理本「柳来」に作る。「鶴翔」を講談所本・道明寺本・京大本・大阪市大本・天理本・永青本「鶴羽」に作り、永青本を除いて皆「羽」に「翔」の校注がある。「叫」を、天理本「刈」に作り、道明寺本にも「刈」の校注がある。

【通釈】

ショウブは（いつも）同じように川の中州にいっぱい繁っているけれ

ろう。同様の例は万葉集にはなく、類似の表現に「時ならず玉をそ貫ける卯の花の五月を待たば久しくあるべみ」（万葉集一〇―一九七五）があるのみ。八代集には、「さつきまつ花橘のかをかげば昔の人の袖のかぞする」（古今集三―一三九）や「さ月まつ山郭公うちはぶき今もなかなむこぞのふるごゑ」（古今集三―一三七）などの例はあるが、「あやめ草」に掛かる例はない。

野辺のほとりの　「野辺（のべ）」は野のあたりの意。季節との関わりでこの語が用いられるのは、春と秋がほとんどで、春には若菜や小松、秋には萩や女郎花などが、「野辺」の植物として詠まれる。夏はきわめて稀れで、万葉集に一例「…卯の花の　咲きたる野辺ゆ　飛び翔り…」（万葉集九―一七五五）、八代集にも「なつぐさのなかをつゆけみかきわけてかる人なしにしげる野辺かな」（金葉集〔三奏本〕二―一四二）や「たのめこし野べのみちしば夏ふかしいづくなるらんもずの草ぐき」（千載集一三―七九五）が見られる程度。「あやめ草」に関する例は出てこない。「ほとり」は、そば・近く、端の方、果てなどの意を表す。「側」字を「ほとり」と訓むのは、名義抄に見られ、当歌にも異訓はない。しかしこの語は、和歌には用いられず、万葉集にも八代集にも見られない。「ほとり」の「ほと」は「はた」（端）の交替形とされるが、「はた」も和歌には見られず、類義の「はし」の例は少しあるものの、「野辺」と結び付く表現はない。「野辺のほとり」というのは、次の「あやめ草」や「たづ」との関係を考えれば、野辺と、大きな池や沼あるいは川などとが接するあたりのことであろう。

あやめ草　現在言う、アヤメ科の花のことではなく、サトイモ科のショども、中でも五月は最も繁茂する時期で、魚やスッポンの類もそこを行き来することになる。夏真っ盛りのこの時期は、また良い香りが匂い立って、年老いた漁師もそれを賞翫し、もしそのあたりに棲んでいれば、鶴も空を飛んで何時までも鳴き続けることだろう。

【語釈】

1 菖蒲　ショウブ、アヤメグサ、のこと。多年生の水生の草で、初夏に淡黄色の花をつける。香気があり、端午の節句には邪気を祓うものとして、門前に掛けるなどした。『和名抄』や『名義抄』が、異文「昌蒲」の表記も認めるように、日中双方で古来通用した。　**一種**　同じ、同じく、の意の六朝以来の口語。『名義抄』には「ヲナシコト」とある。梁・簡文帝「詠美人観画」詩に「分明浄眉眼、一種細腰身」（『玉臺新詠』巻七）、白居易「雨夜憶元九」詩に「一種雨中君最苦、偏梁閣道向通州」、島田忠臣「奉答視草両児詩押韻」詩に「一種諷傷珠数串、侍郎留秘後分児」（『田氏家集』巻中）、菅原道真「賦春夜桜花応製」詩に、「紅桜一種意無疎、向暁猶言夜未渠」（『菅家文草』巻五）とあり、道真には六例を数える。本集にも「秋芽一種最須憐」（四九番）、「夜露一種染万藕」（一五七番）とある。ただし、諸本の中には「菖蒲ノ一種」と読むものが多く、それでは意味をなさない。　**満洲中**　「洲」は、川の中州のこと。陳・張正見「賦得岸花臨水発詩」に「奇樹満春洲、落蕊映江浮」、劉長卿「初聞貶謫続喜移登干越亭贈鄭校書」詩に「青々草色満江洲、万里傷心水自流」、唐・趙微明「古離別」詩に「惟見分手処、白蘋満芳洲」とある。

ウブのこと。アヤメ科の花で和歌に詠まれるのは、カキツバタである。「あやめ草」にこのような混乱が生じるようになったのは、早くても中世以降のことで、『東雅』や『和漢三才図会』などにその議論の一端が見える。ショウブを示す「あやめ草」は、万葉集では「ほととぎす」や「橘」とともに詠まれ、「…ほととぎす　鳴く五月には　あやめ草　花橘を　玉に貫き　縵にせむと…」（万葉集三—四二三）や「ほととぎす待てど来鳴かずあやめ草玉に貫く日をいまだ遠みか」（万葉集八—一四九〇）などとあるように、薬玉や縵に作って、邪気払いをするための一種の呪物だった。それはやがて、五月五日の節句として行事化され、「昨日までよそに思ひしあやめ草けふわがやどのつまと見るかな」（拾遺集二—一〇九）や「ねやのうへにねざしとどめよあやめぐさたづねてひくもおなじよどのを」（後拾遺集三—二一二）などのように、拾遺集以降、夏歌のなかに詠まれるようにもなる。本集には、当歌以外にもう一首、「あやめ草いくつの五月逢ひぬらむ来る年ごとにわかく見ゆれば」（三一番）がある。ただし、「あやめ草」それ自体が夏の景物として取り上げられることは少なく、むしろ「郭公なくやさ月のあやめぐさあやめもしらぬこひもするかな」（古今集一一—四六九）に始まり、「いつかともおもはぬさはのあやめ草ただつくづくとねこそなかるれ」（拾遺集一二—七六七）や「あふことのひさしにふけるあやめぐさただかりそめのつまとこそみれ」（金葉集八—四三六）など、恋歌に詠まれることの方が多い。ちなみに、古今六帖や新撰和歌などの「草」の項に、「かきつばた」はあるが「あやめ草」は載っていない。

香を飽かずとや　ショウブは、その強い香にも呪性が認められたと考え

2　五月尤繁　底本にのみ「五月」に音合符がある。「尤繁」の主語は当然菖蒲の花であるから、異文「花繁」も成立することは言を待たない。ただ、「一種」との対比から言えば、「尤」の方がやや優るか。　**魚鼈通**　「鼈」は、スッポンのこと。『新撰字鏡』や『和名抄』には「カハカメ」とある。「通」は、行き来するの意。杜甫「春日江村五首其四」詩に「隣家送魚鼈、問我数能来」、元稹「後湖」詩に「臭腐魚鼈死、不植菰与蒲」、白居易「四月池水満」詩に「四月池水満、亀游魚躍出」、大江澄明「弁山水対策」に「草木扶疎、春風梳山祇之髪、魚鼈遊戯、秋水字河伯之民」（『本朝文粋』巻三、『和漢朗詠集』山水）とある。「通」の異文「生」は、押韻上非。

3　盛夏　夏の暑さが最も酷い時期。傅咸「感涼賦序」に「盛夏月困於炎熱、熱甚不過旬日」（『初学記』夏）、『漢書』五行志に「盛夏日長、暑以養物」、嵯峨天皇「秋日入深山」詩に「炎気盛夏風猶冷、況是高秋落照時」（『凌雲集』）とある。　**芬々**　ぷんぷんとよい香りの立ち上る様。張衡「東京賦」に「春醴惟醇、燔炙芬芬」（『文選』巻三）とあり、薛綜注は「芬芬、香気盛也」という。菅原道真「絶句十首　賀諸進士及第其七」詩に「還家拝世何為檄、手捧芬々桂一枝」（『菅家文草』巻二）とある。異文「紛々」と「芬々」は時に通用するが、それは「芬々」の第二義の乱れた様を意味する場合だけであり、ここでは不適。　**漁父**　年老いた漁師。郭璞「江賦」に「悲霊均之任石、嘆漁父之櫂歌」（『文選』巻一二）とあり、李善が『楚辞』漁父（『文選』巻三三にも）を引き、『和名抄』巻二にも「楚辞云、漁父鼓枻而去。漁父、一名漁翁、無良岐美」とあり、菅原道真「賦晴霄将見月各分一字応令」詩に「雲断星稀縦夜遊、

られる。万葉集にそれを取り上げた歌はないが、八代集には「かをとめてとふ人あるをあやめぐさあやしくこまのすさめざりける」（後拾遺集三―二一〇）「よろづよにかはらぬものは五月雨のしづくにかをるあやめなりけり」（金葉集二―一二八）「うちしめりあやめぞかをる時鳥鳴くやさ月の雨のゆふぐれ」（新古今集三―二二〇）など見られる。「〜を飽かずとや」という表現については、一六番歌の【語釈】該項を参照。

たづがこゑする　「たづ」は「つる」に対する歌語とされる。たしかに万葉集には「つる」を鳥名として用いる確例はないが、八代集には「よろづ世を松にぞ君をいはひつるちとせのかげにすまむと思へば」（古今集七―三五六）「君が世はつるのこほりにあえてきね定なきよのうたがひもなく」（後撰集一九―一三四四）「高砂の松にすむつる冬くればをのへの霜やおきまさるらん」（拾遺集四―二三七）などの如く、「たづ」ほどの数ではないものの、用例が認められる。ただし、これらの例にも明らかなように、「つる」は賀歌などでその長命を歌う場合に用いられるのがほとんどであり、「たづ」と用法を区別していたと考えられる。他に、「あしたづ」（葦鶴）という、その生息する場にちなんだ複合語もあり、「たづ」と同様、同程度に見られる。本文「鶴歟音」に対して「たづがね」とし、この句を「たづがねのする」と訓む可能性もなくはない。万葉集には「朝開き漕ぎ出て来れば武庫の浦の潮干の潟に鶴が声（多豆我許恵）すも」（万葉集一五―三五九五）と「海原に霞たなびき鶴がね（多頭我祢）の悲しき夕に国辺し思ほゆ」（万葉集二〇―四三九九）、八代集にも「もかり舟今ぞなぎさにきよすなるみぎはのたづのこゑさわぐなり」（拾遺集八―四六五）と「…さは水に　なくたづのねを　久方の

料知漁父掉孤舟」（『菅家文草』巻五）とある。異文の「漁火」（いさりび）は意味を成さないし、それは異文「潧文」と共に草体の類似からくる誤りであろう。

4 栖来　「栖」は「棲」と同音同義で、鳥が巣に休み宿ること。「来」は口語。唐代以降、語助化して時に仮定・条件などを表すことがある。底本には音合符があるが、元禄九年版本などには訓合符があり、永青本には「栖」に「ミ」、「来」に「ル」の送り仮名がある。晩唐・項斯「蒼梧雲気」詩に「亦有思帰客、看来尽白頭」、晩唐・杜荀鶴「贈題兜率寺閑上人院」詩に「畢竟浮生謾労役、算来何事不成空」とあるように。異文「柳来」は、草体の類似からくる誤り。　**鶴翔**　鶴が飛ぶこと。梁・武帝「囲棋賦」に「列両陣、駆双軌。徘徊鶴翔、差池燕起」、初唐・張九齢「郡中每晨興輒見群鶴東飛…遂賦以詩」詩に「遠集長江静、高翔衆鳥稀」等とあるが、「翔」は平声で、平仄に傷が生じる。異文「鶴羽」ならば仄声で問題は解消されるが、それだと鶴の羽毛の意となって、文脈的に問題が生じてしまう。類字の「鶴翎」の場合も同様。今暫く底本に従っておく。　**叫無窮**　鶴の鳴き声は「鳴」「唳」で、表現されるのが一般だが、盛唐・孫昌胤「遇旅鶴」詩に「群飛滄海曙、一叫雲山秋」、白居易「池鶴八絶句　鳶贈鶴」詩に「君誇名鶴我名鳶、君叫聞天我戻天」等とある。「無窮」は、空間的にも時間的にも窮まることが無いことをいう。無限。

【補注】

韻字は「中・通・窮」で、上平声一東韻。平仄上結句に傷があること

くものうへまで　かくれなみ…」（拾遺集九―五七一）のように、両方見られる。一〇番歌【語釈】「ものうかるねに」の項で述べたが、当歌においては、「ね」とするほどの情意性の必要性が感じられないことと、「する」という動詞とのつながりを考え、「こゑ」と訓んでおきたい。ところで、ツルは、飛行中はともかくとして、葦などの生える水辺や干潟にいることが多く、万葉集にも「磯の崎漕ぎたみ行けば近江の海八十の湊に鶴さはに鳴く」（万葉集三―二七三）「妹に恋ひ吾の松原見渡せば潮干の潟に鶴鳴き渡る」（万葉集六―一〇三〇）「あさりすと磯に住む鶴明けされば浜風寒み己妻呼ぶも」（万葉集七―一一九八）などと、そのような場所とともに詠まれることが多い。当歌では「野辺のほとり」とあり、他に同じ例はないが、それに近い例としては「うち渡す竹田の原に鳴く鶴の間なく時なし我が恋ふらくは」（万葉集四―七六〇）「宿りせむ野に霜降らば我が子羽ぐくめ天の鶴群」（万葉集九―一七九一）、「近江よりあさたちくればうねののにたづぞなくなるあけぬこのよは」（古今集二〇―一〇七一）など見られる。

【補注】

　当歌は、ショウブとツルとを取り合わせたものであるが、この取り合わせには根本的な問題がある。それは、ツルは渡り鳥であって、日本には秋に訪れ春に去る、つまりショウブの香る夏にはいないということである。

　当然ながら和歌にも「織女の袖つぐ夕の暁は川瀬の鶴は鳴かずともよし」（万葉集八―一五四五）、「冬くればさほの河せにゐるたづもひとりは、【語釈】に触れたとおり。

　菖蒲を詠む詩は、中国に於いては決して多いとは言えない。類書でも僅かに『藝文類聚』が、その薬香草部上に菖蒲の項を設けるけれど、そこに収載される詩は江淹「石上菖蒲詩」のみであり、それは神仙伝等の漢武帝に纏わるそれを食べれば長生できるという故事を詠んだものであった。

　一方、鶴は周知の如く漢詩によく詠まれた素材であり、諸類書にも必ずその項を持っている。ただ、注意すべきは鶴は中国においては季節に関係なく詠まれると言うことであり、渡り鳥という意識も殆ど無いということである。というのは、中国の「鶴」は、ツル科の鳥の総称であって、渡りをするものがいる反面、丹頂のように留鳥として一年中生活するものも多いからである。ただ、特に季節と結び付けて詠われる場合は、その実際の渡りの時期と、『風土記』の「鳴鶴戒露。此鳥性警。至八月白露降、流於草上、滴滴有声、因即高鳴相警」（『藝文類聚』『白氏六帖』鶴）の一節などにより、秋の時期が多いことは間違いない。従って、五月という盛夏をテーマとする作品に鶴が詠まれるのは、やはり異例と言ってよい。

　更に、鶴は水辺を主たる生活圏とするから、菖蒲との取り合わせもあってよさそうだが、それがないのは、やはり時期の問題だろう。鶴との取り合わせは植物では松が群を抜くが、共に風雪に耐えるものとして詠まれるのである。

　よって、菖蒲と鶴を結び合わせるのは現実の景色ではなく、長寿や神仙といった概念だろう。鶴も長寿をイメージさせる代表的なシンボルでねがたきねをぞなくなる」（後撰集八―四四六）「さ夜ふけてこゑさむきあしたづはいくへの霜かおきまさるらむ」（新古今集六―六一三）などのような秋・冬、「…春霞　島回に立ちて　鶴がねの　悲しく鳴けば…」（万葉集二〇―四三九八）、「たづのすむさはべのあしのしたねとけみぎはもえいづる春はきにけり」（後拾遺集一―九）など春の季節に詠まれることがあっても、夏の季節の例は見られない。

　そもそも、日本における時期を考えれば、現実にはありえない取り合わせであり、当歌が後の勅撰集などに採られなかったのも、そこに一因があるかもしれない。ツルが日本に滞在している季節と見る設定は、ショウブの生態からすれば、きわめて考えにくい。本集が当歌を他ならぬ夏歌に入れているのも、ショウブの方を重視したからであろう。

　両者につながりがあるとすれば、ともに不老長寿に関連するということである。したがって、現実での取り合わせはありえなくとも、たとえばめでたい屏風絵などに両者が一緒に描かれ、当歌がもともとその賛と＊

あることは言うまでもなく（『淮南子』説林訓、その他）、諸類書に「仙禽」の語があるように、仙人の乗る鳥であった。ことさら老人であり、仙人との説もある「漁父」を持ち出したのも、それと関連するに違いないし、「魚鼈」の「鼈」もそうであること言うまでも無かろう。

＊して詠まれたということも考えられなくはない。

　歌材としては、ショウブもツルも、それぞれ万葉集から取り上げられ、八代集にも見られるものであって、とくに珍しくはない。ただし、両者とも特定の季節の景物そのものとしてよりは、季節歌以外に詠まれることの方が多い。その点でも、当歌は異色であると言えよう。

　その他、当歌のように、ショウブにせよツルにせよ、「野辺のほとり」という場に設定するのも（「ほとり」という語自体の使用も含めて）、また、ショウブの「香」に注目し、それと結び付けて鳥（たとえツルでなくても）を取り上げるというのも、他に例の見られない点である。

【比較対照】

　大局的に見れば、歌の上句は詩の前半に、下句が詩の後半に対応するということになろう。

ただ、子細にみれば、歌では「あやめ草」は「野辺のほとり」に咲いていたわけだが、詩ではそれをよりその植性に矛盾の無いように「洲中」に直し、更に「魚鼈」を加えて句を整えるなど、歌の表現を補正あるいは拡張している。後半の対応も同様であって、「漁父」を加えると共に、「鶴」を「栖来」と仮定表現にすることによって、歌の持つ季節上の矛盾を補正しようとしたと、一応考えられよう。

　歌の持つこうした矛盾は、歌【補注】に述べたように、屏風歌としてそれが詠まれたというように考えることによって、説明がつかないこともないが、当歌がその【校異】にあるように、他に載録されることがない以上、飽くまでも推定にとどまる。しかし、その推定がある程度の蓋然性を持っていることは、詩の内容からも判明するのではあるまいか。というのは、その【補注】に述べたように、つけ加えられた「魚鼈」や「漁父」などの素材が、不老長寿や神仙に関連するばかりでなく、いずれも一句に一つずつ扱われて、あたかも絵画の構成要素を微視的に観察するように、――想像を逞しくするなら屛風の一面一面を描くように——表現されているからである。現実の風景であるならば、恐らく草に隠れて見えないような「魚鼈」を持ち出すのも、そうした傾向ではあるまいか。別な言い方をすれば、それほどに漢詩は起承転結の如き構成や物語性がないということにもなるけれども。ともかく、当歌をそのようなものとして把握するときに、詩は小異を超えて見事に対応・翻案しているということが出来るだろう。

二九番

暮歟砥　見礼者明塗　夏之夜緒　不飽砥哉鳴　山郭公

暮るるかと　見れば明けぬる　夏の夜を　飽かずとや鳴く　山ほととぎす

【校異】

本文では、第四句の「砥」を、類従本・羅山本・無窮会本が欠き、結句末の「公」の後に、類従本・藤波家本・講談所本・道明寺本・京大本・大阪市大本・天理本・羅山本・無窮会本・永青本が「鳥」を補う。付訓では、とくに異同が見られないが、結句の「ほととぎす」の訓みを、底本が欠くため他本により補う。

同歌は、寛平御時后宮歌合（十巻本、夏歌、七三番、壬生忠岑）にあり、また、古今集（巻三、夏、一五七番）に、「寛平御時きさいの宮の歌合のうた　みぶのただみね」として、また古今六帖（第六、とり　ほととぎす、四四三七番、ただみね）に見られる。いずれも同文。

【通釈】

もう日が暮れるかと思って見ると明けてしまう夏の夜を、飽き足りないと思って鳴くのだろうか、山ホトトギスは。

【語釈】

暮るるかと　この表現を初句とする歌は他に万葉集・八代集とも見られ

難暮易明五月時
郭公緩叫又高飛
一宵鐘漏尽尤早
想像閨筵怨婦悲

暮《く》れ難《かた》く明《あ》け易《やす》き五月《ゴゲツ》の時《とき》。
郭公《ほととぎす》緩《ゆる》く叫《なき》て又《ま》た高《たか》く飛《と》ぶ。
一宵《イッセウ》の鐘漏《ショウロウ》尽《つく》ること尤《もっと》も早《はや》し。
想像《おもひ》やる閨筵《ケイエン》怨婦《エンプ》の悲《かなしみ》。

【校異】

「郭公」を類従本・藤波家本・講談所本・道明寺本・羅山本・無窮会本「郭鴬」に作り、京大本・大阪市大本・永青本「郭公鳥」に作る。元禄九年版本には、「公」に「鴬」の羅山本の校異がある。「一宵」を底本など諸本「一霄」に作るも、無窮会本・永青本に従う。「閨筵」を、京大本・大阪市大本・天理本・久曾神本「閨莚」に作り、類従本・羅山本・無窮会本「闈莚」に作る。元禄九年版本にも羅山本「闈」の校注があり、文化写本には類従本「莚」の校注があり、羅山本には、「闈」の異本注記がある。

【通釈】

なかなか日が暮れず、またすぐ夜明けになってしまうこの五月の短い夜に、ホトトギスが緩く鳴いてまた空高く飛んでゆくようだ。この時期の夜の時間は一年の中で終わるのが最も早く、その鳴き声は寝室で夫を思いやる妻の悲しみを想像させることだ。

ない。「暮（く）るる」の主語は「日」であり、省略されている。

見れば明けぬる　初句と相まって、夏の夜の短さを表すこの表現は、二六番歌における「臥すかとすれば〜明くる」と酷似する。「〜かと〜ば〜」の解釈については、その【語釈】該項を参照。当歌では、「暮る」と「明く」という、より対比性の明確な表現になっている。

夏の夜を　「夏の夜」についても、二六番歌【語釈】該項を参照。「を」は、時間を表す格助詞あるいは逆接の接続助詞とする説もあるが、対象格の格助詞であろう。ただし、次句の「飽かず」や「鳴く」にかかるのではなく、「〜ヲ〜ト思ふ」という構文の、省略された「思ふ」にかかると考える。これについては、同様の表現を有する一六番歌の【語釈】「飽かず散るとや」の項に述べてある。『注釈』では、このとらえ方に対して、「「…と思ふ」として引用される内容は一つの判断であるから、既にそれなりに完結した文であるはずで、この説は論理的に無理である」とするが、その通釈では「夏の夜を、物足りないといって鳴くのか」とあって、この解自体に、「論理的」かどうかはともかく、構文的かつ意味的には補足を必要とする表現であることが、おのずと示されているのではあるまいか。

飽かずとや鳴く　「飽かず」の主体は結句の「山ほととぎす」であり、何に「飽かず」かと言えば、「夏の夜」に、と考えられる。しかし、ホトトギスに関する、この類例は、万葉集にも八代集にも認められない。「卯の花の過ぎば惜しみかほととぎす雨間も置かずこゆ鳴き渡る」（万葉集八－一四九一）「藤波の散らまく惜しみほととぎす今城の岡を鳴きて越ゆなり」（万葉集一〇－一九四四）などの如く、ホトトギスが花の散

【語釈】

1 難暮　なかなか夕暮れにならない、日が長いこと。白居易「上陽白髪人」詩に「秋夜長、夜長無寐天不明。…春日遅、日遅独坐天難暮」（『和漢朗詠集』秋夜）とある。　**易明**　すぐに夜明けになってしまう、夜の短いこと。王昌齢「秋山寄陳讜言」詩に「独臥時易暁、離群情更傷」とある。二六番詩の「日長夜短」という表現のバリエーション。その【語釈】と【補注】を参照。　**五月時**　「五月」には、底本等版本に音合符がある。曹鄴「夜坐有感」詩に「愁人不成寐、五月夜亦長」とある。

2 郭公　二四番詩の【語釈】と【補注】を参照。　**緩叫**　郭公の「叫」については本集二七番詩の【語釈】を参照のこと。ただし「緩叫」の語例を知らない。「叫」の語義からして本来「緩」と結びつくものではないと思われる。「あしひきの山ほととぎすをりはへて誰かまさると音をのみぞ鳴く」（古今集三－一五〇）等、和歌表現からのものか。　**高飛**　白居易「感興二首其二」詩に「魚能深入寧憂釣、鳥解高飛豈触羅」（『千載佳句』感興）、張籍「和周賛善聞子規」詩に「応投最高樹、似隔数重雲」とある。ただし、「ほととぎす峰の雲にやまじりにしありとは聞けど見るよしもなき」（古今集一〇－四四七）のように、ここはその姿を実見したのではなく、その声を聞いての推定ととっておく。

3 一宵　ある（特定の）夜、ひと晩、の意。底本等版本には音合符がある。異文「一霄」については、『干禄字書』に「宵霄、上夜下雲、霄俗作霄非也」とあり、『名義抄』の「霄」にも「ヨル、ヨヒ」の訓が見えるように、既に中日で混同が起きていた。意義及び語例より「一霄」

るのを惜しんで鳴くという例はある。そもそも「夏の夜」に「飽かず」とした場合、なぜ「飽かず」なのかと言えば、夏の夜が短いからということになろう。しかし、その短さゆえに、ホトトギスが夏の夜の情景なり情緒なりを楽しみきれないということでは、おそらくあるまい（『注釈』は、この部分を取り上げて「ほととぎすの思いは所詮人の思いを反映させたものであり、それが擬人化ということであろう」と指摘するが、ホトトギスの鳴くことの理由の想定と、当歌における主題の設定とは別個の問題である）。ホトトギスにとっては、夏の夜が短いために、十分に鳴くことができない、つまり鳴き足りないということではないだろうか。古今集所載の同歌に対して、諸注釈書はその点を明らかにしていないが、ただ窪田評釈だけは、「飽かずとや鳴く」を、「「飽かずと」は、鳴くことに、飽き足りないと思って」ととり、「夏の夜を、鳴くに飽き足りないとして鳴くのであるか」と解釈している。

山ほととぎす　「ほととぎす」と「山ほととぎす」を比べてみると、万葉集・八代集を通じて「ほととぎす」の方が用例数は圧倒的に多く、その分だけ表現のされ方も多様である。それに対して、とくに「山ほととぎす」を用いる場合の傾向を挙げてみれば、一つは詠み手が旅中にある場合で、「あしひきの山ほととぎす汝が鳴けば家なる妹し常に偲はゆ」（万葉集八―一四六九）や「家にきてなにをかたらむあしひきの山郭公ひとこゑもがな」（拾遺集二―九七）などの例がそれに当たり、もう一つは、ホトトギスが山と野や里とを行き来するという想定で、「朝霞たなびく野辺にあしひきの山ほととぎすいつか来鳴かむ」（万葉集一〇―一九四〇）や「やよやまて山郭公事づてむ我世中にすみわびぬとよ」

は採らない。唐・太宗「守歳」詩に「共歓新故歳、迎送一宵中」、島田忠臣「七言、七月七日代牛女惜暁更各分一字応製」詩に「箭漏応寛周歳会、銅壺莫従一宵親」（『田氏家集』巻下）とある。**鐘漏尽**　「鐘漏」は、時を知らせる鐘と水時計のこと。ひいては時間を表す。「鐘漏尽」とは「鐘鳴漏尽」の略。漢・崔元始「正論」に「永寧詔曰、鍾鳴漏尽、洛陽城中、不得有行者」（『文選』巻二八、鮑照「放歌行」の李善注）とあるように、深夜から明け方を意味する。白居易「和銭員外禁中夙興見示」詩に「窅々鐘漏尽、曈曈霞景初」、桑原腹赤「和滋内史秋月歌」詩に「鐘鳴漏尽夜行息、月照無私幽顕明」（『文華秀麗集』巻下）とある。ちなみにその鐘の実態は、『延喜式』陰陽寮に「諸時撃鼓　子午各九下、丑未八下、寅申七下、卯酉六下、辰戌五下、巳亥四下。並平声、鐘依刻数」とある。

4　想像　九番詩の【語釈】を参照。口語では、あたかも〜のようだ、の意となるが、ここではとらない。**閨筵**　この語の用例を知らない。異文「闈莛」も同様。「閨」と「闈」は類義語として婦女・后妃の寝室の義を持つ。「筵」とは、地面に直接敷く大型のむしろのことで、「席」（小型のむしろ）をその上に敷いて座った。「莛」は、草体の類似から来る誤写。「閨筵」は「閨帷」「閨牖」等の語の構造と同じく、「閨裏」「閨中」を表すと、今仮に解釈しておく。**怨婦悲**　「怨婦」は二四番詩【語釈】を参照のこと。曹植「七哀詩」に「上有愁思婦、悲歎有余哀」（『文選』巻二三・『玉臺新詠』巻二）とある。

（古今集三―一五二）などの例が該当しよう。当歌における「山ほととぎす」は、後者をふまえて、一時的に去来する鳥というイメージを喚起させるためではないかと思われる。『注釈』はこの結句について「倒置の結果であると同時に、「山ほととぎすよ」という呼びかけでもある」とするが、禁止や依頼の表現ならばともかく、「飽かずとや鳴く」という疑問の表現は、詠嘆を含む自問に近いものであるから、呼びかけとみなすには及ばないであろう。

【補注】

「飽かずとや鳴く」の解釈について、古今集の諸注釈書では異なりが見られる。たとえば、ホトトギスが夜が明けてからも鳴いているのを「格別の事」としてとらえる説（窪田評釈）、「短い夏の夜を「飽かず」と泣きたいのは、もう恋人に別れなくてはならない作者自身の気持でもある」とする説（竹岡評釈）などである。

ホトトギスが夜明け頃に鳴くことを歌った歌は少なからず認められるので、それ自体は格別なこととは言えまい。当歌に詠まれた時間帯は、明け方と考えられているようであるが、「暮るるかと見れば明けぬる」という表現は、夏の夜の性質を一般的に規定したものともとれる。そう考えれば、設定時間帯は、夜明けとは限らず、夜の間じゅうとも解釈しうるし（日本古典文学全集本）、昼間ということもありえなくはない。しかし、「飽かず」というには、その対象となる行為の持続が前提となるのが普通であるから、ホトトギスが一般に夜に鳴く鳥とイメージされたとすれば、夜中に続く明け方頃と見るのが妥当と思われる。

【補注】

韻字は「時」（上平声七之韻）、「飛」（上平声八微韻）、「悲」（上平声六脂韻）で、七之韻と六脂韻は同用だが、八微韻は独用なので、押韻に難があることになる。この作も日本漢字音に依拠していた可能性があろう。平仄には基本的な誤りはない。

結句の「想像」に関して、既に二四番詩の【補注】にも述べたように、その声を聞いて、ある悲哀の情を（特に「不如帰去」と聞きなされる鳴き声と関連して、望郷の情を）をかき立てられるというのは、唐詩に類例が少なくないが、恋情となると明白にそれと断定できるものを知らない。とすれば、この結句の内容は、「あしひきの山郭公わがごとや君に恋ひつつ寝ねがてにする」（古今集一一―四九九）等の、和歌的な発想によるものとすべきだろう。

また、冒頭の「難暮」「易明」の表現も、漢詩には極めて珍しいものであった。なんとなれば闇が支配する夜の時間は、自己の悲哀と直接対峙せざるを得ないために、恐怖こそ抱け待ちわびる性質のものではなく、従って、むしろ「易暮」と嘆くべきものであった。この類似表現なら王維「奉和聖製幸玉真・・・十韻之作応制」詩に「谷静泉逾響、山深日易斜」、白居易「冬日平泉路晩帰」詩に「山路難行日易斜、煙村霜樹欲棲鴉」、坂上今継「渉信濃坂」詩に「岩冷花難笑、渓深景易曛」（『凌雲集』）等々いくらでも列挙することが出来るし、また同様に「難暁」とその類似表現も、沈約「古詩題六首　晨征聴暁鴻」詩に「夜綿々而難暁、愁参差而盈臆」（『玉臺新詠』巻九）、島田忠臣「和野秀才見寄秋日感懐詩」詩に「昭回星漢天難暁、暗去時光人不知」（『田氏家集』巻中）を初

その場合、「飽かずとや鳴く」という表現は、当歌において、どのような意味を持つかということが問題になろう。それは、その鳴き声が尋常とは異なるということでも、夜中ではなく明け方に鳴くことでもなく、二六番歌の【語釈】で「ひとこゑ」に関して指摘したように、ホトトギスの鳴き声を聞くことの希少性ではないかと考えられる。すなわち、普段はめったに聞けないホトトギスの声を耳にできたことの理由を、ホトトギスの方の「飽かず」という心情に想定したのである。夏の夜は他の季節に比べて短いので、何かをしようとしても、「飽かず」つまり十分にはできないという発想は、容易に理解されたであろう。

「飽かず」という心情に関わる表現が、ホトトギスという鳥に対して用いられているわけであるから、それは一種の擬人的な表現と言える。しかし、当歌における「飽かず」に、恋人との別れを嘆く気持ちの移入を認めることは、ホトトギス歌の全体的な傾向から言えば、難しいと思われる。むしろ、二四番歌がそうであったように、ホトトギスを詠み込んだ恋歌的な歌には、一人寝の嘆きを歌ったものが多い。

*

めとして、指摘するのに事欠かないのである。その意味では、白居易「上陽白髪人」の、春の日の長さを嘆く一節は特異な表現であり、その日本での流布の状態から言っても、この表現の源泉となったと言いうるだろう。

ともあれ、この作品は起句と転句が同一内容を歌っており、結句で感情を表に出して何とか全体を纏めようとはしているものの、それが成功しているとは到底言い難く、取るところのない作になってしまっている。

*

当歌は、夏の夜の短さそのものを詠む二六番歌とは違って、それを背景としてホトトギスを中心に、しかも、その鳴き声を賞美する歌と考えられる。また、同様の、ホトトギスを詠む他の歌と異なるのは、他のがもっぱらホトトギスの鳴き声を（もっと）聞くのを願うのに対して、本歌は鳴き声を珍しく聞くことができたことに対する驚きと喜びを表しているという点である。

【比較対照】

歌の上句「暮るるかと見れば明けぬる夏の夜を」という表現には、詩の起句および転句が対応している。ただし、詩の起句の「難暮易明」は一日のありようを示したものであって、夜そのものに焦点を置いた表現ではなく、夜という時間帯を示すのは承句の「一宵」の方である。また、歌では「夏」とあるだけで時期の限定はしていないが、詩では起句の「五月時」、さらに転句のいう、もっとも夜の短い夏至の頃に特定している。歌においては、ホトトギスの盛んに鳴くのは五月とされているから、「郭公」をホトトギスとすれば、時期的には矛盾しない。

歌の下句「飽かずとや鳴く山ほととぎす」に対応する表現は、詩の承句ということになろう。しかし、歌の「飽かずとや鳴く」に対して、そのまま「緩叫」が対応するとは言えない。「叫」はともかく、詩の【語釈】に述べるように、「緩」との結び付きは、ホトトギス歌における鳴き声の表し方を考えても、認めがたい。「高飛」は、当歌に対応する表現はないが、空高くあるいは雲間を飛ぶと表現する歌もあるので、視覚的な描写を補足したと理解できる。

もっとも、この視覚的描写は、その時間帯が夜中であるとは受け取りにくくさせることになる。そもそも当詩の起句と承句からは、時間帯を特定しがたく、後半から遡って夜であることが推定されるわけであるが、歌における夜明け頃という設定との対応を、積極的に示す表現はない。それは、詩においては、夜の短さと「郭公」の鳴くこととの関連付けがないこととも関わる。

詩の結句は、歌にはまったく表現されていない内容である。ただ、歌【補注】に述べたように、ホトトギスの鳴き声と一人寝の悲しさとを結び付けることは、歌によく見られるものであるから、それに、閨怨詩的な発想を重ねて表現しようとしたと考えることはできる。とすれば、少なくとも詩の作者は、当歌をそのような歌として解釈したということになろう。しかし、その場合、歌の「飽かずとや鳴く」の「飽かず」という表現が問題になる。その表現に詠み手の感情移入を認めたとしても、一人寝の悲しさは、夏の夜の短さでは、到底表しきれないととるには、無理があると思われるのである。

当歌をホトトギスを中心としたものと考えるならば、詩がそうなっていないことは明らかである。当詩の表現上の重点は夏の夜の短さの方にあると言える。ただし、それは、二六番歌【比較対照】で説明したように、詩においては取り上げられることが珍しい。また、結句はどうかと言えば、詩の作者の「想像」である限りは、主題を示すものにはならない。承句との関わりも、歌との対応を意識すれば認められるという程度であって、はっきりとした因果関係を示しているわけではない。

以上からすれば、当歌は、それ自体の解釈にいくつか問題とすべき点が見られたが、詩の方は、歌の趣意が的確にとらえられないままに、歌一般における夏の夜あるいはホトトギスのイメージに頼って作られたのではないかと考えられる。

三〇番

郭公　鳴立夏之　山辺庭　沓直不輸　人哉住濫

ほととぎす　鳴き立つ夏の　山辺には　くつていださぬ　人や住むらむ

【校異】

本文では、初句の「公」の後に、藤波家本・講談所本・道明寺本・京大本・大阪市大本・天理本・羅山本・無窮会本・永青本が「鳥」を補い、第二句の「夏」を、底本および元禄九年版本・元禄一二年版本・文化版本・下澤本・文化写本・藤波家本が「春」とするが他本により改め、結句の「濫」を、京大本・大阪市大本・天理本が「監」とする。

付訓では、第四句の「くつて」を、藤波家本・講談所本・道明寺本・京大本、大阪市大本、天理本が「くつち」とし、同句の「ぬ」を、藤波家本・講談所本・京大本、大阪市大本・天理本が「ず」とする。

同歌は、寛平御時后宮歌合（十巻本・廿巻本、夏歌、六九番。ただし第二句「なきつる夏の」結句「人やあふらむ」）にあるが、他の歌集には見当たらない。

【通釈】

ホトトギスの盛んに鳴く夏の山のあたりには、靴の代金を出さない人が住んでいるのだろうか。

山下夏来何事悲
郭公処々数鳴時
幽人聴取堪憐翫
況復家々音不希

山下《サンカ》夏《なつ》来《きた》りて何事《なにごと》か悲《かな》しき。
郭公《ほととぎす》処々《ショショ》数《しばしば》鳴《な》く時《とき》。
幽人《イウジン》聴取《ききとり》て憐翫《あはれびもてあそ》ぶに堪《たへ》たり。
況《いはん》や復《ま》た家々《カカ》音《こゑ》の希《まれ》ならざるをや。

【校異】

「郭公」を類従本・藤波家本・講談所本・道明寺本・羅山本・無窮会本「郭鴬」に作り、京大本・大阪市大本・永青本「郭公鳥」に作る。「幽人」を永青本「出人」に作る。「聴取」を京大本・大阪市大本・天理本「聴居」に作って、いずれも「如本」と注し、天理本のみ「居也」と言う。「音不希」を永青本・久曾神本「音希」に作る。

【通釈】

山の麓に夏が来るとどうしてそんなに悲しく切なくなるのだろう。それはホトトギスがあちこちでしばしば鳴く時であるからだ。山麓に住む隠士でさえその声を聞き取って愛でて楽しんでいる。ましてや（里の）あちこちの家で鳴き声の聞こえるのが稀でないのなら、尚更賞美する価値があろうというものだ。

【語釈】

ほととぎす　当歌【補注】を参照。

鳴き立つ春の　「鳴く」と「立つ」が連続する表現は、万葉集にも八代集にも見られない。「鳴き立つ」が複合語として、大声で鳴く、あるいはしきりに鳴くという意味を表すとすれば、類義の語として、万葉集には「今もかも大城の山にほととぎす鳴きとよむらむ我なけれども」（万葉集八―一四七四）「夏山の木末のしげにほととぎす鳴きとよむなる声の遙けさ」（万葉集八―一四九四）などのように、「鳴きとよむ」ということばがあるが、八代集ではこれも用いられなくなる。もとより、ホトトギスの鳴き声に関して、そのような表現自体がなくなったわけではなく、「あしひきの山郭公をりはへてたれかまさるとねをのみぞなく」（古今集三―一五〇）「五月雨のそらもとどろに郭公なにをうしとかよただなくらむ」（古今集三―一六〇）、また「葦引の山郭公けふとてやあやめの草のねにたててなく」（拾遺集二―一一一）「声たててなくといふとも郭公たもとはぬれじそらねなりけり」（拾遺集一六―一〇七四）などのような例は見られる。問題は当歌において「鳴き立つ」という表現を、その意の複合語として認めるか否かである。日本国語大辞典第二版などでは、その初例を『枕草子』の「むかしの蔵人は、今年の春夏よりこそ泣きたちわたれ」（第八八段「めでたきもの」、日本古典文学大系本による）とする。しかし、「立つ」が補助動詞的に、目立つようになるの意で、しかも音声に関わる用法は、万葉集から「…夕潮の　満ちのとどみに　み舟子を　率ひ立てて　呼び立てて　み舟出でなば…」（万葉集九―一七八〇）「…なにか然　葦毛の馬のいなき立てつる」（万葉集一

【語釈】

1 山下　山の麓のこと。版本には音合符がある。劉禹錫「竹枝」詩に「白帝城頭春草生、白塩山下蜀江清」、菅原道真「山家晩秋」詩に「山下卜隣当路霞、野中信馬破程花」（『菅家文草』巻二）とある。**夏来**　夏になること。古楽府「艶歌行」に「翩翩堂前燕、冬蔵夏来見」（『玉臺新詠』巻一）、菅原道真「過尾州滋司馬文亭…献以呈寄」詩に「昨夜歓逢春晩尽、今朝苦念夏来初」（『菅家文草』巻一）とある。**何事悲**　「何事」は、口語。どうして、なにゆえ、の意。杜甫「杜鵑行」に「其声哀痛口流血、所訴何事常区区」、淡海福良満「早春田園」詩に「差堪助貧興、何事貪富有」（『凌雲集』）とあるなど、道真詩にも数例見える。また、その声が悲しみを催させるものであることは、二四番詩の【補注】を参照のこと。ただここでは、転句の「憐翫」との関連で、或いは和語の「かなし」（どうしようもないほど、対象にこころ惹かれる、いとしい）を響かせているのかもしれない。

2 処処　六番詩の【語釈】該項を参照。**数鳴時**　「数」は、頻繁に、たびたび、の意。「時」は、～すると、の意を表すこともあるが、ここは名詞。ただし、「数鳴」の語例を知らない。こうした場合は、「数声」で表すのが通例。

3 幽人　出仕しないで俗世を避けて、深山幽谷に隠れ棲む人、隠者のこと。陸機「招隠」詩に「躑躅欲安之、幽人在浚谷」（『文選』巻二二）等とある。また、白居易「春夜喜雪有懐王二十二」詩に「夜雪有佳趣、幽人出書帷」等とあるのは、精神的隠者。例えば、役所勤めをしても出世や政争に何の関心もない人。『文華秀麗集』巻中の末尾には、平五

三―三三二七）などの例もあるので、同様にして、より早く「鳴き立つ」という語が成り立つ可能性は十分あると考えられる。さらに、「こゑたつ」「ねにたつ」などという表現も、考慮に加えられよう。『注釈』では「鳴いて飛び立つの意」ととり、さらに「「立つ」が鳥の飛び立つ意と季節の到来をいう意との掛詞になっている」とする（ただしその通釈では、飛び立つの意は反映されていない）。このとり方には二つの問題があると考えられる。一つは、飛び立つの意を認めるならば、どこからどこにという場所が問われることになるが、鳴き声を催促とみなす当歌では、鳴き声を聞く場所と声の程度という点でそぐわないということである。もう一つは、二六番歌以降のホトトギス歌の配列を見るかぎり、当歌において夏の始まりを示す立夏との掛詞を認めるのは、落ち着きが悪いのではないかということである。ただ、詩の作者がその起句に「夏来」とあるように、立夏を意識して当歌をとらえたという想定までも排除するものではない。また【校異】に示したように、底本には「春」とあるが、寛平御時后宮歌合および多くの諸本には「夏」とある。底本ではなぜ「春」とあるのか、部立やホトトギスの関係を考えれば、単純な誤写とは言いがたい点があるかと推定される。

山辺には　「山辺（やまべ）」という語は、一五・一六番歌に「春の山辺」という形で用いられている。「には」は、その場所を、おそらくは里と対比的に取り立てると考えられる。

くつていださぬ　「直」を「て」と訓むのは、「くつて」という複合語として、靴の代金という意を表すとみなすことによる。ただし「くつて」の古い例は、当歌に先立つ寛平御時后宮歌合にしか見られない。また、

月「訪幽人遺跡」詩とそれに和した藤原冬嗣・嵯峨天皇の作があり、菅原道真「田家閑適」詩に「不為幽人花不開、万株松下一株梅」（『菅家文草』巻五）とあるのを始め、『菅家文草』には四例を見る。異文「出人」は、「幽人」の草体による誤り。**聴取**　「取」は口語。九番詩の【語釈】該項を参照。「聴取」は命令形で使用される場合が多いが、ここは、よおく耳をそばだてて聞く、の意。版本には訓合符がある。白居易「楊柳枝詞八首其二」詩に「古歌旧曲君休聴、聴取新翻楊柳枝」とある。菅原道真「書懐贈故人」詩に「劉歆旧説君聞取、莫党同門妬道真」（『菅家文草』巻三）とあるのは、誤用の例。異文「聴居」は、「聴取」との草体の類似から来る誤りか。「聴居」の語例を知らない。或いは和語「ききをり」（じっと聞いている）からの誤解もあるかもしれない。**堪憐翫**　「堪」は、～にふさわしい、～できる、の意。「憐翫」は、その語例を知らない。今仮に、二字に共通の訓詁を取って、愛でて楽しむ、と解釈しておくが、和語「あはれむ」の意で用いている可能性もあり、「悲」との関連からすればその方が良い。

4　況復　「況」は、前の文の内容に比べてより重大なことがらを持ち出して、ましてそれなら言うまでもない、の意を表す比況の助字。通常は、「A尚B、況C乎。」の構文を取り、AでさえBなのだから、ましてCなら尚更Bだ、の意となる。これを当詩に当てはめれば、「尚」は省略されて、Aは「幽人聴取」、Bが「堪憐翫」となろう。「復」は強めの助字。劉長卿「送孔巣父赴河南軍」詩に「江南相送隔煙波、況復新秋一雁過」とある。「況復」は時に口語で、あたかも～のようだ、の意を表すことがあるが、ここは取らない。**家々**　底本等版本には音合符がある。六

代金あるいは代価の意を表す「て」の確例は、単独であれ複合であれ、他に見いだされない。しかし、「直」を「て」と訓むのは、「何時はなも恋ひずありとはあらねどもうたて（得田直）このころ恋し繁しも」（万葉集一二―二八七七）のように、借訓としての例があり、「うたて（得田値）異に心いぶせし事計りよくせ我が背子逢へる時だに」（万葉集一二―二九四九）の「値」に通じるものとして、「あたひ」と同義の「て」という語があったとみなしうる。異訓に「直」を「ち」と漢字音で訓むものがある。その場合「くつち」という、くしゃみや癇癪などの意を表す別語を認めることになるが、当歌にはなじまない。「輸」に対する「いだす」の訓は名義抄にも見られる。「いださず」という異訓は、結句とのつながりから、とらない。

人や住むらむ　「住む」は人間のみならず動物にも用いられ、その場所を表すには、格助詞「に」をとる。当歌の場合、「人」が「住む」場所は、第三句の「山辺には」によって示されている。寛平御時后宮歌合では「住むらむ」を「あふらむ」とする。対象格には「に」をとるので、「人」が「ほととぎす」に「山辺」で「あふ」という関係になると考えられる。それでも文脈的には通じなくはないが、ホトトギスを中心とした趣意や、第三句「山辺には」とのつながりなどを考えれば、「住む」の方が「あふ」よりも適切であろう。

【補注】

当歌は、次の言い伝えをふまえたものとしてとらえなければ、その内容が理解しがたい。それは、ホトトギスと、同じく鳥のモズとの関係に

番詩の【語釈】を参照。**音不希**　「音」は、「声」の類義語だが、「声」よりも意味する範囲は狭い。後者は音波に関する物すべてを含みうるのに対して（引伸義としては「声望」「名声」の類まで）、「音」は『礼記』楽記に「声成文、謂之音」とあるように、音楽及びそれに類する美しい音を基本義とする。ここで問題となるのは鳥の鳴声を、「音」で表現できるか否かと言うことであるが、『毛詩』凱風・凱風に「睍睆黄鳥、載好其音」とあれば、問題ないということが分かる。「希」は、「稀」に同じで、まれなこと。ここは承句の郭公の「数鳴」を受ける。異文「音希」は、非。

【補注】

韻字は「悲」（上平声六脂韻）、「時」（上平声七之韻）、「希」（上平声八微韻）で、六脂韻と七之韻は同用なので問題ないが、八微韻は独用なので、二九番詩と同様、押韻に難があることになる。平仄には基本的な誤りはないものの、韻字の共通性や、歌の内容を良く理解できていない点、詩としても拙劣でその内容・構成とも見るべきものがない点、和歌的な発想や漢詩として馴染まない語句があること等々、二九番詩と三〇番詩には欠点としての共通点が多い。或いは同一作者の手になるものと言えるかもしれない。

それにしても、当詩は歌の「くつていださぬ」の語に纏わる伝承を全く無視しているという点で、本集上巻の中でも特異な作品の範疇に属するだろう。しかもその語はその歌の生命とも言える部分であり、そこが翻案できていなければ、或いは翻案しようと努力しなければ、こうした

関するものであり、いくつかの歌論書で、それぞれ異なる形で取り上げられてある。

たとえば、『俊頼髄脳』には寛平御時后宮歌合の歌として、「時鳥なきつる夏の山辺にはくつでいださぬ人やわぶらむ」、同じく『奥義抄』には「ほとゝぎすなきつるかたの山べにはくつでいださぬ人やあるらむ」と、多少異なる形で引用され、モズに沓作りを頼んで代金を渡したのに、約束の四五月になっても沓を作ってよこさないので、その代金を取り返そうと、ホトトギスがモズを「よびありく」としている。

この元になるものが何なのかは判然としない。一説には「百舌鳥のはやにへ（速贄）」、すなわち、モズが冬に備えて、餌となる虫などを木の枝に刺しておいたものに基づくというのがあり、それを代金あるいは沓の代わりとみなしたとする。時代は下るが、「かきねにはもずのはやにへたててけりしでのたをさにしのびかねつつ」（夫木抄二七―一二八五九）のように、ホトトギス（＝「しでのたをさ」）との関係を示す例も見られる。しかし、そもそもその相手がなぜホトトギスなのか、また、なぜ沓が出てくるのかなどは、明らかではない。ホトトギスを「くつてどり（沓手鳥）」とも言うことがあるが、この言い伝えによるとも、鳴き声が「くつて」と聞こえるからとも言われる。

ともあれ、このような言い伝えをふまえ、改めて当歌に即して考えて＊

作業自体無意味となる質のものであった。これは単なる思いつきに過ぎないが、「靴の代金を出さない人」→「靴が要らない人」→「幽居・蟄居する人」のように解釈したものであろうか。

＊みれば、ホトトギスが沓の代金の返却を求めて、鳴いているということになろう。ただし、その相手となるのはモズではなく「人」である。

ホトトギスの、何らかの相手を「人」に想定したものには、「夏山に恋しき人や入りにけむこゑ振り立てて鳴くほととぎす」（本集三六番、古今集三―一五八）や「あしひきの山郭公わがごとや君にこひつついねがてにする」（古今集一一―四九九）などの例がある。

当歌は、山辺でホトトギスが盛んに鳴くのを耳にして、件んの言い伝えをその理由として取り上げたものと考えられる。モズを人に代えたのは、秋の鳥とされるモズは夏の歌材として適当ではないという判断があったからかもしれない。

ホトトギスの鳴き声・鳴き方に関しては、二四・二六番歌【語釈】該項において触れてあるが、当歌では、必死に催促する声と聞きなされたのであろう。それはまた、山辺だからこそであって、夏でもなかなかその声を耳にしえない里と対比しての鳴き声の圧倒感が、かの言い伝えを引き込むことになったと考えられる。

【比較対照】

歌の上句「ほととぎす鳴き立つ夏の山辺には」には、詩の起句の「山下夏来」と承句が対応することになろう。ただ「山辺」が山の辺りを漠然と意味するのに対して、「山下」は山麓を意味し、また頻度を言うのか程度を意味するのかもう一つ明確にし難い「鳴き立つ」の語義を、「処々数鳴」と明確に規定したという点で、詩は歌を限定解釈したものと言いうるかも知れない。

また「夏」を「夏来」としたのは歌から少し踏み出した解釈だが、「何事悲」を付加したのは、歌に潜在する詠歌の契機となった感動を顕在化させたものと言うことが出来るだろう。ただし、その感動の内実は、「くつていださぬ人」の語が示すように、機知的な明るいものであって、例えば独り寝の女性の怨みなどを連想すべきではなく、漢詩作者は借金を返してくれとホトトギスが哀願していると捉えて「悲」と表現したと思いたい。

しかしやはり問題は歌の下句「くつていださぬ人や住むらむ」に対応する詩句が無いことであろう。あるいは、歌【補注】に述べるような日本の伝承に対応する中国説話が無かったために、契沖（書き入れ本）が言うように「百舌鳥」を擬人化して、「幽人」を「くつていださぬ人」に対応させたとも考えられなくはないが（事実、中国でも隠士は政治的背景はともかく、風流を好む人として描かれることが多いので、彼を楽しませるためによく鳴くとすることは、不可能ではない。例えば幽人の【語釈】に挙げられている白居易や道真の詩句を参照）、それでもホトトギスの頻鳴の理由を「くつていださぬ人」に求めた歌の機知的な趣向とは大きく相違している。

つまり、歌ではその【補注】で指摘するように、山と里の対比が暗示され、かつ里に住む主体が山で鳴くホトトギスを聞いてその理由付けをするという構成であるのに対して、詩では歌の山と里の対比を承けるものの、山麓に住む隠者が、山麓で鳴く郭公の声を聞き、その感動の程度を里で聞く一般の人々の感動の程度と比較するという構成になっている。もし、「憐翫」を「悲」に関連させて和語「憐れぶ」と同様の意を持つと解釈すれば、歌に暗示された山と里との対比を、隠者と俗世間の人々との対比にシフトして、起句に表現した「悲」の内容を、後半二句で詳述増補しただけに終っていると言わざるを得ない。

こうした事態になった理由は様々考えられようが、やはり「くつていださぬ人」の語の背景を漢詩作者は理解できなかったのが原因と見るのが一番無理がない見方だろう。

三一番

菖蒲草　五十人沓之五月　逢沼濫　毎来年　稚見湯礼者

あやめ草　いくつの五月　逢ひぬらむ　来る年ごとに　わかく見ゆれば

【校異】

本文では、初句の「菖」を、類従本・羅山本・無窮会本・永青本・久曾神本が「昌」とし、第二句の「十」を、京大本・大阪市大本・天理本が「千」とし、第三句の「沼」を、藤波家本が「砥」とし、同句の「濫」を、京大本・大阪市大本が「監」、天理本が「藍」とし、結句の「稚」を、底本および文化写本・藤波家本・講談所本・道明寺本が「雅」とするが他本により改める。また、同字を、永青本が「若」とする。同句末の「礼者」を、羅山本・無窮会本が「濫」とし、「者」を、京大本が欠く（補筆あり）。

付訓では、第二句の「さつき」を、底本および文化写本・藤波家本・講談所本・道明寺本・羅山本・無窮会本が「せちに」とし、類従本が「なつに」とするが、元禄九年版本・元禄一二年版本・文化版本・下澤本により改める。

同歌は、寛平御時后宮歌合（十巻本、七一番。ただし第二句「いくらの五月」第三句「あひ来らむ」結句「若くみゆらむ」）にあり、古今六帖（第一、あやめぐさ、一〇四番、つらゆき。ただし第二句「いくよのさ月」結句「わかく見えつつ」）にある。

五月菖蒲素得名

毎逢五日是成霊

年々服者齢還幼

鶣鵲嘗来味尚平

五月《(さつき)》の菖蒲《(あやめ)》は素《もと》より名《(な)》を得《(え)》たり。

五日《(いつか)》に逢《(あ)》ふ毎《(ごと)》に是《(こ)》れ霊《(レイ)》と成《(な)》る。

年々《(ネンネン)》服《(フク)》する者《(もの)》の齢《(よは)ひ》幼《わかき》に還《(か)》へる。

鶣鵲《(ヘンシャク)》嘗《な》め来《(きたり)》て味《(あぢ)はひ》尚《(な)》ほ平《(たひらか)》なり。

【校異】

「菖蒲」を類従本・京大本・大阪市大本・羅山本・無窮会本・永青本・久曾神本「昌蒲」に作り、文化写本も類従本の「昌」を注記する。「毎逢」の「毎」を、永青本・久曾神本は欠く。「成霊」を永青本「成雲」に作る。「鶣鵲」を天理本「扁鵲」に作る。

第一・二句が『新撰朗詠集』上巻・端午に採られるが、「是」を「已」とする。

【通釈】

五月に花が咲き良い香りがするショウブは昔から有名であり、五月五日になるたびに不思議な霊力を持つ存在となる。（なぜならば、）毎年菖蒲酒を飲んだ者は年齢が若返り、かの有名な医者の鶣鵲もそれを薬として試飲してみれば、その味さえも穏やかで飲みやすいと言うだろう（まして薬としての効き目は言うに及ばない）から。

【通釈】

ショウブは、これまでいったい何回、五月に、めぐり逢ってきているのだろうかと思う、何年経ってもそのたびに若々しく見えるので。

【語釈】

あやめ草　二八番歌【語釈】該項を参照。ショウブは五月五日の節句の際、邪気を払うために、薬玉や縵に作ったり屋根を葺いたりするのに用いた。

いくつの五月　「いくつ」については、二七番歌【語釈】「いくつ夏」の項を参照。当歌では「五月（さつき）」の頻度・回数を問う。言うまでもなく、五月という月は一年に一回であるから、結果的には何年目の五月であるかが問われていることになる。寛平御時后宮歌合では「いくつ」を「いくら」とする。「いくら」は程度・分量を表すので、当歌にはふさわしくあるまい。底本などの「せち」は、「節」の呉音読みで、季節や節句の意を表すことば。「五月」をそう訓むのは、枕草子に「節は五月にしく月はなし」（第三九段。日本古典文学大系本による）とあるように、「せち」と言えば、五節句のうちでも「さつきのせち」すなわち端午の節句が思い浮かべられたからと考えられる。しかし、もともと字音語のせいか、万葉集にも八代集にも用いられていないので、底本の訓みをとらず、「さつき」としておきたい。「あやめ草」と「さつき」には、「…ほととぎす　鳴く五月には　あやめ草　花橘を　玉に貫き　縵にせむと…」（万葉集三―四二三）、「郭公なくやさ月のあやめぐさあやめもしらぬこひもするかな」（古今集一一―四六九）「さ月きてな

【語釈】

1 五月　底本にのみ音合符がある。京大本・大阪市大本には、「月」に「の」の星点がある。　**菖蒲**　二八番詩【語釈】該項を参照。『抱朴子』仙薬に「又孝経援神契曰、椒薑禦湿、菖蒲益聡」「韓終服菖蒲十三年、身生毛」（『藝文類聚』菖蒲）とあるように、仙薬の一つとされた。また、殷堯藩「端午日」詩に「不効艾符趨習俗、但祈蒲酒話昇平」とあるように、端午の節句には菖蒲酒として飲まれた。本集にも「五月菖蒲毎年宜」（一四九番）とある。　**素**　もともと、昔から、の意。　**得名**　名声を得る、有名になる、の意。杜甫「韋諷録事宅観曹将軍覇画馬図」詩に「将軍得名三十載、人間又見真乗黄」、白居易「小童薛陽陶吹觱栗歌」に「近来吹者誰得名、関璀老死李袞生」とあり、中書王「偸見左相府宇治作有感」詩に「聞説山家素得名、風流超過漢西京」（『本朝麗藻』巻下）とある。

2 毎逢　～になるたびに、の意。口語的用法。王維「九月九日憶山東兄弟」詩に「独在異郷為異客、毎逢佳節倍思親」とある。古典詩の場合、元稹「遣行十首其九」詩に「毎逢危桟処、須作貫魚行」、白居易「見元九」詩に「毎逢陌路猶嗟歎、何況今朝是見君」、同「間吟」詩に「唯有詩魔降未得、毎逢風月一間吟」（『千載佳句』詠興）、菅原道真「二十八字謝酔中贈衣…重以戯之」詩に「若有相思常服用、毎逢秋雁附寒温」（『菅家文草』巻二）等とあるように、「逢」の原義は失われないのが通常のこと。　**五日**　五月五日のこと。中国では漢代に端午（月初めのうまの日）が五月五日に定まった。権徳輿「端午日礼部宿斎」詩に「良辰当五日、偕老祝千年」、白居易「百錬鏡」詩に「日辰処所霊且奇、…五

がめまされぱあやめ草思ひたえにしねこそなかるれ」（拾遺集二〇─一二八〇）などのように、ともに詠みこまれた例がある。

逢ひぬらむ　「あやめ草」（相手）が、「いくつの五月」（時間）に、「逢（あ）ひぬらむ」ととる。「逢ふ」主体あるいは相手が人間以外の例は、「含めりと言ひし梅が枝今朝降りし沫雪にあひて咲きぬらむかも」（万葉集八─一四三六）「秋萩は雁に逢はじと言へればか声を聞きては花に散りぬる」（万葉集一〇─二一二六）「利根川の川瀬も知らずただ渡り波に逢ふのす逢へる君かも」（万葉集一四─三四一三）など見られる。

来る年ごとに　この表現のままでは、万葉集にも八代集にも用例が見当たらない。万葉集には、「朝ごとに・夜ごとに・朝夕ごとに・日ごとに・月ごとに・時ごとに」などの表現はあるが、「年ごとに」はない。毎年の意を表すのは、「年のはに（得志能波尓）春の来らばかくしこそ梅をかざして楽しく飲まめ」（万葉集五─八三三）や「年のはに（毎年尓）来鳴くもの故ほととぎす聞けばしのはく逢はぬ日を多み」（万葉集一九─四一六八、「毎年謂之等之乃波」という訓注あり）などの如く、「としのは」である。八代集では、「としのは」は用いられなくなり、「年ごとにあふとはすれどたなばたのぬるよのかずぞすくなかりける」（古今集四─一七九）「年ごとにさきはかはれど梅の花あはれなるかはうせずぞありける」（拾遺集一六─一〇一三）「としごとにさきそふやどのさくら花なほゆくすゑの春ぞゆかしき」（金葉集一─三四）などのように、「としごとに」がとくに初句に集中して見られるようになる。

わかく見ゆれば　底本の「雅」字は、歌意および字義・字訓、音数律など勘案すると、適切とは思われず、他本にある「稚」の誤写と見てお

月五日午時」とある。**成霊**　「成」は変化してある状態になる、「霊」は人知でははかりがたい不思議な力、の意。漢・郊祀歌一九首「斉房」に「蔓蔓日茂、芝成霊華」とある。異文「成雲」は「霊」の誤写で非。藤波家本・講談所本・道明寺本・京大本・大阪市大本などは「霊を成す」と訓む。

3 年々　毎年に同じ。劉廷芝「代悲白頭翁」詩に「年々歳々花相似、歳々年々人不同」（『和漢朗詠集』無常）、白居易「送兗州崔大夫駙馬赴鎮」詩に「魯侯不得辜風景、沂水年年有暮春」（『千載佳句』暮春）、島田忠臣「花前有感」詩に「年々花発年々惜、花是如新人不新」（『田氏家集』巻下）とある。**服者**　「服」は、薬や茶などを体内に取り入れること。李白「嵩山採菖蒲者」詩に「我来採菖蒲、服食可延年」、嵯峨天皇「九月九日於神泉苑宴群臣各賦一物得秋菊」詩に「聞道仙人好所服、対之延寿動心看」（『凌雲集』）、島田忠臣「採藕実」詩に「別応服此終無老、更欲慇懃献聖人」（『田氏家集』巻下）とある。**齢還幼**　「還幼」は、若返ること。ただし、「還童」「還嬰」「還少」「還年」等と言うのが一般。殊更「還幼」としたのは、「齢」との関連であろう。『抱朴子』仙薬に「柠木実之赤者、餌之一年、老者還少、令人徹視見鬼」、李白「答族姪僧中孚贈玉泉仙人掌茶詩序」に「年八十余歳、顔色如桃花、而此茗清香滑熟異於他者、所以能還童振枯、扶人寿也」とある。藤波家本・講談所本・道明寺本・京大本・大阪市大本などは「還（かえっ）て幼（わか）し」と訓む。

4 鶣鵲　戦国時代の名医。本名は秦越人。また黄帝時代の伝説の名医の名とも。『史記』に伝があり、『論衡』紀妖篇、『韓非子』喩老・安危

く。「わかし」は当歌では「あやめ草」に対して用いられているが、植物に関する例は「春の雨はいやしき降るに梅の花いまだ咲かなくいと若み〔若美〕かも」（万葉集四―七八六）「さ雄鹿の朝伏す小野の草若み〔若美〕隠らひかねて人に知らゆな」（万葉集一〇―二二六七）、「葉をわかみほにこそいでね花すすきしたの心にむすばざらめや」（後撰集一〇―六〇四）など、「わかみ」という類型的な表現として見られる。また、語幹「わか」を前項とした複合語には、「わかかつらのき・わかかへるで・わかごも・わかひさき・わかまつ・わかめ」（以上、万葉集）、「わかぎ・わかくさ・わかな」（以上、万葉集・八代集）、「わかえ・わかね・わかば・わかむらさき」（以上、八代集）など、植物関係の語がある。「見ゆれば」を、寛平御時后宮歌合などでは「見ゆらむ」としているが、第三句の「逢ひぬらむ」と「らむ」が重なって、不都合。また『注釈』の通釈では、結句を「みずみずしく若く見えることであるよ」とし、「見ゆれば」が示す原因・理由の意が生かされていない。

【補注】

下句は、上句の疑問を呼び起こす事実を原因・理由として示す表現となっている。逆に言えば、そのような疑問が起きるほどに、その事実が驚くべきこととして受け止められているということである。その事実とは、ショウブが毎年変わらず若々しく見えるということに他ならない。

もっとも、このことだけなら、ショウブに限ったことではない。問題なのは、五月の節句との関わりであろう。ショウブが「わかし」と形容されるのは、邪気を払う呪物たるだけの、格別の生命力を持つと信じら

篇、『抱朴子』至理篇、『列子』湯問篇をはじめ、諸書に言及され、『藝文類聚』や『初学記』『類林』『蒙求』等の類書にも逸話が残る。また、隋・劉善経『四声論』に「縦使華陀集薬、鶣鵲投針、恐魂岱宗、終難起也」、『龍龕手鏡』上声・鳥第九に「鶣、薄顕反。―鵲」、釈空海「九相詩　白骨連相第七」に「雖殖青柳根、豈能招鶣鵲」（『続遍照発揮性霊集補闕抄』巻一〇）とあるように、この表記も無いわけではないが、異文「扁鵲」の表記が一般的。枚乗「七発八首其一」に「雖令扁鵲治内、巫咸治外、尚何及哉」（『文選』巻三四）、白居易「歎老三首其二」詩に「誰会天地心、千齢与亀鶴。吾聞善医者、今古称扁鵲。万病皆可治、唯無治老薬」とあり、山上憶良「沈痾自哀文」に「吾聞、前代多有良医、救療蒼生病患。至若楡柎扁鵲華他……、皆是在世良医、無不除癒也」とあって、「扁鵲姓秦、字越人、勃海郡人也。割胸採心、易而置之、投以神薬、即寤如平也」（『万葉集』巻五）と双行注がある（典拠は『列子』湯問篇）。本集にも「可謂鶣鵲宜好薬」（一四九番）とある。**嘗来**「嘗酒」は味わいながら酒を飲むこと、「嘗薬」は貴人が薬を飲む前に、本当に大丈夫か試しにちょっとなめてみること。古訓には「ナム」「ココロム」「ナメミル」等がある。ただし、「嘗来」の語形は確認できていない。「来」は口語。二八番詩【語釈】を参照。**味尚平**「味平」とは、薬が飲みやすく胃にやさしい、の意の口語的表現。「平」は穏やかの意。ただし、白居易「池上篇序」に「先是潁川陳孝山与醸法、酒味甚佳」、杜牧「和裴傑秀才新桜桃」詩に「茂先知味好、曼倩恨偸難」、平城天皇「詠桃花」詩に「気則厳兮応制寇、味惟甘矣可求仙」（『凌雲集』）、紀斉名「暮秋陪左相府…分一字応教」詩序に「鱸魚膾細、何必出於東呉。

れたからである。上句の疑問は、その主体である詠み手が、それだけ長く五月の節句を体験してきたことを意味する。それは同時に、毎年節句の行事として、ショウブの生命力にあやかることによってだったとも言えよう。ショウブとは異なり、人間である詠み手自身は歳をとってきたとしても、である。むしろそれゆえに、ショウブの格別の生命力を、驚きとともに改めて実感することにもなるのである。

二八番歌においても触れたように、このように「あやめ草」そのものを中心的に取り上げた歌は珍しい。ショウブは五月頃、よく繁茂するが、当歌は実景のそれをふまえたというより、あくまでも五月の節句との関わりにおいて詠んだものと考えられる。

※二例)、節句と直接関連する記載も極めて少ないので、「五月菖蒲」の表現は文学的には「ほととぎす来鳴く五月のあやめ草」(万葉集一八—四一〇一、一八—四一一八)という伝統を持つ日本的なものからの表現と考えるべきかも知れない。また、菖蒲が若返りや長寿の薬であったことについては、『太平御覧』菖蒲等の類書に言及がある。

「鶣鵲」に関しては、『史記』を始めとする諸書や類書に、この結句の内容又は菖蒲に関連する記事を見いだすことは出来なかった。従って、ここは単なる名医としての引用と解しておく。なお、『白氏六帖』薬の項には「嘗味」の語があり、「帝王世紀、黄帝使岐伯、嘗味於百薬」とあるので、薬を患者に投与する前に医者自身が試してみることであり、そうすると「嘗来味」という語の連なりも視野に入れる必要がある。

菓実味滋、誰不謂之近蜀」(『本朝文粋』巻一二)とあるなど、「味甘」「味旨」「味佳」「味深」「味滋」「味爽」「味嘉」「味好」「味美」等の語例は確認出来るが、「味平」の古典に於ける用例は未確認。なお、「尚平」の訓みは苦労の跡が伺え、底本には訓合符がある一方、「平」には音読符もある。また元禄九年以下の版本には、返り点がふされて「平なるを尚とふ」が右訓となり、左に「尚ほ平なり」の訓がある。諸写本の訓みも二通りある。

【補注】

韻字は「名」(下平声十四清韻)、「霊」(下平声十五青韻)、「平」(下平声十二庚韻)で、清韻と庚韻は同用だが青韻は独用で、押韻にキズがある。平仄には基本的な誤りはない。

中国に於いては既に『荊楚歳時記』五月五日に邪気をはらうものとしての菖蒲酒の記述が見え、又日本に於いても『続日本紀』天平一九年五月五日条に菖蒲縵の記事が見え、その二五年前にはその風習があったことが確認できるから(山中裕『平安朝の年中行事』塙選書)、「五月菖蒲」が何れにしろ「素得名」と言い、「是成霊」と言うのに何の矛盾もない。

ただ、後世あるいは民間に於いてはいざ知らず、唐宋の主要類書の五月五日の項には菖蒲の語は見えず(特に『藝文類聚』と『太平御覧』の五月五日の項には『荊楚歳時記』五月五日の条が引かれるが、何故か「以菖蒲」以下の文はカットされる)、唐代までの中国文学には菖蒲を詠むことが多くなく(例えば『文選』に一例、『玉臺新詠』に※

【比較対照】

和歌は主観性が強く、感情的・擬人的な表現に傾きがちであるのに対して、漢詩は客観的で描写性・説明性にすぐれ、時に主体であるはずの人間まで第三者的に登場させることがあることは、既に何度か指摘してきたことであった。

三一番の歌と詩も、共通するテーマはショウブの持つ回春力・生命力であるが、歌では「来る年ごとにわかく見ゆれば」と、それをショウブ自体のこととして擬人的に呼びかけるかのように表現しているのに対して、詩では「毎逢五日是成霊　年々服者齢還幼」と、あくまで人間を主体としてそれを客観的に表現している。

ただ注意すべきは、「あやめ草」を詠う歌は初めからそのような主情性を獲得していたのではないということであって、『万葉集』に見られる一二例ほどの大半は、「待てど来鳴かず菖蒲草玉に貫く日をいまだ遠みか」（万葉集八―一四九〇）のように、端午の節句の習俗の一つ、もしくは夏の景物の一つとしてそれを登場させているに過ぎない。その意味ではむしろその方が詩の詠法に近いのであって、それを一変させたのが古今集中で「あやめ草」を詠う唯一の歌であると同時に、恋歌の巻頭歌でもある「郭公なくやさ月のあやめぐさあやめもしらぬこひもするかな」（古今集一一―四六九）であった。以後「昨日までよそに思ひしあやめ草けふわがやどのつまと見るかな」（拾遺集二―一〇九）のように、恋歌または恋歌風に、縁語や掛詞を用いながら擬人的に「あやめ草」に呼びかける、当歌と類似の趣向の歌が詠われるようになってゆくのである。その意味では同じ「あやめ草」を歌っても二八番歌と当歌は本質的に異なるのであって、「あやめ草」に関していえば、ちょうど『万葉集』と『古今集』以後を繋ぐ歌ということになる。

「…ほととぎす　来鳴く五月の　あやめ草　蓬かづらき　酒みづき…」（万葉集一八―四一一六）の歌を含めて、『万葉集』中の九例が大伴家持の歌であるのは、「あやめ草」を歌うことが奈良貴族の異国趣味から始まったらしいことを推測させるに十分だが、節会の民俗の一つとして、「あやめ草」を詩のように説明的に歌うことから、それが祀られる所以である格別の生命力、あるいは邪気を払うという呪術性等、より本質的な、詩でいうショウブの「霊」性そのものを歌おうとすることによって、歌としての個性的な表現を獲得することになったということは、外国文化の受容という側面からも、極めて興味深いことといえるだろう。

歌と詩との詠法上の接点をさがすとすれば、歌【補注】で言及したように、歌にあっては詠み手自身の生命がショウブにあやかっていることを暗示するのみであったのを、詩では転句・結句においてそれを顕在化させたという点であろう。

三二番

去年之夏　鳴旧手芝　郭公鳥　其歟不歟　音之不変沼
こぞの夏　鳴きふるしてし　ほととぎす　それかあらぬか　こゑの変はらぬ

【校異】

本文では、第三句の「郭」を、永青本・久曾神本が欠き、同句の「鳥」を、京大本が欠き、第四句の「不」の後に、永青本・久曾神本が「有」を補う。

付訓では、第四句の「あらぬ」を、無窮会本が「あらず」とする。

同歌は、寛平御時后宮歌合（十巻本、夏歌、六二番）にあり、また古今集（巻三、夏歌、一五九番）に「題しらず　よみ人しらず」としてある。ともに同文。


【通釈】

去年の夏、聞き飽きるほど鳴いたホトトギスは、それ（と同じ）なのか違うのか、（この夏も）声の変わらないことよ。

【語釈】
こぞの夏　この表現は万葉集にも八代集にも用例が見られないが、「去年〔許序〕の秋相見しまにま今日見れば面やめづらし都方人」（万葉集一八―四一一七）「去年〔去年〕の春逢へりし君に恋ひにてし桜の花は

去歳今年不変何
郭公暁枕駐声過
窓間側耳憐聞処
遮莫残鶯舌尚多

去歳《キョセイ》も今年《キンネン》も変《ヘン》ぜ（ざ）ること何《なん》ぞ。

郭公《ほととぎす》暁枕《ケウシン》声《こゑ》を駐《とど》めて過《す》ぐ。

窓間《サウカン》耳《みみ》を側《そば》たてて憐《あは》れび聞《き》く処《ところ》。

遮莫《さもあらばあれ》残鶯《サンアウ》の舌《した》尚《なほ》多《おほ》きことを。


【校異】

「郭公」を、類従本・藤波家本・講談所本・道明寺本・羅山本・無窮会本「郭鴬」に作り、元禄九年版本も「公」に「鴬」を校注する。京大本・大阪市大本・永青本・久曾神本「郭公鳥」に作る。「駐声過」を、藤波家本「駐」を欠いて「声過」に作り、永青本・久曾神本「駐音過」に作る。「遮莫」を、類従本「庶莫」に作り、文化写本も類従本の「庶」を校注する。「残鶯」を、羅山本・無窮会本「残鴬」に作り、京大本・大阪市大本・天理本「残公鳥」に作り、天理本は「本ノママ」と注する。永青文庫本・久曾神本「郭公鳥」に作る。


【通釈】

ホトトギスの鳴き声が去年と今年で何も変わらないのはどういうわけだ。今年も寝ていると夜明け方の枕元に鳴きながら飛んで行く声が聞こえてくる。そこで思わず、窓辺で耳を傾けて聞き入ってしまうのだが、その声は例え時季外れのウグイスがまだ盛んに囀ったとしても問題にも

迎へけらしも」(万葉集八―一四三〇)、「こぞのはるちりにし花もさきにけりあはれわかれのかからましかば」(詞花集一〇―四〇二) など、類似の例はある。次の句の「鳴きふるしてし」を連用修飾する。

鳴きふるしてし 「鳴きふるす」という語は、万葉集にはなく、八代集にも古今集所載の同歌のみである。ただ、「鳴きふる」という自動詞の形で一例、「五月こばなきもふりなむ郭公まだしきほどのこゑをきかばや」(古今集三―一三八) があり、また「ふるす」単独で、「ことしだにまづはつこゑをほととぎすよにはふるさでわれにきかせよ」(詞花集二―五七) という類似の表現がある。「ふるす」を後項とする複合語には「鳴きふるす」以外に、「おしてる難波菅笠置き古し後は誰が着む笠ならなくに」(万葉集一一―二八一九)「照左豆が手に巻き古す玉もがもその緒は替へて我が玉にせむ」(万葉集七―一三二六) という例がある。これらにおいては、「菅笠ヲ(置き)古す」「玉ヲ(手に巻き)古す」のように、「ふるす」対象が示され、それを古くするの意を表す。「ふるす」だけの場合も、「あきといへばよそにぞ聞きしあだ人の我をふるせる名にこそ有りけれ」(古今集一五―八二四) のように、対象格をとって、それを古くする、つまり飽きて疎んじる、見捨てるという意を表す。当歌における「鳴きふるす」は、鳴いて声を古くするの意。「ふるす」対象となる語は直接的には示されていないが、前項の「鳴き」および結句の「こゑの変はらぬ」から、それが声であることが分かり、またその主体は、上二句が連体修飾する第三句の「ほととぎす」である。声を「ふるす」と、その結果聞き手にとっては聞き飽きることになるわけであるが、日本古典文学全集本では、この「鳴き古す」の「主語はこの歌の作

なるまい。

【語釈】

1 去歳今年 去年と今年、の意。「去歳」は年(平)と歳(仄)の違いのみ。張説「幽州新歳作」詩に「去歳荊南梅似雪、今年薊北雪如梅」、岑参「韋員外家花樹歌」詩に「今年花似去年好、去年人到今年老」、白居易「臨都駅答夢得六言二首其二」詩に「昨日老於前日、去年春似今年」、島田忠臣「花前有感」詩に「去歳落花今歳発、我為去歳惜花人」(『田氏家集』巻下)、菅原道真「詩情怨…紀秀才」詩に「去歳世驚作詩巧、今年人謗作詩拙」(『菅家文草』巻二) 等とある。底本には無いが、元禄九年版本・元禄一二年版本・文化版本には音合符があり、羅山本・無窮会本には訓合符がある。 **不変何** 変わらないのはどういうわけだ、の意。前項にあるように、去年と今年はがらっと変わったものとして対比されるのが一般であり、その常識に当てはまらないとしての疑問。元禄九年版本以下には、「変」に「セ」の送り仮名がある。謝朓「晩登三山還望京邑」詩に「有情知望郷、誰能縝不変」(『文選』巻二七)、白居易「傷友」詩に「死生不変者、唯聞任与黎」、菅原道真「重依行字和裴大使被誹之什」詩に「寒松不変冒繁霜、面礼何須仮粉光」(『菅家文草』巻二)、同「小松」詩に「小松経幾日、不変旧青々」(『菅家文草』巻二)、紀長谷雄「聴初蟬」詩に「歳去歳来聴不変、莫言秋後遂為空」(『和漢朗詠集』蟬) とある。

2 郭公 これについては、『新撰字鏡』鳥部でも「郭鴬」(天治本) と「郭公鳥」(享和本・類従本) の二表記があるので、或いは時代的に下る

者で、省略されている。作者がさんざん聞かされて、古いものと思うようになったのである」と注する。しかしこれは、文法的に誤った解釈と考えられる。

ほととぎす 当歌【補注】を参照。

それかあらぬか 当歌の「それ」は文脈指示用法で、上三句を指示する。続く「あらぬ」は「それ」の指示を否定する表現。「あらぬ」という訓みは「不」に対応させたもので、永青本・久曾神本の「不有」の方が分かりやすいが、五六番歌の第四句「不意沼」を「こころにもあらぬ」と訓む類例がある。終助詞の「か」は、反復することにより、それかそれ以外かという二者択一の疑問を表す。『完訳日本の古典』では、「「あらぬ」は、下に「郭公」を省略」とするが、不自然であり、むしろ「それにあらぬ」の省略表現ととった方がよい。「それかあらぬか」という表現自体は万葉集にはないものの、八代集には他に「かげろふのそれかあらぬか春雨のふる日となればそでぞぬれぬる」（古今集一四―七三一）「としふればかくもありけり墨染のこはおもふてふそれかあらぬか」（新古今集八―八五二）の二例が見られる。さらに十三代集にも、「一声はそれかあらぬかほととぎすおなじね覚の人にとはばや」（新葉集三―一九三）という例がある。この「それかあらぬか」という表現を、新日本古典文学大系本では「白楽天の詩などに多い「其不、其否」の語法に当る訓読による表現」とし、竹岡評釈では「現場に密着した話しことばの調子」の表現とみなしている。当歌において「それかあらぬか」という同定を問う対象となっているのは、今年の夏、鳴き声が聞かれるホトトギスであり、そもそもその疑問の発端となったのが、結句に示された

につれて元一字であったものが次第に忘れられたものか。『集韻』東韻に「鴌」字は確認できるが、「鳥名」とあるだけで直接の関係はなかろう。二四番詩の【語釈】該項及び【補注】を参照のこと。

暁枕 夜明け方の枕元のこと。夜明け方の眠り。諸版本には音合符がある。唐代以前のこの語の用例を知らない。『佩文韻府』が挙げるのは、王安石や陸游の例のみ。「枕」のこうした用法については、二七番詩【語釈】「夏枕」の項を参照のこと。ただし、日本漢詩には、橘直幹「蘭気入軽風」詩に「曲鶯楚客秋絃馥、夢断燕姫暁枕薫」（『天徳三年八月十六日闘詩行事略記』、『和漢朗詠集』蘭）、菅原庶幾「山水秋光遍」詩に「鄭公風烈朝蕉嬾、孫子流寒暁枕驚」（『類題古詩』光）、具平親王「歳暮思春花」詩に「暁枕空夢林蝶戯、疎枝只待谷鶯来」（『類題古詩』思）等少なくない。

駐声過 よく耳にとどまるように鳴いて過ぎていった、の意。王融「詠幔」詩に「毎聚金鑪気、時駐玉琴声」（『玉臺新詠』巻四）、初唐・鄭愔「同韋舎人早朝」詩に「飛馬看来影、喧車識駐音」とある。異文「駐音」は、成立しなくはないが、やや無理があること、三〇番詩の【語釈】該項を参照のこと。

3 窓間 まどのあたり、の意。「窗」が窓の正字。「窓前」の類語だが、それは戸外の窓の辺りを意味するのに対して、こちらは屋内。比較的白詩に多く見られる語。白居易「七言十二句贈駕部呉郎中七兄」詩に「風生竹夜窓間臥、月照松時台上行」（『千載佳句』風月、『和漢朗詠集』夏夜）、鮑溶「春日貧居」詩に「窓間夜学凝残燭、軒下朝吟向暖風」（佚、『千載佳句』閑居）、橘正道「床下見魚遊」詩に「琴因愛躍窓間弄、鉤未要呑枕上垂」等とある。

側耳 聞き耳を立てる、よく聞こうと耳を

「こゑの変はらぬ」ことである。

こゑの変はらぬ　「変はる」という動詞は、万葉集では年月などに関して、八代集では色や心に関して用いる例が多い。鳥の鳴き声に関する例としては、「…鳴く鳥の　声も変はらず　遠き代に　神さび行かむ　行幸処」（万葉集三―三二二）、「あき風に霧とびわけてくるかりの千世にかはらぬ声きこゆなり」（後撰集七―三五七）「あたらしきとしにはあれども鶯のなくねさへにはかはらざりけり」（拾遺集一六―一〇〇二）などあるが、ホトトギスの例は見当たらない。

【補注】

当歌全体を検討するためには、次の二点をふまえる必要があろう。

一つは、「鳴きふるす」が、声に新鮮味がなくなる、聞き飽きるという、否定的な評価を含む語であるという点である。それは「さ月まつ山郭公うちはぶき今もなかなむこぞのふるごゑ」（古今集三―一三七）の「ふるごゑ」のように、単に以前と同じ声を意味するのとは違い、その鳴き声がはじめは珍重されたのであろうが、夏中、聞き飽きるほどに鳴いたために、鳴き声が古びてしまったのである。

もう一つは、「それかあらぬか」という疑問は、ホトトギスという種類の鳥かそれ以外の種類の鳥かということではなく、同一のホトトギスか別のホトトギスかについてであるという点である。古今集の諸注釈書においては、この疑問を実感に即したものか理知的なものか、解釈が分かれる。その鳴き声の不変性については、二七番歌でも言及したように、ホトトギス歌においてよく詠まれることであるが、同一の個体としての

そばだてること。李陵「答蘇武書」に「側耳遠聴、胡笳互動、牧馬悲鳴」（『文選』巻四一）、李白「将進酒」詩に「与君歌一曲、請君為我側耳聴」とある。**憐聞処**　この語例を知らない。「憐」の原義は一五番詩の【語釈】を参照されたいが、前に「側耳」とあるので、「聞」でなく「聴」とするのが本来のあり方だろう。また、～を憐れむという場合、聴覚的なものを対象とすることは稀であって、その場合でも、劉長卿「罪所留繫毎夜聞長洲軍笛声」詩に「只憐横笛関山月、知処愁人夜夜来」、劉禹錫「懐妓四首其四」詩に「紗窓遙想春相憶、書幌誰憐夜独吟」とあるように、わざわざ「聞」の語は付さない。

4 遮莫　唐代の口語。どうであろうとも、問題にしない、たとえ～であろうとも、～するのに任せておく、～してくれるな、等々の突き放すような、否定的なニュアンスを表す。李・杜をはじめとする盛唐詩に比較的多く用いられる。「アヂキナシ、サモアラバアレ、ナニカハスル」等と訓読する。孟浩然「寒夜」詩に「錦衾重自煖、遮莫暁霜飛」、島田忠臣「西掖門下曲飲逢晩春翫残花」詩に「禿尽紅林西掖酔、他時遮莫外人招」（『田氏家集』巻上）、菅原道真「和紀処士題新泉之二絶其一」詩に「瑠璃地上水潺湲、遮莫銀河在碧天」（『菅家後集』）とある。**残鶯**　晩春から初夏にかけて元気なく鳴く鶯のこと。白詩に比較的多く詠まれる。白居易「牡丹芳」詩に「戯蝶双舞看人久、残鶯一声春日長」、同「青龍寺早夏」詩に「残鶯意志尽、新葉陰涼多」、同「首夏南池独酌」詩に「新葉有佳色、残鶯猶好音」、同「酬李二十侍郎」詩に「残鶯著雨慵休囀、落絮無風凝不飛」（『千載佳句』暮春）、同「閑居春尽」詩に「愁応暮雨留教住、春被残鶯喚遣帰」（『千載佳句』送春）とある。**舌尚多**

同定まで取り上げられることはない。ところが、当歌においてはその個別性の識別までが問題にされている。

「こぞの夏鳴きふるしてしほととぎす」ならば、今夏はもはやその鳴き声は期待できるものではないはずであった。少なくとも、当歌は上二句の表現によって、そのことを暗示するものになっている。にもかかわらず、詠み手は「こゑの変はらぬ」こと、すなわち、まさに昨夏、耳にした特定のホトトギスの鳴き声と同一のものであることに気づく。このような、歌の詠み手にとっては、ありえないはずのことが起こったことに対する混乱が、「それかあらぬか」という疑問を引き出すことになったと考えられる。この点は、「郭公はつかなるねをききそめてあらぬもそれとおぼめかれつつ」（後撰集四―一八九）のように、詠み手の一方的な思い込み（つまり違う声まで同じホトトギスの鳴き声であるという）とは反対に、昨夏と同一の鳴き声なのに、同一のホトトギスとはそのまま同定しえない疑問となっているのである。そして、当歌においては、その疑問は解決されないままに、結句の準体句「こゑの変はらぬ」という事実に対する詠嘆を示して終わっている。

ホトトギスの鳴き声の不変性は、懐旧の情を喚起するものとなりやすい。古今集の諸注釈書はほぼ同様に、当歌についてもそれを認めている。しかし、この懐旧の情は、「あをによし奈良の都は古りぬれどもとほととぎす鳴かずあらなくに」（万葉集一七―三九一九）や「いそのかみふるき宮この郭公声ばかりこそむかしなりけれ」（古今集三―一四四）などのように、多くは変化した物との対比によるのであって、当歌はそのような背景的な状況を積極的に示してはいない。

鶯の鳴き声がまだ多く聞こえる。「舌」は「鶯舌」のこと。「鶯声」「鶯語」「鶯啼」等の類語。この語も元白詩から生まれた。元稹「過襄陽楼…宅北隅」詩に「払水柳花千万点、隔林鶯舌両三声」（『千載佳句』暮春、『和漢朗詠集』暮春）、白居易「令公南荘…先寄二篇其二」詩に「只愁花裏鶯饒舌、飛入宮城報主人」（『千載佳句』春遊）、同「追歓偶作」詩に「十聴春啼変鶯舌、三嫌老醜換蛾眉」、島田忠臣「閏十二月作簡同輩」詩に「若教今日無名閏、応是黄鶯解舌時」（『田氏家集』巻下）、紀長谷雄「後漢書竟宴各詠史得龐公」詩序に「老鶯舌饒、語入歌児之曲、残花附断、影乱舞人之衣」（『本朝文粋』巻九）とある。ただ、用例にもあるように、盛んにさえずる場合は「饒舌」とするのが一般であって、ここは押韻のために「多」にされた。

【補注】

韻字は「何・多」（下平声七歌韻）、「過」（下平声八戈韻）で、両者は同用。平仄にも　基本的な誤りはない。

表面的な意味は比較的取りやすい作品だが、では何故去年と今年の鳴き声の同じことを問題にしているのか判然としないし、かといって、そうした状況（夏五月の夜明け方に寝床で一人ホトトギスの声を聞く）にいる自分自身のことを言ったとも、後の叙述を考えるととれないだろう。結局末尾のウグイスの声を持ち出したことにより、ホトトギスの鳴き声の恒常性を賛美した作品と考えざるを得ないだろう。

【比較対照】

歌の内容は、詩の前半でほぼ対応してしまっていると言える。とくに詩の起句「去歳今年不変何」はそのまま歌の主題を表すと見ることができよう。表現上の対応を細かく見れば、「こぞの夏」に対しては起句の「去歳」(ただし、詩では「夏」は直接は表現されない)、「ほととぎす」に対しては承句の「郭公」、「こゑの変はらぬ」という詠嘆を含む表現に対しては起句の「不変何」(ただし、詩ではその主体が「こゑ」であることは明示されず、承句から推測される)という具合である。

歌の第二句「鳴きふるしてし」や第四句「それかあらぬか」に対応する詩の表現は見当たらない。これらは、歌の主題に対する理由あるい動機となるものであるが、それを欠いてなお、詩においても起句が主題表現とみなしうるのは、歌に付された詩、あるいは歌に依存して作られた詩であるととらえるからに他ならない。

詩の後半は、前半の状況を補足説明したものと考えられる。すなわち、転句の「窓間側耳」というのは、ホトトギスの声を聞くことの希少性ゆえであり、結句の「残鶯舌尚多」を「遮莫」とするのは、ホトトギスの声の珍重性ゆえである。これらは歌には表現されていないことであり、しかも、転句についてはともかく、結句のウグイスとの対比は歌自体から到底引き出されえないものである。

結句が詩【補注】に述べたごとく「ホトトギスの声の恒常性を賛美」するものとなるのは、鳴き声に関して、ホトトギスは年ごとに夏期限定であるのに対して、ウグイスは「残鶯」であり、盛りの時期を過ごしてのそれであることによる。その点から言えば、今夏の「残鶯舌尚多」が歌の「こぞの夏なきふるしてしほととぎす」に見合っているとも言えよう。

つまり、主題は保持しつつも、歌におけるホトトギスの昨年と今年という時間の対比が、詩では同年のウグイスとホトトギスという対象の対比に移し代えられたと考えることができる。

三三番

疏見筒　駐牟留郷之　無礼早　山郭公　浮岩手者鳴

うとみつつ　とどむる郷の　無ければや　山ほととぎす　浮かれては鳴く

【校異】

本文では、第二句の「牟」を、永青本・久曾神本が欠き、第四句末の「公」の後に、類従本・藤波家本・講談所本・道明寺本・京大本・大阪市大本・天理本・羅山本・無窮会本・永青本・久曾神本が「鳥」を補い、結句の「岩」を、元禄九年版本・元禄一二年版本・文化版本・類従本・下澤本・羅山本・無窮会本が「宕」、永青本・久曾神本が「枯」とし、同句の「手」を、藤波家本が「千」とする。

付訓では、第二句の「とどむる」を、底本は「とむる」とするが、元禄九年版本・元禄一二年版本・文化版本・講談所本・道明寺本・京大本・大阪市大本・天理本・羅山本・無窮会本により改める。同じく、第三句の「なければや」を、底本は「なかればや」とするが他本により改める。結句の「うかれて」を、講談所本・道明寺本・京大本・大阪市大本・天理本が「あくがれて」とし、羅山本・無窮会本が「ふりいでて」とする。同句末の「鳴」に、無窮会本が「さく」と振る。

同歌は、寛平御時后宮歌合（十巻本・廿巻本、夏歌、六〇番。ただし初句「うらみつつ」結句「浮かれ出てなく」）にあるが、他の歌集には見当たらない。

郭公一叫誤閨情
怨女偸聞悪鬧声
飛去飛来無定処
或南或北幾門庭

郭公《ほととぎす》一叫《イッケウ》閨情《ケイセイ》を誤《あや》まる。
怨女《エンヂョ》偸《ひそ》かに聞《き》きて鬧声《ダウセイ》を悪《にく》む。
飛《と》び去《さ》り飛《と》び来《きたり》て定《さだ》まる処《ところ》無《なし》。
或《あるい》は南《みなみ》或《あるい》は北《きた》幾《いくばく》（の）門庭《モンテイ》ぞ。

【校異】

「郭公」を、類従本・藤波家本・講談所本・道明寺本・羅山本・無窮会本「郭鴬」に作り、京大本・大阪市大本・永青本・久曾神本「郭公鳥」に作る。「一叫」を藤波本「一時」に作る。「偸」を、羅山本・無窮会本「イ」のみに作り、「偸カ」と注する。「鬧声」を、底本等諸本「聞声」に作るも、藤波家本・講談所本・道明寺本・京大本・大阪市大本・天理本に従う。また羅山本・無窮会本「閙声」に作り、羅山本には「鬧」の異本注記がある。永青本「聒声」に作る。「幾門庭」を、底本等諸本「歳門庭」に作るも、文化版本・類従本・下澤本・羅山本・無窮会本・永青本・久曾神本に従う。文化写本にも類従本の「幾」を校注する。

【通釈】

ホトトギスの鋭い一声というものは、ねやの中で逢えない夫のことを思い続けている女の心を誤らせるものなので、夫のいない孤独な女はその声が少しでも聞こえると、その耳障りな声を嫌がり憎むのだ。ホトト

【通釈】

（たとえ）いやがりながらでも引き止めてくれる所が無いからだろうか、山ホトトギスはあちこち行っては鳴くことよ。

【語釈】

うとみつつ　「うとむ」は万葉集には見られないが、八代集には四例あり、そのうちの三例がホトトギスを詠んだ歌である。「ほととぎすながなくさとのあまたあれば猶うとまれぬ思ふものから」（古今集三―一四七）「うとまるる心しなくは郭公あかぬ別にけさはけなまし」（後撰集四―一七四）「ほととぎす猶うとまれぬ心かなながなく里のよその夕ぐれ」（新古今集三―二一六）がそれで、いずれもホトトギスは「うとむ」の主体ではなく、対象になっている。「うとむ」ことの理由は、古今集の例歌の「ながなくさとのあまたあれば」であり、他の二例もそれをふまえたものになっている。これらにおいて「うとむ」主体となるのは、詠み手自身と考えられるが、当歌においては、次の句との関係から、「郷（さと）」であろう。「つつ」という接続助詞は「うとむ」ことが、下接する「とどむ」ことと同時に行われることを示す。「つつ」については、九番歌【語釈】「花に驚かれつつ」の項を参照。なお、寛平御時后宮歌合の同歌では、「うらみつつ」とある。「うとむ」も「うらむ」も、対象に対する負の感情を表すという点では共通するが、「うらむ」の方がその度合いが強い。

とどむる郷の　「とどむ」は何らかの動きを止めるという意を表す他動詞。万葉集ではその半数近くの例が、相手となる人の移動（別離）を引

ギスは飛んでいったかと思うと飛んできて、まるで決まった居場所がないかのようで、南に行ったり北に行ったりして、いったい何軒くらいの家を訪れたことであろう。

【語釈】

1 郭公　二四・二六・二七番詩の【語釈】該項および【補注】を参照のこと。　**一叫**　一声鋭く鳴くこと。「叫」は二七番詩の【語釈】を参照のこと。底本は音合符を付するも、他の版本には訓合符がある。杜牧「子規」詩に「一叫一回腸一断、三春三月憶三巴」、菅原道真「仲秋釈奠聴講周易賦鳴鶴在陰」詩に「暗知鳴鶴驚秋気、一叫先穿数片雲」（『菅家文草』巻二）とある。なお、本集にも「一声触処万恨苦」（四二番）とあって、郭公の声を「一声」と表す。　**誤閨情**　「閨情」とは、ねやにおける女の物思いのこと。「閨怨」というに類する。元稹「見人詠韓舍人新律詩因有戯贈」詩に「花態繁於綺、閨情軟似錦」とある。また、孟浩然や杜牧、韓偓等に「閨情」と題する作品が残り、更に、敦煌残巻にも「閨情」と題する佚名の詩数篇が残る（例えば、P．二五五五）から、唐代にはそうした詩が広く流行した時期があった（六朝詩にも、テキストの問題はあるが、例えば曹植や王筠にも「閨情」詩が残り、『藝文類聚』巻三二は巻全体が「閨情」に当てられ、「閨怨」詩も含めて『玉臺新詠』的な作品が集められている）。巨勢識人に「和伴姫秋夜閨情」詩（『文華秀麗集』巻中）があり、桑原腹赤「和滋内史秋月歌」詩に「月落月昇秋欲晩、妾人何耐守閨情」（『文華秀麗集』巻下）、三五番詩にも「怨深喜浅此閨情」とある。ただ「誤閨情」或いは「誤情」の例を知ら

き留めるの意で用いられ、他には馬、船、涙などを対象とする。八代集では、万葉集と同様の例以外に、心、花（香・色）、あと、なごりなど、対象が多様化する。当歌において「とどむ」の対象となるのは「山ほととぎす」と考えられるが、同じ例は万葉集にも八代集にもなく、ただ類例として「朝霧のたなびく田居に鳴く雁を留め得むかも我がやどの萩」（万葉集一九―四二二四）という、雁を対象としたものが一例見られる。一方、「とどむ」の主体となるのは、八代集でも万葉集でも、詠み手自身を中心として、圧倒的に人が多い。それ以外の主体としては、「出でて行く道知らませばあらかじめ妹を留めむ関も置かましを」（万葉集三―四六八）「ぬばたまの夜渡る月を留めむに西の山辺に関もあらぬかも」（万葉集七―一〇七七）、「相坂の関しまさしき物ならばあかずわかるる君をとどめよ」（古今集八―三七四）などのように、「関（せき）」が目に付く。また、「わすられむ時しのべとぞ浜千鳥ゆくへもしらぬあとをとどむる」（古今集一八―九六六）「年をへてたちならしつるあしたづのいかなる方にあととどむらん」（拾遺集八―四九八）などのように、残す意の例も見られる。当歌において「とどむ」の主体は、連体修飾する「郷（さと）」と考えられるが、その例は見当たらない。そもそも「郷」は場所を表す語であって、用言と関わる場合は、連用修飾句か対象語、あるいは状態を表す用言の主語となるのが普通であり、他動詞の主語となることはほとんどなく、「人ふるすさとをいとひてこしかどもならの宮こもうきなりけり」（古今集一八―九八六）は例外的なものである。郷に住む人を含意する換喩としての可能性も考えられなくはないが、そのことを積極的に示す例は、万葉集にも八代集にも見られない。ただし、

ない。当詩の後半の内容と、「閨情」が不在の恋人や夫を慕い怨む心であることとを勘案すれば、「閨情を誤つ」とは、夫がやって来てくれたと誤解することの意か。

2 怨女　婚期を逸して夫のいないのを怨み嘆く女のこと。転じて、夫を失ったり、夫と別れたりした状態でいる女のこと。語は『孟子』梁恵王下の「内無怨女、外無曠夫」より出る。白居易「七徳舞」詩に「怨女三千放出宮、死囚四百来帰獄」、小野岑守「雑言奉和聖製春女怨」詩に「春女怨、春日長兮怨復長」（『凌雲集』）、大江以言「閑中秋色変」詩に「帰老休臣霜後眼、陵園怨妾月前心」（『類題古詩』色）とある。なお、二四・二九番詩にも「怨婦」の語がある。**偸聞**　「偸」については二一・一九番詩の【語釈】該項を参照のこと。「偸聞」の中国詩に於ける用例を知らない。探し得たのは、菅原道真「暮春見南亜相山荘尚歯会」詩に「三分浅酌花香酒、一曲偸聞葛調絃」（『菅家文草』巻二）の一例のみ。文字通り、盗み聞きするの意であれば、「聞」の本義からして和習と見なすべきか。道真詩では「聞」と「聴」の義の混同が見られる。ここでは、チョッと聞こえる、仄聞する、くらいの意か。**悪閙声**　「悪」は、憎む、嫌だと思うこと。なお、詩紀本には「悪未詳」の注記がある。「閙声」とは、騒がしく、うるさい声のこと。白居易「贈皇甫賓客」詩に「耳閙久憎聞俗事、眼明初喜見閑人」、小野篁「秋夜」詩に「床嫌短脚蚤声閙、壁厭空心鼠孔穿」（佚、『和漢朗詠集』虫）とある。また、白居易「上陽人」詩に「宮鶯百囀愁厭聞、梁燕双棲老休妬」とあり、その題下注には「愍怨曠也」とある。その他、柳宗元「聞黄鸝」詩に「倦聞子規朝暮声、不意忽有黄鸝鳴」等とある。異文「聞声」とは、音声が聞

当歌において「とどむ」によって「郷」と「山ほととぎす」が関係付けられているととらえると、そういう関係性が詠まれた例は比較的多い。万葉集では「いづくには鳴きもしにけむほととぎす我家の里に今日のみそ鳴く」（万葉集一〇—一九七八）「ぬばたまの月に向かひてほととぎす鳴く音遙けし里遠みかも」（万葉集一七—三九八八）、八代集では「里ごとに鳴きこそ渡れ郭公すみか定めぬ君たづぬとて」（後撰集九—五四八）「人はいさみ山がくれの郭公ならはぬさとはすみうかるべし」（後撰集一三—九五二）「わがやどのかきねなすぎそほととぎすいづれのさともおなじうの花」（後拾遺集二—一七八）などの例がある。

無ければや　底本は「無かればや」とする。形容詞「無し」の、「無けれ」は本活用の、「無かれ」は補助活用の、ともに已然形となるが、「無かれ」の確例は万葉集に一例「天地の　神はなかれ（无可礼）や…」（万葉集一九—四二三六）のみに対して、「無けれ」の確例は「…返し遣る　使ひなけれ（奈家礼）ば」（万葉集一五—三六二七）「…世間の　常しなけれ（奈家礼）ば…」（万葉集一七—三九六九）「…招くよしの　そこになけれ（奈家礼）ば…」（万葉集一七—四〇一一）の三例見られる。八代集には、「無けれ」のみで「無かれ」の例は見当たらない。「無し」の主体は上接の「郷」。「ばや」は接続助詞「ば」＋係助詞「や」で、「や」の結びは結句の「鳴く」。「無ければや」という表現を有する例に、「わがやどの花ふみしだくとりうたむのはなければやここにしもくる」（古今集一〇—四四二）「あめのしたのがるる人のなければやきてしぬれぎぬひるよしもなき」（拾遺集一九—一二一六）などがある。

山ほととぎす　二九番歌【語釈】の該項を参照。当歌は旅中歌とはとれ

こえてくること。白居易「寓意詩五首其三」詩に「促織不成章、提壺但聞声」、張籍「聴夜泉」詩に「細泉深処落、夜久漸聞声」、劉禹錫「同留守…従一韻至七」詩に「林疏時見影、花密但聞声」、菅原道真「夜雨」詩に「不看細脚只聞声、暗助農夫赴畝情」（『菅家文草』巻五）等とあるように、声だけ聞こえて姿は見えない場合にいうのが一般。「聞声」で、文脈は通じないことはないが、節奏点に同字が不自然にならぶことになり、従って平仄の禁も犯すことになるので、採らない。元禄九年版本等は「声を聞きしことを悪む」と読む。異文「聒声」は、おそらく「鬧声」と同義であろうが、その用例を知らない。

3 飛去飛来　飛んで行ったり、飛んで来たり、の意。隋・薛道衡「予章行」詩に「願作王母三青鳥、飛去飛来伝消息」、駱賓王「餞鄭安陽入蜀」詩に「唯有双鳧鳥、飛去復飛来」、劉希夷「代悲白頭翁」詩に「洛陽城東桃李花、飛来飛去落誰家」とある。やや用法は異なるが、藤原衛「七言同前」詩に「時去時来秋復春、一栄一悴偏感人」（『経国集』巻一一）、嵯峨天皇「雑言九日翫菊花篇」詩に「花開花落秋将暮、秋去秋来人復故」（『経国集』巻一三）とあり、本集にも「春去秋来開夏台」（一五五番）とある。**定処**　ある固定した居場所のこと。『毛詩』大雅・桑柔に「自西徂東、靡所定処」、白居易「蕭相公…有感而贈」詩に「転似秋蓬無定処、長於春夢幾多時」（『千載佳句』感歎）とあり、また菅原道真「叙意一百韻」詩に「生涯無定地、運命在皇天」（『菅家後集』）とある。本集にも「心性造飛無定処」（一八九番）とある。

4 或南或北　南に行ったり北に行ったり、の意。「或〜或〜」は、曹植「応詔」詩に「西済関谷、或降或升、騑驂倦路、再寝再興」（『文選』巻

ないので、「山ほととぎす」は、往来する鳥というイメージを強く喚起するためのことばと考えられる。

浮かれては鳴く　底本の「浮岩」を「うかれ」とは単純には訓みにくい。「浮石」という漢語はあるが「浮岩」はなく、熟字訓ともみなしくにい。「浮」に「う」はともかく、「岩」の字音あるいは字訓から「かれ」に対応されるのはいささか無理があろう。異文の「浮宕」も同様であるが、「宕」は「浮」と類義なので、熟字訓の可能性も考えられ（実際、色葉字類抄には「ウカレタリ」の訓あり）、「岩」は「宕」の誤写の可能性もあろう。永青本や久曾神本の「浮枯」は「うかれ」と訓んで問題ない。「浮かる」が「浮く」や「浮かぶ」などの語と同一語幹なのは明らかで、岩波古語辞典では「ウキ（浮）アレ（離・散）の約か」とする。浮いて漂うが原義。万葉集には一例「住吉の津守網引の浮けの緒の浮かれ（得干）か行かむ恋ひつつあらずは」（万葉集一一―二六四六）があり、さまようの意。八代集には「恋ひしなばうかれん玉よしばしだにわがおもふ人のつまにとどまれ」（千載集一五―九二三）「月をみて心うかれしいにしへの秋にもさらにめぐりあひぬる」（新古今集一六―一五三二）など四例見られ、肉体的・物理的な移動のみならず、心理的な不定感や高揚感なども表す。当歌では「浮かる」の主体は「鳴く」とともに、「山ほととぎす」と考えられるが、この場合の「浮かる」は「山ほととぎす」があちこちと移動することを意味しよう。ただし、「浮かる」と「鳴く」と「山ほととぎす」とを結び付けた例は見られず、私撰集に「月さえて山はこずゑのしづけきにうかれがらすのよたたなくらん」（新撰六帖六―二六〇五）や「なぞもかくひとのこころのうかれど

二〇）、晋の楽府「白鳩篇」に「交交鳴鳩、或丹或黄」、晋・鄭豊「答陸士龍四首・鴛鴦」詩に「鴛鴦于飛、或飛或遊」、白居易「無可奈何歌」に「或呴或吹、或盛或衰」、滋野貞主「雑言奉和鞦韆篇」詩に「或歩或車塵影合、半休半戯語声微」（『経国集』巻一一）、釈空海「七言秋山望雲雨以憶此心」詩に「或灑或飛南北雨、乍飄乍扇東西風」（『経国集』巻一三）とある。「飛去飛来」「或南或北」という句法は、本来楽府や雑言体、歌行体などの歌謡の手法。　**幾門庭**　「門庭」は「門前」というに類して、家の入口の辺りをいい、「門庭若市」といえば、その家に人が多く訪ね来ることをいう。「幾」は、一桁ほどの数を尋ねる際の疑問詞。異文「歳」は、字形の類似から来る誤り。陶淵明「擬古九首其三」詩に「自従分別来、門庭日荒蕪」、白居易「閒居」詩に「風雨蕭条秋少客、門庭冷静昼多関」、島田忠臣「暮春花下…仲平及第」詩に「蓬蓽門庭華艶非、蒙君潤色作芳菲」（『田氏家集』巻下）、菅原道真「卜居」詩に「縦使門庭皆冷倹、不辞到老富鶯花」（『菅家文草』巻二）とあり、三五番詩にも出る。

【補注】

韻字は「情・声」（下平声十四清韻）、「庭」（下平声十五青韻）で、後者は独用なので押韻に傷がある。平仄には基本的な誤りはない。

ホトトギスと閨怨詩との結びつきは、漢詩にあっては決して深いものではなく、むしろ希薄という方が当たっていよう。睦まじい夫婦の象徴である鴛鴦の外、「春怨」や「春思」の詩題もあるように、女性の物思いの情感と春の季節感との共通性が認められたのか、ウグイスなどの鳥

りわかれもよほすこゑをたつらむ」（万代集一一—二二〇〇）など、複合した形で、鳥に関して用いた例はある。なお、異訓の「あくがれて」や「ふりいでて」には、ホトトギスに関して「ほととぎすこころもそらにあくがれてよがれがちなるみやまべのさと」（金葉集二—一一二）や「思ひいづるときはの山の郭公唐紅にふりいでてぞなく」（古今集三—一四八）という例が見られる。

【補注】

【語釈】に挙げた、ホトトギスに関する「うとむ」という語を含む歌は、いずれも夏歌であるが、ホトトギスに浮気な男をたとえるという恋愛の寓意が読み取られるのが一般的である。ホトトギスを「うとむ」理由はすでに示したように、「ながなくさとのあまたあれば」であること、つまり、夜にホトトギスが一か所にとどまらず、あちこちと移動しながら鳴くこと（→男が方々の女の元に通うこと）、その結果、自分の所ではその鳴き声をなかなか聞けないこと（→自分＝女の元になかなか通って来ないこと）にある。なお、『注釈』の通釈では「わたしを疎んじつつも引きとめるところがないからなのか」とするが、「わたし」という言葉で補うと、その後の「ほととぎすはあちこちさ迷っては鳴いている」の「ほととぎす」と一致させることが難しい。

　当歌は、下二句「山ほととぎす浮かれては鳴く」に対して、上三句「うとみつつとどむる郷の無ければや」がその理由を述べるという構成になっている。下二句のポイントは「は」という取り立ての係助詞が示すように、「浮かれて」にあり、上三句もその理由を示している。「浮か＊

の方が、閨怨詩の中ではよほど言及される頻度は高いと言って良い。むろん、韋応物「子規啼」詩に「隣家孀婦抱児泣、我独展転何時明」、無名氏「雑詩」（『全唐詩』巻七八五）に「子規一夜啼到明、美人独在空房宿」、薛濤「贈楊蘊中」詩に「月明窓外子規啼、忍使孤魂愁夜永」とある例など、例外的に無いわけではないが、それはむしろ夜との関係の方に重点があろう。従って、二三番詩にも見えた閨怨詩との関連は、和歌のそれを移すために、漢詩の世界に無理に当てはめられたことになる。

＊る」はホトトギスについては空間的な移動を表していようが、恋愛の寓意を認めれば、相手の男の心が浮わついて落ち着かないという心理的な意味も込められていると考えられる。一方、「うとみつつとどむる」という表現からは、そのようなホトトギスであってもなお、惚れた弱みで引き留める相手もありうることを示している。

　しかし、当歌には、詠み手自身の恋愛感情の表出は希薄である。「浮かれては鳴く」には、そのように判断される事実そのものを表現している。とはいえ、ホトトギスを対象とした歌として見るならば、上句において、その鳴き声が悲しみを募らせるゆえに「うとむ」と解釈されなくはないものの、それと「とどむ」という行為とのアンビバレントな関係までを認めるのは、おそらく深読みになろう。また、下句にホトトギスの鳴き声を喜ぶという気持ちも読み取れない。その点、異訓の「ふりいでて鳴く」という結句は、浮気ゆえの悲哀に嘆くホトトギス（男）というイメージによって、一首全体をまとめることも可能である。

【比較対照】

歌の「うとみつつ」が詩の「悪閙声」に、歌の「とどむる郷の無ければや」が詩の「無定処」に、歌の「浮かれては」が詩の「飛去飛来」および「或南或北幾門庭」に、歌の「山ほととぎす」「鳴く」が詩「郭公一叫」に、それぞれ対応することになる。「山ほととぎす」の「山」は「一時的に去来する鳥というイメージを喚起させるため」（二九番歌【語釈】）に付せられたものであるとすれば、少なくとも表面的な意味に関しては、両者は極めて良く対応していると言うことが出来る。

残った、詩の「誤閨情」と「怨女偸聞」だが、歌ではその【補注】にいうように「ホトトギスに浮気な男をたとえるという恋愛の寓意が読み取られるのが一般的である」のだから、後者は当然女であるべき歌の主体を明示したことになる。歌【語釈】で問題とするように、「とどむる郷」の「さと」が「里に住む人を含意する換喩表現としての可能性」は積極的には考えられず、「とどむ」によって「郷」と「山ほととぎす」が関係付けられているだけという歌側の事情を、詩は「定処」と「怨女」の二語で表すことによって、見事に表現している。

一方「誤閨情」は、詩の文脈では郭公の声を「悪」むことの原因・理由とされているのに対して、歌が「うとむ」理由は「夜にホトトギスが一か所にとどまらず、あちこちと移動しながら鳴くこと（男が女の元に通うこと）」（【補注】）にあり、上三句が下二句の理由となっている。しかし、そうであるとすれば、あちこち移動するから疎まれ、仕方なしにまた居場所を求めて移動する、ということの繰り返しとなり、おまけに詠み手自身の恋愛感情の表出は希薄であるので、ただ客観的な意味だけが循環して歌は永遠に解けない構造になっている。

和語「うとむ」を詩は「悪」に置き換えたが、そもそも「悪」に「ウトム」の訓はない。「うとむ」とは、「相手に対して、疎遠である、関係が薄いという態度を示す意」（岩波古語辞典）であり、あくまで内心・本心とは別の、むしろ反対の態度を見せることである。その辺の事情は、歌【語釈】に引用される「ほととぎすながなくさとのあまたあれば猶うとまれぬ思うものから」（古今集三―一四七）が雄弁に物語る。当歌が直接「うとん」じているのは「鳴き声」ではなく、浮気な「ほととぎす」そのものなのだが、その裏腹に「ほととぎす」が自分の元に来てほしいと願っているのである。「うとむ」に対応する最も安定した漢語は「疎」であろうが、「疎外」「疎略」の語が暗示するように、それは精神的にも遠ざける、表裏同じ方向性を持つ語であった。漢詩作者はそのアンビバレントな「うとむ」の語の、裏の感情を写すために「誤閨情」の語句を補入したのではあるまいか。詩【語釈】にその用例は無いというが、そのことが詩作の苦心を何よりも物語るだろう。

ともかく、漢詩作者はこの「誤閨情」を補うことによって、「怨女」という詠み手自身の恋愛感情を引き出すことに成功し、転句結句の軽佻浮薄な行動が、郭公だけでなく相手の男の行動でもあり得るのだということを保証し、和歌の単純な意味循環から作品を救い出すことになったのである。

三四番

蜺蟬之　侘敷物者　夏草之　露丹懸礼留　身丹許曾阿里芸礼

うつせみの　侘しき物は　夏草の　露に懸かれる　身にこそありけれ

【校異】

本文では、初句の「蜺」を、京大本・大阪市大本・天理本が「脱」、永青本・久曾神本が「跣」とし、結句の「丹」を、藤波家本・大阪市大本が欠き、同句の「曾阿」を、類従本・藤波家本・講談所本・道明寺本・京大本・大阪市大本・天理本・羅山本・無窮会本が「佐」とし、同句の「阿里」を、永青本・久曾神本が「有」とし、同句末の「礼」を、藤波家本・永青本・久曾神本が「里」とする。

付訓では、結句の「こそあり」を、講談所本・道明寺本が「こざり」とし、同句の「こそ」を、無窮会本が「そこ」とする。

同歌は、寛平御時后宮歌合（十巻本・廿巻本、夏歌、四三番）に同文で見られるが、他の歌集には見当たらない。

【通釈】

セミが心細い物であるのは、夏草の（上に置く、はかない）露に頼っている身であるからだなあ。

【語釈】

うつせみの　「うつせみ」は、この世の人あるいはこの世が原義であり、

蟬人運命揔相同

貪露殉湌暫養躬

三夏優遊林樹裏

四時喘息此寰中

蟬《（せみ）》と人《（ひと）》と運命《（ウンメイ）》揔《（すべ）》て相《（あ）》ひ同《（おな）》じ。

露《（つゆ）》を貪《むさぼ》り湌《（サン）》を殉《（もとめ）》て暫《（しば）》らく躬《（み）》を養《（やしな）》ふ。

三夏《（サンカ）》優遊《（イウイウ）》す林樹《（リンシュ）》の裏《（うち）》。

四時《（シシ）》喘息《（センショク）》す此《（こ）》の寰《クワン》中《（チュウ）》。

【校異】

「貪露」を、底本等諸本「含露」に作るも、京大本・大阪市大本・天理本・永青本・久曾神本に従う。「殉湌」を、文化写本「殉食」に作り、羅山本・無窮会本「晌湌」に作り、永青本「殉湌」に作る。「優遊」を永青本「遊優」に作る。「寰中」を永青本・久曾神本「最中」に作る。

【通釈】

セミと人間と、その運命というものは皆同じようなものだ、セミは樹木の露を貪り求め、人も食べ物を貪り求めて、ほんのつかの間自分の体を養い育てるのだから。（しかし、セミは少なくとも）夏の間は林の木々の陰で満足げにのんびりとしているのに対して、（人間は）四季を通してずっとこの世界で喘いでいる。

【語釈】

1　蟬人　セミと人、の意。ただし、この語例を知らない。李白「感時

蟬の脱け殻さらには蟬そのものを表す例は万葉集には見られない。ただ、枕詞を含めた四〇例のうちの六割を越す二五例までが「蟬」という漢字を当て、そのうちの一七例までが「虚」あるいは「空」という漢字を伴っているところを見ると、単なる借訓字としてだけではなく、「うつせみ」という言葉に、蟬の脱け殻のイメージを重ね合わせていたと考えることができよう。古今集以降に用いられる「うつせみ」は、原義や蟬の脱け殻という意味よりも、そして「せみ」という語よりも、「空蟬のからは木ごとにとどむれどたまのゆくへを見ぬぞかなしき」（古今集一〇―四四八）「うちはへてねをなきくらす空蟬のむなしきこひも我はするかな」（後撰集四―一九二）などのように、セミを表すことが多く歌語化している（「せみ」については、二二番歌【語釈】該項参照）。当歌の「蛻蟬之」という表記において、「蛻」は脱け殻の意を表し、また「の」を伴うことから枕詞の可能性もあるが、一首全体の内容から、セミそれ自体を指すと考えられる。

侘しき物は　「侘（わび）し」については二〇番歌【語釈】該項ですでに取り上げたが、万葉集には確例が一例「君は来ず我は故なく立つ波のしくしくわびし（和備思）かくて来じとや」（万葉集一二―三〇二六）とあるのみ。小学館古語大辞典は、この語の用法として二種類を挙げ、「一つは主観的に、苦しい、悩ましいという心情を表す用法であり、他は客観的に、不本意に思われるような、期待外れな状態、または貧困窮乏な状態を表す用法」と説明する。万葉集の一例は前者の情意的な用法であるが、古今集以降には、「花のちることやわびしき春霞たつたの山のうぐひすのこゑ」（古今集二―一〇八）「山里は秋こそことにわびしけ

留別…従弟延陵」詩に「鳴蟬遊子意、促織念帰期」、白居易「陵園妾」詩に「聞蟬聴燕感光陰、眼看菊蕊重陽涙」、菅原道真「新蟬」詩に「今年異例腸先断、不是蟬悲客意悲」（『菅家文草』巻四）とある。**運命**　人が生きる中で出会う、貧富・生死・吉凶等の全ての巡り合わせのこと。李康「運命論」に「夫治乱運也、窮達命也、貴賤時也」（『文選』巻五三）、駱賓王「疇昔篇」詩に「判将運命賦窮通、従来奇舛任西東」、「遊仙窟」に「嗟運命之迍邅、歎郷関之眇邈」とあり、菅原道真「叙意一百韻」詩に「生涯無定地、運命在皇天」（『菅家後集』）とある。**揔相同**　「揔」は、すべて、皆、の意。『続玄怪録』李衛公靖に「山居無物、有二奴奉贈、揔取亦可、取一亦可、唯意所択」、『急就篇』第二章の「梨柿揔桃待霜露」の顔師固注に「言此四果皆得霜露之気、乃能成熟。夏則待露、秋則待霜、故揔云待露霜」とあり、菅原道真「早春侍宴仁寿殿同賦春暖応製」詩に「春風聖化惣陽和、初出重揔露布過」（『菅家文草』巻二）とある。なお、「惣」「摠」は「揔」の俗字。「相同」は、二つのものの差がないこと。元稹「酬楽天赴江州路上見寄三首其一」詩に「生莫強相同、相同会相別」、劉知幾『史通』列伝に「又伝之為体、大抵相同、而述者多方、有時而異耳」、巨勢識人「神泉苑九日落葉篇応製」詩に「誰使変化能若此、一時万物不相同」（『文華秀麗集』巻下）とあり、本集にも「濤音櫓響響相同」（五九番）とある。

2 貪露　露を貪り飲むこと。この語例は知らないが、李百薬「詠蟬」詩に「清心自飲露、哀響乍吟風」、虞世南「蟬」詩に「垂緌飲清露、流響出疏桐」、戴叔倫「画蟬」詩に「飲露身何潔、吟風韻更長」とあるように、セミは樹液を吸うのではなく樹木に置く露を飲むものと考えられ

れしかのなくねにめをさましつつ」（古今集四―二一四）などのように、後者の状態的な用法と見られる例も現れるようになる。当歌においても、「うつせみ」について「侘し」を用いているので、状態的な用法として、その心細く頼りないさまを表している。ただし、「うつせみ」と結びつく形容詞としては、「荒玉の年の三とせはうつせみのむなしきねをやなきてくらさむ」（後撰集一三―九七一）「空蝉のむなしきからになるまでもわすれんと思ふ我ならなくに」（後撰集一三―八九六）などのように、「むなし」が多く、「侘し」は他に見当たらない。「うつせみの　侘しき物は」という表現は、一首の表現パターンとして顕著に認められる「かがり火の影となる身のわびしきは流れてしたにもゆるなりけり」（古今集一一―五三〇）「うつつにもはかなき事のわびしきはねになく夢と思ふなりけり」（後撰集一一―七〇三）「秋の夜の草のとざしのわびしきはあくれどあけぬ物にぞ有りける」（後撰集一三―八九九）などと同様であって、述語部分は主語のことがらに対する理由を述べるという関係になっている。

夏草の「夏草（なつくさ）」は万葉集には「…はしきやし　我が妻の児が　夏草の　思ひしなえて　嘆くならむ…」（万葉集二―一三八）のように、萎れるというイメージを表す例もあるが、万葉集・八代集を通じて共通するのは、「このころの恋の繁けく夏草の刈り払へども生ひしくごとし」（万葉集一〇―一九八四）、「かれはてむのちをばしらで夏草の深くも人のおもほゆるかな」（古今集一四―六八六）などのように、繁茂するイメージである。次句の「露」との関係では、「夏草の露分け衣着けなくに我が衣手の乾る時もなき」（万葉集一〇―一九九四）、「つゆの身のき

ていたので、それを踏まえたもの。異文「含露」は、潘岳「閑居賦」に「緑葵含露、白薤負霜」（『文選』巻一六）、劉禹錫「和西川李尚書傷孔雀及薛濤之什」詩に「唯見芙蓉含暁露、数行紅涙滴清池」、無名氏「薔薇」詩に「翠葉偃風如剪彩、紅花含露似啼粧」（『千載佳句』薔薇）等とあるように、葉や花に露が置いていることを意味するのが一般。**殉湌**「殉」は、『玄応一切経音義』巻二三に「蒼頡篇云、殉求也」、『篆隷万象名義』巻三八に「求」、『慧琳一切経音義』巻九五に「孔注尚書云、求也」、『集韻』平声十八諄韻に「貪也、尚書殉于貨色」とあるように、追い求める、貪る、の意。「湌」は「餐」の異体字。食べ物、食事の意。ただし、「殉湌」の語例を知らない。異文「歾」は、もと「歿」「刎」字の別体字ともいわれ、死ぬ、首切るの意。文義上より非。**養躬**「躬」は、からだ、自分自身の意。類義語に「養身」「養体」「養軀」等があるが、この語例を知らない。嵆康「養生論」に「又呼吸吐納、服食養身」（『文選』巻五三）、王建「題金家竹渓」詩に「少年因病離天仗、乞得帰家自養身」、白居易「贈王山人」詩に「玉芝観裏王居士、服気餐霞善養身」、大江匡衡「三月三日陪左相府…因流泛酒」詩序に「養身之菓味珍、以道徳為梨棗」（『本朝文粋』巻八）とある。

3 三夏 孟夏（四月）、仲夏（五月）、季夏（六月）の合称。また、時に季夏のみを示すこともある。楽府「子夜四時歌・夏歌十八」詩に「情知三夏熱、今日偏独甚」、唐代楽府「昭君怨」詩に「関楡三夏凍、塞柳九春寒」、『常陸国風土記』茨城郡に「況乎三夏熱朝、九陽煎夕」とある。「三春」「三秋」「三冬」に比べて、用例は極めて少ないが、本集には「三夏鳴禽号郭公」（四二番詩）とある。**優遊**　ゆったりと気まま

えもはてなばなつぐさのはいかにしてあらんとすらん」（金葉集一〇―六一九）などが見られる程度。

露に懸かれる　「露（つゆ）」と「懸（か）かる」という動詞との関係は、「秋ふかみよそにのみきくしつらゆのたがことのはにかかるなるらん」（後撰集七―四二五）「なぐさむることのはにだにかからずは今もけぬべき露の命を」（後撰集一四―一〇三一）「わがのりし事をうしとやきえにけん草ばにかかる露の命は」（後撰集一六―一一三〇）などのように、「露」が主体となって「草葉」あるいは比喩的に「言の葉」に「懸かる」という例のみであって、「露」を対象にして何かが「懸かる」という例は、万葉集にも八代集にも見当たらない。当歌における「懸かる」の主体となるのは、第三・四句が連体修飾する、結句の「（うつせみの）身」であり、その場合の「懸かる」は、空間的な意味ではなく、依存する・頼るという比喩的な意味と考えられる。右に挙げた三例はいずれも、この両方の意味を重ね合わせたものである。「露」との関係で、それに依存するということを表す語としては、「たのむ」が「いのちとてつゆをたのむにかたければ物わびしらになくのべのむし」（古今集一〇―四五一）「常もなき夏の草ばにおくつゆをいのちとたのむせみのはかなさ」（後撰集四―一九三）などのように用いられる。なお、「露の命」という表現もそうであるが、「露」は万葉集・八代集を通じて、「我がやどの草の上白く置く露の身も惜しからず妹に逢はざれば」（万葉集四―七八五）「秋の穂をしのに押しなべ置く露の消かも死なし恋ひつつあらずは」（万葉集一〇―二二五六）、「たとへくるつゆとひとしき身にしあらばわが思ひにもきえんとやする」（後撰集一八―一二九四）「たれもみな露の身

に過ごすこと。自ら満足してのんびりとしている様。諸版本に音合符あり。『毛詩』巻阿に「伴奐爾游矣、優游爾休矣」、潘岳「閑居賦」に「仰衆妙而絶思、終優遊以養拙」（『文選』巻一六）とあり、李善は『毛詩』魚藻の「優哉游哉、亦是戻矣」を指摘する。白居易「従同州刺史改授太子少傅分司」詩に「歌酒優遊聊卒歳、園林蕭灑可終身」（『千載佳句』閑適）、紀麻呂「春日応詔」詩に「式宴依仁智、優遊催詩人」（『懐風藻』）、賀陽豊年「晩夏神泉苑釣台同勒深臨陰心応製」詩に「今日優遊何所楽、群臣同有釣璜心」（『凌雲集』）、菅原道真「尭譲章」詩に「向背優遊去、形体一世間」（『菅家文草』巻四）とある。畳韻語であるから異文「遊優」が成立しないことはないが、用例は後代のものに限られる。

林樹裏　「林樹」は、「樹林」「樹木」というように同じ。陶淵明『捜神後記』巻二に「於此東行三十里、当有邱陵林樹、状若社廟」とあるものの、その用例は極めて稀。ただ本集には「仙人洪勢併林樹」（二五四番）とある。「裏」は内側、内部の意。王維「鄭果州相過」詩に「牀前磨鏡客、林裏灌園人」（「林裏」を宋蜀本は「樹裏」に作る）、常建「花映垂楊漢水清、微風林裏一枝軽」とある。

4 四時　四季のこと。陸機「文賦」に「遵四時以歎逝、瞻万物而思紛」（『文選』巻一七）とあり、李善は『淮南子』本経訓に「四時者、春生夏長、秋収冬蔵」とあるを指摘する。白居易「暮立」詩に「大抵四時心総苦、就中腸断是秋天」（『千載佳句』・『和漢朗詠集』秋興）、同「歳晩旅望」詩に「万物秋霜能壊色、四時冬日最凋年」（『千載佳句』冬興、『和漢朗詠集』霜）、菅原道真「惜春絶句」詩に「生来未見四時閑、春気不将老気還」（『菅家文草』巻五）とあり、本集上巻序にも「各献四時之

ぞかしとおもふにも心とまりし草のいほかな」（千載集一七―一一三五）などのように、はかなく消えるものの象徴として用いられている。

身にこそありけれ 当歌における「身」は「うつせみ」のそれを表すが、「身」が人間以外に用いられる例は少なく、しかも「夏虫の身をいたづらになすこともひとつ思ひによりてなりけり」（古今集一一―五四四）「世とともに峰へふもとへおりのぼりゆく雲の身は我にぞ有りける」（後撰集一五―一〇七九）などのように、人間と関連させた用い方になっている。「〜こそありけれ」という結句表現は、万葉集に「紀伊道にこそ妹山ありといへ玉くしげ二上山も妹こそありけれ」（万葉集七―一〇九八）「めづらしと我が思ふ君は秋山の初もみち葉に似てこそありけれ」（万葉集八―一五八四）、八代集には「ここにきえかしこにむすぶ水のあわのうきよにめぐる身にこそ有りけれ」（千載集一九―一二〇二）のように、当歌同様「身」の例が一例ある以外は、「かへる山なにぞはありてあるかひはきてもとまらぬ名にこそありけれ」（古今集八―三八二）「玉川とおとにききしは卯花を露のかざれる名にこそ有りけれ」（千載集三―一四一）などのような「名」と、「葦引の山たちはなれ行く雲のやどりさだめぬ世にこそありけれ」（古今集一〇―四三〇）「身をうしと思ふにきえぬ物なればかくてもへぬるよにこそ有りけれ」（古今集一五―八〇六）などのような「世」の二種類の例が多く見られる。

【補注】

「常もなき夏の草ばにおくつゆをいのちとたのむせみのはかなさ」（後撰集四―一九三）は、当歌ときわめて類似した発想・表現の歌である

歌、初成九重之宴」とある。**喘息** 苦しそうにせわしく息をする、あえぐこと。諸版本に音合符あり。『淮南子』精神訓に「今夫繇者、掲钁臿、負籠土、塩汗交流、喘息薄喉」、王褒「洞簫賦」に「是以蟋蟀蚚蠖、蚑行喘息」（『文選』巻一七）とあり、李善は「説文曰、喘疾息也」という。島田忠臣「七言九月九日侍宴各分一字応制」詩に「瀎滅汗来余喘息、簾櫳咫尺戴恩私」（『田氏家集』巻中）とあり、本集にも「鎮喘息咽気不烱」（一四〇番）等とある。なお、唐詩では例えば白居易「贈王山人」詩に「夜後不聞亀喘息、秋来唯長鶴精神」とあるように、ほぼ「呼吸」と同義で用いられるのが一般。**寰中** 天子の治める土地の中、の意。天下、世界。諸版本に音合符があり、「寰」には、藤波家本・道明寺本・京大本等に「クワン」の音訓がある。王勃「上劉右相書」に「三霊叶賛、超然奉天下之図、四海承平、高歩取寰中之託」、仲雄王「奉和重陽節書懐」詩に「寰中農事澇旱事、帝念黔首不登年」（『文華秀麗集』巻中）、藤原冬嗣「弘仁格序」に「敷景化於寰中、暢仁風於海外」（『本朝文粋』巻八）、菅原文時「仲春釈奠毛詩講後賦詩者志之所之」詩序に「国家徳被瀛表、仁洽寰中」（『本朝文粋』巻九）とあり、本集にも「人間寰中寒気速」（二七七番詩）とある。

【補注】

韻字は「同・躬・中」で上平声一東韻。平仄にも基本的な誤りはない。呉衛峰「和歌と漢詩・詩的世界の出会い――『新撰万葉集』をめぐって」（『比較文学研究』六七、一九九五・一〇）は、本詩や三九番詩を取り上げ、漢詩においては蟬は露を飲む特性を付与されているが、それは

が、新古典文学大系本では「蟬が「露を命とたのむ」という言い方は古今集・物名「命とて露をたのむにかたければものわびしらに鳴く野辺の虫」にあるが、その露の置く所を「常もなき夏の草葉」と指定することによって、はかない物を三つ重ねているのである」と指摘している。

　万葉集から、「露」ははかなさの象徴のように詠まれ、「蟬（うつせみ）」についてもそのイメージが感受され、また「夏草」についても、萎れるというイメージははかなさと関連させてとらえることができなくない。ただ、セミと露とを結び付け、セミのはかなさを強調する表現は、当歌以前には見当たらないようである。

　当歌は、上二句に示されたセミのはかなさの理由を、下三句が示すという表現構造をとっている。これは一種の見立てとも言えるものであって、その意味では、夏の矚目的な歌というよりも、観念的に作られた歌と見る方が妥当であろう。『注釈』の通釈では、最後に「(それを見る我が身も同様にはかなく感じられる)」という裏の意味を認めて、補っている。当詩の作者もその起句に明らかなように、そのような当歌の読みを顕在化させたと言える。たしかに、【語釈】で見たとおり、「うつせみ・侘びし・露・身」などの語は人との結び付きを強く喚起させるものである。しかし、たとえ観念的であるにせよ、夏の歌として、あくまでもセミに関してまとめられているのであるから、そこまでの読み込みをするには及ばないと考える。

※ことを示すだろう。ここまで来れば、蟬がはかなさと結びついても少しもおかしくはない。彼がその子供を喪って詠んだ、「初喪崔児報微之晦

品格の高潔たることの例えであって、和歌に見えるようなはかなさとは無縁のものだという。果たしてそうだろうか。今白居易を例にそれを概観してみよう。

　「永崇里観居」詩に「季夏中気候、煩暑自此収。蕭颯風雨天、蟬声暮啾啾。…萬地槐花秋、年光忽冉冉」、「陵園妾」詩に「松門到暁月裴回、柏城尽日風蕭瑟。松門柏城幽閉深、聞蟬聴燕感光陰」、「翰林院中感秋懐王質夫」詩に「何処感時節、新蟬禁中聞。宮槐有秋意、風夕花紛紛」とあるを見れば、蟬が秋を感じさせる重要な要因となっており、しかもそれは単なる景物ではない、秋特有の悲しみを催させるものとなっている。「思帰」詩に「夏至一陰生、稍稍夕漏遅。…坐惜時節変、蟬鳴槐花枝」、「寄李十一建」詩に「別時残花落、及此新蟬鳴。芳歳忽已晩、離抱悵未平」、「村居臥病三首其二」詩に「昨日穴中虫、蛻為蟬上樹。四時未嘗歇、一物不暫住」等とあるのは、年月の移り変わりの早さを蟬によって知るというのである。特に「蛻為蟬上樹」の句は、年月急を脱け殻で表現したものとして注目すべきだろう。

　更に、「聞新蟬贈劉二十八」詩には「蟬発一声時、槐花帯両枝。只応催我老、兼遣報君知」、「開成二年夏聞新蟬…今喜以此篇唱之」詩に「十載与君別、常感新蟬鳴。…涼風忽嫋嫋、秋思先秋生。残槿花辺立、老槐陰下行。…且喜未聾耳、年々聞此声」、「立秋夕涼風忽至炎暑…二十尚書」詩に「蟬迎節又換、雁送書未迴。君位日寵重、我年日摧頽」、「早蟬」詩に「六月初七日、江頭蟬始鳴。石楠深葉裏、薄暮両三声。一催衰鬢色、再動故園情。西風殊未起、秋思先秋生」とあるのは、悲秋の感とあいまって、「蟬」が彼に哀老の嘆きを強く促すものと意識されている※

叔」詩には「蟬老悲鳴抛蛻後、龍眠驚覚失珠時」の句がある。この句は、やはり同様に喪った愛児を思う菅原道真「夢阿満」詩に「莱誕含珠悲老蚌、荘周委蛻泣寒蟬」（『菅家文草』巻二）とあるのと、典故を等しくするだろう。『荘子』逍遥遊篇に「（蜩与学鳩）之二虫又何知、小知不及大知、小年不及大年」とあり、『荘子』知北遊篇には「孫子非汝有、是天地之委蛻也。故行不知所往、処不知所持」とあって、蟬は寿命の短く、その脱け殻は空虚で実体のないものとされるのである。『初学記』蟬は、『淮南子』説林訓には「蟬無口而鳴、三十日而死」（今文と異なる）とあったという。

また呉論文は「『万葉集』の後になって初めて、「虚蟬」「空蟬」、または本集における「蛻蟬」という当て字から、これが蟬または蟬の脱け殻の意に転じるのである。平安時代における仏教の隆盛がいっそう無常観を強めたゆえ、「うつせみ」という言葉に「はかない」と「蟬」という二つの意味が重なり、蟬がはかないものとなった。つまり［上夏34］の歌は、人間がこの世に生きることを露の束の間の生命に譬え、さらにこれをはかない露に生命を託す蟬のはかなさと重ねたものである。」というが、日本漢詩の世界でも、万葉時代と平安時代では「蟬」に付与されるイメージに違いがある。懐風藻の例では、紀朝臣古麻呂「五言秋宴得声清驚情四字」詩に「玄燕翔已帰、寒蟬嘯且驚」、伊予部馬養「五言従駕応詔」詩に「舞庭落夏槿、歌林驚秋蟬」等とあるのを始め、そのすべてが秋の景物の一つとして詠まれるのに対して、菅原道真の作品では、「聞蟬」詩に「寒蟬幸得免泥行、危葉寄身露養生」（『菅家文草』巻二）、「新蟬」詩に「新発一声最上枝、莫言泥伏遂無時。今年異例腸先断、不是蟬悲客意悲」（『菅家文草』巻四）、「叙意一百韻」詩に「旅思排雲雁、寒吟抱樸蟬」（『菅家後集』）等と、やや負のイメージのものが多くなってくる。「聞蟬」詩の下句の典故は、諸類書にある劉向『説苑』の、蟬の背後に迫る蟷螂の話に淵源する。

こうしてみると、「蟬」のイメージの変容の裏には、仏教的無常観の流行もあったろうが、むしろ老荘的思考からの影響を視野に入れておく必要があろう。『荘子』には先に引用した以外にも蟬の故事があり、六朝時代の賦には例えば曹植「蟬賦」のように、蟬の高潔なる姿を写すと同時に、蜘蛛の網が待ち受け、背後からは蟷螂や黄雀などに狙われ、秋が来ればはかなく墜下するという、自己の人生にオーバーラップさせた様な、負の側面に対する言及があるものもある。

呉論文の言うように、確かに漢詩における蟬は、露と結びついてはかなさを表すことはない。しかし、その高潔で孤高な姿勢は、「人々からは理解されずに、結局は霜にうたれて身を亡ぼす運命にあるものとして意識されるようになる。さらに蟬のすき透ったうすい羽から想像される美人の髪型、それにむかし恨みをのんで死んだ女性の魂が蟬に化したといった伝説もかさなって、蟬は美しいがゆえにはかないものの象徴としても、イメージされてゆく」（『中国文学歳時記 秋［下］』同朋社、一九八九）のである。その「はかなさ」の背景にあるのは、老荘的詩情であり、悲秋の感慨であった。

【比較対照】

双方の【通釈】を一読して明らかなように、表面上は両者ほとんど対応するところがない。強いて両者の関係を認めるとすれば、歌【語釈】にあるような、万葉風な解釈――「うつせみ」はこの世の人という原義に、セミの脱け殻のイメージを重ね合わせていた――を採って、詩の起句「蟬人運命揔相同」が作られていると考える以外にない。事実、「蛻蟬」という漢字表記は、『万葉集』にない表記であり、詩【補注】にあるように『荘子』を明らかに意識する。菅原道真にはもう一例「北溟章」詩に「海鱗波淼淼、泥蛻景蕭々」（『菅家文草』巻四）とあるのだが、「北溟章」とは『荘子』逍遙遊篇の冒頭部分のことである。従って当歌は、純粋な和歌文学世界の史的流れを背景に、一首全体を視野に入れた文脈で読めば、「うつせみ」の語はセミそれ自体を指すと考えられようが、少なくとも漢詩作者は、これをそうは取らなかったということであろう。

古今集前後の時代は、この語一つを取り上げてもそうした問題が山積する。渡辺秀夫『『新撰万葉集』論――上巻の和歌と漢詩をめぐって――』（『国語国文』六七―九、一九九七・九）は「和歌の意味内容自体は（編集段階での読み替えの幅は今措くとして）疑うべくもない自明のことがらであったろう。いわば百も承知の歌意の説明など誰が必要としようか」と述べているが、果たして本当にそうバッサリと切り捨てられるものなのか。言うまでもなく、この時代は、一方で漢風賛美時代の教養を持つ者から、業平のような者までいたのではなかったか。その振幅の大きさが、この時代の作品を読むことのおもしろさであり、怖さでもあろう。漢詩作者も一人ではないとする意見もある。作品自体の出来のバラつきも大きい。後世の補入もあろう。「歌意の説明」を必要とするものがあったとしてもおかしくはないのである。

詩【補注】に挙げた呉論文は、当詩のおもしろさは「後半における蟬と人間との対比である」とし、「林のなかに悠然自適に生きている蟬とこの世でもがき苦しむ人間との並立には、蟬の命がはかないというイメージは見受けられない。むしろ六朝詩に見られるように、「鳴条譟林柳、流響遍台池」（隋・江総、詠蟬詩）と、蟬は優雅な生きものとして詠じられている。［上夏34］の漢詩は、（略）前半において両方の運命が同じだといいながら、後半の展開の部分においては人間の無常を再現し、蟬のはかなさは漢詩的ではない、または中国の漢詩にその前例がないと判断して、優雅な蟬の姿を描写したのだと考えてよいだろう」と言う。しかし、中国の「蟬」が、はかないものではないとすると、後半二句はどう取ればよいのだろう。

「うつせみ」の語を、この世の人に、セミの脱け殻のイメージをダブらせて、当時としてはやや古風に解釈した作者は、「うつせみ」の意味を「此寰中」に籠め、「侘びしき物」を「喘息」に移したのである。そして言う、セミは地中よりこの世に出て殻を脱ぎ捨てれば、例え夏の間だけでもゆったりと暮らせるのに、人間はこの世に産まれ出ても、死ぬまであえぎ続けるのだと。郭璞「蟬賛」に「虫之精潔、可貴惟蟬。潜蛻棄歳、飲露恒鮮。万物皆化、人胡不然」とある。セミをはじめこの世のものはすべて皆変化してよい方向に向かうのに、どうして人間だけはそうでないのか。

和歌に対する漢詩の世界からの対応は、まさにこうしたセミと人間とを対比することによって得られる、人間に対する認識であったと言えるだろう。

三五番

夕去者　自螢異丹　燃礼鞆　光不見早　人之都礼無杵

夕去れば　螢よりけに　燃ゆれども　光見ねばや　人のつれなき

【校異】

本文では、第二句の「丹」を、類従本・羅山本・無窮会本が欠き、第三句の「燃」を、類従本が「然」とし、同句の「礼」を、京大本・大阪市大本・天理本が欠き、第四句の「不」を、永青本が欠き、結句の「礼」を、永青本が「例」とする。

付訓では、とくに異同が見られない。

同歌は、寛平御時后宮歌合（十巻本・廿巻本、夏歌、五八番。ただし第四句「光みえねば」結句「ひとぞつれなき」）にあり、古今集（巻一二、恋二、五六二番）に「寛平御時きさいの宮の歌合のうた　紀とものり」としてあり、古今六帖（第六、虫、ほたる、四〇一三番）や友則集（一二番、寛平御時中宮のうたあはせに）にも同文で見られる。

【通釈】

夕方が来ると、ホタルより一段と（私の恋心は）燃えるけれども、（その）光に目を止めないからか、あの人のつれないことよ。

【語釈】

夕去れば　夕方が来ると、の意。「夕（ゆふ）」については、万葉集・八

怨深喜浅此閨情
夏夜胸燃不異螢
書信休来年月暮
千般其奈望門庭

怨《うらみ》深《ふか》く喜《よろこび》浅《あさ》し此《こ》の閨情《ケイセイ》。
夏《なつ》の夜《よ》胸《こころ》燃《もえ》て螢《ほたる》に異《こと》なら（ず）。
書信《ショシン》休《や》み来《きたり》て年月《ネンゲツ》暮《く》る。
千般《センハン》其奈《いかん》といひて門庭《モンテイ》を望《のぞ》む。

【校異】

「喜浅」を、羅山本・無窮会本「喜成」に作り、羅山本は、更改符を付けて「浅」を注し、無窮会本も「浅」を校注する。「休来」は底本・文化写本・藤波家本「体来」に作るも、元禄九年版本・元禄一二年版本・文化版本・類従本・詩紀本・下澤本・講談所本・道明寺本・京大本・大阪市大本・天理本・羅山本・無窮会本・永青本に従う。

【通釈】

あの人を思うこの気持ちだけは、逢えないつらさばかりが深くて、気持ちが通じあえたという喜びは浅い。夏の夜にあの人を思うと胸の火が燃えさかるのは、ホタルと同じだわ。あの人からの手紙が途絶えてから私も随分歳をとった。心は千々に乱れて（もしやあの人が来るかも知れないと）門の辺りを眺めても仕方ないのは分かっているけれど。

代集を通じ、「夕去れば」という五音一句の形式で、定型的に用いられている。夕方になることに関して、万葉集では「夕去り来れば」「夕去らば」「夕去らず」などの表現も見られるが、「夕去れば」が圧倒的に多く、八代集ではそれのみ。当歌におけるこの時刻設定は、ホタルの光が見えるようになることとともに、恋の物思いが募ることに結びつく。

螢よりけに　「螢（ほたる）」は、万葉集には次の長歌における一例があるのみ。「この月は　君来まさむと　大舟の　思ひ頼みて　いつしかと　我が待ち居れば　もみち葉の　過ぎて去にきと　玉梓の　使ひの言へば　螢なす　ほのかに聞きて…」（万葉集一三―三三四四）。しかも、枕詞として「ほのかに」にかかり、それはホタルの発する光がかすかに見えることに基づいている。八代集では一九例、古今集から新古今集まで見られ、光を発することは、次項で取り上げる「燃ゆ」と表現され、その例が全体の過半を占める。もとよりホタルは夏の景物の一つであって、古今集以外は、当歌同様、夏部の歌に多く見られるが、「おともせでおもひにもゆるほたるこそなくむしよりもあはれなりけれ」（後拾遺集三―二一六）「なくこゑもきこえぬもののかなしきはしのびにもゆるほたるなりけり」（詞花集二―七三）「あはれにもみさをにもゆる螢かなこゑたてつべきこの世とおもふに」（千載集三―二〇二）などのように、叙景的というよりは何らかの心情を仮託した歌が目立つ。「けに」は「衣手葦毛の馬のいなく声心あれかも常ゆ異に〔異〕鳴く」（万葉集一三―三三二八）、「忘れなむと思ふ心のつくからに有りしよりけにまづぞこひしき」（古今集一四―七一八）などの如く、比較の対象を表す助詞（「ゆ・より」）を伴って、それよりまさっているさま、より一段と、という意

【語釈】

1 怨深　「怨」とは、（物ごとの）実現可能性が自覚されながら、それが実現されないことに基づく不満・憤懣。諸版本には訓合符がある。猶、松浦友久『詩語の諸相――唐詩ノート――』（研文出版、一九九五）を参照のこと。類似表現に「怨多」「多怨」「怨長」等があるが、ここは会えない夫・恋人への怨みが心の底に深く凝り固まること。李白「白頭吟二首其二」詩に「長吁不整緑雲鬢、仰訴青天哀怨深」、白居易「慈烏夜啼」詩に「百鳥豈無母、爾独哀怨深」、許渾「江楼夜別」詩に「深怨寄清瑟、遠愁生翠蛾」とある。**喜浅**　この語例を知らない。ただし、「喜深」「喜多」等の表現は存在するから、その逆もあると考えても良かろう。諸版本には訓合符がある。**此閨情**　「閨情」に関しては、三三番詩【語釈】を参照のこと。

2 夏夜　底本には音合符があるも、その他の版本や写本に従った。王昌齢「東京府県…至白馬寺宿」詩に「南風開長廊、夏夜如涼秋」、韋応物「子規啼」詩に「高林滴露夏夜清、南山子規啼一声」、杜甫「夏夜歎」詩に「永日不可暮、炎蒸毒我腸」、王建「新晴」詩に「夏夜新晴星校少、雨収残水入天河」、劉禹錫「聚蚊謡」詩に「沈沈夏夜蘭堂開、飛蚊伺暗声如雷」、白居易「将之饒州江浦夜泊」詩に「煩冤寝不得、夏夜長於秋」、白居易「江楼夕望招客」詩に「風吹古木晴天雨、月照平沙夏夜霜」（『千載佳句』・『和漢朗詠集』夏夜）、島田忠臣に「五言夏夜対渤海客同賦月華臨浄夜詩」詩や「七言夏夜於鴻臚館餞北客帰郷」詩がある。**胸燃**　相手に対する募る思いの暗喩。范雲「思帰」詩に「積恨顔将老、相思心欲然」（『玉臺新詠』巻五）、鮑照「贈故人二首其一」詩に「寒灰滅

を表す。当歌においては、次句にある「燃ゆ」の程度を、ホタルと比較している。

燃ゆれども　「燃（も）ゆ」は元来、燃焼という物理的な現象を表す。また、それから派生して、前項に述べたように、ホタルが光を発することも表す。万葉集にも八代集にも、そのような物理的な現象を表す例が認められるが、それとともに、あるいはそれ以上に、比喩的に、心情とりわけ恋情のはげしく募ることを表す例が見られる。万葉集では「思はぬに妹が笑まひを夢に見て心の内に燃えつつそ居る」（万葉集四―七一八）「…あぢさはふ　夜昼知らず　かぎろひの　心燃えつつ　嘆き別れぬ」（万葉集九―一八〇四）「心には燃えて思へどうつせみの人目を繁み妹に逢はぬかも」（万葉集一二―二九三二）などのように、「心」という語とともに、また八代集では「夏虫をなにかいひけむ心から我も思ひにもえぬべらなり」（古今集一二―六〇〇）「しられじなわがひとしれぬ心もて君を思ひのなかにもゆとは」（後撰集一四―一〇一七）「まだしらぬおもひにもゆるわが身かなさるはなみだの河の中にて」（拾遺集一五―九六二）などのように、「思ひ」と「火」の掛詞とともに用いられている。これらは多くの場合、片恋あるいは忍ぶ恋ゆえであり、当歌においても、「燃ゆ」の主体となるのは、詠者自身であり、その片恋あるいは忍ぶ恋の情であると考えられる。

光見ねばや　「光（ひかり）」という語は、万葉集・八代集を通じて、月に関する例がきわめて多く、その他には、それ自体が光を発する日・雷・いさり火や、その光を反射する雪・花・玉・鏡などにも用いられる。ただし、ホタルや恋情に「光」を用いた例は見当たらない。ホタルにつ

更燃、夕華晨更鮮」（『玉臺新詠』巻四）とあり、陳・賈馮吉「自君之出矣」詩に「思君如明燭、煎心且銜涙」、李益「雑曲」詩に「愛如寒爐火、棄若秋風扇」などもある。　**不異螢**　『爾雅』に「螢火、即炤」とあり、『礼記』月令に「季夏之月、…腐艸為螢」とあって、鄭玄が「夏小正曰、六月鷹始摯、螢飛虫螢火也」（以上『藝文類聚』螢火）と注するように、古代から「螢火」はホタルの別称であり、その光が火に喩えられていた。梁・簡文帝「詠螢火」詩に「屛疑神火照、簾似夜珠明」、梁・沈旋「詠螢火」詩に「火中変腐草、明滅靡恒調」（以上『初学記』螢）、白居易「放言」詩に「草螢有耀終非火、荷露雖円豈是珠」（『千載佳句』晩夏）、菅原文時「螢飛白露間」詩に「如珠契火光相映、似水浮星影半虚」（『天徳三年八月十六日闘詩行事略記』）とある。なお、ここは比喩だからそうこだわることもあるまいが、『礼記』はホタルを晩夏のものとするが、現実の詩作では秋の夜のものとして詠われることが多い。

3 書信　古代においては、書は手紙を、信は使者を意味したが、後に広く手紙を意味するようになった。底本等版本には音合符がある。『晋書』陸機伝に「我家絶無書信、汝能齎書取消息不」、呉均「閨怨」詩に「相去三千里、参商書信難」（『玉臺新詠』巻六）、劉孝綽「冬暁」詩に「寄語龍城下、詎知書信難」（『玉臺新詠』巻八）、梁・元帝「別詩二首其一」詩に「別罷花枝不共攀、別後書信不相関」（『玉臺新詠』巻九）、白居易「登西楼憶行簡」詩に「風波不見三年面、書信難伝万里腸」（『千載佳句』憶兄弟）とあり、『千載佳句』には書信の項がある。　**休来**　「休」は、休止の意。今まで続いていたものが、途絶えること。「来」は、〜よりこのかた、以来。ただし、底本には「来ことを休め」の訓点がある。

いては、「螢雪の功」の故事をふまえた「…世にふるゆきを　きみはしも　冬はとりつみ　夏は又　草のほたるを　あつめつつ…」（拾遺集九―五七二）や、「いさり火のむかしのひかりほの見えてあしやのさとにとぶ螢かな」（新古今集三―二五五）など、間接的にその光を示すと見られる表現はあるが。「見ねばや」は、「不見早」という本文に対して、「早」を「ばや」と借訓で訓む限り、音数律から「見えね」ではなく「見ね」と訓まれるものである。もっとも、万葉集では「早敷屋師」（はしきやし、二―一三八）のように、「早」字を「は」の一音節で訓む例もあるから、寛平御時后宮歌合の本文同様、「見えねば」と訓む可能性もなくはないが、本集諸本にそのような異訓は見られない。なぜ、このことにこだわるかと言えば、古今集の注釈書の多くは、同歌のこの箇所を「見る」ではなく「見ゆ」として解釈しているからである。この点について、竹岡評釈は「「螢のように光が見えないからであろうか。」と訳すのは《自》《他》の誤で、「見ねば」の主語は「光」ではなく、下の「人」つまり恋人である。あの人は、私の燃えている情火の光を見ないからと言っているのである」と述べている。なお【補注】で言及したい。

人のつれなき　当歌における「人」は、詠み手の片恋の相手を指すと見られる。「つれなし」は、「つれもなし」という形でも、万葉集・八代集を通じて、よく用いられている。万葉集では「つれもなき佐田の岡辺に帰り居ば島の御橋に誰か住まはむ」（万葉集二―一八七）「家人の待つらむものをつれもなき荒磯をまきて伏せる君かも」（万葉集一三―三三四一）などのように、その場所に縁・関係のないさまを表す例もあるが、「つれもなくあるらむ人を片思ひに我は思へば苦しくもあるか」（万葉集

孟浩然「歳暮帰南山」詩に「北闕休上書、南山帰弊廬」とある。**年月暮**　老年・晩年になること。「年月」には、元禄九年版本等に音合符がある。ただし、漢・李尤「九曲歌」に「年歳晩暮時已斜、安得力士翻日車」、漢・孔融「雑詩二首其二」詩に「人生有何常、但患年歳暮」、魏・曹植「種葛篇」詩に「行年将晩暮、佳人懐異心」（『玉臺新詠』巻二）、陸機「擬迢々牽牛星」詩に「怨彼河無梁、悲此年歳暮」（『玉臺新詠』巻三）、晋・陸機「梁甫吟」詩に「冉冉年時暮、迢迢天路徴」、陳・沈烱「詠老馬詩」に「勿言年歯暮、尋途尚不迷」、白居易「漸老」詩に「今朝復明日、不覚年歯暮」等、類似表現はあるが、同一表現は未だ見出していない。

４千般　唐代の口語。色々、様々、の意。駱賓王「代女道士王霊妃贈道士李栄」詩に「分念嬌鶯一種啼、生憎燕子千般語」、方干「陪李郎中夜宴」詩に「琵琶弦促千般語、鸚鵡杯深四散飛」（『千載佳句』宴楽）、島田忠臣「奉拝西方幀因以詩讃浄土之意」詩に「奇禽合奏千般語、宝樹交和衆妙香」（『田氏家集』巻上）、菅原道真「早春陪右丞相東斎同賦東風粧梅各分一字」詩に「繁華太早千般色、号令猶閑五日程」（『菅家文草』巻一）、同「早春侍宴仁寿殿同賦春暖応製」詩に「語鳥千般皆徳煦、游魚万里半恩波」（『菅家文草』巻二）、同「詩友会飲同賦鶯声誘引来花下」詩に「千般舌下聞専一、五出顔前見未斜」（『菅家文草』巻六）等とあるように、通常この語は形容詞的に用いられる。耿湋「酬暢当」詩に「且対樽前酒、千般想未如」のような例はあるが、未だ疑問詞を修飾する例を知らない。ここも、「想」字が省略されたものと解しておく。諸版本にも音合符が付されるだけで、訓はない。**其奈**　唐代の口

四―七一七）「秋の田の穂向きの寄れる片寄りに我は物思ふつれなきものを」（万葉集一〇―二二四七）などのように、恋の相手が自分に無関心・無情であるさまを表す例もある。古今集以降の「つれなし」はもっぱら恋歌において、この後者の意味で用いられる。「つれ（も）なき人」という連体修飾表現が多いが、「鶯のこぞのやどりのふるすとや我には人のつれなかるらむ」（古今集一九―一〇四六）「如何せむいのちはかぎりあるものをこひはわすれず人はつれなし」（拾遺集一一―六四二）などのように、当歌と同じく主述関係で表現される例もある。

【補注】

当歌が本集夏歌に収録されているのは、ホタルという景物を取り上げているからに他ならず、窪田評釈に「夕方、男の通って来る時刻に、待つに来ない男を思っての女の心と取れる。折柄、眼前に飛ぶほたるを見て感を発し」とあるように、夏の実景をふまえた歌と解釈したとしても問題はない。ただ、歌の主題は古今集が恋歌に収めていることかも明らかなように、恋情にある。

その恋情の激しさをホタルにたぐえた歌は、他にも「あけたてば蟬のをりはへなきくらしよるはほたるのもえこそわたれ」（古今集一一―五四三）「恋すればもゆるほたるもなくせみもわがみの外の物とやはみる」（千載集一三―八一三）など見られるが、当歌は次の二点で異色である。

一つは、「燃ゆ」という点で、自らの恋情の方がホタルよりもまさっているとする点、もう一つは、その光のありようを取り上げている点である。当歌の解釈上、問題になるのは、二つめの方であり、【語釈】で

語。何としたことか、いかんともし難い。また「其那」とも表記される。底本には「イカン」の訓が、藤波家本「イカンソ」、講談所本・道明寺本・京大本等には「イ　ソ」の訓があるが、元禄九年版本・元禄一二年版本・文化版本の訓に従った。「千般」の語義を多少とも反映するように思うからである。杜甫「贈蘇四徯」詩に「為郎未為賤、其奈疾病攻」、劉禹錫「遙和韓…二君子」詩に「其奈無成空老去、毎臨明鏡若為情」、白居易「井底引銀瓶」詩に「終知君家不可住、其奈出門無去処」、菅原道真「元日戯諸小郎」詩に「不須多勧屠蘇酒、其奈家君白髪新」（『菅家文草』巻四）、同「雪夜思家竹」詩に「縦不得扶持、其奈後凋節」（『菅家後集』）とある。**望門庭**「門庭」は、三三番詩【語釈】該項参照のこと。李端「閨情」詩に「披衣更向門庭望、不忿朝来鵲喜声」とあり、盧仝「有所思」詩に「相思一夜梅花発、忽到窓前疑是君」、古楽府「東飛伯労西飛燕」歌に「誰家女児対門居、開華発色照里閭」（『玉臺新詠』巻九）、王維「洛陽女児行」に「洛陽女児対門居、纔可容顔十五余」等の類似表現がある。

【補注】

韻字は「情」（下平声十四清韻）、「螢・庭」（下平声十五青韻）だが、青韻は独用なので、傷を持つことになる。三三番詩と同一の押韻である上に、「門庭」「閨情」と押韻箇所に同一の語を用いているところを見ると、両者には何らかの関係を認めても良かろう。平仄には基本的な誤りはない。

心の高揚を燃える火に例え、逆の失意や沈鬱を灰に例えるという表現

触れたように、第四句において「見る」と「見ゆ」のどちらが適切かに関わる。

「見ゆ」の場合は、恋情そのものはホタルの光と違って、外からは見えないのに対して、「見る」の場合は、かりに恋情が外に表れていたとしても、相手が見ようとしないということになる。古今集の諸注釈書が、文法的な関係を越えて、前者の意にとるのは、ホタルと恋情のありようの現実に照らしてのことと考えられる。

しかし、ここで注目したいのは、先に挙げた「おともせでおもひにもゆるほたるこそなくむしよりもあはれなりけれ」（後拾遺集三―二一六）「なくこゑもきこえぬもののかなしきはしのびにもゆるほたるなりけり」（詞花集二―七三）「あはれにもみさをにもゆる螢かなこゑたてつべきこの世とおもふに」（千載集三―二〇二）などの例における、音声と光との対比である。これらは、燃える火は見えるけれど、音や声を発しないことを「あはれ」や「かなし」ととらえているものである。

このような対比が当歌にもあてはまるとすれば、相手に告白できない限りは、自分の思いに相手が気付くのを待つしかないということになる。恋情の火とはあくまでも比喩であり、外から見えないのはいわば自明なことであるから、それが理由ならば相手がつれないのも当然である。それよりも、まさに恋情の火はホタル以上に燃えているとして、にもかかわらず相手がそれに目を止めないことを理由とする方が、「や」の示す疑問とあいまって、適切と考えられる。『注釈』の通釈では、「その燃える思いの光を、あの人は、螢を見るようには見てくれず」のように、「見る」ことに関しても、ホタルとの対比として示している。

は、以下のように日中共に少なくない。今、気付いたものをメモしておく。阮籍「詠懐其三三（六三）」詩に「胸中懐湯火、変化故相招」、韋応物「秋夜二首其二」詩に「歳晏仰空宇、心事若寒灰」、劉禹錫「酬楊司業巨源見寄」詩に「莫道専城管雲雨、其如心似不然灰」、元稹「和楽天贈雲寂僧」詩に「心火自生還自滅、雲師無路与君銷」、白居易「自誨」詩に「火汝心懐、使汝未死、心化為灰」、同「送毛仙翁」詩に「哀鬢忽霜白、愁腸如火煎」、同「感春」詩に「憂喜皆心火、栄枯是眼塵」、同「酬思黯戯贈同用狂字」詩に「妬他心似火、欺我鬢如霜」、同「冬至夜」詩に「心灰不及爐中火、鬢雪多於砌下霜」（『句題和歌』冬部、『千載佳句』冬興）、同「辱牛僕射相公…次而和之」詩に「憂悲欲作煎心火、栄利先為翳眼塵」（佚、『千載佳句』感興）、菅原道真「対鏡」詩に「未滅胸中火、空銜口上銀」（『菅家文草』巻四）、紀斉名「請被殊蒙天恩…諸司助闕状」に「然則一寸如焦之心、胸中火滅」（『本朝文粋』巻六）、大江朝綱「為貞信公請致仕表」に「爰丹心消尽、方寸之灰積胸」（『本朝文粋』巻五）とあるものなどがあり、やはり、その性質上恋愛関係のものは少ない。

また、螢は六朝の閨怨詩にあっても、秋の夜の重要な構成要素である。『玉臺新詠』にあってはそのほとんどが、梁・簡文帝「秋閨夜思」詩に「初霜隕細葉、秋風駆乱螢」（巻七）とあるような、一景物としての描写であるが、なかには「近代呉歌九首　歓聞」詩に「単身如螢火、持底報郎恩」（巻一〇）とあるように、自己をかそけき螢の光に例えるものもある。

【比較対照】

歌と詩両者の対応は、単語レベルにおいても緊密であるとは言い難い。「夕去れば」を「夏夜」にするのはまだいいとしても、「螢よりけに」を「不異螢」、「人のつれなき」を「書信休来年月暮」とするのはいかがなものか。後者はそれでも和歌の抽象性を、具体的な状況設定に移し替えたとすることが出来ようが、前者は内容が異なってしまっている。おまけに「光見ねばや」には対応する語句もなく、結局ふさわしい対応があるのは「燃ゆれども」と「胸燃」だけになる。

詩はそれでも一応の体裁は整えていることにはなっている。しかし、それはあくまで文脈的にたいした破綻もなく解釈できるという程度のものであって、一作品として鑑賞するに堪えるだけの個性や独自性を、この作品に求めることは出来ない。おそらく「怨深喜浅」と同じ内容を違う表現でくりかえし、詩のそれぞれの【語釈】の用例を見れば分かるように、「胸燃」「書信休来」「年月暮」「望門庭」等と閨怨詩の常套句を組み合わせて作り上げているところに、おそらくその紋切り型の原因はある。

歌【校異】にあるように、現在の我々は作者が男性だと知ることが出来るが、女性の立場によると解しても不都合はあるまい。詩において明確に女性を主体としたのは、おそらく詩作者の積極的意志ではなく、こうした状況を描くには漢詩では閨怨詩に作るものだという、極めて消極的動機だったのではないか。和歌的な世界を漢詩の世界に移し変えるのは、単に漢詩作法の定式に従うことではない。

この詩の最大の失敗原因は、対応させるべき歌の眼目をまったく無視してしまったところにある。その【補注】で縷々説明するように、この歌が『古今集』に入集して存在価値を主張し得るのは、ひとえにかかって「光見ねばや」にあるのである。この言葉を翻訳もしくは翻案できなかった、あるいはしようとしなかった時点で、この失敗はいわば約束されたのである。費やすべきは、彼がつれないという単なる抽象的状況の言い換えではなく、恋情の火はホタル以上に燃えて傍目からもはっきり見えるにもかかわらず、相手がそれを見ようともしないという、まさに具体的状況の描写であった。これまでの本集の詩は、客観的で描写性・説明性にすぐれ、時に主体である人間まで第三者的に登場させることが通例であったわけだが、当詩でおそらく初めて主体である女性が物語る形をとる。しかし、主観性を獲得すると同時に描写性を失ったということは、七絶という短詩型の基底に横たわる問題であり、和漢の対比とは直接関係のない問題かもしれない。漢詩にも恋情を「火」や「燃」で表す伝統はあったわけであるから。

三六番

夏山丹　恋敷人哉　入丹兼　音振立手　鳴郭公鳥

夏山に　恋しき人や　入りにけむ　こゑ振り立てて　鳴くほととぎす

【校異】

本文では、結句の「郭」を、永青本が欠き、同句の「公鳥」を、天理本が「鳥公」とする。

付訓では、とくに異同が見られない。

同歌は、寛平御時后宮歌合（十巻本、夏歌、五六番）にあり、古今集（巻三、夏、一五八番）にも「寛平御時きさいの宮の歌合のうた　紀秋岑」としてあり、古今六帖（第六、鳥、ほととぎす、四四四七番。ただし第三句「入りぬらん」）にも見られる。

【通釈】

夏の山に恋しい人が入ってしまったからだろうか、声を振り上げて鳴くホトトギスであるよ。

【語釈】

夏山に　「夏山（なつやま）」は万葉集に一例「夏山の木末のしげにほととぎす鳴きとよむなる声の遙けさ」（万葉集八―一四九四）とあり、八代集にも「夏山になく郭公心あらば物思ふ我に声なきかせそ」（古今集三―一四五）をはじめ数例見られるが、ホトトギスとともに詠み込まれ

一夏山中驚耳根

郭公高響入禅門

適逢知己相憐処

恨有清談無酒樽

一夏《イチゲ》山中《サンチュウ》耳根《ニコン》を驚《おどろ》かす。

郭公《ほととぎす》高《たか》く響《ひびき》て禅門《ゼンモン》に入《い》る。

適《たま》たま知己《チキ》に逢《あひ》て相《あ》ひ憐《あは》れぶ処《ところ》。

恨《うらむ》らくは清談《セイタン》のみ有《あり》て酒樽《シウソン》無《な》きことを。

【校異】

「耳根」を藤波家本「井根」・講談所本「井根」に作る。「郭公」を類従本・藤波家本・講談所本・道明寺本・羅山本・無窮会本「郭鵆」に作り、京大本・大阪市大本・永青本「郭公鳥」に作る。「高響」を京大本・大阪市大本・天理本「高闇」に作って「響歟」の注あり。「入」を、文化写本「人」に作り、類従本の「入」を校注する。「酒樽」を、底本・元禄九年版本・元禄一二年版本・文化版本・詩紀本・下澤本・文化写本・藤波家本・道明寺本・天理本「酒罇」に作り、京大本・大阪市大本「酒餺」、羅山本・無窮会本「酒罇」、講談所本「酒蹲」に作るも、今類従本に従い通用字に統一する。

【通釈】

夏の安居の修行が行われている山中の寺々の僧侶の耳を驚かして、ホトトギスの甲高い響きが寺院の中に入ってきた。山に入った私は、ちょうど僧である友人と出会って（修行中の禁欲生活の苦しさと自分の苦し

たのは、この万葉集と古今集（同歌を含む）の例のみ。古今集の諸注釈書には、次句の「入る」との関係で、「夏安居」のことと解するものが多いが、「夏山」という語自体を用いた歌で、それと結び付けられる歌は見当たらない。「夏山に」は場所として、次句の「入る」にも結句の「鳴く」にも掛かる可能性はあるが、「鳴く」のは夏山とは別の場所つまり里と考えられる。窪田評釈の「夏の山に鳴いている時鳥に対しての感である」など、古今集の諸注釈書では、「夏山に」をホトトギスの鳴く場所としてもとらえているようである。

恋しき人や　「人」は「恋し」の対象であり、その主体はホトトギスとみなされる。この場合、「恋し」という感情を有するものとして表現している点で、ホトトギスを擬人化しているということは問題なかろう。問題になるのは「人」を人そのものととるか、「恋し」の対象もホトトギスであって、それを擬人化しているととるか、である。日本古典文学大系本では「ほととぎすの恋しく思う相手がこもってしまったのかしら。「人」は人間でなく、相手のほととぎすを言っていると見ていい」と明確に後者の解釈をとっている。ホトトギスを、人間を指し示す語によって表す例としては、たとえば「本つ人ほととぎすをやめづらしみ今か汝が来し恋ひつつ居れば」（万葉集一〇―一九六二）の「本つ人」や、「旅にして妻恋すらしほととぎす神奈備山にさ夜ふけて鳴く」（万葉集一〇―一九三七）「たびねしてつまごひすらし郭公神なび山にさよふけてなく」（後撰集四―一八七）の「妻」なども見られるから、同様に、当歌の「人」も相手のホトトギスを擬人化したものと考えることもできなくはない。ただし、「本つ人」や「妻」の例にしても、単にホトトギスにみとを）互いに憐れんでいたのだが、その時も清らかな語らいだけあって、酒がないのが何とも残念だった。

【語釈】

１　一夏　仏教語。僧徒は旧暦四月一六日から七月一五日までの九〇日間、寺院からの外出を禁じて座禅修学に励んだが、その期間のこと。「一夏九旬」とも言い、その修行を「安居」という。『仏本行経』に「作一房与彼、一夏安坐」とある。日本においては、『日本書紀』天武天皇十四年四月庚寅（十五日）条に「始請僧尼、安居于宮中」とあって以来のこと。『梁塵秘抄』には「一夏の間を勤めつつ、昼夜に信心怠らず」（『梁塵秘抄』巻二　法文歌・阿含経）とある。諸版本には音合符がある。

山中　山の中。ただし、「山門」の語があり、また高野山や比叡山に代表されるように、寺院そのものも「山」で表すことが多い。ここもそれ。沈約「鍾山詩応西陽王教」詩に「山中咸可悦、賞逐四時移」（『文選』巻二二）、王維「山中寄諸弟妹」詩に「山中多法侶、禅誦自為群」、嵯峨天皇「贈賓和尚」詩に「苦行独老山中室、盥嗽偏宜林下泉」（『凌雲集』）とある。

驚耳根　『円覚経』に「聞清浄故、耳根清浄、根清浄故、耳識清浄、識清浄故、覚塵清浄、如是乃至鼻・舌・身・意、亦復如是」とあるように、「耳根」とは本来仏教語で六根（眼根・耳根・鼻根・舌根・身根・意根）の一つ、声境に対して耳識を生じさせるものとされるが、詩文では単に耳の意で用いられる。諸版本・京大本には音合符がある。白居易「琴酒」詩に「耳根得聴琴初暢、心地忘機酒半酣」（『千載佳句』琴酒）、雍陶「安国寺贈広宣上人」詩に「今来合掌聴師語、

関して言うのみならず、詠み手自身についても重ね合わせていると見るのが適切であろう。つまり、当歌の「恋しき人」がホトトギスの相手であったとしても、それはホトトギスそのもののありようを歌うためではなく、詠み手自身の「恋しき人」に対する思いを移入するためということである。このような例は、「古に恋ふらむ鳥はほととぎすけだしや鳴きし我が恋ふるごと」（万葉集二―一一二）、「あしひきの山郭公わがごとや君にこひつついねがてにする」（古今集一一―四九九）「里ごとに鳴きこそ渡れ郭公すみか定めぬ君たづぬとて」（後撰集九―五四八）「こぬ人をまつちの山の郭公おなじ心にねこそなかるれ」（拾遺集一三―八二〇）など、数多く認められる。なお、三〇番歌の「ほととぎす鳴き立つ夏の山辺にはくつていださぬ人や住むらむ」も、当歌と同じく、ホトトギスと人を詠み込んだものだが、歌の趣旨も「人」の用法も異なる。

入りにけむ　「入（い）る」場所は初句の「夏山に」。「山に入る」という表現は、万葉集では「…我妹子が　入りにし山を　よすかとぞ思ふ」（万葉集三―四八一）のように人の死に関係する例もあるが、「大君の境ひたまふと山守置き守るといふ山に入らずは止まじ」（万葉集六―九五〇）「岩が根のこごしき山に入りそめて山なつかしみ出でかてぬかも」（万葉集七―一三三二）などのように、寓意性はあるものの、出家や山籠などとの関わりはない。ところが、八代集になると「世をすてて山にいる人山にても猶うき時はいづちゆくらむ」（古今集一八―九五六）「すみぞめのくらまの山にいる人はたどるたどるも帰りきなん」（後撰集一二―八三二）「身をすてて山に入りにし我なればくまのくらはむこともおぼえず」（拾遺集七―三八二）などのように、「山に入る」のほとん

一似敲冰清耳根」、菅原道真「仁和元年八月十五日…命献一篇」詩に「無辞野醸添顔色、不倦伶簫報耳根」（『菅家文草』巻二）とある。また枚乗「七発」に「涌触並起、動心驚耳、誠必不悔、決絶以諾」（『文選』巻三四）とある。

2 高響　音が高く響きわたること。謝朓「詠風」詩に「高響飄歌吹、相思子未知」とあるが、多い表現ではない。ホトトギスの鳴き声の一般に関しては、二七番詩【語釈】「夜叫」の項を参照のこと。　**禅門**　仏教語。僧侶のたくさんいる寺院。「叢林」というに同じ。孫逖「奉和崔司馬遊雲門寺」詩に「繋馬青渓樹、禅門春気濃」、劉長卿「贈微上人」詩に「禅門来往翠微間、万里千峯在剡山」、源孝道「晩秋遊弥勒寺上方」詩に「塵境心悲虚澗水、禅門径踏半天表」（『本朝麗藻』巻下）とある。なお、島田忠臣「和戸部侍郎問禅門意」詩に「不是禅門別有門」（『田氏家集』巻上）とある「禅門」は、禅宗の意。

3 適逢　偶然、ちょうどうまい具合に出会う。俗語的表現。『集異記』李子牟に「子牟客遊荊門、適逢其会、因謂朋従曰」、劉禹錫「遊桃源一百韻」詩に「適逢修蛇見、瞋目光激射」とあるが、菅原道真「山家晩秋」詩に「千万人家一世間、適逢得意不言還」（『菅家文草』巻二）、同「途中遇中進士便訪春試二三子」詩に「適逢知友立中途、便謝諸生怨旧儒」（『菅家文草』巻三）、同「野庄」詩に「適逢知意翫春光、緑柳紅桜繞小庭」（『菅家文草』巻四）など、道真の詩には四例の多きを数える。

知己　自分のことをよく分かってくれる人。諸版本に音合符あり。曹植「贈徐幹」詩に「弾冠俟知己、知己誰不然」（『文選』巻二四）、王勃「杜少府之任蜀州」詩に「海内存知己、天涯若比隣」、島田忠臣「和野秀

どは出家あるいは山籠の意を表すようになる。当歌においても、「夏山に入る」理由は示されていないが、それが嘆きの対象になるとすれば、夏の間、会うことの叶わない状況であると考えられ、「夏安居」という期間限定の山籠修行のことと見るのが妥当かもしれない。

こゑ振り立てて　「振（ふ）り立（た）つ」は万葉集に二例「舟泊ててかし振り立てていほりせむ名子江の浜辺過ぎかてぬかも」（万葉集七―一一九〇）「大舟にかし振り立てて浜清き麻里布の浦にやどりかせまし」（万葉集一五―三六三二）のように、「かし」という、舟をつなぎとめるための杭を振って立てるの意で用いられるのみで、「こゑ」に関する例はもとより、他には万葉集にも八代集にも見られない（『注釈』では忠岑集の「つゆさむみよるやまがきのきりぎりすこゑふりたててなきまさるらん」（七二番）と「よの人のすずむしとのみいふことはこゑふりたててなけばなりけり」（一四〇番）の例を挙げるが、ともに虫の例である）。「こゑ振り立てて」は次句の「鳴く」を修飾するが、三〇番歌に見られた「鳴き立つ」同様、鳴き声の大きさを表すと考えられる。ただ、単に大きさだけではなく、「うれたきや醜ほととぎす今こそば声の涸るがに来鳴きとよめめ」（万葉集一〇―一九五一）や、「思ひいづるときはの山の郭公唐紅のふりいでてぞなく」（古今集三―一四八）などの類例を勘案すれば、その声の悲痛さも含んでいると言えよう。

鳴くほととぎす　ホトトギスの鳴き声を里で聞くことの稀れなことや、ホトトギスが夏に山から来て山に帰ると信じられていたことなどについては、二九番歌などで取り上げてあるが、「夏山の木末のしげにほととぎす鳴きとよむなる声の遙けさ」（万葉集八―一四九四）「卯の花の散

才秋夜即事見寄新詩」詩に「賦同知己岳、詩和起予商」（『田氏家集』巻中）、菅原道真「哭奥州藤使君」詩に「惟魂而有霊、莫忘旧知己」（『菅家後集』）とあり、本集にも「回眸感嘆無知己」（七六番）とある。**相憐処**　「処」の語義については、一七番詩【語釈】「零処」の項を参照のこと。「相憐」とは、お互い同士相手に欠けている点に同情し、物心両面で助けようとすること。『列子』楊朱篇に「楊朱曰、古語有之、生相憐、死相捐。此語至矣。相憐之道非唯情也。勤能使逸、飢能使飽、寒能使温、窮能使達也」とある。劉孝標「広絶交論」に「同病相憐、綴河上之悲曲」（『文選』巻五五）とあり、李善は『呉越春秋』闔閭内伝の「同病相憐、同憂相救」を指摘する。王献之「情人桃葉歌二首其二」に「相憐両楽事、独使我殷勤」（『玉臺新詠』巻一〇）とあるのは愛し合うの意。駱賓王「代女道士王霊妃贈道士李栄」詩に「只将羞渋当風流、持此相憐保終始。相憐相念倍相親」、白居易「戯贈…呈思黯」詩に「顧我独狂多自哂、与君同病最相憐」、菅原道真「路辺残菊」詩に「菊過重陽似失時、相憐好是馬行遅」（『菅家文草』巻四）、同「惜残菊各分一字応製」詩に「寒鞭打後菊叢孤、相惜相憐意万殊」（『菅家文草』巻五）、大江朝綱「男女婚姻賦」に「俾夫孀婦与角子、莫不聞之相憐」（『本朝文粋』巻一）とあるが、道真の二例は「相」の義に、お互いに、の意は含まれていない。

4恨　「恨」については一二番詩【語釈】該項を参照のこと。**清談**　世俗から離れた高尚・風流な談論のこと。この語、いわゆる竹林の七賢の話に淵源するが、少なくとも唐代以後は特にそれを暗示しない場合は、ふつう名詞的に解してよい。劉楨「贈五官中郎将四首其二」詩に「清談同日夕、情盻叙憂勤」（『文選』巻二三）、隋の僧・慧暁「祖道賦詩」に

らまく惜しみほととぎす野に出で山に入り来鳴きとよもす」（万葉集一〇—一九五七）「あしひきの山辺に居ればほととぎす木の間立ち漏き鳴かぬ日はなし」（万葉集一七—三一一）、また先に示した三〇番歌などの例から察せられるように、山ではホトトギスの声はよく聞かれることになっている。とすれば、当歌の「こゑ振り立てて鳴く」のが聞こえるのも山においてこそふさわしいと考えられる。しかし、「恋しき人」が入ったと同じ「夏山」で鳴くとみなすことは、別離の悲しさという点から考えるならば、適切ではなかろう。詠み手自身との重ね合わせを重くとらえるならば、詠み手は当然、里に残っているのであって、そこで耳にしたホトトギスの鳴き声に、自らの思いを託しているとみなす方がよいと考えられる。

【補注】

当歌は、上三句が下二句に対する理由を示すという表現構造になっている。その理由が、擬人的に一種の見立てとして提示されたものと言えよう。

そもそもそのような理由提示が意味をなすのは、下二句の「こゑ振り立てて鳴くほととぎす」に接したからであると考えられる。すなわち、そのような尋常ならざるホトトギスの声を耳にすること自体が里においては希少なことであるから、とりたてての理由を推測・想像することになったのである。

あるいは、詠み手自身が尋常ならざる状況にあったからこそ、ホトトギスの声をそのように聞きなしたと言ってもよい。その状況とは、恋の

「清談解煩累、愁眉始得伸」、孟浩然「尋香山湛上人」詩に「法侶欣相逢、清談暁不寐」、島田忠臣「賦雨中桜花」詩に「呉娃洗浴顔脂沢、姹女清談口唾津」（『田氏家集』巻下）、菅原道真「早春侍宴…春暖応製」詩序に「未曾清談遊宴、夢想追歓者乎」（『菅家文草』巻二）とある。**酒樽** 酒の入った樽。「酒尊」「酒罇」等とも表記する。李白「春帰終南山松龕旧隠」詩に「且復命酒樽、独酌陶永夕」とあるように、まれに酒そのものと解釈できる例もあるが、庾信「擬詠懐詩二十七首其二五」詩に「穀皮両書帙、壺盧一酒樽」、寒山「田家避暑月」詩に「雑雑排山果、疏疏囲酒罇」、都良香「早春侍宴賦陽春詞応製」詩序に「膾縷細而紅膚肥、酒樽湛而緑色徹」（『本朝文粋』巻八）等とあるように、本義を失わないのが一般。ここも、あるいは押韻のために互倒されたと見るべきか。

【補注】

韻字は「根」（上平声二十四痕韻）、「門・樽」（上平声二十三魂韻）で、両者は同用。平仄にも基本的な誤りはない。

先掲の呉論文（三四番詩【補注】）は、梵門の詩であれば心を打ち明けて話しながらお茶を楽しむのに、わざわざ「酒のことを言い出すのはすこぶる不自然であり、作者が隠逸の世界を展開しようとする意図がはっきり見えている」と言われるが、寺院を詩作の場とする詩にも酒に言及する場合が多い。

白居易「従龍潭寺至少林寺題贈同游者」詩に「九龍潭月落杯酒、三品松風飄管弦」、同「題東武丘寺六韻」詩に「酒熟凭花勧、詩成倩鳥吟」、同「香山寺二絶其一」詩に「家醞満瓶書満架、半移生計入香山」、同

相手との別離である。「夏安居」という、夏の期間だけの山籠ではあっても、その間は離れて暮らし、会うことが許されないならば、それを嘆くのはもっともなことと考えられる。そして、日本古典文学全集本で「このほととぎすは女性に見立てられている。そのために「鳴く―泣く」がよけいに生きている」と説明するのも、自然なことであろうし、『注釈』が漢詩をふまえて指摘するように「ほととぎすの鳴き声は、帰ることを促す」とすれば、なおさら似つかわしいと言える。

類似する三〇番歌の「ほととぎす鳴き立つ夏の山辺にはくつていださぬ人や住むらむ」との違いは、次の二点にある。

第一に、三〇番歌は詠み手が夏の山辺に行き、そこで耳にしたホトトギスの鳴き方の理由を述べるのに対して、当歌は詠み手が里に留まっていて耳にしたホトトギスの鳴き方の理由を述べている点である。第二に、三〇番歌はホトトギスの鳴き声そのものが焦点になっているのに対して、当歌は詠み手自身の悲痛な状況を重ね合わせているという点である。第三句の「入りにけむ」という過去推量の表現は、対比的に、現在の相手の不在、自身との乖離を暗示するものであり、第二句の「恋しき人」には、私と同様にということが含意されていると考えられる。

※ ともかく、結句の「清談」「酒」だけで、前半の仏教的世界を破ってまで、隠逸世界を展開しようとしたとは、言いがたいのではあるまいか。

「独游玉泉寺」詩に「更無人作伴、只共酒同行」、同「遊宝弥寺」詩に「酒嫩傾金液、茶新碾玉尘」、同「宿霊岩寺上院」詩に「葷血屏除唯対酒、歌鐘放散只留琴」、同「早秋登天宮寺閣贈諸客」詩に「天宮閣上酔蕭辰、絲管閑聴酒漫巡」、趙冬曦「遊灉湖上寺」詩に「琴将天籟合、酒共鳥歌催」、沈佺期「幸香山寺応制」詩に「願以醍醐参聖酒、還将祇苑当秋汾」、高適「同群公宿開善寺贈陳十六所居」詩に「読書不及経、飲酒不勝茶」、張祜「題潤州金山寺」詩に「翻思在朝市、終日酔醺醺」、許渾「郁林寺」詩に「酒酬詩自逸、乗月棹寒波」、杜牧「宿長慶寺」詩に「終日官閑無一事、不妨長酔是遊人」、項斯「李楼士道院南楼」詩に「満壺邀我酔、一榻為僧閑」、杜牧「宣州開寺南楼」詩に「小楼才受一床横、終日看山酒満傾」、盧照鄰「赤谷安禅師」詩に「酌酒呈丹桂、思詩贈白雲」、権徳輿「湖上晩望呈恵上人」詩に「独酌乍臨水、清机常見山」など、『全唐詩』を一瞥しただけでもかなりの数を拾うことが出来、それは「茶」に対して稀と言うほどではない。中でも白詩の多さは注目すべきだろう。白居易「戯礼経老僧」詩に「何年飲著声聞酒、直到如今酔未醒」(『千載佳句』贈僧)、同「晩春登大雲寺南楼贈常禅師」詩に「愁酔非因酒、悲吟不是歌」など、比喩としての用例も含めればかなりの数に上るはずである。彼は年を取るにつれて仏教に傾倒していくことになるが、寺での飲酒は信仰的には不徹底なものであることの証拠であろう。しかし、その一方では寺院が一種の遊覧の地、心を解放する場所であったこと等、当時のさまざまな理由はあろう。

※

【比較対照】

まず、表現上の対応関係を見るならば、歌の「夏山」に対する詩起句の「一夏山中」、同じく「恋しき人」に対する転句の「知己」、「こゑ振り立てて鳴くほととぎす」に対する起句の「驚耳根」および承句の「郭公高響」のように、歌の表現のほぼすべてに対応する表現が詩にも認められる。

しかし、その設定・内容が大きく異なることは明らかであろう。一人称の視点や山籠という状況は共通するものの、歌では女の立場から男との別離を悲しく歌うのに対して、詩では男同士の出会いを喜ぶ内容になっている点で、まさに対極的に異なっている。詩の結句「恨有清談無酒樽」は、その差をさらに決定的なものにしている。また、それに伴い、同じくホトトギスの鳴き声を取り上げていても、歌では里におけるホトトギスの鳴き声に感情移入しているのに対して、詩では夏の山中のありようを物語る一つの素材としてのみ表現されている。

その結果、歌ではホトトギスの鳴き声に対して擬人的に理由付けすることに趣向があるのに対して、詩では山中での知己との出会いそのものが中心になっていると言えよう。三四番詩【補注】に挙げた呉論文は、「歌における男女の恋に対応して、その左の詩は男同士の友情という漢詩的世界を展開し」たとし、「一見、この詩は歌における梵門という主題をそのまま再現しているように見えるが、詩の後半はむしろ漢詩作者の、「隠逸の詩」に対するこだわりをみせている」と述べている。

詩についてはともかく、歌の「山に入る」という表現から、梵門に関わること自体は否定しえないが、それを歌の主題とみなすことについては疑問である。また、この歌と詩の設定のズレは、一方に、詩の方の「「隠逸の詩」に対するこだわり」があったとしても、もう一方には、当歌詩のみならず、本集の他のホトトギス歌に対する詩と同様に、ホトトギスの鳴き声に対する擬人的な理由付けという歌の趣向を写そうとしない、あるいは写しえないという、詩としての事情があったのではないかと考えられる。

夏という季節を歌ったものという観点から見るならば、歌よりも詩（とりわけ前半）の方がよりふさわしいと言えよう。歌は夏の鳥としてのホトトギスを取り上げてはいるものの、内容的にはむしろ恋歌である。

三七番

琴之声丹　響通倍留　松風緒　調店鳴　蟬之音鉇

琴のねに　響き通へる　松風を　調べても鳴く　蟬のこゑかな

【校異】

本文では、初句の「琴」を、京大本・大阪市大本・天理本が「翆」とし、結句の「鉇」を、類従本・文化写本・藤波家本・永青本が「銫」とする。

付訓では、とくに異同が見られない。

同歌は、寛平御時后宮歌合（十巻本・廿巻本、夏歌、七五番。ただし第三句「松風は」）にあり、また勅撰集では、かなり下って新拾遺集（巻三、夏、三〇三番）に「寛平御時きさいの宮の歌合の歌　読人しらず」としてあり、私撰集では古今六帖（第一、天、夏のかぜ、三九八番、みつね。ただし第三句「松かぜに」）、夫木抄（第九、夏、三五八四番、寛平御時后宮歌合、よみ人しらず。ただし第三、四句「松風にしらべなくなる」）にも見られる。

【通釈】

琴の音に響きが似通っている、松を吹く風にまさに調子を合わせるように鳴くセミの声であるなあ。

邕郎死後罷琴声
可賞松蟬両混幷
一曲弾来千緒乱
万端調処八音清

邕郎《ヨウラウ》の死後《シコウ》琴声《キンセイ》を罷《や》む。
賞《シャウ》す（べ）し松蟬《ショウセン》両《ふた》つながら混幷《こんぺい》することを。
一曲《イッキョク》弾《タン》じ来《きた》れば千緒《センショ》乱《みだ》る。
万端《バンタン》調《ととの》ふる処《ところ》八音《ハツイン》清《きよ》し。

【校異】

「邕郎」を京大本・大阪市大本・天理本「邕良」に作り、天理本には「郎」の校注があり、永青本・久曽神本「色郎」に作る。「罷」を講談所本「羅」に作って、更改符を付けて「罷」を注する。「千緒乱」を類従本・藤波家本・講談所本・道明寺本・京大本・大阪市大本・天理本・羅山本・無窮会本・永青本・久曽神本「千緒犯」に作る。

また、前二句が『新撰朗詠集』夏・蟬に収載されるが、「可賞」を「可憐」に作る。

【通釈】

琴の名手の蔡邕が亡くなってから琴らしい琴の楽音が途絶えるようになってしまったが、類似する松風の音とセミの鳴き声とが一緒になった音は鑑賞することができる。その松風とセミの音楽は一曲弾き始めたときには様々に音が絡まりあって調子が乱れていたが、あれこれと音の調子を調節すると、まるで八つの楽器が調和して澄み切った音を奏でるか

【語釈】

琴のねに　「琴（こと）」は、当時の弦楽器の総称。万葉集から「言問はぬ木にはありともうるはしき君が手馴れの琴〔許等〕にしあるべし」（万葉集五—八一一）のように見られる。本文「声」は、本集では「ね」「おと」「こゑ」などと訓まれているが、当歌では「ね」と訓む。音数の関係もあるが、琴の発する音に関して、万葉集には例がなく、八代集では「秋風にかきなすことのこゑにさへはかなく人のこひしかるらむ」（古今集一二—五八六）「逢ふ事のかたみのこゑのたかければわがなくねとも人はきかなん」（後撰集一八—一二六八）などのように「こゑ」を用いる場合もあるものの、一般には「ね」を用いていることによる。

響き通へる　「響（ひび）き」と「通（かよ）ふ」という語連続は、万葉集・八代集を通じて、「宮こまでひびきかよへるからことは浪のをすげて風ぞひきける」（古今集一七—九二一）の一例のみ、「からこと（唐琴）」に関して見られる。この例の「響き」を、竹岡評釈は名詞として、「唐琴の響きが都まで通じる」と解する。同様の語連続の例としては、「み山よりひびききこゆるひぐらしの声をこひしみ今もけぬべし」（後撰集一六—一一二七）があるが、この場合は「響くように聞こえる」で、ともに動詞として解釈される。当歌においては、初句の「琴のねに」の「に」という助詞と結びつくのが「通ふ」とすれば、「（松風の）響きガ琴のねニ通ふ」という関係としてとらえるのが適切と考えられる。「響く」という語は、万葉集にはなく、八代集では琴の他に、ひぐらしの声、滝や河水の流れる音、木を伐る音に対して、大きくあるいは遠くまで聞こえることを表すのに用いられている。「通ふ」は空間的な移動を表す

の様に聞こえた。

【語釈】

1 邕郎　後漢の文人政治家蔡邕のこと。字は伯喈。若くして博学、辞章を好み、書画に秀で、音律にも通暁して、「焦尾琴」という名器を持つ琴の名手として知られた。『藝文類聚』や『初学記』等の類書の琴の項には、逸話とともに彼の「琴賦」の一節がとられる。また『楽府詩集』巻五九・琴曲歌辞には、彼の作だという「蔡氏五弄」なる五曲の琴曲名を楽府題とする、斉梁以来の作品が収録される。張正見「賦得秋蟬喝柳応衡陽王教」詩に「長楊流喝尽、詎識蔡邕弦」、隋・王由礼「賦得高柳鳴蟬」詩に「何言枝裏翳、遂入蔡琴声」、許渾「冬日宣城開元寺贈元孚上人」詩に「剣出因雷煥、琴全遇蔡邕」とあり、枝礒磨「五言奉試得爨焼桐」詩に「幸逢邕子識、長作五絃琴」（『経国集』巻一四）、島田忠臣「後漢書竟宴各詠史得蔡邕」詩に「蔡邕経史有功深、世許宏才又鼓琴」（『田氏家集』巻中）、藤原広業「松竹対策」に「柯亭月閑、雲遏蔡氏之曲」（『本朝文粋』巻三）、本集にも「一一流聞邕子瑟」（五五番）、「更訝邕郎琴瑟響」（一七四番）、「邕郎弦弾歌漢月」（一八一番）等とある。なお、嵯峨天皇「和左衛督…早雁之作」詩に「蔡女弾琴清曲響、潘郎作賦興情融」（『凌雲集』）とある「蔡女」は、彼の娘でやはり琴の名手であった「蔡琰」のこと。「郎」は、六朝時代は下僕が主人を呼ぶときの言葉。のち男子の美称・尊称としても口語的に広く使われる。ただ、卑見では「姓」＋「郎」が一般的で、本集でも他に「蕭郎」（四一・六〇番）があるが、それも梁武帝・蕭衍のことである。異文「色郎」は、

のが原義であるが、転じて、何かと何かが通じ合う・似通うの意を表す。万葉集では、人の移動以外では、「飛騨人の真木流すといふ丹生の川言は通へど舟そ通はぬ」（万葉集七―一一七三）「風雲は二つの岸に通へども我が遠妻の言そ通はぬ」（万葉集八―一五二一）などのように、「言（こと）」（便り）や「舟」「風雲」などにも用いられているが、その他の比喩的な用法は見られない。八代集になると、「ことのねも竹もちとせのこゑするは人の思ひにかよふなりけり」（後撰集二〇―一三七一）「ことのねや松ふくかぜにかよふらんちよのためしにひきつべきかな」（金葉集九―五四一）「とりのねも浪のおとにぞかよふなるおなじ御のりをとけばなりけり」（千載集一九―一二五二）などのように、ある物の音声が別の物の音声に通じ合うという意の比喩的用法が現れる。当歌では、「琴のね」に「松風の響き」が似通うという意を表す。

松風を　「松風（まつかぜ）」は「松の梢に当たって音をたてさせるように吹く風」（日本国語大辞典第二版）のこと。万葉集から「天降りつく天の香具山　霞立つ　春に至れば　松風に　池波立ちて…」（万葉集三―二五七）のように、春の季節の歌に三例が見られるが、その音に関して歌うものはない。八代集では、「松風のおとにみだるることのねをひけば子の日の心地こそすれ」（拾遺集八―四五二）「松かぜもきしうつなみももろともにむかしにあらぬおとのするかな」（後拾遺集一七―一〇〇〇）などのように、「おと」を用いた例が見られるようになり、また「いかがふく身にしむ色のかはるかなたのむるくれの松かぜのこゑ」（新古今集一三―一二〇一）「たのめおく人もながらの山にだにさよふけぬればまつ風の声」（新古今集一三―一二〇二）などのように「こゑ」と

字形の類似からの誤写とすることができようが、異文「邕良」は或いは、古代では夫が妻のことを、または妻が夫のことを「良」又は「良人」と呼んでいた。妻のことを良人としたので字が変わって「娘」となり、夫を良人としたので「郎」となったという、章炳麟『新方言』三の説を幾分か裏付ける世俗的用例と見ることも可能だろう。『楽府詩集』巻四六・清商曲辞・読曲歌八九首其三〇に「白帽郎、是儂良、不知烏帽郎是誰」とある。『広韻』では「良」「郎」はそれぞれ下平声十陽韻、下平声十一唐韻に分類される（両者同用）極めて近い韻でもある。**死後**　死んだあと、の意。「生前」の反対。元禄九年版本等には訓合符があり、「死して後」の訓もある。漢・孔融「雑詩二首其二」詩に「生時不識父、死後知我誰」、元稹「冬日紵」詩に「子胥死後言為諱、近王之臣諭王意」等とある。**罷琴声**　「罷」は、中止・廃止・停止すること。蕭子顕「代美女篇」詩に「邯鄲蹔輟舞、巴姫請罷弦」（『玉臺新詠』巻八）、王勃「滕王閣」詩に「滕王高閣臨江渚、佩玉鳴鸞罷歌舞」、沈佺期「哭蘇眉州崔司業」詩に「罷琴明月夜、留剣白雲天」、李白「夜泊黄山聞殷十四呉吟」詩に「我宿黄山碧渓月、聴之却罷松間琴」とある。「琴声」は、琴の音。南斉・王融「詠幔」詩に「毎聚金鑪気、時駐玉琴声」（『玉臺新詠』巻四）、白居易「晩起」詩に「酒性温無毒、琴声淡不悲」、良岑安世「山亭聴琴」詩に「山客琴声何処奏、松蘿院裏月明時」（『文華秀麗集』巻下）、菅原道真「奉哭吏部王」詩に「世間自此琴声断、不独人啼鬼亦啼」（『菅家後集』）等とある。

2 松蟬　風が松の枝を吹いて出す音とセミの鳴き声と、の意。ただ「松蟬」「蟬松」の語例を知らない。講談所本・道明寺本・羅山本・無窮

表す例も見られるが、「ひびき」の例は見当たらない。なお、「松のねに風のしらべをまかせては竜田姫こそ秋はひくらし」（後撰集五—二六五）「松のねは秋のしらべにきこゆなりたかくせめあげて風ぞひくらし」（拾遺集七—三七二）などのように、「松のね（音）」という表現もある。また、八代集の四季歌において、「松風」は「みじか夜のふけゆくままに高砂の峰の松風ふくかとぞきく」（後撰集四—一六七）の一例が夏の歌に詠まれるのみで、秋の歌に多く見られる。当歌では、松風の音を琴の音に似通うと表現するが、両者を関係付ける歌としては、八代集に、「ことのねに峯の松風かよふらしいづれのをよりしらべそめけん」（拾遺集八—四五一）「松風のおとにみだるることのねをひけば子の日の心地こそすれ」（拾遺集八—四五二）「千代とのみおなじことをぞしらぶなるながたの山のみねの松かぜ」（千載集一〇—六三四）「ことのねを雪にしらぶときこゆなり月さゆる夜のみねの松かぜ」（千載集一六—一〇〇二）「むらさきの雲ぢにさそふことのねにうき世をはらふ嶺の松風」（新古今集二〇—一九三七）のように見られる。ちなみに、「松風」は後に山田流箏曲の曲名の一つとなるが、それは「松風」という琴の名に由来する。「松風を」の「を」は次句にある「調ぶ」と結びつくと考えられるが、【校異】に示した如く、寛平御時后宮歌合では「松風は」、古今六帖などでは「松風に」となっている。この点については次項に述べる。

調べても鳴く　「調（しら）ぶ」は万葉集になく、他の上代資料にも見られない語のようである。八代集での初例は「浪のおとのけさからことにきこゆるは春のしらべや改るらむ」（古今集一〇—四五六）という名詞の形であり、曲調の意で用いられている。動詞としては、「ことの

会本には「松の蝉の」の訓がある。白居易「従龍潭寺…同遊者」詩に「九龍潭月落杯酒、三品松風飄管弦」（『千載佳句』夜宴）、方干「聴段処士弾琴」詩に「泉迸幽音離石底、松含細韻在霜枝」（『千載佳句』琴）、白居易「嵩陽観夜奏霓裳」詩に「迴臨山月声弥怨、散入松風韻更長」（『千載佳句』楽曲）等を初めとして、李白「月夜聴盧子順弾琴」詩に「忽聞悲風調、宛若寒松吟」、盧仝「風中琴」詩に「一弾流水一弾月、水月風生松樹枝」、島田忠臣「池榭消暑」詩に「月沈蘋藻銀鉤影、風触松杉玉軫声」（『田氏家集』巻下）、菅原道真「客舎冬夜」詩に「行楽去留遵月砌、詠詩緩急播風松」（『菅家文草』巻三）等とあるように、琴を中心とする弦楽器の演奏の形容に松声が多く用いられるのは、琴曲「風入松」なる曲名からの連想。一方「蝉」の方は、『後漢書』蔡邕伝に、蔡邕が隣人に招待されて出かけたところ、琴の音が聞こえてきたが何故かその音に殺気を感じて帰ってしまった。その訳を聞いた主人がその演奏者に尋ねると「弾琴者曰、我向鼓琴、見螳螂方向鳴蝉、蝉将去而未飛、螳螂為之一前一却。吾心聳然、惟恐螳螂之失之也、此豈為殺心而形於声者乎」（『藝文類聚』・『白氏六帖』蝉）と答えたという故事があり、それに基づく詩作も上記蔡邕の項に見える。**混幷**　異種のものが混じって一緒になること。『後漢書』和熹鄧皇后伝に「華夏楽化、戎狄混幷」、左思「蜀都賦」に「輿輦雑沓、冠帯混幷」（『文選』巻四）とある。

3 一曲　ひとふしの音楽、の意。嵇康「与山巨源絶交書」に「濁酒一盃、弾琴一曲」（『文選』巻四三）、白居易「南園試小楽」詩に「不飲一盃聴一曲、将何安慰老心情」（『千載佳句』老）、菅原道真「詠楽天北窓三友詩」詩に「不須一曲煩用手、何必十分便開眉」（『菅家後集』）とあ

ねに峯の松風かよふらしいづれのをよりしらべそめけん」（拾遺集八―四五一）「千代とのみおなじことをぞしらぶなるながたの山のみねの松かぜ」（千載集一〇―六三四）「ことのねを雪にしらぶときこゆなり月さゆる夜のみねの松かぜ」（千載集一六―一〇〇二）の三例があり、いずれも先に挙げた、琴の音と松風の音を関連させた歌に見られる。これらの例における「調ぶ」の文法的関係を見ると、三例とも「松風ガ琴（の音）ヲ調ぶ」であり、「調ぶ」は琴という楽器を演奏する意を表すと考えられる。当歌の「調ぶ」の主体は結句の「蟬」であり、その対象は第三句の「松風」ということになるが、その場合、「松風」を楽器に見立てて、「調ぶ」を演奏するの意ととらえることは難しい。「調ぶ」には他に、楽器の音律を整えるという意もあるが、同様に、当歌の場合にはあてはめにくい。また、何かの曲を演奏するの意も考えられなくもないが、ヲ格をとる該当例が見当たらない。【通釈】に示したように、歌全体の内容を考えれば、「松を吹く風に調子を合わせる」と解釈するのが適当と考えられるものの、そのような用法はなお見いだしていない。ただ、『源氏物語』には「又箏の琴を盤渉調にしらべて」（帚木巻）や「よく鳴ることを、あづまにしらべて、かきあはせ」（花散里巻）（ともに『対校源氏物語新釈』による）などのように、琴をある調子（盤渉調）で演奏する、あるいは琴を別の琴（あづま琴）に調子を合わせるという用法が見られ、また、前項末に記したとおり、古今六帖などに、「松風を」ではなく「松風に」とあるのは、「調子を合わせる」という意に解釈しようとした結果ではないかと推測される。以上のことを勘案して、当歌の「調ぶ」を、松風の音の調子に合わせるの意ととらえておきたい。なお、

る。

弾来　「弾」は、弦をはじいて音を出す意から、広く琴などの弦楽器を演奏すること。王諲「夜坐看搊箏」詩に「不知何処学新声、曲曲弾来未観名」とある。　**千緒**　様々に、絡まりあって、多くのものが入り乱れる様。『晋書』陶侃伝に「閫外多事、千緒万端、罔有遺漏」とあり、岑参「虢州酬辛侍御見贈」詩に「鬢毛方二色、愁緒日千端」、高階積善「七言九月尽日侍北野廟各分一字詩一首」序に「前輩之深於詩者、觴其万緒之時也」（『本朝麗藻』巻下）、大江以言「暮春於文章院餞諸故人赴任同賦別路花飛白」詩序に「夫離別之為事焉、憂則万緒、理亦千名」（『本朝文粋』巻九）、大江匡衡「暮春於右大丞亭子同賦逢花傾一盃」序に「内掌機密、以安緝万緒。外扇風化、以粛清三台」（『本朝文粋』巻一〇）、三善道統「為空也上人供養金字大般若経願文」に「星霜十四廻、胸臆千万緒」（『本朝文粋』巻一三）とある。

４万端　すべて、様々に、の意。魏文帝「与呉質書」に「年行已長大、所懐万端」（『文選』巻四二）、藤原斉信「四望遠情多」詩に「襟懐一日神皐外、思緒万端客路中」（『類題古詩』意）、三善清行「意見十二箇条」に「此等条類、千緒万端」（『本朝文粋』巻二）とある。　**調処**　「調」は、楽器の調子を整えること。白居易「雲和」詩に「非琴非瑟亦非箏、撥柱推絃調未成」、同「五弦弾」詩に「趙璧知君入骨愛、五弦一一為君調」とある。「処」については、五番詩【語釈】該項を参照のこと。

八音　金・石・糸・竹・匏・土・革・木の八種類の素材で作られた古代楽器の総称。引いては広く音楽を指す。『史記』礼書に「耳楽鐘磬、為之調諧八音以蕩其心」、馬融「長笛賦」に「心楽五声之和、耳比八音之調」（『文選』巻一八）、成公綏「嘯賦」に「揔八音之至和、固極楽而無

本文の「店」字を「ても」という音仮名として訓む例は万葉集を含め上代資料には見られないが、本集には他に三例（六七・九一・一〇一番）、いずれも助詞を示すのに用いられている。

蟬のこゑかな　「蟬のこゑ」については二二番歌において取り上げてあるが、その声を別の音声と関連させて詠んだ歌は、万葉集にも八代集にも見られず、十三代集でも『新拾遺集』に同歌を載せる他は、「空はれて木ずゑ色こき月の夜のかぜにおどろくせみのひと声」（風雅集四―四二一）や「分過ぐる山した道の追風にはるかにおくる蟬のもろ声」（新後拾遺集三―二七一）などのように、当歌同様、風とともに詠み込まれた歌はあるものの、その音の関係を表現した例は見当たらない。

【補注】

当歌は、和歌表現史的に見て、「響き通ふ」や「調ぶ」という語の使用や用法が稀れな点や、「蟬のこゑ」を取り上げるのに、秋の歌に詠まれることの多い「松風」との関係を持ち出し、さらにそれを「琴のね」にまで結び付けている点などから、異色である。

【語釈】で触れたように、「松風を調べても鳴く」という表現の解釈にあたり前提としたのは、松風も音を立てて吹き、かつセミも鳴いていて、セミの声が松風に乗って遠くから聞こえてくるという状況である。セミの声が松風の音のように聞こえるという解釈の可能性も考えられるが、歌全体として「琴の音のような松風のような蟬の声」という二重の比喩となって、とりがたい。もとより、琴の音は比喩であって、実際に聞＊

荒」（『文選』巻一八）、菅原道真「鼓」詩に「八音調雅楽、鳴鼓自堪聞」（『菅家文草』巻五）とある。

【補注】

韻字は「声・幷・清」で、下平声十四清韻。平仄にも基本的な誤りはない。

後半の二句は「一曲」に「万端」、「弾来」に「調処」、「千緒乱」に「八音清」がそれぞれ対応する対句。「一・万・千・八」と数字を用いて数対を作る遊技的な作品となっている。その後半部の主体は、和歌を題とすれば、セミと考えるべきだろう。

＊こえるわけではない。セミの鳴き声を美的なものとしてとらえることは、古代和歌において決して一般的ではなかった。また、松風もその音に焦点が置かれるのは八代集になってからであり、しかもそれを美的なものとしてとらえるのは、琴の音と結び付けられることによってであった。したがって、当歌が詠まれた時点において、セミの鳴き声を賞美する歌として表現するには、それ単独はもとより、松風だけでも足りず、琴の音まで持ち出す必要があったのではないかと考えられる。

その結果、一首内に「ね・響き・調ぶ・鳴く・こゑ」という音声に関わる語が多用され、また「響き通へる」や「松風を調べても鳴く」のような無理な表現も用いられることになり、全体に煩雑・不整合の印象の否めないものになってしまったと言えよう。

【比較対照】

当歌詩は、内容・表現とも全体的に対応していると言えよう。

詩の起句は、歌の「琴のね」に対する「琴声」を取り上げ、その素晴らしさを「邕郎」という名人を挙げて示し、さらに「死後罷」という表現によって間接的に承句と関係付けて、歌の「響き通へる」に対応させている。

承句は「松蟬」の一語によって、歌の「松風」と「蟬のこゑ」を表している。詩【語釈】に述べるように、この語例が他に見られないとすれば、歌のこの両語に対応させるための造語とも考えられる。「両混幷」は歌の「調べても鳴く」に対応しようが、起句との関係および「可賞」の語によって、「混幷」という状態が美的なものであることを示している。

後半二句は、承句の「混幷」を変化の過程として表現し、結句の「万端調処」はもとより、全体として「調ぶ」という語の音楽に関わるニュアンスを詳細化したものになっている。歌の「松風を調ぶ」という表現の解釈も、詩の後半の表現に重なると見られる。歌の大意自体は詩の前半で尽くされているとも言えるが、前半では明確にしえなかった音楽的な状況を表している点では、重複的な、まして無関係な追加ではなく、意味のある補完的な役割を果していると考えられる。

異なるところがあるとすれば、歌では結句において「蟬のこゑかな」と、セミの声を焦点化しているのに対して、詩ではあくまでも「松蟬」という対として取り上げている点である。加えて、詩の後半はその【補注】に示したように、歌との対応を考えればセミが主体となろうが、詩だけを見れば、「松蟬」の「両混幷」した音声そのものが主体あるいは主題となっているととらえられる。この異なりは、あるいは歌および詩の【語釈】に述べたごとく、琴および音楽との関連性は松風の方が密接であり、詩が音楽的な表現を多く取り込んだ分だけ、セミを中心として表現するのに困難が生じたからではないかと考えられる。

三八番

夜哉暗杵　道哉迷倍留　郭公鳥　吾屋門緒霜　難過丹鳴

夜や暗き　道やまどへる　ほととぎす　吾がやどをしも　過ぎがてに鳴く

【校異】

本文では、第三句の「郭」を、永青本・久曾神本が欠く。

付訓では、第二句の「まどへる」を、底本および元禄九年版本・元禄一二年版本・文化版本が「まよへる」とするが他本により改める。

同歌は、寛平御時后宮歌合（十巻本、夏歌、六五番。ただし結句「すぎがてにする」）にあり、また古今集（巻三、夏、一五四番）に「寛平御時きさいの宮の歌合のうた　紀とものり」として、古今六帖（第六、鳥、ほととぎす、四四四〇番、とものり。ただし第四句「わがやどにしも」）、友則集（一一番、寛平御時中宮のうたあわせに。ただし下句「わかやとにしもをりはへてなく」）にも見られる。

【通釈】

夜が暗いからか、道に迷ったからか、ホトトギスは、他ならぬ私の家を通りすぎることができずに鳴くことよ。

【語釈】

夜や暗き　「夜（よ）」と「暗（くら）し」が主述関係あるいは修飾関

月入西崤杳冥霄

郭公五夜叫飄颻

夏天処々多撩乱

暁牖家々音不遙

月《つき》西崤《セイシ》に入《いり》て杳冥《エウメイ》たる霄《そら》。

郭公《ほととぎす》五夜《ゴヤ》に叫《なき》て飄颻《ヘウエウ》たり。

夏天《カテン》処々《ショショ》多《おほ》く撩乱《レウ（ラン）》。

暁牖《ゲウイウ》家々《カカ》音《こゑ》遙《はる》かなら（ず）。

【校異】

「西崤」を類従本「西滋」に作る。「杳冥」を、京大本・大阪市大本「杳冥」に作る。「霄」を、詩紀本・無窮会本「宵」に作る。「郭公」を類従本・藤波家本・講談所本・道明寺本・羅山本・無窮会本「郭鴬」に、京大本・大阪市大本・永青本・久曾神本「郭公鳥」に作る。「五夜」を羅山本・無窮会本「五更」に作り、「夜」を校注する。「撩乱」を底本等諸本「掩乱」に作るも、永青本・久曾神本に従う。

【通釈】

月も西の山に入ってしまったので空は果てしなく暗く、ホトトギスが未明に鋭く鳴きながら舞い飛んでいる。夏にはあちこちで鳴き声が入り乱れることが多く、家々の夜明けの窓辺近くに聞こえる。

【語釈】

１　月入　元稹「宿石磯」詩に「灯暗酒醒顛倒枕、五更斜月入空船」

係で用いられた例は、万葉集にも八代集にも見られない。やや近い例で、「秋の田の穂田を雁がね暗けくに夜のほどろにも鳴き渡るかも」（万葉集八―一五三九）がある程度で、八代集で「暗し」の対象となるのは、「山路」「木の下（陰）」「心」などである。そもそも夜が暗いのは自明のことであって、しいて表現するとしたならば、月のない夜すなわち「闇夜」の場合であろう。第二句の「まどふ」との関わりで言えば、「…闇夜なす 思ひ迷はひ 射ゆ鹿の 心を痛み 葦垣の 思ひ乱れて…」（万葉集九―一八〇四）や、仏教的な比喩を伴う「世中に猶有あけの月なくてやみに迷ふをとはぬつらしな」（後撰集一四―一〇六六）「よをてらす月かくれにしさよなかはあはれやみにやみなまどひけん」（後拾遺集二〇―一一八二）「一こゑも君につげなんほととぎすこの五月雨はやみにまどふと」（千載集九―五五五）などの例が見られる。これらから考えると、「夜や暗き」という表現は実質的には「闇（夜）にまどふ」ことを言うものと考えられる。

道やまどへる 「まどふ」については、二五番歌【語釈】「まどひ増される」の項を参照。「道」に関して「まどふ」を用いる例は、万葉集に「妹がため菅の実摘みに行きし我山路に迷ひこの日暮らしつ」（万葉集七―一二五〇）の一例があり、八代集には「雲路」や「夢路」「恋路」なども含め、二〇例以上見られ、これらのうち「まどふ」が助詞を取る場合はすべて二格である。当歌は、「年ごとに雲ぢまどはぬかりがねは心づからや秋をしるらん」（後撰集七―三六五）「いかばかりふるゆきなればしながどりゐなのしばやまみちまどふらん」（後拾遺集六―四〇八）「そまがたにみちやまどへるさをしかのつまどふ声のしげくも有るかな」

（『千載佳句』暁）、元稹「鄂州寓館厳澗宅」詩に「何時最是思君処、月入斜窓暁寺鐘」（『千載佳句』憶友）等とあるように、月光が窓や部屋に入るというのが一般的で、月そのものが山などに入って見えなくなるという例を知らない。菅原道真「早秋夜詠」詩にも「莫道此間無得意、清風朗月入蘆簾」（『菅家文草』巻三）とある。

西嵫 日の沈む処とされる崦嵫山のこと。屈原「離騒」に「日忽忽其将暮。吾令羲和弭節兮、望崦嵫而勿迫」（『楚辞』、『文選』巻三二）とあり、王逸は「崦嵫、日所入之山也」という。江総「侍宴臨芳殿」詩に「西嵫傷撫夕、北閣濫游陪」とある。

杳冥霄 「杳冥」とは、空や山・霧などが暗くてぼんやりした様、あるいは果てしなく奥深い様。『楚辞』九歌・山鬼に「杳冥冥兮羌昼晦、東風飄兮神霊雨」、『楚辞』惜誓に「馳騖於杳冥之中兮、休息虖崑崙之墟」、江淹「従冠軍建平王登廬山香炉峯」詩に「絳気下縈薄、白雲上杳冥」（『文選』巻二二）、宋玉「対楚王問」に「鳳皇上撃九千里、絶雲霓、負蒼天、翱翔乎杳冥之上」（『文選』巻四五）とあり、『古事記』序に「故、太素杳冥、因本教而識孕土産島之時」とある。本集に「杳冥若有天容出」（六七番）とある。「霄」は、高く遠い空、天空のこと。陸機「演連珠五十首」に「臣聞、披雲看霄、則天文清」（『文選』巻五五）とあり、劉孝標注に「凶邪乱正、亦由浮雲蔽天」とある。和訓は「オオソラ」「ソラ」とあるべきだが、底本・藤波家本・講談所本・羅山本など諸本多く「クラシ」とある。「霄」は、異文「宵」と声韻が全く同じで草体も類似するために、それに通じて用いられて、夜、暗い、の意もあるのである。なお、二九番詩【語釈】「一宵」の項を参照。ただし「杳冥」が「宵」を形容する例を知らない。「宵」を「よひ」と訓んで、

（千載集五―三〇八）などと同様、「に」が表示されない表現と考えられる。なお、第一句と合わせて「や」が重複して用いられていることに関して、「「…や…や」と問いかけ、その一方に決めかねている。こういう表現は『古今集』に非常に多い」と、古今集所載の同歌に対し古典文学全集本では注しているが、古今集には一〇例程度であり、しかも「としのうちに春はきにけりひととせをこぞとやいはむことしとやいはむ」（古今集一―一）「はるやとき花やおそきときききわかむ鶯だにもなかずもあるかな」（古今集一―一〇）「きみやこし我や行きけむおもほえず夢かうつつかねてかさめてか」（古今集一三―六四五）などのように、そのほとんどは相対する二者択一的な問いかけである。それに対して当歌の場合は、推測可能ないくつかの理由の中から「夜や暗き」と「道やまどへる」という二つを挙げたにすぎず、この二つに限定し、そのうちの一つに決めかねているという表現ではないと考えられる。

ほととぎす　ホトトギスの鳴く場所との関わりでは、とくに三三番歌および三六番歌の【語釈】該項を参照。

吾がやどをしも　「やど」は家屋のみならず庭をも含めて言う。「や（家）＋と（処）」が語源とされるが、「や（屋）＋と（外）」と「や（屋）＋ト（戸）」の二様に区別する説もある（岩波古語辞典）。本集においては、当歌の「屋門」という表記がほとんどであるが、万葉集では「屋戸」あるいは「屋前」が中心的であり、「屋門」の例は見当たらない。「吾（わ）がやど」という表現については、半沢幹一「私物化された自然空間――古代和歌における「わがやど」――」（『表現研究』六六、一九九六・一〇）を参照。「しも」という副助詞は「話し手が、他の類似

夜中の前の時間とするのは、中世から。なお、諸本には「杳冥たる霄」「杳冥として霄」の二訓がある。前者の訓みを採るなら「ソラ」と訓み、後者であれば「クラシ」と訓む。

2　郭公　二四・二六・二七番詩の【語釈】該項及び【補注】を参照のこと。本集上巻に「郭公」は一一例あるが、そのうち七例までが承句にあり、残り三例は起句にある。**五夜**　異文「五更」に同じ。実際の夜とは異なり、宮城内外の警備のために設けられた、概念としての時間。従って夏と冬ではその時間は異なる。ほぼ夕暮れから夜明けまでを五等分した時間の総称として、また時にその五番目の時間、三時頃から五時頃までを特に指して用いられることもある。ここは後者。喬知之「和蘇員外寓直」詩に「三旬登建礼、五夜直明光」、杜甫「奉和賈至舎人早朝大明宮」詩に「五夜漏声催暁箭、九重（一作天）春色酔仙桃」（『千載佳句』禁中）、良岑安世「五夜月」詩に「客子無眠投五夜、正逢山頂孤明月」（『文華秀麗集』巻下）、嵯峨天皇「和内史貞主秋月歌」に「三更露重絡緯鳴、五夜風吹砧杵声」（『文華秀麗集』巻下）とあり、菅原道真「奉和執金吾相公弾琴之什」詩に「峡断玉泉咽、鳥寒五夜深」（『菅家文草』巻二）など、道真詩には五例ある。**叫飄颻**　「叫」は、本集では「郭公夜叫忽過庭」（二七番）、「栖来鶴翔叫無窮」（二八番）、「郭公緩叫又高飛」（二九番）、「郭公一叫誤閨情」（三三番）、「三夏鳴禽号郭公、従来狎媚叫房櫳」（四二番）、「秋鴈雝雝叫半天」（五四番）、「雁音頻叫啣蘆処」（七七番）など、郭公と鶴の鳴き声の形容に用いられる。「飄颻」とは、畳韻の語で、風が吹く様、又はその風に吹かれてヒラヒラと舞い上がり揺れる様。ここは鳥の飛翔する様。底本は「飄颻タリ」と訓ずるが、

したものの中から、特にその事柄を取り出して示そうとする意志を表し、当歌は「他の家をひとまずおいて、「わがやどを」を特に取り出して示そうとする」（日本文法大辞典）例とされる。

過ぎがてに鳴く　「がてに」はこの形で連語あるいは接尾語とする説が多いが、古くは動詞「かつ」に打消の助動詞「ず」が付いた表現であり、万葉集では「筑波嶺の嶺ろに霞居過ぎかてに（可提尓）息づく君を率寝て遣らさね」（万葉集一四―三三八八）のように「かてに」の形が多いものの、「春されば我家の里の川門には鮎子さ走る君待ちがてに（我弖尓）」（万葉集五―八五九）のように「がてに」と訓む例もあり、また「朝露の消やすき我が身他国に過ぎかてぬ（加弖奴）かも親の目を欲り」（万葉集五―八八五）「鳴く鶏はいやしき鳴けど降る雪の千重に積めこそ我がたちかてね（可弖祢）」（万葉集一九―四二三四）などのように活用した例も認められる。表記としては「不勝」や「難（尓）」を当てる場合が多く、表現としては他の動詞に付き、中でも「待ちがてに」あるいは「寝ねがてに」などの表現が目立ち、～することができない、あるいは～しにくいなどの意を表す。八代集では一五例見られるが、その半分は古今集に集中し、「あは雪のたまればかてにくだけつつわが物思ひのしげきころかな」（古今集一一―五五〇）のように本動詞としての用法も認められるが、上接動詞も含めほぼ固定的な表現になっている。「過ぎがてに」という表現は、万葉集ではその主体がすべて人であり、それ以外の例としては八代集に「誰きけと鳴く雁金ぞわがやどのを花が末を過ぎがてにして」（後撰集七―三六一）「ふりはへて人もとひこぬ山ざとは時雨ばかりぞすぎがてにする」（千載集六―四一三）などがある。

元禄九年版本等版本は「飄颻ス」と訓ずる。阮籍「詠懐詩其四十」詩に「焉得凌霄翼、飄颻登雲湄」、宋之問「緱山廟」詩に「王子賓仙去、飄颻笙鶴飛」、杜甫「独立」詩に「空外一鷙鳥、河間双白鷗。飄颻搏撃便、容易往来遊」とあり、島田忠臣「春風歌」詩に「糸桐繚繞飛歌樹、羅袖飄颻払舞台」（『田氏家集』巻下）とある。

3 夏天　夏。あるいは夏の空。韋応物「南園」詩に「清露夏天暁、荒園野気通」、韋応物「休暇東斎」詩に「岸幘偃東斎、夏天清暁露」、大江以言「敷簟待客来」詩に「夏天敷簟立徘徊、終日相期待客来」（『本朝麗藻』巻上）、慶滋保胤「夏日於左親衛…何処堪避暑」詩に「夏天炎居、去此何求」（『本朝文粋』巻八）とあり、本集に「夏天日長蝉侘傺」（一五〇番）とある。また「春天」（一二・一九番）、「秋天」（四八番）、「冬天」（八三番）の語がある。**処々**　本集に「庶幾使家々好事、常有梁塵之動。処々遊客、鎮作行雲之遏」（上巻序）、「家々処々匣中加」（六番）、「郭公処々数鳴時。…、況復家々音不希」（三〇番）、「壁蛬家々音始乱、叢芽処々萼初開」（六三番）とあるなど、本集においては「家々」と対応して用いられることが多い。**多撩乱**　「撩乱」とは、双声の語で、入り乱れる様。また「繚乱」とも。異文「掩乱」の語を知らない。字形の類似による誤りであろう。底本は訓を持たないが、元禄九年版本等諸本には「掩乱ス」と訓むものが多い。唐詩の中では元稹の用例が二〇例近くと、他に抜きん出て多く、「決絶（詞）」に「春風撩乱伯労語（此下集有况是二字）、此時抛去時」、「兎糸」詩に「荊榛易蒙密、百鳥撩乱鳴」、「有酒十章其九」詩に「陽烏撩乱兮屋上棲、陰怪跳趫兮水中躍」、「襄陽為盧竇紀事」詩に「鶯声撩乱曙灯残、暗覓金釵動暁寒」な

【補注】
ホトトギスの鳴き声を人里で聞くことの稀少性については、たとえば三〇・三六番歌において述べたとおりであり、「わがやど」との関係で詠んだ歌でも、「我がやどに月おし照れりほととぎす心あらば今夜来鳴きとよもせ」（万葉集八―一四八〇）「ほととぎす来居も鳴かぬか我がやどの花橘の地に落ちむ見む」（万葉集一〇―一九五四）、「わがやどの池の藤波さきにけり山郭公いつかきなかむ」（古今集三―一三五）「今さらに山へかへるな郭公こゑのかぎりはわがやどになけ」（古今集三―一五一）「つらしともいかが怨みむ郭公わがやどちかくなく声はせで」（後撰集九―五四七）「わがやどのかきねなすぎそほととぎすいづれのさともおなじうの花」（後拾遺集三―一七八）などのように、いずれもまさに「わがやど」において、ホトトギスの鳴き声を聞くことを待ち望む内容になっている。

その意味で、当歌は異例の事態を詠んだものであり、この点に関して、窪田評釈でも「わが家のあたりに留まって鳴いている時鳥を喜ぶ心のものであるが、それは余情として、その事を異常の事として、異常に対して理由を求めているのである」と述べている。

したがって、当歌の意図はその理由を詮索し納得することでも、またその理由設定の趣向を示すことでもあるまい。どのような理由であれ、よりによって「わがやど」に留まってホトトギスが鳴くことを喜んでいるのであり、むしろその事態に戸惑ってさえいると考えられ、その結果とりあえず「夜や暗き」と「道やまどへる」という二つの理由が取り上げられたのであろう。

ど、鳥あるいはその鳴き声の入り乱れる様をこの語で表現する。李淮「聴弾沈湘怨」詩に「撩乱客心眠不得、秋庭一夜月中行」（佚、『千載佳句』琴）、菅原文時「仲春内宴侍仁寿殿同賦鳥声韻管絃応製」序に「燕姫之袖暫収、猜繚乱於旧拍、周郎之簪頻動、顧間関於新花者也」（『本朝文粋』巻一一、『和漢朗詠集』鶯）とある。

4 暁牖　「戸牖」の熟語があるように、本来両者は類似の概念で捉えられていた。「戸」が人が部屋に出入りするための物であるのに対して、「牖」はそれよりも上方にやや小さく作られた、採光のための物で、両者とも開閉できる物であった。「窗」は本来屋根にあけられた天窓のことであったが、次第に「窓」が汎称となっていった。元稹「遣昼詩」に「況乃秋日光、玲瓏暁窓裏」、同「春病詩」に「残月暁窓迥、落花幽院深」、温庭筠「清涼寺」詩に「詩閣暁窓蔵雪嶺、画堂秋水接藍渓」（『千載佳句』寺）とある。　**家々**　六番詩【語釈】該項を参照。　**音不遙**　ホトトギスの鳴き声が近くで聞こえるということ。竇庠「四皓駅聴琴送王師簡帰湖南使幕」詩に「城笳三奏暁、別鶴一声遙」、白居易「酬夢得窮秋夜坐即事見寄」詩に「焰細灯将尽、声遙漏正長」、施肩吾「秋夜山居二首其二」詩に「去雁声遙人語絶、誰家素機織新雪」などとあるのを見れば、その音源との距離感を「遙」で表すのに問題はない。ただし、鳥の鳴き声は「声」を用いるのが一般。

【補注】
韻字は「宵・飆・遙」で、何れも下平声四宵韻。平仄では起句の「嵫」と「冥」が共に平声で、「冥」の対語「飄」も平声であるので、

どちらの理由も、一般的にホトトギスは夜中に鳴きながら方々に移動するとみなされていたのであるから、ホトトギスとしてのあり方・とらえ方自体を否定しかねないものである。

「冥」字を仄声の字と換える必要がある。

【語釈】中で元稹詩との関連に言及したが、彼には「西州院（東川官舎）」詩という作品があり、「自入西州院、唯見東川城。今夜城頭月、非暗又非明。文案床席満、巻舒贓罪名。惨凄且煩倦、棄之階下行。悵望天迴転、動揺万里情。参辰次第出、牛女顛倒傾。況此風中柳、枝条千万茎。到来籬下筍、亦已長短生。感愴正多緒、鴉鴉相喚驚。牆上杜鵑鳥、又作思帰鳴。以彼撩乱思、吟為幽怨声。吟罷終不寝、鼕鼕復鐺鐺」と詠うことは、注意しておいていいかもしれない。二四番詩【補注】でも触れたが、「杜鵑」の鳴き声は聞く者にある悲しみを誘うものであったわけだが、元稹は「思帰（sigui）」とそれを明示する。後年「子規（zigui）」と※の音通で、杜鵑は思帰鳥の名を持つようになるが、その比較的早い例がここにある。

詩作そのものとしては、ほとんど見るべき所がない。起句は『楚辞』に基づく語を用いながらもそれが生かされているとも思えないし、後半の二句についてはそもそも何を言いたいのかが判然としない。

【比較対照】

詩は歌を翻訳しようと、よく努力したと一応は言うべきであろう。

「夜や暗き」は詩の起句に対応し、とりわけ「月入西巘」の語句は歌の内容には表れてはいないものの、歌【語釈】にあるように、言外に当然含まれていると考えてよいものであり、従って「杳冥宵」というやや耳慣れぬ表現も、夜の暗さをより際だたせるための措辞とうけとるべきであろう。

「道やまどへる」に対応する詩の部分は、初句と起句ほどの明瞭さは認められないが、「処々に撩乱たること多く」という転句によって果たそうとしたと認められる。すなわち道に迷った結果として、「あちこちで鳴き声が入り乱れることが多」いというわけである。また、下の句の「わがやどをしも過ぎがてに鳴く」も、「他ならぬ私の家を通りすぎることができずに鳴く」からこそ、「家々の夜明けの窓辺近くに聞こえる」のである。転句の「飄颻」が意味するものは、水平方向の速い動きでなく、雪や花が風に翻り飛揚する状態をいうことがあるとすれば、郭公が家の上空を「過ぎがてに」飛んでいることを形容するだろう。

このようにして、詩の、特に後半部分は、歌の内容を因果関係で対応させて翻訳しようとしたのであり、詩は歌に対して不即不離の関係にあると言えるだろうが、逆に言えば、詩【補注】に言うように、因となる歌を前提としなければ存在しえないものだということになろう。

一方、詩に歌と異なる部分がないわけではない。その一つが、「五夜」「暁牖」の語で表される、夜明け方の時間設定である。二六番の歌と詩に示したように、「ほととぎす」も「子規（杜鵑）」も夜更けから未明にかけて鳴くとされるものの、ここで特段未明にしなければならいという必然性はどこにもない。むしろ起句の「杳冥宵」からすれば、詩内部の矛盾を来す恐れがあろう。更に歌では「わがやどをしも」と、特に自分の家を取り出して強調するのに対して、詩は「家々」とそれを拡散させてしまっている。それは歌の「ホトトギスの鳴き声を人里で聞くことの稀少性」と、それ故の喜びという、歌の主題に関わる極めて重要な事柄であったはずで、これをこそむしろ漢訳しなければならないのであった。

漢訳の失敗は、歌の内容を忠実に写そうとしてかえって表面的・副次的なことに気を取られ、肝心なことを等閑にした結果と言えるだろう。詩の主要な機能の一つに、対比ということがあるならば、まさしく「山中」と「人里」とを対比すべきであって、「処々」と「家々」では、類似概念であるにすぎない。これは漢詩作者の詩に対する力量の問題であると同時に、歌が読めていないという、より深い問題を提起しているように思われてならない。当時の人間に歌の内容は自明であったとするならば、どうしてこのような作品になるのだろうか。

なお、小島憲之氏は、「…や…や」という語法は、白詩の「非…非…」の語法の影響があると言われるが、当詩ではなぜか用いられていない。

三九番

都礼裳無杵　夏之草葉丹　置露緒　命砥侍　蟬之葬無佐

つれも無き　夏の草葉に　置く露を　命とたのむ　蟬のはかなさ

【校異】

本文では、初句の「礼」を、類従本・羅山本・無窮会本・永青本・久曾神本が「例」とし、同句の「杵」を、永青本・久曾神本が欠き、第二句の「露」を、底本が「霑」とするが他本により改める。永青本・久曾神本が、第四句の「侍」の後に「牟」を、結句の「葬」の後に下に「処」を補う。

付訓では、第二句の「つゆ」を、底本が「しも」と訓むが他本により改める。

同歌は、寛平御時后宮歌合（十巻本・廿巻本、夏歌、四八番。ただし第一句「はかもなき」、十巻本で結句「虫のはかなさ」）に見られ、また後撰集（巻四、夏、一九三番。ただし第一句「常もなき」）に「題しらず」としてあり、新撰和歌（巻二、夏　冬、一四五番。ただし第三句「置く露は」）や新撰朗詠集（上　春、蟬、一八三番）にも見られる。

【通釈】

（セミに対して）そっけない、夏の草葉の上に置く（はかない）露を、生きる糧として頼りにするセミのはかないことよ。

鳴蟬中夏汝如何
草露作湌樹作家
響処多疑琴瑟曲
遊時最似錦綾窠

鳴蟬《メイセン》中夏《チュウカ》汝《なむぢ》如何《いかん》。
草露《サウロ》を湌《サン》と作《な》し樹《き》を家《いへ》と作《な》す。
響《ひび》く処《ところ》は多《おほ》く琴瑟《キンシツ》の曲《キョク》かと疑《うた》がふ。
遊《あそ》ぶ時《とき》には最《もっ》とも錦綾《キンリョウ》の窠《ふくろ》に似《に》たり。

【校異】

「作湌」を永青本「作飧」に作る。

【通釈】

鳴いているセミよ、この夏の盛りにお前は一体どのような状態であるのか。それは草におく露を食べ物とし、木を住みかとしている（ように何ともはかなく哀れな状態である）。その鳴き声が響きわたると、まるで琴の曲が演奏されているかのようで、あたりを飛び回るとまるで色鮮やかな花模様の刺繡のように見えるけれど。

【語釈】

1 鳴蟬　鳴いているセミ、の意。潘岳「河陽県作二首其二」詩に「鳴蟬厲寒音、時菊耀秋華」（『文選』巻二六）とあり、李善が『礼記』月令に「孟秋之月、…涼風至、白露降、寒蟬鳴」（『藝文類聚』『初学記』蟬）とあるの引用して以来、李白「感時留別従兄徐王延年従弟延陵」詩

【語釈】

つれも無き　「つれなし」については三五番歌【語釈】「人のつれなき」の項を参照。当歌において「つれも無き」が連体修飾する可能性がある語は構文的には「夏・草葉・露」のいずれかであろうが、それぞれに関して「つれなし」が用いられた例は、万葉集にも八代集にも見られない。後撰集所載の同歌（ただし第一句は「常もなき」）に対して、新日本古典文学大系本では「すぐ枯れる夏の草葉に置くはかない露を～」と解し、直接は「草葉」を修飾し、さらに「露」にも結び付けていると見られる。問題は当歌において、何と何とが「つれなし」か、である。考えられるのは「草葉と露」あるいは「露と蟬」であり、当歌の焦点が結句にあるとすれば、後者が適当と考えられる。つまり「蟬」にとって関わりのない「露」ということである。この点についてはなお【補注】に述べる。

夏の草葉に　「草葉（くさば）」は草の葉または草のことを指すが、万葉集には例がなく、古今集以降に見られる。当歌では「夏の草葉」となっているが、他に例はなく、そもそも「草葉」が夏の部立に詠まれるのは、八代集では「かりにくとうらみし人のたえにしを草ばにつけてしのぶころかな」（新古今集三―一八七）の一例のみである。圧倒的に多いのは秋の季節であり、しかも「秋ちかうのはなりにけり白露のおけるくさばも色かはりゆく」（古今集一〇―四四〇）「我ならぬ草葉もものは思ひけり袖より外におけるしらつゆ」（後撰集一八―一二八一）「秋風になびく草葉のつゆよりもきえにし人をなににたとへん」（拾遺集二〇―一二八六）などのように、「露」を伴う場合が目立ち、また「秋風の草葉そよぎてふくなへにほのかにしつるひぐらしのこゑ」（後撰集五―二五三）に「鳴蟬遊子意、促織念帰期」、高適「留別鄭三韋九兼洛下諸公」詩に「遠路鳴蟬秋興発、華堂美酒離憂銷」、杜甫「与任城許主簿遊南池」詩に「晩涼看洗馬、森木乱鳴蟬。…八月天」などの如く、秋の景物の一つとして詠まれるのが通例。紀長谷雄「柳化為松賦」にも「厭鳴蟬於嘶風之秋、待栖鶴於警露之夜」（『本朝文粋』巻一）とある。ただ本集に「偏侘鳴蟬何事愁」（一五三番）とある、その歌は「夏の日を暮らしわびつつ」ではあるが。底本等の版本は音合符を付す。

中夏　盛夏である五月のこと。底本等の版本は音合符を付す。曹植「七啓八首」に「清室則中夏含霜」（『文選』巻三四）とあり、李善は李尤「函谷関賦」に「盛夏臨漂而含霜也」とあるのを引用する。なお『礼記』月令には「仲夏之月、…鹿角解、蟬始鳴」（『藝文類聚』『初学記』蟬）とあり、蔡邕「蟬賦」に「要明年之中夏、復長鳴而揚音」（『藝文類聚』蟬）、曹植「蟬賦」に「在炎陽之中夏、始遊予於芳林」（『藝文類聚』『初学記』蟬、ただし『初学記』は「仲夏」に作る）とある。

汝如何　「汝」は無論蟬に向かって言った言葉。道真には「聞早雁寄文進士」詩に「憶汝先来南海上、夜尋落魄旧能鳴」（『菅家文草』巻四）、「感殿前薔薇一絶」詩に「薔薇汝是応妖鬼、適有看来悩殺人」（『菅家文草』巻五）、「聞旅雁」詩に「我為遷客汝来賓、共是蕭々旅漂身」（『菅家後集』）など、雁や薔薇に呼びかけた作があり、本集でも雁・郭公・蟋蟀・女郎花などをその対象とする例もある。「如何」には、底本等版本に訓合符がある。

2 草露　草においた露のこと。王融「三月三日曲水詩序」に「桑楡之陰不居、草露之滋方渥」（『文選』巻四六）とあり、李善が『毛詩』小雅・湛露を引用するように、宴の主催者を頌える性格が強いが、本来の

「風さむみなく秋虫の涙こそくさば色どるつゆとおくらめ」（後撰集五—二六三）のように、「ひぐらし」や「秋虫」などとともに詠まれる例は見られるが、当歌のような「蟬」の例は見当たらない。

置く露を　「露（つゆ）」に関しては、三四番歌【語釈】「露に懸かれる」の項および【補注】で取り上げてある。なお、本集底本では「露」を「〓」とし「しも」と訓むが、該字は『標註訂正康熙字典』および『大漢和辞典』にも見られず、「霜」の異体字ともなっていない。

命とたのむ　「命（いのち）」は「①生命。寿命。②一生。生涯。③生命を支えるもの。唯一の頼み」（小学館古語大辞典）などの意があり、③の意味の用例として後撰集所載の同歌を掲げている。万葉集では「うつせみの命を惜しみ波に濡れ伊良虞の島の玉藻刈り食む」（万葉集一—二四）「後つひに妹は逢はむと朝露の命は生けり恋は繁けど」（万葉集一二—三〇四〇）などのように、人間の生命、寿命の意味で用いられるが、八代集では、「ことわりやいかでかしかのなかざらんこよひばかりのいのちとおもへば」（後拾遺集一七—九九九）「ゆふぐれに命かけたるかげろふのありやあらずやとふもはかなし」（新古今集一三—一一九五）のように、シカやカゲロウなど人間以外にも用いられ、また「あふと見てうつつのかひはなけれどもはかなきゆめぞいのちなりける」（金葉集七—三五四）「契りおきしさせもが露をいのちにてあはれことしの秋もいぬなり」（千載集一六—一〇二六）などの如く、当歌同様、生命を支えるもの、唯一の頼みの意でも用いられている。「たのむ」は「〜ヲたのむ」という用法が多いが、「〜ヲ〜トたのむ」のように補語をとる用法も見られる。万葉集では「…しきたへの　衣手交へて　己妻と　頼める

この語の性格は、王粲「従軍詩五首其三」に「蟋蟀夾岸鳴、…下船登高防、草露沾我衣」（『文選』巻二七）とあり、鳴蟬の項の月令にもあったように、秋の季節感と密接に結びつくものである。姚崇「秋夜望月」詩に「灼灼雲枝浄、光光草露団」、張循之「長門怨」詩に「洞房秋月明。玉階草露積、金屋網塵生」、杜甫「日暮」詩に「石泉流暗壁、草露滴秋根」、銭起「別張起居」詩に「旧国関河絶、新秋草露深」、小野篁「賦祖廟詣秋夜」詩に「蔓草露深人定後、終宵雲尽月明前」（『和漢朗詠集』秋夜）、高丘相如「逸題詩」に「霧尽斜臨萁草露、雲晴自照鶴皐風」（『類題古詩』高低）とあり、本集にも「草露潤袖増秋往」（二七八番）とある。

作飡　昭明太子「蟬賛」に「茲虫清絜、惟露是餐」（『藝文類聚』蟬）、陸雲「寒蟬賦」に「含気飲露、則其清也」（『藝文類聚』『初学記』蟬）、曹植「蟬賦」に「棲高枝而仰首兮、漱朝露之清流」（『藝文類聚』『初学記』蟬）、張正見「賦得寒樹晩蟬疎」詩に「声疎飲露後、唱絶断絃中」（『藝文類聚』『初学記』蟬）とあるなど、露を飲むのはセミの最も基本的な属性であり、唐詩にも受け継がれる。菅原道真「聞蟬」詩には「寒蟬幸得免泥行、危葉寄身露養生」（『菅家文草』巻二）とある。三四番詩【語釈】該項を参照のこと。**樹作家**　張説「巴丘春作」詩に「島戸巣為館、漁人艇作家」とある。なお、蟬の寄る樹木としては、『初学記』蟬に「噪柳」と「鳴楡」の事対があがっている。

3 響処　セミの鳴き声があたりに響きわたると、の意。セミの鳴き声を「響」で表現するのは、沈約「聴蟬鳴応詔詩」に「葉密形易揚、風迴響難住」（『藝文類聚』蟬）、王由礼「賦得高柳鳴蟬詩」に「葉疎飛更迴、秋深響自清」（『藝文類聚』蟬）、江総「詠蟬詩」に「鳴条譟林柳、流響

今夜…」（万葉集四―五四六）「隼人の名に負ふ夜声いちしろく我が名は告りつ妻と頼ませ」（万葉集一一―二四九七）のように、ヲ格が省かれてはいるがその例が認められ、八代集でも「いのちとてつゆをたのむにかたければ物わびしらになくのべのむし」（古今集一〇―四五一）「かかりける人の心をしらつゆのおける物ともたのみけるかな」（後撰集一〇―六一三）「おほかたはせとだにかけじあまの河ふかき心をふちとたのまん」（後撰集一三―九五七）などの例が見られる。

蟬のはかなさ　「蟬（せみ）」については二二番歌【語釈】「蟬のこゑ聞けば哀しな」の項で触れてあるが、万葉集および八代集で詠まれるのはとくにその声の大きさや継続性と羽の薄さに関してであって、「はかなさ」を歌った例は見られない。それに関わるのは三四番歌【語釈】「侘しき物は」の項で述べた如く、「うつせみ」の方であり、ただし「むなし」と表現されることが多い。歌末が「はかなさ」という形容詞の体言化した語になっているが、同様の例は万葉集に「松浦川玉島の浦に若鮎釣る妹らを見らむ人のともしさ」（万葉集五―八六三）「はね縵今する妹をうら若みいざ率川の音のさやけさ」（万葉集七―一一一二）「高松のこの峰も狭に笠立てて満ち盛りたる秋の香の良さ」（万葉集一〇―二二三三）など、比較的多く見られ、八代集にも「雁のくる峰の朝霧はれずのみ思ひつきせぬ世中のうさ」（古今集一八―九三五）「いとどしく物思ふやどの荻の葉に秋とつげつる風のわびしさ」（後撰集五―二二〇）「風はやみ萩のはごとにおく露のおくれさきだつほどのはかなさ」（新古今集一八―一八四九）などあり、主に三代集までに用いられている。「はかなさ」を「葬無佐」（あるいは「葬処無佐」）と表記することについては、

遍台池」（『藝文類聚』蟬）、唐太宗「賦得弱柳鳴秋蟬」詩に「微形蔵葉裏、乱響生風前」（『初学記』蟬）、褚雲「賦得詠蟬」詩に「天寒響屢嘶、日暮声逾速」（『初学記』蟬）等々、枚挙に暇がない。源道済「秋声多在山」詩に「処々猿愁聞不絶、時々蟬惨響猶残」（『類題古詩』）、橘在列「復賦文字」詩に「寄言巘戸寒蟬響、応異槐林昔日聞」（『扶桑集』巻七）とある。

多疑　「疑」は、対語の「似」と同義で、類似する、の意。王褒「看闘雞」詩に「入場疑挑戦、逐退似追兵」、庾肩吾「奉和春夜応令」詩に「月皎疑非夜、林疎似更秋」、盧照鄰「梅花落」詩に「雪処疑花満、花辺似雪回」等とあるように、「疑」と「似」を対語とする対句は六朝から初唐にかけてよく用いられ、白詩にも「眼暗」詩に「夜昏乍似灯将滅、朝闇長疑鏡未磨」とあるなど、少なくない。淳和天皇「奉和春日遊猟日暮宿江頭亭子応製」詩に「鶉驚遙似星光落、兎尽還疑月影空」（『凌雲集』）、菅原道真「寄白菊四十韻」詩に「地疑星隕宋、庭似雪封袁」（『菅家文草』巻四）、同「感雪朝」詩に「中使馬疑騎鶴至、上方人似踏雲昇」（『菅家文草』巻五）とあり、本集にも「白花揺動似招袖、疑是鄭生任氏芳」（五二番）と、「似」と「疑」の対比がある。

琴瑟曲　「琴」は、五弦・七弦などの小型の、「瑟」は二五弦などの大型の琴。セミの鳴き声を琴の音に喩えるのは、蔡邕の故事を媒介としてのこと。三七番詩【語釈】該項を参照のこと。この比喩は六朝詩には常見のものだが、唐詩には比較的珍しく、盧仝「新蟬」詩に「泉溜潜幽咽、琴鳴乍往還」と見える。本集には「更訝邕良琴瑟響」（一七四番）とある。なお、蔡邕は琴の名手であるのだから、この比喩には「琴瑟」、あるいは「瑟」の語は用いないのが通例。

二五番歌【語釈】「はかなく見ゆる」の項を参照。

【補注】

当歌は三四番歌「うつせみの侘しき物は夏草の露に懸かれる身にこそありけれ」の【補注】で述べた如く、それと「きわめて類似した発想・表現の歌であ」って、その点については改めて説明するには及ぶまい。ただ、両歌はともに寛平御時后宮歌合に収められてはいるが、三四番歌が左歌なのに対して当歌が右歌である一方（対となる歌の如何にもよるが）、当歌が三四番歌とは異なり、後の勅撰集や私撰集にも採られているように、評価に差がある点には留意してよいだろう。

これには本文の異同も関わっていると見られる。寛平御時后宮歌合では第一句が「はかもなき」であり、結句の「はかなさ」との重複感を免れえず、また十巻本では結句が「虫のはかなさ」となっていて、そのイメージの希薄さを否めないだろう。対するに、後撰集所載歌の第一句は「常もなき」であり、これは本集本文の「つれも無き」に比べて、続く表現とはなじみやすいと考えられる。しかし、本集に独自の価値があるとすれば、それはまさにこの「つれも無き」という表現においてであろう。

【語釈】で、この「つれも無き」を「蟬」と「露」とに関する語と認めたのは、当歌がその中心を「蟬」に置いているとみなしたからである。セミをはかないとする理由は、露を生きる糧とすることにあり、なぜならば露そのものがはかないのだから、ましてということになる。つまり、セミにとって「命とたのむ」露であるにもかかわらず、はかない物で頼

４遊時　木から木へ気ままに飛び回る時、の意。曹大家「蟬賦」に「融風被而来遊、商焱厲而化往」（『藝文類聚』蟬）、曹植「蟬賦」に「在炎陽之中夏、始遊予於芳林」（『藝文類聚』『初学記』蟬）、陸士龍「寒蟬賦」に「伊寒蟬之感運、迓嘉時以遊征」（『藝文類聚』蟬）とある。「時」と「処」とを対語とする対句は、白居易「和敏中洛下即事」詩に「花園到処鶯呼入、驄馬遊時客避行」、張九齢「送姚評事入蜀各賦一物得卜肆」詩に「嘗聞売卜処、猶憶下簾時」、杜審言「大酺」詩に「梅花落処疑残雪、柳葉開時任好風」、蘇頲「春晩送瑕丘田少府還任因寄洛中鏡上人」詩に「別時花欲尽、帰処酒応春」とあるなど、虚字化したものまで唐詩には頻出し、劉長卿の作などには比較的多い。嵯峨天皇「神泉苑花宴賦落花篇」詩に「紅英落処鶯乱鳴、紫萼散時蝶群驚」（『凌雲集』）、島田忠臣「晩秋陪右丞相開府…仍命賦四韻」詩に「行時練段翻三尺、臥処霜封可数升」（『田氏家集』巻上）とあり、道真詩には「賦得赤虹篇」詩に「十月取時仙雪絳、三春見処妖桃紅」（『菅家文草』巻一）、「晩春同門会飲翫庭上残華」詩に「攀時酔裏何遊手、落処盃中莫濫吹」（『菅家文草』巻一）とあるなど、二〇例近くを数える。　**最似**　五・四一番詩以下、「似」を用いる比喩は枚挙に暇がない。　**錦綾窠**　この語の用例を知らない。ただ『新唐書』地理志二・河南道に「蔡州汝南郡、緊。本予州、宝応元年更名。土貢、珉玉棋子、四窠・雲花・亀甲・双距・溪鷘等綾」とあるので、あながち「錦綾窠」の語を否定するわけにも行かない。本集には「山色稍出錦綾文」（一七二番）とある。「窠」は、『説文』が「空也。穴中曰窠、樹上曰巣」というように、地上の穴、または鳥の巣を意味するが、元稹「早春登龍山…諸公」詩に「山茗粉含鷹觜嫩、海榴

りにならないからこそ、「つれも無き」という表現になるのである。

このようなとらえ方からすれば、当歌の「つれも無き」に、単に関わりがないというだけではなく、露がセミに対してそっけない、何も応えようとしないという、擬人的な意味合いを持たせることは不自然ではないであろう。ただし、それはもとより露の意思によるものではなく、セミの「命とたのむ」という立場からの見方であって、「つれも無き」という表現によって、セミのはかなさのどうしようもなさを示すことになっていると考えられ、その点で、他本文の「はかもなき」や「常もなき」などの、「はかなさ」と同義あるいは類義の表現を重ねるよりもむしろ、その「はかなさ」を強調する効果があるとみなされる。

※露而不食也」(『初学記』『白氏六帖』蟬)に基づく、清廉さであったからである。事実、蟬を詠ずる六朝詩や唐詩で、言及されることが最も多いのは、その鳴き声と露を飲むだけで食べないという清廉さとである。

ちなみに、「蟬冠」「蟬珥」「蟬冕」「蟬鬢」などの熟語からすると、蟬を詠む作品でその美しさをいうものは意外なほど少なく、陸雲「寒蟬賦」に「夫頭上有蕤、則其文也」(『藝文類聚』蟬)、孫楚「蟬賦」に「翼如羅纚、形如枯槁」(『藝文類聚』蟬)、駱賓王「秋晨同淄州毛司馬秋九詠　秋蟬」詩に「分形粧薄鬢、鏤影飾危冠」、張九齢「和崔黄門寓直夜聴蟬之作」詩に「不是黄金飾、清音徒爾為」、劉兼「新蟬」詩に「斉女屏幃失旧容、侍中冠冕有芳蹤。翅翻晩鬢尋香露、声引秋糸逐遠風」等が目に付くくらいである。

紅綻錦窠匀」、陸暢「薔薇花」詩に「錦窠花朶灯叢酔、翠葉眉稠裛露垂」、司空図「少儀」詩に「錦窠不是尋常錦、兼向丘遅奪得来」、岑参「玉門関蓋将軍歌」詩に「野草繡窠紫羅襦、紅牙縷馬対樗蒲」とあり、雍裕之「五雑組」詞に「五雑組、刺繡窠、往復還」、鹿虔扆「思越人」詞に「漏残清夜迢迢、双帯繡窠盤錦薦」、盧肇「金銭花」詩に「輪郭休誇四字書、紅窠写出対庭除」、花蕊夫人徐氏「宮詞」に「勅賜一窠紅躑躅、謝恩未了奏花開」、とあれば、これらが色鮮やかな花模様の刺繡、あるいは花そのものをいうことは明らかだろう。

【補注】

韻字は「何・窠」(下平声七歌韻)、「家」(下平声九麻韻)で、後者は独用なので押韻に傷があることになる。平仄には基本的な誤りはない。

冒頭第一句に二人称代名詞と疑問詞が来て、後半二句が対句という構成は、稀というべきだろう。むしろその逆に、前二句と後ろの二句を入れ替えた構成なら、それほど珍しいわけではなかろうが。

内容的には、後半の二句の対句は、セミのもつ外見的な華やかで肯定的な性質を強調し、前半の承句のはかなさ・みすぼらしさを浮き立たせようとしたのだろうが、成功しているとはとてもいえない。「樹作家」は今措くとしても、肝心の「草露作涙」が、はかなさを意味しないのである。中国の露にも古楽府「薤露行」に代表されるような、はかなさのイメージはあるものの、それは第一義ではなく、ましてセミと結びついた露のイメージは、徐広『車服雑注』に「侍臣加貂蟬者、取其清高。飲※

【比較対照】

当歌の「夏の草葉に置く露を命とたのむ蟬」に、詩起句の「鳴蟬中夏」と承句の「草露作飡」が表現上ほぼ対応していると言えるが、問題はこの部分に対する歌における「つれも無き」および「はかなさ」という評価が、当詩にはまったく見られないということである。歌【補注】で述べたように、「つれも無き」は「蟬」と「露」の関係を表すと考えられるが、詩ではその【補注】に言うように、両者の関係はセミの清廉なイメージを示すものであって、「つれも無き」はもとより「はかなさ」とも結び付きにくい。

詩の後半部分に描かれた蟬の声や様子の華美なイメージとの対比においてとらえることによって、結果的に承句がその逆のマイナスイメージを表しているとみなされなくはないものの、それはあくまでも歌との対応を考慮するからであって、「草露作飡」だけでなく「樹作家」もまたそれ自体が積極的にマイナスの評価を示すことにはなりえまい。

むしろ詩をそのままで読むならば、起句において「鳴蟬」に対する「中夏汝如何」という問いを発し、残り三句がそれに答えるという格好であって、その答えの内容は俗世を離れ自由に美しく生きることを歌うものと解釈される。それはまた、暑い盛りにもあくせくと生きなければならない人間の立場から見れば、対極的なありように感じられるセミに対する憧憬の思いを暗示していると見ることもできる（三四番【比較対照】参照）。

一方、歌の方は「蟬のはかなさ」とりわけ「露を命とたのむ」という、はかなさの極限的なありようを歌うものであり、歌としての眼目もその極限性をいわば観念的に表現してみせることにあったと考えられる。しいて詠み手の感情を読み取ろうとすれば、同じはかない生き物としての人間の共感というよりも、セミに対する同情や憐れみの思いであろう。

このように考えてみるならば、当歌詩は、セミのとらえ方を示すという点では共通するものの、歌が同情というマイナス方向なのに対して、詩は憧憬というプラス方向という、対照的な対応関係になっていると言える。

四〇番

夏草之　繁杵思者　蚊遣火之　下丹而已許曽　燃亘芸礼

夏草の　繁き思ひは　蚊遣り火の　下にのみこそ　燃えわたりけれ

【校異】

本文では、第四句の「已」を、底本はじめ元禄九年版本・元禄一二年版本・文化版本・下澤本・文化写本・講談所本・道明寺本・永青本が「巳」とするが他本により改め、結句の「亘」を、講談所本・道明寺本が「直」とする。

付訓では、とくに異同が見られない。

同歌は、寛平御時后宮歌合（十巻本・廿巻本、夏歌、五二番。ただし二十巻本では第二句「しげき思ひを」）に見られ、下って新勅撰集（巻一二、恋二、七〇九番）に「寛平御時きさいの宮の歌合歌　よみびとしらず」としてある。

【通釈】

夏草のように絶え間ない思い（の火）は、蚊遣り火のように、ただひそやかに燃え続けていることだよ。

【語釈】

夏草の　「夏草（なつくさ）」については三四番歌【語釈】該項を参照。当歌では歌意から「繁き」にかかる比喩的な枕詞と見られるが、同様の

一生念愁暫無休
刀火如炎不可留
鞋纊塞来斯盛夏
許由洗耳永離憂

一生《イッセイ》の念愁《デンシウ》暫《しばらく》も休《やむ》こと無《な》し。
刀火《タウクワ》炎《ほのほ》の如《ごとく》して留《とどむ》る（べ）から（ず）。
鞋纊《トウクワウ》塞《ふさ》ぎ来《きたり》て斯《これ》盛夏《セイカ》。
許由《キョイウ》耳《みみ》を洗《あらひ》て永《なが》く憂《うれへ》を離《はな》る。

【校異】

「念愁」を、京大本・大阪市大本・天理本「念然」に作り、永青本「愁念」、久曽神本「燃念」に作る。「無休」を、藤波家本「無体」に作る。「塞来」を、永青本「褰」に作って「来」を欠き、久曽神本「褰来」に作る。「斯」を、下澤本・羅山本・無窮会本「期」に作り、底本等版本および講談所本・道明寺本等には「期」の異本注記がある。

【通釈】

生涯を通じての悩みや哀しみはほんのしばらくの間も止むときがなく、鋭い火がまるで燃えさかる炎のように心を焦がして止めることができない。（そこで、要らぬ話が聞こえぬように）耳塞ぎで耳を塞いでみたけれど、あいにく今は夏の盛りで暑苦しい。許由のように耳を洗って（俗念を落として隠者となって）永遠に悩みから離れようと思う。

例は万葉集にも八代集にもない。ただ「…うちなびく　春見ましゆは夏草の　繁きはあれど　今日の楽しさ」（万葉集九―一七五三）「このころの恋の繁けく夏草の刈り払へども生ひしくごとし」（万葉集一〇―一九八四）、「あしびきの山したしげきなつ草のふかくも君をおもふころかな」（新古今集一一―一〇六八）などのように、「しげし」とともに用いられる例はある。

繁き思ひは　「繁（しげ）し」が「思ひ」と結びつく例は、類義の「恋ひ」に比べればそれほど多くはなく、「うつせみは　恋を繁みと　春まけて　思ひ繁けば…」（万葉集一九―四一八五）「思ふどち　ますらをのこの　木の暗　繁き思ひを　見明らめ…」（万葉集一九―四一八七）、「あは雪のたまればかてにくだけつつわが物思ひのしげきころかな」（古今集一一―五五〇）「ゆふされば思ひぞしげきまつ人のこむやこじやの定なければ」（後撰集一四―一〇六二）などが見られる程度。「繁し」は「空間的・時間的に、物事が次から次へと生起し、相互に密接してすきまのない意」（岩波古語辞典）であり、第一句の「夏草」との関係では空間的に密生しているさまを表すが、「思ひ」に対しては時間的に絶え間ないさまを表す。なお、この「思ひ」の「ひ」には以下の「蚊遣り火」や「燃え」とのつながりから、「火」の意が掛けられているとみなされる。三五番歌【語釈】「燃ゆれども」の項を参照。

蚊遣り火の　「蚊遣（かや）り火（び）」は、蚊を追い払う煙を出すためにいぶす火のこと。『注釈』は、倭名類聚抄の「蚊火　新撰万葉集云蚊遣火、加夜利火、今案一云蚊火、所出未詳、但俗説蚊遇煙即去、仍夏日庭中熏火放煙、故以名之」という説明を紹介する。万葉集に「蚊火」は

【語釈】

1一生　人が生きている間、生涯、の意。謝霊運「登臨海嶠初発…羊何共和之」詩に「欲抑一生歓、并奔千里遊」（『文選』巻二五）とあり、李善は『列子』楊朱篇の「為欲尽一生之歓、窮当年之楽」を引用する。また、王翰「飲馬長城窟行」に「長安少年無遠図、一生惟羨執金吾」、白居易「詠慵」詩に「嘗聞嵆叔夜、一生在慵中」とある。藤原宇合「奉西海道節度使之作」詩に「行人一生裏、幾度倦辺兵」（『懐風藻』）、菅原道真「下山言志」詩に「一生情竇無機累、唯只春来四面花」（『菅家文草』巻六）等とある。　**念愁**　この語、および異文「愁念」「念然」「燃念」のいずれの用例も知らない。「念」が去声、「愁」「然」「燃」が平声であるので、平仄式からいえば「愁念」「燃念」が成立することになる。ただし、「愁」と「然」の行書体が極めて類似する場合があることを考慮すると、「愁念」「燃念」はいずれも孤立例であり、『注釈』は、「燃念」を採って歌の「燃」の利用とするが、「愁念」と共に寧ろそれは後世による合理的な改変と考える方が妥当ではないか。歌の「繁き思ひ」は、あくまでも「思い」そのものであり、比喩ではない。蚊遣り火が燃えることは、承句に比喩として明確に写されている。「念愁」を、底本・藤波家本・講談所本・道明寺本・羅山本・無窮会本は「愁を念ふて」と読むが、他の版本には音合符があることでも分かるとおり、ここの解釈は定まっておらず、それ故に生じた異文と考えておく。『説文』に「念、常思也」とあり、その『通訓定声』が「謂長久思之」と言い、『釈名』釈言語に「念、黏也。意相親愛、心黏着不能忘也」とあるように、「念」の基本義としていつまでも思い続けるの意があるが、仏教語

あっても「蚊遣り火」の例はなく、八代集になって「夏なればやどにふすぶるかやり火のいつまでわが身したもえをせむ」（古今集一一―五〇〇）「うへにのみおろかにもゆるかやり火のよにもそこには思ひこがれじ」（後撰集一三―九九一）「かやり火は物思ふ人の心かも夏のよすがらしたにもゆらん」（拾遺集一二―七六九）などのように、恋心の、とりわけ忍ぶ恋・片恋のありようの比喩として用いられている。歌意から見れば、「蚊遣り火の」で「したに（のみこそ）もえ（わたりけれ）」にかかる枕詞ととることができる。

下にのみこそ　「下（した）」は前句の「蚊遣り火」との関係では、煙が立ちのぼる上の方に対して、火が燃えている方を意味するが、第二句「繋き思ひは」との関係では、心の中で、ひそやかにという意味を表す。

燃えわたりけれ　「燃ゆ」は三五番歌の「燃ゆれども」と同様、比喩的に思いが募ることを表し、「下に燃ゆ」で、表に出さず、心の中で思いが募る、ということになる。「下に燃ゆ」という表現自体は万葉集にはないが、「思はぬに妹が笑まひを夢に見て心の内に燃えつつそ居る」（万葉集四―七一八）「…恋ふるにし　心は燃えぬ…」（万葉集一七―三九六二）、また「…網の浦の　海人娘子らが　焼く塩の　思ひそ焼くる　我が下心」（万葉集一―五）などの類例は見られる。八代集には、前出の「夏なればやどにふすぶるかやり火のいつまでわが身したもえをせむ」（古今集一一―五〇〇）「かやり火は物思ふ人の心かも夏のよすがらしたにもゆらん」（拾遺集一二―七六九）や、「恋ひわびてながむるそらのうき雲やわがしたもえのけぶりなるらん」（金葉集八―四三五）「すまのうらにあまのこりつむもしほ木のからくもしたにもえわたるかな」

としては、特に（口には出さずに）心の中で思う意があることに注意したい（中村元『広説　仏教語大辞典』）。白居易「晏坐間吟」詩に「願学禅門非想定、千愁万念一時空」、同「啄木曲（才調集、英華題並作四不如酒）」詩に「刀不能剪心愁、錐不能解腸結。線不能穿涙珠、火不能銷鬢雪。不如飲此神聖杯、万念千憂（一作愁）一時歇」とあるのも参考になる。今しばらく、悲しみや愁いをじっと心に持ち続けて、それを口に出さないこと、と考えておく。底本は「一生愁を念ふて」と訓むが、元禄九年版本以下は、右訓「一生の念愁」、左訓「一たび念愁生じて」と訓む。　**暫無休**　「暫」は三四番詩にあり、「休」は一八・三五番詩にある。

2 刀火　刀のような形で燃える火のこと。心身に苦痛を与えるものの喩え。白居易「祭小弟文」に「黄壚白日、相見無縁、毎一念至、腸熱骨酸、如以刀火刺灼心肝」とあるのに基づく表現。菅原道真「暮秋賦秋尽翫菊応令并序」に「意之所鍾、刀火交刺」（『菅家文草』巻五）、大江匡衡「為四条大納言請罷中納言左衛門督状」に「暫罷文武之両官、将慰刀火於一途」（『本朝文粋』巻五）とあるように、本来の意味は刀と火の意。ただ本集では「胸中刀火例焼身」（一〇七番）ともあるように、刀のような火の意で用いられる。　**如炎**　まるでほのおのようだ、の意。ただし、韻文の用例を知らない。『史記』天官書に「格澤星者、如炎火之状」、『後漢書』粛宗孝章帝紀に「去秋雨沢不適、今時復旱、如炎如焚」とあり、李賢注に「炎、焚言熱気甚。韓詩、旱魃為虐、如炎如焚」とある。

不可留　止めることができない、の意。「留」は五・一二・一八番詩にある。劉長卿「留辞」詩に「春風已遣帰心促、縦復芳菲不可留」、楊凌

（新古今集一一―一〇六五）などのような表現が見出される。「燃えわたる」の「わたる」は、空間的に一面に～広がるの意にも、時間的にずっと～続けるの意にもなるが、「燃ゆ」と熟し、比喩的に用いられる場合は、「あけたてば蟬のをりはへなきくらしよるはほたるのもえこそわたれ」（古今集一一―五四三）「わがこひのきゆるまもなくくるしきはあはぬ歎やもえわたるらん」（後撰集一三―九八九）「かすがのはなのみなりけりわが身こそとぶひならねどもえわたりけれ」（後拾遺集一四―八二四）などのように、時間的な意味を表すと考えられる。ちなみに、「蚊遣り火」は「煙が長い間出ていることが必要であるから、特に縄に水をかけて湿らせて用いたりした」（角川古語大辞典）ものであるから、それとの関わりからも、時間的な意味の方が適切と言えよう。

【補注】

当歌は、本集および寛平御時后宮歌合においては夏歌に分類されてあり、それは「夏草」と「蚊遣り火」という夏の素材を取り上げているからに他ならないが、ともに「の」を伴って比喩的な枕詞としての用法とみなされるものであって、素材そのものを対象化しているわけではない。内容的には季節歌というよりも、新勅撰集の部立のように恋歌であり、【語釈】に掲げた諸例も同様である。

「夏草―繁し―思ひ」と「蚊遣り火―下に―燃ゆ」というそれぞれのつながりは、万葉集あるいは八代集に類例が認められる（後者の表現については最も早い例と言える）が、双方を結び付けて一首にした例は他に見当たらず、また当歌は私撰集にもとられることなく、勅撰集入集は

「潤洲水楼」詩に「帰心不可留、雪桂一叢秋」とある。

3 黈纊塞来　「黈纊」とは、黄色い綿で作った玉を、王の冠の両脇に垂らして耳を覆い、無用の言が聞こえないようにするための、王者のための耳ふさぎ。『淮南子』主術訓に「故古之王者、冕而前旒、所以蔽明也。黈纊塞耳、所以掩聡、天子外屏、所以自障」とあり、『後漢書』輿服志下には「卿大夫五旒、黒玉為珠。皆有前無後、各以其綬采色為組纓、旁垂黈纊」とあって、「呂忱曰、黈、黄色也。黄緜為之。礼緯曰、旒垂目、纊塞耳、王者示不聴讒、不視非也」と注する。張衡「東京賦」に「夫君人者、黈纊塞耳、車中不内顧」（『文選』巻三）とあり、薛綜注に「黈纊言以黄綿大如丸、懸冠両辺、当耳不欲妄聞不急之言也」といい、李善は『大戴礼』に「孔子曰、黈纊塞耳、所以塞聡也」という一節を引用する。白居易「驃国楽」詩に「徳宗立仗御紫庭、黈纊不塞為爾聴」とある。「塞来」の異文「褰来」は、菅原道真「春日行幸神泉苑同賦花間理管絃応製」詩に「玄覧垂春黈纊褰、五音共理百花前」（『菅家文草』巻六）とあるけれども、それは耳塞ぎを掻き上げることで、天子が政務から離れることを意味するので、非。**斯盛夏**　「斯」は一三番詩【語釈】該項を参照のこと。「盛夏」は、二八番詩【語釈】該項を参照のこと。

4 許由洗耳　「許由」は中国古代伝説中の極初期の隠者の名。語句は尭帝に天子の位を譲ると言われ、耳が汚れたとして川の水で耳を洗った故事に基づく。郭璞「遊仙詩七首其二」詩に「翹迹企穎陽、臨河思洗耳」（『文選』巻二一）とあり、李善は『呂氏春秋』の「昔尭朝許由於沛沢之中、請属天下於夫子。許由遂之潁川之陽」、及び『琴操』の「尭大許由之志、禅為天子。由以其言不善、乃臨河而洗其耳」を引用する。王

八代集を経て新勅撰集まで待たなければならなかった。
その理由を推測するに、「夏草」と「蚊遣り火」というイメージの余剰性、「繁き思ひ」と「下に燃ゆ」との表現の重複性にあるのではないだろうか。すなわち、忍ぶ恋あるいは片恋の場合は、当然ながら「思ひ」は「繁き」状態にあり、それは「下に燃ゆ」状態なのである。とすれば、どちらか一方でその状態を表現しうるのであって、その分だけ「夏草」と「蚊遣り火」というそれぞれのイメージが十分に生かされない結果になっていると思われるのである。

※ことである。しかし例えば杜甫「長沙送李十一」詩に「李杜斉名真忝竊、朔雲寒菊倍離憂」、白居易「別楊穎士盧克柔殷尭藩」詩に「離憂繞心曲、宛転如循環」とあるように、唐詩においては離別の哀しみの意で用いられるのが一般だが、それはおそらく「離騒」冒頭の王逸の解釈「離、別也。騒、愁也。経、径也。言己放逐離別、中心愁思、猶依道径、以風諫君也」に関係するのだろう。大江以言「暮春於文章院餞諸故人赴任同賦別路花飛白」詩序に「班荊之味意厚、沈酔正酣、丹棘之方功空、離憂未忘」（『本朝文粋』巻九）とあるのも、同じ意。ここでは、それにもかかわらず、文脈上から「離」を文字通りの意として用いていると判断した。

【補注】
韻字は「休・留・憂」で下平声十八尤韻。平仄は、第一句が二四不同を犯すことになる。

融「三月三日曲水詩序」に「引鏡皆明目、臨池無洗耳」（『文選』巻四六）とあり、李善は皇甫謐『高士伝』に「尭致天下譲許由。巣父聞之以為汚、乃臨池水而洗耳」とあるのを引用する。孟浩然「白雲先生王迥見訪」詩に「聞道鶴書徴、臨流還洗耳」、李白「送裴十八図南帰嵩山二首其二」詩に「帰時莫洗耳、為我洗其心。洗心得真情、洗耳徒買名」、銭起「謁許由廟」詩に「松上挂瓢枝幾変、石間洗耳水空流」など、唐詩にも広く詠われ、『蒙求』『藝文類聚』隠逸や『白氏六帖』徴聘など類書にも多く引用される。紀斉名「答入道前太政大臣辞大臣幷章奏等表勅」に「至彼応曜独臥於淮陽、許由長遊於潁水」（『本朝文粋』巻二）、大江匡衡「入道大相国謝官文書内覧表」に「漢四皓雖出、応曜独留於淮陽之雲。尭三徴不来、許由長棲於潁水之月」（『本朝文粋』巻四）とある。本集にも「許由袂招按秋草」（一八七番）、「許由未雪鋪玉愛」（二〇四番）とある。

離憂　哀しみや悩みから離れる。ただし、謝朓「新亭渚別范零陵詩」に「心事倶已矣、江上徒離憂」（『文選』巻二〇）とあり、李善は屈原「九歌・山鬼」に「思公子兮徒離憂」（『楚辞』、『文選』巻三三）とあるのを引用するが、その王逸の注には「言己怨子椒不見達、故遂去而憂愁也」という。また「七諫・沈江」に「離憂患而乃寤兮、若縦火於秋蓬」（『楚辞』巻一三）とあって、王逸は「離、一作罹」、「卒遭憂患」といい、「九歎・離世」の「屢離憂而逢患」（『楚辞』巻一六）には、王逸は「以数逢憂患」という。要するに、『史記』屈原伝に「離騒者、猶離憂也」とある索隠に「王劭曰、離、遭也」というように、『楚辞』中の「離騒」「離憂」の語にあっては、反訓として「離」が用いられるという※

【比較対照】

当歌の内容は、詩の前半が対応している、と一応は言えよう。すなわち「繁き思ひ」に対しては起句の「愁念」、「燃えわたりけれ」に対しては起句の「一生」と「暫無休」および承句全体である。

ただし、歌における「夏草」および「蚊遣り火」という素材のイメージはまったく生かされていない。「蚊遣り火」と「刀火」とでは、それぞれの【語釈】に述べたように、同じ火ではあっても、そのイメージはまったく異なる。このことは、歌における「下にのみこそ」というポイントが、詩では表立っていないことにも関わる。

また、歌の「繁き思ひ」は恋情とみなされるものであるが、詩の「愁念」（しかも「一生の」）はそれに限定されえない。むしろ詩の後半を考慮するならば、俗世に生きること自体に対する思いを表していると考える方が適切であろう。これまでも見てきたように、恋歌的な設定を詩において展開する場合に用いられる閨怨詩的な語もとくには見当たらない。

詩の転句の「黈纊」と結句の「許由」は、それぞれ直接の関係はない故事を踏まえたものである。両者に共通するのは、外からのマイナスの情報に対する対処の仕方という点で、転句ではその事前の防御、結句では事後の解決の仕方を示していると言える。なぜ、こういう点がことさらに取り上げられたかを推測すると、歌における「下にのみこそ」を、その主体の内側からではなく、外側からのこととしてとらえた結果ではないかと考えられる。つまり、自らその思いを秘しているのではなく、その思いを外的要因によって増幅させないようにしているということである。

当歌が夏歌と分類されるのは、歌【補注】で触れたように、枕詞的な「夏草」と「蚊遣り火」が用いられているからであるが、詩でそれに該当しうるのは転句の「盛夏」のみである。しかし、それは転句と結句を結び付けるための、ほとんど冗談のような措辞に過ぎない。たしかに夏ならば「黈纊」よりは「洗耳」の方がふさわしく思われるが、歌と、詩の前半の痛切さ、および後半の二つの故事の真面目さを考えるならば、一篇の詩としての、内容的な整合性を無視した表現・展開と言うしかあるまい。

四一番

誰里丹　夜避緒為手歟　郭公鳥　只於是霜　寝垂音為

たが里に　夜がれをしてか　ほととぎす　只ここにしも　寝たるこゑする

【校異】

本文では、第二句の「歟」を、底本および文化写本が「麻」とし、永青本・久曾神本が「歟」とし、それら以外は「鹿」とするが、永青本・久曾神本に従って改め、第三句の「郭」を、永青本・久曾神本が欠き、同句末の「鳥」を、京大本・大阪市大本・天理本が欠く。

付訓では、とくに異同が見られない。

同歌は、歌合には見られないが、古今集（巻一四、恋四、七一〇番）に「題しらず　よみ人しらず」としてあり、また古今六帖（第六、鳥、ほととぎす、四四五〇番。ただし第四句「ただここにのみ」）にも見られる。

【通釈】

誰の里に夜に通うのを止めてなのか、ホトトギスは、ただここでだけ寝ている（ことを示す）声がすることだ。

【語釈】

たが里に　「たが」は不定の人称代名詞「た」に格助詞「が」の付いた

郭公本自意浮華
四遠無栖汝最奢
性似蕭郎含女怨
操如蕩子尚迷他

郭公《ほととぎす》本自《もとより》意《こころ》浮華《フウクヮ》なり。
四遠《シヱン》栖《すみか》無《なく》して汝《なむぢ》最《もっ》とも奢《おご》れり。
性《ひととなり》は蕭郎《セウラウ》が女怨《ヂョヱン》を含《ふく》むに似《に》たり。
操《こころばせ》は蕩子《タウシ》の尚《なほ》他《タ》に迷《まどふ》が如《ごと》し。

【校異】

「郭公」を、類従本・藤波家本・講談所本・道明寺本・羅山本・無窮会本「郭鴇」に作り、京大本・大阪市大本・永青本・久曾神本「郭公鳥」に作る。「四遠」を、詩紀本「四辺」に、永青本「日遠」に作る。「蕭郎」を、底本・文化写本・藤波家本「粛郎」に、京大本・大阪市大本・天理本「暮良」に、永青本「簫郎」に作るも、元禄九年版本等版本・下澤本・講談所本・道明寺本・羅山本・無窮会本に従う。なお、天理本「良」に「郎也」の注がある。「操如」を、京大本・大阪市大本・天理本「操女」に作る。

【通釈】

ホトトギスという鳥は元々こころが軽薄で派手好きで、四方の彼方まで決まった住みかがなく、おまえはもっとも思い上がって勝手な振る舞いをしている。もって生まれた性質は、色男が女に好かれていると知りながら、つれないそぶりをするかのように無情で、その節操は、まるで

もの。これ自体は万葉集にも見られるが、「里（さと）」に付いた表現は無い。ただ、「玉に貫く花橘をともしみしこの我が里に来鳴かずあるらし」（万葉集一七―三九八四）「いづくには鳴きもしにけむほととぎす我家の里に今日のみそ鳴く」（万葉集八―一四八八）「己妻を人の里に置きおほほしく見つつそ来ぬるこの道の間」（万葉集一四―三五七一）などのように、「誰々の里」という表現は見出される。八代集には、古今集所載の同歌以外に、「をぎのはにふきすぎてゆくあきかぜのまたたがさとをおどろかすらん」（後拾遺集一二―三二〇）「たがさとにかたらひかねてほととぎすかへるやまぢのたよりなるらん」（詞花集九―三二五）「誰がさとに問ひもやくるとほととぎす心のかぎり待ちぞわびにし」（新古今集三―二〇四）などの例が認められる。なお、「里」およびそれとホトトギスとの関係については、三三番歌【語釈】該項を参照。

夜がれをしてか 「夜（よ）がれ」は「夜」に「かる（離る）」という動詞が付いて名詞化した語とみなされるが、上代に例は見られず、いつ頃から連濁したのかも不明である。夜、離れること、つまり男が夜に女の元に通わなくなくことを表し、八代集になって、古今集所載の同歌をはじめ、「おく霜の暁おきをおもはずは君がよどのによがれせましや」（後撰集一三―九一四）「わがこころ心にもあらでつらからばよがれむとこのかたみともせよ」（後拾遺集一二―六九八）「ひとよとてよがれし床のさむしろにやがてもちりのつもりぬるかな」（千載集一四―八八〇）などのように用いられている。「かる」という語は、万葉集から用例があり、「目かる」（会わなくなるの意）という表現の他、「夢かと心迷ひぬ月まねく離れ〔干〕にし君が言の通へば」（万葉集一二―二九五五）「山

放蕩息子が妻以外の女性にうつつを抜かしているように、いい加減なものである。

【語釈】

1 郭公 二四・二六番詩【語釈】該項に既述。 **本自** 元来、本来の意。一〇番詩【語釈】該項および【補注】、一七番詩【語釈】該項を参照のこと。 **意浮華** 「意」には、「ロ」の捨て仮名がある。「浮華」とは、表面的な華麗さだけを追い求めて、中身がともなわないこと。派手で軽薄なこと。諸本には音合符がある。王充『論衡』自紀篇に「其文盛、其辯争、浮華虚偽之語、莫不澄定」、班固「典引」に「司馬相如洿行無節、但有浮華之辞」（『文選』巻四八）、姚鵠「及第後上主司王起」詩に「三年竭力向春闈、塞断浮華衆路岐」、譚銖「題九華山」詩に「浮華与朱紫、安可迷心田」とあるほか、釈空海「雑言入山興」詩に「南嶽清流憐不已、莫慢浮華名利毒」（『経国集』巻一〇）、藤原有国「讃法華経二十八品和歌序」に「只探真実、不愛浮花」（『本朝文粋』巻一一）とある。

2 四遠 四方、または四方の遙か彼方まで、の意。左思「呉都賦」に「造姑蘇之高台、臨四遠自特建」（『文選』巻五）、薛存誠「膏沢多豊年」詩に「八方甘雨布、四遠報年豊」、修睦「題虎掊泉」詩に「一自虎掊得、清声四遠流」とある。本集にも「海上悠々四遠通」（五九番）とある。 **無栖** 「栖」は、木の上にかけられた、ざるのような形の鳥の巣をかたどる象形文字。沈佺期「独不見」詩に「盧家小婦鬱金堂、海燕双栖玳瑁梁」、李義府「詠烏」詩に「上林如許樹、不借一枝栖」とあり、菅原道真「過尾州滋司馬…献以呈寄」詩に「高看壁上雲栖鳳、快聴絃中水聳

吹の花取り持ちてつれもなく離れ〔可礼〕にし妹を偲ひつるかも」（万葉集一九—四一八四）や、「玉くしげ明けまく惜しきあたら夜を衣手離れ〔可礼〕て一人かも寝む」（万葉集九—一六九三）「しきたへの衣手離れ〔離〕て玉藻なすなびきか寝らむ我を待ちかてに」（万葉集一一—二四八三）などのように、男女関係とりわけ共寝に関わる表現が目に付く。このような傾向から、「夜」と熟して、上記のような意に用いられるようになったと考えられる。

ほととぎす 当歌【語釈】の他項および【補注】を参照。

只ここにしも 「只（ただ）」が限定の意で修飾する可能性のある語は「ここに」と「（こゑ）する」の二つあるが、「しも」という同じく限定の副助詞との呼応と、一句としての表現のまとまりを考えると、前者が適切と考えられる。ただし、「只」が「しも」と呼応する例は万葉集にも八代集にも見られない。万葉集には「玉かづら絶えぬものからさ寝らくは年の渡りにただ一夜のみ」（万葉集一〇—二〇七八）「あぢの住む渚沙の入江の荒磯松我を待つ児らはただ一人のみ」（万葉集一一—二七五一）などのように「のみ」と、八代集には「君はただ袖ばかりをやくたすらん逢ふには身をもかふとこそきけ」（拾遺集一一—六七五）「はるはただわがやどにのみむめさかばかれにし人もみにときなまし」（後拾遺集一—五七）「物おもはでただおほかたの露にだにぬるればぬる秋のたもとを」（新古今集一四—一三一四）などのように、「ばかり」「のみ」「だに」と呼応し強調する表現は見られる。「ここ」という語との関係では「…ここをしも〔己許乎志毛〕まぐはしみかも…」（万葉集一三—三二三四）、「わがやどの花ふみしだくとりうたむのはなければやここに

魚」（『菅家文草』巻一）とある。 **汝最奢** 「奢」とは本来、邱遅「答徐侍中為人贈婦」詩に「謁帝時来下、光景不可奢」（『玉臺新詠』巻五）、劉禹錫「和楽天柘枝」詩に「柘枝本出楚王家、玉面添嬌舞態奢」、同「台城」詩に「台城六代競豪華、結綺臨春事最奢」、白居易「杏為梁 刺居処奢也」詩に「窮奢極麗越規模、付子伝孫令保守。…倹存奢失今在目、安用高牆囲大屋」とあるように、外見的な派手さ、豪華さをいうが、ここは和語「おごる」の意で、思い上がって勝手な振る舞いをする、の意で取っておく。九番詩【語釈】該項も参照のこと。「汝」は、むろん郭公に対する呼びかけ。例えば李白「秋浦歌十七首」詩に「寄言向江水、汝意憶儂不」、杜甫「秋雨歎三首其二」詩に「落葉満枝翠羽蓋、開花無数黄金銭。涼風蕭蕭吹汝急、恐汝後時難独立」、杜甫「牽牛織女」詩に「嗟汝未嫁女、秉心鬱忡忡」とあるように、そうしたことは珍しいことではない。一四・三九番詩【語釈】該項を参照のこと。

3 性似 性と操の対応に関しては、李洞「宿成都松溪院」詩に「松持節操溪澄性、一炷煙嵐壓寺隅」とある以外、その例を知らない。「性」とは、もって生まれた心の働き。 **蕭郎** 色男、或いは女性に愛される男性の総称として唐詩に広く用いられる。何故そうした男性を「蕭君」「蕭郎」というのかについては、三説ほど存在する。その一が梁・武帝蕭衍のことを指すというものであり、有力な説であるが、蕭衍が何故色男の代名詞となったのかは、明確な説明はされていない。その二は蕭史という、『列仙伝』に登場する簫の名手の仙人である。それによって秦の穆公の娘・弄玉と結婚を許されて妻にも簫を教え、やがて二人とも鳳凰に従って飛び去ったというもので、この故事は諸類書の楽部・霊

しもくる」（古今集一〇―四四二）「ここにしも何にほふらんをみなへし人の物いひさがにくきよに」（拾遺集一七―一〇九八）など「しも」を下接した例が見られる。「ここ」は場所を表す指示語であり、当歌では現場指示として、詠み手のいる場所つまりは「たが里」に対して我が里（自宅）を示していると考えられる。また、「ここに」の「に」という場所を表す格助詞も、次に続く「寝たる」と「こゑする」の双方に関わる可能性があるが、上句の「夜がれ」との対比を考えれば、「寝たる」の方が適切と言えよう。「ここ」とホトトギスとの関係では、「独ゐて物思ふ我を郭公ここにしもなく心あるらし」（後撰集四―一七七）「ここにだにつれづれになく郭公ましてここひのもりはいかにぞ」（拾遺集二〇―一二八二）「ここにわがきかまほしきをあしびきの山ほととぎすいかになくらん」（後拾遺集三―一八一）などの例があり、「ここ」はいずれも当歌と同様の現場を指示している。

寝たるこゑする　「こゑ」を修飾する動詞（句）として、万葉集に見られるのは、「鳴く」や「呼ぶ・呼ばふ」という発声に関する語のみであるのに対して、八代集になると、多くは同様に発声に関する語であるが、「うぐひすの谷よりいづるこゑなくは春くることをたれかしらまし」（古今集一―一四）「帰る雁雲ぢにまどふ声すなり霞ふきとけこのめはる風」（後撰集二―六〇）「なにはがたあさみつしほにたつちどりうらづたひするこゑきこゆなり」（後拾遺集六―三八九）などのように、発声それ自体ではなく、声の主体の行動を表す語も見られるようになる。これらの場合、声はその行動に伴う、あるいはその行動を想像させるものとして表現されている。当歌も、「寝たる」という発声には直接関わらない語

異部・帝戚部等に引用されて広く親しまれ、唐代の詩文にも頻繁に登場する。その三は『雲溪友議』巻上・『全唐詩話』巻四に収載される話で、崔郊の姑の元にいた、美しく音律を善くする婢女を崔郊は気に入っていたが、その女が太守の元に行くことになった。そこで彼は「侯門一入深如海、従此蕭郎是路人」の句を含む「贈去婢」詩を贈ったが、後にその詩を見た太守は婢女を彼に返してやったというものである。それ以来「蕭郎」が上記の意味に用いられるようになったという。以上を総合すれば、三の話は「蕭郎」が普通名詞化して行くきっかけを語ったもので、その「蕭郎」とは、二の「蕭史」であることは言を待たない。おそらく仙人という素性の分からぬものでありながら、皇帝の娘と結婚し得たということ（『列仙伝』においては彼一人だけ）で、色男の代表と考えられるようになっていったのだろう。王建「題花子贈渭州陳判官」詩に「況復蕭郎有情思、可憐春日鏡台前」、于鵠「題美人」詩に「胸前空帯宜男草、嫁得蕭郎愛遠遊」、楊巨源「臨水看花」詩に「今朝幾許風吹落、聞道蕭郎最惜多」などとある。本集には「願教蕭郎枉馬蹄」（六〇番）、「被厭蕭郎永守貞」（一〇九番）、「争使蕭郎一処群」（一一二番）等引用が多い。小島憲之『古今集以前』にもその議論の一端が見える。

含女怨　「女怨」とは、蔣維翰「春女怨」詩に「白玉堂前一樹梅、今朝忽見数花開。児家門戸尋常閉、春色因何入得来」とあるように、独り身をかこつ怨み、竇牟「元日喜聞大礼寄上翰林四学士中書六舎人二十韻」詩に「忽思班女怨、遙聴越人吟」とあるのは、班婕妤が趙飛燕に讒言されて、帝から遠ざけられた怨み、盧仝「卓女怨」詩に「迷魂随鳳客、嬌思入琴心」というのは、卓文君が寡婦としているときに、司馬相如から

が「こゑ」を修飾しているが、この関係のとらえ方について、古今集所載の同歌に対する諸注釈書では大きく二つに分かれる。一つは「寝ている（鳴き）声」と文字どおりにとらえるもので、この場合は「寝る」という行動に伴う声と受け取れる。もう一つは、「塒であるとでも言いたげに」（日本古典集成本）や「まるでほかに行くことはないような声」（新日本古典文学大系本）などのように、「寝たる」がその声のありようを表しているととらえている（『注釈』も「寝ているというかのように鳴く声がする」と解している）。「寝る」ことに声が伴うというのは、寝言以外には不自然であろうし、どのような声なのか、その声のありようを比喩的に「寝たる」と表現するのも、ホトトギスの鳴き方・鳴き声からすれば妥当ではないと考えられる。むしろ声のありようというより、声そのものがホトトギスの存在を示すのであって、「「寝たる」は、時鳥は夜のものなので、夜いるのをいいかえたもの」（窪田評釈）のように、声がすること＝夜、そこで過ごすこと＝寝ること、という関係で結び付いていると解釈すべきであろう。

【補注】

『古今集遠鏡』には「これはたゞ郭公の歌なるを、こゝに入たるは、誤なるべし、恋のたとへとしては、ねたる声するといへること、聞えがたし、然るを恋の意に注したるは、しひごと也、菅家万葉には、夏の歌とし、六帖にも、郭公の歌とせり」とある。ホトトギスの歌に、ホトトギスを浮気な男に見立てた恋愛の寓意が読み取れること、またそういう歌も夏歌に含まれていることは、三三番歌「うとみつつとどむる郷の無

言い寄られたこと、王初「自和書秋」詩に「湘女怨弦愁不禁、鄂君香被夢難窮」とあるのは、舜帝の崩じた後その後を追って湘江に身を投げた湘君をいうように、いずれも夫や恋人に逢えない哀しみや怨みをいう。小野岑守「雑言奉和聖製春女怨」詩に「春女怨、春日長兮怨復長。聞道陽和煦万物、何偏寒妾一空牀」（『凌雲集』）とある。また「女怨」には、底本以下の版本や諸写本に、音合符が付される。また「含怨」とは、心に怨恨を懐いて悲しみながらも、それにじっと耐えていること。簡文帝「和湘東王三韻二首・冬暁」詩に「冬朝日照梁、含怨下前牀。…会是無人見、何用早紅妝」（『玉臺新詠』巻七）、王筠「行路難」詩に「含悲含怨判不死、封情忍思待明年」（『玉臺新詠』巻九）、呉少微「怨歌行」詩に「城南有怨婦、含怨倚欄叢」、虞世南「中婦織流黄」詩に「寒閨織素錦、含怨斂双蛾」、元稹「贈双文」詩に「艶極翻含怨、憐多転自嬌」、劉言史「瀟湘遊」詩に「昔人幽恨此地遺、緑芳紅艶含怨姿」、崔櫓「岸梅」詩に「含情含怨一枝枝、斜圧漁家短短籬」等というのは、擬人法も含めて、じっと耐える女性の姿をイメージする。菅原道真「賦新煙催柳色応製」詩に「花無舞妓欲含怨、枝有行人折断腸」（『菅家文草』巻六）、紀長谷雄「貧女吟」に「形似死灰心未死、含怨難追旧日春」（『本朝文粋』巻一）とある。従って、「含女怨」とは、会ってくれないという女の怨みを男がじっと胸に持ち続けることと解しておく。

4 操如　「操」とは、その人間の最も根本的な心がけ、言動のあり方のこと。常建「贈三侍御」詩に「操与霜雪明、量与江海寛」、独孤及「癸卯歳赴南豊道中聞京師失守寄権士繇韓幼深」詩に「士繇松筠操、幼深瓊樹姿」、戴叔倫「賦得古井送王明府」詩に「欲彰貞白操、酌献使君行」、

ければや山ほととぎす浮かれては鳴く」の【補注】で説いたところである。当歌において恋愛の寓意の手掛かりとなる語は、宣長が問題にした「寝たる」よりも「夜がれ」の方であろう。

「夜がれ」については【語釈】で説明したとおり、男女の共寝に関わる例のみであり、ホトトギスに関して「よがれ」を用いた例は、他に「ほととぎすこころもそらにあくがれてよがれがちなるみやまべのさと」（金葉集二―一一二）の一例があり、この歌も夏部に入っているものの、「あくがる」や「さと」などの語とともに、恋愛の寓意を示すものと言えよう。

ただし、当歌を恋歌としてではなく、あくまでも夏歌として見た場合、その趣意とすることは、三八番歌「夜や暗き道やまどへるほととぎすわがやどをしも過ぎがてに鳴く」と同様、ホトトギスの声を聞くことの稀少性ゆえの驚きや喜びを表していると言える。当歌ではその状況の理由として、「たが里に夜がれをしてか」という、恋愛に関わることを設定しているということである。したがって、恋歌ならば、久しぶりに訪れた男に対する恨み言ととることもできようが、夏歌としては、「只ここにしも」鳴いていることの意外さを、むしろ喜び楽しむ趣向として男女関係になぞらえたと考えられる。

常沂「禁中春松」詩に「操将金石固、材与直臣同」、孟郊「山中送従叔簡」詩に「松柏有霜操、風泉無俗声」等とあるように、潔白で松のようにいつも変わらぬものが称揚される。ちなみに「似」と「如」の対語は、常見のもの。

蕩子　家を出て旅をしたまま帰らない男。「蕩」の原義は、ゆらゆらと揺れ動くこと。そこから放縦、放蕩の意味も生まれる。「古詩十九首其二」詩に「昔為倡家女、今為蕩子婦。蕩子行不帰、空牀難独守」（『文選』巻二九）とあり、李善は『列子』に「有人去郷土、遊於四方、而不帰者。世謂之、為狂蕩之人也」というのを引用する。唐詩においては鄭遂初「別離怨」詩に「蕩子戍遼東、連年信不通」、王維「伊州歌」に「清風明月苦相思、蕩子従戎十載余」、賀蘭進明「行路難五首其三」詩に「蕩子従軍事征戦、蛾眉嬋娟守空閨」、杜甫「冬晩送長孫漸舎人帰州」詩に「参卿（参謀也）休坐幄、蕩子不還郷」、孟郊「古意」詩に「蕩子守辺戍、佳人莫相従」、杜牧「閨情代作」詩に「佳人刀杵秋風外、蕩子従征夢寐希」、于濆「古別離」詩に「黄鶴有帰日、蕩子無還時。…知子去従軍、何処無良人」とあるなど、行役のためのそれが多いが、温庭筠「楊柳八首（一作楊柳枝）其六」詩に「春来幸自（一作有）長如線、可惜牽纏蕩子心」、陳陶「蜀葵詠」詩に「南隣蕩子婦無頼、錦機春夜成文章」、張琰「春詞二首其二」詩に「蕩子遊不帰、春来涙如雨」など、それ以外の原因によるものと思われるものも無いではない。菅原清公「奉和春閨怨」詩に「蕩子別来多歳月、那堪夜夜掩空扉」（『文華秀麗集』巻中）とあり、本集に「蕩子従来無定意」（四七番）とある。

尚迷他　「迷」は、あることに夢中になって、他のことが見えなくなること。宋玉「登徒子好色賦序」に「嫣然一笑、惑陽城、迷下蔡」（『文※

※選』巻一九）とある。

【補注】

韻字は「華・奢」（下平声九麻韻）と「他」（下平声七歌韻）で、極めて近い韻だが同用ではないので、押韻に傷があることになる。平仄には基本的な誤りはない。

結句の別解は、「操は蕩子が尚ほ他を迷はしむるが如し」と訓じて、その節操は家を出たまま戻らぬ男がその妻をいつまで待つべきか迷わせるのと同じようにデタラメだ、とする解釈であろう。「蕩子」はその用例に挙げたように、それを待つ女の視点から描写するのが一般であるとすれば、この解の方に妥当であるとも考えられよう。しかし、それでは男である自分が家を出ることによって、結果として妻が自分のことを待とうか待つまいかと迷わせることが、男の「操」を云々することにどのように関連するのかという問題が残るのであり、本集に「蕩子従来無定意」（四七番）とあることからも、【通釈】の解にしておいた。

郭公（子規・杜鵑）が浮気な性格を持つというのは、中国のそれにはない属性であり、もっぱら日本の「ほととぎす」に関係する。

【比較対照】

この歌と詩の組合せに関しては、ほとんど共通するところがない。というのは、詩が郭公の浮気な性質を、「浮華」「奢」の語で抽象的に表し、後半でも「蕭郎」と「蕩子」の比喩を用いてその性格を描写するだけで、歌の、ホトトギスが珍しく近くで鳴くのが聞こえるという具体的な事態の描写に対応するものがまったく欠けているからに他ならない。強いて詩の中に含まれる具体的な描写をあげるとすれば、「四遠無栖」だけであろうし、それも当詩に特有な表現かと言われれば、首を傾げざるを得ないという程度のものでしかない。それは確かに歌の内容を極めて大まかにとらえれば、ホトトギスが浮気な鳥だと言っていることになるだろうが、それでは類歌（例えば三三番歌【語釈】該項を参照のこと）との内容上の違いをどこに出すということになるのだろうか。すなわち、当歌だけに対応するもっとも肝心なものがこの詩には無いのである。

当歌が古今集の恋歌に収載されるように、当時既にそのホトトギスは極めて擬人的に捉えられていたわけであるが、詩においては「蕭郎に似る」「蕩子の如し」と直喩を用いた分だけかえって、「郭公」を鳥そのものと意識させることになっているともいえよう。それぞれの句で郭公の浮気性を一般論として並列的に説明しただけで、一作品としての独立性にも乏しいという当詩に対するマイナス評価を少しでも擁護する点があるとすれば、詩【補注】にあるように、中国における「子規」には、浮気な鳥というイメージは無いので、その点を詩として特に強調したということにでもなろうか。むしろ詩においては「不如帰」「思帰」という別名が暗示するように、本来あるべき所に帰らせようと促すのが中国の「子規」であった。

これまでの歌と詩の組合せにおいては、歌の抽象性に対して、詩は具体的な状況説明を付加して対応させるという方法が一般的であったわけだが、この組合せはまったく逆になっており、その意味で興味深いというのは、何とも皮肉なことではある。

四二番

人不識沼　思哉繁杵　郭公鳥　夏之夜緒霜　鳴明濫

人しれぬ　思ひや繁き　ほととぎす　夏の夜をしも　鳴き明かすらむ

【校異】

本文では、初句の「識」を、京大本・大阪市大本・天理本が「議」とし、第三句の「郭」を、永青本・久曾神本が欠き、結句の「濫」を、京大本・大阪市大本が「監」、天理本が「藍」とし、永青本が「濫」の後に「牟」を補う。

付訓では、結句の「あかすらむ」を、羅山本・無窮会本が「あかしつる」とする。

同歌は、歌合に見られず、歌集にはかなり下って新拾遺集（巻三、夏、二一六番）に「菅家万葉集歌　読人しらず」としてある。

【通釈】

秘密の思いが絶え間ないからか、ホトトギスは、（それでなくても短い）夏の夜を鳴き明かすのだろう。

【語釈】

人しれぬ　「しれ」は「知る」の下二段活用の未然形で、知られるの意。「人知れず」あるいは「人知れぬ」の形に熟して用いられることが多い。万葉集には「…刈薦の　心もしのに　人知れず〔人不知〕もとなそ恋

三夏鳴禽号郭公
従来狎媚叫房櫳
一声触処万恨苦
造化功尤任汝躬

三夏《サンカ》の鳴禽《メイキン》郭公《ほととぎす》と号《なづ》く。
従来《ショウライ》狎《な》れ媚《こび》て房櫳《ハウロウ》に叫《よ》ぶ。
一声《イッセイ》触《ふ》る処《ところ》に万恨《バンコン》苦《くる》し。
造化《サウクヮ》の功《コウ》は尤《はなはだ》汝《なむぢ》が躬《み》に任《たへ》たり。

【校異】

「郭公」を、類従本・藤波家本・講談所本・道明寺本・羅山本・無窮会本「郭鴬」に作り、京大本・大阪市大本・久曾神本「郭公鳥」に作る。「万恨苦」を、羅山本・無窮会本「万恨葬」に作り、永青本「万恨萃」に作る。藤波家本・講談所本・道明寺本・京大本・大阪市大本「苦」に「葬」の異本注記あり。

【通釈】

夏中鳴いている鳥の名はホトトギスという。以前から親しくなまめかしい声で窓辺で鳴いている。その一声が届くところでは言い尽くせぬ悩みが生まれて苦しむことになる。造物主の仕事の見事さは最もお前の体に現れている。

【語釈】

1　三夏　夏の三ヶ月のこと。三四番詩【語釈】該項を参照。　**鳴禽**

ふる　息の緒にして」（万葉集一三―三二五五）のように、「人知れず」と訓まれる形のみ見られる。「人知れぬ」は古今集から見られ、「人しれぬ思ひやなぞとあしかきのまぢかけれどもあふよしのなき」（古今集一一―五〇六）「人しれぬ思ひは年もへにけれど我のみしるはかひなかりけり」（拾遺集一一―六七三）「人しれぬおもひありそのうらかぜになみのよるこそいはまほしけれ」（金葉集八―四六八）などのように、人に知られない、ひそかなの意で、当歌と同じく「思ひ」を修飾する例がもっとも多い。ちなみに、ホトトギスに関して「かずならぬみ山がくれの郭公人しれぬねをなきつつぞふる」（後撰集九―五四九）のように、その「ね（声）」を修飾した例が一例見られる。

思ひや繁き　「思ひ」と「繁し」との関係については、四〇番歌【語釈】「繁き思ひは」の項に述べてあるが、当歌の「思ひ」はホトトギスに関して用いられている。ホトトギスをその主体として「思ひ」あるいは「思ふ」という語を用いた例は、万葉集・八代集を通して、「このごろはさみだれちかみ郭公思ひみだれてなかぬ日ぞなき」（後撰集四―一六三）のみである。ともに詠み込まれた歌では、「物思ふと寝ねぬ朝明にほととぎす鳴きてさ渡るすべなきまでに」（万葉集一〇―一九六〇）「…うつせみは　物思繁し　そこ故に　心なぐさに　ほととぎす　鳴く初声を…」（万葉集一九―四一八九）、「夏山になく郭公心あらば物思ふ我に声なきかせそ」（古今集三―一四五）「しののめになきこそわたれ時鳥物思ふやどはしるくやあるらん」（拾遺集一三―八二二）「ほととぎすよぶかきこゑをきくのみぞ物思ふ人のとりどころなる」（後拾遺集三―一九九）などのように、「物思ふ」のはもっぱら詠み手の方である。「思ひ

鳴き声が美しい鳥、囀る鳥のこと。謝混「游西池」詩に「景昃鳴禽集、水木湛清華」、白居易「玩新庭樹因詠所懐」詩に「度春足芳色、入夜多鳴禽」、李郢「酬劉谷立春日吏隠亭見寄」詩に「野田青牧馬、幽竹暖鳴禽」とある。　**号郭公**　「号」は、名付けること、もしくは呼び名の意。動詞にも名詞にも用いる。本集には「三秋有蕊号芽花」（六四番）、「秋嶺有花号女郎」（七二番）、「眼前貯水号瑤池」（七九番）とある。

2従来　以前から、もともと、これまで、の意。永青本には「モトヨリ」の訓があるも、底本等版本には音合符がある。陶淵明「詠貧士七首其四」詩に「従来将千載、未復見斯儔」、高適「登壠」詩に「豈不思故郷、従来感知己」、白居易「龍昌寺荷池」詩に「従来寥落意、不似此池辺」とある。藤原宇合「七言、在常陸贈倭判官留在京」詩に「知己難逢匪今耳、忘言罕遇従来然」（『懐風藻』）、菅原道真「寄巨先生乞画図」詩に「山水従来無担去、願馮君得写風流」（『菅家文草』巻二）とあり、本集には「蕩子従来無定意」（四七番）、「白露従来莫染功」（六六番）、「松樹従来蔑雪霜」（九四番）とある。　**狎媚**　この語の用例を知らない。「狎」とは、人間と親しくすることだが、時にそれは馴れ馴れしく遠慮のないさまとなり、場合によっては相手を侮ることにもなる。底本等版本には、訓合符と「狎レ媚テ」との訓がある。杜甫「倚杖」詩に「狎鷗軽白浪、帰雁喜青天」、郎士元「題劉相公三湘図」詩に「枕上見漁父、坐中常狎鷗」、元稹「上陽白髪人」詩に「天宝年中花鳥使、撩花狎鳥含春思」などとある。「媚」とは、元稹「寄呉士矩端公五十韻」詩に「媚語嬌不聞、繊腰軟無力」、同「春六十韻」詩に「酔円双媚靨、波溢両明瞳」、白居易「有木詩八首其四」詩に「狐媚言語巧、鳥妖声音悪」、同

や」の「や」の結びは同句の「繁き」であり、そこで一文として終止するが、「らむ」を歌末とする、それ以降の内容に対する原因・理由を示す。

ほととぎす　当歌【語釈】他項および【補注】を参照。

夏の夜をしも　「夏の夜」という表現は万葉集に一例、八代集にも古今集の三例をはじめ各集に計二九例見られる。二四番歌【補注】で示した如く、四季で比較すると、「秋の夜」が圧倒的に多く、「春の夜」は「夏の夜」と同程度で、「冬の夜」がもっとも少ない。このような傾向に対して、本集で際立つのは「夏の夜」の多さで、当歌を含め八例あって、「秋の夜」の四例、「冬の夜」の一例を上回る（「春の夜」は見当たらない）。ホトトギスが出てくれば夏という季節なのは自明であるが、あえて「夏の夜」と表すのは、続く「しも」という限定強調の副助詞とも関わる。問題になるのは、その短さである。なお【補注】参照。

鳴き明かすらむ　「鳴（な）き明（あ）かす」という複合語は、万葉集には見られず、八代集にも「よるのつるみやこのうちにはなたれてこをこひつつもなきあかすかな」（詞花集九―三四〇）の一例のみである（『注釈』は、「あさなあさな袖をやしぼる夜はすがらに鳴き明かしつつ」（伊勢集三一一番）、「呉竹のふして寝ぬべき夜もすがらまつにはとりの鳴き明かしつつ」（古今六帖一三五八番）の例を挙げる）が、鳴き続けて夜を明かすことを意味すると考えられる。なお「夏の夜をしも」の「を」は、「朝霜の消なば消ぬべく思ひつついかにこの夜を明かしてむかも」（万葉集一一―二四五八）、「露ならぬわが身と思へど秋の夜をかくこそあかせおきゐながらに」（後撰集六―二九二）などのように、「鳴

「古冢狐　戒艶色也」詩に「狐仮女妖害猶浅、一朝一夕迷人眼。女為狐媚害即深、日長月長溺人心」、同「長恨歌」に「回眸一笑百媚生、六宮粉黛無顔色」とあるように、艶めかしさで人をたぶらかす、こびへつらって人の気を引きつけること。　**叫房櫳**　「房櫳」とは、いわゆる連子窓のこと。「櫳」を、『広韻』は「檻也、養獣所也」と説明する。左思「呉都賦」に「房櫳対櫎、連閣相経」（『文選』巻五）とあり、李善は『説文』に「櫳、房室之疏」とあるのを引用する。太宗皇帝「賦簾」詩に「惟当雑羅綺、相与媚房櫳」、孟郊「酬友人見寄新文」詩に「耕牛返村巷、野鳥依房櫳」、白居易「和答詩十首　和大觜烏」詩に「日日営巣窟、稍稍近房櫳」、同「冬至夜」詩に「今宵始覚房櫳冷、坐索寒衣託孟光」とある。嵯峨天皇「梅花落」詩に「狂香燻枕席、散影度房櫳」（『文華秀麗集』巻中）とある。

３一声　郭公の一声のこと。韋応物「子規啼」詩に「高林滴露夏夜清、南山子規啼一声」、竇群「奉酬西川武相公晨興贈友見示之作」詩に「猶聞子規啼、独念一声長」、熊孺登「湘江夜泛」詩に「無那子規知向蜀、一声声似怨春風」とある。菅原道真「賦木形白鶴」詩に「清唳無期何歳月、金吾願得一声聞」（『菅家文草』巻二）とある。　**触処**　声が聞こえるところでは、の意。底本には「触ル処ロ」、藤波家本・講談所本・道明寺本・京大本等には、訓合符と「触ル処ニ」の訓点があるが、元禄九年版本以下は、音合符を付すのみ。なお、二・二三番詩【語釈】該項を参照のこと。　**万恨苦**　「恨苦」は、はなはだしい苦悩、底知れぬ恨み、の意。蔣吉「寄進士賈希」詩に「恨苦涙不落、耿然東北心」、杜甫「登高」詩に「艱難苦恨繁霜鬢、潦倒新停濁酒杯」、同「独坐二首其二」

き明かす」の「明かす」と結び付く。歌末の「らむ」は原因推量を表す。『注釈』の通釈では、上二句末を「絶えないのだろうか。」、歌末を「鳴き明かしているらしい。」と解するが、原因と結果という上句と下句の関係に対する推量を示しているとはみなしがたい。

【補注】

当歌は、ホトトギスが夜明けまで鳴き続けるのを聞いて、その理由を「人知れぬ思ひ繁き」と擬人的に推量したものであるが、その特異性は次の二点である。

第一に、ホトトギスの鳴くことに関する、その理由の推量の仕方である。本集でも「夏の夜を飽かずとや」（二九番）「くつていださぬ人や住むらむ」（三〇番）「うとみつつとどむる郷の無ければや」（三三番）「夏山に恋しき人や入りにけむ」（三六番）「夜や暗き道やまどへる」（三八番）「たが里に夜がれをしてか」（四〇番）など、さまざまな擬人的な理由が挙げられているが、【語釈】で説いたように、一般には「人知れぬ思ひ」が「繁き」ために寝ずに夜を明かすと表現されるのは人間の方であって、そのような時に聞こえるホトトギスの声に対しては「心がある」とも「心がない」とも表現されるのである。もっとも、ホトトギスを中心として、「…山彦の　相とよむまで　ほととぎす　妻恋すらし　さ夜中に鳴く」（万葉集一〇—一九三七）、「五月雨のそらもとどろに郭公なにをうしとかよただなくらむ」（古今集三—一六〇）「わがごとく物やかなしき郭公時ぞともなくよただなくらむ」（古今集一二—五七八）などの例もなくはないが、少数である。

詩に「亦知行不逮、苦恨耳多聾」、盧仝「聴蕭君姫人弾琴」詩に「中腹苦恨杳不極、新心愁絶難復伝」、秦韜玉「貧女」詩に「苦恨年年圧金線、為他人作嫁衣裳」とあり、菅原道真「早春侍宴仁寿殿同賦春暖応製」詩に「日落先帰何恨苦、儒生不便乎廻戈」（『菅家文草』巻二）とある。羅山本・無窮会本には、異文「葬」に「クツク」の訓があるも、意不明。

4 造化功　「造化」は、万物を作り出して育てる神、造物主のこと。またはそれが作り出した自然、宇宙。「功」は、手柄、働きの結果、やり遂げた仕事のこと。張華「鷦鷯賦」に「何造化之多端兮、播群形於万類」（『文選』巻一三）とあり、李善は『淮南子』原道の「大丈夫恬然無為与造化逍遙」という一節を引用する。その高誘注に「造化、天地也」とある。賈誼「鵩鳥賦」には「且夫天地為鑪兮、造化為工」（『文選』巻一三）とあって、李善は『荘子』太宗師に「子来曰、今一以天地為大鑪、以造化為大冶、悪乎往而不可哉」とあるのを引用する。張協「七命」には「功与造化争流、徳与二儀比大」（『文選』巻三五）とあり、李善は『老子指帰』の「功与造化争流、徳与天地斉光」を引用する。李白「望廬山瀑布水二首其二」詩に「仰観転雄、壮哉造化功」、韋応物「答暢校書當」詩に「且忻百穀成、仰嘆造化功」、大伴王「五言、従駕吉野宮応詔二首其一」詩に「将歌造化趣、握素愧不工」（『懐風藻』）、菅原道真「賦得赤虹篇」詩に「雪衢暴錦星辰織、鳥路成橋造化工」（『菅家文草』巻一）、菅原道真「蜘蛛」詩に「万物皆如是、応知造化成」（『菅家文草』巻五）とある。**尤**　とりわけ目立って、の意。**任汝躬**　「任」とは、それにゆだねてそれが思うようにさせる、ある事物を引き受けてそれに耐えること。つまり、自然の見事さが郭公のからだに委ねられている

第二に、ホトトギスに関して、「鳴き明かす」と表現している点である。繰り返し指摘してきたように、ホトトギスの鳴き声を聞くことが稀れなのが普通であるから、一晩中鳴き続ける声が聞こえるというのは異常な事態である。この事態は三八番歌や四〇番歌と同様であるが、それに対する反応としては単純な喜びというより、「泣き明かす」を含意して、むしろ同情的である。そもそも一晩中鳴き声が聞こえるというのは、詠み手自身もまた、その声を聞くためではなく、何らかの寝られない理由があって起きているということに他ならない。

【語釈】で触れた「夏の夜をしも」という限定強調は、その時間的な短さゆえに、それでなくても寝不足がちになるのに、というニュアンスが含まれているのではないだろうか。その限りでは、「暮るるかと見れば明けぬる夏の夜を飽かずとや鳴く山ほととぎす」（二九番）のとらえ方と対極的であると言えよう。

ということで、自然の美しさが、郭公の姿に体現されていること。「躬」は三四番詩【語釈】該項を参照。盧仝「寄男抱孫」詩に「任汝悩弟妹、任汝悩姨舅」、李群玉「野鴨」詩に「雲披菱藻地、任汝作群飛」、輔国将軍「為劉洪作」詩序に「汝為人強直有才幹、将任汝以職」とある。

【補注】

韻字は「公・櫳・躬」で、上平声一東韻。平仄では、転句の「恨」が平字でなければならないが、仄であるため、そこにキズが生じている。

転句の「一声触処万恨苦」は、「一声触るる処万恨苦だし」あるいは「一声触るる処万恨に苦しぶ」と訓む方が、「万恨」の語のつながりの強さからいえば、良い。秦嘉「贈婦詩三首其三」詩に「一別懐万恨、起坐為不寧」（『玉臺新詠』巻一）、簡文帝「秋閨夜思」詩に「九重忽不見、万恨満心生」（『玉臺新詠』巻七）と用いられて以来、唐詩にはその用例は枚挙に暇がない。それに対して、「恨苦」「苦恨」の方は【語釈】に挙げた以外には、用例に乏しい。陸亀蒙「江南冬至和人懐洛下」詩に「昔居清洛涯、長恨苦寒遅」、徐鉉「月真歌」に「離腸却恨苦多情、軟障薫籠空悄悄」、白居易「和微之詩二十三首　和寄楽天」詩に「後恨苦綿綿、前歓何卒卒」などの例は、逆に「恨苦」と熟すべきでないことを教えているからである。

また、「一声触処万恨苦」の、杜鵑の一声が聞く者に様々な恨みや悩※

※みの感情を催させるという例としては、李白「奔亡道中五首」詩に「誰忍子規鳥、連声向我啼」、同「宣城見杜鵑花」詩に「蜀国曾聞子規鳥、宣城還見杜鵑花。一叫一迴腸一断、三春三月憶三巴」、李嘉祐「暮春宜陽…因以酬答」詩に「子規夜夜啼槠葉、遠道逢春半是愁」、顧況「子規」詩に「杜宇冤亡積有時、年年啼血動人悲。若教恨魄皆能化、何樹何山著子規」など、少なくない例が指摘できる。

【比較対照】

詩起句は、「郭公」の紹介であるが、二四番詩【語釈】で説明したように、この語がその鳴き声に由来し、かつ唐詩には見られないとするならば、それなりの意味はあろう。歌にはもとより必要のないこととしても。

承句は、歌に間接的に示されている状況を具体的に描写したものと言える。歌では「鳴き明かす」が、詠み手の間近にいることを暗示しているだけなのに対して、詩では「叫房櫳」がそれを端的に示す。しかも「従来狎媚」により、その行動を郭公の性質に帰している。これは、和歌におけるホトトギスの一般的なとらえ方と正反対のものである。

転句は歌との対応関係において、もっとも微妙である。詩では郭公の「一声」が原因で「万恨苦」が生じると表現されているが、歌の「人知れぬ思ひや繁き」はホトトギスの「鳴き明かす」ことの原因として推測していることである。当歌【語釈】および【補注】で述べたように、歌にはホトトギスが「鳴く」ことと詠み手が「泣く」ことを重ね合わせる例があるものの、それはあくまでも詠み手自身のそのような状況が前提にあってのことである。

結句は歌とはもはや何の関係もない。そもそも歌ではホトトギスは夜の鳥であって、鳴き声は聞いても、その姿を見ることはありえないものである。「夏の夜をしも鳴き明かすらむ」という表現に対応する、夜の時間帯を表すことばが詩にはまったく見られないのも、この結句と呼応する結果と考えられる。

当詩全体を通してみると、その表現の中心は郭公の声に関してであり、その点では歌と共通するが、結句によってほとんど唐突に「躬」の方に入れ代わっている。転句から結句への展開は、声のマイナス性と体のプラス性という対比関係としてとらえられるとしても、このような逆転は、内容的には歌と致命的に乖離させるものになっていると言わざるをえない。その意味で、結句は単なる付加とは到底みなしえないし、歌の中にその何らかの手掛かりも見いだしがたい。

秋歌　三十六首

四三番

秋風丹　綻沼良芝　藤袴　綴刺世砥手　蛬鳴

秋風に　綻びぬらし　藤袴　綴り刺せとて　きりぎりす鳴く

【校異】

本文では、第二句末の「芝」を、大阪市大本が「之」とし、第四句の「世」を、永青本・久曾神本が欠く。

付訓では、とくに異同が見られない。

同歌は、寛平御時后宮歌合（十巻本、秋歌、九四番、在原棟梁。ただし第二句「ほころびぬらむ」第四句「つづりさせてふ」）にあり、また古今集（巻一九、雑体、一〇二〇番。ただし第四句「つづりさせてふ」）に「寛平御時きさいの宮の歌合のうた　在原むねやな」として、古今六帖（第六、草、らに、三七二九番。ただし第四句「つづりさせてふ」）にも見られる。

【通釈】

秋風で綻び（咲い）たようだ、藤袴は。（というのも）「ツヅリサセ」（その綻びを縫い合わせろ）とコオロギが鳴く（から）。

【語釈】

秋風に　風は一年を通して吹くものであるが、季節名と熟した形で「かぜ」が用いられるのは、「あきかぜ」が万葉集でも八代集でも圧倒的に

商飈颯々葉軽々
壁蛬流音数処鳴
暁露鹿鳴花始発
百般攀折一枝情

商《ショウ》飈《ヘウ》颯々《サフサフ》として葉《は》軽々《ケイケイ》たり。
壁《ヘキ》蛬《キョウ》の流音《リウイン》数処《スショ》に鳴《な》く。
暁露《ケウロ》に鹿《しか》鳴《なき》て花《はな》始《はじめ》て発《ひら》く。
百《もも》般《たび》攀《よぢ》折《を》る一枝《イッシ》の情《セイ》。

【校異】

「商飈」を、講談所本・道明寺本・京大本・大阪市大本・天理本「高飈」に作る。「数処鳴」を、永青本「数処忙」に作る。「始発」を、藤波家本「発始」に作るも右傍に「下上」と転倒を指示。「一枝情」を、京大本・大阪市大本・天理本「一時情」に作り、久曾神本・永青本「馨」に作って、「本」と注記する。

後二句が、『和漢朗詠集』巻上・秋・萩に収載されるが、「一枝情」を諸本全て「一時情」に作る。『土御門院御集』には、転句を句題とする歌がある。

【通釈】

秋風が物寂しくソウソウと吹くと木々の葉はヒラヒラと舞い上がる。家壁のあたりのコオロギの声がそこここで聞こえてくる。秋の夜明けの露とともに鹿が鳴き（藤袴の）花が開き始めた。何度も折り取ってみる、一枝ごとに深い思いを籠めて。

多く、四季の中で秋という季節との結び付きがもっとも強い。秋風は自然物とりわけ植物に変化をもたらすものでもある。目立つのは紅葉に関してであるが、花に関してもわずかながら「ほととぎす声聞く小野の秋風に萩咲きぬれや声のともしき」（万葉集八―一四六八）のように開花を促すものとして、また「娘子らが玉裳裾引くこの庭に秋風吹きて花は散りつつ」（万葉集二〇―四四五二）のように散花を強いるものとしても詠まれている。虫についても同様に、「松虫のはつこゑさそふ秋風はおはの山よりふきそめにけり」（後撰集五―二五一）「秋風にこゑよわりゆくすずむしのつひにはいかがならんとすらん」（後拾遺集四―二七二）のように表現されている。当歌の「秋風に」は下接する「綻びぬらし」に対しその原因として修飾するとみなされるが、結句の「きりぎりす鳴く」のもまた、秋風によってである。

綻びぬらし　「ほころぶ」という語は万葉集にはなく、古今集以降、花が咲くの意と着物の縫い目が解けるの意で用いられ、「吹く風にあらそひかねてあしひきの山の桜はほころびにけり」（拾遺集一―三九）は前者のみの意であるが、他は「あをやぎのいとよりかくる春しもぞみだれて花のほころびにける」（古今集一―二六）「春風のけさはやければ鶯の花の衣もほころびにけり」（拾遺集七―四一四）「ぬしやたれしる人なしにふぢばかまみればのごとにほころびにけり」（詞花集三―一一五）のように両意が掛けられている。当歌も植物の「藤袴」と、そのハカマという音を契機とした着物の「袴」の双方に関して「ほころぶ」が用いられている。「らし」は他の推量の助動詞に対して、確実な理由・根拠に基づく推定として区別されるが、「らし」は古代語であって、上代には

【語釈】

1 商飈　秋風のこと。「商」は、五音の一つで方位では秋に当たる。「飈」は、「飆」の俗字で「飇」「猋」「飊」にも作り、つむじ風や突風のこと。陸機「園葵詩」に「時逝柔風戢、歳暮商猋飛」（『文選』巻二九）、陸機「演連珠五十首其四一」に「是以商飈漂山、不興盈尺之雲」（『文選』巻五五）とあり、五臣は「商飆、秋風也」という。嵯峨天皇「神泉苑九日落葉篇」詩に「商飈掩乱吹洞庭、墜葉翩翻動寒声」（『文華秀麗集』巻下）、菅原道真「秋湖賦」に「於是商飈瑟瑟、沙渚悠悠」（『菅家文草』巻七、『本朝文粋』巻一）とある。異文「高飈」は、三統理平「寒雁識秋天」詩に「陣迷早霧魚麗断、書過高飆鳥篆狂」（『類題古詩』知不知）とあるものの常見の語ではなく、恐らく字形の類似から来る誤りであり、また季節を明示することからも「商飈」が優ろう。

颯々　いわゆる重言で、風がさっと吹く、その擬音語。「サツサツ」は慣用音で「サフサフ」が漢音表記。『楚辞』九歌・山鬼に「風颯颯兮木蕭蕭、思公子兮徒離憂」（『文選』巻三三）、白居易「春聴琵琶兼簡長孫司戸」詩に「指底商風悲颯颯、舌頭胡語苦醒醒」とあり、菅原道真「吟善淵博士…寄長句」詩に「颯颯松窓独臥時、相迎僚友見文詞」（『菅家文草』巻四）、同「閑適」詩に「風松颯颯閑無事、請見虚舟浪不干」（『菅家文草』巻六）、小野美材「七夕代牛女惜暁更応製」序に「原夫二星適遇、未叙別緒依々之恨、五夜将明、頻驚涼風颯々之声」（『本朝文粋』巻八、『和漢朗詠集』七夕）とある。**葉軽々**　「軽軽」も重言で、身軽な様をいう擬態語。杜甫「十二月一日三首其三」詩に「短短桃花臨水岸、軽軽柳絮点人衣」とあるが、唐詩にも用例少なく、日本漢詩の用例も知

少なからず用いられていたが、平安中期以後は衰え、和歌においては「らむ」に、散文においては「めり」に、それぞれその勢いを奪われてはなはだしく衰退した語である」（日本文法大辞典）のように、その根拠の確実さの如何を問わず「らし」と「らむ」が交代しうる関係として示されていて、当歌に関しても、他諸本にはないものの、寛平御時后宮歌合では「らむ」となっている。当歌の「らし」は、上句の藤袴の花が咲いたということを、下句の実際に耳にしたコオロギの鳴き声を根拠として推定する意を表す。『注釈』の通釈は「秋風が吹くころ咲いた藤袴」と、上二句と第三句を連体修飾の関係であるかのように示すが、表現としては第二句で一旦終止し、第三句とは倒置の関係にある。

藤袴　フジバカマは上代に朝鮮か中国から渡来したキク科の植物で、山上憶良の「秋の野に咲きたる花を指折りかき数ふれば七種の花」（万葉集八—一五三七）「萩の花尾花葛花なでしこが花をみなへしまた藤袴朝顔が花」（万葉集八—一五三八）以来、秋の七草の一つとされる。「ふぢばかま」は和名であって、その花の色と形から命名されたようであるが、対応する漢名は「蘭草」で、「らに」とも呼ばれた。「ふぢばかま」という語は万葉集には右の一例しか見られないものの、八代集では当歌同様「ほころぶ」という語とともに用いられている例の他、「なに人かきてぬぎかけしふぢばかまくる秋ごとにのべをにほはす」（古今集四—二三九）「秋ふかみたそかれ時のふぢばかまにほふはなのる心ちこそすれ」（千載集五—四四）などのように、フジバカマの香気を歌う例が見られる。

綴り刺せとて　「つづりさす」という複合動詞は万葉集にはなく、八代集にも古今集所載の同歌にしか見られない。また「つづる」が布を継ぎらない。

2　壁蛬　「蛬」は蟋蟀（コオロギ、またキリギリスとも）のこと。『爾雅』釈虫に「蟋蟀、蛬」とあり、郭璞は「今促織也」と注する。「蛩」とも書く。「壁蛬」の語を知らない。「古詩十九首其七」詩に「明月皎夜光、促織鳴東壁」（『文選』巻二九）とあり、李善が『礼記』月令に「季夏之月、…温風始至、蟋蟀居壁」とあるのを引用する、そのあたりから形成された語。李善は又「春秋考異郵曰、立秋趣織鳴。宋均曰、趣織、蟋蟀也。立秋女功急、故趣之」とも述べるので、正に晩夏から初秋にかけての作にふさわしい典故ということになる。ただ六朝詩にはこの典故の使用例がないが、白居易「感秋詠思」詩に「遶壁暗蛩無限思、恋巣寒鷰未能帰」（『千載佳句』秋興）、杜荀鶴「投宣諭張侍郎乱後遇毘陵」詩に「雨籠蛬壁吟燈影、風触蟬枝噪浪声」（『千載佳句』秋興）など、唐詩には少し見えるようになる。なお、歌語「つづりさせ」との縁でキリギリスを表記するならば、「促織」もしくは「趣織」の方が優る。源順「蛬声入夜催」詩に「叢辺怨遠風聞暗、壁底吟幽月色寒」（『天徳三年八月十六日闘詩行事略記』、『和漢朗詠集』虫）とあり、本集には「蟋蟀高低壁下鳴」（四五番）、「壁蛬家々音始乱」（六三番）とある。**流音**　鳴き声を響かせること。また、あたりにただよう鳴き声。駱賓王「疇昔篇」詩に「仙鏑流音鳴鶴嶺、宝剣分輝落蛟瀨」、韋応物「聴鶯曲」詩に「須臾風暖朝日暾、流音変作百鳥喧」とあるが、その用例は極めて少なく、それも鳥の声を意味するのが一般。**数処鳴**　「数処」は、ところどころ、の意。庾信「擬詠懐詩二七首其一九首」詩に「一郡催曙鶏、数処驚眠鳥」、菅原道真「春日於相国客亭…有感賦詩」詩に「当時未謂浮

合わせるの意、「さす」が針で縫うの意とすると、前者には「むめがえををればつづれるころもでに思ひもかけぬうつりがぞする」（後拾遺集一―六〇）、後者には「…韓国の　虎といふ神を　生け取りに　八つ取り持ち来　その皮を畳に刺し…」（万葉集一六―三八八五）の例が見られるだけである。このように例に乏しい複合語があえて用いられているのはコオロギの鳴き声の聞きなしを表すからに他ならない。「つづりさせ」という命令形になっているのも同様であって、「とて」で受けて直接話法の形式をとり、歌末の「鳴く」を修飾する。寛平御時后宮歌合や古今集の同歌の「てふ」では下接する「きりぎりす」を連体修飾して、「つづりさせ」がその別名を表すことになる。なお、本集には「秋風の吹き立ちぬればきりぎりす己が綴りと木の葉をぞ刺す」（七三番）のように「おのがつづり」という聞きなしも見られる。

きりぎりす鳴く　「きりぎりす」という語の確例は万葉集にはなく、「蛬」という字も用いられていない。万葉集に出てくる虫は「蟋蟀」で「こほろぎ」と訓まれている。本集では当歌以外に二例「蛬」字を「きりぎりす」と訓み、八代集では「蟋蟀」（古今集四―一九六）という表記のも含め、「こほろぎ」はなく「きりぎりす」の例のみである。コオロギとキリギリスは昆虫の科名としては別個のもので、前者の方が種類が多い。両者の鳴き声も異なっていて、もともと「こほろぎ」も「きりぎりす」もそれぞれの鳴き声からの命名と考えられている。一般に上代の「こほろぎ」は秋に鳴く虫の総称であり、中古からの「きりぎりす」はコオロギを指すと言われる。ただし、キリギリスが昼間鳴くことが多いという点を考慮すれば、八代集の「きりぎりす」は夜の物として詠ま沈定、数処唯無去就頻」（『菅家文草』巻二）とあり、本集には「麋鹿鳴音数処聆」（五七番）、「虚月和照万数処」（一八一番）等とある。上の「流音」に対して「鳴」では重複して、異文「数処忙」の方が合理的に見えるが、「流音」の項の用例にも「鳴」との重複がある。また、異文「忙」は下平声十一唐韻であり、他の「軽」「情」の韻字とは通押しない。

3 暁露

夜明け方の露のこと。元稹「題李端」詩に「新笋短松低暁露、晩花寒沼漾残暉」（佚、『千載佳句』文藻）、張祜「集霊台二首其一」詩に「日光斜照集霊台、紅樹花迎暁露開」等とあり、『万葉集』では大伴家持の二例（八―一六〇五、一〇―二一八二）が「暁露」の全用例である。菅原道真「呉生過老公詩」に「生涯養性年華美、逆旅知恩暁露甘」（『菅家文草』巻五）、菅原文時「秋色変林叢」詩に「柳滅春煙装出黛、蘭含暁露染成紅」（『類題古詩』色）とある。元禄九年・一二年版本は「暁の露」と読むが、藤波家本・講談所本・道明寺本には音合符がある。

鹿鳴　鹿が鳴く、の意。魏・武帝「短歌行」に「呦呦鹿鳴、食野之苹」（『文選』巻二七）、蘇武「詩四首其一」詩に「鹿鳴思野草、可以喩嘉賓」（『文選』巻二九）とあり、李善はいずれも『毛詩』鹿鳴の「呦呦鹿鳴、食野之苹」以下の文を引用する。その『毛詩』の小序に「鹿鳴、燕群臣嘉賓」とあるように、「鹿鳴」の語には臣下や賓客をもてなす宴会の意味がついてまわるのが一般。『楚辞』七諫・謬諫に「飛鳥号其群兮、鹿鳴求其友」とあるが、純粋に動物の鹿を詠じ、かつその鳴き声に言及する例は極めて少ない。『懐風藻』の刀利宣令の「相顧鳴鹿爵」は『毛詩』鹿鳴を踏まえるが、具平親王「秋声多在山」詩に「鹿鳴猿叫孤雲惨、葉

れることが多いので、夜鳴くコオロギの方が適当と考えられる。その一方、キリギリスは「はたおり（め）」と呼ばれ、当集にも「雁がねの羽風を寒みはたおり〔促織〕のくだまく音のきりきりとする」（五〇番）とあり、その鳴き声を「きりきり」と表している。

【補注】

「藤袴」も「きりぎりす」も秋の代表的な景物を表すものであり、ともに同じ場に存在することも十分ありうるが、この両者を結び付けた歌は他には見られない。「藤袴」とともに詠まれた虫は「ささがにのいとのとぢめやあだならんほころびわたるふぢばかまかな」（金葉集三—二三六）における「ささがに」の一例のみであり、「こほろぎ」または「きりぎりす」とともに詠まれた植物は「草深みこほろぎさはに鳴くやどの萩見に君はいつか来まさむ」（万葉集一一—二二七一）、「あき萩も色づきぬればきりぎりすわがねぬごとやよるはかなしき」（古今集四—一九八）などの「萩」の他、「秋風の寒く吹くなへ我がやどの浅茅が本にこほろぎ鳴くも」（万葉集一〇—二一五八）、「吾のみか憐れと思はむきりぎりす鳴くゆふぐれのやまとなでしこ」（本集四五番）「なけやなけよもぎがそまのきりぎりすすぎゆく秋はげにぞかなしき」（後拾遺集四—二七三）などがあって、とくに固定した組み合わせがあるとは言えない。

　当歌におけるこの組み合わせは景物自体としてよりも、「藤袴」の「はかま」の縁による「ほころぶ」という語と、「きりぎりす」の鳴き声を表す「つづりさせ」という語との、ことば同士の意味的関連によるも

落泉飛片月残」（『類題古詩』、『新撰朗詠集』山、『江談抄』巻四）、高岳相如「初冬於長楽寺同賦落葉山中路」詩序に「晩霞影軽、漫埋出峡之猿叫、暁雨声冷、暗洗在林之鹿鳴」（『本朝文粋』巻一〇）等とあり、本集にも「麋鹿鳴音数処聆」（五七番）、「処々芽野鹿声聆」（一七八番）、「芽野鳴鹿幾恋愛」（二七四番）とある。　**花始発**　花が咲く、の意の場合は、「開花」「花開」とするのが一般だが、李嶠「石淙」詩に「鳥和百籟疑調管、花発千巌似画屏」、仲雄王「奉和重陽節書懐」詩に「菊浦早花霜下発、荷潭寒葉水陰穿」（『文華秀麗集』巻中）等とある。転句の末字には入声字が用いられることが非常に多い。「開」が平声なのに対して、「発」は入声である。本集でも「吹過浪花岸前発」（二六一番）とあるが、「花開」（巻下序・二・一五・一三二・一七六・一九七・二〇五番）というのが一般。猶、この「花」の種類については【補注】を参照のこと。

4 百般　様々に、色々に、の意が本来の唐代俗語。二四番詩【語釈】該項を参照のこと。但し、『和漢朗詠集』や本集の諸本には「モモタビ」の訓を持つものが少なくない。誤訓の可能性もなくはないが、唐詩のうち、張祜「送瓊貞発述懐」詩に「最恨臨行夜、相期幾百般」とある例だけは、その古訓の妥当性を保証しているように思えるので、今しばらく古訓に従う。　**攀折**　枝などを引き寄せて折り取ること。周知のように楽府「折楊柳」が楊を折るという習俗と共に別れを主題として広く詠われたために、楊柳を「攀折」する場合は別れを意味するが、それ以外は「古詩十九首其九」詩に「攀条折其栄、将以遺所思」（『文選』巻二九、『玉臺新詠』巻一）とあるのを初めとして、孟浩然「早梅」詩に「少婦曾攀折、将帰挿鏡台」、韓翃「寄柳氏」詩に「縦使長条似旧垂、也

のであって、古今集所載の同歌が巻一九の「誹諧歌」に属するのも、そのような機知を旨としてとらえたことによろう。「つづりさせ」という擬声語はもとより「ほころぶ」という語も古代和歌において決して一般的なことばではないこともそれに関わる。

フジバカマが咲き匂うことについては一般に喜ばしいこととして詠まれるが、秋の虫が鳴くことについては、万葉集では「こほろぎの我が床の辺に鳴きつつもとな起き居つつ君に恋ふるに寝ねかてなくに」（万葉集一〇―二三一〇）のように恋心を募らせるものとして詠まれる歌がある以外に、「影草の生ひたるやどの夕影に鳴くこほろぎ（蟋蟀）は聞けど飽かぬかも」（万葉集一〇―二一五九）のように鑑賞の対象とされる歌もあるに対して、八代集では「蟋蟀いたくななきそ秋の夜の長き思ひは我ぞまされる」（古今集四―一九六）「あき萩も色づきぬればきりぎりすわがねぬごとやよるはかなしき」（古今集四―一九八）を初めに、もっぱら哀しみを誘うものとして表現されるようになる。

当歌の場合、特にこのような鑑賞的あるいは感傷的な意味合いは感じ取れない。ことばによる機知を旨とするなら当然かもしれないが、単にそれだけではなく、風とフジバカマとコオロギというそれぞれ相異なる素材が符節を合わせるようにして秋の到来を告げるというところに面白みを感じたとするなら、当歌が本集秋歌の冒頭歌として位置づけられた意義も見いだせるのではないかと考えられる。

応攀折他人手」、白居易「和微之詩二十三首　和雨中花」詩に「一年三百六十日、花能幾日供攀折」、李群玉「人日梅花病中作」詩に「已被児童苦攀折、更遭風雨損馨香」とあるなど、風流な心情や男女間のある特別な意味や感情を込めて詠われることにもなった。平城天皇「賦桜花」詩に「忽逢攀折客、含笑亘三陽」（『凌雲集』）、賀陽豊年「奉和庭梅」詩に「競逢攀折興、軽散舞儲茵」（『経国集』巻一一）、菅原道真「賦得折楊柳」詩に「佳人芳意苦、楊柳先攀折」（『菅家文草』巻一）、同「御製題梅花…謹上長句具述所由」詩に「誰人攀折栄華取、新拝相公挿四支」（『菅家文草』巻五）とある。なお、二・一一番詩【語釈】該項も参照のこと。

一枝情　花が咲いている木々の一枝を折り取る時の微妙な心情。張九齢「折楊柳」詩に「纖々折楊柳、持此寄情人。一枝何足貴、憐是故園春」、崔櫓「岸梅」詩に「含情含怨一枝枝、斜圧漁家短短籬」とある。

【補注】

韻字は「軽・情」（下平声十四清韻）、「鳴」（下平声十二庚韻）で、両者は同用。平仄にも基本的な誤りはない。

転句の「花」の解釈には、「藤袴」（蘭）と見る以外に「鹿鳴花」と訓んで「萩」とする説がある。これは『和漢朗詠集』萩に当詩の転・結句が採られていること、更に『土御門院御集』には転句を句題とする歌があり、それは「我が宿の庭の秋はぎ咲きそめてこの暁の露ぞうつろふ」と詠んでいることがその根拠となっている。例えば、『和漢朗詠集私注』（六地蔵寺本）の項目「萩」の下には「鹿鳴草」の小字注があり、「鹿鳴花」の本文には右に「ロクメイクハ」、左には全て訓読するよう三字そ※

※れぞれに「カ」「テ」「ナ」の訓が付され、「蠨児《シヤウシ》鳴ク時、萩花始テ綻ル也」と注される。

ただ、『和漢朗詠集』はいざ知らず、本集のように元となる和歌を前に置いて、しかも二・二・三の漢詩のリズムを崩してまでその様な解釈をする必然性は全くない。事実「鹿—鳴ノ花」の訓点を持つ諸本は、藤波家本・羅山本・無窮会本の三本しかなく、それらはむしろ『和漢朗詠集』からの反映と見るべきだろう。『和漢朗詠集』の本文には原作の改変が多いのは周知の事実だが、採録に際して編者によるこうした恣意的な解釈の変更もあったのではないか。

結句に関しては、「攀折」する理由を特に求めずに、強いて言えば風流心からとしたが、賀蘭遂「贈所思妓女」詩に「玉皃自宜双黛翠、桃花独咲一枝春」(佚、『千載佳句』美女、『新撰朗詠集』妓女)、無名作に「聞得園中花養艶、請君許折一枝春」(『和漢朗詠集』恋)、村上天皇「雪裏覓梅花」詩に「含素雖迷千片影、趁香欲折一枝春」(『類題古詩』求)など、漢詩には「一枝春」という表現が散見する。これらは、劉宋・陸凱が江南から長安にいる范曄のもとへ梅の一枝と共に送った詩の結句に、「聊贈一枝春」とある一節が広く伝播したものと言えるが(『中国文学歳時記 春[下]』一九九頁)、当詩の結句もその余波と考えられる。

【比較対照】

当歌の「秋風」は詩起句の「商飈」に、「きりぎりす」は承句の「壁蛬」に、そして「藤袴」は転句の「花」にというように、散らした形で一応対応していると言える。もっとも、「きりぎりす」と「壁蛬」は秋に鳴く虫という点で、「藤袴」と「花」は植物という点で見合っているというに過ぎず、詩の【語釈】や【補注】でも触れているように、対応の特定性には問題があろう。

この問題は、詩ではそれぞれに関して、吹くこと、鳴くこと、開くことをより具体化して描写するのみで、それらの関係が示されていないことにも関わる。詩は表現としてそのような関係性を示さない場合が多いが、当歌における結び付けが日本語のことば自体の関係に基づくものであるから、そのまま中国語に移し代えることがそもそも不可能だったとも言える。歌における虫が鳴くという現実と花が咲くという想像との区別が、詩ではともに現実として描写されているのも、その理由による。

ただ、歌【補注】の最後に述べたように、風と花と虫がいずれも秋という季節の訪れを表しているとすれば、詩もそれなりに表現していると見ることはできる。当詩の転句において「暁露」や「鹿」まで付け加えているのも、秋の景物を示すという点では同趣と考えられ、以上の景物をふまえて結句の「情」に展開しまとめているのも了解できないことではない。

当歌詩は秋の景物の取り合わせを詠み、秋の到来を感じるという点では共通するものの、歌が機知を、詩が情をポイントとするところに違いがあると言えよう。

四四番

白露丹　風之吹敷　秋之野者　貫不駐沼　玉曾散芸留

白露に　風の吹きしく　秋の野は　貫きとめぬ　玉ぞ散りける

【校異】

本文では、第一句の「丹」を、永青本・久曾神本が「緒」とし、第四句の「貫」を、京大本・大阪市大本・天理本が「香丹」とし、同句末の「沼」を、文化写本・永青本・久曾神本が欠く。

付訓では、とくに異同が見られない。

同歌は、寛平御時后宮歌合（十巻本、秋歌、九〇番。ただし第四句「列（つら）とどのはぬ」）にあり、また後撰集（巻六、秋中、三〇八番）に「延喜御時、歌めしければ　文室朝康」として見られる。

【通釈】

白露に風がしきりに吹く秋の野では、（糸で）貫いて止めることのない玉が散ることだ。

【語釈】

白露に　「白露（しらつゆ）」の「しら」は白の意であるが、露についてはその色というよりも明るく光り輝くさまを表すのであって、「白雲」のように他の色のそれと区別するためではなく、「白雪」に近く、その様を取り立て強調するための複合と考えられる。ただ「つゆ」と「し

秋風扇処物皆奇

白露繽紛乱玉飛

好夜月来添助潤

嫌朝日往望為晞

秋風《（シウフウ）》扇《あふ》ぐ処《（ところ）》物《（もの）》皆《（み）》な奇《（めづらか）》なり。

白露《（ハクロ）》繽紛《（ヒンプン）》として乱玉《（ランギョク）》飛《（と）》ぶ。

好《よみ》す夜月《（ヤゲツ）》の来《（きた）》り添《そ》へて潤《（うるひ）》を助《（たす）》く。

嫌《（きら）》ふ朝日《（テウジツ）》の往《（ゆき）》て望《（のぞ）》めは晞《ひ》んと為《す》ることを。

【校異】

「添助」を講談所本「添取」に作り、右傍に「助」を注記する。「為」に、底本・元禄九年版本・元禄一二年版本・文化版本・詩紀本・下澤本「将」の異本注記がある。「晞」を、藤波家本・久曾神本「𣇄」に作る。

【通釈】

秋風が吹いてくると、すべてのものが皆不思議に美しくなる。とりわけ露もその風で吹き飛ばされてハラハラと散り乱れ飛び、まるで白く美しい宝石が乱れ飛んでいるようだ。だから夜の月が出てさらに露が降りて潤いを増加させるのは好ましい。しかし、朝日が昇っていって昼になって見やると乾いてしまっているのを嫌うのだ。

【語釈】

1 秋風　秋の季節に吹く風のこと。魏・文帝「燕歌行」に「秋風蕭瑟天気涼、草木揺落露為霜」（『文選』巻二七、『初学記』秋）、漢・武帝

らつゆ」でそのような強調の有無が表現上の違いとして見いだされるかというと必ずしも明確ではない。たとえば万葉集には「つゆ」が三五例、「しらつゆ」が二六例と、用例数に大きな違いはなく、「秋付けば尾花が上に置く露の消ぬべく我は思ほゆるかも」（万葉集八―一五六四）と「秋の田の穂の上に置ける白露の消ぬべくも我は思ほゆるかも」（万葉集一〇―二二四六）のように、序詞としてきわめて似通った表現が見られる。しいて違いを求めれば、「つゆ」は「しらつゆ」に比べて、それ自体が表現対象というよりも別の対象の修飾・形容として用いられる傾向が強いという程度である。また当歌との関連で言えば、万葉集においては露を玉に見立てる場合は「しらつゆ」を用い、「つゆ」は「さ雄鹿の萩に貫き置ける露の白玉あふさわに誰の人かも手に巻かむちふ」（万葉集八―一五四七）の一例のみであり、この傾向は基本的に八代集にも指摘できる。見立てのポイントの一つにその光り輝くさまがあるとすれば、「しらつゆ」という強調の複合語の方が適切だからであろう。なお「白露」という漢語があり、露の美称や二四節気の一つの名を表すが、「しらつゆ」はその翻訳語とみなせよう。

風の吹きしく「ふきしく」の「しく」には次々と事が起こる（頻）の意、追いつく（及）の意、一面に事が広がる（敷）の意などがあるが、当歌においては「ふく」という動詞の表す現象とその対象となる「白露」との関係から、頻の意が適当と考えられる。この意の「しく」が単独で用いられることはきわめて少なく、「ほととぎす飛幡の浦にしく〔敷〕波のしくしく君を見むよしもがも」（万葉集一二―三一六五）や「暁の夢に見えつつ梶島の磯越す波のしき〔敷〕てし思ほゆ」（万葉集九

「秋風辞」に「秋風起兮白雲飛、草木黄落雁南帰」（『文選』巻四五、『初学記』風）、『楚辞』九歌・湘夫人に「嫋嫋兮秋風、洞庭波兮木葉下」（『藝文類聚』風・秋）とあり、高向諸足「五言従駕吉野宮」詩に「柘歌泛寒渚、霞景飄秋風」（『懐風藻』）、本集にも「秋風和処聴徽音」（六五番）、「秋風触処蛬鳴寒」（七三番）とある。**扇処**「扇」とは、風が吹くこと。風がある物に吹きつけること。動詞の場合は平声に読む。張協「雑詩十首其三」詩に「金風扇素節、丹霞啓陰期」（『文選』巻二九、『初学記』秋）、白居易「苦熱喜涼」詩に「火雲忽朝斂、金風俄夕扇」とあり、刀利宣令「五言秋日於長王宅宴新羅客」詩に「玉燭調秋序、金風扇月幃」（『懐風藻』）とある（一七番詩【語釈】該項も参照のこと。）。「処」については、本集にも「涼風急扇物先哀」（六三番）、「寒風扇処独蒼々」（九四番）とある。**物皆奇** 全てのものが皆普通とは違って見える、の意。「奇」とは、「奇観」「奇趣」「奇勝」「奇致」等の、珍しく優れた、の意。元禄九年・一二年・文化版本には訓合符があり、藤波家本・京大本・羅山本など「シ」と「ナリ」の二つの訓点を持つ。とりわけ承句の白露が飛ぶ様についていう。王湾「奉使登終南山」詩に「物奇春状改、気遠天香集」、藤原総前「五言侍宴」詩に「斜暉照蘭麗、和風扇物新」（『懐風藻』）とある。本集には「春風触処物皆楽」（二番）、上掲（六三番）とある。

2 白露 秋に降りる露のこと。「白」は五行の秋の色でもある。また二十四節気の一つも意味する。底本等版本には音合符がある。『礼記』月令に「孟秋之月、…涼風至、白露降」（『藝文類聚』『初学記』秋）、『毛詩』蒹葭に「蒹葭蒼蒼、白露為霜」（『初学記』秋）、『楚辞』九歎・逢紛

—一七二九）などが見られるぐらいで、他はもっぱら複合動詞の後項として用いられ、とりわけ雪や雨が「降りしく」という例が万葉集・八代集を通じて目立つ。「ふきしく」は万葉集にはなく、八代集にも「あき風のややふきしけばのをさむみわびしき声にまつ虫ぞ鳴く」（後撰集五—二六一）「秋風の吹きしく松は山ながら浪立帰るおとぞきこゆる」（後撰集五—二六四）と同集所載の同歌を含め三例見られるのみで、いずれも風がしきりに吹くという意味を表している。

秋の野は　季節名と「の（野）」が熟した語は、万葉集では「春（の）野」が六例、「夏（の）野」と「秋（の）野」が四例、「冬野」が一例と、もともとそれほど多くはない。それが八代集になると「秋（の）野」が四七例と急激に増え、以下「春（の）野」一五例、「夏（の）野」五例、「冬野」が一例で、野が秋という季節に取り上げられるのが際立つようになる。もっとも、「秋（の）野」自体はむしろ景物の背景となる時空間としてであって、対象化されるのは萩や女郎花などの植物や鹿や虫などの動物、そして当歌のような露である。

貫きとめぬ　「つらぬきとむ」という複合語は当歌以外に、万葉集にも八代集にも見られない。「とむ（止）」はともかくとして、「つらぬく」も万葉集にはなく、八代集にも後撰集所載の同歌の例以外には、「秋ののにおくしらつゆは玉なれやつらぬきかくるくものいとすぢ」（古今集四—二二五）「きみがためおつるなみだのたまならばつらぬきかけてみせましものを」（後拾遺集一四—八一〇）「雲ゐよりつらぬきかくるしら玉をたれぬのびきのたきといひけん」（詞花集九—二八五）の三例、「つらぬきかく」という複合語として見られるのみである。「つらぬく」は

に「白露紛以塗塗兮、秋風瀏以蕭蕭」とある。山田三方「五言秋日於長王宅宴新羅客」詩に「白露懸珠日、黄葉散風朝」（『懐風藻』）、菅原道真「七月六日文会」詩に「秋来六日未全秋、白露如珠月似鈎」（『菅家文草』巻一）とあり、本集には「白露庭前似乱璣」（四八番）、「叢間白露与珠同」（六二番）、「白露従来莫染功」（六六番）とある。

繽紛　双声の擬態語。「離騒」に「佩繽紛其繁飾兮、芳菲菲其弥章」（『楚辞』、『文選』巻三二）とあり、王逸は「繽紛、盛貌」といい、張衡「東京賦」に「戈矛若林、牙旗繽紛」（『文選』巻三）とあり、薛綜注は「繽紛、風吹貌」という。司馬相如「上林賦」に「鄢郢繽紛、激楚結風」（『文選』巻八）とあり、郭璞は「繽紛、舞也」という。謝恵連「雪賦」に「至夫繽紛繁鶩之貌、皓旰皦絜之儀」（『文選』巻一三）、張衡「思玄賦」に「私湛憂而深懐兮、思繽紛而不理」（『文選』巻一五）とあり、その旧注は「繽紛、乱貌」という。これらを総合して考えれば、「白露繽紛」とは、たくさんの露が風に吹き飛ばされて、乱れ散る様をいうのだろう。唐詩にも花や雪の飛ぶ様を形容する例はあるが、未だ露を形容する例を知らない。藤原総前「五言侍宴」詩に「錯繆殷湯網、繽紛周池蘋」（『懐風藻』）、高岳相如「初冬於…山中路」詩序に「度澗口以繽紛、払巌腹以蕭颯」（『本朝文粋』巻一〇）とあり、本集には「落葉繽紛客袖爛」（六八番）、「光華繽紛」（下巻序）とある。

乱玉飛　「乱玉」の語例を知らない。しかし、江総「詠採甘露応詔」詩に「千行珠樹出、万葉瓊枝長」（『初学記』露）、太宗皇帝「秋日二首其二」詩に「爽気澄蘭沼、秋風動桂林。露凝千片玉、菊散一叢金」とある表現などからすれば、前項に述べたようなことと考えて大きな過ちは犯さないだろうし、本集にも「似

「つら（列・連）＋ぬく（貫）」であって、一列（連）の物を突き通すという意味であるが、類義の語の「ぬく」の方が古代和歌においてはむしろ一般的であり、「玉（に）ぬく」という形で、露に関しても「我がやどの尾花が上の白露を消たず玉に貫く（貫）ものにもが」（万葉集八―一五七二）、「萩の露玉にぬかむととればけぬよし見む人は枝ながら見よ」（古今集四―二二二）「いかにしてたまにもぬかむゆふされればをぎのはわきにむすぶ白つゆ」（後拾遺集四―三〇七）などのような例が見られる。なお、【校異】に示したように「貫」を「列丹」にする本文では訓みは付されていないが、おそらく「つらにとどめぬ」（一連の物としておかないの意か）のように訓んだと考えられる。寛平御時后宮歌合の「列（つら）ととのはぬ」は一連の物として揃っていないという意味であろう。もっとも「つら」という語自体も万葉集に一例、八代集に二例あるのみであるが。

玉ぞ散りける　「玉（たま）」は宝石や宝玉の総称であるが、古代和歌においてはそれ自体としてよりも比喩として用いられる方が多く、その比喩の主要な対象の一つとなるが露である。露を玉にたとえるポイントになるのはその球形と光り輝くさまであって、単独の場合も複数の場合もあり、「玉（に）ぬく」という表現では複数の露が対象となっていて、「我がやどの尾花が上の白露を消たず玉に貫くものにもが」（万葉集八―一五七二）や「萩の露玉にぬかむととればけぬよし見む人は枝ながら見よ」（古今集四―二二二）では文字どおりの紐か糸で貫くイメージになろうが、「あさみどりいとよりかけてしらつゆをたまにもぬける春の柳か」（古今集一―二七）「秋の野の草はいとども見えなくにおくしらつ

乱璣」（四八番）とあれば、「乱玉」と熟すべきであろう。現に底本始め京大本・天理本・無窮会本等多くの諸本が音合符を付ける。「乱」は、むしろ「飛」と熟すべきとも思われるが、「乱鶯」「乱雲」等の語例からすれば、ニュアンスは伝わる。ただし、李白「古風」詩に「秋露白如玉、団団下庭緑」、白居易「前庭涼夜」詩に「露簟色似玉、風幌影如波」とあるように、「玉」は白い色を形容する。球形をいう場合は、江淹「別賦」に「至乃秋露如珠、秋月如珪」（『文選』巻一六）、白居易「東坡秋意寄元八」詩に「秋荷病葉上、白露大如珠」等とあるように、「珠」とするのが一般。なお、日本漢詩にも露を玉とする比喩は、良岑安世「九月九日…秋蓮応製」詩に「露泛穿杯拙生玉、風吹旧服無復香」（『凌雲集』）、菅原道真「重陽侍宴賦景美秋稼応製」詩に「吹金風冷簸、滴玉露清瑩」（『菅家文草』巻一）とあるように、珍しいものではなく、色と同時に形も意味するように思われる。

3好　底本は無訓だが、元禄九年版本・元禄一二年版本には「コトムナリ」の訓があり、藤波家本・講談所本・京大本・大阪市大本などには「ヨミス」の訓点がある。「コトムナリ」は、恐らく「コトムナシ」の誤り。色葉字類抄や名義抄にその訓が見える。「コトムナシ」は、好ましく思う、「ヨミス」は、良いと認める、の意。**夜月**　夜出ている月。底本等版本には音合符があり、藤波家本・道明寺本・京大本・羅山本等は「夜の月」と訓む。「暁月」「曙月」の対。陳標「贈祝元膺」詩に「長把酒盃馮夜月、毎将詩思泥春風」（『千載佳句』春夜）ともあるが、梁・武帝「秋歌四首其一」詩に「懐情入夜月、含笑出朝雲」（『玉臺新詠』巻一〇）、李百薬「妾薄命」詩に「団扇秋風起、長門夜月明」、さらに巨勢

ゆを玉とぬくらん」（後撰集六―三〇七）では草葉を糸に見立て、「秋ののにおくしらつゆは玉なれやつらぬきかくるくものいとすぢ」（古今集四―二二五）「ささがにのすがくあさぢのするごとにみだれてぬける白露の玉」（後拾遺集四―三〇六）ではクモの糸をそれと見立てている。当歌においては「貫きとめぬ玉ぞ散りける」という続き具合の表現であるから、そもそも置いてあるだけで、何によっても貫かれてはいないという設定になっているため、風によって散ることになる。『注釈』では「糸で貫いてつないでいない」と注したうえで、通釈では「緒が切れてばらばらになった」とするが、「緒が切れる」とすれば、一方で緒が切れていない状態の玉（露）も想定する必要が生じよう。同趣の歌としては八代集の後半に「夕さればをののあさぢふ玉ちりて心くだくる風のおとかな」（千載集四―二七二）「風ふけば玉ちる萩のしたつゆにはかなくやどるのべの月かな」（新古今集四―三八六）などが見られる。

【補注】

【語釈】でも示したように、露を玉に見立てる表現自体は古代和歌によく見られるものであるが、当歌には表現史的に見て、次の三点に先駆的な特色があると言える。第一に、玉の見立てを「散る」という点からとらえたことで、万葉集には「消ゆ」や「落つ」という表現はあっても「散る」はなく、八代集でも後半になるまで現れない。第二に、第一点を際立たせるために、対比的に万葉集から見られる「玉に貫く」という発想ををふまえつつも実際にはそうなっていないこと、また「散る」原因が吹く風にあることを、それぞれ明示している点である。そして第三

識人「和伴姫秋夜閨情」詩に「真珠暗箔秋風閉、楊柳疎窓夜月寒」（『文華秀麗集』巻中）とあるように、「夜月」は、特に秋の夜の月をいうことが多い。 **来添** 「月来」は、月が出ること。左思「蜀都賦」に「日往菲薇、月来扶疎」（『文選』巻四）、潘岳「夏侯常侍誄」に「日往月来、暑退寒襲」（『文選』巻五七）とあり、李善は『易』繋辞下伝に「日往則月来、月往則日来、日月相推而明生焉」とあるのを引用する。また巨勢識人「春日侍神泉苑賦得春月応製」詩に「春天霽静無繊翳、皎潔孤明桂月来」（『文華秀麗集』巻下）とある。「添」は、付け加える、付け加わるの意。劉禹錫「衢州徐員外…用答佳貺」詩に「爛柯山下旧仙郎、列宿来添婺女光」、白居易「山石榴花十二韻」詩に「風来添意態、日出助晶光」、菅原道真「早春観賜宴宮人同賦催粧応製」詩に「算取宮人才色兼、粧楼未下詔来添」（『菅家文草』巻五）、大江以言「秋声多在山」詩に「風聞遠及霜鐘動、俗韻来添月杵闌」（『類題古詩』）とある。月が出ると更に露が降りるという。元禄九年版本・元禄一二年版本・文化版本には、訓合符がある。 **助潤** この語の用例は知らないけれども、『説文』に「露、潤沢也」（『初学記』露）、『春秋元命苞』に「霜以殺木、露以潤草」（『初学記』露）とあるように、露は万物を潤す。また菅原道真「重陽後朝同賦花有浅深応製」詩に「夜風豈有吹濃淡、寒露応無潤愛憎」（『菅家文草』巻五）、菅原文時「為清慎公請致仕表」に「伏願、陛下日月曲光、雨露廻潤」（『本朝文粋』巻五）とある。とすれば、「白露」の「潤」を「好」むのは、宝石のような露の乱舞が見られるという以外に、「雨露の恩」というめでたい正の意味も背景にあろう。

4 嫌 底本・藤波家本・講談所本・道明寺本には「(キラ) フ」の訓が

に、露を玉に見立てる場合、それが単数であろうと複数であろうと、局所的な狭い視野の表現が多いのに対して、当歌では「秋の野」という大局的な広い視野の表現になっているという点である。

さらに言えば、当歌に詠まれた情景の時間帯は示されていないが、「白露を玉になしたる九月の有明の月夜見れど飽かぬかも」（万葉集一〇―二二二九）や「秋の夜の天照る月の光には置く白露を玉とこそ見れ」（本集四八番）などの例からも考えれば、おそらく夜しかも月夜であろう。月に照らされた秋の野一帯に露が玉となって散る（あるいは散っている）情景というのは、きわめて幻想的な美しさが感じられ、そのような情景を詠むこともまた、当歌の先駆性を示していると考えることができよう。

なお、小島憲之『古今集以前』では、本集の「月の光のもとの露を「白玉」にたとえる」表現は「六朝・唐詩に例を見る如く、もとは日本的ではない。詩の比喩を歌の比喩としてそのまま適用した結果であり、平安人の案出したものではない。もちろん『万葉集』にはこのような比喩の例は残らない」としている。

※**【補注】**

韻字は「奇」（上平声五支韻）「飛・晞」（上平声八微韻）で、両者はきわめて近い韻だが、後者は独用。平仄には基本的な誤りはない。

承句の露を玉に見立てる比喩は、漢詩に於いては中・日に頻見するので、取り立てて言うことはない。ただ、それを玉が乱れ飛ぶとしたところに、作者の苦心があったというべきだろう。

あり、元禄九年版本・元禄一二年版本・文化版本「（キラ）フラクハ」の訓がある。**朝日** 朝昇る太陽のこと。「旭日」。諸本に音合符がある。何晏「景福殿賦」に「清風萃而成響、朝日曜而増鮮」（『文選』巻一一）、菅原道真「行春詞」詩に「廻轡出時朝日旭、墊巾帰処暮雲蒸」（『菅家文草』巻三）とある。なお「朝」（あさ）の場合は平声。**往望** この語の用例を知らない。ただ、『易』繋辞下伝や李益「置酒行」詩に「日往不再来、茲辰坐成昔」とあるように、「日往」は日没を意味するので、「朝日往」は本来意味を成さないし、用例もない。ただし、後の「晞」からすれば、真昼になることを言いたかったのだろう。元禄九年版本・元禄一二年版本・文化版本には、訓合符がある。**為晞** 「晞」とは、『毛詩』湛露に「湛湛露斯、匪陽不晞」とあるように、「曝」や「晒」の類義語で、日光の下で乾燥する、さらすの意。曹植「情詩」に「始出厳霜結、今来白露晞」（『文選』巻二九）とあり、李善は『毛詩』蒹葭に「蒹葭凄凄、白露未晞」とあるのを引用する。ちなみに毛伝は「晞、乾也」という。底本・藤波家本・講談所本・道明寺本・京大本本などに「ヒント」の訓がある。淳和帝「九月九日…秋露応製」詩に「謬忝恩筵何所賦、晞陽湛湛被群黎」（『凌雲集』）、島田忠臣「八月十五夜宴月」詩に「欲及露晞天向曙、未曾投轄滞銀輪」（『田氏家集』巻上）とある。「白露」が「晞」くのを「嫌」うのは、露の乱舞が見られないことの外に、天子の恩沢の消失や楽府「薤露行」の負の意味もあろう。異文「睎」は、「晞」の日偏をやや崩した形。元禄九年版本・元禄一二年版本・文化版本等は「為ニ晞ルコトヲ」と訓む。

※

後半の対句は、どう見ても上々のものとは言い難い。語釈にも述べたとおり、「朝日往」という措辞は対語との関連ということを割り引いても、非難されて仕方なかろうし、「来添助」「往望為」という語句も、散文的な散漫な印象を受ける。更に「潤」と「晞」の対応も、『初学記』の露の項あたりから簡単に導かれたもののようで、韻字のキズといい、上手の手から生まれた作とは思えない。また、本集の詩は二・二・三という一句のリズムで大半は出来ていたわけだが、その点でもこの作品は異例のものに属する。

【比較対照】

当歌の内容は、詩の前半部分でほぼ写されている。語としての対応は双方の「白露」と、「風の吹きしく」に「秋風扇処」くらいのものだが、「秋の野」は「物皆奇」の語があることによって、間接的に白露の背景を想像させる作用を果たしている。起句で秋風が吹く遠景を描いた後、承句で白露に焦点を絞る構成となって、結果的に歌が意図した情景と大きな齟齬のないものとなっていると言えるだろう。

当歌の眼目である「貫きとめぬ玉ぞ散りける」も、詩においては「繽紛乱玉飛」なる表現で対応させようとしたことは明らかであって、「白露垂珠滴秋月」（李白「金陵城西楼月下吟」詩）、「帯露如珠綴」（劉禹錫「省試風光草際浮」詩）等という表現が存在したのであれば（『白氏六帖』露には「垂珠」の語が見える）、「繽紛乱玉飛」という表現も一概に非難されるべきでないかもしれない。ちなみに「玉」は仄声、「珠」は平声である。

唐詩が『礼記』月令や『毛詩』等の古典的世界の制約から離れて、より高い境地を獲得した背景には対象物に対する凝視があったといわれるが、この詩などもそうした点においては、凝視を乗り越えた想像による自由なイメージの世界が、歌によってもたらされたと言って良い。しかし、後半の対句を見る限り、そのイメージの世界は新たな展開を見せるどころか、むしろ「潤」と「晞」に纏わる古典的世界に回帰するのであり、その意味では和の漢に対する刺激は、単に表面的なものに止まっていると言うべきだろう。

四五番

吾而已哉　憐砥思　蛬　鳴暮景之　倭瞿麦

吾のみや　憐れと思はむ　きりぎりす　鳴くゆふかげの　やまとなでしこ

【校異】

本文では、第一句の「而已」を、永青本と久曾神本が「耳」とし、「已」を、藤波家本・天理本・無窮会本以外は、底本も含め「巳」あるいは「已」とするが改め、第三句末の「思」の後に、永青本・久曾神本が「者」を補い、結句の「倭」を、久曾神本が「倭」とする。

付訓では、第一句末の「や」を、底本のみが「か」とし、第二句の「おもはむ」を、底本のみが「おもひし」とするが、ともに他本により改め、第四句の「ゆうかげ」を、底本はじめ藤波家本・講談所本・道明寺本・京大本・大阪市大本・天理本・羅山本が「ゆふぐれ」とするが他本により改める。

同歌は、寛平御時后宮歌合（十巻本、秋歌、八〇番）にあり、また古今集（巻四、秋上、二四四番）に「寛平御時きさいの宮の歌合のうた　素性法師」として、古今六帖（第六、草、なでしこ、三六二四番、そせい。ただし第二句「あはれとはおもふ」）にも見られる。

【通釈】

私だけがいとおしいと思うだろうか（いや、そうではあるまい）、コ

秋来暁暮報吾声
蟋蟀高低壁下鳴
耿々長宵驚睡処
誰言愛汝最丁寧

秋《あき》来《きたり》て暁暮《あけくれ》吾《わ》が声《こゑ》を報《ホウ》ず。
蟋蟀《シッシュツ》高低《カウテイ》壁下《ヘキカ》に鳴《な》く。
耿々《カウカウ》たる長宵《チャウセウ》睡《ねぶり》を驚《おどろ》かす処《ところ》。
誰《たれ》か言《いひ》し汝《なむぢ》を愛《あい》して最《もっ》とも丁寧《テイネイ》なりと。

【校異】

「蟋蟀」を、底本・元禄九年版本・元禄一二年版本・文化版本・類従本・詩紀本・下澤本・文化写本・道明寺本・永青本「蟋蟀」に作り、京大本・大阪市大本・天理本「蟋蟬」に作るも、藤波家本・講談所本・羅山本・無窮会本・久曾神本に従う。「下」の右傍に、藤波家本・講談所本・道明寺本・京大本・大阪市大本・天理本「不」を注記する。「長宵」を「長霄」に作る本あるも、「宵」と「霄」については、二九番詩【語釈】「一宵」の項を参照のこと。「睡」を、類従本「眼」に作って「眠」の異本注記あり。羅山本・無窮会本「驚眠」に作る。「丁寧」を、講談所本・道明寺本・京大本・大阪市大本・天理本「下寧」に作る。

【通釈】

秋になったので朝に晩に自分の鳴き声を皆に聞かせようと、コオロギが家壁の下で高く低く鳴いている。（恋人の帰りを待っている女性が）いつまでも寝付けずにウトウトする長い夜に（その声を聞いて）ふと目

オロギも鳴く夕方の光の中のヤマトナデシコを。

【語釈】

吾のみや【校異】に示したごとく、底本の「われのみか」という訓みをとらなかったのは、底本においても「哉」は「や」と訓んで「か」と訓む例は他になく、「か」はもっぱら「歟」で表記されていることによる。また、「のみや」という表現は万葉集・八代集ともに多く見られるに対して、「のみか」は万葉集には「世間は常かくのみか〔耳加〕結びてし白玉の緒の絶ゆらく思へば」（万葉集七―一三二一）の一例のみ、八代集では「くれなゐになみだのいろもなりにけりかはるは人のこころのみかは」（詞花集七―二二〇）「おほゐがはながれておつる紅葉かなさそふは峰の嵐のみかは」（千載集五―三七一）などのように、「のみかは」の形でもっぱら歌末表現として用いられることにもよる。「われのみや」という表現は、第二句との関わりで言えば、「我のみや〔耳哉〕かく恋すらむかきつはたにつらふ妹はいかにかあるらむ」（万葉集一〇―一九八六）「我のみや〔乃未夜〕夜舟は漕ぐと思へれば沖辺の方に梶の音すなり」（万葉集一五―三六二四）、「我のみや世をうぐひすとなきわびむ人の心の花とちりなば」（古今集一五―七九八）「我のみやもえてきえなんよとともに思ひもならぬふじのねのごと」（後撰集一〇―六四七）などあり、推量の助動詞「む」と呼応する例がほとんどである。古今集所載の同歌に対して諸注釈書では、たとえば「自分一人でだけ見るのが惜しまれる思いをした心である」（窪田評釈）のように、自分以外の人間を想定し、それに基づいて「や」を疑問あるいは反語と解してい

を醒ますが、いったい誰が言ったのだろう、おまえを最も深く愛しているなどと。

【語釈】

1 秋来 秋になる、の意。陳・陰鏗「秋閨怨」詩に「独眠雖已慣、秋来只自愁」、李賀「秋来」詩に「桐風驚心壮士苦、衰燈絡緯啼寒素」、坂上今雄「秋朝聴雁寄渤海入朝高判官釈録事」詩に「不如関隴雁、春去復秋来」（『文華秀麗集』巻上）、菅原道真「七月六日文会」詩に「秋来六日未全秋、白露如珠月似鈎」（『菅家文草』巻一）とある。元禄九年版本・元禄一二年版本・文化版本には、なぜか音合符があるが、底本や諸写本には訓合符、或いは「テ」の訓点がある。本集には「秋来野外莫人家」（六九番）、「秋来変改併依人」（七八番）、「春去秋来開夏台」（一五五番）とあり、また「春来天気有何力」（一番）、「山下夏来何事悲」（三〇番）もある。**暁暮** 明け方に晩に、の意。韓翃「送山陰姚丞…少府」詩に「才子風流蘇伯玉、同官暁暮応相逐」、劉得仁「青龍僧院」詩に「師意如山裏、空房暁暮鐘」とあるが、用例は極めて少ない。本集には「暁夕凍来冬泣血」（一一六番）という類似表現がある。**報吾声** 自分で鳴くこと。劉長卿「同諸公登楼」詩に「千家同霽色、一雁報寒声」、白居易「和夢得冬日晨興」詩に「漏伝初五点、鶏報第三声」、嵯峨天皇「和左衛督朝嘉…作」詩に「涼秋八月驚塞鴻、早報寒声雑遠空」（『凌雲集』）とあり、菅原文時に「雲雁報秋声」詩（『類題古詩』）がある。本集には「珍重今年報旧鳴」（二七番）、「旧鶯今報去年音」（一四〇番）という類似表現がある。

る。「われのみ」と限定するとき、その比較の対象となるのは、世間一般の人々あるいは「我のみぞ君には恋ふる我が背子が恋ふと言ふことは言のなぐさそ」（万葉集四―六五六）に明らかなように、特定の相手なのが一般的である。ただし、「草枕我のみならずかりがねもたびのそらにぞなき渡るなる」（拾遺集六―三四五）「我のみやこもたるてへば高砂のをのへにたてる松もこもたり」（拾遺集一八―一一六八）などのように、動植物を取り上げている例も見られ、さらには「秋のよのあはれはたれもしるものをわれのみとなくきりぎりすかな」（千載集五―三二九）のように、擬人的な表現もある。当歌の場合も、以下に続く「きりぎりす鳴く」という表現は後に述べるとおり、単に情景の一つとしてではなく、共感する相手としてとらえるのが適切と考える。とすれば、「や」も疑問ではなく反語とする方がよいであろう。

憐れと思はむ　第一句同様、底本の「おもひし」の訓みをとらず「む」としたのは、「や」との呼応の一般性にもよるが、底本では助動詞の「む」を補読する例は三例（二二・二五一・二七八番）あるのに対して「し」を補読する例は見られないからでもある。「憐（あは）れ」は、基本的には対象の情趣と対象に対する情感の双方のありようを表すとみなされる。万葉集において「と」という格助詞で受ける例は、後者の意で「住吉の岸に向かへる淡路島あはれと（何怜登）君を言はぬ日なし」（万葉集一二―三一九七）が見られる。もっとも、万葉集には「おもふ」が続く表現はなく、「憐」を「あはれ」と訓む例もない。八代集における「あはれとおもふ」という表現は「ちはやぶる宇治の橋守なれをしぞあはれとは思ふ年のへぬれば」（古今集一七―九〇四）「あまの河流れて

2 蟋蟀　コオロギのこと。『詩義疏』に「蟋蟀、似蝗而小。正黒、目有光沢、如漆。有角翅」（『藝文類聚』蟋蟀の項所引）とある。『毛詩』蟋蟀に「蟋蟀在堂、歳聿云暮」とあり、毛伝は「九月在堂」と言う。また『毛詩』七月に「七月在野、八月在宇。九月在戸、十月蟋蟀入我牀下」とある。白居易「夜坐」詩に「梧桐上階影、蟋蟀近牀声」とある。嵯峨天皇「重陽節神泉苑…」詩に「蟋蟀蔵声暁、蒹葭変色洲」（『凌雲集』）、菅原道真「雨晴対月韻用流字応製」詩に「芭蕉晩色疎涼地、蟋蟀寒声五夜秋」（『菅家文草』巻五）とある。底本等版本には音合符があるが、京大本・大阪市大本・羅山本・無窮会本には訓合符があるので、和歌と同じく「きりぎりす」と訓んだのだろう。なお、四三番詩【語釈】「壁蛬」の項参照。本集には「蟋蟀壁中通夕鳴」（一七三番）とある。異文「蟋蟬」は、字形の類似による誤り。**高低**　高く低く、の意。ただし、底本等版本、諸写本には音合符がある。劉禹錫「武昌老人説笛歌」詩に「如今老去語尤遅、音韻高低耳不知」、張碧「山居雨霽即事」詩に「断続古祠鴉、高低遠村笛」、菅原道真「正月二十日有感」詩に「廻頭左右皆潮戸、入耳高低只棹歌」（『菅家文草』巻三）等とあるが、音声を形容するのは極めて少ない。一二番詩【語釈】該項を参照のこと。**壁下鳴**　家壁の下の方で鳴いている、の意。「不」の注記を持つ写本には、「壁」に「ニハ」の訓が付されているものが多く、京大本等には「壁には鳴かじ」の訓がある。孟浩然「題長安主人壁」詩に「促織驚寒女、秋風感長年」、白居易「秋晩」詩に「覚寒蛬近壁、知暝鶴帰籠」、張喬「促織」詩に「椒房金屋何曾識、偏向貧家壁下鳴」などとある。

3 耿々　重言の擬態語。心に色々な思いが涌いて、不安で寝つかれな

こひばうくもぞあるあはれと思ふせにはやく見む」（後撰集五―一三三二）などのように、人に対する情感を表すのがほとんどで、わずかに「かざしをる三輪のしげ山かきわけてあはれとぞおもふ杉たてる門」（新古今集一七―一六四四）が物の情趣を表すと見られる例である。古今集の諸注釈書では、この「あはれ」をヤマトナデシコを対象として「きれい・可憐・いじらしい」などのように、どちらかと言えば情趣的に解していると思われる。古代和歌におけるヤマトナデシコのとらえ方やイメージについては後述するが、対象となる景物としてのみではなく、何らかの情感が込められたものとして見る方が適切と考えられ、「あはれ」もそれを表すとするのが適当であろう。

きりぎりす　四三番歌【語釈】「きりぎりす鳴く」の項で説明したとおり、万葉集には見られず、同【補注】で述べたように、特定の植物との取り合わせも認められず、「やまとなでしこ」とともに詠み込まれた歌は、八代集において古今集所載の同歌のみである。また、「きりぎりす」は「蟋蟀いたくななきそ秋の夜の長き思ひは我ぞまされる」（古今集四―一九六）「わがごとく物やかなしききりぎりす草のやどりにこゑたえずなく」（後撰集五―二五八）など、悲秋の念を共にするものとして詠まれていて、先掲の「秋のよのあはれはたれもしるものをわれのみとなくきりぎりすかな」（千載集五―三二九）に典型的なように、その鳴き声に「秋のよのあはれ」を感じるというよりも、むしろ共に「秋のよのあはれ」を感じる存在とみなされていた。

鳴くゆふかげの　底本の「暮景」は他になく、「ゆふぐれ」の訓みは他に一例「夕暮」に対して（下巻一九三番）あるが、「ゆふかげ」の例は

い様の形容。『楚辞』遠遊に「夜耿耿而不寐兮、魂焭焭而至曙」とあり、王逸は「耿耿、猶儆儆、不寐貌也」といい、曹植「洛神賦」に「夜耿耿而不寐、霑繁霜而至曙」（『文選』巻一九）、古楽府「傷歌行」に「憂人不能寐、耿耿夜何長」（『文選』巻二七）とあり、李善はいずれも『毛詩』柏舟の「耿耿不寐、如有隠憂」を引用する。魏・応瑒「正情賦」に「昼彷徨于路側、宵耿耿而達晨」（『藝文類聚』美婦人）、権徳輿「酬穆七侍郎早登使院西楼感懐」詩に「耿耿宵欲半、振衣庭戸前」、崔玄亮「和白楽天」詩に「相対憶劉劉在遠、寒宵耿耿夢長洲」、とある。本集二四番詩【語釈】該項を参照。　**長宵**　やたらと長く感じられる夜のこと。謝恵連「秋懐」詩に「耿介繁慮積、展転長宵半」（『文選』巻二三、『藝文類聚』秋）、劉復「長相思」詩に「朱顔揺落随光陰、長宵嘹唳鴻命侶」とある。　**驚睡処**　「驚睡」は、驚いて目を醒ます、驚かして目を醒まさせる、ふとしたことですぐ目を醒ます、の意。後漢・辺韶「塞」賦に「試習其術、以驚睡救寐、免昼寝之譏而已」、白居易「中書夜直夢忠州」詩に「禁鐘驚睡覚、唯不上東楼」、姚合「武功県中作三十首其五」詩に「暁鐘驚睡覚、事事便相関」とある。異文「驚眠」は、庾信「擬詠懐詩二七首其一九」詩に「一郡催曙雞、数処驚眠鳥」、韓愈「和武相公早春聞鶯」詩に「春風紅樹驚眠処、似妬歌童作艶声」、姚合「九日憶硯（一作峴）山旧居」詩に「暁角驚眠起、秋風引病来」、菅原道真「石泉」詩に「未飽残秋賞、応驚五夜眠」（『菅家文草』巻二）とある。本集にも「夏枕驚眠有妬声」（二七番）とあったように後者の方が一般的だが、姚合が双方の語例を持つように意味は同じ。「睡」は仄声、「眠」は平声で、ここは仄声でなければならない。異文「驚眠」の、唐代までの用例を知

ない。万葉集には「ゆふぐれ」は「夕晩・暮晩」の訓みとして、「ゆふかげ」は「夕影・暮影・暮陰」の訓みとして見られるものの、「暮景」はない。「暮景」は漢語としてあり、その意味は夕方の景色であって、一日の時間帯を表す「ゆふぐれ」よりはその時分の日の光を表す「ゆふかげ」の方が近いと言えよう。「ゆふぐれ」という語は万葉集では三例しか見られないが、八代集になると一〇〇例以上用いられ、とくに新古今集になって著しい。一方、「ゆふかげ」は万葉集に五例あるのに対して八代集では古今集所載の同歌を含め三例しか見られない。また、「きりぎりす」あるいは「(やまと)なでしこ」とともに詠まれた歌は、「ゆふぐれ」にも「ゆふかげ」にもない。ただ、「ゆふかげ」が「我がやどの秋の萩咲く夕影に今も見てしか妹が姿を」(万葉集八―一六二二)「朝顔は朝露負ひて咲くといへど夕影にこそ咲き増さりけれ」(万葉集一〇―二一〇四)、「はしり井のほどをしらばや相坂の関ひきこゆるゆふかげのこま」(拾遺集一七―一一〇八)などのように、夕方の日の光によって見える視覚的な対象を表す例がある一方で、「影草の生ひたるやどの夕影に鳴くこほろぎは聞けど飽かぬかも」(万葉集一〇―二一五九)「夕影に来鳴くひぐらしここだくも日ごとに聞けど飽かぬ声かも」(万葉集一〇―二一五七)、「人もがなみせもきかせも萩の花さく夕かげのひぐらしのこゑ」(千載集四―二四七)などのように、「こほろぎ・ひぐらし」などの聴覚的な対象と取り合わせている歌も見られる点を考慮すると、とくに後者のような傾向の見られない「ゆふぐれ」よりも「ゆふかげ」の方がふさわしいと考えられる。

やまとなでしこ 「やまとなでしこ」は日本各地に自生するナデシコの

らない。おそらく、「驚眠」からの派生。本集には「三冬柯雪忽驚眸」(八一番)という類似表現がある。

4 誰言 いったい誰が言ったのだろう。一二番詩【語釈】「誰道」の項も参照のこと。京大本・大阪市大本・天理本・羅山本・無窮会本・永青本・久曾神本「言」に「シ」の訓があり、「誰カ言シ」と訓んだ。「シ」は、過去の助動詞の連体形。曹植「三良詩」に「誰言捐軀易、殺身誠独難」、虞世南「怨歌行」に「誰言掩歌扇、翻作白頭吟」、宋之問「早入清遠峡」詩に「誰言望郷国、流涕失芳菲」などとあり、唐詩では末尾の一聯の句頭に用いることが多い。巨勢多益須「五言春日応詔二首其二」詩に「今日良酔徳、誰言湛露恩」(『懐風藻』)、菅原道真「寄白菊四十韻」詩に「自開還自落、誰見也誰言」(『菅家文草』巻四)とある。**愛汝** 「愛」とは、人と人相互の歓びの感情を表す、もっとも原初的で広義の語。和語「かなし」に比定される。『新唐書』高祖本紀・大業十三年条に「世民因亦入白其事、高祖初陽不許、欲執世民送官、已而許之、曰、吾愛汝、豈忍告汝邪」、源順「無尾牛歌」に「我心不是偏愛汝、家貧自忘農商謀」(『本朝文粋』巻一)とあるも、唐詩では、白居易「送鶴与裴相臨別贈詩」詩に「司空愛爾爾須知、不信聴吟送鶴詩」とあるように、「愛爾」の方が一般的。**最丁寧** 「丁寧」は、五四番詩【語釈】該項を参照のこと。ここは、慇懃・丁寧な様、親切・誠実な様。『辞通』は「殷勤」の項に「慇懃」「丁寧」を並べ、「殷勤作丁寧、声之近」と述べる。底本等版本には音合符がある。韓愈「華山女」詩に「仙梯難攀俗縁重、浪憑青鳥通丁寧」、張籍「臥疾」詩に「見我形顦顇、勧薬語丁寧」、陸亀蒙「五歌　水鳥」詩に「鷗閒鶴散両自遂、意思不受人丁寧」、楊衡

ことで、中国から渡来した「からなでしこ」に対する呼称。ナデシコはまた「とこなつ（床夏）」とも呼ばれ、古今集以降見られる。なお本文の「瞿麦」は「石竹」とともにナデシコを表す漢語の名称である。「萩の花尾花葛花なでしこ〔瞿麦〕が花をみなへしまた藤袴朝顔が花」（万葉集八―一五三八）という山上憶良の歌以来、秋の七草の一つとされる。もっとも、ナデシコの花期は夏から秋にかけてと長く、万葉集では「なでしこ〔奈泥之故〕は秋咲くものを君が家の雪の巌に咲けりけるかも」（万葉集一九―四二三一）や「秋さらば見つつしのへと妹が植ゑしやどのなでしこ〔石竹〕咲きにけるかも」（万葉集三―四六四）という例とともに、「野辺見ればなでしこ〔瞿麦〕が花咲きにけり我が待つ秋は近付くらしも」（万葉集一〇―一九七二）という例もあるのに対して、八代集の四季歌に詠み込まれたナデシコは、古今集所載の同歌以外は夏歌にのみ見られる。ナデシコは古くから庭にも植えられ鑑賞されたようであるが、純粋な鑑賞対象としてだけではなく、「なでしこ〔石竹〕がその花にもが朝な朝な手に取り持ちて恋ひぬ日なけむ」（万葉集三―四〇八）「なでしこ〔奈泥之故〕が花見るごとに娘子らが笑まひのにほひ思ほゆるかも」（万葉集一八―四一一四）などの大伴家持の歌に集中的に表れるように、優美可憐な女性のイメージと重ね合わされることが多く、そのようなイメージは八代集にも引き継がれている。ただ、ナデシコを「あはれ」と評するのは他には「なでしこはいづれともなくにほへどもおくれてさくはあはれなりけり」（後撰集四―二〇三）のみであり、しかもこの歌は詞書に「師尹朝臣のまだわらはにて侍りける、とこ夏の花ををりてもちて侍りければ、この花につけて内侍のかみの方におくり侍

「春日偶題」詩に「更無人勧飲、鶯語漸叮嚀」、鮑溶「范真伝侍御累有寄因奉酬十首其五」詩に「黄鶯似伝語、勧酒太叮嚀」、また慶滋保胤「聞鶯不忍別」詩に「喚友丁寧何早去、知音已久忽空抛」（『類題古詩』忍）とあり、本集にも「問道丁寧早可伝」（五四番）とある。

【補注】

韻字は「声」（下平声十四清韻）、「鳴」（下平声十二庚韻）、「寧」（下平声十五青韻）で、前二者は同用なるも、後者は独用。平仄には基本的な誤りはない。

本詩は難解。対応するはずの歌を勘案しても、よく分からないどころか、かえってより一層難解になるような気がする。一案として、「吾声」の主を「蟋蟀」、「汝」を「恋人の帰りを待っている女性」としてみた。こうすると前二句のコオロギと後二句の女性の関係が、女性を覚醒させるだけの関係にしかならず、おまけに第一句「吾」と第四句の「汝」との対応も、何の関連性もないことになってしまうけれども、他に妙案があるわけでもないので、一応このように解釈しておく。また第一句の「吾声」の主は、その用例からいえば雁が最も相応しいことになるが、それでは歌との距離がさらに開くことになってしまう。

要するに、歌の「やまとなでしこ」を、漢詩作者はいわゆる日本女性と捉え（「やまとなでしこ」の語義に、そのような意味が認められるのは近世以後か否かというような問題は別にして）、「あの人は私のことだけを愛しいと思っているのだろうか。コオロギが鳴く夕方の光の中に佇む女性はそんなことを思い浮かべて虚ろになっている」とでも歌の意味

りける」とあるように、「撫でし子」という愛息をイメージした例である。

【補注】

当歌について、窪田評釈は「喜撰法師に認めた幽玄の趣の上乗なるものである。この当時としては異色のある歌」と評している。その理由は「さみしさと美しさとの溶けあっている微妙な光景」を詠んでいるとみなしたことによろう。鈴木日出男「平安朝文学の言葉」(『国語と国文学』七七―一一、二〇〇〇・一一)もまた「「きりぎりす」の鳴き声と「なでしこ」の形姿との組合わせによって、新たな叙景の方向性を拓いた歌」と述べている。

たしかに、「きりぎりす・ゆふかげ・やまとなでしこ」という取り合*

を考えたのではなかったかと想像するのである。

---

*わせ自体はいかにも秋らしい情景として「あはれ」という情趣を醸し出しているようであり、他に同じ組み合わせが万葉集にも八代集にもないことをふまえ、「吾のみや憐れと思はむ」を世間一般の人々を想定した表現とみなせば、「新たな叙景の方向性を拓いた歌」とも言える。

しかし、【語釈】で述べたように、「きりぎりす」と「やまとなでしこ」のそれぞれの万葉集から八代集にかけての和歌表現史におけるあり方を見るならば、単に鑑賞の対象としての景物ではなく、表現者の何らかの情感を共有あるいは仮託する、その意味では擬人的な対象として詠まれていたと考える方が蓋然性が高く、そのような意味として「あはれ」という言葉も理解するべきであろう。

【比較対照】

歌と詩を見比べて歴然としているのは、当歌の主たる対象となっている「やまとなでしこ」が、詩ではまったく捨てられていることである。ナデシコそのものが中国になかったわけでも、詩に取り上げられなかったわけでもない。ナデシコは「中国原産で、鑑賞用として、古くから栽培され」「唐代以後、しばしば題詠の対象とされた」(『中国文学歳時記　夏』同朋舎出版、一九八九)のである。その代わりに、詩で中心となるのが「蟋蟀」で、ほぼ表現全体に及んでいると言ってよい。

なぜこのような詩が作られたのか。それは、当詩は歌の上句「吾のみや憐れと思はむきりぎりす」だけに対応させようとしたからではあるまいか。そのことを端的に示すのが詩結句の「誰言愛汝最丁寧」である。「汝」という二人称が文脈的には「蟋蟀」としかとりようがないとすれば、この結句の表現はまさに歌の上句をそのように解釈した結果と考えざるをえない。すなわち、「憐れと思ふ」対象は「きりぎりす」なのであり、しかも他の人と比べて「吾のみ」なのである。

これはあるいは、ナデシコを捨てたためともみなせるかもしれない。なぜ捨てたのか。考えられることの一つは、コオロギとナデシコとの取り合わせの回避である。秋の景物であるコオロギに対して、ナデシコは和歌でも漢詩でも夏にも秋にも詠まれるが、どちらかと言えば夏の景物である。詩の【語釈】「蟋蟀」の項に示された『毛詩』の「七月在野、八月在宇、九月在戸、十月蟋蟀入我牀下」と当詩承句「蟋蟀高低壁下鳴」とを照らし合わせてみると、ナデシコはもはや花期の終わり頃であって、時期的にそぐわないと言える。もっとも、古今集所載の同歌に対して「なでしこも散りぎわのものであろう」（日本古典文学全集本）とし、それが「あはれ」という情感を引き起こすという見方もあるが。

ともあれ、コオロギとともにナデシコを取り上げた歌にとって、両者を知覚するには「ゆふかげ」という時間帯および状況は必須であった。しかし、ナデシコを捨てた詩はその必要がなく、起句に「暁暮」としながらも、転句のように「長宵」という、到底ナデシコの様子を確認しえない時間帯を焦点化しても一向にかまわなくなった。それはむしろ閨怨詩的な設定にするにはふさわしいものである。

「憐れと思ふ」対象がナデシコからコオロギに変わったとはいえ、コオロギに対する共感は歌にも認められるのであり、「吾のみや憐れと思はむ」という反語的な自問も、共感者としてのコオロギを意識してなされたと見られる。一方、詩は普通ならコオロギの鳴き声を鑑賞しあるいはともに悲秋を感じるところであるが、転句のような状況にあっては、辛さを募らせ、かえって恨めしく感じられることを言わんとしたのではないか。

詩は「蟋蟀」を中心に詠まれたものとして見る限りでは、それなりのまとまりがあると言えなくもない。詩【補注】に述べるような「難解」さは、歌との対応関係に関してである。当歌詩の場合、歌に対する、大胆とも言える切り捨てと解釈の変更は、それが曲解や誤解によるものではないと仮定するなら、「遊び」と評するには無理が感じられるものの、少なくとも単純な漢詩訳とも増補とも言えない、すれすれの関係にあると言えよう。

四六番

秋風丹　鳴雁歟声曾　響成　誰歟玉梓緒　懸手来都濫

秋風に　鳴く雁がねぞ　響くなる　たが玉梓を　懸けて来つらむ

【校異】

本文では、第四句の「歟」を、永青本・久曾神本が欠き、同句の「玉」を、永青本が「王」とし、結句の「濫」を、京大本・大阪市大本が「監」、天理本が「藍」とする。

付訓では、第三句の「ひびく」を、下澤本が「ひびき」とする。

同歌は、寛平御時后宮歌合（十巻本、秋歌、七八番。ただし第二句「初雁の音ぞ」）にあり、古今集（巻四、秋上、二〇七番。ただし第二句「はつかりがねぞ」第三句「きこゆなる」）に「これさだのみこの家の歌合のうた　とものり」として、古今六帖（第一、歳時、八月、一六七番、とものり。ただし第二句「初雁金ぞ」）、和漢朗詠集（巻上、秋、雁、三二四番、友則。ただし第二句「はつかりがねぞ」第三句「きこゆらむ」）、友則集（二二番、これたかのみこのあうたあはせに。ただし第二句「はつかりかねぞ」第三句「きこゆなる」）に見られる。

【通釈】

秋風の中で鳴くカリの声が響くのが聞こえることだ。（カリは）誰の手紙を携えて来たのだろうか。

聴得帰鴻雲裏声
千般珍重遠方情
繋書入手開緘処
錦字一行涙数行

聴《きき》得《え》たり帰鴻《キコウ》の雲《くも》の裏《うち》の声《こゑ》。
千般《センパン》珍重《チンチョウ》す遠方《エンパウ》の情《セイ》。
書《ショ》を繋《か》け手《て》に入《いれ》て緘《つつみ》を開《ひら》く処《ところ》、
錦字《キンジ》一行《イッカウ》涙《なみだ》数行《スカウ》。

【校異】

「千般」を永青本「千万」に作る。「繋書」を、藤波家本・講談所本・道明寺本・京大本・大阪市大本「撃書」に作る。

【通釈】

漸く聞くことが出来た、故郷に帰ってきたカリが雲の辺りで鳴くのを。何度も何度も大切にする、（そのカリが持ってきてくれたであろう）遙か彼方の人の心を。その手紙を手に入れて封を開くと、錦のように貴重な字を一行見るごとにきっと涙は幾筋も流れてやまぬことだろう。

【語釈】

1 聴得　「得」は口語。動詞の後について、可能、もしくは完了の意を表す。ここはどちらとも解しうるが、和歌との関連から一応完了と取っておく。ただ、「聴得」の用例は極めて少なく、李端「聴夜雨寄盧綸」詩に「聞君此夜東林宿、聴得荷池幾番声」、姚合「送僧」詩に「城中聴

【語釈】

秋風に　「秋風（あきかぜ）」については四三番歌【語釈】該項を参照のこと。四三番歌では下接する「綻びぬらし」との関係で、格助詞「に」を原因・理由を表すとみなしたが、当歌の場合、第二句の「鳴く」（あるいは第三句の「響く」）との関係で、同じく原因・理由を表すとは考えにくい。古今集所載の同歌の諸注釈書では「秋風の中に」と空間的にとるものと、「秋風に乗って・秋風に送られて」などのように意訳して、時間あるいは理由ともとりうるものもある。たとえば「秋風に川波立ちぬしましくは八十の舟津にみ舟留めよ」（万葉集一〇―二〇四六）や「露霜の寒き夕の秋風にもみちにけらし妻梨の木は」（万葉集一〇―二一八九）などの「秋風に」は明らかに原因・理由と言え、実際にそのような例が多いものの、その一方で「ま日長く恋ふる心ゆ秋風に妹が音聞こゆ紐解き行かな」（万葉集一〇―二〇一六）や「秋風に山飛び越ゆる雁がねの声遠ざかる雲隠るらし」（万葉集一〇―二一三六）などのように、秋風の中という一種の空間を表す例も認められる。さらに「葦辺なる荻の葉さやぎ秋風の吹き来るなへに雁鳴き渡る」（万葉集一〇―二一三四）には異伝として第三句以下「秋風に雁が音聞こゆ今し来らしも」が挙げられている。「秋風の吹き来るなへに」とは「秋風が吹き来るとともに」の意であるから、異伝の「秋風に」は時間的な意味を表していると見られる。要は、秋風が吹くこととカリが鳴くこととを共起的な現象とみなすか因果的な関係とみなすかである。第二句が「はつかりがね」となっている、本集以外の同歌では、秋風がそれをもたらした原因ともみなしえよう。ただ、「かりがねのかへるはかぜやさそふらむ過行く峰の花も

得新経論、却過関東説向人」、趙嘏「陪韋中丞宴扈都頭花園」詩に「分明聴得輿人語、願及行春更一年」とあるなど、『全唐詩』にも三例を見るのみ。なお「得」については、津田潔「白詩受容の一側面――神田本新楽府の訓みについて――」（『和漢比較文学研究の構想　和漢比較文学叢書1』汲古書院、一九八六）を参照のこと。　**帰鴻**　「帰雁」に同じ。菅原道真「春詞二首其二」詩に「帰鴻若当家門過、為報春眉結不開」（『菅家文草』巻四）とあるように、季節は春、また故郷への思慕を付帯するのが一般。ただし、晋・劉柔妻王氏「懐思賦」に「於是仲秋蕭索、蓐収西御、寒露宵零、落葉晨布、羨帰鴻之提提」（『藝文類聚』孝）、王維「奉寄韋太守陟」詩に「天高秋日迥、嘹唳聞帰鴻」、唐彦謙「秋晩高楼」詩に「高楼瞪目帰鴻遠、如信嵇康欲画難」、巨勢識人「神泉苑九日落葉篇応製」詩に「已見淮南木葉落、還逢天北雁書帰」（『文華秀麗集』巻下）のように、秋に詠われた例もある。　**雲裏声**　雲のあたりで聞こえる声。「雲裏」は、雲の中、雲のあたり、の意。宋・鮑照「登廬山望石門詩」に「雞鳴青澗中、猨嘯白雲裏」、隋・江総「侍宴玄武観詩」に「鳥声雲裏出、樹彩浪中揺」、鮑溶「題禅定寺集公竹院」詩に「帰時常犯夜、雲裏有経声」、釈弁正「五言在唐憶本郷」詩に「日辺瞻日本、雲裏望雲端」（『懐風藻』）とある。

2 千般　何度も、数え切れないくらい、の意。「千般」の本来の意味は三五番詩【語釈】に述べたとおりであるが、類義語「百般」（二四・四三番）の例がいずれも「ももたび」の訓を持つこと、「千般」（三五・七四・一〇三・一一二番）の例も訓を持つ諸本はないが、いずれも「ももたび」と同義と解して問題がないばかりか、本義の「さまざまに」の意

残らぬ」（新古今集一―一二〇）のように明確に因果関係として示した歌は別として、当歌の場合は表現全体としてとくにそのようにとらえる必然性はないと考え、秋風の吹く空間という意味にとらえておきたい。

鳴く雁がねぞ　「雁がね」は「かり（雁）＋が＋ね（音）」から成り、元々はカリの鳴き声を表す表現であるが、これで一語とみなされるのは既に万葉集において「我がやどに鳴きし雁がね〔鴈鳴〕雲の上に今夜鳴くなり国へかも行く」（万葉集一〇―二一三〇）「燕来る時になりぬと雁がね〔鴈之鳴〕は国偲ひつつ雲隠り鳴く」（万葉集一九―四一四四）などのように、カリそのものを表す例が認められるからである。ただし、当歌においては上接する「鳴く」と下接する「響くなる」の双方の動詞との関係で、「鳴く」には「雁」が、「響くなる」には「ね」が結びつく、すなわち「雁がね」で一語とみなさないのが適当と考えられる。なお、「雁」については一四番歌【語釈】「雲路に鳴き還る雁」の項を参照。

響くなる　「響（ひび）く」については、三七番歌【語釈】「響き通へる」の項で述べたように、古今集以降見られる語で、しかも動物の鳴き声に関して用いられるのは「み山よりひびききこゆるひぐらしの声をこひしみ今もけぬべし」（後撰集一六―一二一七）という「ひぐらしの声」の一例のみである。「なる」は「ぞ」の結びとなる助動詞「なり」の連体形であるが、上接語「響く」は終止・連体が同形のため、指定とも伝聞・推定ともとりうる。ただ、伝聞・推定の「なり」が「音や声の意を表す「な」（鳴く・泣く・鳴るなどの語根）に「あり」が付いたものか。音や声が実際に聞こえているの意から、伝聞や推定の用法を生じた」また「伝聞・推定の「なり」は音響または音声表現に限って用いられる」では解に無理が生じるものがあることなどにより、このように解する。

珍重　貴重なもの、珍しいものとして大切にする、の意。二七番詩【語釈】該項参照。版本は「珍重ス」と訓むが、藤波家本・講談所本・道明寺本・京大本・大阪市大本・天理本・羅山本・無窮会本には「珍重タリ」の訓点がある。　**遠方情**　遙か彼方にいる人がこちらを思う感情。この一句、あるいは張祜「答僧贈柱杖」詩に「千迴掌上横、珍重遠方情」とある表現に基づくか。これ以外に、六朝詩・唐詩に類句なし。島田忠臣「同菅侍郎酔中脱衣贈裴大使」詩に「浅深紅翠自裁成、擬別交親贈遠情」（『田氏家集』巻中）、また『類題古詩』には「望月遠情多」「四望遠情多」の句題が見える。ただし、これらはこちらにいる人が遙か彼方の人を思う感情。

3 繋書　「繋帛書」の略。「繋」は、古訓に「ツナク」「ユフ」があるように、何かに紐で縛る、の意。『漢書』蘇武伝にある、匈奴に捕らえられた蘇武が帛に書いて雁の足に結んだという故国への手紙のこと。江淹「恨賦」に「裂帛繋書、誓還漢恩」（『文選』巻一六）とあり、李善は『漢書』蘇武伝の「常恵教漢使者、謂単于言天子射上林中、得雁、足有係帛書、蘇武等在某澤中」を引用する。従って、本来両字を音読するか、二字で「フミ」等と訓むべきだが、諸本は両字の間に返点のみを付し、永青本・久曾神本には「繋ケ」の訓がある。「カク」とは、引っかけて取り付ける、意。陳・劉删「賦得蘇武詩」に「繋書秋待雁、握節暮看羊」、宋之問「登逍遙楼」詩に「北去衡陽二千里、無因雁足繋書還」、菅原道真「謫居春雪」詩に「雁足黏将疑繋帛、烏頭点著思帰家」（『菅家後集』）とある。異文「撃書」の用例を知らない。字形の類似から来る

（小学館古語大辞典）とすれば、その本来の「響くのが聞こえる」の意と考えられる。

たが玉梓を　「玉梓（たまづさ）」はカバノキ科の落葉樹のことで、弓材などに用いる「あづさ」に美称の「たま」が付いた「たまあづさ」の約とされる。それは「古く手紙がわりの口上を伝えたり手紙を持ち運んだりする使者が目印として持っていたアズサの杖のことを指す、とする説が有力だが、その実態はよくわからない」（和歌植物表現辞典）とされる。また竹岡評釈は「おそらく古代風のニュアンスの伴った特殊な語であったようで、この歌もさようなニュアンスを利かせた使い方で効果を挙げているのであろうと思われる」と述べている。万葉集では「玉梓の」の形で「人言を繁みと君に玉梓の使ひも遣らず忘ると思ふな」（万葉集一一―二五八六）「玉梓の君が使ひの手折り来るこの秋萩は見れど飽かぬかも」（万葉集一〇―二一一一）などのように「使ひ」にかかる枕詞としてもっぱら用いられ、「いつしかと待つらむ妹に玉梓の言だに告げず去にし君かも」（万葉集三―四四五）「玉梓の妹は玉かもあしひきの清き山辺に撒けば散りぬる」（万葉集七―一四一五）なども、そのバリエーションと見られる。ところが八代集になると、枕詞としての用法がなくなり、「…我は　むなしき　たまづさを　かくてもたゆく　むすびおきて…」（拾遺集九―五七三）「かへしけむむかしの人のたまづさをききてぞそそくおいのなみだは」（後拾遺集一八―一〇八六）などのように、手紙・伝言の意で用いられるようになる。当歌においてもその意味とみなされる。「たが玉梓」の「たが」は、「た」が不定称の人代名詞、「が」が連体格の格助詞であり、その指示対象となるのは「玉梓」の差誤り。　**入手**　手に入れる、獲得すること。梁・劉孝威「和採蓮詩」に「房垂易入手、柄曲自臨盤」、白居易「聞楊十二新拝省郎遙以詩賀」詩に「官職声名倶入手、近来詩客似君稀」とある。　**開緘処**　手紙の封を開けること。「緘」とは、封じた手紙などのとじ目のことだが、底本始め諸写本には「ツツミ」の訓がある。あるいは、「つつみぶみ（包文）」のようなものを想像していたのか。「処」については、一七番詩【語釈】参照。劉長卿「送孫逸帰廬山」詩に「常愛此中多勝事、新詩他日佇開緘」、李白「久別離」詩に「況有錦字書、開緘使人嗟」、李白「寄遠十一首其一〇」詩に「天末如見之、開緘涙相続」、白居易「初与元九別後…感懐因以此寄」詩に「開緘見手札、一紙十三行」とある。

4 錦字　前秦の竇滔の妻蘇蕙が、遠方の任地にいる夫を慕って、回文詩を錦に織り込んで送った故事に基づく。妻が夫を慕って送る手紙のこと。李嶠「筆」詩に「霜輝簡上発、錦字夢中開」、鄭錫「千里思」詩に「帛書秋海断、錦字夜機間」、鮑溶「秋懐五首其三」詩に「新年堪愛惜、錦字亦珍重」、菅原清公「奉和梅花落」詩に「未度征人意、空労錦字廻」（『文華秀麗集』巻中）とある。　**一行**　（文字の）ひとすじ。「行」は、一列に並んでいるものを表す語。李白「草書歌行」に「起来向壁不停手、一行数字大如斗」、李白「寄遠十一首其三」詩に「本作一行書、殷勤道相憶。一行復一行、満紙情何極」とある。　**涙数行**　涙が幾筋も流れる、の意。高適「送李少府貶峡中王少府貶長沙」詩に「巫峡啼猿数行涙、衡陽帰雁幾封書」、白居易「江南送北客因憑寄徐州兄弟書」詩に「今日因君訪兄弟、数行郷涙一封書」、杜牧「華清宮」詩に「行雲不下朝元閣、一曲淋鈴涙数行」、淡海福良満「被讃別豊後藤太守」詩に「辺声四面起、

し出し人であろう。ただしその場合、受け取り人が誰かは特定されず、中途半端に感じられなくもない。その点、「「玉づさ」を自分へのものではないかとの感を起し、遠くいる人を思った」（窪田評釈）という見方は、特定しないのは受け取り人が自分自身であるということで、一応首肯できる。しかしまた、「たが」によって「誰から誰への」という両方の意味を含めているという見方も可能であろう。

懸けて来つらむ 「懸（か）く」も「来（く）」も主体は「雁」。「懸く」は具体的な行為としては「物の端を目ざす対象の（側面の）一点にくっつけ、食い込ませ、あるいは固定して、物の重みのすべてをそこにゆだねる」（岩波古語辞典）ことを表す。当歌では「玉梓」という「物の端」を「懸く」ことになるが、その「目ざす対象」は示されていない。万葉集における「懸く」が具体的な行為を表す場合は、おもに「たすき（襷）・かづら（蘰）・かがみ（鏡）・かぢ（梶）」などを「懸く」が、どこにかが明示される例は少なく、体の一部がそれであるのは「…木綿だすき　かひなに掛けて…」（万葉集三―四二〇）「我が恋は千引きの石を七ばかり首に掛けむも神のまにまに」（万葉集四―七四三）が見られる程度である。八代集には「たまづさはかけてきたれどかりがねのうはのそらにもきこゆなるかな」（金葉集三―二二〇）「雲井とぶかりのねちかきすまひにも猶玉章はかけずや有りけん」（新古今集一八―一七二一）の二例、「玉梓」を「懸く」という表現があり、しかもその主体は「雁」であるが、これらはおそらく古今集所載の同歌をふまえたものであって、同じくどこに「懸く」のかは示されていない。「雁」が「玉梓を懸く」とすれば（あくまでも想像上のこととして）、首あるいは足ということ＊

悲涙数行流」（『凌雲集』）、島田忠臣「於右丞相省中直廬読史記竟詠史得高祖応教」詩に「万乗威加新海内、数行涙落故郷情」（『田氏家集』巻上）、菅原道真「得故人書以詩答之」詩に「拆封知再改風光、読未三行涙数行」（『菅家文草』巻三）とあり、本集にも「落涙千行意不平」（七〇番）、「千行流処袖紅班」（一〇四番）等とある。

【補注】

韻字は「声・情」（下平声十四清韻）、「行」（下平声十一唐韻）で、隣の韻目ではあるけれど押韻に傷があることになる。

「繋書」と「錦字」は、双方とも手紙の意。ただし、【語釈】に示したように前者は遠方の男から故郷に宛てたもの、後者は女が遠方の男に出したものであり、厳密に言えば場面設定が異なる。従って、【通釈】では後者を本義とやや離して解釈しておいた。

余談になるが、張継「九日巴丘楊公台上宴集」詩に「万畳銀山寒浪起、一行斜字早鴻来」、令狐楚「九日言懐」詩に「晩色霞千片、秋声雁一行」、白居易「江楼晩眺景物鮮奇吟玩成篇寄水部張員外」詩に「風翻白浪花千片、雁点青天字一行」、張祜「送沈下賢謫尉南康」詩に「万里故人去、一行新雁来」とあるなど、雁の飛翔を「一行」で表すことは非常に多く、あるいはこの「一行」は転句を絡めて、掛詞的にそうした「雁行」をもイメージさせるつもりなのかもしれない。

＊になろう。当歌の発想の典拠の一つとみなされる蘇武の雁書の故事では、足に手紙を結びつけることになっていて、その様を「懸く」と表現でき

なくはあるまい。なお、「「かけて」は当時の人が手紙を持ち運ぶ有様をそのまま鳥に想像してあてはめていった」（日本古典文学全集本）という説明もあるものの、どういう有様なのか判然としない。

【補注】

カリを使者とみなす例は万葉集に「春草を馬咋山ゆ越え来なる雁の使ひは宿り過ぐなり」（万葉集九―一七〇八）「天飛ぶや雁を使ひに得てしかも奈良の都に言告げ遣らむ」（万葉集一五―三六七六）など見られ、古今集以降も引き継がれる。これらが【語釈】に示したように、直接的には『漢書』蘇武伝をふまえたものであったとしても、空を自由に行き来するさまざまな鳥を使者と見る発想自体は日本にも古くからあるものだった。

当歌は使者を迎える立場であるが、右の万葉集の例は使者を送る立場からの歌であり、春歌にカリを詠むことが多い八代集にも「春くればかりかへるなり白雲のみちゆきぶりにことやつてまし」（古今集一―三〇）「かへるかりにしへゆきせばたまづさにおもふことをばかきつけてまし」（詞花集一〇―三七一）など、同様の立場のものが目立つ。

また当歌では、カリが手紙を携えるという擬人的な設定になっているが、必ずしもそのような設定のみではなく、「はつかりのはつかにききしことづても雲ぢにたえてわぶるころかな」（新古今集一五―一四一八）のように、鳴き声自体を「ことづて」とする場合や、「うすずみにかくたまづさとみゆるかなかすめるそらにかへるかりがね」（後拾遺集一―七一）「わぎもこがかけてまつらんたまづさをかきつらねたるはつかりのこゑ」（後拾遺集四―二七四）などのように、連なり飛ぶ様子を手紙（の文字）とする場合も見られる。

本集以外の同歌は第二句から第三句にかけて「はつかりがねぞきこゆ」となっている。これは、当歌の「鳴く」と「響く」という音声に関わる語の重複を避けるとともに、「はつ（初）」により、その訪れのインパクトを強めようとした結果と思われる。一方、当歌に即してみるならば、単に鳴くだけでなく、その鳴き声が辺りに響きわたっているのであり、それによってカリが誰かの手紙を運んで来たことを触れ回っていると感じられたことを示そうとしたと考えられる。

その際、【語釈】でも触れたように、誰から誰への手紙なのかまでは明らかではない。それを自分あてかと期待するには、何らかの前提が必要であって、秋歌としての当歌の表現から、そこまで読み取るのは無理であろう。

【比較対照】

当歌詩は、カリの鳴き声を聞いて手紙を連想するという、基本的発想ではよく一致している。ただ、歌にある「秋風」が詩になく、歌では「たが玉梓を懸けて来つらむ」と疑問として表現されていたものが、詩では「繫書を手に入れて緘を開く処」と、まるで自明のことのように、手紙を表現主体が受け取ることにしているなど、部分的には大きな相違がある。

歌【語釈】「たが玉梓を」の項にあるように、カリが運んできた手紙は「誰から誰への」というように、和歌は差出人も受取人も明示されない純粋叙景のものとして読むことが可能であり、まさに窪田空穂の鑑賞のように、この漢詩作者はそのように解釈したのであろう。おまけに「聴得」「千般珍重」「涙数行」のように、漢詩作者はその手紙を大いに待ち望んだと劇的に主情たっぷりに表現し、後半の二句で歌にはなかった手紙を読んだときの自己の感動の様子まで書き足している。

短歌と七言絶句の情報量の差から、詩の方がより説明的・具体的になるのは他の組合せと同様だが、歌【補注】に言うように、鳥を使者と見る発想は日本に古くからあり、しかも万葉集の時代に蘇武の故事が既に受け入れられていたという点が、和漢の表現の上でも距離が小さく済んだ最大の要因だろう。その代わり、歌を詩に写しやすかった分だけそれが安易に行われて、和と漢の緊張感が薄れてしまった印象は拭えない。

詩は「帰鴻」が季節感からするとやや異質な感があるが、「繫書」の文字があることによって、そのカリが秋のそれであることが明示されることになる。中国では都が黄河の流域に置かれることが多かったために、春になって北に帰るカリに自らの流謫の身を重ねて、都への望郷の思いを詠むのが一般であるわけだが、蘇武の故事を顕示することにより、その「帰」は故国への帰還を意味することになるのである。更に、『礼記』月令に「仲秋之月、…盲風至、鴻雁来、玄鳥帰、群鳥養羞」「季秋之月、…鴻雁来賓」とあって、基本的にカリは中国にあっては客なのであるが、それを承ける漢・武帝「秋風辞」では「秋風起兮白雲飛、草木黄落兮雁南帰」（『文選』巻四五）と「帰」を用いているのも、秋の「帰雁」「帰鴻」に関する援助にはなるだろう。

歌の「秋風」を、詩に表現しないのは、あるいは歌【語釈】にいう通り、カリの到来を「盲風（疾風）」との因果関係でことさらに解釈しなかったということであるのかも知れない。月令では「鴻雁」「玄鳥」が対比的に扱われて、そうした候鳥の動きは秋の「盲風」に依るのだと明らかに述べているのであるが。

四七番

女倍芝　匂倍留野辺丹　宿勢者　無綾泛之　名緒哉立南

をみなへし　匂へる野辺に　宿りせば　綾無くあだの　名をや立てなむ

【校異】

本文では、初句末の「芝」を、永青本・久曾神本が「之」とし、第二句の「匂」を、元禄九年版本・元禄一二年版本・文化版本・類従本・下澤本・講談所本・道明寺本が「匀」とし、第四句の「無」を、類従本が「无」とし、羅山本・無窮会本が欠き、同句の「綾」を、底本はじめ多くが「綾」とするが、元禄九年版本・元禄一二年版本・文化版本などにより改め、同句の「泛」を、永青本・久曾神本が「浮」、京大本・大阪市大本・天理本が「泣」とし、同句末の「之」を、文化写本が欠く。

付訓では、結句の「たて」を、底本はじめ元禄九年版本・元禄一二年版本・文化版本・下澤本・藤波家本・京大本・大阪市大本・天理本・羅山本・無窮会本が「たち」とするが他本により改める。

同歌は、寛平御時后宮歌合（十巻本、秋歌、八八番。ただし結句「名をや立ちなむ」）にあり、また古今集（巻四、秋上、二二九番。ただし第二句「おほかるのべに」結句「名をやたちなむ」）に「題しらず　をののよし木」として、新撰和歌（第一、春　秋、七二番。ただし第二句「おほかる野辺に」結句「名をやたちなん」）、古今六帖（第六、草、をみなへし、三六六三番。ただし第二句「おほかる野べに」結句「名をやたちなん」）、和漢朗詠集（巻上、秋、女郎花、二八〇番、野美材。ただ

女郎花野宿羇夫
不許繁花負万区
蕩子従来無定意
未嘗苦有得羅敷

女郎花《をみなへし》の野《の》に羇夫《キフ》宿《やど》れり。
許《ゆる》さず繁花《ハンクワ》万区《バンク》（に）負《おふ》（ことを）。
蕩子《タウシ》従来《もとより》定《さだま》れる意《こころ》無《な》し。
未《いま》だ嘗《かつて》より苦《ねむごろ》に羅敷《ラフ》を得《う》ること有《あ》ら（ず）。

【校異】

「女郎」を、京大本・大阪市大本「女良」に作る。「羇夫」を京大本・大阪市大本・天理本「羇天」に作る。「負万区」を、永青本「眉号区」に作り、類従本・藤波家本・講談所本・道明寺本・羅山本・無窮会本「負号区」に作って藤波家本・講談所本・道明寺本には「方」の異本注記があり、京大本・大阪市大本・天理本「負兮造」に作って「兮」に「方」の異本注記がある。また、底本等版本・下澤本・文化写本には「万」に「号」の異本注記がある。「定意」を、下澤本「定処」に作る。「未嘗」を、藤波家本「未掌」に作る。「苦有」を、無窮会本「若有」に作り、永青本・久曾神本「告有」に作る。「羅敷」を、永青本「蘿敷」に作る。なお、承句の句末に、京大本・大阪市大本・天理本「不審」の書き入れがある。

【通釈】

オミナエシの花が咲き乱れる野原で旅人が野宿をした。（オミナエシ

し第二句「おほかるのべに」結句「なをやたつべき」に見られる。

【通釈】

オミナエシが咲き匂う野辺に旅寝をしたら、いわれなく（誰かが）浮いた噂を立ててしまうだろうか。

【語釈】

をみなへし 日本各地に自生し、夏から秋にかけて沢山の黄色い小花が密に咲く。四四番歌のフジバカマ、四五番歌のヤマトナデシコとともに、秋の七草として万葉集以来よく取り上げられ、本集でも下巻最後には二四首のオミナエシを詠んだ歌がまとめて見られる。八代集においても特に三代集を中心に、秋歌に集中的に詠まれている。「「女（をみな）圧（へ）し」で女性を圧倒するほど美しいの意」（小学館古語大辞典）という語源説もあり、「をみな」相当の部分が万葉集では「佳人・美人・娘子・娘・姫・女郎」など、本集ではすべて「女」、八代集でも「女郎」の漢字が当てられている例が見られる。その名のイメージから、女性にたとえられることが多く、しかも「たいてい「旅の野で男を魅了する女」という役回りの女性に限られ、恋人である女性をなぞらえることはまずないといってよい」（和歌植物表現辞典）。

匂へる野辺に 「匂（にほ）ふ」については、三番歌【語釈】「こぼれてにほふ」の項を参照。視覚的にも嗅覚的にも用いられるが、オミナエシについては、「草隠れ秋過ぎぬれどをみなへし匂ふゆゑにぞ人に見えぬる」（本集二五五番）のように、香りに限定されうる例もあるものの、の）咲き誇る花はどんなところでも（あれは女郎の花だなどという汚名を）背負い込むことを許しはしない。（何故ならば）浮かれ男は元々自分の相手を一人の女性に決めようというつもりなどなく、まだ一度も心を尽くして貞淑な美女を手に入れようとしたことなどないのだから。

【語釈】

1 女郎花 オミナエシの花。後世「をみなへし」は、「女郎花」と表記され、事実、本書諸本の訓点も「女郎花ノ」（底本等版本）と「女郎花ハ」（藤波家本・講談所本・大阪市大本・無窮会本など）に大別できるが、その根拠となる最も初期の文献としては、『和名抄』に「女郎花 新撰万葉集詩云、女郎花。和歌云、女倍芝」、源順「詠女郎花」詩に「花色如蒸粟、俗呼為女郎」（『本朝文粋』巻一）などがある。ただ、本集には「秋嶺有花号女郎」（七二番）とあり、更に下巻の末尾に「女郎歌十二首」が付載されて「ヲミナヘシ（女倍芝）」を全て「女郎」（二五五・二五六・二五八・二六五・二七二・二七四番）と漢訳しているのであり、七二番も含めて、本集で「女郎花」とあるのは、当詩しかない。従って、『和名抄』以後はいざ知らず、又、訓読文とは異なるけれどもここでは「女郎」で、「ヲミナヘシ」ととっておく。他ならぬ源順詩でもそう言っているのであるから。日本国語大辞典第二版でも、「女郎」をオミナエシの異称とする。ちなみに、漢語でいう「女郎」とは、まだうら若い女性のこと。ただし、李愿「観翟玉妓」詩の「女郎闔閤春、抱瑟坐花茵。艶粉宜斜燭、羞蛾惨向人。寄情摇玉柱、流眄整羅巾。幸以芳香袖、承君宛転塵」や、白居易「戯題木蘭花」詩の「紫房日照胭脂拆、素艶風

少数であり、「たが秋にあらぬものゆゑをみなへしなぞ色にいでてまだきうつろふ」（古今集四―二三二）「くちなしの色をぞたのむ女郎花はなにめでつと人にかたるな」（拾遺集三―一五八）などのように、色を取り上げる例が多く、「手に取れば袖さへにほふをみなへしこの白露に散らまく惜しも」（万葉集一〇―二一一五）、「をみなへしにほへる秋のむさしのは常よりも猶むつまじきかな」（後撰集六―三三七）「女郎花にほふあたりにむつるればあやなくつゆや心おくらん」（拾遺集三―一五九）などの「にほふ」も、視覚的な美しさを主に表したものと考えられる。「野辺（のべ）」については、二八番歌【語釈】「野辺のほとりの」の項を参照。「をみなへし咲きたる野辺を行き巡り君を思ひ出たもとほり来ぬ」（万葉集一七―三九四四）、「花にあかでなにかへるらむをみなへしおほかるのべにねなましものを」（古今集四―二三八）「白妙の衣かたしき女郎花さけるのべにぞこよひねにける」（後撰集六―三四二）などのように、オミナエシは野の花として詠まれるのが一般的であるが、「ひとりのみながむるよりは女郎花わがすむやどにうゑて見ましを」（古今集四―二三六）「やどごとにおなじのべをやうつすらんおもがはりせぬをみなへしかな」（後拾遺集四―三一五）などのように、庭にも植栽されたことをうかがわせる例も見られる。

宿りせば　「宿（やど）りす」というサ変動詞は「宿る」と同じく、「旅人の宿りせむ（宿将為）野に霜降らば我が子羽ぐくめ天の鶴群」（万葉集九―一七九一）「伊波多野に宿りする（夜杼里須流）君家人のいづらと我を問はばいかに言はむ」（万葉集一五―三六八九）などのように、野宿する意で用いられている。当歌において「宿りする」場所は「をみ

吹膩粉開。怪得独饒脂粉態、木蘭曾作女郎来」等を見ると、必ずしも清楚なそれをイメージする必要はない。和語の「女郎」は、遊女を意味するけれども、李愿の作はまさに妓女をそう呼んでいるわけである。「女郎花」の漢詩の語例としてよく挙げられる、白居易「題令狐家木蘭花」詩の「膩如玉指塗朱粉、光似金刀剪紫霞。従此時時春夢裏、応添一樹女郎花」とあるその「女郎花」も、題が「木蘭花」である以上、「女郎の花」とすべきだろう。異文「女良」は、他の作品における用例は知らないが、二二三番詩では底本がこの表記を取っており、その他、一〇七・二五八・二七二番詩などでもこの表記を取る諸本がある。**野宿**　旅などで野外に寝て夜を過ごすこと。『晋書』天文志下に「嘉平元年、天子謁陵、宣帝奏誅曹爽等。天子野宿、於是失勢」、『北史』由吾道栄伝に「尋為文宣追往晋陽、道栄恒野宿、不入逆旅」、張説「行従方秀川与劉評事文同宿」詩に「野宿霜入帳、孤衾寒不暖」とある。**羇夫**　旅人のこと。ただし、その語例を知らない。おそらく「羇客」「羇人」等というべきところを、押韻の関係で「夫」としたのだろう。『三国志』蜀書・許靖伝に「生民之艱、辛苦之甚、豈可具陳哉」の裴松之注に「許靖羇客会稽、閭閻之士、孫策之来、於靖何為」とあり、包佶「近獲風痹之疾題寄所懐」詩に「衾枕同羇客、図書委外孫」、朱湾「寒城晩角」詩に「羇人此夜寐不成、万里辺情枕上生」、王昌齢「過華陰」詩に「羇人感幽棲、窅映転奇絶」とある。異文「羇天」の用例を知らない。本集には「羇人挙檝櫂歌処」（五九番）とある。

2 繁花　今を盛りと咲き誇るたくさんの花。また「繁華」とも。鮑照「詠史」詩に「寒暑在一時、繁華及春媚」（『文選』巻二一）、張華「情

なへし匂へる野辺」であるが、なぜそこなのかについては、「をみなへし我にやどかせいなみののいなといふともここをすぎめや」（拾遺集六―三四八）「あきののにかりぞくれぬるをみなへしこよひばかりのやどもかさなん」（後拾遺集四―三一四）などのように、オミナエシを野という宿の主人とみなしたり、「秋ののにやどりはすべしをみなへし名をむつまじみたびならなくに」（古今集四―二二八）「花にあかでなにかへるらむをみなへしおほかるのべにねなましものを」（古今集四―二三八）などのように、オミナエシを目当てにしたりすることによると見られる。なお、「宿りせば」の「せ」を過去の助動詞「き」の未然形ととり、反実仮想の表現とする解釈もあるが（新日本古典文学大系本）、そもそも現実的にありえない設定とは言えず、また文脈的にも反実であることを積極的に示す表現はないので、通常の仮定条件表現ととる。

綾無くあだの　「綾無（あやな）く」は、訳が分からない、理由がない、つまらないなどのさまを表す。万葉集には「…錦綾〔綾〕の　中に包める　斎ひ児も　妹に及かめや…」（万葉集九―一八〇七）のように、「あや」は織物の文様の意のみで、「あやなし」という複合形容詞形は古今集以降、「見ずもあらず見もせぬ人のこひしくはあやなくけふやながめくさらむ」（古今集一一―四七六）「とりもあへずたちさわがれしあだ浪にあやなく何に袖のぬれけん」（後撰集一六―一一五九）「女郎花にほふあたりにむつるればあやなくつゆや心おくらん」（拾遺集三―一五九）などのように見られる。「あだ」は、実のないさま、はかないさま、浮気なさまを表し、「泛」あるいは「浮」の字義にも「浮言・浮説」などのように、似通う用法もある（『注釈』では「法華経単字」の「浮〈ア

詩二首其二」詩に「蘭蕙縁清渠、繁華蔭緑渚」（『文選』巻二九、『玉臺新詠』巻二）、李嘉祐「送兗州杜別駕之任」詩に「河堤経浅草、村径歴繁花」とあり、嵯峨天皇「神泉苑花宴賦落花篇」詩に「春園遙望佳人在、乱雑繁花相映輝」（『凌雲集』）、菅原道真「詠瞿麦花呈諸賢」詩に「錦窠寸截裛繁華、不道優曇在釈家」（『菅家文草』巻二）、同「早春陪右丞相東斎同賦東風粧梅各分一字」詩に「繁華太早千般色、号令猶閑五日程」（『菅家文草』巻一）、同「賦殿前梅花応太皇製」詩に「何事繁華今日陪、一朝応過二天春」（『菅家文草』巻六）とある。　**負万区**　「万区」とは、あらゆる区分、様々な区画、の意。『後漢書』党錮伝に「雖情品万区、質文異数、至於陶物振俗、其道一也」、『続高僧伝』訳経篇四・釈玄奘伝に「於是百川異流、同会於海。万区分義、総成乎実」とある。また『漢書』地理志に「昔在黄帝、作舟車以済不通、旁行天下、方制万里、画野分州、得百里之国万区」、『漢書』王莽伝上に「是歳、莽奏起明堂辟雍霊台、為学者築舎万区、作市常満倉、制度甚盛」とあるように、「区」は、場所、住まい等の意でも用いられる。異文「号区」「号造」の用例を知らない。

3　蕩子　妻子を顧みずに遊び歩く男のこと。四一番詩【語釈】該項を参照のこと。「羅敷」に対応する。　**従来**　六朝以来の俗語。本来、元来、の意。諸本に訓合符があるが、羅山本・無窮会本には「テ」の仮名がある。施肩吾「江南怨」詩に「従来不是無蓮采、十頃蓮塘売与人」、賈島「過京索先生墳」詩に「従来有恨君多哭、今日何人更哭君」、淳和天皇「駕幸南池後日簡大将軍」詩に「此地従来天臨処、林花再得遇陽春」（『凌雲集』）、菅原道真「陪源尚書餞総州春別駕」詩に「共理従来知

タナリ〉」という訓例を挙げる)。万葉集には「あだ」はなく、本集には他に同じ「泛」字で「あだなりと名をぞ立ちぬるをみなへしなど秋露におひ添ひにけむ」(下巻二六二番)の例が見られる。当歌では「あだ+の」の形で下接する「名」を修飾するが、「年をへて花のたよりに事とはばいとどあだなる名をや立ちなん」(後撰集二―七八)のように「あだなる」、「つれもなき人にまけじとせし程に我もあだなは立ちぞしにける」(後撰集一一―七三二)のように「あだな」という複合名詞としても見られ、浮いた噂や根も葉もない噂の意で、「名」に関わる用法が目に付く。

名をや立てなむ【校異】に示したように、「たてなむ」を本集底本および歌合や他歌集では「たちなむ」とする。「立南」の本文からはどちらの訓みも可能性があるが、「たて」ならば下二段の他動詞で、「名を」の「を」は格助詞であり、噂を立てるの意として問題ないが、「たち」ならば四段の自動詞ということになり、「名を」の「を」を間投助詞ととって、噂が立つの意とする説と、特殊な他動詞的用法として、「を」は格助詞で、噂を立てるの意とする説がある。万葉集では「…後の代の語り継ぐべく　名を立つ〈多都〉べしも…」(万葉集一九―四一六四)のように「名を立つ」という場合は他動詞で、名声をあげることを表す。八代集では古今所載の同歌の他、「年をへて花のたよりに事とはばいとどあだなる名をや立ちなん」(後撰集二―七八)のように、「名をや」という形のみに下接する四段の例があるのに対して、「おもはむとたのめし事もあるものをなきなをたてでただにわすれね」(後撰集一〇―六六二)「としのうちにあはぬためしのなをたててわれたなばたにいまるべ

帝難、易東莫謝旧丁寛」(『菅家文草』巻二)とある。**定意**　心を一つのものに集中して乱さないこと。王延寿「魯霊光殿賦」に「於是詳察其棟宇、観其結構」(『文選』巻一一)とあり、張載注に「欲安心定意審其事也」とある。また仏教語として、禅行を修して心を一つの対象にとどめて散乱させないこと、の意で広く用いられた。『法句経』華香品に「定意度脱、長離魔道」、『無量寿経』上に「不失定意」等とある。元禄九年版本や諸写本に訓合符がある。

4 羅敷　戦国時代の美女の名。『文選』巻二八に陸機「日出東南隅行」があり、また「或曰羅敷艶歌」とした上で、李善は『古今注』音楽の「陌上桑者、出秦氏女也。秦氏邯鄲人、有女名羅敷、嫁為邑人千乗王仁為妻。王仁後為趙王家令。羅敷出採桑於陌上、趙王登台見而悦之、因飲酒欲奪焉。羅敷巧弾箏、乃作陌上之歌以自明焉」を引用する。古楽府「日出東南隅行」(『玉臺新詠』巻一)などに依れば、大変な美女であったが、州の長官の求めに対して自分の夫の素晴らしさを述べて拒絶したという。唐詩の典故としても「秦氏女」等という表記とともによく用いられたが、特に李白「子夜呉歌　春歌」詩に「秦地羅敷女、採桑緑水辺」、白居易「和万州楊使君四絶句　白槿花」詩に「使君自別羅敷面、争解回頭愛白花」とあるなど、李白や白居易に比較的多く使われた。また「羅敷」を貞淑な女性の代表という固有名詞としてではなく、広く女性一般を指す普通名詞として使うことも多い。異文「蘿敷」の語例を知らない。

きかな」（後拾遺集一三―七六七）の二例が下二段の「たつ」であり、いずれも「名」は噂の意を表している。

【補注】

「をみなへし」は【語釈】にも述べたように、「をみな」という音から女性のイメージが喚起されることばであり、万葉集においても、漢字表記からそれがうかがわれたが、当歌は、名称よりも植物そのものが鑑賞の対象として詠まれている。名称の方に重点を置くと見られる歌は、本集の「名にし負はばしひてたのまむをみなへし人の心に秋は来るとも」（七二番）「名にめでて今朝ぞ折りつるをみなへし花に懸かれる露にぬれつつ」（下巻二五六番）などから現れ、八代集に「花と見てをらむとすればをみなへしうたたあるさまの名にこそ有りけれ」（古今集一九―一〇一九）「秋の野によるもやねなんをみなへし花の名をのみ思ひかけつつ」（後撰集六―三四五）「秋の野の花のなたてに女郎花かりにのみこむ人にをらるな」（拾遺集三―一六四）などのように見られる。

当歌も同様で、その発想自体は前提として隠されてはいるものの、「綾無くあだの名をや立てなむ」という推測は、「をみなへし」に含まれる「をみな」ということばから発するのであり、もとよりそれはあくまでも名称にすぎないからこそ、「綾無く」なのである。その点、軽い謎かけの歌になっている、と言えば言えよう。

古今集所載の同歌など、第二句が「おほかるのべに」なっていて、「（多くの女と関係するなんて、）誠実みのない男といった評判」（竹岡評釈）のように、「あだの名」の理由付けがされている。本集の「咲き匂＊

【補注】

韻字は「夫・区・敷」で、上平声十虞韻。平仄にも基本的な誤りはない。

この詩、難解。特に【校異】に示したように、第二句に「不審」の書き入れがある異本があるように、この「負万区」の解釈ができない。【通釈】はかなり補って解釈したが根拠があるわけではない。ちなみに、諸本の訓点も「万（号）区を負」と読ませるものと「万（号）を負ふ区」と読ませるものと二分される。底本は後者だが、他の版本は前者である。小島憲之『古今集以前』でも、「後考をまつ」（三一七頁）とする。

さらに、結句も「告有」と「苦有」の本文の対立があり、『古今集以前』では、「いまだ嘗て苦しばず羅敷を得ることあるを」としていたのを、新日本古典文学大系本の古今集においては「未だ嘗て羅敷を得ること有るを告げず」と、採用本文を改めている。もし後者とするならば、「蕩子」を羅敷に挑みかけた州の長官になぞらえて、「貞淑な美女を手に入れたなどということをまだ一度も公言したことなどないのだから（浮気を認めたことなどない）」くらいの意となろう。

＊ふ野辺に」という表現の場合は、オミナエシ（女）の数ではなく、その色香の方が取り立てられていることになり、それゆえ【語釈】で引用したように「旅の野で男を魅了する女」なのであり、「あだの名」も立てられるという関係になっている。なお『注釈』では、「（女郎花」は一本だと推測され、その一本があまりに美しかったために、野に泊ってしまい、浮気をしてしまうという状況になる」とするが、「一本」という限定は、野に自生する女郎花のあり方という点から肯いがたい。

【比較対照】

まずは表現上の関係を見るならば、歌の上三句「をみなへし匂へる野辺に宿りせば」には、詩の起句「女郎花野宿羇夫」がほぼ対応していると言えよう。問題は、歌の下二句「綾無くあだの名をや立てなむ」が詩のどこに対応しているかである。上三句の仮定条件とのつながりを考えれば、詩の承句がそれに当たりそうであるが、詩【補注】に述べるように、その解釈自体が難解であって、起句からの展開として理解することが容易ではない。詩の後半二句は「蕩子」についての表現であり、第一句の「羇夫」を言い換えたとすれば、それはそれとして意味は通るものの、歌に対応しているというよりは、補われた部分とみなすべきであろう。

さて、詩の承句のうち、「繁花万区」は起句の「女郎花野」をより詳しく表し、同じく「をみなへし匂へる野辺」に対応していると見ることができるとすれば、詩【通釈】で「(あれは女郎の花だなどという汚名を)背負い込むことを許しはしない」と解した部分が、歌の「綾無くあだの名をや立てなむ」とどのように結び付くかを考えればよい。歌において主体は人(=男)であり、その男が自身に事実無根の浮名が立つことを推測していることになるが、詩では逆に「女郎花」の方が浮名の立つことを拒んでいるのであり、その理由が後半に述べられることになる。つまり、詩では「女郎花」を擬人化した主体として、「女郎」という名が付けられているとはいえ、浮気な「蕩子」に身を任せることはしないということである。

このように考えてみると、当歌詩の関係は、オミナエシをモチーフとした、男女の贈答歌に擬せられるのではないだろうか。つまり、歌の方が男の贈歌であり、詩の方が女からの返歌であり、モテる男からのうぬぼれ気味の誘いかけに対して、女がピシャリと拒絶するという具合である。しかもそこには、歌と詩、和語と漢語の違いの妙、すなわち「をみな(女)」と「女郎」の意味・ニュアンスの差異が生かされている。そもそも、オミナエシの漢名は「黄花竜芽」であるから、詩において植物そのものとして対応させる意図はなく、あくまでもその名称とイメージにこだわって対応させたと考えられる。

当詩が歌に対して贈答歌的に作られたとするならば、詩の表現の不熟さを割り引いたとしても、一つのユニークな試みだったと言えよう。

四八番

秋之夜之　天照月之　光丹者　置白露緒　玉砥許曾見礼

秋の夜の　天照る月の　光には　置く白露を　玉とこそ見れ

【校異】

本文では、初句の「夜」を、類従本・羅山本・無窮会本が「野」とし、第四句の「白」を、底本が「自」とするが他本により改める。

付訓では、とくに異同が見られない。

同歌は、寛平御時后宮歌合（十巻本、秋歌、九八番）にあり、また新勅撰集（巻五、秋歌下、二八一番）に「寛平御時きさいの宮の歌合歌よみびとしらず」として見られる。

【通釈】

秋の夜の大空に照る月の光によってこそ、（あたりに）置く白露をまさに玉と見ることだよ。

【語釈】

秋の夜の　四二番歌【語釈】「夏の夜をしも」の項に述べてあるように、四季の中で「秋の夜」という表現が圧倒的に多い（八代集では約六割）。また二三番歌【補注】に示したように、月は秋の夜のものを取り上げたのがもっとも多く、「秋の夜の月のひかりしあかければくらぶの山もこえぬべらなり」（古今集四―一九五）「秋の夜の月の光はきよけれど人の

秋天明月照無私
白露庭前似乱璣
卞氏将来応布地
四知廉正豈無知

秋天《シウテン》の明月《メイゲツ》照《てら》すこと私《わたくし》無《な》し。
白露《ハクロ》庭前《テイゼン》乱璣《ランキ》に似《に》たり。
卞氏《ヘンシ》将《もて》来《きたり》て地《チ》に布《し》くなる（べ）し。
四知《シチ》廉正《レンセイ》は豈《あ》に知《し》ること無《なから》むや。

【校異】

「明月」を久曾神本「明」に作る。「卞氏」を講談所本・道明寺本・京大本・大阪市大本・天理本「千氏」に作り、永青本「仰氏」に作る。「将来」を底本等「謝来」に作るも、元禄九年版本・元禄一二年版本・文化一三年版本・類従本・詩紀本・下澤本に従う。底本など「謝来」の本文をもつ諸本には、右傍に「将」の校異をもつものが多い。「応布地」を講談所本・京大本・大阪市大本・天理本「応有地」に作り、講談所本「有」に更改符を付けて「布」とする。「四知」を京大本・大阪市大本・天理本「間知」に作り、久曾神本・永青本「曰知」に作る。

【通釈】

秋の夜空にかかる明月は万物を私心なく照らす。庭先に置く白露も（その月光を受けて）乱れ散る宝石のようにキラキラと輝いている。それはかの卞和氏が中国から持ってきて、地面に敷き広げたに違いない。（しかし明月のように無私で）四知を慎む公正な心の持ち主であれば、

心のくまはてらさず」（後撰集六―三二三）などのように、月の光の明るさや清さを取り立てたものが目立つ。【校異】に示したように、「夜」を「野」とするテキストもあるが、続く「天照る月の」とのつながりが不自然である。

天照る月の　「天照」は「あまてる」（上代には「あまでる」とも）と訓み、天上（大空）に照るの意。間投助詞「や」の付いた「天照るや」や尊敬の助動詞「す」の付いた「天照らす」という表現も見られる。「月」を修飾する例としては、「ひさかたの天照る月は神代にか出で反るらむ年は経につつ」（万葉集七―一〇八〇）「ひさかたの天照る月は見つれども我が思ふ妹に逢はぬころかも」（万葉集一五―三六五〇）、「久方のあまてる月もかくれ行く何によそへてきみをしのばむ」（拾遺集一三―七八九）「花ちりし庭の木葉もしげりあひてあまてる月の影ぞまされる」（新古今集三―一八六）などがあり、最後の例を除けばすべて「ひさかたの」という「天」に掛かる枕詞を伴っているが、当歌のような「秋の夜の」という表現は見られない。「月」以外では、「光」（新古今集七―七三七）や「神」（後拾遺集一六―九三〇、金葉集五―三二八）を、「天照る」が修飾する例もある。「月」に対してわざわざ「天照る」という形容を付けるのは、月が夜の天上にただ一つだけ光を放つ存在としてあり、その光が見渡す限りの空を明るく照らしていることを強調するためであろう。

光には　「光（ひかり）」には自然・人工のどちらの場合もあるが、万葉集や八代集の歌には、自然のとりわけ月に関して用いられることがきわめて多い。「天照る」と「月」と「光」を結び付ける表現は、「…渡る日

どうしてそれが（白露であると）分からないことがあろうか。

【語釈】

1 秋天　秋の空、また、秋の季節そのもののこと。梁・江淹「貽袁常侍」詩に「昔我別楚水、秋月麗秋天」（『藝文類聚』別上）、李林甫「秋夜望月憶韓席等諸侍郎因以投贈」詩に「秋天碧雲夜、明月懸東方」、張籍「秋夜長」詩に「秋天如水夜未央、天漢東西月色光」とあり、百済和麻呂「秋日於長王宅宴新羅客」詩に「勝地山園宅、秋天風月時」（『懐風藻』）、菅原道真「薄霧」詩に「暗記秋天事、閑居独自吟」（『菅家文草』巻二）、本集にも「秋天雲収無惜光」（一六五番）、「秋天飛翔雁影見」（一九八番）とある。また「春天」（一二一・一九番）、「夏天」（三八番）、「冬天」（八四番）とあった。**明月**　明るく輝く月のこと。「古詩十九首其七」に「明月皎夜光、促織鳴東壁」（『文選』巻二九）、魏文帝「燕歌行」に「明月皎皎照我牀、星漢西流夜未央」（『文選』巻二七）とあり、李善は「古詩一九首其一九」に「明月何皎皎、照我羅床幃」（『文選』巻二九）とあるのを指摘する。徳宗皇帝「秋夜」詩に「玉殿笙歌宜此夜、更看明月照高楼」（『千載佳句』夜宴、佚）、また藤原万里「遊吉野川」詩に「琴樽猶未極、明月照河浜」（『懐風藻』）、本集にも「夏夜明月無翳処」（一四三番）、「東嶺明月機照盛」（一三一番）とある。藤波家本・京大本など、大半の写本に「ハ」の訓点がある。**照無私**　この語は『礼記』孔子閑居の「子夏曰、敢問、何謂三無私。孔子曰、天無私覆、地無私載、日月無私照。奉斯三者、以労天下、此之謂三無私」（『藝文類聚』公平）に基づく。日月は万物を私情をもって照らすようなこと

の　影も隠らひ　照る月の　光も見えず…」（万葉集三―三一七）、「てる月のひかりさえゆくやどなれば秋のみづにもこほりゐにけり」（金葉集三―一九三）などに見られる。「光には」の「に」は、後続の「置く白露を玉とこそ見れ」の原因・理由を表す格助詞であり、「は」はその原因・理由であることを取り立てていると見られる。

置く白露を　「置（お）く白露（しらつゆ）」という表現の大半は「もみち葉に置く白露の色葉にも出でじと思へば言の繁けく」（万葉集一〇―二三〇七）「秋草に置く白露の飽かずのみ相見るものを月をし待たむ」（万葉集二〇―四三一二）、「秋ののにおくしらつゆは玉なれやつらぬきかくるくものいとすぢ」（古今集四―二二五）「世中のかなしき事を菊のうへにおく白露ぞ涙なりける」（後撰集二〇―一四〇九）などのように、格助詞「に」をとって、その場所が示されている。「秋されば置く白露に我が門の浅茅が末葉色付きにけり」（万葉集一〇―二一八六）や「うちつけにこしとや花の色を見むおく白露のそむるばかりを」（古今集一〇―四四四）などのように、「置く」と直接的な文法関係にはないものの、歌全体から「浅茅が末葉」や「花」がその場所であることが分かる例もある。あるいは「置く」は音数律の関係で用いたもので、実質的な意味を持たないことばかもしれないが、そのままでは座りが悪いので【通釈】では漠然と「あたりに」を補う。

玉とこそ見れ　「玉（たま）」は「白露」を見立てたものであり、この関係については、四四番歌【語釈】「玉ぞ散りける」の項および【補注】に述べるとおりである。四四番歌における、この見立ては月に照らされることを前提として成り立っていると考えられるが、当歌においては、

はしない、の意。この一節は三王の徳に関する話で、後にその語は『管子』版法解に「日月之明無私、故莫不得光。聖人法之、以燭万民。…参於日月無私、葆光無私、而兼照之、則美悪不隠。然則君子之為身、無好無悪、然已乎」とあるように、帝王の徳沢を喩えることにもなる。李紳「賦月」詩に「桂枝人共折、万象照乃無私」とあり、桑原腹赤「和滋内史秋月歌」詩に「鐘鳴漏尽夜行息、月照無私幽顕明」（『文華秀麗集』巻下）、本集にも「銀河秋夜照無私」（一八四番）とある。

2　白露　四四番詩【語釈】該項を参照。「明月」と同様、大半の写本には「ハ」の訓点がある。白露を宝玉と見る比喩は、江淹「別賦」に「秋露如珠、秋月如珪」（『文選』巻一六）、太宗皇帝「秋日二首其二」詩に「露凝千片玉、菊散一叢金」、李嶠「露」詩に「玉垂丹棘上、珠湛緑荷中」とあるなど少なくないが、李白「古風」詩に「秋露白如玉、団団下庭緑」、白居易「東坡秋意寄元八」詩に「秋荷病葉上、白露大如珠」とあるのを見れば、やはり形態ではなく色彩を形容すると見るべきだろう。山田三方「秋日於長王宅宴新羅客」詩に「白露懸珠日、黄葉散風朝」（『懐風藻』）、菅原道真「重陽侍宴賦景美秋稼応製」詩に「吹金風冷籤、滴玉露清瑩」（『菅家文草』巻二）、同「七月六日文会」詩に「秋来六日未全秋、白露如珠月似鈎」（『菅家文草』巻一）、源英明「秋気颯然新」詩に「露滴蘭叢寒玉白、風銜松葉雅琴清」（『類題古詩』気・新、『和漢朗詠集』露）とある。　**庭前**　庭先。大半の写本には「ニ」の訓点がある。梁・江淹「效阮公詩」に「秋至白雲起、蟪蛄号庭前」、吉中孚妻張氏「拝新月」詩に「庭前風露清、月臨人自老」、杜甫「初月」詩に「庭前有白露、暗満菊花団」とあり、小野岑守「雑言奉和聖製春女怨」詩

「秋の夜の天照る月の光には」と、それが明示されている。露を玉に見立てる歌はよく見られるものの、このように月の光を原因・理由とすることを示す例は、他には「白露を玉になしたる九月の有明の月夜見れど飽かぬかも」（万葉集一〇―二二二九）がある程度であり、八代集には「風ふけば玉ちる萩のしたつゆにはかなくやどるのべの月かな」（新古今集四―三八六）という歌はあっても、関係や重点の異なる例である。そもそも、時間帯が示される例自体が少なく、示されていても、「秋萩に置ける白露朝な朝な玉としそ見る置ける白露」（万葉集一〇―二一六八）、「秋ののにおく白露をけさ見れば玉やしけるとおどろかれつつ」（後撰集六―三〇九）のように朝方か、「いかにしてたまにもぬかむゆふさればをぎのはわきにむすぶ白つゆ」（後拾遺集四―三〇七）「夕さればをののあさぢふ玉ちりて心くだくる風のおとかな」（千載集四―二七二）のように夕方か、である。見立ての表現としては「〜ヲ〜ト見る」という形であるが、「こそ」を伴った例は万葉集にはなく、八代集にはいずれも歌末表現として「白雪のところもわかずふりしけばいはほにもさく花とこそ見れ」（古今集六―三二四）「衣手はさむくもあらねど月影をたまらぬ秋の雪とこそ見れ」（後撰集六―三二八）などのように見られる。

【補注】

当歌の趣意は、白露を玉に見立てること自体ではなく、その原因・理由として月の光を明示・強調したところにあると言える。もとより、日光であれ灯火であれ視覚可能であれば、実景としての見立ては成り立ちうるが、当歌は他ならぬ月光によってこそ、白露を玉に見立てることが

に「庭前隠映茂青草、階上班班点碧銭」（『凌雲集』）とあり、本集にも「蹴踘庭前草又少」（一三五番）、「庭前風芝恋春往」（一四二番）、「庭前叢爛少月光」（一五四番）、「庭前芝草悉将落」（一六九番）、「冬夜庭前無暉月」（二〇八番）、「庭前単香倍芝験」（二六三番）とあった。 **似乱璣** 「璣」とは、『説文』に「珠不圜也」とあるように、角のある丸くない小玉。杜牧「題新定八松院小石」詩に「雨滴珠璣砕、苔生紫翠重」等とあるも、「乱璣」の語例を知らない。次項に述べるように、「卞和」との関連からすれば、「璞」「璧」等とすべきところだが、「璣」とするのは押韻上から。

3 卞氏 春秋時代楚の人、卞和氏のこと。山中で得た玉璞を、楚の厲王、武王に献上したが、いずれもただの石とされて足を一本ずつ切られ、楚山の麓で璞を抱いて泣いているところを文王に見いだされ、やっとそれが宝玉であることが認められた。その際和氏は足斬りの刑にされたのを悲しむのではなく、玉が石とされ、正直者が嘘つきと言われたことが口惜しいのだと言ったという。『韓非子』和氏篇参照。「和氏之璧」は、「随侯之珠」とともに、『墨子』耕柱篇、『晏子春秋』、『淮南子』覧冥訓、『藝文類聚』・『初学記』玉、『蒙求』「不疑誣金、卞和泣玉」を始めとして、諸書・諸注に言及される。但し、顔之推「古意詩」に「随侯曜我色、卞氏飛吾声」（『藝文類聚』言志）とはあるものの、曹子建「贈徐幹」詩に「宝棄怨何人、和氏有其愆」（『文選』巻二四）、宋之問「送趙司馬赴蜀州」詩に「定知和氏璧、遙掩玉輪輝」とあるように「和氏」とするのが一般。橘正通「春夜陪第七親王書斎同賦梅近夜香多応教」詩序に「文士満筵、棲口者隋珠和璞」（『本朝文粋』巻一〇）とあり、本集に

きわだつと考えたと見られる。

玉への見立てのポイントは、形状の類似もさることながら、その美しさにあるのであり、「秋の夜の」ひときわ明るく清い月の光が、それに照らし出された白露を、まさに玉のように美しく見せているということである。そこには、「天照る」ということばが「神」とも結びつくことを考えると、月光という呪的な力による美しさを表しているとも言えよう。

【語釈】で問題とした、白露の置く場所が不特定であるのは、その場所が自明ゆえとは考えられない。「天照る」という表現は、四四番歌同様、白露にもそれなりの広がりをイメージさせるものであり、第一句の異文「秋の野の」はそれを示そうとした改変ではないかと察せられる。いずれにせよ、少なくとも底本のままでは、実景としてのリアリティに欠けると言わざるをえない。


は「卞和泣処玉紛々」（一一二番）、「思得卞氏将玉鋪」（一六三番）、「咲殺卞和作斗筲」（二〇四番）とある。異文「千氏」「仰氏」の用例を知らない。おそらく字形の類似から来る誤り。 **将来** 持ってくる、持参する、の意。京大本・大阪市大本・天理本には、「将モテ」の注記がある。六朝からの語義で、やや俗的な響きがある。喬知之「折楊柳」詩に「可憐濯濯春楊柳、攀折将来就織手」、白居易「雪中酒熟欲携訪呉監先寄此詩」詩に「笙歌与談笑、随事自将来」とあり、『日本書紀』垂仁紀三年春三月条に「新羅王子・天日槍来帰焉。将来物、羽太玉一箇、足高玉一箇、…」、『続日本紀』文武紀四年三月の道照和尚伝に「此院多有経論。書迹楷好、並不錯誤。皆和上之所将来者也」とある。異文「謝」は、断る、もしくはあやまる、の意。前者なら、（楚王に宝玉だとの申し出を）断られて、の意となるし、後者なら、（楚王の怒りに）あやまって、の意となるのでどちらとも解せる。徐鉉「亜元舎人…一笑耳」詩には「閉門思過謝来客、知恩省分寛離憂」とある。「謝来」「将来」とも成立するが、【補注】を参照のこと。 **応布地** きっと地面に敷き広げたに違いない、の意。「布」は、「敷」と同じく平らに敷き伸べること。李頎「欲之新郷答崔顥綦毋潜」詩に「寒風巻葉度滹沱、飛雪布地悲峨峨」、杜甫「望牛頭寺」詩に「伝灯無白日、布地有黄金」とある。

4 四知 後漢の楊震に、王密が誰にも分からないからと言って金を贈ろうとしたが、楊震は天・神・我・汝が知っているとして、受け取りを拒否した故事。『後漢書』楊震列伝に基づくが、以来諸書に引用され、廉潔を保持して賄賂を拒絶すること、あるいは秘密は隠していても必ず露見することの例えとして用いられる。『蒙求』に「震畏四知、秉去三※

※惑」とあり、李嶠「金」詩に「方同楊伯起、独有四知名」、杜甫「風疾舟中伏枕書懐三十六韻奉呈湖南親友」詩に「応過数粒食、得近四知金」、胡曾「関西」詩に「楊震幽魂下北邙、関西蹤跡遂荒涼。四知美誉留人世、応与乾坤共久長」とある。また『三教指帰』巻上に「莅政則跨四知而馳誉、断獄則超三黜而飛美」とある。異文「間知」「日知」の用例を知らない。 **廉正** 心が清らかで善悪のけじめを失わない様。『周礼』天官冢宰・小宰に「以聴官府之六計、弊群吏之治。一曰廉善、二曰廉能、三曰廉敬、四曰廉正、五曰廉法、六曰廉辨」とあり、鄭玄は「正、行無傾邪」といい、賈公彦は「廉、絜不濫濁」という。『史記』石奢伝に「石

奢者、楚昭王相也。堅直廉正、無所阿避」、菅原文時「封事三箇条」其二に「欲利之源、従此暗滅、廉正之路、自然将開」（『本朝文粋』巻二）等とあるが、韻文の用例を知らない。**豈無知**　高適「宋中十首其三」詩に「君心本如此、天道豈無知」とあり、本集にも「深春風景豈無知」（九八番）とある。

【補注】

韻字は「私」（上平声六脂韻）、「璣」（上平声八微韻）、「知」（上平声五支韻）で、六脂と五支は同用、八微はそれと隣接する韻だけれども独用なので、押韻に傷がある。平仄には基本的な誤りはない。

転句に関しては、「連城之璧」の語が知られるように、楚の文王に献上された後、趙の恵文王の所蔵となり、それを更に秦の昭王が十五城と交換しようとするなど、中国各地を転々としたことが知れるが、ここでは卞氏が持ってきた（「将来」）と言う。

結句に関しては、『後漢書』楊震伝に「至夜懐金十斤以遺震。震曰、故人知君、君不知故人、何也。密曰、暮夜無知者。震曰、天知、神知、我知、子知。何謂無知。密愧而出。後転涿郡太守。性公廉、不受私謁。子孫常蔬食歩行、故旧長者或欲令為開産業、震不肯、曰、使後世称為清白吏子孫、以此遺之、不亦厚乎」とある、その語句を利用しているのは明らかである。尚「四知」の「四」に関しては、『後漢書』の「天・神・我・子（汝）」が基本となるが、後世の書物に於いては日中で多少の相違がある。

さて、結句を「天も神も私もあなたも玉であることを知って清廉である、どうして詐ってそれを知らないということがあろうか。」と『注釈』は解釈する。しかしそれでは、白露が「乱璣」に似ているという、承句の表現と矛盾することは明らかである。「似」と言うことは、白露は「乱璣」ではないと明言していることと同じであるからである。卞和氏が正直者の代表であるために、「四知廉正」も彼の故事に結びつけて解釈し易いが、それでは当詩の統一的な解釈は出来ない。白露が「乱璣」に見えるのは、卑しい心があるからであり、そうでない「廉正」な心の持ち主であれば、「白露」であることを見抜けないはずはないと言っているのである。

この結句の解釈は、古くから問題視されたようで、「四知廉正ハ豈ニ知（ル）コト無（カラン）ヤ」という底本系の訓みと、「四知廉正ナリ豈ニ知ルコト無（カラ）ンヤ」という元禄九年版本系の訓みが、写本に於いても対立する。

【比較対照】

歌意は詩の前半に尽くされている。細かく見れば、「天照る」を「照無私」のように言い代えたり、歌では不明だった露の置く場所を「庭前」と示したり、「玉」を「乱璣」と表現したりしている点が異なる。これらの異なりは歌【補注】で触れた実景としてのリアリティを補うものと言えよう。詩の後半は独自に展開したものであり、承句の「乱璣」から転句の「卞氏」、起句の「無私」から結句の「四知廉正」がそれぞれ喚起されたと考えられるが、両句相互に、また前半の見立てとは直接の関係を認めがたい。あえて関連付けようとするならば、白露の見立てとしての「乱璣」のありようの素晴らしさを強調した表現となろうか。ただし、このようにとらえたとしても、歌の眼目が見立ての原因・理由つまり月光にあるとしたら、ズレていることになるが。

詩の前半で歌と対応し、後半は独自に展開するというケースは、本集に少なからず見受けられ、当歌詩もまさにそれに該当する。詩そのものとして見るならば、連想上のつながりは認められるものの、全体としての整合性や統一性に乏しいことは否定しえない。

その原因として考えられるのは、詩作の技術もさることながら、そもそも当歌の内容の単純さあるいは観念性である。情景の具体性を補足するにしても、詩の前半で十分すぎたのであり、展開する余地は観念としての「玉」に対する故事における「乱璣」にしか見いだせなかったのであろう。

四九番

白露之　織足須芽之　下黄葉　衣丹遷　秋者来芸里

白露の　織りいだすはぎの　下黄葉　衣にうつる　秋は来にけり

【校異】

本文では、第二句の「芽」を、永青本が「苛」、羅山本・無窮会本が「茂」とし、同句の「須」を、永青本が欠き、第四句の「遷」の後に、永青本が「留」を補う。

付訓では、第二句の「いだす」を、底本は「だす」とするが、京大本・大阪市大本・天理本により改める。

同歌は、寛平御時后宮歌合（十巻本、秋歌、一〇二番。ただし第二句「染めいだす萩の」第四句「衣にうつす」）にあり、また新勅撰集（巻四、秋上、二三〇番）に「題しらず　よみ人しらず」として見られる。

【通釈】

白露が織って色模様を浮き出させるハギの下黄葉（の色）が衣に付く秋は来たのだなあ。

【語釈】

白露の　「白露（しらつゆ）」という語については、四四番歌【語釈】「白露に」の項を参照。第二句の「織りいだす」という動詞の主格になっている。

秋芽一種最須憐
半萼殷紅半萼遷
落葉風前砕錦播
垂枝雨後乱糸牽

秋《あき》の芽《はぎ》一種《イッショウ》最《もっ》とも須《すべか》らく憐《あは》れぶべし。
半萼《ハンガク》は殷紅《アンコウ》にして半萼《ハンガク》は遷《うつ》れり。
落葉《ラクエフ》は風《かぜ》の前《まへ》に砕錦《サイキン》播《ほど》こし、
垂枝《スイシ》は雨《あめ》の後《のち》に乱糸《ランシ》牽《ひ》けり。

【校異】

「秋芽」を永青本「秋苛」に作る。「一種」を京大本・大阪市大本・天理本「一軽」に作り、天理本には「径也」の校注がある。「最須憐」を永青本・久曾神本「最可憐」に作る。「乱糸牽」を京大本・大阪市大本・天理本「乱徐牽」に作る。

【通釈】

秋のハギの花は同じように最も愛おしむべき物だ。その花の半ばくらいは深紅色で、半ばは移ろっているけれど。風が吹くとハギの落ち葉は錦織の細かな切れ端のように色とりどりに乱れ散り、雨上がりにはその垂れた枝が乱れた糸のように幾筋にも垂れ下がっている。

【語釈】

1 秋芽　秋に花をつけるハギのこと。藤波家本・講談所本・道明寺本・京大本・大阪市大本・天理本・羅山本・無窮会本等には、「秋」に

織りいだすはぎの　本文の「織足須」を「おりいだす」、「芽之」を「はぎの」と訓む。「おりいだす」を底本は「おりだす」と訓むが、「いだす(出)」の「い」が脱落するのは中世以降なので採らない。ただし「足」の借訓としては「だ(す)」のほうが適切であり、あるいは「おり」と複合して「い」を落として訓む可能性もあるが、確例がない。日本国語大辞典第二版によれば、「織りいだす」の初例は、下って新勅撰集の同歌であり、「織って作り出す。また、模様が浮き出るように織る」の意とする。万葉集にも八代集にも「織りいだす」の例は見られない。『注釈』は「織り足す」と訓み「白露が織り足していく」とそのまま釈するが、それに関する説明はなく、他文献の用例も認められない。「はぎ」を「芽」あるいは「芽子」と表記するのは万葉集に一般的であり、おそらく正訓用法であろうが、「芽」の原義は草木の先の成長する部分であって、そのままでは対応しにくい(なお、この表記およびその由来については、『注釈』に詳しい説明がある)。初句の「白露の」とのつながりで言えば、「織りいだす」のは「はぎ」そのものではなく、第三句の「下黄葉」と見られる。「織りいだす」が「模様が浮き出るように織る」の意ならば、それは色模様のことであろう。「織る」を紅葉させる意で用いる例は、「経もなく緯も定めず娘子らが織るもみち葉に霜な降りそね」(万葉集八―一五一二)、「霜のたてつゆのぬきこそよわからし山の錦のおればかつちる」(古今集五―二九一)「人すまずあれたるやどをきて見れば今ぞこのはは錦おりける」(後撰集八―四五八)などのように、「錦」と結び付けた表現として多く見られる。なお、寛平御時后宮歌合の同歌では第二句を「染めいだす萩の」とする。「染めいだす」という「の」の訓点が、「芽」には「ハキ」の訓があるが、底本等の版本には訓合符を付して「芽」に「ノ」の訓がある。平安以降は次第に「萩」字の使用が一般化するが、ここは万葉集の表記がそのまま用いられている。本来「芽」字には、植物の固有名詞を示す用法はない。用字の議論はたとえば沢潟久孝『万葉集注釈』巻二(一〇五頁)などを参照のこと。本集にも「山水湿路染秋芽」(一六七番)、「前栽秋芽吐紫色」(一七六番)とあり、本集和歌にも「秋芽の花さきにけり」(六四番)とある。

一種　版本には全て音合符がある。二八番詩【語釈】該項を参照。同じこと、同じように、の意。異文「一軽」は、意味をなさないし、平仄上も非。おそらく草体の類似から来る誤り。

最須憐　「須」は、是非とも～する必要がある、の意。ただし、「最」と熟する例を知らない。ここは、仮に「須」の強意と解しておく。「憐」は、心が強く引かれるの意。素晴らしいと思って心惹かれる場合にも、可哀想で心惹かれる場合にも、両方に用いるが、劉希夷「代悲白頭翁」詩に「寄言全盛紅顔子、須憐半死白頭翁」、戎昱「再赴桂州先寄李大夫」詩に「養驥須憐痩、栽松莫厭秋」など、「須憐」と熟する時は、後者の意が一般。ここは前者の意でなければならないが、強いていえば、白居易「洛中春遊呈諸親友」詩の「莫歎年将暮、須憐歳又新」の語句が近いか。亡名氏「五言歎老」詩に「耄翁双鬢霜、伶俜須自怜」(『懐風藻』)、島田忠臣「傷高大夫」詩に「矢辞弓可惜、脣歓歯須憐」(『田氏家集』巻上)とあり、本集にも「昔心忘却不須憐」(一〇八番)とある。異文「最可憐」は、平仄上非。

2 半萼　「萼」は、花びらなどを支えるガク。時に花そのものを指す。王維「辛夷塢」詩に「木末芙蓉花、山中発紅萼」、白居易「対新家醞玩

複合語も万葉集・八代集にはないが、「染む」で「秋の夜のつゆをばつゆとおきながらかりの涙やのべをそむらむ」（古今集五―二五八）「きみがさすみかさの山のもみぢばのいろ神な月しぐれのあめのそめるなりけり」（古今集一九―一〇一〇）「秋の野の錦のごとも見ゆるかな色なきつゆはそめじと思ふに」（後撰集七―三六九）などのように、紅葉を詠む歌があり、その色をのみ考えるならば、「織る」よりも「染む」の方がふさわしいと言える。

下黄葉　「したもみぢ」と訓み、樹木の下の方の紅葉をいう。万葉集では、その実際の色にかかわらず「もみち（ば）」を「黄葉」と表記するのが大半であり、当歌の表記もそれに倣ったとも考えられるが、ハギの場合は黄色に変色するので、それに叶った表記をしたとも言える。「したもみぢ」の語は万葉集に例がなく、八代集では「の」を挟んだ「高砂の松を緑と見し事はしたのもみぢをしらぬなりけり」（後撰集一二―八三四）やサ変動詞になった「したもみぢするをばしらで松の木のうへの緑をたのみけるかな」（拾遺集一三―八四四）などの例が早く、名詞では「けふこそはいはせのもりのしたもみぢ色にいづればちりもしぬらめ」（金葉集八―四七二）「したもみぢひと葉づつちるこのしたにあきとおぼゆるせみのこゑかな」（詞花集二―八〇）などがある。当歌の「下黄葉」はハギのそれであるが、他の歌には見当たらない。一方、「下葉（したば）」と言えば、ハギのそれであって、「雲の上に鳴きつる雁の寒きなへ萩の下葉はもみちぬるかも」（万葉集八―一五七五）「このころの暁露に我がやどの萩の下葉は色付きにけり」（万葉集一〇―二一八二）、「あきはぎのしたば色づく今よりやひとりある人のいねがてにする」（古

自種花」詩に「紅蠟半含萼、緑油新醱醅」、嵯峨天皇「紅英落処鶯乱鳴、紫萼散時蝶群驚」（『凌雲集』）、菅原道真「丙午之歳四月七日…便以嗟歎云爾」詩に「近見塵飛芳萼死、遍知土熱稼苗煎」（『菅家文草』巻四）とあるのは、いずれも花の例。平仄上、花の意で用いることもあろう。「半～半～」の句法は、張祜「車遙遙」詩に「閨門半掩牀半空、斑斑枕花残涙紅」、元稹「築城曲」詩に「半疑兼半信、築城猶嵯峨」、同「水調入波第二」詩に「錦城糸管日紛紛、半入江風半入雲」等、俗曲に比較的多く、副詞的に用いるのが一般的。**殷紅**　紫のような、赤黒い深い色のこと。元稹「薔薇架」詩に「殷紅稠畳花、半緑鮮明地」、白居易「山石榴寄元九」詩に「千房万葉一時新、嫩紫殷紅鮮麴塵」とある。版本およぴ講談所本・京大本などは音合符を持つ。小島憲之『古今集以前』はこの語は白詩文学圏の語という。時代は下るが「むらさきのゆかりの色を尋ねてや萩さくのべに鹿のなくらん」（続千載集―三九七）「露分くる袖にぞうつるむらさきのいろこき野べの萩が花ずり」（新千載集―三六六）等の和歌の先駆けとなったものだろう。**半萼遷**　花の半ばは盛りを過ぎている、の意。ただし寒山「桃花欲経夏」詩に「朝朝花遷落、歳歳人移改」とあるものの、太宗皇帝「初夏」詩に「一朝春夏改、隔夜鳥花遷」というのは、一晩で季節が夏に変わって鳥も花も一変したというのであり、必ずしも「遷」は、負の方向のみの移り変わりをいうのではない。『広韻』に「去下之高也。詩云、遷于喬木」とのみあれば、唐代はむしろ正の方向を意味する比重の方が高かったと考えるべきだろう。そもそも「花遷」の語例は極めて稀で（無論「萼遷」はない）、「花」には「残」字を用いるのが一般。あるいは和歌の用字「遷」からの連想も

今集四—二二〇）「白露はうへよりおくをいかなれば萩のしたばのまづもみづらん」（拾遺集九—五一三）などのように、その紅葉を詠んだ歌に用いられている。

衣にうつる　「うつる」は「移」の意とも「映」の意ともとれる。「移」ならば、下紅葉の色が衣に付くということであり、「映」ならば、下紅葉の色が衣に映えるということになる。しかし、紅葉に関する「うつる」は、「見れど飽かずいましし君がもみち葉の移りい行けば悲しくもあるか」（万葉集三—四五九）「秋山にもみつ木の葉のうつりなば更にや秋を見まく欲りせむ」（万葉集八—一五一六）などのように、もっぱら変化・衰退の意で用いられ、「移」や「映」の例は見られない。広く色が付くの意で見ると、「色ならば移るばかりも染めてまし思ふ心をえやは見せける」（後撰集一〇—六三一）「ゆひそむるはつもとゆひのこむらさき衣の色にうつれとぞ思ふ」（拾遺集五—二七二）「心をばちくさの色にそむれども袖にうつるは萩がはなずり」（千載集四—二五〇）などがあるが、色が映えるの意に該当する類例は見いだせず、「あめふればかさとり山のもみぢばはゆきかふ人のそでさへぞてる」（古今集五—二六三）のように「てる」を用いた例が近いと言える。とすれば、当歌の「うつる」も、花ならばともかく紅葉では実際にはありえないが、色が衣に付くの意とするのが無難であろう。

秋は来にけり　この形でそのまま一句を成す例は万葉集には見られず、「我が待ちし秋は来りぬ妹と我と何事あれそ紐解かざらむ」（万葉集一〇—二〇三六）という類似表現があるのみである。八代集には一三例あって、すべて結句に位置し、その約半分の六例が新古今集に集中する。当

あったか。仲科善雄「奉和秋夜書懐之作」詩に「当慶貞松不彫葉、誰論蒲柳望秋遷」（『文華秀麗集』巻中）、紀長谷雄「法皇請停封戸書」に「丹棘如旧、白楡数遷」（『本朝文粋』巻七）等とあるが、「妻恋ひに鹿鳴く山辺の秋萩は露霜寒み盛り過ぎゆく」（万葉集八—一六〇〇）「あきはぎのさくにしもなどしかのなくうつろふはなはおのがつまかも」（後拾遺集四—二八四）「あきはぎのうつろふをしとなくしかのこゑきく山はもみぢしにけり」（家持集一一九）「雨ふるとうつろふな夢我がせこが衣にすらん秋はぎの花」（基俊集一七六）等の和歌の世界の反映でもあろう。但し、『名義抄』には「遷」に「ウツロフ」の訓はない。

3 落葉　潘安仁「寡婦賦」に「天凝露以降霜兮、木落葉而隕枝」（『文選』巻一六）、傅玄「雑詩」に「落葉随風摧、一絶如流光」（『文選』巻二九）とあり、嵯峨天皇「神泉苑九日落葉篇」詩に「無物不蕭条、坐見寒林落葉飄」（『文華秀麗集』巻下）、菅原道真「秋風詞」詩に「水擺軽波白、林翻落葉紅」（『菅家文草』巻一）、本集にも「落葉繽紛客袖爛（六八番）、「閑対秋林看落葉」（一一九番）とある。写本の大半は「落葉の」と読む。**風前**　一七番詩【語釈】該項を参照。**砕錦播**　「砕錦」とは、錦織りの細かな切れ端のこと。錦織の屑切れ。版本には音合符があるが、藤波家本・講談所本・道明寺本・京大本・大阪市大本・天理本・羅山本には訓合符があり、「砕」に「クダケタル」の訓がある。中国では小花が咲き乱れる形容に用いられる。庾信「和趙王遊仙詩」に「石文如砕錦、藤苗似乱糸」、庾信「枯樹賦」に「重重砕錦、片片真花」（『藝文類聚』木）、菅原道真「賦葉落庭柯空」詩に「遂使軽紅減、何教砕錦縫」（『菅家文草』巻五）とある。「播」は、手で畑に種子をまくの

歌では、第四句目までが「秋」を連体修飾するととらえられるが、同じ構造をとる歌には、「葦引の山の山もりもる山も紅葉せさする秋はきにけり」（後撰集七―三八四）「あさぢはらたまくくずのうら風のうらがなしかるあきはきにけり」（後拾遺集四―二三六）「神なびのみむろの山のくずかづらうらふきかへす秋はきにけり」（新古今集四―二八五）「みしぶつきうゑし山田にひたはへて又袖ぬらす秋はきにけり」（新古今集四―三〇一）がある。

【補注】

露とハギとを詠み込んだ歌は万葉集から数多く見られるが、そのうち紅葉との関わりで言えば、「このころの暁露に我がやどの萩の下葉は色付きにけり」（万葉集一〇―二一八二）「秋風の日に異に吹けば露を重み萩の下葉は色付きにけり」（万葉集一〇―二二〇四）などのように露を紅葉の原因とする例や、さらには「夕されば野辺の秋萩末若み露に枯れけり秋待ちかてに」（万葉集一〇―二〇九五）「白露の置かまく惜しみ秋萩を折りのみ折りて置きや枯らさむ」（万葉集一〇―二〇九九）などのように枯らす原因とする例が見られる。

八代集にも「白露のおかまく惜しき秋萩を折りてはさらに我やかくさん」（後撰集六―三〇〇）「秋はぎはまづさすえよりうつろふをつゆのわくとは思はざらなむ」（拾遺集九―五一五）などの同様の歌とともに、とくにハギに関しては「白露のうへはつれなくおきゐつつ萩のしたばの色をこそ見れ」（後撰集六―二八五）「白露はうへよりおくをいかなれば萩のしたばのまづもみづらん」（拾遺集九―五一三）などのように、上

が原義。そこから、バラバラと散る、まき散らすなどの意味に用いられる。版本や下澤本には「コシ」の訓があり、藤波家本・講談所本・道明寺本・京大本・大阪市大本・天理本・羅山本・無窮会本には「ホ ス」「ホンス」の訓がある。但し、「播」の漢音は「ハ」、慣用音も「ハン」または「バン」である。曹植「九華扇賦」に「体虚暢以立幹、播翠葉以成秋」（『藝文類聚』扇）とはあるものの、「（落）葉」の散り飛ぶ様に「播」を用いることはまずなく、「散」「飛」「飄」「紛々」等の語をとるのが一般である。逆に「播」は、音楽や香りなどの目に見えぬものを振りまく際に用いる。大江匡衡「為左大臣供養浄妙寺願文」に「煖寒木於大智之日、涙変蒼柏之煙、霑朽壌於甘露之泉、手播白蓮之種」（『本朝文粋』巻一三）、本集に「大虚霧起紅色播」（一七〇番）とある。また、「やまごとに萩のにしきをおればこそみるにこころのやすき時なき」（千里集九一）、「秋の野の萩の錦は女郎花立ちまじりつつおれるなりけり」（貫之集四六四）、「かひもなき心ちこそすれさを鹿のたつ声もせぬ萩の錦は」（後拾遺集四―二八三）「秋の野の萩の錦をふるさとに鹿の音ながら移してしがな」（『和漢朗詠集』萩）「にしきにもおりつべらなり我が宿のいとよりかくる秋はぎの花」（能因集一九〇）など、和歌には古今集以来「萩の錦」という語が用いられるので、あるいはここも和歌からの影響と考えるべきか。

4 垂枝　垂れた枝のこと。劉商「代人村中悼亡二首其二」詩に「邇来庭柳無人折、長得垂枝一満条」、陳羽「小苑春望宮池柳色」詩に「弄水滋宵露、垂枝染夕塵」とある。和歌でいう「秋萩の枝もとををに置く露の消かも死なまし恋ひつつあらずは」（万葉集一〇―二二五八）「おくつ

の葉の露と下の葉の紅葉とを対比させた表現が見られるようになる。

ただし、「萩の葉を色づかせる要因としては、紅葉一般を色濃く染める時雨や霜よりも萩の場合は秋風（略）によるとする詠が目立つ。萩の紅葉を秋風の立つ初秋の景物としてとらえていた当時の人々の季節感がうかがわれよう」（和歌植物表現辞典）とあるように、「秋はぎを色どる風の吹きぬればひとの心もうたがはれけり」（後撰集五―二二三）「あき萩を色どる風は吹きぬとも心はかれじ草ばならねば」（後撰集五―二二四）など、風を原因とする例も現れる。

ハギの下葉の紅葉を初秋の景物とみなす点は、当歌結句の「秋は来にけり」という詠嘆表現が端的に示していよう。また、露を紅葉の原因ととらえる点も万葉集以来の伝統をふまえたものと言える。当歌の異色なところは、「織りいだす」や「衣にうつる」、またハギに関して「下黄葉」という、類例のない表現を用いている点である。とくに「織りいだす」と「衣にうつる」は、色の変化を取り立て、その一様でないさまや鮮やかさを表そうとしたものと考えられる。

※風ふけばをる人なしにぬきみだるいと」（夫木抄一一―四一七三）「にしきにもおりつべらなり我が宿のいとよりかくる秋はぎの花」（能因集）「たちよりてたれかみざらんにはのまににしきおりしくあきはぎのいと」（為忠家初度百首）「いとはぎの葉分の露の数々によるとも見えずてらす月影」（永久百首）にあるような、萩の細い枝を糸と見、はては「糸萩」の語を作る和歌の世界との交流も念頭に置く必要がある。ただ、藤原為時「雨為水上糸」詩に「暮雨濛々池岸頭、更為水上乱糸浮」（『本朝麗

ゆにたわむえだだにあるものを如何でかをらんやどの秋はぎ」（後拾遺集四―三〇一）「しら露はおきにけらしな宮ぎのの本あらの萩の末たわむまで」（新古今集一六―一五六八）などの風情を表したものか。写本の大半は「垂枝の」と読む。　**雨後**　雨のやんだ後、の意。虞世南「奉和幽山雨後応令」詩に「雨歇連峰翠、煙開竟野通」、張説「岳陽早霽南楼」詩に「夜来枝半紅、雨後洲全緑」、菅原道真「青苔」詩に「雨後風前宜染色、慇懃欲著上仙人」（『菅家文草』巻五）、同「早春内宴…春先梅柳知応製」詩に「素心易表風前蕊、青眼難眠雨後枝」（『菅家文草』巻六）とあり、本集にも「雨後紅匂千度染」（六四番）とある。　**乱糸牽**　「乱糸」は、乱れほつれた糸のこと。諸本、音合符がある。韋応物「始至郡」詩に「到郡方逾月、終朝理乱糸」、王建「旧宮人」詩に「先帝旧宮宮女在、乱糸猶挂鳳皇釵」とあるように、解決の糸口の見えない紛糾事態や乱れた頭髪の比喩に用いるのが一般。皎然「送柳淡扶侍赴洪州」詩に「無限江南柳、春風巻乱糸」、嵯峨天皇「折楊柳」詩に「楊柳正乱糸、春深攀折宜」（『文華秀麗集』巻中）、というのは、楊の枝の形容。菅原道真「晩春遊松山館」詩に「低翅沙鷗潮落暮、乱糸野馬草深春」（『菅家文草』巻三）は陽炎の形容。また、杜甫「大暦三年春…凡四十韻」詩に「鷗鳥牽糸颺、驪龍濯錦紆」とあるのは、カモメが白い糸を引くように空に舞い上がること。元稹「憶楊十二」詩に「日映含煙竹、風牽臥柳糸」、花蕊夫人徐氏「宮詞其三」に「龍池九曲遠相通、楊柳糸牽両岸風」等とあるのは、風によって柳枝が糸を引くように斜めに流れること。従ってここは萩の緩やかに垂れた枝が、雨によって一層頭を垂れた様を比喩するだろう。「乱糸」の比喩は、「わがやどのまへの秋はぎ※

藻』巻上）とあるので、枝先から落ちる雨滴の形容との解釈も不可能ではなかろう。「糸」の異文「徐」は、おそらく旧字体「絲」の草体からの誤写。

【補注】

韻字は「憐」（下平声一先韻）、「遷」（下平声二仙韻）、「牽」（下平声一先韻）で、二仙は一先と同用。平仄には基本的な誤りはない。

紅葉を錦に喩えることに関して、少し贅言しておく。中国では、錦に喩えられるのは圧倒的に花であり、紅葉を喩えた例は極めて少ない。謝朓「別王僧孺詩」に「花樹雑為錦、月池皎如練」、梁元帝「燕歌行」に「黄竜戍北花如錦、玄兎城前月似蛾」、何遜「詠雑花」詩に「状錦無裁縫、依霞有舒斂」、李賀「少年楽」詩に「芳草落花如錦地、二十長遊酔郷裏」、田娥「携手曲」詩に「携手共惜芳菲節、鶯啼錦花満城闕」、「陸州歌　排遍第一」詩に「樹発花如錦、鶯啼柳若糸」、李白「月下独酌四首其三」詩に「三月咸陽城（一作時）、千花昼如錦（一作好鳥吟清風、落花散如錦。一作園鳥語成歌、庭花笑如錦）」、劉禹錫「薔薇花聯句」に「似錦如霞色、連春接夏開」など、枚挙にいとまがない。従って、李徳裕「春暮思平泉雑詠二十首　山桂」詩の「臨風飄砕錦、映日乱非煙」という一節も、花とはないが季節が春であってみればそれは当然花を意味するし、白居易「西省対花…因寄題東楼」詩の「毎看闕下丹青樹、不忘天辺錦繍林」の一聯を、『千載佳句』が「雑花」の部立に分類するのは極めて正しい措置であった。

それに対して、日本漢詩では島田忠臣「題橘才子所居池亭」詩に「錦段粧残晴李落、嚢錐穎脱湿蘆穿」（『田氏家集』巻上）、菅原道真「早春侍朱雀院同賦春雨洗花応太皇製」詩に「如遇呉娃霑汗立、似看蜀錦濯江沈」（『菅家文草』巻六）など、中国詩と同様、花を喩える例もあるが、大津皇子「七言述志」句が「天紙風筆画雲鶴、山機霜杼織葉錦」（『懐風藻』）と紅葉を喩えて以来、島田忠臣「秋暮傍山行」詩に「雁飛碧落書青紙、隼撃霜林破錦機」（『田氏家集』巻中）、紀長谷雄「競狩記」に「山顔点紅、林頂被錦」（『紀家集』巻一四）、慶滋保胤「冬日陪左相府少侯書閣同賦落葉波上舟」詩序に「閣東有碧瑠璃之水、水辺有紅錦繍之林」（『本朝文粋』巻一〇）、藤原明衡「雨添山気色」詩に「苔銭増緑霑巌暁、葉錦加紅染嶺秋」（『類題古詩』気色）とあるなど、紅葉を喩えるものは花を喩える例を圧倒する。この日中における相違の最大の要因は、「このたびは幣もとりあへずたむけ山紅葉の錦神のまにまに」（古今集九―四二〇）に代表される、日本人古来の季節感と美意識であったろう。

中国の落葉はそのほとんどの場合、蕭条たる風景の中でもの寂しく散っているのであり、それは屈原以来の悲秋感という文学的定型がなせる技であったと思われる。

【比較対照】

当歌の表現ポイントを挙げれば、一つは白露がハギの紅葉を促すこと、一つはハギの紅葉の色が衣を染めること、一つはハギの紅葉により秋の到来を知ること、ということになろう。考えてみれば、三一音という制約の中でかなり欲張った内容を盛り込んでいることになる。その中心にあるのは言うまでもなくハギの紅葉であるが、当詩の表現はそこにのみ歌との内容的な共通性を見いだせるのであり、ポイントとなる白露も染色も初秋の感動も、詩には全く写されていない。

また、微細に見れば、詩にも、強い詠嘆を表す「けり」に相当する「最須憐」の語はあるが、その対象は秋萩の「殷紅」に盛んに咲く花と移ろいゆく花であって、歌の初秋という季節を感知し得たこととは大きく異なるし、時期的にも詩は仲秋以後を表すことになろう。

当詩は、起句で全体的なハギの素晴らしさを言ったあと、承句で花の美しさ、転句で紅葉の見事さ、結句でその枝振りの特徴をそれぞれ描写している。後半が対句であり、前半が倒置の句法であってみれば、詩における表現の比重は、承句の花に一番置かれていることになる。

ということは、ハギをテーマとする作品というだけで、内容的には両者はほとんど何の関連もないということであるが、共通点を強いて挙げるとすれば、ハギを中心として、それにまつわる三つの要素を盛り込んでいるところであろう。

五〇番

雁歟声之　羽風緒寒美　促織之　管子纏音之　切切砥為

雁がねの　羽風を寒み　はたおりの　くだまく音の　きりきりとする

【校異】

本文では、第二句の「緒」を、羅山本・無窮会本が「諸」とし、同句の「美」を、講談所本・道明寺本・京大本・大阪市大本・天理本が欠き、下澤本が「羊」とし、第三句の「促織」の後に、藤波家本・講談所本・道明寺本・京大本・大阪市大本・天理本・永青本が「女」を補い、第四句の「管」を、下澤本が「筐」とし、結句の「切切」を、類従本・下澤本・文化写本・藤波家本・講談所本・道明寺本・京大本・大阪市大本・天理本・羅山本・無窮会本・永青本が「切々」とする。

付訓では、第三句の「はたおり」を、講談所本・羅山本・無窮会本が「しつはた」とし、第四句の「まく」を、羅山本・無窮会本が「くる」と訓む。

同歌は、寛平御時后宮歌合（十巻本、秋歌、一〇〇番。ただし初句から第三句「雁がねは風を寒みや機織女（はたおりめ）」）にあり、また古今六帖（第六、虫、はたおりめ、四〇一七番。ただし第三句から結句「はたおりめくだまくこゑのきりきりとなく」）、陽明文庫本袋草紙にも証歌として見られる（ただし「かりかねは風をさむみやはたおりぬくたまく声のきりきりとして」）。

爽候催来両事悲
秋鴻鼓翼与虫機
含毫朗詠依々処
専夜閑居賞一時

爽候《サウコウ》催《もよほ》し来《きたり》て両事《リヤウシ》悲《かな》しぶ。
秋鴻《シウコウ》の翼《つばさ》を鼓《う》つと虫機《チュウキ》と与《ともに》す。
毫《ふで》を含《ふくみ》て朗詠《ラウエイ》す依々《イイ》たる処《ところ》、
専夜《よもすがら》閑居《カンキョ》して一時《イッシ》を賞《シヤウ》す。

【校異】

「秋鴻」を無窮会本「秋鳴」に作る。「与虫機」を羅山本・無窮会本「興虫機」に作るも訓は「トモニス」とあり、元禄九年版本・元禄一二年版本・文化版本・下澤本・詩紀本「与」に「興カ」の校注あり。藤波家本「与機虫」に作って、「上下」の指示あり、京大本・大阪市大本「与虫撖」に作る。「含毫」を、永青本「含豪」に作る。「朗詠」を、羅山本・無窮会本「郎詠」に作り、羅山本は更改符を付けて「朗」を校注し、無窮会本は、「朗」を校注するのみ。「依依」を底本等「依人」に作るも、講談所本・道明寺本・京大本・大阪市大本・天理本・永青本に従う。

【通釈】

爽やかな秋の季節が（秋になったのでそれに相応しくなるようにと風物を）急きたてながらやって来たので、二つの事柄がもの悲しく感じられるようになった。（その二つとは）秋に飛来するカリの羽ばたきとキ

【通釈】
カリが羽ばたく（際に生じる）風が寒いので、キリギリスの、管に糸を巻く（時の音の）ような声が「キリキリ」とすることだよ。

【語釈】
雁がねの　「雁歟声」という表記はカリの声という原義を反映したものであるが、当歌の「雁がね」は次の「羽風」とのつながりからカリそのものを表す。「かりがね」および「かり」については四六番歌【語釈】「鳴く雁がねぞ」および一四番歌【語釈】「雲路に鳴き還る雁」の項を参照。

羽風を寒み　「羽風（はかぜ）」は鳥の羽ばたきによって生じる風のこと。万葉集に例はなく、古今集以降に見られ、新古今集に目立つ。「さよふかくたびのそらにてなくかりはおのがは風やよさむなるらん」（後拾遺集四―二七六）「かりがねのかへるはかぜやさそふらむ過行く峰の花も残らぬ」（新古今集二―一二〇）「秋さればかりのは風に霜ふりてさむきよなよな時雨さへふる」（新古今集五―四五八）などのように、当歌に同じくカリのそれが多いが、他にウグイス（古今集二―一〇九、千載集一―一七）・オシ（拾遺集四―二三二）・ミズトリ（金葉集七―三六四）・アシガモ（新古今集一八―一七〇八）などの例もある。「羽風が寒い」という関係は右掲の後拾遺集や新古今集の例にも認められ、またカリ以外でも「とびかよふをしのはかぜのさむければ池の氷ぞさえまさりける」（拾遺集四―二三二）という例が見られる。「寒し」という形容詞を中心に見てみると、万葉集・八代集をとおして「風」に対して用いる

リギリスの鳴き声とである。慕わしく思って佳句を吟じようと構想を練りながら、一晩中一人静かに座ってこの初秋のひとときを鑑賞する。

【語釈】
1 爽候　おそらくは、秋の爽やかな気候の意の造語。諸本に音合符を持つものがある。用例を知らないが、本集には「野樹斑々紅錦装、惜来爽候欲闌光」（五三番）、「閑対秋林看落葉、何堪爽候索然時」（一一九番）とある。ちなみに嵯峨天皇「秋日皇太弟池亭賦天字」詩に「玄圃秋云粛、池亭望爽天」（『凌雲集』）とある「爽天」も、他の用例を知らない語。　**催来**　何かをせき立てるようにしてやって来ること。呉融「箇人三十韻」詩に「催来両槳送、怕起五糸縈」、法振「句」に「画鼓催来錦臂襄、小娥双起整霓裳」とあるので、「来」は実字。楽府「離別難」に「物候催行客、帰途淑気新」、白居易「聞雷」詩に「瘴地風霜早、温天気候催」とあり、嵯峨天皇「和左大将軍藤冬嗣河陽作」詩に「非唯物色催春興、別有泉声落雲端」（『凌雲集』）とある。本集には「可憐百感毎春催」（一五番）、「渓風催春解凍半」（一二〇番）などとある。　**両事悲**　二つの事柄が悲しく感じられる。「両事」は、王鈞「代牽牛答織女」詩に「新知与生別、由来儻相値。如何寸心中、一霄懐両事」、韓愈「従仕」詩に「居間食不足、従仕力難任。両事皆害性、一生恒苦心」とあり、大江匡衡「請重蒙天裁…奉試詩状」に「幷以両事対一事、是作者之常也」（『本朝文粋』巻七）とある。

2 秋鴻　「秋雁」というに同じ。秋になって北方から飛来する雁。雁の特に大型のものを「鴻」という。離別のイメージをもって詠われるの

場合がもっとも多いが、その「風」は一般的なものであって「羽風」のような限定的かつ想像的なものはごくわずかである。一方、カリとの関係で見ると、「今朝鳴きて行きし雁が音寒みかもこの野の浅茅色付きにける」（万葉集八―一五七八）「雁が音の寒き朝明の露ならし春日の山をにほはすものは」（万葉集一〇―二一八一）、「郭公なく五月雨にうゑし田をかりがねさむみ秋ぞくれぬる」（新古今集五―四五六）などのように、その声を共感覚的に「寒し」と表現する例もある。「寒み」という表現はいわゆるミ語法で、「を」助詞を伴った例としては、「夜を寒み朝戸を開き出で見れば庭もはだらにみ雪降りたり」（万葉集一〇―二三一八）、「吹きまよふ野風をさむみ秋はぎのうつりも行くか人の心の」（古今集一五―七八一）「あき風のややふきしけばのをさむみわびしき声に松虫ぞ鳴く」（後撰集五―二六一）など見られる。当歌では上三句全体で、下二句の事態の原因・理由を表す。

はたおりの　「はたおり」は日本国語大辞典第二版によれば、第一義を「機で布を織ること。また、その人」とするが、その用例は一六世紀のものであり、第二義を「昆虫「きりぎりす（螽蟖）」の古名」として、枕草子の「虫は鈴虫。ひぐらし。蝶。松虫。きりぎりす。はたおり。われから。ひをむし。蛍」を初例とする。「はたおりめ（機織女）」も「はたおり」と同じ二つの意味を有し、第二義の例として和名抄（十巻本）の「促織」の項における「波太於利女」という訓をその例とする。当歌の「促織」を「はたおり」と訓むのもそれに準じるもので、【校異】に示したように、この下に「女」字を補う本文は「はたおり」と「はたおりめ」を同義とみなしたことによると考えられる。いずれにせよ、どち

が一般。沈約「愍衰草賦」に「秋鴻兮疏引、寒烏兮聚飛」、盧照鄰「西使兼送孟学士南遊」詩に「裴回聞夜鶴、悵望待秋鴻」、白居易「秋江送客」詩に「秋鴻次第過、哀猿朝夕聞」、大江朝綱「為清慎公報呉越王書」に「南翔北嚮、難付寒温於秋鴻、東出西流、只寄瞻望於暁月」（『本朝文粋』巻七、『和漢朗詠集』恋）とある。　**鼓翼**　鳥が羽ばたいて飛ぶこと。動詞としての用法が一般。成公綏「鴻雁賦」に「軒翥鼓翼、抗志万里」（『藝文類聚』鴻）、張衡「帰田賦」に「王雎鼓翼、鶬鶊哀鳴」（『文選』巻一五）とあり、本集にも「秋天飛翔雁影見、翼鼓高翥聞雲浦」（一九八番）とあり、和歌表記にも「翼鼓替芝（ハネウチカハシ）」（一九八番）とある。　**与虫機**　「与」に「トモニス」の意が無いわけではないが、ここは文脈上「ト」と読むべきところ。「虫機」の用例を知らないが、おそらくはキリギリスの鳴くことの意。「古詩十九首其七」詩に「明月皎夜光、促織鳴東壁」（『文選』巻二九）とあり、その李善注に「春秋考異郵曰、立秋趣織鳴。宋均曰、趣織、蟋蟀也。立秋女功急、故趣之。礼記曰、季夏、蟋蟀在壁」とあり、謝恵連「擣衣」詩に「粛々莎雞羽、烈々寒螿啼」（『文選』巻三〇）とあるその李善注に「毛詩曰、六月莎雞振羽。一名促織、一名絡緯、一名蟋蟀」とあるように、「蟋蟀」（コオロギ又はキリギリス）は、鳴く時期とその声から、機織りを促す虫とされた。唐代になっても、王維「宿鄭州」詩に「虫思（一作鳴）機杼悲（一作休）、雀喧禾黍熟」、王建「当窓織」詩に「草虫促促（一作織）機下啼（一作鳴）、両日催成一匹半」、白居易「寓意詩五首其三」詩に「促織不成章、提壺但聞声」、張喬「促織」詩に「念爾無機自有情、迎寒辛苦弄梭声」などの表現があり、菅原清公「賦得絡緯無機応製」詩

らの語も万葉集・八代集には見られず、あるのは八代集における「秋くればはたおる虫のあるなへに唐錦にも見ゆるのべかな」（拾遺集三―一八〇）と「ささがにのいとひきかくる草むらにはたおるむしのこゑきこゆなり」（金葉集三―二一九）という二例の「はたおる虫」である。ただ、古今六帖には「はたおりめ」という題で二首あり、そのうちの一首が寛平御時后宮歌合所載の同歌で「はたおりめ」、もう一首が「秋くればはたおる虫のあるなへにからにしきにもみゆるのべかな」（古今六帖六―四〇一八）で「はたおる虫」であり、また新撰六帖にも「はたおりめ」の題で五首あり、「はたおる虫」の他、「草の庵に今はたむしのおりかくるこゑのあやなくよわる比かな」（新撰六帖六―二二六三）「あきかぜのさむさにいそぐしづはたをかりてのはらの虫もおるらん」（新撰六帖六―二二六四）のように、「はたむし」や「しづはた」の例も見られる。「しづはた」はもともと倭文（しづ）を織る機のことで、それをキリギリスの意に用いたとみなされ、【校異】で示したように、そのように訓むテキストもある。「古に　ありけむ人の　倭文機の帯解き交へて　廬屋立て　妻問ひしけむ…」（万葉集三―四三一）、「しづはたに思ひみだれて秋の夜のあくるもしらずなげきつるかな」（後撰集一三―九〇二）など、万葉集や八代集における例は原義であって、キリギリスの意では用いられていない。一方、「きりぎりす」の語はコオロギを表し、四三番歌【語釈】「きりぎりす」の項および【補注】に記したように、古今集以降に見られ、「はたおる虫」よりも数多く用いられている。

くだまく音の　「くだ（管）」は機織り用の竹や木で作った道具で、梭（ひ）に張った縦糸（経）の間に横糸（緯）を通すために、その糸を巻に「細緯元無杼、疎経不待機」（『文華秀麗集』巻下）とある。

3含毫　筆を口に含んで、絵や文章の構想を練ること。陸機「文賦」に「或操觚以率爾、或含毫而邈然」（『文選』巻一七）とあり、李善は「毫、謂筆毫也。王逸楚辞注曰、鋭毛為毫也」という。李嶠「筆」詩に「握管門庭側、含毫山水隈」、銭起「春夜過長孫繹別業」詩に「含毫凝逸思、酌水話幽心」、権徳輿「奉酬張監閣老…簡南省僚旧」詩に「枉歩歓方接、含毫思又縈」とあり、安部広庭「春日侍宴」詩に「濫吹陪恩席、含毫愧才貧」（『懐風藻』）、紀長谷雄「八月十五夜陪菅師匠望月亭同賦桂生三五夕」詩序に「莫不登高望遠、含毫瀝思」（『本朝文粋』巻八）とある。**朗詠**　声清らかに詩文などを吟じること。孫綽「遊天台山賦」に「凝思幽巌、朗詠長川」（『文選』巻一一）とあり、李善は「朗、猶清徹也」という。劉禹錫「和宣武令狐相公郡斎対新竹」詩に「欹枕間看知自適、含毫朗詠与誰同」、劉叉「作詩」詩に「朗詠豁心胸、筆与涙倶落」とある。島田忠臣「五言禁中瞿麦花詩三十韻」詩序に「但古今人朗詠殆少、蓋此花生大山川谷、不在好家名処」（『田氏家集』巻下）、菅原道真「牡丹」詩に「朗詠叢辺立、悠々忘日斜」（『菅家文草』巻五）とある。**依々処**　「依々」は、慕わしく思うこと。京大本・大阪市大本・天理本・永青本に「タル」の訓点がある。李陵「答蘇武書」に「望風懐想、能不依依」（『文選』巻四一）、蘇武「詩四首其二」詩に「胡馬失其群、思心常依依」（『文選』巻二九）とあり、李善は「依依、思恋之貌也」という。「処」は「時」と同義。刀利宣令「秋日於長王宅宴新羅客」詩に「新知未幾日、送別何依依」（『懐風藻』）、桑原宮作「伏枕吟」に「撫孤枕以耿耿、陟屺岵而依依」（『凌雲集』）、小野美材「七夕代牛女

いておくものをいう。したがって「くだまく」とは、管に緯とする糸を巻き付けることを表すと考えられる。「くだ」は「…吹き鳴せる　小角（くだ）の音も　あたみたる　虎か吼ゆると　諸人の　おびゆるまでに…」（万葉集二―一九九）という別義の一例があるのみで、他には万葉集にも八代集にも見出させない。「まく（巻）」は万葉集ではもっぱら「玉を手に巻く」という表現に用いられ、八代集にはきわめてわずかで、「くだ」はもとより糸に関する例も見当たらない。和名抄（十巻本）には「維筟」の項に「久太」という和名とともに「新撰万葉集亦用之」という説明があり、当歌の例を指すと見られる。なお「くだまき（虫）」で、クツワムシやキリギリス科の虫を表すこともあるようである。

きりきりとする　「きりきり」は日本国語大辞典第二版では「物のきしってまわる音、歯をくいしばる音やさまなどを表す語」と説明し、その初例として古今六帖所載の同歌を挙げるが、万葉集や八代集には見られない。「くだまく音」とのつながりで言えば、管に糸を巻く時に発生する音になろうが、「はたおり」をキリギリスとするならば、この「きりきり」はその鳴き声も表していることになる。「きりぎりす」はおそらく、この「きりきり」という擬声語に基づいて出来た語であろう。

【補注】

当歌は【語釈】で確認したように、和歌には非常に稀れな語によって構成されている。とりわけ三句目以降がそうで、他に例がほとんど認められない。そもそも「きりきり」のような擬声語を用いること自体、有心歌では避けられるものであって、その意味では、四三番歌と同様、誹

惜暁更応製」詩序に「二星適逢、未叙別緒依依之恨」（『本朝文粋』巻八、『和漢朗詠集』七夕）とある。異文「依人」は、他の人に付き従って、の意。厳維「荊渓館呈丘義興」詩に「失路荊渓上、依人忽暝投」、戎昱「苦辛行」詩に「風塵之士深可親、心如鶏犬能依人」、橘直幹「請被特蒙天恩兼任民部大輔闕状」に「依人而異事、雖似偏頗、代天而授官、誠懸運命」（『本朝文粋』巻六）とあり、本集にも「秋来変改併依人、草木栄枯此尚均」（七八番）とあるも、いま文脈上から採らない。

4 専夜　『礼記』内則に「故妾雖老、年未満五十、必与五日之御」とあるその鄭注に「五日一御、諸侯制也。諸侯取九女、姪娣両両而御、則三日也。次両媵、則四日也。次夫人専夜、則五日也」とあるように、本来は、妻一人が一晩中夫と共に過ごすこと。白居易「長恨歌」詩に「承歓侍宴無間暇、春従春遊夜専夜」、同「昭君怨」詩に「只得当年備宮掖、何曾専夜奉幃屏」とある。ちなみに中国詩におけるこの語の利用は、白詩の二例のみ。ただしここでは単に、一晩中〜する、の意で、菅原道真「臨別送鞍具総州春別駕」詩に「涙落分鑣専夜雨、心悲結軼欲秋風」（『菅家文草』巻二）、菅原道真「客館書懐同賦交字寄渤海副使大夫」詩に「度春欲見心如結、専夜相思睫不交」（『菅家文草』巻五）とあるのを初め道真詩には四例を見るが、すべてここと同意に用いている。藤波家本・講談所本・道明寺本・京大本・大阪市大本・天理本は音合符を持つも、元禄九年版本・元禄一二年版本・文化版本には、訓合符があるので、「ヨモスガラ」と訓んでおく。　**閑居**　一人心静かに暮らすこと。「間居」とも。潘岳「閑居賦」に「於是退而閑居于洛之涘。身斉逸民、名綴下士」（『文選』巻一六）、曹植「雑詩六首其五」詩に「閑居非吾志、甘

諧歌的な趣向とみなされる。

下三句は文字どおりの意味で、つまり「機を織る人の、管に糸を巻く音がきりきりとする」と解釈することも不可能ではない。上二句との関係においても、要するに寒くなってきたので着物を作ろうとしていることになる。しかしそのようにとらえがたいのは、「促織」と表記してあることと、そして「雁がねの羽風」とのバランスからである。

本集に先行する寛平御時后宮歌合の、現存テキストにある「機織女」という表記なら、元来の「はたおりめ」という人間（女性）を表しうるが、本集が「促織」と表記し直したとき、その語が虫を示すことを明らかにしようとしたと言える。もともと「はたおり」などの語がキリギリスのことも意味するようになったのは、この「促織」が契機になったのではないかと考えられる。

ただし、「促織」は虫が人に冬着の支度を促すように鳴くとみなしたところからの命名であるのに対して、当歌における「はたおり」の場合は、「くだまく音のきりきりとする」のように、人のそのような行為そのものになぞらえて、鳴き声が表現されている。

「雁がねの羽風」とのバランスとは、【語釈】にも述べたが、そのような限定的かつ想像的な風を、管を巻くという人間の現実の行為の原因・理由とするのはいかにも不自然であり、虫が鳴くことを擬人的行為としてとらえる方が、見立てとしての原因・理由に釣り合うのではないかということである。

※　九月九日眺山川、帰心帰望積風煙。他郷共酌金花酒、万里同悲鴻雁天。

心赴国憂」（『文選』巻二九）とあるように、本来は官職を引退して静かに生活すること。大神安麻呂「山斎言志」詩に「欲知間居趣、来尋山水幽」（『懐風藻』）、島田忠臣「対竹自伴」詩に「静地閑居伴竹林、自余人事不相侵」（『田氏家集』巻中）、菅原道真「薄霧」詩に「暗記秋天事、閑居独自吟」（『菅家文草』巻二）とあり、本集にも「寂寞閑居絔瑟弾」（一〇四番）とある。**賞一時**　「賞」は、いつくしんで楽しむこと。明皇帝「春日出苑遊矚」詩に「惟願聖主南山寿、何愁不賞万年春」、白居易「曲江」詩に「何人賞秋景、興与此時同」、春日老「述懐」詩に「臨水開良宴、泛爵賞芳春」（『懐風藻』）、紀長谷雄「惜秋翫残菊各分一字応製」詩序に「即賜題目、惜秋翫残菊。蓋賞時変也」（『本朝文粋』巻一一）とある。

【補注】

韻字は「悲」（上平声六脂韻）、「機」（上平声八微韻）、「時」（上平声七之韻）で、六脂と七之は同用なるも、八微は独用なので、押韻に傷がある。平仄には基本的な誤りはない。

承句は、元禄版本の左訓に従っているが、「秋鴻翼を鼓《う》ちて虫機を与にす」（底本）、「秋鴻翼を鼓《う》ちて虫機と与にす」（元禄版本右訓）などあって、一定しない。【通釈】の通りの本来の意味を反映させれば、「秋鴻の翼を鼓つと虫機と」の訓みになろう。

当詩は中国詩の一般的内容とはかなり隔たりがあるように感じられる。というのは、どの作品でもよいが、たとえば

九月九日登玄武山　盧照鄰

※

の場合、「他郷」で重陽の節を迎えねばならない悲しみと、帰郷を切望してもかなえられない悲しみが、同じ異境の地から飛来する「鴻雁」の姿や鳴き声によってより一層増幅されるというのであって、当詩のように悲しみを催させる「鴻」や「虫」を鑑賞して楽しむというのとは、本質的に異なる。漢語「悲」には、和語の「かなし」に相当するような、背反する二義はない。当詩の「悲」は、漢語というよりむしろ和語の「かなし」（せつなくいとおしい）に限りなく近いというべきだろう。

鴻雁を悲や哀と表現するのは、賀蘭進明「行路難五首其五」詩に「群雁裴回不能去、一雁悲鳴復失群」、徐堅「餞許州宋司馬赴任」詩に「辞燕依空遶、賓鴻入聴哀」、皇甫冉「秋夜戯題劉方平壁」詩に「鴻悲月白時将謝、正可招尋惜遙夜」、盧綸「和太常王卿立秋日即事」詩に「鴻雁悲天遠、亀魚覚水清」などなど、それこそ数え切れぬほどあるが、いずれも送別や死別を初めとするさまざまな心情に付託して詠まれる。

また、同様に虫の鳴き声を「悲」や「哀」で表現するのも、王維「宿鄭州」詩に「虫思機杼悲、雀喧禾黍熟」、王昌齢「送十五舅」詩に「夕浦離觴意何已、草根寒露悲鳴虫」、韋応物「過扶風精舎旧居簡朝宗巨川兄弟」詩に「零落逢故老、寂寥悲草虫」、岑参「佐郡思旧遊」詩に「庭槐宿鳥乱、階草夜虫悲」など、これも切りがないが、基本的には鴻雁のそれと変わるところはない。

また、承句の訓について、諸本の和訓では、「秋鴻の翼を鼓って虫機を与にす」または「秋鴻の翼を鼓つと虫機とともにす」が多いが、いずれも難がある。「秋鴻鼓翼」と「虫機」とが起句の「両事」であることは疑問の余地がないので、「与」は「と」と読む以外にあり得ないからである。

【比較対照】

「雁がねの羽風」と「秋鴻鼓翼」、「寒み」と「爽候催来」、「はたおりのくだまく音のきりきりとする」と「虫機」が、それぞれ対応すると考えられるから、この歌詩の対応は、本集の最も基本的な対応パターンと一致することになる。ただ、詩【語釈】にいうように、本来動詞として用いられるのに名詞的な「鼓翼」は、歌の「羽風」という名詞に対応するけれども、「はたおりのくだまく音のきりきりとする」を「虫機」という一語で済ませてしまったのはどういうことなのだろうか。

歌【補注】にいうように、本来の「機織女」を「促織」に変えたとするならば、本集の撰者は「きりきりとする」に、明らかに誹諧的な二重の意味を持たせたことになるのであって、「寒み」という原因と、その結果を表す文脈からも、歌の眼目はこの下三句に集中することになる。それに対して詩は「両事」といい、「与」で二者を結ぶことで、歌の重心とするところを並列化・均等化してしまった。歌は第三句以下がその【語釈】にあるように、従来の表現にない新奇さを求めたとするならば、詩の方は「虫機」という表現こそ一般的でないものの、その【語釈】にあるようにそれが何を意味するかは容易に推察可能なのであり、あるいは歌の新奇さは詩の新奇さではなかったのかもしれない。むしろ和歌表記の「促織」が本来漢詩世界のものであったように、歌の眼目は七言絶句全体の重心となるほどの内容を持たないと漢詩作者が判断したということであろう。詩【語釈】にあげた用例を見れば分かるように、掛詞的な表現も既に存在するわけで、新奇な和歌表現の源泉こそが漢詩世界のものであったわけである。したがって当詩は、歌の翻訳である前二句を前置きとして、後半は一転、それを題材に筆を構えて詩作の構想を練る作者自身を登場させ、秋の風物を鑑賞する抒情性を付加することで作品全体の趣を決定することにしたのだろう。

秋の風物として共通する題材をあつかった和漢の対立は、期せずして七言絶句の本来の機能——機知や叙事よりも抒情・主情を旨とする——をより明確化させたというべきだろう。機知的なものが漢詩にないわけではないけれども、七言という制約はより作者の日常的な内面描写に向かうのが唐詩の一般である。むろんそれと共に、李白に「我覚秋興逸、誰云秋興悲」(「秋日魯郡尭祠亭上宴別杜補闕范侍御」詩)と言わしめるだけの、「悲秋文学」の根強い伝統も忘れてならないことであるが。

五一番

花薄　曾与鞆為礼者　秋風之　吹歟砥曾聞　無衣身者

はなすすき　そよともすれば　秋風の　吹くかとぞ聞く　衣無き身は

【校異】

本文では、第二句の「礼」を、永青本・久曾神本が欠き、結句の「無」を、講談所本・羅山本が「无」、道明寺本が「旡」とする。

付訓では、とくに異同が見られない。

同歌は、寛平御時后宮歌合（十巻本、秋歌、一〇四番）にあり、また後撰集（巻七、秋、三五三番。ただし結句「ひとりぬるよは」）に「寛平御時きさいの宮の歌合に　在原棟梁」として見られる。

【通釈】

穂の出たススキが「ソヨ」と（かすかにでも）音をたてると、（もう寒い）秋風が吹くのかと思って聞くよ、衣の無い自分は。

【語釈】

はなすすき　本文「花薄」の「花」字を「はな」と訓むのは問題ないが、「薄」字の原義は「草木が入りまじって生えているところ」であって、「すすき」とするのは国訓であろう。ただし万葉集にその例は無く、「すすき」は一例（「芒」）を除き万葉仮名で表記されている。「はなすすき」という語は万葉集には一例のみ「めづらしき君が家なる花すすき

蘆花日々得風鳴
更訝金商入律声
従此擣衣砧響聒
千家裁縫婦功成

蘆花《(ロクワ)》日々《(ひび)》風《(かぜ)》を得《(え)》て鳴《(な)》る。
更《(さら)》に訝《あや》しぶ金商《(キンシャウ)》の律《(リツ)》に入《(い)》る声《(こゑ)》かと。
此《(こ)》れ（よ）り擣衣《(タウイ)》砧響《(チンキャウ)》聒《かまびす》し。
千家《(センカ)》裁縫《(サイホウ)》して婦功《(フコウ)》成《(な)》る。

【校異】

「日々」を、底本「日日」に作って上の「日」に「白」の異本注記あり。類従本・羅山本・無窮会本「白々」に作り、類従本に「日々」の異本注記あり。藤波家本・講談所本・道明寺本「白」の異本注記あり。元禄九年版本・文化写本「日日」に作って、前者は「白々」を校注し、後者は上の「日」の右に「白」の異本注記、左に「白々」を校注する。「得風」を永青本・久曾神本「待風」に作る。「更訝」を京大本・大阪市大本・永青本・久曾神本「更訶」に作る。「金商」を永青本「金適」に作る。「砧響」を、講談所本・道明寺本「砥響」に作り、京大本・大阪市大本・天理本「碪響」に作る。「聒」を底本・文化写本・藤波家本「聑」に作り、元禄九年版本に「聑」の校注あり。羅山本「耳」に作って、「聴也」の注あり。「婦功」を永青本・久曾神本「婦切」に作る。

【通釈】

蘆の白い花が毎日風に吹かれて音を立てている。だから風の音がすっ

〔波奈須為寸〕穂に出づる秋の過ぐらく惜しも」（万葉集八―一六〇一）とあるが、「奈」は「太」の誤字とも、「はだすすき」の変化とも言われる。というのも、万葉集では他はすべて「はだ〔波太・婆太・皮〕すすき」あるいは「はた〔者田・旗〕すすき」と訓むからである。一方、古今集以降は「はなすすき」のみで「はだすすき」あるいは「はたすすき」は見られない。そもそも、両者が同一の語であることを推測させるのは、音的類似性もさることながら、「新室のこどきに至ればはだすすき〔波太須酒伎〕穂に出し君が見えぬこのころ」（万葉集一四―三五〇六）「はたすすき〔者田為寸〕穂にはな出でと思ひたる心は知らゆ我も寄りなむ」（万葉集一六―三八〇〇）に対して、「あきの野の草の袂かはなすすき〔花薄〕穂に出て招く袖と見ゆらむ」（本集五二番）「今よりはうゑてだに見じ花すすきほにいづる秋はわびしかりけり」（古今集四―二四二）などのように、ほぼ同一の文脈的用法があって、どちらも穂の出たススキを表すと見られる点にある。なお、「はだすすき」と「はたすすき」についても、「（略）ハダススキという形の存在はたしかであるが、ハタススキとの異同は明らかではない。穂の出る前の皮をかぶった状態をハダススキといい、穂に出て靡くハタススキに対するなどといわれるが、疑わしい」（時代別国語大辞典上代篇）とされる。かりに「はだ（た）すすき」が「はなすすき」に変化したとすれば、そこには「花かつみ・花ざくら・花たちばな」など、それぞれの植物の花を焦点化した複合語からのアナロジーが働いたと考えられる。ところで、穂の出たススキを表す語には別に「をばな」があり、万葉集では「萩の花尾花葛花なでしこが花をみなへしまた藤袴朝顔が花」（万葉集八―一五

かり秋になった音かどうかなどと、どうして疑うことがあろうか（そんな必要はない、もうすっかり秋なのだから）。今日から布地を砧の上に載せて杵でたたくその音がやかましくなる。やがてどの家でもその布を縫い仕立てて、女性たちの仕事が完成する（衣ができる）ことになるだろう。

【語釈】

1 蘆花 蘆の穂に密生する綿状の白い毛のこと。江総「贈賀左丞蕭舎人」詩に「蘆花霜外白、楓葉水前丹」、李白「洗脚亭」詩に「西望白鷺洲、蘆花似朝霜」とあるように、その白さを詠うのが一般。山田三方「秋日於長王宅宴新羅客序」に「寒蟬唱而柳葉飄、霜雁度而蘆花落」（『懐風藻』）、菅原道真「海上月夜」詩に「秋風海上宿蘆花、况復蕭々客望賒」（『菅家文草』巻二）とあり、本集にも「逍遙野外見蘆芒。白花揺動似招袖」（五二番）、「岸辺蘆花孕秋光」（一八七番）とある。**日々** 毎日、日毎に、の意。陳素風「寒食」詩に「西陵古木年々老、南陌風光日々新」（『千載佳句』春興、佚）、菅原道真「白毛歎」詩に「怪来日々形容変、祇是行々世路難」（『菅家文草』巻四）とある。底本等版本には音合符があるが、京大本・大阪市大本・天理本には訓合符がある。異文「白々」は、真っ白な様。韓愈「感春三首其三」詩に「晨遊百花林、朱朱兼白白」、白居易「感白蓮花」詩に「白白芙蓉花、本生呉江濆」とある。上項に述べたように、蘆花の属性からすれば異文の方がふさわしいが、「更訝」の強く確定的な物言いからすれば、「日々」でなければならない。おそらく字形の類似と蘆花の属性の一般化から来る誤り。**得風**

三八）「秋の野の尾花が末を押しなべて来しくも著く逢へる君かも」（万葉集八―一五七七）など、「はだ（た）すすき」よりも用例が多くあり、八代集でも「秋の野のをばなにまじりさく花のいろにやこひむあふよしをなみ」（古今集一一―四九七）「誰きけと鳴く雁金ぞわがやどのを花が末を過ぎがてにして」（後撰集七―三六一）など、「はなすすき」と同程度見られる。また、「さ雄鹿の入野のすすき初尾花いつしか妹が手を枕かむ」（万葉集一〇―二二七七）「はだすすき尾花逆葺き黒木もち造れる室は万代までに」（万葉集八―一六三七）のように、「すすき」や「はだすすき」と「をばな」の両方が用いられている例もある。両者の違いとしては、前者が「穂（に出づ）」を取り立てることが多いのに対して、後者はその「末」や「白露」を表現することが目立つ。ちなみに古今六帖には歌題としては「すすき　しのすすき」が挙げられ、例歌一九首中一二首に「はなすすき」、五首に「をばな」が詠み込まれている。

そよともすれば　「そよ」は擬音語で、「《サヤの母音交替形》葉などが動いてかすかに立てる音」（岩波古語辞典）。万葉集に、当歌と同じくススキに関して「…はたすすき　本葉もそよ（其世）に　秋風の　吹き来る夕に…」（万葉集一〇―二〇八九）とある他、「枕」（万葉集一二―二八八五）や「征矢」（万葉集二〇―四三九八）の例も見られる。八代集には後撰集所載の同歌を除けばススキに関する例はないものの、植物に関して「ひとりして物をおもへば秋のよのいなばのそよといふ人のなき」（古今集一二―五八四）の「いなば」や、「いつしかとまちしかひなく秋風にそよとばかりもをぎのおとせぬ」（後拾遺集一六―九四九）の「をぎ（荻）」などの例が見られ、「其よ」という感動詞との掛詞になっ

鳴　風に吹かれて音を立てる、の意。傅咸「贈何劭王済」詩に「槁葉待風飄、逝将与君違」（『文選』巻二五）とあるが、李善は『毛詩』鄭風・蘀兮の「蘀兮蘀兮、風其吹女」とある鄭箋に「木葉槁、得風乃落」とあるのを指摘する。従って異文「待風」もほぼ同義。また『楚辞』九章・悲回風の「聴波声之洶洶」の王逸注に「水得風而波」とある。慶滋保胤「花樹数重開」詩に「繞樹剰看因雨綻、満林還恐得風翻」（『類題古詩』重）、菅原雅規「叢香近菊籬」詩に「不待風伝薫自到、更因日暮色弥芳」（『類題古詩』近）とあり、後者は「待」に「得」の異文がある。紀長谷雄「風中琴賦」に「琴得風而危絃弥緊、風加琴而苦調更清」（『本朝文粋』巻一）とある。また李白「送別」詩に「送君別有八月秋、颯颯蘆花復益愁」、許渾「遊銭塘青山李隠居西斎」詩に「蘭葉露光秋月上、蘆花風起暮潮来」（『千載佳句』秋興）などと、「蘆花」が風に鳴る音や揺れる姿をとらえる。

2 更訝　「更」は、俗語。「豈」と同義。ただし、それに対応する適訓はない。「訝」は、怪しみ疑うこと。底本等「アヤシフ」、元禄九年版本・元禄一二年版本・文化版本等「(いぶ) カル」の訓あり。梁・簡文帝「雪裏覓梅花」詩に「絶訝梅花晩、争来雪裏窺」（『藝文類聚』『初学記』梅）、元稹「贈童子郎」詩に「楊公莫訝清無業、家有驪珠不復貧」（『千載佳句』幼智）とある。中国詩には「更訝」の語例を知らないが、本集には「寒風粛々雪封枝、更訝梅花満苑時」（九八番）、「松風緒張韻類曲、更訝邕良琴瑟響」（一七四番）と三例を数えるほか、日本漢詩には島田忠臣「仲春釈奠…左氏艶而富」詩に「看来更訝開珍蔵、聴得初知向艶陽」（『田氏家集』巻下）、源為憲「雑樹花難弁」詩に「着霞更訝紅

ている。当歌の用法に掛詞はとくに認められない。

秋風の　四三番歌【語釈】「秋風に」の項を参照。

吹くかとぞ聞く　秋風とススキとの関係を詠んだ歌は万葉集にも八代集にも見られるが、もっぱら、秋風によって、穂が出ることやなびくことを取り上げたもので、その音に関しては、前掲の「…はたすすき　本葉もそよに　秋風の　吹き来る夕に…」（万葉集一〇―二〇八九）や「わが恋はをばな吹きこす秋かぜのおとにはたてじみにはしむとも」（千載集一一―六七一）がある程度である。他の植物では「葦辺なる荻の葉さやぎ秋風の吹き来るなへに雁鳴き渡る」（万葉集一〇―二一三四）、「きのふこそさなへとりしかいつのまにいなばそよぎて秋風の吹く」（古今集四―一七二）「秋風の草葉そよぎてふくなへにほのかにしつるひぐらしのこゑ」（後撰集五―二五三）など「さやぐ」「そよぐ」という擬音語を元にした動詞が用いられた例や、「住の江の松を秋風吹くからにこゑうちそふるおきつ白波」（古今集七―三六〇）「秋風の吹くにつけてもとはぬかな荻の葉ならばおとはしてまし」（後撰集一二―八四六）など、「こゑ」や「おと」を用いた例が見られる。また、当歌ではススキの「そよ」という音によって秋の風つまりは秋の到来に気付くという設定であるが、同様のあるいはそれをふまえた例は万葉集にはなく、八代集になって「秋風にあひとしあへば花すすきいづれともなくほにぞいでぬる」（後撰集七―三五二）「花すすきほにいづる事もなきものをまだき吹きぬる秋の風かな」（後撰集一二―八四〇）「秋きぬとかぜもつげてし山ざとになほほのめかす花すすきかな」（千載集四―二四五）などの例が見られる。「吹くかとぞ聞く」における助詞の「か」も「ぞ」も、秋

桃臉、望雪寧分粉杏鰓」（『類題古詩』不弁）とある。

金商　秋風がもたらす強く清らかな音のこと。時に秋の異称としても用いられる。「金」は五行の一つで季節では秋、音階では商に当たり、「商」も五音（中国音楽の基本音階）の一つで、五行では金、季節では秋に当たるので。鍾会「菊花賦」に「挺葳蕤於蒼春兮、表壮観乎金商」（『藝文類聚』菊）、唐・高宗皇帝「九月九日」詩に「端居臨玉扆、初律啓金商」とある。菅原清公「秋夜途中聞笙」詩に「金商繞曲秋声亮、玉管成文夜響清」（『凌雲集』）、大江以言「但喜煩暑避」詩に「日催烏羽炎暉去、風報金商気味幽」（『新撰朗詠集』晩夏）とある。

入律声　「入律」とは、季節の到来を意味する。古代では律管中の葭灰が飛動して季節の到来を知らせたことから。『後漢書』律歴志などに詳しい。また八番詩【補注】を参照のこと。「律管」はまた、音調の基準を示す竹の管でもあるので、「入律」は、楽器の調音が終わってその基準の音になったことをも意味する。陸倕「新刻漏銘序」に「河海夷晏、風雲律呂」（『文選』巻五六）とあり、李善は『十洲記』に「常占東風入律、十旬不休」とあるのを指摘する。柳道倫「賦得春風扇微和」詩に「青陽初入律、淑気応春風」とある。底本始め版本は「律―声に入かと」と訓じ、大半の諸写本は「律の声に入かと」と訓ずるが、いま元禄九年版本・元禄一二年版本の左訓に従う。

3 擣衣　布を柔らかくしつやを出すために、衣を砧の上に載せて杵でたたくこと。魏・曹毗「夜聴擣衣」詩に「繊手畳軽素、朗杵叩鳴碪」（『藝文類聚』衣装）、白居易「雪中即事」詩に「舞鶴庭前毛稍定、擣衣砧上練新鋪」（『千載佳句』雪）、公乗億「長安八月十五夜」賦に「織錦機中、已弁相思之字、擣衣砧上、俄添怨別之声」（『和漢朗詠集』十五

風（＝秋の到来）に対する詠嘆を表している。

衣無き身は　「ころも（衣）・無し・身」のそれぞれの語は万葉集にも八代集にも見られるが、同一の表現はもとより三語を含む例も認められない。後撰集所載の同歌はこの句を「ひとりぬるよは」として、秋の部立の歌ながら恋歌的な設定にして、「秋風」の「あき」に「飽き」の含みを持たせる。当歌は、秋という季節との関係で、たとえば「棚機の五百機立てて織る布の秋さり衣誰か取り見む」（万葉集一〇―二〇三四）や「夜をさむみ衣かりがねなくなへに萩のしたばもうつろひにけり」（古今集四―二一二）「さよふけてころもしでうつこゑきけばいそがぬ人もねられざりけり」（後拾遺集五―三三六）などのように、秋になって肌寒くなると衣服を作ったり借りたりすることを詠んだものがあり、このような状況を背景として成り立っているとみなされる。すなわち、防寒用の衣服を用意していない身（＝自分）にとって、秋風（＝秋の到来）はひとしお敏感に感じられるということである。なぜその用意がないのかについては不明であるが、『注釈』は「無衣」という漢語に拠るものとみなし、「冬の衣服の用意がないというのも、男が旅の途次にあるとしてのこと」と推測する。「〜身は」という形で歌末となる表現は万葉集にはなく、八代集に「花がたみめならぶ人のあまたあればわすられぬらむかずならぬ身は」（古今集一五―七五四）「ふじのねのもえわたるともいかがせむけちこそしらね水ならぬ身は」（後撰集一〇―六四八）「折からにいづれともなき鳥のねもいかがさだめむ時ならぬ身は」（拾遺集九―五一二）など、三代集に集中して見られる。

夜）とあり、桑原腹赤「和滋内史秋月歌」詩に「漢辺一雁負書叫、外城千家擣衣声」（『文華秀麗集』巻下）、良岑安世「重陽節神泉苑賦秋可哀」賦に「家々畏兮朔方気、戸々起兮擣衣声」（『経国集』巻一）とある。

砧響聒　「砧響」は、杵で砧を打つ音。謝恵連「擣衣」詩に「櫚高砧響発、楹長杵声哀」（『文選』巻三〇）、杜甫「秋野五首其四」詩に「砧響家家発、樵声箇箇同」とある。異文「碪響」も、『玉篇』が「砧、同碪」というように同音同義の語。底本等版本には音合符があるが、京大本・大阪市大本・天理本・羅山本・無窮会本などには「砧の響き」の訓点がある。「聒」は、やかましいこと。『楚辞』九思・疾世に「鴳雀列兮譁讙、鴝鵒鳴兮聒余」とあり、王逸は「多声乱耳為聒」と注する。郭璞「江賦」に「千類万声、自相喧聒」（『文選』巻一二）とあり、李善は『説文』の「聒、讙語也」を引用する。菅原道真「沙庭」詩に「不須詩酒来喧聒、為是我開白菊華」（『菅家文草』巻二）、源為憲「請殊蒙天恩因准先例兼任式部大輔闕状」に「碩儒満朝、才名聒世」（『本朝文粋』巻六）とある。異文「聑」は『説文』に「小垂耳也」とあるように、小さく垂れた耳のこと。ただし、この本文を持つ諸本も訓は「カマヒスシ」に作るように、「聒」の誤写。

4　千家　千軒の家、たくさんの家、あらゆる家のこと。李嘉祐「早秋京口…時七夕」詩に「千家閉戸無砧杵、七夕何人望斗牛」、銭起「楽遊原晴望上中書李侍郎」詩に「四野山河通遠色、千家砧杵共秋声」、菅原道真「八月十五夜同賦秋月如珪応製」詩に「秋珪一隻度天存、下照千家不定門」（『菅家文草』巻六）とある。**裁縫**　布を裁って着物を縫うこと。劉希夷「擣衣篇」詩に「夢見形容亦旧日、為許裁縫改昔時」、楊凝

【補注】

「はなすすき」を穂の出たスキとすると、それ自体がすでに秋という季節であることを物語っていることになるが、当歌においては、「そよ」というそのかすかな音が、それを引き起こす風が他ならぬ秋の風であることを察知させるものになっている。

八代集における秋部の冒頭歌つまり立秋あるいは初秋を詠んだ歌はすべて風を取り上げてあるが、その取り上げ方には三種類ある。第一には、「あききぬとめにはさやかに見えねども風のおとにぞおどろかれぬる」（古今集四―一六九）という、その音に関する例、第二に、「にはかにも風のすずしくなりぬるか秋立つ日とはむべもいひけり」（後撰集五―二一七）「うちつけにたもとすずしくおぼゆるはころもに秋はきたるなりけり」（後拾遺集四―二三五）「とことはにふくゆふぐれのかぜなれどあきたつ日こそすずしかりけれ」（金葉集三―一五六）「あききぬときつるからにわがやどの荻のはかぜの吹きかはるらん」（千載集四―二二六）のように、その涼しさ（寒さ）に関する例でもっとも多く、第三に、「やましろのとばたのおもをみわたせばほのかにけさぞ秋かぜはふく」（詞花集三―八二）「神なびのみむろの山のくずかづらうらふきかへす秋はきにけり」（新古今集四―二八五）のように、視覚的な例である。

これらに照らして当歌を考えてみると、第四句までは第一の聴覚的な感知であるのに対して、唐突とも思える結句は第二の触覚（温度感覚）的な感知に基づいたものであろう。とすれば、当歌は他例とは異なり、聴覚と触覚を関連させて秋の到来を表したものと言える。

「秋夜聴擣衣」詩に「砧杵聞秋夜、裁縫寄遠方」とある。菅原道真「依言字重訓裴大使」詩に「手労機杼営求断、心任裁縫委曲存」（『菅家文草』巻二）、藤原衆海「秋夜書懐呈諸文友兼南隣源処士」に「宛如宿禰裁縫女、其奈朝臣造作工」（『本朝文粋』巻一二）とあり、本集にも「裁縫無刀尺仙服」（一五七番）、「蓬莱楼閣好裁縫」（一七一番）とある。

婦功成　「婦功」とは、『孔子家語』本命解に「霜降而婦功成、嫁娶者行焉」とあり、また『礼記』昏義の「婦功」の「糸麻也」という鄭注や、『周礼』冬官考工記に「治糸麻以成之、謂之婦功」とあるのを見れば、本来養蚕や機織りなどの女官の仕事をいい、晩秋（『礼記』月令に「季秋之月…霜始降」とある）にそれを完成させるものであった。ただし、この語の韻文の用例を日中ともに知らない。異文「婦切」は、字形の類似から来る誤り。

【補注】

韻字は「鳴」（下平声十二庚韻）、「声」（下平声十四清韻）、「成」（下平声十四清韻）で、十二庚と十四清は同用。平仄にも基本的な誤りはない。

契沖の書き入れには「詩云、豈曰無衣、又云九月授衣」とある。とすれば、和歌の末句「衣無き身は」に対して、漢詩は「どうして衣がないなどと言うのか、九月になれば婦功が成って着物ができてそれを貰えるだろう」と言っていることになる。

【比較対照】

当歌第四句までが詩の前半にほぼ対応しているが、微妙に異なる部分もある。たとえば「はなすすき」を詩では「蘆花」に変えている点である。ともにイネ科の植物であり、花に似た穂を取り立ててはいるものの、ススキとアシでは様態も生息地も異なっている。また歌の第二句から第四句の表現は、かすかな音から秋風（＝秋の到来）を察知するという程度なのに対して、詩の「得風鳴」や「更訝」などの表現は、明白な事実関係として示している点である。

歌の結句には、詩の後半が対応することになろう。ただし、結句がそのまま詩の後半に表現されたわけではなく、詩【補注】にも言及があるように、衣に関するいわば問答的な対応である。「衣無き身は」がなぜ秋という季節に関係するかは歌【語釈】および【補注】で述べたとおりであり、それに対して、詩の後半はその背景となる秋の一般的状況を表すことにより、問答的な性格を帯びることになるわけである。

ちなみに、擣衣そのものを詠み込んだ歌は万葉集にはなく、八代集でも前掲の「さよふけてころもしでうつこゑきけばいそがぬ人もねられざりけり」（後拾遺集五―三三六）が早く、「さよふけてきぬたのおとぞたゆむなる月をみつつや衣うつらん」（千載集五―三三八）「みよしのの山の秋かぜさよふけて古郷さむく衣うつなり」新古今集五―四八三）など、千載集や新古今集に偏っている。

当歌詩全体を問答的な対応関係として見てみると、歌の第四句までと詩の前半も同様にとらえられなくもない。つまり、秋の到来が察知されるどころでなく、今はもうたしかに秋なのだ、というふうに。このようなとらえ方ができるならば、当歌詩は、四七番の歌詩と同様の贈答歌的な対応の試みと言えるかもしれない。

五二番

秋之野野　草之袂歟　花薄　穂丹出手招　袖砥見湯濫

秋の野の　草の袂か　はなすすき　穂に出でて招く　袖と見ゆらむ

【校異】

本文では、初句の「野野」を、類従本・下澤本・藤波家本・講談所本・道明寺本・京大本・大阪市大本・天理本・羅山本・無窮会本が「野々」、永青本・久曾神本が「野之」とし、第二句の「袂」を、類従本が「袂」、羅山本・無窮会本が「衩」とし、第四句の「穂」を、底本と文化写本が「穂」とするが他本により改め、結句末の「濫」を、京大本・大阪市大本が「監」、天理本が「藍」とする。

付訓では、とくに異同が見られない。

同歌は、寛平御時后宮歌合（十巻本、秋歌、八六番）にあり、また古今集（巻四、秋上、二四三番）に「寛平御時きさいの宮の歌合のうたありはらのむねやな」として、また古今六帖（第六、草、すすき、三七〇一番、あり原のむねやな）にも見られる。

【通釈】

秋の野の草の袂なのか、花薄は。（だから）穂になって（目立つように人を）招く袖と見えるのだろう。

秋日遊人愛遠方
逍遙野外見蘆芒
白花揺動似招袖
疑是鄭生任氏嬢

秋日《(シウジツ)》遊人《(イウジン)》遠方《(ヱンパウ)》を愛《(あい)》す。
野外《(ヤグヮイ)》に逍遙《(セウエウ)》して蘆芒《(ロバウ)》を見《(み)》る。
白花《(ハククヮ)》揺動《(エウドウ)》して招《まね》く袖《(そで)》に似《(に)》たり。
疑《(うたがふ)》らくは是《(こ)》れ鄭生《(テイセイ)》任氏《(ジンシ)》が嬢《(をみな)》。

【校異】

「蘆芒」を藤波家本・講談所本・道明寺本・京大本・大阪市大本・天理本・羅山本・無窮会本・永青本「蘆英」に作り、久曾神本「蘆芙」に作る。類従本「芒」に「英」の異本注記があり、天理本「英」に「本ノママ」の注記がある。文化写本「蘆芼」に作って、「芒群」「英イ群」の注記がある。「白」に、底本・文化写本・藤波家本・講談所本・京大本・大阪市大本・天理本「自本乍」の注記がある。「任氏嬢」を底本等「任氏芳」に作るも、いま類従本・羅山本・無窮会本・永青本・久曾神本に従う。底本・文化写本・藤波家本・講談所本・道明寺本・京大本・大阪市大本・天理本「芳」に「嬢本乍」の注記があり、また類従本「嬢」には「芳」の異本注記があり、羅山本・無窮会本にも「芳」の校注がある。また、文化写本には「芳」に「嬢本乍」、「嬢群」、「芳イ群」の注記がある。

【語釈】

秋の野の　四四番歌【語釈】「秋の野は」の項を参照。この句は次句の「草」を修飾するとも「袂」を修飾するともとれる。古今集所載の同歌に対する諸注釈書はその点が不明確であるが、ただ窪田評釈は「秋の野の千草の、その袂」のように、また日本古典文学全集本では「秋の野の草は色とりどりの美しい着物を着ているが、すすきの穂はその袂だ」のように、「草」を修飾するとみなしている。どちらでも大して変わらないとも言えなくないものの、次項に述べるように、「袂」が見立てであるなら、部分としての袂を含む全体つまり衣服に相当するのは何かという問題がある。窪田などのように解釈すれば、「はなすすき」が袂であり「秋の野の草」全体が衣服に相当することになり、実際上の妥当性はともかく、表現上は整合する。

草の袂か　前項で触れたように、「草（くさ）」は特定のものではなく、「はなすすき」に対して、「秋の野」に生えているもの一般をさすとみなす。「袂（たもと）」は「た（手）＋もと（本）」で、元来は身体部位を表したようであるが、手首のあたりとも、肩から肘までとも言われ、明らかでない。これは、その部位を特定できるような用例が認めがたいからであり、しかも後に取り上げる、「袖」とも関わって衣服の一部を表すと受け取れる場合も少なくないからである。万葉集における「たもと」はその多くが、「現には更にもえ言はず夢にだに妹が手本をまき寝とし見ば」（万葉集四―七八四）「河口の野辺にいほりて夜の経れば妹が手本し思ほゆるかも」（万葉集六―一〇二九）などのように、共寝の際の「（相手の）たもとを巻く」、あるいはそれを元にした表現に用いられ

【通釈】

秋、風流人は人里から遠く離れた見知らぬ土地が好きで、林の中を気ままに歩き回るうちにアシの穂先が目に入った。白い花が揺れ動いて、まるで女が袖で手招きをしているようであった。それでそれはあの鄭生と任氏の物語に登場する、狐の化身のうら若い美女ではないかと錯覚してしまった。

【語釈】

1 秋日　秋の日。殷仲文「南州桓公九井作」詩に「独有清秋日、能使高興尽」（『文選』巻二二）、武元衡「秋日出遊偶作」詩に「黄花丹葉満江城、暫愛江頭風景清」とあり、釈智蔵「秋日言志」詩に「気爽山川麗、風高物候芳」（『懐風藻』）、桑原腹赤「秋日於友人山荘興飲探得簷字」詩に「聞有幽栖地、捫蘿試一瞻」（『凌雲集』）、菅原道真「晩望東山遠寺」詩に「秋日閑因反照看、華堂挿著白雲端」（『菅家後集』）とある。なお、京大本・大阪市大本・天理本には、「日」に「の」の点がある。

遊人　四・九番詩【語釈】該項を参照。また本集に「無限遊人愛早梅」（一一番）とあった。隋・江総「秋日昆明池」詩に「玄沼蕭条望、遊人意緒多」（『藝文類聚』池）、司空曙「九日洛東亭」詩に「風息斜陽尽、遊人曲落間」とはあるけれど、「遊人」の登場は中国詩の場合は春が圧倒的に多い。日本漢詩でも島田忠臣「五年八月雨中上龍門寺」詩に「遊客莫愁人馬湿、龍門無雨不堪登」（『田氏家集』巻中）、菅原道真「紫藤」詩に「栄華得地長応賞、不放遊人任折来」（『菅家文草』巻五）、同「春夕移坐遊花下応製」詩に「九重深処一株花、皆道遊人映紫霞」（『菅家文

ているが、手枕を想定すると、この場合の「たもと」が身体部位ならば、肩から肘のあたりととるのが適当と思われる。一方、「…娘子さびすと韓玉を　手本に巻かし…」（万葉集五―八〇四）や「我が袖は手本通りて濡れぬとも恋忘れ貝取らずは行かじ」（万葉集一五―三七一一）などの例を見ると、手首のあたりをさすと考えられる。衣服との関係で言えば、「…しきたへの　妹が手本を　露霜の　置きてし来れば…」（万葉集二―一三八）「白たへの手本ゆたけく人の寝る熟睡は寝ずや恋ひ渡りなむ」（万葉集一二―二九六三）「風の音の遠き我妹が着せし衣手本のくだりまよひ来にけり」（万葉集一四―三四五三）などは、身体部位とはとりがたく、衣服の一部を示すとみなされ、「我が袖に降りつる雪も流れ行きて妹が手本にい行き触れぬか」（万葉集一〇―二三二〇）という場合は、「そで」と「たもと」は同義で用いられていると言えよう。「たもと」を袖の、とくに下の膨らんだ部分とする例は万葉集には認めがたく、古今集以降の「うれしきをなににつつまむ唐衣たもとゆたかにたてといはましを」（古今集一七―八六五）「みちすがらおちぬばかりにふるそでのたもとになにをつつむなるらん」（後拾遺集一八―一〇七八）などのように、何かを入れて包むものとして表現されていることによる。ところで、当歌の「たもと」は「はなすすき」を衣服の一部として見立てたものであるが、同様の例は万葉集にも八代集にも見当たらず、「神な月時雨にぬるるもみぢばはただわび人のたもとなりけり」（古今集一六―八四〇）「もみぢばやたもとなるらん神な月しぐるるごとに色のまさればー」（拾遺集一七―一一四〇）などのように、紅葉を「たもと」に見立てた例はある。もっともこれらは、当歌が動きを取り立てているのに対

草』巻六）、源為憲「夜花不弁色」詩に「遊人定後婚姿秘、啼鳥栖来妖態蔵」（『類題古詩』不弁）とある。**愛遠方**　「遠方」は、『礼記』王制に「不変、屏之遠方、終身不歯」とあり、鄭玄が「遠方、九州之外」というように、本来は中国の外の蛮人が住む地を意味する。四六番詩にも「聴得帰鴻雲裏色、千般珍重遠方情」とある。古楽府「飲馬長城窟行」に「客従遠方来、遺我双鯉魚」（『文選』巻二七）、「古詩十九首其一七」詩に「客従遠方来、遺我一書札」（『文選』巻二九）とあり、王孝廉「奉勅陪内宴」詩に「海国来朝自遠方、百年一酔謁天裳」（『文華秀麗集』巻上）、菅原道真「入夏満旬過藤郎中亭聊命紙筆」詩に「主人莫怪還先早、為是初来自遠方」（『菅家文草』巻二）とある。

2　逍遙　気ままに歩き回ること。張華「情詩二首其二」詩に「遊目四野外、逍遙独延佇」（『文選』巻二九、『玉臺新詠』巻二、『藝文類聚』閨情）、韋応物「善福精舎答韓司録清都観会宴見憶」詩に「水木澄秋景、逍遙清賞余」とある。菅原道真は「山家晩秋」詩に「若教天下知交意、真実逍遙独此秋」（『菅家文草』巻二）とあるのを初めとして三例ほど用いるが、いずれも『荘子』逍遙游としての用法。本集には「岸前連舟恒逍遙」（一五八番）とある。**野外**　『爾雅』釈地に「邑外謂之郊、郊外謂之牧、牧外謂之野、野外謂之林、林外謂之坰」とあるように、都城の外の城壁に接する耕作地を「郊」といい、その周縁が放牧地で「牧」といい、更にその外周を「野」といった訳で、疏が「言野外之地名林、以其去都邑遠、薪采者少、其地可長平林、因名云也」というように、「野外」とは薪を取る人も稀な僻遠の地を言う。上項の「遠方」に対応する地である。ただし、杜甫「歎庭前甘菊花」詩に「籬辺野外多衆芳、采

して、赤く染まることをポイントにする例である。

はなすすき　五一番歌【語釈】該項を参照。

穂に出でて招く　「穂（ほ）に出（い）づ」は「はなすすき」に関しては穂となって出るの意であり、「招（まね）く」との関係では、人目につくの意を表し、掛詞的な用法となっている。この用法は万葉集から見られ、「はだ（た）すすき」にも「はなすすき」にもその枕詞としての用法もある。「穂に出づ」と表現されるものはススキがほとんどであり、五一番歌【語釈】に示したとおりであるが、他にわずかながら植物としては「石上布留の早稲田の穂には出でず心の中に恋ふるこのころ」（万葉集九―一七六八）、「かれる田におふるひつちのほにいでぬは世を今更に秋はてぬとか」（古今集六―三〇八）、「言に出でて言はばゆゆしみ朝顔の穂には咲き出ぬ恋もするかも」（万葉集一〇―二二七五）、「たそかれののきばの荻にともすればほにいでぬ秋ぞ下にこととふ」（新古今集三―二七七）などが、それ以外では万葉集に「見渡せば明石の浦に燭す火のほにそ出でぬる妹に恋ふらく」（万葉集三―三二六）「鮪突くと海人の燈せるいざり火のほにか出ださむ我が下思を」（万葉集一九―四二一八）という火の例が見られるにすぎない。「招く」は「（手で合図して）相手を呼び寄せる」（岩波古語辞典）の意であるが、万葉集にこの語はなく、八代集には「…花すすき　きみなき庭に　むれたちて　そらをまねかば…」（古今集一九―一〇〇六）「女郎花おおかるのべに花すすきいづれをさしてまねくなるらん」（拾遺集三―一五六）や「ゆふひさすすそののすすきかたよりにまねくやあきをおくるなるらん」（後拾遺集五―三七一）、「やどもせにうゑなめつつぞ我は見るまねくをばなに人やと

擿細瑣升中堂」、張籍「寄府吏」詩に「野外尋花共作期、今朝出郭不相随」、白居易「戯題新栽薔薇」詩に「移根易地莫憔悴、野外庭前一種春」などとあるように、そこは散策や摘花の場でもあった。紀長谷雄「野外秋興」詩に「樵客散帰山路静、旅鴻行尽嶺雲残」（『別本和漢兼作集』巻六）、源順「春日眺望」詩に「一行斜雁雲端滅、二月余花野外飛」（『和漢朗詠集』眺望、佚）、菅原輔昭「遠草初含色」詩に「非唯暖雨江南染、復有和風野外加」（『類題古詩』遠）とある。　**蘆芒**　「芒」とは「ノギ」の古訓があるように、草の葉や稲の穂先などの細い毛のこと。五一番詩【語釈】「蘆花」の項参照。ただし、「蘆芒」の語例を知らないし、異文「蘆英」も「英」の語義および押韻上から不適切なことは明らか。「蘆芒」は、押韻上からの造語。

3 白花　蘆の白い花のこと。五一番詩【語釈】該項を参照。陳陰鏗「和傅郎歳暮還湘州」詩に「棠枯絳葉尽、蘆凍白花軽」（『藝文類聚』行旅）、巨勢識人「奉和春閨怨」詩に「昔時送別秋蘆白、此日愁思春草萋」（『文華秀麗集』巻中）、藤原為時「早涼秋尚嬾」詩に「蘆浦波幽花未白、桂林露宿葉無紅」（『類題古詩』嬾）とある。　**揺動**　ゆれ動くこと。講談所本・道明寺本・京大本・大阪市大本など「揺（ウゴ）キ動（フル）ヒテ」と訓む。晋・傅玄「紫華賦」に「従回風以揺動、紛蘭暢而蕙絮」（『藝文類聚』草香）、劉禹錫「百舌吟」詩に「花樹満空迷処所、揺動繁英墜紅雨」、島田忠臣「見源十七春風扇□和詩□□才華日新」詩に「激揚学海金波漾、揺動詞林珠樹斜」（『田氏家集』巻下）、本集にも「樹根揺動吹不安」（一六〇番）とある。　**似招袖**　手先を袖で隠すようにして、手招きする様子に似ている。張説「三月二十日詔宴楽遊園賦得

まると」（後撰集六―二八九）などのように、ススキに関してのみ用いられている。

袖と見ゆらむ 「袖（そで）」は「そ（衣）＋て（手）」という説があるが、「そ」音の甲乙の異なりから別語源ともされ、麻や麻織物を表す「そ」という説もある。衣服の両腕をおおう部分をさす。これとほとんど同義・同用法で「ころもで（衣手）」という語があり、万葉集から用例が見られるが、「衣手」は「袖」の歌語であるらしく、万葉集の用例は多く恋愛の感情を表現するために用いられている。しかし、八代集では、むしろ恋愛の感情表現は「袖」の方に多く、「衣手」は多く衣の意を表すようになる」（小学館古語大辞典）という。歌における「そで」の用法を分類すると、①「袖を振る」②「袖を交わす」③「袖を返す／袖が返る」④「袖が濡る・ひつ／乾く」など⑤「袖に入る」⑥その他、に分けられる。このうち、もっぱら万葉集に見られるのは①～③であり、そのうち①がもっとも多いのに対して、八代集では④が圧倒的に中心となる。また、「たもと」との関係で言えば、両者が類似した用法を有するのは②と④⑤であって、注目したいのは、①の「あかねさす紫野行き標野行き野守は見ずや君が袖振る」（万葉集一―二〇）「石見のや高角山の木の間より我が振る袖を妹見つらむか」（万葉集二―一三二）などの用法が「たもと」には見られない、つまり「たもとを振る」とは言わないという点である。当歌における「たもと」ではなく「そで」という見立ては、「穂に出でて招く」のが「袖を振る」という動作に類似していることによる。同様の見立てとして、「花見つつ人まつ時はしろたへの袖かとのみぞあやまたれける」（古今集五―二七四）という例がある風字」詩に「長袖招斜日、留光待曲終」、司空図「白菊三首其二」詩に「不辞暫被霜寒挫、舞袖招香即却回」とある。「招袖」と転倒するのはおそらく押韻のため。

4 疑是 以下の疑問を導く常套句。多くの場合「似」や「如」字と同様の比喩として用いられる。宋之問「苑中遇雪応制」詩に「不知庭霰今朝落、疑是林花昨夜開」、李白「静夜思」詩に「床前看月光、疑是地上霜」、藤原道雄「疑是天中梅柳地、雨師風伯獵玄花」（『凌雲集』）、菅原道真「水声」詩に「石稜流緊如成曲、疑是湘妃怨水中」（『菅家文草』巻四）とあり、本集にも「疑是西土鋪恨歟」（二〇六番）とある。**鄭生任氏嬢** 唐代伝奇の代表作の一つ、沈既済「任氏伝」に登場する妖狐の化身である絶世の美女任氏と、その相手の放蕩男の鄭六のこと。「生」は、才学ある者に付す軽い敬称。「任氏伝」の本文では「鄭子」とあり、末尾では「鄭生」とある。「嬢」は若い娘のこと。また、白居易にも「任氏怨歌行」なる作品があったことが、『千載佳句』にその一聯が残ることで知られるように、唐代には広く流布した話であった。異文「任氏芳」でも、押韻上は問題がないが、それでは意味をなさない。源英明「春雨洗花顔」詩に「写得楊妃湯後靨、摸成任氏汗来脣」（『新撰朗詠集』雨、佚）とあり、本集にも「任氏顔貌彷彿宜」（二四二番）とある。

【補注】

韻字は「方・芒・嬢」で、下平声十陽韻。平仄にも基本的な誤りはない。

「任氏伝」にはその初めの部分に「鄭子乗驢而南、入昇平之北門、偶

が、「菊の花の下にて、人の人待てる形を、よめる」という詞書があるように、そもそもの状況が異なっている。歌末の「らむ」は上二句を原因、下三句をその結果として推量することを表している。

【補注】

当歌は寛平御時后宮歌合に出され、古今集にも撰ばれた歌であるから、当時それなりの高い評価を受けたに違いないが、「袂」と「袖」の、しかも「袂」だから「袖」という見立てには重複感を否めない。「袂」と「袖」を衣服の一部としてまったくの同義でない（たとえば「袂」はそのありようを、「袖」はその動きを表す）としても、である。

日本古典文学全集本に「景色の美しさは想像できるが、下の句が説明に堕している」という評があるが、実景として云々よりも全体に擬人化による観念的な傾向が強く、「説明に堕している」とすれば、結果としての下句よりも原因として設定した上句の方であろう。【語釈】で確認したように、下句の「穂に出でて招く」点において「はなすすき」を「袖」に見立てるのには、それなりの妥当性が認められるのに対して、上句の「袂」の見立ては「袖」の見立てを引き出すためだけで、それ自＊

値三婦人行於道中。中有白衣者、容色姝麗。鄭子見之驚悦、策其驢、忽先之、忽後之、将挑而未敢。白衣時時盼睞、意有所受」という一節がある。当詩の「白花」というのは、この「白衣者」（これが任氏）を意味することになろうし、「遠方」「野外」は、任氏と一夜を過ごした後、その邸宅とおぼしきところに戻ってみたときの「窺其中、皆蓁荒及廃圃耳」という風景を連想させるものであったのだろう。

なお、木越隆「『新撰万葉集』上巻の漢詩作者について」（『東京教育大・国語』四―四、一九五六・九）、余田充「任氏伝の一受容形態――『新撰万葉集』上巻秋一〇の解」（『四国女子大紀要』一、一九八二・三）、小島憲之『古今集以前』などを参照のこと。

＊体としての表現の根拠や背景を積極的には認めがたい。

このような植物に対する擬人的な見立ては、その対象を女性とする一種恋歌的な色彩を帯びさせることにもなる。下句の表現の典拠として、唐代小説「任氏伝」あるいは白楽天「任氏怨歌行」のあることが指摘されているが、そうであれば、一層その恋歌性が強まることになるが、逆にそれゆえに一層上句の見立ての存在意義が希薄化するように思われる。

【比較対照】

歌【補注】で言及したように、もし当歌が唐代小説「任氏伝」あるいは白楽天「任氏怨歌行」を典拠として作られたものとするならば、詩結句はいわばその種明かしをしたことになる。当時、当該の小説あるいは詩がどのくらい流布していたか定かではないが、とりわけ白氏文集の普及度を考慮すれば、いやしくも作歌・作詩するレベルの者には知られていたと想像される。しかし、詩【補注】に言うように、「当詩の「白花」というのは、この「白衣者」（これが任氏）を意味することにな」るとしても、それはイメージとしての類似性を見いだした結果であって、もともとスススキであれアシであれ植物と関係するわけではない。

何が言いたいのかというと、当歌については、漢詩文の典拠を想定しなくても、和歌史的にススキの見立て表現として十分成り立ちうるということである。このことにこだわるのは、当歌の典拠が自明であるとしたら、詩は単なる解説にすぎず、あまりに芸がないからである。換言すると、当歌がそれ自体として成り立つ表現であるのに対して、詩がまさに当該詩文との関連性を指摘したととらえる方が、より妙味があるのではないかということである。すくなくとも、本集で何らかの中国故事にもとづく人名が出てくる場合は、「西施潘岳」（四番）をはじめとして、「斎后・伶倫」（二二番）「姮娥」（二三番）「邕郎」（三七番）「許由」（四〇番）「卞氏（和）」（四八・一一二番）「陶氏」（九一番）「夷斉」（九二番）など、程度やあり方はさまざまであるものの、いずれも詩においてはじめて関連付けられたものである。

当歌詩全体の表現上の関係を見てみると、歌の三句目以降に詩の転句がほぼ対応していると言える。歌初句の「秋の野」には詩承句の「野外」が対応するとしても、「袖」とは別の見立ての「袂」に対応する表現は詩には見られない。歌【補注】に述べたような「袂」と「袖」という重複的な関係にある見立ては、詩では無視されたのであろう。詩の前半は後半部分の前提的な状況を、人物を主体として示したものであり、このように歌における自然物主体の表現を変換するのは、本集には他にも多く見受けられる。

五三番

不散鞆　兼手曾惜敷　黄葉葉者　今者限之　色砥見都例者

散らねども　かねてぞ惜しき　もみぢ葉は　今は限りの　色と見つれば

【校異】

本文では、第二句の「兼」を、久曾神本・羅山本・無窮会本・永青本・類従本が「包」とし、同句の「敷」を、永青本・久曾神本が「杵」とし、第三句の「黄葉葉」を、類従本・下澤本・藤波家本・講談所本・道明寺本・京大本・大阪市大本・天理本・羅山本・無窮会本が「黄葉々」、永青本・久曾神本が「黄葉」とし、第四句の「今者」を、道明寺本が欠き、結句の「色」を、底本はじめ講談所本・道明寺本・京大本・大阪市大本・天理本が「缶」とするが他本により改め、同「例」を、永青本・久曾神本が「礼」とする。

付訓では、第一句の「ちらねども」を、藤波家本・道明寺本が「ちらずとも」とする。

同歌は、寛平御時后宮歌合（十巻本、秋歌、九六番）にあり、また古今集（巻五、秋下、二六四番）に「寛平御時きさいの宮の歌合のうた　よみ人しらず」として見られる。

【通釈】

（まだ）散らないのに、もうその前から惜しいことだ、もみじの葉は、今まさに最後の色と思って見てしまうので。

野樹斑々紅錦装
惜来爽候欲闌光
年前黄葉再難得
争使涼風莫吹傷

野樹《ヤシュ》斑々《ハンパン》として紅錦《コウキン》装《よそ》ふ。
惜《をし》み来《きた》る爽候《サウコウ》の闌《かすか》ならむと欲《ほつ》する光《ひかり》。
年前《ネンセン》には黄葉《クヮウエフ》再《ふた》たび得《え》難《かた》し。
争《いか》でか涼風《リャウフウ》をして吹《ふ》き傷《や》ぶること莫《な》からしめむ。

【校異】

「斑々」を底本等「班々」に作るも、元禄九年版本・元禄一二年版本・文化版本・道明寺本・京大本・大阪市大本・天理本・羅山本・無窮会本・永青本・久曾神本に従う。「惜」に講談所本・京大本・大阪市大本・天理本「従」の校注がある。「欲闌光」を京大本・大阪市大本・天理本「無闌光」に作り、永青文・久曾神本「欲聞光」に作る。「莫吹傷」を永青本・久曾神本「莫吹復」に作り「傷歟」の注記有り。

【通釈】

野外の木々がまだら模様となって、紅色の地の錦繡による衣裳をまとったようになったので、爽やかな秋の季節の光景が盛りを過ぎていこうとするのを惜しむことだ。年末までには紅葉はもう得難いことだから、何とかして涼風が木の葉を吹いて傷め落とすことの無いようにさせたいものだ。

【語釈】

散らねども　「散（ち）る」の主体は第三句の「もみぢ葉」であるが、当歌のように、それを打ち消しで表現した例は万葉集には見られず、八代集にも「風ふけばおつるもみぢば水きよみちらぬかげさへそこに見えつつ」（古今集五―三〇四）や「をしむべきみやこのもみぢまだちらぬ秋のうちにはかへらざらめや」（後拾遺集八―四六二）などが見られる程度である。

かねてぞ惜しき　「かねて」はある事柄の生起を前提として、それ以前に、前もっての意を表す。万葉集から用いられ、「…ゆゆしくあらむとあらかじめ　かねて（兼而）知りせば…」（万葉集六―九四八）「かくばかり恋ひむとかねて（可祢弖）知らませば妹をば見ずそあるべくありける」（万葉集一五―三七三九）などのように、「知る」の反実仮想の表現として類型的に多く見られる。当歌の用法に近い例としては「あしひきの山のあらしは吹かねども君なき夕はかねて（予）寒しも」（万葉集一〇―二三五〇）、「神な月時雨もいまだふらなくにかねてうつろふ神なびのもり」（古今集五―二五三）「さくらばなさかばちりなんとおもふよりかねてもかぜのいとはしきかな」（後拾遺集一―八一）などの例がある。「惜（を）し」については、日本国語大辞典第二版の「おしい」の「語誌」に「自然の推移や時間の経過により、変化したり消えつつある対象への、愛着の思いを表わす」とある。当歌の「惜し」の対象となるのは「もみぢ葉」であるが、「かねて」つまり「自然の推移や時間の経過により、変化したり消えつつある」以前という点で、通常の用法とは異なる。しかし万葉集には「うまさけ三輪の社の山照らす秋の黄葉の散らまく惜

【語釈】

1 野樹　人の手を経ずに野外で生長した樹木のこと。梁・虞騫「登鍾山下峯望詩」に「遙看野樹短、遠望樵人細」（『藝文類聚』鍾山）、李嶠「王屋山第之側雑構小亭暇日与群公同遊」詩に「席上山花落、簾前野樹低」、王維「献始興公」詩に「寧棲野樹林、寧飲澗水流」とある。**斑々**　まだら模様の意。「班班」とも。一六番詩【語釈】該項を参照。戴叔倫「過故人陳羽山居」詩に「卻望夏洋懐二妙、満崖霜樹暁斑斑」、小野岑守「雑言奉和聖製春女怨」詩に「庭前隠映茂青草、階上斑斑点碧銭」（『凌雲集』）とある。**紅錦装**　紅色の地の錦繍による衣裳を着る、の意。慶滋保胤「冬日陪左相府少侯書閣同賦落葉波上舟」詩序に「閣東有碧瑠璃之水、水辺有紅錦繍之林」（『本朝文粋』巻一〇）とはあるものの、沙門奉蚌「思故郷」詩に「緑羅剪作三春柳、紅錦裁成二月花」（『千載佳句』春興、佚）、劉禹錫「春日書懐寄東洛白二十二楊八二庶子」詩に「野草芳菲紅錦地、遊糸撩乱碧羅天」（『千載佳句』・『和漢朗詠集』春興）、紀斉名「暮春遊覧同賦逐処花皆好」詩序に「山桃復野桃、日曝紅錦之幅、門柳復岸柳、風宛麴塵之糸」（『和漢朗詠集』春興、『本朝文粋』巻一〇）など、日中共に本来は花の形容として用いられる。なお、四九番詩【補注】参照。

2 惜来　「来」は語勢を強めるための助字で俗語。時に完了などのニュアンスを添える場合もある。ただし、この「惜来」の語の用例を日中共に知らない。異文「従来」では意味をなさない。異文「従来」は、和歌の「かねてぞ」を意識するようにも見えるが、それでは「惜しき」を翻案しないことになるので、採らない。**爽候**　爽やかな秋の季節の意

しも」（万葉集八―一五一七）「もみち葉を散らまく惜しみ手折り来て今夜かざしつ何か思はむ」（万葉集八―一五八六）などのように、「散らまく」すなわち今散っているのではなく、今後散るだろうという推量のもとに「惜し」が用いられているのであり、八代集にも「心もてちらんだにこそをしからめなどか紅葉に風の吹くらん」（拾遺集三―二〇九）のように見られる。

もみぢ葉は　「もみぢ葉」は「もみぢ」と「葉（は）」の複合語であり、その葉を取り立てる点で「もみぢ」と異なる。ただしこの両語は、万葉集でも八代集でもほぼ同程度あり、特に用法上の差があるとは認めがたい。当歌の表現における「もみぢ葉は」は、上句「散らねどもかねてぞ惜しき」と下句「今は限りの色と見つれば」の両方と関わっている。

今は限りの　結句の「色と見つれば」まで射程に入れて、この句を検討してみると、二つの解釈の可能性がある。一つは「「今は限り」の色と見つれば」、もう一つは「今は「限りの色」と見つれば」である。結論から言えば、前者の解釈の方が妥当であろう。前者には、「今は限り」という形で、物事の最後という意味があり、「かりそめのゆきかひぢとぞ思ひこし今はかぎりのかどでなりけり」（古今集一六―八六二）「忘れむといひし事にもあらなくに今は限と思ふものかは」（後撰集一三―九二四）などの例がある。後者は、「今は」は「見つれば」を修飾するととり、「限りの色」という表現を認めるというとらえ方である。「限（かぎ）り」は時間、空間、数量・程度などの極限を表す。一般的には「～のかぎり」の形であり、「かぎりの～」という表現は万葉集にはなく、八代集に「今は」を伴った「かりがねのくもゐはるかにきこえしは

の和製漢語。五〇番詩【語釈】該項を参照。駱賓王「送宋五之問得涼字」詩に「雪威侵竹冷、秋爽帯池涼」などという、「秋爽」などの語からの造語であろう。**欲闌光**　「闌」は、盛りを過ぎて衰微に向かうこと。尽きようとする前の状態をいう。羅山本・無窮会本には、「闌ナント」の訓があるので、「（ツキ）」または「（タケ）」と訓むべき。たとえば、鮑溶「始見二毛」詩に「玄髪迎憂光色闌、衰華因鏡強相看」というのは、黒髪の色つやの衰えをいい、李頎「送司農崔丞」詩に「邑里春方晩、昆明花欲闌」というのは、晩春の花の衰えをいう。姫大伴氏「晩秋述懐」詩に「節候蕭条歳将闌、閨門静閑秋日寒」（『文華秀麗集』巻中）というのは、一年も終わりに近づいたということ。「光」とは、「秋景」「秋光」（秋の輝き、秋の風景）のこと。梁・庾肩吾「山池応令詩」に「閬苑秋光暮、金塘牧潦清」（『藝文類聚』池）、唐・太宗皇帝「秋日即目」詩に「爽気浮丹闕、秋光澹紫宮」、白居易「宿簡寂観」詩に「巌白雲尚屯、林紅葉初隕。秋光引間歩、不知身遠近」などとある。陳子昂「秋日遇荊州府崔兵曹使宴」詩に「林（一作秋）光稍欲暮、歳物已将闌」とある表現に近いか。紀斉名「暮秋陪左相府書閣同賦菊潭花未遍各分一字応教」詩序に「既而白蔵景闌、黄閣歓洽」（『本朝文粋』巻一一）、同「落葉賦」に「至彼涼気半闌、爽籟初起」（『本朝文粋』巻一）とある。異文「無闌光」「欲聞光」では、意味をなさない。

3 年前　年末というのに同じ。底本・藤波家本・講談所本・道明寺本・京大本・大阪市大本・天理本・羅山本・無窮会本「年の前には」の訓点があるが、元禄九年版本・元禄一二年版本・文化版本の音合符を持つ訓に従う。一九番詩【語釈】該項を参照。**黄葉**　秋になって黄色く

今は限のこゑにぞありける」（後撰集一一―七七七）「あまたたびゆきあふさかのせき水に今はかぎりのかげぞかなしき」（千載集一七―一〇五七）、他に「思ひいでて問ふにはあらじ秋はつる色の限を見するなるらん」（後撰集七―四三九）「ながむればおもひやるべきかたぞなき春のかぎりの夕ぐれのそら」（千載集二―一二四）などがあるが、「限りの色」という表現は見当たらない。古今集所載の同歌に対する諸注釈書では、この「限り」を最後とするか最高とするかの二つに分かれる。最後という時間的な意味での「限り」は一般に認められ、「今は限り」という表現もその意味であるのに対して、最高という程度的な意味での「限り」は「限なき君がためにとをる花はときしもわかぬ物にぞ有りける」（古今集一七―八六六）「限なき名におふふぢの花なればそこひもしらぬ色のふかさか」（後撰集三―一二五）などのように、「限りなし」という形で表されるのが普通であり、「限り」だけでは程度の「極限」は示しても「最高」という評価は伴わないので、「限りの色」を「最高の色」という評価表現としてはとりにくい。

色と見つれば　「〜ト見る」という表現については、二一番歌【語釈】「花とや見らむ」の項および二三番歌【語釈】「と見るまでに」の項を参照。類似の表現としては、「わぎもこがくれなゐぞめのいろとみてなづさはれぬるいはつつじかな」（後拾遺集二―一五一）「この葉ちる時雨やまがふ我がそでにもろき涙の色とみるまで」（新古今集六―五六〇）などある。

赤く色づいた木の葉。中国では六朝以前は「黄葉」が主流で、盛唐以後に「紅葉」の表記が多くなる。本集では「黄葉飄々混数音」（五五番）以下、一〇例近い用例を見るが、「紅葉」の表記はない。「黄葉紅色吐叢金」（一八六番）の表現もあるので、「黄葉」の表記が定着していたと見ていいだろう。なお静永健「「黄葉」が「紅葉」にかはるまで――白居易と王朝漢詩とに関する一考察――」（『白居易研究』一、二〇〇〇・五）などを参照のこと。　**再難得**　もう一度手に入れることは難しい、の意。ただし、この語順は漢文法からいえば誤りで、本来「難再得」としなければならない。散文や六朝詩はむろんのこと、平仄を考慮する唐詩においても、杜甫「久雨期王将軍不至」詩に「歳暮窮陰耿未已、人生会面難再得」、銭起「春夜過長孫繹別業」詩に「佳期難再得、清夜此雲林」など、例外はない。紀長谷雄「仁和寺法華会記」にも「人身難可再得、善縁難可□望」（『紀家集』巻一四）とある。

４　争使　「争」は、疑問や反語を表す俗語。「使」は、使役。白居易「遣懐」詩に「遂使四時都似電、争教両鬢不成霜」、白居易「燕子楼其三」詩に「見説白楊堪作柱、争教紅粉不成灰」とあり、具平親王「歳暮思春花」詩に「争教暖雨連宵□、又令和風逐日催」（『類題古詩』思）、源孝道「待月思残菊」詩に「須依亭午能分別、争使籬東快照臨」（『類題古詩』思）とある。本集には「争使蕭郎一処群」（一一二番）とある。

涼風　秋のはじめに吹く寒い北風のこと。『礼記』月令に「孟秋之月、…涼風至、白露降、寒蟬鳴」（『藝文類聚』秋）、『爾雅』に「北風謂之涼風」（『藝文類聚』風）とある。陸士衡「擬古詩十二首 擬明月皎夜光」詩に「歳暮涼風発、昊天粛明明」（『文選』巻三〇）、戴叔倫「登楼望月

【補注】

上句の「散らねどもかねてぞ惜しき」という表現は、万葉集の「散らまく惜し」と同じ発想に基づくものであり、ただ「かねてぞ」とそれを表立たせた点、そして下句でその理由も示した点で特色があると言える。

紅葉が散るのは秋の終盤であるから、「かねて」というのはその前つまり木の葉が「もみぢ葉」と認められる秋の中頃と考えられる。第四句の「今は限り」を一種の慣用句として認めるならば、「今」とはいつかという、その時点にこだわる必要はないが、最後の色ととらえた時、それは何の最後なのかという問題が残る。

もみぢ葉自体に即せば、まだしばらくは散らずにあるのであるから、色が移ろうとしても、最後というのはなじみにくい。その点、【語釈】で取り上げた、「限り」に最高という意味を認めようとする理由があると言える。もみぢ葉自体でなくて、自分の見る最後という考え方もありえよう。つまり、まだこの後も見たいにもかかわらず、見るのは今回が最後ということならば、「惜し」と表現することは考えられる。もっとも、このような考え方をするには、対象となるもみぢ葉が身近にいつで＊

＊も見られるものではないという前提が必要となるが、もとより当歌にこそれを示す表現は見られない。

寄鳳翔李少尹」詩に「陌上涼風槐葉凋、夕陽清露溼寒条」、白居易「秋懐」詩に「涼風従西至、草木日夜衰」、同「秋雨中贈元九」詩に「不堪紅葉青苔地、又是涼風暮雨天」（『千載佳句』暮秋）とあり、安部広庭「五言秋日於長王宅宴新羅客」詩に「蟬息涼風暮、雁飛明月秋」（『懐風藻』）とある。本集には「涼風急扇物先哀」（六三番）とある。**莫吹傷**「吹傷」の語例を日中共に知らないが、涼風が吹いて、美しい紅葉を傷め散らせること。

【補注】

韻字は「装」（下平声十陽韻）、「光」（下平声十一唐韻）、「傷」（下平声十陽韻）で、陽と唐は同用。平仄は結句の「吹」が、仄声でなければならないところが、平声なのでそこに傷がある。

【比較対照】

当の歌と詩は奇妙な対応関係になっている。すなわち、歌の内容は、例によってことばを補足しながら、詩の転句までにほぼ写されていると言えるにもかかわらず、ポイントとするところがまったくズレているのである。

ズレの第一は、歌がいわば点としての表現であるのに対して、詩が線あるいは面の表現になっている点である。たとえば歌の「今は限りの色と見つれば」における、まさにその一時点の問題であるのに、詩の起句は「欲闌」という推移の過程に変えてしまっている。

第二は、第一と関わり、惜しいと思うことおよびその理由は、歌では主体の独自な見方によるものであるのに、詩では一般的な季節のあり方によるものにしている点であり、たとえば転句の「年前」云々は、歌とは決定的に異なっている。

結果的に、詩の方の主意は結句にあるとみなされるが、これは詩で付加された部分であって、当歌における紅葉が散るのを惜しむことはその前提にすぎず、ましてその事情にはまったく立ち入っていない。

したがって、当詩はむしろ、当歌がふまえ、そこからはみだそうとしたはずの、秋の紅葉を惜しむ歌一般にこそよく対応すると言える。

五四番

雁之声者　風丹競手　過礼鞆　吾歟待人之　言伝裳無

雁がねは　風にきほひて　過ぐれども　吾が待つ人の　ことつても無し

【校異】

本文では、初句の「之」を、永青本・久曾神本が「歟」とし、第四句の「歟」を、永青本が欠き、同句末の「之」を、羅山本・無窮会本が欠き、結句末の「無」を、羅山本が「无」とし、永青本・久曾神本がその後に「芝」を加える。

付訓では、初句の「かりがね」を、道明寺本が「かりのね」とし、二句目の「競」を、底本はじめ文化写本・藤波家本・講談所本・道明寺本・羅山本・無窮会本が「きそひ」とするが、元禄九年版本・元禄一二年版本・文化版本・下澤本により「きほひ」と改める。結句の「ことつて」を、羅山本・無窮会本が「をとつれ」とし、同句の「なし」を、京大本・大阪市大本・天理本が「なき」とする。

同歌は、寛平御時后宮歌合（十巻本、秋歌、九二番。ただし初句「かりのねは」第三句「わたれども」結句「ことづてぞなき」）にあり、新古今集（巻五、秋下、五〇〇番）にも「だいしらず　読人しらず」としてある。

【通釈】

カリの声は風と競うようにして（素早く）通り過ぎるけれども、私の

秋雁雝々叫半天
雲中見月素驚弦
微禽汝有知来意
問道丁寧早可伝

秋《あき》の雁《かり》雝々《ヨウヨウ》として半天《ハンテン》に叫《さけ》ぶ。
雲《くも》の中《うち》に月《つき》を見《み》て素《もと》より弦《ゆみはり》に驚《おどろ》く。
微禽《ビキン》汝《なむ》ぢ来意《ライイ》を知《し》ること有《あ》らば、
道《みち》を問《とひ》て丁寧《テイネイ》に早《はや》く伝《つた》ふべし。

【校異】

「雝々」を永青本「鷗々」に作り、久曾神本「邑々」に作る。「叫半天」を京大本・大阪市大本・天理本「叩半天」に作り、天理本は「叫」を校注する。「見月」を永青本「見影」に作る。「素驚弦」を羅山本・無窮会本「索驚弦」に作り、永青本「素驚絃」に作る。底本・元禄九年版本・元禄一二年版本・文化版本・詩紀本・下澤本・文化写本・藤波家本・講談所本・道明寺本・京大本「素」に「最」の異本注記あり。「微禽」を類従本・無窮会本「徽禽」に作って、類従本は「微」を校注する。「微」に元禄九年版本は「徽」を、文化写本は「徽群」を校注する。「汝有」を京大本・大阪市大本・天理本「海有」に作り、天理本には「本ノマヽ」の注がある。「問道」を永青本・久曾神本「遠向」に作り、京大本・大阪市大本・天理本には「達問」の異本注記がある。

【通釈】

秋、南方に仲良く飛んでゆく雁が、上空で急に鋭い声で鳴いた。それ

待っているあの人の（訪れはもとより）伝言もない。

【語釈】

雁がねは　「雁がね」については四六番歌【語釈】「鳴く雁がねぞ」の項を参照。当歌の場合、詠まれた状況や後続の表現などを勘案して、カリそのものではなく鳴き声ととっておく。

風にきほひて　「競」字は【校異】に示したように、「きそひ」とも「きほひ」とも訓める。ともに張り合うの意であるが、「きそふ」は万葉集に確例がなく八代集にも見られないのに対して、「きほふ」の方は「渡る日の影に競ひ〔伎保比〕て尋ねてな清きその道またも会はむため」（万葉集二〇—四四六九）などの確例があり、他に「今日降りし雪に競ひ〔競〕て我がやどの冬木の梅は花咲きにけり」（万葉集八—一六四九）「秋風はとくとく吹き来萩の花散らまく惜しみ競ひ〔競〕立つ見む」（万葉集一〇—二一〇八）「夕されば雁の越え行く龍田山しぐれに競ひ〔競〕色付きにけり」（万葉集一〇—二二一四）などのように、自然現象と植物の変化との関係を「きほふ」と表現する例が見られる。八代集には新古今集所載の同歌一例しかない。当歌において「きほふ」関係にあるのは「雁がね」と「風」であるが、両者を詠み込む例は多くあるものの、そのような関係としてとらえたものは万葉集にも八代集にも見当たらない。また、何に関して「きほふ」かと言えば、「雁がね」を鳴き声とすると、音声的な大小とも考えられるが、次に続く「過ぐ」や右掲の諸例などから、時間的な遅速つまり速さに関してであろう。

過ぐれども　「過（す）ぐ」の主体となるのは「雁がね」であるが、同

は雲の中で（不意に）月を見て、弓の弦ではないかとびっくりしたからだろう。取るに足りぬ鳥である雁よ、（人間ならともかくお前のような存在には理解できないだろうが）お前が自分自身のここにやって来た理由（言伝を届ける）をもし分かっているならば、私の家までの道を尋ねて誠実に早く私にあの人の手紙を届けるがいい。

【語釈】

1 秋雁　秋に南に飛んでゆく雁。江淹「別賦」に「値秋雁兮飛日、当白露兮下時」（『文選』巻一六）、楊巨源「寓居」詩に「夢中郷信驚秋雁、窓下林声帯夜蟬」（『千載佳句』秋興、『新撰朗詠集』雁）、桑原腹赤「奉和聴擣衣」詩に「双双秋雁数般翔、閨妾当驚辺已霜」（『文華秀麗集』巻中）、菅原道真「二十八字謝酔中贈衣裴少監詶答之中似有謝言更述四韻重以戯之」詩に「若有相思常服用、毎逢秋雁付寒温」（『菅家文草』巻二）、同「重陽後朝同賦秋雁櫓声来応製」詩序に「秋雁者月令之賓、櫓声者風窓之聴也」（『本朝文粋』巻一一）、本集にも「唳々秋雁乱碧空」（五九番）とある。**雝々**　『毛詩』邶風・匏有苦葉に「雝雝鳴雁、旭日始旦」（『藝文類聚』雁）とあり、毛伝が「雝雝、雁声和也」というように、雁などの鳥がなごやかに鳴き交わす声の形容と、宋玉「九弁」に「雁噰噰而南游兮、鶤雞啁哳而悲鳴」（『文選』巻三三）とあり、王逸が「雄雌和楽、群戯行也」というように、雁の雌雄が仲良くそろって群れ飛ぶ様の、二つの類似の意味を持つが、ここは「叫」の形容としては相応しくないことから、後者の意。また「邕邕」「噰噰」「雍雍」「廱廱」「噰噰」などに作る。ただ、唐詩にはこの語が雁の形容として用い

様の例は「春草を馬咋山ゆ越え来なる雁の使ひは宿り過ぐなり」（万葉集九―一七〇八）、「誰きけと鳴く雁金ぞわがやどのを花が末を過ぎがてにして」（後撰集七―三六一）「かりがねのかへるはかぜやさそふらむ過行く峰の花も残らぬ」（新古今集一―一二〇）などあるだけで、鳥が「過ぐ」の主体となるのは「ほととぎす鳴きて過ぎにし岡辺から秋風吹きぬよしもあらなくに」（万葉集一七―三九四六）や「夜やくらき道やまどへるほととぎすわがやどをしもすぎがてになく」（本集三八番、古今集三―一五四）などのように、ほとんどがホトトギスである。当歌のように声を主体とする例も「うぐひすの声は過ぎぬと思へどもしみにし心なほ恋ひにけり」（万葉集二〇―四四四五）「ほととぎすあかですぎぬるこゑによりあとなきそらをながめつるかな」（金葉集二―一一二）など見られる。当歌でカリが飛び行くのを「過ぐ」とするのは、「風に競ひて」という様態も含め、継続的な移動ではなく瞬間的な通過として表現しようとしたからであろう。

吾が待つ人の　万葉集には「吾が待つ人」という表現は「我がやどに咲ける秋萩常にあらば我が待つ人に見せましものを」（万葉集一〇―二一一二）の一例しかないのに対して、「今日今日と我が待つ君は石川の貝に交じりてありといはずやも」（万葉集二―二二四）「山のはにいさよふ月の出でむかと我が待つ君が夜はふけにつつ」（万葉集六―一〇〇八）などのように、「我が待つ君」という例が多い。一方、八代集には「我が待つ君」はなく、「ことならば折りつくしてむ梅花わがまつ人のきても見なくに」（後撰集一―二四）「思ひきやわがまつ人はよそながらたなばたつめのあふを見むとは」（拾遺集一二―七七一）の二例、当歌と同られることは少ない。　**叫半天**　「叫」は、人が大声で誰かを呼ぶのが原義。そこから広く鳥獣や昆虫などの大きな鋭い鳴声にも用いる。武元衡「送李秀才赴滑州詣大夫舅」詩に「長亭叫月新秋雁、官渡含風古樹蟬」、孟郊「車遙遙」詩に「旅雁忽叫月、断猿寒啼秋」とある。「半天」とは、天の中ほどのこと。許棠「失題」詩に「半天初去雁、窮磧遠来人」とあり、嵯峨天皇「秋日入深山」詩に「半天極嶂煙気入、暗地幽渓日影遅」（『凌雲集』）とある。異文「叩半天」は意味をなさない。おそらくは「叫」字の誤写。

2 雲中　雲の中、の意。底本始め版本には音合符があるが、諸写本には「ノ」の訓点がある。応瑒「侍五官中郎将建章台集詩」に「朝雁鳴雲中、音響一何哀」（『文選』巻二〇、『藝文類聚』雁）、賀蘭進明「行路難五首其四」詩に「君不見雲中月、暫盈還復欠」とあり、菅原道真「八月十五夕待月席上各分一字」詩に「不恨雲中天已暁、応知陰雨我三余」（『菅家文草』巻一）、同「早春閑望」詩に「雲中山色没、雨後水声喧」（『菅家文草』巻三）、大江以言「秋思入江山」詩に「呉松風処鱸魚膾、商嶺雲中素月眉」（『類題古詩』思）とある。　**見月**　月が見えた、月が現れた、の意。金立之「峡山寺翫月」詩に「山人見月寧思寝、更掬寒泉満手霜」（『千載佳句』月、佚）、元稹「幽棲」詩に「尽日望雲心不繫、有時見月夜正閑」（『千載佳句』幽居、『和漢朗詠集』雲）、白居易「長恨歌」詩に「行宮見月傷心色、夜雨聞猿断腸声」（『和漢朗詠集』恋）とある。異文「見影」では、雁が自身の影を見ることになり、非。　**素驚弦**　「素」は、「空」に同じ。「素王」「素封」などの語のように、名声はあっても実体が伴わない、逆に実質は素晴らしいのに名声が伴わない場合な

じ表現が見られる。「待つ」の主体は詠み手自身であるから、「吾が」は連体詞一語としてではなく「吾（わ）」＋主格助詞「が」ととらえる。

ことつても無し　本文「言伝」は「ことつて」とも「ことづて」とも訓みうるが、おそらくは古形の「ことつて」としておく。「ことつて」は「ことつつ」という動詞の連用形名詞で、伝言すること、または伝言をいう。万葉集には名詞の確例はなく、「…思ほしき　言伝て〔言伝〕むやと　家問へば…」（万葉集一三―三三三六）や、「…玉桙の　道をた遠み　間使ひも　遣るよしもなし　思ほしき　言伝て〔許登都氏〕遣らず…」（万葉集一七―三九六二）のように「言伝て遣る」の形で見られるのみであるが、八代集では「山がつのかきほにはへるあをつづら人はくれどもことづてもなし」（古今集一四―七四二）以降、名詞の例がいくつか出てくる。当歌において伝言役を務めるのはカリであり、その関係の由来は四六番歌【補注】に述べたとおり。「ことつて」を用いた歌としては、「秋のよに雁かもなきてわたるなりわが思ふ人の事づてやせし」（後撰集七―三五六）「こひしくは事づてもせむかへるさのかりがねはまづわがやどになけ」（後撰集一九―一三一八）「はつかりのはつかにききしことづても雲ぢにたえてわぶるころかな」（新古今集一五―一四一八）などがある。

【補注】

三句目末の「ども」を介して、上句と下句がなぜ逆接の関係にあるのか、多少分かりにくいところがある。カリが自分の所をあっと言う間に通り過ぎてしまうのは、自分あての伝言がないからに他ならないので

どに用いる。ここも、月を弓だと誤解して、要らぬ恐れ、驚きを懐くこと。月を弓やその弦に喩えることは、李陵「与蘇武詩三首其三」に「安知非日月、弦望自有時」（『文選』巻二九）とあるその李善注に、「劉熙釈名曰、弦、月半之名也。其形一旁曲、一旁直、若張弓弛弦也」とあり、王褒「軽挙篇」詩に「俯観雲似蓋、低望月如弓」、隋・明余慶「従軍行」詩に「剣花寒不落、弓月暁逾明」、白居易「暮江吟」詩に「可憐九月初三夜、露似真珠月似弓」（『千載佳句』暮秋、『和漢朗詠集』露）、大津皇子「五言遊猟」詩に「月弓輝谷裏、雲旌張嶺前」（『懐風藻』）などとあるのを挙げるまでもなく、日中共に広く用いられた比喩。また、それに雁が驚くというのも、李嶠「雁」詩に「望月驚弦影、排雲結陣行」、耿湋「賦得沙上雁」詩に「還塞知何日、驚弦乱此心」、銭起「送征雁」詩に「風急翻霜冷、雲開見月驚」、盧綸「至徳中途中書事却寄李僩」詩に「路遶寒山人独去、月臨秋水雁空驚」（『千載佳句』行旅）、菅原道真「聞早雁寄文進士」詩に「下弦秋月空驚影、寒櫓暁舟欲乱声」（『菅家文草』巻四）、村上天皇「成行寒雁去」詩に「驚弓斜避三更月、引櫓遙過万里雲」（佚、『新撰朗詠集』雁）などとあるように、広く用いられた表現。異文「索」は、おそらく「素」の誤写。「最」は、あるいは「素」の訓「モ（トヨリ）」からの思いつきか。

3　微禽　取るに足りない小さな鳥のこと。晋・張華「鷦鷯賦」に「惟鷦鷯之微禽兮、亦摂生而受気」（『文選』巻一三・『藝文類聚』鷦鷯）、元稹「有鳥二十章其一八」詩に「当時主母信爾言、顧爾微禽命何有」とあり、菅原道真「詠楽天北窓三友詩」詩に「彼是微禽我儒者、而我不如彼多慈」（『菅家後集』）、藤原春海「立神詞対策」に「林豺至賤、尚記上

あって、逆接ではなくむしろ当然の帰結と考えられる。

逆接によって対比されるのはカリと伝言ではなく、「雁」と「吾が待つ人」である。カリがいち早く訪れたことは、その鳴き声から知るのに対して、「吾が待つ人」は一向に訪れる気配がなく、伝言さえもない。この対比により、「風に競ひて」や「ことつても」の「も」、そして逆接の「ども」が意味を持つと言える。寛平御時后宮歌合の同歌の、「過ぐれども」ではなく「わたれども」、「ことつても無し」ではなく「ことづてぞなき」の場合は、伝言役としてのカリの故事そのものをふまえただけの歌に過ぎず、当歌のような対比性は浮かび上がってこない。

ただし、当歌は本集においても、寛平御時后宮歌合および新古今集においても、恋ではなく秋の部に収められている。このことは、相手の訪れのない恋の悲しみを歌うものとしてよりも、孤独な秋の悲しみを（単にカリという素材を詠み込んでいることだけではなく）主題としたものとして、当歌がとらえられていたことを示していると考えられる。

春之期、水獺微禽、靡爽季秋之節」（『本朝文粋』巻三）、大江朝綱「重陽日侍宴同賦識秋天応製」詩序に「彼微禽之輸誠、自触物而催感者也」（『本朝文粋』巻一一）とある。異文「徽」は、おそらく誤写。 **汝有** 「汝」は、無論、雁に対する呼びかけ。韋承慶「南中詠雁詩」に「不知何歳月、得与汝同帰」（『和漢朗詠集』雁）、白居易「放旅雁」詩に「雁雁汝飛向何処、第一莫飛西北去」、菅原道真「聞早雁寄文進士」詩に「憶汝先来南海上、夜尋落魄旧能鳴」（『菅家文草』巻四）とある。異文「海有」は、その草書体と「汝有」との混同。 **来意** 来訪の目的・意図、の意。『後漢書』公沙穆伝に「有富人王仲、致産千金。謂穆曰、方今之世、以貨自通、吾奉百万与子為資、何如。対曰、来意厚矣。夫富貴在天、得之有命、以貨求位、吾不忍也」、『遊仙窟』に「彼誠既有来意、此間何能不答」とあり、『日本書紀』神代下に「坐定、因問其来意。時彦火火出見尊、対以情之委曲」とある。

4 問道 目的地への道順を尋ねる、の意。方干「陸処士別業」詩に「問道遠相訪、無人覚路長」、藤原冬嗣「扈従梵釈寺応製」詩に「一人問道登梵釈、梵釈蕭然太幽閑」（『文華秀麗集』巻中）とあるが、この語は詩文中では、生き方を尋ねるの意で用いるのが一般。異文「遠向」では意味を成さない。 **丁寧** 親切で細やかな気配りがある様。こと細かく行きとどいている様。この語、元は行軍中に用いられた警戒を促すためのドラのこと。畳韻であるのは、本来その音の象声詞であることを物語るだろう。そこから、何度も忠告する、再三念を入れる、などの動詞としての本義が生じた。更に盛唐の頃から上記のような状語・形容詞としての用法が派生した。日本語「丁寧」の意は、この俗語としての唐宋の※

※用法を今に伝えるものである。元禄九年版本・元禄一二年版本・文化版本には、音合符がある。 **早可伝** 「可」は、勧める気持ちを表す。（言伝を）早く伝えるが良かろう。杜甫「送梓州李使君之任」詩に「五馬何時到、双魚会早伝」とある。

【補注】

韻字は「天・弦」（下平声一先韻）と「伝」（下平声二仙韻）で、両者は同用。平仄にも基本的な誤りはない。

詩の解釈に問題があるとすれば、転句の「来意」の内容を、自明のごとく手紙を届けることに限定したことであろうが、対応する和歌に「コトツテ」の語があり、当時既に日中ともに雁の飛来がメッセンジャーの類推を直ちに起こさせるものであったとすれば、あながち無理な想定とは言えないだろう。この故事とその運用については、一四番・四六番詩【語釈】該項などを参照のこと。

【比較対照】

当詩は、大まかに言えば、歌の上句を前半、下句を後半に対応させ、各々の意をふまえたうえで、巧みに展開していると言える。

歌の上句はカリの鳴き声の通過を歌うのみであるが、詩では「叫」によって鳴き声をとらえ、しかもその鳴き方から承句のような事態を擬人的な理由として想定している。それとともに、歌が主に聴覚的な表現であるのに対して、詩は秋らしい情景の視覚的表現も付加している。ただし、歌の「風に競ひて」や「過ぐ」という表現は詩では捨てられ、むしろ反対の状態を表すと見られる「雝々」が用いられている。これは詩においては孤独な詠み手との対比を意図したゆえと考えられる。さらに、承句により夜という時間帯が設定されていることから、その対照はより際立つと言える。

詩の後半は、歌の下句に示された事実に基づき、カリに対して訴える形で、せめて手紙だけでも欲しいという詠み手の心情を表現している。雁書の故事は、もとより人間の意図によるものであって、カリはその習性を利用されたにすぎない。それを知っていながらあえてカリ自身の意図つまり「来意」とみなすのは、今か今かと相手の訪れを待ち侘びている詠み手の切迫した心情を物語ると言えよう。

詩においては句同士をつなぐ接続詞の類は用いられないのが普通であるが、当詩は歌の逆接表現を補って余りある、前半と後半の内容的な対比が認められる。

五五番

秋之蟬　寒音丹曾　聞湯那留　木之葉之衣緒　風哉脱鶴

秋の蟬　寒きこゑにぞ　聞こゆなる　木の葉のきぬを　風やはぎつる

【校異】

本文では、第二句の「丹」を、天理本が「耳」とし、第三句の「湯那留」を、永青本・久曾神本が「成」とする。

付訓では、結句の「はぎ」を、底本および訓のある他本すべてが「ぬぎ」とするが、一案として右のように訓んでおく。

同歌は、寛平御時后宮歌合（十巻本、秋歌、秋風、一一二番）にあり、また夫木抄（巻一三、秋四、五四二二番）に「寛平御時歌合　読人不知」としてある（どちらも結句は「風や脱ぎつる」）。

【通釈】

秋のセミはまさに寒い声に聞こえる。（セミがまとっていた）木の葉という衣を、風が剝いだのだろうか。

【語釈】

秋の蟬　この表現、万葉集にも八代集にも見られない。二二番歌【語釈】「蟬の声聞けば哀しな」の項および同詩【補注】で述べたように、日本においてセミはもっぱら夏のものであって、秋の風物として和歌に用いられるのは稀れである。ただ、八代集後半になって「したもみぢ

寒蛩乱響揔秋林
黄葉飄々混数音
一々流聞邕子瑟
閨中自此思沈々

寒蛩《(カンシャウ)》の乱響《(ランキャウ)》秋《あき》の林《はやし》に揔《あつ》まる。
黄葉《(クワウエフ)》飄々《(ヘウヘウ)》として数音を混《(コン)》す。
一々《(イツイツ)》に流《(つた)》へ聞《(き)》く邕子《(ヨウシ)》が瑟《(シツ)》。
閨中《(ケイチュウ)》に此《(これ)》（より）思《(おも)ひ》沈々《(チンチン)》たり。

【校異】

「寒蛩」を京大本・大阪市大本・天理本「空蛩」に作る。「邕子瑟」を京大本・大阪市大本・天理本「邕子要」に作り、天理本は「哭也」と注する。永青本・久曾神本「邕子琴」に作って、永青本には「如本」の注記がある。

【通釈】

秋の林にはヒグラシの声が充ち満ちて、いたるところから聞こえてくる。その声に混じって、紅葉がヒュウヒュウと風に舞いながら落ちる音がいくつか聞こえてくる。その広く聞こえてくるセミの声を一つ一つ丁寧に聴いてみると、かの後漢の琴の名手蔡邕が聞いた琴の音のようである。それを聴いてからというもの、寝室で独り寝をかこつ婦人の思いは寂しさが身に迫って心は重く沈んでゆく。

ひと葉づつちるこのしたにあきとおぼゆるせみのこゑかな」（詞花集二—八〇）や「秋ちかきけしきの森になくせみのなみだの露や下葉そむらん」（新古今集三—二七〇）「なくせみのこゑもすずしき夕暮に秋をかけたるもりの下露」（新古今集三—二七一）、さらに下って「山ざとはせみのもろごゑ秋かけてそとものきりのした葉おつるなり」（風雅集五—四五六）「秋風の吹きにし日よりかた岡のせみのなくねも色かはるなり」（新拾遺集四—三一二）「蟬のこゑ虫のうらみぞきこゆなる松のうてなの秋の夕暮」（新続古今集四—四二八）などのように、晩夏から初秋にかけて詠まれる例が見られるようになり、これらのセミはヒグラシと考えられる。

寒きこゑにぞ　「寒（さむ）し」の用法については、五〇番歌【語釈】「羽風を寒み」の項を参照。音声に関して共感覚的に用いられる例は、「今朝鳴きて行きし雁が音寒みかもこの野の浅茅色付きにける」（万葉集八—一五七八）「今朝の朝明雁が音寒く聞きしなへ野辺の浅茅そ色付きにける」（万葉集八—一五四〇）など、おもに万葉集におけるカリの鳴く「ね」に対してであって、「さむし」が「こゑ」を連体修飾する例もセミに対する例も見当たらない。

聞こゆなる　当歌における「聞こゆ」は「〜ガ〜ニ聞こゆ」という構文であり、「(秋の蟬の声ガ) 寒きこゑニ聞こゆ」つまりは、一種の聞きなしとして表現している。いわゆる伝聞・推定の「なり」が下接しているのも、そのような判断を示していると言える。同様の例は万葉集にはなく、「松のねは秋のしらべにきこゆなりたかくせめあげて風ぞひくらし」（拾遺集七—三七二）や、「に」ではなく「と」を用いた「ちとせとぞ草

【語釈】

1 寒螿　蟬のヒグラシのこと。「寒蟬」「寒蜩」とも書く。『爾雅』蜩の郭璞注に「蜺、寒螿也。似蟬而小、青而赤」（『藝文類聚』・『初学記』蟬）とある。謝恵連「擣衣」詩に「粛粛莎雞羽、烈烈寒螿啼」（『文選』巻三〇）とあり、李善は「許慎淮南子注曰、寒螿、蟬属也、子羊切」という。『風土記』に「七月而蟪蛄鳴於朝、寒螿鳴於夕」（『藝文類聚』蟬）、高適「宋中遇林慮楊十七山人因而有別」詩に「朔風忽振蕩、昨夜寒螿啼」とあるように、漢詩では夜に鳴くものとするのが一般。異文「空螿」は、その語例を知らない。**乱響**　ところかまわず鳴き立てる声が聞こえてくること。諸本に音合符あり。唐・太宗皇帝「賦得弱柳鳴秋蟬」詩に「微形蔵葉裏、乱響出風前」（『初学記』蟬）とある。唐彦謙「春雨」詩に「遠客迎燕戯、乱響隔鶯啼」とあるものの、きわめて珍しい語。本集には「壁蛬家々音始乱」（六三番）とある。**摠秋林**　「摠」は、「緫」「總」「総」の異体字。集まる、集めるの意。「秋林」は、秋になった林。劉禹錫「秋晩新晴夜月如練有懐楽天」詩に「露草百虫思、秋林千葉声」、白居易「一葉落」詩に「蕭蕭秋林下、一葉忽先委」、巨勢識人「神泉苑九日落葉篇応製」詩に「晩節商天朔気侵、厳霜夜雨変秋林」（『文華秀麗集』巻下）、空海「三嶋大夫為亡息女書写供養法花経講説表白文」に「死業至則秋林之葉、何得喩其悲」（『性霊集補闕抄』巻八）とあり、本集にも「閑対秋林看落葉」（一一九番）とある。

2 黄葉　五三番詩【語釈】該項を参照。**飄々**　重言の擬態語。風の吹く様、あるいはそれに吹かれて雪や雲、カーテンや衣服が翻る様の形容などに用いられるのが一般。張衡「西京賦」に「度曲未終、雲起雪飛。

むらごとにきこゆなるこやまつむしのこゑにはあるらん」(拾遺集五—二九五)「ことのねを雪にしらぶときこゆなり月さゆる夜のみねの松かぜ」(千載集一六—一〇〇二)などが見られる。

木の葉のきぬを　万葉集には「木葉」の表記のみで「このは」と訓む確例はないが、古事記歌謡二〇・二一番に「許能波」の例があり、八代集においても「山河はきのはながれずあさきせをせけばふちとぞ秋はなるらん」(拾遺集七—三六八)「世とともにしほやくあまのたえせねばなぎさのきのはこがれてぞちる」(拾遺集七—四二三)のような物名歌という特殊な場合における「きのは」を除けば「このは」で、「白露の色はひとつをいかにして秋のこのはをちぢにそむらん」(古今集五—二五七)のように秋季に詠まれることが主であるが、「千鳥なくさほの河ぎりたちぬらし山のこのはも色まさりゆく」(古今集七—三六一)「神な月時雨とともにかみなびのもりのこのははふりにこそふれ」(後撰集八—四五一)「このはちるやどはききわくことぞなきしぐれするよもしぐれせぬよも」(後拾遺集六—三八二)など、冬季の歌に次第に多く現れるようになる。「衣」を「ころも」ではなく「きぬ」と訓むのは音数律によるものであり、四九番歌および五一番歌の「衣」を「ころも」と訓んだのも同じであって、両語の意味の違いに基づくものではない。「ころも」と「きぬ」はそれぞれ単独語としては、万葉集ではほぼ同程度用いられているが、八代集になると「ころも」がもっぱらで「きぬ」は「たちぬはぬきぬきし人もなきものをなに山姫のぬのさらすらむ」(古今集一七—九二六)「つらからぬ中にあるこそうとしといへ隔てはてしきぬにやはあらぬ」(後撰集一一—七三四)など、拾遺集までに四例あるにす

初若飄飄、後遂霏霏」(『文選』巻二)とあり、薛綜注には「飄飄、霏霏、雪下貌」とあるところから、それが花や葉の舞い落ちる形容として用いられても不思議はないと思われるが、晩唐・無可「送僧帰中条」詩に「夜葉動飄飄、寒来話数宵」とある以外に、唐詩以前の用例を知らない。宋代になれば、陸游「冬夜泛舟有懐山南戎幕」詩に「飄飄楓葉無時下、嫋嫋菱歌尽意長」、晁説之「題邵武軍泰寧縣葉恪循道清風楼」詩に「桂葉尚飄飄、蕙草下裊裊」とある。従って、ここでは陶淵明「帰去来序」に「舟遙遙以軽颺、風飄飄而吹衣」(『文選』巻四五)、陶淵明「与殷晋安別」詩に「飄飄西来風、悠悠東去雲」、白居易「隋堤柳」詩に「風飄飄兮雨蕭蕭、三株両株汴河口」などとあること、前後の詩句でも音を主題とすることなどから、風の音を形容する擬音語として捉えておく。日本漢詩には田中浄足「五言晩秋於長王宅宴」詩に「苒苒秋云暮、飄飄葉已涼」(『懐風藻』)、菅原道真「賦葉落庭柯空」詩に「飄々依砌聚、片々擁堦重」(『菅家文草』巻五)など、落葉の様の擬態語とおぼしき例が少なくない。　**混数音**　「数」は、いくらかの、若干の、の意。二、三から五、六くらいまでの数の範囲。ただし、「数音」の用例はなく、おそらく「数声」を押韻上から代えたもの。底本等版本は「数音ヲ」とするが、藤波家本・講談所本・道明寺本・羅山本・無窮会本などは「数音に」とする。竇庠「太原送穆質南遊」詩に「露葉離披処、風蟬三数声」、白居易「秋月」詩に「落葉声策策、驚鳥影翩翩」、同「秋夕」詩に「葉声落如雨、月色白似霜」とある。

3　一々　一つ一つ(丁寧に、詳しく)、の意。陳琳「為曹洪与魏文帝書」に「辞多不可一一。粗挙大綱、以当談笑」(『文選』巻四一)、菅原

ぎない。万葉集における「きぬ」は「伊香保ろの沿ひの榛原我が衣〔吉奴〕に着き宜しもよひたへと思へば」（万葉集一四―三四三五）「苗代の小水葱が花を衣〔伎奴〕に摺りなるるまにまにあぜかかなしけ」（万葉集一四―三五七六）などのように、染色に関わる例がやや目立つものの、「かくのみにありける君を衣（きぬ）ならば下にも着むと我が思へりける」（万葉集一二―二九六四）に対する「別れなばうら悲しけむ我が衣〔許呂母〕下にを着ませ直に逢ふまでは」（万葉集一五―三五八四）、「秋風の寒き朝明を佐農の岡越ゆらむ君に衣（きぬ）貸さましを」（万葉集三―三六一）に対する「宇治間山朝風寒し旅にして衣（ころも）貸すべき妹もあらなくに」（万葉集一―七五）などのように、前者は「きぬ」後者は「ころも」と訓むが、ほぼ同様の用法もあって、明確な意味の区別を見いだしがたい。「木の葉のきぬ」という表現は万葉集にも八代集にもなく、そのような見立てと関わるかと思われる例としては「いまさらにおのがすみかをたたじとてこの葉のしたにをしぞなくなる」（詞花集四―一四五）「人はこず風に木のはは散りはてて夜な夜なむしはこゑよわるなり」（新古今集五―五三五）が見られる程度である。

風やはぎつる　日本古典文学全集本では古今集の同歌の結句「風や脱ぎつる」について、「「脱ぎ」は脱がすの意の他動詞で、それに「つる」がついたものと解」し、「風が木の葉をみな吹き落とし、林から着物を脱がせたようになった」としている。問題は二つあり、一つは「脱ぐ」を使役型他動詞ととることができるか、もう一つは「木の葉を人の着物にたとえたもの」としても、脱がせるのは「林から」なのか、という点である。「ぬぐ」の四段活用は他動詞であり、自動詞の下一段および使役

道真「燕」詩に「梁頭展翅幾銜泥、一一将雛起暮棲」（『菅家文草』巻五）とあり、本集にも「鳴雁鳴虫一々清」（五八番）、「一々流看山野裏」（九三番）等がある。　**流聞**　本来は、噂などが広く伝わり聞こえること。曹植「求自試表」に「流聞東軍失備、師徒小衄」（『文選』巻三七）とあり、李善は『漢書』五行志に「今即位十五年、継嗣不立、日日駕車而出、泆行流聞、海内伝之、甚於京師」とあるのを引用する。史書などでは常見の語であるが、韻文における用例を知らない。紀淑望「古今集真名序」に「此外氏姓流聞者、不可勝数」とあり、本集には「一々流看山野裏」（九三番）という類句がある。　**邕子琴**　「邕子」は、後漢の琴の名手蔡邕のこと。三七番詩【語釈】および当詩の【補注】を参照のこと。それをことさら「瑟」というのは、本詩のような平声韻の七言絶句においては、韻律の単調を避けるために第三句の句末字を仄声にするのが一般だからであろう。「瑟」は、一五弦以上の大琴のこと。「邕子琴」などの異文が生じる原因であろう。

4　閨中　夫婦の寝室の中で夫を待ちわびる独り寝の妻のこと。京大本・大阪市大本等には「には」の点がある。王樞「至烏林村見采桑者聊以贈之」詩に「閨中初別離、不許覓新知」（『玉臺新詠』巻五）、杜甫「擣衣」詩に「用尽閨中力、君聴空外音」、良岑安世「奉和河陽十詠　五夜月」詩に「一看円鏡羈情断、定識閨中憶不歇」（『文華秀麗集』巻下）とある。なお、二四番詩【語釈】該項を参照。　**自此**　そのために、あるいは、それ以来、の意。三番詩【語釈】該項を参照。　**思沈々**　心が重く沈む様を形容する擬態語。張正元「臨川羨魚」詩に「永存芳餌在、竚立思沈沈」、儲嗣宗「宿甘棠館」詩に「前軒鶴帰処、蘿月思沈沈」、李

動詞形「ぬがす」が現れるのは近世になってからである。万葉集や八代集に見られる、複合語を含めた「ぬぐ」はすべて四段活用であり、その対象とするのは「…うけ沓を　脱き棄るごとく　踏み脱きて　行くちふ人は…」（万葉集五―八〇〇）を除き、ほとんどすべてが「衣（ころも）」およびその複合語であって、しかも自らが着ていた衣を自らぬぐという用法である。その限りでは「ぬぐ」と訓むならば、当歌の例も「風ガ衣ヲぬぐ」としかとることができない。しかし、風が「木の葉のきぬ」を着ていたとは考えにくく、上句との関係付けも難しい。他の可能性として、古辞書に「脱」の訓として見られる「はぐ」があり、これならば「風やはぎつる」で音数的にも合うし意味的にも使役性が問題にならずに済む。ただ、「はぐ」は万葉集に一例あるのみで八代集にはまったく見られず、語性的に難がなくはないけれど、このような稀な語例は他にも本集には認められるので、一案として示しておく。もう一つの、衣を脱がせるあるいは剝ぐのは何からかという点については、木の葉を林の衣と見立てる例はなく、また「秋の蟬」との関係も間接的になることから、「林から」ではなく「秋の蟬から」と考えておきたい。もとよりあくまでも見立てであり、セミは樹上で鳴くのが普通であるから、風が枝に付いた木の葉を散らす状況を歌ったものであろう。『注釈』は「蟬のとまっている木が〔木の葉の衣〕を着ているという発想」としてあり、それはそれとして道理ではあるが、上二句との関係付けが薄いと言える。

白「玉真公主別館苦雨贈衛尉張卿二首其二」詩に「翳翳昏墊苦、沈沈憂恨催」とあり、大江以言「夏日同賦未飽風月思」詩に「由来風月思沈沈、遇境方知未飽心」（『本朝麗藻』巻下）とある。

【補注】

韻字は「林・音・沈」で、下平声二十一侵韻。平仄にも基本的な誤りはない。

蟬の鳴き声を聞いて、独り寝の妻の心が重く沈んでゆくのは、隣人に招待されて出かけた蔡邕が、その家から聞こえる琴の音に殺気を感じて返ってしまったという故事に基づく。結句は、妻がその夫を蔡邕に重ねて、この蟬の声を聞くとあの蔡邕のように帰ってしまうのではないかと思う、という趣向によって構成されているのである。あるいは、そうまで考えないまでも、宴席を設けて待ち受ける者の元から相手が帰ってしまうという、妻の不吉な連想を前提として構成されている。

また、贅言すれば、当詩の文脈からすれば「一々流聞」するのは本来「黄葉飄飄」たる「数音」であるべきで、その意味では上々の作とは言い難いのではあるまいか。

漢詩における「蟬」のイメージについては、三四番詩【補注】に略述し、さらに川合康三「蟬の詩に見る詩の転変」（『中国文学報』五七、一九九八）に詳しいが、婦人の「思沈沈」の裏には、蟬の持つはかないイメージと、秋の落葉の持つ悲愁のイメージが通底することは言うまでもない。

【補注】

当歌は、知覚された状況を示す上句に対して下句がその理由を見立てとして想定するという表現構造になっている。このような衣と結び付ける想定は、本集の「雁がねの羽風を寒みはたおりのくだまく音のきりきりとする」（五〇番）や「はなすすきそよともすれば秋風の吹くかとぞ聞く衣無き身は」（五一番）と同様であるが、当歌の特色は、セミと木の葉と風という三者を擬人的に関係付けたところにあると言えよう。

秋風が木の葉を紅葉させるという歌は万葉集から見られるが、秋風が木の葉を散らすことを直接表現した例は万葉集にはなく、八代集でも「人を思ふ心のこのはにあらばこそ風のまにまにちりもみだれめ」（古今集一五―七八三）「神な月ねざめにきけば山ざとのあらしのこゑはこのはなりけり」（後拾遺集六―三八四）「あれはてて月もとまらぬわがやどに秋の木のはをかぜぞふきける」（詞花集三―一三六）などが挙げられるくらいであり、まして木の葉を衣に見立ててそれを脱がせるという表現は他には見られない。また、セミを秋の物として取り上げるのもさることながら、他の虫はともかく、木の葉と結び付けるのも珍しい。

【比較対照】

当歌に歌われた状況そのものは、詩の前半にほぼ尽くされ、中心的な素材である「秋の蟬」と「寒螿」、「木の葉」と「黄葉」は対応している。とはいえ、歌ではセミの声の寒さを焦点化するのに対して、詩では「乱響」のようにその声の数量や様子を取り上げ、木の葉については、歌が枝から離れる様子をおそらくは視覚的に想像するのに対して、詩ではすでに散り舞う様子を「飄々として」と視覚的にと同時に「数音混ふ」と聴覚的にも描写している。

しかし何よりも決定的な違いは、歌における両者の擬人的な結び付けが詩ではまったく無視され、その代わりのように後半の蔡邕の故事が取り上げられていることである。詩の前半と後半をつないでいるのは、セミの声と琴の音の類似性のみであり、しかも類似性とはいえ、歌の「寒きこゑ」もしくは詩の「乱響」する声と、詩【補注】にいう「殺気」が感じられる音とは、そもそも性質が違うものであろう。

さらに言えば、詩の結句の措辞は閨怨詩的設定を意識させるが、同じく詩【補注】に述べるように、「宴席を設けて待ち受ける元」（妻か？）から「相手」（夫か？）「が帰ってしまうという、妻の不吉な連想」というのは、かなり異質な設定と言える。

ただし、転句によるつなぎを別にするなら、詩前半の状況は「悲秋のイメージ」を喚起させるものであり、それが詩後半の孤閨の妻の悲しみを深めさせるという見方もできなくはない。歌における聞きなしや見立ても、作者の孤独を前提とすることによってさらに共感度が高まるはずであり、とすれば、このレベルにおける当歌詩の対応関係を認めることもできるかもしれない。歌の主眼が擬人的な見立ての機知・趣向にあったとしても、詩作者はそれをとらず、歌から読みとりえた悲秋と閨怨の状況を優先したということであろう。

五六番

日夕芝丹　秋之野山緒　別来者　不意沼　錦緒曾服

日ぐらしに　秋の野山を　わけ来れば　こころにもあらぬ　錦をぞきる

【校異】

本文では、初句の「夕」を、永青本・久曾神本が「暮」とし、第二句の「野山」を、永青本・久曾神本が「辺」とし、第四句の「意」を、京大本・大阪市大本・天理本が「音」とし、結句末の「服」の後に、永青本・久曾神本が「留」を補う。

付訓では、第四句の「あらぬ」を、底本はじめ京大本・大阪市大本・無窮会本が「あらず」とするが他本により改める。第三句の「くれ」を、道明寺本は「くる」とする。

同歌は、寛平御時后宮歌合（十巻本、秋歌、八四番）に見られるが、他の歌集には見当たらない。

【通釈】

夕方に秋の野山を分け入って来ると、そのつもりでもない、まさに錦を着ていることよ。

【語釈】

日ぐらしに　「日夕芝丹」という本文全体に対しては「ひぐらしに」が最も相当しよう。「夕」は「日」と対比し、「暮」と通じさせた義訓

終日遊人入野山
紛々葉錦衣戔々
登峰望壑回眸切
石硯濡毫興万端

終日《ひねもす》遊人《イウシン》野山《のやま》に入《い》る。
紛々《フンフン》たる葉錦《エフキン》は衣《ころも》戔々《サンサン》たり。
峰《みね》に登《のぼ》り壑《たに》を望《のぞ》みて眸《まなじり》を回《めぐ》らすこと切《セツ》なり。
石硯《セキゲン》に毫《ふで》を濡《うるほ》して興《キヨウ》万端《バンタン》。

【校異】

「望壑」を永青本「望谷」に作る。「回眸」を、類従本・天理本・羅山本・無窮会本・永青本「廻眸」に作り、藤波家本「間眸」に作る。「興万端」を底本等諸本「楽万端」に作るも、藤波家本・講談所本・京大本・大阪市大本・天理本・永青本・久曾神本に従う。類従本・羅山本・無窮会本「与万端」に作り、道明寺本「典万端」に作る。元禄九年版本には「楽」の左右に「興」「与」の校注が、文化写本にも「楽」に「与群」の校注があり、類従本には「与」に「楽」の異本注記がある。

【通釈】

風流人が一日中野山に入って（あちこち遊覧して）見てみると、美しい紅葉が紛々と乱れ散る様は、まるで錦の衣がたくさん列なっているかのようだ。（そこで更に美しい光景を見ようと）高い山に登り遙かな谷を望み見て、しきりにあちこち目を転じてみた。硯の墨に筆をたっぷりとぬらせば、興趣は様々に湧いて尽きることがない。

か。「ひぐらし」はもと「ひ＋くらし」で、一日を過ごすの意が名詞化し、一日じゅうという意で副詞的に用いられるようになった。万葉集では同源と見られるセミの「ひぐらし」以外に、「…煙立つ　春の日暮らし　まそ鏡　見れど飽かねば…」（万葉集一三―三三二四）のみが該当し、諸注釈書には「煙の立つ春の一日中」のように「日暮らし」で一語ととり副詞的に解釈しているが、「春の日＋暮らし」ととれなくもない。八代集では助詞「に」が下接して「日ぐらしに見れどもあかぬをみなへしのべにやこよひたびねしなまし」（拾遺集三―一六一）「ひぐらしにやまぢのきのふしぐれしはふじのたかねの雪にぞありける」（詞花集四―一五五）「ながめつつ我がおもふ事はひぐらしに檐のしづくのたゆるまもなし」（新古今拾一八―一八〇一）のように見られ、いずれも一日じゅうという副詞的な意味でとれる。とすれば本集の当歌さらに寛平御時后宮歌合の同歌がその意の確かな初例となりそうであるけれど、その意は当歌の文脈に矛盾こそしないものの、ふさわしいとも思われない。その理由は四句目の「こころにもあらぬ」との関係である。「こころにもあらぬ」は予期・想像していないの意であるが、明るい昼間からの一日じゅうとすると、結句の「錦をぞきる」ことに気づかないのはありえないと思われる。別に想定される意味は、「ひぐれ」と同義としての「ひぐらし」つまり夕方である。「自動詞「暮る」が、日が没して暗くなり一日が終わるという自然推移的な表現であるのに対して、「暮らす」は、主体的意識的に時を過ごすことに表現上の主点がある」（小学館古語大辞典）というニュアンスの違いがあるとしても、ともにその終了時点に着目すれば夕方となり、一日じゅうの意を含むとしても、結果

【語釈】

1 終日　一日中、の意。底本には音合符があるが、他の多くの諸本には訓合符がある。一七番詩【語釈】該項参照。**遊人**　遊興する人、風流人のこと。空海「大和州益田池碑銘序」に「春繍映池観者忘帰、秋錦開林遊人不倦」（『性霊集』巻二）とある。なお四・九・一一番詩【語釈】該項を参照。**野山**　「野山」は、人里を離れた野原や山のこと。皎然「西溪独泛」詩に「真性憐高鶴、無名羨野山」とあるものの、極めて珍しい語で、恐らく「山野」を押韻の関係で互倒したもの。京大本・大阪市大本等には音合符があるも、版本等他本にはなし。

2 紛々　乱れ散る様を表す重言の擬態語。梁・劉孝綽「贈別詩」に「流蘋方繞繞、落葉尚紛紛」（『藝文類聚』別上）、李頎「放歌行答従弟墨卿」詩に「挙頭遙望魯陽山、木葉紛紛向人落」、劉長卿「酬曲突陝」詩に「落葉紛紛満四隣、蕭条環堵絶風塵」、韋応物「寺居独夜寄崔主簿」詩に「幽人寂不寐、木葉紛紛落」とあり、姫大伴氏「晩秋述懐」詩に「寂寂独傷四運促、紛紛落葉不勝看」（『文華秀麗集』巻中）とある。**葉錦**　美しい紅葉の比喩。四九・五三番詩【語釈】および【補注】を参照のこと。**衣戔々**　「戔々」とは、『周易』賁卦に「賁于丘園。束帛戔戔。吝、終吉」とあるに基づく語。朱子の新注が「浅小」の意として以来、現代までこの解を踏襲するものが多いが、「正義」は、「衆多也」として、対立する。宋璟「奉和聖製同二相已下群官楽遊園宴」詩に「亹亹韶弦屢、戔戔賁帛周」、白居易「買花」詩に「灼灼百朵紅、戔戔五束素」とあり、『三教指帰』巻上に「翹翹車乗、門外接軫。戔戔玉帛、囿中連塵」、大江匡衡「於尾張国熱田神社供養大般若経願文」に「財幣玉帛、

的にその時点における表現と考えられる。ただし「ひぐらし」に明らかに夕方の意として認められる他例はなく、それを示す辞書も注釈書も見当たらないが、一つの可能性として提示しておきたい。

秋の野山を　「野山（のやま）」は一般に、野や山のことをいう。「秋の野山」という表現は万葉集にも八代集にも見られないが、「君に似る草と見しより我が標めし野山の浅茅人な刈りそね」（万葉集七―一三四七）、「あさ露をわけそほちつつ花見むと今ぞの山をみなへしりぬる」（古今集一〇―四三八）「春雨のふらばの山にまじりなん梅の花がさありといふなり」（後撰集一―三二）など見られる。『注釈』は「丘陵の草原地帯」とするが、これらの例を見ても、そのようには特定しがたい。

わけ来れば　二句目とのつながりでは「秋の野山ヲわけ」来れば、となる。万葉集で「わく」対象となるのは「雲」や「露」、「稲葉・葦垣」などであり、当歌に近い例としては「ますらをの呼び立てしかばさ雄鹿の胸別け行かむ秋野萩原」（万葉集二〇―四三二〇）の一例がある。この場合も実際に別けるのは野原というよりも、そこに群生する萩などの植物の枝葉であろう。「秋萩の咲きたる野辺はさ雄鹿そ露を別けつつ妻問ひしける」（万葉集一〇―二一五三）では「露を別け」ることになるが、『萬葉集全注』にはこれを「特殊な表現である」と注してあり、直接別けるのは秋萩であろう。八代集における類例としては「夏ごろもすそのの原をわけゆけばおりたがへたる萩が花ずり」（千載集三―二一九）「秋ののをわけゆく露にうつりつつ我がころもでは花のかぞする」（新古今集四―三三五）などが挙げられ、同様のことが言える。当歌についても、明示されてはいないが、「わく」の直接の対象となるのは、野山の草木

戔々羅列、法器道具、各々弁張」（『本朝文粋』巻一三）とあれば、多い様をいう重言の擬態語と解する。本集にも「試入秋山遊覧時、自然錦繡換単衣。戔々新服風前艶」（七一番）とある。

３　登峰　「峰」は、切り立つような高い山の頂。「嶺」は、山道が原義だがそれをたどって登ることができる山、またその山の頂を意味するようになった。そのためかどうか、「登峰」の語例を確認できなかった。謝霊運「初去郡」詩に「遡渓終水渉、登嶺始山行」（『文選』巻二六）、儲光義「終南幽居献蘇侍郎三首時拝太祝未上」詩に「暮春天気和、登嶺望層城」、常建「白湖寺後渓宿雲門」詩に「入渓復登嶺、草浅寒流速」、皎然「晩秋登佛川南峰懐裴例」詩に「登嶺望落日、眇然傷別魂」とあり、嵯峨天皇「冷然院各賦一物得澗底松」詩に「本自不堪登嶺上、唯余風入韻宮商」（『文華秀麗集』巻下）とある。　**望壑**　「壑」とは、地面にあいた穴やみぞが原義。そこから谷の意にもなる。異文「谷」は、その訓詁の傍注が紛れた可能性が高い。また「望壑」の語例を知らない。白居易「長恨歌」詩の「回頭下望（一作問）人寰処、不見長安見塵霧」というような例がないわけではないが、「望」は、基本的に、遠方のものを、従って水平から上方のものを見る際にいうのであり、おなじ「のぞむ」でも下方を見る場合は「臨」を採るのが一般。あるいは、島田忠臣「春日雄山寺上方遠望」詩に「不是山家是釈家、危峯望遠眼光斜」（『田氏家集』巻上）とあるような光景を描きたかったのではないか。　**回眸切**　「回眸」については、一三番詩【語釈】該項を参照。「切」は、形容詞的用法においては、程度の深刻さを示す。なお「回眸」を、瞳をクルクルとさせてあちこち見回すこと、と文字通りに解釈すれば、「切」は、し

の紅葉であろう。

こころにもあらぬ　本文「不意沼」において「不」が「あらず」を、「沼」が「ず」の連体形「ぬ」を表しているととる。「にも」は補読。【校異】に示したように「こころにもあらず」という訓も構文的に考えられなくはないが、「沼」を捨てることになるのでとらない。『注釈』も同訓であるが、「そのつもりもないのに」と通釈し、「錦」との連体修飾関係が生かされていない。「こころにもあらず」の意は「①思わず知らずのさま。無意識である。②本意ではない。気が進まない。③思いもかけない。意外だ」（日本国語大辞典第二版）であり、いずれも万葉集にはなく、中古の散文の用例からである。八代集には「逢ふ事は心にもあらでほどふともさやは契りし忘れはてねど」（拾遺集一五―九九二）「いたまあらみあれたるやどのさびしきは心にもあらぬ月をみるかな」（後拾遺集一五―八四六）「…はづかしの　もりもやせんと　おもへども　こころにもあらず　かきつらねつる」（千載集一八―一一六二）などの形で見られる。当歌の文脈においては、①無意識あるいは②不本意の意とはとらえがたく、③意外の意とみなされる。

錦をぞきる　「錦（にしき）」は中国から渡来した、色と文様の鮮やかな高級織物のことで、あでやかで美しい、平面的な物の見立てに用いられる。その例として、万葉集には「うぐひすの　来鳴く春へは　巌には　山下光り　錦なす　花咲きををり…」（万葉集六―一〇五三）「山の辺を五十師の御井はおのづから成れる錦を張れる山かも」（万葉集一三―三二三五）の二例あり、前者は春の花々、後者は春の花と秋の紅葉の両方が錦に見立てられている。八代集には「唐錦」を含め六〇例以上ある

きりに、の意となろう。また、一三番詩【語釈】該項のように解釈すれば、「切」はねんごろの意となろう。「マナジリ」の訓は、底本や藤波家本、京大本等にある。

４石硯　墨をするすずりのこと。だから「石研」とも書く。「硯」を二字化した語。李白「草書歌行」詩に「牋麻素絹排数厢、宣州石硯墨色光」、菅原道真「石硯」詩に「文人施器物、石硯玉簾前」（『菅家文草』巻五）とある。　**濡毫**　「濡」は、しずくが垂れるようにビッショリとぬらすこと。「毫」は、筆の穂先、また毛筆そのものをいう。「濡毫」は「濡筆」「濡翰」と同様、文字や絵画を描くことを意味する。また五〇番詩【語釈】「含毫」の項を参照のこと。韋応物「酬劉侍郎使君」詩に「濡毫意僶俛、一用写悁勤」、大江匡衡「為入道前太政大臣辞職並封戸准三宮第三表」に「仰前疏而増戦栗、濡禿筆而悩虞松」（『本朝文粋』巻四）、大江以言「暮春於尚書右中丞亭同賦閑庭花自落」詩序に「花容鳥語、誇栄遇於翰林之風、濡筆燥脣、釣沈思於詩流之浪」（『本朝文粋』巻十）とある。　**興万端**　「万端」に関しては、三七番詩【語釈】該項参照。「興」と異文「楽」とでは、「詩興」などの語の存在からやや前者が優り、また本集にも「雪後朝々興万端」（九〇番）とあるので、京大本等写本に従う。異文「与」「典」は、ともに「興」の誤写であること言を待たない。なお、底本には「楽ミ」、元禄九年版本等には訓読符がある。

【補注】

韻字は「山」（上平声二十八山韻）、「戔」（上平声二十五寒韻）、「端」

が、すべて枕詞か見立てとして用いられ、しかも「みわたせば柳桜をこきまぜて宮こぞ春の錦なりける」（古今集一―五六）「花のかげたたまくをしきこよひかなにしきをさらすにはとみえつつ」（後拾遺集二―一三九）「とこなつのにほへるにははからくににおれるにしきもしかじとぞおもふ」（後拾遺集三―二二五）「ちりかかる花のにしきはきたれどもかへらむことぞわすられにける」（千載集二―九〇）の四例が花である以外は、紅葉を見立てたものである。見立てられる紅葉の状態はさまざまであるが、当歌と類似の設定としては「なほざりに秋の山べをこえくればおらぬ錦をきぬ人ぞなき」（後撰集七―四〇三）「もみぢばをわけつつゆけば錦きて家に帰ると人や見るらん」（後撰集七―四〇四）「あさまだき嵐の山のさむければ紅葉の錦きぬ人ぞなき」（拾遺集三―二一〇）など見られ、いずれも散った紅葉が体に付いた状態を錦に見立てたものである。なお、錦を着ているのは「野山」という解釈も考えられなくはないが、上句の確定条件節とのつながりを認めがたいので採らない。

【補注】

当歌は、紅葉を錦に見立てるという発想を、紅葉の語を用いず「秋の野山」で暗示するところに妙味があり、当時代において決してありきたりではなかったはずの、この見立ての、しかも「錦をぞきる」と表現し＊

（上平声二十六桓韻）で、寒韻と桓韻は同用なるも山韻は異なるので、押韻に傷がある。平仄には基本的誤りはない。

あるいは、作者は日本漢字音や和訓を基にして本詩を製作していたのではないか。

本詩も含めて、五五番から五七番までの三首は、いずれも特殊な擬音語・擬態語を二語用いることで構成されている。重言はとりわけ視覚的にも単調になりやすいため、安易な使用は厳に戒めねばならぬところであろう。

＊た点に、先駆的な意義を有するであろう。

とりわけポイントになるのは「こころにもあらぬ」である。何が「こころにもあらぬ」かと言えば、二つ考えられる。一つは言うまでもなく、錦を着ているように見えた点であり、もう一つは【語釈】でも触れたように、野山を抜け出て初めてそのことに気付いた点である。つまり表現の順序とは別に発想の順序として想定されるのは、最初から紅葉を錦に見立てるというのではなく、錦を着ているように見えたのは、実は薄暗い野山を歩いて来た結果であり、それは紅葉が体に付いたからだったということである。

【比較対照】

歌上句「日ぐらしに秋の野山をわけ来れば」と詩起句「終日遊人入野山」はほぼ重なる。「日ぐらしに」に「終日」を対応させているのは、歌【語釈】に述べたように、「日ぐらしに」の一般的な意味をふまえたものであり、詩後半の行為が成り立つのも明るいうちだからこそである。歌の「わけ来れば」は、その行為が完了したか否かは表していないので、まだ野山の途中ともとれなくはない。ただ「来」という補助動詞は帰着点を視点とすることばであるから、おそらくは人里あるいは家に近い地点とみなせる。このことにこだわるのは、詩は全体が野山の中に設定されているからであり、それゆえに同じ錦の見立てでもその対象が大きく異なるからである。

歌下句「こころにもあらぬ錦をぞきる」に対する詩承句「紛々葉錦衣淺々」は、歌の言外にある紅葉の落葉を明示・詳述する一方、「こころにもあらぬ」との対応は捨てている。捨てずに言外に示しているとしたら、承句全体の光景を見た驚きとしてであろう。もっとも、詩【補注】の言うように「第二句が第一句の原因・理由を示す」としたら、野山に入る前にそれを目にしていたことになるが。いずれにしても、詩で錦に見立てられているのは紅葉の散る野山全体の光景であって、歌で確認したような作者個人に関わるものではありえない。

なぜこのような変更が生じたのか。四九番詩【補注】の説明のように「中国では、錦に喩えられるのは圧倒的に花であり、紅葉を喩えた例は極めて少ない」とすれば、詩はそもそもその見立てを歌からの借り物として対応させざるをえず、まして当歌のような趣向にまでは及ばなかったと考えられる。事実、その見立ては承句の「錦葉」わずか一語で済ませているのであり、詩はこの承句を除けば、どの季節であっても一向に構わない表現になっているのである。

五七番

奥山丹　黄葉蹈別　鳴麋之　音聴時曾　秋者金敷
奥山に　もみぢふみわけ　鳴くしかの　こゑ聴く時ぞ　秋はかなしき

【校異】

本文では、第二句の「蹈」を、類従本・京大本・大阪市大本・天理本・羅山本・無窮会本・永青本・久曾神本が「踏」とし、第三句の「麋」を、大阪市大本が「鹿」、無窮会本が「糜」とし、第四句の「聴」を、類従本・羅山本・無窮会本・永青本・久曾神本が「聆」とし、結句の「者」を、類従本が欠く。

付訓では、とくに異同が見られない。

同歌は、寛平御時后宮歌合（十巻本、秋歌、八二番）にあり、古今集（巻四、秋上、二一五番）に「これさだのみこの家の歌合のうた　よみ人しらず」として、猿丸集（書陵部三十六人集三九番、しかのなくをき、て）にもある。


【通釈】

奥山でもみじを踏み分けながら鳴くシカの声を聞く時こそが秋は悲しい。

【語釈】
奥山に　「奥山（おくやま）」は人里を遠く離れた山のことで、万葉集か

秋山寂々葉零々
麋鹿鳴音数処聆
勝地尋来遊宴処
無朋無酒意猶冷

秋山《シウサン》寂々《セキセキ》として葉《は》零々《レイレイ》たり。
麋鹿《ビロク》の鳴《な》く音《こゑ》数処《あまたところ》に聆《きこ》ゆ。
勝地《ショウチ》尋来《たづねき》て遊宴《イウエン》する処《ところ》、
朋《とも》無《な》く酒《さけ》も無《な》くして意《こころ》猶《なほ》冷《すさ》まし。

【校異】

「秋山」を、藤波家本「秋上」に作る。「意猶冷」を、京大本・大阪市大本・天理本「音猶冷」に作り、久曾神本「意独冷」に作る。また「猶」の右傍に、藤波家・講談所本・京大本・天理本「更イ」の校注があり、大阪市大本には「ラメイ」の傍訓あり。

また、前二句が『新撰朗詠集』鹿に収載され、本文は「鳴音数処聆」を「鳴声屢更聆」に作るものなどがある。


【通釈】

秋の山は人の声もせずひっそりとして木の葉だけがハラハラと舞い落ち、シカの鳴く声があちらこちらから聞こえてくる。景勝の地を探し求めてやってきてそこで遊び楽しもうとするのだけれど、友人も酒もないので私の心はやはりしらけた興ざめなものになる。

ら、八代集にも後撰集と金葉集を除き、まんべんなく現れ、歌語と覚しい。万葉集では「菅（の葉・根）・真木（の葉）」などの植物を伴った序詞や比喩の表現内に用いられるのが多いものの、「秋」あるいは「もみぢ」とともに用いられた例はなく、わずかに「奥山に住むといふ鹿の夕去らず妻問ふ萩の散らまく惜しも」（万葉集一〇―二〇九八）が、秋の、しかもシカを取り上げた唯一の例として認められる。八代集になると、「おく山のいはかきもみぢちりぬべしてる日のひかり見る時なくて」（古今集五―二八二）「見る人もなくてちりぬるおく山の紅葉はよるのにしきなりけり」（古今集五―二九七）「おく山にたてらましかばなぎさこぐふな木も今は紅葉しなまし」（拾遺集一七―一一二六）「おく山の木のはの落つる秋風にたえだえ嶺の雲ぞ残れる」（新古今集一六―一五二四）など、紅葉とともに詠まれているが、シカの現れる例は見当たらない。

もみぢふみわけ　「ふみわく」は、積もった何かを踏んで道を分け開くことをいう。万葉集にこの語はないが、「ふむ」や「ふみならす」はあり、その対象となるのは「石（根）・土・道・雪」などで、「もみぢ」はない。八代集には、直接対象語として「もみぢ」をとる例はないものの、近い例として「霜さゆるにはのこのはをふみわけて月はみるやととふ人もがな」（千載集一六―一〇〇九）の「このは」、「きりの葉もふみわけがたく成りにけりかならず人を待つとなけれど」（新古今集五―五三四）の「きりの葉」などの落葉や、「あきはきぬ紅葉はやどにふりしきぬ道ふみわけてとふ人はなし」（古今集五―二八七）「ふみわけてさらにやとはむもみぢばのふりかくしてしみちとみながら」（古今集五―二八八）などの例もある。「ふみわく」主体は、続き柄から言えば次句の「鳴く

【語釈】

1 秋山　秋の季節の山のこと。底本等版本には音合符があるが、京大本・大阪市大本等には「秋」に、「の」の点がある。江淹「雑体詩三十首　袁太尉従駕淑」詩に「朱櫂麗寒渚、金鍐映秋山」（『文選』巻三一）、駱賓王「秋日送侯四得弾字」詩に「夕漲流波急、秋山落日寒」、朝野鹿取「秋山作探得泉字応製」詩に「八月秋山涼吹伝、千峰万嶺寒葉翩」（『文華秀麗集』巻上）、菅原道真「柴扉」詩に「秋山隣已絶、問得一柴扉」（『菅家文草』巻二）とあり、本集にも「試入秋山遊覧時、自然錦繍換単衣」（七一番）とある。**寂々**　ひっそりと静かな様をいう重言の擬態語。左思「詠史八首其四」詩に「寂寂楊子宅、門無卿相輿」（『文選』巻二一）とあり、李善は「説文曰、寂寂、無人声也」という。武元衡「緱山道中口号」詩に「秋山寂寂秋水清、寒郊木葉飛無声」、藤原冬嗣「扈従梵釈寺応製」詩に「法堂寂寂煙霞外、禅室寥寥松竹間」（『文華秀麗集』巻中）、空海「故贈僧正勤操大徳影讃」に「夜台寂々星霜久、挙世風誦是公塵」（『性霊集補闕抄』巻一〇）とあり、本集にも「寂々空房孤飲涙、時々引領望荒庭」（一一一番）とある。**葉零々**　「零々」は、六朝・支遁「八関斎詩三首其二」詩に「息心投佯歩、零零振金策」、同「詠懐詩五首其四」詩に「曖曖煩情故、零零沖気新」、晩唐・王嵒「山中有所思」詩に「零零夜雨漬愁根、触物傷離好断魂」、晩唐・馮延己「酒泉子」詩に「迢迢何処寄相思、玉筋零零腸断」とある以外に語例を知らない語であるが、本集には「寒露初降秋夜冷、芽花艶々葉零々」（七七番）、「独居独寝涙零々」（一〇九番）と、三例の多きを見る。これを見れば、少なくとも本集においては王嵒詩と同様に、散り落ちる様、滴り

しか」が自然であろうが、なお【補注】にも述べる。「もみぢ」については、五三番歌【語釈】「もみぢ葉は」の項を参照。

鳴くしかの　本文「麋」字はオオジカの意であるが、万葉集にこの漢字は用いられず、「しか」と訓むのは「鹿」あるいは「牝鹿・雄鹿」であるのに対して、本集和歌においては四例のうち三例が「麋」であり、残り一例も「麕」であって「鹿」は見えず、鳴くのはオスのシカであるが、それで「麋」と「鹿」とを区別しているようにも思われない。シカは秋の代表的な動物として、特にハギとの取り合わせで詠まれることが、万葉集・八代集とおして多い。シカの行為として「鳴く」（＝妻を恋ふ）こと以外に、「宇陀の野の秋萩しのぎ鳴く鹿も妻に恋ふらく我にはまさじ」（万葉集八―一六〇九）「紫草を草と別く別く伏す鹿の野は異にして心は同じ」（万葉集一二―三〇九九）、「往還り折りてかざさむあさなあさな鹿立ちならすのべの秋はぎ」（後撰集六―二九八）「ふみしだきあさゆくしかやすぎつらむしどろにみゆる野ぢのかるかや」（千載集四―二四四）など、当歌の「もみじ踏みわけ」と類似の表現が見られる。

こゑ聴く時ぞ　シカの存在を知覚するのはもっぱら聴覚つまりその鳴き声によってであり、万葉集では「秋の野を朝行く鹿の跡もなく思ひし君に逢へる今夜か」（万葉集八―一六一三）「弥彦神の麓に今日らもか鹿の伏すらむ裘着て角つきながら」（万葉集一六―三八八四）以外がそうであり、八代集でも「あやしくもしかのたちどの見えぬかなをぐらの山に我やきぬらん」（拾遺集二―一二八）「あらちをのかるやのさきに立つしかもいと我ばかり物はおもはじ」（拾遺集一五―九五四）「さつきやみしげきは山にたつしかはともしにのみぞ人にしらるる」（千載集三―一

落ちる様を形容する重言の擬態語と見て誤りなかろう。

2　麋鹿　「麋」とは本来、四不像のこと。角はシカに似、尾はロバに似、蹄は牛に似、頸はラクダに似て、そのいずれでもないという動物だが、ここではおそらく「鹿」よりやや大形のシカのこと。「麋鹿」で、広くシカそのものを意味する。劉琨「扶風歌」に「麋鹿遊我前、猨猱戯我側」（『文選』巻二八）とあるまでもなくシカは山中に生息するから、唐代になると、秦系「山中書懐寄張建封大夫」詩に「昨日年催白髪新、身如麋鹿不知貧」、孟郊「隠士」詩に「虎豹忌当道、麋鹿知蔵身」等のように、退隠の生活や、知識人とは正反対の野人を暗示するようにもなる。空海「遊山慕仙詩」に「豺狼逐麋鹿、狻子嚼麞麖」（『性霊集』巻一）、菅原文時「過平城」詩に「緑草如今麋鹿苑、紅花定昔管弦家」（『和漢朗詠集』古京）とある。**鳴音**　鳴き声の意。ただし「鳴音」の語例を確認できない。「音」と「声」との相違は三〇番詩【語釈】該項を参照されたいが、本集には「秋虫何侘鳴音多」（一八八番）ともある。両字とも平声なので、なぜ一般的な「鳴声」を用いなかったのか不審。講談所本・京大本・大阪市大本・天理本・羅山本には音合符がある。**数処聆**　「数処」は、あちらこちら、五、六カ所で、の意。元禄版本などには音合符がある。四三番詩【語釈】該項を参照のこと。「聆」は、左思「魏都賦」に「億若大帝之所興作、二嬴之所曾聆」（『文選』巻六）とあり、李善が「博雅曰、聆、聴也」を引用し、張衡「思玄賦」に「聆広楽之九奏兮、展洩洩以彤彤」（『文選』巻一五）とあり旧注が「聆、聴也」というように、「聴」に同じ。従って、「聆」はあくまでも耳をそばだてて聴くことであり、音が自然に耳に入ってくることではない。その用法

九六）などを除く、約半数が聴覚的知覚による。またその鳴き声をどのように受け止めるかに関して、万葉集ではとくに示されないが、八代集では「ゆふづく夜をぐらの山になくしかのこゑの内にや秋はくるらむ」（古今集五―三一二）「もみぢせぬときはの山にすむしかはおのれなきてや秋をしるらん」（拾遺集三―一九〇）「このごろはきぎのこずゑにもみぢしてしかこそはなけあきの山ざと」（後拾遺集五―三四四）などのように、秋そのものを体現するものとして表現されている。

秋はかなしき　「こゑ聞く時ぞ」の「ぞ」と「秋は」の「は」という二つの係助詞がそれぞれの上接語を取り立てていることになるが、構文的には「ぞ」の方が歌末の「かなしき」と結んでいる。竹岡評釈は「秋はどういう時が心が傷むかというと、それは、…の時が最も心が傷む、というとらえ方の表現で、「秋は、…の時ぞ、悲しき。」と順序を変えてみるとよくわかる」と説明している。つまり「は」は「秋」を主題として取り立て、「ぞ」は「こゑ聞く時」をその主題に対する説明の中心として取り立てていることになろう。したがって「山里は秋こそことにわびしけれしかのなくねにめをさましつつ」（古今集四―二一四）のような場合は、「秋」は主題ではなく「山里」という主題に対する説明の中心ということになる。秋を悲しいととらえるのは「おほかたの秋くるからにわが身こそかなしき物と思ひしりぬれ」（古今集四―一八五）「物ごとに秋ぞかなしきもみぢつつうつろひゆくをかぎりと思へば」（古今集四―一八七）などに代表される古今集歌以降であるが、「なにとなく物ぞかなしきすがはらやふしみのさとの秋の夕ぐれ」（千載集四―二六〇）「おぼつかな秋はいかなるゆゑのあればすずろに物のかなしかるらん」

は唐詩においても変化がない。ほとんどの諸本がここに「キコユ」の訓を付するのは誤りではないが、押韻のためにこの語が用いられたことを忘れてはならない。文法的により正確を期すならば、シカの鳴き声をあちこちで聞くのみである、の意となろうが、語順的にはやや無理があろう。空海「遍照発揮性霊集序」に「上人性也、得善聆声知意、経目止口」（『性霊集』）とあり、本集には「処処芽野鹿声聆」（一七八番）ともある。

3 勝地　景勝の地のこと。王巾「頭陀寺碑文」に「信楚都之勝地也。宗法師、行絜珪璧、擁錫来遊」（『文選』巻五九）、白居易「遊雲居寺贈穆三十六地主」詩に「勝地本来無定主、大都山属愛山人」とあり、下毛野虫麻呂「五言秋日於長王宅宴新羅客」序に「歳光時物、好事者賞而可憐、勝地良遊、相遇者懐而忘返」（『懐風藻』）、菅原道真「詩草二首戯視田家両児…重以答謝」詩に「欲慕名医復宿分、非憐勝地諷当時」（『菅家文草』巻二）とある。**尋来**　尋ねてやってくる、の意。源順「山榴艶似火」詩に「夜遊人欲尋来把、寒食家応折得驚」（『和漢朗詠集』躑躅）とある。ただし、この語は韓愈「感春五首」詩に「音容不接祇隔夜、凶訃詎可相尋来」、陸亀蒙「奉和襲美茶具十詠　茶笥」詩に「尋来青靄曙、欲去紅雲煖」、滋野貞主「観闘百草簡明執」詩に「環坐各相猜、他妓亦尋来」（『文華秀麗集』巻下）とあるように、「尋」は助字であり、相次いでやってくる、の意が本来のもの。**遊宴処**　「遊宴」は、遊び楽しむ、の意。「処」は、〜すると、の意。向秀「思旧賦序」に「隣人有吹笛者、発声寥亮。追思曩昔遊宴之好、感音而歎」（『文選』巻一六）、白居易「代林園戯贈（裴侍中新修集賢宅成、池館甚盛、数往遊宴、酔帰自

（新古今集四—三六七）などになると、中国から移入された観念としてではなく独自の雰囲気や感情として定着していったと言える。悲哀の意味における「かなし」という思いが喚起されるきっかけとしては、万葉集では季節に関わらず「～見ればかなし」という視覚による類型的な表現が目に付くが、「つとに行く雁の鳴く音は我がごとく物思へかも声の悲しき」（万葉集一〇—二一三七）「鳥じもの海に浮き居て沖つ波さわくを聞けばあまた悲しも」（万葉集七—一一八四）「…梓弓　爪弾く夜音の遠音にも　聞けば悲しみ…」（万葉集一九—四二一四）などの聴覚的な例も見られる。八代集では秋に限ると「かなし」は聴覚的刺激を媒介とするのが目立ち、とくに「わがためにくる秋にしもあらなくにむしのねきけばまづぞかなしき」（古今集四—一八六）「なけやなけよもぎがそまのきりぎりすすぎゆく秋はげにぞかなしき」（後拾遺集四—二七三）など虫の鳴き声が多く、当歌と同じシカの鳴き声に関する例としては「夕まぐれさてもや秋はかなしきと鹿のねきかぬ人にとはばや」（千載集五—三二一）「さをしかのつまよぶこゑもいかなれや夕はわきてかなしかるらん」（千載集五—三一七）などが挙げられる。

【補注】

二句目の「もみぢふみわけ」の主体に関し、古今集所載の同歌に対して、窪田評釈では「「紅葉」は、散って積っているもの。踏み分けるのは鹿」とし、また竹岡評釈では「「もみじふみわけ」という表現のしかたが、（略）いかにも眼前の事のような表現であるために、作者の動作と解されるのであろう。しかしこれは古今集の詠風の特色で、作者が鹿

戯耳。）」詩に「南院今秋遊宴少、西坊近日往来頻」とある。なお、菅原道真「暮春見南亜相山荘尚歯会」詩に「風光惜得青陽月、遊宴追尋白楽天」（『菅家文草』巻二）、同「有勅賜視上巳桜下御製之詩敬奉謝恩旨」詩に「微臣縦得陪遊宴、当有花前腸断人」（『菅家文草』巻五）とあるなど、『菅家文草』には一〇例近い用例がある。

4 意猶冷　「冷」は、ぞっとする、あるいは、もの寂しい、の意。白居易「遊悟真寺」詩に「照人心骨冷、竟夕不欲眠」、劉得仁「送車濤罷挙帰山」詩に「朝是暮還非、人情冷暖移」などとあるが、菅原道真「孤雁」詩に「未卜能鳴意、唯驚冷夢魂」（『菅家文草』巻二）、同「春日尋山」詩に「従初到任心情冷、被勧春風適破顔」（『菅家文草』巻三）、同「春日独遊三首其二」詩に「花凋鳥散冷春情、詩興催来試出行」（『菅家文草』巻四）、同「四年三月二六日作」詩に「好去鶯花今已後、冷心一向勧農蚕」（『菅家文草』巻四）、橘在列「秋夜感懐敬献左親衛藤員外将軍」詩に「愁人冷不睡、中夜起躊躇」（『本朝文粋』巻一）とある用例などに、より近いものを感ずる。諸本「冷」に「スサマシ」の訓を当てる。異文「音猶冷」は、「意」の「心」が落ちたもの。「之」の注記は、おそらく「心」の誤写であろう。

【補注】

韻字は「零・聆・冷」で、下平声十五青韻。平仄にも基本的誤りはない。

呉衛峰「和歌と漢詩・詩的世界の出会い——『新撰万葉集』をめぐって」（『比較文学研究』六七、一九九五・一〇）は当詩に触れ、「詩の前

の身になっての《自》の表現で、おそらく、さような屏風絵でも見て詠んだか、あるいは秋山に独宴する作者が眼前の山のもみじを見つつ、奥山に想を馳せて、さような鹿の姿を幻想しつつ詠んだ歌でもあろうか」とする。

一方、日本古典集成本では「「ふみわけ」る主語は「人」か「鹿」か、古来議論があるが、人が踏みわけるのでなければ、「声きくときぞ」の主体が不明になって、一首の意が安定しない」のように表現面から、新日本古典文学大系本では「鹿の動作とする説もあるが、新撰万葉集の詩により作者の動作」のように対応する詩との関係から説明している。

私見では、【語釈】に述べたような表現のつながりの点からだけではなく、シカを「もみぢ踏み別け」の主体ととった方がよいと考える。おそらく竹岡の想定する「屏風絵でも見て詠」んだものではないだろうか(二一八番歌【補注】も参照)。

理由は二つ考えられる。一つは「奥山」という場所の設定である。めったに人が立ち入らない所であり、すでにもみじが散っているにもかかわらず人が実際に踏み込むとすれば、単なる風流以上の特別な事情を考えなければならないが、当歌自体がそこまでの設定を必要とするとは思われない。もう一つは、秋を悲しい季節とする観念を歌っていることである。「奥山・もみじ・しか」というセットは、いかにも秋らしく、しかも人けのなさ・落葉・妻恋の鳴き声と、そろって悲しさを喚起するものであって、そのあまりの都合のよい取り合わせゆえに実体験としてよりもむしろ観念としての組み合わせではないかと感じられるのである。「声きくときぞ」の主体が不明にな」るというのは、そもそも現実の

半は「鹿の声」という歌のキーワードと、蕭条たる秋の雰囲気とをうまく二句の七言絶句におさめている。七言絶句の形式に従えば、後半はこれを踏まえて展開しなければならない。ここに、「鹿の声」あるいは「鹿鳴」に対する和漢の解釈の分かれ道がある。三、四句目がどのようにこの難題を解決したかという点にこそ、我々は『新撰万葉集』における和漢併存のありかたの重要な一面を見ることができるのである。三句目の「勝地尋ね来りて遊宴するところ」は漢文学の伝統に従って「鹿鳴」ということばを解釈し、さらにそのイメージを広げたといえる。しかし行楽としての遊宴は和歌の悲秋の観念――もともと悲秋は中国の文学観念であるが――に背く。そこで四句目は「朋無く酒無くして意なほ冷し」といってまた失意のどん底へ落ちていく。このようにして、悲秋と鹿鳴との矛盾はみごとに解決されるわけである」と言われ、『詩経』小雅・鹿鳴篇の、「呦呦鹿鳴、食野之苹。我有嘉賓、鼓瑟吹笙」(呦呦と鹿鳴き、野の苹を食む。我に嘉賓有り、瑟を鼓し笙を吹く)という一節が、鹿の鳴き声には必ず付随してイメージされたと説く。

確かに一つの興味深い解釈であるが、さらに「勝地尋ね来りて遊宴する処、朋も無く酒も無くして意猶ほ冷しき」人、すなわち寂しい「遊人」には、白居易「微之敦詩晦叔相次長逝巋然自傷因成二絶其一」詩に「併失鵷鸞侶、空留麋鹿身。只応嵩洛下、長作独遊人」、同「龍門送別皇甫沢州赴任韋山人南遊」詩に「隼旟帰洛知何日、鶴駕還嵩莫過春。惆悵香山雲水冷、明朝便是独遊人」と詠われた白詩語「独遊人」(この語例は他にない)のイメージも重ねられているのではあるまいか。

知覚を前提にしているからであって、想像による表現営為を考慮していないと言える。また「新撰万葉集の詩により作者の動作」とするのは本末転倒であって、本集の詩が歌を元にしてはいてもそのまま引き写したものではありえないことは、これまで見てきたとおりである。とりわけ歌においては特定されない作者なり第三者なりを詩が現前化させることはしばしば認められたことであって、それは詩作ための独自の解釈あるいは設定とみなせるものであった。

【比較対照】

当歌【補注】でも触れたが、詩【補注】で紹介した呉論文が指摘するように「三句目の「勝地尋ね来たりて遊宴するところ」は漢文学の伝統に従って」いるとするならば、それはあくまでも詩の問題であって、歌の二句目の「もみぢふみわけ」の主体を作者とする理由として詩後半を挙げるのは不当であろう。また歌の「鳴くしかのこゑ聴く時ぞ」と詩承句「麋鹿鳴音数処聆」は対応するとしても、起句「秋山寂々葉零々」は「もみぢふみわけ」という行為を示唆あるいは含意するものになりえまい。

歌における想像や観念・機知に対する、詩における現実や行動・情趣という対比は、両文学の設定・表現上の特色の違いとして、これまでも確認してきたところであって、それはとりわけ詩の後半に現れるが、当歌詩についても同様にあてはまると考えられる。詩における作者主体の登場はまさにそれゆえであって、歌はむしろ限りなく主体を希薄化し対象を前景化するのである。

呉論文は詩の結句と転句において「悲秋と鹿鳴との矛盾はみごとに解決される」とするが、それは言うまでもなく詩の世界においてであり、少なくとも「行楽としての遊宴は和歌の悲秋の観念（略）に背く」ということが理由ではない。それに、詩としても他ならぬ日本人の作者がはたして「悲秋と鹿鳴と」をどこまで「矛盾」としてとらえたかは疑問である。それは詩後半が三六番詩の「適逢知己相憐処、恨有清談無酒樽」と酷似する表現であることからもうかがえるが、そもそも当詩においては起句が「悲秋」を表すとは言いきれず、承句と等しく転句の前提・理由ともみなせるのであって、しいて「悲秋」的な表現を見いだすなら、結句であろう。

悲秋の観念がもともと中国に由来するとすれば、歌の方こそ「秋はかなしき」という借り物のテーゼ（観念）を主とし、「もみぢ」とともに「鳴くしかのこゑ」という自然物を取り上げることが重大だったはずである。それに対して詩はむしろ、自明とも言うべき悲秋を結句において自然から人事寄りに移したところに工夫があったのではないかと考えられる。

五八番

雁之声丹　管子纏於砥之　夜緒寒美　虫之織服　衣緒曾仮

雁がねに　くだまくおとの　夜を寒み　虫の織りきる　衣をぞかる

【校異】

本文では、第二句の「纏」を、類従本・羅山本・無窮会本が「縓」とし、第四句末の「服」の後に、永青本・久曾神本が「留」を補い、結句の「曾」を、類従本・羅山本・無窮会本が欠く。

付訓では、とくに異同が認められない。

同歌は、寛平御時后宮歌合（十巻本、秋歌、一〇六番。ただし第二句「おどろく秋の」下句「虫の織り出す衣をぞ着る」）にあり、また夫木抄（巻一二、秋三、雁、四八八一番、寛平御時后宮歌合、読人不知。ただし第二句「おどろく秋の」下句「むしのおりだすころもをぞきる」）に見られる。

【通釈】

カリの声とともに（機織りの）管を巻く（時のような虫の）音（声）のする夜が寒いので、その虫が織って着る衣を借りよう。

【語釈】

雁がねに　「雁がね」については、四六番歌【語釈】「鳴く雁がねぞ」の項および五〇番歌【語釈】「雁がねの」の項を参照。当歌においては、

鳴雁鳴虫一々清
秋花秋葉班々声
誰知両興無飽足
山室沈吟独作情

鳴雁《メイガン》鳴虫《メイチウ》一々《イチイチ》清《きよ》し。
秋《あき》の花《はな》秋《あき》の葉《は》班々《ハンパン》たる声《こえ》。
誰《たれ》か知《し》らん両興《リヤウキヨウ》飽《あ》き足《た》ること無《なし》と。
山室《サンシツ》に沈吟《チムギム》して独《ひと》り情《セイ》を作《な》す。

【校異】

「一々清」を、永青本・久曾神本「一一忙」に作る。「班々」を、元禄九年版本・元禄一二年版本・文化版本・詩紀本・下澤本・無窮会本・久曾神本「斑斑」に作り、道明寺本・京大本・大阪市大本・天理本・羅山本・永青本は、「班」「斑」両字の判別不能。「声」を、永青本・久曾神本「馨」に作り、講談所本・道明寺本・京大本・大阪市大本・天理本「声」に「馨本作」を校注する。

なお、当詩の末尾に講談所本・道明寺本・京大本・大阪市大本「菅根」の注記があるが、それは次の五九番歌に対する注記。五九番歌の【校異】を参照のこと。

【通釈】

カリの鳴き声と虫の鳴き声が、一つ一つすがすがしく聞こえてきて、秋の花や落葉のあたりではことさらキリキリと鳴く声がすることだ。このカリの鳴き声と虫の鳴き声の二つの興趣に私が十分満足するということ

カリの鳴き声ともカリそのものともとれるが、第二句で「おと」を取り上げているのに合わせて、前者にとっておく。『注釈』は「本集では連体助詞の「が」と「の」は表記上明確に区別されていて、「之」は「の」と読むべき場合のみに用いられている」ことから「「かりのね」と読むべきである」とするが、当歌については付訓のある諸本すべてが「之」を「が」としているので、それに従う。

くだまくおとの　五〇番歌【語釈】「くだまく音の」の項を参照。五〇番歌では「雁がねの羽風を寒みはたおりのくだまく音のきりきりとする」のように、「くだまく音」とは「はたおり」という虫の鳴き声であり、それは「雁がねの羽風」が寒いことによる、となっている。当歌においても、第四句「虫の織りきる」との関係から、「くだまく」主体は虫であり、初句「雁がねに」との関係は、「今朝の朝明雁が音寒く聞きしなへ野辺の浅茅そ色付きにける」（万葉集八―一五四〇）「雁が音の寒き朝明の露ならし春日の山をにほはすものは」（万葉集一〇―二一八一）などから、雁の鳴き声が寒そうに聞こえる状況つまりは秋の夜寒になって虫が鳴く、ということであろう。寛平御時后宮歌合や夫木抄では第二句が「おどろく秋の」となっているが、それはおそらく初句の「雁がね」の「ね」と「おと」や第四句「虫の織りきる」の「織り」と「くだまく」などの意味的な重複を避けようとしたからであろう。

夜を寒み　形容詞のミ語法については、五〇番歌【語釈】「羽風を寒み」の項で言及してある。「夜を寒み」という表現は万葉集に一例、八代集では拾遺集までに七例、それ以降は見られない。当歌では「雁がねにくだまくおとの」が「夜」を修飾し、夜が寒いことを、雁と虫の鳴き声にとがないのを、いったい誰が知っているだろうか。そこで山中の庵にこもって詩文の構想を練りながら、ひとり心に満足を覚えるのだ。

【語釈】

1鳴雁　鳴くカリ、カリの鳴き声のこと。嵇叔夜「幽憤詩」に「嗈嗈鳴雁、奮翼北遊」（『文選』巻二三）とあり、李善は『毛詩』邶風・匏有苦葉に「雝雝鳴雁、旭日始旦」とあるのを指摘する。晋・江逌「詠秋詩」に「鳴雁薄雲嶺、蟋蟀吟深樹」とある。**鳴虫**　コオロギなどの鳴く声のこと。王昌齢「送十五舅」詩に「夕浦離觴意何已、草根寒露悲鳴虫」、薛能「中秋旅舎」詩に「雲巻庭虚月逗空、一方秋草尽鳴虫」とある。雁と虫の取り合わせも、李百薬「送別」詩に「雁行遙上月、虫声迥映秋」、李端「贈岐山姜明府」詩に「雁影将魂去、虫声与涙期」、劉禹錫「擣衣曲」詩に「報寒驚辺雁、促思聞候虫」、白居易「江夜舟行」詩に「叫曙嗷嗷雁、啼秋唧唧虫」、張祜「晩秋江上作」詩に「地遠蛩声切、天長雁影稀」とあるなど、秋の風物詩として漢詩では常見のこと。**一々清**　「一々」は、五五番詩【語釈】該項を参照。劉希夷「嵩嶽聞笙」詩に「風止夜何清、独夜草虫鳴」などとある。「清」の異文「忙」では通押しない。

2秋花　菊・萩などの秋に咲く花。白居易「秋蝶」詩に「秋花紫蒙蒙、秋蝶黄茸茸」、菅原道真「翫秋花」詩に「秋花得地在春宮、万歳将看一箇叢」（『菅家文草』巻一）、具平親王「秋花先秋開」詩に「一畝家園映夕陽、秋花驚見先秋芳」（『本朝麗藻』巻上）などとある。**秋葉**　秋になって色づき落ちる木の葉のこと。昭明太子「有所思」詩に「別前秋葉

よって具体的に表現していることになる。なお、同様の修飾例は「ささのはにおくはつしもの夜をさむみしみはつくとも色にいでめや」（古今集一三―六六三）のみである。また「夜をさむみ衣かりがねなくなへに萩のしたばもうつろひにけり」（古今集四―二一一、本集七七番）「夜をさむみ衣かりがねなくなへにはぎのしたばは色づきにけり」（拾遺集一七―一一一九）のように、「夜をさむみ」の後に「衣かりがね」と続け、「夜が寒いので衣を借りようと思うが借りることができない雁」の意を表す、「借り」と「雁」という掛詞を用いた表現も見られる。当歌の結句「衣をぞ借る」に類似するが、その主体は「雁」とは考えにくい。

虫の織りきる　「織りきる」という複合動詞は、万葉集に「…勝鹿の真間の手児な　麻衣に　青衿付け　ひたさ麻を　裳には織り着て…」（万葉集九―一八〇七）の一例があるが、八代集には見られない。「織って着物にして、着る」（日本国語大辞典第二版）の意とすれば、当歌における「織る」も「きる」も主体は「虫」ということになる。寛平御時后宮歌合や夫木抄では「織りきる」を「おりだす」とするが、「おりだす」については四九番歌【語釈】「織りいだすはぎの」の項で触れてある。当歌で「織りきる」よりも「おりだす」を良しとする理由はとくに見当たらず、結句の「借る」を「着る」にしたことによるものと考えられる。

衣をぞかる　「ころも」と「きぬ」については、五五番歌【語釈】「木の葉のきぬを」の項を参照。当歌においても、音数律から「ころも」と訓んでおく。「かる（借）」は万葉集から八代集まで用いられているが、その対象は「宿」であることが圧倒的に多く、「衣」に対する例として

落、別後春花芳」、権徳輿「感寓」詩に「秋虫与秋葉、一夜隔窓聞」、空海「荒城大夫奉造幡上仏像願文」に「況復春蕊風飄、秋葉雨散」（『性霊集』巻七）、紀長谷雄「葉落吟」詩に「秋風起、秋葉飛」（『朝野群載』巻一）、紀在昌「北堂漢書竟宴詠史得蘇武」詩に「賓雁繋書秋葉落、牡羊期乳歳華空」（『扶桑集』巻九、『和漢朗詠集』詠史）などとある。

班々声　「班々」は、車輪の軋る音を形容する擬音語。『後漢書』五行志に「京都童謡曰、城上烏、尾畢逋。公為吏、子為徒。一徒死、百乗車。車班班、入河間。…車班班、入河間者、言上将崩、乗輿班班入河間迎霊帝也」とある。「班班」については一六番詩【語釈】該項を参照。「声」は下平声十四清韻、異文「馨」は下平声十五青韻で、隣接する韻だけれども後者は独用であり、他の押韻字「清・情」がともに下平声十四清韻であることから、異文「馨」は非。なお、【補注】を参照されたい。

3 誰知　いったい誰が知っているのか、誰も分かりはしない、の意。反語。顔延年「五君詠五首　劉参軍」詩に「韜精日沈飲、誰知非荒宴」（『文選』巻二一）、荊助仁「五言詠美人」詩に「誰知交甫珮、留客令忘帰」（『懐風藻』）、菅原道真「筆」詩に「豈見焚無意、誰知搭滅声」（『菅家文草』巻五）とあり、本集にも「誰知我乗指南車」（六九番）などとある。　**両興**　「興」は、楽しみ、おもしろみ、おもむき、の意。この場合は去声。【補注】にも述べるように、ここは五〇番歌詩との関連から雁の声と虫の声。白居易に「聞崔十八宿予新昌弊宅時予亦宿崔家依仁新亭一宵偶同両興暗合因而成詠聊以写懐」詩があるが、詩語としては極めて稀な語。　**無飽足**　「飽足」は、十分に満足する・させる、の意の、やや口語的な語。一般の韻文に語例が無く、寒山「詩三百三首其一一

は、万葉集では「人妻とあぜかそを言はむ然らばか隣の衣を借りて着なはも」（万葉集一四―三四七二）の一例、八代集には「夜をさむみ衣かりがねなくなへに萩のしはばもうつろひにけり」（古今集四―二一一）「いもせやまみねのあらしやさむからんころもかりがねそらになくなり」（金葉集三―二二一）のように、先に示した「雁」との掛詞の例として見られる。衣を借りることに関連することは、五一番歌【語釈】「衣無き身は」の項で取り上げてある。

【補注】

当歌は【語釈】でも触れた本集の「雁がねの羽風を寒みはたおりの管まく音のきりきりとする」（五〇番）と「はなすすきそよともすれば秋風の吹くかとぞ聞く衣無き身は」（五一番）、さらに「秋風の吹き立ちぬればきりぎりす己が綴りと木の葉をぞ刺す」（七三番）などを組み合わせたような成り立ちとみなされる。すなわち三句目までが五〇番歌、四句目が七三番歌、結句が五一番歌という具合である。

その結果ゆえにというべきか、全体としてバランスの取れた表現とは言いがたい。たとえば「虫」については第二句と第四句で繰り返されるのに対して、初句の「雁がねに」は孤立して後に生きていない。これが「雁がねは」という表現ならば、「衣かりがね」という掛詞もあるから、結句と結び付くことも考えられよう。また、上二句は「夜」を修飾し、その寒さを具体化していると言えるものの、続き柄には多少無理が感じられる。

結句の「衣をぞ借る」主体が詠み手自身とすると、当歌は秋の夜寒を

四」詩に「始取驢飽足、却令狗飢頓」とあり、「春秋左氏伝序」の「饜而飫之、使自趨之」の「正義」に「其大義飽足学者之好、使自奔趨其深致」、『毛詩』大雅・既酔の「小序」の「正義」に「又従祭初至於祭末、乃見十等倫理、於是志意充満、如食飽足、是以謂之飽徳也」とあり、本集にも「君思鶴恋院飽足」（二三四番）とある。

4 山室 僧侶などが住む山中の住まいのこと。江淹「訪道経」詩に「寂寞兮山室、徳経兮道袠」、『魏書』馮亮伝に「亮不敢還山、遂寓居景明寺。敕給衣食及其従者数人。後思其旧居、復還山室」、嵯峨天皇「贈賓和尚」詩に「苦行独老山中室、盥嗽偏宜林下泉」（『凌雲集』）とあり、本集には「雪後朝々興万端、山家野室物班々」（九〇番）とある。**沈吟** 詩文の構想を練りながら低い声でくちずさむこと。「沈吟」には、物思いに沈み、深く思う、の意もあるが、ここは五〇番詩（「含毫朗詠依々処、専夜閑居賞一時」）との関連から採らない。謝荘「月賦」に「沈吟斉章、殷勤陳篇」（『文選』巻一三）とあり、李善は王逸「九思・悼乱」に「哀我兮寡独、靡有兮斉倫。意欲兮沈吟、迫日兮黄昏」（『楚辞後語』巻六）とあるのを指摘する。白氏もこの語を好んで用いるが、その多くは後者の意で用いる。ただ白居易「首夏南池独酌」詩の「慚無康楽作、秉筆思沈吟。境勝才思劣、詩成不称心」のような例もある。紀長谷雄「延喜以後詩序」に「若夫覩物感生、随時思動、任志所之、不労敢沈吟」（『本朝文粋』巻八）とあるほか、藤原為時「夏日同賦未飽風月思」詩に「未飽多年詩思侵、清風朗月久沈吟」（『本朝麗藻』巻下）、藤原伊周「余近曾有到寂上人…敬以答謝」詩に「適交懐旧詩篇末、抱筆沈吟整葛巾」（『本朝麗藻』巻下）など、『本朝麗藻』にはこの意で用い

歌い、その趣向として虫が織るとされる衣を持ち出したことになるが、「ぞ」による強調も含め、一首としての収斂性に乏しいと言えよう。

※ 当歌は「かりがね」「くだまくおと」「はたをり」(むしのおりきるころも)と、五〇番歌とその構成要素を同じくする同想の作品であって、五〇番詩ではそれを「爽候催来両事悲、秋鴻鼓翼与虫機」と詠んでいた。「両事」とは、和歌にあった「秋鴻鼓翼」と「虫機」であること言うまでもない。ところが当詩の場合、「鳴雁鳴虫一々清、秋花秋葉班々馨」であると、その「両興」とは雁や虫と萩や落葉などの、動物と植物を指すこととなって、歌意から大きく逸れることになってしまうのである。

ここは是非とも、この「班班」を車の軋る音として、「くだまくおと」を写したものと考えなくてはならない。五〇番歌には「くだまくおとのきりきりとする」とあるからである。一六番詩【語釈】該項に示したように、この「班々」(あるいは「斑々」)の語は、諸辞書ともに擬態語としての解釈が一般であるのだが、『大漢和』『大字源』は、【語釈】に挙げた『後漢書』五行志の「京都童謡曰、城上烏、尾畢逋。公為吏、子為徒。一徒死、百乗車。車班班、入河間。…車班班、入河間者、言上将崩、乗輿班班入河間迎霊帝也」の一節を擬音語としての用例とする。ちなみに『漢語大詞典』や『聯綿字典』『辞源』ではこれを通行が絶えない様、たくさんある様と、擬態語に解釈する。結論的にいえば、この一節も擬態語と解すべきと思われるが(その典故を意識する、杜甫「憶昔二首其二」詩の「斉紈魯縞車班班、男耕女桑不相失」の一節も、仇注、鈴木注ともに擬態語と解する)、注意すべきは現代でもこれを擬音語と解する例が四例もある。本集にも「撫瑟沈吟無異態、試追蕩客贈詞華」(一一四番)とある。 **独作情** 「作情」は「為情」に同じ。ただし、古典における用例を知らない。あるいは俗的な用法か。心に自得すること。ゆったりと自分を取りもどすこと。おそらく平仄の関係から本来「為情」とすべき所を「作情」としたのだろう。或いは「ナス」という訓が脳裏にあったのかもしれない。崔日用「餞唐永昌」詩に「冬至氷霜倶怨別、春来花鳥若為情」、李白「三五七言」詩に「相思相見知何日、此時此夜難為情」、杜甫「泛江送客」詩に「離筵不隔日、那得易為情」、耿湋「新蝉」詩に「今朝蟬忽鳴、遷客若為情」、李端「送皎然上人帰山」詩に「適来世上豈縁名、適去人間豈為情」、韓愈「桃源図」詩に「人間有累不可住、依然離別難為情」とある。

【補注】

韻字は既述のように「清・声・情」で、下平声十四清韻。平仄は転句の第六字「飽」が、平でなければならないところが仄であるので、二四不同、二六対の基本的規則にあてはまらない。

承句「秋花秋葉班々声」の解釈について述べる。この句を普通に読むならば、その「班々声」は「秋花秋葉」の声でなければならない。対句である「鳴雁鳴虫一々清」の「一々清」が、「鳴雁鳴虫」の鳴く声であれば、尚更である。しかし「秋葉」はともかく「秋花」が音を出すかというと、それは余程の風でもない限りあり得ないことだろう。そこに異文「馨」の存在する余地が生まれる。ただ、それでは韻が合わないし、意味的にも和歌にそぐわなくなってしまう。

※

解があることであって、作者もこれを車が軋る音と解していたのではないか。

「くだ」およびその「おと」については、五〇番歌【語釈】該項を参照されたいが、「秋花秋葉」のあたりでキリギリスがキリキリと車輪の軋るような声で鳴いていると言いたかったのだろうと推測する。

起句と承句の、一字ないし数字を挟む同字を含む一句が互いに対応する対句は、『文鏡秘府論』東巻・二九種対には「双擬対」と言うとあり、『懐風藻』にも、藤原史「五言遊吉野二首其二」詩に「夏身夏色古、秋津秋気新」とあるほか、

釈弁正「五言在唐憶本郷一絶」

日辺瞻日本、雲裏望雲端。遠遊労遠国、長恨苦長安。

と、全編この対句から成るものまである。猶、この対句の中国詩における用例等に関しては、王利器『文鏡秘府論校注』（中国社会科学出版社、一九八三）を参照のこと。

【比較対照】

当歌上二句は詩起句の「鳴雁鳴虫」に対応しようが、それらに対する感覚が歌は「寒し」であるのに対して詩は「清」であり、関連はするが一致はしない。このことは、歌では夜寒を表現するのに対して、詩はまったくそれを取り上げていないことに通じる。

また詩【補注】に述べるように、承句が歌の「くだまくおと」を写したとすれば、起句との関係で、カリと虫との描写のバランスは明らかに悪いが、それは歌における両者のバランスの悪さに見合っていると言えなくもない。しかも、詩が歌の第三句以降を全く無視し、かつ歌から離れた後半部分を持つことと考え合わせると、詩は音声の情趣にこそ主眼を置いたと考えられる。詩後半は詠み手自身のことを歌い、それ自体は歌結句と共通するものの、結句から音声の情趣を感じ取っているとはみなしがたい。

それでは、詩の転句で「誰知両趣無飽足」のように展開するのはなぜであろうか。想像されるのは、歌の第三句をはさんでの前後の展開を、詩では別様に仕組んだのではないかということである。歌の上二句だけを見るかぎりでは、カリと虫の鳴き声を鑑賞するととれなくもない。それが、第三句以降は一転して衣を借りたいほどの夜寒という、いわば現実的な、そしておそらくは一人身の淋しい状況を歌っている。歌における、この鑑賞に浸ってはいられない現実というのを、もし「誰知両趣無飽足」によって表現したとすると、詩はそこから別様の、しかし本集の他詩にも見られるような、一人詩想に耽り満足するという方向に展開したのではないだろうか。

歌【補注】に述べたように、当歌が収斂性に乏しいのは、鑑賞的な素材を持ち出しながら現実的な寒さを歌うというところにあったと考えられる。その点、詩は後者を捨てて鑑賞によって全体をまとめようとしたと見ることもできよう。

五九番

秋風丹　音緒帆丹挙手　来船者　天之外亘　雁丹曾阿里芸留

秋風に　こゑを帆に挙げて　来る船は　天のとわたる　雁にぞありける

【校異】

本文では、結句の「丹」を、京大本・大阪市大本が欠き、同句の「曾阿」を、類従本・羅山本・無窮会本・永青本・久曾神本が「佐」とし、同句の「芸」を、永青本・久曾神本が「介」とする。

付訓では、とくに異同が見られない。

同歌は、寛平御時后宮歌合（十巻本、秋歌、一一〇番、藤原菅根朝臣。ただし第三句「ゆく舟は」結句「雁にざりける」）にあり、また古今集（巻四、秋上、二一二番）に「寛平御時きさいの宮の歌合のうた　藤原菅根朝臣」としてあり、古今六帖（第六、とり、かり、四三五九番、みつね。ただし結句「かりにざりける」）にも見られる。

【通釈】

秋風とともに、声を帆のように（高々と）挙げて来る舟は、空にある通り路を渡るカリであったことよ。

【語釈】

秋風に　四三番歌【語釈】「秋風に」の項を参照。

こゑを帆に挙げて　本集では「音」字を「おと」よりも「こゑ」と訓む

唳々秋鴻乱碧空

濤音櫓響響相同

羇人挙檝櫂歌処

海上悠々四遠通

唳々《(レイレイ)》たる秋《(あき)》の鴻《(かり)》碧空《(ヘキコウ)》に乱《みだ》る。

濤音《(タウイン)》櫓響《(ロキヤウ)》と響《(ひび)》き相《(あ)》ひ同《(おな)》じ。

羇人《(キジン)》檝《かぢ》を挙《(あげ)》て櫂《さをさ》し歌《(うた)》ふ処《(とこ)ろ》、

海《カイ》上《(シヤウ)》悠々《イウイウ》として四遠《(シエン)》通《(トウ)》す。

【校異】

「秋鴻」を底本等諸本「秋雁」に作り、元禄九年版本「鴻」文化写本「鴻群」を校注するも、類従本・講談所本・道明寺本・京大本・大阪市大本・天理本・羅山本・無窮会本・永青本・久曾神本に従う。類従本「雁」の異本注記あり。「響相同」を、永青本・久曾神本「是相同」に作る。「櫂歌」を、類従本「楫歌」に作り、羅山本・無窮会本「櫂」に更改符を付して「楫」にする。永青本・久曾神本「催歌」に作る。

【通釈】

秋になって飛来するカリたちがまだ暗い未明の空にレイレイと鳴き乱れると、その鳴き声と波音に混じる櫓の響きとが同じように聞こえてくる。旅人は舟を漕ぎ出そうと楫を取り上げて舟歌を口ずさむが、海はただ遙か彼方まではてしなく広がり、その声は四方どこまでも広がっていく。

ことが適当な例が多くその点では問題ないが、当歌では何の音声かという点でどちらが適当なのかが問題になる。第二句は文脈的には第三句「来る船は」につながるものであるから、船の発する音声、具体的には梶の音と考えられる（初句の「秋風に」という表現から、風を受ける帆の音という可能性もあるが、それを証する例が見当たらない）。梶の音は「我のみや夜舟は漕ぐと思へれば沖辺の方に梶の音〔於等〕すなり」（万葉集一五―三六二四）「…海人の小舟は　入江漕ぐ　梶の音〔於等〕高し…」（万葉集一七―四〇〇六）などのように「おと」と表現されるのが普通であって、「こゑ」を用いる例は見られない。この限りでは「おと」の方が適当とみなされるけれども、歌全体としては、結句によってその正体が「雁」であることが示されるのを先取りする形で表現し結び付けたとすれば「こゑ」の方が適当と考えられる。「帆（ほ）」の例は万葉集・八代集を通して「海人小舟帆かも張れると見るまでに鞆の浦回に波立てり見ゆ」（万葉集七―一一八二）があるのみで、「帆に挙ぐ」という表現はもとより見られない。比較的早い時期の私家集・私撰集には「こゝろとはねは　ゆくふねの　ほにあけてこそ　うらみられけれ」（伊勢集〔正保版〕四九六番）「こぎはなれうらこぐふねのほにあげていはでしもこそかなしかりけれ」（古今六帖五―二六五〇）などの例が見られ、これらにおいては、比喩的にはっきり目立つようにする意を表している。「帆」と「穂・秀」との語源の別は定かではないが、同じような比喩的な意味を担うようになったものであろう。当歌の場合は未だそのように慣用化された表現ではなく、続く「船」との関係においてその船の帆のように高々と「こゑを挙げて」という実質的な比喩性を持ってい

【語釈】

1 唳々　カリの高く澄んだ鳴き声を形容する重言の擬声語。ただし、日中ともにその用例を知らない。そもそも「唳」は、鮑照「舞鶴賦」に「唳清響於丹墀、舞飛容於金閣」（『文選』巻一四）とあるその李善注に「唳、鶴声也」といい、「鶴唳」の語があるように、鶴の鳴き声を表すのが一般である。しかし、謝恵連「秋懐」詩に「蕭瑟含風蟬、寥唳度雲雁」（『文選』巻二三）、常建（韋建）「湖中晩霽」詩に「遅回漁父間、一雁声嘹唳」、韋応物「往富平傷懐」詩に「飄風忽截野、嘹唳雁起飛」などとあることから、「唳」が雁と縁のない字であったわけではない。菅原文時「唳雲胡雁遠」詩にも「胡雁新来自朔方、唳雲飛遠暗成行」（『天徳三年八月十六日闘詩行事略記』）とある。**秋鴻**　秋に飛来する雁。五〇番詩【語釈】該項を参照。意味上の大差はないが、「鴻」は平声、「雁」は去声であるので、平仄上から異文「秋雁」は非。**乱碧空**　「碧」は、深く濃い青色。だから、隋煬帝楊広「冬至乾陽殿受朝詩」に「碧空霜華浄、朱庭皎日光」とあるのは、早朝のまだ暗い空をいうのであり、殊に唐詩にあっては盧綸（陳羽）「長安疾後首秋夜即事」詩に「紫陌夜深槐露滴、碧空雲尽火星流」、李賀「渓晩涼」詩に「白狐向月号山風、秋寒掃雲留碧空」、元稹「会真詩三十韻」詩に「微月透簾櫳、螢光度碧空」、白居易「晩秋夜」詩に「碧空溶溶月華静、月裏愁人弔孤影」とあるように、秋の「碧空」は例外なく夜空を意味する。本集下巻の「玄英碧空雪不閑」（二〇一番）に対応する歌にも「天の川」の言葉があり、当詩においても夜をイメージしているのだろう。采女比良夫「五言春日侍宴応詔」詩に「淑景蒼天麗、嘉気碧空陳」（『懐風藻』）、

るととらえられる。

来る船は　この表現で一句を成す例は、万葉集にも八代集にも見当たらない。「行く舟」なら、「…いさなとり　海を恐み　行く舟の　梶引き折りて…」（万葉集二―二二〇）「我が恋を夫は知れるを行く舟の過ぎて来べしや言も告げなむ」（万葉集一〇―一九九八）、「月かげのさすにまかせてゆくふねはあかしのうらやとまりなるらん」（金葉集三―二〇八）「清見がた関にとまらでゆく船は嵐のさそふこのはなりけり」（千載集五―三六二）などの例がある。

天のとわたる　この句の分節は「天（あま）のと」「わたる」であろう。「天のと」は万葉集に「ひさかたの　天の門開き　高千穂の　岳に天降りし　皇祖の…」（万葉集二〇―四四六五）の一例があるが、これは天の岩戸の意。八代集にはこれから転じたと見られる「うき世とは思ふものからあまのとのあくるはつらき物にぞ有りける」（後撰集一四―九九六）「いつしかとあけゆくそらのかすめるはあまのとよりや春はたつらん」（金葉集一―三）などの例がある。当歌における「天のと」はそれとは異なり「（大空を海に見立てた語。「門と」は渡って通る所の意）太陽や月の渡る道」（小学館古語大辞典）で、「さ夜ふけてあまのと渡る月影にあかずも君をあひ見つるかな」（古今集一三―六四八）「ゆく人もあまのとわたる心ちして雲のなみぢに月をみるかな」（詞花集九―二九七）などと同様であるが、当歌の場合「天のとわたる」主体が「月」ではなく「雁」である点、異色である。ただし「とわたる」という類義の動詞があり、「山のはのささらえをとこ天の原門渡る光見らくし良しも」（万葉集六―九八三）のように月を主体とする例のほか、「天河かりぞとわ高階積善「林花落灑舟」詩に「花満林梢映碧空、落来片々灑舟紅」（『本朝麗藻』巻上）とある。なお「乱」れているのは、雁の声であって、雁の飛翔する姿ではない。雁の飛行は「雁行」の語で表されるような、乱れないことが特徴であるからである。

2 濤音　大波の音のこと。ただし、この語の用例を日中ともに知らない。おそらく、隋・柳䛒「奉和晩日楊子江応教詩」に「未覩纖羅動、先聴遠濤声」、劉禹錫「浪淘沙九首其七」詩に「八月濤声吼地来、頭高数丈触山回」、白居易「杭州春望」詩に「濤声夜入伍員廟、柳色春蔵蘇小家」とある、「濤声」を改変したものであろうが、本集三〇番詩【語釈】に既述したように、「音」と「声」の原義からすれば、中国ではあり得ない造語であろう。本集には「濤音聳耳応秋風」（一八五番）とある。

櫓響　舟を漕ぐ櫓の音のこと。ただし、この語の用例を日中ともに知らない。劉禹錫「歩出武陵東亭臨江寓望」詩に「戍揺旗影動、津晩櫓声促」と初出する、「櫓声」の語を改変したものか。**響相同**　「秋雁」の「唳々」たる鳴き声と、「濤音」に混じる「櫓響」とが同じ音であるということ。雁の鳴き声と櫓の音との類似を言うのは、白居易「河亭晴望」詩の「晴虹橋影出、秋雁櫓声来」や、同「秋日与張賓客…字」詩の「翠藻蔓長孔雀尾、彩船櫓急寒雁声」であり、そこから島田忠臣「秋日諸客会飲賦屏風一物得舟」詩に「雲叶雁声疑櫓動、風吹鷁首怪帆留」（『田氏家集』巻上）、菅原道真「聞早雁寄文進士」詩に「下弦秋月空驚影、寒櫓暁舟欲乱声」（『菅家文草』巻四）、同「重陽後朝同賦秋雁櫓声来応製」詩序に「秋雁者月令之賓也、櫓声者風窓之聴也」とあり、その詩にも「碧紗窓下櫓声幽、聞説蕭々旅雁秋」（『菅家文草』巻五）とある

たるさほ山のこずゑはむべも色づきにけり」（後撰集七―三六六）「夕なぎにとわたるちどり浪間よりみゆる小島の雲に消えぬる」（新古今集六―六四五）などのように、鳥を主体とした例も見られる。

雁にぞありける　竹岡評釈では古今集所載の同歌に対して、「文型は「AはBにぞありける。」の型で、「最後の説明で、種明かしをするといった趣向本位の歌」ともなる。この型は集中に多く見られ、AとBとの間の微妙な共通点を発見してAとBとを結びつけるものであるが、悪くするとクイズの類に堕してしまう場合もある。この歌など、そこまでは堕していない」と説明する。これは見立てとしての表現型をいうものであって、「〜にぞありける」という歌末表現を持つ歌は万葉集には「妹とありし時はあれども別れては衣手寒きものにぞありける」（万葉集一五―三五九一）の一例があるものの、見立てではなく、古今集には一四例見られるが、同歌を除けば典型的な見立ての歌は「風ふけど所もさらぬ白雲はよをへておつる水にぞ有りける」（古今集一七―九二九）だけである。また雁を舟に見立てる歌は万葉集にも八代集にも見られない。なお【校異】で示したように、「雁にぞありける」の「ぞあ」の連続を「ざ」とするのは縮約形であって、勅撰集には認められない（長沼英二「和歌表現の定型化と縮約形――八代集時代の縮約形「ざりける」――」『古代中世文学論考　第三集』新典社、一九九九を参照）。

【補注】

当歌はカリを船に見立てたものであるが、その見立てのポイントについて、古今集の諸注釈書は、形状（カリが列をなして飛ぶ様と船の形）

など、この比喩が広まったというのが定説（たとえば、小島憲之『古今集以前』一九七〜八頁）。ちなみに中国では白居易の前にも後にもこうした表現はない。なお、藤波家本・講談所本・道明寺本・羅山本・無窮会本「響トシテ」と訓ずる。

3 羇人　旅人のこと。また「羈人」とも。鮑照「代悲哉行」詩に「羇人感淑節、縁感欲回轍」、劉長卿「呉中聞潼関失守因奉寄淮南蕭判官」詩に「一雁飛呉天、羈人傷暮律」とある。四七番詩【語釈】「羇夫」の項を参考。　**挙檝**　「檝」は「楫」の別体字。久曾神本に「カヂ」の訓あり。オールを持ち上げて、まさに舟を漕ごうとすること。趙冬曦「和尹懋秋夜遊灉湖二首其二」詩に「吹笙虚洞答、挙楫便風催」、劉禹錫「競渡曲」詩の自注に「競渡始於武陵、及今挙楫而相和之。其音咸呼云何在、斯招屈之義」とあり、詩には「霊均何年歌已矣、哀謡振楫従此起」とある。　**櫂歌処**　「櫂歌」は、舟歌のこと。同音同義なので「棹歌」とも書く。底本「櫂」に「サヲサシ」の訓がある。張衡「西京賦」に「斉栧女縦櫂歌、発引和校鳴葭」（『文選』巻二）とあり、李善は「栧女、鼓栧之女。漢書音義、韋昭曰、栧楫也、楊至切。櫂歌、引櫂而歌也。西都賦曰、櫂女謳」といい、漢武帝「秋風辞」に「横中流兮揚素波。簫鼓鳴兮発棹歌」（『文選』巻四五）とあるのを引用する。陸機「櫂歌行」詩に「名謳激清唱、榜人縦櫂歌」とあり、小野岑守「奉和江亭暁興詩応製」詩に「棹唱全聞辺俗語、漂歌半雑上都音」（『凌雲集』）、菅原道真「正月二十日有感」詩に「廻頭左右皆潮戸、入耳高低只棹歌」（『菅家文草』巻三）、慶滋保胤「山川千里月」詩に「郷涙数行征戍客、棹歌一曲釣漁翁」（『和漢朗詠集』月）などとある。異文「楫歌」の用例を知らな

と音声（カリの鳴き声と梶で漕ぐ音）の二つを挙げ、音声については白詩「河亭晴望」の「秋雁櫓声来」という表現の影響を指摘している。音声の方は「こゑを帆に挙げて」という表現もあるので見立てとして認めやすいが、形状の方はそれと直接知りうる表現を見いだしがたい。

　手がかりがあるとすれば「天のと」である。「と」は狭い通り路のことであり、「天のと」は天空にそのような路を想定したものである。その想定の根拠になったのはまさにカリの飛ぶ様すなわちその列が横に広がったものではなく縦に並んだ様であったと考えられる。それが中央からたわめるように深く二つに折ったような形になっていれば、船の形にさらに類似したものになろう。なお、これは船を上から見た形としてであって、窪田評釈の説く「翼を張って来る一列の雁影を、水平線の舟と見た」という、横から見た形ではあるまい。

※　カリの声と櫓の音とのアナロジーは、村上天皇「幾行寒雁去」詩に「驚弓斜避三更月、引櫓遙過万里雲」（『新撰朗詠集』雁）、村上天皇「塞雁随風遠」詩に「陣影半経胡塞断、櫓声猶過洞庭遙」（『類題古詩』遠）、菅原文時「雲雁報秋声」詩に「漢晴乱櫓波翻暁、村静和砧露結時」（『類題古詩』）、菅原文時「唳雲胡雁遠」詩に「万里和砧凝処滅、千程引櫓散時長」（『天徳三年八月十六日闘詩行事略記』）などとあるように、村上朝の十世紀中頃に再び流行したようである。

　更に贅言すれば、「櫓」は、『釈名』釈船に「船尾曰柂、在傍曰櫓」とあるように、大船の両側に設置された大形の長いオールをいう。「楫」は、舟を進めるために水をかくオールのこと。小型の舟に用いる、比い。

4 海上　海面のこと。江淹「雑体詩三十首阮歩兵詠懐　籍」詩に「青鳥海上遊、鸒斯蒿下飛」（『文選』巻三一）とある。ただし、空海『三教指帰』巻下に「是故海上頑人、疑如魚木。山頭愚士、怪如木魚」、菅原道真「海上月夜」詩に「秋風海上宿蘆花、況復蕭々客望賒」（『菅家文草』巻一）、同「早春内宴聴宮妓奏柳花怨曲応製」詩に「余音縦在微臣聴、最歎孤行海上沙」（『菅家文草』巻三）、同「依病閑居聊述所懐奉寄大学士」詩に「含情海上久蹉跎、猶恨虚労動宿痾」（『菅家文草』巻四）、同「海上春意」詩（『菅家文草』巻六）など、日本漢詩のほとんどは、海のほとりの意で用いる。**悠々**　遠く遙かに際限のない様を形容する重言の擬態語。陳子昂「宿襄河駅浦」詩に「天河殊未暁、滄海信悠悠」、張宣明「使至三姓咽麵」詩に「東都日窅窅、西海此悠悠」とあり、小野岑守「江楼春望応製」詩に「春雨濛濛江楼黒、悠悠雲樹尽微茫」（『文華秀麗集』巻上）、平五月「訪幽人遺跡」詩に「借問幽栖客、悠悠去幾年」（『文華秀麗集』巻中）、菅原道真「近以冬至書懐詩…重以呈之」詩に「感徹悠々不道疎、雷声在晦甚寛舒」（『菅家文草』巻一）、同「賦得赤虹篇」詩に「挙眼悠々宜雨後、廻頭眇々在天東」（『菅家文草』巻二）、本集にも「悠悠雲路流晴月」（一四一番）とある。久曾神本に「イウ」の音訓あり。**四遠通**　四方の遙か彼方まで通じる、の意。四一番詩【語釈】該項を参照。

【補注】

韻字は「空・同・通」で、上平声一東韻。平仄にも基本的な誤りはない。※

較的短いオール。ちなみに「漁父」の「漁父莞爾而笑、鼓枻而去」（『楚辞』）の「枻（yi）」は、「楫（ji）」の楚地方の方言だろうという。「櫂（zhao）」は、「棹（zhao）」とも書く。「棹」は『釈名』釈船に「在傍撥水曰棹」、『方言』九に「楫…、或謂之棹」とあり、『楚辞』にも登場することから、「楫」の楚地方の方言かという。

【比較対照】

当詩前半は、カリを船に、音声という点で見立てる歌の表現を、より詳細・明確にしたものと言える。この見立ては歌【補注】にも述べたように、表現自体からも推測しやすいが、その前提として「この歌が白詩を出典とすることは、白詩を愛読した当時の平安官人には、直ちに判明したことであろう。しかも彼等はこれを巧みに歌に詠みこんだと感じ入ると共に、各人各様、歌をめぐって「あやの場」を設定したものと思われる」（小島憲之「古今集的表現の成立」（『解釈と鑑賞』三五―一二、一九七七・二）とすれば、詩【語釈】および【補注】に示された日本漢詩におけるこの見立ての普及はそのことを裏付けていよう。

問題は、形状に関する見立てが詩にはまったく写されていないことである。その理由として考えられることは二つある。一つは、そもそも当歌に形状の見立てを認めなかったということである。歌自体、その【補注】に述べたように、見立てとしての表現上の手がかりが弱いというだけではなく、万葉集以来、カリが詠まれる場合に取り上げられるのはもっぱらその鳴き声であって、飛ぶ様子を主体に描写した歌は、「白雲にはねうちかはしとぶかりのかずさへ見ゆる秋のよの月」（古今集四―一九一）「うすずみにかくたまづさとみゆるかなかすめるそらにかへるかりがね」（後拾遺集一―七一）など、きわめて稀れなのである。

もう一つは、かりに形状の見立てを認めたとしても、白詩からの影響と見られる音声の方の見立てを重視したということである。その態度は結果的に、詩の後半に歌には全く現れない舟歌を取り上げることにより、全体的に聴覚的描写を中心にまとめているところにもうかがえるように思われる。

しかしいずれにしても、当歌がカリを船に見立てることを眼目とする点に変わりはないが、詩の方は必ずしもそうではない。というよりむしろ、転句で船自体の存在を示すことによって、承句の「濤音櫓響響相同」は見立て、つまり一方の非現前を前提とした想像上の同定ではなく、カリの鳴き声と櫓の響きをともに耳にし、両者の実際上の類似性を描写したものと解釈される。白詩「河亭晴望」には、船が登場しないからこそ「秋雁櫓声来」という一句が見立ての表現になるのである。

詩作者がその詩全体を知り、かつ歌の見立ても認めた上で、あえて実景描写として表現したとするなら、それこそ「歌をめぐって「あやの場」を設定した」と言えば言えるかもしれない。

六〇番

秋山丹　恋為麋之　音立手　鳴曾可為死　君歟不来夜者

秋山に　恋するしかの　こゑ立てて　鳴きぞしぬべき　君が来ぬ夜は

【校異】

本文では、第二句の「麋」を、道明寺本が「鹿」とし、第四句末の「死」を、永青本・久曾神本が欠き、結句の「君」を、講談所本が欠く。付訓では、第四句の「なきぞしぬべき」を、京大本・大阪市大本・天理本が「なくぞかなしき」とする。

同歌は、寛平御時后宮歌合（十巻本、秋歌、一一六番）にあり、だいぶ下って続古今集（巻一三、恋三、一一九四番）に「寛平御時后宮歌合よみ人しらず」としてある。

【通釈】

秋の山で妻恋するシカのように、声を上げて（私も）きっと泣いてしまうだろう、あなたが来ない夜は。

【語釈】

秋山に　「季節名＋山」という複合語として、四季の中で「秋山」は万葉集・八代集とももっとも多い。「秋山」とともに詠み込まれるのは「秋山に落つるもみち葉しましくはな散りまがひそ妹があたり見む」（万葉集二―一三七）「秋山の木の葉もいまだもみたねば今朝吹く風は霜も

独臥多年婦意睽
秋閨帳裏挙音啼
生前不幸希恩愛
願教蕭郎枉馬蹄

独臥《トクグワ》多年《タネン》婦意《フイ》睽《そむ》く。
秋閨《シウケイ》の帳裏《チヤウリ》に音《こゑ》を挙《あげ》て啼《な》く。
生前《セイセン》不幸《フウカウ》にして恩愛《オンアイ》希《まれ》なり。
願《ねがはく》は蕭郎《セウラウ》を（し）て馬蹄《バテイ》を枉《ま》げしめん。

【校異】

「多年」を、羅山本・無窮会本「多乎」に作り「年」を校注する。「睽」を、類従本「暌」に作って「癸」を校注し、無窮会本・永青本も「暌」に作る。講談所本・道明寺本・天理本「睽」に作って、講談所本・道明寺本「睽」を校注する。「帳裏」を、底本・講談所本・道明寺本・京大本・大阪市大本「悵裏」に作り、講談所本「帳」を校注する。「不幸」を藤波家本「伓幸」に作る。「恩愛」を、詩紀本・藤波家本・羅山本「思愛」に作る。「願教」を、類従本・講談所本・羅山本・無窮会本「願煞」に作り、講談所本「殺」を校注する。藤波家本「願殺」に作り、道明寺本「願敬」に作り、永青本・久曾神本「歎殺」に作る。「蕭郎」を京大本・大阪市大本・天理本「蕭良」に作り、天理本には「郎也」の注記がある。永青本「簫郎」に作る。「枉」を底本等版本「狂」に作り、類従本・藤波家本・講談所本・道明寺本・京大本・大阪市大本・天理本・羅山本・無窮会本「狂」に作るも、詩紀本及び天理本校注に従う。

置きぬべく」（万葉集一〇—二二三二）、「いく木ともえこそ見わかね秋山のもみぢのにしきよそにたてれば」（後撰集七—三八七）などのように、「もみぢ」が圧倒的に多いが、シカがともに詠まれる例はない。

恋するしかの　「恋（こひ）す」というサ変動詞の形は「我のみやかく恋す〔恋為〕らむかきつはたにつらふ妹はいかにかあるらむ」（万葉集一〇—一九八六）「恋する〔恋為〕に死にするものにあらませば我が身は千度死に反らまし」（万葉集一一—二三九〇）などのように、万葉集から見られるが、その対象を示す格助詞を明示する例がない。「恋ふ」の対象格は「に」で表すことが多いことを勘案すると、当歌の「恋す」の対象は初句の「秋山」となりそうなものの、「秋山に恋ふ（恋す）」の類例が万葉集にも八代集にも見いだせない。一方、シカの方は「宇陀の野の秋萩しのぎ鳴く鹿も妻に恋ふらく我にはまさじ」（万葉集八—一六〇九）「秋萩の散り行く見ればおほほしみ妻恋すらしさ雄鹿鳴くも」（万葉集一〇—二一五〇）、「つまこふるしかぞなくなる女郎花おのがすむのの花としらずや」（古今集四—二三三）「なに事にあきはてながらさをしかのおもひかへしてつまをこふらん」（金葉集四—二六五）などのように妻を対象とする例が多数見られる。「妻」は文字どおりの雌鹿もしくはそれに擬したハギであって、それらの存在する「秋山」にまで広げて「恋ふ（恋ひす）」と表現する例はない。「夕されば小倉の山に鳴く鹿は今夜は鳴かず寝ねにけらしも」（万葉集八—一五一一）「吉隠の猪養の山に伏す鹿の妻呼ぶ声を聞くがともしさ」（万葉集八—一五六一）、「ゆふづく夜をぐらの山になくしかのこゑの内にや秋はくるらむ」（古今集五—三一二）「さをしかの友まどはせる声すなりつまやこひしき秋の山べ

【通釈】

本意に背いて、ひとりで夜を過ごすことが何年にもなるので、秋のもの寂しい寝室のカーテンの内側で、ひとりの婦人が声を上げて泣いている。夫が生きていた頃も不幸にして愛されることが稀であったので、色男が行く先を変えて（この女性の所に行って）くれることを願う。

【語釈】

1 独臥　本来夫婦一緒に過ごすはずの寝室で、ひとりぼっちで寝ること。この語は、男がそうすることを意味する場合が多いが、陳・何楫「班婕妤怨」詩に「独臥銷香炷、長啼費錦巾」、鄭虔「閨情」詩に「長征君自慣、独臥妾何会」とあり、十市采女「和江侍郎来書」詩に「寒閨独臥無夫聟、不妨蕭郎枉馬蹄」（『和漢朗詠集』恋）とあるように、女性の場合を表さないわけではない。**多年**　歳月の長久をいう。包佶「双山過信公所居」詩に「積雨封苔径、多年亜石松」、白居易「長恨歌」詩に「漢皇重色思傾国、御宇多年求不得」とあり、菅原道真「在州以銀魚袋贈吏部第一郎中」詩に「随我多年鱗半落、贈君遠路涙猶余」（『菅家文草』巻三）、同「題呉山白水詩」に「欲見多年懸薬処、空留一眼去蓬莱」（『菅家文草』巻五）とある。異文「多乎」は、「年」の草体の類似による誤り。**婦意睽**　「婦意」とは、既婚女性の気持。陳後主叔宝「三婦詞十一首其七」詩に「大婦愛恒偏、中婦意常堅」、儲光羲「同王十三維偶然作十首其六」詩に「羨彼匹婦意、偕老常同棲」とある。「睽」と異文「暌」は共に、そむく、たがう、の意。字形も類似し、音もケイ〔kui〕で同音のため、両字はしばしば異文関係をもつ。ただし、「意睽」

に」（拾遺集七―四二八）などのように、「山（べ）に」がシカのいる場所を表す例もあることから、当歌の初句「秋山に」も「恋するしか」の居場所を示すとみなし、「恋す」の対象は省略されているととっておく。

こゑ立てて　「こゑ立つ」という表現は万葉集にはなく、八代集に「声たててなきぞしぬべき秋ぎりに友まどはせるしかにはあらねど」（後撰集七―三七二、本集七〇番）「声たててなくといふとも郭公たもとはぬれじそらねなりけり」（拾遺集一六―一〇七四）「くれゆけばあさぢがはらのむしのねもをのへのしかもこゑたてつなり」（後拾遺集四―二八一）などのように、シカを含めて用例が認められる。この句は第四句の「鳴く」を修飾し、大きな声を出して、の意を表す。シカに関する、その類似表現として「大和辺に君が立つ日の近付けば野に立つ鹿もとよめてぞ鳴く」（万葉集四―五七〇）「山彦の相とよむまで妻恋に鹿鳴く山辺に一人のみして」（万葉集八―一六〇二）、「秋はぎにうらびれをればあしひきの山したとよみしかのなくらむ」（古今集四―二一六）など「とよむ」を用いた例が見られる。なお三六番歌【語釈】「こゑふりたてて」の項も参照。

鳴きぞしぬべき　「鳴きす」という複合動詞の間に係助詞「ぞ」が入った形に「ぬべき」が接続した表現とみなす。可能性としては「鳴き死ぬ」という複合動詞も考えられ、本文表記「鳴曾可為死」において衍字的に「死」を用いているのもそれを暗示しているかのようであるが、「死ぬ」を後項とする動詞としては万葉集・八代集とも「恋ひ死ぬ」以外に見当たらない。「鳴きす」の用例は万葉集にはなく、後撰集に前掲の「声たててなきぞしぬべき秋ぎりに友まどはせるしかにはあらねど」

「意暎」ともに、用例を知らない。

2 秋閨　秋日の閨房のこと。劉緩「雑詠和湘東王三首秋夜」詩に「楼上起秋風、絶望秋閨中」（『玉臺新詠』巻八）、江洪「秋風二首其一」詩に「孀居憎四時、況在秋閨内」（『玉臺新詠』巻一〇）とあり、唐詩には「秋閨」と題する五言律詩が数首あり、いずれも遠征の夫が帰らぬ孤閨の寂しさを歌う。　**帳裏**　とばりの内側、の意。「帳中」とも。鮑照「朗月行」詩に「靚妝坐帳裏。当戸弄清弦」、白居易「長恨歌」詩に「聞道漢家天子使、九華帳裏夢魂驚」とあり、菅原道真「劉阮遇渓辺二女」詩に「青水渓辺唯素意、綺羅帳裏幾黄昏」（『菅家文草』巻五）、同「屏風」詩に「質宜羅帳裏、功見玉筵中」（『菅家文草』巻五）とある。異文「悵裏」は「帳」の草体からの誤り。　**挙音啼**　大声を出して泣くこと。ただし、「挙音」は中国詩に例が無く、空海「贈伴按察平章事赴陸府詩」序に「当是暉栄史策、挙音糸竹」（『性霊集』巻三）とあるように、楽器の音を出すことが本来の意味だろう。ここは、謝霊運「廬陵王墓下作」詩に「挙声泣已灑、長歎不成章」（『文選』巻二三）、李白「冬夜酔宿龍門覚起言志」詩に「去去涙満襟、挙声梁甫吟」、劉湾「虹県厳孝子墓」詩に「挙声哭蒼天、万木皆悲風」、紀長谷雄「寛平八年閏正月雲林院行幸記」に「拝起稽首、挙声歓喜」（『紀家集』巻一四）とあり、「音」も「声」もともに平声なので、是非とも「挙声」でなければならない。

3 生前　死者がまだ元気に生活していた頃。宋之問「傷曹娘二首其二」詩に「君看水上芙蓉色、恰似生前歌舞時」、白居易「李夫人」詩に「夫人病時不肯別、死後留得生前恩」とあり、嵯峨天皇「哭賓和尚」詩に「生前蘿席空留月、没後金爐誰添香」（『文華秀麗集』巻中）、菅原道真

（後撰集七—三七二）「この月の年のあまりにたらざらばうぐひすははやなきぞしなまし」（後撰集八—五〇四）の二例が見られる。なお当歌においては、「鳴く」と「泣く」が重ね合わされているとみなされる。

君が来ぬ夜は　同一表現による句は万葉集・八代集において「暁のしぎのはねがきももはがき君がこぬ夜は我ぞはかなき」（古今集一五—七六一）の一例しか見いだせない。また「～夜は」で結句となる歌としては、「高山ゆ出で来る水の岩に触れ砕けてそ思ふ妹に逢はぬ夜は」（万葉集一一—二七一六）、「秋なれば山とよむまでなくしかに我おとらめやひとりぬるよは」（古今集一二—五八二）「近江よりあさたちくればうねののにたづぞなくなるあけぬこのよは」（古今集二〇—一〇七一）などが見られ、倒置的に詠嘆を表現している。

【補注】

当歌は、二句目までを序詞とする表現とみなされる。シカの恋することは、まさに「こゑ立てて鳴く」ことによって察せられるのであり、それを我が身に引き寄せて歌ったものである。

結句の「君が来ぬ夜は」から考えれば、「恋する—こゑ立ててなく」のは女であって、シカ（雄）の場合とは一致しない。実際「宇陀の野の秋萩しのぎ鳴く鹿も妻に恋ふらく我にはまさじ」（万葉集八—一〇六九）「妹を思ひ眠の寝らえぬに秋の野にさ雄鹿鳴きつ妻思ひかねて」（万葉集一五—三六七八）などのように、男（雄）という立場で一致する例が多いのは確かであり、その点では異色である。ただし、同様に共感的な取り上げ方であっても、「君に恋ひうらぶれ居れば敷の野の秋萩しのぎさ

「冬夜呈同宿諸侍中」詩に「共誓生前長報国、誰思夢裏暫帰家」（『菅家文草』巻五）、同「奉太皇太后令旨請停后号兼返別封状」に「中志生前、免誹死後」（『菅家文草』巻九）とある。**不幸**　不運、ふしあわせ。鮑照「擬行路難十八首其一二」詩に「自生留世苦不幸、心中惕惕恒懐悲」、白居易「和微之詩二十三首和李勢女」詩に「自言重不幸、家破身未亡」とあり、空海「仮名乞児論」に「吾若不幸不遇和上、永沈現欲定没三途」（『三教指帰』巻下）、同「為酒人内公主遺言」に「吾有一箇瓊枝、不幸先露」（『性霊集』巻四）とある。**希恩愛**　「希」は、曹植「朔風詩」に「昔我初遷、朱華未希」（『文選』巻二九）とあり、李善が「希与稀同、古字通也」と注するように、まれ、の意。「恩愛」は、夫婦などの肉親間の愛情をいう。蘇武「詩四首其三」詩に「結髪為夫婦、恩愛両不疑」（『文選』巻二九、『玉臺新詠』巻一）、盧仝「楼上女児曲」詩に「直縁感君恩愛一迴顧、使我双涙長珊珊」、白居易「長恨歌」詩に「昭陽殿裏恩愛絶、蓬萊宮中日月長」とあり、菅原道真「為源大夫亡室藤氏七七日修功徳願文」に「念而因念、難断恩愛於即身。観以更観、未免憂悲於此劫」（『菅家文草』巻一一）とある。異文「思愛」は、阮侃「答嵆康詩二首其二」詩に「交際雖未久、思愛発中誠」、岑参「送弘文李校書往漢南拝親」詩に「慈親思愛子、幾度泣霑裙」とあって、愛情の意で用いられるが、男女間のそれとして用いられることが無く、しかも用例は極めて稀であることから、「思」は「恩」の誤写と考えるべきであろう。

4 願教　「教」は、使役。侯氏「繡亀形詩」に「繡作亀形献天子、願教征客早還郷」とある。**蕭郎**　いわゆる色男のこと。本集四一番詩【語釈】該項を参照。**枉馬蹄**　「枉」は、曲げる、曲がる、の意。「枉道」

雄鹿鳴くも」（万葉集一〇―二一四三）「よはになくこゑにこころぞあくがるるわが身はしかのつまならねども」（金葉集三―二二四）などのように、立場の異なる例も見られなくはない。

当歌において「恋する」の対象を省いたのは、あるいはあえて雌雄（男女）の別を問わない、もしくは雌（女）の立場から歌おうとする意図があったからからもしれない。下句「なきぞしぬべき君が来ぬ夜は」はあくまでも仮定・予想の表現であるのも、このことと関係しよう。

※語義が本来男性を主体とする語であり、また「婦意」の語もあるだけに、主体はむしろ男性とする方が無理なく解釈できるだろう。すなわち、「男は妻の意に背いて長年一人で寝てきたので、妻は秋の物寂しい寝室の陰で声をあげて泣いている」とするのである。ただ、後半はどう見ても女性を主体とする以外にないので、わざわざ起句だけ男性を主体とするのを避けた。

また、和歌の内容からすると漢詩の内容はかなり飛躍があるので、和歌の「可為死」と漢詩の「生前」との関係をあれこれ考えてもみたが、解が見つからなかった。

には、回り道をする意がある。異文「狂」と「枉」は本来区別がないし、「狂」は恐らくその誤写。ただし、「狂」にも「マグ・マゲル」の訓がある。類似表現の十市采女「和江侍郎来書」詩に「寒閨独臥無夫聟、不妨蕭郎枉馬蹄」（『和漢朗詠集』恋）とあった。その『和漢朗詠集』の当該箇所にも異文が多いが、柿村重松『和漢朗詠集考証』以下の諸注もこの本文を採用する。「馬蹄」は、馬のひづめ。蘇伯玉妻「盤中詩」に「家居長安身在蜀。何惜馬蹄帰不数」（『玉臺新詠』巻九）、王建「行宮詞」詩に「向前天子行幸多、馬蹄車轍山川遍」、白居易「及第後帰覲留別諸同年」詩に「翩翩馬蹄疾、春日帰郷情」、同「送令狐相公赴太原」詩に「詩作馬蹄随筆走、猟酣鷹翅伴觥飛」（『千載佳句』遊猟）とあり、紀長谷雄「春雪賦」に「凝地而纔没馬蹄、満庭以漸封鳥跡」（『本朝文粋』巻一）、菅原道真「小廊新成聊以題壁」詩に「行路馬蹄斜側見、到門人語近前聴」（『菅家文草』巻二）とある。

【補注】

韻字は、「睽・啼・蹄」で上平声十二斉韻。平仄にも基本的誤りはない。

承句は女性を主体とする以外解釈はなかろうが、起句は「独臥」の※

【比較対照】

当歌詩において、表現上直接対応するのは「こゑ立ててなきぞしぬべき」と「挙音啼」だけである。「君が来ぬ夜は」には起句の「独臥」および承句の「希恩愛」が間接的に対応しようが、決定的に異なるのは、歌はあくまでも仮定であり、しかも一夜あるいは数夜ぐらいでしかないのに対して、詩は現実であり、しかも「多年」に及ぶという点である。

当歌が秋歌とされるのは「秋山に恋するしかの」という表現があるからこそであり、これを序詞とすることにより、当歌は具体的なイメージが喚起されるのであるが、詩はそれをまったく捨てている。一般に詩においてはシカを素材とすることが少なく、また「隠棲と関わりが深い」（佐藤保『漢詩のイメージ』大修館書店、一九九二）とすれば、歌同様の用い方がしにくかったという事情もあるかもしれないが。

結果的に、詩は歌の一部をきっかけとして、歌から離れ全面的に閨怨詩として展開することになった。閨怨詩のパターンにはまってしまえば、歌の持つ一種愛らしい恨み言のようなレベルでは済まなくなるのも無理ないところである。まして結句のごとく、他の色男に期待するという発想は、歌では到底生まれえまい。

六一番

唐衣　乾鞆袖之　燥沼者　吾身之秋丹　成者成芸里

唐衣　ほせども袖の　かわかぬは　吾が身の秋に　成ればなりけり

【校異】

本文では、第四句の「吾」を、藤波家本が欠き、第三句の「燥」の前に、永青本・久曾神本が「不」を置き、同句の「燥」を、羅山本・無窮会本・永青本・久曾神本が「燪」とし、同句の「沼」を、永青本・久曾神本が欠き、結句の「成」を、永青本・久曾神本が「奈利」とする。

付訓では、とくに異同が見られない。

同歌は、寛平御時后宮歌合（十巻本、秋歌、一〇八番。ただし第二・三句「ほせどたもとの露けきは」）にあり、また下って新勅撰集（巻五、秋下、二九八番）に「寛平御時きさいの宮の歌合のうた　よみ人しらず」として見られる（ただし第二・三句「ほせどたもとのつゆけきは」）。

【通釈】

干しても（涙に濡れた）袖が乾かないのは、私自身が秋になったからであるなあ。

【語釈】

唐衣　「唐衣（からころも）」はその本来の意味である、中国風の衣服とる積極的な理由は見いだしがたく、「着る」「裁つ」を導く「万葉集」

曩時恩幸絶今悲
双袖双眸両不晞
戸牖荒涼蓬草乱
毎秋鎮待雁書遅

曩時《そのかみ》の恩幸《（オンカウ）》絶《（たえ）》て今《（いま）》悲《（かな）》しぶ。
双袖《（サウシウ）》双眸《（サウボウ）》両《（ふたつ）》ながら晞《ひ》（ず）。
戸牖《（コイウ）》荒涼《（クヮウリヤウ）》として蓬草《（ホウサウ）》乱《（み）だ》る。
秋毎《（あき）ごと》に鎮《（とこしなへ）》に待《（ま）》つ雁書《（ガンショ）》の遅《をそ》きことを。

【校異】

「恩幸」を、底本・文化写本・藤波家本「思幸」に作るも、他本に従う。「悲」を京大本・大阪市大本・天理本「非」に作り、底本等版本・詩紀本・下澤本「非」の異本注記あり。「双袖双眸」を、大阪市大本・京大本・天理本「髪袖髪眸」に作り、「髪」両字に大阪市大本・京大本は「如本」、天理本には「如本双歟」の注記あり。「草」を、京大本・大阪市大本「簞」に作り、天理本「華」に作る。底本等版本・詩紀本・下澤本・文化写本にも「華」の異本注記あり。「書」を底本・文化写本「尽」に作って文化写本「書群」を校注し、藤波家本「昼」に作る。

【通釈】

かつての天皇からの寵愛は絶えてしまったので今は悲しみが募るだけで、両方の眼から流れる涙とそれを拭う両方の袖は乾く時がない。（訪れがないために）家の入り口は荒れ果ててヨモギが生え乱れているが、それでも毎年秋になると手紙が来るのが遅いといつまでも待つことにな

以来の歌語であるが、平安時代以降には、「袖」「袂」「紐」「褄」のような衣に関する語に広く掛かるようにな」（日本国語大辞典第二版「からころも」語誌の項）ったものとみなす。当歌の場合、「唐衣」と「袖」の間に「ほせども」という表現が入るが、衣（全体）を干しても袖（部分）だけがかわかない、というのでは、身に付けた状態としてはそもそも考えにくいので、「唐衣」に実質的な意味を認めないでおく（『注釈』の通釈では、「唐衣を干すけれども袖が乾かない」とする）。同様の例としては、「いつはりの涙なりせば唐衣しのびに袖はしぼらざらまし」（古今集一二―五七六）「いつのまにこひしかるらん唐衣ぬれにし袖のひるまばかりに」（後撰集一一―七二九）「たなばたにぬぎてかしつる唐衣いとど涙に袖やぬるらん」（拾遺集三―一四九）など見られる。

ほせども袖の　「袖（そで）」については、五二番歌【語釈】「袖と見ゆらむ」の項に述べてあるように、「ほす／かわく」などと結び付く用法が、八代集になってから顕著になる。「袖」と「たもと」との関係については、五二番歌【語釈】「草の袂か」の項に触れてあるが、用法上の明確な差は見いだしがたい。【校異】に示した他集同歌における「露けし」は「ほす／かわく」という類義語の重複を避け、かつ秋歌らしさを出そうとした結果と考えられる。

かわかぬは　「ほす」も「かわく」も万葉集から用例が認められるが、「かわく」は万葉集には二例しか見られないのに対して、八代集では「ほす」を上回るほど用いられ、しかもそのほとんどは「袖」に関して、「限なく思ふ涙にそほちぬる袖はかわかじあはむ日までに」（古今集八―四〇一）「露ばかりぬるらん袖のかわかぬは君が思ひのほどやすくなるのだ。

【語釈】

1 曩時　昔、以前、の意。賈誼「過秦論」に「深謀遠慮、行軍用兵之道、非及曩時之士也」（『文選』巻五一）、陸機「五等論」に「豈世乏曩時之臣、士無匡合之志歟」（『文選』巻五四）とあるように、この語は散文に用いるのが一般。紀在昌「宇多院為河原院左大臣没後修諷誦文」に「合体之義、既重於曩時、滅罪之謀、須廻於今日」（『本朝文粋』巻一四）とあるも、源為憲「減諸国今年調庸及租税」詩に「王沢旁流及八区、曩時撃壌豈相殊」（『本朝麗藻』巻下）とある。**恩幸**　天子の寵愛、天子から特別な待遇を受けること。また「恩倖」とも。音合符を持つ諸本はないが、今こう訓んでおく。班婕妤「怨歌行」に「出入君懐袖、動揺微風発」（『文選』巻二七）とあり、その李善注に「蒼頡篇曰、懐、抱也。此謂蒙恩幸之時也」といい、王維「班婕妤三首其二」詩に「宮殿生秋草、君王恩幸疏」とある。ただし、この語、『北史』恩幸伝序に「魏書有恩幸伝及閹官伝、斉書有佞幸伝。今用比次、以為恩幸篇云。旧書鄭儼在恩幸中、今従例付其家伝、其余並編於此」とあり、白居易「新豊折臂翁」詩に「又不聞天宝宰相楊国忠、欲求恩幸立辺功、辺功未立生人怨」ともあるように、女性に対する愛情のみをいう語ではない。異文「思幸」の用例を知らない。

2 双袖　女性の両手の袖のこと。陳・祖孫登「詠風詩」に「飄香双袖裏、乱曲五絃中」、王建「白紵歌二首其一」詩に「低鬟転面掩双袖、玉釵浮動秋風生」とある。滋野貞主「観闘百草簡明執」詩に「試傾双袖口、

き」（後撰集一三―九七四）「袖かわく時なかりつるわが身にはふるを雨ともおもはざりけり」（後撰集二〇―一四一四）などのように、恋の思いを歌い、打ち消し表現を伴う例である。「ほす」と「かわく」が共に詠まれた歌には、「妹がため貝を拾ふと千沼の海に濡れにし袖は干せど乾かず」（万葉集七―一一四五）「あさりする海人娘子らが袖通り濡れにし衣干せど乾かず」（万葉集七―一一八六）、「うき事をしのぶる雨のしたにしてわがぬれぎぬはほせどかわかず」（後撰集一八―一二六七）などあって、「ほせどかわかず」という定型的表現になっている。ちなみに、現代日本語の両語に関して、「ホスは〈乾燥場所に持って行く〉という動的な要素を持っているのに対して（略）カワカスは〈乾燥場所において乾燥過程を進める〉という静的な要素を持っていることとなる。したがってホシテも必ずしもカワクに至らないことがありうる」（柴田武他『ことばの意味』平凡社、一九七六）という説明があり、古代和歌の用法にもあてはまろう。とはいえ、当歌における「ほす」は、文字どおりにその行為を行ったということではなく、あくまでも一種の強調表現である。【校異】に示したように、他集では「ほせどたもとの露けきは」という本文になっている。

吾が身の秋に　「吾（わ）が身（み）」は私の体とも私自身ともとれるが、とくに具体性が必要とも受け取れないので、私自身の意と解しておく。なおこの表現については、半沢幹一「古代和歌における「身」と「心」」（『文芸研究』一四五、一九九八・三）を参照。「吾が身の」の「の」は「秋」に対する連体格助詞ではなく「成る」に対する主格助詞であろう。

成ればなりけり　「吾が身ガ～ニ（ト）成る」という表現としては、「朝先出一枝梅」（『文華秀麗集』巻下）、菅原道真「陪源尚書餞総州春別駕」詩には「涙痕争得盈双袖、別後思君毎日看」（『菅家文草』巻二）とある。**双眸**　両方のひとみのこと。白居易「箏」詩に「双眸剪秋水、十指剝春葱」、施肩吾「観美人」詩に「漆点双眸鬢繞蟬、長留白雪占胸前」とある。「双」の異文「髪」は、旧字体「雙」との草体の類似による誤りであろう。**両不晞**　袖も眼も両方とも乾かない、の意。陸機「楽府燕歌行」に「双鳩関関宿河湄、憂来感物涕不晞」（『玉臺新詠』巻九）、韓愈「送区弘南帰」詩に「開書拆衣涙痕晞、雖不敕還情庶幾」とあるものの、「晞」は、四四番詩【語釈】該項に述べるように、露が乾くというのが原義。従って、こうした表現は中国詩においては稀であるが、本集には「誰識二星涙未晞」（七四番）、「紅涙鎮霑服不晞」（二二五番）と珍しくない。

3 戸牖　戸と窓。戸口、入り口のこと。白居易「長恨歌」に「姉妹兄弟皆列士、可憐光彩生門戸」とあるのを初めとして、于濆「宮怨」詩に「一旦及天聰、恩光生戸牖」とあるように、天子の寵愛を得た女性の一族の入り口には、光が溢れるというのが当時の定型表現としてあった。なお、菅原道真「叙意一百韻」詩に「強望垣牆外、偸行戸牖前」（『菅家後集』）とある。**荒涼**　荒れ果ててもの寂しい様。「荒寥」とも。二三番詩【語釈】該項を参照。本集には「石泉荒涼倹節改」（二二一番）、「荒涼宅屋無双侶」（二二五番）とある。**蓬草乱**　「蓬」とは、日本で古来呼び慣わされている「ヨモギ」とは異なる、アカザ科の植物。「蓬戸」「蓬室」「蓬屋」等の語がいずれも貧家を意味するように、「蓬草乱」で、家屋の荒廃を言うのだろう。異文「蓬華」も、傅咸「贈何劭王済」

影に我が身はなりぬ玉かきるほのかに見えて去にし児故に」（万葉集一一—二三九四）、「木にもあらず草にもあらぬ竹のよのはしにわが身はなりぬべらなり」（古今集一八—九五九）「などわが身したばもみぢと成りにけんおなじなげきの枝にこそあれ」（後撰集七—四二九）「さくら色にわが身は深く成りぬらん心にしめて花をしめば」（拾遺集一—五三）などあるが、「秋に成る」という例は見当たらない。そもそも「秋に成る」とはどういうことかというと、上句とのつながりを考えれば、露が置くのが秋という季節ということであり、私自身が秋になっているから、袖に露が置く、つまり袖がかわかない状態になっている、ということであろう。あえて近い表現をあげれば「唐衣袖くつるまでおくつゆはわが身を秋ののとや見るらん」（後撰集六—三一三）であろうか。「已然形＋ば＋なりけり」という結句表現は万葉集にはなく、八代集に「吹く風の色のちくさに見えつるは秋のこのはのちればなりけり」（古今集五—二九〇）「名にたちてふしみのさとといふ事はもみぢをとこにしけばなりけり」（後撰集一八—一二九七）「みな人のいのちをつゆにたとふるは草むらごとにおけばなりけり」（拾遺集二〇—一三二五）などあり、上句の事柄に対する理由付けの表現となっている。

【補注】

袖をほすのは袖が濡れたからであり、その自然的な原因には、雨や雪、霧、海水などの他、「夢ぢにもつゆやおくらむよもすがらかよへる袖のひちてかわかぬ」（古今集一二—五七四）「相坂のこのしたつゆにぬれしよりわが衣手は今もかわかず」（後撰集一一—七二三）「ともしするみや

詩に「帰身蓬華廬、楽道以忘飢」（『文選』巻二五）とあり、李善が『礼記』儒行の「儒有一畝之宮、環堵之室、篳門圭窬、蓬戸甕牖」を引くように、「華（篳）」は、イバラのことで、「蓬華廬」も荒れた貧家を意味する。白居易「答故人」詩に「我本蓬華人、鄙賤劇泥沙」、島田忠臣「暮春花下奉謝諸客勧酒見賀仲平及第」詩に「蓬華門庭華艶非、蒙君潤色作芳菲」（『田氏家集』巻下）ともあるように、この語は漢詩にしばしば登場する語。用例的には後者のほうが優るも、いま暫く底本に従う。本集には「蓬生荒屋前無友」（一六二番）とある。

4 毎秋 秋毎に、の意。鮑溶「寄帰」詩に「幾夕精誠拝初月、毎秋河漢対空機」、橘直幹「蘭気入軽風」詩に「移植若逢新雨露、毎秋猶欲播清芬」（『天徳三年八月十六日闘詩行事略記』）とあり、本集には「毎秋玄宗契七日」（二六〇番）とある。**鎮待**「鎮」は、常に、いつまでも、の意の俗語。太宗「詠燭二首其二」詩に「鎮下千行涙、非是為思人」、島田忠臣「閑適」詩に「無心未必鎮弾琴、有眼何因久対林」（『田氏家集』巻中）とあり、時に李賀「嘲少年」詩に「莫道韶華鎮長在、髪白面皺専相待」とあるように、「鎮長」と複合することもある。ただし、「鎮待」と複合する例は知らない。**雁書遅**「雁書」とは、手紙のこと。本集一四番詩・四六番詩【語釈】等に既述のとおり、匈奴の地で捕らえられた蘇武が本国に宛てた手紙を意味するから、武陵王紀「和湘東王夜夢応令」詩に「故言如夢裏、頼得雁書飛」（『玉臺新詠』巻七）とあるように、帰りを待つ妻に宛てた夫からの手紙の意味で、閨怨詩に使われる。王勃「採蓮曲」詩に「不惜南津交佩解、還羞北海雁書遅」、李珣「望遠行」詩に「玉郎一去負佳期、水

ぎが原のした露にしのぶもぢずりかわくよぞなき」（千載集三—一九四）などに見られるように、露もある。

ただし露に関しては、しかも袖に限定される場合には、文字どおりのそれではなく、袖で拭く涙が含意され、とりわけ恋歌において「袖が濡れる」のはそのほとんどが、涙によるものである。当歌では露とも涙とも直接は表現されていないが、下句から間接的にそれと察せられる。

当歌は、上句で袖をほしてもかわかないのはなぜかという問題提起をし、下句でその解答を提示するという形になっている。「吾が身の秋に成ればなりけり」がなぜ解答になりうるかは、【語釈】に述べたように、私自身が秋という季節になることによって、袖に露が置く状態になっているからいくら袖をほしてもかわかない、という理屈である。

当歌が恋歌ではなく秋歌として位置づけられのは、「秋」という語が用いられているということのみによる。恋歌として見れば、「秋」に「飽き」を重ねることもありえよう。

雲迢遞雁書遅」とある。また、巨勢識人「神泉苑九日落葉篇応製」詩に「已見淮南木葉落、還逢天北雁書帰」（『文華秀麗集』巻下）とある。異文「尽」では、文脈上も平仄上も合わない。「尽」の旧字体と「書」との類似から来る過誤。

【補注】

韻字は「悲」（上平声六脂韻）、「晞」（上平声八微韻）、「遅」（上平声六脂韻）だが、八微韻は独用のため押韻に傷がある。平仄に基本的な誤りはない。

泣きながら待ち続ける女性の相手を、天皇とするか否かは、「恩幸」の語を文字通り解するか否かと同時に、転句の情景を実景とするか比喩と見るかにも係ってくるだろう。ここでは敢えて多少の無理は承知で、文字通り解釈してみた。

六〇番詩とも関連するけれど、こうした閨怨詩と秋との関係は、恐らく『文選』巻二七（『玉臺新詠』巻一）に収載される班婕妤「怨歌行」に始まる。

前漢の成帝に愛された自分を、扇にたとえて、夏には重宝されても秋になれば捨てられると詠い、後に「秋扇」の語を生むようになった。周※

※知のように、中国文学には早く悲秋の伝統があるが、それとも相まって六朝の閨怨詩では　秋＝飽き　が定式化してゆくことになる。

【比較対照】

当歌詩を言葉において結び付けるのは、六〇番歌詩と同様、「袖のかわかぬ」＝「双袖…不晞」だけであり、そこから詩は歌を離れて一つの物語を形作っている。「秋」という語も共通するが、歌においては、その【補注】に述べたように、それがあることによって秋歌に属しているものの、発想上の設定としての「秋」であって、実際の季節が秋でなければならないというわけではないのに対して、詩における「秋」はまさに秋という季節である必然性がある。

当詩がこのように独立的に物語化しえたのは、詩【補注】に述べるように、「怨歌行」をふまえた閨怨詩としての設定が容易だったからであり、それは歌における「袖のかわかぬ」および「秋（飽き）」をきっかけとして、発想されたと考えられる。逆に見るならば、詩は、歌の背後において上句と下句を結び付ける「露」という、当歌のポイントとも言える媒介を認めえず、まったく無視してしまったとも言える。「ほせども」という逆接条件に対応する表現が見られず、承句のように「双眸」と並列して表しているだけなのも、そのことを物語っているように思われる。

もとより、当歌に閨怨詩に通じる要素がないわけではない。というより、袖がかわかないほどの露＝涙の理由を求めれば、「秋＝飽き」という恋歌の常套的な発想にしか見いだせない。しかし、当歌の趣意はあくまでも「露」を隠れた媒介として、理由付けとなる下句の「吾が身の秋に成れば」という発想そのものにあり、恋の怨みや嘆きという感情的な要素はきわめて薄い。

当詩は、歌の中にいわば閨怨詩のツボにはまる言葉だけを拾いだし、それをもとに定番の物語を展開したということになろうか。

六二番

秋之月　叢斧栖　照勢留者　宿露佐倍　玉砥見湯濫

秋の月　くさむらよきず　照らせるは　宿る露さへ　玉と見ゆらむ

【校異】

本文では、第二句の「栖」を、永青本・久曾神本が欠き、京大本・大阪市大本・天理本が「柄」、藤波家本が「栖」とし、第三句「留者」を、永青本・久曾神本が「早」とし、第四句の「宿」の後に、永青本・久曾神本が「留」を補い、結句末の「濫」を、天理本が「藍」とする。

付訓では、第二句の「よき」を、底本はじめ文化写本・藤波家本・講談所本・道明寺本・羅山本が「かけ」、類従本・無窮会本が「わけ」とするが他本により改める。第三句の「てらせるは」を、無窮会本が「てらせばや」とし、第四句の「やどるつゆさへ」を、羅山本・無窮会本が「おくつゆさへも」とする。

同歌は、寛平御時后宮歌合（十巻本、秋歌、一一四番。ただし第二句以降「草むら分かず照らせばや宿せる露を玉と見すらむ」）に見られるが、他の歌集には見いだされない。

【通釈】

秋の月がくさむらを（どこも）避けずに（一面に）照らしているのは、（くさむらに）宿る露さえ玉と見え（るようにす）るためだろうか。

秋月玲瓏不別叢
叢間白露与珠同
終宵対翫凝思処
一段清光照莫窮

秋月《シウゲツ》玲瓏《レイロウ》として叢《くさむら》を別《わか》た（ず）。
叢間《ソウカン》の白露《ハクロ》珠《たま》（と）同《おな》じ。
終宵《よもすがら》対《タイ》し翫《もてあそび》て思《おもひ》を凝《こら》す処《ところ》、
一段《イツタン》の清光《セイクヮウ》照《てら》すこと窮《きは》まり莫《な》し。

【校異】

両「叢」を類従本・羅山本・無窮会本・久曾神本「藂」に作り、文化写本「藂々群」を校注する。藤波家本は下「叢」を「葟」に作る。あるいは「掌」か。「珠」を永青本・久曾神本「玉」に作る。「凝」を文化写本「疑」に作る。

【通釈】

秋の月がさえざえと輝き、草むらをはじめ辺り一面を照らしている。その草むらに置く露はその光を受けて真珠と同じように見える。そこで一晩中月光に向き合って賞美し、さまざまな物思いにふけることになるが、するとよりいっそう清らかな月の光があたり一面を照らして余すところがないように感じられる。

【語釈】

1 秋月　秋の夜空に出る月のこと。謝霊運「隣里相送方山詩」に「析

【語釈】

秋の月　「季節名＋の＋月」という表現は万葉集にはまったくなく、八代集でも「春の月」が新古今集に二例、「冬の月」が拾遺集に一例だけなのに対して、「秋の月」は「秋の月ひかりさやけみもみぢばのおつる影さへ見えわたるかな」（後撰集七―四三四）「いそぎつつわれこそきつれ山ざとにいつよりすめる秋の月ぞも」（後拾遺集四―二四八）「くまもなきみそらに秋の月すめば庭には冬のこほりをぞしく」（千載集四―二七九）など、二〇例以上も見られる。

くさむらよきず　「くさむら」は、群がり生えている草のこと。万葉集に「さ雄鹿の伏すや草むら（久草無良）見えずとも児ろが金門よ行かくし良しも」（万葉集一四―三五三〇）の一例があり、八代集には「秋の夜はつゆこそことにさむからし草むらごとにむしのわぶれば」（古今集四―一九九）「みな人のいのちをつゆにたとふるは草むらごとにおけばなりけり」（拾遺集二〇―一三二五）「秋の野のくさむらごとにおくつゆはよるなくむしのなみだなるべし」（詞花集三―一一八）など「ごとに」を下接する例が多く、秋という季節で、虫や露とともに詠まれるのがほとんどである。「よきず」の本文「斧栖」の「斧」は和名抄に「与岐」の和訓があり、小型の斧を意味するが、当歌では避けるの意の上二段動詞「よく」の連用形に借訓文字として用いられ、同様に「栖」も、すみかを意味する「す」を打ち消し助動詞の「ず」に借りた表記である。「よく」は「家人の使ひにあらし春雨の避くれ（与久列）ど我を濡らさく思へば」（万葉集九―一六九七）、「春風は花のあたりをよきてふけ心づからやうつろふと見む」（古今集二―八五）「そらとほみ秋やよくらん

析就衰林、皎皎明秋月」（『文選』巻二〇）、同「初去郡」詩に「野曠沙岸浄、天高秋月明」（『文選』巻二六）、李白「玉階怨」詩に「却下水精簾、玲瓏望秋月」とある。また豊前王「奉試賦得隴頭秋月明」詩に「皎潔低胡域、玲瓏照漢営」（『経国集』巻一三）とある。　**玲瓏**　宝玉のように冴えて輝く様を表す、双声の語。楊雄「甘泉賦」に「前殿崔巍兮、和氏玲瓏」（『文選』巻七）とあり、その晋灼注には「玲瓏、明見貌也」とある。李嶠「月」詩に「皎潔臨疏牖、玲瓏鑒薄幃」、白居易「竹窓」詩に「煙通杳靄気、月透玲瓏光」、山田三方「七夕」詩に「窈窕鳴衣玉、玲瓏映彩舟」（『懐風藻』）とある。　**不別叢**　「別」は、キチンと区別する、何かと混ぜることをしない、の意。草むらだけ照らしたり、ある草むらだけを浮き出させたりするようなことはしない、ということ。月はすべてをおしなべて照らすということ。異文「藂」は、「叢」の別体字。

2　叢間　草むらの中、の意。「間」は、「林間」などという場合と同じく、ある範囲の地域の中一帯ということ。橘直幹「綴草露垂珠」詩に「叢間裛色林煙宿、葉裏和光岸月残」（『天徳三年八月十六日闘詩行事略記』）とあるも、中国におけるこの語の用例を知らない。　**白露与珠同**　白く輝く露は真珠と同じということ。四四番、四八番詩【語釈】該項を参照。ただし、四四番詩【語釈】でも述べたように、「珠」の比喩は主に形態をいうのであり、月光の美をいうのであれば「玉」を用いるべき所である。そこに異文「玉」の生まれる余地があるわけだが、ここは平仄の関係から非。

3　終宵　一晩中、の意。二三番、二五番詩【語釈】該項参照。諸本訓合符を持つが、底本には音合符がある。　**対翫**　「対」は、向かい合う

久方の月のかつらの色もかはらぬ」（後撰集六―三二七）などのように、万葉集から見られ、八代集ではとくに「風ガ何かヲよく」という表現が目立つが、「月ガくさむらヲよく」という表現は見られない。異訓の「わけず」あるいは「わかず」などの表現も勘案すれば、「くさむらよきず」は、くさむらを、そのどこも避けることなく（区別することなく）一面に、の意となろう。『注釈』では、「〔月〕が〔くさむら〕を避けることなく照らす」とするが、これでは、「くさむら」以外の場も想定していることになり、視界の点からも、露への焦点化という点からも不釣り合いである。「くさむら」は「照らせる」の対象であり、「よきず」は副詞的に「照らせる」を修飾しているとみなすほうが適切であろう。

照らせるは　「照（て）らす」という語は万葉集・八代集を通して見られるが、月を主体として、その実際の対象を明示している歌は少なく、「春日山おして照らせる〔照有〕この月は妹が庭にもさやけかりけり」（万葉集七―一〇七四）、「秋の月山辺さやかにてらせるはおつるもみぢのかずを見よとか」（古今集五―二八九）「もろともに秋をやしのぶ霜がれのをぎのうはばをてらす月かげ」（千載集一六―一〇一六）などがある程度である。当歌では「月ガくさむらヲ照らす」という関係になるが、同様の例は見当たらない。【校異】に示したように、他本および寛平御時后宮歌合において、第三句は「照らせばや」となっている。「ばや」は接続助詞「ば」＋係助詞「や」であり、これによって上句全体が下句に対する理由表現となる。『注釈』は、「結句の「らむ」という推量に対して、底本第三句の形「照らせるでは不都合であ」り、「上句が前者の現にある事態、下句が後者の今の状態を言う形とからなっていて、解釈

こと。「翫」は、よく味わい楽しむこと。あまり一般的な語ではないが、『周書』韋列伝に「所居之宅、枕帯林泉、対翫琴書、蕭然自楽」、李適「答宋十一崖口五渡見贈」詩に「忽枉巌中贈、対翫未嘗輟」、藤原史「遊吉野」詩に「翻知玄圃近、対翫入松風」（『懐風藻』）とある。諸本に訓合符があるが、適訓を得られなかった。**凝思処**　「凝思」とは、精神を集中してじっと考え込むこと。「凝想」というに同じ。鮑照「蕪城賦」に「凝思寂聴、心傷已摧」（『文選』巻一一）とあり、李善は孫綽「遊天台山賦」に「凝思幽巌、朗詠長川」（『文選』巻一一）とあるのを指摘する。李昌符「寄棲白上人」詩に「黙坐終清夜、凝思念碧雲」、徐鉉「賦得風光草際浮」詩に「詩人多感物、凝思繞池塘」、藤原最貞「日短苦夜長」詩に「凝思暁漏偏加艾、点検寒園屢転葵」（『類題古詩』苦）とある。

４一段　ひときわ飛び抜けている様。張滌華『全唐詩大辞典』（山西人民出版社、一九九二）や魏耕原『全唐詩語詞通釈』（中国社会科学出版社、二〇〇一）は「一片」と類似するというが、ここでは採らない。国訓としての用法。【補注】に述べたように、「一段」を漢語本来の意味と考えると、「清光」の照らす範囲を限定することとなって「照莫窮」に矛盾することになり、起句の「不別叢」という言葉にもそぐわないからである。**清光**　清らかな月の光のこと。一三番詩【語釈】該項を参照。**照莫窮**　残すところ無くくまなく照らす、の意。別解として、月の光が尽きることがない、という可能性がないわけではないが、意味をなさないだろう。

不能である」として、「ばや」の訓を採る。この方が全体のつながりはよくなるものの、合理的改変の感もある。当歌同様、疑問詞を伴わない「らむ」の例としては、本集にも「冬なれば雪降り積める高き嶺立つ白雲に見えわたるらむ」（八六番）がある。なお、【補注】を参照。

宿る露さへ　「宿（やど）る」は万葉集では「安騎の野に宿る〈宿〉旅人うちなびき眠も寝らめやも古思ふに」（万葉集一―四六）「安治麻野に宿れ〈屋杼礼〉る君が帰り来む時の迎へを何時とか待たむ」（万葉集一五―三七七〇）などのように、すべて「人ガどこかニ宿る」という用法であるが、八代集になると、その主体が月の例が圧倒的に多くなり、しかも後半になると「あさぢはらはずゑにむすぶ露ごとにひかりをわけてやどる月かげ」（千載集四―二九六）「風ふけば玉ちる萩のしたつゆにはかなくやどるのべの月かな」（新古今集四―三八六）などのように、宿る場所が露という例が見られるようになる。この点もふまえ、『注釈』は、当歌の「宿る」を「月が露に映っていること」とし、「その珠のような月の光を受けた草むらの露までもが」のように、「さへ」という副助詞を、月との対比ととらえて、通釈している。【補注】に述べるように、これは当歌の重点を、月の遍照性に置くか、露の見立てに置くかの違いと考えられる。なお、当歌と関連する例として「白玉の秋のこのはにやどれると見ゆるはつゆのはかるなりけり」（後撰集六―三一一）があり、「露」に関して、あえて一般的な「置く」ではなく「宿る」が用いられたのは、夜という時間帯に重点を置いたからであろう。

玉と見ゆらむ　「露ヲ玉ト見ゆ」ということであり、露を玉に見立てた表現になっている。このような見立てについては、四四番歌【語釈】

【補注】

韻字は「叢・同・窮」で、上平声一東韻。平仄にも基本的な誤りはない。

ただ、韻字や平仄という形式に誤りが無くても、内容的にはほとんど見るべき所がない。「玲瓏」の語から承句への展開は、【語釈】に指摘したような傷はあるものの一応納得できるものであるが、和歌との関係からすればずっと重要なはずの「不別叢」に関する言及が承句に見られず、結果としてそれが浮いてしまっている。

更に、結句は前半二句と転句との飛躍をうまく収める役割を果たさねばならないはずであるのに、結局起句と同様の内容を繰り返して終わってしまっている。承句への展開が無かった「不別叢」を、結句で「照莫窮」と言葉を換えるだけで、何の工夫もしておらず、一つの作品としては焦点のぼけた、意味のわからぬものとなってしまった。

「一段」の本来の意味は、ひとひらというより、ひとむらという程度の、「一片」よりやや大きいかたまりを意味する。杜甫「入奏行贈西山検察使竇侍御」詩に「炯如一段清氷出万壑、置在迎風寒露之玉壺。蔗漿帰廚金盌凍、洗滌煩熱足以寧君軀」とあるのは、文字通り「一塊りの氷」のこと。「煩熱」を「洗滌」し、天子の体をやすんずるには、ひとかけらの氷では足りないだろう。李白「擣衣篇」詩に「明年若更征辺塞、願作陽台一段雲」、李羣玉「同鄭相幷歌姫小飲戯贈」詩に「裙拖六幅湘江水、鬢聳巫山一段雲」などと詠われるのは、宋玉「高唐賦」を典故とするもので、巫山の頂で神女や馬車などにさまざまに変化する雲気を「一段雲」と表現したもの。李嶠「詠雲」詩の「散作五般色、凝為一

「玉ぞ散りける」の項および【補注】また四八番歌【語釈】「玉とこそ見れ」の項および【補注】を参照。

【補注】

当歌は、露を玉に見立てるという点から見れば、四四番歌「白露に風の吹きしく秋の野は貫きとめぬ玉ぞ散りける」およびとりわけ四八番歌「秋の夜の天照る月の光には置く白露を玉とこそ見れ」と同巧異曲、と一応考えられる。

その上で、当歌の独自性を挙げるとすれば、第二句「くさむらよきず」という表現であろう。つまり、くさむらに宿る小さい露さえも玉のように光り輝いて見えるのは、くさむらを限なく月が照らしているからであると、その光の遍照性をアピールしていると考えられる。

【語釈】において、本文のままでは上句と下句とのつながりが必ずしもしっくりとこないと述べたが、それも露の見立てを中心とみなしてのことであった。しかし、秋の月の遍照性に焦点を置くならば、たとえば「秋の月山辺さやかにてらせるはおつるおもぢのかずを見よとか」（古今集五―二八九）のように、当歌の「見ゆ」を、受け身的にではなく使役的な意味で用い、「露を玉と見せる」という、秋の月の意図として示そうとしたととることもできなくはない。とすれば、当歌は、「〜ハ〜」という構文からしても、露の見立てよりも月光のあり様を中心とした歌となり、おのずと趣が異なってこよう。

段愁」、李白「長門怨二首其二」詩の「月光欲到長門殿、別作深宮一段愁」は、ともに「愁」を形容するが、前者の例でそれは雲の形でもあることから、形態的なイメージを残存していることが納得されよう。作者不詳「水調二首歌第四」の「隴頭一段気長秋、挙目蕭条総是愁」、王昌齢「殿前曲二首其二」詩の「新声一段高楼月、聖主千秋楽未休」、無名氏「雑詩其十一」詩の「満目笙歌一段空、万般離恨総随風」などは、歌曲の一節ということだろう。陳素風「句」に「千門竹影聯春色、一段和光徹翠微」、劉禹錫「和宣武令狐相公郡斎対新竹」詩に「数間素壁初開後、一段清光入坐中」とあるのは、当詩と同じくともに「光」、なかんずく後者は「清光」を形容する。「素壁初開」とあるので、やはり「一筋の光」ではないことが納得されよう。「一片」には時に副詞的に、一面に、の意もあり、当詩ではそれがふさわしいようにも見えるが、陸亀蒙「奉和襲美病中庭際海石榴花盛発見寄次韻」詩に「那堪謝氏庭前見、一段清香染郄郎」とある「一段清香」も、「庭際」の「海石榴花」を意味すると考えられるからである。日本漢詩にも三善善宗「病中上左翊衛藤亜相」詩に「将軍恵沢応周至、蟄戸猶望一段春」（『扶桑集』巻七）、有智子内親王「奉和聖製江上落花詞」に「桃花李花一段発、倏忽帯風左右度」（『雑言奉和』）、紀御依「奉和聖製江上落花詞」に「紅樹千条一段発、儵忽飄零樹与叢」（『雑言奉和』）、大江匡衡「冬夜守庚申同賦看山有小雪」詩に「銜峰残月孤輪半、触石寒雲一段余」（『江吏部集』巻上）などと見えるが、いずれも「ひとむらの」という意味合いで解釈できるものである。

【比較対照】

歌上句に対し詩起句が「玲瓏」という語を補ってそのまま対応し、詩【補注】に述べるように、詩結句は起句の「不別叢」を換言したものととらえられる。転句の「対翫」の対象も「秋月」であろうから、歌【補注】に述べたように、当歌が「月光のあり様を中心とした歌」であるとすれば、当詩はその限りにおいて、より徹底した形で表現していて、歌下句の見立ては、承句にあっさり示されているにすぎない。

ただし、当歌では月光の遍照性を、「くさむらよきず」から「宿る露さへ玉と見ゆ」へと焦点化・極小化することによって強調してゆくのに対して、詩における起句と承句、さらに結句のつながりは並列的・平板的である。また歌では月を一種擬人的に主体化しているのに対して、詩は転句に明らかなように、月はあくまでも鑑賞の対象として位置づけられている。

単純に考えるならば、当歌の表現素材自体は詩の前半で尽きてしまっているのであり、詩の多くがそうであるように、句相互の関係付けが示されない分だけ、当歌における上句と下句の関係による趣意を表現しえなかったのではないかと考えられる。詩の後半も、前半に付加されるべき別の展開を見いだしえず、転句において人事を持ち出してはみたものの、結局、起句の内容を繰り返すだけに終わったということであろう。

とはいえ、分の悪そうな詩を多少援護するならば、歌【語釈】において、第三句を「照らせばや」とする本文を「合理的改変」と評したが、その合理とは露を玉に見立てて歌うことの一般性に合わせてという意味であり、それに対して当詩は歌の趣意をあくまでも月に置き、それに対応させた結果であって、その点では、歌をその表現のままに受け入れていたと言えるかもしれない。

六三番

卒尓裳　風之涼　吹塗鹿　立秋日砥者　郁子裳云芸里

にはかにも　風の涼しく　吹きぬるか　秋立つ日とは　むべも云ひけり

【校異】

本文では、初句の「卒」を、類従本・羅山本・無窮会本が「犨」とし、同句の「尓」を、永青本・久曾神本が「丹」とし、第二句の「涼」を、永青本・久曾神本が「冷」とし、結句の「裳」を、永青本が「牟」とし、同句の「云」を、永青本が欠き、同句の「芸」を、永青本が「介」とする。

付訓では、第三句の「ふき」を、天理本が「なり」とし、第四句の「あきたつ」を、底本および藤波家本・講談所本・道明寺本が「たつあき」とするが他本により改め、結句の「むべ」を、講談所本・道明寺本・京大本・大阪市大本・天理本が「うべ」とする。

同歌は、歌合にはないが、後撰集（巻五、秋上、二一七番）に「これさだのみこの家の歌合に　よみ人しらず」として（ただし第三句「なりぬるか」）、また古今六帖（巻一、歳時、秋たつ日、一二八番、つらゆき。ただし第三句「なりゆくか」）、新撰朗詠集（上、秋、立秋、一八七番。ただし第三句「成りぬるか」）にも見られる。

【通釈】

急に風が涼しく吹いたことだなあ。（その日が）立秋の日とはなるほどそのとおりを言うものだよ。

涼風忽扇物先哀
応是為秋気早来
壁蛬家々音始乱
叢芽処々蕚初開

涼風《リヤウフウ》忽《にはか》に扇《あふき》て物《もの》先《ま》づ哀《かな》しぶ。
是《こ》れは秋気《シウキ》の早《はや》く来《き》たるが為《ため》なる（べ）し。
壁蛬《ヘキキヨウ》家々《カカ》音《こゑ》始《はじめ》て乱《みだ》る。
叢芽《ソウガ》処々《ショショ》蕚《はなぶさ》初《はじめ》て開《さ》く。

【校異】

「涼風」を、類従本・講談所本・道明寺本・京大本・大阪市大本・天理本・羅山本・無窮会本・永青本・久曾神本「涼飈」に作る。「忽扇」を底本等諸本「急扇」に作るも、永青本・久曾神本に従う。「先哀」を、天理本「先衰」に作り、類従本「光衰」に作り、羅山本・無窮会本「光哀」に作るも「光」に「ツ」の訓あり。「叢芽」を、類従本・羅山本・無窮会本、久曾神本「蘂芽」に作り、文化写本には「蘂」の校注がある。永青本「叢苛」に作る。「蕚」を、羅山本・無窮会本「葉」に、永青本・久曾神本「蕊」に作り、羅山本・無窮会本は「蕚」を校注する。

また、一首全体が『新撰朗詠集』立秋に採られ、「涼飈忽扇物先哀」（起句）「叢蘭処処蕊初開」（結句）に作る。

【通釈】

涼しい風がフッと私を吹き抜けると、あたりのものが真っ先に悲しく感じられた。それはきっと（その風に乗って）秋という寒くもの寂しい

【語釈】

にはかにも　「にはかに」は急に、突然に、の意の副詞。古辞書に「卒」字の訓みの一つとして見られる。万葉集には「…むら肝の　心砕けて死なむ命　にはかに〔爾波可爾〕なりぬ…」（万葉集一六―三八一一）の一例があり、危篤の意を表す。八代集にも、後撰集所載の同歌以外に「ひとりぬる人のきかくに神な月にはかにもふるはつ時雨かな」（後撰集八―四四七）の一例があるのみで、類義の「うちつけに」の方が「郭公人まつ山になくなれば我うちつけにこひまさりけり」（古今集三―一六二）「打ちつけに物ぞ悲しきこのはちる秋の始をけふぞとおもへば」（後撰集五―二一八）「うちつけにたもとすずしくおぼゆるはころもに秋はきたるなりけり」（後拾遺集四―二三五）などのように、多く見られる。「にはかにも」の「も」は詠嘆を表し、この句全体が修飾するポイントは「涼しく」にあるとみなされる。

風の涼しく　風に対する触覚（温度感覚）表現として類義の「涼（すず）し」と「寒（さむ）し」は、万葉集においては「涼し」が「秋風は涼しく〔冷〕なりぬ馬並めていざ野に行かな萩の花見に」（万葉集一〇―二一〇三）「初秋風涼しき〔須受之伎〕夕解かむとぞ紐は結びし妹に逢はむため」（万葉集二〇―四三〇六）の二例しかないのに対して、「寒し」は「秋風の寒き朝明を佐農の岡越ゆらむ君に衣貸さましを」（万葉集三―三六一）「うつせみの世は常なしと知るものを秋風寒み偲びつるかも」（万葉集三―四六五）「このころの秋風寒し萩の花散らす白露置きにけらしも」（万葉集一〇―二一七五）の他、多く見られる。それが八代集になると、「涼し」の方が「寒し」よりやや多くなり、それぞれ

季節が早くもやって来たからだろう。（その証拠に）家々の壁ではコオロギが鳴き始め、群生するハギもあちらこちらで花をつけ始めた。

【語釈】

1 涼風（秋に吹く）涼しい風のこと。五三番詩【語釈】該項を参照。異文「涼颸」も、涼しい風のこと。「颸」については、四三番詩【語釈】該項を参照のこと。両語は類義同声のため他の作品でも異文関係を持つことが少なくない。班婕妤「怨歌行」に「常恐秋節至、涼風奪炎熱」（『文選』巻二七）とある「涼風」も、早く『玉臺新詠箋註』が「涼颸」の異文を録することなどはその一例。　**忽扇**　「扇」については、風があるものに吹きつけること。本集四四番詩【語釈】該項を参照のこと。「忽扇」とその異文「急扇」とも用例を知らないが、岑参「感遇」詩に「北山有芳杜、靡靡花正発。未及得采之、秋風忽吹殺」とあり、温庭筠「過西堡塞北」詩に「霜清徹兔目、風急吹鵰毛」とあるところを見ると、「忽扇」は風がいきなり、それと気付かぬ間に吹くこと、「急扇」は、風が激しく吹くことを表すだろう。承句に「早来」と時間をいう語があり、当歌にも「にはかにも」とあるところから、「忽」が優る。ただし、それは漢字の原義からすればということであって、作者が「にはかにも」という言葉から、漢字「急」を直感的に用いた可能性も否定できない。

物先哀　「物」とは、当詩の場合、後半の「壁蛬」や「叢芽」を指すことになる。涼やかな風を感じたときに、真っ先に心に浮かんだのは哀しみの感情であったということ。「悲哉秋之為気也、蕭瑟兮草木揺落而変衰。…独申旦而不寐兮、哀蟋蟀之宵征」（『楚辞』九辯）などを挙げるま

「河風のすずしくもあるかうちよする浪とともにや秋は立つらむ」（古今集四―一七〇）「とことはにふくゆふぐれのかぜなれどあきたつ日こそすずしかりけれ」（金葉集三―一五六）「たなばたの天のは衣うちかさねぬるよすずしき秋風ぞふく」（新古今集四―三一八）、「風さむみなく秋虫の涙こそくさば色どるつゆとおくらめ」（後撰集五―二六三）「秋風のさむくふくなるわがやどのあさぢがもとにひぐらしもなく」（拾遺集一七―一一一三）「いまよりは秋風さむくなりぬべしいかでかひとりながきよをねん」（新古今集五―四五七）などのように、同じ秋風に対して見られる。「涼し」と「寒し」とでは、温度の低さおよびそれによる快・不快の違いがあるとされるが、以上の例にはそのような明確な差があるとは言いがたく、あえて違いを挙げれば、「涼し」には「夏の夜もすずしかりけり月かげはにはしろたへのしもとみえつつ」（後拾遺集三―二二四）のように夏においても、「寒し」には「夜をこめて谷の戸ぼそに風さむみかねてぞしるきみねのはつ雪」（千載集六―四四六）のように冬の風についても用いられる点である。

吹きぬるか【校異】に示したように、他集所載の同歌では「なりぬるか」あるいは「なりゆくか」という本文になっている。「吹く」と「なる」を、第二句の「涼しく」との関係において考えれば、両者の意味の実質性の差から、相対的に「なる」の方が「涼しく」に重きが置かれることになり、その方が当歌の趣意にも叶っているといえる。なぜなら、当歌において問題なのは、風が吹くこと自体ではなく、風が涼しいことだからである。なお、新日本古典文学大系本の注には「「秋たつ」とは秋が行動をおこすこと。「風たつ」も風が行動をおこすこと」とあ

でもなく、悲秋の感情は漢文学に古く広く通底する感情。異文「衰」も、晋・傅玄「詩」に「蕭蕭秋気升、凄凄万物衰」とあるように、意味上は成立しないものではないが、押韻上非。なお、【補注】を参照のこと。

2 応是 きっと〜に違いない、の意。本集一三番詩・一六番詩【語釈】該項参照。**為秋気早来**「秋気」とは、秋のひんやりとしたもの寂しい気配、秋の寒く厳しい気候のこと。魏・文帝「燕歌行六解」詩に「悲風清厲秋気寒、羅帷徐動経秦軒」とあり、崔湜「襄陽早秋寄岑侍郎」詩に「江城秋気早、旭日坐南闈」、崔涯「竹」詩に「幽院独驚秋気早、小門深向緑陰開」とあり、藤原史「遊吉野二首其二」詩に「夏身夏色古、秋津秋気新」（『懐風藻』）、嵯峨帝「神泉苑九日落葉篇」詩に「煕煕春心未傷尽、倏忽復逢秋気悲」（『文華秀麗集』巻下）、菅原道真「戊子之歳八月十五日夜陪月台各分一字」詩に「詩人遇境感何勝、秋気風情一種凝」（『菅家文草』巻一）とある。

3 壁蛬 家の壁で鳴くコオロギのこと。底本等版本に音合符あり。本集四三番詩【語釈】該項を参照。**家々** 家々で、の意。諸本に音合符あり。本集六番・三〇番・三八番詩【語釈】該項を参照。**音始乱**「音」は、当然「壁蛬」の鳴き声。蕭子範「夏夜独坐詩」に「虫音乱堦草、螢光繞庭木」とあるものの、盧象「永城使風」詩に「虫声出乱草、水気薄行衣」、曹鄴「翠孤至渚宮寄座主相公」詩に「開戸山鼠驚、虫声乱秋草」とあるように、中国では虫の音は「声」で表すのが一般。「音」と「声」との相違については、三〇番詩【語釈】該項に述べる通り。「音乱」とは、音があちこちで聞こえること。蘇頲「餞沢州盧使君赴任」詩に「平蕪寒蛬乱、喬木夜蟬疏」、韋応物「效何水部二首其二」

り、第四句の「秋立つ日とは」の「立つ」が風にも関与することを示唆している。ただし、「たつ」が風について用いられるのは、万葉集・八代集では「古衣打棄つる人は秋風の立ち来る時に物思ふものそ」（万葉集一一―二六二六）と「あはれいかにくさばの露のこぼるらむ秋風たちぬみやぎのの原」（新古今集四―三〇〇）が見られる程度であり、その発生・現象を表すのはもっぱら「吹く」である。

秋立つ日とは　本文「立秋」を返読して「秋立つ」と訓むのは、四番歌の「立春者」を「春立てば」と訓むのに倣ったものである。「立秋」は二四節気の一つであり、当歌の場合「日」と特定されることから、それが暦日上、秋という季節の最初の日を表すことなる。「秋―立つ」という表現は万葉集・八代集とも用例が認められるが、とくにその日が意識されたものとしては、「秋立ちて幾日もあらねばこの寝ぬる朝明の風は手本寒しも」（万葉集八―一五五五）や「とことはにふくゆふぐれのかぜなれどあきたつ日こそすずしかりけれ」（金葉集三―一五六）「つねよりもつゆけかりつるこよひかなこれやあきたつはじめなるらん」（詞花集八―二四二）などある。一般に秋の到来を表す動詞としては、万葉集では「さる（去）」、八代集では「く（来）」が多く用いられ、八代集において「秋立つ（日）」を含む詞書を有する歌においても、「あききぬとめにはさやかに見えねども風のおとにぞおどろかれぬる」（古今集四―一六九）「うちつけにたもとすずしくおぼゆるはころもに秋はきたるなりけり」（後拾遺集四―二三五）「あききぬとききつるからにわがやどの荻のはかぜの吹きかはるらん」（千載集四―二二六）などのように、「く（来）」が用いられている。

詩に「夕漏起遙恨、虫響乱秋陰」とある。

4 叢芽　群がり生える萩のこと。劉孝標「辯命論」に「顔回敗其叢蘭、冉耕歌其芣苢」（『文選』巻五四）、紀斉名「園菊飽霜花」詩に「如戴白翁携畝竹、似施粉妓傍叢蘭」（『類題古詩』飽）、張協「雑詩十首其二」詩に「飛雨灑朝蘭、軽露棲叢菊」（『文選』巻二九）、紀斉名「蕭条秋後色」詩に「四五株楊経雨色、両三叢菊飽霜花」（『新撰朗詠集』初冬）などとある、「叢蘭」「叢菊」と同じ語構成の言葉。ただし、その用例を知らない。底本等版本に音合符があり、京大本・大阪市大本・天理本・羅山本・無窮会本には「芽」に「ハキ」の訓がある。**処々**　あちこちで、の意。底本等版本に音合符あり。六・三〇・三八番詩【語釈】該項を参照。**蕚初開**　「蕚」は、花びらを支えるガク。時に花の意でも用いられる。四九番詩【語釈】該項を参照。異文「蕊」とは、『楚辞』離騒に「擥木根以結茝兮、貫薜荔之落蕊」（『文選』巻三二）とあり、五臣注に「蕊、花心也」とあるように、花の雄しべ雌しべのこと。そこから広く花の意味としても用いられる。高丘五常「載酒訪幽人」詩に「黄蕊初開唯満把、白衣乍到更浮觴」（『類題古詩』訪）とある。王筠「和呉主簿六首　遠望二首其二」詩に「双眉偏照日、独蕊好縈風」（『玉臺新詠』巻八）、白居易「陵園妾」詩に「眼看菊蕊重陽涙、手把梨花寒食心」とあるように、花の意味としても用いられる。高丘五常「載酒訪幽人」詩に「黄蕊初開唯満把、白衣乍到更浮觴」（『類題古詩』訪）とある。

【補注】

韻字は「哀」「来」「開」で上平声十六咍韻。平仄にも基本的な誤りはない。

むべも云ひけり　「むべ」およびその表記については、一二番歌【語釈】「むべも鳴くらむ」の項を参照。「むべ（うべ）」が「云ふ」と結び付く例は万葉集にはないが、八代集には「吹くからに秋の草木のしをるればむべ山かぜをあらしといふらむ」（古今集五—二四九）「とどめあへずむべもとしとはいはれけりしかもつれなくすぐるよはひか」（古今集一七—八九八）「ことごとにかなしかりけりむべしこそ秋の心をうれへといひけれ」（千載集五—三五一）などあり、当該の言葉とその指示する事柄との一致に対する納得を表す表現になっている。当歌においては、暦日上の言葉である「立秋日」が『礼記』月礼篇の「孟秋月」を規定する「涼風至、白露降、寒蟬鳴」の「涼風至」と一致することに対する納得を表現している。

【補注】

実際の季節に先立つ「立秋日」を詠む当歌は、後撰集においては、それにふさわしく巻五の秋上の冒頭歌になっているのに対し、本集秋歌においては半ばすぎに位置している。もっとも、すでに「白露の織りいだすはぎの下黄葉衣にうつる秋は来にけり」（四九番）という歌もあり、秋を特徴付ける「風」も部立冒頭の四三番歌をはじめとして何首かに見られるけれども。

当歌における表現上のポイントは、古代和歌に稀な「にはかにも」＊

起句に「物先哀」と言って、後半二句にその例として「壁蛬」の声と、「叢芽」の開花を言うのは、中国的な季節感からすれば、矛盾するものとなる。というのは、異文「物先衰」の存在を言うまでもなく、中国における秋の悲哀は動植物は秋になれば皆零落するからである。その意味では、当詩に言う「物先哀」の「かなし」とは、たぶんに元来自分では抑えられない痛切な感情を表したとされる和語の「かなし（愛し）」に、近い意味を担っていると言うべきだろう。

＊であろう。一年を通して吹く風が涼しいと感じられるのが「にはかに」であり、それと合わせて「立秋」というその一日を境として夏から秋に季節が変わることが「にはかに」なのであって、その事態・現象の生起を表す「たつ」はまさにこの「にはかに」に適していると言える。

表現の展開としては、急に風を涼しく感じたことから、その日が「立秋」であることに思い当たり、納得するという順序になろうが、実際の季節としてはまだ夏であることを考えれば、むしろ一種題詠的に「立秋」が先行し、『礼記』を下敷きとして、それをあたかも実感したかのように構成し直したと推定される。「むべも云ひけり」という結句の詠嘆も、実感的というよりも「秋立つ日」という言葉をきっかけとした機知的な発想を示していると考えられる。

【比較対照】

当歌の大筋は詩の前半に尽くされていると言える。というより、詩の後半の「壁蛬」や「叢芽」という秋の自然素材は、歌にはそもそも取り上げられていない。歌では風のみに焦点をしぼっているのに対して、詩が秋の始まりを示すものとして、それらも加えているとしたら、詩全体としても歌に対応していると言えなくもない。

ただし、当歌の趣意はまさに「立秋」という、いわば観念上の明確な季節の区切りにあるのであって、詩の前半はその点が曖昧になっている。また、起句の「物先哀」というのは、五七番【比較対照】でも述べたように、詩における「悲秋」という観念をふまえたものであるが、歌はむしろ悲哀の感情よりも機知的な趣向を旨としているのであって、詩は定番にならって表現したにすぎないように思われる。実際、詩の後半の素材が「物先哀」を具体的に裏付けるように表現されているともみなしがたい。

六四番

秋芽之　花開丹芸里　高猿子之　尾上丹今哉　麛之鳴濫

秋はぎの　花さきにけり　高さごの　尾上に今や　しかの鳴くらむ

【校異】

本文では、初句の「芽」を、永青本・久曾神本が「苛」とし、第二句の「開」と「芸」を、永青本および久曾神本がそれぞれ「析」と「介」とし、同句の「丹」を、永青本・久曾神本が欠き、第三句の「猿」を、底本はじめ文化写本・道明寺本・京大本が「猨」とし、類従本・羅山本・無窮会本・永青本・久曾神本が「狭」とするが、他本により改め、第四句の「尾」の後に、永青本・久曾神本が「之」を補い、結句の「麛」を、類従本・永青本・久曾神本が「麋」、天理本が「鹿」とし、同句末の「濫」を、京大本・大阪市大本が「監」とする。

付訓では、とくに異同が見られない。

同歌は、歌合にはないが、古今集（巻四、秋上、二一八番）に「これさだのみこの家の歌合によめる　藤原としゆき朝臣」として（ただし下句「をのへのしかは今やなくらむ」）、古今六帖（巻六、草、秋はぎ、三六三三番、としゆき。ただし下句「をのへのしかはいまや鳴くらん」）、敏行集（一六番、これさたのみこのいへのうたあはせに。ただし下句「をのへのしかはいまやなくらん」）にも見られる。

三秋有蕊号芽花

麛子鳴時此草奢

雨後紅匂千度染

風前錦色自然多

三秋《(サンシウ)》に蕊《ズイ》有《(あ)》り芽《(はぎ)》の花《(はな)》と号《(なづ)》く。

麛子《くじか》の鳴《(な)》く時《(とき)》此《(こ)》の草《(くさ)》奢《をご》れり。

雨《(あめ)》の後《(のち)》紅《(くれな)ゐ》の匂《(にほ)ひ》千度《ちたび》染《(そ)》む。

風前《(フウセン)》の錦色《(キンショク)》自然《(シゼン)》に多《(おほ)》し。

【校異】

「有蕊」を、京大本・大阪市大本・天理本「有葉」に作る。「芽花」を、永青本・久曾神本「苛花」に作る。「麛子」を、京大本・大阪市大本・天理本「麢子」に作る。「紅匂」を、詩紀本「紅勿」に作り、京大本・大阪市大本「紅白」に作って「匂」の異本注記あり。「千度」を、詩紀本「千鹿」に作る。「錦色」を、底本等諸本「金色」に作るも、類従本・講談所本・道明寺本・京大本・大阪市大本・天理本・羅山本・無窮会本・永青本・久曾神本に従う。

『新撰朗詠集』秋・萩に起承句が収載されるが、冒頭部は「一秋有蘂」に作る。

【通釈】

秋にはハギという名の花が咲く。鹿の子供が鳴くときにその草は最もきれいに咲くことになる。雨が降った後にはその花が傍らを通る者の衣を何度も紅色に染め、風が吹けば色とりどりの花が揺れて、ひとりでに

【通釈】

秋萩の花が咲いたなあ。高砂・尾上（のあたり）で今頃はシカが鳴いていることだろうか。

【語釈】

秋はぎの　「はぎ」およびその表記については四九番歌【語釈】「織りいだすはぎの」の項を参照。ハギは秋に花が咲く植物であり、「秋はぎ」という語はその季節を強調した歌語と言えよう。ハギは万葉集の植物の中でもっとも多く詠まれ、その大半は巻一〇と巻一二に集中する。語としては「秋はぎ」の方が「はぎ」よりも多く、八代集ではほぼ同程度用いられていて、意味・用法上の違いはとくに認められない。

花さきにけり　これを一句とする歌は、万葉集に五例、八代集に六例見られるが、ハギに関しては、「恋しくは形見にせよと我が背子が植ゑし秋萩花咲きにけり」（万葉集一〇—二一一九）「見まく欲り我が待ち恋ひし秋萩は枝もしみみに花咲きにけり」（万葉集一〇—二一二四）の二例ある。また、初句からのつながりで「秋はぎの花」という、「花」を焦点化した表現は、万葉集では「秋はぎ」八〇例近くのうち二例、八代集では同じく四〇例ほどのうちの四例しかなく、しかも「我が岡の秋萩の花風をいたみ散るべくなりぬ見む人もがも」（万葉集八—一五四二）や「秋はぎの花もうゑおかぬやどなればしかたちよらむ所だになし」（拾遺集一九—一二二三）などのように、直接「さく」とは結び付けられていない。

高さごの　「高（たか）さご」は普通名としては、砂が丘のように高く

たくさんの美しい錦の織物のように見える。

【語釈】

1 三秋　秋というに同じ。調古麻呂「五言、初秋於長王宅宴新羅客」詩に「一面金蘭席、三秋風月時」（『懐風藻』）とある。本集一四番詩【語釈】該項参照。異文「一秋」は、杜甫「留別賈厳二閣老両院補闕」詩に「一秋常苦雨、今日始無雲」とあるなど、「秋」とほぼ同じ意味に用いられることがあるが、「三秋」に比べて極めて珍しい語。また、本集には「三春」（一一・一八番）、「三夏」（三四・四二番）、「三秋」（一四・六六番）、「三冬」（八一・八二番）とある。それに対して「一夏」（三六番）の語は、仏教語としての用法。**有蕊**　「蕊」は、花のこと。六三番詩【語釈】「蕚初開」の項を参照。異文「葉」は、「蕊」の俗字「蘂」からの誤写であろう。ここでは「蕊」を正字と見て本文に採用したが、底本始め諸本は元来ほとんど「蘂」に作る。ハギが秋の代表的植物とされるのは、その紅葉を詠う例が皆無ではないけれども、開花の時期のゆえと考えられるからであり、下にも「号芽花」とある。**号芽花**　「号」は、名付けること、または、その名。動詞とも名詞とも解釈できる。四二番詩【語釈】該項を参照。そこでも指摘したが、本集には「三夏鳴禽号郭公」（四二番）、「秋嶺有花号女郎」（七二番）、「眼前貯水号瑤池」（七九番）の類句がある。「芽」は、四九番の歌詩の【語釈】該項を参照のこと。本集には「芽花艶々葉零々」（七七番）とある。なお、【補注】も参照のこと。

2 麛子　「麛」とは、まだ子供の鹿のこと。『礼記』内側に「秋宜犢麛、

盛り上がった所の意であり、固有名（地名）としては今の兵庫県南部の加古川河口西岸の地域をいう。万葉集にはどちらの意味でも用例はなく、古今集以降は三〇例近くあり、その多くは「かくしつつ世をやつくさむ高砂のをのへにたてる松ならなくに」（古今集一七―九〇八）「みじか夜のふけゆくままに高砂の峰の松風ふくかとぞきく」（後撰集四―一六七）「ふゆされば嵐のこゑもたかさごの松につけてぞきくべかりける」（拾遺集四―二三六）などのように、「松」を伴い、歌枕として用いられている。古来、古今集所載の同歌の「たかさご」について、普通名か地名か説が分かれてきたようであるが、古今仮名序の「たかさごすみの江のまつもあひおひのやうにおぼえ」という一節があることや、普通名とすると次の「をのへ」も普通名とせざるをえず、両者の意味関係が不整合となることなどから、地名とするのが妥当と考えられる。マツの他に、「たかさご」と共に詠み込まれる植物としては「山守はいはばいはなん高砂のをのへの桜折りてかざさむ」（後撰集二―五〇）「高砂のをのへのさくらさきにけりと山のかすみもたたずもあらなん」（後拾遺集一―一二〇）などのようにサクラは見られるが、ハギの例は見当たらない。一方、動物としてはシカのみで、「さをしかのつまなきこひを高砂のをのへのこ松ききもいれなん」（後撰集一四―一〇五六）「あきはなほわがみならねどたかさごのをのへのしかもつまぞこふらし」（後拾遺集四―二八七）など、七例見られる。**尾上に今や**　「尾上（をのへ）」は普通名としては「を（峰）＋の＋うへ（上）」つまり山の高い所を表し、地名としては今の兵庫県南部の加古川河口東岸の地域をいう。万葉集には「絶等寸の山の峰の上の桜花

膳膏腥」とあり、鄭玄は「麛、音迷、鹿子也」と注する。元稹「青雲駅」詩に「山鹿蔵窟穴、虎豹呑其麛」とある。「子」は口語で、小さいものを表す名詞のあとに付ける接尾語。ただし「麛子」の語例を知らない。元禄九年版本・元禄一二年版本。文化版本には訓合符がある。底本・藤波家本・講談所本・道明寺本・京大本・大阪市大本・天理本・羅山本・無窮会本には、「麛」に「クシカノ」の訓があるが、底本・藤波家本のみ、「ノ」が「子」の下にある。用例も少ないこの語がわざわざ選ばれたのは、和歌の原文にある「麛」字の故以外に考えられないだろう。**鳴時**　本集にも「郭公処々数鳴時」（三〇番）とあった。隋・楊素「贈薛播州詩十三」に「秋水魚遊日、春樹鳥鳴時」、劉允済「詠琴」詩に「昔在龍門側、誰想鳳鳴時」とある。**此草奢**　「奢」は、華麗に咲き誇るの意。京大本・大阪市大本・天理本・羅山本・無窮会本「ヲコレリ」の訓あり。藤原如道「惜秋翫残菊応製」詩に「紫禁秋天晩、夜来残菊奢」（『雑言奉和』）とある。九・四一番詩【語釈】該項を参照のこと。

3 雨後　雨のやんだ後、の意。四九番詩【語釈】該項を参照。**紅匂**　「紅」は、萩の花の色を指す。菅原道真「亞水花」詩に「花発巌辺半入流、紅匂緑涤両悠悠」（『菅家文草』巻四）とある。四九番詩に「秋芽一種最須憐、半萼殷紅半萼遷」とあった。「匂」に関しては、二・三番詩【語釈】該項を参照のこと。ここは、色美しく映える意。**千度染**　随分時代的には下ることになるが、「けさきつる野はらの露に我ぬれぬうつりやしぬる萩か花すり」（後拾遺集四―三〇四）「夏衣すそ野の原を分ゆけはおりたかへたる萩か花すり」（千載集三―二一八）「心をは千草の

咲かむ春へは君し偲はむ」（万葉集九―一七七六）「木の暗の繁き峰の上（乎乃倍）をほととぎす鳴きて越ゆなり今し来らしも」（万葉集二〇―四三〇五）などのように、普通名として用いられている。八代集には二三例見られるが、「くれゆけばあさぢがはらのむしのねもをのへのしかもこゑたてつなり」（後拾遺集四―二八一）「秋のよはおなじをのへになくしかのふけゆくままにちかくなるかな」（千載集五―三〇九）「たぐへくる松の嵐やたゆむらん尾上にかへるさをしかの声」（新古今集五―四四四）などのように、特定の地名と結び付かない単独の普通名としての用法が大半である。それに対して、「さをしかのつまなきこひを高砂のをのへのこ松ききもいれなん」（後撰集一四―一〇五六）「秋風の打吹くごとに高砂のをのへのしかのなかぬ日ぞなき」（拾遺集三―一九一）「あきはなほわがみならねどたかさごのをのへのしかもつまぞこふらし」（後拾遺集四―二八七）などのように、「たかさごのをのへ」という表現をとるものをはじめ、「たかさご」と「をのへ」を共に詠んだ例が七例見られる。「たかさご」を地名とした場合、「をのへ」は普通名とみなしてもよさそうであるが、そもそも「たかさご」の地域は河口近くのなだらかな丘陵地であって、普通名としての「をのへ」の、山の高い所という語義にそぐわない。とすると「をのへ」もまた地名であって、「高さごの尾上」は加古川をはさんだ河口の両岸一帯を表すと考えられる。それによって「高砂の松にすむつる冬くればをのへの霜やおきまさるらん」（拾遺集四―二三七）「たかさごのたかくないひそむかしききしをのへのしらべまづぞこひしき」（後拾遺集一九―一一〇六）のように、一続きではなく、別々に詠まれた例が存することも了解しうる。ただし、この色にそむれとも袖に移るは萩か花すり」（千載集四―二四九）「かり衣われとはすらし露しけき野原の萩の花にまかせて」（新古今集四―三三九）とあるところから、萩の花が見る人の裾や袖を紅に染めるものと解釈しておく。

4 風前 風の吹いてくる正面、風が当たるところ、の意。一七番詩【語釈】該項を参照。**錦色** 錦のような艶やかな色のこと。孔範「賦得白雲抱幽石詩」に「帯蓮縈錦色、払鏡下仙衣」、駱賓王「秋晨同淄川毛司馬秋九詠　秋水」詩に「図雲錦色浄、写月練花明」、林娑婆「賦桃応令」詩に「紅華媚日紅逾煥、錦色須霞錦更鮮」（『経国集』巻一一）とある。ここは「かひもなき心ちこそすれさをしかのたつ声もせぬ萩のにしきは」（後拾遺集四―二八三）「秋の野の萩の錦は女郎花立ちまじりつつ織れるなりけり」（貫之集）「山ごとに萩の錦をおればこそ見るに心のやすき時なし」（千里集）のように、和歌には萩の花の盛りを錦で比喩する表現があるので、それを応用したものと考える。異文「金色」は、太宗皇帝「秋日二首其二」詩に「露凝千片玉、菊散一叢金」、李嶠「菊」詩に「玉律三秋暮、金精九日開」、島田忠臣「惜秋翫残菊応製」詩に「一叢寒菊咲千金、夜翫残栄秋欲深」（『雑言奉和』）とあるのを初めとして、菊の花の形容に用いられるのが一般。**自然多**「自然」は、ひとりでにの意。底本等版本には音合符があるが、講談所本・道明寺本・羅山本・無窮会本には訓合符がある。本集一六番詩【語釈】該項参照。

【補注】

韻字は「花・奢」（下平声九麻韻）「多」（下平声七歌韻）であり、九

解釈は現地の地理を知っていることを前提としたものであって、もし「たかさご」という地名がマツやシカの名所という歌枕としてしか認識されていなかったとすれば、実態とは別に「をのへ」を山の高い所とイメージしていたことも十分に想定されることである。

しかの鳴くらむ　「しか」については、五七番歌【語釈】「鳴くしかの」の項および六〇番歌【語釈】「恋するしかの」の項を参照。歌末の「らむ」という助動詞は、第四句末の「今や」とあいまって現在推量を表す。すなわち「しかの鳴く」ことは非現前であり、その推量の根拠となるのは現前の「秋はぎの花さきにけり」である。シカとハギを男女の関係とみなす発想は万葉集歌から認められるものであって、当歌もその発想に基づき、都から遠く離れた高砂・尾上でもハギが咲き、シカがそれを求めて鳴くことを推量したのである。もっとも、高砂を詠む歌にはハギの例は認められないが、日本古典文学全集本では、同歌に対して「秋萩の花がきれいに咲いた都だってこのとおりきれいなのだから、あの風光明媚の高砂の尾上は推して知るべしだ。鹿がその花を喜び、今しきりに鳴いているのではなかろうか」と解釈している。なお、【補注】を参照。

【補注】

【校異】に示したように、当歌の下句「尾上に今やしかの鳴くらむ」が他集では「尾上のしかは今や鳴くらむ」となっている。他集本文では「しか」が「今や」よりも前に出て、しかも「は」によって主題化されていて、ハギとシカを対比的に際立たせるためにはこの方が効果的であろう。一方、当歌本文では相対的に「今」という時間に重点が置かれて＊

麻は独用であるので押韻に傷がある。平仄には基本的な誤りはない。

ちなみに、「萩」は、『説文解字』が「萩、蕭。从艸、秋声」というように、キク科の多年生植物である、カワラヨモギのこと。『新撰字鏡』（天治本）に「萩、七由反。蒿、蕭類也。波支、又伊良」、『和名抄』に「鹿鳴草、爾雅集注云、萩、一名蕭」とあるところを見ると、狩谷棭斎（『箋注和名類聚抄』鹿鳴草）や白川静（『字通』萩）などがいうように、本国での用法とは別に、「椿」や「柊」と同じように、単にそれぞれの季節の代表的な花とした、とは考えにくい。あるいは、寺井泰明が「椿」について言うようなことがあったのかも知れない（『花と木の漢字学』大修館書店、二〇〇〇）。ハギは草と木を指すことがあるというが、『漢書』の顔師古注には、「萩」は「楸」と同じだとするものがあり（貨殖伝、東方朔伝）、それらとも関係があるかもしれない。なお、『播磨国風土記』揖保郡の萩原の里の条に、「一夜之間、生萩一根、高一丈許、仍名萩原」とある。

＊いて、ハギとシカよりもむしろ、歌を詠んでいる現前の場と高砂・尾上という非現前の場との対比の方が意識されているように受け取れる。

ハギは庭植えもされるから、里でも目に付きやすいのに対して、シカは山中に棲むので、その存在はもっぱら鳴き声によって確認されるものであった。それにしても、なぜ推量するシカのいる場所が、高砂・尾上でなければならなかったのか。たとえば都においても、「夕されば小倉の山に鳴く鹿は今夜は鳴かず寝ねにけらしも」（万葉集八―一五一一）、「ゆふづく夜をぐらの山になくしかのこゑの内にや秋はくるらむ」（古今集五―三一二）「をぐら山たちどもみえぬゆふぎりにつままどはせるしかぞなくなる」（後拾遺集四―二九二）などのように、シカの名所としては近場の小倉山でもよかったはずである。

ハギとシカの関係でもう一つ気になることは、「奥山に住むといふ鹿の夕去らず妻問ふ萩の散らまく惜しも」（万葉集一〇―二〇九八）「秋萩の散り行く見ればおほほしみ妻恋すらしさ雄鹿鳴くも」（万葉集一〇―二一五〇）や「あきはぎのさくにしもなどしかのなくうつろふはなはおのがつまかも」（後拾遺集四―二八四）などのように、シカが、【語釈】で取り上げた日本古典文学全集本の解釈とは異なり、ハギの散るのを惜しんで鳴くという歌が多く見られるという点である。

これらから考えられることは、当歌が「今」という時点で、現前の場と非現前の場とを対比しているとすれば、都で咲き始めたハギが高砂・尾上ではすでに散りかかっていると想定したということである。

【比較対照】

当歌はハギとシカという取り合わせにおいて、後者に重点を置く形で表現が構成されているに対して、詩はほぼ全体がハギを歌ったものであり、シカは承句に時期を示す物として登場するにすぎない。しかし、秋の詩一般において、ハギが取り上げられることはほとんどないとしたら、当詩における、このようなハギに対するこだわりは、歌からも本来の詩からも離れて、まさに日本漢詩として成り立っているということになろう。そもそも起句の「号芽花」という、ことさらの表現は、本来の詩では通用しえず、万葉集の歌において「芽」を「はぎ」と訓ませたことに由来することを示すに他ならない。

なぜこのような詩になってしまったかを推測するに、六〇番【比較対照】にも述べたように、詩では、ハギはもとよりシカも素材とされることが少なく、したがって両者の取り合わせという発想もないのであるから、六〇番詩がそうだったのと同じく、自然素材を捨てて人事に切り替えるか、あるいは無理を承知で素材のどれかを生かして、とにかくそれでまとめるか、のどちらかにしかなく、結果的に後者を選択したのではないだろうか。シカではなくハギにしたのは、詩にはよりなじみのないハギの方が詩的なイメージの制約が少なかったからではないかと考えられる。

なお、詩後半の「雨後」と「風前」の対比は、四九番詩の後半と同工異曲であり、違いは当詩では「紅」と「金」の色対にしている点である。もとより歌においては、このような対比はまったく認められず、詩特有の表現方法をとっていると言えよう。

六五番

松之声緒　風之調丹　任手者　竜田姫子曾　秋者弾良咩

松のねを　風の調べに　任せては　竜田姫こそ　秋は弾くらめ

【校異】

本文では、第四句の「竜」を、文化写本が「立」とし、同句の「子」を、永青本・久曾神本が「許」とし、結句の「咩」を、羅山本・無窮会本が「哞」、永青本・久曾神本が「竿」とする。

付訓では、初句の「の」を、類従本・文化写本が「が」とする。

同歌は、是貞親王家歌合（三〇番。ただし初句「ことのねを」結句「あきはひくらし」）にあり、また後撰集（巻五、秋上、二六五番）に「是貞のみこの家歌合に　壬生忠岑」として（ただし初句・第二句「松のねに風のしらべを」結句「秋はひくらし」）、忠岑集（書陵部本四五番、松風をきゝて。ただし「まつのをとにかぜのしらへをあはせてはたつたひめこそ秋はひくらし」）にも見られる。

【通釈】

松の音を風の調子に合わせるようにしては、まさに竜田姫が秋になると（琴を）弾くのだろう。

【語釈】

松のねを　「松（まつ）のね」は風に吹かれて松の葉が立てる音のこと。

翠嶺松声似雅琴
秋風和処聴徽音
伯牙輟手幾千歳
想像古調在此林

翠嶺《スイレイ》の松《まつ》の声《こゑ》雅琴《ガキン》に似《に》たり。
秋風《シウフウ》和《クワ》する処《ところ》徽音《キキン》を聴《き》く。
伯牙《ハクガ》手《て》を輟《やめ》て幾《いく》千歳《センサイ》ぞ。
想像《おもひや》る古《いにしへ》の調《しらべ》此《こ》の林《はやし》に在《あ》り。

【校異】

「似」を、藤波家本「低」に作る。「和」を、講談所本・道明寺本・京大本・大阪市大本・天理本・羅山本・無窮会本「扣」に作り、永青本・久曾神本「叩」に作る。また、類従本には「和」に「扣」の異本注記があり、文化写本も「扣イ群」と注記する。「聴」を、京大本・大阪市大本・天理本「顒」に作って、京大本・大阪市大本「如本」と注する。「徽音」を、講談所本・道明寺本・京大本・大阪市大本・天理本・羅山本・永青本・久曾神本「微音」に作る。「伯牙」を、永青本「佝可」に作る。「輟手」を永青本・久曾神本「綴手」に作る。「想像」を、底本等「相像」に作るも、元禄九年版本・元禄一二年版本・文化版本・類従本・詩紀本・下澤本・天理本・羅山本・無窮会本・久曾神本に従う。

【通釈】

青々とした山をサワサワと吹き抜ける松風の音は、古琴の響きに似て、秋風がやわらぐと、ことさら美しい音に聞き取ることができる。かの伯

万葉集には例がなく、八代集には後撰集所載の同歌以外に「松のねは秋のしらべにきこゆなりたかくせめあげて風ぞひくらし」（拾遺集七―三七二）の一例が見られる。異訓に「まつがね」があるが、万葉集・八代集とも「松の根」の意であり、音声の意の例はない。類義表現に「かげにとて立ちかくるれば唐衣ぬれぬ雨ふるまつの声かな」（新古今集一七―一六八三）の「まつのこゑ」や「松風のおとにみだるることのねをひけば子の日の心地こそすれ」（拾遺集八―四五二）の「まつかぜのおと」などが見られる。是貞親王家歌合では初句を「ことのねを」としてあり、結句の「弾く」の対象を明示するが、逆にそれによって実際のどんな状況を歌うのかが曖昧になるので採らない。万葉集ではマツに関して、その色に着目することはあっても音を取り上げた例は認められず、「まつかぜ」も「…春去り来れば　桜花　木の暗しげに　松風に　池波立ち…」（万葉集三―二六〇）「やどにある桜の花は今もかも松風速み地に散るらむ」（万葉集八―一四五八）などのように、それ自体よりも他の自然現象生起の契機として詠まれている。句末の助詞「を」は第二句末の「に」とともに第三句の「任す」と結び付くものととらえておく。

風の調べに　「調（しら）べ」については、三七番歌【語釈】「調べても鳴く」の項を参照。「〜のしらべ」という名詞句の例としては、八代集に「浪のおとのけさからことにきこゆるは春のしらべや改るらむ」（古今集一〇―四五六）「たかさごのたかくないひそむかしききしをのへのしらべまづぞこひしき」（後拾遺集一九―一一〇六）などあるものの、「かぜのしらべ」は見当たらない。その意味するところは、風の調子、具体的には風の吹き具合ということであろう。

牙が琴を弾かなくなってから一体何千年経ったのだろう。（しかしながら）伯牙の弾く古の正調の音楽とそっくりな調べがこの林にはあるのだ。

【語釈】

1 翠嶺　青々とした山。「翠」は、カワセミを原義とする、鮮やかな青緑色のこと。庾闡「観石鼓」詩に「翔霄払翠嶺、緑澗漱巌間」とあり、大江以言「樹滋月過遅」詩に「粉娃徐歩青閨内、素鶴便翔翠嶺傍」（『類題古詩』遅）とある。本集には「翠松」（一五六番）の語も見える。

松声　風が松の木を吹き抜けるときに出る音。松風。宋玉「高唐賦」に「俯視崝嶸、窐寥窈冥。不見其底、虚聞松声」（『文選』巻一九）、僧皎然「風入松歌」に「西嶺松声落日秋、千枝万葉風飅飅。美人援琴弄成曲、写得松間声断続」とあり、嵯峨天皇「江亭暁興」詩に「水気眠中来湿枕、松声覚後暗催聴」（『凌雲集』）、三原春上「扈従梵釈寺応製」詩に「禅場薜色無冬夏、幽谷松声有隔通」（『経国集』巻一〇）とある。**雅琴**　中国音楽の伝統を受け継ぐ古琴。司馬相如「長門賦」に「援雅琴以変調兮、奏愁思之不可長」（『文選』巻一六）、劉孝綽「擬古三首聯句　其三」に「雅琴不可聴、一聴一沾纓」とあり、源英明「秋色颯然新」詩に「露滴蘭叢寒玉白、風銜松葉雅琴清」（『類題古詩』気）とある。

2 秋風　四四・七三番詩【語釈】該項を参照。**和処**　やわらぐと、の意。李頎「粲公院各賦一物得初荷」詩に、「微風和衆草、大葉長円陰」、楊衡「遊峡山寺」詩に「雨霽花木潤、風和景気柔」とあり、刀利康嗣「五言侍宴」詩に「日落松影闇、風和花木新」（『懐風藻』）とある。異文「扣処」は、薛曜「子夜冬歌」詩に「朔風扣群木、厳霜凋百草」と

任せては　「任（まか）す」は誰か（何か）に、あることを好きにさせるの意。万葉集には「とりまかす」という複合語の形で「…みどり子の　乞ひ泣くごとに　取り委す〔取委〕　物しなければ…」（万葉集二―二一三）の一例が見られるのみだが、八代集には六〇例以上用いられている。当歌の文脈からすれば、「松のね」ヲ「風の調べ」ニ「任す」という関係になる。他に「松のね」および「風の調べ」を対象とした例はないが、「もみぢばを風にまかせて見るよりもはかなき物はいのちなりけり」（古今集一六―八五九）「おほぞらにおほふばかりの袖もがな春さく花を風にまかせじ」（後撰集二―六四）「うしろめたいかでかへらん山ざくらあかぬにほひを風にまかせて」（拾遺集一六―一〇五三）などのような、「風」ニ「任す」という表現は見られる。後撰集所載の同歌では「松のね」ニ「風の調べ」ヲ「任す」という表現になっていて、これに対して新日本古典文学大系本では「松籟の音に、琴の調べを任せるやり方で」と説明し、「風の調べ」について「松に吹く風と、たとえばうつほ物語・俊蔭の巻に見える「波斯風（はしふ）」のように琴の曲名に「…風」とつけるのとを掛けている」とする。しかし、これはそのような本文だからこその解釈であって、「風の調べ」＝「琴の調べ」とするのには無理があろう。しかもそもそも「松のね」は「風」によって生じるものであり、その吹き加減によって音の出具合も変わるのであるから、任される相手は「松」よりも「風」でなければ不自然である。たとえば先にも挙げた「松のねは秋のしらべにきこゆなりたかくせめあげて風ぞひくらし」（拾遺集七―三七二）という表現のように。なお、当歌における「任す」の主体となるのは第四句の「竜田姫」である。

あるものの、これ以外の用例を知らない。**徽音**　劉孝標「広絶交論」に「主人听然而笑曰、客所謂撫絃徽音、未達燥湿変響」（『文選』巻五五）とあり、李善が引用する許慎の淮南子注に「鼓琴循絃、謂之徽也」とあるように、「徽」は、琴の上面に彫り込んだ金石の印で、左手で弦の上からそれを押さえ、右手で弦を弾いて演奏するのであるから、「徽音」で、琴を鼓することを意味したはずだが、後に、王粲「公讌詩」に「管絃発徽音、曲度清且悲」（『文選』巻二〇）とあるように、美しく素晴らしい音楽の意味で用いられるようになった。異文の「微音」は、嵆康「琴賦」に「翩緜飄邈。微音迅逝。遠而聴之、若鸞鳳和鳴戯雲中。迫而察之、若衆葩敷栄曜春風」（『文選』巻一八）とはあるが、微かな音という以上の意味を持たない。五四番詩の「微禽」と同様、「微」と「徽」は類似の字形であり、書写の間に紛れたものであろう。なお、応璩「与満公琰書」にも「牙曠高徽、義渠哀激」（『文選』巻四二）、巨勢識人「琴興」詩に「極金徽一曲、万拍無倦時」（『文華秀麗集』巻下）、橘在列「北堂漢書竟宴…劉安」詩に「問道錬黄上翠微、也曾懐帙弄琴徽」（『扶桑集』）とある。

3伯牙　中国古代の琴の名手。その良き聴衆であり理解者であった鍾子期が亡くなって以後、琴を壊して二度と演奏しなかったという。嵆康「琴賦」に「伯牙揮手、鍾期聴声」（『文選』巻一八）とあり、李善は『呂氏春秋』孝行覧・本味篇の「伯牙鼓琴、鍾子期聴之。方鼓琴、而志在太山、鍾子期曰、善哉乎鼓琴、巍巍乎若太山。少選之間、而志在流水、鍾子期又曰、善哉乎鼓琴、湯湯乎若流水。鍾子期死、伯牙破琴絶弦、終身不復鼓琴。以為世無足復為鼓琴者」と、『列子』湯問篇・第十二章を

竜田姫こそ　「竜田姫（たつたひめ）」は「奈良県生駒郡の龍田山の神格化。龍田山は奈良京の西に当たり、西は五行説で秋にあたるところから、秋をつかさどる神とされる。また、紅葉の印象から、染色・織物の名手ともされる」（日本国語大辞典第二版）。万葉集にその例はないが、「我が行きは七日は過ぎじ竜田彦ゆめこの花を風にな散らし」（万葉集九—一七四八）のように「竜田彦」の例はあり、元来それと一対で風の神とされる「竜田姫」とは別に、春の神の「佐保姫」と対比的に詠まれるようになったようである。八代集には「竜田ひめたむくる神のあればこそ秋のこのはのぬさとちるらめ」（古今集五—二九八）「見るごとに秋にもなるかなたつたひめもみぢそむとや山もきるらん」（後撰集七—三七八）「ふるさとにかへると見てやたつたひめ紅葉の錦そらにきすらん」（拾遺集一七—一一二九）などのように、秋の、とくに染色・織物をつかさどる神として歌われるが、琴を弾く神としての例は見当たらない。

秋は弾くらめ　「秋（あき）は」は「弾（ひ）く」の主語ではなく、「秋には」の意で時間を表す連用修飾語であろう。しかし、歌全体から考えて、なぜ秋という季節をことさらに取り立てるのか、いささか不審である。紅葉に関してなら何の問題もないが、松風の音は秋でなければ聞かれないわけでもなく、その音がことに秋が美しいというわけでもないだろうから。なお、この点については【補注】に述べたい。「ひく」の漢字表記が「弾」となっているのは琴を演奏する意を示していると考えられる。「琴をひく」という表現は万葉集にも八代集にも見られないが、先掲の「松風のおとにみだるることのねをひけば子の比の心地こそすれ」（拾遺集八—四五二）のように、「ことのねをひく」という表現は引用する。その他、司馬遷「報任少卿書」に「蓋鍾子期死、伯牙終身不復鼓琴」（『文選』巻四一）、魏文帝「与呉質書」に「昔伯牙絶絃於鍾期、仲尼覆醢於子路、痛知音之難遇、傷門人之莫逮」（『文選』巻四二）とあり、巨勢識人「琴興」詩に「伯牙弾尽天下曲、知音者或但子期。子期伯牙歿来久、鳴琴千載□□□」（『文華秀麗集』巻下）、本集にも「伯牙弾玉琴韻調」（一五四番）とある。　**輟手**　手を離す、仕事の手を休める、の意。『梁書』武帝紀に「雖万機多務、猶巻不輟手、燃燭側光、常至戊夜」、謝霊運「初発入南城」詩に「弄波不輟手、玩景豈停目」とある。

幾千歳　一体、何千年たったのだろう、の意。李頎「謁張果先生」詩に「自説軒轅師、于今幾千歳」、劉禹錫「望夫石」詩に「望来已是幾千載、只似当時初望時」とあり、「載」は一に「歳」に作る。

４想像　俗語で、まるで〜のようだ、似ている、の意。「相像」「想象」とも表記される。「想」と「相」は、四声は異なるものの同音、「像」と「象」は、同音同声。これについては王鍈『詩詞曲語辞例釈（増訂本）』（中華書局、一九八六）などを参照のこと。大江以言「庭花依旧開」詩に「露恵如何先日暁、風儀想像古時春」（『類題古詩』旧）とあり、本集にも「想像蕭咸佳会夕」（一一五番）とある。いま暫く底本の訓「ル」と、諸本の訓読符に従う。なお、二九番詩【語釈】該項を参照のこと。

古調　中国古代の正統な音楽の調べのこと。劉長卿「聴弾琴」詩に「泠泠七糸上、静聴松風寒。古調雖自愛、今人多不弾」、白居易「和令狐僕射小飲聴阮咸」詩に「古調何人識、初聞満座驚」とあり、菅原道真「晩秋二十詠　灘声」詩に「可転幽人枕、如弾古調絃」（『菅家文草』巻二）とある。　**在此林**　「此」とは、「翠嶺」にある「松」林を指す。張協

見られる。歌末の「らめ」は第四句末の係助詞「こそ」の結び。是貞親王家歌合および後撰集の同歌は「らし」とするが、想像上の竜田姫の行為であるから、確実な根拠に基く推定を表す「らし」よりも現前しない対象を推量する「らむ」の方がふさわしいと考えられる。

【補注】

当歌は、第三句の「は」、第四句の「こそ」、そして結句「は」と、取り立ての助詞を三つも用いているため、どれが中心なのかはっきりしない歌になっている。それでも「こそ」によって「竜田姫」を主題化しているとは言えなくもないが、【語釈】にも述べたごとく、その主たるイメージは紅葉の方によるのであって、松風ではない。同歌を収める是貞親王家歌合にも「たつたひめいかなるかみにあればかは山をちくさにあきはそむらん」（二番）という、紅葉と関連付ける歌が認められるのである。

考えられるのは、竜田姫を秋の神とするならば、その季節に伴う自然現象のすべてを司っているという見方である。つまり紅葉という視覚的な現象はもとより松風の音という聴覚的な現象も、それが秋である限りにおいて、竜田姫がとりしきっているのであり、だからこそ「秋は」という取り立てが生きるのである。また、秋は四三番歌【語釈】「秋風に」の項に記したように、風との関わりがもっとも強い季節であるから、たとえ「松のね」は一年中聞かれるとしても、風の具合によって、つまり「風の調べに任ては」ということが強く意識されるのではないかと見ら＊

「七命八首」に「鳴鳳在林、夥於黄帝之園」（『文選』巻三五）とある。

【補注】

韻字は、「琴・音・林」で、下平声二十一侵韻。平仄にも基本的な誤りはない。

この作品は前後の他の作と違って、語彙的にも重なるものが極めて少なく、詩句の展開にも無理がない。

ただし、ここで伯牙の故事が持ち出されたのは、和歌の竜田姫との関係だろうが、伯牙でなければならない理由が、特にあるわけではないだろう。竜田姫が秋を司る女神であるとすれば、対応すべきは「青女」や「玉女」であろう。いずれも『初学記』を初めとする類書の秋の項に登場する。

＊れる。なおこの際、竜田姫はあくまで秋の神として抽象化された設定であって、必ずしも由来とする竜田という地に即したものと限定する必要はないと考えられる。

歌意としては、松風の音が風の吹き加減によって高く低く調べをなすように聞こえるのを、秋の神である竜田姫がそのように琴を弾いているからだろうと見立てたものである。松風を琴の音に見立てるのは、三七番歌「琴のねに響き通へる松風を調べても鳴く蝉のこゑかな」で見たとおりである。

【比較対照】

歌詩とも、秋の松風の音を美しい琴の音のように聞きなしているという点では共通している。表現全体として見れば、各【補注】に述べたように、歌は「どれが中心なのかはっきりしない」のに対して、詩の方は珍しく「展開にも無理がない」ものになっている。この差は、歌の「竜田姫」と詩の「伯牙」の、琴との関連性の度合いの違いによるものであろう。当歌に「竜田姫」が登場するのは、あくまでも秋を司る神という観念的な設定に基づいたにすぎないのに対して、「伯牙」はまさに琴の名手であり、「松声」の見立てとしていかにもふさわしく、詩後半はその見立てを巧みに表現していると言える。詩において補われた「翠嶺」や「此林」という空間設定も他の表現と矛盾することがないのに対して、歌の方は「竜田姫」が元来紅葉の名所として知られる竜田山をふまえているとすれば、常緑のマツとの結び付き自体が希薄である。

歌詩で微妙に異なるのは、歌の上三句「松のねを風の調べに任せては」に対する詩前半の表現である。歌では松風の音の調子が風の吹き加減によるとしているのを、詩では松風の音に秋風の音が和する、つまり両者の音が調和するとしている。しかし、「松声」はそもそも風によって生じるのであり、風の音はマツなどの障害物によって生じるのであるから、両者を別の音とするのは考えにくいのではないだろうか。もっとも、このような考えは合理的な解釈にすぎず、あるいは「松声」もそれ自体として発する音ととらえられたのかもしれない。少なくとも言えるのは、歌の「松のねを風の調べに任せては」を詩の作者がそのように解釈したということであり、それは三七番歌の「松風を調べても鳴く蝉のこゑ」に対して詩が「可賞松蝉両混幷」と表現したのと同様の解釈である。

六六番

白露之　色者一緒　何丹為手　秋之山辺緒　千丹染濫

白露の　色は一つを　いかにして　秋の山辺を　ちぢに染むらむ

【校異】

本文では、第二句の「色」を、五三番歌と同じく底本はじめ六本が「㐌」とするが他本により改める。

付訓では、とくに異同が見られない。

同歌は、歌合には見られないが、古今集（巻五、秋下、二五七番）に「これさだのみこの家の歌合によめる　としゆきの朝臣」として（ただし第四句「秋のこのはを」）、また新撰和歌（巻一、春秋、六八番。ただし第三句「いかなれば」第四句「あきの木の葉を」）、古今六帖（第一、天、つゆ、五七〇番、としゆき。ただし第四句「秋の木葉を」）、敏行集（二三番、これさたのみこのいへのうたあはせに）にも見られる。

【通釈】

白露の色は一つなのに、どのようにして秋の山辺をさまざま（な色）に染めるのだろう。

【語釈】

白露の　「白露（しらつゆ）」については、四四番歌【語釈】「白露に」の項を参照。そこでは「白露」の「白」に対して「その色というより

白露従来莫染功
何因草木葉先紅
三秋垂暮趁看処
山野斑々物色怱

白露《ハクロ》従来《もとより》染功《ゼムコウ》莫《な》し。
何《なに》に因《より》てか草木《サウボク》葉《は》先《まづ》紅《くれなゐ》なる。
三秋《サムシウ》暮《くれ》に垂《なむなむ》として趁看《おひみ》る処《ところ》、
山野《サンヤ》斑々《ハンハン》として物色《ブツショク》怱《いそがは》し。

【校異】

「染功」を、久曾神本「染切」に作って「功歟」と注記する。「垂暮」を、類従本・藤波家本・講談所本・道明寺本・羅山本・無窮会本・永青本・久曾神本「欲暮」に作り、京大本・大阪市大本・天理本「無暮」に作る。なお、類従本には「垂」の異本注記があり、文化写本にも「欲群」の校注がある。「斑々」を、底本はじめ類従本・文化写本・藤波家本・講談所本「班班」に作り、道明寺本・京大本・大阪市大本・羅山本は「斑」「班」両字の判別不能なるも、他の諸本に従う。「物色怱」を、類従本・羅山本・無窮会本・永青本・久曾神本「物色公」に作り、京大本・大阪市大本・天理本「忩」に作って、京大本・大阪市大本には「空歟」「如本」の注記がある。また、類従本「公」に「怱」の異本注記があり、文化写本「怱」に「公群」の校注がある。

【通釈】

白露にはもともと葉を赤く染める働きなどない。では、何によって草

も明るく光り輝くさまを表す」と説明したが、当歌においては次の句「色は一つを」とのつながりによって、観念的であれ色の一つとしての「白」を示している。万葉集における「白露」には色という面が強調されてはいないが、たとえば「秋されば置く白露に我が門の浅茅が末葉色付きにけり」（万葉集一〇―二一八六）「もみち葉に置く白露の色葉にも出でじと思へば言の繁けく」（万葉集一〇―二三〇七）などからは、もみぢの色との対照性が感じられなくもない。一方、八代集では「おくからにちくさの色になるものを白露とのみ人のいふらん」（後撰集六―三一〇）「しらつゆと人はいへども野辺みればおくはなごとに色ぞかはれる」（金葉集三―二二七）などのように、当歌と同様に露の白色を際立たせる例があり、さらに「秋の野の錦のごとも見ゆるかな色なきつゆはそめじと思ふに」（後撰集七―三六九）のように、あえて「色なきつゆ」と表現する例も見られる。

色は一つを　万葉集には「一（ひと）つ」の例自体が見られないが、八代集では色に関する例として「立渡る霞のみかは山高み見ゆる桜の色もひとつを」（後撰集二―六三）「しもがれはひとついろになりにけるちくさにみえしのべにあらずや」（後拾遺集六―三九七）「あさみどり花もひとつにかすみつつおぼろにみゆる春のよの月」（新古今集一―五六）などがある。当歌における「一つ」は結句の「ちぢ」と、漢詩における数対のように対応していると見られるが、同様の例には「月見ればちぢに物こそかなしけれわが身ひとつの秋にはあらねど」（古今集四―一九三）「きみこふる心はちぢにくだくれどひとつもうせぬものにぞありける」（後拾遺集一四―八〇一）「秋の月ちぢに心をくだききてこよひ一よ

木はその葉をまっ先に紅くするのだろう。秋もそろそろ終わろうとするので、急いで見に行ってみると、山や野原は美しいまだら模様をして、あわただしくその装いを変えようとしている。

【語釈】

1 白露　秋に降りる露。四四・四八・六二番詩【語釈】該項を参照。

従来　以前から、もともと、の意。四二・四七番詩【語釈】該項を参照。

莫染功　「功」は、働き、手柄のこと。白露には葉を染める働きは無いとは言うものの、梁・呉均「贈揺郎詩」に「露染蘼蕪葉、日照芄養枝」とあるほか、晩唐になるが秦韜玉「長安書懐」詩に「嵐收楚岫和空碧、秋染湘江到底清」、呉融「紅葉」詩に「露染霜乾片片軽、斜陽照処転烘明」、王周「宿疏陂駅」詩に「秋染棠梨葉半紅、荊州東望草平空」などの語句が見える。菅原道真「残菊詩」には「染紅衰葉病、辞紫老茎惆。露洗香難尽、霜濃艶尚幽」（『菅家文草』巻一）とある。従って、当詩のような発想は、存在したことになろう。「染功」には諸本に音合符がある。

2 何因　どのようなわけで、何のために、の意。原因・理由などを尋ねる疑問の語。王僧孺「在王晋安酒席数韻」詩に「何因送款款、半飲栢中醁」（『玉臺新詠』巻六）、王維「戯題盤石」詩に「若道春風不解意、何因吹送落花来」とあり、菅原道真「題駅楼壁」詩に「離家四日自傷春、梅柳何因触処新」（『菅家文草』巻四）、同「重陽夜感寒蛬応製」詩に「今夜何因寒怨急、被多折菊草棲荒」（『菅家文草』巻五）とある。

草木　草や木などの植物のこと。宋玉「九辯五首其一」に「悲哉秋之為

にたへずも有るかな」（千載集五―三三七）などがあり、さらに「みどりなるひとつ草とぞ春は見し秋はいろいろの花にぞありける」（古今集四―二四五）の「いろいろ」、「ななへやへはなはさけども山ぶきのみのひとつだになきぞあやしき」（後拾遺集一九―一一五四）の「ななへやへ」、「さまざまのあさぢがはらのむしのねをあはれひとつにききぞなしつる」（千載集五―三三〇）の「さまざま」などの類例が見られる。句末の「を」は、体言に接続する限りにおいて間投助詞か格助詞とみなされるが、これを受ける用言がなく、省略も認めがたいので格助詞とは言えまい。となると、間投助詞ということになり、『注釈』および新日本古典文学大系本では「白露の色は一つなのになあ。」のように、その文末用法として扱っている。しかし、これにおいても「なのに」という逆接の意味合いを込めてあり、単純な確認あるいは詠嘆とはみなしがたい。他の注釈書では接続助詞のように解し、日本国語大辞典第二版の「を」の補注でも、該例を挙げて間投助詞とも接続助詞ともとれるとする。当歌における文脈を考えれば、和歌としての音数律の制約もあって、体言接続ながら接続助詞的に用いたものとみなしておきたい。

いかにして　一語的に、どのように、どんなふうにして、という方法・手段を疑う副詞として用いられる。当歌においては下句「秋の山辺をちぢに染むらむ」を修飾する。この表現は「玉津島見れども飽かずいかにして〔何為而〕包み持ち行かむ見ぬ人のため」（万葉集七―一二二二）「…いかにして〔奈何為而〕忘るるものそ　恋といふものを」（万葉集八―一六二九）などのように万葉集から見られ、八代集では当歌と同じく「らむ」と呼応する例として「つゆの身のきえもはてなばなつぐさの

気也、蕭瑟兮草木揺落而変衰」（『文選』巻三三、『楚辞』）、漢武帝「秋風辞」に「秋風起兮白雲飛、草木黄落兮雁南帰」（『文選』巻四五）とあり、李善注は「礼記曰、季秋之月、草木黄落、鴻雁来賓」（『礼記』月令・「季秋」の文の節録）という。また、菅原道真「早春内宴侍清涼殿同賦草樹暗迎春」詩に「東郊豈敢占煙嵐、陽気暗侵草木覃」（『菅家文草』巻六）とあり、本集にも「草木栄枯此尚均」（七八番）とある。版本には音合符がある。

葉先紅　木葉が真っ先に紅くなる、の意。なお、中国においては「黄葉」が本来の表記である。「紅葉」が用いられ始めるのは盛唐からであり、中唐になってようやく一般化する。日本の表記も古今集前後から「紅葉」となるが、中国のそれを襲ったものというのが、定説。宋之問「遊禹穴回出若耶」詩に「水低寒雲白、山辺墜葉紅」、王勃「冬郊行望」詩に「桂密巌花白、梨疏林葉紅」とあるのが早い例で、いずれも「白」の対語として用いられている。巨勢識人「神泉苑九日落葉篇応製」詩に「半分紅兮半分黄、洞庭随波色泛映」（『文華秀麗集』巻下）、菅原道真「絶句」に「満山紅葉破小機、況遇浮雲足下飛」（『扶桑略記』昌泰元年一〇月二八日条）、同「冬日感庭前紅葉示秀才淳茂」詩に「孤立如逢衣錦客、四分疑伴散花僧」（『菅家後集』）とある。

3 三秋　秋というのに同じ。一四・六四番詩【語釈】該項を参照。

垂暮　夕暮れに近づく、あるいは晩年になる、の意が一般的だが、ここでは、季節が終わりに近づくこと。ただし、いずれも現代語としての用例で、中国・日本ともに古典作品にこの語の用例を知らない。屈原「離騒」に「欲少留此霊瑣兮、日忽忽其将暮」（『文選』巻三二）とあり、王逸が「日又忽去、時将欲暮、年歳且尽。言己衰老也」と説明するよう

ははいかにしてあらんとすらん」（金葉集一〇―六一九）「かくばかりうき世のすゑにいかにしてはるはさくらのなほにほふらん」（千載集一七―一〇七〇）「いかにして袖にひかりのやどるらん雲井の月はへだてこし身を」（新古今集一六―一五一〇）などがある。

秋の山辺を　この表現は万葉集にはなく、八代集になって「なほざりに秋の山べをこえくればおらぬ錦をきぬ人ぞなき」（後撰集七―四〇三）「水うみに秋の山べをうつしてははたばりひろき錦とぞ見る」（拾遺集三―二〇三）「もみぢちる秋の山べはしらがしのしたばかりこそみちはみえけれ」（後拾遺集五―三六三）などのように現れる。なお「春の山辺」は、一五・一六番歌に見られる。古今集などの同歌では「秋の木の葉を」となっていて、この方が紅葉自体には即していよう。ただ「秋の山辺」とすると、個々の木の葉ではなく、その全貌・全景をとらえることになり、結句の「ちぢ」という色の多様性を表すにはより適していると考えられる。

ちぢに染むらむ　「ちぢ」の「ぢ」は個数を表す「ち」の連濁形で、千個の意から多数、さまざまなどの意を表す。万葉集には例がなく、八代集では「色は一つを」の項で挙げた例のほか、「千千の色にうつろふらめどしらなくに心し秋のもみぢならねば」（古今集一四―七二六）「あきののにいかなるつゆのおきつめばちぢの草ばの色かはるらん」（後撰集七―三七〇）「山ざくらちぢに心のくだくるはちる花ごとにそふにや有るらん」（千載集二―八四）などがある。「そむ」が紅葉に関して用いられる例は万葉集にはなく、八代集に「きみがさすみかさの山のもみぢばのいろ神な月しぐれのあめのそめるなりけり」（古今集一九―一〇一〇）

に、同じ意味を、古典では「欲暮」「将暮」というのが一般。費昶「采菱」詩に「日斜天欲暮、風生浪未息」（『玉臺新詠』巻六）、元稹「夢遊春七十韻」詩に「最似紅牡丹、雨来春欲暮」、曹植「雑詩六首其四」詩に「俛仰歳将暮、栄耀難久恃」（『文選』巻二九）とある。したがって、異文「欲暮」の方が優るようにも思われるが、いま暫く底本に従う。異文「無暮」は、「垂暮」の字形からの誤り。**趁看処**　急いで見る。「趁」は、すぐ後から追いかける、の意。諸本に訓合符がある。劉禹錫「題王郎中宣義里新居」詩に「雨後退朝貪種樹、申時出省趁看山」とあるのが、中国古典詩における唯一の例だが、本集には「冬来氷鏡拋簷懸、一旦趁看未破前」（八四番）と、二例を数える。ただし、他の日本漢詩に用例を知らない。

4 山野　山や野原。応璩「与従弟君苗君胄書」に「按轡清路、周望山野、亦既至止、酌彼春酒」（『文選』巻四二）、武元衡「秋日出遊偶作」詩に「間歩欲舒山野性、貔貅不許独行人」とあり、釈空海「中寿感興詩」に「黄葉索山野、蒼々豈始終」（『性霊集』巻三）とある。本集には「深春山野猶看誤」（八七番）を始めとして、九三・九八・一二三番など多数の用例がある。**斑々**　まだら模様を形容する重言。一六・五三番詩【語釈】該項を参照されたいが、本集には「野樹斑々紅錦装、惜来爽候欲闌光」（五三番）、「名山秋色斑々錦」（六八番）とある。**物色怱**　「物色」は、風景・景色の意。一番詩【語釈】該項を参照。「怱」とは、あわただしい様、すみやかな様。呉孜「春閨怨」詩に「物色頓如此、孀居自不堪」（『玉臺新詠』巻八）とあるものの、こうした概念的な季節把握の仕方は、中国詩ではほとんど管見に入らないが、日本漢詩には藤原

「むら雲の時雨れてそむる紅葉ばはうすくこくこそ色にみえけれ」（千載集五―三五四）「紅葉ばはおのがそめたる色ぞかしよそげにおけるけさの霜かな」（新古今集六―六〇二）などの例が見られる。ただし、「そむ」の主体は当歌では「白露」とみなされるが、その例は古今集所載の同歌と、先掲の「秋の野の錦のごとも見ゆるかな色なきつゆはそめじと思ふに」（後撰集七―三六九）だけであり、むしろ時雨の方が目立つ。

【補注】

窪田評釈は同歌に対して「心はもみじを讃えるものであるのに、理知的に、分解的に、細緻にしているところ、この当時の風を現わしたものである」と評するが、「秋の山辺」という特定の地を指示しない表現を含め、実景をふまえてというよりも全体として観念の産物であると考えられる。

当歌には表現上、三つの対比が認められる。一つは「白露」という極小の物と「秋の山辺」という広大な物の対比、二つめは白に対する黄*

【比較対照】

当詩は歌に対していかにも補足説明的な表現・内容になっていて、それ自体として読むならば一作品としておよそ体を成していないと言える。

たとえば、起句の「白露従来莫染功」という始まり方はあまりに唐突かつ意味不明であって、承句の「何因草木葉先紅」と関連付けることによって、かろうじて「染功」が紅葉という現象と関わる比喩であることが知られる。「従来」と断るのは、「露」が凝結して出来ると考えられていた「霜」が、「霜葉・霜樹」などの語もあるように紅葉と結び付けられるのを意識してのことかもしれない。それにしても、この起句は当歌があってこそ成り立つものであり、歌の方が間接的ながらも露の「染功」を認めているのに対して、それをきっぱりと否定したために、歌の「いかにして」に対応させたとおぼしき承句の「何因」は紅葉の原因をまったき謎にしてしまっている。

敦基「閏三月尽日即事」詩に「鳥散花飄眺望怱、麗辰尽処恨相同」（『本朝無題詩』巻四）とある。「怱」と異文「忩」は、共に「悤」の別体字。

【補注】

韻字は「功・紅・怱」で、上平声一東韻。平仄にも基本的な誤りはない。

*や赤という色の対比、そして三つめが「一つ」と「ちぢ」という、ことばにおける数の対比である。そのうえで、「白露」を主体として「秋の山辺」を「染む」という擬人的な設定をしている。露が紅葉を促すという見方は万葉集から見られるのであって、当歌のポイントは、それを擬人的な見立てによってさらに際立たせ、しかも今述べた三つの対比から、その実現に対して「いかにして～らむ」という疑問推量によって驚異を示してみせるところにあると言える。

当詩は前半から後半への展開にも、はなはだしい飛躍がある。結句の「山野斑々」は歌の「秋の山辺をちぢに染む」に対応させたのであろうが、「斑々」となることと、承句の「草木葉先紅」とは必ずしも結び付かない。また、転句の「趁看」という行動に対して、たとえ転句とはいえ、一種理屈めいた内容の前半部分をその動機と見るには到底無理がある。さらに、当歌はまさに紅葉かつ秋の盛りの時期であるが、詩の承句の「草木葉先紅」は紅葉の始めつまり初秋の頃に相当するのに対して、転句の「三秋垂暮」や結句の「物色怱」はむしろ紅葉の終末期を示すことになって、時期的にも一致しない。

以上からすれば、歌【補注】に記したような当歌の趣意は、詩にはまったく生かされていないということになる。その理由としては、当歌の上二句と下三句を分断して解釈したのではないかということが考えられる。つまり、上二句は婉曲に詩の起句の内容を表して完結し、下三句は詩の承句のように、それとは別の疑問として提示されているとみなすのである。とすれば、当詩の前半は歌全体にほぼ対応するものとなりうる。もとより、それでは当歌は一首としてのまとまりに欠けることになるが、歌【語釈】の「色は一つを」の項で取り上げたように、この句末の「を」をどのようにとらえるかという問題が関わっているかもしれない。

六七番

秋霧者　今朝者那起曾　竜田山　婆婆曾之黄葉　与曾丹店将見

秋霧は　今朝はなたちそ　竜田山　ははそのもみぢ　よそにても見む

【校異】

本文では、初句の「霧」を、無窮会本が「露」とし、第二句の「那」の後に、類従本・永青本・久曾神本が「不」を、講談所本・無窮会本が「石」を、羅山本が「石不」を補い、第四句の「婆婆」を、下澤本・文化写本・藤波家本・講談所本・道明寺本・京大本・大阪市大本・天理本・羅山本・無窮会本・永青本・久曾神本が「婆々」とし、同句の「之」を、永青本・久曾神本が欠き、同句の「黄葉」を、藤波家本が「意」とし、結句の「与曾」を、永青本・久曾神本が「四十人」とし、同句の「丹」を、類従本・藤波家本・羅山本・無窮会本が欠き、同句の「曾丹店将見」を、講談所本・道明寺本が欠き、同句の「将見」を、藤波家本が「覧」、永青本・久曾神本が「見牟」とする。

付訓では、とくに異同が見られない。

同歌は、歌合にはないが、古今集（巻五、秋下、二六六番）に「是貞のみこの家の歌合のうた　よみ人しらず」として（ただし第三句「さほ山の」）、また古今六帖（第六、木、ははそ、四〇九五番、これのり。ただし第二句「たたずもあらなん」第三句「さほ山の」）、夫木抄（巻一五、秋六、柞、六〇四三番、題しらず、菅家百首　読人不知）にも見られる。

山谷幽閑秋霧深
朝陽不見幾千尋
杳冥若有天容出
霽後偸看錦葉林

山谷《(サンコク)》幽閑《(イウカン)》にして秋《(あき)》の霧《(きり)》深《(ふか)》し。
朝陽《(テウヤウ)》見《(み)》えず幾《(い)く》千尋《(センシン)》ぞ。
杳冥《エウメイ》若《(も)》し天容《(テン)ヨウ》の出《(いづ)》ること有《(あ)》らば、
霽《(はれ)》て後《(のち)》偸《ひそか》に看《(み)》む錦葉《(キンエフ)》の林《(はやし)》。

【校異】

「霽後」を、講談所本・道明寺本「齊後」に作る。

【通釈】

両側を高い山に挟まれた深い谷は薄暗く静かであり、秋の霧が深く立ちこめているので、山の東斜面もよく見えず、一体どのくらいの奥深さがあるのであろうか。霧ははてしなく漂っているが、もしそれが上空に出るようなことがあれば、すっかり晴れ上がった後に美しい錦の織物のような紅葉の林をちらっと見ることができるだろう。

【語釈】

1 山谷　両側を高い山に挟まれた深い谷のこと。または、山と谷。底本等版本には音合符がある。蔡琰「悲憤詩其二」に「山谷眇兮路漫漫、眷東顧兮但悲歎」、陳琳「詩」に「蕭蕭山谷風、黯黯天路陰」とあり、空海「為大使与福州観察使書」に「但見天水之碧色、豈視山谷之白霧」

【通釈】

秋霧は、今朝は立たないでおくれ。竜田山のハハソのもみじを遠くでも見ようと思う（から）。

【語釈】

秋霧は　「秋霧（あきぎり）」という語は万葉集にはなく、古今集になって現れる。渡辺輝道「古今的表現の一面―歌語「秋霧」の創造―」（『表現研究』四五、一九八七・三）は、「秋霧」は「春霞」との対応から生まれ」『古今集』撰集によって、歌語として広く認められるまで育てられた」ものであり、さらに「紅葉・花をたち隠すものというグループの存在が目につく」と指摘している。万葉集には「春の野に霧立ち渡り降る雪と人の見るまで梅の花散る」（万葉集五―八三九）「春山の霧に迷へるうぐひすも我にまさりて物思はめやも」（万葉集一〇―一八九二）などのように、秋以外の季節にも「霧」の用例が認められるのは事実であるが、「…春へには　花咲きををり　秋されば　霧立ち渡る…」（万葉集六―九二三）「秋の夜の霧立ち渡りおほほしく夢にそ見つる妹が姿を」（万葉集一〇―二二四一）「秋されば霧立ち渡る天の川石並み置かば継ぎて見むかも」（万葉集二〇―四三一〇）などのように、秋の季節に詠まれるのが大勢を占める。それが「春霞かすみていにしかりがねは今ぞなくなる秋ぎりのうへに」（古今集四―二一〇）や「春はもえ秋はこがるるかまどやまかすみもきりもけぶりとぞ見る」（拾遺集一八―一一八〇）などのように、同一の自然現象に対して、古今集以降「春―霞／秋―霧」という対の概念が確立するとともに、万葉集からあった「春霞」に（『性霊集』巻五）とある。　**幽閑**　薄暗く静かであること。または、その場所。諸本に音合符がある。『墨子』明鬼下に「故鬼神之明、不可為幽間広沢、山林深谷、鬼神之明必知之」、『高僧伝』巻三・訳経下・宋京師道林寺畺良耶舎に「乞食人間、宴坐林下、養素幽閑、不渉当世」とあり、嵯峨天皇「春日嵯峨山院探得遅字」詩に「此地幽閑人事少、唯余風動暮猿悲」（『文華秀麗集』巻上）、菅原道真「暁月」詩に「客舎陰蒙四面山、窓中待月甚幽閑」（『菅家文草』巻四）とある。「閑」と「間」は、しばしば通用するが、顔延年「秋胡詩」に「婉彼幽閑女、作嬪君子室」（『文選』巻二一）とあり、その李善注に「毛萇詩伝曰、婉然美貌。又曰、窈窕、幽閑也」とあるように、特に「幽閑」とする場合は、『詩経』の訓詁の故もあって、女性の奥ゆかしさをいうのが一般。　**秋霧**　秋に出る霧のこと。版本には音合符が、藤波家本・講談所本・道明寺本・羅山本等には「ノ」の訓がある。沈佺期「和元舎人万頃臨池玩月戯為新体」詩に「春風揺碧樹、秋霧巻丹台」、駱賓王「同張二詠雁」詩に「霧深迷暁景、風急断秋行」とあり、菅原道真「孤雁」詩に「賓来秋霧遠、旅宿暁波喧」（『菅家文草』巻二）とある。

2 朝陽　朝日がいち早く当たる山の東斜面をいう。応吉甫「晋武帝華林園集詩」に「鳳鳴朝陽、龍翔景雲」（『文選』巻二〇）とあり、李善は『毛詩』巻阿の「鳳凰鳴矣、于彼高岡。梧桐生矣、于彼朝陽」の一節と、毛伝の「山東曰朝陽」を引用する。　**不見**　本集にも「潔白鋪来不見塵」（八三番）とある。　**幾千尋**　「尋」は長さの単位。一尋は、八尺で約一八〇センチ。史俊「題巴州光福寺楠木」詩に「結根幽壑不知歳、聳幹摩天凡幾尋」、良岑安世「雑言奉和太上天皇青山歌」詩に「屹嵧青

対して「秋霧」という複合語も新たに作られたと考えられる。

今朝はなたちそ　霧が発生する一日の時間帯を表す語として、万葉集には「朝霧」「夕霧」「夜霧」があるが、八代集も含めて「朝霧」がもっとも多く「…明け来れば　朝霧立ち　夕されば　かはづ鳴くなへ…」（万葉集六—九一三）「朝霧に濡れにし衣干さずして一人か君が山路越ゆらむ」（万葉集九—一六六六）、「ほのぼのと明石の浦の朝霧に島がくれ行く舟をしぞ思ふ」（古今集九—四〇九）「君なくて立つあさぎりは藤衣池さへきるぞかなしかりける」（拾遺集二〇—一二八八）などが見られる。「今朝（けさ）」は今日の朝ということであるが、その日のいつの時点からかによって、過去とも現在とも未来ともなりうる。「けさ」の用例を見てみると、万葉集には「鶴がねの今朝鳴くなへに雁がねはいづくさしてか雲隠るらむ」（万葉集一〇—二一三八）「今朝の朝明秋風寒し遠つ人雁が来鳴かむ時近みかも」（万葉集一七—三九四七）などのような現在時点の用法とともに、「含めりと言ひし梅が枝今朝降りし沫雪にあひて咲きぬらむかも」（万葉集八—一四三六）「今朝鳴きて行きし雁が音寒みかもこの野の浅茅色付きにける」（万葉集八—一五七八）などのような過去時点での用法が認められるが、古今集以降はもっぱら「まつ人にあらぬものからはつかりのけさなくこゑのめづらしきかな」（古今集四—二〇六）「うとまるる心しなくは郭公あかぬ別にけさはけなまし」（後撰集四—一七四）「鏡山あけてきつれば秋ぎりのけさやたつらんあふみてふなは」（後撰集一二—八四三）などのような現在あるいは今後の時点の用法となるようである。当歌において「なたちそ」という禁止表現が意味を持つには、現在か未来のどちらかということになり、その点、古

山亘十里、嶔巇碧嶂幾千尋」（『経国集』巻一三）とある。

3 杳冥　空や山・霧などが暗くてぼんやりした様。あるいは果てしなく奥深い様。久曾神本のみ音訓がある。三八番詩【語釈】該項を参照のこと。　**若有**　「若」は、仮定の語。本集にも「艶陽気若有留術」（五番）とある。　**天容**　天空のあり様、景色。鮑照「従拝陵登京峴詩」に「表裏観地険、昇降究天容」、同「還都口号詩」に「馳霜急帰節、幽雲惨天容」とある。

4 霽後　霧が晴れた後、の意。「霽」は本来、雨や雪などが上がって、空がきれいに晴れること。『韓非子』難勢に「飛竜乗雲、騰蛇遊霧、雲罷霧霽、而竜蛇与螾螘同矣、則失其所乗也」、『新唐書』蘇定方伝に「率彀馬二百為前鋒、乗霧行、去賊一里許、霧霽、見牙帳、馳殺数十百人」、滋野貞主「奉和清涼殿画壁山水歌」詩に「千深海水尺地停、晨昏不霽煙霞霧」（『経国集』巻一四）とあり、戎昱「江城秋霽」詩に「霽後江城風景涼、豈堪登眺只堪傷」とある。本集にも「四山霽後雪猶存」（八八番）、「霽後園中似見春」（九七番）とある。　**偸看**　女の表情をちらっと見るように、こっそりと盗み見る。諸本に訓合符があり、底本「偸」に訓がある。陸暢「太子劉舎人邀看花」詩に「負心不報春光主、幾処偸看紅牡丹」、李商隠「無題二首其二」詩に「豈知一夜秦楼客、偸看呉王苑内花」とあり、菅原道真「早春侍宴同賦殿前梅花応製」詩に「不容粉妓偸看取、応叱黄鸝戯踏傷」（『菅家文草』巻六）、菅原資忠「尚歯会後…敢以答謝」詩に「趁到偸看尚老成、共垂霜鬢富風情」（『粟田左府尚歯会詩』）とある。本集にも「山野偸看堪奪眼」（九八番）、「偸看河海与山丘」（一一八番）とある。なお、一九番詩【語釈】「偸見」の項と【補注】を参

今集所載の同歌に対して諸注釈書は曖昧であるが、窪田評釈は「その時あいにくにも秋霧が立っていて見えないので、恨みの心をもってその秋霧に呼びかけたのである」とし、現在霧が出ていること状況を想定している。これは、同歌の直前に「たがための錦なればか秋ぎりのさほの山辺をたちかくすらむ」（古今集五—二六五）という歌が置かれ、その詞書に「やまとのくににまかりける時、さほ山にきりのたてりけるを見て、よめる」とあることをふまえてのものであろう。しかし、当歌単独で考えれば、霧が今かかっている状況ならたとえば「消えよ」や「晴れよ」などの命令表現の方が適切ではないだろうか。また「たつ」という動詞が瞬間動詞であることや歌末が「見む」という意志表現であることからも、今後の事態に対する禁止、つまり現在は発生していない、あるいは現状未確認の状態とみなす方がふさわしいと考えられる。なお、「今朝は」という「は」による取り立てには、朝はたいてい霧がかかっているという前提の認識があると言えよう。「な＋動詞連用形＋そ」は、禁止を表す表現形式として万葉集・八代集をとおしてもっとも一般的なものであるが、万葉集には他に「な＋動詞連用形＋そね」「な＋動詞連用形」「動詞終止形＋な」などの形式も見られ、これらはそれぞれ慣用的表現をとるものが多い。自然現象が禁止表現の対象となるのは、万葉集に、雨・雪・雲・霜・波・風など数多く見られるが、霧や霞に対する例はなく、八代集になって一例「秋風にいとどふけゆく月影をたちなかくしそあまの河ぎり」（後撰集六—三二六）があり、霞に対しても「かをとめてたれをらざらん梅の花あやなし霞たちなかくしそ」（拾遺集一—一六）「春霞たちなへだてそ花ざかりみてだにあかぬ山のさくらを」（拾遺集一＊

照のこと。**錦葉林**　紅葉して錦の織物のように美しい林のこと。これに関しては、四九番詩【補注】、および五三・五六番詩などを参照のこと。慶滋保胤「翫池頭紅葉」詩に「洞中清浅瑠璃水、庭上蕭疎錦繡林」（『和漢朗詠集』紅葉）、藤原明衡「秋日遊雲林院」詩に「昨陪天闕黄花露、今入雲林錦葉秋」（『本朝無題詩』巻一〇）、藤原忠通「見画障独吟」詩に「金波映水月孤月、錦葉移江秋忽秋」（『本朝無題詩』巻二）とある。

【補注】

韻字は「深・尋・林」で、下平声二十一侵韻。平仄にも基本的な誤りはない。

当詩の表現で気になるのは「偸看」という語である。唐詩にも三、四例ほどしかなく、意味の確定をしがたいものである。用例を見る限り（花というのは、おそらく道真の詩にいうような女性を暗示していると思われる）、その語釈に示したような意味として捉えるのが妥当のように思えるのだが、では、何故当本詩のような叙景詩にそれを用いたかがよく分からないのである。本集の用例である九八番はふつうに解釈すれば、和歌も漢詩も叙景の作品であり、一一八番でも和歌は恋歌に分類されるものの、「偸看河海与山丘」に特別な意味を込めたとは思えないのである。当歌の「よそにても見む」を訳そうとしていることは間違いがないのだが。

＊—四二）などの類似表現が見られる。

竜田山　「竜田山（たつたやま）」は今の奈良県北西部の、大阪府との境にある山で、紅葉の名所として、「雁がねの来鳴きしなへに韓衣竜田の山はもみちそめたり」(万葉集一〇―二一九四)「妹が紐解くと結びて竜田山今こそもみちそめてありけれ」(万葉集一〇―二二一一)、「…からにしき　たつたの山の　もみぢばを　見てのみしのぶ　神な月…」(古今集一九―一〇〇二)「かくばかりもみづる色のこければや錦たつたの山といふらん」(後撰集七―三八二)「たつた山ふもとの里はとほけれど嵐のつてに紅葉をぞみる」(千載集五―三七三)などのように、万葉集以来詠み継がれている。ただし、その紅葉をハハソに特定した例はなく、霧とともに詠まれた例も見られない。同歌所載の他集においては「竜田山」が「佐保山(さほやま)」になっている。「佐保山」は同じ奈良県の北東部に位置する丘陵で、平安以降は紅葉の名所とされ、「思ひ出づる時はすべなみ佐保山に立つ天霧の消ぬべく思ほゆ」(万葉集一二―三〇三六)、「たがための錦なればか秋ぎりのさほの山辺をたちかくすらむ」(古今集五―二六五)のように、霧とともに詠まれた歌があり、また「佐保山のははその色はうすけれど秋は深くもなりにけるかな」(古今集五―二六七)「入日さすさほの山辺のははそはらくもらぬ雨と木のはふりつつ」(新古今集五―五二九)のように、ハハソとともに詠まれた歌も見られる。

ははそのもみぢ　「ははそ(柞)」は『和歌植物表現辞典』によれば「コナラ、クヌギなどの総称。紅葉する樹木のようであるが、種の特定はできない」とするが、松田修『増訂萬葉植物新考』(社会思想社、一九七〇)には、「ハハソの名はもとはコナラの別名で、地方によつてそれと似たクヌギにもこの名で呼ばれるようになつたものと考えられハハソの本体ではない」とする。どちらにせよ葉が黄変する木であり日本に広く分布する。万葉集には「山科の石田の小野のははそ〔母蘇〕原見つつかきみが山路越ゆらむ」(万葉集九―一七三〇)のように「ははそ原」の形で、また「ちちの実の　父の命　ははそ〔波播蘇〕葉の　母の命…」(万葉集一八―四一六四)のように「ははそ葉の」という枕詞として見られるが、紅葉を歌った例はない。それが八代集になると「佐保山のははそのもみぢちりぬべみよるさへ見よとてらす月影」(古今集五―二八一)のように「佐保山」をはじめとして、「山でらのははそのもみぢちりにけりこのもといかにさびしかるらん」(後拾遺集一〇―五五五)「秋といへばいはたのをののははそ原時雨もまたず紅葉しにけり」(千載集五―三六八)など各地の紅葉が詠まれるようになる。

よそにても見む　「よそ」は空間的、心理的にへだたりのある所をいう。竹岡評釈は「自分には関係ないよその物とか、遠くの方にあって自分には手も届かないような物、あるいは第三者的なもの、といった主観的なニュアンスの含まれた語」と説明し、当歌の「よそ」も竜田山のハハソの紅葉が自分のいる所からは空間的にも心理的にも遠いことを表すとする。「よそにても」という表現は万葉集にはなく、八代集で「立帰りあはれとぞ思ふよそにても人に心をおきつ白浪」(古今集一一―四七四)「よそにても花見ることにねをぞなくわが身にうとき春のつらさに」(後撰集三―八七)「さきさかずよそにても見む山ざくら峯の白雲たちなかくしそ」(拾遺集一―三八)など見られるようになる。いったいに「よそ」には「昔こそ外〔外〕にも見しか我妹子が奥つきと思へば愛しき佐保山」(万葉集三―四七四)「筑波嶺を外〔卌〕のみ見つつありかねて雪消の道をなづみ来るかも」（万葉集三―三八三）「すずき取る海人の燈火よそ〔外〕にだに見ぬ人故に恋ふるこのころ」（万葉集一一―二七四四）、「むばたまのこよひばかりぞあけ衣あけなば人をよそにこそ見め」（後撰集一五―一一一六）「よそにてぞかすみたなびくふるさとのみやこのはるはみるべかりける」（後拾遺集一―三九）などのように、「も・のみ・だに」「こそ・ぞ」などの情意性を持つ助詞を伴うのが目立つのも、それと関わると考えられる。また「よそ」は以上の例からも分かるように、「見る」という動詞と結びつく例が目立つ。

【補注】

霧が立てば視界が遮られるので、とくに遠くの物は見えない、あるいは見えにくくなる。【語釈】「秋霧は」の項で、古今集以降「紅葉・花をたち隠すものというグループの存在が目につく」という指摘を紹介したが、万葉集にも「朝霧のおほに相見し人ゆゑに命死ぬべく恋ひ渡るかも」（万葉集四―五九九）「秋の夜の霧立ち渡りおほほしく夢にそ見つる妹が姿を」（万葉集一〇―二二四一）などのように、「おほに・おほほしく」ということばを用いて、物が見えにくい状況を比喩的に表現した例が認められる。それが、「立ち隠す」という、霧の意図的な行為に見立てた表現として現れるのは古今集以降であり、「たがための錦なればか秋ぎりのさほの山辺をたちかくすらむ」（古今集五―二六五）をはじめとして「秋霧のたちしかくせばもみばぢはおぼつかなくてちりぬべらなり」（後撰集七―三九二）「ちりぬべき山の紅葉を秋ぎりのやすくも見せず立ちかくすらん」（拾遺集三―二〇六）などのように見られる。

当歌において気にかかる点が二つある。一つは、「秋霧」と「竜田山」と「ははそのもみぢ」の三つの取り合わせである。現実には、竜田山に霧がかかることも、ハハソのもみじがあることも十分にありえたにもかかわらず、【語釈】で述べたように、この三つがともに詠まれた歌は他に見られないのである。「竜田山」がまだ歌枕としての特定のイメージが定着していなかったからとも考えられるが、可能性として他の要因を挙げてみれば、たとえば二句目の「たち」と「竜田山」の「たつ」の同音反復であり、この「たつ」にはすでに万葉集に「海の底沖つ白波竜田山」（万葉集一―八三）「白雲の竜田の山」（万葉集六―九七一）「韓衣竜田の山」（万葉集一〇―二一九四）「我が名はすでに竜田山」（万葉集一七―三九三一）などの掛詞の用法があることからすれば、当歌においても「秋霧〔立つ―竜〕田山」という仕掛けが想定されうる。また「ははそ」には、【語釈】でも説明したように、「ははそ葉の」が同音反復で「はは（母）」に掛かる枕詞の用法があり、その母というイメージが重ねられていて、それゆえに、もみじの中でも他ならぬ「ははそ」が心理的含意を持つ「よそにても見む」ことの切実さを表すために選ばれたのではないかと考えられる。

もう一つは、なぜ「今朝は」であり「よそにても」なのかということである。両方を勘案して想定されるのは、その朝に、竜田を離れて旅に出るという状況である。

【比較対照】

この歌と詩の組合せは、全体としてみれば、よく対応していると言えよう。

確かに、単語の単位では「秋霧」が共通するのみであり、歌の上句「秋霧は今朝はなたちそ」という霧に対する呼びかけも詩では無視され、「竜田山」「ははそ」という固有名詞も、詩においては翻案されていない。しかし、歌【語釈】に言うような「今朝」の議論を棚上げし、とりあえず窪田空穂の解釈に依るとすれば、詩の起句と承句の内容は、歌の上句に暗示されている言外の意をことさらに表現したものと言えるし、「竜田山」も既にその実体はなく、歌【補注】にあるような、タツという音からの序詞的なつながりからの使用であり、「ははそ」もそれと同様の同音反復に力点が置かれた用法とすれば、それらをいずれも紅葉に関連するものとして「錦葉林」とのみ写した漢詩作者の考えはそれなりに理解できるだろう。

そして、特に興味深いのが、「よそにても見む」と「偸看」との対応である。「よそにても見む」は、その【語釈】に「遠くの方にあって自分には手の届かないような物」という「主観的なニュアンス」が含まれるという紹介があるが、そこに挙げられた「立帰りあはれとぞ思ふよそにても人に心をおきつ白浪」「よそにても花見ることにねをぞなくわが身にうとき春のつらさに」という古今集と後撰集の歌は、いずれも恋歌である。前者はそのまま恋の部立に収載されるが、後者は春下にこそ分類されるものの、内容的には恋の歌である。「「花見るごとに」とあるから、「我が身にうとき春のつらさ」とあっても春が「うとい」わけではない。花の頃に男のつれなさを身にしみて感じている歌である」（新日本古典文学大系本）。

その他、「つらくともあらんとぞ思ふよそにても人やけぬるときかまほしさに」（後撰集一〇―六二七）「よそにても有にしものを花すすきほのかに見てぞ人は恋しき」（拾遺集一二―七三二）「雲のゐるとを山どりのよそにてもありとしきけはわびつつぞぬる」（新古今集一五―一三七一）など、いずれも恋歌に分類されており、「よそにても有にしものを」の歌に対して「「よそ」は、隔てを表す恋歌の常套語」（新日本古典文学大系本）との指摘もある。

遠くはなれていても、あるいはそれ故にこそ、相手を強く見たいと思うのが「よそに見る」という言葉であろう。そうした和語の心意、心情に重なる言葉が、漢語の「偸看」である。女性にまだ心を打ち明ける前、気付かれぬように離れたところから、男がその表情をチラッと盗み見るという行為を表すのがこの語である。

歌【補注】にあるように、「もみじの中でも他ならぬ「ははそ」が心理的含意を持つ「よそにても見む」ことの切実さを表すために選ばれた」とするならば、まさに漢詩作者の選んだ「偸看」の語は、見る時間が瞬間的か否かという表面的な隔たりを越えて、「もみぢ」に対する恋情にも似た思いを翻案した言葉であったと言えるだろう。

六八番

雨降者　笠取山之　秋色者　往買人之　袖佐倍曾照

雨降れば　笠取山の　秋の色は　往きかふ人の　袖さへぞ照る

【校異】

本文では、第三句の「秋」の後に、永青本・久曾神本が「之」を補い、同句の「色」を、五三番歌と同じく底本はじめ六本が「⿱⺈乜」とするが他本により改め、第四句の「買」を、同二本が「還」とする。

付訓では、とくに異同が見られない。

同歌は、是貞親王家歌合（一九番。ただし第三句「もみぢばは」）にあり、古今集（巻五、秋下、二六三番）にも「これさだのみこの家の歌合によめる　ただみね」としてあり（ただし第三句「もみぢばは」）、また新撰和歌（第一、春秋、六六番。ただし第三句「もみぢ葉は」）、忠岑集（書陵部本三三番、これさたのみこの御歌合に。ただし第三句「もみちはゝ」）にも見られる。

【通釈】

雨が降ると（笠を取るという）笠取山の秋の色は（山全体はもとより、そこを）往来する人の袖さえ照り映える（ほどであるよ）。

【語釈】

雨降れば　日本国語大辞典第二版は、この句の形で立項し「雨が降れば

名山秋色錦斑々
落葉繽紛客袖爛
終日回眸無倦意
一時風景誰人訕

名山《メイサン》の秋色《シウショク》錦《にしき》斑々《ハンパン》たり。
落葉《ラクエフ》繽紛《ヒンプン》として客袖《カクシウ》爛《ラン》たり。
終日《ひねもす》眸《まなこ》を回《めぐ》らして倦《うむ》意《こころ》無《な》し。
一時《イツシ》の風景《フウケイ》誰人《たがひと》か訕《そし》らん。

【校異】

「斑々」を、底本・類従本・文化写本・藤波家本・講談所本「班班」に作り、道明寺本・京大本・大阪市大本・羅山本「班」「斑」両字の判別不能なるも、それ以外の諸本に従う。「繽紛」を、無窮会本「繽紜」に作り、類従本にも「紜」の異本注記があり、文化写本も「紜イ群」と注する。「客袖爛」を、底本始め諸本「客袖爛」に作るも、永青本に従う。「回眸」を、類従本・羅山本・無窮会本・永青本・久曾神本「廻（迴）看」に作り、また、藤波家本以外の諸本は、「眸」に「看」の異本注記を持つ。「誰人訕」を、京大本・大阪市大本「誰人詘」に作り、永青本・久曾神本「是誰訕」に作る。

【通釈】

名高い山は秋の装いになり、紅色の地の錦繍をまとったような美しいまだら模様になった。落ち葉が風に吹かれてヒラヒラと舞い散り、それが行き交う人々の袖に映って鮮やかなまだら模様に見える。一日中あ

笠を取るということから、「笠取る」と同音の「笠取山」にかかる」、つまり枕詞として説明し、古今集所載の同歌を例として挙げているが、万葉集・八代集を通して該当するのはこの例のみである。福井久蔵『新訂増補枕詞の研究と釈義』（有精堂出版、一九六〇）は「雨ごもり」（「三笠の山」にかかる）や「雨ごろも」（「田蓑の島」にかかる）などは挙げているが、この「雨降れば」は採っていない。また「雨降れば激つ山川岩に触れ君が砕けむ心は持たじ」（万葉集一〇―二三〇八）、「まこもかるよどのさは水雨ふればつねよりことにまさるわがこひ」（古今集一二―五八七）「かりてほすよどのまこもの雨ふればつかねもあへぬこひもするかな」（拾遺集一三―八二四）などのように、「笠取山」とは関係なく、文字どおりの意味で用いられる例も見られる。『注釈』および古今集の注釈書の多くはこれを枕詞ととり、窪田評釈では「「雨ふれば」は、普通の序で、有心のものとは認められない。それが実景である事を思わせる何物もないからである」とわざわざ断ってあり、日本古典文学大系本では枕詞とした上で「笠取山なら紅葉しないだろうという心持でいう」と注している。その一方、日本古典集成本では「雨が降ると、笠取山の紅葉は、雨に洗われていっそう鮮やかで」のように、実質的な意味で解釈している。「雨降れば」を枕詞とするには、その用法の固定性や慣用性に難点があり、字義的表現とするには、雨と紅葉との関係が「百舟の泊つる対馬の浅茅山しぐれの雨にもみたひにけり」（万葉集一五―三六九七）「はつしぐれふれば山べぞおもほゆるいづれの方かまづもみづらん」（後撰集七―三七五）などのように、雨が紅葉を促すものとして詠まれるのが普通であり、「雨に洗われていっそう鮮やか」になるとちこち目を転じて見回しても飽きるということがない。この秋の一時の、詩趣を添える風景を一体誰が誹ることがあろうか。

【語釈】

1 名山　名高い山、有名な山のこと。当歌の「笠取山」を指す。『礼記』王制に「天子祭天下名山大川」、司馬遷「報任少卿書」に「僕誠以著此書蔵諸名山、伝之其人通邑大都」（『文選』巻四一）、崔湜「奉和登驪山高頂寓目応制」詩に「名山何壮哉、玄覧一徘徊」とある。また『日本書紀』持統天皇六年五月に「辛巳、遣大夫謁者、祠名山岳瀆請雨」とあり、嵯峨天皇「哭賓和尚」詩に「大士古来無住著、名山晦跡老風霜」（『文華秀麗集』巻中）とある。　**秋色**　秋の景色、秋の気配のこと。羅山本・無窮会本は「秋ノ色」と読むが、元禄九年版本や文化版本には音合符がある。北周・王褒「関山月」詩に「関山夜月明、秋色照孤城」、太宗皇帝「山閣晩秋」詩に「山亭秋色満、巌牖涼風度」、菅原道真「賦得麦秋至」詩に「麦田千畝遠、秋色両岐寛」（『菅家文草』巻一）とあり、また『類題古詩』（色三）には「草木凝秋色」「秋色変林叢」などの詩題による詩が八首ほど集められる。　**錦斑々**　山林が紅葉して、紅色の地の錦繍のような美しいまだら模様になったことの比喩。「斑々」は、重言の擬態語。一六・五三番詩【語釈】該項などを参照のこと。

2 落葉　四九番詩【語釈】該項を参照のこと。　**繽紛**　落葉が風に吹かれて舞い散る様。畳韻の擬態語。四四番詩【語釈】該項を参照のこと。ただし、落葉を形容する例は、賈島「秋暮」詩に「北門楊柳葉、不覚已繽紛」、高岳相如「初冬於長楽寺同賦落葉山中路」詩序に「度澗口以繽

解釈しうる表現が他に見当たらないという点で無理がある。どちらとも決めがたいところであり、はたして二者択一が妥当かという問題もあるが、とりあえずは枕詞的に解しておきたい。なお【補注】を参照。

笠取山の　「笠取山（かさとりやま）」は京都宇治にある山のことで紅葉の名所とされているが、万葉集には見られず、八代集にも古今集に二例、後撰集に二例、そして金葉集に一例あるのみで、しかも紅葉を歌うのは古今集歌に限られ、他は「かさとりの山とたのみし君をおきて涙の雨にぬれつつぞゆく」（後撰集一九―一三二六）「かさとりのやまによをふる身にしあればすみやきもをるわがこころかな」（金葉集八―四九七）などのように、紅葉とは無関係に詠まれている。

秋の色は　「秋（あき）の色（いろ）」という表現は万葉集にはなく、八代集後半に「すむ人のかれゆくやどはときわかずくさきも秋のいろにぞありける」（後拾遺集一六―九一七）のように紅葉と飽きた様子を掛ける例や、「深山ぢやいつより秋の色ならむ見ざりし雲の夕ぐれの空」（新古今集四―三六〇）「秋の色をはらひはててや久方の月のかつらに木がらしの風」（新古今集六―六〇四）などのように紅葉を含む秋の気配という意で用いた例が見られる。「あきのいろ」という訓みは「秋色」という本文に即したものであるが、【校異】に示したように、他集所載の同歌はすべて「もみぢば」となっていて、それをふまえてか本集諸本にも「もみぢば」と左傍訓が付されている。当歌における「秋の色」が文脈的に紅葉を指示するという点は問題ないであろうが、あえて「もみぢば」とせずに、漢語「秋色」を訓読したとするならば、秋全般の景色なり気配なりの意も当歌が含意しうるかという問題があろう。

紛、払巌腹以蕭颯」（『本朝文粋』巻一〇）とあるくらいで、日中ともにその用例はきわめて稀。　**客袖爛**　旅人の袖が、（「斑々」たる紅葉に照り映えて）まだらに美しい様。「爛」とは、朱、緑、黄などの様々な色が入り交じって目にも鮮やかな様。諸本に音読符があるが、永青本・久曾神本には「ミタル」の訓が見える。劉禹錫「蛮子歌」に「蛮語鉤輈音、蛮衣斑爛布」、権徳輿「送別沅（一作阮）汎」詩に「斑爛五綵服、前路春物熙」とあるように、「斑」と同韻の類語でもある。異文「爛」は、『毛詩』鄭風・女日鶏鳴篇に「子興視夜、明星有爛」とあるその鄭箋に「明星尚爛爛然」と言い、『毛詩』唐風・葛生篇に「角枕粲兮、錦衾爛兮」とあるように、光が溢れんばかりに輝くこと。当歌の「袖さへぞ照る」を詩にうつしたものとしてこちらの本文も捨てがたいが、去声二十八翰韻であり、押韻しない。「客袖」は、見知らぬ旅人の袖。杜牧「初冬夜飲」詩に「淮陽多病偶求歓、客袖侵霜与燭盤」、曹松「江西題東湖」詩に「客袖沙光満、船窓荻影間」と初出するように、晩唐以後の詩語。

3　終日　一日中、の意。諸本に訓合符あり。「古詩十九首其十」詩に「終日不成章、泣涕零如雨」（『文選』巻二九）とあり、藤原茂明「秋日山家眺望」詩に「終日回眸眺望除、蕭条風景属山家」（『本朝無題詩』巻七）、藤原周光「九月尽日城北精舎即事」詩に「晨廻流水到巌扉、終日恨望忘俗機」（『本朝無題詩』巻一〇）と類句がある。　**回眸**　ひとみをクルクルさせて、広くあたりを見回すこと。【補注】参照。異文「回看」は、振り返って見ること。王維「与蘇盧二員外期遊方丈寺而蘇不至因有是作」詩に「回看双鳳闕、相去一牛鳴」、白居易「長恨歌」詩に「君王掩面救不得、回看（一作首）血涙相和流」、滋野貞主「奉和太上天皇青

往きかふ人の　「往（ゆ）きかふ」は行ったり来たりするの意で、万葉集に「切目山行きかふ（往反）道の朝霞ほのかにだにや妹に逢はざらむ」（万葉集一三―三〇三七）の一例、八代集に「夏と秋と行きかふそらのかよひぢはかたへすずしき風やふくらむ」（古今集三―一六八）「あづまぢにゆきかふ人にあらぬ身はいつかはこえぬ相坂の関」（後撰集一一―七三二）「むめのはなかきねににほふ山ざとはゆきかふ人のこころをぞみる」（後拾遺集一―五八）など見られる。一人が行ったり来たりするととることもできるが、当歌ではとくにそのようにとる必然性はなく、複数の人を想定するのが自然かと思われる。また、どこを「往きかふ」かであるが、本集の「日ぐらしに秋の野山をわけ来ればこころにもあらぬ錦をぞきる」（五六番）や「かみなびの御室の山を秋往けば錦裁ちきるここちこそすれ」（七一番）などと同様、当該の「笠取山」を通る道ということになろう。

袖さへぞ照る　「袖ガ照る」という表現は万葉集にも八代集にも見られないが、紅葉に関してならば、「…秋の葉の　にほひに照れる　あたらしき　身の盛りすら…」（万葉集一九―四二一一）「うまさけ三輪の社の山照らす秋の黄葉の散らまく惜しも」（万葉集八―一五一七）、「あしひきの山かきくもりしぐるれど紅葉はいとどてりまさりけり」（拾遺集四―二一五）「かみな月しぐるるままにくらぶやましたてるばかりもみぢしにけり」（金葉集四―二五七）などの例がある。どれも紅葉が色美しく映えるの意。古今集所載の同歌について、日本古典文学全集本では「袖さへぞ」が主語、「照る」が述語であるが、「…もみぢ葉は…袖さへぞ照る」は「ぞうははなが長い」と同じ構文である」と説明しているが、

山歌」に「東西引望無行人、前後回看絶世隣」（『経国集』巻一四）、菅原文時「綴草露垂珠」詩に「綴草露清天漸寒、垂珠万点一廻看」（『天徳三年八月十六日闘詩行事略記』）とある。「眄」も「看」も平声であり、両者の優劣をつけがたいが、意味上から底本に従う。**無倦意**　「倦」とは、飽きて、いやになる。物憂くなる、の意。「無倦意」とは、飽きるという気持ちになることはない、の意であろうが、「倦意」の用例を知らない。なお、諸本に訓合符あり。朱湾「詠壁上酒瓢呈蕭明府」詩に「応物心無倦、当壚柄会持」、張祜「送盧弘本浙東観省」詩に「知君思無倦、為我読離騒」とあるような措辞にするか、もしくは韓愈「喜侯喜至贈張籍張徹」詩に「常思得遊処、至死無倦厭」とあるように、「倦厭」と熟するのが一般。

4一時　起句・承句に描かれるような、紅葉の最も美しい一時期。底本等版本には音合符がある。一九・五〇番詩【語釈】該項を参照のこと。**風景**　一八番詩【語釈】該項を参照のこと。劉禹錫「広宣上人寄在蜀与韋令公唱和詩巻因以令公手札答詩示之」詩に「一時風景添詩思、八部人天入道場」とあり、嵯峨天皇「神泉苑花宴賦落花篇」詩に「対此年華絶可憐、一時風景豈空捐」（『凌雲集』）とある。中国詩に「一時風景」の語をもつのはこの劉禹錫の作品しかなく、嵯峨帝の作品も、「うるはしい風景を見過ごすこと、無視して何もしないでゐること。結びは、この風景に対して作詩して楽しまう、の意。」（小島憲之『国風暗黒時代の文学　中（中）』一三八三頁）とあるのを見れば、劉禹錫詩を典拠とするとの指摘はないものの、「添詩思」という詩意に一致する。おそらく、当詩句と嵯峨帝作品は、劉禹錫の詩句を典拠とする兄弟的な作品と

だからといって「もみぢ葉ガ照る」という関係があることも意味するものではない。「袖さへ」の「さへ」という副助詞によって対比されているのは「秋の色」ではなく「笠取山」であろうが、「山ガ照る」という表現も見いだしがたい。ただし、やや近い例として「能登川の水底さへに照るまでに三笠の山は咲きにけるかも」（万葉集一〇―一八六一）や「島山に照れる橘うずに刺し仕へ奉るは卿大夫たち」（万葉集一九―四二七六）などがあり、これらから類推して、「照る」場所としての「山」そして「袖」と見るのは可能であろう。なお「袖」については五二番歌【語釈】「袖と見ゆらむ」の項も参照。

【補注】

【語釈】において「雨降れば」が枕詞か否かを問題としたが、その要点はこの表現が当歌において実質的な意味を持つか、つまり当該の状況を表すかどうかにある。状況を表すとすれば、雨上がりの風景が普段よりも鮮やかに見えるという経験を持つ者には、「袖さへぞ照る」という一種の強調表現も首肯されるだろう。しかし、表現に即して厳密に考えれば、「雨降れば」であって「雨止めば」ではないのであるから、右記の解釈には飛躍があろう。そもそも当歌が歌合せ歌であったことも勘案すれば、はたして実景をふまえたものかも疑わしい。

「雨降れば」を枕詞とするのにも難点があったが、ことばの上でのつながり方という点を考えるならば、「雨ふれどつゆももらじをかさとりの山はいかでかもみぢそめけむ」（古今集五―二六一）という、当歌とは逆の設定の歌においても、「雨ふれど」と「かさとりの山」は、あく見るべきだろう。

誰人訕　「誰人」は、『詞詮』に「誰、何也」とあるように、なにびと、だれ、の意。諸本に訓合符があり、大阪市大本・天理本・羅山本等に「の」の訓点がある。「誰子」、「誰氏」なども類似の語。劉長卿「月下呈章秀才（八元）」詩に「自古悲揺落、誰人奈此何」、李白「遠別離」詩に「海水直下万里深、誰人不言此離苦」とあるように、盛唐頃から詩語として用いられた。島田忠臣「自勧閑居」詩に「人生百歳誰人得、縦得全生又易除」（『田氏家集』巻中）、菅原道真「御製題梅花…具述所由」詩に「誰人攀折栄華取、新拝相公揷四支」（『菅家文草』巻五）とある。「訕」は、悪口を言うこと。底本や諸写本に「ソシラン」の訓がある。『論語』陽貨篇に「子貢曰、君子亦有悪乎。子曰、有。悪悪称人之悪者。悪居下流而訕上者」とあり、その正義が「訕、謗毀也」というように、相手をけなしたり、非難したりすること。元稹「台中鞫獄億開元観旧事呈損之兼贈周兄四十韻」詩に「唯恐壊情性、安能懼謗訕」とある。

【補注】

韻字は「斑・訕」と「爛」で、前者は上平声二十七刪韻、後者は上平声二十八山韻だが、同用である。平仄にも基本的な誤りはない。

「回眸」に関しては、もと『大漢和辞典』には項目がなく、『大漢和辞典補巻』に初めて「回眸」が採用され、「長恨歌」の用例を添えて、「ひとみをくるりと動かす。また、ふりかえる。」と解説された。『漢語大詞典』では、「回眸」と「迴眸」の二項目が採用されて、前者には「転過眼睛」（眼を転ずる。瞬きする。）と「回顧」（振り返る）の語釈が与え

までもことばの上で関係付けられているのであるから、当歌でも同様のつながりを認めることができる。しかも、竹岡評釈が指摘するように「『雨ふれば』とあるのに、『照る』と正反対の概念内容の語が受けとめている意外性も趣の一つとなっている」とすれば（ただし竹岡は「雨ふれば」を実景と解するのであるが）、あえて「照る」という語を用いた理由も想像しやすくなる。

られ、後者には①「回顧」、②「転動眼珠」（目玉を動かす）「流眄」（流し目をする）の解説がされている。このように、この語には安定した語義が与えられているとはいまだ言い難い面があるので、ここで簡単にまとめておく。

まず、『漢語大詞典』でその初出とされる、梁・沈約「郊居賦」の「回余眸於艮域、覿高館於茲嶺」を見ると、自分の視線を「艮域」の方に移す意であり、これを基本義と見て良いのだろうと思われる。隋・王謨「東海懸崖題詩」に「因巡来到此、矚海看波流。自茲一度往、何日更回眸」とあるのは、いつまたこの「懸崖」に来て承句のように海をぐるっと見渡すことができるのだろうという意。劉禹錫「海陽十詠吏隠亭」詩の「幾度欲帰去、回眸情更深」も、「吏隠亭」から帰ろうと思うのだが、そこからの眺めを思うと立ち去りがたいと言うのだろう。日本漢詩の用例のほとんどは、この意味に取って間違いない。醍醐天皇「停盃看柳色」詩に「引手暫留鸚鵡翅、回眸遙望麴塵糸」（『類題古詩』見）、大江朝綱「停盃看柳色」詩に「酔応来楽回眸処、怨欲除憂入破時」（『類題古詩』見）、大江維時「林開霧半収」詩に「若有商風吹掃却、成行樹木足回眸」（『天徳三年八月一六日闘詩行事略記』）、一条天皇「披襟対初月」詩に「廻眸翠柳如煙処、極目紅桃似火時」（『類題古詩』望）、藤原敦基「春日遊長楽寺」詩に「禅庭深処隔塵寰、尽日回眸眺望閑」（『本朝無題詩』巻八）、藤原茂明「思牛女」詩に「終夜罷夢空乞巧、廻眸遙望漢河流」（『本朝無題詩』巻三）、藤原知房「秋日別業即事」詩に「一尋別墅暫廻眸、景気蕭条属晩秋」（『本朝無題詩』巻六）、菅原在良「秋日於円融院即事」詩に「暫尋蕭寺旁廻眸、洞裏景華望正幽」（『本朝無題※

※詩』巻一〇）、藤原忠通「春日遊宇治別業」詩に「促車催馬廻眸見、万里前途被隔霞」（『本朝無題詩』巻六）などがこれに当たる。

特に、一条天皇の作品では、対語に「極目」（見渡す限り）を取る。また、「尽日」（敦基）、「暫」（知房）、「旁」（在良）などの副詞を取ることは、この語が振り返るや流し目をするなどの、瞬間的・局所的な意味として用いられているのではないことの証拠だろう。更に、忠通の作品では、「廻眸見」と言いながら、「万里前途」を描写するのは、この語が「振り返る」と同義ではないことを確信させるに十分である。

ただし、その一方で、元稹「陽城駅」詩の「送我不出戸、決我不迴眸」、楊衡「長門怨」詩の「望望昭陽信不来、迴眸独掩紅巾泣」、陸亀蒙「奉和襲美太湖詩二十首 縹緲峰」詩の「挙首閡青冥、迴眸聊下視」などは、振り返る、視線を転ずる、などの訳がぴったりする。これらの例は、広く見渡す動作の一部を切り取ったものと解釈すべきだろう。

これに対して、眼の局所的な動きを捉えた例もまた多数存在する。柳宗元「寄韋珩」詩の「迴眸炫晃別群玉、独赴異域穿蓬蒿」、白居易「長恨歌」詩の「回眸一笑百媚生、六宮粉黛無顔色」、同「雑興三首其二」

詩の「迴眸語君曰、昔聞荘王時」、同「玉真張観主下小女冠阿容」詩の「迴眸雖欲語、阿母在傍辺」、楊衡「白紵辞二首其二」詩の「芳姿艶態妖且妍、迴眸転袖暗催弦」、閻朝隠「鸚鵡猫児篇」詩の「彷彷兮徉徉、似妖姫躧歩兮動羅裳。趨趨兮蹌蹌、若処子迴眸兮登玉堂」、劉禹錫「和僕射牛相公寓言二首其二」詩の「両度竿頭立定誇、回眸挙袖払青霞」などがそれである。多く女性の蠱惑的な眼の動きを描写するけれども、白居易「玉真張観主下小女冠阿容」詩の「迴眸」は、白居易自身のそれであり、柳宗元詩も同じい。あるいは劉禹錫詩の例は「竿頭」でまわりを見下ろすように眺める様と解釈する方が良いかもしれない。いずれにしても、この語義は白詩に多いのだが、日本漢詩には確認していない。

　これと似ていると言うと語弊があるかもしれないが、鳥のキョトキョトとあたりを見る様をこの語で表現したと思われるのが、耿湋「進秋隼」詩の「挙翅雲天近、回眸燕雀稀」と、賀陽豊年「詠禁苑鷹生雛」詩の「理翮情方盛、回眸気不窮」（『経国集』巻一一）の例である。

　小島憲之『古今集以前』によれば、「迴（回、廻）眸」「迴（回、廻）看」「廻頭」「廻首」「廻眼」など、「廻何」（「回何」）の言葉は白氏集団文学の語であり、それがそのまま本集や、忠臣・道真などの詩にも使用され、平安白詩圏の詩語としてまかり通る（二四六～八頁）という。それはその通りかもしれないが、子細に見ると日本漢詩と中国詩では、微妙な相違があることは言うまでもない。その一つとして、日本漢詩の場合は、その描写の対象とするものが人間というよりも自然の風景であることが多いということがある。

　ちなみに、菅原道真詩には「回眸」の語は一例もなく、代わりに「賦得詠青」詩に「明経如拾芥、廻眼好提撕」（『菅家文草』巻一）、同「暮春送因州…同賦花字」詩に「愛君顔色頻廻眼、酔涙空欺冒雨花」（『菅家文草』巻二）、同「雨晴対月韻用流字応製」詩に「因縁竹檻頻廻眼、憑託水窓幾挙頭」（『菅家文草』巻五）、同「早春内宴侍清涼殿…応製」詩に「千里遺懐銷尽雪、四山廻眼染初藍」（『菅家文草』巻六）などと、「回眸」とほぼ同義の内容を「廻眼」で表す。これも白詩には「潯陽三題　湓浦竹」詩に「誰肯湓浦頭、回眼看修竹」、「有双鶴留在洛中…以二絶句答之」詩に「慚愧稲粱長不飽、未曾回眼向雞群」とあった。

　当詩は、「回眸」という特徴的な語彙が重なるということもあるが、詩全体としてみた場合も、五六番詩と内容上の重なりがあるように思われる。押韻も、五六番詩は「山」（上平声二十八山韻）、「戔」（上平声二十五寒韻）、「端」（上平声二十六桓韻）で、寒韻と桓韻は同用なるも山韻は異なるので、押韻に傷があったわけだが、ここでも一部重なりがある。それが偶然なのか否かは、容易に分からないことではあるけれども、両詩に対応する歌には、雨の情景か否かの明確な相違があったのであり、少なくとも当詩にはその雨はまったく考慮されていない。

【比較対照】

歌における「笠取山」が詩起句において「名山」と一般化されるのは、中国の適切な場所に置き換えなければ、当然であろう。ただ、その山が何によって「名山」なのかは不明であり、結局歌に依存してしか同定できない。詩【補注】の「雨はまったく考慮されていない」というのは、歌の「雨降れば」を、その固有名（笠取山）があってこその枕詞としてのみ、漢詩作者がとらえたことを示すと見られる。

歌【語釈】「秋の色は」の項で述べたように、「秋の色」＝「秋色」が詩において紅葉に特定されることは、起句の「錦斑々」という比喩によって明らかであり、歌においてもそれで不都合はない。もっとも、五六番【比較対照】にも述べたように、歌われている紅葉の状態は、歌では落葉していないとみなされるが、詩では袖との関係に関して「落葉」に限定される。歌における山全体と袖との対比自体は生かされているものの、紅葉の状態は山全体と袖とで異なるということになる。これは、詩【補注】に言及してあるように、当歌に対して、五六番歌の「錦をぞきる」に近い解釈をしたからではないかと考えられる。

その結果として、詩においては、この風景をとらえる視点・視界のギャップをもたらすことになった。すなわち、付加された詩後半は、山の紅葉風景を遠望する視点であり、その全体を範囲とする視界を示しているが、その視点・視界では、行き交う人々の姿はともかく、その袖の様子までをいちいち視認するのは到底不可能だからである。

ひるがえって、古今集所載の同歌に対して、日本古典文学全集本には「大和絵ふうの叙景歌」とあり、窪田評釈には「距離を持って、山と、山下を往来している人とを一つとして、大観した形のものである」とあり、これらの見方も当詩と同様である。しかし、当歌における結句の「袖さへぞ照る」という焦点化は、その一点から全体を推し量らせる表現であって、遠望よりもむしろ山近くにあっての視点・視界だからこそ成り立つ表現であると考えられる。

六九番

何人鹿　来手脱係芝　藤袴　秋毎来　野辺緒匂婆須

なに人か　来て脱ぎかけし　藤袴　秋来る毎に　野辺を匂はす

【校異】

本文では、初句末の「鹿」を、永青本・久曾神本が「歟」、類従本・無窮会本が「庶」とし、第三句の「袴」を、底本はじめ元禄九年版本・元禄一二年版本・文化版本が「裤」とするが他本により改め、第四句の「秋毎来」を、類従本・羅山本・無窮会本が「毎秋来」、永青本・久曾神本が「来留秋丹」とし、結句の「匂」を、底本はじめ元禄九年版本・元禄一二年版本・文化版本・類従本・下澤本・藤波家本・講談所本・道明寺本が「勻」とするが他本により改め、結句の「婆」を、京大本・大阪市大本・天理本・永青本・久曾神本が「波」とし、道明寺本が「娑」とする。

付訓では、第四句の「あきくるごとに」を、羅山本・無窮会本が「くるあきごとに」とする。

同歌は、歌合にはないが、古今集（巻四、秋上、二三九番）に「これさだのみこの家の歌合によめる　としゆきの朝臣」として見られ（ただし第四句「くる秋ごとに」）、また古今六帖（第六、草、らに、三七二五番、としゆき。ただし第四句「くる秋ごとに」）、敏行集（一二番、おなしおほむとき、ゝさいのみやのうたあはせに。ただし第四句「くるあきことに」）にも見られる。

秋来野外莫人家
藤袴締懸玉樹柯
借問遊仙何処在
誰知我乗指南車

秋来《シウライ》野外《ヤグヮイ》人家《ジンカ》莫《な》し。
藤袴《ふぢばかま》締《むす》び懸《か》く玉樹《ギョクシュ》の柯《えだ》。
借問《シャブン》す遊仙《イウセン》何《いづ》れの処《ところ》にか在《あ》る。
誰《たれ》か知《し》らむ我《われ》が指南《シダン》の車《くるま》に乗《の》ることを。

【校異】

京大本は、詩を全て欠く。

「莫人家」を、大阪市大本・天理本「曾人家」に作る。「締懸」を、大阪市大本「綿懸」、天理本「錦懸」に作り、講談所本・道明寺本「締」に「綿」の異本注記あり。「借問」を、文化写本・講談所本・道明寺本「借間」に作る。

【通釈】

秋になり都から遠く離れて人家もない場所に来た。藤色の袴を逆さまに掛けたようなフジバカマの花が美しく咲いて、あたかも仙境にあるという玉樹の枝のようだ。そこでちょっと冗談で尋ねてみよう、仙人はどこにいるのですかと。でも誰も知らないだろうね、そう言う私本人が仙人として指南車に乗っているのを。

【通釈】

どんな人が来て脱いで掛けたものだろうか。フジバカマは、秋が来るごとに野のあたりを（よい香りに）匂わせるよ。

【語釈】

なに人か　「何人鹿」という本文を音数律と以下の文脈に合わせれば、「なに人（びと）か」と訓むことになるが、「なにびと」という語は万葉集・八代集を通して、古今集所載の同歌のみであり、おそらくは漢語「何人」の直訳語と見られる。他に、「なに〜」という複合語としては「なにごと（事）」（万葉集一〇—二〇三六、後撰集一〇—六五八、後拾遺集一一—一九）「なにごころ（心）」（万葉集一〇—二二九五）「なにもの（物）」（万葉集一五—三七三三）などがある。「なにびと」に相応する、和歌に用いられる表現としては「面忘れいかなる人のするものそ我はしかねつ継ぎてし思へば」（万葉集一一—二五三三）、「このさとにいかなる人かいへゐして山郭公たえずきくらむ」（拾遺集二—一〇七）などにおける「いかなる人」であろう。

来て脱ぎかけし　「来て」を「着て」とする説もあるが、当歌におけるポイントは「脱ぐ」方にあり、しかも「野辺」という場所であるから、「来て」の方を採る。「脱ぎかく」という複合語は万葉集にはなく、八代集に「ぬししらぬかこそにほへれ秋ののにたがぬぎかけしふぢばかまぞも」（古今集四—二四一）「みつせ河渡るみさをもなかりけりなにに衣をぬぎてかくらん」（拾遺集九—五四三）「あるがうへに又ぬぎかくるからころもいかがみさをもつくりあふべき」（後拾遺集一五—八八三）など

【語釈】

1 秋来　秋になる、の意。底本等版本には音合符がある。四五番詩【語釈】該項を参照。また、「春来」（一番）、「夏来」（三〇番）とあった。　**野外**　人里から遠く離れた土地のこと。底本等版本には音合符があるも、藤波家本・講談所本・道明寺本・大阪市大本・天理本には訓合符がある。三番・五二番詩【語釈】該項を参照。本集には「野外千匂秋始装」（七六番）ともある。　**莫人家**　「人家」には、家族の意もあるが、ここは、人の住まい、民家、の意。銭起「過故洛城」詩に「故城門外春日斜、故城門裏無人家」とあり、滋野貞主「奉和御製江上落花詞」詩に「本道津橋春色久、桃花楊柳千人家」（『雑言奉和』）、大江匡衡「嵯峨野秋望其九」詩に「遙漢風高聞雁櫓、遠村雲断見人家」（『江吏部集』巻上）とある。本集にも「四方千里求難得、借問人家是有不」（一一八番）とある。異文「曾人家」は、非。「莫」の誤写か。

2 藤袴　和歌の【語釈】を参照のこと。『和名抄』巻一〇に「蘭　兼名苑云、蘭、音闌。一名、蕙、音恵。本草、布知波加麻。新撰万葉集別用藤袴二字」とある。中国詩は言うまでもなく、寡聞にして日本漢詩にも詠まれた例を知らない。和歌表記からの転用。　**締懸**　日中ともにこの語の用例を知らない。「締」は、ほどけないようにしっかりとむすび締めること。「懸」は、物を縄などで結んで宙にぶら下げること。当歌の「藤袴」の【語釈】にあるように、その花を袴を逆さにしたと見立てているのだろうが、それならば、「倒懸」の語が相応しい。異文「綿懸」は、「綿」の草書体からの誤写、同じく異文「錦懸」は、更にその「綿」の糸偏の崩しを誤ったもの。　**玉樹柯**　「玉樹」は、仙境に生える

のように見られる。どれも、何かを脱いでどこかに掛けるの意。当歌においては、「脱ぐ」のは「藤袴」という袴であり、「掛く」のは「野辺」のどこかにである。

藤袴　「藤袴（ふぢばかま）」については、四三番歌【語釈】「藤袴」の項を参照。この植物の名称の由来はおそらく、その花が藤色（薄紫色）であり、茎と花房の付き様が袴を逆さにした様子に似ているからであろう。「脱ぎかけ」た状態とはまさにその逆さ状を見立てたのであり、当歌における袴は表袴で、就寝時に脱ぎ掛けたという想定と見られる。

秋来る毎に　「秋毎来」あるいは「毎秋来」という本文を「秋来る毎に」と訓むこと自体は問題ないであろうが、同歌所載の他集には「くる秋ごとに」とあり、永青本・久曾神本の「来留秋丹」もそれに近い。万葉集には「時の花いやめづらしもかくしこそ見し明らめ秋立つごとに」（万葉集二〇―四四八五）という類似例が見られるが、八代集には「秋来るごとに」はなく、「往還りここもかしこも旅なれやくる秋ごとにかりかりとなく」（後撰集七―三六二）「をぎのはにこととふ人もなきものをくる秋ごとにそよとこたふる」（詞花集三―一一七）のように「くる秋ごとに」という表現の方が用いられている。意味的には違いがないと思われる。

野辺を匂はす　「野辺（のべ）」については、一八番歌【語釈】「野辺のほとりの」の項を参照。「匂（にほ）はす」という「にほふ」の使役動詞は万葉集には「秋の野をにほはす（尓保波須）萩は咲けれども見る験なし旅にしあれば」（万葉集一五―三六七七）「馬並めて高の山辺を白妙ににほはし（令艶色）たるは梅の花かも」（万葉集一〇―一八五九）な

とされた、珊瑚や珠玉でできた美しい樹木のこと。『淮南子』墜形訓に「上有木禾、其脩五尋。珠樹・玉樹・琁樹・不死樹、在其西」、晋・庾闡「遊仙詩十首其九」詩に「玉樹標雲翠蔚、霊崖独抜奇卉」（『藝文類聚』仙道）、曹植「仙人篇」詩に「玉樹扶道生、白虎夾門枢」とあり、賀陽豊年「晩夏神泉苑釣台同勒深臨陰心応製」詩に「玉樹長帷跨帝圃、玉流瀑布写天臨」（『凌雲集』）とある。「柯」は、『毛詩』小雅・湛露に「湛湛露斯」とある、その鄭玄の箋に「使物柯葉低垂」といい、正義に「柯謂枝也」とあるように、また張衡「西京賦」に「浸石菌於重涯、濯霊芝以朱柯」（『文選』巻二）とある薛綜注に「朱柯、芝草茎赤色也」とあるように、木の枝や草の茎のこと。菅原道真に「賦葉落庭柯空」詩（『菅家文草』巻五）がある。

3 借問　古詩中に常見の仮設性の問語。上句に用い、下句には作者の自答がくるのが一般。ちょっと尋ねてみる、の意。底本等版本には音合符があるが、諸写本には訓合符があり、久曾神本には「借」に「カリ」の訓がある。曹植「七哀詩」に「借問歎者誰、言是客子妻」（『文選』巻二三）、郭璞「遊仙詩七首其二」詩に「借問此何誰、云是鬼谷子」（『文選』巻二一）とあり、嵯峨天皇「神泉苑花宴賦落花篇」詩に「借問濃香何独飛、飛来満坐堪襲衣」（『凌雲集』）、菅原道真「客館書懐同賦交字呈渤海裴令大使」詩に「借問高才非宰相、揚雄幾解俗人嘲」（『菅家文草』巻五）とある。本集にもあったこと「莫人家」の項を参照のこと。異文「借間」は意味をなさない。**遊仙**　仙人のこと。陸機「楽府十七首前緩声歌」に「遊仙聚霊族、高会曾城阿」（『文選』巻二八）、銭起「送柳道士」詩に「世事能成道、遊仙不定家」、白居易「与諸道者同遊二室

ど数例見られるが、八代集には古今集所載の同歌以外は「むめがかをさくらのはなににほはせてやなぎがえだにさかせてしかな」（後拾遺集一―八二）のみ。万葉集の例はどれも視覚的な美しさを表すのに対して、八代集の方は嗅覚的な良さを表す。当歌はフジバカマがその主体であり、「やどりせし人のかたみかふぢばかまわすられがたきかににほひつつ」（古今集四―二四〇）「ぬししらぬかこそにほへれ秋ののにたがぬぎかけしふぢばかまぞも」（古今集四―二四一）「秋ふかみたそかれ時のふぢばかまにほふはなのる心ちこそすれ」（千載集五―三四四）などからも、嗅覚的に「匂はす」と考えられる。

【補注】

「なに人か」という、やや固苦しい問い掛けの対象として想定されたのは、薫香をたきしめた、藤色の袴を身に付けた、それ相当の身分の男性であろう。古今集において同歌に続く「やどりせし人のかたみかふぢばかまわすられがたきかににほひつつ」（古今集四―二四〇）「ぬししらぬかこそにほへれ秋ののにたがぬぎかけしふぢばかまぞも」（古今集四―二四一）も同様の趣向・設定である。

言うまでもないが、この趣向・設定はあくまでも「ふじばかま」という植物名に由来するものであり、ともに野辺に群生する「をみなへし」という植物の名の「をみな」から連想される女性と対をなし、一夜を共にするという物語となっている。

古今集の同歌に対して、窪田評釈では「「脱ぎかけし」と過去にし、「来る秋毎に」とそれを強めているのは、その起源の古いという事で、

至九竜潭作」詩に「喜逢二室遊仙子、厭作三川守土臣」とあり、良岑安世「奉和太上天皇青山歌」詩に「遊仙所楽些、逸士所説些」（『経国集』巻十四）とある。**何処在** 場所を尋ねる時の、唐詩に常見の語。王績「贈学仙者」詩に「仙人何処在、道士未還家」、薛曜「送道士入天台」詩に「碧海桑田何処在、笙歌一聴一遙遙」とあり、菅原清公「秋夜途中聞笙」詩に「王子遇仙何処在、洛浜遺態使人驚」（『凌雲集』）、菅原道真「後漢書竟宴各詠史得光武」詩に「時竜何処在、光武一朝乗」（『菅家文草』巻二）、同「片雲」詩に「浮沈何処在、恐被晩風遮」（『菅家文草』巻二）とある。

4 誰知 一体誰が知っていようか、誰も知らない、の意。反語。五八番詩【語釈】該項を参照。本集には「誰知屈指歳猶豊」（八五番）ともある。**我乗** 「蘇小小歌」に「我乗油壁車、郎乗青驄馬」、李白「労労亭歌」詩に「我乗素舸同康楽、朗詠清川飛夜霜」とある。**指南車** 中国古代の、羅針盤の役割を果たした車。車の上に羽衣を着た仙人の木像を置き、前方を指さすその指が常に南の方角を指すようになっている。その車の沿革については『通典』巻六四・嘉礼九に詳しい。六番詩【語釈】「指車」の項を参照のこと。大江以言「視雲知隠賦」に「仰周輪兮不迷、自為安車指南之使、望楚衣兮暗運、遂得鳴騶向北之輪」（『本朝文粋』巻一）、同「為覚運僧都四十九日願文」に「而今仏道記里之車忽摧、向何方而為指南、法軍降魔之兵長去、遣誰人而令背北」（『本朝文粋』巻一四）とある。

古えを慕う習いから、同じく余情のある事である」と指摘しているが、類想歌に対する当歌の特徴は「秋来る毎に」という反復性にあり、それが、趣向としての袴の薫香の失せない強さを強調するとともに、事実に即してはいるものの秋の季節のみに限定されることの不合理性に対しては物語として折り合いを付けていると言える。

【補注】

韻字は「家・車」（下平声九麻韻）と「柯」（下平声七歌韻）であるが、前者は独用であるため、通押しない。平仄も結句の「乗」は動詞に解釈すれば平韻となって傷となる。「乗」には仄韻もあるが、名詞としての用法しかない。古訓には「ノリモノ」があるから、平仄を意識した訓みをすれば、「誰か知らむ我が乗は指南車なるを」（でも誰も知らないだろうね、そう言う私の乗物が指南車であるのを）となるが、訓点を持つ諸本の中でこうした訓みをするものはない。

結局、押韻、平仄ともに傷のある作品であるが、秋の野外の風景を描※

※写したあと、その比喩として用いられた「玉樹」を手がかりに自問自答して、実は自分が仙人でしたと種明かしをする構成は、なかなか諧謔の利いた、他に類例のないものになっている。

【比較対照】

歌の内容は、例によってほぼ詩の前半部分で翻案し終えている。小さな差をあえて言えば、歌の「秋来る毎に」という反復性を、詩では無視していること、および「匂はす」というフジバカマの花の、良い香りという重要な属性を、詩では「にほふ」という語の別義の、美しく咲くという方に変えているということである。しかしそれは、歌を詩に写すための大事な手がかりとしているということであれば、十分に意味のあることとしなければならない。

というのも、当詩は、歌の「なに人か来て脱ぎかけし」という疑問に対して、みごとにその答えを用意することができているからである。「にほふ」を、美しく咲くという意味に変えることで、「玉樹」という形容を引き出し、それの連想から「遊仙」の語を引き出すことによって、「それ相当の身分の男性」（歌【補注】）という、歌に隠れた想定を、みごとに顕在化させることに成功しているからである。詩ではやや疑問符の付けられた「締懸」の語も、「脱ぎかけし」の語の翻案と見れば良いだろうし、「藤袴」という和語を用いたということであれば、押韻や平仄の傷も、大きく日本漢詩と考えることで、詩としての傷を軽減させることができるだろう。

ともかく、結句の一句によって、詩は起句承句の叙景と、「借問」で始まる転句の変化を承けて、みごとに全体が収まっているのであり、さらに詩の結句というだけでなくて、歌の問いも含めた、全体の収束をも果たしているということができる。

七〇番

音立手　鳴曾可為岐　秋之野丹　朋迷勢留　虫庭不有砥

こゑ立てて　なきぞしぬべき　秋の野に　ともまどはせる　虫にはあらねど

【校異】

本文では、第三句の「秋」を、類従本が欠き、大阪市大本・天理本が「明」とし、結句の「庭」を、永青本・久曾神本が「丹」する。付訓では、第四句の「とも」を、大阪市大本・天理本が「あき」とする。

同歌は、歌合には見られず、後撰集（巻七、秋下、三七二番）に「題しらず　よみ人しらず」として（ただし第三句「秋ぎりに」結句「しかにはあらねど」）にあり、古今六帖（巻四、恋、ざふの思、二一八三番。ただし第三句「あき山に」結句「しかにはあらねど」）、友則集（一八番、寛平御時、殿上人歌合せしにかはりて。ただし第三句「あきぎりに」）にも見られる。

【通釈】

声を上げて泣いてしまいそうだよ、秋の野で友を見失っている虫ではないけれど。

愁人慟哭類虫声
落涙千行意不平
枯槁形容何日改
通宵抱膝百憂成

愁人《シウジン》慟哭《トウコク》して虫《むし》の声《こゑ》に類《ルイ》す。
落涙《ラクルイ》千行《センカウ》意《こころ》平《たひらか》ならず。
枯槁《コカウ》せる形容《ケイヨウ》何《いづ》れの日《ひ》か改《あらたま》らむ。
通宵《よもすがら》膝《ひざ》を抱《いだ》きて百憂《ハクイウ》成《な》る。

【校異】

京大本は、当詩を欠落する。

「愁人」を、類従本・藤波家本・羅山本・無窮会本・永青本・久曾神本「秋人」に作り、文化写本「愁」の右傍に「秋群」を校注する。「慟哭」を、永青本・久曾神本「動哭」に作る。「抱膝」を、講談所本・道明寺本・大阪市大本「抱縢」に作る。「百憂」を、類従本・藤波家本・羅山本・無窮会本・永青本・久曾神本「百愁」に作り、類従本は「愁」に「憂」の異本注記がある。また、「憂」に文化写本は「愁群」の校注があり、講談所本・道明寺本にも「愁」の異本注記がある。

【通釈】

秋になって心に愁いを抱く人の泣き声はまるで虫の鳴き声のようで、涙は幾筋も流れて心は穏やかでない。憔悴した容貌はいつになったら輝きを取り戻すというのか。数えきれぬ悩みにひとり膝を抱えてまんじりともせずに一晩を過ごす。

【語釈】

こゑ立てて　六〇番歌**【語釈】**「こゑ立てて」の項を参照。六〇番歌におけるその主体はシカになぞらえた詠み手自身であったが、当歌も虫と重ね合わせた詠み手自身である。

なきぞしぬべき　六〇番歌**【語釈】**「なきぞしぬべき」の項を参照。「なきす」というサ変動詞を割って係助詞「ぞ」が挿入されたととる。その結びが「べき」で二句切れ。

秋の野に　「秋の野」については四四番歌**【語釈】**「秋の野は」の項を参照。この句は後撰集および友則集では「秋霧に」、古今六帖では「秋山に」となっている。「秋霧に」はおそらく次句の「友まどはせる」の理由を示すという点から、「秋山に」は結句が「鹿にはあらねど」であり、シカのいる場所としての相応しさから、採られた本文であろう。

友まどはせる　この「友（とも）」は文脈から結句の「虫」同士の「友」とみなされるが、同様の例は万葉集にも八代集にも見られない。ただ、人間以外に関して「友」とする例は、「草香江の入江にあさる葦鶴のあなたづたづし友なしにして」（万葉集四―五七五）「さ夜中に友呼ぶ千鳥物思ふとわび居る時に鳴きつつもとな」（万葉集四―六一八）などのように、万葉集に鳥同士を「友」とする例があり、さらに八代集ではそのほとんどが人間以外についてで、「きりはれぬあやのかはべになくちどりこゑにやとものゆくかたをしる」（後拾遺集六―三八七）「ふるはたのそはの立木にゐる鳩のともよぶ声のすごきゆふ暮」（新古今集一七―一六七六）など、万葉集同様の例のほか、「誰をかもしる人にせむ高砂の松も昔の友ならなくに」（古今集一七―九〇九）「ふりそめて友まつゆ

【語釈】

1 愁人　秋の風物に触れて、心に愁いを抱く人。傅玄「雑詩」に「志士惜日短、愁人知夜長。摂衣歩前庭、仰観南雁翔」（『文選』巻二九）、沈約「学省愁臥」詩に「秋風吹広陌、蕭瑟入南闈。愁人掩軒臥、高窓時動扉」（『文選』巻三〇）、橘在列「秋夜感懐…藤員外将軍」詩に「愁人冷不睡、中夜起躊躇」（『本朝文粋』巻一）、菅原文時「秋夜待月」詩に「病客近秋思、愁人送夜情」（『作文大体』）とあるなど、この語は本来秋の季節感を強く持つものであったが、白居易「酬元員外三月三十日慈恩寺相憶見寄」詩に「誰言南国無霜雪、尽在愁人鬢髪間」（『千載佳句』感歎）などのように、春やそれ以外にも関連づけられるようになる。異文「秋人」は用例もなく、意味をなさない。日本漢字音ではともかく、両字は声も韻も異なるので、通仮字でもない。　**慟哭**　身を震わせて大声で泣くこと。梁・何遜「哭呉興柳惲詩」に「眷言尋恵好、慟哭悲路歧」、司空図「秋思」詩に「身病時亦危、逢秋多慟哭」とある。異文「動哭」は、非。　**類虫声**　「類」は、似る、の意。「虫声」は、虫のすだく音。何遜「秋夕歎白髪詩」に「月色臨窓樹、虫声当戸枢」、白居易「冬夜聞虫」詩に「虫声冬思苦於秋、不解愁人聞亦愁」とあり、藤原忠通「入夜有虫声」詩に「虫声満耳感難禁、入夜愁人動寸心」（『法性寺関白御集』）とある。

2 落涙　流れ落ちる涙のこと。庾信「擬詠懐詩二十七首其七」詩に「胡笳落涙曲、羌笛断腸歌」、李頎「聴董大弾胡笳声兼寄語弄房給事」詩に「胡人落涙沾辺草、漢使断腸対帰客」とあり、菅原道真「残灯風韻」詩に「一点残灯五夜通、分分落涙寸心中」（『菅家文草』巻一）、同「寒

きはむばたまのわがくろかみのかはるなりけり」（後撰集八—四七一）「たちはなれさはべになるるはるごまはおのがかげをやともとみるらん」（後拾遺集一—四六）「桜花すぎ行く春の友とてや風の音せぬよるも散るらん」（新古今集一六—一四六四）などのように、人を含めさまざまな組み合わせの「友」が見られる。「まどはす」は「まどふ」という動詞の使役形であり、当歌においては「虫」ガ「友」ヲ「まどはす」という関係になる。当該の虫が友である他の虫（達）を混乱させるの意であるが、これはつまり、自分がどこにいるか他の虫（達）に分からなくさせるということであって、逆に当該の虫の立場からすれば、他の虫（達）を見失うということになろう。日本国語大辞典第二版で、この語の第一義として「まぎれて、わからなくする」とともに「見失う」と説明するのはその立場からと考えられ、当歌も解釈的にはその方が通じやすい。「友」ヲ「まどはす」という表現は万葉集にはなく、八代集に「ゆふさればさほのかはらの河ぎりに友まどはせる千鳥なくなり」（拾遺集四—二三八）「さをしかの友まどはせる声すなりつまやこひしき秋の山べに」（拾遺集七—四二八）「草ふかきかりばの小野をたちいでて友まどはせる鹿ぞなくなる」（新古今集二〇—一九五六）の三例が認められる。どれもチドリやシカの同類同士の関係において、当該の主体が友を見失い、その友を求めて鳴いているという設定になっている。

虫にはあらねど　この「虫（むし）」は当然、秋の虫であるが、そのうちのどれとは特定されていない（これに関しては、四三番歌【語釈】「きりぎりす鳴く」の項および【補注】を参照）。単独語の「むし」は万葉集に「この世にし楽しくあらば来む世には虫にも鳥にも我はなりな

早十首其三」詩に「擁抱偏孤子、通宵落涙頻」（『菅家文草』巻三）とある。　**千行**　「行」は、四六番詩【語釈】「一行」の項を参照のこと。范雲「送別」詩に「未尽樽前酒、妾涙已千行」（『玉臺新詠』巻五）、柳宗元「衡陽与夢得分路贈別」詩に「今朝不用臨河別、垂涙千行便濯纓」とあり、島田忠臣「同高少史傷紀秀才」詩に「為君泣送千行涙、莫恨泉逢作雨来」（『田氏家集』巻下）、菅原道真「冬夜閑居話旧以霜為韻」詩に「不恨寒更三五去、無堪落涙百千行」（『菅家文草』巻三）、同「自詠」詩に「離家三四月、落涙百千行」（『菅家後集』）とある。本集にも「落涙成波不可乾、千行流処袖紅班」（一〇四番）とある。　**意不平**　心が穏やかでないこと。李益「奉和武相公春暁聞鶯」詩に「蜀道山川心易驚、緑窓残夢暁聞鶯」とある、その上句の異文には「西道山川意不平」とあり、劉禹錫「始聞蟬有懐…兼遺報君知之句」詩に「人含不平意、景値欲秋時」とある。大江朝綱「酬裴大使再賦程字遠被相視之什」詩に「別後含毫意不平、満篇総是憶皇城」（『扶桑集』巻七）とある。「不平」には、底本等版本は音読符があるが、講談所本・道明寺本・羅山本には「ナラ」の訓がある。

3 枯槁　草木が枯れ凋む意から、人の容貌が憔悴することを表す。『戦国策』秦策一に「形容枯槁、面目犂黒、状有帰色」、杜甫「蘇端薛復筵簡薛華酔歌」詩に「少年努力縦談笑、看我形容已枯槁」とあり、大江匡衡「初夏陪…雨中暗応教」詩に「雨露一同無不潤、何因枯槁在儒林」（『江吏部集』巻下）とある。本集にも「容顔枯槁敗心田」（一〇一番）とある。　**形容**　顔かたち。容貌。屈原「九章・漁父」に「顔色憔悴、形容枯槁」（『文選』巻三三）、繆襲「挽歌詩」に「形容稍歇滅、歯髪行

む」（万葉集三―三四八）の一例のみで、虫一般を表しているが、八代集になると「虫のごと声にたててはなかねども涙のみこそしたにながるれ」（古今集一二―五八一）「秋くれば野もせに虫のおりみだるこゑのあやをばたれかきるらん」（後撰集五―二六二）「おぼつかないづこなるらん虫のねをたづねば草の露やみだれん」（拾遺集三―一七八）などをはじめ、秋の虫の意で、しかもその鳴く声が取り上げられている。「虫にはあらねど」という表現は、虫であることを否定しているが、その主体が詠み手自身であれば当然のことであって、逆接表現を伴うことにより、結果としてそれが自身を虫に見立てる趣向になっている。「〜に（は）あらねど（も）」という表現自体は万葉集にもあるが、見立てとして成り立っている例は八代集からで、「ひとりぬるとこは草ばにあらねども秋くるよひはつゆけかりけり」（古今集四―一八八）「住の江の浪にはあらねどよとともに心を君によせわたるかな」（後撰集一〇―六三八）「秋はわが心のつゆにあらねども物なげかしきころにもあるかな」（拾遺集一二―七七六）などのように、見立ての表現類型の一種となっている。ただし当歌のように、虫に見立てた、倒置の例は見当たらない。当歌における見立てのポイントになっているのは上句の「こゑ立ててなきす」であり、「なき」には人間の「泣」と虫の「鳴」が重ねられている。似た発想の例としては「虫のごと声にたててはなかねども涙のみこそしたにながるれ」（古今集一二―五八一）「あさぢふのあきのゆふぐれなくむしはわがごとしたに物やかなしき（後拾遺集四―二七一）「うかりしに秋はつきぬとおもひしをことしもむしのねこそなかるれ」（金葉集一〇―六〇八）「いのちあらばいかさまにせんよをしらぬむしだに秋はなき

当堕」（『文選』巻二八）とあり、都良香「秋夜臥病」詩に「形容信非実、魂魄怳如迷」（『扶桑集』巻七）、菅原道真「白毛歎」詩に「怪来日日形容変、祇是行行世路難」（『菅家文草』巻四）とある。**何日改**　「何日」は、いつになったら、の意。「改」は、「形容」が変化すること。ここでは特に良い、正の方向に変わること。孟郊「古意」詩に「去来年月多、苦愁改形容」、白居易「重過寿泉憶与楊九別時因題店壁」詩に「形容已変改、処所猶依然」とあり、嵯峨天皇「長門怨」詩に「対鏡容華改、調琴怨曲催」（『文華秀麗集』巻中）とある。

4 通宵　夜通し。夜もすがら。底本には「ラ」の訓があり、久曾神本本は「ヨモスガラ」とある。唐代以後の詩語で、白居易「寒閨夜」詩に「為惜影相伴、通宵不滅灯」、同「病中数会張道士見譏以此答之」詩に「病即薬窓眠尽日、興来酒席坐通宵」とあるなど、白詩に多い語。林娑婆「自山崎乗江…贈野二郎」詩に「漁火通宵烈、商帆払暁逢」（『凌雲集』）、菅原道真「晨起望山」詩に「不寐通宵直到明、蘆簾手撥対山晴」（『菅家文草』巻四）などとある。**抱膝**　膝を抱える。相手がなく侘びしい様。久曾神本に「イタイテ」の訓がある。劉琨「扶風歌」に「慷慨窮林中、抱膝独摧蔵」（『文選』巻二八）とあり、白居易「邯鄲冬至夜思家」詩に「邯鄲駅裏逢冬至、抱膝灯前影伴身」（『句題和歌』冬部）、同「夜雨有念」詩に「胡為悄不楽、抱膝残灯前」とあるなど、白詩に多い語。菅原道真「晩春遊松山館」詩に「釣歌漁火非交友、抱膝閑吟涙湿巾」（『菅家文草』巻三）、同「漁父詞」詩に「抱膝舟中酔濁醪、此時心与白雲高」（『菅家文草』巻五）とある。**百憂成**　「百憂」は、さまざまな心配ごと、数えきれぬ悩みのこと。曹植「贈王粲五言」詩に「誰令

にこそなけ」(千載集一七―一〇九五)など多く見られ、悲秋感を共有するものとして詠まれている。

【補注】

当歌における見立てには、虫が「こゑ立ててなく」のは「友まどはせる」からという、前提となる擬人的な見立てがある。【語釈】で説明したように、虫に関して「友まどはせる」という表現はないが、「もみぢばのちりてつもれるわがやどに誰を松虫ここらなくらむ」(古今集四―二〇三)「こむといひしほどやすぎぬる秋ののに誰松虫ぞこゑのかなしき」(後撰集五―二五九)などのように、「松虫」の「まつ」に掛けて、待つ相手が来ないことを嘆くという設定の歌が見られるから、それに準じた表現とみなすことはできよう。ただし、「友まどます」という表現にこだわるならば、「をぐら山たちどもみえぬゆふぎりにつままどはせるしかぞなくなる」(後拾遺集四―二九二)という例も含め、虫よりもシカの方がよりふさわしいかもしれないが。少なくとも、虫とシカを比べ、鳴き声に関して、実際の個体それぞれの識別をふまえた表現としては、前者よりも後者の方が似つかわしいと言える(なお『注釈』では、「漢詩文の影響によって当初は「虫」と詠まれていたものが、後に、和歌表現としてより安定した「鹿」の表現に変えられたのであろう」とする)。

　そのうえで、なぜ詠み手自身が「こゑ立ててなきぞしぬべき」なのかを考えてみると、【語釈】に示したような、単に一般的な悲秋感によるとはみなしがたい。前提とした虫に関する見立てがそのまま詠み手自身

君多念、自使懐百憂」(『文選』巻二四)とあり、李善は『毛詩』王風・兎爰篇に「我生之後、逢此百憂、尚寐無覚」とあるのを指摘する。杜甫「百憂集行」詩に「強将笑語供主人、悲見生涯百憂集」、白居易「想東遊五十韻」詩に「百憂中莫入、一酔外何求」(『句題和歌』述懐部)とあるなど、杜甫詩や白詩にも比較的多い語。賀陽豊年「東宮歳除応令」詩に「遙山今日賞、錫命百憂蠲」(『経国集』巻一三)とある。それが「成」とは、そのような状態になること。ただし、それは「懐百憂」「百憂生」などと表現するのが一般であり、また王梵志「五言其四」詩に「却是成憂悩、珠金虚満堂」とあるように、この措辞は、押韻のためかやや無理がある。異文「百愁」は、張正元「臨川羨魚」詩に「有客百愁侵、求魚正在今」とある程度の、中国詩にはきわめて珍しい語。日本漢詩には、菅原道真「秋天月」詩に「千悶消亡千日酔、百愁安慰百花春」(『菅家文草』巻三)、同「感吏部王弾琴応制」詩に「栄啓後身吏部王、七条糸上百愁忘」(『菅家後集』)とあるのが目を引く。意味上は大きな違いは無く、平仄にも問題はないが、「百憂」の担う典拠とは大きな差がある。

【補注】

韻字は「声・成」(下平声十四清韻)と「平」(下平声十二庚韻)で、両者は同用。平仄にも基本的誤りはない。

　当詩はもととなる歌があるとはいえ、秋という季節になっただけで慟哭するということ、およびその声が虫の鳴き声に似ているという二つの点で首を傾げざるを得ない作品になっている。

　前者については、「慟哭」の項に挙げた司空図「秋思」詩の例が無い

にも及び、待ち人の訪れがないことに対する悲嘆の思いからであろう。『注釈』は、当歌を「妻がいない、ないしは妻と離れている男性の、孤独の嘆きを詠んだ作」とするが、シカならばそうだとしても、虫ならば女性のほうが似つかわしいであろう。

わけではないが、「身は病み時も亦危ふし」であるからこそ、「秋に逢ひて慟哭すること多し」であって、更に「風波一たび揺蕩すれば、天地幾ど翻覆せん」という語句が続く。「慟哭」の主要因は、時勢にあることが明確なのであった。後者に関しても、白居易「秋虫」詩に「切切闇窓下、喓喓深草裏」、張籍「秋夜長」詩に「愁人不寐畏枕席、暗虫唧唧（一作嘖嘖）遶我傍」とあるように、虫の鳴き声は「切切」「喓喓」「唧唧」「嘖嘖」などの擬音語で表されるのが一般であって、それらは白居易「琵琶行」詩に「小絃切々如私語」、「木蘭詩」に「唧唧復唧唧、…唯聞女歎息」、「飛燕外伝」に「左右嗟賞之嘖嘖」とあるように、ひそひそ声や溜め息などに用いられて、やはり身を震わせて泣く声とは、大きな径庭があると言わざるを得ない。

そこで、その原因を秋以外に求めることになるわけだが、強いて言え※

※ば「枯槁形容」という語から屈原の姿を思い浮かべるのがいちばん妥当なところだろう。先に挙げた張籍の楽府詩のように、孤閨を嘆く婦人が虫の声にその思いを募らせるというパターンを意識して書かれたとの解釈も、出来ないことはないかもしれないが、例えば「百憂」の語が抱える『毛詩』の典故、「通宵抱膝」の語が持つ白詩の影などからも、当詩の主体を自身の人生や時局に悩む男性と考えるべきだろう。

【比較対照】

当歌の趣向は、詠み手を虫になぞらえる見立てにあると言えるが、それ自体は詩の起句に写されて終わり、承句以降はもっぱらその主体の状態の詳しい描写を付加するのに費やされている。

見立てに関する歌詩の違いをあげれば、まず、歌では「秋の野に友まどはせる」という、虫の鳴く理由をあげているのに対して、詩では単に「虫」としている点である。それが秋の虫であることは同句の「愁人」の語から推察されるからで、虫について承句以降にはまったく言及されず、「類虫声」はあくまでも一つの形容として用いられているにすぎない。

また、「こゑ立てて」を声に出してだけならばともかく、大きな声での意とすると、詩【補注】で「慟哭」の語を虫に関連させることに疑念を示しているように、個体としてとらえるならば無理があろう。もっとも虫の立場からすれば別かもしれないが。

もう一つ、歌における詠み手は「なきぞしぬべき」つまり泣きそうだであって、まだ声に出しては泣いていないのに対して、詩では既に泣き続けていることになっている。詩においては、そういう設定にしなければ承句以降の展開もありえなかったと考えられ、そこに、歌からは感受されえない主体の状況の深刻さが表れることになる。

詩【補注】はそれを、詩語の背景から、男性が「自身の人生や時局に悩」んでのことと想定している。歌の方はその【補注】に「待ち人の訪れがないことに対する悲嘆の思い」という、おそらくは女性の一時的な恋愛上の悩みとるのが自然であろう。この両者の悩みをその違いを越えて結び付けるものがあるとしたら、詩では写されなかった「秋の野に友まどはせる」という表現から喚起される孤独感・孤立感ではあるまいか。結句の「抱膝」の語はまさにそれと暗に符合しているように思われる。

七一番

甘南備之　御室之山緒　秋往者　錦裁服　許許知許曾為礼

かみなびの　みむろの山を　秋往けば　錦裁ちきる　ここちこそすれ

【校異】

本文では、初句の「甘」を、藤波家本・無窮会本が「耳」とし、第四句の「服」の後に、永青本・久曾神本が「留」を補い、結句の「許許」を、底本・文化写本以外は「許々」とする。

付訓では、とくに異同が見られない。

同歌は、歌合には見られないが、古今集（巻五、秋下、二九六番）に「これさだのみこの家の歌合のうた　ただみね」としてあり、他に忠岑集（書陵部本三四番。ただし初句「かみなみの」）、新撰和歌（巻一、春秋、五八番）、古今六帖（巻五、錦綾、にしき、三五一九番、ただみね。ただし第三句「わけ行けば」）、忠岑集（書陵部本三四番、秋。ただし初句「かみなみの」第三句「わけゆけは」）にも見られる。

【通釈】

神の降り居るところのみむろの山を秋が（通って）行くと、（山は紅葉の）錦を裁って身に付けたようであるよ。

【語釈】

かみなびの　「かみなび」は、元来「神＋な＋辺」つまり神が天降る神

試入秋山遊覧時
自然錦繡換単衣
戔々新服風前艶
咲殺女牀鳳羽儀

試《こころみ》に秋山《シウサン》に入《いり》て遊覧《イウラン》する時《とき》、
自然《シゼン》の錦繡《キンシウ》単衣《タンイ》に換《か》へたり。
戔々《サンサン》たる新服《シンフク》風前《フウセン》の艶《エン》。
咲殺《わらひそさ》しむ女牀《ヂョサウ》の鳳羽《フウウ》の儀《ギ》。

【校異】

京大本は、当詩を欠落する。

「遊覧時」を、藤波家本「遊覧特」に作る。「換単衣」を、大阪市大本「模単衣」に、天理本「換草衣」に作る。「咲殺」を、類従本・無窮会本「咲煞」に作り、講談所本・道明寺本・大阪市大本・天理本・羅山本「咲敬」に作り、講談所本・道明寺本「殺」を校注す。「女牀」を、底本等諸本「如牀」に作るも、類従本・羅山本・無窮会本に従う。講談所本・道明寺本・大阪市大本・天理本「如牀」、永青本・久曾神本「女林」に作る。文化写本「牀群」を校注し、講談所本・道明寺本「如牀」に「女牀」を校注し、大阪市大本・天理本「牀」に「如本」と注記する。「鳳羽儀」を、藤波家本・講談所本・道明寺本・大阪市大本「風羽儀」に作る。

【通釈】

ついフラフラと秋の山に入って、あちこち眺めながら歩いていると、

聖な場所の意を表す普通名詞であったが、この語が歌によく詠まれる特定の場所、奈良県の斑鳩や飛鳥あたりの地名として用いられるようになったと見られる。ただし、たとえば「ときはなる神なび山のさかきばをさしてぞいのるよろづよのため」（千載集二〇—一二八一）に詠まれる「神なび山」はその詞書に「丹波国神奈備山をよめる」とあり、奈良以外でも地名としてあったことが知られる。万葉集には「かみなび（の）」を冠する表現として「山」の他に「川・淵・磐瀬・里・浅篠原・田屋」など、八代集には「山・森・川」などが見られる。第二句の「みむ〔も〕ろの山」に続く例としては、「神奈備の三諸の山に斎ふ杉思ひ過ぎめや苔生すまでに」（万葉集一三—三二二八）、「たつた河もみぢば流る神なびのみむろの山に時雨ふるらし」（古今集五—二八四）「神なびのみむろの山をけふみればした草かけて色づきにけり」（拾遺集三—一八八）「たつたがはしがらみかけてかみなびのみむろの山のもみぢをぞみる」（金葉集四—二六六）などあり、また万葉集には「みもろの　神奈備山に　五百枝さし　しじに生ひたる　つがの木の…」（万葉集三—三二四）「三諸の　神奈備山に　立ち向かふ　み垣の山に…」（万葉集九—一七六一）などのように、順序が逆になっている例も見られる。「かみなび」という訓みは底本に拠ったものであるが、「かみ」の部分については、万葉集では「神」とともに「甘」の表記も用いられていることから、古くは「かむ」という訓みだったかと推定される。八代集ではそのほとんどが「神なび」という表記であり、「かみ」か「かむ」か確定しえないが、「かみなびがは」（金葉集一—七八）「かみなみ川」（新古今集二—一六一）という表記例も見られ、「かむ」から「かみ」に変化し

自然の風景は夏の一重の着物を脱いで五色の美しい縫いとりのある着物に着替えていた。その数えきれぬほどの真新しい服は風の当たるところで艶やかに美しく、あの女牀山に棲むという鳳凰の五色の翼など比べようもないと笑い飛ばすほどだ。

【語釈】

1 試入　「試」は、しばらくの間、とりあえず、の意。とりあえずちょっと入ってみるということ。陳後主叔宝「采蓮曲」詩に「帰時会被喚、且試入蘭房」、白居易「題法華山天衣寺」詩に「時人不信非凡境、試入玄関一夜聴」（『全唐詩補編』中）とあり、民黒人「幽棲」詩に「試出囂塵処、追尋仙桂叢」（『懐風藻』）とある。**秋山**　秋の季節の山。五七番詩【語釈】該項参照。**遊覧**　楽しみながらあちこちブラブラ見て回ること。劉向「憂苦」に「外彷徨而遊覧兮、内惻隠而含哀」（『楚辞』九歎）とあり、王逸は「言己外雖彷徨於山野之中以遊戯、然心常惻隠含悲而念君也」という。孫綽「遊天台山賦」に「於是遊覧既周、体静心閑」（『文選』巻一一）とある。犬上王「遊覧山水」詩（『懐風藻』）、大伴池主「七言晩春三日遊覧」詩（『万葉集』巻一七）、菅原道真「遊覧偶吟」詩（『菅家文草』巻四）など、詩題に用いられる例が多い。

2 自然　本来のままで、人工が加わらない状態。宇宙を含めた所謂「自然」のこと。李白「月下独酌四首其二」詩に「三杯通大道、一斗合自然」、杜甫「寄題江外草堂」詩に「我生性放誕、雅欲逃自然」とあり、巨勢識人「神泉苑九日落葉篇応製」詩に「来往本無何処定、東西偏任自然心」（『文華秀麗集』巻下）、菅原庶幾「花錦不須機」詩に「自然織出

たことがうかがえる。

みむろの山を　「みむろ」は「御＋室」で、「かみなび」と同様に、もともと神の降り居る場所の意の普通名詞だったのが特定され地名化したものと見られる。八代集には「みむろ」という語形しか現れないが、万葉集には「みむろ〔三室〕」とともに「みもろ〔三諸〕」があり、同語の交替形なのか別語なのか明らかでない。日本国語大辞典第二版によると、飛鳥の三輪山ならば「みむろやま」も「みもろやま」も異称としてあり、それならば同語の交替形となりうるのに対して、斑鳩の神奈備山ならば「みむろやま」のみとなっていて、三輪山の「みもろやま」とは別語となる。万葉集では「かみ〔む〕なびの」と結び付くのは「みもろ〔三諸〕」の方とだけであり、それが八代集で「みむろ」に変わったとすれば、交替形とみなしてもよさそうである。万葉集の「玉くしげ　将見円の山の　さな葛…」（万葉集二―九四）の「将見円」が「みもろ」とも「みむろ」とも訓まれたり、「見渡しの三室〔三室〕の山の巌菅ねもころ我は片思そする」（万葉集一一―二四七二）の「三室」に「三諸」という異文があったりと、混乱が認められるのも、同語の揺れを暗示していよう。ただ、そうすると三輪山ということになるが、当歌は紅葉を歌ったものであり、紅葉の名所としては三輪山よりも斑鳩にある神奈備山の方が有名であって、「…神奈備の　三諸の山は　春されば　春霞立ち　秋行けば　紅にほふ…」（万葉集一三―三二二七）「我が衣色どり染めむうまさけ三室の山はもみちしにけり」（万葉集七―一〇九四）のように、「みもろ」「みむろ」ともに例があり、さらに八代集では「たつた河もみぢば流る神なびのみむろの山に時雨ふるらし」（古今集五―二八

鸞翎静、造化裁来鳳舞新」（『類題古詩』不須）とある。**錦繍**　五色の美しい縫いとりがあること。あるいはそうした着物。中国にあっては、鮑令暉「近代呉歌九首春歌」に「朝日照北林、初花錦繍色」（『玉臺新詠』巻一〇）、許渾「題歌者」詩に「露滴暁花疑錦繍、風吹寒竹認笙簧」（『千載佳句』花竹）、白居易「西省対花憶忠州東坡新花樹因寄題東楼」詩に「毎看闕下丹青樹、不忘天辺錦繍林」（『千載佳句』雑花）とあるように、緑葉を背景に花の美しく咲いた様の形容として用いられる。日本漢詩では、小野篁「内宴春日」詩に「著野展鋪紅錦繍、当天遊織碧羅綾」（『江談抄』）とあるのは、中国詩と同様の用法、大江朝綱「王昭君」詩に「翠黛紅顔錦繍粧、泣尋沙塞出家郷」（『和漢朗詠集』王昭君）とあるのは着物そのもの、慶滋保胤「翫池頭紅葉」詩に「洞中清浅瑠璃水、庭上蕭疎錦繍林」（『和漢朗詠集』紅葉）とあるのが、当詩と同様の最古例。

換単衣　「単衣」は、『管子』山国軌に「泰春功布日、春縑衣、夏単衣」とあるように、夏用の、裏地のない一重の着物。劉禹錫「初夏曲三首其二」詩に「稍嫌単衣重、初憐北戸開」、白居易「昼寝」詩に「坐整白単衣、起穿黄草履。…暑風微変候」、同「七言十二句贈駕部呉郎中七兄」詩に「四月天気和且清、…初著単衣肢体軽」（『千載佳句』首夏）とあり、藤原忠通「夏日即事」詩に「夏天熱至使汗催、軽扇単衣裁又裁」（『本朝無題詩』巻四）とある。異文「草衣」は、草を編んで作った粗末な着物。時に隠者や僧侶の服を意味する。岑参「太白胡僧歌」詩に「草衣不針復不線、両耳垂肩眉覆面」とあり、その小序には「身不製繒帛、衣以草葉、恒持楞伽経」という。嵯峨天皇「和藤是雄旧宮美人入道詞」に「嬌心欲識乖□縛、弱体那堪著草衣」（『経国集』巻一〇）、錦部

四）「神なびのみむろのきしやくづるらん竜田の河の水のにごれる」（拾遺集七―三八九）「あらしふくみむろの山のもみぢばはたつたのかはのにしきなりけり」（後拾遺集五―三六六）などのように、「竜田川」とともに詠まれる、明らかに神奈備山の方に限定される例が多く見られる。以上を勘案して、日本国語大辞典第二版の語釈に疑義を認め、当歌における「みむろの山」は三輪山ではなく神奈備山の異称と考えておきたい。なお「かみなびのみむろの山を」という続き柄において、「かみなびの」を地名つながりの枕詞としてとらえることもできるが、その原義を生かした表現とみなす。

秋往けば　『注釈』や、古今集の諸注釈書は「秋に私（＝詠み手自身）がゆけば」ととらえ、そのとらえ方に関してとくに問題にしていない。当歌に対する詩の起句にも「試入秋山遊覧時」とあり、同じ解釈をしたと見られる。古今六帖所載の同歌の第三句は「わけ行けば」とあるから、人が主体であることが明確である。しかし、「秋」と「ゆく」が直接続く例は万葉集に先掲の「…神奈備の　三諸の山は　春されば　春霞立ち　秋行けば　紅にほふ…」（万葉集一三―三二二七）の一例があり、この「ゆく」の主体は「秋」である。八代集に一例見られる「たつた山秋行く人の袖をみよ木木のこずゑはしぐれざりけり」（新古今集一〇―九八四）の場合は、「ゆく」は連体修飾で「人」が明示され、それが主体となっていて、「秋」は「ゆく」を修飾する。「秋」と「ゆく」との関係を表示する助詞が表示される場合は、「春やこし秋やゆきけんおぼつかな影の朽木と世をすぐす身は」（後撰集一六―一一七五）「草の葉にはかなくきゆる露をしもかたみにおきて秋のゆくらん」（金葉集三―二五五）

彦公「題光上人山院」詩に「経行金策振、宴坐草衣閑」（『文華秀麗集』巻中）とあるも、ここは文脈上意味をなさない。

3 戔々　多い様。講談所本・道明寺本・大阪市大本等に音訓がある。五六番詩【語釈】該項参照。　**新服**　真新しい服のこと。『新唐書』高麗伝に「帝曰、士皆斂衣、吾可新服邪」とあり、竇牟「元日喜聞大礼…二十韻」詩に「慶賜迎新服、斎荘棄旧簪」とある。　**風前艶**　「風前」は、風の吹いてくる正面、風が当たるところ。藤波家本・講談所本・道明寺本・大阪市大本等には「風の前の」の訓点がある。方干「許員外新陽別業」詩に「柳絮風前攲枕臥、荷花香裏棹舟迴」（『千載佳句』首夏）とある。一七番詩【語釈】該項を参照。「落葉風前砕錦播」（四九番）、「風前錦色自然多」（六四番）とある。「艶」とは、つややかで色彩の美しい様。梁・元帝「折楊柳」詩に「故人懐故郷、山似蓮花艶」、鄭述誠「華林園早梅」詩に「素彩風前艶、韶光雪後催」、平城天皇「詠桃花」詩に「春華百種何為艶、灼灼桃花最可憐」（『凌雲集』）とあるが、紅葉を「艶」で表した例を知らない。

4 咲殺　大笑いする、笑い飛ばす、の意。底本等版本には音合符があるが、講談所本・道明寺本・大阪市大本・羅山本・無窮会本の左訓に「ワラヒソサシム」とある。二二番詩【語釈】該項参照。「殺」の異文「煞」は、動詞の後に置かれて、その動詞の意味を強める。「殺」と同音で同じ働きをする語。　**女牀**　山の名。張衡「東京賦」に「鳴女牀之鸞鳥、舞丹穴之鳳皇」（『文選』巻三）とあり、薛綜注に、「女牀、山名、在華陰西六百里。山海経曰、女牀之山有鳥焉、其状如鶴、五色文、名曰鸞鳥、見即天下安寧。又曰、丹穴之山有鳥焉、其状如鵠、五采、名曰鳳

などのように、「秋」が主体になるのであって、「秋にゆく」のような例は見当たらない。以上をふまえ、かつ「秋ゆけば」を普通に読むならば、秋が行くことを表すことになるであろう。なお【補注】参照。

錦裁ちきる　「錦（にしき）」およびその見立てについては五六番歌【語釈】「錦をぞきる」の項を参照。「裁ちきる」という複合語は万葉集にはなく、八代集に同歌以外に「なくこゑはまだきかねどもせみのはのうすき衣はたちぞきてける」（拾遺集二―七九）「なつごろもたちきるけふははなざくらかたみのいろをぬぎやかふらむ」（金葉集〔三奏本〕二―九七）の二例あるのみで、ともに夏衣に関して「裁ち着る」つまり布を裁って作った衣を着るの意で用いられている。古今集の同歌に対して窪田評釈には「「裁ち着る」で、裁ちて縫う、すなわち仕立てるの意。着るが主になっている詞。散り来る紅葉が、身に置くのに対しての感」とあり、他注釈書も同様である。「きる」を「着る」とするのは、本集の「日ぐらしに秋の野山をわけ来ればこころにもあらぬ錦をぞきる」（五六番）をはじめとして、これをふまえたと見られる「なほざりに秋の山べをこえくればおらぬ錦をきぬ人ぞなき」（後撰集七―四〇三）「もみぢばをわけつつゆけば錦きて家に帰ると人や見るらん」（後撰集七―四〇四）「あさまだき嵐の山のさむければ紅葉の錦きぬ人ぞなき」（拾遺集三―二一〇）などの例からも類推されるところであり、当歌本文の「服」も「着る」の正訓に近い。これらの例において「着る」の主体は人である。しかし、「もみぢばのふりしく秋の山べこそたちてくやしきにしきなりけれ」（後撰集七―四一二）「唐錦枝にひとむらのこれるは秋のかたみをたたぬなりけり」（拾遺集四―二二〇）「からにしきぬさにたちもて行く

皇。是鳥也、飲食自歌自舞、見則天下安寧」（『山海経』西山経および南山経の節録文）とあるように、本来は鸞鳥の棲むところだが、「鸞鳳」の語があり、同じ『山海経』に「鸞鳥自歌、鳳皇自舞」（海外西経・大荒南経・海内経など）の語句が頻出するなど、「鸞鳥」と「鳳皇」は共に想像上の鳥で五色の羽毛と美しい鳴き声を持ったため、その住み家も、韓偓「有感」詩に「万里関山如咫尺、女牀唯待鳳帰巣」とあるように、混同された。尚、一三番詩【語釈】「丹穴」「鵷鸞」の項を参照のこと。異文「如怵」の「怵」は、張衡「西京賦」に「将乍往而未半、怵悼慄而慫兢」（『文選』巻二）とある、その薛綜注に「怵、恐也」とあるように、怖がる、恐れる、の意。「咲殺す鳳の羽儀を怵るるが如きを」と読めないこともないが、「怵」は入声であり、平仄が合わない。

鳳羽儀　「鳳」は、神鳥。特に雄を鳳、雌を凰という。「羽儀」の語は、『周易』漸の「鴻漸于陸、其羽可用為儀。吉。象曰、其羽可用為儀吉。不可乱也」に基づいて、鳥の羽の立派な様。また、そこから人の模範となるものの比喩として用いられる。江淹「雑体詩三十首 嵇中散言志」詩に「霊鳳振羽儀、戢景西海浜」（『文選』巻三一）、梁・簡文帝「庶子王規墓誌銘」に「偶応竜之籥影、等威鳳之羽儀」（『藝文類聚』太子中庶子）とある。また、『藝文類聚』鳳皇には「山海経曰、丹穴之山、有鳥、状如鶴、五色而文、名曰鳳」「呉暦曰、太元元年、有鳥集苑中、似雁、高足長尾、毛羽五色、咸以為鳳皇」とあり、『初学記』鳳の事対にも「五彩羽」があり、「東観漢記曰、建武十七年、鳳皇至。高八九尺、毛羽五彩、集潁川。群鳥並従、蓋地数頃、留十七日乃去」とある。更に『白氏六帖』鳳には、「五色之文」「五綵羽」の語があるように、その羽翼は五色

秋もけふやたむけの山ぢこゆらん」（千載集五―三八三）などのように、山の紅葉そのものを見立てた錦を「裁つ」ことに主眼を置いた例も見られる。とりわけ千載集の例は「秋」をその主体としていて、当歌との関連性が意識される。

ここちこそすれ　「ここち」という名詞および「ここちす」というサ変動詞は万葉集にはなく、八代集になって盛んに用いられるようになる。「ここちす」は八代集全体で八〇例以上見られ、そのうちの八割が結句にあり、その六割以上が「ここちこそすれ」という形をとっていて、一つの類型的な歌末表現であったと言えよう。「ここちす」はその前に「ここち」を修飾する何らかの表現を伴って、「〜のような感じがする・様子である」の意を表すが、「おもへどもあやなしとのみいはるればよるの錦の心ちこそすれ」（後撰集一〇―六二三）「あしひきの山ゐにふれる白雪はすれる衣の心地こそすれ」（拾遺集四―二四五）「あじろぎにもみぢこきまぜよるひをはにしきをあらふ心地こそすれ」（後拾遺集六―三八五）などのように、見立てることを表示する表現としてもっぱら用いられ、当歌においても紅葉を錦に見立てることを示している。

【補注】

当歌の「錦裁ちきる」について、古今集の同歌に対する注釈書の大方は「紅葉がちらほらと散りかかり、私はまるで錦の着物を着ているようで」（日本古典文学全集本）のように、紅葉が自分の身に散り掛かったさまととっている。これは古今集秋下の配列により、紅葉の散るのを詠む歌と位置づけられているからでもあろうが、このように想定した状態＊

の美しい模様で彩られていた。藤原国成「残菊色非一」詩に「錦繡文章施岸月、鳳凰毛羽刷籬霜」（『教家摘句』）、大江時棟「花開皆錦繡」詩に「枝留彩鳳桃源月、浪織藻龍柳岸風」（『新撰朗詠集』花）とある。

【補注】

韻字は、「時」（上平声七之韻）、「衣」（上平声八微韻）、「儀」（上平声五支韻）で、五支韻と七之韻は同用なるも、八微韻は独用なので、押韻に傷があることになる。ただし、平仄には基本的な誤りはない。

当詩は結句に異文が多いが、その理由の一つは【語釈】でも明らかにしたように、典故の運用に誤りがあるからであろう。一三番詩の結句の典故の、場所と鳥が入れ替われば問題は無くなるのであった。あるいは、この二作品の作者の参考書が同じもので、その記述にそうした乱れがあるのかもしれない。『藝文類聚』や『初学記』などの類書では、そうした点は見られなかったが、より世俗的なものであれば、可能性があるように思われる。

＊を錦の衣に見立てるのには、たとえ観念上の趣向としても首肯しきれないところがある。

「秋」を主体として、秋が「ゆけば」すなわち秋の深まりとともに、山が錦に見立てた紅葉を「裁ち着る」と表現したとすれば、「かみなび」という語の原義が生き、このような人事・人為を越えた出来事としてとらえる蓋然性もあるように思われる。

【比較対照】

歌の「かみなびのみむろの山」という日本の地名は本集に前例があるように、それに相当する中国の地名がなければ、当詩起句の「秋山」のように一般化して示される。歌【補注】で「秋ゆけば」の別解を記したが、詩起句では明らかに表現主体自身の行動として設定されている。しかし、歌では表現主体が「秋ゆけば」だからこそ「錦裁ちきるここちこそすれ」が成り立つのに対して、詩は「裁ちきる」をまったく写すことなく、「錦」のみを契機として紅葉の景色について承句の「錦繡」をはじめとして、転句の「新服―艶」、そして結句の誇張的比喩まで、しつこいぐらいにその美しさを描写している。もとより、歌も紅葉を「錦」に見立てることによって美しさを表してはいるが、このような詩の描写のくどさは、あるいは一篇を成すために、詩【補注】に述べたように、類書をふまえて類似の表現を寄せ集めた結果かもしれない。

歌の主意は、係り結びによる強調を伴う下句にあり、とりわけ錦を「裁ちきる」という感覚・把握にあるといえる。この感覚・把握は、表現主体と自然（紅葉）との一体感なのであって、それは「かみなびのみむろの山」という神の降り立つ場であることと無縁ではないと考えられる。詩が下句を写さなかったのは、そのような日本の地名の由来に基づく一種神話的・一体的な世界に対応しえなかったからではないかとも想像される。

七二番

名西負者　強手将恃　女倍芝　人之心丹　秋這来鞆

名にし負はば　しひてたのまむ　をみなへし　人の心に　秋は来るとも

【校異】

本文では、初句の「負」を、講談所本・道明寺本・天理本・羅山本が「員」とし、大阪市大本が「眉」とし、第二句の「手」の後に、永青本・久曾神本が「曾」を補い、同句の「将恃」を、同二本が「特牟」とし、同句の「恃」を、大阪市大本が「特」とし、第三句の「倍」を、大阪市大本・天理本が欠き、同句末の「芝」を、永青本・久曾神本が「之」とし、第四句末の「丹」を、永青本・久曾神本が「之」とし、結句の「這」を、無窮会本が欠き、類従本・大阪市大本が「庭」とし、永青本・久曾神本が「者」とする。

付訓では、結句の「はくる」を、羅山本・無窮会本が「もてく」、藤波家本が「はくとも」、道明寺本が「はくれ」、永青本・久曾神本が「はうく」とする。

同歌は、是貞親王歌合（三七番。ただし下句「人の心の秋はうくとも」）にあり、後撰集（巻六、秋中、三四三番）に「是貞のみこの家の歌合に　よみ人しらず」として（ただし初句「名にしおへば」下句「はなの心の秋はうくとも」）、下って新勅撰集（巻四、秋歌上、二四二番、菅家万葉集歌、よみ人しらず。ただし下句「ひとの心の秋はうくとも」）、また古今六帖（巻六、草、をみなへし、三六六八番、貫之。ただし下句

秋嶺有花号女郎。
野庭得所汝孤光
追名遊客猶尋到
本自慇懃子尚強

秋嶺《シウレイ》に花《はな》有《あ》り女郎《ヂヨラウ》と号《カウ》す。
野庭《ヤテイ》に所《ところ》を得《え》て汝《なむぢ》孤《ひとり》光《て》れり。
名《な》を追《お》ひて遊客《イウカク》猶《なほ》尋《たづ》ね到《いた》る。
本自《もとより》慇懃《インキン》に（して）子《シ》尚《なほ》強《つよし》。

【校異】

京大本は当詩を欠落する。

「汝孤光」を、底本・文化写本「汝狐光」に作るも、諸本によって改める。文化写本に「孤群」の校注あり。「子尚強」を、大阪市大本・天理本「子首強」に作り、永青本・久曾神本「不首強」に作る。また、底本・元禄九年版本・類従本・文化写本・講談所本・道明寺本・大阪市大本・天理本「子」に「字イ」を校注する。

【通釈】

すっかり秋の装いとなった山の峰に女郎（オミナエシ）という名の花が咲いている。その花は我が家の荒れた庭に落ち着きどころを得て、貴女ひとりだけが輝いて見える。「女郎」という名に引かれて物好きな客が私の庭を尋ねてやって来るが、本来（私との間には）厚い信頼があるので、貴女はやはり（ちょっと言い寄られたくらいでは靡かない）しっかりした人なのだ（だからあえて信じることができる）。

「花の心の秋はうくとも」）にも見られる。

【通釈】

（女という）名前を持っているのならば、あえて信じよう、オミナエシよ。（おまえの咲く秋が来ると）人の心に飽きが来るとしても。

【語釈】

名にし負はば　「名（な）に負（お）ふ」は名前として持つの意で、転じて有名なさまを表す。「大伴の名に負ふ靫帯びて万代に頼みし心いづくか寄せむ」（万葉集三―四八〇）は前者の意、「これやこの大和にしては我が恋ふる紀路にありといふ名に負ふ背の山」（万葉集一―三五）が後者の意の用例と見られ、ほとんどが連体修飾の用法である。「名にし負はば」のように強意の「し」および接続助詞の「ば」を伴う例は古今集以降で、「名にしおはばいざ事とはむ宮こどりわが思ふ人はありやなしやと」（古今集一〇―四一一）「名にしおはば相坂山のさねかづら人にしられでくるよしもがな」（後撰集一一―七〇〇）「名にしおはばつねはゆるぎのもりにしもいかでかさぎのいはやすくぬる」（千載集一八―一一七九）などのように仮定条件を表すのが多いが、後撰集所載の同歌および「名にしおへばなが月ごとに君がためかきねの菊はにほへとぞ思ふ」（後撰集七―三九八）のように確定条件を表す例もある。当歌において「名に負ふ」とされるのは「をみなへし」であり、その「をみな」の部分を女の意ととって、その名を持っているならば、と解する。第二句の「しひてたのまむ」とのつながりを考えても、有名の意では漠然と

【語釈】

1 秋嶺　秋の気配の深まった山の峰のこと。江淹「雑体詩三十首　謝僕射 遊覧」詩に「時菊耀巌阿、雲霞冠秋嶺。眷然惜良辰、徘徊践落景」（『文選』巻三一）、杜牧「史将軍二首其一」詩に「長鉟周都尉、間如秋嶺雲」とあり、藤原敦光「秋日山家眺望」詩に「樵渓有路通秋嶺、僧院無墻対暮林」（『本朝無題詩』巻七）とある。　**有花**　岑参「優鉢羅花歌」詩に「白山南、赤山北。其間有花人不識、緑茎碧葉好顔色」、白居易「詠興五首　小庭亦有月」詩に「小庭亦有月、小院亦有花」などとあり、島田忠臣「惜春命飲」詩に「有花門巷頻闖入、酒無亭筵不久居」（『田氏家集』巻上）、菅原道真「臘月独興」詩に「氷封水面聞無浪、雪点林頭見有花」（『菅家文草』巻二）とある。　**号女郎**　「女郎」は、オミナエシの漢訳。底本等諸本に音合符がある。漢語としての「女郎」は、妓女などのうら若き女性をイメージさせる。四七番詩【語釈】該項を参照のこと。

2 野庭　手入れをせずに荒れて野原のようになった庭。自庭の謙辞。張協「雑詩十首其十」詩に「黒蜧躍重淵、商羊舞野庭」（『文選』巻二九）、王維「題友人雲母障子」詩に「君家雲母障、時向野庭開」とある。　**得所**　ゆったりと落ち着ける、自分に相応しい場所を得られたということ。『毛詩』魏風に「楽土楽土、爰得我所」、『礼記』楽記に「是故強者脅弱、衆者暴寡、知者詐愚、勇者苦怯、疾病不養、老幼孤独不得其所、此大乱之道也」とある。白居易「和答詩十首答桐花」詩に「生憐不得所、死欲揚其声」、塩屋古麻呂「五言春日於左僕射長屋王宅宴」詩に「放情良得所、願言若金蘭」（『懐風藻』）、源順「五嘆吟五首其四」詩に「淪落

していよう。

しひてたのまむ　「しひて」は強制するの意の「しふ」の連用形に助詞「て」が付いた表現であるが、これが一語化して、無理にやあえての意の副詞として用いられる例は万葉集にはなく、「否と言はば強ひめや我が背菅の根の思ひ乱れて恋ひつつもあらむ」（万葉集四―六七九）のように動詞の用法のみである。八代集には「しひて」の形の副詞的用法しかなく、「わびぬればしひてわすれむと思へども夢といふ物ぞ人だのめなる」（古今集一二―五六九）「わりなしやしひてもたのむ心かなつらしとかつは思ふものから」（拾遺集一五―九四三）など、動詞を修飾するほか、「吹く風のさそふ物とはしりながらちりぬる花のしひてこひしき」（後撰集三―九一）「まてといふにとまらぬものとしりながらしひてぞをしき春の別は」（新古今集二―一七二）など、形容詞の例も見られる。「たのむ」は信頼する、あてにするの意で、その対象は「をみなへし」。なお三九番歌【語釈】「置く露を命とたのむ」の項も参照。

をみなへし　四七番歌【語釈】「をみなへし」の項、【補注】を参照。

人の心に　「人（ひと）の心（こころ）」という表現は、万葉集には「うはへなき妹にもあるかもかくばかり人の心を尽くさく思へば」（万葉集四―六九二）「神奈備にひもろき立てて斎へども人の心は守りあへぬもの」（万葉集一一―二六五七）の二例のみであるが、八代集には「秋風に山のこのはのうつろへば人の心もいかがとぞ思ふ」（古今集一四―七一四）「高砂の峰の白雲かかりける人の心をたのみけるかな」（後撰集一〇―六五二）「吹く風に雲のはたてはとどむともいかがたのまん人の心は」（拾遺集一四―九〇二）などをはじめとして八〇例以上も見られ

忘帰寧孝道、浮遊得所幾平湖」（『扶桑集』）とある。　**汝孤光**　「孤光」とは、沈約「詠湖中雁」詩に「群浮動軽浪、単汎逐孤光」（『文選』巻三〇）とある五臣注に「銑曰、日照平湖、汎汎有光。故雁之単者、逐儔侶浮行於遠光也」とあり、銭起「美楊侍御清文見示」詩に「孤光碧潭月、一片崑崙玉」、藤原憲房「蟬鳴宮樹深」詩に「孤光縦有不言訓、何秘当時属太平」（『殿上詩合』）とあるように、遙か遠くぽつりと光る一つの光で、多くの場合月光や日光、あるいはそれの反射する光をいう。しかし、この「汝」は「女郎」を指すこと言を待たず、そうなると唐詩一般の「孤光」の用法とは違って、諸本の和訓のように「テル」「モヘ（エ）リ」などの動詞として解釈せざるを得ない。異文「孤光」は、意味を成さない。

3　追名　ほとんど見ることのない語だが、『蜀書』彭羕伝に「昔毎与龐統共相誓約、庶託足下末蹤、尽心於主公之業、追名古人、載勲竹帛」とあれば、名声を追い求めること。ただし、ここは「女郎」という名を追い求めるの意。　**遊客**　あちこち見て歩く旅人。あちこち見物しながら散歩する人。四・一三・一八・一九番詩の【語釈】該項を参照のこと。

猶尋到　「尋到」も比較的珍しい語。『東観漢記』趙孝伝に「吏因問曰、田禾将軍子従長安来何時発。幾日至。孝曰、尋到矣」、白居易「酬皇甫賓客」詩に「冒寒尋到洛、待煖始帰秦」とあるを見れば、「尋」は、それに引き続いて、まもなく、の意。一方、日本漢詩では藤原為時「題玉井山荘」詩に「池辺何物相尋到、雁作来賓鶴作朋」（『本朝麗藻』巻下・山庄）、同「旧遊安在哉」詩に「携将長泣芒原露、尋到空看故宅苔」（『類題古詩』旧）とあるのを初めとして、平安後期にはむしろ頻出する。

（そのうち「ひと」に対する連体修飾語がないのが五〇例程度）、とりわけ三代集に目立つ。また全般的にそのうちの約六割が恋の歌であることから、「人の心」は人間の心一般というよりも特定の（恋の）相手を想定しての表現であり、次項でも述べるが、その心のうつろいやすさを歌うことが中心であったと考えられる。『注釈』は「一人」は特定の個人ではなく、ある程度一般化された存在」とするが、従いがたい。

秋は来るとも　底本本文の「這」字を「は」と訓ませるのは古辞書にも見られる「はふ」という和訓の一部をとってのことと考えられるが、万葉仮名としては「這」字自体の用例がなく、「庭」や「者」という異文があるのも、なじみが薄かったゆえであろう。また「這」を「は」と訓み「あきはくるとも」という表現そのものは成り立つとはいえ、これと同じ句表現は万葉集にも八代集にも見られない。当歌の「あき」は「秋」と「飽き」の掛詞になっているが、その手掛かりはこの結句を連用修飾する第四句の「人の心に」である。同様の例は万葉集にはないが、八代集には「わが袖にまだき時雨のふりぬるは君が心に秋やきぬらむ」（古今集一五―七六三）「春の日のながき思ひはわすれじを人の心に秋やたつらむ」（後撰集三―八六）「風吹になびくあさぢはわれなれや人の心の秋をしらする」（後拾遺集一六―九七〇）など見られる。後撰集および古今六帖所載の同歌下句は「はなの心の秋はうくとも」また新勅撰集所載の同歌下句は「ひとの心の秋はうくとも」となっている。「うく」は「とも」との接続から動詞「浮く」であり、「心からうきたる舟にのりそめてひと日も浪にぬれぬ日ぞなき」（後撰集一一―七七九）「恋ひわぶる心はそらにうきぬれど涙のそこに身はしづむかな」（千載集一五―

ただし、その場合同一作者でも後者の「尋」は、対語から実字である可能性が高いように、時代が下がるほどその傾向となる。諸本に訓合符がある。ここはどちらでも解釈可能だが、庭のオミナエシを尋ねて、の意ととっておく。

4本自　元来、本来、の意。諸本に訓合符あり。一〇・一七・四一番詩【語釈】該項を参照のこと。**慇懃**　ねんごろ。親切丁寧で、衷心から真心を持って、という様を表す畳韻の擬態語。また、「殷勤」とも。元禄九年版本・元禄一二年版本・文化版本には「ナリ」の訓がある。江淹「雑体詩三十首 謝法曹 贈別」詩に「所託已慇懃、祗足攪懐人」（『文選』巻三一）とある。また、本集では「一日不看如数月、慇懃相待隔星霜」（一〇六番）、「恋情無限匪須勝、生死慇懃尚在胸」（一一〇番）とあるなど、特に男女間で好意を寄せる意で用いられる。繁欽「定情詩」に「何以致殷勤、約指一双銀」（『玉臺新詠』巻一）、王献之「情人桃葉歌二首其二」詩に「相憐両楽事、独使我殷勤」（『玉臺新詠』巻一〇）、紀長谷雄「貧女吟」詩に「公子王孫競相挑、月前花下通慇懃」（『本朝文粋』巻一）とある。**子尚強**　未詳。今、仮に次のように解釈しておく。「子」は、相手を敬意を込めて呼ぶ場合の人称代名詞。ここは、「女郎」を指すものと解釈するが、『注釈』では、「遊客」を指すものとする。「尚」には、元禄九年版本などに「カ」の訓が見えるが、未詳。「強」は、当歌の第二句「強手将侍」（あえて信じよう）の意を響かせたもの。

【補注】

韻字は「郎・光」（下平声十一唐韻）、「強」（下平声十陽韻）で、両者

九四七）などと同様、落ち着かないさまを表す。その主語は「あき」ではなく「心」ととるのが穏当であり、その場合「あき」は掛詞とはみなしにくく、秋の季節の意のみとなろう。

【補注】

四七番歌と同様、オミナエシはその名前に「をみな」を含むことによって、「名にめでてをれるばかりぞをみなへし我おちにきと人にかたるな」（古今集四―二二六）「秋ののにやどりはすべしをみなへし名をむつまじみたびならなくに」（古今集四―二二八）「秋の野によるもやねなんをみなへし花の名をのみ思ひかけつつ」（後撰集六―三四五）などのように、男性の好む対象として詠まれたが、その一方で「たが秋にあらぬものゆゑをみなへしなぞ色にいでてまだきうつろふ」（古今集四―二三二）「をみなへし花の心のあだなれば秋にのみこそあひわたりけれ」（後撰集六―二七六）など、うつろいやすいものとしても詠まれた。

＊

当歌にはオミナエシに対する、この両方のイメージが詠み込まれていると考えられる。すなわち「何にし負はば」が前者であり、「しひて」が後者であって、その相矛盾する思いが「たのまむ」という意志表現に結び付けられている。なぜこの意志表現が成り立つかと言えば、それは下句の「人の心」のうつろいやすさに比べれば、まだオミナエシという花の方がましという思いがあるからであろう。あるいはやや深読みすれば、オミナエシは旅先にいる遊女というイメージを持つものであるから、裏切られた恋人の女性のことを忘れるために、一夜の恋に身を任せようという含意があるのかもしれない。

【比較対照】

この組み合わせは、詩の解釈に未詳の部分があるとはいえ、詩が歌の単なる翻訳でないのは一読して明らかであろう。しかし、一応対応関係を考えれば、歌の「名にし負はば」「をみなへし」が詩の起句に、「しひてたのまむ」が詩の結句に、それぞれ対応するが、「人の心に秋は来るとも」に直接対応する部分がないということになる。確かに「秋は来る」は掛詞になっており、漢詩で言えば「双関語」（松浦友久『『万葉集』という名の双関語』大修館書店、一九九五）ということになり、この「掛詞」をそのまま詩に対応させるとすれば、漢語における同音異義語の発掘という、やや手間がかかる技巧になるが、しかし、それを用いずとも、「秋」と「飽き」の内容をそれぞれ別の箇所でということなら、詩の四句の中に表現できないことはないようにも思われる。

それはともかく、オミナエシの花は詩の主体の庭に折り取られて、ひとり美しく輝く存在として描写される。それを、物好きな風流人が噂でも聞き

は同用。平仄にも基本的誤りはない。

結句の解釈が大きく分かれるところだろう。「慇懃」の主体を、仮に「女郎」としたが、作者自身、あるいは遊客と取ることも可能だろう。末尾の三字は、異文を採るにしても、良い解が見つからなかった。

つけて尋ね当て、欲しいという設定なのだろうが、それをオミナエシの花は、本来持っている真剣さ、まごころにより、はねつけると言いたいのだろう。承句の「得所」の語が効いて、「遊客」の気まぐれな要求をオミナエシは強く拒否するのである。

当詩の結句の内容をそのように解釈していいのなら、それは結果として歌の「(オミナエシを)あえて信じよう。」という意志に対する理由、または願望を表していると言えるだろう。

歌【補注】が言うように、この歌の核心に「人の心」の移ろいやすさと、花との対比があるとすれば、それは、この詩の中には全く感じられない。しかし、「人の心」が「飽く」という、掛詞の一方の要素を捨象することで、歌が描き出そうとしたオミナエシの花の属性を具体的に表現し得ているとだけは言えるだろう。

「遊客」は、気まぐれな存在であり、歌で言う「人の心に飽きが来る」ということがあるとすれば、「秋嶺」から「野庭」に「女郎」を移植した詩の主体の方であろうが、漢詩作者は何故かそのような設定にはしなかった。

歌の重心が上の句と下の句のどちらにあるのかはともかく、人の心の移ろいやすさが主題であることは間違いなかろう。「人の心」の移ろいやすさは、中国文学においても中心的な主題であったはずで、その意味では歌の内容を詩に写すことにそれほどの苦労はなかったはずなのだが、それは主君の変心を臣下が嘆く、あるいはそれを夫婦に写して、夫の変心を妻が嘆くというパターンが一般的であり、そうした伝統に当歌の設定がそぐわなかったということもあるのかもしれない。あるいは花そのものが移ろいやすいものとされるのであり、心は花の命の短さに比定されるものであったということも、歌の設定と詩の設定のズレの原因とも考えられよう。

七三番

秋風之　吹立沼礼者　蛬　己歟綴砥　木之葉緒曾刺

秋風の　吹き立てぬれば　きりぎりす　おのが綴りと　木の葉をぞ刺す

【校異】

本文では、第三句の「己」を、底本はじめ類従本・文化写本・講談所本・道明寺本が「巳」とするが他本により改め、結句の「之」を、永青本・久曾神本が欠き、同句末の「刺」を、類従本・羅山本・無窮会本が「剌」、道明寺本が「頼」とする。

付訓では、第二句の「たて」を、元禄九年版本・元禄一二年版本・文化版本・下澤本・天理本・羅山本・無窮会本が「たち」とする。

同歌は、歌合や他の歌集に見られない。

【通釈】

秋風が吹いて（木の葉を）舞い上げてしまうと、コオロギは自分の着物として、まさにその木の葉を縫い刺すことだ。

【語釈】

秋風の　四三番歌【語釈】「秋風に」の項を参照。

吹き立てぬれば　【校異】に示したように、「吹（ふ）き立（た）て」を「吹き立ち」と訓む諸本があり、『注釈』もその訓みをとっている。「天」を字母とする「テ」と、「千」を字母とする「チ」は字形が似通う場合

秋風触処蛬鳴寒
木葉零堆衣一単
夜々愁音侵客耳
朝々余響満庭壇

秋風《(シウフウ)》の触《(ふ)》るる処《(ところ)》に蛬《(きりぎりす)》の鳴《(なく)》こと寒《(さむ)》し。
木葉《(ボクエフ)》零《(お)》ち堆《うづ》む衣《(ころも)》一単《(イッタン)》。
夜々《(ヤヤ)》の愁音《(シウイム)》客《(まらひと)》の耳《(みみ)》を侵《(をか)》す。
朝々《(テウテウ)》余響《(ヨキャウ)》庭壇《(テイタン)》に満《(み)》つ。

【校異】

京大本は当詩を欠落する。

「蛬鳴寒」を、大阪市大本・天理本「蛬鳴空」に作る。「零堆衣一単」を、底本等「零惟衣一単」に作るも、類従本・羅山本・無窮会本・永青本・久曾神本に従う。ただし、羅山本・無窮会本は「堆」に「コレ」の訓がある。文化写本、「惟」に「堆群」の校注あり。詩紀本「零衣唯一単」、藤波家本・講談所本・道明寺本・大阪市大本・天理本「零惟夜一単」に作る。「侵客耳」を、大阪市大本「侵容耳」に作る。

【通釈】

秋風が当たるところでは、コオロギの鳴き声までも寒々しく感じられる。「木葉は落ち積もっているが、（自分の）着物は一重の夏衣のままだ。（だから木葉をたくさん綴り止めよう）」と聞こえる。夜ごとにその悲しげな鳴き声は旅人の耳に入り、毎朝その名残の響きが庭に満ちている。

があるが、底本は両者の字形を明確に区別して表記してあり、当歌でも見間違えようがない。「吹き立ち」の場合、自動詞四段活用で、（風が）吹きはじめるの意を表すが、万葉集にその例はなく八代集でも「藤ばかまはやほころびてにほはなむ秋の初風吹きたたずとも」（金葉集異本歌六七五）のみである。一方、「吹き立て」の場合、他動詞下二段活用で、（風が）吹いて（何かを）高く上げるの意を表す。万葉集に「…かまどには火気吹き立てず…」（万葉集五―八九二）の一例があるが、湯気を吹き立てるの意であって当歌とは異なる用法であり、八代集には用例が見当たらない。ただし十三代集になると、「吹きたつる木のはのしたもこの葉にて風だにわかぬ谷の通路」（新後撰集一七―一三二七）や「まどふかき秋の木のはをふきたてて又しぐれゆく山おろしのかぜ」（風雅集七―七〇七）など、当歌の参考となる例が見られる。すなわち「吹き立つ」の主体は「秋風」、その対象は直接結び付く表現にはなっていないが「木の葉」であり、秋風が吹いて地面に散り落ちる木の葉を高く舞い上げるということである。

きりぎりす　この語および「蛬」という表記については、四三番歌【語釈】「きりぎりす鳴く」の項を参照。なお「きりぎりす」という語は古今集以降、秋の虫として出てくるが、秋の中の時期を特定できるものとしては、「もろともになきてとどめよ蛬秋のわかれはをしくやはあらぬ」（古今集八―三八五）「なけやなけよもぎがそまのきりぎりすすぎゆく秋はげにぞかなしき」（後拾遺集四―二七三）「秋ふかくなりにけらしなきりぎりすゆかのあたりにこゑきこゆなり」（千載集五―三三二）などのように、秋の終わり頃が目に付く。

【語釈】

1 秋風　秋に吹く風。四四・六五番詩【語釈】該項を参照。**触処**　（秋風が）あたるところでは、の意。二・二三・四二番詩【語釈】該項を参照。謝恵連「雪賦」に「風触楹而転響、月承幌而通暉」（『文選』巻一三）、無名氏「和漁父詞其八」に「洞庭湖上暁風生、風触湖心一葉横」とある。**蛬鳴寒**　「蛬」は、コオロギのこと。四三番詩【語釈】該項を参照のこと。『初学記』夏の叙事では、『礼記』月令・季夏の節録文「律中林鍾。温風至、蟋蟀居壁」を収め、「按爾雅曰、蟋蟀、蛬。劉劭注云、謂蜊蜻也。孫炎云、梁国謂之蛬。郭璞云、今促織也。蛬音義。或作蛩。方言、蜻蜊、楚謂之蟋蟀。似蝗而小。正黒、有光沢如漆。有角翅。一名蛬、一名蜻蜊。幽州人謂之促織」の注文を載せる。「蛬鳴」の用例は知らないが、例えば、阮籍「詠懐詩八二首其一四」詩に「開秋兆涼気、蟋蟀鳴牀帷」とあるのを見れば、措辞としての不自然さは無いはずである。ただし、それを「寒」と続けるときには、李嘉祐「自常州還江陰途中作」詩に「無人花色惨、多雨鳥声寒」、白居易「五弦弾」詩に「鉄声殺、氷声寒」、同「九日寄微之」詩に「蟋蟀声寒初過雨、茱萸色浅未経霜」とあるように、「声寒」というのが一般。「鳴」も「声」も平声であり、「声」を使うのに問題はなかったはずだが。ただし、紀長谷雄「鐘声応夜霜」詩に「寒鳴自応三危結、暗落先知五夜清」（『新撰朗詠集』霜）とあるなど、日本漢詩には数例を見る。「寒」の異文「空」は、押韻しないので非。両字の草体が極めて類似することからの混同。

2 木葉　樹木の葉のこと。『楚辞』九歌・湘夫人に「嫋嫋兮秋風、洞庭波兮木葉下」（『文選』巻三二）、周弘譲「立秋詩」に「雲天改夏色、木

おのが綴りと　「おの」は反射指示代名詞で、それ自身・それ自体の意を表し、「おのが」の形で連体詞的に用いられることが多い。万葉集では「妻・身・名」をはじめ「世・辺り・顔・尾」などの名詞が下接し、八代集では「物・ありか・歳・頃・心・影・妻・青葉・羽風・すみか・垣根・波」や「世々・様々・品々・衣々・浦々」のような複数を表す語などに多様化する。「綴（つづ）り」は綴った物つまり端切れを継ぎ合わせて作った粗末な着物を表し、万葉集にはないが古今集に「たむけにはつづりの袖もきるべきにもみぢにあける神やかへさむ」（古今集九―四二一）の一例があり、この場合は僧衣をいう。当歌では第三句とのつながりから「きりぎりす」自身の着物のこと。なお動詞の「つづる」については、四三番歌【語釈】「綴り刺せとて」の項を参照。

木の葉をぞ刺す　「木（こ）の葉（は）」については、五五番歌【語釈】「木の葉のきぬを」の項を、「刺（さ）す」については、四三番歌【語釈】「綴り刺せとて」の項をそれぞれ参照。当歌の「刺す」は主体が「きりぎりす」であり、「木の葉」を縫い刺すの意を表す。

【補注】

当歌は、本集秋歌の冒頭歌「秋風に綻びぬらし藤袴綴り刺せとてきりぎりす鳴く」（四三番）と基本的に同じ発想に基づく。それはコオロギの声の聞きなしとしての「つづり」を表現の契機とする点であるが、趣向としては二つの点で異なる。

一つは、四三番歌では「綴り刺せ」をそのままコオロギの鳴き声として表しているのに対して、当歌ではコオロギによるその文字どおりの行

葉動秋声」（『初学記』秋）とある。　**零堆**　異文「零惟」と共に、その語例を知らない。「零」は、「零落」の語もあるように、落の意。欧陽詹「春日途中寄故園所親」詩に「始歎秋葉零、又看春草晩」とある。「堆」は、うずたかく積もること。白居易「初冬即事憶皇甫十」詩に「冷竹風成韻、荒街葉作堆」とある。また「惟」は、助字。「則」とほぼ同義。「これ」と、訓読するのが一般。「堆」も「惟」も平声であり、優劣を決しがたいが、わずかに意味上「堆」が優るか。「うづむ」の訓は、久曾神本による。　**衣一単**　『世説新語』倹嗇に「王戎倹吝、其従子婚、与一単衣、後更責之」とあるように、本来「一単衣」というべきところを、押韻のために倒置させた。一枚の夏衣の意。「単衣」は、七一番詩【語釈】該項を参照のこと。簡文帝「傷別離」詩に「夜長無与悟、衣単誰為裁」（『玉臺新詠』巻七）、許渾「早行」詩に「轡溼知行露、衣単覚暁風」、菅原道真「寒早十首其六」詩に「衣単風発病、業廃暗添貧」（『菅家文草』巻三）とある。異文「夜一単」は、「衣」と「夜」の草体の類似から来る誤り。

3 夜々　毎晩、夜ごとに、の意。二四番詩【語釈】該項を参照。底本等版本には音合符がある。　**愁音**　悲しげな声のこと。高適「贈別沈四逸人」詩に「耿耿尊酒前、聯雁飛愁音」とあるが、用例は極めて稀で、「愁声」の方が一般的。　**侵客耳**　（声音が）旅人の耳に聞こえる、の意。「侵入」の語があるので、「入耳」と同義に用いたと思われるが、「侵耳」の語例を知らない。韓愈「送劉師服」詩に「蟬声入客耳、驚起不可留」、白居易「五弦弾」詩に「殺声入耳膚血惨、寒気中人肌骨酸」、杜牧「雨」詩に「一夜不眠孤客耳、主人窓外有芭蕉」とある。異文「容耳」

為の見立てとして表現している点である。

もう一つは、四三番歌は季節が秋の初めであるのに対して、当歌は秋の終わり頃と想定される点である。【語釈】で説明したように、第二句を「吹き立ち」と訓めば秋初頭となるが、「吹き立て」ならその含意はなく、木の葉を舞い上がらせる、つまり木の葉を飛び散らすのであり、秋終盤ととるのが妥当であろう。またそうであるからこそ、下句のコオロギがあわてて散り落ちる木の葉を寄せ集めて着物を作るという設定とも自然につながると考えられる。

以上の二点から、四三番歌が初秋のコオロギに対する「促織」というとらえ方と声自体の聞きなしに則って詠まれたのに対して、当歌はそれをふまえたうえで、コオロギを中心としてさらに応用・展開したものと言える。もっとも、その分だけ空想性・観念性が強くなったきらいはある。

※ておく。これであれば、張衡「南都賦」に「脩袖繚繞而満庭、羅襪躡蹀而容与」（『文選』巻四）とあるのを初めとして、島田忠臣「暮春宴…各一字」詩に「一座無言春寂寞、満庭空対落花閑」（『田氏家集』巻下）、菅原道真「沙庭」詩に「分合家中三逕斜、自慙明後満庭沙」（『菅家文草』巻二）、同「七月七日憶野州安別駕」詩に「依乞平安帰洛日、満庭香粉幾紛紛」（『菅家文草』巻二）、菅原道真「詩客見過…各分一字」詩に「和市詩情不道貧、満庭紅白意慇懃」（『菅家文草』巻五）とあるなど、菅原道真の作品には五例を数える。

は、「客」の草体からの誤り。

4 朝々 朝ごと。毎朝、の意。宋玉「高唐賦序」に「旦為朝雲、暮為行雨。朝朝暮暮、陽台之下」（『文選』巻一九・『初学記』美婦人）とあり、梁元帝「閨怨詩」に「塵鏡朝朝掩、寒牀夜夜空」（『藝文類聚』閨情）、駱賓王「従軍中行路難二首其一」詩に「夜夜朝朝斑鬢新、年年歳歳戎衣故」、仲科善雄「詠禁苑鷹生雛」詩に「日日雄姿美、朝朝猛気驚」（『経国集』巻一一）、菅原道真「風雨」詩に「朝朝風気勁、夜夜雨声寒」（『菅家後集』）とある。また、本集にも「雪後朝々興万端」（九〇番）とある。諸本に音合符があり、大阪市大本・天理本には、「の」の点がある。**余響** 後まで残っている音のこと。余韻。蕭子範「後堂聴蟬詩」に「流音繞叢藿、余響切高軒」（『初学記』蟬）、嵇康「琴賦」に「含顕媚以送終、飄余響乎泰素」（『文選』巻一八）、常建「第三峰」詩に「山暝学棲鳥、月来随暗蛬。尋空静余響、嫋嫋雲渓鐘」とある。**満庭壇**「庭壇」の用例を知らない。それを倒置した「壇庭」も、唯一、晋・郭璞「南郊賦」に「爾乃造曠場、戻壇庭」（『藝文類聚』・『初学記』郊丘）とあるのを知るのみだが、祭壇のある庭の意であろう。「壇」とは、日月や帝王などを祭る、土でできた高台を意味するが、東方朔「七諫」に「乱曰、鸑皇孔鳳日以遠兮、畜鳧駕鵝、鶏鶩満堂壇兮」（『楚辞』巻一三）とあり、王逸が「平場広坦為壇」と注し、『淮南子』説林訓に「腐鼠在壇、焼薫於宮」とある、その高誘注に「楚人謂中庭為壇」とあるように、「庭」に類似する意味もあるので、ここは押韻のために「庭壇」の語が創られたと考える（ただし、その場合は韻は同じだが、去声となるので厳密には押韻しない）。ともかく、「満庭」の語とほぼ同義と解釈し※

【補注】

韻字は「寒・単・壇」で、上平声二十五寒韻。「壇」字の押韻以外は、平仄にも基本的な誤りはない。

当詩の季節をいつと見るかは、意見の分かれるところだろう。既に四三番詩でも言及したように、中国文学の基本的季節感を規制した『礼記』月令に「季夏之月、温風始至、蟋蟀居壁」とある以上、夏の終わりから初秋のものだという考え方を否定することはできない。事実、『藝文類聚』や『初学記』は、歳時部の夏に『礼記』月令の当該文を掲載している。しかし、同じ唐代類書でも『北堂書鈔』は、歳時部の夏に当該文を掲載する一方、秋の部にも、

　趣織鳴。春秋元命苞、孟秋趣織鳴註云、趣織、蟋蟀也。趣与促同。
　熠燿燦於階闥、蟋蟀鳴於軒屏。潘岳秋興賦、熠燿燦于階闥、蟋蟀鳴于軒屏。聴離鴻之晨吟、望流火之余景。
　蟋蟀宵征。楚辞云、独申旦而不寐兮、哀蟋蟀之宵征。

という、蟋蟀関係の文を収載して、夏の部のそれを量的には完全に凌駕する。また、四五番詩で触れた、『毛詩』蟋蟀と七月の一節は、類書に収載されることはないけれども、蟋蟀は夏というより秋のものだということを積極的に言うように思われる。

更に、実作では、晋・石崇「思帰歎」に「秋風厲兮鴻雁征、蟋蟀嘈嘈兮晨夜鳴。落葉飄兮枯枝竦、百草零兮覆畦壠」、「贈蘇武詩」に「寒涼応節至、蟋蟀夜悲鳴。晨風動喬木、枝葉日夜零」、晋・王渾「妻鍾遐思賦」に「惟仲秋之惨悽、百草萎悴而変衰。鶩翔逝而帰海、蟋蟀鳴而相追」、晋・処士劉参「妻王氏夫誄」に「清商激宇、蟋蟀吟檣」とあるなど、景物として落葉などと共に歌われるときには、初秋というよりも晩秋というほうがより相応しいと言いうるだろう。

【比較対照】

対応関係として、詩はその前半で歌の内容を不十分なままに済ませ、後半は例によって独自な展開をし、対句仕立てによって秋虫の鳴き声を描写している。そのため、歌が秋虫の見立てとしての行為を中心にまとめているのに対して、詩は全体的にその鳴き声を対象としたものになっている。

このようなズレが生じた要因として、歌における鳴き声の聞きなしを詩では写しえなかったことがあると考えられる。すなわち、日本語の「綴り」という聞きなしに対応する表現が中国語にはなかったということである。秋虫の鳴き声を「促織」ととらえることはあっても、それは鳴き声自体の聞きなしにはならない。当歌では「綴り」という聞きなしをふまえてさらに着物の意として裁縫という行為を想定するのであるが、詩にはそもそも聞きなしという前提がないのであるから、その行為に対応させるのは無理であり、わずかに承句によって裁縫行為を遠く暗示するにとどまらざるをえなかった。それも、詩【通釈】で示したように、承句を秋虫の発話内容とみなせばということであるが。

本集のこれまでの歌詩にも見られたように、歌が日本語に即した機知的な趣向を旨とする場合、詩はそれをそのまま写しえないため、別の内容に中

心を移して展開せざるをえない。当詩では、聞きなしを写すかわりに、鳴き声の描写を中心にすることを選んだのであろう。歌の表現の流れに対応させるならば、起句は「蛬鳴寒」よりも「木葉零」の方が（形式的にはともかく）自然であるが、詩全体を鳴き声中心とするなら「蛬鳴寒」を最初に持ってくる必要があり、加えてそれを維持するため後半でも普通は行わないはずの対句を用いることになったと推測される。

七四番

希丹来手　不飽別留　織女者　可立還　波路無唐南

まれに来て　飽かず別るる　たなばたは　立ちかへるべき　波路無からなむ

【校異】

本文では、結句の「波」を、類従本・講談所本・道明寺本・大阪市大本・天理本・羅山本・無窮会本・永青本・久曾神本が「岐」とし、同句の「無」を、類従本・羅山本が「无」、無窮会本が「旡」とする。付訓では、結句の「なみぢ」を、文化版本・下澤本・講談所本・道明寺本・天理本・羅山本が「みち」とする。

同歌は、歌合や他の歌集に見られない。

【通釈】

（一年に一度）たまにやって来て満足することなく別れる七夕の折には、引き返さなければならない、船の通り道が無くなってほしい。

【語釈】

まれに来て　「まれに」は「まれなり」という形容動詞の連用形。頻度がきわめて少ない、たまにの意。万葉集には例がないが、八代集には「まれらなり」の形の一例も含め、二〇例以上見られる。その半分近くは「あふ」ことに関して用いられ、「来（く）」を修飾する表現としては

七夕佳期易別時
一年再会此猶悲
千般怨殺鵲橋畔
誰識二星涙未晞

七夕《シツセキ》の佳期《カイキ》別《わか》れ易《やす》き時《とき》。
一年《イツネン》再《ふた》たび会《あへ》ども此《こ》れ猶《なほ》悲《かな》しまむ。
千般《センパン》怨殺《ヱンサツ》す鵲橋《シャクケウ》の畔《ほとり》。
誰《たれ》か識《し》らむ二星《ジセイ》の涙《なみだ》未《いま》だ晞《かは》かざることを。

【校異】

京大本は当詩を欠落する。

「期」を、久曾神本欠落する。「時」を、永青本・久曾神本「期」に作る。「悲」を、類従本・羅山本・無窮会本「非」に作り、「悲」の異本注記をする。「誰識」を、大阪市大本・天理本「誰議」に作る。

【通釈】

牽牛・織女の二星が一年に一度出会えるという七月七日の佳い時節は、またすぐに別れなければならない時でもある。たとえ一年に二度出会えるとしても、それでも別れる時は悲しいだろう（たった一度であれば尚更のことだ）。そこで何度も何度も、鵲が架けてくれた橋のたもとでひどくその境遇を怨むことになるのだ。一体誰が知っているだろうか、二星の涙がいまだに乾かずにいることを。

「もみぢばも時雨もつらしまれにきてかへらん人をふりやとどめぬ」（後撰集八—四五五）の一例があり、七夕に関する例としては「ひこぼしのまれにあふよのとこ夏は打ちはらへどもつゆけかりけり」（後撰集五—二三〇）「まれにあふわれたなばたの身なりせばけふのわかれをいきてせましや」（金葉集三奏本三—一六二）などが見られる。

飽かず別るる　「飽（あ）かず」は「別（わか）るる」を連用修飾し、満足することなく別れるという意味。「飽かず」と同義の表現としては「飽かずして」「飽かで（も）」「飽かなくに」があり、「別る」を下接する例は万葉集にはないが、八代集に「相坂の関しまさしき物ならばあかずわかるる君をとどめよ」（古今集八—三七四）「てる月をまさ木のつなによりかけてあかずわかるる人をつながん」（後撰集一五—一〇八一）「あかずしてわかるるそでのしらたまを君がかたみとつつみてぞ行く」（古今集八—四〇〇）「むすぶてのしづくににごる山の井のあかでも人にわかれぬるかな」（古今集八—四〇四）など見られる。なお「飽かず」については、一六番歌【語釈】「飽かず散るとや」の項も参照。

たなばたは　「織女」は「たなばた」とも「たなばたつめ」とも訓みうるが、音数律により「たなばた」をとる。万葉集において「たなばたつめ」はすべて「織女」、「たなばた」も六例のうち四例が「織女」、残り二例が「棚機」（一〇—二〇三四）「多奈波多」（一七—三九〇〇）と表記される。「たなばたつめ」の方は織女の意に特定され、「彦星は　織女と　天地の　別れし時ゆ…」（万葉集八—一五二〇）「天の川梶の音聞こゆ彦星と織女と今夜逢ふらしも」（万葉集一〇—二〇二九）「彦星と織女と今夜逢ふ天の川門に波立つなゆめ」（万葉集一〇—二〇四〇）のよう

【語釈】

１　七夕　旧暦七月七日の夜、天の河を渡って織女星と牽牛星が年に一度出会うという中国起源の民間伝説。その中国における展開については、小南一郎『西王母と七夕伝承』（平凡社、一九九一）などを、またその日本における展開については、吉川栄治「平安朝七夕考説——詩と歌のあいだ——」（『中古文学と漢文学Ⅰ　和漢比較文学叢書第三巻』汲古書院）などを参照のこと。なお、版本には音合符がある。　**佳期**　牽牛と織女の逢う、良い時節。本来は、美人と日時を約束して逢うこと。『楚辞』九歌・湘夫人に「白薠兮騁望、与佳期兮夕張」（『文選』巻三二）とあるに基づく語。王逸は「佳、謂湘夫人也。不敢指斥尊者、故言佳也」と注する。従って、謝希逸「月賦」に「佳期可以還、微霜霑人衣」（『文選』巻一三）、謝玄暉「在郡臥病呈沈尚書」詩に「良辰竟何許、夙昔夢佳期」（『文選』巻二六）とある例などでは、「佳期」で、美人や年長者そのものを指す。劉言史「七夕歌」詩に「星寥寥兮月細輪、佳期可想兮不可親」とある「佳期」は、織女の意味だろうが、杜甫「牽牛織女」詩に「小大有佳期、戒之在至公」、権徳輿「七夕」詩に「佳期人不見、天上喜新秋」などは、二星が逢う良い時期の意。また、菅原道真「同紀発韶…秋穂詩之作」詩に「佳期恰似時難過、巧思祇同月易盈」（『菅家文草』巻五）、一条天皇「七夕佳会風為使」詩に「霊匹佳期素在斯、涼風為使去来儀」（『本朝麗藻』巻上）というのも同じ。　**易別時**　たやすく別れる時。別れはすぐにやってくるということ。勿論その裏には、逢うことは難しいという心を含む。王筠「代牽牛答織女」詩に「歓娯未繾綣、倏忽成離異」、梁・武帝「七夕」詩に「昔悲漢難越、今傷河易旋」、戴叔

に「彦星」と対になる例も見られる。一方「たなばた」の場合、「織女の袖つぐ夕の暁は川瀬の鶴は鳴かずともよし」（万葉集八―一五四五）や「天の川霧立ち上る織女の雲の衣の反る袖かも」（万葉集一〇―二〇六三）などは機織りとの関係から織女として問題ないが、「天の川棚橋渡せ織女のい渡らさむに棚橋渡せ」（万葉集一〇―二〇八一）や「織女し舟乗りすらしまそ鏡清き月夜に雲立ち渡る」（万葉集一七―三九〇〇）は、中国の伝説をそのままふまえたという条件付きで織女の意となる。また「たなばたの今夜逢ひなば常のごと明日を隔てて年は長けむ」（万葉集一〇―二〇八〇）の「たなばた」も織女と一般に解釈されているが、表現からは七夕という出来事あるいは二星というとらえ方もできなくはない。八代集における「たなばた」も織女とされる例が圧倒的に多いものの、それ以外の意味すなわち彦星と織女星、彦星、七夕の行事自体を表すとみなされる例も認められる。たとえば「契りけむ心ぞつらきたなばたの年にひとたびあふはあふかは」（古今集四―一七八）「ひととせにひとよとおもへどたなばたのあひ見む秋の限なきかな」（拾遺集三―一五〇）「くもゐにてちぎりしなかはたなばたをうらやむばかりなりにけるかな」（後拾遺集一一―六二八）「たなばたはいまやわかるるあまの川かは霧たちて千鳥鳴くなり」（新古今集四―三二七）などは彦星と織女の二星を表していようし、「たなばたの帰る朝の天河舟もかよはぬ浪もたたなん」（後撰集五―二四八）「たなばたのとわたる船のかぢのはにいく秋かきつ露の玉づさ」（新古今集四―三二〇）などの「たなばた」は彦星の意ととることができ、「あまの河河辺すずしきたなばたに扇の風を猶やかさまし」（拾遺集一七―一〇八八）や「かぎりありてわ

倫「織女詞」に「難得相逢容易別、銀河争似妾愁深」とあり、百済和麻呂「七夕」詩に「昔惜河難越、今傷漢易旋」（『懐風藻』）とある。「時」の異文「期」は、本詩が楽府ならばともかく七言絶句の形式をとるので、同じ韻（上平声七之韻）ではあるけれども、非。

2 一年再会　一年間に二度逢う、の意。「再会」は、白居易「池上送考功崔郎中兼別房竇二妓」詩に「鴛鷺上天花逐水、無因再会白家池」、朱慶余「送人下第帰」詩に「高秋期再会、此去莫忘機」、藤原基俊「暮春長秋監亜相山庄尚歯詩」に「流年無返花前涙、再会争期夢裏身」（『本朝無題詩』巻二）とある。七夕詩では当然、王鑒「七夕観織女」詩に「一稔期一宵、此期良可嘉」、李商隠「七夕」詩に「争将世上無期別、換得年年一度来」などと表現して、一年に一度出会うとする。なお、藤原茂明「思牛女」詩に「雖歓七夕逢佳節、還恨一年不再秋」（『本朝無題詩』巻三）とあるのは、当詩に通う心情。「一年」には、諸本に音合符があり、大阪市大本・天理本には、「に」の訓点がある。　**此猶悲**　「此」は、強調の助字。「猶」は、「Aスラ猶ホB、況ヤCヲヤ」の基本句法の一部で、Aという比較的軽い事態を取り上げて、後でCという、より重大な事態を強調する。七夕は一年に一回だけ出会うという常識を踏まえて、一年に二度逢えるとしてもそれでも悲しいのだ、まして一回だけであったならば、その悲しみはどれ程であろうか、というのである。後半の「況ヤCヲヤ」は、言わずもがなであるので、省略された。

3 千般　何度も、数え切れないくらい、の意。三五・四六番詩【語釈】該項を参照。　**怨殺**　ひどく怨む。深く怨む、の意。「殺」は、その前の語を強める俗語の助字。それについては、二二・七一番詩【語釈】該

かるるときも七夕のなみだのいろはかはらざりけり」（金葉集三—一六四）などは星（人）ではなく七夕という出来事という解釈が可能である。「たなばた」の原義は織機のこととされるが、それが機を織る人（女性）、裁縫神としての織女星、さらに天の川伝説へと、換喩的に意味が拡大し、それぞれの文脈に応じて用いられたと考えられる。当歌の場合、初句の「まれに来て」と第四句の「立ち還る」により、往復する主体として、かつ日本の当時の風習に従って変容したとすれば、「たなばた」は彦星とするのが妥当かもしれない。しかし、【補注】に述べるように、当歌全体の歌意から、「たなばた」を七夕という行事（の日）の意としてとりたい。

立ちかへるべき　「たちかへる」にはいくつかの意味があるが、万葉集に一例ある「立ち反り泣けども我は験なみ思ひわぶれて寝る夜しそ多き」（万葉集一五—三七五九）の「立ち反り」は副詞的に繰り返しての意を表し、八代集でも「立帰りあはれとぞ思ふよそにても人に心をおきつ白浪」（古今集一一—四七四）「立帰りぬれてはひぬるしほなればいくたの浦のさがとこそ見れ」（後撰集九—五三三）などをはじめとして、同形・同義の用法が多い。また、右二例も含め、「逢ふ事のなざきにしよる浪なれば怨みてのみぞ立帰りける」（古今集一三—六二六）「いしま行く水の白浪立帰りかくこそは見めあかずもあるかな」（古今集一四—六八二）「いくたびかいくたの浦に立帰り浪にわが身を打ちぬらすらん」（後撰集九—五三二）などのように、波が打ち寄せてはかえるの意をふまえたり掛けたりするのが目立つ。当歌でも結句の「波路」の「波」との縁で用いられ、帰る・引き返すの意を表すとみなされる。なお九番歌項を参照のこと。ただし、本集に「千般怨殺厭吾人」（一〇三番）とある以外、その語例を知らない。講談所本・道明寺本・大阪市大本等には訓合符を付して、「殺」に「ソサシ（ム）」の訓がある。**鵲橋畔**　「橋畔」とは、橋のたもと、橋のほとりのこと。「橋頭」「橋辺」等ともいう。薛能「折柳十首其九」詩に「衆木猶寒独早青、御溝橋畔曲江亭」、羅鄴「洛水」詩に「橋畔月来清見底、柳辺風緊緑波生」とある。楽府「折楊柳」を持ち出すまでもなく、橋は別れの場面の重要な背景であった。「鵲橋」は、七夕伝説に付随する話で、その夜二人のために鵲（または烏）が自分の羽毛で天の河に橋を架けるというもので、既にその話も後漢末頃には成立していただろうと推定されている。ただし、これが七夕詩に表現されるようになるのは比較的遅く、庾肩吾「七夕」詩に「倩語彫陵鵲、塡河未可飛」とあるのがその始めで、初唐になって一般化する。宋之問「明河篇」詩に「鴛鴦綺上疏蛍度、烏鵲橋辺一雁飛。…更将織女支機石、還訪成都売卜人」（『初学記』天、『千載佳句』早秋）、沈叔安「七夕賦詠成篇」詩に「彩鳳斉駕初成輦、雕鵲塡河已作梁」、任希古「和長孫秘監七夕」詩に「鵲橋波裏出、竜車霄外飛」とあり、藤原史「七夕」詩に「鳳蓋随風転、鵲影逐波浮」（『懐風藻』）、島田忠臣「七言七月七日…探賜人字」詩に「銀河夜鵲塡毛晩、禁樹晨鶏拍翅新」（『田氏家集』巻下）とある。

4 誰識　一体誰が知っていようか（誰も知らない）、の意。本集にも「誰識中心恋緒纏」（一一二番）とある。この語を詩の末尾に置く句法は、「星」詩に「今宵穎川曲、誰識聚賢人」、「江」詩に「英霊已傑出、誰識卿雲才」とあるなど、『李嶠百詠』に四例見える。異文「誰議」は、草

【語釈】「立ちかへり」の項も参照。

波路無からなむ　「波路（なみぢ）」は船の通る波の上の道筋のこと。万葉集には例がないが八代集には「かの方にいつからさきにわたりけむ浪ぢはあとものこらざりけり」（古今集一〇—四五八）「ゆく人もあまのとわたる心ちして雲のなみぢに月をみるかな」（詞花集九—二九七）「おもひあまりうちぬるよひのまぼろしも浪ぢをわけてゆきかよひけり」（千載集一五—九三六）など見られる。当歌では天の川を渡る船の道筋をいう。「無からなむ」は形容詞「無し」の未然形＋願望の終助詞「なむ」で、無くなってほしいの意。「なむ」は「文末にあって動詞・助動詞の未然形を受け」（日本国語大辞典第二版）るとされるが、八代集には「かずならぬ身は心だになからなん思ひしらずは怨みざるべく」（拾遺集一五—九八四）「さか木をばてにとりもちていのりつる神のよよりもひさしからなん」（詞花集五—一六五）「袖の浦の浪ふきかへす秋風に雲のうへまですずしからなん」（新古今集一六—一四九七）などのように、当歌同様、形容詞に接続する例も見られる。

【補注】

当歌には大きな問題点が二つある。一つは【校異】に示したように、下句が「立ち還るべき路無からなむ」とも訓まれることであり、もう一つは第三句の「たなばた」が織女とも彦星ともとれることである。

前者に関して、『注釈』は、底本の本文・訓をとらず「立ち還るべき路無からなむ」をとる理由として、①「岐」と「波」の字形が似通うこと、②結句が字余りになること、③「波路」は「天の川」に関する例が＊

体の類似から来る誤り。**二星**　織女星と牽牛星のこと。崔寔『四民月令』に「七月七日、曝経書、設酒脯時果、散香粉於筵上、祈請於河鼓織女。言此二星神当会」（『藝文類聚』七月七日）、周処『風土記』に「七月七日、其夜灑掃於庭。露施几筵、設酒脯時果、散香粉祀河鼓織女。言此二星神当会」（『初学記』七月七日）とある。**涙末晞**　四四・六一番詩【語釈】該項を参照のこと。

【補注】

韻字は「時」（上平声七之韻）、「悲」（上平声六脂韻）、「晞」（上平声八微韻）で、前二者は同用なるも、八微韻は独用なので、押韻に傷がある。平仄には基本的な誤りはない。

承句を、『注釈』は、「たとえ一年たって再会するとしても、そのことがやはり悲しい。」と訳すが、【語釈】でも触れたように、「一年再会」という語からはその意味はどう考えても出てこない。七夕は一年に一度の出会いだから、ここもそのように解釈しなければならないというのは、本末転倒である。

なお、同書は「再会」の語に関して、「「再遇」「再逢」は多く見られるが、「再会」の例は極めて少ない」として、用例を示さないが、『全唐詩』の中でも「再会」の語例は六、七例あって、「再遇」の語例よりむしろ多く、特別な語ではない。

＊なく、④「波路」は織女が車駕で渡るとするのにふさわしくないことなどを挙げる。このうち①は別訓の可能性もあることを示したにすぎない。

③はそのとおりであるが、「路」もまた同様であるから、「波路」を排除する理由にはならず、むしろ第四句の「立ち還る」との関係からは「波路」の方がふさわしいと言える。④は「たなばた」を織女とする前提が成り立てばということである。②はたしかにそのとおりで、「波路無からむ」では八音となり、許容される字余りとしての、母音を含む例外ともみなされない。

後者については、【語釈】にも述べたように、「たまに来て」や「立ち還る」の主体は誰かと考えれば、織女あるいは彦星ということになる。織女か彦星かは、移動するのをどちらとみなすかにより、中国的ならば織女、日本的ならば彦星となる。少なくとも万葉集・八代集における用法を見る限り、織女にのみ限定されるとは言いがたい。そのどちらでもなく、七夕という出来事・行事そのものとみなすのは、当歌歌末に用いられた「なむ」という願望の終助詞による。

この「なむ」は当歌の表現主体の直接的な、願望という意図を示す。当歌における願望の対象となるのは「立ち還るべき波路」であり、その内容は「無し」であってほしいということである。表現主体のそのような願望の理由は「まれに来て飽かず別るる」ことにあるが、それはその当事者つまり織女と彦星のどちらか一方の立場からの願望ではなく、あくまでも第三者的な立場から七夕という逢瀬に対する願望として表現していると見られる。「たなばたは」という「は」による取り立ては彦星と織女のどちらか一方だけとするのになじまないし、「なむ」の「願望の対象に対して積極的に働きかけるのではなく、自分の手の届かない事柄の実現を、いわば、他力本願的に願うのが本義である」（日本国語大辞典第二版「語誌」）という性格も、この第三者的な立場に合致すると考えられる。

なお、当歌の結句が許容されない字余りであるという事実は否定できない。「波路」という本文は変えず二字を「みち」とする訓みがあるのもそれを避ける苦肉の策であったのだろう。当歌が後の歌集に収録されなかったのは、内容的なこともさることながら、この形式的な傷に原因があったのかもしれない。

【比較対照】

歌と詩は、七夕を主題にするということ以外に、ほとんど共通性を持たない。歌の眼目は、結句「波路無からなむ」にあるだろうが、詩には全く表現されない。七夕のような簡潔な話柄では、内容の上では歌のどれもが類似せざるを得ないとすれば、その個性を際だたせるのは表現面であったはずなのだが、詩はそれに対してほとんど考慮せずに、独自の展開で歌の世界に対峙している。

ただし、八代集における七夕歌は、彦星と織女のなかなか逢えない苦しみや、逢うまでの辛さを詠ずるのが中心で、二星の別れの辛さを詠うようになるのは、『金葉集』あたりからである。当歌と類想の歌を挙げるとすれば、「たなばたの帰る朝の天河舟もかよはぬ浪もたたなん」（後撰集五―二四八）「あまのがはわかれにむねのこがるればかへさのふねはかぢもとられず」（金葉集三―一六二）「あまのがはかへさのふねになみかけよのりわづらはばほどもふばかり」（金葉集三―一六六）などであろうか。

ともあれ歌と詩の共通点は、強いて言えば、「まれに来て飽かず別るる」を「易別」「一年再会此猶悲」と表現したところが、漢詩作者の工夫と機知であったのだろう。一年に二回の出会いと一度の出会いに、どれ程の違いがあるかは別として。

また、歌【補注】に、「たなばた」が織女とも彦星ともとれ、限定するのが難しく、「なむ」という願望の終助詞の基本的語性からも、それを七夕という出来事・行事と見なして、あくまでも第三者的な立場からそれを表現していると解すべきだとの指摘があるが、詩の表現からもそれを傍証できるだろう。

というのは、詩においては七夕は織女を中心に描写されるというのが常識だけれども、この作品では織女の動作や感情と限定できる要素がなく、むしろ結句の「誰識二星涙未晞」という表現より、明らかに第三者的な立場から詠まれているととる方が自然だからである。

この和漢の組合せは、主題以外はほとんど共通性を持たないけれども、従来しばしば歌の主観に対して、詩の客観とされてきた、その基本的な描写の立場の相違が、ここでは歌の例外的な詠みぶりによって、図らずも共通性を獲得したと言いうるかもしれない。ただし、詩では「織女に代わりて牽牛に贈る」などの詩題を持つもの以外の作品においても、織女の立場で詠まれることが多いことを考えれば、案外漢詩作者は和歌のそれを意識して制作したとも言える。

七五番

山田守　秋之仮盧丹　置露者　稲負鳥之　涙那留部芝

山田もる　秋の仮りほに　置く露は　いなおほせ鳥の　涙なるべし

【校異】

本文では、第二句の「盧」を、永青本が「庐」とし、第四句の「負」を、底本はじめ文化写本・講談所本・道明寺本・天理本・羅山本・永青本が「貟」、大阪市大本が「眉」とするが、他本により改め、結句の「那留」を、類従本・羅山本・無窮会本が「狎」とし、同句の「部」を、類従本・講談所本・道明寺本・大阪市大本・天理本・羅山本・無窮会本・永青本・九曾神本が「倍」とし、同句末の「芝」を、大阪市大本・天理本が「之」とする。

付訓では、第二句の「かりほ」を、講談所本・大阪市大本・天理本・羅山本・無窮会本が「かりいほ」とする。

同歌は、是貞親王家歌合（一番。ただし結句「なみだなりけり」）にあり、古今集（巻五、秋下、三〇六番）にも「是貞のみこの家の歌合のうた　ただみね」としてあり（ただし第三句「秋のかりいほに」結句「涙なりけり」）、古今六帖（第二、田、いなおほせどり、一一三〇番、ただみね。ただし結句「なみだなりけり」）、新撰朗詠集（下巻、雑、田家、五三三番、忠岑。ただし第三句「秋のかりいほに」結句「なみだなりけり」）、忠岑集（書陵部三十六人集二四番、秋、月あかき夜。ただし第二句「秋のかりいほに」結句「なみだなりけり」）、にもある。

稼田上々此秋登
杭稲離々九穂同
鼓腹尭年今亦鼓
農夫扣角旧謳通

稼田《(カテン)》上々《(シャウシャウ)》此《(こ)》の秋《(あき)》登《みの》れり。
杭稲《(カウタウ)》離々《(リリ)》として九穂《(キウスイ)》同じ。
腹《はらつつみ》を鼓《う》つ尭年《(ゲウネン)》今《(いま)》も亦《(ま)》た鼓《(う)》つ。
農夫《(ドウフ)》角《(つの)》を扣《(たたき)》て旧謳《(キウオウ)》通《(トウ)》ず。

【校異】

京大本は当詩を欠落する。

「稼田」を久曾神本「嫁田」に作り、「稼也」を右に傍記する。「離々」を、底本等諸本「青青」に作るも、類従本・講談所本・道明寺本・天理本・羅山本・無窮会本・永青本・久曾神本に従う。大阪市大本「籬籬」に作る。また、元禄九年版本・元禄一二年版本・文化版本・下沢文庫本・文化写本には、右傍に「離離」の異本注記あり。「旧謳」を、大阪市大本・天理本「鶴謡」に作り、「如本」の注記あり。

【通釈】

今年の秋の収穫に関しては、畑の穀物の出来高が最高の出来となった。稲の穂は重く垂れ下がって、後漢の光武帝が生まれた時に出現したという、「九穂」と同じようになっている。尭帝の治世には、食足りて太平の世を楽しむ民衆が、腹鼓を打ちながら、地面を足で踏み鳴らして、歌を歌ったということだが、今もまた民衆が腹鼓を打っている。（という

【通釈】

山間にある田を見張る秋の仮の小屋（にいる者）に置く露は、いなおおせ鳥の涙なのであろう。

【語釈】

山田もる　「山田（やまだ）」は山間に作られた田のこと。古事記（允恭記）の歌謡に「あしひきの　山田（夜麻陀）を作り　山高み　下樋を走せ…」（七八番）の例があり、万葉集に「あしひきの山の常陰に鳴く鹿の声聞かすやも山田守らす児」（万葉集一〇—二一五六）「あしひきの山田守る翁置く蚊火の下焦がれのみ我が恋ひ居らく」（万葉集一一—二六四九）、八代集にも「ほにもいでぬ山田をもると藤衣いなばのつゆにぬれぬ日ぞなき」（古今集五—三〇七）「ひたぶるにやまだもる身となりぬればわれのみ人をおどろかすかな」（詞花集九—三三四）「あしびきの山田もるいほにおくか火のしたこがれつつわがこふらくは」（新古今集一一—九九二）のように、当歌と同じく「もる」を下接する例が見られる。「もる（守）」は見張りをする、番をするの意で、山田以外に、山・川・田・関・稲・梅などを対象とするほか、「人言の繁き間守る〔守〕と逢はずあらばつひにや児らが面忘れなむ」（万葉集一一—二五九一）の「人言」や「人めもる我かはあやな花すすきなどかほにいでてこひずしもあらむ」（古今集一一—五四九）の「人目」を気にするという用法もあり、さらに「しらつゆも時雨もいたくもる山はしたばのこらず色づきにけり」（古今集五—二六〇）「あきのよは山だのいほにいなづまのひかりのみこそもりあかしけれ」（後拾遺集五—三六八）などのように、「漏

ことは、当代も立派な聖王が天下を治めていることになるから）甯戚という牛飼いが牛の角を叩きながら歌ったというあの古い歌を農夫が歌って、その歌は帝王の心に通じたのだろう。

【語釈】

1 稼田　異文「嫁田」も含めて、その語例を知らない。ただし、それを互倒した「田稼」は、『毛詩』小雅・大田に「大田多稼、既種既戒」とあることに基づく語で、『三国志』呉書・陸凱・弟胤に「自胤至州、風気絶息、商旅平行、民無疾疫、田稼豊稔」、『旧唐書』玄宗本紀・開元十年に「秋八月丙戌、…丙申、博・棣等州黄河堤破、漂損田稼」などとあるように、史書に広く農作物、畑の穀物の意で用いられる（特に両唐書には用例が多い）。ここもその意で用いたものであろうが、「田」は耕作地、「稼」は作物の意であるから、「田稼」の語順は成立しても、「稼田」の語順は成立しない。「田」は平声、「稼」は去声であるので、平仄の関係で異例の語順にしたのだろう。諸本に音合符がある。**上々**　最上等のこと。上の上。最高の成績。中国では科挙の成績なども、先ず上・中・下に大別し、それを更にそれぞれ上・中・下に分けて九段階で表示するのが通例。張衡「西京賦」に「爾乃広衍沃野、厥田上上」（『文選』巻二）とあり、李善は『尚書』夏書・禹貢に「厥土惟白壌。厥賦惟上上錯。厥田惟中中」をあるを引く。三善道統「為空也上人供養金字大般若経願文」に「苦空伝音、如聞命命之鳥、禅波澄意、欲開上上之蓮」（『本朝文粋』巻一三）とあるのは、仏教での用例。**此秋登**　「登」は、熟す、実る意。『顔氏家訓』勉学に「夫学者猶種樹也。春玩其華、秋登

る」との掛詞の用法も見られる。なお、類義の「まもる」は「目（ま）十もる」で、見ることが卓立されるが、「衣手に水渋付くまで植ゑし田を引板我が延へ守れる〔真守有〕苦し」（万葉集八—一六三四）、「心もておふる山田のひつちほは君まもらねどかる人もなし」（後撰集五—二六九）「かりてほす山田の稲をほしわびてまもるかりいほにいくよへぬらん」（拾遺集一七—一一二五）などの例を見るかぎり、とくに違いは認められない。

秋の仮りほに　「かりほ」は「かりいほ」の変化形であるが、「秋の野のみ草刈り葺き宿れりし宇治のみやこの仮廬〔借五百〕し思ほゆ」（万葉集一—七）「たらちねの母を別れてまこと我旅の仮廬〔加里保〕に安く寝むかも」（万葉集二〇—四三四八）のように、万葉集から両形の確例があり、八代集にも「かりてほす山田の稲をほしわびてまもるかりいほにいくよへぬらん」（拾遺集一七—一一二五）「秋の田のかりほのいほのとまをあらみわが衣手はつゆにぬれつつ」（後撰集六—三〇二）のように、ともに見られ、意味的にも音数律的にも違いは認められない。本集諸本および他集には「かりいほ」とするものがあるが、当歌において「かりほ」を積極的に採るとすれば、「刈り穂」のイメージも託していることが考えられよう（阿久澤忠氏からの私信による）。当歌における「仮りほ」は、「山田もる」および「秋の」という限定があるので、収穫前後の稲を鳥獣の害から守るため臨時に設けられた見張り小屋をさす。

置く露は　「露（つゆ）」については三四、三九、六二番の【語釈】該項で取り上げてあるが、当歌で注目したいのは露の置く場所である。その場所がニ格で明示されている例を見ると、万葉集で目立つのは植物とく

其実。講論文章、春華也。脩身利行、秋実也」とあり、顔延之「赭白馬賦」に「至於露滋月粛、霜戻秋登」（『文選』巻一四）とあり、李善注は『爾雅』に「登、成也」とあるという。講談所本・大阪市大本など、「登」に「なれり」の訓を持つものがあるのはそれに拠る。

2 秔稲　うるち米の稲のこと。おいしく高級品とされた。「粳稲」「粳稲」とも。楊雄「長楊賦」に「豈徒欲淫覧浮観、馳騁秔稲之地、周流梨栗之林」（『文選』巻九）、蘇頲「奉和聖製至長春宮登楼望稼穡之作」詩に「変蕪秔稲実、流悪水泉通」、李邕「登歴下古城員外孫新亭」詩に「負郭喜秔稲、安時歌吉祥」とある。

離々　稔りが豊かで穂や実が垂れ下がっている様。劉琨「答盧諶詩」に「彼黍離離、彼稷育育」（『文選』巻二五）、潘岳「在懐県作二首其二」詩に「稲栽粛仟仟、黍苗何離離」（『文選』巻二六）とあり、いずれも李善は『毛詩』王風・黍離に「彼黍離離、彼稷之穂」とあるに基づくという。また、張衡「西京賦」に「神木霊草、朱実離離」（『文選』巻二）、潘岳「笙賦」に「棗下纂纂、朱実離離」（『文選』巻一八）とあり、李善は『毛詩』小雅・湛露に「其桐其椅、其実離離」とあるを指摘して、更に「毛萇曰、離離、垂也」という。菅原道真「重陽侍宴賦景美秋稼応製」詩に「靄靄皆和気、離離半旅生」（『菅家文草』巻一）、慶滋保胤「池亭記」に「彼坊城南面、荒蕪眇眇、秀麦離離」（『本朝文粋』巻一二）とある。異文「青青」は、草木が青々として繁茂している様。『毛詩』小雅・苕之華に「苕之華、其葉青青」、『毛詩』衛風・淇奥にも「瞻彼淇奥、緑竹青青」とある。嵯峨天皇「江亭暁興」詩に「記得煙霞春興足、況乎河畔草青青」（『凌雲集』）、菅原道真「小松」詩に「小松経幾日、不変旧青青」（『菅家文草』巻二）

に「秋萩の上に置きたる白露の消かも死なまし恋ひつつあらずは」（万葉集八―一六〇八）「秋萩に置きたる露の風吹きて落つる涙は留めかねつも」（万葉集八―一六一七）などのようにハギで、他に「秋の田の穂の上に置ける白露の消ぬべくも我は思ほゆるかも」（万葉集一〇―二二四六）「もみち葉に置く白露の色葉にも出でじと思へば言の繁けく」（万葉集一〇―二三〇七）「朝日さす春日の小野に置く露の消ぬべき我が身惜しけくもなし」（万葉集一二―三〇四二）などあり、また植物関係以外では「ぬばたまの夜渡る月をおもしろみ我が居る袖に露そ置きにける」（万葉集七―一〇八一）「夕占問ふ我が衣手に置く露を君に見せむと取れば消につつ」（万葉集一一―二六八六）「鴨じもの浮き寝をすれば蜷の腸か黒き髪に露そ置きける」（万葉集一五―三六四九）などの例も見られる。八代集でも植物を置く場所とする例が中心的であるが、「あはれてふ事のはごとにおくつゆは昔をこふる涙なりけり」（古今集一八―九四〇）「花の色もときはならなんなよ竹のながきよにおくつゆしかからば」（拾遺集一八―一一六二）などのような比喩的な用法や、「とりわきてわが身につゆやおきつらんはなよりさきにまづぞうつろふ」（後拾遺集一九―一一三五）「あか月のつゆはまくらにおきけるをくさばのうへとなにおもひけん」（後拾遺集一二―七〇一）などのような対比的な用法が見られるようになる。当歌において露の置く場所は第二句に示された「秋の仮りほ」であるのが明らかであるが、このような建造物を直接その場所として表現する例は万葉集にも八代集にも見当たらない。もとより露が建造物には生じないということではないから、類例がないというのは露の大きさとのギャップによって、ともに取り上げる視点や視

とあり、「離離」も「青青」も、いずれも典故ある語であり、平仄も同じであるが、前後の語句のつながりから前者の方が優る。**九穂**『東観漢記』世祖光武皇帝紀に「是歳嘉禾生、一茎九穂、大於凡禾、県界大豊熟、因名上曰秀」（『藝文類聚』符命、『後漢書』光武帝本紀）、『宋書』符瑞志・下に「元嘉二十年六月、嘉禾一茎九穂生上庸新安、梁州刺史劉真道以献」とあるように、一茎に九つもの穂がついた立派な稲や麦で、祥瑞とされた。大江匡房「西府作」詩に「八蚕歓嫩婦、九穂楽農夫」（『本朝続文粋』巻一）とある。

3 鼓腹 はらつづみを打つこと。食足りて、太平の世を楽しむ様。『初学記』総叙帝王の「撃壌・鼓腹」の事対に、「史曰、尭時有老父者、撃壌而嬉於路。言曰、我鑿井而飲、耕田而食。帝力何有於我哉」（原拠不詳）の一文と、『荘子』外篇馬蹄に「夫赫胥氏之時、民居不知所為、行不知所之、含哺而熙、鼓腹而遊」（『藝文類聚』総載帝王にも）とある一文が収載される。調老人「五言三月三日応詔」詩に「鼓腹太平日、共詠太平風」（『懐風藻』）、菅原道真「重陽侍宴賦景美秋稼応製」詩に「遠挙廻頭望、長期鼓腹声」（『菅家文草』巻二）とある。ちなみに「撃壌」とは、地面を足で踏み鳴らし、拍子を取りながら歌うこと。ただし「壌」の解釈には、諸説がある。いずれにしても天下太平の喩え。**尭年** 中国古代の伝説上の帝王・尭の治世のこと。それはまた、天下太平を表す代表的比喩。陳・徐陵「為司空徐州刺史侯安都徳政碑」に「天生宰輔、尭年致白虎之祥。神賜英賢、殷帝感蒼龍之傑」（『藝文類聚』善政）、李嶠「鼓」詩に「舜日諧鼗響、尭年韻土声」、薛存誠「聞撃壌」詩に「尭年聴野老、撃壌復何云。自謂歓由己、寧知徳在君」とあり、紀長谷雄

野を得にくいということが考えられるが、古今集所載の同歌について、諸注釈書はそのまま訳すのみで問題にしていない。その一方、「秋田刈る仮廬を作り我が居れば衣手寒く露そ置きにける」（万葉集一〇―二一七四）、「秋の田のかりほのいほのとまをあらみわが衣手はつゆにぬれつつ」（後撰集六―三〇二）などの例はあり、粗末な小屋だからこそ起こりうる事態として受け入れられよう。『注釈』では、露が「仮小屋の上に置き、その中に宿る者の衣を濡らす」と説明しているが、仮小屋と衣の両者に関して継起的なのか並行的なのか判然としない。一般に、露の存在が認知されるのは夜明けであり、寝起きであればその人自らの衣に置いたものに気付くというのが自然であろう。「仮りほに」としたのはそこだからこそというのを含意しつつ、「仮りほ」によってその中にいる者をいわば換喩的な関係として表現したと考えられる。

いなおほせ鳥の　「稲負鳥」を「いなおほせどり」と訓むのは十巻本和名抄の「伊奈於保勢度利」による。万葉集に例はなく、八代集にも古今集に同歌と「わがかどにいなおほせどりのなくなへにけさ吹く風にかりはきにけり」（古今集四―二〇八）の二例のみ。勅撰集ではかなり下って新続古今集に「あふことはいなおほせ鳥のなきしより秋風つらき夕暮の空」（新続古今集一二―一二二五）「秋の田のいなおほせ鳥もなれにけるかりほのいほをもるとせしまに」（新続古今集一二―一八八二）の二例が見られる。古来、古今三秘鳥の一つとしてその実体が明らかではなく、語源についても、稲の納入期に来る鳥、稲刈を催促する鳥、稲を刈り背に負わせる鳥、姿が稲を負っているのに似ている鳥、日本に稲の種をもたらした鳥など、諸説あって定まっていない。ただ、和歌に用いら

「早春内宴侍清涼殿同賦草樹暗迎春応製」詩序に「梨園之弟子、不改尭年之旧音、翰苑之英才、重呑舜日之新化」（『本朝文粋』巻一一）、源為憲「感減四分一之詔一首減服御常膳物」詩に「尭年水溢多愁沴、湯日旱炎自弃農」（『本朝麗藻』巻下）とある。

４　農夫　農業に携わる人、農民のこと。『毛詩』豳風・七月に「黍稷重穋、禾麻菽麦。嗟我農夫、我稼既同」、『毛詩』小雅・甫田に「黍稷稲粱、農夫之慶。報以介福、万寿無疆」とあり、島田忠臣「府城雪後作」詩に「野老始知春澳沐、農夫只導歳豊穣」（『田氏家集』巻中）、菅原道真「夜雨」詩に「不看細脚只聞声、暗助農夫赴畝情」（『菅家文草』巻五）とある。

扣角　牛の角を叩いて歌を歌うこと。江淹「雑体詩三十首　劉太尉傷乱」詩に「甯戚扣角歌、桓公遭乃挙」（『文選』巻三一）とあり、李善は『淮南子』繆称訓に「甯戚撃牛角而歌、桓公挙以為大田」とあり、高誘注の「大田、官也」とあるを引用する。李嶠「歌」詩に「願君聴扣角、当自識賢臣」、李白「笑歌行」詩に「寧武子、朱買臣。扣角行歌背負薪、今日逢君君不識、豈得不如佯狂人」とある。李善のいう「甯戚」とは、春秋時代の斉の宰相で、もと衛の人。史書の他、『淮南子』や『列女伝』辯通伝などに登場する。『蒙求』には「伊尹負鼎、甯戚扣角」とあり、『和漢朗詠集』丞相に「百里奚乞食於道路、穆公委以政。甯戚子飼牛於車下、桓公任以国」（『漢書』鄒陽伝所引）とあるように、卑位でありながら特殊な手段で賢君に認められて宰相となった者の話として登場している。藤原宇合「七言在常陸贈倭判官留在京一首」詩序に「非鄭子産、幾失然明、非斉桓公、何挙寧戚」（『懐風藻』）とある。「扣」は、叩く意。なお、控えるの意もあり、「扣馬」（馬の口を押さえて進ませな

れた語として、わずかな例からながら想定されるのは、秋に渡来する、雁とは別の鳴く鳥であること、「稲」との関連が強いこと、「否＋仰せ」という別義も喚起すること、などである。これらを当歌にあてはめてみるなら、「秋・山田・涙」とそれぞれつながりがあることは明らかであり、「否＋仰せ」も「涙」の理由として結び付けられなくもない。

涙なるべし 当歌における表現上のつながりから、この「涙（なみだ）」は「稲負鳥」の涙という見立てであり、さらに第三句と主述関係をなすことから、「露」の見立てにもなっている。鳥の涙という見立ては万葉集にはなく、古今集になって「雪の内に春は来にけりうぐひすのこほれる涙いまやとくらむ」（古今集一—四）「声はして涙は見えぬ郭公わが衣手のひつをからなむ」（古今集三—一四九）のように見られる。また露との関係では万葉集に「秋萩に置きたる露の風吹きて落つる涙は留めかねつも」（万葉集八—一六一七）の一例があり、涙を露に見立てるという関係になっているが、八代集では「天河流れてこふるたなばたの涙なるらし秋のしらつゆ」（後撰集五—二四二）「世中のかなしき事を菊のうへにおく白露ぞ涙なりける」（後撰集二〇—一四〇九）などのように、露を涙に見立てる例や、「なきわたるかりの涙やおちつらむ物思ふやどの萩のうへのつゆ」（古今集四—二二一）「風さむみなく秋虫の涙こそくさば色どるつゆとおくらめ」（後撰集五—二六三）のように、当歌と同じく動物と露に対する涙の二重の見立ての例も現れる。「なるべし」の本文は【校異】に示したように他集では「なりけり」としている。「なるべし」という表現は万葉集では確認できず、八代集では歌末表現としては十数例見られるが、当歌のような見立ての例は見当たらない。見立

い）の語もあるので、ここもその意に解せないことはないが、『淮南子』繆称訓はじめ『蒙求』注などにも「撃」の語がある。**旧謳通** 「謳」は、動詞の場合は、声を揃えて合唱すること。「唱」が、その合唱を一人リードして歌うこと、「歌」は、それらの総称と、区別されるが、このような名詞としての用法の場合は、歌謡の意。『楚辞』離騒に「甯戚之謳歌兮、斉桓聞以該輔」（『文選』巻三二）とあるに基づく。李善注は王逸の「甯戚、衛人。該、備也。甯戚脩徳不用、退而商賈、宿斉東門外。桓公夜出、甯戚方飲牛、叩角而歌。桓公聞之、知其賢、挙用為卿、備輔佐也」という注をそのまま引用する。「旧謳」の語例を知らないが、甯戚がむかし斉の東門の外で歌った歌の意。源順「無尾牛歌」に「雖無一尾有五徳、請我一一叩角謳」（『本朝文粋』巻一）とある。「通」は、遮られることなく向こうに達すること。

【補注】

韻字は「同」と「通」で、上平声一東韻。起句の末字「登」は、下平声十七登韻だから、押韻していない。平仄に基本的誤りはない。

結句を、『注釈』は、「堯の時代を思わせる豊年の今年、農夫は牛の角を叩いて歌っているが、それは堯舜の治世に遭わなかったことを歌う甯戚の歌によく似ている」という内容だといい、渡辺秀夫「『新撰万葉集』論——上巻の和歌と漢詩をめぐって——」（『国語国文』六七—九、一九九八・九）の、「露」を「涙」に見立てた和歌に対し、漢詩はそれを、悲哀の涙とは対照的な「甘露」と見立て、一首の構想をその文脈で展開したものであろう、という説を紹介する。

て表現としては、「なるべし」という推量表現よりも「なりけり」という断定表現のほうが好まれたのであろう。

【補注】

当歌の主題は露であり、それを稲負鳥の涙に見立てるのが趣意である。問われるのは、なぜ露が取り上げられ、なぜ稲負鳥の涙に見立てられるのかである。古今集の同歌に対し、たとえば窪田評釈は「山田の仮庵に長い期間を寝起きしている農夫のわびしさを、稲負ほせ鳥に寄せたもので、「涙」は農夫自身のそれを暗示したものである。興味よりのものではなく、実感としてのわびしさの表現である」とし、他の注釈書もほぼ同様の解釈をしていると見られるが、次の二点から異を唱えたい。

まず、農夫のわびしさの実感としてのリアリティに乏しい点である。「山田もる秋の仮りほ」という設定は、場所的にも時期的にもわびしさを喚起させるものであり、悲秋の孤独に結び付けやすくはあるものの、表現としては農夫自身の立場としてその内面に立ち入ったものにはなっていない。つまり当人自身であれ仮託としてであれ、人事は後景にあって、あくまでも前景化されているのは露である。

もう一つは、稲負鳥の涙の理由が不明な点である。その鳴き声を耳にして「鳴く↓泣く↓涙」という連想が働いたことは容易に察せられるが、単に鳴いたから涙というのでは短絡的であるし、その鳴き方の如何を問*

しかし、もしその渡辺説に従うとすれば、どうして「堯舜の治世に遭わなかったことを歌う甯戚の歌」という解釈になるのだろう。それでは「甘露」が降りるわけがなかろう。渡辺説に依るならば、この作品は第二句以降すべて、帝徳の隆盛を歌うものでなければならないはずである。言うまでもなく、斉の桓公は、管仲を重く用いて富国強兵をはかり、春秋五覇の一人となった人物であり、その人間の治世に比せられるほど、今の世の中が素晴らしい世の中だという内容でなければならない。

すなわち、詩作者は、当歌の「稲負鳥之涙」を文字通り「稲を背負って涙を流す鳥」、それほど沢山の稲を背負わねばならぬ鳥、と解釈し、和歌の趣旨を豊作を意味するものとして、作詩の構想をめぐらせたのだろう。あるいは、歌の「露」に込められた農夫の涙の意を、うれし涙に反転させ、鳥の涙は背負う重さに泣く涙、と諧謔的に捉えているとも言えようが、歌【補注】に言うような「農夫のわびしさの実感としてのリアリティに乏しい点」をうまく衝いて、和歌の内容を漢詩で転回させたと言えよう。

*うことなく表現主体への共感・同情に結び付けるのも唐突である。稲負鳥が鳴いて（泣いて）涙を流すとすれば、まさにその名称からして稲を負わされなければならない、あるいはそれに対して否と言って断りたいからではないだろうか。

【比較対照】

この歌と詩の関係について、村上哲見『漢詩と日本人』（講談社、一九九四）は「もはや翻訳は諦らめ、秋の田という題材だけを採って、全く別の内容にしてしまっている」と評し、詩【補注】でも言及されている渡辺論文は「和歌の意味内容→漢詩の内容という、いわゆる通訳の文脈は通じない。そうではなくて、秋の田に置く露を題材とした和歌の捉え方に対する漢詩の捉え方という、並列・「対応」の関係として文脈をみなければなるまい。恐らくは、「露」を（略）漢詩は（略）、悲哀の「涙」とは対照的な「（天が太平の治世を祝福して下した）甘露」と見立て、一首の構想をその文脈で展開したものであろう――この場合、題材となった「露」は漢詩本文には登場しない――」と説いている。

たしかに、当歌詩の表現に共通するのは「田」と「秋」のみであり、歌において重要な「露」も「稲負鳥」も「涙」も詩には暗示的にさえまったく出てこず、承句以降は詩の独創的な表現展開になっている。詩作の構想として「露→甘露」というのがなかったとは言えないが、そもそも歌は「秋の田に置く露」という設定ではないのであるから、「稲に露＝甘露」という結び付けには飛躍があろう。

この歌詩を関連付けるものがあるとしたら、歌【補注】で触れたように「稲負鳥の涙」ではないだろうか。鳥の涙という見立てはともかく、露を涙に見立てるのは漢詩からの影響とすれば、それ自体を詩に写すのは可能だったはずである。にもかかわらず、当詩はこの「稲負鳥の涙」という表現から、歌とは逆の見方により、豊作という喜ばしい事態を推測したのである。もとより歌自体としては、稲負鳥が嬉し涙を流しているとはとりようがないし、まして農夫のそれでもありえない。しかし、「ヤマダという語に、ある特殊の用途の米を作るという意味あいがこめられ」（時代別国語大辞典上代篇）、しかもそれを守る必要がある、つまり十分に収穫できる状態にあるとすれば、詩としてはその点から為政者の善政を想起するのはさして難しくなかったと思われる。

以上から考えれば、当詩は当歌の趣意よりはその歌われた状況に即し、「稲負鳥」という謎の鳥を手がかりとして、一般とは異なる当歌の読みの可能性を示したものと言える。

七六番

秋之野之　千種之匂　吾而已者　見砥価無　独砥思者

秋の野の　ちくさの匂ひ　吾のみは　見れどかひ無し　独りと思へば

【校異】

本文では、第二句の「匂」を、元禄九年版本・元禄一二年版本・文化版本・類従本・下澤本・藤波家本・講談所本・道明寺本・永青本が「匀」とし、第三句の「已」を、底本はじめ元禄九年版本・元禄一二年版本・文化版本・文化写本が「巳」、京大本・大阪市大本が「己」とするが、他本により改め、第四句の「砥価無」を、永青本・久曾神本が「々留裳」とし、同句末の「無」を、類従本・羅山本が「无」、無窮会本が「旡」とし、結句の「思」の後に、永青本・久曾神本が「倍」を補う。

付訓では、第四句の「みれどかひなし」を、藤波本・講談所本・道明寺本が「みるともなし」、羅山本が「みるかひもなし」と訓む。第四句の本文を大きく異にする永青本・久曾神本には該当部分に付訓がない。

同歌は、歌合にも他の歌集にも見られない。

【通釈】

秋の野に咲くいろいろな草花のさまざまな彩りも、私だけでは、見ても意味がない、自分ひとりだと思うと。

野外千匂秋始装
風前独坐翫芬芳
回眸感嘆無知己
終日貪来対艶昌

野外《ヤグワイ》の千《ちぢ》の匂《にほひ》秋《あき》始《はじめ》て装《よそ》ふ。
風前《フウセン》独坐《トクサ》して芬芳《フンハウ》を翫《もてあ》そぶ。
眸《まなこ》を回《めぐら》して感嘆《カンタン》す知己《チキ》無《なき》ことを。
終日《ひねもす》貪《むさぼ》り来《きたり》て艶昌《エンシヤウ》に対《タイ》す。

【校異】

「回眸」を、類従本・羅山本・永青本・久曾神本「廻眸」に作り、無窮会本「迴眸」に作る。

【通釈】

人里から遠く離れたこのあたりでは、花々が様々に咲き匂って、秋の装いが始まった。秋風の吹く正面にたった一人座り、風に送られてくる良い香りとその花を楽しむ。しかし、周りを見回しても共に楽しむべき知り合いが誰もいないのでガッカリしてため息をつく。そこで、朝から晩まで一日中ずっと花のつややかな美しさに向かい合うことになる。

【語釈】

1 野外　人里から遠く離れた場所のこと。三・五二・六九番詩【語釈】該項を参照。　**千匂**　「匂」字については、二・三番詩【語釈】該項を参照のこと。ここでは承句に「芬芳」とあり、結句に「艶昌」とある

【語釈】

秋の野の　四四番歌【語釈】「秋の野は」の項を参照。**ちくさの匂ひ**　「ちくさ」には千草つまりいろいろな草の意と千種つまりいろいろな種類の意の二つがあるが、おそらく後者は前者から派生したものであろう。一三番歌【語釈】「春霞色のちくさに」の項でも取り上げてあるが、万葉集には「やちくさ」の形で「八千種に草木を植ゑて時ごとに咲かむ花をし見つつしのはな」（万葉集二〇—四三一四）「八千種の花はうつろふ常磐なる松のさ枝を我は結ばな」（万葉集二〇—四五〇一）などのように、種類の意で植物に関してのみ用いられ、八代集でも「春霞色のちくさに見えつるはたなびく山の花のかげかも」（古今集二—一〇二）「吹く風の色のちくさに見えつるは秋のこのはのちればなりけり」（古今集五—二九〇）「しもがれはひとついろにぞなりにけるちくさにみえしのべにあらずや」（後拾遺集六—三九七）などのように、すべて植物に関係付けられている。当歌の場合、初句「秋の野の」とのつながりからは千草の意、次の「匂ひ」とは千種の意で結び付いていいると見られる。類似の表現に「秋ののにみだれてさける花の色のちくさに物を思ふころかな」（古今集一二—五八三）「秋ののちくさの色にうつろへば花ぞかへりて露をそめける」（千載集四—二六二）などがある。「匂ひ」については三番歌【語釈】「こぼれて匂ふ」の項に述べてあるように、嗅覚と視覚の両方の用法があるが、当歌では第四句に「見れど」があることから視覚的に用いられ、秋の野の千草の花の千種の彩りを表している。「〜の匂ひ」という名詞句の例として、万葉集・八代集では「桜・梅・花橘・もみち葉」という植物の他、「もみち葉の散らふ山辺ゆ

ので、和語「にほふ」の、特に嗅覚を意味していると考えて良かろう。

秋始装　「装」は、外見を整える、外側を飾る意。当詩のような擬人法は多くはないけれども、董思恭「詠桃」詩に「禁苑春光麗、花蹊幾樹装」、鮑防「状江南」詩に「白（雪）装梅樹、青袍似葑田」、施肩吾「玩新桃花」詩に「幾歎紅桃開未得、忽驚造化新装飾」などに散見するのを見ると、鮑防詩以外はいずれも桃花の咲くのを言い、また、大江朝綱「尋春花」詩に「青糸繆出陶門柳、白玉装成庾嶺梅」（『屏風土代』）とあるのは、梅花の形容だろう。本集には紅葉を喩える「野樹斑々紅錦装」（五三番）の例もあるが、菅原文時「秋色変林叢」詩に「柳減春煙装出黛、蘭含暁露染成紅」（『類題古詩』色）、菅原宣義「秋色変林叢」詩に「錦袖装来山館雨、青袍謝去野亭秋」（『類題古詩』色）なども葉の比喩と見られる。従って、可能性としては紅葉と秋の花の両方を意味すると考えて良いが、下句の「芬芳」「艶」などと併せ考えると花だけの可能性の方が高い。

2 風前　風の吹いてくる正面。風の当たるところ。一七・四九・六四・七一番詩【語釈】該項を参照。**独坐**　たった一人で座ること。阮籍「詠懐詩十七首其一五」詩に「独坐空堂上、誰可与歓者」（『文選』巻二三）、王維「秋夜独坐」詩に「独坐悲双鬢、空堂欲二更」、白居易「答夢得秋庭独坐見贈」詩に「霜草欲枯虫思急、風枝未定鳥棲難」とあり、藤原宇合「七言在常陸贈倭判官留在京」詩に「褰帷独坐辺亭夕、懸榻長悲揺落秋」（『懐風藻』）、石上乙麻呂「五言秋夜閨情」詩に「空思向桂影、独坐聴松風」（『懐風藻』）とある。本集にも「閨房独坐面猶嚬」（一〇七番）とある。　**翫芬芳**　「芬芳」は、良い香り、の意。ただし、一七番

漕ぐ舟のにほひにめでて出でて来にけり」（万葉集一五―三七〇四）「なでしこが花見るごとに娘子らが笑まひのにほひ思ほゆるかも」（万葉集一八―四一一四）、「あかざりし君がにほひのこひしさに梅の花をぞけさは折りつる」（拾遺集一六―一〇〇五）という例も見られる。

吾のみは　四五番歌【語釈】「吾のみや」の項を参照。

見れどかひ無し　「かひ」には同音異義語がいくつかあるが、文脈から価値や効果の意を表す語であろう。万葉集には「味飯を水に醸み成し我が待ちし代（かひ）はさねなし直にしあらねば」（万葉集一六―三八一〇）の一例しかないが、八代集には一二〇例近く見られ、その約九割が「無し」と関わり、意味・価値・効果がないという意味を表す。このうち「かひなし」という一語の形容詞と認定されるのは四〇例で、他に「年をへていけるかひなきわが身をば何かは人に有りとしられん」（後撰集一三―九四〇）「手もふれでをしむかひなく藤の花そこにうつれば浪ぞをりける」（拾遺集二―八七）などのように連体修飾句を持つ例や「葦引の山のまにまにかくれなむうき世中はあるかひもなし」（古今集一八―九五三）「かざすともたちとたちなんなきなをば事なし草のかひやなからん」（後撰集一七―一二二〇）などのように「も」や「や」などの助詞が入る例も少なからず見られ、「かひ」の独立性が比較的高かったことが知られる。ちなみに、万葉集で「かひ」に相当する語としては「しるし（験）」が用いられ、「高麗錦紐の結びも解き放けず斉ひて待てど験（験）なきかも」（万葉集一二―二九七五）「秋の野をにほはす萩は咲けれども見る験（之留思）なし旅にしあれば」（万葉集一五―三六七七）などのように「なし」と結び付く例が目立つ。「見れどかひ無し」

詩では、花の意で用いられていたこと、その【語釈】該項を参照のこと。朱慶余「廃宅花」詩に「数樹荒庭上、芬芳映緑苔」ともあるので、その意で取れないことはなく、ここも視線の先には花が見えていたと考えるべきだろう。潘岳「閑居賦」に「菫薺甘旨、蓼荽芬芳」（『文選』巻一六）、権徳輿「桃源篇」詩に「巌経初欣繚繞通、渓風転覚芬芳異」とあり、菅原道真「寄白菊四十韻」詩に「芬芳応佩服、貞潔欲攀援」（『菅家文草』巻四）、藤原有頼「惜秋翫残菊応製探得香字」詩に「禁省翫花秋恨長、是因風気散芬芳」（『雑言奉和』）とある。本集にも「寒風寒気蕊芬芳」（九一番）とある。「翫」は、鑑賞すること。何度もよく味わい楽しむこと。一一・二一・二三・二八・三〇・六二番詩【語釈】該項を参照のこと。「玩」も「弄」も、原義は兎も角、「翫」と同じく鑑賞するの意で用いられる語だが、日本では「翫」字の用例が圧倒的に多い。

3 回眸　あたりをぐるっと見回すこと。六八番詩【語釈】該項を参照。

感嘆　心に深く感じてため息をつくこと。喜怒哀楽いずれについても言う。「感歎」とも。唐代以後の詩語。張九齢「感遇十二首其六」詩に「感歎長如此、使我心悠悠」、杜甫「羌村三首其一」詩に「隣人満牆頭、感歎亦歔欷」、陳鴻「長恨歌伝」に「暇日相携遊仙遊寺、話及此事、相与感歎」とあり、嵯峨天皇「神泉苑九日落葉篇」詩に「吁嗟潘岳興、感歎涙空垂」（『文華秀麗集』巻下）とある。**知己**　自分のことをよく分かってくれる人のこと。三六番詩【語釈】該項を参照。

4 終日　一日中、の意。一七・五六・六八番詩【語釈】該項を参照。

貪来　「貪」は、立場・手段を考えずに、欲張って過度に財物をため込もうとすること。従って、「貪」の目的語には物を取ることが多く、「貪

と同じ句は万葉集にも八代集にもないが、「かひなし」が逆接句を上接する例には八代集に「なげけどもかひなかりけり世中になにくやしく思ひそめけむ」（後撰集一二―八五〇）「如何してけふをくらさむこゆるぎのいそぎいでてもかひなかりけり」（拾遺集一四―八五二）「しぐるれどかひなかりけりむもれぎはいろづくかたぞ人もとひける」（後拾遺集一五―八九五）など見られる。

独りと思へば　同句を有する歌は万葉集にも八代集にも見当たらない。「独（ひと）り」という語の古代和歌における特徴の一つは、それが「見る・ながめる」という行為に関して用いられる点である。しかも「妹と来し敏馬の崎を帰るさにひとりし見れば涙ぐましも」（万葉集三―四四九）「玉垂の小簾の間通し一人居て見る験なき夕月夜かも」（万葉集七―一〇七三）「一人のみ見れば恋しみ神奈備の山のもみち葉手折り来り君」（万葉集一三―三二二四）、「ひとりのみながむるよりは女郎花わがすむやどにうゑて見ましを」（古今集四―二三六）「もろともにをりしはるのみこひしくてひとり見まうき花ざかりかな」（拾遺集一六―一〇三九）「秋ののにたれをさそはむ行きかへりひとりはぎをみるかひもなし」（千載集一八―一一七六）などから明らかなように、その独りの行為が「涙ぐまし・恋し・見まうし」あるいは「験なし・かひなし」などととらえられている。当歌においても、「独り」なのは「見る」ことにおいてであり、それが「かひなし」ということである。つまり結句の「独りと思へば」という順接確定表現は第四句の「見れどかひ無し」の理由を倒置的に示す。同様の関係の例として、「わがためは見るかひもなし忘草わするばかりのこひにしあらねば」（古今集一一―七八九）「は

生」という場合も、どうせ生き長らえても何の役にも立たぬのに、という軽蔑のニュアンスが含まれる、貶義詞である。仏教語としては、肉体的・物質的・社会的欲望を飽くことなく追求することで、瞋恚（いかり）、愚痴（無知）とともに三毒の一つとされ、あるいは、瞋恚、惛眠、掉悔、疑とともに五蓋として、根本的な煩悩や不善の一つとされる。ここは、「知己」がいれば秋の花の美しさに対する集中力が紛れるのに、それが誰もいないので、より一層花への執着心が増して度を越してしまうということを「貪」で表現したのだろう。藤原明衡「朝暮愛花色」詩に「饒粧可畏南風起、貪艶難留西日沈」（『類題古詩』愛）、藤原茂明「傀儡子」詩に「桜桃春雨応貪艶、蘭蕙秋風欲比粧」（『本朝無題詩』巻二）とある。**対艶昌**　「艶昌」の語例を知らないけれど、「春艶」で春の花の意となるように、「艶」は、花のつややかな美しさを言う。後主煜「九月十日偶書」詩に「黄花冷落不成艶、紅葉颼飀競鼓声」、司空曙「石蓮花」詩に「紅艶秋風裏、誰憐衆芳後」、王建「野菊」詩に「晩艶出荒籬、冷香著秋水」、白居易「和万州楊使君四絶句　白槿花」詩に「秋蕣晩英無艶色、何因栽種在人家」とある。菅原道真「言子」詩に「寒樹花開紅艶少、暗渓鳥乳羽毛遅」（『菅家文草』巻四）、菅原道真「聞群臣侍内宴賦花鳥共逢春聊製一篇寄上前濃州田別駕」詩に「望鶴晴飛千万里、思梅艶発九重門」（『菅家文草』巻四）とある。また七一番詩【語釈】「風前艶」の項を参照のこと。「昌」とは、『説文』が「日光也」というように、輝き、盛んである様をいう。本集には「奈何桑葉先零落、不屑槿花暫有昌」（九四番）とあり、空海「遊山慕仙」詩に「纏愛如葛旋、萋萋山谷昌」（『性霊集』巻一）、藤原敦基「菊」詩に「籬下洗姿佳

なれてもかひこそなけれ青馬のとりつながれし我が身と思へば」（後拾遺集異本歌一二二六）「やへさけるかひこそなけれやまぶきのちらばひとへもあらじとおもへば」（詞花集一―四六）などがある。

【補注】

「ちくさ」の「千」と「独り」の「一」が対として用いられ、それが沢山の草花と孤独な自分という対比にもなり、結果として「見れどかひ無し」という感慨を引き出すものとなっている。ただ、気になるのは「吾のみは」という限定である。結句の「独り」とともに孤独感を強調しているとも受け取れるが、「ちくさ」との対比のバランスを考えれば、たとえば「ひとりのみ」という表現だけでも十分のように思われる。

確認しておきたいのは、「見れどかひ無し」とする理由を、独りだから、ではなく、独りと思うから、と表現していることである。逆に言えば、そう思いさえしなければ、見る甲斐があることになる。「吾のみは」という限定は、その場にいるのが自分ひとりという設定ではなく、「独＊

＊りと思」う、まさにそのことに関わっているのではないか。

【語釈】の「独りと思へば」の項に引いた例歌から見てとれるのは、親しい人の不在が孤独の思いを喚起するということであるが、当歌においてはそれをうかがわせる要素が見当たらない。むしろ「吾のみは」という表現は複数の他者の存在を前提にしてこそ成り立つようにも思われるのであって、表現の巧拙を問うことなく、積極的にその価値を認めるとしたら、「独りと思」うことに力点があり、そう思ってしまうのが「吾のみ」であると考えておきたい。

【比較対照】

歌の上句「秋の野のちくさの匂ひ」には詩の起句がほぼ対応する。歌の「匂ひ」は【語釈】に示したように、視覚的な彩りとして用いられているが、詩の「匂」は視覚とともに、承句の「芬芳」から嗅覚も含意していると考えられる。また「秋始装」について、同じく「装」字を用いる五三番詩では紅葉をいい、「爽候欲蘭光」のように秋の盛りが過ぎようとする時期を歌っているのに対して、当歌詩では秋の花々だからこそこのように表現したのであろう。ただ本集秋歌の配列が時系列に従うとすれば大きく食い違うが。

一方、歌の下句「吾のみは見れどかひ無し独りと思へば」に対して、詩で直接個々に対応する表現としては、「独り」に対する承句の「独」のみである。歌の中心的感慨である「かひ無し」に対しても、詩の結句は一見逆のことを言っているように受け取れる。

気通、園中表徳美名昌」（『本朝無題詩』巻二）とある。「艶昌」に対して、版本は例外なく音合符を付するも、講談所本・道明寺本・羅山本などは「艶の昌に」、永青本・久曽神本「艶の昌なる」と訓む。

【補注】

韻字は「装・芳・昌」で、下平声十陽韻。平仄に基本的な誤りはない。

『注釈』は、承句の「独坐」について「この語は、和歌の〔我のみは〕を言い換えたもの」、転句について「この句の〔回眸〕は、和歌の「見れど」に〔無知己〕は〔独りと思へば〕にそれぞれ重なる。歌一五一では〔我のみ〕〔独り〕の中身を説明していなかったのに対して、ここでは友人が側にいないために孤独であることを述べている」としている。

歌の「見れど」と詩の「回眸」は表現としては関連しあうものの、文脈的にそれぞれの対象が異なるのは明らかである。歌の「独りと思へば」と詩の「無知己」は結果としては同じことを言っているようであるが、単に「友人が側にいないために孤独であること」を表しているのではない。歌【補注】で述べたように、「かひ無し」なのは独りだからではなく、独りと思うからであり、その違いを、詩は承句で「独坐」という事実を述べたうえで、改めて「回眸」することにより「無知己」を確認するという形で表している、とみなすことができる。そしてその確認をとおしての「感嘆」の理由を、歌の「かひ無し」という思いに暗示的に結び付けることによって、歌詩の対応が図られたと考えられる。さらに詩の状況設定が「野外」の独居であるとすれば、孤独は自明なことであって、それを承句のようにことさらに意識するのが「吾のみは」なのである。

また『注釈』は、結句について「この句では、友と一緒に花を見ることはできないが、一日中盛りを迎えた花を心ゆくまで眺めると述べている。第三句の〔知己〕のいない嘆きを補うかのように、〔貪〕つまり心ゆくまで野の花を眺めるのである」と説明している。しかし、「嘆きを補うかのように」「心ゆくまで野の花を眺める」というのは、意図としてはともかく行為としてはいかにも不自然であり、歌からの展開としても無理があるのではないだろうか。詩【語釈】「貪来」の項に述べたように「ここは恐らく、「知己」がいれば秋の花の美しさに対する集中力が紛れるのに、それが誰もいないので、より一層花への執着心が増して度を越してしまうということを「貪」で表現した」、つまりあくまでもマイナスの事態としてとるべきであると考えられる。秋の美景への耽溺自体は決して「かひ」あることではなく、それを誰かと語り合うことにこそ「かひ」を見出せるのである。

以上のようにとらえるならば、当歌詩は、表現上の対応を越えて、趣意の即応した組み合わせと言えよう。

七七番

夜緒寒美　衣借金　鳴苗丹　芽之下葉裳　移徙丹芸里

夜を寒み　衣かりがね　鳴くなへに　はぎの下葉も　移ろひにけり

【校異】

本文では、第二句末の「金」の後に、永青本が「乎」、久曾神本が「手」を補い、第四句の「芽」を、永青本・久曾神本が「苛」とし、結句の「徙」を、底本はじめ文化写本・藤波家本・講談所本・京大本・大阪市大本・羅山本・無窮会本が「徒」、下澤本・道明寺本・永青本が「従」とするが、他本により改める。

付訓では、とくに異同が見られない。

同歌は、古今集（巻四、秋上、二一一番）に「題しらず　よみ人しらず」として、拾遺集（巻一七、雑秋、一一一九番）に「題しらず　人まろ」としてあり（ただし第四・五句「はぎのしたばは色づきにけり」）、新撰和歌（巻一、春秋、二八番。ただし結句「色づきにけり」）や柿本集（書陵部本八七番。ただし第四・五句「はきの下葉は色つきにけり」）、忠岑集（書陵部本三十六人集三三番。ただし初句「つゆさむみ」下句「はきのした葉は色つきにけり」）、同（書陵部本一七八番。ただし第四・五句「はきのしたは丶いろつきにけり」）、古今六帖（第六、草、秋はぎ、三六三九番、人丸。ただし結句「色づきにけり」）にも見られる。

寒露初降秋夜冷
芽花艶々葉零々
雁音頻叫衘蘆処
幽感相干傾緑醽

寒露《カンロ》初《はじめ》て降《おき》て秋《あき》の夜《よ》冷《さむ》し。
芽花《はぎのはな》艶々《エンエン》として葉《は》零々《レイレイ》たり。
雁音《ガンイン》頻《しきり》に叫《さけび》て蘆《あし》を衘《ふく》む処《ところ》、
幽感《イウカン》相《あ》ひ干《をか》して緑醽《リョクレイ》を傾《かた》ぶく。

【校異】

「寒露」を、京大本・大阪市大本・天理本「雲露」に作る。「秋夜」を、詩紀本「秋来」に作る。「芽花」を、永青本・久曾神本「苛花」に作る。「衘蘆処」を、京大本・大阪市大本・天理本「衛蘆処」に作るも、天理本には右傍に「衘也」の校注がある。また、久曾神本「衘廬処」に作る。「幽感」を永青本・久曾神本「幾感」に作る。「緑醽」を、底本始め諸本「緑醽（醽）」に作り、永青本・久曾神本「緑鄢」に作り、京大本・大阪市大本・天理本「緑雨」に作るも、「雨」は、極小字。天理本には「本ノママ醽也」の校注あり。

【通釈】

寒露が初めて降りる頃となって、秋の夜もめっきり冷え込むようになった。ハギの花は赤くつやつやと色づき、葉はハラハラと舞い落ちる。カリは頻りに鳴きながらアシを銜えて飛んで行くのを見るに付け、何とも言えぬ深い思いが心を満たして美酒を傾ける。

【通釈】
夜寒いので衣を（借りたいが）借りられないために、カリが鳴くにつれ、ハギの下の葉も色あせ散ったことだなあ。

【語釈】
夜を寒み　五八番歌【語釈】「夜を寒み」の項を参照。「雁がね」「衣をぞかる」のように、当歌と似た表現が見られる。
衣かりがね　「衣（ころも）かりがね」という表現形式は万葉集にはなく、古今集の同歌が初例で、八代集には拾遺集所載の同歌を除けば「いもせやまみねのあらしやさむからんころもかりがねそらになくなり」（金葉集三―二一一）「風さむみいせのはまをぎわけゆけば衣かりがね浪に鳴くなり」（新古今集一〇―九四五）の二例のみ。ただし十三代集には一八例も見られ、「秋はぎの花さきぬらし我がせこが衣かりがねいま来なくなり」（続後拾遺集四―三〇八）のようにハギとともに詠まれた歌や、「かへりゆくこしぢの雪やさむからんはるはかすみにころもかりがね」（続古今集一―八三）「春も猶ゆきふるさとにかへるとや花のにしきの衣かりがね」（玉葉集一四―一八六五）などのように、秋ではなく春の歌も見られる。「かりがね」は鳥のカリの意と衣を「借り兼ね」つまり借りることができないの意の掛詞であるが、「借り兼ね」という単独の表現は万葉集にも八代集にも見られず、この掛詞としてしか用いられない。「かりがね（雁）」と「借り兼ね」との関係について、カリが衣を借りられずにいるとする解釈が中心的ではあるが、古今集の注釈書では「衣を借りて重ね着をしたい今日このごろ、雁の声が聞えてくるとと

【語釈】
1 寒露　晩秋頃に降りる冷たい露のこと。また、『逸周書』に「白露之日、鴻雁来。寒露之日、又来」（『藝文類聚』雁）とあるとおり、二四節気の一で、今の十月十日前後の日に当たる。その頃おく露。ちなみに白露はその一月ほど前。郭璞「遊仙詩七首其七」詩に「寒露払陵苕、女蘿辞松柏」（『文選』巻二一）、金立之「秋夕」詩に「寒露已催鴻北至、火雲漸散月西流」（『千載佳句』早秋、佚）、白居易「池上」詩に「裊裊涼風動、凄凄寒露零」とあり、菅原道真「五月長斎畢書懐簡諸同舎」詩に「為向香炉経案遭、涼風寒露更相尋」（『菅家文草』巻一）、同「重陽後朝同賦花有浅深応製」詩に「夜風豈有吹濃淡、寒露応無潤愛憎」（『菅家文草』巻五）とある。　**初降**　（寒露が）その年初めて降りる、の意。『礼記』月令に「孟秋之月、…涼風至、白露降」、禰衡「鸚鵡賦」に「若廼少昊司辰、蓐收整轡。厳霜初降、涼風蕭瑟」（『文選』巻一三）、孫顧「清露被皐蘭」詩に「夕芳人未採、初降鶴先驚」とある。　**秋夜冷**　秋の夜、特に冷え込むこと。白居易「晩秋夜」詩に「凝情不語空所思、風吹白露衣裳冷」、同「秋房夜」詩に「水窓席冷未能臥、挑尽残灯秋夜長」、同「秋雨夜眠」詩に「涼冷三秋夜、安閒一老翁」とあり、都良香「秋夜臥病」詩に「夜久風威冷、窓深月影低」（『扶桑集』巻七）とある。
2 芽花　ハギの花。六四番詩【語釈】該項を参照。なお講談所本・道明寺本・羅山本などには音合符がある。　**艶々**　湯恵休「白紵歌」詩に「少年窈窕舞君前、容華艶艶将欲然」（『玉臺新詠』巻九）とあるように、華やかでつやつやした光のある様の形容。元稹「紅芍薬」詩に「艶艶錦不如、夭夭桃未可」、白居易「東坡種花二首其一」詩に「紅者霞艶

もに」（日本古典集成本）「今夜は寒いので衣を借りて着ている。空でも寒さをかこって雁が鳴いているが」（日本古典文学全集本）「夜が寒いので衣を借りようとして借りられずにいるが、雁が鳴くのと共に」（新日本古典文学大系本）などのように、「夜を寒み衣」までを「かり」を導く序とみなし、その主体をカリではなく詠み手自身とする解釈も見られる。しかし右掲の歌をふくめ類例を見るかぎりでは、寒さゆえに鳴くという設定でカリの身を思いやるという表現がほとんどであり、人が「衣を借る」という表現も見当たらないので、この解釈はとりがたい。なおカリの意の「かりがね」については四六番歌【語釈】「鳴く雁がねぞ」の項を参照。当歌では第三句に「鳴く」が続くのでカリの鳴き声ではなくカリ自体ととる。

鳴くなへに　「なへに」は一般に、～とともにという並列の意の接続助詞相当の表現とみなされ、「主として奈良時代に用いられた。平安時代以後は、歌語・古語として和歌の中に用いられた」（日本文法大辞典）とあるように、万葉集では「なへ」の形も含め三〇例見られるのに対して、八代集にはその約半分しか用いられていない。当歌の「なへに」によって関係付けられるのは、カリが「鳴く」こととハギが「移ろふ」ことである。「なへに」がこの両者をどのように関係付けているかについては、【補注】および清水真澄「『万葉集』における接続表現――「なへ（に）」の機能と意味関係――」（中央大学『大学院年報　文学研究科篇』四三、二〇一四・二）を参照。両者を詠み込んだ、ハギ以外も含めた類例は「雲の上に鳴きつる雁の寒きなへ〔苗〕萩の下葉はもみちぬるかも」（万葉集八―一五七五）「今朝の朝明雁が音寒く聞きしなへ〔奈倍〕

艶、白者雪皚皚」とある。　**葉零々**　葉が舞い落ちる様。五七番詩【語釈】該項参照。

3 雁音　カリの鳴き声のこと。「雁声」に同じ。杜牧「金陵」詩に「瓜歩逢潮信、台城過雁音」とあり、菅原在良「春日世尊寺即事」詩に「雲外雁音望已断、霞間鶯語曲猶新」（『本朝無題詩』巻九）とある。中国詩においては「声」と「音」とは混同しないが、本来「雁声」とすべき所、押韻の関係（下平声二十一侵韻）で杜牧の一例のみ「雁音」の例がある。それに対して、日本漢詩でも、藤原通憲「秋日即事」詩に「嘒嘒暗蟬摐磬韻、嗈嗈秋雁繫書音」（『本朝無題詩』巻五）、藤原明衡「初冬書懐」詩に「望遠数重渓霧色、夢驚千里塞鴻音」（『本朝無題詩』巻五）の二例は、杜牧詩と同じ理由による。従って、当詩と真に同じ用例は、在良の一例のみ。ここは、次に「叫」とあるので、ことさら「音」の語は必要なく、あるいは和歌の「かりがね」という形に影響されたか。底本にのみ音合符らしきものが見えるが、それ以外の諸本には、訓点が一切付されていない。　**頻叫**　「雁」の「叫」については、五四番詩【語釈】該項を参照。六朝詩から用例は多い。桑原腹赤「和滋内史秋月歌」詩に「漢辺一雁負書叫、外城千家擣衣声」（『文華秀麗集』巻下）、島田忠臣「秋日諸客会飲賦屏風一物得舟」詩に「雲叫雁声疑櫓動、風吹鷁首怪帆留」（『田氏家集』巻上）、菅原道真「聞早雁寄文進士」詩に「無勝早雁叫傷情、沙漠涼風送遠行」（『菅家文草』巻四）とある。ただし、「頻叫」の用例は、元稹「青雲駅」詩に「饋食頻叫噪、仮器仍乞醯」とある以外に知らない。　**銜蘆処**　『淮南子』脩務訓に「夫雁順風而飛以愛気力、銜蘆而翔以備矰弋」（『白氏六帖』雁）とある表現に基づく。カリは

野辺の浅茅そ色付きにける」（万葉集八—一五四〇）「雁が音を聞きつるなへに〔奈倍尓〕高松の野の上の草そ色付きにける」（万葉集一〇—二一九一）「雁がねの声聞くなへに（苗荷）明日よりは春日の山はもみちそめなむ」（万葉集一〇—二一九五）のように万葉集に多いのに対して、八代集には古今集・拾遺集の同歌以外は「かりがねのなきつるなへに唐衣たつたの山はもみぢしにけり」（後撰集七—三五九）の一例のみである。

はぎの下葉も　「下葉（したば）」は万葉集では「雲の上に鳴きつる雁の寒きなへ萩の下葉〔下葉〕はもみちぬるかも」（万葉集八—一五七五）「天雲に雁そ鳴くなる高円の萩の下葉〔之多婆〕はもみちあへむかも」（万葉集二〇—四二九六）「このころの暁露に我がやどの萩の下葉〔下葉〕は色付きにけり」（万葉集一〇—二一八二）などのように、六例すべてがハギに関してその紅葉を歌ったものであり、八代集では「あきはぎのしたば色づく今よりやひとりある人のいねがてにする」（古今集四—二二〇）「白露のうへはつれなくおきゐつつ萩のしたばの色をこそ見れ」（後撰集六—二八五）「風さむみわがから衣うつ時ぞ萩のしたばもいろまさりける」（拾遺集三—一八七）などのように、ハギの紅葉に関しては三六例中一五例あるが、カリとともに詠まれた例は古今集・拾遺集の同歌以外には見られない。『和歌植物表現辞典』には「秋の訪れを知らせる萩の下葉の紅葉も万葉以来さかんによまれているが、平安期以降は色づく下葉（萩は下方の葉から色づくとされていた）が人の心変わりの譬喩として、恋歌などで多くうたわれるようになった」とある。なお四九番歌「下黄葉」の項も参照。

アシを銜えて飛ぶことにより、「矰弋」（いぐるみ）が当たらないようにしているということ。左思「蜀都賦」に「晨鳧旦至、候雁銜蘆」（『文選』巻四）、張華「鷦鷯賦」に「彼晨鳧与帰雁、…徒銜蘆以避繳、終為戮於此世」（『文選』巻十三）、梁簡文帝「玄圃寒夕詩」に「雁去銜蘆上、猿戯繞枝来」（『藝文類聚』・『初学記』冬）などと用いられ、李白「鳴雁行」詩に「昨発委羽朝度関、一一銜蘆枝」とあるなど唐詩にも用例は多い。大江匡衡「秋雁数行書」詩に「万里伝来応感徳、銜蘆遠□□□□」（『江吏部集』巻下）とある。

４幽感　底知れぬ深い思いのこと。「羅含別伝曰、含致仕還家、庭中忽自生蘭。此徳行幽感之応」（『藝文類聚』庭）、張九齢「同綦毋学士月夜聞雁」詩に「空声両相応、幽感一何深」、張説「岳州夜坐」詩に「独歌還太息、幽感見余声」とある。　**相干**　「相」は、次語の動詞に対象があることを示す語。ここでは自分自身。「干」は「犯」と同じで、ここは、無理に心の中に入り込むこと。任昉「斉竟陵文宣王行状」に「人有不及、内恕諸己。非意相干、毎為理屈」（『文選』巻六〇）、杜甫「承聞河北諸道節度入朝歓喜口号絶句十二首其二」詩に「社稷蒼生計必安、蛮夷雑種錯相干」、白居易「病入新正」詩に「是身老所逼、非意病相干」とある。　**傾緑醽**　「緑醽」とは、酒の名。また、広く美酒を意味する。また「緑酃」とも。異文「醽（醽）」が正字で「醽」は省画との説もあるが、通行する字体に従った。左思「呉都賦」に「飛軽軒而酌緑醽、方双轡而賦珍羞」（『文選』巻五）とあり、李善注は「湘州記曰、湘州臨水県有酃湖、取水為酒、名曰酃酒」の一文を引く。晋庾闡「三月三日詩」に「清泉吐翠流、緑醽漂素瀬」（『藝文類聚』三月三日）、劉禹錫「送李

移ろひにけり　「移（うつ）ろふ」については、四番歌【語釈】「移ろふ色」の項に触れてあるように「一般的には時間的な推移を表し、とりわけ植物（花）の漸次的な衰退と、それにたぐえて心変わりを表すことが多い」。紅葉に関しては、万葉集に「もみち葉は今はうつろふ（宇都呂布）我妹子が待たむと言ひし時の経行けば」（万葉集一五―三七一三）「天雲のたゆたひ来れば九月の黄葉の山もうつろひ（宇都呂比）にけり」（万葉集一五―三七一六）の二例あり、ともに葉が色付いた後の、色あせ散ることを表している。八代集でも「ちはやぶる神なび山のもみぢばに思ひはかけじうつろふものを」（古今集五―二五四）「うつろはむ事だに惜しき秋萩ををれぬばかりもおける露かな」（拾遺集三―一八三）などのように、万葉集と同様に色あせ散る意の例もある一方、「おなじえをわきてこのはのうつろふは西こそ秋のはじめなりけれ」（古今集五―二五五）「うつろふはしたばばかりと見しほどにやがても秋になりにけるかな」（拾遺集一三―八四〇）などのように、色付くところから表していると見られる例もある。他集所載の同歌には「色づきにけり」とする本文が多いのは、「鳴くなへに」の項で挙げたように、カリの到来とともに紅葉するという万葉歌の設定をふまえ、それを「うつろふ」よりも明確に示すためであろう。「うつろひにけり」を本文とする古今集の同歌に対して「もみじし初めたことよ」（新日本古典大系本）「紅葉してきた」（日本古典集成本）「黄葉したことであるよ」（窪田評釈）などのように紅葉の意ととるものと、「色づき枯れたことだ」（日本古典文学大系本）や「色あせ、散り際になった」（日本古典文学全集本）のように、紅葉から散るところまでととるものに分かれ、『注釈』は「黄色に変わ＊

策秀才還湖南因寄幕中親故兼簡衡州呂八郎中」詩に「庾楼見清月、孔坐多緑醽」、元稹「飲致用神麴酒三十韻」詩に「上月調神麴、三春醸緑醽」とある。「傾」は、盃や徳利を傾けて酒を飲むこと。白居易「寄両銀榼与裴侍郎因題両絶句」詩に「願奉謝公池上酌、丹心緑酒一時傾」（『千載佳句』勧酒）とあり、境部王「宴長王宅」詩に「対峰傾菊酒、臨水拍桐琴」（『懐風藻』）、菅原道真「雨夜」詩に「此治遂無験、強傾酒半盞」（『菅家後集』）とある。

【補注】

韻字は、「冷・零・醽」で、下平声十五青韻。平仄にも基本的な誤りはない。

＊り散りがてになってしまったことだ」と解釈して、後者に組する。

【補注】

当歌の解釈上ポイントになるのは、時間・時期の設定である。本集における当歌の位置は別にしても、「夜を寒み」とするのは、秋がかなり深まった頃と想定される。カリの到来やハギの下葉が紅葉し始めるのは秋当初であり、万葉集に詠まれたのはまさにその時期のものであった。しかし当歌が秋の後半とすれば、当然ハギの下葉は枯れ散るであろうし、カリの鳴き声は寒さとともに、より一層悲痛に聞こえるようにもなるであろう。「なへに」はカリの鳴くこととハギが移ろうことの一時的な並列ではなく、両者の時間的な経過にともなう変化の並列を表しているのであり、それによって秋の深まりを歌っているのである。

『日本文法大辞典』には「なへ」について、「たんに「一つの事柄に伴って他の事の行われる関係を示す」とか「二つの動作状態が相並んで発生する」ことを示すものではなく、一つの事態を感覚的にとらえたまさにその時に、それを証する外界の事象を同時に認め、「なへ」によって、それを下に叙しているのである。そこには、「そういえば…」「なるほど…」というようなニュアンスが感じられる」という説明があるが、当歌にもこれがあてはまる。

すなわちカリの鳴き声が以前に聞いた時よりも寒々しく感じられたとき、ハギの下葉もこの前紅葉したと思ったらもう枯れて散る事態になっていた、つまりそれだけ秋が深まったことに気付いたのである。この気付きが歌末の「けり」とも符合し、また第四句の「はぎの下葉」に下接する助詞も「は」ではなく「も」がふさわしいことになる。

【比較対照】

詩の起句「寒露初降秋夜冷」は歌の初句「夜を寒み」に対応するだけでなく、晩秋という時期設定も明確にしている。ただ歌の「衣かりがね」に続く関係は日本語としての技法ゆえ詩では写されていない。ということは、詩の転句に「雁音頻叫銜蘆処」のようにカリが出てくるが、その「頻叫」の理由は歌とは異なり、直接には示されていないことになる。また歌ではカリのほうが先に表現されているのに対して、詩ではハギのほうが先行しているのは、起句の「寒露」が降るのがハギの葉というつながりによるものであろう。つまり、歌の初句と詩の起句とは対応するが、その後の表現との関連付け方が異なっていることになる。

歌では第三句の「なへに」によって、カリが鳴くこととハギが移ろうことの同時（認知）性が明示されているのに対して、詩の承句と転句は並列されるのみであり、しかも承句ではハギの花が咲くことと葉が散ることがともに成り立っているかのように表現されているし、転句のカリも飛来したばかりなのかどうか定かでない。もっとも、起句の時期設定がある限り、ハギの葉は散り、カリはすでに滞在している頃ととるのが自然であろう。

歌単独では到底導き出されようのないのが、詩の結句への展開である。詩の【通釈】および【補注】に述べたように、「幽感」によって、自然の規則正しいありようを「帝王の素晴らしい政治」に結び付けるのが詩における一つの定番とするならば、その自然の規則正しいありようというものを、歌のどこから読み取ったのか。おそらくは、まさに「なへに」であったろうと考えられる。この「なへに」によって表された、夜寒とカリの鳴き声とハギの葉の黄落の同時性にこそ、自然の規則正しいありようを見出したのである。歌ではその同時性の気付きから秋の深まりという自然変化の実感を趣意とみなしたが、詩はそれとは別に、自然の同時性そのものから人事に関わる「幽感」に及んだと言えよう。

七八番

言之葉緒　可恃八者　秋来者　五十人礼歟色之　不変芸留

ことのはを　たのむべしやは　秋来れば　いづれか色の　変はらざりける

【校異】

本文では、第二句の「恃」を、永青本・久曾神本が「特」とし、第三句の「来」を、永青本・久曾神本が欠き、第四句の「礼」の後に、永青本・久曾神本が「都」を補い、同句の「歟」を、類従本が「與」とし、同句の「色」を、五三番歌と同じく底本はじめ六本が「㐌」とするが他本により改め、結句の「不」を、文化写本が欠き、同句の「変」の後に、京大本・天理本が「里」、永青本・久曾神本が「佐里」を補い、同句の「留」を、講談所本が「里」とする。

付訓では、第四句の「いづれ」を、藤波家本が「いつも」、京大本・大阪市大本・天理本が「いつし」とする。

同歌は、歌合には見られず、下って新続古今集（巻一七、雑上、一七五七番）に「菅家万葉集歌　読人しらず」として見られる。

【通釈】

言葉（という葉の色の変らないこと）を信用できるだろうか（いや、できないかも）。秋が来ると（葉の）どれが色の変わらなかったことか（どれもみな変わるのだから）。

秋来変改併依人
草木栄枯此尚均
昨日怨言今日否
愧来世上背吾身

秋《(あき)》来《(きたり)》て変改《(ヘンカイ)》すること併《(しかしな)》がら人《(ひと)》に依《(よ)》る。
草木《(サウボク)》の栄枯《(エイコ)》此《(こ)》れ尚《(なほ)》均《ひと》し。
昨日《(サクジツ)》の怨言《(ヱンゲン)》今日《(キンジツ)》は否《あら》ず。
愧《は》ぢ来《(きた)》る世上《(セイシヤウ)》の吾《(わ)》が身《(み)》に背《そむ》くことを。

【校異】

「栄枯」を、羅山本・無窮会本「栄材」に作り、いずれも右傍に「枯」を校注する。「怨言」を、類従本・羅山本・無窮会本・永青本・久曾神本「留言」に作り、類従本「怨イ」を校注する。また、「怨言」の本文を持つ諸本にも、「留」の異本注記を持つものあり。「今日否」を、羅山本・無窮会本「今日不」に作る。「背吾身」を、藤波家本・講談所本・道明寺本「肖吾身」、京大本・大阪市大本「肖我身」、天理本「背我身」に作る。

【通釈】

秋になって人の心や身の上は変わり改まることになるが、それらはことごとく他人に左右されるのだ。一方、草木の花が咲いたり葉が落ちたりすることは、すべての植物に平等に訪れる事態だ（しかし、人間界の栄枯はそうではない）。昨日まで「逢ってくれない、冷たい人だ」と愚痴をこぼしながら言い寄ってきた人が、今日になると知らん顔。（その

【語釈】

ことのはを　「ことのは」は本文表記どおり「言＋の＋葉」という、言語を葉に見立てたことばであるが、語源的に「は」を端の意とする説もある。万葉集には例がないものの、「百千度恋ふと言ふとも諸弟らが練りの言葉〔言羽〕は我は頼まじ」（万葉集四―七七四）「父母が頭掻き撫で幸くあれて言ひし言葉〔気等婆〕ぜ忘れかねつる」（万葉集二〇―四三四六）などのように、「こと（言）」とともに、すでに「ことば」（方言形の「けとば」も）という複合語として見られる。一方、八代集には「ことば」という形は見られず、「ことのは」の形でのみ九〇例近く用いられ、そのうち半数以上が恋の部立の歌で、当歌と同じく秋部に含まれるのは「秋ふかみよそにのみきくしらつゆのたがことのはにかかるなるらん」（後撰集七―四二五）「しぐれつつふりにしやどの事の葉はかきあつむれどとまらざりけり」（拾遺集一七―一一四一）など数例しかない。葉への見立ては古今集かな序冒頭の「やまとうたは人のこころをたねとしてよろづのことのはとぞなれりける」に明確であるが、万葉集の「ことば」を含む歌の表現にはその見立て性は認められないのに対して、八代集の大方の歌は「ことのは」を用いれば葉の見立てに関連した表現をとる。その主要なパターンとしては、（1）葉が変色・紅葉するという表現（「思ふてふ事のはのみや秋をへて色もかはらぬ物にはあるらむ」（古今集一四―六八八）「今はとてわが身時雨にふりぬれば事のはさへにうつろひにけり」（古今集一五―七八二）「つれもなくなりゆく人の事のはぞ秋よりさきのもみぢなりける」（古今集一五―七八八）など）、（2）葉に露や霜が置くという表現（「ともかくもいふ事のはの見えぬかように昨日まで自分が時めいていると思っていた自分自身を）深く恥じ入っている、今初めて世間が自分に背いていることを知って。

【語釈】

1　秋来　秋になる。四五・六九番詩【語釈】該項を参照のこと。**変改**（どちらかというとマイナスの方向に）変わり、改まること。梁・昭明太子「文選序」に「物既有之、文亦宜然。随時変改、難可詳悉」とあるけれども、白居易「重過寿泉憶与楊九別時因題店壁」詩に「形容已変改、処所猶依然」、同「偶吟」詩に「人生変改故無窮、昔是朝官今野翁」、邵謁「覧孟東野集」詩に「珪璋遍四海、人倫多変改」とあり、『菅家文草』末尾の書き付けの「口詩」に「駅長莫驚時変改、一栄一落是春秋」（『大鏡』巻二・時平条にも）、本集にも「人情変改不須知、見説生涯離別悲」（一一九番）とあるように、この語の唐詩における用例は寒山詩を除けば以上の三例であり、ここも時勢や上下関係などの人事を念頭に置くと考えて良い。**併依人**　「併」は、「幷」の借用義で「合」と同じ。いくつかのものを一緒にすること。ここは副詞的な用法。庾肩吾「詠長信宮中草」詩に「全由履跡少、併欲上階生」（『玉臺新詠』巻一〇）、白居易「詩酒琴人…聊写愧懐」詩に「一之已歎関於命、三者何堪併在身」とある。その和訓「しかしながら」は、「そのまま全部。全部そっくり。すべて。さながら。ことごとく」（日本国語大辞典第二版）の意。「依人」は、韋応物「慈恩寺南池秋荷詠」詩に「衰紅受露多、余馥依人少」とあるように、ある人に寄り添う、ある人を頼る、の意が本来の意。ただし、ここは、銭五〇番詩【語釈】「依々処」の項を参照のこと。

ないづらはつゆのかかり所は」（後撰集一〇—六〇九）「事のはにたえせぬつゆはおくらんや昔おぼゆるまとゐしたれば」（後撰集一五—一〇九七）「事の葉も霜にはあへずかれにけりこや秋はつるしるしなるらん」（拾遺集一三—八四一）など）、（3）葉が散ったり積もったりするという表現（「人を思ふ心のこのはにあらばこそ風のまにまにちりもみだれめ」（古今集一五—七八三）「深く思ひそめつといひし事のははいつか秋風ふきてちりぬる」（後撰集一三—九三三）「しぐれつつふりにしやどの事の葉はかきあつむれどとまらざりけり」（拾遺集一七—一一四一）など）、（4）その他（「世にふれば事のはしげきくれ竹のうきふしごとに鶯ぞなく」（古今集一八—九五八）「おもはむと我をたのめし事のはは忘草とぞ今はなるらし」（後撰集一三—九二一）「事のはもなくてへにける年月にこの春だにも花はさかなん」（後撰集一七—一二四三）など）があり、このうち当歌は（1）の表現パターンに該当する。

たのむべしやは　「たのむ」はあてにする、信用するの意であるが、当歌でその対象となるのは初句の「ことのは」である。類例として万葉集に先掲の「百千度恋ふと言ふとも諸弟らが練りの言葉は我は頼まじ」（万葉集四—七七四）「たらちねの母の命の言にあらば年の緒長く頼み過ぎむや」（万葉集九—一七七四）などがあるが、八代集には自動詞ではなく他動詞として「たのめこし事のは今はかへしてむわが身ふるればおきどころなし」（古今集一四—七三六）「うれしげに君がたのめし事のははかたみにくめる水にぞ有りける」（後撰集九—五五八）「たのめおくことの葉だにもなきものをなににかかれるつゆのいのちぞ」（金葉集七—四二〇）などあり、どれも否定的な文脈に見られる。「たのむ」に下接

起「詠白油帽送客」詩に「巻舒無定日、行止必依人」とあり、島田忠臣「看侍中局…呈諸同志」詩に「了得行蔵能在我、憐他飛伏必依人」（『田氏家集』巻上）とあるように、他人に因る、他人に左右される、の意で、「繋」字の意に近い。ここの「人」は、結句の「吾身」と対応する。

2 草木　草や木などの植物。本集六六番詩【語釈】該項を参照のこと。

栄枯　草木の繁茂することと枯れること、の意。顔延年「秋胡詩」に「孰知寒暑積、僶俛見栄枯」（『文選』巻二一）とあり、李善注は「程暁女典曰、春栄冬枯、自然之理」とあるを引く。白居易「読漢書」詩に「草木既区別、栄枯那等夷」とある。白居易はこの「栄枯」を「寄李相公崔侍郎銭舎人」詩に「栄枯事過都成夢、憂喜心忘便是禅」（『千載佳句』禅観）とあるように人事に用いることが多いが、用例は二〇例近くあって、他の詩人を圧倒する。巨勢識人「神泉苑九日落葉篇応製」詩に「四時寒暑来且往、一歳栄枯春与秋」（『文華秀麗集』巻下）、滋野貞主「奉和清涼殿画壁山水歌」詩に「草木栄枯共一園、古年奇好尽毫」（『経国集』）とある。**此尚均**　「均」は、すべてにわたって均等に公平に行きわたっている様。曹子建「七啓八首」に「顕朝惟清、王道遐均。民望如草、我沢如春」（『文選』巻三四）、東方朔「答客難」に「聖帝徳流、…天下平均、合為一家」（『文選』巻四五）とあり、菅原道真「左金吾相公…同賦親字」詩に「努力努力猶努力、明明天子恰平均」（『菅家文草』巻五）とある。

3 昨日　きのうのこと。潘岳「悼亡詩三首其三」詩に「念此如昨日、誰知已卒歳」（『文選』巻二三）とあり、李善は、「蒼頡篇曰、昨、隔日也」の一文を注する。なお、「昨日」と「今日」の対比は、李白「携妓

する「べし」は文脈から可能の意、「やは」は文中でも文末でも用いられ、「平安時代以降「やも」に代わって用いられる。主として反語を表すが、疑問を表す場合もある」（日本文法大辞典）。当歌でも下三句をその理由とすれば反語表現に傾いていると見られる。なお「たのむ」については三九番歌【語釈】「置く露を命とたのむ」の項も参照。

秋来れば　この形で順接確定条件を表す表現は万葉集にはなく、「秋されば置く白露に我が門の浅茅が末葉色付きにけり」（万葉集一〇—二一八六）「秋されば置く露霜にあへずして都の山は色付きぬらむ」（万葉集一五—三六九九）などのように「秋されば」が慣用的に見られ、八代集になるとこれに代わって「秋くれば月のかつらのみやはなるひかりを花とちらすばかりを」（古今集一〇—四六三）「君と我いもせの山も秋くれば色かはりぬる物にぞありける」（後撰集七—三八〇）「秋くればはたおる虫のあるなへに唐錦にも見ゆるのべかな」（拾遺集三—一八〇）などのように「秋来れば」が用いられるようになる。

いづれか色の　不定称の「いづれ」に係助詞「か」を直接続ける例は万葉集にはなく、「はつはつに人を相見ていかにあらむいづれ〔何〕の日にかまた外を見む」（万葉集四—七〇一）「摺り衣着りと夢に見つ現にはいづれ〔孰〕の人の言か繁けむ」（万葉集一一—二六二一）などのように、「の」を伴なう連体修飾の形をとり、それを受ける名詞に「か」の付くものが多く、その名詞の表す事物一般の中のどれかを示している。それに対して、八代集では「いづれか」の形で、「世中はいづれかさしてわがならむ行きとまるをぞやどとさだむる」（古今集一八—九八七）「かへるべき方もおぼえず涙河いづれかわたるあさせなるらむ」（後撰集

登梁王棲霞山孟氏桃園中」詩に「今日非昨日、明日還復来」、岑参「蜀葵花歌」詩に「昨日一花開、今日一花開。今日花正好、昨日花已老」、白居易「蕭相公宅遇自遠禅師有感而贈」詩に「宦途堪笑不勝悲、昨日栄華今日衰」とあるなど、唐詩から一般化する。また、島田忠臣「傷高大夫」詩に「昨日看朱紱、今宵変紫煙」（『田氏家集』巻上）とある。底本以外の版本には音合符がある。

怨言　うらみごと、のこと。相手に対する恨みを述べる言葉。『春秋左伝』僖公二十四年に「尤而效之。罪又甚焉。且出怨言、不食其食」、『論語』憲問に「問管仲。曰、人也。奪伯氏騈邑三百、飯疏食、没歯無怨言」、『捜神記』に「妻留事姑、甚謹。姑憎之、幽閉空室、節其飲食、羸露、日困、終無怨言」（巻一一）とあるように、中国では男女間のニュアンスを含まない。それに対して、和語「うらみごと」は、愚痴や泣き言の意（岩波古語辞典）であり、時に男女間のそれを言う場合があるが、本集でも「蕩客怨言常詐我、蕭君永去莫還家」（一〇二番）とある。なお、次項を参照。ちなみに異文「留言」は、古典に用例もなく、意味を成さない。諸本に音合符を持つものが多い。

今日否　「否」は、「安否」というように、前の名詞の内容を否定する言葉。今、白詩を例に取れば、「遺懐」詩に「楽往必悲生、泰来猶否極」（安泰がやって来ると不安が行き着く）、「送張南簡入蜀」詩に「無論能与否、皆起徇名心」（能力ある者とそうでない者とに関わらず）、「酬夢得見喜疾瘳」詩に「須知差与否、相去校無多」（病気が治ろうと治らなかろうと）などとあるのが、それに当たる。その例でも分かるように、「否」に先行する内容は、肯定的なプラスの方向の内容となるのが一般で、「怨言」のような語を否定するのは異例のことに属する。

一二―八八八）などのように不定の事物を表す例もあるが、「わがそでをあきのくさばにくらべばやいづれかつゆのおきはまさると」（後拾遺集一四―七九五）「こひしとも又つらしともおもひやる心いづれかさきにたつらん」（千載集一二―七三五）などのように二者を比べてどちらかという意を表す例のほうが目立つ。当歌の「いづれか」は前者つまり「ことのは」を含めた葉一般の中の不定のどれかを表している。

変はらざりける　「変（か）はる」については、三二番歌【語釈】「こゑの変はらぬ」の項で述べたように「万葉集では年月などに関して、八代集では色や心に関して用いる例が多い」。当歌では第四句の「色」について言うものであり、万葉集にも「咲く花の色は変はらずももしきの大宮人ぞ立ち変はりける」（万葉集六―一〇六一）「我が背子がやどのなでしこ日並べて雨は降れども色も変はらず」（万葉集二〇―四四四二）などのように、その例があるが、花の色に関してであり、紅葉を表す例はない。八代集には「秋風のふきとふきぬるむさしのはなべて草ばの色かはりけり」（古今集一五―八二一）「君と我いもせの山も秋くれば色かはりぬる物にぞありける」（後撰集七―三八〇）「千鳥なくさほの河ぎり立ちぬらし山のこのはも色かはり行く」（拾遺集三―一八六）など、紅葉を「色変はる」と表現する例が多く見られる。歌末の連体形「ける」は第四句の「いづれか」の「か」に呼応したもので、反語的な用法である。

【補注】

当歌は【語釈】にも述べたように、「ことのは」という葉への見立てを元にして、秋の紅葉に関連させることにより、（悪く）変わることを

従って、ここでは「怨言」をプラスの方向に解釈する以外になく、お前は（あなたは）なかなか逢ってくれない、などという男女間のそれと解釈して、相手の気持ちが昨日まではこちらに向いていたのに、今日はもう知らんぷり、と「否」の内容を解釈する。

4 愧来　「愧」とは、すべき事が出来なくて自分が他人に及ばず、深く内心に恥じること。類義語の「慚」よりも、より深く恥じ入ること。「愧来」の語例を知らない。菅原道真「樵夫」詩に「自愧妻児意、生涯未肯閑」（『菅家文草』巻二）とある。諸本に訓合符あり。**世上**　世の中、俗世間のこと。王維「与盧員外象過崔処士興宗林亭」詩に「科頭箕踞長松下、白眼看他世上人」、白居易「戊申歳暮詠懐三首其三」詩に「人間禍福愚難料、世上風波老不禁」（『千載佳句』感歎、『和漢朗詠集』述懐）、嵯峨天皇「和進士貞主…三秀才之作一絶」詩に「雖知世上必然理、猶恨門前断旧賓」（『凌雲集』）、島田忠臣「春日仮景訪同門友人」詩に「世上崎嶇多失脚、花前暗淡不留心」（『田氏家集』巻上）とある。**背吾身**　「背」は、あるものに背中を向けること。あるものごとに反対すること。また、ある物事を棄てて去ること。王逸「九思・疾世」に「惟天禄兮不再、背我信兮自違」（『楚辞』巻一七）、『旧唐書』尉遅敬徳列伝に「太宗大怒、謂敬徳曰、玄齢、如晦豈背我耶」とある。「吾身」は、自分自身。『論語』学而に「曾子曰、吾日三省吾身」、白居易「郡斎旬仮始命宴呈座客示郡寮」詩に「微此一日酔、何以楽吾身」とあり、島田忠臣「無題」詩に「魚思大海鳥厭籠、一日三廻省我躬」（『田氏家集』巻下）、菅原道真「三年歳暮…尚書平右丞」詩に「途中不惜分君手、夜後将論処我身」（『菅家文草』巻三）とある。『論語』の「吾身」を、島

予想して、相手の言葉が信用できないことを歌ったものである。素材として紅葉が取り上げられていることから秋の部立に含まれるが、歌の内容としては恋の歌であり、その文脈から「ことのは」は相手の契りの言葉であり、「秋」には「飽き」つまり相手が自分に飽きることが含意されていよう。

当歌は上二句と下三句の二文から成り、ともに反語表現として、下句が上句の理由を示す関係にあるととらえられるが、反語の反復は表現としていささかくどく感じられなくもない。下句の「秋来ればいづれか色の変はらざりける」については、反語とみなさなければ成り立ちようがあるまい。「いづれ」が葉一般を範囲とすれば、常緑の松もあり「高砂の松といひつつ年をへてかはらぬ色ときかばたのまむ」（後撰集一二―八六四）「したもみぢするをばしらで松の木のうへの緑をたのみけるかな」（拾遺集一三―八四四）などのように色が変わらないと歌われる一方で、「年をへてたのむかひなしときはなる松のこずゑも色かはりゆく」（後撰集一五―一一二二）とする歌もある。

それに対して上句の「ことのはをたのむべしやは」については、必ずしも反語とは言い切れない迷いやためらいの余地があろう。つまり相手の契りの言葉をはなから信用しないのではなく、嬉しく受け止めながらも今後も信じ続けてよいかどうか不安や疑問を抱いているということである。つまり、下句は一般論として成り立つとしても、上句は個別特＊

田忠臣が「我躬」とするように、異文「我身」は「吾身」と通用するも、ここは平仄上非。講談所本・道明寺本・羅山本・無窮会本などは「吾身を」と訓む。

【補注】

韻字は「人・身」（上平声十七真韻）と「均」（上平声十八諄韻）で、両者は同用。平仄にも基本的な誤りはない。

当詩は前半部が難解。特に「併依人」の解釈が難しい。『注釈』は「人に依存する身も同じである」と訳する。そう読むことが合理的だと言うことは十分理解できるけれど、諸本の訓にも、『注釈』のように「人に依るを併せたり」とするものはない。

そこで、一解を提出する。この解釈の弱点は「秋来」にある。普通それがあれば、「変改」の中心は動植物などの自然であろう。それを敢えて人事に絞った。歌の「秋来れば」をそのまま詩に応用したと考えるのである。

＊定の今、そして今後の「ことのは」を対象にしているということである。言うまでもなく、言葉の色が変わるとは相手の心が自分から他の人に移ることによる。

【比較対照】

歌の上二句が詩の転句に、以下の三句が詩の前半にそれぞれ対応する。とくに下二句は詩の承句そのものと言ってよい。

歌はその特性によって、人事と自然を渾然と表現するけれども、詩はそれを截然と切り分けて起句と承句に描き分け、しかもそれを対照的なものとして描く。このような歌詩の組み合わせは、双方の対比という点では出色のものとさえ言うことができる。

しかし、より重要なことは、恋愛というきわめて個人的な歌の状況を、詩に写すことによって世間対自己という、社会的な状況に替えたということだろう。しかも、夫婦関係が君臣関係を暗示するという詩のメカニズムを利用し、男女の恋の言葉を具体的に描くことで比喩として巧みに生かしながら、である。

ところで、当歌はその【補注】に示したように、相手の契りの言葉を嬉しく受け止めながらも、今後も信じ続けてよいかどうか、不安や疑問を抱いているという状況を詠んだものである。それに対する詩の結句は、歌に予感されていた不安や疑問が、まさに的中したその後の状況を付加したと言うことができる。

その意味でも、当詩は歌の単なる翻案とは異なり、さまざまな対比が隠されて、見事なまでの「付け合い」になっていると言うことができよう。

冬歌　二十一首

七九番

掘手置芝　池者鏡砥　凍礼鞆　影谷不見手　年曾歴芸留

掘りて置きし　池は鏡と　凍れども　影だに見えで　年ぞへにける

【校異】

本文では、初句の「掘」を、底本はじめ多くが「堀」とするが元禄九年版本・元禄一二年版本・文化版本・下澤本により改め、同句末の「芝」を、類従本・羅山本・無窮会本が「之」とし、第四句の「不」を、永青本・久曾神本が欠いて、「見」の後に「沼」を置き、同句末の「手」を、類従本・京大本・大阪市大本・天理本・羅山本・永青本・久曾神本が欠き、結句の「歴」の後に、永青本・久曾神本が「丹」を置き、同じく「芸」を、永青本・久曾神本が「介」とし、同じく「留」を、講談所本・文化写本が「里」とする。

付訓では、とくに異同が認められない。

同歌は、寛平御時后宮歌合（十巻本、冬歌、一二六番。ただし第四句「影にもみえぬ」）にあり、また古今六帖（巻一、天、氷、七六七番。ただし第三・四句「こほれるを見ることなくて」）にある。

【通釈】

（庭に）掘っておいた池は（今や）鏡のように凍っているけれども、（その表面にあの人の）姿さえも見えないまま、一年が経ってしまったなあ。

眼前貯水号瑤池
手溉手穿送歳時
冬至毎朝凍作鏡
春来終日浪成漪

眼前《ガンゼン》に水《みづ》を貯《たくはへ》て瑤池《エウチ》と号《カウ》す。
手《て》づから溉《そそ》ぎ手《て》づから穿《うが》つて歳時《セイシ》を送《おく》る。
冬《ふゆ》至《いたり》て朝《あさ》毎《ごと》に凍《こほり》て鏡《かがみ》と作《な》る。
春《はる》来《く》れば終日《ひねもす》浪《なみ》た（ち）て漪《さざなみ》を成《な》す。

【校異】

「凍作鏡」を、永青本・久曾神本「凉作鏡」に作る。「浪成漪」を、永青本・久曾神本「浪成綺」に作る。

【通釈】

目の前の土地に水をためて、そこをあの西王母がいるという瑤池と名付けた。自分自ら水路を掘って、水を注いで、いくつもの季節を見送ってきた。その池は、冬が来て冬至の頃になると毎朝凍って鏡のようになり、春になると一日中波立って波紋を描く。

【語釈】

1 眼前　目の前、すぐそば、の意。底本等版本には音合符があるが、講談所本・道明寺本・羅山本・無窮会本等には「眼ノ」とある。宋・謝荘「悦曲池賦」に「引一息於魂内、擾百緒於眼前」（『藝文類聚』池）、白居易「得湖州…微之」詩に「故情歓喜開書後、旧事思量在眼前」（『千

【語釈】

掘りて置きし　「掘（ほ）る」と「置（お）く」が続く表現は万葉集にも八代集にも見られない。「掘る」は当歌では庭の土を掘って池を造ることを表すが、「あしびなす栄えし君が掘りし井の石井の水は飲めど飽かぬかも」（万葉集七―一一二八）、「浅してふ事をゆゆしみ山の井はほりし濁に影は見えぬぞ」（後撰集九―五三一）の「井」のように、掘った結果を「ほる」の対象語とする例である。「おく」は他の動詞に下接して、その動作結果の状態が続くことを意味し、「あしひきの山桜戸を開け置きて我が待つ君を誰か留むる」（万葉集一一―二六一七）のように、万葉集から用例が認められる。

池は鏡と　「池（いけ）」は小さい窪地に自然に水が溜まったところあるいは人工的に土を掘って水を溜めたところで、当歌は後者で、「外に居て恋ひつつあらずは君が家の池に住むといふ鴨にあらましを」（万葉集四―七二六）や「わがやどの池の藤波さきにけり山郭公いつかきなかむ」（古今集三―一三五）などと同様に、家の庭に造ったものをいう。「鏡（かがみ）と」は第三句の動詞「凍る」を連用修飾し、鏡のようにという比喩を表す。池の表面を鏡に見立てるのには、「はるの日の影そふ池のかがみには柳のまゆぞまづは見えける」（後撰集三―九四）という例があるが、これは「年をへて花のかがみとなる水はちりかかるをやくもるといふらむ」（古今集一―四四）「ことしだにかがみとみゆるいけ水のちよへてすまむかげぞゆかしき」（後拾遺集七―四五六）などと同様に、水の表面が凍っていない状態である。凍った表面を鏡に見立てた例としては、「たにがはのよどみにむすぶこほりこそ見る人もなきかが

載佳句』書信）とあり、島田忠臣「春日野寺道心」詩に「世利元非心裏水、浮名尽是眼前花」（『田氏家集』巻上）、都良香「竹生島作」詩に「三千世界眼前尽、十二因縁心裏空」（『和漢朗詠集』山寺）とある。

貯水　水を入れる、水をたくわえる、の意。葛洪『神仙伝』に「左慈。字元放、廬江人也。…因求銅盤貯水、以竿餌鈎釣于盤中」（『初学記』漁・引鱸）、李頎「夏宴張兵曹東堂」詩に「羽扇揺風却珠汗、玉盆貯水割甘瓜」とあり、島田忠臣詩の題に「大相府東庭、貯水成小池、…応教」（『田氏家集』巻上）とある。　**号瑤池**　「号」は、名付ける、～と呼ぶ、の意。「～を～と号す」は、本集の定型句の一つ。四二・六四・七二番詩を参照のこと。「瑤池」は、「穆天子伝」に「天子觴西王母于瑤池之上、西王母為天子謡」（『藝文類聚』池）とあるように、西王母の住む崑崙山上にあったという伝説上の池。そこから、樊寔「歩虚詞」に「仍憐一夜春風急、開尽瑤池万樹花」（『千載佳句』仙境、佚）、蘇瑰「興慶池侍宴応制」詩に「金闕平明宿霧収、瑤池式宴俯清流」とあるように、広く仙境を指したり、宮殿の池や、美しい池も意味するようになる。さらに、伊与部馬養「従駕応詔」詩に「豈独瑤池上、方唱白雲篇」（『懐風藻』）、石川石足「春苑応詔」詩に「水清瑤池深、花開禁苑新」（『懐風藻』）、淳和天皇「秋日冷然院新林池探得池字応製」詩に「景物仍堪遊聖目、何労整駕向瑤池」（『文華秀麗集』巻上）とあるなど、上代には多数の用例がある。

2 手漑手穿　「手」は、自分自身で、自分の手で、の意の副詞的用法。「漑」は、水を注ぐこと。「穿」は、『広韻』が「通也」というように、土を掘って、水路を造ること。『史記』河渠書に「其後荘熊羆言、臨晋

みなりけれ」（金葉集四―二七二）、これに準じるものとして「ひとり見る池のこほりにすむ月のやがて袖にもうつりぬるかな」（新古今集六―六四〇）などが見られる。どちらにせよ、その表面が透明で物の姿形を映し出すことによる見立てである。

凍れども 万葉集では「…我が衣手に 置く霜も 氷にさえ渡り 降る雪も 凍り渡りぬ…」（万葉集一三―三二八一）のように、雪が「こおる」という例とともに、「佐保川に凍り渡れる薄ら氷の薄き心を我が思はなくに」（万葉集二〇―四四七八）のように、川が「こおる」という例が一例あるが、池に関しては見られず、「池水や氷とくらむあしがもの夜ぶかくこゑのさわぐなるかな」（拾遺集四―二三二）「とびかよふをしのはかぜのさむければ池の氷ぞさえまさりける」（拾遺集四―二三三）などのように、拾遺集になって現れる。

影だに見えで この「影（かげ）」は「鏡」との関係から、映って見える物の姿形を表す。「見ゆ」という表現と結び付く例は、「安積香山影さへ見ゆる山の井の浅き心を我が思はなくに」（万葉集一六―三八〇七）「池水に影さへ見えて咲きにほふあしびの花を袖に扱入れな」（万葉集二〇―四五一二）などのように「さへ」という助詞も付いて、万葉集から見られる。ただその影は山や花であって、人ではない。「だに」を下接した例としては、八代集になって「影だにも見えずなりゆく山の井はあさきより又水やたえにし」（後撰集九―五三〇）「なき人の影だに見えぬやり水のそこは涙にながしてぞこし」（後撰集二〇―一四〇二）などがあり、これらの影は人とくに思い人の姿形で、打消しを伴ない、本人はもとより、影も見えないことを歎くものになっている。「見えで」の

民願穿洛、以漑重泉以東万余頃故鹵地。…皆穿渠為漑田、各万余頃」、『漢書』溝洫志に「穿渠引汾漑皮氏・汾陰下、引河漑汾陰・蒲坂下、度可得五千頃。…自鄭国渠起、至元鼎六年、百三十六歳、而児寛為左内史、奏請穿鑿六輔渠、以益漑鄭国傍高卬之田。…若乃多穿漕渠於冀州地、使民得以漑田、分殺水怒、雖非聖人法、然亦救敗術也」などとあるように、この二字は「穿―漑」と連続して用いられることが多い。漢の「汲県長老為崔瑗歌」に「穿溝広漑灌、決渠作甘雨」とある。当詩で逆になっているのは、平仄のため。 **送歳時** 「歳時」は、四季や歳月を表す言葉として広く用いられるが、「送歳時」という表現は見あたらない。これは、和歌の「としぞへにける」に対応する漢語表現であることは言を待たないが、漢詩で「歳時」を用いて年月の経過、長い年月を表す場合は、たとえば六朝詩では、「倏忽歳時過」（竺僧度「答苕華詩」）、「空待歳時移」（呉均「共賦韻詠庭中桐詩」）、「荏苒積歳時」（楊素「贈薛播州詩其七」詩）などと表現され、唐詩では「忽已歳時遷」（杜甫「歴歴」詩）、「歳時易遷次」（韓愈「贈徐州族姪」詩）などと表現されて、「送」は取らないのが一般。また、本集に「携手携觴送一時」（一九番）とあったように、「送歳」という場合も、陳師道「湖上晩帰寄詩友」詩に「残年憎送歳、病眼怯逢春」というように、新年を迎えて、旧年を見送るという意味合いが強い。なお、「送時」の用例を知らない。

3 冬至 「冬至」は、言うまでもなく二十四節気の一つであり、史書や経書にも広く用いられる語であるが、張華「晋冬至初歳小会歌」以下、詩題にこの語を含むものは六朝詩に少なくないものの、詩本文に詩語として用いられたことはなかった。崔日用「餞唐永昌」詩に「冬至氷霜

「で」は打ち消しの接続助詞で、「万葉集に用いられ、平安時代は歌にだけ用いられた」同義の「ずて」に対し、「平安初期に現れ、以後仮名文学では」「用いられた」（小学館古語大辞典）とされる。

年ぞへにける　この表現で結句を成す歌は、「古ゆあげてし服もかへり見ず天の川津に年ぞ経にける」（万葉集一〇―二〇一九）「しきたへの枕をまきて妹と我と寝る夜はなくて年ぞ経にける」（万葉集一一―二六一五）、「わすらるる身をうぢばしの中たえて人もかよはぬ年ぞへにける」（古今集一五―八二五）「池水のいひいづる事のかたければみごもりながらとしぞへにける」（後撰集一二―八九〇）などのように見られ、どれも不本意な状態のまま、一年あるいは数年が経過してしまったことを慨嘆する内容になっている。

【補注】

当歌は本集冬歌の冒頭に位置するが、初冬の情景を詠んだものとは言いがたい。冬という季節を喚起するのは「凍れども」という表現のみであり、結句の「年ぞへにける」からはむしろ、一年の終わりという印象のほうが強い。しかし、それ以上に当歌は、恋歌としての性格が濃厚である。

それは、第四句の「影」が自然物の何かの影とうかがわせる要因が表現上、見当たらないことによる。結果的に、初句の「ほりておきし」という、ことさらな表現から、訪れる誰かのためにというニュアンスが引き出され、「影」もその人に結び付けられることになる。

現実的には、池の氷の表面にその人の姿が映しだされるというのは、

倶怨別、春来花鳥若為情」とある例が初出だろう。「春来」とも対を成す。以下、孟浩然「陪張丞相自松滋江東泊渚宮」詩に「晩来風稍急、冬至日行遅」、白居易「冬至夜」詩に「三峡南賓城最遠、一年冬至夜偏長」（『千載佳句』冬至、『句題和歌』冬）などと一般化する。**毎朝**　朝ごとに、の意。この語も、史書や経書に広く用いられるが、意外なことに六朝詩本文に用いられた形跡がない。おそらく、晩唐・姚合「寄山中友人」詩に「流年何処在、白日毎朝新」とあるのが初出。底本には音合符があるが、他諸本には返り点を持つものが多い。また、具平親王「秋葉随日落」詩に「逐夜光多呉苑月、毎朝声少漢林風」（『和漢朗詠集』落葉）、大江匡衡「寛弘七年三月三十日…以詩題庁壁」詩に「州民莫怪怱怱去、我是毎朝事帝王」（『江吏部集』）とあり、本集には、「毎朝尋到望山顔」（八六番）とある。**凍作鏡**　『礼記』月令の「孟冬之月、…水始氷、地始凍」、「仲冬之月、…氷益壮、地始坼」などという事柄に対応する表現。氷を鏡に見立てる例は、梁簡文帝蕭綱「玄圃寒夕詩」に「雪花無有蔕、氷鏡不安台」、太宗皇帝「秋暮言志」詩に「結浪氷初鏡、在巡菊方叢」などとあり、その逆も、梁簡文帝蕭綱「詠鏡詩」に「如氷不見水、似扇長含暉」（『初学記』鏡）とある。また、島田忠臣「七言就花枝応製一首」詩に「半綻春粧応製断、初融氷鏡未流澌」（『田氏家集』巻下）、大江匡衡「晩冬同賦池氷如対鏡」詩に「詩家任情不営営、静対池氷若鏡清」（『江吏部集』）とあり、本集には「冬来氷鏡拋簷懸」（八四番）、「池上凍来鏡面熒」（八九番）などとある。

4 春来　春になる、の意。顔延之「秋胡行」詩に「春来無時予、秋至恒早寒」、謝荘「懐園引」詩に「歳去氷未已、春来雁不還」とある。な

当人がその場にいてこそ成り立つのであるから、当人が不在ならば影が見えないのは当然のことである。したがって「影だに見えで」というのは実は、その人の面影ということになるだろう。

「掘りて置きし」から「凍れども」までの期間を考えるならば、「年ぞへにける」は数年ではなく、一年というサイクルの経過を、相手の不在の長さとしてとらえていると見ることができる。

※歌の内容に沿うように、散文的な語句でも敢えて用いるという態度で作られていると見るべきだろう。

起句で、自作の池を「瑤池」と呼ぶのも、いかにも使い古された陳腐な形容であり、「〜と号す」とするのもパターン化している。さらに、「送歳時」の見慣れぬ表現は、おそらく押韻のために「時」字を用いざるを得なかったために生じた事態だろう。おそらく作者はこの語によって、歳月の経過を述べたかったのであろうが、漢詩の中でのこの語の比重は、どう見ても和歌の「年ぞへにける」に似合うものになっていない。

全体として見ても、この漢詩の中心はどこにあるのかさっぱり要領を得ない。後半の対句もお座なりの感をぬぐえず、和歌の表面的な意味をなぞっただけの作品と言うしかないだろう。

お、一番詩を参照。**終日**　一日中、の意。底本始め諸本に訓合符あり。一七・五六・六八・七六番詩を参照。**浪成漪**　「漪」とは、風が水面を吹くことで生じる波紋のこと。ささらなみ。左思「呉都賦」に「剖巨蚌於回淵、濯明月於漣漪」（『文選』巻五）とあり、その五臣注に「風行水成文曰漣漪。詩曰、河水清且漣漪。明月珠、珠之至光者。清且漣漪者、水極麗也」とあり、白居易「草堂前新開一池養魚種荷日有幽趣」詩には「未如新塘上、微風動漣漪」とある。また、都良香「梅雨新晴」詩に「雲消碧落天膚鮮、風動清漪水面皺」（『和漢朗詠集』晴）とある。『礼記』月令の「孟春之月、…東風解凍、蟄虫始振、魚上氷…」に対応する表現。

【補注】

韻字は、「池」「漪」（上平声五支韻）と「時」（上平声七之韻）で、両者は同用。平仄にも基本的誤りはない。

承句の「漑」と「穿」が一緒に使用されるのは、『史記』河渠書や、『漢書』溝洫志など、灌漑のために田畑に引く水路の記録である。ただし、言うまでもなくこの作品はそれらを参考にして作られているというわけではなく、前後の漢語の語性を明らかにしたように、あくまでも和※

【比較対照】

当詩は、「影だに見えで」という一点を除き、当歌の表現を写しているといえる。すなわち「掘りて置きし池」は詩のほぼ前半、「鏡と凍れども」は転句、そして結句の「年ぞへにける」は承句の「送歳時」である。しかし、当詩が、「影だに見えで」との対応を捨てたことによって、当歌の恋歌的な趣意がまったく生かされず、詩【補注】に言うように、「和歌の表面的な意味をなぞっただけの作品」、つまり池の時間的推移を表現するだけのものになってしまったと考えられる。

しかも、当歌も冬という季節感が希薄であるが、「凍れども」により特定が可能であるのに対して、詩は後半の対句仕立てにより、冬と春を相対化してしまい、季節歌としての対応も失われたことになる。

どうしてこのような結果になったのか。「影だに見えで」が意味することが理解できなかったとは考えがたい。手がかりになりそうなのが当詩起句の「瑤池」である。詩【補注】は「自作の池を「瑤池」と呼ぶのも、いかにも使い古された陳腐な形容であ」るとするが、その池を西王母自身に見立てたとすれば、詩の後半はその人の表情や様子の変化としてとらえることもできなくはない。つまり、「瑤池」と名づけることで、西王母という女性に見立てることにより、歌の「影だに見えで」の示唆する男女関係を写そうとしたのではないか。もとより、その成否は別であるけれども。

八〇番

小竹之葉丹　置自霜裳　独寝留　吾衣許曾　冷増芸礼

ささの葉に　置く霜よりも　独り寝る　吾が衣こそ　さえ増さりけれ

【校異】

本文では、第二句の「自霜」を、底本・元禄九年版本・元禄一二年版本・文化版本・文化写本以外は「白露」とし、第三句の「独」を、講談所本・道明寺本が「猶」とし、結句の「増」を、永青本が「憎」とし、同句の「芸」を、永青本・久曾神本が「介」とする。

付訓では、第二句の「しもより」を、羅山本・無窮会本が「しらつゆ」とする。

同歌は、寛平御時后宮歌合（十巻本、冬歌、一二〇番。ただし第四句・結句「わがころもでぞさえまさりける」）にあり、また古今集（巻一二、恋二、五六三番）に「寛平御時きさいの宮の歌合のうた　藤原としゆきの朝臣」としてあり（ただし第四句・結句「わが衣手ぞさえまさりける」）、古今六帖（巻一、天、霜、六六八番。ただし第四句・結句「わが衣手ぞさえまさりける」）にも見られる。

【通釈】

笹の葉に置く霜よりも、独りで寝る私の衣のほうが、さらに冷え冷えとすることだなあ。

玄冬季月景猶寒
露往霜来被似単
松柏凋残枝惨冽
竹叢変色欲枯殫

玄冬《（ケントウ）》の季月《（キゲツ）》　景《（ひかり）》　猶《（なほ）》寒《（さむ）》し。
露《あき》往《（ゆ）》き霜《ふゆ》来《（きたり）》て被《ふすま》単《ひとへ》なるに似《（に）》たり。
松柏《（ショウハク）》凋残《（テウサン）》して枝《（えだ）》惨冽《（サンレツ）》。
竹叢《（チクソウ）》色《（いろ）》を変《（ヘン）》じて枯《か》れ殫《つ》きなんと欲《（ほっ）》す。

【校異】

「景」に、底本はじめ版本・詩紀本・下澤本・文化写本・藤波家本・講談所本・道明寺本「気」の異本注記あり、類従本・羅山本・無窮会本・永青本・久曾神本「気猶寒」に作る。「露往」を、類従本「往往」に作り、元禄九年版本・文化写本「露」に「往」の注記あり。「霜来」を、京大本・大阪市大本・天理本「寒来」に作る。「枝惨冽」を、京大本・大阪市大本・天理本「枝烈惨」に作り、前二者には「烈」に「冽」の注記あり、道明寺本「冽」に「列」の注記あり、永青本・久曾神本「枝惨例」に作る。「竹叢」を、類従本・羅山本・無窮会本・久曾神本「竹藂」に作り、元禄九年版本・文化写本「藂」の異本注記あり。「枯殫」を、底本・藤波家本・講談所本・道明寺本・京大本・大阪市大本・天理本・羅山本・無窮会本「枯弾」に作り、文化写本・講談所本・道明寺本・天理本には「殫也」の注記あり。「弾」の訓も、「ツキナンント」（底本・講談所本・道明寺本・羅山本・無窮会本）とある。

【語釈】

ささの葉に 「ささ」に「小竹」の漢字表記を当てるのは万葉集に見られ（二―一三三、一〇―二三三七）、また和名抄にも「俗用小竹二字謂之佐佐」とある。ササはタケの一種とされ、茎が細く丈の低いものをいうが、同様のものを「しの」ともいい、万葉集では「ささ」と同じく「小竹」とも表記される（七―一三四九、七―一三五〇など）。両者の区別は定かではないものの、「ささ」の方は当歌のように、「葉」に特定されることが多く、歌材として秋・冬とりわけ冬の季節に詠まれ、「はなはだも夜ふけてな行き道の辺のゆ笹の上に霜の降る夜を」（万葉集一〇―二三三六）「望多の嶺ろの笹葉の露霜の濡れて我来なば汝は恋ふばそも」（万葉集一四―三三八二）、「ささのはにおくはつしもの夜をさむみしみはつくとも色にいでめや」（古今集一三―六六三）「さむしろにおもひこそやれささの葉にさゆるしも夜のをしのひとりね」（金葉集四―二九八）「ささのはは深山もさやにうちそよぎこほれる霜を吹く嵐かな」（新古今集六―六一五）などのように、「しも（霜）」を伴なう例が目立つ。

置く霜よりも 「霜（しも）」については、二三番歌【語釈】「霜や降れる」の項で取り上げ、「降る」と「置く」の違いに関しても触れてある。当歌のように「～ニ置く霜」の形で、場所を明示した連体修飾表現の例としては、「春されば水草の上に置く霜の消つつも我は恋ひ渡るかも」（万葉集一〇―一九〇八）、「わがやどの菊のかきねにおくしものきえかへりてぞこひしかりける」（古今集一三―六四三）「ひさぎおふるをののあさぢにおく霜のしろきをみれば夜やふけぬらん」（千載集六―三九九）

【通釈】

冬も終わりの一二月だというのに日の光は相変わらず寒々しいし、秋から冬になって布団を何枚掛けても一枚のようにしか感じられない。その寒さに、常緑樹であるはずのマツやカシワも衰え凋んで、枝も凍えているし、あの生命力にあふれた竹藪も色を変えて、枯れて無くなろうとしている。

【語釈】

1 玄冬 冬の異称。梁元帝『纂要』に「冬曰玄英。（気黒而青英。）亦曰安寧。亦曰玄冬。三冬。九冬」（『初学記』冬）とある。楊雄「羽猟賦」に「於是玄冬季月、天地隆烈」（『文選』巻八）とあり、李善が「北方水色黒、故曰玄冬。隆烈、陰気盛」というように、五行では冬は北の方角に当たって水を意味し、その色は黒いから「玄」という。また、このときは天地に陰気が盛んに立ちこめることになる。晉・張望「貧士」詩に「炎夏無完絺、玄冬無暖褐」（『藝文類聚』・『初学記』貧）とある。菅原道真「臘月独興」詩に「玄冬律迫正堪嗟、還喜向春不敢賖」（『菅家文草』巻一）とあり、本集の上巻・序に「青春之時、玄冬之節」とある。

季月 すえの月、の意。底本始め諸版本には音合符がある。各季節の終わりの月で、ここは旧暦一二月。江淹「雑体詩三十首袁太尉従駕 淑」詩にも「詔徒登季月、戒鳳藻行川」（『文選』巻三一）とあり、藤原宇合「七言秋日於左僕射長王宅宴」詩に「帝里烟雲乗季月、王家山水送秋光」（『懐風藻』）とある。 **景猶寒** 「景」は、元来「光」と同源で日光を意味したが、のちに日光とそれが照らす場所も含むようになり、影の部分

などの植物のほか、「…我が衣手に　置く霜も…」(万葉集一三—三二八一)、「冬の池の鴨のうはげにおくしものきえて物おもふころにもあるかな」(後撰集八—四六〇)「としふればわがいただきにおくしもをくさのうへともおもひけるかな」(金葉集九—五六九)など多様に見られる。

「よりも」の「より」は結句の「さえ増さる」ことの比較の基準を示しているが、「まさる」には、万葉集では「賢しみと物言ふよりは酒飲みて酔ひ泣きするし優りたるらし」(万葉集三—三四一)「相見まく欲しきがためは君よりも我ぞまさりていふかしみする」(万葉集一二—三一〇六)などの「より」だけでなく、「都なる荒れたる家にひとり寝ば旅にまさりて苦しかるべし」(万葉集三—四四〇)「年にありて一夜妹に逢ふ彦星も我にまさりて思ふらめやも」(万葉集一五—三六五七)、「人言はしましそ我妹綱手引く海ゆまさりて深くしそ思ふ」(万葉集一一—二四三八)などのように、比較基準を示す語として「に」や「ゆ」も用いられ、古今集以降も「より」と「に」がほぼ同程度に見られる。なお【校異】に示したように、多くのテキストがこの句を「置白露裳」(置く白露も)とするが、時期的にも文脈的にもそぐわないので採れない。

独り寝る　この表現で一句を成し、連体修飾句として、「一人寝る夜を数へむと思へども恋の繁きに心利もなし」(万葉集一三—三二七五)、「ひとりぬる時はまたるる鳥のねもまれにあふよはわびしかりけり」(後撰集一三—八九五)などのように時間を修飾する例や、「ひとりぬるとこは草ばにあらねども秋くるよひはつゆけかりけり」(古今集四—一八八)「ひとりぬるやどには月の見えざらば恋しき事のかずはまさらじ」(拾遺集一三—七九四)などのように場所を修飾する例や、「ひとりぬる

は「影」の字に分化する一方で、次第に光りそのものの意味が失われて、けしきの意味だけを担うようになる。ここは、日の光がまだ冷たい、の意。孟郊「旅次洛城東水亭」詩に「霜落葉声燥、景寒人語清」、白居易「和微之詩二十三首　和三月三十日四十韻」詩に「寒景尚蒼茫、和風已吹嘘」とある。異文「気猶寒」は、『礼記』月令に「季秋之月、…乃命有司曰、寒気総至、民力不堪。其皆入室」、「古詩十九首其一七」詩に「孟冬寒気至、北風何慘慄」(『文選』巻二九)とあるように、大気の冷たさを言うのは、晩秋から冬にかけての常套句。「気猶寒」という常套表現から、「景猶寒」が派生したとは考えにくい。元禄九年版本・元禄一二年版本・文化版本には、訓合符がある。

2 露往霜来　秋が去って冬になること。左思「呉都賦」に「露往霜来、日月其除。草木節解、鳥獣腯膚」(『文選』巻五)とあるに基づく。『礼記』月令に「孟秋之月、…涼風至、白露降」とあるように、露は初秋のもの。また、『礼記』月令に「季秋之月、…是月也、霜始降、則百工休」とあり、『毛詩』豳風・七月に「九月粛霜、十月滌場」、左思「雑詩」に「秋風何洌洌、白露為朝霜」(『文選』巻二九)とあるように、霜は旧暦の九月、晩秋を意味するが、宋玉「九辯五首其三」に「秋既先戒以白露兮、冬又申之以厳霜」(『文選』巻三三)ともあるように、冬のものでもある。ちなみに、元禄九年版本などには、「露」には「アキ」、「霜」には「フユ」の訓が付される。菅原道真「老苔」詩に「澗深秋雨後、庭老暁霜来」(『菅家文草』巻二)とある。**被似単**　「被」は、夜具、かい巻き。掛け布団のこと。潘岳「寡婦賦」に「帰空館而自怜兮、撫衾裯以歎息」(『文選』巻一六)とあり、李善は「毛詩曰、抱衾与裯、寔命不

人のきかくに神な月にはかにもふるはつ時雨かな」（後撰集八―四四七）「ひとりぬるひとやしるらん秋のよをながしとたれかきみにつげつる」（後拾遺集一六―九〇六）「ひとりぬるわれにてしりぬ池水につがはぬをしのおもふ心を」（千載集一三―七八七）などのように主体を修飾する例がある。

吾が衣こそ　「吾（わ）が衣（ころも）」という表現は万葉集には「我が衣人にな着せそ網引する難波をとこの手には触るとも」（万葉集四―五七七）「別れなばうら悲しけむ我が衣下にを着ませ直に逢ふまでに」（万葉集一五―三五八四）などあるが、本集には当歌以外はなく、八代集には見られない。一方、同歌所載の他集が採る「わがころもでぞ」という表現は万葉集にも八代集にも認められる。第二句「独り寝る」が修飾するのは、「わが」を連体詞ととれば「ころも」となるけれども、前項で確認したように、「独り寝る」はその時間・場所・主体を修飾するのであって、「ころも」あるいは「ころもで」にかかる例は見られない。とすれば、当歌の「わが」は人称代名詞の「わ」＋格助詞「が」で、「独り寝る」はこの「わ」を修飾しているととらざるをえない。同様の例として、「ころもで」の例ではあるが、「君がため春ののにいでてわかなつむわが衣手に雪はふりつつ」（古今集一―二一）「みるめかるあまとはなしに君こふるわが衣手のかわく時なき」（拾遺集一一―六六七）「おもひやるわがころもではささがにのくもらぬそらにあめのみぞふる」（後拾遺集一七―一〇〇三）などを挙げることができる。

さえ増さりけれ　「冷」字を「さゆ」と訓むのは古辞書には例がなく「冱」あるいは「冴」が一般的である。『注釈』は「ひえ」と訓んで特に猶。毛萇詩伝曰、衾、被也。裯、単被也」とあるを指摘する。また、潘岳「悼亡詩三首其二」詩に「凜凜涼風升、始覚夏衾単」（『文選』巻二三）とあり、李善は「毛萇詩伝曰、衾、被也」という。厚い綿の入った掛け布団を掛けているのだが、寒さが厳しくて薄い一重の夏掛けしか掛けていないようだ、の意。ここは和歌にある「吾が衣（吾衣）」を意味することは言を待たないと思われるのだが、何故か底本始め諸本の付訓は「フスマ」あるいは「マ」の添え仮名を持つものしかない。「被」字には「キモノ」の古訓があるにもかかわらず。

3 松柏　マツとカシワの木。『論語』子罕篇の「子曰、歳寒、然後知松柏之後彫也」（『初学記』冬）、「孫卿子曰、至於松柏、経隆冬而不彫、蒙霜雪而不変、可謂得其真矣」（『文選』巻二一・左思「招隠詩二首其二」詩李善注所引『荀子』逸文）の語句に象徴されるように、両方とも秋や冬にも色を変えない常緑樹の代表であり、そこから永遠に不変なものの象徴としても用いられる。藤原宇合「在常陸贈倭判官留在京」詩に「為期不怕風霜触、猶似厳心松柏堅」（『懐風藻』）、空海「贈伴按察平章事赴陸府」詩に「持節犯霜如松柏、含貞凌雪似竹筠」（『性霊集』巻三）とあり、本集には「咄来寒歳柏与松」（一一〇番）とある。**凋残**　草木が衰えしぼむこと。また「彫残」とも。底本・講談所本・無窮会本には、訓合符があるが、他諸本には音合符がある。劉琨「答盧諶書」に「国破家亡、親友彫残」（『文選』巻二五、『藝文類聚』言志）とあるように、人事にも用いるが、范縝「擬招隠士」詩に「夫君兮不還、蕙華兮彫残」、江総「内殿賦新詩」に「風高暗緑凋残柳、雨駛芳紅湿晩芙」とある。日本漢詩にも、菅原道真「白毛歎」詩に「筋力莫言年幾老、四旬有五豈

説明はないが、底本は明らかに「サエ」と振り仮名があり、異訓も見られないので、そのままにしておく。万葉集には「…我が衣手に　置く霜も　氷にさえ〔左叡〕渡り　降る雪も　凍り渡りぬ…」（万葉集一三―三二八一）のように「さえわたる」という複合語の確例が一例あり、霜に関して用いられている。八代集にも「しもおかぬ袖だにさゆる冬の夜にかものうはげを思ひこそやれ」（拾遺集四―二三〇）「さむしろにおもひこそやれささの葉にさゆるしも夜のをしのひとりね」（金葉集四―二九八）「霜さえてかれ行くをののをかべなるならのひろはに時雨ふるなり」（千載集六―四〇一）などのように、「霜」とともに現れる例が見られるが、「ころも」に関する例は見当たらない。ただ右掲の拾遺集の例や「しらやまもとしふる雪やつもるらんよはにかたしくたもとさゆなり」（新古今集六―六六六）などのように、「ころもで」と類義の「そで」や「たもと」についての例は認められる。「さえまさる」という複合語としては「とびかよふをしのはかぜのさむければ池の水ぞさえまさりける」（拾遺集四―二三二）「中中に霜のうはぎをかさねてもをしの毛衣さえまさるらん」（金葉集異本歌六八六）などの例がある。

【補注】

自然と人事を対比して表現するのは古代和歌の常套的な方法であるが、当歌のように、霜と衣を「さえる」度合いで比較する例は他に見当たらない。霜のほうは物理的な冷たさであるのに対して、衣はそのうえに独り寝の心理的な冷えが加えられる分だけ「さえ増さる」ことになると考えられる。ただ、「さゆ」という語は「ひゆ」が触覚的であるのに対し

凋残」（『菅家文草』巻四）、具平親王「戸部尚書重賦…以尽余意」詩に「韻句花開堪賞翫、貞堅松老不凋残」（『本朝麗藻』）とあるように、双方の用例がある。

枝惨冽　「惨冽」は、寒さ冷たさの激しく厳しいこと。周・劉璠「雪賦」に「違朝陽之暄煦、就凌陰之惨冽」（『藝文類聚』・『初学記』雪）、白居易「新沐浴」詩に「是月歳陰暮、惨冽天地愁。白日冷無光、黄河凍不流」とあり、大江通直「依酔忘天寒」詩に「惨冽忽諸春思冒、厳凝除却暖光生」（『類題古詩』忘）とある。異文「烈惨」は、用例を知らないが、それを互倒した「惨烈」は、張衡「西京賦」に「於是孟冬作陰、寒風粛殺。雨雪飄飄、氷霜惨烈」（『文選』巻二、『藝文類聚』総載居処）とあるように、「惨冽」とほぼ同義で用いられ、滋野貞主「王昭君」詩に「朔雪翩翩沙漠暗、辺霜惨烈隴頭寒」（『凌雲集』）、菅原道真「雪夜思家竹」詩に「非唯地乖限、遭逢天惨烈」（『菅家後集』）とある。ただし、何れも「惨冽」の主体は天や風などの気象に関するものであって、「枝」のような植物ではない。「冽」と「烈」は同音。なお、本書巻末論文を参照のこと。

4 竹叢　竹やぶのこと。陳・祖孫登「詠風詩」に「飄颻楚王宮、徘徊繞竹叢」（『藝文類聚』・『初学記』風）とある。また、張衡「東京賦」に「永安離宮、脩竹冬青」（『文選』巻三）とある、その薛綜注に「脩、長也。冬青、謂不彫落也」とある。左思「呉都賦」に「其竹則…苞筍抽節、往往縈結。緑葉翠茎、冒霜停雪」（『文選』巻五）とあるのを引用するまでもなく、竹は生命力が強く、経年枯れることのない植物の代表である。藤原茂明「冬日即事」詩にも「梅艶先春紅始綻、竹叢凌雪緑猶深」（『本朝無題詩』巻五）とある。異文「竹藂」は、用例を知らない。**変**

て視覚的な感覚を表すので、そのような自分自身を客観視しているように受け取られる。

【語釈】においても触れたように、第四句「吾が衣こそ」を、古今集をはじめ本集以外は「わがころもでぞ」となっていて、霜との関係を考えれば、「ころもで」のほうがふさわしいと見られなくもない。日本古典集成本では「ころもで」が「さえまさる」のを「涙によってである」と注してあり、これは「ささの葉に置く霜」に対して「わがころもでに置く霜」つまり涙が対比されているとみなしてのことであろう。

ただ、そう考えると、当歌における対比の対象がずれるだけでなく、「さゆ」ということばの意味にもそぐわなくなると考えられる。古今集所載の同歌が恋部に配されているように、恋歌としては「ころも」という全体よりも「ころもで」＝袖という部分に焦点化することにより、悲哀の涙との関連性が強く喚起されるが、当歌は自然（笹の葉に置く霜）と人事（吾が衣）との素朴な対比、序詞的な構成が持ち味ではないかと見られる。窪田評釈の「感覚的ではあるが、声調に重厚味のあるところ、この当時としてはやや異色のあるものといえる」という指摘も、それに通じるといえる。

霜は冬の代表的な景物として万葉集以来詠まれているが、すぐ消えるものというイメージが強く、当歌のように冷たいものというイメージが顕著になるのは八代集後半になってからである。その意味で、当歌はそのイメージをメインとした表現として先駆的な例であるといえよう。なお、『和歌植物表現辞典』はササとの関係について「勅撰集の四季部において、とりわけ冬の部に笹の歌が多く見られるのは、こうした霜や白

色 色が変わる、色を変える、の意。庾信「擬詠懐詩二十七首其二」詩に「風雲能変色、松竹且悲吟」、陳子昂「秋日遇荊州府崔兵曹使宴詩序」に「天沉寥而煙日無光、野寂寞而山川変色」とあり、嵯峨天皇「重陽節神泉苑同賦三秋大有年」詩に「蟋蟀蔵声晩、蒹葭変色洲」（『凌雲集』）、橘直幹「秋光変山水」詩に「山葉凋零水影侵、秋光変色幾登臨」（『天徳三年闘詩行事略記』）とある。本集にも「秋風寒山色変易」（一七六番）とある。**枯殫** 「枯殫」の語例を、日中ともに知らない。異文「枯弾」も同様。付訓から見ても異文は「殫」の誤写。底本始め諸本に訓合符がある。「殫」とは、『広韻』が「尽也」というように、つきる、なくなること。先秦「穂歌」に「穂乎不得穫、秋風至兮殫零落」、魏・劉楨「贈五官中郎将詩四首其三」詩に「秋日多悲懐、感慨以長歎…白露塗前庭、応門重其関。四節相推斥、歳月忽已殫」（『文選』巻二三）などとある。押韻のため。

【補注】

韻字は「寒・単・殫」で、上平声二十五寒韻。平仄にも基本的な誤りはない。

まず、この詩は、起句で晩冬の厳しい寒さを述べ、承句で目に見える気象の変化を述べる。後半は、それに対応する植物の変化を、常識に反する形で大げさに描くという構成を取る。

ここで問題となるのは、第二句の表現だろう。「被似単」はまだしも、「露往霜来」という措辞が適切かどうか。【語釈】の項でも触れたように「霜」はそもそも晩冬の景物ではなく、晩秋から初冬にかけてこそ、ふ

い雪などの冬の景物との組み合わせへの嗜好によるところが大きかったのであろう。笹の葉の緑に白い雪や霜の色どりが好まれた」と記しているが、笹であれ霜であれ、それぞれの色を明示的に対比した表現例は見られない。

さわしいものであった。

『礼記』月令を例に取れば、冬は「孟冬之月、…水始氷、地始凍」、「仲冬之月、…氷益壮、地始坼」、「季冬之月、…氷方盛、水沢腹堅。命取氷、氷以入」とあるように、「氷」や「凍」がキーワードになっているのである。考えるまでもなく「霜」が晩秋を意味するならば、より寒い冬はそれ以上のもので表現するしかない。

また更に、前半の二句は、「玄冬季月」と「露往霜来」の表現が、『文選』所収の著名な賦の一節をそのまま用いたものであり、それは漢籍における典故の運用とは異なって、剽窃と言われても仕方のない傷だと言※

※えるだろう。

要するにこの作品は、前半と後半の内容的な転換もなく、きわめて稚拙な作品と言うよりほかになかろう。

【比較対照】

詩【補注】に、きわめて稚拙な作品とあるけれども、そもそもこの漢詩作者は和歌の眼目がどこにあると考えていたのだろうか。歌【補注】を待つまでもなく、この歌が自然と人事を対比・比較したところに成立しているということは誰にでも分かるはずであり、当歌を題にして詩を作るということは、少なくともそのことを踏まえた上で作らなければならないことは自明のことであったはずである。

それが古代和歌のあまりにも常套的で陳腐な表現方法であり、それを多少なりとも避けて漢詩に表現するというのであれば、厳冬の夜、帰らぬ夫を待ちわびて、孤閨をかこつ女性を描くという、閨怨詩に常套的な表現もあったであろう。歌【校異】にあるように、当歌は古今集には恋部に収載されているわけであるから、そのような設定は少しも無理なものではなかった。それとも、そのように表現することは、漢詩にとってもあまりにも常套的な方法であり、それを避けたが故にこのようになったのだろうか。

ともあれ、漢詩作者が当歌の肝心な、もっとも基本的な主題を忘れて、「置く霜」や「笹の葉」、「吾が衣」などの些末な単語そのものに気を遣いすぎたために、ただ単に、冬はひどく寒いという、当たり前のことを言うだけの作品にしてしまい、結果的には主題的にも大きく乖離することになってしまった。

八一番

光俟　柯丹懸礼留　雪緒許曾　冬之花砥者　可謂狩芸礼

光まつ　えだに懸かれる　雪をこそ　冬の花とは　いふべかりけれ

【校異】

本文では、初句の「俟」を、類従本・道明寺本・京大本・大阪市大本・天理本・永青本・久曾神本が「候」とし、第二句の「柯」を、類従本・道明寺本・京大本・大阪市大本・天理本・羅山本・無窮会本が「枝」とし、同句の「礼」を、類従本・羅山本・無窮会本が欠き、結句の「謂」および「芸」を、永青本・久曾神本が「云」および「介」とし、同句の「礼」を、無窮会本が「里」とする。

付訓では、とくに異同が見られない。

同歌は、寛平御時后宮歌合（十巻本、冬歌、一四二番）にあり、後撰集（巻八、冬、四九二番）に「題しらず」として（ただし初句から第三句「松の葉にかかれる雪のそれをこそ」）、古今六帖（第一、天、雪、七三三番。ただし初句から第三句「松のうへにかかれる雪のうれをこそ」）、また秋萩集（二八番）にも見られる。

【通釈】

（春の）光を待つ枝に懸かっている、まさにその雪を、冬の花とは言うものであるなあ。

三冬柯雪忽驚眸
嘆殺非時見御溝
柳絮梅花兼記取
矜如春日入林頭

三冬《サントウ》の柯《えだ》の雪《ゆき》忽《たちまち》に眸《まなこ》を驚《おどろ》かす。
嘆《なげき》殺《そさし》む時《とき》に非《あら》ずして御溝《ギョコウ》に見《みゆ》ることを。
柳絮《リウショ》梅花《バイクワ》兼《かね》て記《しる》し取《と》る。
矜《ほこ》らくは春日《シュンジツ》の林頭《リントウ》に入《い》るが如《ごと》し。

【校異】

「忽驚眸」を、永青本・久曾神本「急驚眸」に作る。「嘆殺」を、類従本・詩紀本・下澤本・羅山本・無窮会本・永青本・久曾神本「咲殺」に作り、底本等版本「嘆」の左傍に「咲」の異本注記あり、文化写本には右傍に「咲」を注記する。藤波家本・講談所本・道明寺本・京大本・大阪市大本・天理本「吹散」に作って、右傍に「咲殺」を注記する。「見御溝」を、藤波家本「見御講」に作る。「矜如」を、類従本・詩紀本・下澤本「恰如」に作り、羅山本・無窮会本「恰如」に作り、永青本・久曾神本「宛如」に作り、底本等版本・文化写本・講談所本「矜」に「恰」の注記あり。

【通釈】

冬の枝に降り積もった雪がハッと眼を見張らせた。（柳のわた毛や梅の花が）その季節でもない時に、御溝の岸辺にみえたのを素晴らしく美しいと思わせたのだ。そこで、その雪の柳絮と梅花を両方ともしっかり

【語釈】

光まつ　この表現で一句を成す例は万葉集にはなく、八代集にも「ひかりまつつゆに心をおける身はきえかへりつつ世をぞうらむる」（後撰集九―五二七）「ひかりまつえだにかかれる露の命きえはてねとやはるのつれなき」（新古今集一八―一八一八）が見られるのみで、ともに露と関連して用いられている。「光（ひかり）」という名詞は万葉集・八代集をとおして、月に関して使用されることがもっとも多い。当歌では何の光か特定されていないが、「春の日のひかりにあたる我なれどかしらの雪となるぞわびしき」（古今集一―八）「いづことも春のひかりはわかなくにまだみよしのの山は雪ふる」（後撰集一―一九）などの例からも、春の日の光と想定される。「光まつ」の主体は、次句の「えだ」とみなされるが、先掲の後撰集歌の「まつ」主体は「つゆ」であり、新古今集歌も「ひかり」に恩光が寓意されているとすれば、それを「まつ」のは「えだ」よりも、自分を仮託している「露」ということになろう。ここで気になるのは、雪についても「天の下すでに覆ひて降る雪の光を見れば貴くもあるか」（万葉集一七―三九二三）「大宮の内にも外にも光るまで降れる白雪見れど飽かぬかも」（万葉集一七―三九二六）などのように、また花についても「あしひきの山さへ光り咲く花の散りぬるごとき我が大君かも」（万葉集三―四七七）「かがみ山ひかりは花のみせければちりつみてこそさびしかりけれ」（千載集二―一〇五）などのように、「ひかり」が用いられていることである。これらを勘案すると、「光まつ」主体は「えだ」であり、その「ひかり」が春光であるとしても、それは同時に、咲く花の放つ光のことでもあり、それに見紛うように光輝と脳裏に刻み込んだ。待ちわびた春の日が林の梢に入った時のように誇らかで厳かな気持ちになった。

【語釈】

1 三冬　冬の三ヶ月間のこと。任昉「為范尚書譲吏部封侯第一表」に「篆刻為文、而三冬靡就」（『文選』巻三八）とあり、李善は『漢書』東方朔伝に「臣朔少失父母、長養兄嫂、年十三学書、三冬文史足用」とあるを指摘する。劉長卿「奉酬辛大夫喜湖南臘月連日降雪見示之作」詩に「柳絮三冬先北地、梅花一夜遍南枝」とあり、石上乙麻呂「贈旧識」詩に「万里風塵別、三冬蘭蕙衰」（『懐風藻』）、有智子内親王「山斎賦初雪」詩に「朔気三冬緊、寒花千里飛」（『経国集』巻一三）とある。「三春」（一一・一八番）、「三夏」（三四・四二番）、「三秋」（一四・六四・六六番）とあったように、この措辞は本集の特徴と言えるだろう。**柯**　「柯」とは、草木の枝や茎のこと。「柯雪」の用例を知らないが、羊士諤「題枇杷樹」詩に「婀娜碧海風、濛濛緑枝雪」、喩凫「驚秋」詩に「如何両鬢毛、不作千枝雪」等、比喩としての例は類語に僅かに指摘できる。ことさら「柯」字を用いたのは、和歌の用字の影響であろう。

忽驚眸　「驚眸」の用例を知らない。劉禹錫「洛中寺北楼見賀監草書題詩」詩に「偶因独見空驚目、恨不同時便伏膺」、大江朝綱「村上天皇母后四十九日御願文」に「銀燭金沙、先朝之旧賜、非可驚眼」（『本朝文粋』巻一四）等とあるように、「驚目」「驚眼」（驚いて目を見張る）等とあるべきところ、押韻のために「眸」を用いた。

2 嘆殺　「嘆」は、嘆美・賛嘆する、の意。「殺」は、前置される動詞

く雪のことでもあると考えられる。しかし、この不特定さゆえに、後撰集や古今六帖では「光まつ」ではなく（この「まつ」と同音ということもあり）「松」に置き換え、安定的な冬の情景を描く表現にしたものと推測される。

えだに懸かれる　同句については、二一番歌【語釈】「白雪の懸かれる枝」の項を参照。この「えだ」は何の木か特定されていないが、「年ふれど色もかはらぬ松がえにかかれる雪を花とこそ見れ」（後撰集八―四七五）や「山がくれきえせぬ雪のわびしきは君まつのはにかかりてぞふる」（後撰集一四―一〇七三）などの例から、冬の木としては松とするのが適当と考えられる。『注釈』は「春の光を待って咲きだそうとしている木の枝」と解釈しているので、松ではなく梅などの春の花木を想定しているようである。

雪をこそ　以下の句との関係から、構文的には「雪ヲ冬の花トいふ」となる。格助詞「を」に係助詞「こそ」が続く例は、「我がやどに咲きたる梅を月夜良み夕々見せむ君をこそ〔乎社〕待て」（万葉集一〇―二三四九）「遅早も汝をこそ〔乎許曾〕待ため向つ峰の椎の小枝の逢ひは違はじ」（万葉集一四―三四九三）、「宮木ののもとあらのこはぎつゆをおもみ風をまつごと君をこそまて」（古今集一四―六九四）「あしひきの山よりいづる月まつと人にはいひて君をこそまて」（拾遺集一三―七八二）など見られ、万葉集・八代集をとおして動詞「待つ」に結び付くのが目立つ。「いふ」が受ける例としては、八代集に後撰集の同歌以外で「松のうへになく鶯のこゑをこそはつねの日とはいふべかりけれ」（拾遺集一―二二）の一例がある。

の意味を強める。底本等版本には音合符があるが、羅山本・無窮会本の「煞（殺）」には、「ソサシム」の訓がある。和訓「そす」は、接尾語として、「動詞の連用形について、かえってその効果をそぐほどに度を過ぎて行う意を添える」（岩波古語辞典）と説明されるが、漢語としてもその説明がまさに当てはまる。二二番詩【語釈】該項参照のこと。ただし、「嘆殺」の用例を知らない。異文「咲殺」は、大笑いする、笑い飛ばす、の意。二二・七一番詩【語釈】該項参照のこと。恐らくは、字形の類似から来る誤写。

非時　しかるべき正しい時節ではないこと。『礼記』儒行に「非時不見。不亦難得乎」、李白「擬古十二首其一」詩に「銀河無鵲橋、非時将安適」とあり、島田忠臣「観禁中雪」詩に「仙宮不日銀台立、御花非時絮柳牽」（『田氏家集』巻上）、菅原道真「法花寺白牡丹」詩に「在地軽雲縮、非時小雪寒」（『菅家文草』巻四）とある。本集にも「冬来松葉雪班々、素蕊非時枝上寛」（九九番）とある。

御溝　皇居のなかを流れる小川のこと。底本等版本・講談所本・羅山本・無窮会本には音合符があるが、「東宮雅院にて、桜の花の、御溝水に散りて流れけるを見て」（『古今集』二―八一詞書）とある、「みかは」がこれ。謝朓「鼓吹曲」に「飛甍夾馳道、垂楊蔭御溝」（『文選』巻二八）とあり、李善は「崔豹古今注曰、長安御溝謂之楊溝、植楊於其上」を引用する。駱賓王「晩度天山有懐京邑」詩に「雲疑上苑葉、雪似御溝花」、同「西行別東台詳正学士」詩に「上苑梅花早、御溝楊柳新」とあり、菅原道真「冬夜呈同宿諸侍中」詩に「御溝砕玉寒声水、宮菊残金暁色花」（『菅家文草』巻五）、紀長谷雄「八月十五夜同賦天高秋月明各分一字応製」詩序に「澄々遍照、禁庭之草載霜。皎々斜沈、御溝之水含玉」（『本

冬の花とは 「冬（ふゆ）の花（はな）」という表現は万葉集にも八代集にも見られない。かなり下って「しらぎくはあきのゆきとも見ゆるかなうつろふ色をふゆの花にて」（夫木抄一四―五九六九）という歌があるが、この「ふゆの花」は雪ではなく、白菊のことをいう。雪を花に見立てることについては、二一番歌【語釈】「花とや見らむ」の項および【補注】で説明するとおりである。中でも、とくに冬という季節に焦点を置いたものとしては、「今日降りし雪に競ひて我がやどの冬木の梅は花咲きにけり」（万葉集八―一六四九）や、「ゆきふればいやたかやまのこずゑにはまだふゆながらはなさきにけり」（金葉集四―二八七）などが見られる。

いふべかりけれ 「いふ」に「べかりけり」という助動詞の連続が下接する例は万葉集にはないが、八代集には「夢とこそいふべかりけれ世中にうつつある物と思ひけるかな」（古今集一六―八三四）「松のうへになく鶯のこゑをこそはつねの日とはいふべかりけれ」（拾遺集一―二二）「あらたまのとしのはじめにふりしけばはつゆきとこそいふべかりけれ」（金葉集一―七）などあり、結句に位置することが多い。この表現形式での「いふ」は格助詞「と」を受ける例がほとんどであるが、明らかに見立てと認められるのは「たもとよりおつる涙はみちのくの衣河とぞいふべかりける」（拾遺集一二―七六二）ぐらいである。

【補注】

「こそ」による係り結びを用い、「いふべかりけれ」という強い断定で歌い終わる当歌は、前提として「冬の花」とは何かについての一般的な

朝文粋』巻八）とある。

3 柳絮 柳の木の種子の表面に生じる、白いわた毛のこと。それが風に乗って空中を漂うのが晩春の景物。梁・庾肩吾「春日」詩に、「桃紅柳絮白、照日復随風」、菅原清公「奉和春日作」詩に「和風催柳絮、残雪伴梅花」（『経国集』巻一一）とある。また、『世説新語』言語に「謝太傅寒雪日内集、与児女講論文義。俄而雪驟、公欣然曰、白雪紛紛何所似。兄子胡児曰、撒塩空中差可擬。兄女曰、未若柳絮因風起。公大笑楽」（『藝文類聚』雪）とあり、劉孝綽「校書秘書省対雪詠懐詩」に「桂華殊皎皎、柳絮亦霏霏」、文武天皇「詠雪」詩に「林中若柳絮、梁上似歌塵」（『懐風藻』）、菅原道真「柳絮」詩に「春雪紛々繞柳枝」（『菅家文草』巻五）とあるように、雪の比喩としてもよく用いられる。**梅花** 梅の花。趙彦昭「苑中人日遇雪応制」詩に「今日迴看上林樹、梅花柳絮一時新」、劉長卿「奉酬辛大夫喜湖南臘月連日降雪見示之作」詩に「柳絮三冬先北地、梅花一夜遍南枝」、白居易「福先寺雪中餞劉蘇州」詩に「庾嶺梅花落歌管、謝家柳絮撲金田」（『千載佳句』雪）とあるものなどは、いずれも雪を「柳絮」と「梅花」に見立てた例。なお、二番詩【語釈】該項を参照。また本集には「寒風粛々雪封枝、更訝梅花満苑時」（九八番）とある。**兼記取** 「兼」とは、二つ以上のものを一緒に、の意。「記取」については、九番詩【語釈】該項を参照のこと。

4 矜如 「矜」は、誇る、自負心を持って態度を厳かにすること。藤波本・講談所本には「アハレム（ブ）ラクハ」の訓があるが採らない。異文「恰如」と「宛如」は、ちょうど同じようなものだ、の意。異文「怜如」の用例を知らない。「矜」の草体から異文「怜如」が生まれ、その

合意が必要となるはずである。しかし、少なくとも和歌の世界においては、もともと冬には花がないとされていたのであるから、「冬の花」という表現は見立てとしてしかありえないのであって、そのような見立て表現自体の類例は見られないものの、それは雪のことを表すものであった。

その上で、当歌の断定が意味を持つとしたら、それは雪をどのような状態においてとらえるかであり、さまざまに見られる雪の中でも「光まつえだに懸かれる雪」がその名にもっともふさわしいということである。

後撰集に採録された同歌は上句が「松の葉にかかれる雪のそれを」と変わっていて、新日本古典文学大系本では「松を冬の木とする前提に立って、その松の木にかかる雪を「冬の花」と称すべきだと言っているのである」と注している。当歌においても、その「えだ」が松であるとは推定されたが、その表現から言えば、ポイントは「松を冬の木とする」ことにあるのではなく、「えだに懸かれる」というところにあると考えられる。

しかも、初句の「光」は【語釈】において述べたように、それに相当するのが「花」でもあり「雪」でもあるとすれば、その光り輝きにおいて、両者は見立てられているとみなすことができるのである。

草体から更に「恰如」、「宛如」と派生したか。**春日**　春の日差しのこと。『毛詩』豳風・七月に「春日載陽、有鳴倉庚。…春日遅遅、采蘩祁祁」、『毛詩』小雅・出車に「春日遅遅、卉木萋萋。倉庚喈喈、采蘩祁祁」とあるに基づく語。章孝標「古行宮」詩に「鶯伝軟語嬌春日、花学厳粧妬暁風」（『千載佳句』春興）、紀麻呂「春日応詔」詩、巨勢多益須「春日応詔二首」詩（以上『懐風藻』）等、題字に含むものが非常に多い。**入林頭**　「林頭」とは、林のほとり、林の梢、の意。なお、一二番詩【語釈】該項を参照のこと。具平親王「聞雁知秋声」詩に「欲混林頭離葉乱、自伝塞外客衣単」（『類題古詩』知）、大江以言「坐看新落葉」詩に「窓深眼路声猶薄、席煖林頭色已紅」（『類題古詩』見）、紀伊輔「暮春見藤亜相山荘尚歯会」詩に「林頭影与春風老、水面波浮暁月揚」等、日本漢詩には用例が少なくない。

【補注】

韻字は、「眸」（下平声十八尤韻）、「溝・頭」（下平声十九侯韻）で、両者は同用。平仄にも基本的な誤りはない。

【比較対照】

当歌の内容は、詩の全体にわたって、漢詩的な具体性を補いつつ写されていると一応いえる。たとえば、枝の雪を花に見立てることは詩の起句に暗示され、その花は転句で漢詩における春の代表的な柳と梅によって具体化されている。また、その花が季節はずれであることは承句に明示され、それが「御溝」という特別な場所だからこそありえることとして設定される。さらに歌の初句「光まつ」は、詩の結句における「春日」の直喩によって表されている。

しかし決定的に異なるのは、両者のポイントの置き方である。すなわち、歌の眼目が「冬の花」という命名にあるのに対して、詩は情景自体の描写が中心になっているということである。雪を花に見立てることが和漢に共通する発想ならば、当詩がそれを元にして冬の情景をあたかも春のように表現することは、それほど困難なことではなかったかもしれない。しかし当歌の場合、むしろ花咲く春を仮想するのではなく、荒涼とした冬の現実の情景のなかにこそ、「冬の花」を見出すことの意味を強調しているのである。当詩からは、そのようなニュアンスを見出すことはできない。

八二番

霜枯之　枝砥那侘曽　白雪緒　花砥雇手　見砥不被飽

霜枯れの　枝とな侘びそ　白雪を　花と雇ひて　見れど飽かれぬ

【校異】

本文では、第二句の「枝」を、類従本・講談所本・道明寺本・京大本・大阪市大本・天理本・羅山本・無窮会本・永青本が「柯」とし、同句の「侘」を、底本および文化写本・講談所本が「佗」とするが他本により改め、第三句の「雪」を、類従本・羅山本・無窮会本が「露」とし、結句の「砥」の後に、底本は「不」を欠くが元禄九年版本・元禄一二年版本・文化版本・下澤本などにより改め、同句末の「飽」の後に、文化写本・京大本・大阪市大本・天理本・羅山本・無窮会本が「沼」を、講談所本・道明寺本が仮名の「ヌ」を補い、永青本・久曽神本が「洲」を補う。

付訓では、第二句の「やとひて」を、底本は「やとして」とするが元禄九年版本ほかにより改め、結句の「みれど」を、藤波家本が「みればか」とする。

同歌は、寛平御時后宮歌合（十巻本、冬歌、一三〇番。ただし下句「花にやとひてみれども飽かず」）にあり、後撰集（巻八、冬、四七六番）に「題しらず　よみ人も」としてあり（ただし第三句以降「白雪のきえぬ限は花とこそみれ」）、古今六帖（第一、天、雪、七四五番）にもあるが、第二句以降「えだもなわびそ白雪のきえぬかぎりははなとこそ

試望三冬見玉塵
花林仮翫数花新
終朝惜殺須臾艶
日午寒条蕊尚貧

試《こころみ》に望《のぞ》めば三冬《サントウ》玉塵《ギョクヂン》を見《み》る。
花林《クヮリン》に仮《か》りに翫《もてあそ》ぶ数花《スクヮ》の新《あらた》なることを。
終朝《シュウテウ》惜《をし》み殺《そ》さしむ須臾《シュユ》の艶《エン》。
日午《ジツゴ》寒条《カンデウ》蕊《ズイ》尚《なほ》貧《とも》し。

【校異】

「花林」の「花」に、底本以外の版本・下澤本には「苑カ」の左傍注記があり、詩紀本「花一作苑」の注記がある。「惜殺須臾艶」を、永青本・久曽神本「咲殺須臾艶」に作る。

【通釈】

しばらく彼方の冬の景色を眺めていると美しい塵のような雪が降るのが見える。（今は霜枯れの枝ばかりの林だが、）それを花の咲く美しい林だとその雪を借りて鑑賞すれば、いくつかの花が今咲いたように思える。だから早朝の朝飯前の時に心から惜しむのだ、（雪が凍った枝が朝日にきらめく）わずかな時間の美しさを。昼頃になると（雪の氷は消えて）花もない単なる冬枯れの枝になるのだから。

【語釈】

1 試望　底本は「試ニ望ム」であり、元禄九年版本・元禄一二年版

みれ」のように、異同が大きい。

【通釈】

霜で枯れた枝と思ってガッカリするな。(枝に懸かっている)白雪を花として借りれば、いくら見ても飽きてしまわないことであるよ。

【語釈】

霜枯れの 「霜枯(しもが)れ」は、草の葉や木の枝などが霜に当たって枯れた状態になること。「霜枯れの」の形で万葉集に「霜枯れ〔霜干〕の冬の柳は見る人の縵にすべく萌えにけるかも」(万葉集一〇―一八四六)の一例が見られ、八代集にも「さわらびやしたにもゆらんしもがれののばらの煙春めきにけり」(拾遺集一七―一一五四)「しもがれのくさのとざしはあだなれどなべてのひとをいるるものかは」(後拾遺集六―三九六)「しもがれのなにはのあしのほのぼのとあくる湊に千どり鳴くなり」(千載集六―四二八)などのように用いられている。この句は次の「枝」を修飾するが、同様の修飾表現は他に見られない。霜の置く場所については、八〇番歌【語釈】「置く霜よりも」の項に取り上げてあるが、そこが枝であるのを明示する歌としては「橘は実さへ花さへその葉さへ枝に霜降れどいや常葉の木」(万葉集六―一〇〇九)がある。

枝とな侘びそ 「な侘(わ)びそ」という表現の例は「我が故にいたくなわびそ後つひに逢はじと言ひしこともあらなくに」(万葉集一二―三一一六)「国遠み思ひなわびそ風のむた雲の行くごと言は通はむ」(万葉集一二―三一七八)、「山たかみ人もすさめぬさくら花いたくなわびそ我

本・文化版本は「試ニ望メハ」であるが、ここは副詞と解して、「且」(しばらく)の意と解する。梁・何遜「贈韋記室黯別詩」に「去帆若不見、試望白雲中」、李頎「少室雪晴送王寧」詩に「惜別浮橋駐馬時、挙頭試望南山嶺」、盧綸「春遊東潭」詩に「移舟試望家、漾漾似天涯」とあり、橘常主「重陽節得秋虹応製」詩にも「君王出予値重陽、試望秋虹遠近光」(『経国集』巻一三)とある。なお、梁・江淹「恨賦」に「試望平原、蔓草縈骨、拱木斂魂」(『文選』巻一六)とあり、李善は、『爾雅』に「試、用也」とあるのを引用し、『文選』古訓(九条本・足利本など)も「もて」と読む。 **三冬** 八一番詩【語釈】該項を参照。 **玉塵** 字義からいえば、美しい塵の意であろうが、以下のように雪の異称として用いられるのが一般。何遜「和司馬博士詠雪詩」に「若逐微風起、誰言非玉塵」(『藝文類聚』・『初学記』雪)、白居易「雪夜喜李郎中見訪兼酬所贈」詩に「十分満醆黄金液、一尺中庭白玉塵」(『千載佳句』雪)、同「雪中寄令狐相公兼呈夢得」詩に「兎園春雪梁王会、想対金罍詠玉塵」(『千載佳句』春雪)とあり、滋野貞主「奉和翫春雪」詩に「凝黏翠箔懸珠滴、競入粧楼作玉塵」(『文華秀麗集』巻下)、島田忠臣「題初雪」詩に「莫道軽微班白少、玉塵積作玉山高」(『田氏家集』巻上)とある。

2 花林 花の咲いている美しい林のこと。梁・武帝「遊鍾山大愛敬寺詩」に「朝日照花林、光風起香山」、孟浩然「武陵泛舟」詩に「武陵川路狭、前棹入花林」、白居易「別種東坡花樹両絶其二」詩に「花林好住莫憔悴、春至但知依旧春」とあり、菅原道真「遊覧偶吟」詩に「京中水地王公宅、畿内花林宰相荘」(『菅家文草』巻四)とある。異文「苑林」は、『礼斗威儀』に「君乗而王、其政太平、鳳皇集於苑林」(『藝文類聚』

見はやさむ」（古今集一―五〇）「ひたぶるに思ひなわびそふるさるる人の心はそれぞよのつね」（後撰集一二―八三〇）のように見られ、ガッカリするな、あるいはションボリするなという禁止の意を表す。当歌においてガッカリするのは「霜枯れの枝と」思ってということになるが、「わぶ」が格助詞「と」を伴なう例としては「さ夜中に友呼ぶ千鳥物思ふとわび居る時に鳴きつつもとな」（万葉集四―六一七）、「今しはとわびにしものをささがにの衣にかかり我をたのむる」（古今集一五―七七三）などがある。当歌における「わぶ」の主体について、『注釈』は「〔枝〕」が、自分の〔霜枯れ〕た様子を、つまらないものとして困惑している様を表す」とするが、不審である。たしかに右掲の「山たかみ人もすさめぬさくら花いたくなわびそ我見はやさむ」（古今集一―五〇）のように、植物が擬人化されることがなくはないものの、「わぶ」によって擬人化する場合は「物思ふと寝ねず起きたる朝明にはわびて鳴くなり庭つ鳥さへ」（万葉集一二―三〇九四）「秋萩の散り過ぎ行かばさ雄鹿はわび鳴きせむな見ずはともしみ」（万葉集一〇―二一五二）、「秋の夜はつゆこそことにさむからし草むらごとにむしのわぶれば」（古今集四―一九九）「鳴きわびぬいづちかゆかん郭公猶卯花の影はなれじ」（後撰集四―一五六）などのように、「なく」ことを介して動物・鳥・虫を対象とするのが一般的である。おそらく『注釈』が枝を擬人化の対象とみなしたのは、下句の解釈との関係によるものであろう。その点については後述するが、ここは擬人化ではなく、「霜枯れの枝」を見る一般的な人を想定し、詠み手自身も含めて、「な佗びそ」と言っているものととっておく。

鳳皇）とある以外に、用例のない語。　**仮翫**　この語の用例を知らない。今、「仮」を、一時的に借用する、の意と取る。「翫」は、楽しむ、鑑賞する、の意。　**数花新**　いくつかの花が新鮮にみえる、の意。陳後主叔宝「上巳宴麗暉殿各賦一字十韻詩」に「一峰遙落日、数花飛映綬」、陳・江総「梅花落」に「臘月正月早驚春。衆花未発梅花新」などとあり、また本集にも「数種」（一五番）、「数処」（四三・五七番）、「数行」（四六番）、「数音」（五五番）とあった。

3 終朝　夜明けから朝食までの間のこと。『毛詩』小雅・采緑に「終朝采緑、不盈一匊」とあり、その毛伝に「自旦及食時為終朝」という。陸機「答張士然」詩に「終朝理文案、薄暮不遑瞑」（『文選』巻二四）、菅原道真「北溟章」詩に「均労空半歳、逸楽不終朝」（『菅家文草』巻四）とある。　**惜殺**　この語の用例を知らない。元禄九年版本・元禄一二年版本・文化版本は、「ソサス」と読む。「殺」は、八一番詩【語釈】「嘆殺」の項参照。　**須臾艶**　「須臾」とは、ほんのわずかな時間のこと。「古詩十九首其一六」詩に「既来不須臾、又不処重闈」（『文選』巻二九）とあり、李善は、『楚辞』九章・哀郢に「羌霊魂之欲帰兮、何須臾而忘反」とあるのを指摘する。菅原道真「雪中早衙」詩に「衙頭未有須臾息、呵手千廻著案文」（『菅家文草』巻一）、同「別遠上人」詩に「苦海須臾今日別、霊山畢竟後生逢」（『菅家文草』巻四）とある。「艶」とは、花の美しさをいう。底本等版本に音読符がある。七一番詩【語釈】該項を参照のこと。

4 日午　真昼の頃。「終朝」の対語。『晋書』杜不愆伝に「索其所養雄雉、籠盛置東檐下、却後九日丙午日午時、必当有雌雉飛来与交、既而双

白雪を　「白雪（しらゆき）」については、二一番歌【語釈】「白雪の懸かれる枝」の項を参照。「雪」ではなく「白雪」とするのは、花への見立てのために「白」という色を強調するためと考えられる。この句は次句の「やとふ」という動詞と結び付く。

花と雇ひて　「雇（やと）ふ」は当歌では、日本国語大辞典第二版が二番目の意味としてあげる「借りて用いる」ことであり、その初出例として寛平御時后宮歌合所載の同歌が出ている。「やとふ」は万葉集にも八代集にも見当たらず、わずかに「はらの池のたまもに花ぞさきにけるみぎはの萩のかげをやとひて」（夫木抄一一―四一六九）「年をへて織つくすへき糸なれやたなはたつめをやとひてしかな」（兼盛集〔書陵部蔵〕一三二番）が見られる程度で、夫木抄の例は当歌と同義の比喩的用法、兼盛集の例は基本的な用法である。「白雪を花とやとふ」は、白雪を花として借用する、つまり雪を花に見立てることを表していると考えられる。ただ、その見立てを「やとふ」という語によって表現することがなかったせいか、底本では「雇」字を借訓して「やどす」としている。「やどす」は宿すの意で、白雪を花として枝にとどめておくという意味にとって通じなくはない。しかし、八代集に「吹く風にちらずもあらなんむめの花わが狩衣ひとよやどさむ」（後撰集一―二五）「ちることのうきもわすれてあはれてふ事をさくらにやどしつるかな」（後撰集三―一三三）などの例が見られるが、当歌同様「〜とやどす」という形での見立てにはなっていない。なお表現は異なるものの、似たような状況の見立てをしている例として「霜がれのまがきのうちの雪みればきくよりのちの花も有りけり」（千載集六―四四九）がある。

去」とある。　**寒条**　冬枯れの枝のこと。梁・簡文帝「秋夜詩」詩に「池蓮翻罷葉、霜篠生寒条」（『藝文類聚』秋）、梁・武帝「孝思賦」に「寒氷已結、寒条已折」（『藝文類聚』孝）、章孝標「淮南李相公紳席上賦春雪」詩に「六出花飛処処飄、粘窓著砌上寒条」、具平親王「歳暮思春花」詩に「千万条寒氷岸柳、両三葩孕雪窓梅」（『類題古詩』思）とある。　**蕊尚貧**　「蕊」は、花のこと。六三番詩【語釈】「蕚」の項、六四番詩【語釈】該項を参照。なお、「蕊」や「花」が、ほとんどない、乏しいということを、「貧」字で表した例を知らない。一〇・二〇番詩【語釈】該項を参照。おそらくは、押韻のため。

【補注】

韻字は「塵・新・貧」で、上平声十七真韻。平仄にも基本的な誤りはない。

この作品は、和歌を題にして詠まれているという前提がなかったならば、読み手によってかなり異なる内容に受け取られる可能性が高い。

まず第二句の「花林仮翫数花新」は、「仮翫花林数花新」と通常の語順に直してみても、ほとんど意味をなさない。「花林」の語義はその用例を見るまでもなく、花の咲き乱れる林であり、現実の雪景色をそのように見立てているとしても、それが「数花新」というのは、いったい美しいと言っているのか、そうでないのか意味不明ということになろう。

また、前半と後半との関連も明確でない。降雪という、時間に特に拘束されないはずの前半の事象が、なぜ後半で早朝から昼までの時間をテーマとする内容に屈折しなければならないのか。

見れど飽かれぬ【校異】に示したように、この句の本文自体に揺れが見られるうえに、同じ表現が他に見られないため、訓みが定めがたい。たとえば「被」字を助動詞の「る」と訓むのは本集では一貫しているが、「見れど飽く」に下接する例は他集も含め見当たらない（「飽く」単独ならば「さくら花春くははれる年だにも人の心にあかれやはせぬ」（古今集一―六一）などの例がある）。「見れど飽かれず」か「見れど飽かれぬ」かについても、前者なら終止形止めとなるが、類似表現の「見れども飽かず」は万葉集・八代集の例では歌末には用いられず、後者も類似表現の「見れども飽かぬ」は連体修飾する例のみ、同じく「見れど飽かぬ」は「かも」を下接するか連体修飾するかで、歌末用法は見られない。ここでは底本にはない「不」字を補い助動詞「ず」の連体形「ぬ」と訓んでいるが、本集でその「ぬ」の表記として「不」のみによる例（「花裳不匂（花も匂はぬ）」（一〇番）「杳直不輸（くつていださぬ）」（三〇番）「君歎不来夜者（君が来ぬ夜は）」（六〇番）「不消成芸里（消えぬなりけり）」（八八番）「不相見程丹（相見ぬ程に）」（一〇八番））がもっとも多く、他に「沼」による（「燥沼者（かわかぬは）」（六一番））、「不〜沼」による（「声之不変沼（声の変はらぬ）」（三二番）「人不識沼（人しれぬ）」（四二番）「貫不駐沼（貫きとめぬ）」（四四番）「色裳不変沼（色も変はらぬ）」（九九番））例がある。「見る」と「飽く」とを結び付けて一句を成す表現は万葉集にきわめて目立つ、一種の定型表現であり、①この順番で、②逆接の「ど」あるいは「ども」でつなぎ、③打ち消しの助動詞を伴なう、という三つの特徴がある。どれだけ見ても飽きないという意味であり、当然ながら「見る」主体と「飽く」主体は同一である。＊

そもそも、早朝の美しさが日中まで持続しないというのは、通常であれば「霜」や「露」に関わる話しであって、「雪」の属性ではない。

以上のように、本作品はその措辞から全体の構成に至るまで、きわめて稚拙なものという以外にない。

＊『注釈』は「いくら見ても、いやになると思われるようなことはないだろう」と解釈している。これは「飽かれぬ」の「れ」を受け身ととったことによろうが、そうすると、「見る」主体（人間）と「飽かれ」る主体（枝）とが異なることになり、不整合が生じてしまう（「見れど飽く」全体を受け身にしているというのも無理がある）。「見る」と「飽く」の主体の同一性を維持するとしたら、「れ」は自発の意ととらざるをえない。

【補注】

当歌は下句の表現のしかたが稀有であるために、趣旨自体は分かるものの、異同が多くなったと考えられる。しかし、後撰集や古今六帖の「白雪のきえぬ限は花とこそみれ」に比べれば、単なる見立てではない独自性が認められ、その点は前歌の八一番歌と通じるものがある。

ポイントになるのは「やとふ」ということばである。この語により、冬の間は一時的に白雪を花として借りて、本物の花の代りに楽しもうという意味合いが鮮明になるのであり、「白雪のきえぬ限は」というとらえ方よりも積極的であり、「な侘びそ」という禁止の理由として説得力もあるだろう。

ただ、そのままでは受け入れにくいことは事実である。たとえば、結句に対して「雇ひて」という接続助詞「て」によるつなぎはいかにも弱く、「雇はば」でありたいところである。意味的には句をまたいで「雇ひて見れど」をひとつながりにするのも可能であるが、「ど」という逆接が「飽かれぬ」と不整合になってしまう。つまり、下句は「やとふ」という斬新な表現と「見れど飽かぬ」という定型表現との調整が結句への「れ」という助動詞の挿入も含め、不十分だったということになる。

【語釈】で取り上げたように、『注釈』は当歌全体を、梅の木を擬人化したものとしてとらえているが、花の咲くのを待ち望む普通の人なら、霜枯れたままの枝を見ればガッカリするところを、雪を花に見立てて楽しめばよいという、気の持ち方の転換を促したものとするほうが無理なく解釈できると考えられる。

【比較対照】

当歌の初句・第二句に表現された、霜枯れの枝のわびしい情景は、詩の結句に示され、第三句以降の、雪を花に見立て賞美することは、詩の前半に表現されているといえよう。しかし、当詩は一つの作品としての内容的なまとまりを成さず、詩【通釈】のように、かなり文脈を補わないと、整合しない。

当詩起句の、雪の降る情景は、歌のそれとしても齟齬を生じるものではない。歌の第三句以降は、雪が枝に懸かるのが既然でも未然でも成り立ちうるからである。続く承句が起句をふまえたものならば、「花林」は雪の降りかかった林をそれに見立てたものとせざるをえず、「数花新」もまた、今降る雪が花として加わったものとして受け取れる。

このように前半はなんとか辻褄を合わせられるが、問題なのは後半への展開である。当詩の後半は、「終朝」から「日午」への時間帯の推移に伴う情景の変化を表現したものであり、【通釈】のように、それが霜に関わることであるとすると、前半の雪とはまったくつながりがないことになる。仮に後半も雪がらみであるとすれば、前半との一貫性は保たれるが、明け方から日が射す頃にかけて、その存在が消滅するものとして詠まれる代表的な景物は、雪でも霜でもなく、露である。

さらに、結句に詩全体の趣意があるとすれば、起句から転句までの賞美表現との落差がはなはだしいだけでなく、歌のそれとも大きく異なる。霜枯れの枝は、歌ではあくまでも前提にすぎない。

歌と比べ、詩に見るべきものがあるとしたら、転句かもしれない。歌では場面も時間帯も特定されていないため、観念的で具体性に欠けるきらいがあるが、詩転句は冬の、とりわけ朝の冴え冴えとした風景の美しさをとらえていると見ることができるからである。

八三番

攪崩芝　雹降積咩　白玉之　鋪留塀鞆　人者見蟹

かきくらし　あられ降り積め　白玉の　しけるにはとも　人は見るがに

【校異】

本文では、初句の「攪」を、類従本・羅山本・無窮会本・永青本が「攪」とし、第二句の「雹」を、講談所本・道明寺本が「霓」、羅山本・無窮会本が「窇」とし、第三句の「白玉」を、藤波家本が「皇」とし、結句の「見」の後に、永青本・久曾神本が「留」を補う。

付訓では、初句の「かきくらし」を、元禄九年版本・元禄一二年版本・文化版本・下澤本・藤波家本・道明寺本・羅山本・無窮会本が「かきくつし」とする。

同歌は、寛平御時后宮歌合（十巻本、冬歌、一一八番。ただし第二・三句「あられふりしけしらたまを」結句「ひとのみるがに」）にあり、また後撰集（巻八、冬、四六四番）にも「題しらず」として見られる（ただし第二・三句「霰ふりしけ白玉を」結句「人のみるべく」）ほか、秋萩集（八番。ただし第四句「しけるやどとも」結句「ひとのみるがに」）や和歌初学抄（八〇番。ただし第二句「あられふりしけ」第三句「あらたまを」結句「人のみるべく」）にも見られる。

【通釈】

（空一面を）暗くして、あられよ、降り積もれ、（まるで）白玉が敷い

冬天下雹玉塀新
潔白鋪来不見塵
千顆瑠璃多誤月
可憐素色満清晨

冬天《トウテン》雹《あられ》を下《ふら》して玉塀《ギョクチ》新《あらた》なり。
潔白《ケッパク》に鋪来《しききたり》て塵《ちり》を見《み》ず。
千顆《センクヮ》の瑠璃《リウリ》多《おほく》して月《つき》を誤《あや》まる。
憐《あは》れぶべし素色《ソショク》の清晨《セイシン》に満《みつ》ることを。

【校異】

「千顆」を、無窮会本・永青本「千頃」に作り、羅山本・久曾神本「千項」に作り、久曾神本は「頃歟」と注記する。「瑠璃」を、類従本・羅山本・無窮会本「琉璃」に作る。「可憐」を、底本・文化写本・藤波家本「可怜」に作るも、諸本に従う。元禄九年版本・類従本は右傍に「怜」を注記し、文化写本は「怜」に「憐群」と注記する。「清晨」を、藤波家本「清農」に作る。

【通釈】

冬空から雹が降ってきて、宮殿の庭は今玉石を敷き詰めたばかりのようだ。真っ白に敷き詰められてゴミ一つ見えない。（その雹は）無数のルリ玉のように（白く輝いて）しばしば月光と見誤るほどだ。白い色がすがすがしい朝の空間を満たすことは、何と素晴らしいことか。

てある庭（のようだ）と、（訪れる、あの）人は見るほどに。

【語釈】

かきくらし【校異】に示したように、元禄九年版本ほか数本が「攬崩芝」という本文は同じながら、これを「かきくつし」と訓んでいる。『注釈』は「〔攬崩芝〕という表記は「かきくづし」以外には読み得ない形であり、本集の歌としては当初から〔かきくづし〕という本文であったことが明白である」と述べている。たしかに、「攬」字を「かき」と訓むのはともかくとして、「崩」字を「くらし」と訓むのは、意味関係として難しい。「攬崩芝」という本文だけから訓みを考えるとしたら、「かきくづし」になると言えよう。しかし、いかんせん、この語の和歌の用例が乏しく、万葉集や八代集には見られず、平安期の例としては私家集の「いはせがはみづこそすきてはやからめかきくづしきときくぞあやふき」（相模集一五〇番）「かきくづしふりつむゆきはつもるとも春のつららはうちとけぬべし」（弁乳母集九四番）「としのうちにつくれるつみはかきくづしふりつむゆきとゝもにきえなん」（貫之集二〇番）の三例のみであり、しかも貫之歌は拾遺集では「年のうちにつもれるつみはかきくらしふる白雪とともにけぬらん」（拾遺集四―二五八）のように「かきくらし」になっている。本集の和歌が寛平御時后宮歌合から採られたとすれば、歌合の該当歌も「かきくらし」であって、異同は見られない。「かきくらし」は万葉集にはないが八代集には「かきくらしふる白雪のしたぎえにきえて物思ふころにもあるかな」（古今集一二―五六六）「かきくらし雪はふりつつしかすがにわが家のそのに鶯ぞなく」

【語釈】

１冬天　冬の空。また、冬の季節そのもの。底本等版本に音合符がある。「春天」（一九番詩）、「夏天」（三八番）、「秋天」（四八番）もある。『晋書』天文志上・天体に「冬天陰気多、陽気少、陰気暗冥、掩日之光」、白居易「香爐峰下新卜山居草堂初成偶題東壁」詩に「南檐納日冬天暖、北戸迎風夏月涼」とあり、嵯峨天皇「和滋貞主城外聴鶯簡前藤中納言之作」詩に「邃谷黄鶯無儔侶、冬天不語在荒林」（『経国集』巻一一）、空海「徒懐玉」詩に「夏月涼風、冬天淵風」（『性霊集』巻一）とある。**下雹**「ひょう」が降ること。『漢書』五行志第七中之下に「元封三年十二月、雷雨雹、大如馬頭。宣帝地節四年五月、山陽済陰雨雹如雞子、深二尺五寸、殺二十人、蜚鳥皆死」（『初学記』雹）、『史記』孝景本紀に「二年…秋、衡山雨雹、大者五寸、深者二尺」（『初学記』雹）等とあるとおり、「雨雹」と表記するのが一般。ただし、「下雹」は、『朱子語類』に用例が残り、現代でも「下雹子」と言うように、当時の口頭語を反映している可能性がある。なお、底本等の版本や写本に和訓が残るものは、みな「冬天雹を下して」と訓ずるが、文法的には「雹下りて」と訓むのが正しい。**玉墀**　玉石を敷き詰めた宮殿の庭のこと。顔延之「宋文皇帝元皇后哀策文」に「灑零玉墀、雨泗丹掖」（『文選』巻五八・『藝文類聚』后妃）、梁・沈約「八詠詩・登台望秋月」詩に「臨玉墀之皎皎、含霜靄之濛濛」（『藝文類聚』月）とあり、菅原道真「九日侍宴各分一字応製」詩に「蕭辰供奉一佳期、拝舞紛々白玉墀」（『菅家文草』巻二）、源英明「見二毛」詩に「延長休明代、久趨白玉墀」（『本朝文粋』巻一）とある。

（後撰集一―三三二）「かきくらし雪もふらなん桜花まださかぬまはよそへても見む」（拾遺集一六―一〇三四）など、一〇例以上見られ、雪や雨に関して用いられていて、「かきくづし」よりは蓋然性が高い。一案として考えられるのは、「かきくらし」が、雪や雨が降るという表現に先立って用いられることを前提として、漢字表記する際に、「崩」字により、そのイメージ（たとえば、空を覆う氷が細かく砕け散るというイメージ）を付加しようとしたのではないかということである。逆に言えば、それがなければ、「攪崩乏」から「かきくらし」という訓みは出て来ようがないであろう。

あられ降り積め　「あられ」は雪に氷が付着したものをいい、万葉集から「阿良例」「安良礼」「霰」「丸雪」などの表記で見られる。「降（ふ）り積（つ）む」は万葉集にはないが、八代集に「ささのはにふりつむ雪のうれをおもみ本くだちゆくわがさかりはも」（古今集一七―八九一）「白雲のおりゐる山とみえつるはふりつむ雪のきえぬなりけり」（後撰集八―四八四）「梅がえにふりつむ雪はひとゝせにふたたびさける花かとぞ見る」（拾遺集四―二五六）などのように、雪に関して、もっぱら連体修飾で用いられ、当歌のような命令形の例は見られない。それに対して、異訓の「ふりしく（降り敷く）」は、同様に雪に関して「池の辺の松の末葉に降る雪は五百重降り敷け（零敷）明日さへも見む」（万葉集八―一六五〇）「沫雪は千重に降りしけ（零敷）恋ひしくの日長き我は見つつ偲ばむ」（万葉集一〇―二三三四）「初雪は千重に降りしけ（布里之家）恋ひしくの多かる我は見つつしのはむ」（万葉集二〇―四四七五）などのように、万葉集では命令表現になる例が目立ち、古今集にも「け

2 潔白　月光のような清らかな白さを言う。唐・欧陽詹「玩月」詩に「清冷到肌骨、潔白盈衣裳」、劉禹錫「奉和中書崔舎人八月十五日夜玩月二十韻」詩に「運行調玉灯、潔白応金天」とあり、『捜神記』巻一八に「華見其総角風流、潔白如玉、挙動容止、顧盼生姿、雅重之」とあるから、「雹」を「玉」に見立て、「潔白」と表現するのは無理な表現ではない。平城天皇「旧邑対雪」詩に「潔白因逢立、汚玄以染成」（『経国集』巻一三）、島田忠臣「府城雪後作」詩に「愚蒙未得推天意、唯愛銜前潔白光」（『田氏家集』巻中）とある。**鋪来**　「鋪」とは、隙間なく敷き詰めること。杜荀鶴「春日山中対雪有作」詩に「嶺梅謝後重妝蕊、巌水鋪来却結氷」とあるのは、雪が水一面に降り積もる様。嵯峨天皇「梅花落」詩に「歴乱飄鋪地、徘徊颺満空」（『文華秀麗集』巻中）、紀御依「奉和聖製江上落花詞」詩に「須臾鋪地不勝風、半著江磯浦口駮」（『雑言奉和』）というのは、花びらが地にびっしりと敷き詰められること。

不見塵　ゴミが見えない、の意。白居易「長恨歌」詩に「回頭下望人寰処、不見長安見塵霧」、褚載「暁発」詩に「衣溼乍驚霑霧露、馬行仍未見塵埃」とあり、滋野貞主「和藤神策大将…感興什」詩に「松蘿宜避跡、苔蘚不看塵」（『経国集』巻一一）、島田忠臣「七言重奉題禁中瞿麦花応詔一首」詩に「仙都置色属清晨、瞿麦花開不見塵」（『田氏家集』巻下）とある。上の「潔白」との対応表現。

3 千顆　ここの「千」は、「万」「百」と同様、具体的な数ではなく、沢山の、を意味する大数としての用法。「顆」とは、小さな丸い物、粒状の物を数えるときの助数詞。唐代の農学書『斉民要術』巻四・種栗に「魏志云、有東夷韓国出大栗、状如梨。三秦記曰、漢武帝果園有大栗、

ぬがうへに又もふりしけ春霞たちなばみ雪まれにこそ見め」（古今集六—三三三）のように見られる。「積む」は垂直方向、「敷く」は水平方向の変化を表すので、この命令形の使用も合わせ、当歌には後者のほうがふさわしいと考えられるが、第四句にも「敷く」が用いられているので、重複を避けて「積む」にしたかと考えられる。なお、「あられ」については、万葉集では「我が袖にあられたばしる巻き隠し消たずてあらむ妹が見むため」（万葉集一〇—二三一二）のように「たばしる」という動詞が使われることもあるが、ほとんどは「降る」であり、「降り積む」や「降り敷く」という複合語として用いられた例は見当たらない。

白玉の　「白玉（しらたま）」は、白く小さく丸い物一般を表すとされるが、万葉集に見られる三〇ほどの例は、「磯の上に爪木折り焚き汝がためと我が潜き来し沖つ白玉」（万葉集七—一二〇三）「白玉の五百つ集ひを手に結びおこせむ海人は幸しくもあるか」（万葉集一八—四一〇五）などから明らかなように、すべて真珠のことを指し、中には「…我が中の　生まれ出でたる　白玉の　我が子古日は…」（万葉集五—九〇四）「さ雄鹿の萩に貫き置ける露の白玉あふさわに誰の人かも手に巻かむちふ」（万葉集八—一五四七）などのように、人や露を喩える歌もある。それが古今集以降になると、「白玉」はもはや実体としての真珠そのものを表す例がなくなり、おもには「あかずしてわかるるそでのしらたまを君がかたみとつつみてぞ行く」（古今集八—四〇〇）「ころをへてあひ見ぬ時は白玉の涙も春は色まさりけり」（後撰集九—五四五）などの涙、「亀の尾の山のいはねをとめておつるたきの白玉千世のかずかも」（古今集七—三五〇）「たきつせに誰白玉をみだりけんひろふとせしに袖

十五顆一升」、同巻一〇・桃に「漢武内伝曰、…須臾以玉盤盛仙桃七顆、大如鴨子、形円色青、以呈王母」とあり、『通典』食貨六に「河東郡貢綾絹扇四面、龍骨二十斤、棗八千顆、鳳栖梨三千五百顆、今蒲州」等の語句が見える。また、晩唐・鄭綮「別郡後寄席中三蘭」詩に「千顆涙珠無寄処、一時弾与渡前風」の詩句もあるから、その「雹」の大きさの範囲もおおよその判断が出来るだろう。異文「頃」は、土地の広さの単位。

瑠璃　「琉璃」の表記が一般で、「流離」とも。諸本に音合符がある。半透明の玉石で、深い青色をしたものが多い。韓愈「鄭群贈簟」詩に「携来当昼不得臥、一府伝看黄琉璃」、孟郊「溧陽唐興寺観薔薇花同諸公餞陳明府」詩に「忽驚紅琉璃、千艶万艶開」等ともある。なお、白居易「遊悟真寺詩」に「双鉼白琉璃、色若秋水寒」、韋応物「詠琉璃」詩に「有色同寒氷、無物隔繊塵」の語句もあるから、「雹」を「瑠璃」で喩えることがあってしかるべきだろう。　**多誤月**　「多誤」は、しばしば間違える、間違えることが多い、の意。梁鍠「贈李中華」詩に「莫向嵩山去、神仙多誤人」、杜甫「奉贈韋左丞丈二十二韻」詩に「紈袴不餓死、儒冠多誤身」とある。ここの「誤」は、「如」や「疑」と類似して、あまりに似ているので間違ってしまうという比喩表現。陳・伏知道「従軍五更転五首其三」詩に「彊聴梅花落、誤憶柳園人」、初唐・趙彦昭「奉和聖制…応制」詩に「嫩色驚銜燕、軽香誤採人」、杜甫「八哀詩　故著作郎貶台州司戸滎陽鄭公虔」詩に「滄洲動玉陛、宣鶴誤一響」などとある。菅原道真「山陰亭冬夜待月」詩に「消残砌雪心猶誤、挑尽窓灯眼更嫌」（『菅家文草』巻一）、同「冬夜対月憶友人」詩に「山疑小雪微々積、水誤新氷漸々生」（『菅家文草』巻四）とあるのは、いずれも月光の

はひちにき」（後撰集一七―一二三五）などの滝の飛沫、そして「草のいとにぬく白玉と見えつるは秋のむすべるつゆにぞ有りける」（後撰集五―二七〇）「をぎの葉にそそやあきかぜ吹きぬなりこぼれやしぬるつゆのしらたま」（詞花集三―一〇八）などの露、の三つの見立てとして用いられる。当歌では、あられを白玉に見立てているが、雪を含め、他にそのような例は見出しがたい。ただ、わずかに「…さむく日ごとになりゆけば　たまのをとけて　こきちらし　あられみだれて…」（古今集一九―一〇〇五）「花とちり玉とみえつつあざむけば雪ふる里ぞ夢に見えける」（新古今集一八―一六九五）のように、あられや雪の降るさまを「白玉」ではなく「玉」に見立てた例は見られる。

しけるにはとも　「しく（敷）」は万葉集では、黒髪、藁・薦・筵・竹葉などに用いられているが、用例の三分一が「玉」に関してで、しかも「あらかじめ君来まさむと知らませば門にやどにも玉敷かましを」（万葉集六―一〇一三）「思ふ人来むと知りせば八重むぐら覆へる庭に玉敷かましを」（万葉集一一―二八二四）「松陰の清き浜辺に玉敷かば君来まさむか清き浜辺に」（万葉集一九―四二七一）などのように、来客を迎えるための準備としての表現であり、この「玉」はおそらく玉石であろう。八代集には後撰集所載の同歌以外に類例はなく、関連する例として、露を玉に見立てた「秋ののにおく白露をけさ見れば玉やしけるとおどろかれつつ」（後撰集六―三〇九）や、年数を砂に見立てた「君が代のとしのかずをば白妙の浜のまさごとたれかしきけむ」（新古今集七―七一〇）が見られる程度である。「には」と訓む「墀」字は古辞書にもその訓が見られ、『角川大字源』によれば「敷石など敷き詰めた所」の意があり、＊

比喩。久曾神本のみ「月カト」の訓がある。

4 素色　白い色のこと。初唐・李頎「少室雪晴送王寧」詩に「隔城半山連青松、素色峨峨千万里」、李商隠「賦得月照氷池」詩に「高低連素色、上下接清規」とあるのは、雪や月光を「素色」と表現したもの。

清晨　すがすがしい朝のこと。曹植「贈白馬王彪」詩に「清晨発皇邑、日夕過首陽」（『文選』巻二四）、梁・沈約「三月三日率爾成篇」詩に「清晨戯伊水、薄暮宿蘭池」（『文選』巻三〇）とあり、具平親王「過秋山」詩に「清晨連轡伴樵歌、漸上青山逸興多」（『本朝麗藻』巻上）とある。また、「不見塵」の項を参照。

【補注】

韻字は「新・塵・晨」で、上平声十七真韻。平仄にも基本的な誤りはない。

起句と転句が比喩表現。「潔白」「不見塵」「素色」「清晨」等と、その色に対する清潔感のイメージで作品全体の統一は出来ている。冬の早朝の、宮殿の張りつめた空気を思い描けば足りると言うことか。

なお、「誤」に関する比喩と、当時の和歌への影響関係については、小島『古今集以前』に言及されている。

＊当歌の例もそれに該当しよう。「には」は万葉集には「飼飯の海の庭良くあらし刈り薦の乱れて出づ見ゆ海人の釣舟」（万葉集三―二五六）のように、海面を表す例も見られるが、ほとんどは屋敷の前の平地を表し、そこでの自然現象や動植物のありさまが詠まれている。庭に玉を敷く例

は先に挙げたとおりであるが、「沫雪の庭に降り敷き寒き夜を手枕まかず一人かも寝む」（万葉集八―一六六三）「梅の花咲き散り過ぎぬしかすがに白雪庭に降りしきりつつ」（万葉集一〇―一八三四）「庭に降る雪は千重敷く然のみに思ひて君を我が待たなくに」（万葉集一七―三九六〇）などのように、雪が庭に降り敷くという表現も見られる。八代集にも「よるならば月とぞみましわがやどの庭白妙にふりつもる雪」（後撰集八―四九六）「なつの夜のにはにふりしくしら雪は月のいるこそきゆるなりけれ」（金葉集二―一四二）「まつ人のいまもきたらばいかがせむふまくをしきにはの雪かな」（詞花集四―一五八）のように、同様の例がある。

人は見るがに　「人は見る」とは、庭に降り積もったあられを、白玉を敷いたように「人は見る」ということである。他集では「は」を「の」とするが、「は」による「人」の取り立てには唐突の感があったからであろう。「がに」は万葉集で用いられた副助詞で、上接動詞の表す動作を、下接表現の程度・様態を示す表現として用いられる。たとえば「秋田刈る刈廬もいまだ壊たねば雁が音寒し霜も置きぬがに」〔吾二二〕（万葉集八―一五五六）のように、歌末にあって「霜も置きぬがに」が、倒置的に「雁が音寒し」の程度のはなはだしさを表している。後撰集所載の同歌は「人のみるべく」となっているが、これは万葉語の「がに」が使われなくなり「べし」という助動詞がそれに置き換わったものである。

【補注】

当歌は、あられを白玉に見立てること自体が特異であるが、それとともに「白玉」が万葉集以来、一般に和歌では、真珠を元にした美的なイメージを表すのに対して、白い玉石をイメージさせる点においても異色と言える。

その根拠として、【語釈】「しけるにはとも」の項に示したように、万葉の頃、大事な客を迎える際には、庭に玉石を敷き詰めて清めるということが風習としてあったことが挙げられる。そして、それだからこそ、雪よりは粒の大きいあられが、その意の白玉に見立てられたのであろう。

しかし、実際に庭に玉石を敷き詰めることは、きわめて特別な場所に限られていたと考えられる。先の万葉の例も「玉敷かましを」や「玉敷かば」のように、あくまでも仮定でしかなく、当歌も折よく降り出したあられをそれに見立てようとしたにすぎない。ただし、その「あられ」によってのみ、当歌は冬の歌として位置付けられるのではあるが。

この見立てには、結句を「人の見るがに」ではなく「人は見るがに」のように、「の」ではなく「は」とすることにより、人一般ではなく、他ならぬ特定の相手においてのみ、それが成り立つこと、つまりその見立てにより、相手に歓迎の意を汲み取ってもらうことを願う思いが読み取れる。

【比較対照】

詩は、歌における、あられに対する見立て、しかも情景としての見立ての一点にしぼって展開し、歌の見立ての背景にあると想定される人間関係はまったく反映されていない。

あられの白玉への見立ては起句が対応しようが、厳密には純粋な見立てとは言えない。なぜなら「玉墀」自体がすでに「玉石を敷き詰めた宮殿の庭」だからである。詩【通釈】が「冬空から雹が降ってきて、宮殿の庭は今玉石を敷き詰めたばかりのようだ」として、見立ての重点を、玉石そのものというよりも、今敷き詰めたばかりというところに置いているのはそのせいである。承句の「潔白鋪来不見塵」も、玉石だけではなく、その上に雹が降り敷いたからこそである。

また、詩における見立ては、雹そのものよりも、それが降り敷いた庭の情景にあり、その情景を転句で「千顆瑠璃」さらに「月」になぞらえているが、どの見立てもポイントは、承句の「潔白」、結句の「素色」という措辞に明らかなように、色の白さにある。歌も「玉」ではなく「白玉」という語を用いているので、詩はその点をとくに強調しようとしたと考えられる。

歌における見立ては、それが歌の趣旨ではなく、あくまで前提・仮定であって、相手を待ち望む思いを表すのが趣旨である。何よりも、第二句「あられ降り積め」という表現は、その見立てが情景としてはまだ実現していないことを示している。それに対して、詩はその見立てが実現した情景を歌ったものであり、歌とのこのようなズレは、これまでにもたびたび見られた。

八四番

冬寒美　簷丹懸垂　益鏡　迅裳破南　可老迷久

冬寒み　のきに懸かれる　ます鏡　とくもわれなむ　老いまどふべく

【校異】

本文では、第二句末の「垂」を、類従本・羅山本・無窮会本が欠き、第四句の「破」を、久曾神本が「被」とし、結句の「可老」を、永青本・久曾神本が「老可」とする。

付訓では、第二句の「かかれる」を、元禄九年版本・元禄一二年版本・文化版本・下澤本が「かけたる」とし、第四句の「われ」を、藤波家本・講談所本が「やぶれ」、道明寺本が「やぶる」、羅山本・無窮会本が「やれ」とする。

同歌は、寛平御時后宮歌合（十巻本、冬歌、一三六番。ただし第二句「水の面に懸くる」）にあるが、他の歌集には見られない。

【通釈】

冬寒のせいで軒先に懸かった（氷の）鏡よ、一刻も早く割れて（溶けて）ほしい、年取って訳が分からなくなるように。

【語釈】

冬寒み　「寒（さむ）み」については、五〇番歌【語釈】「羽風を寒み」の項および五八番歌【語釈】「夜を寒み」の項を参照。「冬寒み」という表現は万葉集にはなく、八代集に「冬さむみこほらぬ水はなけれども

冬来氷鏡抛簷懸

一旦趁看未破前

嫗女嚬臨無粉黛

老来皺集幾廻年

冬《ふゆ》来《きたり》て氷鏡《ヒョウケイ》簷《のき》に抛《より》て懸《かか》る。

一旦《イッタン》趁《も》とめ看《み》る未《いま》だ破《わ》れざる前《さき》。

嫗女《ウヂョ》嚬《ひそみ》て臨《のぞ》むで粉黛《フンタイ》無《な》し。

老《おい》来《きたり》て皺《しは》集《あつま》る幾《い》く廻《たび》の年《とし》ぞ。

【校異】

「抛簷」を、詩紀本「抛櫓」に作り、京大本・大阪市大本・天理本・永青本・久曾神本「抛簾」に作る。「嚬臨」を、類従本・永青本・久曾神本「頻臨」に作り、文化写本には「頻群」の右傍注記あり。「皺集」を、類従本・京大本・大阪市大本・天理本・羅山本・無窮会本・久曾神本「皺集」に作り、永青本「雛集」に作り、文化写本には「皺群」の右傍注記あり。「幾廻年」を、類従本・羅山本・無窮会本・永青本・久曾神本「幾廻千」に作り、類従本は「年イ」を校注する。また、京大本・大阪市大本・天理本「幾回年」に作り、元禄九年版本・文化写本は「年」に「千」を校注する。

【通釈】

冬になって鏡のような氷が軒先に垂れ下がった。それが割れる前にすぐに見てみた。老女が化粧もせずに顔をしかめてのぞき込むと、「年取ってからこのかた、顔にシワが集まって、いったい何年になるだろう

吉野のたきはたゆるよもなし」（拾遺集四―二三五）「ふゆさむみそらにこほれる月かげはやどにもるこそとくるなりけれ」（金葉集四―二七四）の二例があり、ともに「こほる」という動詞と関連している。

のきに懸かれる　「簷」は「檐」の別体字で、「のき」と訓まれる。この語は万葉集にないが、八代集には「雨やまぬのきの玉水かずしらず恋しき事のまさるころかな」（後撰集九―五七八）をはじめとして、「のきば（軒端）」とともに、とくに千載集・新古今集でよく用いられている。軒において詠まれるのは、右掲の後撰集の例のほか、「おつれどものきにしられぬ玉水は恋のながめのしづくなりけり」（千載集一一―六八六）「ながめつつ我がおもふ事はひぐらしに檐のしづくのたゆるまもなし」（新古今集一八―一八〇一）などのように、軒から落ちる雨だれと、「わがやどののきのしのぶにことよせてやがてもしげるわすれぐさかな」（後拾遺集一三―七三七）「すみわびてわれさへのきのしのぶぐさしのぶかたがたしげきやどかな」（金葉集九―五九一）「あづまやのをがやの軒のしのぶ草しのびもあへずしげる思ひに」（千載集一四―八五六）などのように、軒の部分に生えている忍び草が中心である。「懸かれる」については、二一番歌【語釈】「白雪の懸かれる枝」の項を参照。当歌では、軒にます鏡が「懸かる」という関係になるが、「かがみ」が「懸かる」という表現は万葉集にも八代集にもなく、「のき」に「懸かる」という表現も「秋風のおとせざりせば白露の檐の忍にかからましやは」（新古今集一八―一七三三）という関連した例があるのみである。【校異】に示したように、元禄九年版本などは「かかれる」ではなく「かけたる」と訓み、『注釈』もその訓みを採っている。その方が「懸垂」と

か」（と思わずつぶやくことになる。）

【語釈】

1 冬来　冬になること。ただし、底本には音合符があり、諸写本にも訓はない。いま、元禄九年版本・元禄一二年版本・文化版本に従う。初唐・王泠然「古木臥平沙」詩に「春至苔為葉、冬来雪作花」、杜甫「重簡王明府」詩に「甲子西南異、冬来只薄寒」とある。本集にも「冬来」（九九番）とあり、「春来」（一・七九番）、「秋来」（四五・六九・七八番）とあった。　**氷鏡**　鏡のような氷のこと。底本等版本、および講談所本・道明寺本・羅山本・無窮会本に音合符がある。梁・簡文帝「玄圃寒夕」詩に「雪花無有蔕、氷鏡不安台」（『藝文類聚』・『初学記』冬）、孟郊「古意」詩に「願君如隴水、氷鏡水還流」とあり、島田忠臣「七言就花枝応製一首」詩に「半綻春粧応製断、初融氷鏡未□澌」（『田氏家集』巻下）とある。水が凍って鏡になるという句は、「冬至毎朝凍作鏡」（七九番）とあり、更に八九番詩などにもあるが、いずれも池が凍るというもの。　**抛簷懸**　「簷」は、のき、ひさしのこと。異文「檐」も同意。ただし、異文「簾」の存在を考えれば、「簷」が勝る。「抛」は、たよる、よりどころにする、の意。「懸」は、物がぶら下がる、の意。「つらら」を漢語では「氷柱」「垂氷」という。謝恵連「雪賦」に「爾其流滴垂氷、縁霤承隅」（『文選』巻一三）とあり、李善は王逸楚辞注を引いて「霤、屋宇也」という。徐鉉「陪鄭王相公賦筵前垂氷応教依韻」詩に「窓外虚明雪乍晴、簷前垂霤尽成氷」とあり、劉叉「氷柱」詩に「旋落旋逐朝暾化、簷間氷柱若削出交加」とある。ちなみに白居易「新居早春

いう本文には相応するが、「かく」という他動詞にすると、その主体および意図が喚起されるので、当歌にはなじまないと考えられる。

ます鏡　万葉集には「ますかがみ」という語形の確例はなく、相当するのは「まそかがみ」で、「麻蘇・末蘇」あるいは「真十・真素・真祖」などと表記され、「ます」とは訓めない。いっぽう八代集には「ますかがみ」のみで、「まそかがみ」の例は見られない。ともに、「…我が目らは　ますみ（真墨）の鏡…」（万葉集一六―三八八五）や「山のはにますみのかがみかけたりとみゆるは月のいづるなりけり」（千載集四―二八七）における「ますみのかがみ」の略と考えられ、全体に澄み渡った鏡を指す。用法上の違いとしては、万葉集の「まそかがみ」は「見る」関係の語などにかかる枕詞の用法がもっぱらであるのに対して、八代集の「ますかがみ」は「ます」に「増す」を重ねる掛詞としての用法が目立つ。当歌における「ます鏡」は実体としての鏡を指すのではなく、氷の見立てになっていると見られる。その根拠は「ます鏡」を修飾している「冬寒みのきに懸かれる」という表現であり、軒という所から、氷柱のようなものが想定される。しかし、氷を鏡に見立てる例は八代集には「たにがはのよどみにむすぶこほりこそ見る人もなきかがみなりけれ」（金葉集四―二七二）の一例のみであり、しかも川の水面の氷についてである。

とくもわれなむ　「とくも」については、一七番歌【語釈】「とくも散るかな」の項、「われ」については、同歌【語釈】「われてはぐくむ」の項を、それぞれ参照。「なむ」は願望の終助詞で、第三句の「ます鏡」に対して、それが早く割れることを望んでいることを表す。ただし、鏡に

二首其二」詩に「霤滴簷氷尽、塵浮隙日斜」、同「江州雪」詩に「城柳方綴花、檐氷纔結穂」とある。

２　一旦　僅かな時間に、にわかに、の意。鮑照「結客少年場行」詩に「追兵一旦至、負剣遠行遊」（『文選』巻二八）、駱賓王「帝京篇」詩に「当時一旦擅豪華、自言千載長驕奢」とあり、菅原道真「絶句十首賀諸進士及第其二」詩に「不遺白首空帰恨、請見愁眉一旦開」（『菅家文草』巻二）、同「聞蟬」詩に「猶恨凄涼風未到、不能一旦自無声」（『菅家文草』巻二）とある。　**趁看**　急いで見る、の意。六六番詩【語釈】該項を参照。

３　嫗女　「嫗」とは、『広韻』に「老嫗也」とあるとおり、老婆のこと。ただし、「嫗女」の語例を日中ともに知らない。あるいは、『塩鉄論』毀学に「趙女不択醜好、鄭嫗不択遠近」、『抱朴子』内篇・論仙に「則牛哀成虎、楚嫗為黿、枝離為柳、秦女為石」とあるように、「嫗」には単に「女」の意もあるので、女性の通称として用いたものか。　**嚬臨**　「嚬」は、顔をしかめる、眉をひそめる、の意。昭明太子「龍笛曲」詩に「金門玉堂臨水居、一嚬一笑千万余」（『玉臺新詠』巻九）、駱賓王「王昭君」詩に「妝鏡菱花暗、愁眉柳葉嚬」とある。愁いの表情であると同時に、時には女性の魅力ともなる。「臨」は、高いところから見下ろすこと。鏡に対してやや上からのぞき込む。李益「照鏡」詩に「衰鬢朝臨鏡、将看却自疑」、李賀「美人梳頭歌」詩に「双鸞開鏡秋水光、解鬟臨鏡立象床」とあるが、ここの鏡はつららであるから、「臨」は、不適であろう。底本・藤波家本・講談所本・道明寺本・羅山本・無窮会本には「ヒソカニノソム」の訓があるが、不審。異文「頻」は、頻りに、の意。劉禹錫

ついて「わる」を用いた例は見当たらず、異訓の「やる」や「やぶる」についても、同様である。

老いまどふべく　「老（お）いまどふ」は動詞の「おゆ」と「まどふ」が連続した表現であるが、そのような複合動詞は他に認められない。『注釈』は「老いを擬人化した表現」ととらえているので、「老い」を名詞とし「まどふ」の主語とみなしていることになる。「老い」が動詞の主語になっている例は、八代集に「鶯の笠にぬふといふ梅花あかぬいろかは折りてかざさむおいやかくると」（古今集一―三六）「かざせども老もかくれぬこの春ぞ花のおもてはふせつべらなる」（後撰集三―九六）「いかにせんくれゆくとしをしるべにて身をたづねつつおいはきにけり」（金葉集四―三〇二）「かずならぬ身にさへとしのつもるかなおいは人をもきらはざりけり」（詞花集四―一五九）「かりそめのたびのわかれと忍ぶれどおいは涙もえこそとどめね」（新古今集九―八八九）など見られるが、直接動詞に接するのではなく、いずれも「や・も・は」の助詞がはさまれることにより、結果的に「おい」が主語名詞であることが了解される。当歌の「おいまどふべく」はその点が曖昧であり、「おいまどふ」という臨時的な複合語としての可能性も否定できない。ちなみに、二七番歌には同じく結句に「老いも死なずて」という表現があり、助詞「も」が入るが「老い死ぬ」という複合語とみなしえたものである。「可老迷久」という本文における「可」字の位置も考慮される。「老いまどふ」という複合語として考えれば、その意味は、年をとってボケて訳が分からなくなるという意味になろう。『注釈』では、「鏡を見て老いを嘆くのだが、老いを擬人化し、老いがやってくる目的地を鏡と想定した上

「同楽天和微之深春二十首其十六」詩に「妝壊頻臨鏡、身軽不占車」とあるけれども、何故「頻」であるかの説明は、「妝壊」の語が明示している。ここは、結句との関連で、「嚬」が勝ると考える。　**粉黛**　化粧のこと。二四番詩【語釈】該項を参照。

4 老来　老いてよりこのかた、の意。六朝詩にはこの語の用例がない。盛唐から使われはじめ、白居易「晩出西郊」詩に「老来何所用、少興不多言」、同「蘇州柳」詩に「老来処処遊行遍、不似蘇州柳最多」とあるように、白詩に用例が多い。　**皴集**　この語例を日中ともに知らない。「皴」は、孟郊「寄義興小女子」詩に「漁妾性崛強、耕童手皴黧」とあるように、ひび、あかぎれを言うが、同時に、薛逢「老去也」詩に「朝巾暮櫛不自省、老皮皴皺文縦横」とあって、シワの意でも用いられる。また、異文「皺」は、李賀「啁少年」詩に「莫道韶華鎮長在、髪白面皺専相待」とあるように、しわの寄ること。両字とも他の日本漢詩においても異文関係にあることが多く、確定できないものの、「皺」字がいずれも水面の波の形容に用いられて、いわゆる皺の意で用いられることが無いのに比して、「皴」は、後代のものだが、惟宗孝仲「近曾左金吾藤廷尉…重奉呈之」詩に「齢欲傾兮面皴、愁難除兮心辛」（『朝野群載』巻二）、藤原忠通「傀儡子」詩に「行客征夫遙側目、是斯髪白面空皴」（『本朝無題詩』巻二）などと名詞・動詞に用いられるので、こちらを採る。「老来」の語からも、単なるシワよりひびあかぎれの入ったカサカサの肌をイメージさせる方が、勝るだろう。　**幾廻年**　この語例を日中ともに知らない。おそらくは、何年になるのか、の意。そうとするなら、「幾年」と表記するのが一般。さもなければ、陶淵明「読山海経

で、鏡が割れてしまえば、老いは行き先を無くして迷い、やってこないだろう」とするが、そもそも「老いがやってくる目的地」という発想自体が理解しがたい。

【補注】

和歌としては、発想・表現に類例の乏しいものであり、『注釈』が指摘するように、漢詩の影響を受けているのかもしれない。氷を鏡に見立てるのも、寛平御時后宮歌合の歌のように、水面の氷ならまだしも、軒の氷柱しかも平面に見えるほど連なった氷柱は、想像上のものでしかなかったろう。

この歌において一番の難題は結句の「老いまどふべく」の解釈である。それが「とくもわれなむ」という願望の理由であることは察せられるが、なぜそれが理由となりうるかである。『注釈』は「鏡にやってくるはずの老いを戸惑わせるために、鏡に割れてほしいと望む」と解釈している。この解釈は、鏡が自分の老いを如実に映し出す物であるということを前提としていると見られ、それは「ゆく年のをしくもあるかなますかがみ見るかげさへにくれぬと思へば」（古今集六―三四二）「年ごとにしらがのかずをますかがみ見るみぞ雪の友はしれける」（後撰集八―四七四）などからも首肯しうることである。しかし、その鏡が割れてしまったら、老いは戸惑うというよりも見えなくなってしまうのではあるまいか。

「とくもわれなむ」という願望は、現在、氷の鏡に映し出された自らの老いの姿を目にしているからに他ならない。その鏡が無くなってしまえば、老いをハッキリと思い知らされるすべがなくなるのであり、自分

詩十三首其二」詩に「天地共倶生、不知幾何年」、張籍「送梧州王使君」詩に「千里同行従此別、相逢又隔幾多年」とあるように、「幾何年」「幾多年」とするべきだろう。「廻（迴・回）」は、「何」「多」と共に平声であり、平仄の関係とも思えない。異文「千」の存在は、字形の類似と共に（韻も同じ）、そのような不自然さを回避しようとした試みの一つと捉えたい。ただし、これも「幾千回」ならともかく、「幾回千」では、意味をなさない。

【補注】

韻字は「懸・前・年」で、下平声一先韻。平仄にも基本的な誤りはない。

当作品は、【語釈】の「拋簷懸」「嚬臨」「幾廻年」などの各項で指摘したように、措辞にいくつかの傷があり、とても上等の作品とは言い難い。氷の鏡をすぐに見に行くという前半の内容と、結句の老女のつぶやきの内容が、本来ならすぐに見に行くということの種明かしになっていなければならないところが、そうなっていないというところにも、この作者の力量が示されているように思われる。

老いと鏡の関係を少し贅言しておく。

隋・孔範「和陳主詠鏡」詩に「懐恩未得報、空歎髪如糸」（『初学記』鏡）とあるように、鏡を見て自らの老いを嘆くという詩は六朝時代からあるけれども、それは決して多くはない。それが盛唐から次第に増えてゆき、白居易でピークになる。

六朝詩においては鏡にまつわる故事を利用して作品を仕上げる外は、

が老いているかどうか分からなくなるのである。「老いまどふ」という表現を、そのような意味でとらえておきたい。

当歌が冬歌たるのはその初句があるからであるが、男女に関わりなく「老い」が人生の冬であることも無縁ではないだろう。

宮女に成り代わって寵愛の衰えを嘆く中で、一人鏡に向かうというものが多かったのに対して、盛唐より自己の老衰を嘆く作品が増えていき、白居易に至って極点に達する。彼の作品は身辺に題材を採るが、自己の老いは彼の主要テーマであり、その装置が鏡であった。

【比較対照】

この歌と詩の組み合わせは、その順番からいえば、従来通り歌を詩に翻案したということなのだろうが、内容上の時間的な先後関係から言えば、その逆になっていると考えるべきだろう。あるいは、歌の「とくもわれなむ」という願望の背景を、詩が表現していると言うべきだろう。

歌の上三句は、情景描写とも取れるものだが、詩の起句はそれを端的に表現する。反対に、歌の下二句は極めて主情的の強い表現であるが、それを「媼女」という人物を登場させることで、詩は承句以下を構成している。

歌が「とくもわれなむ」と望むのは、「老いまどふべく」と、自らの老いた醜い姿を見たくないからであるのは自明であるが、詩の承句は、わざわざその鏡が溶けて壊れる前に走って見に行くというわけだから、歌の一番肝心な心を、漢詩作者は理解していないと言うべきだろう。あるいは、理解はしていても、歌の「とくもわれなむ」に引きずられて、上手く詩に表現できなかったと言うべきだろうか。

韻字や平仄を度外視して詩の内容的な構成のみから言えば、承句は鏡を破壊する意に改変して結句に置き、「媼女…」と「老来…」の二句をそのまま前にずらして、承句と転句にすることにより、取りあえず先のような破綻を避けることが出来る。

ともかく、和と漢の対比としての最も大きな問題点は、もし歌の発想が類例に乏しいことで、詩の影響を受けているのだとすれば、詩の方で老いを嘆く主体を、何故女性に設定したかということであろう。

詩【補注】が指摘するように、六朝詩においては鏡を覗くのは寵愛を失って涙で化粧のくずれた宮女であり、日本に最も影響を与えた白居易においては、自分自身の老残の姿であった。

『注釈』が言うように、和歌に白居易の影響が大きいのであれば、何故漢詩における主体が女性でなければならないのか。和歌の措辞から、主体が女性と限定できるのだろうか。

八五番

白雪之　八重降敷留　還山　還還曾　老丹芸留鉇

白雪の　八重降り敷ける　かへる山　かへるがへるぞ　老いにけるかな

【校異】

本文では、第二句末の「留」を、永青本・久曾神本が「流」とし、第三句「還山」を、永青本・久曾神本が「奥山者」とし、第四句の「還還」を、底本・文化写本以外は「還々」とし、同句末の「曾」を、類従本・藤波家本・講談所本・道明寺本・京大本・大阪市大本・羅山本・無窮会本が「留丹」、永青本・久曾神本が「裳」とし、結句の「老」の後に、講談所本が「来」を加え、同句の「丹」を、京大本・大阪市大本・天理本が欠き、同句末の「鉇」を、類従本・文化写本・藤波家本が「銫」とする。

付訓では、第四句「かへるがへるぞ」を、底本は「かへすがへすぞ」と訓むが元禄九年版本・元禄一二年版本・文化版本により改め、羅山本・無窮会本が「かへすがへすに」と訓む。

同歌は、寛平御時后宮歌合（十巻本、冬歌、一三二番。ただし第四句「かへるがへるも」）にあり、古今集（巻一七、雑上、九〇二番）にも「寛平御時きさいの宮の歌合のうた　在原むねやな」として（ただし第四句「かへるがへるも」）、また古今六帖（第二、人、おきな、一三九三番）、業平集（一〇六番）・秋萩集（二七番）などにも見られる（いずれも第四句「かへるがへるも」）。

白雪干頭八十翁
誰知屈指歳猶豊
星霜如箭居諸積
独出人寰欲数冬

白雪《ハクセツ》頭《かしら》を干《をか》す八十《ハッシフ》の翁《おきな》。
誰《たれ》か知《し》らむ指《ゆび》を屈《かが》めて歳《とし》猶《なほ》豊《ゆたか》なることを。
星霜《セイサウ》箭《や》の如《ごと》くして居諸《キョショ》積《つも》る。
独《ひとり》人寰《ジンクヮン》を出《い》でて数冬《ストウ》に欲《なんなん》とす。

【校異】

「干頭」を、元禄九年版本・元禄一二年版本・文化版本・詩紀本・文化写本「于頭」に作り、羅山本「千頭」に作る。「屈指」を、久曾神本「屈捐」に作り、「指歟」と右傍注。「星霜」を、藤波家本「[illegible]霜」に作る。「独出」を、京大本・大阪市大本・天理本「独迯」に作り、天理本には、「本ノママ」の右傍注記あり。「人寰」を、京大本・大阪市大本・天理本「人祖」に作り、天理本には、「本ノママ」の右傍注記あり。

【通釈】

白雪が頭を覆っている八〇歳になるおじいさん。でもいったい誰が知っているだろうか、指折り数えてみると年齢がこんなに豊かだということを。季節は矢のようにあっという間に過ぎ去り、月日が積み重なったのだ。たった一人人間世界を出て、数回目の冬になろうとしている。

【通釈】

白い雪が何重にも降り敷いているかえる山、（その山のように、白髪も増え、その名のように）いくつもいくつも齢を重ねて老いたことだなあ。

【語釈】

白雪の　「白雪（しらゆき）」については、二一番歌【語釈】「白雪の懸かれる枝」の項を参照。

八重降り敷ける　「八重（やへ）」は何重にも重なっているさまを表す。その対象としては、「…天雲の　八重かき分けて…」（万葉集二―一六七）、「しらくものやへにかさなるをちにてもおもはむ人に心へだつな」（古今集八―三八〇）などの雲、「今日もかも沖つ玉藻は白波の八重折るが上に乱れてあるらむ」（万葉集七―一一六八）、「はるばるとやへのしほぢにおくあみをたなびく物はかすみなりけり」（後拾遺集一―四一）などの波や潮（路・風）、「あぢさゐの八重咲くごとく八代にをいませ我が背子見つつしのはむ」（万葉集二〇―四四四八）、「わがきたるひとへ衣は山吹のやへの色にもおとらざりけり」（後撰集三―一〇八）などの花があり、古今集以降では山吹を主として花びらのさまを表現する例が目立つ。しかし、当歌のような雪の様子を表す例は、万葉集にも八代集にも見られない。ただ万葉集には「池の辺の松の末葉に降る雪は五百重降り敷け明日さへも見む」（万葉集八―一六五〇）の「五百重（いほへ）」、「沫雪は千重に降り敷け恋ひしくの日長き我は見つつ偲ばむ」（万葉集一〇―二三三四）の「千重（ちへ）」などのように、類義の語が用

【語釈】

1 白雪　謝恵連「雪賦」に「君寧見階上之白雪、豈鮮耀於陽春」（『文選』巻一三）とあり、菅原道真「郊外翫馬」詩に「斉足踏将初白雪、遍身開著浅紅桃」（『菅家文草』巻二）とある。底本始め版本には音合符がある。白髪の比喩については、【補注】を参照のこと。　**干頭**　この語の用例を日中ともに知らない。顧況「南帰」詩に「老病力難任、猶多鏡雪侵」、白居易「約心」詩に「黒鬢糸雪侵、青袍塵土涴」、朱慶余「叙吟」詩に「雅道辛勤久、潜疑鬢雪侵」、晩唐・黄滔「河南府試秋夕聞新雁」詩には、「一声初触夢、半白已侵頭」などの例があるように、頭に白髪が目立つようになるという場合は「侵」を用いるのが一般だが、ここはむしろそれを避けて、白雪は白髪の比喩ではないことを表現したと考えておく。「侵」が、いつの間にか入り込む、気づいたらしみこんでいた、というニュアンスを表すのに対して、「干」は、元来、矛や盾のような武具の象形字であることからも分かるように、無理に他者の領域にまで入り込む、というニュアンスを含んでいるからである。異文「于頭」「千頭」は、誤写。　**八十翁**　八〇歳のおじいさん。底本始め版本には音合符がある。元結「宿洄渓翁宅」詩に「老翁八十猶能行、将領児孫行拾稼」、李渉「寄河陽従事楊潜」詩に「洛浜老翁年八十、西望残陽臨水泣」とあり、白居易「新豊折臂翁」詩には「新豊老翁八十八、頭鬢眉鬚皆似雪」とある。まさか、当歌の「八重」を音読して、「はちじゅう」としたわけではあるまいが。

2 誰知　五八・六九番詩【語釈】該項を参照。　**屈指**　指を折って数えること。白居易詩には、「哭諸故人因寄元八」詩に「屈指数年世、収

いられている。いずれにせよ、その数字どおりではなく比喩的に多さを表す点で変わりはない。「降（ふ）り敷（し）く」については、八三番歌【語釈】「あられ降り積め」の項で言及してある。右掲の二例のほか、山という場所に関しては、「白雪の降り敷く山を越え行かむ君をそもとな息の緒に思ふ」（万葉集一九―四二八一）という連体修飾の例がある。

かへる山　福井県南条郡今庄町に実在する丘。万葉集には大伴家持の「可敝流回（かへるみ）の道行かむ日は五幡の坂に袖振れ我をし思はば」（万葉集一八―四〇五五）という、その地を示す語が出てくるが、山そのものの例はない。古今集以降、「かへる山なにぞはありてあるかひはきてもとまらぬ名にこそありけれ」（古今集八―三八二）「我をのみ思ひつるがの浦ならばかへるの山はまどはざらまし」（後撰集一九―一三三五）「こえかねていまぞこし路をかへる山雪ふる時の名にこそ有りけれ」（千載集六―四五九）などのように、「かへる山」という名の「かへる＝帰る」というイメージによって歌枕として用いられるようになった。ただし当歌のように「かへるがへる」という同音反復の語を導く序詞の例は、ほかに「からにしきたちてこしぢのかへる山かへるがへるも物うかりしか」（元良集三七番）以外に見当たらない。

かへるがへるぞ　「かへるがへる」も底本の「かへすがへす」も副詞で、動作・作用が反復するさまを表し、元になる動詞の自他により、前者を自然的、後者を意図的と区別することもある。日本国語大辞典第二版は、「かへるがへる」の例として、古今集所載の同歌を、「どう考えても」の意として掲げるが疑問。「かへるがへる」「かへすがへす」ともに万葉集には例がなく、八代集においては「かへるがへる」が古今集所載

涕自思身」と自らの歳を数えるとか、「対鏡吟」詩に「吟罷迴頭索杯酒、酔来屈指数親知」とあるように、存命者を数えるなどの作が少なくない。藤原雅材「暮春見藤亜相山荘尚歯会」詩に「屈指泣推先父歯、洞中今日得相尋（注、雅材偸算亡父甲子、今日始満七十、故有此興云）」とあり、本集には「屈指員多手算忙」（一〇六番）ともある。**歳猶豊**　『毛詩』小雅・鹿鳴之什の末尾にある逸詩の小序に「華黍、時和歳豊、宜黍稷也」とあるに基づく語。束晳「補亡詩六首其三」詩（『文選』巻一九）にも同文が見える。本来は秋の実り（歳）が豊富の意。ここは、その語を借りて、老人の年齢が高いことをいったと思われるが、韋応物「郊居言志」詩に「唯当歳豊熟、閭里一歓顔」、白居易「太平楽詞二首其二」詩に「歳豊仍節倹、時泰更銷兵」とあるように、本来の用例以外を知らない。島田忠臣「府城雪後作」詩にも「野老始知春澳沐、農夫只導歳豊穰」（『田氏家集』巻中）とある。

3 星霜　移り変わる年月のこと。なぜか底本等版本には音合符がないが、講談所本・道明寺本・羅山本・無窮会本にはある。張九齢「餞済陰梁明府各探一物得荷葉」詩に「但恐星霜改、還将蒲稗衰」、白居易「歳晩旅望」詩に「朝来暮去星霜換、陰惨陽舒気序牽」とあり、菅原道真「懺悔会作三百八言」詩に「発願以来五十載、星霜如故事如新」（『菅家文草』巻四）とある。本集にも「慇懃相待隔星霜」（一〇六番）、「与君相別幾星霜」（一一六番）とある。**如箭**　「箭」とは、本来矢を作るのに用いられた、茎がまっすぐで強い竹、篠竹のこと。そこから矢その物として用いられる。「如箭」とは、駱賓王「疇昔篇」詩に「峰開華岳聳疑蓮、水激龍門急如箭」、岑参「青門歌送東台張判官」詩に「須臾望

の同歌および「みるもなくめもなき海のいそにいでてかへるがへるも怨みつるかな」（後撰集一二―七九九）があるのみなのに対して、「かへすがへす」は「花の色はただひとさかりこけれども返す返すぞつゆはそめける」（古今集一〇―四五〇）「わすらるる時しなければ春の田を返す返すぞ人はこひしき」（拾遺集一三―八一二）「うれしさをかへすがへすもつつむべきこけのたもとのせばくも有るかな」（千載集一七―一一五六）など見られ、田や衣（袖）を序とした例が目立つ。当歌のように「かへる山」から導かれる「かへるがへる」の例は前項「かへる山」で示したとおりであるが、同音の数はもとより、雪が降り敷くことも老いることも自然的なことであるから、「かへすがへす」よりも適切であると考える。なお、係助詞「ぞ」の係り先は結句「老いにけるかな」となるが、最後が終助詞「かな」であり連体形終止になっていない。このような例は万葉集にも八代集にも見られない（ちなみに、同時代の私撰集・私家集を検してみても、該当例は認められなかった）。当時の係り結びの規範から考えれば、当歌の例は結びの流れとして認めがたいところであり、そのため古今集ほかでは「ぞ」を「も」に改めたと推定されるが、あえてそのままとして、後考に期したい。『注釈』は当該句の本文を「還々留丹」とし、「底本等は「還々曾」とするが、諸本の状況と「かへる山」からの続きや用例から判断して、底本を改める。〔還々〕には「留」を送るのが原則である。「留丹」の二字が合わさって「曾」と誤写されたか」とする。

老いにけるかな　「老（お）ゆ」という動詞は万葉集から見られるが、この形で結句を構成する例はなく、八代集には「年ふればわがくろか

君不可見、揚鞭飛鞚疾如箭」とあるように、速い様の形容。　**居諸積**　「居諸」とは、『毛詩』邶風・日月篇の「日居月諸、照臨下土」に基づく語。『毛詩』邶風・柏舟篇にも「日居月諸、胡迭而微」とあり、毛伝が「居諸者、語助也。故日月伝曰、日乎月乎、不言居諸也」と言って以来、鄭箋、正義までその解釈に変化はないが、何故か、梁・簡文帝「善覚寺碑銘」に「居諸不息、寒暑推移」（『藝文類聚』内典）などとあるように、日月、光陰、時間の意で用いられるようになる。韓愈「符読書城南」詩に「豈不旦夕念、為爾惜居諸」とあり、滋野貞主「奉和太上天皇青山歌」詩に「居諸恍惚易蹉跎、叡慮優遊無経過」（『経国集』巻一四）とある。

4 独出　たった一人で〜から出る。張籍「送白賓客分司東都」詩に「赫赫声名三十春、高情人独出埃塵」、白居易「村夜」詩に「独出前門望野田、月明蕎麦花如雪」とあり、小野岑守「帰休独臥寄高雄寺空海上人」詩に「聖人独出鑑、独臥白雲裏」（『経国集』巻一〇）とある。

人寰　人の住む場所。俗界。「人境」に同じ。底本にのみ音合符がある。「寰」は、区域の意。鮑照「舞鶴賦」に「去帝郷之岑寂、帰人寰之喧卑」（『文選』巻一四）、白居易「長恨歌」詩に「回頭下望人寰処、不見長安見塵霧」とあり、菅原文時「清慎公奉為村上天皇修諷誦文」に「豈敢為人寰之翫、須以作仏界之資」（『本朝文粋』巻一四）とある。　**数冬**　この語の用例を知らないが、于鵠「哭劉夫子」詩に「近問南州客、云亡已数春」、銭起「登覆釜山遇道人二首其二」詩に「忽憶武陵事、別家疑数秋」とある、「数春」「数秋」の語から判断すると、数回の冬を経ようとしている、の意だろう。底本と講談所本・道明寺本に音合符がある。

みもしら河のみづはぐむまで老いにけるかな」（後撰集一七―一二二九）「長月のここぬかごとにつむ菊の花もかひなくおいにけるかな」（拾遺集三―一八五）「さりともとかくまゆずみのいたづらにこころぼそくもおいにけるかな」（金葉集九―五八六）などある。このような老いの感慨は上句との関係から、髪が白くなったことに発するが、両者を結び付けた歌としては、万葉集から「黒髪に白髪交じり老ゆるまでかかる恋にはいまだあはなくに」（万葉集四―五六三）「かくしてやなほや老いなむみ雪降る大荒木野の篠にあらなくに」（万葉集七―一三四九）などの例が見られる。八代集にも右掲の後撰集歌以外に、「おちたぎつたきのみなかみとしつもりおいにけらしなくろきすぢなし」（古今集一七―九二八）「年ふればこしのしら山おいにけりおほくの冬の雪つもりつつ」（拾遺集四―二四九）「おいはてて雪の山をばいただけどしもと見るにぞ身はひえにける」（拾遺集九―五六四）などの例がある。また公任集には「つもるとも雪とともなる年ならばかへるがへるも君にひかれむ」（一八四番）という、主意は異なるものの、「かへるがへる」を雪と齢に結びつけた類想の歌が見出される。

【補注】

『注釈』は当歌の「白雪」について、「白髪の比喩であるが、冬の実景でもある」とする。「実景」とはいうが、実際にその景色を見たうえでということではあるまい。古今集所載の同歌に対して、日本古典文学全集本では「かえる山は当時の都の人にそれほど親しい山ではないのだから（略）選者時代の観念的な作風の歌」と評し、日本古典集成本でも

【補注】

韻字は、「翁・豊」（上平声一東韻）と「冬」（上平声二冬韻）で、前者は独用だから、押韻に傷がある。平仄の基本的な誤りはない。

当詩の起句は、雪が頭を覆うということを直接的には言いながら、当然その裏には読者に比喩としての類推も期待していることになろう。

承句「誰知」の反語への答えは、結句の「独出」によって明かされることになっている。則ち、「翁」は「人寰」を一人出たのであるから、誰も彼の存在を知らないのである。「翁」は今どこにいるのか。漢詩の世界では、「人寰」に対比されるのは、仙界であり、日本では「山門」であろう。事実、該項の『本朝文粋』の用例では「仏界」の文字が見えている。和歌を念頭に置けば、「かへる山」ということになるのだろうか。それにしても、「人寰」を出てから数年で光陰矢の如く、あっという間に白髪になった、という世界はどこなのか。

ちなみに、白髪と雪に関する漢詩の比喩は、盛唐あたりから見かけるようになり、白詩には以下のように頻出する。

〔直喩〕

白居易「新豊折臂翁」詩に「新豊老翁八十八、頭鬢眉鬚皆似雪」、同「聞哭者」詩に「従此明鏡中、不嫌頭似雪」、同「羅子」詩に「直応頭似雪、始得見成人」、同「戯答諸少年」詩に「顧我長年頭似雪、饒君壮歳気如雲」、同「勧我酒」詩に「洛陽女児面似花、河南大尹頭如雪」、同「与諸公同出城観稼」詩に「不憂頭似雪、但喜稼如雲」、同「蘇州故吏」詩に「不独使君頭似雪、華亭鶴死白蓮枯」、同「西楼独立」詩に「身著白衣頭似雪、時時酔立小楼中」、同「偶

「作者の棟梁は当時まださほどの年齢ではないので（略）虚構ないし誇張を伴う述懐歌ととるのが適切」と注している。

　冬のかえる山を実際に見たことのある都人はほとんどいなかったであろうが、雪深い山というイメージは容易に持たれえたと考えられる。とすれば、その、あくまでもイメージにもとづいた序歌として当歌は成り立っているとみなすのが適当であろう。序歌であるから、主意は下句の老いの感慨にあることになり、冬歌として情景そのものを中心した歌とは言いがたい。竹岡評釈は「「かへる山」の景を擬人化して詠み」とするが、序詞としての上句表現を見るかぎり、擬人化ととらえなくてはならない要因は見当たらず、「かへる山」のありようを歌の中心としないかぎり、その必要性も認めがたい。

　当歌における老いの感慨の実質はともかくとして、趣向としては、「かへる」という同音の反復と、雪をいただく山と白髪の頭との類似性という二点にあると認められる。

　なお、当歌は前歌と並んで、冬の歌として老いが詠まれていることが注目される。


題鄧公（公即給事中珽之子也。飢窮老病、退居此村。）」詩に「一種共翁頭似雪、翁無衣食自如何」、同「間題家池寄王屋張道士」詩に「有叟頭似雪、婆娑乎其間」、同「贈盧績」詩に「今日相逢頭似雪、一杯相勧送残春」など。

〔隠喩〕
白居易「江州赴忠州至江陵已来舟中示舎弟五十韻」詩に「孤舟萍一葉、双鬢雪千茎」、同「聴夜箏有感」詩に「如今格（一作況）是頭成雪、弾到天明亦任君」、同「秋寒」詩に「雪鬢年顔老、霜庭景気秋」、同「白髪」詩に「雪髪随梳落、霜毛繞鬢垂」、同「花前歎」詩に「歳課年功頭髪知、従霜成雪君看取」、同「任老」詩に「面黒眼昏頭雪白、老応無可更増加」、同「家醸新熟毎嘗輒酔妻姪等勧令少飲因成長句以諭之」詩に「六十三翁頭雪白、仮如醒黠欲何為」、同「夢微之」詩に「君埋泉下泥銷骨、我寄人間雪満頭」、同「老病幽独偶吟所懐」詩に「眼漸昏昏耳漸聾、満頭霜雪半身風」、同「酬寄牛相公同宿話旧勧酒見贈」詩に「彼此相看頭雪白、一杯可合重推辞」、同「喜老自嘲」詩に「面黒頭雪白、自嫌還自憐」など。

【比較対照】

　当歌全体の内容は詩の前半に尽くされ、詩の後半はその背景を説明したものになっている。歌の趣向の鍵となる「かへる山」が詩に写されていないのは、日本の山名であるからやむをえないことであるが、「かへる山」から導かれる「かへるがへる」というほどの感慨は詩には認めがたい。承句の「屈指」という行為の反復が関連すると言えなくないものの、「歳猶豊」という表現は歌の感慨とは質を異にするものであろう。

　当歌における「白雪」はかえる山に「八重降り敷ける」ものとして詠まれ、それが白髪を連想させはするものの、直接見立てる表現にはなっていない。詩【語釈】「干頭」の項で、「干」の用法から表現上は「白雪は白髪の比喩ではない」とすれば、その点において歌詩は共通していると言える。ただ、そうすると、詩では文字どおり白雪が頭に降り積もっているというだけのことになり、起句の「八十翁」や承句との結び付きの必然性が感じられなくなってしまう。詩【補注】に挙げてあるように、雪を白髪に見立てる例の多さを勘案すれば、詩においても白雪と白髪との連想関係は成り立っていると見るべきである。

詩の転句は、時間の観点から前半の内容を言い換えただけの表現であり、結句は承句の「誰知」にたいして、その事情を説明したものである。詩【補注】に述べるように、独居の場所が「和歌を念頭に置けば、「かへる山」ということになる」ならば、当詩の作者は歌の「白雪の八重降り敷けるかへる山」を、まさに実景として目の当たりにしているととらえたうえで、イメージしたのかもしれない。

八六番

冬成者　雪降積留　高杵嶺　立白雲丹　見江亘濫

冬なれば　雪降り積める　高き嶺　立つ白雲に　見えわたるらむ

【校異】

本文では、第三句の「杵」を、永青本・久曾神本が欠き、同句末の「嶺」の後に、同二本が「丹」を加え、結句の「亘」を、藤波家本が「五」とする。

付訓では、結句の「わたる」を、底本が「まがふ」とするが他本により改める。

同歌は、寛平御時后宮歌合（十巻本、冬歌、一四六番。ただし初句「冬来れば」第二句「雪ふりつもる」結句「みえまがふかな」）にあるが、他歌集には見られない。

【通釈】

冬だから、雪が降り積もっている高い嶺は、（あたかも、そこに）生じる白い雲のようにずっと見えているのだろうか。

【語釈】

冬なれば　本文「冬成者」は「冬ならば」のように仮定条件としても訓めるが、当歌が冬歌に収められていることを考えれば、その季節がすでに成り立っていることを表す確定条件のほうが適切であろう。「なれ」

冬峰残雪挙眸看
再三嗤来数疋紈
未辨白雲晴後聳
毎朝尋到望山顔

冬《ふゆ》の峰《みね》残雪《のこりのゆき》眸《まなこ》を挙《あげ》て看《み》る。
再三《サイサン》嗤《あざけ》り来《きた》る数疋《スヒツ》の紈《かとり》。
未《いま》だ辨《わき》まへず白雲《ハクウン》の晴《はれ》て後《のち》に聳《そびゆ》ることを。
朝《あさ》毎《ごと》に尋到《すなはちいたり》て山顔《サンガン》を望《のぞ》む。

【校異】

「冬峰」を、底本始め版本・詩紀本・下澤本・藤波家本・文化写本「冬嶺」に作り、類従本・羅山本・無窮会本「冬岑」に作るも、講談所本・道明寺本・京大本・大阪市大本・天理本・永青本・久曾神本に従う。「数疋」を、底本・文化写本・藤波家本・講談所本・道明寺本・京大本・大阪市大本・天理本「数尺」に作り、多く「疋イ」の右傍注記あり。「未辨」を、京大本・大阪市大本・天理本「未辯」に作り、「如本」の右傍注記あり、久曾神本「未辯」に作り、「辨歟」と右傍注記。「白雲」を、詩紀本「白雪」に作る。「尋到」を、京大本・大阪市大本・天理本「尋来」に作り、「到歟」の右傍注記あり。「望山顔」を、詩紀本「望山頭」に作る。

【通釈】

冬の嶺に残る雪を遠く見上げる。その美しさは、何度も幾疋の白絹の反物をあざ笑ってしまうほど。また、その美しさは、上空を覆っていた

は動詞「成る」ではなく断定の助動詞「なり」の已然形。この形での例は本集下巻に「白雪の降りて凍れる冬なれば〔冬成者〕心さだかに解けずまるかな」（二〇七番）と見られるが、万葉集にも八代集にも出てこない。他の季節では「春なればうべも咲きたる梅の花君を思ふと夜眠も寝なくに」（万葉集五―八三一）、「夏なればやどにふすぶるかやり火のいつまでわが身したもえをせむ」（古今集一一―五〇〇）、「秋なれば山とよむまでなくしかに我おとらめやひとりぬるよは」（古今集一二―五八二）などの例が見出され、それぞれの季節だからこそ成り立つ状況が以下に表現されている。当歌の「冬なれば」の場合は、第二句の「雪降り積める」ことにも結句の「見えわたる」ことにも対応すると考えられる。

雪降り積める　「降（ふ）り積（つ）む」は万葉集には例がなく、八代集に「白雲のおりゐる山とみえつるはふりつむ雪のきえぬなりけり」（後撰集八―四八四）「をしほ山こずゑもみえずふりつみしそのすべらぎのみゆきなりけん」（後拾遺集一九―一一一九）「ふりつみしたかねのみゆきとけにけりきよ滝川の水の白なみ」（新古今集一―二七）などのように、いずれも雪について用いられている。なお、八三番歌【語釈】「あられ降り積め」の項も参照。この句は、次の「高き嶺」を連体修飾するとるのが文法的には自然であろう。

高き嶺　「嶺（みね）」は山の頂のことであるから、その山ではもっとも高い位置にあたるので、「高き嶺」と表現した場合、限定的用法としては、他の山の嶺に比べて高いことを表し、非限定的用法としては、嶺そのものの高さを強調することになる。どちらの可能性もありうるが、当

白雲が天辺に移って、嶺のように高く聳えているのと区別がつかないほどだ。それで、毎朝すぐにそこへ行って山の様子を眺め見る。

【語釈】

1 冬峰　この語の用例を知らないが、恐らくは冬の山の峰の意。「春嶺」（五番）、「秋嶺」（七二番）の存在により、底本「冬嶺」が優ると思われるが、「嶺」は上声のため、以下の「雪」（入声）と二四不同の禁則を犯すことになる。この「嶺」「峰」「岑」の異同は平仄のためだろう。「岑」も平声のため、どちらも可だが、釈蓮禅「暮春山家晩望」詩に「古道西通随駱駅、春峰東繞挿虹蜺」（『本朝無題詩』四五八）とあるのをもって、暫く「峰」に従う。なお、斉己「懐道林寺因寄仁用二上人」詩に「昨晩登楼見、前年過夏峰」とある。**残雪**　春先の消え残りの雪のこと。底本等版本には訓合符がある。この語は初唐以後の詩語。杜審言「大酺」詩に「梅花落処疑残雪、柳葉開時任好風」、王維「河南厳尹弟見宿弊廬訪別人賦十韻」詩に「薄霜澄夜月、残雪帯春風」などとあり、菅原清公「奉和春日作」詩に「和風催柳絮、残雪伴梅花」（『経国集』九四）、菅原道真「喜被遙兼賀員外刺史」詩に「無労北陸行残雪、只望西成遇大秋」（『菅家文草』巻二）、本集にも「青松残雪似花鮮」（八七番）とある。**挙眸看**　「挙眸」の用例を知らない。劉禹錫「同楽天登楼霊寺塔」詩に「忽然笑語半天上、無限遊人挙眼看」、張九齢「臨泛東湖」詩に「乗流坐清曠、挙目眺悠緬」、白居易「勧酒寄元九」詩に「挙目非不見、不酔欲如何」などとある「挙眼」「挙目」の応用だろう。永青本・久曾神本には「マナコ」の訓がある。「眸」は、平声、「眼・目」

歌においては他の山々と比べているとはとれないので、後者の強調表現とみなしておく。「たかね（高嶺）」という一語になると、「富士の高嶺」のように、特定の高い山のそれを示す例が目立つ。「高き嶺」という連体修飾表現は万葉集にも八代集にも見当たらず、近い例としては「高き嶺（ね）に雲の付くのす我さへに君に付きなな高嶺（たかね）と思ひて」（万葉集一四―三五一四）「…嶺高み　谷を深みと　落ち激つ　清き河内に…」（万葉集一七―四〇〇三）、「峰たかきかすがの山にいづる日はくもる時なくてらすべらなり」（古今集七―三六四）「峰高み行きても見べきもみぢばをわがゐながらもかざしつるかな」（後撰集一八―一三〇二）などがある。『注釈』は「〔高き嶺〕は、高い山」とし、嶺＝山ととらえているが、万葉集以来、「山の嶺」のように「山」と「嶺」を区別して表現するのが一般的であるから、その解はとれない。

立つ白雲に　「立（た）つ」の主体は「白雲（しらくも）」であるが、「白雲」に「立つ」を単独で用いる例は万葉集にはなく、ただ「ま幸くと言ひてしものを白雲に立ちたなびくと聞けば悲しも」（万葉集一七―三九五八）のように、「白雲」に多く用いられている「たなびく」と複合した例や、「…天の白雲　海神の　沖と宮辺に　立ち渡り…」（万葉集一八―四一二二）という「立ち渡る」の例が見られる程度である。八代集になると、「をしむからこひしきものを白雲のたちなむのちはなに心地せむ」（古今集八―三七一）「誰見よと花さけるらむ白雲のたつのとはやくなりにしものを」（古今集一六―八五六）など見られるが、それでも「たなびく」や「かかる」のほうが目に付く。白雲が「立つ」場所は第三句の「高き嶺」が想定されるが、そのように結び付ける格助詞がな

は、仄声。顔を上げて遠くを見ること。菅原道真「賦得赤虹篇一首」詩に「挙眼悠悠宜雨後、廻頭渺渺在天東」（『菅家文草』巻一）、同「夏夜対渤海客同賦月華臨静夜詩」詩に「挙眼無雲靄、窓頭翫月華」（『菅家文草』巻二）とあり、本集には「冬日挙眸望嶺辺」（八七番）、「挙眸望処心如夢」（九七番）とある。

2　再三　二度三度。ひいては、何度も。底本等版本には音合符がある。『周易』蒙に「蒙、亨。匪我求童蒙。童蒙求我。初筮告。再三瀆。瀆則不告。利貞」、「古詩十九首　西北有高楼」詩に「一弾再三歎、慷慨有余哀」（『文選』巻二九）とあり、大伴氏上「渤海入朝」詩に「自従明皇御宝暦、悠悠渤海再三朝」（『凌雲集』）、菅原道真「舟行五事其三」詩に「潮頭再三顧、如恋故山谿」（『菅家文草』巻三）とある。**嗤来**　この語の用例を知らない。「嗤」は、あざ笑う、バカにして笑う、の意。下澤本・永青本・久曾神本には「ワラヒ」の訓がある。「来」は、助字。巨勢識人「和野柱史観闘百草簡明執之作」詩に「闘百草、闘千花。衿有嗤無意逓奢」（『文華秀麗集』巻下）、菅原道真「有所思」詩に「斯言雖細猶堪恃、更愧或人独自嗤」（『菅家文草』巻二）とある。「紈」は、次項にあるとおり、雪の白さ、輝きにも比せられる物であるが、実際の雪と比べるとその美しさは遠く及ばないと言うのである。本集には「君我昔時長契約、嗤来寒歳柏将松」（一一〇番）とある。**数疋紈**　「疋」は、『漢書』食貨志に「布帛広二尺二寸為幅、長四丈為匹」とあるとおり、幅五〇センチ余りの布の、長さ一〇メートル弱を「匹」または「疋」と言った。当時の中国人の着物一着分の平均的使用量と言われる。また、「匹」は、「偶」や「双」の意を持つため、それを半裁した反物二

いので、「高き嶺」と「立つ」は直接的な文法関係になっていない。白雲の場所としては山が圧倒的に多く、「青山の嶺の白雲朝に日に常に見れどもめづらし我が君」（万葉集三―三七七）「さ夜ふけば出で来む月を高山の峰の白雲隠すらむかも」（万葉集一〇―二三三二）、「風ふけば峰にわかるる白雲のたえてつれなき君が心か」（古今集一二―六〇一）「白雲のたえずたなびく岑にだにすめばすみぬる世にこそ有りけれ」（古今集一八―九四五）「白雲のきやどる峰のこ松原枝しげけれや日のひかりみぬ」（後撰集一七―一二四五）などのように、さらに嶺に限定した例も少なくない。「白雲」のように「白」が「雲」を修飾しているのは、先の「高き嶺」と同様、その白さを強調するもので、当歌においてはそれを見立ての根拠として際立たせる働きをしていると見られる。

見えわたるらむ　「見えわたる」という形の表現は万葉集にはなく、八代集に「こし時とこひつつをればゆふぐれのおもかげにのみ見えわたるかな」（古今集二〇―一一〇三）「世中をいとひてあまのすむ方もうきめのみこそ見えわたりけれ」（後撰集一八―一二九〇）、「浦ちかくたつ秋ぎりはもしほやく煙とのみぞ見えわたりける」（後撰集六―一二七三）「おしなべてさくしらぎくはやへやへのはなのしもとぞみえわたりける」（後拾遺集一七―九八二）などのように見られる。補助動詞としての「わたる」は時間的な継続の意にも空間的な広がりの意にも用いられ、右の前二例は時間的、後二例は空間的の意味としてとることができ、しかも後二例はともに見立ての表現として成り立っている。当歌においては、どちらにもとれるが、詳しくは【補注】で検討したい。

反を一匹と言うとの説もある。いずれにしろ、絹織物に関する量詞である。「紈」とは、貴人が用いた軽くて光沢のある白絹。『釈名』釈彩帛に「紈、煥也。細沢有光、煥煥然也」とある。謝恵連「雪賦」に「紈袖慙冶、玉顔掩姱」（『文選』巻一三）、班婕妤「怨歌行」詩に「新裂斉紈素、皎潔如霜雪」（『文選』巻二七・『藝文類聚』雪）、陳・蕭詮「賦婀娜当軒織」詩に「不惜紈素同霜雪、更傷秋扇篋中辞」（『藝文類聚』織）とあるのを始めとして、「紈」と雪は相互に比喩される。異文「尺」では、絹織物の量詞との関係、転句の「聳」との相関が上手くない。

3 未辨　まだ区別がつかない、の意。一三番詩【語釈】該項を参照。

白雲　白い雲のこと。『毛詩』小雅・白華に「英英白雲。露彼菅茅」（『藝文類聚』雲）とあり、良岑安世「別男子出家入山」詩に「苦行何処所、雪嶺白雲深」（『経国集』五六）とある。本集にも「未辨白雲嶺上屯」（八八番）とある。異文「白雪」では意味をなさない。

晴後聳　「晴」とは、上空を覆っていた雲が無くなること。崔曙「潁陽東渓懐古」詩に「白鷺寒更浴、孤雲晴未還」、杜甫「朝二首其二」詩に「礎潤休全湿、雲晴欲半迴」とあるのは、上空に厚い雲はなくなったが、まだ幾つかの片雲は残っている状態を言い、それらの雲は、銭起「歳初帰旧山」詩に「鶯暖初帰樹、雲晴却恋山」、白居易「別楊穎士盧克柔殷尭藩」詩に「倦鳥暮帰林、浮雲晴帰山」とある通り、山に帰って行くのである。「聳」は、そびえる。李頻「過巫峡」詩に「擁棹向驚湍、巫峰直上看。削成従水底、聳出在雲端」とあるように、縦に高くそびえる。主語は白雲。おそらく、庾信「喜晴詩」に「雨住便生熱、雲晴即作峰」とあるような状態を言うのだろう。積乱雲のように、白雲が縦に高くそび

【補注】

当歌を山あるいは嶺の積雪を雲に見立てた歌とみなすのは、本集に他に「白雲の下り居る山と見えつるは降り積む雪の消えぬなりけり」（八八番）「降る雪の積もれる峯に白雲の立ちもうごかずをるかとぞ見る」（下巻二〇九番）のような類例があるのをふまえてのことである。『注釈』も「山の雪を雲に見立てる例は珍しい」としつつも、それとして認め、参照されている小島憲之『古今集以前』も、当歌を「雪を白雲に見立てたもの」とし、李嶠や劉禹錫などによる「漢詩の手法に基づ」いたものとする。

　この認定について、疑問を二、三あげてみたい。まず、同様に積雪自体を白雲に見立てる例が万葉集にも八代集にも認められないことである（右掲の八八番歌が後撰集（八―四八四）に採録されているのを除いて）。雪と嶺と白雲が一緒に詠まれた歌としては、万葉集に「…高く貴き　駿河なる　富士の高嶺を…白雲も　い行きはばかり　時じくそ　雪は降りける…」（万葉集三―三一七）という例があるが、この場合は白雲も雪もともに存在するものとして表現されているのであり、八代集に見られる「白雲と峰には見えてさくら花ちればふもとの雪とこそみれ」（金葉集〈異本歌〉六六九）は桜花を嶺での白雲と麓での雪に見立てる例であり、「雪つもるみねにふぶきやわたるらむこしのみそらにまよふしら雲」（千載集六―四五五）は雪を白雲に見立ててはいるが、積雪ではなく吹き飛んでいる雪を対象とする例である。

　実は、そもそも当歌の表現に即すならば、雪を白雲に見立てるという関係にはなっていない。「～ガ～ニ見えわたる」という形に合わせれば、＊

えているからこそ、「冬嶺残雪」と見分けがつかないのである。

4 毎朝　朝ごとに。七九番詩【語釈】該項を参照。**尋到**　「尋」は、すぐに、時間をおかず。七二番詩【語釈】該項を参照。異文「尋来」であれば、「尋」は動詞。「冬嶺残雪」は、どこにでもあるそれではなく、有る特定のそれを言うはずだから、尋ねるより、時間副詞の虚字として、朝起きるとすぐに行ってみる、の方が相応しいだろう。諸本に訓合符がある。**山顔**　山頂のこと。起句の「冬嶺」に対応する。陸亀蒙「四明山詩　雲南」詩に「若得山顔住、芝箋手自携」とある。異文「山頭」は、「山顔」が極めて珍しい語なので生じた誤写だろう。紀斉名「霞添春気色」詩に「遥装雪尽山顔媚、斜跨氷穿岸脚新」（『類題古詩』気色）とある。

【補注】

韻字は「看」（上平声二十五寒韻）、「紈」（上平声二十六桓韻）、「顔」（上平声二十七刪韻）で、寒韻は桓韻と同用なるも、刪韻は異なるから押韻に傷がある。平仄には基本的誤りはない。

当詩の重心はあくまでも起句にある。承句が「冬峯残雪」の素晴らしさを言うのは言を待たないが、転句の日に輝く白雲と区別がつかないと言うのは、それ程までに美しいと言うのだろう。結句が、白雲と白雪を見分けるために毎朝山顔を望み見るというのでは、詩にならないからだ。なお、八七番詩【補注】参照。

＊「雪降り積める高き嶺」ガ「立つ白雲」ニ「見えわたる」、つまり雪の積

もった嶺そのものが白雲に見えるということである。どちらにしても結局は同じと言えるかもしれないが、それにしても、嶺と雲との一般的な形状の違いを考えるならば、白さは共通するとしても、見立てとしての妥当性がどれほどあるだろうか。これは「わたる」を空間的な広がりとみなすことへの疑問にも通じる（『注釈』は「見ゆ」に接しているから、空間的に広く見渡せることを表すのであろう」とするが、【語釈】「見えわたるらむ」の項に挙げた例のように、空間には限定しえない）。むしろ「冬なれば」という条件にこだわるならば、その季節を通しての時間的な継続の意にとるほうが、その点で他の季節と差別化されて、ふさわしいように思われる。

【比較対照】

当歌の初句「冬なれば」という確定条件表現は、詩では起句の「冬峯」という語に吸収され、その条件によってはじめて当該の景色が成り立つという重みが消されている。それは歌の第二句「雪降り積める」にたいして、詩【語釈】に述べるように、一般には「春先の消え残りの雪」を表す「残雪」という語の使用にも認められよう。詩の承句の「再三」および結句の「朝毎」に、歌の「見えわたる」に対応する、冬の間中ずっとという意味合いが込められているにしても、である。

歌における雲への見立ては、詩転句が対応する。それだけではなく、歌【補注】で触れたような、嶺の雪にたいする雲の見立てとしての不自然さが、詩においては起句の「冬峯残雪」という表現および転句の表現によって解消されている。ただし、詩【語釈】「晴後聳」の項で「積乱雲のように、白雲が縦に高く聳えているからこそ、「冬嶺残雪」と見分けがつかないのである」と説明しているように、両者の形状的な類似性を限定的に設定せざるをえなくなっている。見立てとしての主眼が、その白さ、さらにはその色の美しさにあったとすれば、詩はそれを、承句で「紈」にも見立てることによって補強していると見ることができよう。

詩の結句は起句の内容をほぼ反復したものにすぎないが、それを考慮しても、当詩は全体的に歌によく対応させているといえる。

八七番

松之葉丹　宿留雪者　四十人丹芝手　時迷勢留　花砥許曾見礼

松の葉に　宿れる雪は　よそにして　時まどはせる　花とこそ見れ

【校異】

本文では、第二句の「宿」の後に、永青本・久曾神本が「礼」を補い、同句末の「者」を、同二本が欠き、第三句の「四十人」を、類従本・無窮会本が「世人」、藤波家本が「世十人」とし、同句の「丹」を、永青本・久曾神本が欠き、第四句の「時」を、底本および文化写本・藤波家本が「旼」とするが他本により改め、同句の「勢」を、下澤本が「芸」とし、結句の「許」を、藤波家本・羅山本・無窮会本が欠き、同句末の「見礼」を、道明寺本が欠き、講談所本が「ミレ」と仮名書きする。

付訓では、とくに異同が認められない。

同歌は、寛平御時后宮歌合（十巻本、冬歌、一四八番。ただし初句「松のうへに」第二句「かかれる雪は」）にあるが、他歌集には見られない。

【通釈】

松の葉に留まっている雪は、遠くからだと、季節を（いつなのか）分からなくするような、まさに花であると見ることだよ。

冬日挙眸望嶺辺
青松残雪似花鮮
深春山野猶看誤
咲殺寒梅万朶連

冬日《トウジツ》眸《まなこ》を挙《あげ》て嶺辺《レイヘン》を望《のぞ》めば、
青松《セイショウ》の残雪《サンセツ》花《はな》の鮮《あざやか》なるに似《に》たり。
深春《シンシュン》の山野《サンヤ》は猶《なほ》看誤《みあやま》つ。
咲《わら》ひ殺《そさ》しむ寒梅《カンバイ》万朶《バンタ》の連《つら》なることを。

【校異】

「挙眸」を、大阪市大本「眸」を脱落する。「咲殺」を、類従本・無窮会本「咲煞」に作り、藤波家本・講談所本・道明寺本・京大本・大阪市大本・羅山本「咲敬」に作る。藤波家本・講談所本・道明寺本には、「殺」の右傍注記あり。

【通釈】

冬のある日、山の峰のあたりを遙かに望み見ると、松の枝に残雪がかかってまるで花が咲いたように鮮やかに見える。その見事さは、春たけなわの山や野原と見誤ってしまうほどだ。早咲きの梅が無数の花をつけている様などは、これに比べたら噴飯ものだ。

【語釈】

1 冬日　冬のある日、の意。王粲「贈蔡子篤」詩に「烈烈冬日、粛粛淒風」（『文選』巻二三）とあり、李善は『毛詩』小雅・四月の「冬日烈

【語釈】

松の葉に　「松（まつ）の葉（は）」が雪とともに詠まれた例は「池の辺の松の末葉に降る雪は五百重降り敷け明日さへも見む」（万葉集八―一六五〇）のように「松の末葉（うれは）」の形で万葉集から見られる。八代集には「山がくれきえせぬ雪のわびしきは君まつのはにかかりてぞふる」（後撰集一四―一〇七三）「見わたせば松のはしろきよしの山いくよつもれる雪にかあるらん」（拾遺集四―二五〇）「はつゆきはまつのはしろくふりにけりこやをの山の冬のさびしさ」（金葉集〔三奏本〕四―二八四）のように、雪が松の葉に降りかかる情景を詠んだ例や、「松の葉にかかれる雪のそれをこそ冬の花とはいふべかりけれ」（後撰集八―四九二）「春きては花とも見よとかたをかの松のうは葉にあは雪ぞふる」（新古今集一―一九）のように、当歌と同様に花に見立てた例、さらには「ゆきつもるとしのしるしにいとどしくちとせのまつのはなさくぞ見る」（金葉集五―三二九）の「まつのはな」のように、千年または百年に一度咲くという、文字どおりの松の花にまで見立てた例もある。

宿れる雪は　「宿（やど）る」については、六二番歌【語釈】「宿る露さへ」の項を参照。その主体が「雪」の例は見られない。「宿」字の古訓には「おく」や「とどむ」も見られ、それらのほうが「雪」にはふさわしいが、万葉集にも本集にもそのような訓みは認められない。あえて「雪」に「やどる」を用いたとすれば、その理由として、「松の葉」に留まるのがあくまでも一時的であるという時間的なニュアンスを出そうとしたことが考えられる。それはたとえば、寛平御時后宮歌合の同歌、および同様の見立ての「年ふれど色もかはらぬ松がえにかかれる雪を花と

烈、飄風発発」を指摘する。菅原道真「冬日賀船進士登科兼感流年」詩（『菅家文草』巻一）、同「己酉年終冬日少、庚申夜半暁光遅」（『菅家文草』巻四）とある。島田忠臣「冬日可愛」詩（『田氏家集』巻上）にいう「冬日」は、「可憐冬景好当軒」の詩句から「冬の日光」の意。　**挙眸**　顔を上げて遠くを見る、の意。八六番詩【語釈】該項を参照。　**望嶺辺**　「嶺辺」とは、あまり見ない語だが、李商隠「深宮」詩に「斑竹嶺辺無限涙、景陽宮裏及時鐘」、蕚嶺書生「示辺洞元」詩に「邂逅相逢蕚嶺辺、対傾浮蟻共談玄」とあることからすれば、嶺の辺り、の意か。

2 青松　青々とした松の木。江淹「雑体詩三十首　殷東陽興矚」詩に「青松挺秀蕚、恵色出喬樹」（『文選』巻三一）とあるように、その緑は他の樹木からひときわ目立つ存在とされ、孔稚珪「北山移文」に「青松落陰、白雲誰侶」（『文選』巻四三）にあるように、対句では「白」と対比され、劉孝標「広絶交論」に「援青松以示心、指白水而旌信」（『文選』巻五五）とあるように、季節によって色を変えぬ性質は、柏や竹と共に人の堅固な節操にたとえられるのが一般。平五月「訪幽人遺跡」詩に「影歇青松下、声留白骨前」（『文華秀麗集』巻中）とある。斉・王融「四色詩」に「赤如城霞起、青如松霧澈。黒如幽都雲、白如瑤池雪」（『藝文類聚』詩）とあるのを待つまでもなく、松と雪は青と白の代表であるから、宋・顔延之「贈王太常僧達詩」に「庭昏見野陰、山明望松雪」（『藝文類聚』贈答）とあるように、互いが映発する美しい物として「松雪」（松葉にかかる雪）の語も早くから存在した。　**残雪**　春先の消え残りの雪。八六番詩【語釈】該項を参照。ここはなぜか、底本等版本や講談所本・道明寺本・羅山本・無窮会本に音合符がある。張仲素「緱

こそみれ」（後撰集八―四七五。なお同歌は本集では「年ふれど色も変はらぬ松の葉に宿れる雪を花とこそ見め」（九九番）のように「宿れる」になっている）や「松の葉にかかれる雪のそれをこそ冬の花とはいふべかりけれ」（後撰集八―四九二）などにおける「かかる」と比べれば察せられよう。

よそにして　六七番歌【語釈】「よそにても見む」の項を参照のこと。「よそ」に「にして」が付いた表現は万葉集にはなく、八代集に「よそにしてこふればくるしいれひものおなじ心にいざむすびてむ」（古今集一一―五四一）「よにとよむとよのみそぎをよそにしてをしほの山のみゆきをやみし」（後拾遺集一九―一一一八）など見られる。「〜にして」という表現はサ変動詞を含むが、一体になって文法化していて、その状態にあることを表し、結句の動詞「見る」とは並列関係ではなく、条件節的に修飾するとみなされる。

時まどはせる　「時（とき）」が連体修飾語句を伴わない場合は、動詞の「あり・成る」「経（ふ）・過ぐ」「来（く）・行く」、「待つ」「分かず」、形容詞の「なし」、助動詞類の「なり・ならず・にあらず」などを下接した、短い慣用的な表現になり、特定の時期・時点を表すのがほとんどである。その中でも、ある現象や出来事が生じるのが自然な、あるいはふさわしい時期・時点を表すことが多く、当歌における「時」は、雪が降る、あるいは花が咲くのにふさわしい時期、すなわちそれぞれ冬、春という季節に対応していると考えられる。季節という時期の意が明確と思われる例としては、「時は今春になりぬとみ雪降る遠き山辺に霞たなびく」（万葉集八―一四三九）、「時わかずふれる雪かと見るまでにかき

山鶴」詩に「映松残雪在、度嶺片雲還」、元稹「松鶴」詩に「是時晴景麗、松梢残雪薄」、白居易「南龍興寺残雪」詩に「老趁風花応不称、間尋松雪正相当」、許渾「玩残雪寄江南尹劉大夫」詩に「眠鷗猶恋草、棲鶴未離松」などと、松にかかる残雪は時に鶴に例えられながら描写される。

似花鮮　「花に似て鮮やかなり」と訓んでもよいが、現存本の訓はすべて「花の鮮やかなるに似たり」と訓む。初唐・慧浄「冬日普光寺臥疾値雪簡諸旧遊」詩に「縈階如鶴舞、払樹似花鮮」とあるのも、雪の比喩。雪を花に喩えることは、六朝以来広く行われ、『初学記』雪には、初唐・太宗「望雪詩」に「不粧空散粉、無樹独飄花」、梁・裴子野「詠雪詩」に「払草如連蝶、落樹似飛花」、梁・何遜「詠雪詩」に「凝階夜似月、払樹暁疑春」、梁・呉均「詠雪詩」に「縈空如霧転、凝階似花積」などの多くの比喩を認めることができる。何頻瑜「牆陰残雪」詩に「状花飛著樹、如玉不成盤」、姚康「礼部試早春残雪」詩に「無柳花常在、非秋露正団」とあるのは「残雪」を「花」に喩えたもの、杜審言「大酺」詩に「梅花落処疑残雪、柳葉開時任好風」というのは、その逆。多治比清貞「和菅祭酒賦朱雀衰柳作」詩に「寒霜着樹非真葉、霏雪封枝是偽花」（『凌雲集』）、菅原道真「臘月独興」詩に「氷封水面聞無浪、雪点林頭見有花」（『菅家文草』巻二）とあり、同「法花寺白牡丹」詩に「在地軽雲縮、非時小雪寒」（『菅家文草』巻四）とあるのは、花を雪に喩えたもの。

3 深春　春もたけなわの頃、の意。二一番詩【語釈】該項を参照。劉長卿「臥病喜田九見寄」詩に「庭陰残旧雪、柳色帯新年。寂寞深春裏、唯君相訪偏」とある。**山野**　山や野原のこと。六六番詩【語釈】該

ねもたわにさける卯花」（後撰集四―一五三）「春秋に思ひみだれてわきかねつ時につけつつうつる心は」（拾遺集九―五〇九）「時はいまは春に成りぬとみゆきふるとほき山べに霞たなびく」（新古今集一―九）などが見られる。「まどはせる」については七〇番歌【語釈】「ともまどはせる」の項を参照。「まどはす」という場合は、おもに「心」または「我」や「人」を対象とするのにたいして、「まどはせる」という形の場合は、「友」や「妻」を対象とする傾向が強く、どちらにしても助詞「を」を伴ってそれらが示されることはほとんどない。当歌の「まどはせる」の対象は上接の「時」になろうが、そのような例は万葉集にも八代集にも見られない。やや近い例としての「ふる雪に色まどはせる梅の花鶯のみやわきて忍ばん」（新古今集一六―一四四二）は梅の花がその色を、雪の色と「まどはせる」ことを表し、また時代はかなり下るが「あは雪もまだふるとしにたなびけばころまどはせるかすみなりけり」（夫木抄一―一二）は霞が「ころ（頃）」を「まどはせる」という例である。当歌についても、このような表現形式に即して考えるならば、「時」にたいして、いわば擬人的に、自分がどこにいるか、つまりいつの季節なのか分からなくするという意味であり、「まどはせる」主体となる「雪」が、自らを「花」と見せることによって、「時」を混乱させるという関係になる。

花とこそ見れ　雪を花に見立てること、および「〜ヲ〜ト見る」という形での見立てについては、二一番歌【語釈】「花とや見らむ」の項を参照。当歌の場合、見立ての対象となる「雪」は、係助詞「は」によって関係付けられている。また「〜とこそ見れ」という係り結びで結句とな

項を参照。　**看誤**　見誤る、の意。底本・藤波家本・講談所本・道明寺本・羅山本・無窮会本に訓合符がある。元禄九年版本等は「看テ誤マツ」。白居易「裴常侍…和之」詩に「乍見疑迴面、遙看誤断腸」、張蠙「和友人許裳題宣平里古藤」詩に「客対忘離榻、僧看誤過鐘」とある。菅原道真「山陰亭冬夜待月」詩に「消残砌雪心猶誤、挑尽窓燈眼更嫌」（『菅家文草』巻一）とあるのは雪を月と見間違い、中原広俊「法性寺翫月」詩に「世界三千望誤雪、生涯五十鬢添華」（『本朝無題詩』巻三）とあるのは、月光を雪と見誤るということ。この「誤」については、小島憲之『古今集以前』（二六四頁〜）に言及がある。

4 咲殺　大笑いする、笑い飛ばす、の意。二二・七一番詩【語釈】該項を参照。底本等版本には音合符と「ス」の仮名があり、藤波家本・講談所本・道明寺本・羅山本・無窮会本には訓合符と「シム」の仮名がある。承句の光景に比べたら、寒梅の咲く様など問題にならないというのである。　**寒梅**　寒中に咲く梅、早咲きの梅のことで、初唐以後の詩語。劉孝孫「冬日宴于庶子宅各賦一字得鮮」詩に「凍柳含風落、寒梅照日鮮」、李端「早春夜集耿拾遺宅」詩に「新草猶停雪、寒梅未放花」とあり、藤原令緒「早春途中」詩に「関北寒梅花未発、江南暖柳絮先驚」（『経国集』巻一一）とある。　**万朶連**　無数の花が連なって咲くこと。元稹「使東川　南秦雪」詩に「千峰筍石千株玉、万樹松蘿万朶銀」、白居易「山石榴花十二韻」詩に「千叢相向背、万朶互低昂」とあり、三善篤信「柳絮飄春雪」詩に「万朶交加皆六出、折将定入郢中声」（『善秀才宅詩合』）とある。なお、九番詩【語釈】該項も参照。

る表現については、四八番歌【語釈】「玉とこそ見れ」の項を参照。

【補注】

当歌は、雪を花に見立てているが、それ自体としてはとくに斬新なものではない。むしろ注目されるのは、「よそにして」と「時まどはせる」という表現である。

「よそにして」という条件は、実際にはそのように見えないということを含意しているのであって、「よそ」は単に遠くを表しているのではなく、見立てが現実とは関係しないところで成り立つことを明らかにしている。結句の動詞が「見ゆ」ではなく「見る」となっているのも、そのように見立てることの意志性の表れととることができる。

「時まどはせる」については、小島憲之『古今集以前』は「第四句の「時まどはせる花」は、「時ならぬ花」、冬に咲く雪の花を意味する。この「まどはす」は、人を「誤らす」に置き換えることもでき」、また「「まどはす」は、似通っているために人を「迷はす」ことであ」るとする。しかし、注意すべきこととして、表現は「人（を）まどはす」ではなく、「時（を）まどはす」という点がある。「人」と「時」の両方に関わるようにするとしたら、「まどはす」だけでは成り立たず、さらに使役の助動詞を付さなければならない。

「時」そのものが「まどふ」というのは、まさに「よそにして」成り立つ、想像の世界においてであり、当歌のこれらの表現は、見立てというものの虚構性を端的に示すものと言えよう。

【補注】

韻字は、「辺」（下平声一先韻）と「鮮・連」（下平声二仙韻）で、両者は同用。平仄にも基本的な誤りはない。

八七番詩は、八六番詩と共に「残雪」の比喩によって詩を構成するという点で共通し、しかも「冬」の「残雪」という、詩語としての矛盾まで共通して抱えている。「残雪」とは、八六番詩【語釈】にも書いたように、本来春先の物である。それが何故「冬」でなければならないのか。季節は部立てに制限を受けたとすれば、何故「残雪」でなければならないのか。「残」の本義を生かせば、「残雪」とは、まだ解けきらないで残っている積雪の意であるから、矛盾はないと言われればその通りであるが、中国においても、于良史「冬日野望寄李賛府」詩に「風兼残雪起、河帯断氷流」とある作など、極めて稀にしか見いだせない。

ただ、杜審言「大酺」詩に「梅花落処疑残雪、柳葉開時任好風」、藤原輔尹「花落春帰路」詩に「媚景臨岐残雪乱、芳辰按轡晩霞深」（『本朝麗藻』巻上）とあるのを見ると、路上の落花を残雪に喩えているのであるから、ただの白雪に喩えるよりも、観察は細かい。当詩は、「青松」とあるから、「白雪」のように直接的な色の対比も考えられようが、「残雪」とすることで、形態上からは下の「似花鮮」との関連は明らかに良くなった。斑に残る白雪をイメージさせることで、地となる青色との対比も間接的に引き起こすことも可能ということになれば、季節感を多少犠牲にしても、詩の作者は雪と花とを結びつける共通的なイメージを優先させたと考えることができる。

また、それが詩の作者の当歌に対する見方を象徴しているとも言えよう。八六番詩も「冬峯」と「残雪」との季節的矛盾よりも、峯の残雪と「数疋紈」との比喩上のイメージの類似を優先させたと考えることが可能なのではなかろうか。

なお、雪と花の相互の比喩について贅言をしておく。この比喩は六朝以来非常に多く用いられるが、いま初唐の数例で考えてみたい。

雪を花に喩える例は、太宗「詠雪」詩に「色灑妝台粉、花飄綺席衣」、太宗「望雪」詩に「不妝空散粉、無樹独飄花」、陳子良「詠春雪」詩に「光映妝楼月、花承歌扇風」、駱賓王「晩度天山有懐京邑」詩に「雲疑上苑葉、雪似御溝花」など、多く花が風に漂ったりして、動きのある様で形容されていることに注意すべきだろう。当然のことながら、雪は空から降るものなのであり、積もっているものではない。駱賓王詩の「御溝花」の、宮殿の側溝を流れる花とは、雪がひとひら一片降る様をイメージしているのだろう。古今集八一番歌も花と雪とのそうした背景を知る必要があるだろう。

逆に、花が雪で喩えられる場合も、盧照鄰「行路難」詩に「春景春風花似雪、香車玉輿恒闐咽」、同「梅花落」詩に「雪処疑花満、花辺似雪迴」とあるなど、明らかに散る様として捉えられている場合がある。陳叔達「早春桂林殿応詔」詩に「朱楼雲似蓋、丹桂雪如花」、李嶠「柳」詩に「庭前花類雪、楼際葉如雲」などは、色のみの比喩と言っても不都合はないが、宋之問「寒食還陸渾別業」詩に「洛陽城裏花如雪、陸渾山中今始発」とあるのは、対句との関係から花は雪のように散っていると、解すべきだろう。

【比較対照】

当歌詩の組合せには、全体として内容的にほぼ対応する表現が認められる。すなわち、歌の上句「松の葉に宿れる雪」に対しては詩承句の「青松残雪」、第三句の「よそにして」には起句の「望」、第四句の「時まどはせる」に対しては起句の「冬日」および転句の「深春」、そして結句の「花とこそ見れ」には承句の「似花鮮」および結句である。

詩において具体化・付加されているのは、「青松残雪」が「嶺辺」にあるものであること、見立ての表現が「似・誤・笑殺」の三つにもなり、それぞれ「花」「深春山野」「寒梅万朶」と異なっていることである。雪を花に見立てるというレベルでなら、承句だけで事足りていることになるが、詩後半はその見立てる花のありようを詳しく、いわばダメ押し的に表現したものである。結句の「寒梅」はたとえ「万朶」でも一種類のみで、晩冬もしくは早春であり、転句の「山野」は「深春」の時期であるから、花盛りの程度としては転句のほうが勝っていることになろう。

いっぽう、詩にそのままでは引き継がれなかったのが、歌【補注】に指摘した「よそにして」と「時まどはせる」という表現の、見立てであることを際立たせる趣向である。詩の過剰なまでの見立て表現の連続は、あるいはその際立ちを別の形で表そうとしたのかもしれない。

八八番

白雲之　下居山砥　見鶴者　降積雪之　不消成芸里

白雲の　下り居る山と　見えつるは　降り積む雪の　消えぬなりけり

四山霽後雪猶存
未辧白雲嶺上屯
終日看来無厭足
況乎墻廕又敦々

四山《シサン》霽《はれ》て後《のち》雪《ゆき》猶《なほ》存《ソン》す。
未《いまだ》辧《わきま》(へず)白雲《ハクウン》の嶺上《レイシャウ》に屯《あつま》れることを。
終日《ひねもす》看来《みきた》れば厭足《あきたる》こと無《な》し。
況《いはむ》や墻廕《シャウイン》又《ま》た敦々《トントン》たるをや。

【校異】

本文では、第二句の「居」の後に、永青本・久曾神本が「流」を補い、第四句の「積」を、藤波家本が欠き、結句の「消」および「芸」を、永青本・久曾神本が「銷」および「介」とする。

付訓では、結句の「ぬ」を、藤波家本が「ず」とする。

同歌は、寛平御時后宮歌合（十巻本、冬歌、一三七番。ただし、第四句の「雪」を「宿」とする）にあり、後撰集（巻八、冬、題しらず、四八四番）にも同文で見られる。

【通釈】

白い雲が下りてきて留まっている山と見えてしまうのは、（前々から）降り積もった雪が消えていなかったからなのだなあ。

【語釈】

白雲の　「白雲（しらくも）」については、八六番歌【語釈】「立つ白雲に」の項を参照。当歌でも見立てる際、色の白さも根拠の一つであるため、単に「雲」ではなく「白雲」と表現したと見られる。

下り居る山と　「下（お）り居（ゐ）る」という複合動詞の主体は初句

【校異】

「白雲」を、永青本・久曾神本「白雪」に誤る。「嶺上屯」を、文化写本「嶺上地」、永青本・久曾神本「嶺上長」に作る。文化写本には「屯群」の注記、永青本には「髡」の注記あり。「況乎」を、永青本「呪乎」に作る。「墻廕」を、底本等版本・詩紀本・下沢本・文化写本・藤波家本「墻陰」に作るも、類従本「壚广」に作り、講談所本・道明寺本「牆廕」、羅山本・無窮会本・永青本・久曾神本「壚廕」に作る。講談所本・道明寺本には、「墻壚」の異本注記あり。今、京大本・大阪市大本・天理本に従う。「敦々」を、羅山本・無窮会本「数々」に作り、羅山本には「敦」の異本注記あり。

【通釈】

雲が晴れてなくなった後にも、四方の山々には、雪がまだ残っている。（それと）白雲が嶺の上に寄り集まっているのと見分けが付かない。一日中見続けても、もう良いということがない。ましてや家の垣根の陰に、

の「白雲」である。万葉集には「朝ぐもり日の入り行けばみ立たしの島に下り居て嘆きつるかも」（万葉集二―一八八）の一例があるが、主体は人であり、八代集にも「あだなりなとりのこほりにおりゐるはしたよりとくる事はしらぬか」（拾遺集七―三八五）「さはみづにおりゐるたづはとしふともなれしくもゐぞこひしかるべき」（後拾遺集一七―九八〇）「くものうへになれにしものをあしたづのあふことかたにおりゐぬるかな」（金葉集九―六〇一）の三例があるのみで、しかもその主体はすべて鳥である。雲が主体となる例は、勅撰集ではかなり下って「紫の雲のおりゐる山里にこころの月やへだてなからん」（続千載集一〇―一〇二八）「山ふかみおりゐる雲はあけやらでふもとにとほきあかつきのかね」（風雅集一六―一六二八）「白雲のおりゐる方や時雨るらむおなじみ山のふもとながらに」（新千載集一六―一八〇四）など見られる。「居る」単独なら、「瀧の上の三船の山に居る雲の常にあらむと我が思はなくに」（万葉集三―二四二）「春日山朝立つ雲の居ぬ日なく見まくの欲しき君にもあるかな」（万葉集四―五八四）などのように、万葉集以来、雲を主体とした例があり、「立つ」に対し、山（の峰）に「居る」つまり留まっているさまを表す。「雲」が「下る」をとる例としては、八代集に「世とともに峰へふもとへおりのぼりゆく雲の身は我にぞ有りける」（後撰集一五―一〇七九）の一例があり、「のぼる」との対で用いられている。当歌において、雲に対してはなじみのない「下り居る」という複合動詞が用いられたのは、「立つ」という、空への上昇方向を含む語を念頭に置いたうえで、山との近接性と雲の不動性を強調し、雪の見立てとしての適合度を高めるためと考えられる。『注釈』は、「（白雲の下りゐる（雪が）更に厚く集まっているのであれば、（縁起がいいので）尚更見飽きない。

【語釈】

１ 四山　四方の山、自分を取り巻く山々のこと。陳後主叔宝「五言昼堂良夜履長在節歌管賦詩迾筵命酒十韻成篇」詩に「雲興四山霾、風動万籟答」、劉禹錫「始至雲安…故有属焉」詩に「暮色四山起、愁猿数処声」とあり、菅原道真「早春内宴…暗迎春応製」詩に「千里遣懐銷尽雪、四山廻眼染初藍」（『菅家文草』巻六）とある。**霽後**　「霽」とは、江淹「雑体詩三十首　謝法曹贈別 恵連」詩に「幸及風雪霽、青春満江皐」（『文選』巻三一）とあり、李善が『説文』を引いて「霽、雨止也」と言うように、本来は雨や雪の止むこと。ただし、ここは李端「送荀道士帰廬山」詩に「月明尋石路、雲霽望花源」とある通り、雲のなくなること。底本等版本や諸写本に訓合符がある。なお、六七番詩【語釈】該項も参照のこと。巨勢識人「奉和春日江亭閑望」詩に「山光霽後緑、江気晩来鮮」（『文華秀麗集』巻上）、源英明「重寄」詩に「栄名皆是波中沫、富貴寧非霽後雲」（『扶桑集』）とある。**雪猶存**　「猶存」は、今になってもまだ存在している、の意。「存」には、元禄九年版本・元禄一二年版本に音読符がある。『捜神記』巻一一に「宋康王舎人韓憑娶妻何氏、…今睢陽有韓憑城、其歌謡至今猶存」、陶淵明「帰去来辞序」に「三逕就荒、松菊猶存」（『文選』巻四五）とあり、大江匡衡「寿考対策」に「燕毛之有序、猶存四始之篇。馬氏之拠鞍、能退五渓之寇」（『本朝文粋』巻三）とあって、韻文に用例を見出しがたいように、散文語。また、王維

る山」からは神仙が降臨する趣を見て取ってよいかもしれない」とするが、その趣が当歌の解釈にどのような影響を及ぼすのか、詩のほうを勘案しても、判然としない。

見えつるは 当句表現による見立ての構造については、一三番歌【語釈】「見えつるは」の項を参照。歌末に「なりけり」もともなった見立て表現の類歌は、万葉集にはなく、八代集に「しらなみのおとせでたつとみえつるはうの花さけるかきねなりけり」（後拾遺集三―一七二）「しらくもとをちのたかねにみえつるはこころまどはすさくらなりけり」（金葉集〔三奏本〕一―四二）がある。

降り積む雪の 八三番歌【語釈】「あられ降り積め」の項および八六番歌【語釈】「雪降り積める」の項を参照。

消えぬなりけり この主体は前句の「雪」であり、同様の例は「雪こそは春日消ゆらめ心さへ消え失せたれや言も通はぬ」（万葉集九―一七八二）「御食向かふ南淵山の巌には降りしはだれか消え残りたる」（万葉集九―一七〇九）、「春立つときつるからにかすが山消えあへぬ雪の花とみゆらむ」（後撰集一―二）「いづれをか花ともわかむ故郷のかすがの原にまだ消えぬ雪」（新古今集一―二二）などあるが、その多くは当歌と同じく消えずに残っていることが詠まれている。

【補注】

当歌における見立ては、雪と雲の関係から成り立つが、表現上は、（山に）降り積もった雪を、雲のかかった「山」に見立てていることになり、このような微妙なズレについては、八六番歌【補注】で述べたと

「晦日遊大理韋卿城南別業四声依次用各六韻」詩に「冬中余雪在、墟上春流駛」、杜甫「前苦寒行二首其二」詩に「去年白帝雪在山、今年白帝雪在地」とあるように、「雪」を主語とする場合は、「在」を取るのが一般。また、「猶在」という語例なら韻文にも少なくない。押韻のための措置。

2 未辨 まだ、区別がつかない、の意。一三・八六番詩【語釈】該項を参照。 **白雲** 白い雲。底本等版本に音合符がある。『毛詩』小雅・白華に「英英白雲。露彼菅茅」、謝霊運「入彭蠡湖口」詩に「春晩緑野秀、巌高白雲屯」（『文選』巻二六）とあり、百済和麻呂「五言秋日於長王宅宴新羅客」詩に「青海千里外、白雲一相思」（『懐風藻』）、菅原道真「秋日山行二十韻」詩に「白雲何澗口、紅樹幾巌腰」（『菅家文草』巻一）とある。 **嶺上屯** 「嶺上」は、嶺のてっぺんのこと。白居易「山中五絶句 嶺上雲」詩に「嶺上白雲朝未散、田中青麦早将枯」とある。なお、一五番詩【語釈】該項参照のこと。また、謝混「遊西池」詩に「恵風蕩繁囿、白雲屯曾阿」（『文選』巻二二）とあり、李善が「広雅曰、屯、聚也」と引用するように、「屯」は、多くのものが寄り集まる、たむろする、の意。底本「アツマルコトヲ」、元禄九年版本・元禄一二年版本・文化版本「（アツ）マルカト」とあるが、講談所本・羅山本・無窮会本に従う。大江澄明「北堂文選竟宴各詠句探得披雲臥石門」詩に「傍山披得暮雲屯、好是貪幽臥石門」（『扶桑集』）とある。

3 終日 一日中、の意。底本等諸本に訓合符がある。六八番詩【語釈】該項を参照。 **看来** 「来」は、動詞・形容詞の後について、継続や完了などのニュアンスを表す助字。ただし、蔡孚「奉和聖製竜池篇」詩に

おりである。雪と雲を見立ての関係でとらえるのは、自然現象という点で共通しているためか、他ではほとんど試みられず、同歌を載せる後代の歌論書（俊頼髄脳・八雲御抄・悦目抄・袋草子など）では、下句の「雪」を「たかねに花やちりまがふらむ」のように、類例の多い「花」に替えている。

また、八六番歌【補注】では、嶺と雲との一般的な形状の違いを問題にしたが、後撰集所載の同歌について、新日本古典文学大系本の注に「冬のほかは京都の山々には雲がかかっていることが多いので、白雪を白雲と錯覚しかけたと言っているのである」とあり、当歌に付された詩の起句にも「四山」とあり、そのように「山」を横並びの複数ととるならば、形状的に雲と近くなる、つまり見立てとしての無理がなくなるといえる。

八六番歌と当歌の表現を比べてみると、二つの点で異なっている。一つは、前者が見立てるもの（白雲）を下句にしているのに対して、後者がそれを上句に示している点、もう一つは、前者が「雪降り積める」状態そのままであるのに対して、後者が「消えぬなりけり」と表している点である。

二点目に関して、当歌の「消えぬなりけり」が含意するのは、表現主体における、もう消えていると思っていたのに、という前提であり、だからこそ見間違えたのだ、という見立ての説明である。この前提が成り立つのは、もう冬が終わりかけの時期に至っているか、あるいは雪が降ってから相当の時間が経過したか、のどちらかの場合であろう。

「帝宅王家大道辺、神馬潜竜湧聖泉。昔日昔時経此地、看来看去漸成川」、白居易「代迎春花招劉郎中」詩に「幸与松筠相近栽、不随桃李一時開。杏園豈敢訪君去、未有花時且看来」とある唐詩の「看来」の例を見ると、「来」の実字としての意味を失っていないように見えるが、島田忠臣「仲春釈奠聴講春秋賦左氏艶而富」詩に「看来更訝開珍蔵、聴得初知向艶陽」（『田氏家集』巻下）、菅原道真「感殿前薔薇一絶」詩に「薔薇汝是応妖鬼、適有看来悩殺人」（『菅家文草』巻五）とある日本漢詩の例、特に前者は対語の「得」と同義。諸注が挙げる白居易「題岐王旧山池石壁」詩の「俗客看来猶解愛、忙人到此亦須間」の例も、「看来」の対語が「到此」であることに注目すれば、容易に「来」を助字と見なすべきでない。文化一三年版本・下澤本・久曾神本「（ミキタレ）ドモ」とある。

無厭足　もうこれで十分ということがない、の意。孟浩然「初春漢中漾舟」詩に「軽舟恣来往、探玩無厭足」とあるものの、詩語としては極めて稀で、『漢書』食貨志に「富人臧銭満室、猶無厭足」とあるように、専ら散文中に用いられる。

4 況乎　まして〜であれば、なおさらだ、の意。任昉「為范始興作求立太宰碑表」に「況乎甄陶周召、孕育伊顔」（『文選』巻三八）、司馬相如「上書諫猟」に「而況乎渉豊草、騁丘墟」（『文選』巻三九）とあるように、中国詩中に用いられることは極めて稀な語。ただし、日本漢詩には何故か、仲雄王「奉和重陽節書懐」詩に「災不勝徳古来在、況乎神哀輔自天」（『文華秀麗集』巻中）、菅原道真「有所思」詩に「三人已至我心動、況乎四五人告之」（『菅家文草』巻二）などと頻出する。中国詩では助字の「乎」を欠いて、「況」一字で用いられるのが一般。**墻**

檐　「墻」は、異文「牆」の俗字なるも、今しばらく底本等の諸本に従う。「檐」は、物陰。「陰」に同じで、底本は「陰」に作るが、「陰」は平声であり、平仄が合わない。家の垣根の陰。「垣牆」の語があるように、「牆」も「垣」も垣根のこと。王維「晩春閨思」詩に「鑪気清珍簟、牆陰上玉墀」、元稹「秋相望」詩に「蠨蛸低戸網、螢火度牆陰」とあり、物部安興「巡検山野」詩に「煙生村巷遙知柳、雪積墻陰暗辨梅」（『新撰朗詠集』早春）、具平親王「風度諳春意」詩に「迎晴払尽墻陰雪、解凍翻来岸曲波」（『新撰朗詠集』風）とある。**又敦々**　「敦敦」とは、『説苑』至公に「敦敦然皆立」とあり、また『毛詩』大雅・行葦に「敦彼行葦、牛羊勿践履」とある、その鄭箋に「敦敦然道傍之葦」とあるように、物の集まる様。ただし、この場合は、上平声二十六桓韻となり、厳密に言えばこの詩の脚韻である上平声二十三魂韻とは、通押しないことになる。「又」は、更にその上。

【補注】

韻字は、「存・屯・敦」で、上平声二十三魂韻。平仄にも基本的な誤りはない。

当詩の各句が言わんとすることは、特に理解が難しいということはない。前半の二句が、和歌の内容をほぼ満たす。ただし、転句で言う「見飽きない」のは、山の残雪の美しさであるのが当然とすれば、何故近景の「垣根の陰に残る雪」が、その興趣を更に増すことになるのか。それは、紀長谷雄「春雪賦」に「農畝普液、泉脈遠被。豈止宿墻陰而夕寒、忽能混郊外之淑気。適在遅日之可楽、還知豊年之致瑞」（『本朝文粋』巻一）とあるのが参考になる。

春に降る一尺ほどの雪は、土地を潤し、水脈を蓄えるだけでなく、豊年の瑞祥となるのだというのである。これは、小島注（古典大系本）の指摘する通り、謝恵連「雪賦」（『文選』巻一三）の「盈尺則呈瑞於豊年、袤丈則表沴於陰徳（一尺積もれば豊年の瑞兆、一丈を過ぎれば世の中が乱れる）」を踏まえるが、こうした「雪」に対する当時の信仰を知って初めて理解が行く。中唐・韓愈「喜雪献裴尚書」詩に「為祥衿大熟、布沢荷平施」とあるのを見れば、中国に於いては六朝からずっとその俗信が続いていたのである。万葉集の末尾歌も「新しき年の初めの初春の今日降る雪のいや頻け吉事」であった。それは又、大枝永野「詠雪」詩に「国有豊年瑞、家無閉戸哀」（『経国集』巻一三）、島田忠臣「観禁中雪」詩に「常看順令未曾愆、瑞雪呈豊又可憐」（『田氏家集』巻上）、同「元慶七年冬美濃大雪以詩記之」詩に「且莫誇張豊歳瑞、先須労問孝廉家」（『田氏家集』巻中）、同「府城雪後作」詩に「野老始知春澳沐、農夫只道歳豊穣」（『田氏家集』巻中）などとしばしば詠まれる。

見飽きないのは、ただ風景が美しいからではなく、その背後に秋の実りが約束されるからこそなのである。「雪猶存」が、晩冬の雪を物語る。

【比較対照】

当歌詩は、詩【補注】に言うごとく、詩の「前半の二句が、和歌の内容をほぼ満たすであろう」。この「内容」の中心は見立て関係であるが、詩のほうが次の三点において詳述される。一つは、歌の「山」が一つではなく「四山」のように、四方を取り囲む山とする点、二つ目は、その山の着眼する位置を「嶺上」と限定している点、そして三つ目は、起句の「霽後」が雲に関してであり、雲と雪の存在確認が時間的に近接している点である。このどれもが、雪を雲に見立てる、というよりは、実際に見間違えうる条件を示しているといえる。

ただ、その見間違えによる興趣は一時的なものであって、詩の転句の「終日看来」につながるわけではなく、あくまでも残雪をいただく山の景色そのものに対して「無厭足」なのであろう。歌では、見立て（見間違い）の興趣が中心であって、雪の残る景色の美しさを歌うものにはなっていない。

詩の結句については、詩【補注】に述べるような意図を含むとしたら、歌からは離れた展開になっていることになる。しかし、残雪という点に注目するならば、日本でも古くから、「雪形」つまり山に残る雪の形により、その年の農作物の豊凶を占う習慣があり、それへの連想が詩の発想の根底において働いたと考えられなくもない。

八九番

大虚之　月之光之　寒芸礼者　影見芝水曾　先凍芸留

大ぞらの　月の光し　寒ければ　影見し水ぞ　まづ凍りける

【校異】

本文では、第二句末の「之」を、無窮会本が欠き、第三句の「芸」を、永青本・久曾神本が「介」とし、第四句の「影」を、類従本・羅山本・無窮会本・永青本・久曾神本が「景」、藤波家本が「顯」とし、同句末の「曾」を、藤波家本が欠き、結句の「先」を、同本が欠き、同句の「芸」を、永青本・久曾神本が「介」とする。

付訓では、第二句末の「し」を、元禄九年本・元禄一二年本・文化版本・下澤本・講談所本・羅山本・無窮会本が「の」とする。

同歌は、歌合には見られないが、古今集（巻六、冬、三一六番）に「題しらず　読人しらず」として（ただし第三句「きよければ」）、古今六帖（第一、天、ふゆの月、三一八番、つらゆき）、和漢朗詠集（巻上、冬、氷、三八六番。ただし第二句末「のし」）にも見られる。

【通釈】

大きな空にある月の光が寒いから、その姿を見た（池の）水が他より先に凍ったのだなあ。

寒天月気夜冷々

池水凍来鏡面瑩

倩見年前風景好

玉壺晴後翫清々

寒天《カンテン》の月気《ゲッキ》夜《よる》冷々《レイレイ》。

池水《チスイ》凍《こほ》り来《きたり》て鏡面《ケイベン》瑩《みが》けり。

倩《つらつらみ》見るに年前《ネンセン》風景《フウケイ》好《よ》し。

玉壺《ギョクコ》晴《はれ》て後《のち》清々《セイセイ》（を）翫《もてあそ》ぶ。

【校異】

「池水」を、底本等版本「池上」に作り、藤波家本・講談所本・道明寺本・京大本・大阪市大本・天理本「池中」に作るも、類従本・羅山本・無窮会本・永青本・久曾神本に従う。「鏡面瑩」を、底本等版本・下澤本・文化写本「鏡面熒」に作り、藤波家本・講談所本・道明寺本「鏡面蛍」に作るも、類従本・京大本・大阪市大本・天理本・羅山本・無窮会本・永青本・久曾神本に従う。「翫清々」を、類従本・羅山本・無窮会本「翫清光」、永青本・久曾神本「翫□清」に作る。文化写本は「翫清清」とした後、下の「清」をミセケチにして「光群」と右傍注。

【通釈】

冬の寒々とした空に月が浮かんで、夜気も冷え冷えとしている。池の表は凍って、良く磨かれた鏡のようだ。よく見てみると、これは年末の美しい風景と言えそうだ。玉壺の氷のような清らかで澄んだ月とそれに輝く氷を、雲一つなくなった後に、心ゆくまで堪能したいものだ。

【語釈】

大ぞらの　「大（おほ）ぞら」は漢語「大〔太〕虚」の翻訳語と見られる。万葉集には「大空〔蒼天〕ゆ通ふ我すら汝が故に天の川道をなづみてぞ来し」（万葉集一〇―二〇〇一）の一例が見られ、「蒼天」を「おほぞら」と訓んでいるが、本集では当歌を含め四例すべて「大虚」を「おほぞら」と訓む。八代集にも少なからず見られ、「月」とともに詠まれた歌としては、「おほぞらをてりゆく月しきよければ雲かくせどもひかりけなくに」（古今集一七―八八五）「おほぞらの月のひかりしあかければまきのいたども秋はさされず」（後拾遺集四―二五二）「まつ人のおほぞらわたる月ならばぬるるたもとにかげは見てまし」（金葉集八―四五三）など見られる。「（てり）ゆく」や「わたる」などの動詞からもうかがえるように、「おほぞら」という語は月の移動する空間の広大さを印象付けていると考えられる。

月の光し　「月（つき）の光（ひかり）」という表現は、万葉集から「み空行く月の光〔月之光〕にただ一目相見し人の夢にし見ゆる」（万葉集四―七一〇）のように見られるが、「月読の光は清く照らせれど惑へる心思ひあへなくに」（万葉集四―六七一）「月読の光を清み神島の磯間の浦ゆ舟出す我は」（万葉集一五―三五九九）などのように、「月読の光」という表現のほうが多い。古今集以降は、「月の光」のみで、「秋の夜の月のひかりしあかければくらぶの山もこえぬべらなり」（古今集四―一九五）「秋の夜の月の光はきよけれど人の心のくまはてらさず」（後撰集六―三二三）「冬の夜の池の氷のさやけきは月の光のみがくなりけり」（拾遺集四―二四〇）「てる月のひかりさえゆくやどなれば秋のみづ

【語釈】

1 寒天　唐代以後の詩語。初めこの語は、沈佺期「隴頭水」詩に「隴山飛落葉、隴雁度寒天」、岑参「寒天草木黄落尽、猶自青青君始知」とあるように秋の澄んだ清涼な空を意味したが、次第に、張籍「寄別者」詩に「寒天正飛雪、行人心切切」、白居易「初授賛善大夫早朝寄李二十助教」詩に「寂寞曹司非熱地、蕭条風雪是寒天」（『千載佳句』歳暮）とあるように、冬の寒さの厳しい日を意味するように変わった。　**月気**　月の精気のこと。月白、あるいは、月光のこと。この語は、顔延年「応詔讌曲水作詩」の「朏魄双交、月気参変」（『文選』巻二〇）に基づく。李善は、「月気謂三月也。月気参変、毎月一変、故日参也。周書曰、凡四時成歳、各有孟仲季、以名十有二月、月有中気、以著時応」と説明する。この語も、唐詩の用例は稀。　**夜冷々**　「冷冷」には、擬音語（平声、清らかな音）としての用法と、擬態語（上声、寒涼な様）としての用法の二通りがある。ここは無論、後者。ただし、平声として用いた可能性が高い。晋・傅咸「神泉賦序」に「気冷冷以含涼、風粛粛而恒起」（『藝文類聚』泉）、李嶠「石淙」詩に「金灶浮煙朝漠漠、石床寒水夜冷冷」、沈宇「擣衣」詩に「洞房寒末掩、砧杵夜冷冷」とあり、島田清田「同安嶺客感客等礼仏之作」詩に「法風冷冷疑迎暁、天蕚輝輝似入春」（『経国集』巻一〇）とある。

2 池水　池の水。『漢書』王莽伝に「莽就車、之漸台、欲阻池水、猶抱持符命」、梁・王僧孺「夜愁示諸賓詩」に「簷露滴為珠、池水合如璧」（『藝文類聚』愁）とあり、藤原敦信「池水繞橋流」詩に「池上雨収景気晴、溶溶流水繞橋清」（『本朝麗藻』巻上）とある。異文「池上」は、謝

にもこほりゐにけり」（金葉集三―一九三）などあり、秋あるいは冬の月の光に関して「あかし・きよし・さゆ」などの表現が用いられることが多い。句末の「し」は限定強調の副助詞であるが、【校異】に示したように、「の」と訓むテキストもあり、『注釈』では「寛文版本の付訓にシと訓まれている「月之光之」（89）の下の「之」は、ノと訓むべきか、「芝」の誤りかであろう」とする。この点については【補注】で取り上げる。

寒ければ　「寒（さむ）し」については、五〇番歌【語釈】「羽風を寒み」の項で触れたように、風に対して用いるのが一般的であり、月に関しては、新古今集になって「さむけし」の形で「冬がれのもりのくちばの霜の上におちたる月の影のさむけき」（新古今集六―六〇七）「霜むすぶ袖のかたしきうちとけてねぬよの月の影ぞさむけき」（新古今集六―六〇九）などのように見られる。古今集所載の同歌は「きよければ」とするが、これについて「「さむければ」という本文では、あまりに下句とつきすぎる」（竹岡評釈）、「「きよし」は水面に映じたひえびえとした月光をいうのにまことに適した語であり、「さむければ」の直截的表現を一歩進めたものといえる」（注釈）などという見方もされている。

影見し水ぞ　「影（かげ）」は、文脈からすれば「月の影」とするのが妥当と考えられるが、月の光の意にも月の形の意にもとることが可能である。当歌ではすでに第二句に「月の光」という表現があることと、「見る」対象としての適切さを勘案すれば、この「影」は月の形の意であろう。ただし、その形が空にある月そのものか、水に映ったそれかという問題がある。前者の例としては、「我妹子や我を思はばまそ鏡照り出

霊運「登池上楼」詩（『文選』巻二二）、阮籍「詠懐詩十七首其一二」詩に「徘徊蓬池上、還顧望大梁」（『文選』巻二三）とあるように、例外なく池のほとりの意。異文「池中」の「中」は、平声で平仄に合わない。

凍来　「来」は、完了や継続などのニュアンスを表す助字。ただし、本集以外に「凍来」の用例を知らない。本集には、「流涙凍来夜半寒」（一一五番）、「暁夕凍来冬泣血」（一一六番）とある。　**鏡面瑩**　「鏡面」は、鏡の表面。水面を鏡に喩えること自体は古くからあるが、「鏡面」の語は中唐以後の詩語。白居易「初領郡政衙退登東楼作」詩に「水心如鏡面、千里無繊毫」、同「泛春池」詩に「蛇皮細有紋、鏡面清無垢」などと比喩に用いた例があるので、それを真似た可能性がある。「瑩」は、明らか、鮮やかな様。「瑩鏡」は、良く磨かれて曇りのない鏡のこと。『晋書』楽広列伝に「命諸子造焉曰、此人之水鏡、見之瑩然、若披雲霧而青天也」、白居易「百錬鏡」詩に「五月五日日午時、瓊粉金膏磨瑩已、化為一片秋潭水」とあり、源順「暮春於浄闍梨洞房同賦花光水上浮」詩序に「則漢女施粉之鏡清瑩、欲謂之花、亦蜀人濯文之錦燦爛、蒙竊惑焉」（『本朝文粋』巻一〇、『和漢朗詠集』花）、大江匡衡「月露夜方長」詩に「鏡瑩北斗漸廻後、珠点東方難曙間」（『江吏部集』）とある。異文「熒」は、光のかすかな様。後述するが、この異文関係は、おそらく押韻に関係する。

3 倩見　よく見る、念入りに見る、の意。底本等版本には訓合符がある。九番詩【語釈】該項を参照のこと。　**年前**　年の暮れ、年末、の意。一九番詩【語釈】該項を参照のこと。　**風景好**　風景の美しいこと。ただし、一八番詩【語釈】「風景」の項に既述の通り、原義は風と光の意

づる月の影に見え来ね」（万葉集一一―二四六二）、「このまよりもりくる月の影見れば心づくしの秋はきにけり」（古今集四―一八四）「さ夜ふけてあまのと渡る月影にあかずも君をあひ見つるかな」（古今集一三―六四八）など、後者には「落ち激ち流るる水の岩に触れ淀める淀に月の影見ゆ」（万葉集九―一七一四）、「久方のあまつそらなる月なれどいづれの水に影やどるらん」（拾遺集八―四四〇）などが当てはまる。この問題は「影」と「見し」と「水」の三者の関係のとらえ方、つまり「見し」の主体は何かということに関連する。古今集所載の同歌に対する諸注釈書を見るかぎりでは、「「見し」は、月の光を映した意をいいかえたもので、水を有情に近いものとしての詞」（窪田評釈）のように、水を主体とみなしていて、結果的に「影」は水に映る月のそれを表すことになる。それに対して、『注釈』では「〔影〕を〔見〕る主体は水ではなく作主であ」り、「前に月影を映していたのを私が見たことがある池水の意になる」とする。この説によれば、「水」は「見し」場所を示し、「影」は水に映る月ということになる。つまり、どちらにせよ、「影」が空の月そのものではないという点では共通している。しかし次の二つの理由から、「見し」の表現上の主体は「水」であり「影」は空中の月のそれであると考えたい。一つは、上句の表現は明らかに空にある月を取り上げているのであり、月を視認したことを、表現発想上の基点としているからである。その場合、視認した、つまり「見し」主体として詠み手がなるのは当然としても、結句にある「まづ」が示唆するのは、詠み手よりも先に「水」が「見し」ことであり、それはもとより「水」のみについて言うのではなく、詠み手も水もともに「見し」という点で同じ

であるの項から、春の暖かな昼間の光景をいうのが一般。「年前」とあるのが、僅かに春の気配を感じさせるものの、夜の景色をいうのは異例。王維「座上走筆贈薛璩慕容損」詩に「更待風景好、与君藉萋萋」、白居易「早春憶蘇州寄夢得」詩に「呉苑四時風景好、就中偏好是春天」とあり、菅原道真「早春内宴侍仁寿殿同賦春娃無気力応製」詩序に「殿庭之甚幽、咲嵩山之逢鶴駕、風景之最好、嫌曲水之老鶯花」（『菅家文草』巻二）とある。

4 玉壺　明月のこと。鮑照「白頭吟」詩に「直如朱糸縄、清如玉壺氷」（『文選』巻二八）とあって以来、「玉壺」及びその「氷」は、麗しく清らかなものの代表として用いられる。李華「海上生明月」詩に「皎皎秋中月、団団海上生。影開金鏡満、輪抱玉壺清」とあるのは、清らかな月光の喩え。　**晴後**　雨が止み、雲がなくなった後、の意。八六番詩【語釈】該項を参照のこと。顧況「遊子吟」詩に「夜晴星河出、耿耿辰与参」、韋応物「送令狐岫宰恩陽」詩に「大雪天地閉、群山夜来晴」、竇庠「奉酬侍御家兄東洛閒居夜晴観雪之什」詩に「洛陽宮観与天斉、雪浄雲消月未西」などとある如く、それは夜、昼に関係がない。　**翫清々**　「清清」は、清らかで透き通っている様。宋玉「風賦」に「清清冷冷、愈病析酲」（『文選』巻一三）とあり、李善が「清清冷冷、清涼之貌也」と言って以来、大気の動きに用いられるが、皎然「渡前渓」詩に「清清鑑不足、非是深難度」とあるように、水にも用いられる。ただし、用例は日中ともに極めて少ない。異文「清光」は、沈約「応王中丞思遠詠月」詩に「洞房殊未暁、清光信悠哉」（『文選』巻三〇、『藝文類聚』月）、梁蕭子範「望秋月詩」に「河漢東西陰、清光此夜出」（『藝文類聚』月）

共通しているのである。もう一つは、「月の光—寒し」と、月の「影見し」と、「水—凍る」という三つのことがらを、「水」を中心として結び付けることによって、詠み手を介在させるよりも、一首全体が一貫した視点からの、因果的な展開になるからである。

まづ凍りける　「まづ」という副詞は万葉集から用いられ、「春さればまづ（麻豆）咲くやどの梅の花ひとり見つつや春日暮さむ」（万葉集五—八一八）では、他の花に先んじてウメの花が咲くことを、「あらたまの年行き反り春立たばまづ（末豆）我がやどにうぐひすは鳴け」（万葉集二〇—四四九〇）では、他の家に先んじて我が家でウグイスが鳴くことを、「しののめの別れをしみ我ぞまづ鳥よりさきに鳴きはじめつる」（古今集一三—六四〇）では、鳥に先んじて私がなく（鳴—泣）ことを、そして「はるの日の影そふ池のかがみには柳のまゆぞまづは見えける」（後撰集三—九四）では、他の物に先んじてヤナギの葉が池の水面に映ることを表している。同様に、当歌においては、「凍る」ことに関して、「影見し水」が他に先んじることを表す。その「他」とは、「凍る」ことを前提とすれば、水分を含むすべてとなりうるが、当面の池水に限るとすれば、月影が映っていた箇所以外と見ることができよう。

【補注】

【語釈】の「月の光し」の項で取り上げた、「し」か「の」かという問題を取り上げる。その前に、確認しておきたいのは、この場合の「し」は副助詞、「の」は格助詞とし、万葉集ではどちらにも「之」字がもっとも多く使われ、この二語の表記が「之」字の用法の中心になっている

とあり、菅原道真「八月十五夕待月席上各分一字其四」詩に「縦使清光纔透出、当勝徹夜甚簷疎」（『菅家文草』巻一）、同「霜夜対月」詩に「夜感難勝月易低、清光不染意中泥」（『菅家文草』巻五）とあるように、月光のこと。

【補注】

韻字は「冷」（下平声十五青韻）、「瑩」（下平声十二庚韻）、「清」（下平声十四清韻）で、十五青韻は独用、十二庚韻は、十四清韻と同用なので、押韻に問題がある。平仄には基本的な誤りはない。

冒頭の**【校異】**でも分かるとおり、当詩は押韻字に異文が多い。異文のない起句末字は、独用の「冷」字であるので、基本的にはそれで通すべきなので「瑩」ではなくて、恐らく「熒」（下平声十五青韻）が生じたのだろう。字形も類似する。しかしその字は「鏡」には何の関係もない字義しか持たない。その上、結句末字は、「清」は勿論、異文の「光」は、下平声十一唐韻であり、本来の韻からは更に遠い韻になる。日本漢字音からしても、「冷」（レイ）、「瑩」（エイ）、「清」（セイ）のほうが押韻の点からも良く、「光」（クヮウ）は、意味上からは良くても、とても音からは採用できない。

『注釈』は、「晴後」を、夜が明けた後と解釈するが、それでは月自体の存在が隠れてしまうので、意味をなさない。

結句の内容が全体の締めくくりとして良くできていないために、纏まりの感じられない作品となっている。更に、韻字の瑕がそれに輪をかけている。起句の末字の「冷冷」も、語釈で触れたように本来は上声のは

ということであり、本集歌を表記するにあたって、それは当然了解されていたということである。

本集歌における「之」字は計三四六例（二一七首中）あり、当歌と同じく、一首に「之」字が三回見られるのが二七首、そのうち同一句内に二回出てくるのが二一首ある。この二一首のなかで、後続句が名詞で始まる（つまり連体修飾関係が成り立ち、「し」の可能性が排除される）以外の、当歌と同一条件となる例を挙げると、次の五首ある。

夏之夜之伏歟砥為礼者郭公鳴人音丹明留篠之目（二六番）

山沢之水無杵砥許曽見亘秋之黄葉之落手翳勢者（一六七番）

打吹丹秋之草木之芝折礼者郁子山風緒荒芝成濫（一七四番）

白露丹被瑩哉為留秋来者月之光之澄増濫（一九〇番）

人之身丹秋哉立濫言之葉之薄裳慈裳千丹移徙礼留（二四八番）

『注釈』は「『新撰万葉集』は「之」をノの正訓として採用し、シには草冠の付いた「芝」を使用することで明快に区別する」とするが、その妥当性は、これらの枠囲みの「之」字も「の」であって「し」ではありえないことを示すことによって検証されると考える。

当歌において「の」よりも「し」のほうが適切と考えられる理由は、＊

ずであり、いわゆる踏み落としと考えるべきかもしれないが、本集の漢詩には今までそうした形式を取ったものは極めて少なく、この作品が意識的にそのようなことをしたとは考えにくい。内容からすれば、上手く纏めようとしたが結果として出来なかったと考える方が、蓋然性が高いだろう。

「冷冷」「清清」という、宋玉「風賦」を出典とする連綿字の安易な使用も、作者の力量の貧しさを感じさせる。あるいは、当歌の内容そのものにさしたる興味を覚えなかったか、それに加えるべきものを見いだせなかったのかも知れない。

＊次の二点である。第一点は、音調として、上句で「の」音が三回も連続するのは、そのイメージからして、冬歌の当歌には似つかわしくなく、「し」ならば、第四句の「し」とも響きあって、ふさわしい。第二点は、語連続に関して無標的な「の」に比べ、限定強調の「し」は「月の光」を前景化する働きをし、下句の「水ぞ」以下の係り結びによる強調と釣り合いがとれると考えられることである。

【比較対照】

歌の内容は、例によって詩の前半で尽くされている。しかし、それは極めて大まかな意味でであって、内実はかなり相違すると言える。

当歌は「寒ければ」という、人事を伺わせる言葉を僅かに含むものの、全体的には極めて叙景の勝った内容であり、「月の光」「水」とその対象も「し」「ぞ」の助詞によって明確に指示されている。「太虚」という漢語を背景とする「大空」と、そこに浮かぶ「月」、それに対して地上の凍りはじめた「水」という図柄は、二つの「し」と「ぞ」「づ」「ける」などの音と相俟って、冬の厳しい寒さと冴えた景色をよく写していると言うべきだろう。

古今集が冬の部の冒頭近くに採用したのは、当歌に対する当時のそれなりの評価を反映していると納得できる。

それに対する詩は、その明確な「月の光」を、「月気」と訳した。この語は【語釈】にもあるように、その出自からしてmoonそのものよりも、monthをより強くイメージさせる語であった。その意味では漢詩作者は、歌のポイントをかなり外していると言わざるを得ない。

承句も、歌の「影見し水のまづ凍りける」を、単に「鏡面瑩」と訳して、歌の細かな観察を、全く生かしていない。この歌の眼目は、池の水が部分的に凍り始める所を捉えた点にあるのであって、それを詩は「凍来」とした上での「鏡」と紋切り型の比喩で表現するだけである。「鏡面」という、比較的新鮮な語を用いたにしても、歌の観察には遠く及ばないと言うべきだろう。

詩の後半も、【補注】にあるとおり、殆ど見るべき所がない。「玉壺」で、月と氷をイメージさせることを狙ったのかも知れないが、「清々」という語がそれに相応しいものであったとは言えない。

なお、「年前」の語によって、漢詩作者の季節のとらえ方は、年末のどちらかといえば春に近い時季になるが、古今集では冬の初めに配置されている。そこにも歌と詩のズレがある。

九〇番

白雪之　降手積礼留　山里者　住人佐倍也　思銷濫

白雪の　降りて積もれる　山里は　住む人さへや　思ひきゆらむ

【校異】

本文では、第四句末の「也」を、永青本と久曾神本が「哉」とし、結句末の「濫」を、同二本が「良牟」とする。

付訓では、とくに異同が見られない。

同歌は、寛平御時后宮歌合（廿巻本、冬歌、一四一番、忠岑）にあり、古今集（巻六、冬、三二八番）にも「寛平御時后宮歌合　壬生忠岑」として、古今六帖（第一、天、ゆき、七〇九番）にも、同文で見られる。

【通釈】

白雪が降り積もっている山里は（もとより雪に埋もれて見えなくなるが、そこに）住む人までも消え入る思いをしているのだろうか。

【語釈】

白雪の　二一番歌【語釈】「白雪の懸かれる枝」の項を参照。

降りて積もれる　「降（ふ）り積（つ）もる」という複合動詞は、万葉集には例がないが、八代集には「よるならば月とぞみましわがやどの庭白妙にふりつもる雪」（後撰集八―四九六）「いつのまにふりつもるらんみよしのの山のかひよりくづれおつる雪」（後撰集一七―一二三六）「…

雪後朝々興万端

山家野室物斑々

初銷粉婦泣来面

最感応鶯月色寛

雪後《セツコウ》朝々《テウテウ》興《キョウ》万端《バンタン》。

山家《サンカ》野室《ヤシツ》物《ブツ》斑々《ハンパン》。

初《はじめ》て銷《セウ》すれば粉婦《フンプ》泣《な》き来《きた》る面《おもて》。

最《もっと》も感《カン》じて月色《ゲッショク》の寛《ゆたけ》きに驚《おどろ》く（べ）し。

【校異】

「興万端」を、類従本・羅山本・無窮会本「思万端」に作り、文化写本・藤波家本・講談所本・道明寺本にも「興」の脇に「思」の異本注記あり。「物斑々」を、底本等諸本「物班班」に作るも、詩紀本・下澤本に従う。また、類従本「屋班班」、無窮会本「屋斑斑」に作り、文化写本にも「物」の脇に「屋」の異本注記あり。「泣来面」を、藤波家本・講談所本・道明寺本・京大本・大阪市大本・天理本「泣来雨」に作る。「最感」を、類従本・羅山本・無窮会本・永青本・久曾神本「最盛」に作り、類従本には「感」の異本注記あり。「応鶯」を、類従本・羅山本・無窮会本「応声」に作り、類従本には「声」に「鶯」の異本注記あり。

【通釈】

雪の降った後は、その朝ごとに様々な興趣がある。山中、野外の家々など自然の景色は、様々な美しいまだら模様を作る。雪が消えはじめた

このもかのもに　ふりつもる　雪をたもとに　あつめつつ…」（拾遺集九―五七一）など、いずれも雪について用いられている。助詞「て」をはさむ例は、古今集所載の同歌以外には見られない。なお、八三番歌【語釈】「あられ降り積め」の項および八六番歌【語釈】「雪降り積める」の項も参照。

山里は　一〇番歌の【語釈】「花も匂はぬ山里は」の項および【補注】を参照。係助詞の「は」は「山里」を、人里と対比的に取り立てている。

住む人さへや　「住（す）む」については、三〇番歌【語釈】「人や住むらむ」の項を参照。「住む」場所は第三句の「山里」である。「さへ」という副助詞は、何かへの添加を表すが、その何かについて、下接する「思ひきゆ」との関係において、雪とする説と山里とする説が見られるが、どちらにせよ、その理由付けが判然としない。詳しくは【補注】に述べる。

思ひきゆらむ　日本国語大辞典第二版では、「思ひきゆ」を複合動詞として「心も消えるほど気がめいる。深く思い沈む」の意とし、その初例に古今集所載の同歌をあげる。八代集には他に、「ゆきふりて人もかよはぬみちなれやあとはかもなく思ひきゆらむ」（古今集六―三二九）「ふるさとの雪は花とぞふりつもるながむる我も思ひきえつつ」（後撰集八―四八五）のように、当歌同様、雪とともに詠まれる例だけでなく、「おきて行く人の心をしらつゆの我こそまづは思ひきえぬれ」（後撰集一二―八六三）「かくれゐてわがうきさまを水のうへのあわともはやく思ひきえなん」（後撰集一六―一一五三）「したもえにおもひきえなむけぶ

ばかりであれば、化粧した女が泣いた顔のようであるし、最も感動的なのは、（雪雲が去った未明の空にまだ月が残っており、その）月光があたりを広く照らして真っ白に見える時で、きっと驚くに違いない。

【語釈】

1 雪後　雪の降った後。の意。梁簡文帝「大同十年十月戊寅」詩に「冬深柳条落、雪後桂枝残」（『藝文類聚』冬）、白居易「雪後過集賢裴令公旧宅有感」詩に「有涙人還泣、無情雪不知」とあり、島田忠臣「府城雪後作」詩に「簷氷数尺垂銀穂、渓水横分泛玉漿」（『田氏家集』巻中）とある。

朝々　毎朝、朝ごとに、の意。七三番詩【語釈】該項を参照のこと。

興万端　「万端」は、様々に、の意。三七・五六番詩【語釈】該項を参照のこと。潘安仁「関中詩」に「情固万端、于何不有」（『文選』巻二〇）、駱賓王「同崔駙馬暁初登楼思京」詩に「麗譙通四望、繁憂起万端」、李白「月下独酌四首其四」詩に「窮愁千万端、美酒三百杯」、白居易「禁中夜作書与元九」詩に「心緒万端書両紙、欲封重読意遅遅」とあるのを初めとして、「万端」は、「愁」「憂」や「情」「心」などに関連して用いられることが多く、「興趣」に関して使われた例を知らない。元稹「春遊」詩に「遠目傷千里、新年思万端」ともあって、異文「思」の方が勝るように思われるが、ここは後文の内容から「興」を採っておく。「興」には、元禄九年版本等に音読符がある。藤原総前「五言秋日於長王宅宴新羅客」詩に「贈別無言語、愁情幾万端」（『懐風藻』）、藤原斉信「四望遠情多」詩に「襟懐一日神皐外、思緒万端客路中」（『類題古詩』意）とあるも、本集には、同様に「石硯濡毫興万端」（五六番）と

りだに跡なきくものはてぞかなしき」（新古今集一二―一〇八一）のように、白露・水沫・煙とともに詠まれる例も見られる。このことが問題になるのは、「思ひ」の「ひ」に「火」（あるいは「日」）が掛けられているとみなされているからである。半沢幹一「古代和歌の火喩」（『表現研究』五七、一九九三・三）が明らかにしたように、八代集においては「火」の用例の8割近くが「思ひ」との掛詞になってい」て、単独名詞の「思ひ」も「その全体の4割以上が「火」と掛詞になっている」のであるから、当歌の場合もその蓋然性は高いといえよう。しかし、この掛詞の認定には、当該歌において、他に「火」と結び付く表現が必要である。右掲の後者三例では、白露や水沫によって「火」が消える、「したもえ」だから「火」が消える、というように関連付けることができるので、掛詞としての認定が確実になるのにたいして、雪をともなう例のほうは、その存在によって火が消えるという関係を積極的には見出しがたい。たしかに、八八番歌【語釈】「消えぬなりけり」の項に示すように、雪の消失を表すのに、「消ゆ」が用いられることは多いので、「雪」と「消ゆ」を縁語扱いするのはよいとしても、それが「火」にまで及ぶものとしては認められない。もう一つ肝心なことは、「思ひ」と「火」が掛詞になるのは、その「思ひ」が恋情（片恋）であるということであり、当歌はもとより、雪をともなう「思ひ消ゆ」の例には、それを認めがたい。

【補注】

古今集所載の同歌に対して、「山里は白雪に閉じ込められたことであった。

2 山家 山里にある家のこと。またそこに住む人で、隠者、僧侶を指すこともある。杜甫「従駅次草堂復至東屯二首其二」詩に「山家蒸栗暖、野飯射麋新」とあり、百済和麻呂「五言初春於左僕射長王宅讌」詩に「鶉衣追野坐、鶴蓋入山家」（『懐風藻』）、島田忠臣「送禅師還山」詩に「清儀映日向山家、穿入深峯破幾霞」（『田氏家集』巻上）とあり、紀長谷雄「山家秋歌八首」（『本朝文粋』巻一）には、その家のありさまが描かれる。 **野室** 人里ではない、野外に建てられた小屋のこと。用例は極めて少ないが、晋・支遁「八関斎詩三首序」に「余既楽野室之寂、又有掘薬之懐。遂便独住」、王勃「山扉夜坐」詩に「抱琴開野室、携酒対情人」とある。 **物斑々** 「斑斑」は、まだらな様。なお、一六番詩【語釈】「斑々」の項を参照のこと。比喩ではあるけれども、鄭愔「折楊柳」詩に「風花滾成雪、羅綺乱斑斑」、白居易「以鏡贈別」詩に「我慚貌醜老、繞鬢斑斑雪」とある。「物」とは、「物色」（自然の有様、景色）のこと。

3 初銷 「初」とは、やっと～したばかり、の意。（雪が）消えたばかり。王建「宮詞一百首其四八」詩に「新晴草色緑温暾、山雪初消漸出渾」、李商隠「柳」詩に「江南江北雪初消、漠漠軽黄惹嫩条」とある。 **粉婦** この語の用例を知らない。「粉色」（化粧をした美女）、「粉黛」（おしろいとまゆずみ、美人）、「粉白」（おしろい、美人）、「粉面」（化粧した顔）、「粉臉」（化粧した顔）などの語からの、あるいは「粉郎」（三国魏の何晏の渾名）からの造語か。元禄九年版本・元禄一二年版本・文化版本・講談所本・道明寺本には、音合符がある。小野岑守

ろうが、雪が消えてなくなりそうなうえに、そこに住んでいる人までも消え入りそうな心細い思いで暮らしていることだろう」（日本古典文学全集本）、「白雪が降って積もっている山里は、雪は消えるというがその雪どころかそこに住む人までも思いの火が消えるのであろうか」（新日本古典文学大系本）などのように、「住む人」を添加する対象を「雪」としているが、「白雪の降りて積もれる」という状況とそれが「消ゆ」という状況とでは大きな隔たりがあり、一首として到底成り立ちがたい。「積もっている雪は日に会えば消えてゆくが、そんな雪深い山里に住んでいると人までが「思ひ」の「日」に会うて悄然となっているというのである」（竹岡評釈）という解釈も同様である。これらは「思ひ」に「火」あるいは「日」を掛け、「消ゆ」を「雪」と結び付けるという考えに囚われた結果といえよう。

『注釈』は、その掛詞を認めつつも、「雪」ではなく「白雪が降り積もった山里は（寒さで火が消えるが）、そこに住む人までが思いの火が消えるのだろう」のように、添加対象を山里における人家の火とみなしている。寒さではたして火が消えるかどうかはともかくとして、表現されていない、人家の火を喚起させるだけの力を、「思ひ消ゆ」ということばが持っていたとはとても考えられない。

当歌の表現の流れに即して考えるならば、「住む人さへ」が添加されるのは「山里」という場しかない。すなわち「山里そのものはもとより、そこに住む人までもその思いが消える」ということである。なぜ山里が消えるかと言えば、降り積もった雪に埋もれることによってである。このことは、古今集において、同歌の次に配列された「ゆきふりて人も

「雑言奉和聖製春女怨」詩に「幽閨独寝危魂魘、単枕夢啼粉顔穿」（『凌雲集』）、菅原道真「早春侍宴同賦殿前梅花応製」詩に「不容粉妓偸看取、応叱黄鸝戯踏傷」（『菅家文草』巻六）など、「粉」字を用いた和製漢語とおぼしき語は早くからあった。 **泣来面** 泣き顔、泣いている顔のこと。『史記』張叔伝に「不可者、不得已、為涕泣面対而封之」とある。本集には「怨婦泣来涙作淵」（九五番）とある。和語の「泣き顔」に相当する漢語はないが、『和漢朗詠集』からは「孤花裛露啼残粉」（惟良春道、故宮）を、『千載佳句』からは「山花欲謝似残粧」（劉禹錫、暮春）、「花疑漢女啼粧涙」（傅温、雨）、「露銷粧瞼涙新乾」（白居易、山柘榴）、「紅花含露似啼粧」（無名、薔薇）などの類句を拾うことが出来る。

4 最感 最も感動する、の意。白居易「令狐相公与夢得交情…継和」詩に「最感一行絶筆字、尚言千万楽天君」とある。 **応驚** きっと驚くに違いない、の意。周・王褒「謝賚馬啓」に「若値魏王、応驚香気」（『藝文類聚』馬）、銭起「昼鶴篇」詩に「日暖花明梁燕帰、応驚片雪在仙闈」、李群玉「驄馬」詩に「伯楽儻一見、応驚耳長垂」とあり、小野篁「奉試賦得隴頭秋月明」詩に「辺機候侵寇、応驚此夜明」（『経国集』巻一三）、菅原道真「一葉落」詩に「応驚涼気動、不待暁風吹」（『菅家文草』巻四）とある。 **月色寛** 「月色」は、月の色、月の光。梁・何遜「詠雪」詩に「凝階夜似月、払樹暁疑春」（『初学記』雪）とあるのは雪を月光に喩えた例。隋・庾信「舟中望月詩」に「山明疑有雪、岸白不関沙」（『初学記』月）、菅原道真「正月十日同諸生吟詩」詩に「月色猶迷臘雪残、自知春浅我心寒」（『菅家文草』巻三）とあるのは、その逆。「寛」とは、容積・規模が大きくゆったりしていること。底本等版本に

かよはぬみちなれやあとはかもなく思ひきゆらむ」（古今集六―三二九）という歌からも裏付けられる。同じく「思ひきゆ」が用いられ、この歌で「思ひ」とともに消えるのは「人もかよはぬみち」であるのは明らかであり、消える理由は「ゆきふりて」なのである。

このようなとらえ方は、松田武夫『新釈古今和歌集』の「万物が雪に覆われて消えるのはもちろん、住んでいる人まで、その心も消えてしまっているのだろうか」という解釈と共通する。なお、窪田評釈が「作者が冬山里へ行った際に、そこの雪深いのに心細さを感じ」「実感を直写した素直な歌である」とするのには従いがたい。当歌は、冬の山里暮らしを実際には知らない都人の、あくまでも想像上の詠歌であり、だからこそ「や〜らむ」という現在推量の疑問表現になるのである。さらには、古今集における配列を念頭に置けば、同歌の直前に配された「みよしのの山の白雪ふみわけて入りにし人のおとづれもせぬ」（古今集六―三二七、本集九二番）における「人」を思いやってという展開も想定されなくはない。

※九番詩の「雪班班」では、まだらな様と解釈するが、その根拠にこの九〇番詩を出しているのは、自家撞着であろう。また、結句を積雪の比喩と捉えるのは、漢詩の常ではあるが、おそらくその解釈が「班班」の理解を曲げる原因になっているのではないかと推測する。

「キニ」の送り仮名があり、久曾神本に「ユタカナルカト」の訓がある。劉長卿「却赴南邑留別蘇台知己」詩に「猿声湘水静、草色洞庭寛」、孟浩然「題雲門山寄越府包戸曹徐起居」詩に「晴山秦望近、春水鏡湖寛」、岑参「送李翥遊江外」詩に「匹馬関塞遠、孤舟江海寛」、白居易「題洛中第宅」詩に「水木誰家宅、門高占地寛」とあり、嵯峨天皇「和左大将軍藤冬嗣河陽作」詩に「千峯積翠籠山暗、万里長江入海寛」（『凌雲集』）、島田忠臣「甲第林池」詩に「圧山長短千株足、停水方円数畝寛」（『田氏家集』巻下）とある。類句を知らないが、今このように解釈しておく。

【補注】

韻字は、「端・寛」（上平声二十六桓韻）と「斑」（上平声二十七刪韻）で、隣接する韻だけれども同用ではないので、押韻に傷がある。平仄には基本的誤りはない。

第一句の「興万端」のそれぞれの興趣を、以下の各句で表現していると考える。その内容からすれば、作者は山里にいると考える方が自然であるけれども、起句の「興万端」や結句の「最感」とあることなどを見ると、当歌の「おもひきゆ」という言葉を、一体どのように解釈していたのか、理解に苦しむ。

『注釈』は、「物班班」として、一面に雪が降った様と捉えるが、雪の降り積もった様をそのように捉えた例が他にあるのだろうか。更に、九※

【比較対照】

当詩は、歌に詠まれた山里の雪景色をとらえ、それのみに関して作ってあり、歌下句の人の思いは見事なほどに捨象され、「きゆ」さえも転句のように雪に限定されている。当歌の【語釈】および【補注】では、雪そのものと「きゆ」という関係を否定したが、当詩はいみじくもその関係を表しているわけである。ただ、当歌詩の全体的な対応関係から見れば、歌をそのように解釈した結果とは、必ずしも考えられない。承句の表現も微妙だからである。

当詩は、起句の「興万端」に始まり、結句の「最感」に至るまで、山野の雪景色の鑑賞に徹していて、歌の「白雪の降りて積もれる山里」というのが想像に過ぎず、しかもそれが鑑賞対象とみなされてさえいないのとは、大きな違いである。あえてそのようなギャップをねらって詩作したと考えられなくもない。

そもそも当歌の表現に即すなら、全体の主題はあくまでも雪に埋もれた山里の様子なのであるから、その点は詩も共通しているといえる。違いが生じたのは、そこから住む人の思いのほうに抒情的に展開したか、雪の状態の変化のほうに叙景的に展開したか、による。このような季節歌における、歌と詩の展開パターンの差はこれまでにも認められたものである。

九一番

吾屋門之　菊之垣廬丹　置霜之　銷還店　将逢砥曾思

吾がやどの　菊の垣ほに　置く霜の　きえかへりても　逢はむとぞ思ふ

【校異】

本文では、第三句の「霜」を、久曾神本が「露」とし、第四句の「還」を、同本が「遺」とし、同句末の「店」を、藤波家本が「手」とする。

付訓では、とくに異同が見られない。

同歌は、歌合には見られず、古今集（巻一二、恋二、五六四番）に「紀友則」としてあり（ただし第二句「菊のかきねに」第四句「きえかへりてぞ」結句「こひしかりける」）、友則集（三九番）にも古今集と同文で見られる。

【通釈】

私の家の庭の菊の垣根に置く霜がすっかり消えるように、たとえ命が消えてなくなってしまってもいいと思うほどに、（あなたに）逢いたいとばかり思っている。

【語釈】

吾がやどの　三八番歌【語釈】「わがやどをしも」の項を参照。

菊の垣ほに　「菊（きく）」は万葉集には見られず、古今集以降、盛んに

青女触来菊上霜
寒風寒気蕊芬芳
王弘趁到提樽酒
終日遊遨陶氏荘

青女《セイヂョ》触《ふ》れ来《きた》る菊上《キクシャウ》の霜《しも》。
寒風《カンプウ》寒気《カンキ》蕊《ズイ》芬芳《フンパウ》。
王弘《ワウコウ》趁到《たづねいたり》て樽酒《ソンシウ》を提《ひきさ》ぐ。
終日《ひねもす》遊遨《イウガウ》す陶氏《タウシ》が荘《サウ》。

【校異】

「芬芳」を、藤波家本「芬芬」に作る。「王弘」を、底本始め諸本「王孫」に作り、講談所本・京大本・大阪市大本・天理本「玉孫」（講談所本・天理本には「王」の注記あり）に作るも、永青本・久曾神本に従う。「遊遨」を、詩紀本「遊遊」に作り、永青本・久曾神本「遊趁」に作る。「陶氏荘」を、藤波家本・講談所本・道明寺本・京大本・大阪市大本・羅山本・無窮会本・久曾神本「陶氏庄」に作り、京大本・大阪市大本には「荘」の注記あり。

【通釈】

霜雪の女神である青女が触れたので、菊の花の上には霜が降りている。北風とその冷気にも菊の花は良い香り（を漂わせている）。王弘のような人がいれば、樽酒を提げて駆け付け、一日中陶淵明の屋敷の中を遊びまわることだろう。

詠まれるようになった植物である。「垣（かき）ほ」の「ほ」は垣の目立つところ、上のほうとされるが、明らかではない。万葉集では「垣穂なす」という表現の、「人」や「人言」に冠する枕詞としての用法のみが見られ、実質的な意味で用いられるのは、古今集以降である。八代集には一〇例見られるが、そのうちの六例が「山がつの」を上接し、ほぼ慣用的な表現になっていたようである。その植物としては「あなこひし今も見てしか山がつのかきほにさける山となでしこ」（古今集一四―六九五）「山がつのかきほにおふるなでしこに思ひよそへぬ時のまぞなき」（拾遺集一三―八三〇）などのように、ナデシコが四例と目立つのに対して、キクの例は見られない。キクは栽培用の渡来種で貴重なものであったから、その点において、「山がつ」のイメージがともなう「かきほ」はなじみにくかったせいかもしれない。この「かきほ」が古今集所載の同歌では「かきね」となっていて、「ね」は垣の根元のほうとされる。万葉集には「うぐひすの通ふ垣根の卯の花の憂きことあれや君が来まさぬ」（万葉集一〇―一九八八）の一例のみであるが、八代集には四六例と、「かきほ」の四倍以上も用いられている。そのうち過半の二五例がウノハナ、八例がウメで、キクの例としては古今集所載の同歌と「名にしおへばなが月ごとに君がためかきねの菊はにほへとぞ思ふ」（後撰集七―三九八）の二例しかない。キクは「しらぎく」なども含め、八代集に五四例見られるが、それが垣根とともに詠まれるのが九例、そのうちの七例が「かきほ」でも「かきね」でもなく、「われのみやかかるとおもへばふるさとのまがきにきくもうつろひにけり」（後拾遺集五―三五七）「さかりなるまがきのきくをけさみればまだそらさえぬゆきぞ

【語釈】

1 青女　中国古代伝説上の、霜雪を司る女神のこと。『淮南子』天文訓に、「至秋三月、地気下蔵、乃収其殺。百虫蟄伏、静居閉戸。青女乃出、以降霜雪」とあり、高誘注には、「青女、天神、青霄玉女、主霜雪也」（以上『初学記』霜）とある。底本始め諸本には何の訓点もない。梁・昭明太子「銅博山香鑪賦」に「于時青女司寒。紅光翳景」と用いられて以来、初唐から詩にも典故として用いられる。杜審言「重九日宴江陰」詩に「降霜青女月、送酒白衣人」、杜甫「東屯月夜」詩に「青女霜楓重、黄牛峡水喧」、徐敞「白露為霜」詩に「早寒青女至、零露結為霜」とある。　**触来**　この語例を日中ともに知らない。「触」の原義は、角で突き、当たること。転じて、出会う、接する意を表す。　**菊上霜**　菊の花の上に降りた霜のこと。底本は「菊上」に音合符があるが、元禄九年版本・元禄一二年版本・文化版本は「菊ノ上」と読む。謝朓「暫使下都夜発新林至京邑贈西府同僚」詩に「常恐鷹隼撃、時菊委厳霜」（『文選』巻二六）、孟雲卿「傷懐贈故人」詩に「稍稍晨鳥翔、淅淅草上霜」とあり、空海「遊山慕仙詩」に「柳葉開春雨、菊花索秋霜」（『性霊集』巻一）、菅原道真「霜菊詩」に「粛気凝菊壇、烈朶帯寒霜」（『菅家文草』巻四）とある。

2 寒風　冬に北方から吹く冷たい風。梁元帝『纂要』（佚）に「冬曰玄英。…風曰寒風」（『初学記』冬）、『呂氏春秋』有始覧に「何謂八風。…北方曰寒風」（『初学記』冬）とある。張衡「西京賦」に「於是孟冬作陰、寒風粛殺」（『文選』巻二）とあり、薛綜注は「寒気急殺於万物。孟冬十月、陰気始盛、万物彫落」という。伊岐古麻呂「賀五八年宴」詩に「令

つもれる」（金葉集三―二四二）「しもを待つ籬の菊のよひのまにおきまよふいろは山のはの月」（新古今集五―五〇七）などのように「まがき」であり、後拾遺集以降はこれに固定されている。「まがき」の「ま」は前の意ともされるが、不詳である。なお、「菊の垣ほ」という表現はそのままとれば、キクによって作られた囲いの意となろうが、垣根本体は通常、竹や柴などで作られるものであるから、茎の細い、また貴重だったキクそのものによるとは考えがたい。実際的にせいぜい考えられるとしたら、垣根の傍ぐらいであろう。『注釈』は「菊の植えられた垣根のこと」とし、古今集の注釈書の多くも同様であるが、「菊を茂らせて垣根のようにしたもの」（日本古典文学全集本）や「庭の菊にめぐらした垣根」（日本古典文学大系本）などは、同じ疑問に発した解釈であろう。

置く霜の　八〇番歌【語釈】「置く霜よりも」の項を参照。当歌で霜が置く場所は、上接の「菊の垣ほに」ということになるが、焦点化されるのはキクの方であろう。八代集において、霜とキクがともに詠みこまれる場合、「心あてにをらばやをらむはつしものおきまどはせる白菊の花」（古今集二―二七七）「あさまだきやへさくきくのここのへにみゆるはしものおけばなりけり」（後拾遺集五―三五一）「あさなあさなおきつつみればしらぎくのしもにぞいたくうつろひにける」（後拾遺集一六―九一四）などのように、白さという点で両者を結び付ける歌が多い。

きえかへりても　「きえかへる」という複合動詞は古今集以降に見られ、そのほとんどが二重の意味で、すなわち自然物と人の命を結びつけて用いられている。自然物としてもっとも多いのが「露」で、「恋しきにきえかへりつつあさつゆのけさはおきゐん心地こそせね」（後撰集

節調黄地、寒風変碧天」（『懐風藻』）、菅原道真「旅亭除夜」詩に「駈策四時此夜窮、旅亭閑処甚寒風」（『菅家文草』巻三）とある。　**寒気**　秋から冬にかけての冷気。『礼記』月令に「季冬之月。…出土牛以送寒気」（『初学記』冬）、「古詩十九首其一七」詩に「孟冬寒気至、北風何惨慄」（『文選』巻二九）とある。境部王「宴長王宅」詩に「新年寒気尽、上月霽光軽」（『懐風藻』）とあり、菅原道真「寒早十首」詩は、いずれも「何人寒気早」で始まる。　**蕊芬芳**　「蕊」は、花のこと。元禄九年版本・元禄一二年版本・文化版本には、音読符がある。六三番詩【語釈】「蕚初開」の項参照のこと。また、六四・八二番詩にも用例があった。「芬芳」は、良い香りのこと。一七・七六番詩【語釈】該項を参照のこと。　劉禹錫「酬令狐相公庭前白菊花謝偶書所懐見寄」詩に「数叢如雪色、一旦冒霜開。寒蕊差池落、清香断続来」とあり、菅原道真「寄白菊四十韻」詩に「蕊期揚酷烈、茎約引嬋媛。…芬芳応佩服、貞潔欲攀援」（『菅家文草』巻四）、同「暮秋賦秋尽翫菊応令」詩序に「菊者芬芳之草、花盛葉衰」（『菅家文草』巻五）とある。「タリ」の異訓があるが、この一句、全て名詞から出来ている。

3 王弘　宋代の江州刺史・王弘のこと。檀道鸞『続晋陽秋』（佚）に「陶潜九月九日無酒。於宅辺菊叢中、摘盈把坐其側、久望見白衣人。乃王弘送酒。即便就酌而後帰」（『初学記』九月九日、『藝文類聚』九月九日・菊）とあり、李嘉祐「答泉州薛播使君重陽日贈酒」詩に「共知不是潯陽郡、那得王弘送酒来」とある。異文「王孫」は、帝王の子孫、または貴人の子息の意。鮑溶「暮秋与裴居晦宴因見採菊花之作」詩に「今日王孫好収採、高天已下両迴霜」などとあるものの、結句「陶氏荘」と

一一—七二〇）「きえかへりつゆもまだひぬそでのうへにけさはしぐるるそらもわりなし」（後拾遺集一二—七〇〇）など、他に「あなこひしはつかに人をみづのあわのきえかへるともしらせてしかな」（拾遺集一一—六三六）などの「水の沫」、「こぬ人を松のえにふる白雪のきえこそかへれくゆる思ひに」（後撰集一二—八五一）などの「雪」があり、当歌と同じ「霜」の例は、「あさぼらけおきつるしものきえかへりくれまつほどの袖をみせばや」（新古今集一三—一一八九）の一例のみ見られる。後項の「かへる」は補助的に、反復の意にも完全にの意にもとれるが、強調として後者の意が適切であろう。

逢はむとぞ思ふ　この表現で結句を成す例として、万葉集にも「人皆の笠に縫ふといふ有間菅ありて後にも逢はむとそ思ふ」（万葉集一二—三〇六四）「木綿づつみ白月山のさなかづら後も必ず逢はむとそ思ふ」（万葉集一二—三〇七三）、八代集にも「したのおびのみちはかたがたわかるとも行きめぐりてもあはむとぞ思ふ」（古今集八—四〇五）「深くのみ思ふ心はあしのねのわけても人にあはんとぞ思ふ」（後撰集一〇—六八〇）「わびぬれば今はたおなじなにはなる身をつくしてもあはむとぞ思ふ」（拾遺集一二—七六六）など見られる。万葉集の例は「後（に）も」とあるように、再会を表しているのに対して、八代集の例は、「行きめぐりても」「あしのねをわけても」「身をつくしても」のように、表現はいろいろであるが、いずれも逢いたい気持ちの強さを表している。

【補注】

古今集の諸注釈書は、上三句を「きえかへりても」を導く序詞とする。

の関係から、「王弘」を是とする。源明「九日翫菊花篇応製」詩に「延寿時浮王弘酒、空嗟盈把夕陽曛」（『経国集』巻一三）、菅原道真「秋晩題白菊」詩に「老眼愁看何妄想、王弘酒使便留居」（『菅家後集』）、源順「詠白」詩に「毛宝亀帰寒浪底、王弘使立晩花前」（『和漢朗詠集』白）とある。因みに、源順「詠白」詩は、「王弘の使」の衣裳が、「白」（『続晋陽秋』の「白衣人」）であることに拠る。**趁到**　中国でのこの語例を知らない。おそらくは、上項の陶淵明との逸話から、赴き到る、の意。底本等版本には訓合符がある。大江朝綱「訪鄭処士山居」詩に「慕高趁到碧峰頭、便謁清顔述事由」（『扶桑集』）、菅原資忠「尚歯会後…敢以答謝」詩に「趁到偸看尚老成、共垂霜鬢富風情」（『粟田左府尚歯会詩』）とある。なお、七・一六・六六・八四番詩を参照のこと。前掲の逸話では、召使いが酒を届けるのだが、ここでは王弘自身が駆けつけることになっている。**提樽酒**　「樽酒」とは、樽に入れた酒のこと。江淹「雑体詩三十首　李都尉従軍　陵」詩に「樽酒送征人、踟蹰在親宴」（『文選』巻三一）とあり、李善は、蘇武詩に「我有一樽酒、欲以贈遠人」とあるという。「提」は、腰のあたりにさげ持つこと。『世説新語』任誕に「衛君長為温公長史、温公甚善之。毎率爾提酒脯就衛、箕踞相対弥日」、姚合「送蕭正字往蔡州賀裴相淮西平」詩に「従馬唯提酒、防身不要兵」とあり、具平親王「一酔外何求」詩に「飲堪消日唯提榼、富是浮雲豈惜金」（『類題古詩』求）とある。

4 終日　一日中、の意。底本等版本に訓合符がある。一七番詩【語釈】該項を参照。**遊遨**　遊びまわる、の意。『毛詩』斉風・載駆に「汶水滔滔、行人儦儦。魯道有蕩、斉子游敖」とあるに基づく語。李白「敘

当歌は古今集では恋二の部立に配されていて、主意は下句にあるとするのであるから、当然のことである。その意味では、上句は序詞という、置き換え可能なものとして位置付けられる。それが本集では冬の部立に属しているということは、その序詞相当部分の菊なり霜なりに、それなりの重きが置かれていたと見なければなるまい。

まずは、キクという花を和歌に詠みこんだこと自体である。それは日本漢詩はともかく、古今集以前の和歌としては画期的なことだったと考えられる。結果的には、キクよりも霜のほうに重点が置かれ、しかも万葉的な序歌の形にまとめざるをえなかったとしても、である。

また、キクの歌は四季歌としては秋の部立に含まれるのが定番になるが、本集では冬歌であり、詠まれ方も、『和歌植物表現辞典』によれば、古今集の後は「長寿のシンボルとしてよむ型と、残菊あるいは「うつろふ菊」の美をよむ型の二通りにしぼられていく傾向にあ」るとするが、当歌はまだそのパターンに収まっていない自由さも認められる。ただ、あえてうがつならば、冬歌に入れたことによる残菊のイメージや、長寿のシンボルとしての菊と、はかなく「きえかへ」る霜や人の命との対比が意識されたかもしれない。

なお、九〇番歌の「思ひきゆらむ」と当歌の「きえかへりても」は「消ゆ」という語で通じている。八四・八五番歌の「老い」とともに、配列上の意図が感じられなくもない。詳しくは、青柳隆志「『新撰萬葉集』の和歌配列続考」（『平安文学研究』七五、一九八六・六）参照。

※話からの連想で形成されており、日中双方の漢詩の典型的な作例である。

旧贈江陽宰陸調」詩に「風流少年時、京洛事遊遨」とあり、藤原宇合「七言秋日於左僕射長王宅宴」詩に「遨遊已得攀龍鳳、大隠何用覓仙場」（『懐風藻』）、藤原斉信「後一条院御時女一宮御着袴翌日宴和歌序」に「一賞一詠、以遊以遨」（『本朝文粋』巻一一）とある。**陶氏荘**「陶氏」とは、陶淵明のこと。劉昚虚「潯陽陶氏別業」詩に「陶家習先隠、種柳長江辺。朝夕潯陽郭、白衣来幾年」とある。「荘」とは、郊外の別荘。「陶氏別業」の意。異文「庄」は、現在までも、俗に借りて「村荘」「荘家」を「村庄」「庄家」という。ただし、日中ともに「陶家」で、陶淵明自身やその家を表すことが圧倒的に多い。王勃「九日」詩に「九日重陽節、開門有菊花。不知来送酒、若箇是陶家」、元稹「菊花」詩に「秋叢繞舎似陶家、遍繞籬辺日漸斜。不是花中偏愛菊、此花開人更無花」（『千載佳句』・『和漢朗詠集』菊）とあり、島田忠臣「後九日到菊花」詩に「桓府追思烏帽落、陶家敬慕白衣投」（『田氏家集』巻下）、菅原道真「残菊詩」に「已謝陶家酒、将随酈水流」（『菅家文草』巻一）、同「晩秋二十詠　残菊」詩に「陶家秋苑冷、残菊小籬間」（『菅家文草』巻二）とあるように。菅原道真の「晩秋二十詠　残菊」詩が既にそうであるように、ここでも「陶氏荘」を作者自身の屋敷に比しているのであろう。

【補注】

韻字は「霜・芳・荘」で、下平声十陽韻。平仄にも基本的誤りはない。

当詩は、席夔「霜菊」詩に「寧袪青女威、願盈君子掬。持来泛樽酒、永以照幽独」、羅隠「菊」詩に「千載白衣酒、一生青女霜」とあるのを挙げるまでもなく、菊酒という重陽の習俗と陶淵明の逸※

問題は、言うまでもなく『礼記』月令に「季秋之月、…鴻雁来賓、爵入大水為蛤、鞠有黄華、豺乃祭獣戮禽。…是月也、霜始降、則百工休」（『初学記』秋）とあり、本来「菊」と「霜」は、晩秋九月の風物とされ、当詩の全体を構成する陶淵明の逸話も、九月九日と明記されているものであり、これが何故、本集の冬部に入ったかである。

一つには、菊が日本に自生するのもではなく、中国から奈良朝期に輸入されたという歴史の浅さによると見るべきだろうが、『懐風藻』から『田氏家集』までの、菊に言及する四〇首ほどの作品を瞥見しても、九月九日の重陽の節句に詠まれたものと、秋や晩秋に詠まれたものばかりで、僅かに島田忠臣「冬初過藤波州翫林池景物」詩に「蘭敗菊荒莫惆悵」（『田氏家集』巻下）とあるのを見るだけである。陶淵明と同じく菊を愛した詩人・菅原道真に就いてみれば、「惜残菊各分一字応製」詩序に「黄華之過重陽、世俗謂之残菊」（『菅家文草』巻五）とあるとおり、九日を過ぎたそれは「残菊」とされ、「残菊詩」に「十月玄英至、三分歳候休。暮陰芳草歇、残色菊花周。…露洗香難尽、霜濃艶尚幽。…已謝陶家酒、将随酈水流」（『菅家文草』巻一）とあるように、日本では残菊が殊のほか愛好され、『新古今集』に至って初冬の物となる過渡期にあったと考えるべきであろう。むろん彼自身も、「晩秋二十詠　残菊」詩に「陶家秋苑冷、残菊小籬間。為是開時晩、応因得地閑」（『菅家文草』巻二）とあるように、残菊を必ずしも初冬の物と決めつけているわけではなかった。

【比較対照】

当歌詩の各【補注】に述べたように、キクを取り上げる慣れ具合の差が、両者に端的に表れているといえる。すなわち、これらが冬歌に入っているのも、キクの景物としての位置づけがまだ定まっていなかった歌のほうを優先したからであり、詩はたとえば承句の「寒風寒気」などで、季節的に付き合ったにすぎない。また、歌でのキクは中心的な景物となる霜の背景としての役割しか果たしていないのに対して、詩では逆に霜のほうがキクを引き立たせる程度の扱いになっている。

当歌は、下句から恋歌として男女のせつない逢瀬が想定されるのにたいして、詩はそれを男同士の気のおけない付き合いに置き換えている。これも、キクを鑑賞する楽しみを知る詩と、「菊の垣ほ」という現実的には考えにくいさまを表現してしまう歌との差によるものであろう。ただ、歌のほうでも、キクがいま見頃なので、相手にぜひ見に来てほしいという含意が認められなくもない。

当歌詩は、キクと霜という自然物を前半に、出会いという人事を後半にという構成においてはきれいに対応するが、景物の取り上げ方、出会う人間関係という点では、歌と詩のそれぞれの特性を反映した、対照的な内容になっているといえる。

九二番

三吉野々　山之白雪　蹈別手　入西人之　音都礼裳勢沼

み吉野の　山の白雪　ふみわけて　入りにし人の　おとづれもせぬ

【校異】

本文では、初句末の「々」を、永青本・久曾神本が「之」とし、第二句末の「雪」を、底本および文化版本・藤波家本・講談所本・道命寺本が「雲」とするが他本により改め、第三句の「蹈」を、底本・文化写本・藤波家本・講談所本・道明寺本以外は「踏」とし、結句の「裳」を、永青本・久曾神本が「牟」とし、同句末の「沼」を、藤波家本・羅山本・永青本が「治」とする。

付訓では、とくに異同が見られない。

同歌は、寛平御時后宮歌合（十巻本、冬、一二八番、忠岑）にあり、また古今集（巻六、冬、三二七番）に「寛平御時后宮歌合　壬生忠岑」として、古今六帖（第一、天、ゆき、七一二番）や、忠岑集（書陵部本、四一番）に「きさいの宮の歌合に」として、いずれも同文で見られる。

【通釈】

吉野の山の白雪を踏み分けながら（その山に）入ってしまった人が（その後）連絡さえもよこさないことだよ。

遊人絶跡入幽山
泥雪踏霜独蔑寒
不識相逢何歳月
夷斉愛崿遂無還

遊人《イウジン》跡《あと》を絶《たち》て幽山《イウサン》に入《い》る。
雪《ゆき》に泥《なづみ》霜《しも》を踏《ふみ》て独《ひと》り寒《さむさ》を蔑《ないがしろ》にす。
識《し》ら（ず）相《あ》ひ逢《あ》はむこと何《いづ》れの歳月《セイゲツ》ぞ。
夷斉《イセイ》崿《ガク》を愛《アイ》して遂《つひ》に還《かへ》ること無《な》し。

【校異】

「絶跡」を、京大本・大阪市大本・天理本「遊跡」に作る。「泥雪踏霜」を、永青本・久曾神本「踏雪呑霜」に作る。「独蔑寒」を、無窮会本・永青本「独夢寒」に作る。「不識」を、京大本・大阪市大本・天理本「不議」に作る。「夷斉」を、京大本・大阪市大本・天理本「或看」に類似する字体に作り、天理本「或也」の注記あり。「愛崿」を、類従本「愛愕」に作り、文化写本にも「愕群」の注記あり。

【通釈】

遊人が、人々の前から姿を消して、奥深い山に入っていった。雪に足を取られ霜を踏みしめながら、ひとり寒さをものともせずに。いったい彼に会えるのはいつのことなのだろう。伯夷と叔斉のように、山に隠れたまま人間世界に戻ってくることはないのだろうか。

【語釈】

み吉野の　「み吉野（よしの）」の「み」は美称とされるが、「吉野」と意味的な違いはとくに認められない。ただ、それぞれ詠まれた短歌における位置に明確な違いがある。「み吉野」はすべて「の」を下接する五音形で、初句に三〇例（万葉集一二例、八代集一八例）と第三句に二四例（万葉集七例、八代集一七例）に集中するのに対して（他は第二句に一例（万葉集）、第四句に一例（後撰集）、結句に三例（新古今集））、「吉野」は「吉野なる」（新古今集）一例以外はすべて「の」を伴って、第二句に一四例（万葉集四例、八代集一〇例）と第四句に一九例（万葉集八例、八代集一一例）あるのみである。この端的な例が、「み吉野の吉野の宮は　山からし　貴くあらし…」（万葉集三―三一五）、「春霞たてるやいづこみよしののよしのの山に雪はふりつつ」（古今集一―三）「み吉野のよしのの山の桜花白雲とのみ見えまがひつつ」（後撰集三―一一七）「白雲とみゆるにしるしみよしののよしののやまのはなざかりかも」（詞花集一―二二）などのように、「み吉野」と「吉野」が連続して用いられる歌である。

山の白雪　「山（やま）」は初句から吉野の山のこと。「白雪（しらゆき）」については、二一番歌【語釈】「白雪の懸かれる枝」の項を参照。【校異】に示したように、底本などは「白雪」を「白雲」とする。吉野の山とともに雲を詠んだ歌は、万葉集には実景として「み吉野の三船の山に立つ雲の常にあらむと我が思はなくに」（万葉集三―二四四）「み吉野の高城の山に白雲は行きはばかりてたなびけり見ゆ」（万葉集三―三五三）「み雪降る吉野の岳に居る雲のよそに見し児に恋ひ渡るかも」（万

【語釈】

1 遊人　九・一一・五二・五六番詩【語釈】該項、および「遊客」（四・一三・一八・一九・七二番）の【語釈】該項を参照。「遊人」とは、風流人と訳してきたが、ここでは、そうした訳で良いのか。『注釈』もそのことを指摘する。「游」の原義である、縛られないでふらつく、の意に近い者、例えば『伊勢物語』の「身をようなきものに思いなして」のような者を想定すべきか。　**絶跡**　人との交際を絶ち、世間と隔絶すること。王康琚「反招隠詩」に「放神青雲外、絶迹窮山裏」（『文選』巻二二）とあり、李善は『荘子』人間世に「絶跡易、無行地難」とあるのを指摘する。『晋書』隠逸伝・戴逵に「雖策命屢加、幽操不回、超然絶跡、自求其志」とある如く、隠者伝や逸民伝の常套語。王維「座上走筆贈薛璩慕容損」詩に「希世無高節、絶跡有卑棲」とあり、菅原道真「別遠上人」詩に「何処浮盃欲絶蹤、愁看泣血旧渓竜」（『菅家文草』巻四）、三善清行「晩…停舟立次来韻」詩に「秋棘刺繁人絶跡、寒松枝老樹生孫」（『扶桑集』巻七）とある。　**入幽山**　「幽山」とは、張協「七命八首」に「絶景乎大荒之遐阻、呑響乎幽山之窮奥」（『文選』巻三五）とあり、李善が「毛詩（小雅・斯干）曰、幽幽南山。奥、隠処也」と言うように、人跡稀な奥深い山。晋辛曠「与皇甫謐書」に「歩幽山之窮径、背漢津之明衢」（『藝文類聚』隠逸下）とある。「入山」とは、単に山里に入るという意の他に、隠者となるという意も表す。

2 泥雪　「泥」は、行きなずむ、何かが支障になって進まないこと。白居易「出使在途所騎馬死…李相公」詩に「駅路崎嶇泥雪寒、欲登藍輿一長歎」とある以外、用例を知らない。菅原道真「得故人書以詩答之」詩

葉集一三―三二九四）など見られるが、数としては雪に比ぶべくもない。八代集になると「み吉野のよしのの山の桜花白雲とのみ見えまがひつつ」（後撰集三―一一七）「白雲とみゆるにしるしみよしののよしののやまのはなざかりかも」（詞花集一―二二）の二首のみ、しかもサクラの花の見立てとして用いられたものである。また、続く「ふみわく」との関係から言えば、雪を対象とする例はあっても、雲の例は見られない。「白雲をふみわく」というのは、俗世と隔絶した超越的なイメージがあって、捨てがたいものがあるが、ここでは通例に従っておく。

ふみわけて 五七番歌【語釈】「もみぢ踏みわけ」の項を参照。雪を対象とする例は、八代集に「わすれては夢かとぞ思ふおもひきや雪ふみわけて君を見むとは」（古今集一八―九七〇）「おぼつかなまだみぬみちをしでのやま雪ふみわけてこえむとすらん」（詞花集一〇―三六一）「冬草のかれにし人のいまさらに雪ふみわけて見えむものかは」（新古今集六―六八一）など見られる。『注釈』は、「当時の貴人の常として、徒歩ではなく馬に乗って山に入っていった」ので、「「山の白雪」を「踏み分け」たのも、直接はその人の乗った馬の脚だった」とするが、この説明が当歌の解釈にいかほどの意味を有するか、疑問。

入りにし人の 「入（い）る」については、三六番歌【語釈】「入りにけむ」の項に述べたように、「山に入る」と表現する場合、八代集ではほとんどは出家あるいは山籠の意を表す。

おとづれもせぬ 「おとづれ」は「音連れ」つまり音が連続するのが原義とされ、転じて音信の意で用いられた初例として、岩波古語辞典や日本国語大辞典第二版では、古今集所載の同歌を掲げる。万葉集には例がに「先悶秀才占夏月、更思進士泥春場」とある。 **踏霜** 霜を踏みしめること。前項と共に、用例は極めて乏しい。北魏の楽府「咸陽宮人為咸陽王禧歌」に「金牀玉几不能眠、夜踏霜与露」、韋応物「広陵行」詩に「厳城動寒角、晩騎踏霜橋」とあるのを知るだけ。三善清行「八月十五夜同賦映池秋月明」詩序に「長安十二衢、皆踏万頃之霜、高宴千万処、各得一家之月」（『本朝文粋』巻八）とあるのは、月光の比喩。ただ、類語「踏雪」であれば、張九齢「答陸澧」詩に「不辞山路遠、踏雪也相過」とあるのを初出として、白居易「酬李少府曹長官舎見贈」詩に「白馬晩踏雪、淥觴春暖寒」、同「新制綾襖成感而有詠」詩に「晨興好擁向陽坐、晩出宜披踏雪行」とあり、菅原道真「臨別送鞍具総州春別駕」詩に「山行莫忘浮雲上、歳暮当思蹈雪中」（『菅家文草』巻二）、同「郊外翫馬」詩に「斉足踏将初白雪、遍身開著浅紅桃」（『菅家文草』巻二）とある。異文「呑霜」の用例を知らない。 **独蔑寒** 「蔑寒」とは、『宋書』顔延之列伝に「隅奥有竈、斉侯蔑寒、犬馬有秩、管燕軽饑」とあるように、寒さを軽蔑する、侮ること。この語例は極めて少なく、これ以外の用例を知らない。底本・藤波家本・講談所本・道明寺本・羅山本・無窮会本には、「蔑」に「ナイ（ヒ）カシロニス」の訓がある。本集にも「松樹従来蔑雪霜、寒風扇処独蒼々」（九四番）とある。『注釈』は、類義語「凌寒」を用いるところ、平仄の関係でこちらを用いたかという。可能性として考えて良い。

3 不識 「不知」と同じ。「知」は、平、「識」は、仄。異文「不議」は、おそらく誤写。 **相逢** 人にバッタリと出会うこと。「相」は、下の動詞の対象があることを示す。張衡「西京賦」に「跳丸剣之揮霍、走索上

なく、八代集では一四例見られ、「思ひいでておとづれしける山びこのこたへにこりぬ心なになり」（後撰集一二―八七六）の一例を除き、「日をへつつ宮こしのぶの浦さびて波よりほかのおとづれもなし」（新古今集一〇―九七一）を含め、「あれにけりあはれいくよのやどなれやすみけむ人のおとづれもせぬ」（古今集一八―九八四）「ももしきはをののへくたす山なれや入りにし人のおとづれもせぬ」（後撰集一一―七一七）「ほのかにも我をみしまのあくた火のあくとや人のおとづれもせぬ」（拾遺集一五―九七六）などのように、当歌と同じく「おとづれもせず（あるいは「ぬ」）」という否定表現になっている。意味として訪問（帰還）か音信かが問題になるが、当歌に歌われた状況を考えれば、「も」は「さえも」の意で、音信とするのが適当であろう。

【補注】

事情はともあれ、よりによって冬の時期に、雪深い吉野の山に入った人の安否を気遣うのは、関係者ならば、当然のことであろう。また当歌では、その人から「おとづれもせぬ」ことを慨嘆しているが、俗世との交わりを絶つための出家・山籠ならば、そのこともまた当然ではないかと考えられる。

ただ気になるのは、その慨嘆はいつの時点なのかということである。当歌は、本集はもとより、歌合においても古今集においても、冬の歌とされているが、「入りにし」という表現は、作歌時点とは隔たった過去であることを示すものである。つまり、「白雪ふみわけ」るという状況はまさに冬そのものであって、その点ではたしかに冬の歌といえるが、

而相逢」（『文選』巻二）、『三国志・魏書』東夷伝・韓に「其俗、行者相逢、皆住譲路」とあり、坂上今継「和渤海大使見寄之作」詩に「一面相逢如旧識、交情自与古人斉」（『文華秀麗集』巻上）、菅原道真「舟中五事其二」詩に「豪家常愛用、貪吏適相逢」（『菅家文草』巻三）とある。本集にも「何日相逢万緒申」（一〇三番）とある。**何歳月**　いずれのときにか、いつのときか、の意。曹植「閑居賦」に「何歳月之若騖、復民生之無常」とあるものの、六朝詩には用例が無く、韋承慶「南中詠雁詩」に「不知何歳月、得与爾同帰」（『和漢朗詠集』雁）、孫逖「江行有懐」詩に「不知何歳月、一似暮潮帰」と唐代になって現れ、菅原道真「賦木形白鶴」詩に「清唳無期何歳月、金吾願得一声聞」（『菅家文草』巻二）とある。底本には「歳」に「サイ」の訓があるが、慣用音。元禄九年版本・元禄一二年版本・文化版本には、「歳月」に音合符がある。

4 夷斉　伯夷と叔斉のこと。共に殷代の孤竹君の息子で、廉潔な人物の代表。諸類書の隠逸伝には必ず登場する隠者の代表。郭璞「遊仙詩七首其二」詩に「高踏風塵外、長揖謝夷斉」（『文選』巻二一）とあり、李善は、『史記』伯夷伝を引用して、「伯夷、叔斉、孤竹君之子也。父欲立叔斉、及卒、叔斉譲伯夷、伯夷曰、父命也。遂逃去。叔斉亦不肯立而逃。義不食周粟、隠於首陽山」と述べる。李白「少年子」詩に「夷斉是何人、独守西山餓」、白居易「訪陶公旧宅」詩にも「夷斉各一身、窮餓未為難」とあり、三善清行「立神祠」策文に「夷斉者周之廉士也、性潔寒氷」（『本朝文粋』巻三）、藤原篤茂「中大内記木工頭状」に「節非夷斉、難忍餓於首陽之薇」（『本朝文粋』巻六）とある。**愛嵦**　「嵦」とは、ゴツゴツとした高い崖のこと。ただし、「愛嵦」の用例を知らない。

それは過去の入山時であって、当歌を詠んだのも同じその冬とは考えられないということである。矛盾なく説明するとしたら、少なくとも翌年あるいは何年か後の冬に、その人のことを思い出して詠んだということになろう。

※とある。嵯峨天皇「王昭君」詩に「天涯千万里、一去更無還」（『文華秀麗集』巻中）とある。

【補注】

韻字は、「山」（上平声二十八山韻）、「寒」（上平声二十五寒韻）、「還」（上平声二十七刪韻）で、刪韻は、山韻と同用なので問題はないが、寒韻は、そうではないので押韻に傷があることになる。平仄には基本的誤りはない。

この作品は、押韻の傷を別にすれば、構成上の大きな破綻はない。前半と後半の転換幅は大きくないので、絶句として上々の出来ではないが、意味が取れないというレベルのものではないことは明らかである。

【比較対照】

当歌の意を、詩はほぼ満たしている。むろん短歌と絶句では情報量に差があるから、「み吉野」という地名を別にすれば、歌の内容を詩がほぼ敷衍する内容になっており、双方で大きな差異はない。ただ、あるとすれば、当歌は出家して仏門に入るという内容を持つ可能性が高いのに対して、詩では、伯夷と叔斉という隠者の代表を配することで、結果的に隠逸詩の性格を持たせることになり、性格的に一致しないという点であろう。

呉衛峰「和歌と漢詩・詩的世界の出会い――『新撰万葉集』をめぐって」（『比較文学研究』六七、一九九五・一〇）は、その原因を九世紀後半から

『注釈』は、あるいは盛唐頃から現れる類語「愛山」の平仄上からの転用かと言う。ただし、「伯夷と叔斉は実際には、「山」を「愛」したために帰らなかったわけではないが」というのは、非。「愛」は、「僾」または「薆」、「⿱⺮愛」の省借として用いており、「隠」あるいは「蔽」の意である。『毛詩』邶風・静女に「静女其姝、俟我於城隅。愛而不見、搔首踟蹰」とあるが、その異文を『方言』巻六の郭璞注が伝えており、「薆而不見」（魯詩）とあったという。更に『毛詩』大雅・烝民に「愛莫助之」とあるが、その毛伝には「愛、隠也」とある。韓愈「別盈上人」詩に「山僧愛山出無期、俗士牽俗来何時」、元稹「華岳寺」詩に「山前古寺臨長道、来往淹留為愛山」とある例などは、その意と見ることができる。これが、日本でも了解されていたことは、『篆隷万象名義』に「愛、於戴反。隠…」と、訓詁の最初に挙げられており、愛には「カクス」「カクル」の古訓があることでも知られる。「嵎に愛（かく）れて」と読みたいところだが、底本初め諸本にその訓はない。**遂無還**「遂」は、前文のことを受けて、その結果以下のようになったということを表す。『隋書』五行志上・詩妖に「是年盗賊蜂起、道路隔絶、帝懼、遂無還心」とあり、李端「青竜寺題故曇上人房」詩に「翻経徒有処、携履遂無帰」※

の漢文学界における老荘思想の隆盛に求め、仏教的な歌に対応させるのに、日本漢文学の建前としての隠逸を以てするのは、漢詩作者の和的世界と漢的世界に対する意識の現れにほかならないと言う。

しかし、詩僧と呼ばれる人の作品を見ると、寒山詩には「荘子説送死、天地為棺槨。…餓着首陽山、生廉死亦楽」の句があり、その他にも、唐僧・護国「帰山作」詩に「四皓将払衣、二疏能挂冠。窓前隠逸伝、毎日三時看」(「四皓」は、四人の著名な隠者)、唐僧・法振「病癒寄友」詩に「微蹤与麋鹿、遠謝求羊知」(「求羊」とは、西漢の隠者、求仲と羊仲のこと)、唐末の詩僧・斉己「湘江漁父」詩に「曾受蒙荘子、逍遙一巻経」(「蒙荘子」は、荘子のこと)の句があるなど、漢詩においても、単なる表面上の意味だけを言うならば、隠逸と仏門とは、簡単に区別できるものではない。

当詩も「伯夷と叔斉のように」と結句を解するならば、これを隠逸詩と性格付けすることは難しいように思われる。

九三番

十月　霂降良芝　山里之　並樹之黄葉　色増往

かみなづき　しぐれ降るらし　山里の　まさきのもみぢ　色増さり往く

【校異】

本文では、第二句の「霂」を、底本および文化版本・元禄九年版本・元禄一二年版本・下澤本が「霖」とするが他本により改め、第三句の「山里」を、類従本・羅山本・無窮会本が「里山」とし、結句の「色」を、底本はじめ講談所本・道明寺本・京大本・大阪市大本・天理本が「缶」とするが他本により改め、同句末の「往」の後に、永青本・久曾神本は「久」を補う。

付訓では、第二句の「しぐれ」を、底本および藤波家本・講談所本・道明寺本・京大本・大阪市大本・天理本が「あられ」とするが、それらの左訓および他本により改め、第四句の「まさき」を、藤波家本が「まかき」とする。

同歌は、寛平御時后宮歌合（十巻本、冬歌、一二四番。ただし第三句「佐保山の」第四句「まさきのかづら」）にあり、新古今集（巻六、冬、五七四番）に「寛平御時きさいの宮歌合に　よみ人しらず」として見られる（ただし第三句「さほ山の」第四句「まさきのかづら」）。

【通釈】

十月の（冬の）しぐれが（きっともう）降るにちがいない。山里のま

孟冬細雨足如糸
寒気始来染葉時
一々流看山野裏
樹紅草緑乱参差

孟冬《マウトウ》の細雨《セイウ》足《あし》糸《いと》の如《ごと》し。
寒気《カンキ》始《はじめ》て来《きたり》て葉《は》を染《そむ》る時《とき》。
一々《イツイツ》に流看《リウカン》す山野《サンヤ》の裏《うち》。
樹《き》は紅《くれなゐ》に草《くさ》（は）緑《みどり》にして乱《みだ》れて参差《シンシ》たり。

【校異】

「始来」を、類従本・講談所本・道明寺本・京大本・大阪市大本・天理本・羅山本・無窮会本・永青本・久曾神本「初来」に作る。「参差」を、永青本・久曾神本「瑒瑳」に作る。

【通釈】

冬の初めの霧雨、その雨あしはまるで糸のように細く見える。寒気が今年初めてやってきて、木々の葉を染めるときになった。そこでつぶさに山野を見廻してみると、木々は紅に染まり草は青々として互いに入り乱れている。

【語釈】

1　孟冬　冬季の最初の月、陰暦の十月のこと。『礼記』月令に「孟冬之月、日在尾」とある。張衡「西京賦」に「於是孟冬作陰、寒風粛殺。雨雪飄飄、氷霜惨烈」（『文選』巻二）とあり、薛綜注が「寒気急殺於万物。

さきのもみじの色がどんどん濃くなっていく（のだから）。

【語釈】

かみなづき　冬の最初の月である、陰暦一〇月の異称。万葉集の四例は当歌同様、すべて「十月」と表記され、初句に位置し、そのうち三例は「十月しぐれにあへるもみち葉の吹かば散りなむ風のまにまに」（万葉集八—一五九〇）「十月しぐれの常か我が背子がやどのもみち葉散りぬべく見ゆ」（万葉集一九—四二五九）などのように、「しぐれ」が続いている。八代集にも三六例見られ、そのうち「しぐれ」（動詞例も含む）をともなうのが二九例もある（直続するのは一九例）。以上から、「かみなづき」と「しぐれ」はほとんどセットの表現として用いられ、たとえば「神な月ふりみふらずみ定めなき時雨ぞ冬の始なりける」（後撰集八—四四五）や「いつしかと袖にしぐれのそそくかなおもひは冬のはじめならねど」（千載集一一—六九二）などは、当時のそのような意識を端的に表しているといえる。

しぐれ降るらし　「しぐれ」は、晩秋から初冬にかけて、降ったり止んだりする小雨のこと。底本などの「霖」字は長雨、他諸本の「霂」字は小雨をその原義とするところから、時期的に相応する「しぐれ」には後者をふさわしいとして採る。また底本などの「あられ」の訓は、十月という時期になじまないので採らない。前項に述べたように、「しぐれ」は十月つまり初冬のものとして詠まれることが多いが、晩秋の時期にも詠まれる。万葉集には「九月のしぐれの雨に濡れ通り春日の山は色付きにけり」（万葉集一〇—二一八〇）「九月のしぐれの雨の山霧のいぶせき孟冬十月、陰気始盛、万物彫落」というように、一般に十月は厳しい冬の始まりとされる。謝良輔「状江南　孟冬」詩に「江南孟冬天、荻穂軟如綿」、白居易「和銭員外早冬玩禁中新菊」詩に「禁署寒気遅、孟冬菊初坼」などという例もあるが。菅原道真に「元慶三年孟冬八日大極殿成畢王公会賀時」詩（『菅家文草』巻二）があり、菅原文時「七言北堂文選竟宴各詠句得遠念賢士風」詩序に「孟冬十月、講席既倚」（『本朝文粋』巻九）とある。**細雨**　小雨、霧雨。この語は、春部の一番詩にも用例があったように、春または夏の作品に頻出する。盧象「永城使風」詩に「長風起秋色、細雨含落暉」、武元衡「秋灯対雨寄史近崔積」詩に「空庭緑草結離念、細雨黄花贈所思」とあるなど、秋季のものも僅かに見いだせるものの、冬の例を知らない。源順「早春於奨学院同賦春生霽色中各分一字」詩序に「濛々細雨之後、是春発之権輿也」（『本朝文粋』巻八）、藤原篤茂「仲春於左武衛将軍亭同賦雨来花自湿」詩序に「于時細雨洗而色弥媚、妍姿湿而艶更燃」（『本朝文粋』巻一〇）とある。**足**「足」とは、「雨足」のこと。「雨脚」とも言い、雨が密集して降り、糸を引いたように見える様。底本や諸写本に「アシ」の訓があり、元禄九年版本・元禄一二年版本・文化版本には、訓読符がある。張協「雑詩十首其四」詩に「翳翳結繁雲、森森散雨足」（『文選』巻二九、『藝文類聚』雨）、孟浩然「東陂遇雨率爾貽謝南池」詩に「殷殷雷声作、森森雨足垂」とある。空海「喜雨歌」に「老僧読誦微雲起、禅客持観雨足優」（『性霊集』巻一）とあるが、島田忠臣や菅原道真は「雨脚」を用いる。「如糸」とは、『礼記』緇衣に「子曰、王言如糸、其出如綸。王言如綸、其出如綍」、『毛詩』小雅・皇皇者華に「我馬維騏、六轡如糸」とあ

我が胸誰を見ば止まむ」（万葉集一〇―二二六三）などのように、わざわざ「九月（ながつき）」という月に特定している歌もあり、また「…秋付けば　しぐれの雨降り　あしひきの　山の木末は　紅に　にほひ散れども…」（万葉集一八―四一一一）や「春は霞に　たなびかれ　夏はうつせみ　なきくらし　秋は時雨に　袖をかし　冬はしもにぞ　せめらるる…」（古今集一九―一〇〇三）のように、秋という季節の現象とみなしている歌もある。ただし、八代集では「しぐれ」は秋（あるいは秋下）と冬の両部立に見られるものの、数としては冬のほうが多い。「しぐれガ降る」というのはごく一般的な表現であるが、八代集になると、それを「しぐる」あるいは「しぐれす」という動詞一語で表す例も見られるようになる。「らし」は「確実な根拠（多くの場合明示される）に基づいて現在の事態を確信的に推量する意を表す」（小学館古語大辞典）助動詞であり、当歌においては、確信的に推量される現在の事態とは「かみなづきしぐれふる」こと、その確実な根拠となるのは「山里のまさきのもみぢ色増さり往く」ことである。しぐれと木の葉との関係付けには、しぐれが木の葉を、①色付ける、②散らす、の二つが主であり、①の例としては、「しぐれの雨間なくし降れば三笠山木末あまねく色付きにけり」（万葉集八―一五五三）「九月のしぐれの雨に濡れ通り春日の山は色付きにけり」（万葉集一〇―二一八〇）、「きみがさすみかさの山のもみぢばのいろ神な月しぐれのあめのそめるなりけり」（古今集一九―一〇一〇）「もみぢばやたもとなるらん神な月しぐるるごとに色のまされば」（拾遺集一七―一一四〇）、②の例としては、「もみち葉を散らすしぐれに濡れて来て君が黄葉をかざしつるかも」（万葉集八―一五八

るように、細くしなやかな様を言いつつも、必ずしも形態のみを言うものでなかったが、雨の形容としては、沈約「庭雨応詔詩」に「非煙復非雲、如糸復如霧」とあるに始まり、杜甫「雨不絶」詩に「鳴雨既過漸細微、映空揺颺如糸飛」、同「雨四首其四」詩に「繁憂不自整、終日灑如糸」、同「雨」詩に「煙添纔有色、風引更如糸」とあるなど、唐詩では杜詩に多い。源伊頼「雨為水上糸」詩に「如糸雨脚水心幽、終日微々未得休」（『本朝麗藻』巻上）、菅原宣義「雨為水上糸」詩に「蕤賓初日雨油油、細脚如糸水上浮」（『本朝麗藻』巻上）とある。

2 寒気　秋から冬にかけての冷気。九一番詩【語釈】該項を参照。**始来**　初めてやって来る、の意。『左氏伝』哀公二一年に「夏、五月、越人始来」、宋玉「神女賦序」に「其始来也、耀乎若白日初出照屋梁」（『文選』巻一九）とあり、崔液「代春閨」詩に「江南日暖鴻始来、柳条初碧葉半開」とある。異文「初来」については、元来「始」は動詞、「初」は副詞であったが、既に『説文』から互訓となっているように、早くから混同された。**染葉時**　日中共に「染葉」「葉染」の語例を知らない。

3 一々　一つ一つ（丁寧に、詳しく）、の意。五五・五八番詩【語釈】該項を参照。**流看**　「流眄」（流し目をする）、「流目」（見廻す）、「流視」（顧みる）などの語例は確認できるが、日中ともにこの語の用例を知らない。それらから類推して、見廻す、あちこち見る、の意としておく。底本や講談所本・道明寺本・羅山本・無窮会本には、訓合符があるが、元禄九年版本・元禄一二年版本・文化版本には音合符がある。**山野裏**　「山野」については、六六・八七番詩【語釈】該項を参照のこと。

三）「十月しぐれの常か我が背子がやどのもみち葉散りぬべく見ゆ」（万葉集一九―四二五九）、「たつた河もみぢば流る神なびのみむろの山に時雨ふるらし」（古今集五―二八四）「時雨ふりふりなば人に見せもあへずちりなばをしみをれる秋はぎ」（後撰集六―二九七）などある。どちらかというと、万葉集では散らすことを歌う例がやや多く、八代集では色付けることを詠む例が目立つ。

山里の　一〇番歌および九〇番歌【語釈】該項を参照。古今集から拾遺集までは、とくに詠まれる季節に偏りはないが、後拾遺集以降になると、秋部下あるいは冬部に集中するようになる。「しぐれ」あるいは「もみぢ」と詠まれた例として、冬部には「ふりはへて人もとひこぬ山ざとは時雨ばかりぞすぎがてにする」（千載集六―四一三）、秋部下には「みわたせばもみぢしにけり山ざとにねたくぞけふはひとりきにける」（後拾遺集五―三四一）「このごろはきぎのこずゑにもみぢしてしかこそはなけあきの山ざと」（後拾遺集五―三四四）「秋の田にもみぢちりける山ざとをこともおろかにおもひけるかな」（千載集五―三七八）など見られるが、「しぐれ」と「もみぢ」両方そろっての例は見当たらない。

まさきのもみぢ　『和歌植物表現辞典』によれば、「まさき」はニシキギ科の常緑低木、「まさきのかづら」はキョウチクトウ科の常緑つる植物で、両者は別物であるが、和歌においてはどちらも常緑にもかかわらず紅葉・散落が歌われ、「まさきのかづら」は「まさき」と略されることもあって、区別がはっきりしないという。万葉集には例がなく、「まさき」には「てる月をまさ木のつなによりかけてあかずわかるる人をつながん」（後撰集一五―一〇八一）「日くるればあふ人もなしまさきちる

ただし、「山野裏」の語例を日中ともに知らない。おそらく、「山裏」とは言っても、「野裏」とは言わないことに原因があろう。「裏」は、内側の意。

4 樹紅　「紅樹」「樹紅」などと言う場合は、四九番詩【補注】に略述した通り、花や果実が赤くなっていることを意味するのが一般だが、羊士諤「王起居独遊青竜寺玩紅葉因寄」詩に「十畝蒼苔遶画廊、幾株紅樹過清霜」、白居易「新楽府・驪宮高」詩に「嫋嫋兮秋風、山蟬鳴兮宮樹紅」と、紅葉を言うものも散見する。菅原道真「春詞二首其一」詩に「和風料理遍周遊、山樹紅開水緑流」（『菅家文草』巻四）とあるのは花の意だが、同「秋日山行二十韻」詩に「白雲何澗口、紅樹幾巌腰」（『菅家文草』巻一）とある。底本等版本には訓合符があり、羅山本・無窮会本には、「樹ハ紅ヒ」の訓がある。**草緑**　柳惲「擣衣詩」に「深庭秋草緑、高門白露寒」、李白「塞上曲」詩に「五原秋草緑、胡馬一何驕」とあり、有智子内親王「奉和春日作」詩に「煙軽新草緑、林暖早花芳」（『経国集』巻一一）とある。**乱参差**　「参差」とは、互いに入り交じる様を表す、双声の語。異文「[illegible]瑳」は、その表記を知らない。梁武帝「芳樹」詩に「雑色乱参差、衆花紛重畳」（『玉臺新詠』巻七）、李白「九日登山」詩に「斉歌送清揚、起舞乱参差」とあり、三統理平「残雪伴寒梅」詩に「影混紅跗開次第、光凝白片綴参差」（『類題古詩』伴）とある。

【補注】

韻字は、「糸・時」（上平声七之韻）と「差」（上平声五支韻）で、後者は前者と同用。平仄にも基本的誤りはない。

峰の嵐のおとばかりして」（新古今集六―五五七）などあり、これらは「つな」や「くる（繰）」などとの関係から、「まさきのかづら」の略と考えられる。「まさきのかづら」には「み山にはあられふるらしとやまなるまさきのかづらいろづきにけり」（古今集二〇―一〇七七）「たびねするやどはみやまにとぢられてまさきのかづらくる人もなし」（後拾遺集一八―一〇五二）などが見られる。本集に先行する寛平御時后宮歌合には「まさきのかづら」とあるのに対して、本集本文は「並樹之黄葉」とあり、この本文自体から「まさきのかづら」という訓みに至るのは不可能であろう。また、「黄葉」を「もみぢ」と訓むのはともかくとして、「並樹」をそのまま「なみき」と訓んでも、その語例は和歌には見出せない。考えられるのは、八三番歌【語釈】「かきくらし」の項で述べたのと同様に、少なくとも「並樹」については、「まさき」と訓まれることを前提として、生け垣にも利用されたという「まさき」のそのイメージを漢字表記に託したのではないかということである。ただ、本集諸本すべて「並樹」という本文ではあるものの、「並」字の右に「正」を書き入れるもの（元禄九年版本・元禄一二年版本・文化版本・類従本・文化写本）、同字の左に「ナミ（ヒ）」という訓を添えるもの（底本・元禄九年版本・元禄一二年版本・文化版本・下澤本・京大本・大阪市大本・天理本・羅山本）もあり、また藤波家本のように「マガキ」という訓もあり、「まさき」という訓がもともと不審だったことがうかがわれる。『注釈』は「まさき」という訓を採り、「「並」を「正」の草書体などの誤写と見て、本文を〔正樹〕に改める」。

色増さり往く　「色（いろ）」という語が秋の紅葉に関して用いられるの＊

ただし、【語釈】でも指摘したが、初句の「細雨」の用い方を初めとして、その用語に見慣れぬものが混じるほか、内容構成自体にも取り上げるべきものがない。なお、「細雨」という語の使用に関しては、当歌の原表記に関係するのかもしれない。というのは、当歌の底本表記が「霖」であるのに対して、諸本は「霂」となっているが、付訓も「あられ」と「しぐれ」とがある。この場合、「あられ」の訓が不適であることは、八三番の和歌と漢詩を見ても、贅言を要しない。

訓が「しぐれ」であれば、当歌の原表記は、「霂」であった可能性が極めて高く、従って時期的には少し違和感が残っても、「細雨」という、原義的には雨の降り方を意味する語を採用したと見るのである。その他の候補としては、「密雨」「濛雨」「煙雨」「糸雨」「霧雨」などがあり、それらには秋から冬にかけて詠まれたものや、年初の寒い時期のものもあること、以下の如くである。

張衡「雑詩十首其三」詩に「金風扇素節、…騰雲似涌煙、密雨如散糸」（『文選』巻二九）、宋之問「温泉荘臥病寄楊七炯」詩に「是日濛雨晴、返景入巌谷。…秋末禾黍熟」、王昌齢「太湖秋夕」詩に「水宿煙雨寒、洞庭霜落微」、韓偓「元夜即席」詩に「元宵清景亜元正、糸雨霏霏向晩傾」、韓愈「洞庭湖阻風贈張十一署」詩に「十月陰気盛、…霧雨晦争泄、波濤怒相投」。

＊は、万葉集には「…春山の　しなひ栄えて　秋山の　色なつかしき…」（万葉集一三―三二三四）のみであるが、八代集には「千鳥なくさほの河ぎりたちぬらし山のこのはも色まさりゆく」（古今集七―三六一）「名

をきけば昔ながらの山なれどしぐるる秋は色まさりけり」（拾遺集三—一九八）「いかにせむしのぶの山のしたもみぢしぐるるままに色のまさるを」（千載集一一—六九一）など、当歌同様に、「まさる」（あるいは「まさりゆく」）および「しぐれ」とともに詠まれる。「まさりゆく」は「ゆく」という補助動詞によって、時間的・段階的な過程を表す。

【補注】

当歌では、確信的に推量される現在の事態とは「かみなづきしぐれ降る」こと、その確実な根拠となるのは「山里のまさきのもみぢ色増さり往く」こと、この両者が「らし」によって結び付けられている。したがって、少なくとも詠歌の設定上は、詠み手は山里にいて、しかも「色増さり往く」という変化の過程を示しているのであるから、ある程度の期間、滞在していることを前提にしなければならない。その上で「かみなづきしぐれ降る」と確信的に推量しているのである。

『注釈』は、「当歌では山里を訪れた人が「まさきのもみぢ」が色づいている様を見て、「十月になってこの山里にも時雨が降っているらしいな、ここの住人たちもさぞわびしい思いをしているだろう」と思いやる体になっている」とする。山里を訪れている人が「時雨が降っているらしいな」と推量するのは、いったいどういう事態であろうか。訪れた時点で降っているならば推量はありえないし、それ以前ということならば、たとえば「こもりくの泊瀬の山は色付きぬしぐれの雨は降りにけらしも」（万葉集八—一五九三）「君が家の黄葉は早く散りにけらししぐれの雨に濡れにけらしも」（万葉集一〇—二二一七）などのように、「らし」ではなく「けらし」を使うところである。

新古今集所載の同歌について、新日本古典文学大系本では「十月になり時雨が降っているのであろう」と解するが、これは「佐保山」のその場にいるのではなく、遠くにいるからこそ推量となるのであって、たとえば「我がやどの浅茅色付く吉隠の夏身の上にしぐれ降るらし」（万葉集一〇—二二〇七）、「たつた河もみぢば流る神なびのみむろの山に時雨ふるらし」（古今集五—二八四）「み山にはあられふるらしとやまなるまさきのかづらいろづきにけり」（古今集二〇—一〇七七）なども、自分のいる場と対象とする場とが隔たっているからこそ、「らし」によって推量されるのである。

では、当歌はどう考えるべきか。紅葉という変化自体は一〇月以前から、つまり秋に見られることであり、むしろそれが一般的なとらえ方である。【語釈】で確認したように、「しぐれ」もまた秋からのものであり、それによって木の葉が色付き、散るというのは、もっぱら時期的な推移に対応する。「もみぢ色増さり往く」というのは、その紅葉のピークを迎えつつあるということであるが、当歌は本集において冬部に位置するのであり、やがて散る運命を迎える。「しぐれ」にわざわざ「かみなづき」という限定を加えたのは、それによって散る事態が確実に予想されることを示そうとしたからではないだろうか。つまり、「かみなづきしぐれ降るらし」とは、木の葉を散らす冬のしぐれが遠からず確実に来ることを推量しているということである。しかし、この解釈は、しぐれと木の葉の変化の関係を直接的にとらえようとする当時にあっては受け入れがたかったのではないかと想像される。当歌が、両者の関係のとらえ方が多様化・婉曲化する新古今集にいたってようやく認められたのには、そういう事情があったことも考えられる。

【比較対照】

当詩が作品として「内容構成自体にも取り上げるべきものがない」としたら、注目すべきは、漢詩作者が当歌をどのようにとらえたか、という点であろう。素材としては、「十月」に「孟冬」、「霂」に「細雨」、「山里」に「山野」、「並樹」に「樹」、「黄葉」に「染葉」、そして「色」に「紅」のように、ほぼ対応している。異なるのはそれらの関係付けであり、なぜそのようにしたかである。

第一に、歌ではしぐれが降ることを、今後の推定として表現しているのに対して、詩の起句は現在、降っていることにしている点である。ただ、このような情景描写の時点設定の変更は、これまでの歌詩の関係にもよく見られたものである。第二に、それに伴い、因果関係の発想のしかたが逆になっていることである。すなわち、歌では「まさきのもみぢ」の「色増さり往く」ことを根拠として「しぐれ降る」ことを推定するのに対して、詩では「孟冬細雨」をきっかけとして「寒気始来る」ことを実感したところから、「染葉」そして「樹紅」に結び付けている。なお、「染葉」は必ずしも緑から紅への変化を意味するものではなく、「もみぢ色増さり往く」さま、つまり紅色の深化を表すととることも可能であろう。

以上の改変は、因果関係のとらえ方としてみれば、歌【補注】にも述べたように、その方が素直で自然だったからであろう。歌であれ詩であれ、紅葉を取り上げるのは秋が一般的なのであって、あえて冬部で詠むとしたら、寒さを伴う、初冬の雨がどのように関わるかはおのずと決まってくると考えられる。

第三の違いとしては、詩転句における「一一流看」の付加である。これにより、詠み手がその場つまり「山野裏」にいることが明確になる。それは歌のほうも同様なのであるが、「らし」という助動詞によって、ややもすれば遠望の風景と受け取られかねない。そして第四には、詩結句における「草緑乱参差」の付加である。これはあるいは一様な色ではない風景の興趣を示そうとしたのかもしれない。歌において「色増さり往く」「まさきのもみぢ」が取り立てられているとしたら(なぜそもそも「まさき」が取り立てられるのかということもある)、では他の草木はどうなっているのかという想像の余地、つまり「まさき」だけはそうなっているが、他は異なっていて、まだ緑のままのもあるなどという含意を、必然的に持ちうるからである。それが初冬の風景としてふさわしいかどうかは別問題である。

以上からすれば、当詩が「内容構成自体にも取り上げるべきものがない」のは、当歌をいわばとても当たり前のこととして、分かりやすく詠み代えてしまったからであると言える。その当否はおくとして、これは逆に、歌のほうの表現の落ち着きの悪さと解釈の難しさを物語っているとも言える。

九四番

雪降手　年之暮往　時丹許曾　遂緑之　松裳見江芸礼

雪降りて　年の暮れ往く　時にこそ　遂に緑の　松も見えけれ

【校異】

本文では、第四句の「遂」を、底本および文化写本・藤波家本が「逐」とするが他本により改め、同句の「緑」を、底本および文化写本・藤波家本・無窮会本が「縁」とするが他本により改め、結句の「芸」を、永青本・久曾神本は「介」とする。

付訓では、とくに異同が見られない。

同歌は、寛平御時后宮歌合（十巻本、冬歌、一二二番。ただし第四句「つひにもじぢぬ」）にあり、古今集（巻六、冬、三四〇番）に「寛平御時きさいの宮の歌合のうた　よみ人しらず」として（ただし第二句「年のくれぬる」第四句「つひにもみぢぬ」）、また古今六帖（第一、歳時、としのくれ、二四四番、みつね。ただし第二句「年のくれぬる」第四句「つひにもみぢぬ」）、さらに宗于集（一〇番、中宮歌合。ただし第二句「としのくれぬる」第四句「つゐにもみちぬ」）にも見られる。

【通釈】

雪が降るとともに、一年が暮れてゆく、まさにその時になってようやく、（あたりが白一色の中）緑のままの松も見られたことであるよ。

松樹従来蔑雪霜
寒風扇処独蒼々
奈何桑葉先零落
不屑槿花暫有昌

松樹《ショウシュ》従来《もとより》雪霜《セツサウ》を蔑《ないがしろ》にす。
寒風《カンプウ》扇《あふ》ぐ処《ところ》独《ひと》り蒼々《サウサウ》。
桑葉《サウエフ》の先《さき》だちて零落《レイラク》することを奈何《いかに》せむ。
槿花《キンクワ》の暫《しば》らく昌《さかゆ》ること有《あ》るを屑《もののかず》とせ（ず）。

【校異】

「雪霜」を、類従本・羅山本・無窮会本「霜雪」に作る。「寒風」を、下澤本・羅山本・永青本・久曾神本「寒嵐」に作り、底本等にも異文として「嵐」を注するものが多い。「桑葉」を、藤波家本「葉桑」に作る。

【通釈】

松の木は、もともと雪や霜など気にもかけなかった。だから寒い北風が吹いても松だけは青々と繁っているのだ。（それに対して）ついこの間まで艶やかだった桑の葉が真っ先に枯れ落ちたのはどうにも仕方ないことだ。ムクゲの花のほんのしばらくの繁栄など何の価値もない。

【語釈】

1　松樹　松の木。『論語』子罕に「子曰、歳寒、然後知松柏之後彫也」の語句があり、鄭玄が「彫、傷也、病也。論（論）賢者雖遭困厄、不改其操行也」と言うように、松は逆境にあっても変節しない賢者・君子に

【語釈】

雪降りて　接続助詞の「て」に関して、『注釈』および同歌所載の古今集の諸注釈書は「雪が降って（あるいは雪が降り）」と、そのまま訳しているだけであるが、「て」自身は、二つの事柄を結びつけて一文とし、相互に関連づける機能しか負っていないとみるべきであり」（日本文法大辞典）、「雪が降る」ことと「年の暮れ往く」こととは、どのような関連性があるかを明らかにする必要があろう。この表現で一句を成す例は万葉集にはないが、八代集の「ゆきふりて人もかよはぬみちなれやあとはかもなく思ひきゆらむ」（古今集六―三二九）は原因と結果の関係、「ちはやぶる神のいがきに雪ふりてそらよりかかるゆふにぞありける」（拾遺集一七―一一五〇）は継起的な関係、「あきは霧きりすぎぬれば雪ふりてはるるまもなき山べのさと」（千載集一八―一一七七）は同時並立的な関係と、それぞれ異なっている。当歌の場合は、下句との対比を考えれば、両者は同時並立する、つまり雪が降るとともに年が暮れゆくという関係にあるとみられる。

年の暮れ往く　「年（とし）」に対して「暮（く）る」という動詞を用いることについては、一八番歌【語釈】「春ながら年は暮れなむ」の項を参照のこと。「ゆく」という補助動詞を付して、その事態の継続・進行を表す例としては、「人しれずくれゆくとしををしむまにはるいとふなのたちぬべきかな」（金葉集四―三〇〇）「あはれにもくれゆくとしのひかずかなかへらむことは夜のまとおもふに」（千載集六―四七一）など、「暮れゆく年」という形で見られる。

時にこそ　「時（とき）」は上二句「雪降りて年の暮れ往く」全体を連体

喩えられるが、また百年千年と変わらぬ長寿の象徴でもあった。後漢・馬第伯「封禅儀記」に「仰視巌石松樹、鬱鬱蒼蒼、若在雲中」、隋・李徳林「詠松樹詩」に「歳寒無改色、年長有倒枝、…寄言謝霜雪、貞心自不移」とある。この典故はわが国にも早くから知られて、藤原宇合「七言在常陸贈倭判官留在京」序に「然而、歳寒後験松竹之貞、風生迺解芝蘭之馥」（『懐風藻』）、麻田陽春「五言和藤江守詠裨叡山先考之旧禅処柳樹之作」詩に「烟雲万古色、松柏九冬堅」（『懐風藻』）とある。また、本集にも「松柏凋残枝惨冽、竹叢変色欲枯殫」（一一〇番）、「君我昔時長契約、咄来寒歳柏将松」（八〇番）とある。

従来　もともと、本来、元来の意の六朝時代の俗語。四二・四七・六六番詩【語釈】該項を参照。

蔑雪霜　雪や霜を軽視する、の意。劉楨「贈従弟三首其二」詩に「亭亭山上松、瑟瑟谷中風。風声一何盛、松枝一何勁。氷霜正惨愴、終歳常端正。豈不羅凝寒、松柏有本性」（『文選』巻二三）とあり、李善は『荘子』雑篇譲王に「天寒既至、霜雪既降、吾是以知松柏之茂也」とあるのを指摘する。「蔑」とは、ないがしろにすること。無視すること。ただし、当詩のような擬人的な用例を知らない。唐代になると、『論語』とその周辺の『荘子』や『荀子』の影響のもと、劉商「哭韓淮端公兼上崔中丞」詩に「挺生巌松姿、孤直凌雪霜」、権徳輿「厳陵釣台下作」詩に「矰繳鴻鵠遠、雪霜松桂新」、李白「贈韋侍御黄裳二首其一」詩に「太華生長松、亭亭凌霜雪。…受屈不改心、然後知君子」、薛拠「初去郡斉書懐」詩に「已経霜雪下、乃験松柏堅」とあるなど、霜や雪に負けぬ松の姿が描かれる。仲雄王「奉和代神泉古松傷哀歌」詩に「孤松盤屈薜蘿枝、貞節苦寒霜雪知」（『文華秀麗集』巻下）、空海「贈伴按察平章事

修飾語として受け、この句も含み、上三句が結句の「見えけれ」を連用修飾するという構造になっている。この句を用いた例として、「逢ふ事のもはらたえぬる時にこそ人のこひしきこともしりけれ」（古今集一五―八一二）「もえはててはひとなりなん時にこそ人を思ひのやまむごにせめ」（拾遺集一五―九二九）「かくしつついまはとならむときにこそくやしきことのかひもなからめ」（詞花集一〇―三五六）などあり、いずれもその時が何らかの決定的瞬間であることを示している。当歌においては、「暮れ往く」という継続・進行を表す表現が「時」を修飾しているので、ある一定の時間幅を見なければならない。「暮れぬる」という異訓あるいは異文は、その意味では「瞬間」にふさわしい。

遂に緑の　「遂（つひ）に」という副詞は、「一つの行為や状態が、ずっと最後まで持続するさま」か「行為や状態が、最終的に実現するさま」（日本国語大辞典第二版）を示す。当歌では、歌末の「見えけれ」を修飾するととらざるをえないから、後者の用法に該当する。それに対し、寛平御時后宮歌合や古今集などの「もみぢぬ」という本文によれば、「つひに」はそれを修飾し、前者の用法となろう。実は、「つひに」は万葉集・八代集を通じて、三〇例以上見られるが、「生ける者遂に〔遂〕も死ぬるものにあればこの世なる間は楽しくあらな」（万葉集三―三四九）、「人言の繁き間守ると逢はずあらばつひに〔終〕や児らが面忘れむ」（万葉集一一―二五九一）、「つひにゆくみちとはかねてききしかどきのふけふとはおもはざりしを」（古今集一六―八六一）「身にしみて思ふ心の年ふればつひに色にもいでぬべきかな」（拾遺集一一―六三三）などのように、後者の用法でしか用いられていない。「緑（みど

赴陸府詩」に「持節犯霜如松柏、含貞凌雪似竹筠」（『性霊集』巻三）とある。異文「霜雪」では、押韻しない。なお本書巻末論文を参照。

2 寒風　冬に北方から吹く風。九一番詩【語釈】該項を参照。梁・范雲「奉和斉竟陵王郡県名詩」に「白馬騰遠雪、蒼松壮寒風」とある。異文「寒嵐」は、菅原道真「冬夜対月憶友人」詩に「永夜猶宜閑望坐、寒嵐不得出遊行」（『菅家文草』巻四）とある。なお、「嵐」については、三番詩【語釈】「残嵐」の項を参照のこと。　**扇処**　風が吹くと、の意。四四番詩【語釈】該項参照。　**独蒼々**　「蒼蒼」とは、『毛詩』蒹葭に「蒹葭蒼蒼、白露為霜」とあるように、草木が青々と生い茂る様。梁・朱异「還東田宅贈朋離詩」に「蒼蒼松樹合、耿耿樵路分」、張南史「送朱大遊塞」詩に「蒼蒼遠山際、松柏独宜寒」とある。また、皇甫曾「尃嶺四望」詩に「野老至今猶望幸、離宮秋樹独蒼蒼」、杜甫「陪鄭広文遊何将軍山林十首其七」詩に「石林蟠水府、百里独蒼蒼」とあり、嵯峨天皇「冷然院各賦一物得澗底松」詩に「高声寂寂寒炎節、古色蒼蒼暗夕陽」（『文華秀麗集』巻下）とある。

3 奈何　〜である（する）のをどうすることができようか、いや、どうすることもできない、の意。句頭の場合は、晋・潘岳「悼亡詩三首其三」詩に「奈何悼淑儷、儀容永潜翳」（『文選』巻二三）とあるように、反語になる場合が多い。底本や藤波家本・講談所本・道明寺本・羅山本・無窮会本には、訓合符と共に「ソ」や「イ　ソ」の訓がある。　**桑葉**　桑の木の葉。『毛詩』衛風・氓に「桑之未落、其葉沃若。…桑之落矣、其黄而隕」とあり、毛伝に「沃若、猶沃沃然」とあり、鄭箋には「桑之未落、謂其時仲秋也」、「桑之落矣、謂其時季秋也」とあるように、

り)」については、一番歌【語釈】「山の緑」の項を参照。八代集においては、その多くがマツに対して用いられていると言ってよい。当歌と同様に、それを年末という時期に詠んだ例は見当たらないが、紅葉しないことを強調した歌としては、「もみぢするかつらのなかにすみよしのまつのみひとりみどりなるかな」(後拾遺集一七—九八七)「たつた山松のむらだちなかりせばいづくかのこるみどりならまし」(千載集五—三六七)「ふるさとの庭はこのはに色かへてかはらの松ぞみどりなりける」(千載集五—三七六)などがある。

松も見えけれ 八代集には、「ときはなる松のみどりも春くれば今ひとしほの色まさりけり」(古今集一—二四)「花の色はちらぬまばかりふるさとにつねには松のみどりなりけり」(後撰集一—四三)「むらさきの色しこければふぢの花松のみどりもうつろひにけり」(拾遺集一六—一〇七〇)などのように、「松のみどり」という表現は数多く見られるが、「緑の松」は見当たらない。近い例として、「緑なる松ほどすぎばいかでかはしたばばかりももみぢせざらん」(後撰集一七—一二二五)「みどりなる松にかかれる藤なれどおのがころとぞ花はさきける」(新古今集二—一六六)などの「みどりなる松」がある。「松も」の「も」という係助詞について、古今集所載の同歌に対する諸注釈書にはほとんど配慮が認められず、「松の姿が」「松の、偉大さが」「松というもの(事)が」などのように「が」に置き換えられている。新日本古典文学大系本では「最後までもみじしない松も見られることである」とするが、これだけでは、もみじするマツもあるように受け取れ、適切とは言いがたい。当歌が詠むのは、雪が降ってあたりを覆っている状況であり、そのような

桑の葉は晩秋に黄ばみ散るものとされるが、若く美しい娘に比定されるものでもあった。また後漢・宋子侯「董嬌饒詩」には、「不知誰家子、提籠行採桑。繊手折其枝、花落何飄颺。請謝彼姝子、何為見損傷。高秋八九月、白露変為霜。終年会飄堕、安得久馨香。秋時自零落、春月復芬芳。何時盛年去、歓愛永相忘」(『藝文類聚』桑)の一節があるが、これも桑摘みの若い娘に託して、花や葉の艶やかさ以上に人の心は儚いことを歌う。紀斉名「田家秋意」詩に「野酌卯時桑落酒、山畦甲日稲花風」(『和漢兼作集』)とある。 **先零落** 草木の葉が真っ先に枯れ落ちる、の意。『礼記』王制に「草木零落、然後入山林」、『楚辞』離騒に「惟草木之零落兮、恐美人之遅暮」(『文選』巻三二)とあり、淡海福良満「言志」詩に「孤樹輪囷久、三秋零落期」(『凌雲集』)とある。

4 不屑 価値を認めぬこと、良しとしないこと、重視しないこと。『毛詩』鄘風・君子偕老に「鬒髪如雲、不屑髢也」とあり、毛伝は、「屑、絜也」と言い、鄭箋は「不絜者、不用髪為善」と言う。菅原道真「寒早十首其七」詩に「不屑風波険、唯要受雇頻」(『菅家文草』巻三)、紀長谷雄「山家秋歌八首其三」詩に「卜居山水息心機、不屑人間駮是非」(『本朝文粋』巻一)とある。 **槿花** 「槿」は、ムクゲのこと。アオイ科の落葉低木。「木槿」「木堇」「朝華」「日及」とも。『礼記』月令に「仲夏之月、…木槿栄」とあり、隋・江総「南越木槿賦」が「潘文体其夏盛、嵆賦惆其秋零」(『藝文類聚』木槿)というように、夏から秋にかけて花を付けるが、『説文』に「舜、木槿也。朝華暮落」とあるように、その花は朝に開き、夕べには萎む。「舜」あるいは「蕣」の別名も、瞬く間に萎む意を含む。「松」と「槿」の花とは、その不変・永遠性と

白一色の中で、たまたま緑の葉色を見せるマツが見えたということである。それが意外な発見だからこそ、この「も」が詠嘆性を帯びることにもなる。なお、八七番歌【語釈】「松の葉に」の項も参照。

【補注】

【語釈】に述べたように、当歌の「遂に」は、文法的関係からも、和歌の他の用例からも、「行為や状態が、最終的に実現するさま」を表すととらざるをえないのであるが、当時のその色の不変性という意識から考えるならば、違和感を拭えない。一年の最後になってようやく緑のマツを見ることができたというのでは、それ以前は緑ではなかったことになるからである。不変性という点では、「遂に緑の」よりも、他集の「遂にもみぢぬ」のほうがまだなじみやすいであろう。

これを整合化するとしたら、マツだけではなく、周囲の状況との関係からとらえなければなるまい。それは、雪が降り覆っているという状況である。マツに限らず周りが雪に覆われていれば、見えるのは白一色の世界である。その中にあって緑のマツを見出し、雪に降られてもマツが緑の葉色を失っていないことを改めて発見・確認したのである。

『注釈』および古今集の諸注釈書では、当歌が『論語』子罕篇の「歳寒の松」をふまえたものとする。それが妥当とすれば、当歌は『句題和歌』のように和訳したと言えるが、単に教訓的な比喩としてでなく、和歌の成り立ちとしての詠嘆性を込めようとしたがゆえに、ある種の違和感を生み出すことになったと考えられる。

僂さとのよい対照として、梁・王僧孺「為何庫部旧姫擬靡蕪之句詩」に「妾意在寒松、君心逐朝槿」とあるなど、詩文の中で対比的に取り上げられ、唐代になると、劉希夷「公子行」詩に「願作貞松千歳古、誰論芳槿一朝新」、王諲「後庭怨」詩に「借問南山松葉意、何如北砌槿花新」、司空曙「哭苗員外呈張参軍」詩に「凌寒松未老、先暮槿何衰」などと、より盛んに用いられた。日本漢詩にも、だいぶ時代は下るが、藤原季綱「秋日偶吟」詩に「菫籬花萎日暉昃、松樹蓋傾風響摶」(『本朝無題詩』巻五)、藤原季綱「初秋偶吟」詩に「亭午月晴松葉変、籬西日昃菫花残」(『本朝無題詩』巻五)とある。**暫有昌**「昌」とは、木槿の花の白く咲く様、あるいは赤く輝く様をいう。底本の訓は「ヘルコト」に誤る。劉庭琦「詠木槿樹題武進文明府庁」詩に「莫恃朝栄好、君看暮落時」、皇甫曾「張芬見訪郊居作」詩に「愁心自惜江蘺晩、世事方看木槿栄」、白居易「放言五首其五」詩に「松樹千年終是朽、槿花一日自為栄」(『和漢朗詠集』槿)などと、「栄」字で表現される場合と、魏・阮籍「詠懐詩八十二首」に「墓前熒熒者、木槿耀朱華」、王維「瓜園詩」に「黄鸝囀深木、朱槿照中園」、張登「小雪日戯題絶句」詩に「甲子徒推小雪天、刺梧猶緑槿花然」など、「燿」「照」「燃」などで表される場合があり、「昌」は、双方の意味を持つ。ただし、源為憲「経霜識松貞」詩に「桜綻春風還自散、槿嬌暁露早銷栄」(『類題古詩』知)、源順「歳寒知松貞」詩に「十八公栄霜後顕、一千年色雪中深」(『類題古詩』知)とあり、「栄枯」「栄彫」「栄悴」「永落」などの語の存在を考えると、『注釈』の言うように、本来「暫有栄」とすべきところを、押韻のために「昌」としたと考えるべきだろう。

【補注】

韻字は、「霜」（下平声十陽韻）、「蒼」（下平声十一唐韻）、「昌」（下平声十陽韻）で、陽韻は唐韻と同用。平仄にも基本的な誤りはない。

さて、当詩の内容構成に関して補説する必要があるのは、後半部分で、なぜ「桑葉」と「槿花」が取り上げられたのかということであろう。

まず、後者についてはそれ程分かりにくいことはない。晋・庾闡「採薬詩」に「椿寿自有極、槿花何用疑」とあるように、六朝時代からその短命さは表現されていたからである。それが、唐代になると【語釈】該項でも触れたとおり、「松」と対比的に扱われるようになると共に、孟郊「審交」詩に「君子芳桂性、春栄冬更繁。小人槿花心、朝在夕不存」とあるように、「槿花」を「小人」に比定する作品も現れる。その意味でも君子に喩えられる「松」とは、よい対照となるのである。

これに対して、「桑葉」の方は決め手に乏しい。「松」と「桑」を対比する作品自体が乏しく、六朝詩にはなく、唐代になって少し現れる程度である。明皇帝「続薛令之題壁」詩に「苦嫌松桂寒、任逐桑楡煖」、李嶠「煙」詩に「桑柘迎寒色、松篁暗晩暉」、崔融「韋長史挽詞」に「日落桑楡下、寒生松柏中」、劉希夷「代悲白頭翁」詩に「已見松柏摧為薪、更聞桑田変成海」とあるくらいであり、松の不変性・永遠性との関連が考えづらい。

しかし、本来の漢詩の伝統から言えば、「松」と対比されるべきは「桃李」であった。

『荀子』逸文に「桃李蒨粲於一時、時至而後殺。至於松柏、経隆冬而不彫、蒙霜雪而不変、可謂得其真矣」（『文選』第二二巻　左太沖招隠詩二首其二・李善注所引文）とあるように、「松」の不変性と対比されるのは、「桃李」の花の一時の鮮やかさであったからである。

魏・阮籍「詠懐詩八十二首」に「独坐空堂上、…視彼桃李花、誰能久熒熒。君子在何許、歎息未合幷。瞻仰景山松、可以慰吾情」、梁・范縝「暮秋答朱記室詩」に「桃李爾繁華、松柏余本性。故心不存此、高文徒可詠」と歌われるのを初めとして、唐代になると、儲光羲「上長史王公責躬」詩に「松柏日已堅、桃李日已滋」とあるほか、李白や白居易の作品にはしばしば用いられる。

おそらく、当漢詩の作者は、以上のことを承知の上で、「桑葉」と「槿花」を選び取ったのであり、そこにこそ、この作品の存在理由もあると言えるだろう。

季節的には、松の描写は冬で、桑の落葉と槿の花は秋の描写となり、齟齬があるようにも思われるが、冬の松を中心として、時間的に近い秋の情景を回顧したものとすれば、問題はなかろう。

【比較対照】

歌と詩の大局的対応に関して言えば、詩の後半は歌には全く言及がないところで、漢詩作者の完全な付加である。前半部分でも、「雪降りて」を「霜雪」に、「遂に緑の松も見えけれ」を「松樹」「独蒼蒼」に変えただけで、必ずしも歌を詩の前半部分で訳してしまおうということではないように思われる。

微視的に前半部分を見ると、歌では雪は現に降っているのだが、漢詩は寒風が吹いているだけで、雪が降っているか否かは明確でない。「年の暮れ往く時にこそ」という部分も、詩には全く含まれない。また、詩独自の付加として、マツは「従来」から「雪霜」を「蔑」視していたという。このマツが蔑視するという表現は、詩【語釈】にあるように、漢語の本来の使用法とは異質なものであり、その使用意図に注意する必要があろう。

後半部分の「奈何」「不屑」という、強い語気を含む対語で導かれた内容が、無価値で顧慮する意味のない思いであるとすれば、「蔑」字に込められたものは、マツの優越性、誇り、プライド、自尊心というものであろうことは、容易に想像が付く。すなわち、詩が表現した「松」とは、単なる風景・情景描写ではないということであり、マツの不変性や永遠性、他樹木に対する優越性と、それに対する称賛の意を含むものであったと言えるだろう。

当歌の内容には、それは無いのか。歌【補注】にあるように、この表現内容を整合的に捉えるには、「年の暮れ往く」を合理的に解釈しなければならない。白一色の世界の中で、たまたまマツにだけ雪がかからないものがあったと言うのでは、「だから何？」という問いに答えることができないからである。和歌作者と漢詩作者の双方に、『論語』子罕篇の「歳寒の松」に対する共通理解が、創作の前提として存在したと考える方が無理がないであろう。

九五番

涙河　身投量之　淵成砥　凍不泮者　景裳不宿

涙河　身投ぐばかりの　淵なれど　こほりとけねば　かげも宿らず

【校異】

本文では、第二句の「身」の後に、永青本・久曾神本が「緒」を補い、同句の「量之」を、同二本が「置芝」とし、第四句の「泮」を、京大本・大阪市大本・羅山本・無窮会本が「洋」とし、結句の「景」を、永青本・久曾神本が「影」とし、同句末の「宿」の後に、同二本が「洲」を補う。

付訓では、第二句の「なぐ」を、藤波家本・講談所本・道明寺本・京大本・大阪市大本・羅山本・無窮会本が「すつ」、天理本が「すつる」とし、第四句の「とけね」を、講談所本・道明寺本・京大本・大阪市大本・天理本が「とけぬ」とする。

同歌は、寛平御時后宮歌合（十巻本・廿巻本、冬歌、一三九番。ただし第三句「淵はあれど」、廿巻本では下句「氷とけぬは影もみえず」）にあり、後撰集（巻八、冬、四九四番）に「題しらず　よみ人しらず」として（ただし第三句「ふちはあれど」結句「ゆく方もなし」）、また古今六帖（第一、天、こほり、七七五番。ただし第三句「ふちはあれど」結句「かげはうかばず」）、秋萩集（二三番。ただし第三句「ふちはあれど」第四句「こほりとけば」）にも見られる。

怨婦泣来涙作淵

経年亘月臆揚煙

冬閨両袖空成沍

引領望君幾数年

怨婦《（エンプ）》泣《（な）》き来《（きたり）》て涙《（なみ）だ》淵《（ふち）》と作《な》る。

年《（とし）》を経《（へ）》月《（つき）》を亘《（わた）》りて臆《（むね）》煙《（けぶり）》を揚《（あ）》ぐ。

冬閨《（トウケイ）》両袖《（リヤウシウ）》空《（むな）》しく沍《（こほり）》と成《（な）》る。

領《くび》を引《（ひ）》き君《（きみ）》を望《（のぞ）》む幾《（い）》く数年《（スネン）》ぞ。

【校異】

「涙作淵」を、藤波家本「作淵」に作る。「経年」を、底本始め諸本「往年」に作るも、類従本・羅山本・無窮会本・永青本・久曾神本に従う。また、「往」に、「経」の異文を注記する諸本あり。「臆揚煙」を、藤波家本「臆掃煙」に作る。「空成沍」を、諸本「空成涙」に作り、永青本・久曾神本「空成河」に作るも、藤波家本・講談所本・道明寺本・羅山本に従う。

【通釈】

夫と離ればなれになった女性が泣き続けて、その涙が深い水たまりになった。何年、何ヶ月にもわたって、胸の鬱屈した思いが烟を上げている。冬の寝室では、涙に濡れた両袖がむなしく凍りついてしまった。首を長くして夫の帰りを待ち望むことが、一体何年になることだろう。

【通釈】
涙の河は身を投げることができるほどの（深さの）淵であるけれど、氷が解けないので、（相手の）面影さえとどまっていない。

【語釈】
涙河　涙を河に見立てた「涙河（なみだがは）」という語は万葉集には見られないが、古今集以降、とくに恋歌においてさかんに用いられ、本集の恋歌にも「人しれず下に流るる涙河せきとどめてむかげや見ゆると」（一一四番）「涙河流れて袖の凍りつつさ夜ふけゆけば身のみ冷ゆらむ」（一一五番）の二例が見られる。恋歌としてではなく、当歌のように四季歌として見出せるのは、後撰集における同歌と秋歌の「きえかへり物思ふ秋の衣こそ涙の河の紅葉なりけれ」（後撰集六―三三二）のみである。

身投ぐばかりの　「投（な）ぐ」という動詞は万葉集では「たぶてにも投げ越しつべき天の川隔てればかもあまたすべなき」（万葉集八―一五二二）の一例があり、その対象は「たぶて」つまり石であるが、八代集になると、一二例すべてが「身（み）」を対象とした用法になっている。「身」をどこに「投ぐ」かというと、「恋ひわたる涙の川にみをなげんこの世ならでもあふせありやと」（千載集一二―七一五）「としごとに涙の川にうかべどもみはなげられぬ物にぞありける」（千載集一七―一〇六三）など、当歌と同様の比喩的な「涙の川」を含め、「世中のうきたびごとに身をなげばふかき谷こそあさくなりなめ」（古今集一九―一〇六一）「河ぎしのをどりおるべき所あらばうきにしにせぬ身はなげて

【語釈】
1 **怨婦**　夫に会えない怨みを抱き続ける女性のこと。ここでは、結句の「君」を待ち続ける女性。二四番詩【語釈】該項を参照。唐・魏謩「諫納李孝本女疏」に「出後宮之怨婦、匹在外之鰥夫」とあるなど、唐代以後の語。菅原清公「奉和春閨怨」詩に「怨婦含情不能寝、早朝褰幌出欄楯」（『文華秀麗集』巻上）、滋野貞主「奉和御製江上落花詞」に「去馬飛禽綵色備、怨婦看憐欲寄遠」（『雑言奉和』）とある。**泣来**　その語例を日中共に知らない。「来」は、この場合、ある時点から今までの意を表すと考えるべきか。九〇番詩【語釈】該項を参照。**涙作淵**　「淵」は、深い水たまりを意味するから、涙が大量に流れたこと。ただし、その類似表現を日中で未だ見出し得ない。ただし、本集には類句が多く、「夜半潜然涙作泉」（一〇一番）、「恋慕此山涙此河」（一〇二番）、「落涙成波不可乾」（一〇四番）、「落涙交横潤斗筲」（一一四番）などとある。

2 **経年**　年数が経つことで、歳月の積み重なりを意味するが、それは時に、ある時点からずっと今まで、何年か前からずっと、年来、の意を表す。梁・何遜「范広州宅聯句」に「洛陽城東西、却作経年別。昔去雪如花、今来花似雪」とあるのは、昔別れたきりずっと会っていないのであり、白居易「長恨歌」に「悠悠生死別経年、魂魄不曾来入夢」というのも、楊貴妃と死別したきり夢に見ることもないのであり、劉媛「長門怨」詩に「経年不見君王面、花落黄昏空掩門」とあるのも、君王とは何年も会っていないというのである。嵯峨天皇「冷然院各賦一物得澗底松」詩に「鬱茂青松生幽澗、経年老大未知霜」（『文華秀麗集』巻下）と

まし」（拾遺集七―四〇一）「おほゐ川となせのたきに身をなげてはやくと人にいはせてしかな」（千載集一七―一一四三）「恋ひわびぬちぬのますらをならなくにいくたの川にみをやなげまし」（千載集一一―七三三）などのように、「谷」や「川」が多く、「おなじくは君とならびの池にこそ身をなげつとも人にきかせめ」（後撰集一二―八五五）の「池」もある。「身投げ」といえば、普通は水中に飛び込んで死ぬことを意味するが、他にも「身なぐとも人にしられじ世中にしられぬ山をしるよしもがな」（後撰集一六―一一六三）「世中にしられぬ山に身なぐとも谷の心やいはでおもはむ」（後撰集一六―一一六四）の「山」、「有りとてもいく世かはふるからくにのとらふすのべに身をもなげてん」（拾遺集一九―一二二七）の「野辺」なども見られる。【校異】に示したように、底本の左訓などでは「なぐ」が「すつ」になっている。その対象として、八代集には「身をすてゝゆきやしにけむ思ふより外なる物は心なりけり」（古今集一八―九七七）「身をすてゝ山に入りにし我なればくまのくらはむこともおぼえず」（拾遺集七―三八二）「みをすてゝふかきふちにもいりぬべしそこの心のしらまほしさに」（後拾遺集一一―六四七）などのように、八代集の「すつ」の用例の三分の一に「身」が見られ、「投ぐ」とほぼ似た用法になっている。

淵なれど　「淵（ふち）」は水が澱んで深いところを表す。万葉集にはその単純語の例として「我が行きは久にはあらじ夢のわだ瀬にはならずて淵にありこそ」（万葉集三―三三五）の一例があり、流れて浅いところを表す「瀬（せ）」と対で用いられている。八代集においても、「そこひなきふちやはさわぐ山河のあさきせにこそあだなみはたて」（古今集一

ある。異文「往年」は、梁簡文帝・蕭綱「隴西行三首其三」詩に「往年郅支服、今歳単于平」とあるように、昔、以前と同様で、過去のある時点を表す。白居易「曲江感秋二首其二」詩に「今日臨望時、往年感秋処」とあるが、その「序」には、「元和二年三年四年、予毎歳有曲江感秋詩、…今遊曲江、又値秋日、風物不改、人事屢変。況予中否後遇、昔壮今衰、慨然感懐、復有此作。…時（長慶）二年七月十日云耳」とあり、菅原道真「慰少男女」詩に「往年見窮子、京中迷失拠」（『菅家後集』）、具平親王「読諸故人旧遊詩有感」詩に「往年歓与当時怨、世事皆如風裏雲」（『本朝麗藻』巻下）とある。ここは、起句の「泣来涙作淵」という表現を支える、歳月の累積表現が是非とも必要なところなので、「往年」は非。**亘月**　何ヶ月にもわたって、の意。その語例は極めて稀。梁・沈約「懺悔文」に「晨剉暮爚、亘月随年、嗛腹填虚、非斯莫可」、唐・高宗「遺詔」に「亘月竄以覃正朔、匝日城而混車書」と見えるのみ。おそらく、隋・薛道衡「豫章行」に「豊城双剣昔曾離、経年累月復相随」とある、「経年累月」に近い表現で、歳月の長久を表現したものであろう。あるいは、嵯峨天皇「清涼殿画壁山水歌」詩に「度歳横琴誰奏曲、経年垂釣未得魚」（『経国集』巻一四）、桑原腹赤「雑言奉和清涼殿画壁山水歌」詩に「秋花荻浦経年白、春色桃源度歳紅」（『経国集』巻一四）とある、「経年」の対語として用いられる「度歳」の「度」と、「亘」は和訓が同じなので、それを意識したものか。ちなみに、「度歳」も和製か（小島憲之『国風暗黒時代の文学　下Ⅲ』三九四六頁による）。　**臆揚煙**　「臆」は、賈誼「鵩鳥賦」に「鵩廼歎息、挙首奮翼、口不能言、請対以臆、請以臆中之事以対也」（『文選』巻一三）とあるよう

四―七二二）「ほかのせはふかくなるらしあすかがは昨日のふちぞわが身なりける」（後撰集九―五二五）「山河はきのはながれずあさきせをせけばふちとぞ秋はなるらん」（拾遺集七―三六八）などのように、深浅という点で「ふち」と「せ」が対比される歌が目に付く。【校異】に示したとおり、寛平御時后宮歌合などの他集では、「なれど」という訓が「はあれど」になっている。「淵なれど」ではその川のすべてが淵となるが、「淵はあれど」なら実際がそうであるように、淵もあれば瀬もあることを含意するからであろう。もっとも、当歌においてその対比の含意が重要性を持つとはとくに考えられない。第二句の「身投ぐばかりの」という修飾句は、「ふち」の深さのほどを、つまりは涙の量かつ嘆きの程度を表している。「涙河」に関して用いられた「ふち」は、八代集では「せきもあへず淵にぞ迷ふ涙河わたるてふせをしるよしもがな」（後撰集一三―九四六）「淵ながら人かよはさじ涙河わたらばあさきせをもこそ見れ」（後撰集一三―九四七）の二例が見られる。

こほりとけねば　動詞「とく」が氷に関して用いられる例は万葉集にはなく、八代集には「とく」五三例中、一五例見られる。「とく」には下二段の自動詞と四段の他動詞の用法があり、当歌と同じく、打ち消しを伴う自動詞の例としては、「思ひつつねなくにあくる冬の夜の袖の氷はとけずもあるかな」（後撰集八―四八一）「霜のうへにふるはつゆきのあさ氷とけずも物を思ふころかな」（拾遺集四―二二九）「つながねどながれもゆかずたかせぶねむすぶこほりのとけぬかぎりは」（金葉集四―二九六）などがある。涙に関連させた「こほり」の例としては、「春かぜのふくにもまさる涙かなわがみなかみに氷とくらし」（新古今集一一―

に、思い、こころ、の意もあるが、閨怨詩では沈約「昭君辞」詩に「沾妝疑湛露、繞臆状流波」（『玉臺新詠』巻五）、梁・何遜「詠照鏡詩」に「蕩子行未帰、啼粧坐沾臆」（『玉臺新詠』巻五）とあるように、かえって胸そのものの意で用いられることが多い。空海「故贈僧正勤操大徳影讃」に「三論満懐悲幻影、一乗韜臆愛梁津」（『性霊集』巻一〇）、島田忠臣「乞紙贈隣舎」詩に「満臆秋懐蓄似雲、唯因無紙鬱紛紛」（『田氏家集』巻上）とあり、後者は胸の意。「揚煙」とは、煙が上がること。孫綽「遊天台山賦」に「法鼓琅以振響、衆香馥以揚煙」（『文選』巻一一）、顧況「帰陽蕭寺…稽首作詩」に「蕭寺百余僧、東厨正揚煙」とあり、大江匡衡「観右親衛藤亜相述懐詩不改本韻依次奉和」詩に「青雲難得路、白屋不揚煙」（『江吏部集』巻中）とある。あるいは、この比喩は仏教に由来するか。本集にも「胸中刀火例焼身、寸府心灰不挙烟」（一〇七番）とある。

3 冬閨　冬の閨房のこと。梁・簡文帝「七励」に「冬閨温煦、夏室含霜」とあり、本集にも「冬閨独臥緑衾単、流涙凍来夜半寒」（一一五番）とある。また、「秋閨」（六〇番）の語もある。**両袖**　怨婦の両袖のこと。諸本に音合符がある。謝恵連「擣衣」詩に「微芳起両袖、軽汗染双題」（『文選』巻三〇、『玉臺新詠』巻三）、宋「読曲歌八十九首其一七」詩に「縠衫両袖裂、花釵鬢辺低」とあり、島田忠臣「賦得秋織」詩に「香飛両袖随梭乱、汗湿双題逐縷垂」（『田氏家集』巻上）とある。**空成冱**　「冱」は、「沍」にも作る。寒さで水が凍ること。張衡「思玄賦」に「行積冰之磑磑兮、清泉冱而不流」（『文選』巻一五）とあり、旧注は「冱、凍也」という。潘岳「懐旧賦」に「轍含冰以滅軌、水漸軔以凝冱」

一〇二〇）の他、「袖」を介して間接的に涙を表す、右掲の後撰集の例や「かたしきの袖の氷もむすぼほれとけてねぬよの夢ぞみじかき」（新古今集六―六三五）がある。

かげも宿らず　「かげ」については、一三番歌【語釈】「花のかげかも」の項、七九番歌【語釈】「影だに見えで」の項および八九番歌【語釈】「影見し水ぞ」の項を参照。「かげ」が「宿（やど）る」という動詞と結び付く例は万葉集にはなく、八代集でも拾遺集以降に、「久方のあまつそらなる月なれどいづれの水に影やどるらん」（拾遺集八―四四〇）「すめばみゆにごればかくるさだめなきこのみや水にやどる月かげ」（千載集一九―一二二四）「くもりなくちとせにすめる水の面にやどれる月の影ものどけし」（新古今集七―七二二）などが見られる。これらからも明らかなように、そのほとんどは月の影が水に「宿る」という表現であり、「なつのよの月はほどなくいりぬともやどれる水にかげをとめなん」（後拾遺集三―二二二）「さもこそはかげとどむべき世ならねどあとなき水にやどる月かな」（千載集一六―一〇一二）「面影のかすめる月ぞやどりける春やむかしのそでの涙に」（新古今集一二―一一三六）などのような「月」だけの場合と大差なく、ともに月の姿が水に映ることを指している。当歌においては何の「かげ」か特定されていないが、以上の例に徴する限りでは、月とするのが順当かもしれない。しかし、上句の「涙河」との関係からは、単に月とするだけでは納得しがたく、七九番歌と同じく、相手の面影とみなすのが妥当と考えられる。

（『文選』巻一六）とある。異文「涙」は、その草体と「沍」や「冱」の俗体「冴」との類似から生じたもの。異文「河」も、その草体との混同だろう。『注釈』は、「河」の本文を取るが、ここの主語は「両袖」であることは自明であり、成立するわけがない（「涙河流れて袖の凍りつつ」（一一五番歌）ともある）。涙を大量に含んだ「両袖」が、「冬閨」の寒さで凍りつくのであり、それが「氷」ではない「沍」を用いた理由であろう。大江匡衡「七言初冬於左親衛藤亜将亭同賦煖寒飲酒」序に「酔郷氏之国、四時独誇温和之天、酒泉群之民、一頃未知沍陰之地者也」（『和漢朗詠集』酒）とある。

４引領　首を長くして遠くを望み見ること。「引」は、伸ばす意、「領」は、「項」の意で、うなじやくびのこと。元禄九年版本・元禄一二年版本・文化版本に「コロモクビヲ」とあるが、非。語は、『左氏伝』成公一三年に「我君景公、引領西望曰、庶撫我乎」とあるに基づく。「古詩十九首其一六」詩に「眄睞以適意、引領遙相睎。徙倚懐感傷、垂涕沾双扉」（『文選』巻二九、『玉臺新詠』巻一）、「古詩十九首其一九」詩に「引領還入房、涙下沾裳衣」（『文選』巻二九、『玉臺新詠』巻一）とあり、島田忠臣「同菅侍郎酔中脱衣贈裴大使」詩に「此物呈君縁底事、他時引領暗愁生」（『田氏家集』巻中）とある。本集にも、「寂々空房孤飲涙、時々引領望荒庭」（一一一番）とある。**望君**　出ていったきり帰らぬ夫を待ち望むこと。漢楽府「東門行」に「吾去為遅。平慎行。望君帰」、魏・繁欽「定情詩」に「逍逍遙莫誰覩、望君愁我腸。…望君不能坐、悲苦愁我心」（『玉臺新詠』巻一）、宋・鮑令暉「古意贈今人詩」に「日月望君帰、年年不解綖」（『玉臺新詠』巻四）などとある通り、閨怨詩の常

【補注】

当歌は、上句と下句の関係をどのようにとらえるかが難しい。後撰集所載の同歌の結句が「ゆく方もなし」となっているのは、淵となっている深い河は身投げするには格好の場所なのに、凍っているために、そうすることも叶わず、どこに行けばいいのか分からない、のように関連性を持たせようとした結果であろう。

当歌では「かげも宿らず」の理由として第四句の「こほりとけねば」を挙げるが、七九番歌の「ほりておきし池は鏡と凍れども影だに見えで年ぞへにける」や「夜をかさねむすぶ氷のしたにさへ心ふかくもやどる月かな」（千載集六―四三八）などのように、凍った川の表面にも影が宿るという設定も、一方ではありうる。また、上句からのつながりでいえば、「淵」だからこそ影が宿るはずなのにという前提があると読めるが、川の深浅によってその違いがあることを示す例も認められない。

そもそも当歌において「涙河」が生じたのは、その一般的な用法から、恋の思い、しかも「身投ぐばかり」に思い詰めた恋心によるものであろう。これを下句と関連付けるとすれば、こんなに思っているのに、「かげも宿らず」ということであり、助詞「も」は、相手自身はもとより、その面影さえも見えないということを含意する。

当歌が内容的には明らかに恋歌であるにもかかわらず、冬歌に属するのは、ただ第四句の「こほりとけねば」による。『注釈』は「春たてばきゆる氷ののこりなく君が心は我にとけなむ」（古今集一一―五四二）を参考にして、「単に氷が溶けないといっているのではなく、相手の心を氷に譬え、相手がうち解けてくれないことを重ねている」とするが、

套語。**幾数年**　一体どのくらいの年数になるのだろう。謝恵連「祭古冢文」に「追惟夫子、生自何代。曜質幾年。潜霊幾載」（『文選』巻六〇）、北周・庾信「別周尚書弘正詩」に「此中一分手、相逢知幾年」とあるように、「幾年」はあり、阮瑀「為曹公作書与孫権」書に「抱懐数年、未得散意」（『文選』巻四二）と、「数年」は無論あるけれども、「幾数年」の語例は日中ともに検出し得ない。知るのは本集に「消息絶来幾数年」（一〇八番）とあるのみ。「数」は字数を整えるための衍字か。

【補注】

韻字は、「淵・煙・年」で、下平声一先韻。平仄にも基本的誤りはないが、「年」字が二度使用されるなど、初歩的なミスもある。末字の「年」には、本字である「秊」を使用する写本版本が数本あるが、あるいはそれと関係するのかもしれない。

当詩は、歳月の長さを言う「経年亘月」と「幾数年」とが第二句と第四句に使用され、内容的な展開も新規性・意外性に欠け、「引領」「望君」と意味的に重複する語句が連続し、第一句の「涙作淵」、第二句の「臆揚煙」、第三句の「空成泣」の内容が、それぞればらばらに記述されているだけで有機的関連が全くないこと等々、基本的作品構成の稚拙さが目立つ。

そもそも内容的には閨怨詩そのものであって、当詩が次の恋の部に収められても何の問題も無かろう。冬の部に存在する唯一の根拠は、言うまでもなく第三句の「冬閨」にあるだけである。

この氷は自らの涙河に関するものであって、相手に関係しないのみならず、それではますます四季歌としての意味合いが希薄化しよう。

【比較対照】

図らずも、歌と詩のそれぞれの【補注】が、当該作品が冬歌の中にあるのは、「こほりとけねば」と「冬閨」という語句にあるだけというように、両者とも冬という季節とは縁が薄く、恋愛あるいは片恋という意味で共通する内容を持つ。その意味から言えば、詩は歌の内容や背景をよく説明していると考えてよいのかもしれない。従来あった歌と詩の関係の中でも、詩は歌によく寄り添っている、あるいは注釈しているとさえ言えるだろう。

歌と詩の対応をおおまかに考えれば、歌の上句が詩の起句に対応し、歌の下句が詩の後半二句に対応することになろう。まず、詩は歌の主体が「怨婦」であると明言する。「身投ぐばかりの淵」は、その女性が「泣き来たりて涙」が作ったものだという。なぜそんなに大ごとになったのかという質問には、何年も何ヶ月にもわたって、逢えない苦しみが胸を焦がしてきたからだと説明する。また、歌では「こほりとけねば」と、上句の比喩の文脈を引きずるけれども、詩では「冬閨」と現実に引き戻して、涙で濡れた「両袖」が凍りつくのだと解説する。更に「かげも宿らず」というのは、「月」が映らないのではなく、夫の姿が映らないのであり、だから首を長くして何年も待ち望んでいるのだと言いたいのではあるまいか。

さて、当歌全体の内容を規定することとなっている「涙河」という強烈な個性を持つ言葉は、どこから来たのだろうか。従来北宋の詩人・蘇軾「和王斿二首其一」詩に「白髪故交空掩巻、涙河東注問蒼旻」とあり、その典拠には、杜甫「得舎弟消息」詩に「猶有涙成河、経天復東注」とあるのが指摘されるのみであったが、後魏・温子升「臨淮王彧謝封開府尚書令表」に「空復受戈清廟　推轂朱門　効闕涙河　功慚汗海　大宝遂隆　横草未樹」(空しく復た戈《ほこ》を清廟に受け、轂を朱門に推す。効は涙河に闕け、功は汗海に慚ず。大宝は遂に隆んに、横草未だ樹たず。)(『藝文類聚』巻四十八・尚書令)とある。

これと、恋歌とを結ぶ線は、未だ検出していない。あるいは、六国史等の編纂の過程でヒントを得たかとも思われるが、憶測の域を出ない。

九六番

為君　根刺将求祇　雪深杵　竹之園生緒　別迷鈍

君が為　根刺し求むと　雪深き　竹のそのふを　わけまどふかな

【校異】

本文では、第二句の「将」を、京大本・大阪市大本・天理本・永青本・久曾神本が欠き、結句の「別」を、羅山本・無窮会本・永青本・久曾神本が「係」とし、「鈍」を、類従本・文化写本が「鉋」とする。付訓では、第二句の「もとむ」を、元禄九年版本・元禄一二年版本・文化版本が「もとめむ」とし、結句の「わけ」を、羅山本と無窮会本が「かけ」とする。

同歌は、歌合および他の歌集に見当たらない。

【通釈】

あなたのために根（筍）を求めようと（その場をめざすものの、そこがどこなのか）雪の深く積もる竹園をかき分けるのに困惑することだよ。

【語釈】

君が為　この表現は万葉集から見られ、「君がため（君為）浮沼の池の菱摘むと我が染めし袖濡れにけるかも」（万葉集七―一二四九）「君がため〔為君〕山田の沢にゑぐ摘むと雪消の水に裳の裾濡れぬ」（万葉集一〇―一八三九）、「君がため春ののにいでてわかなつむわが衣手に雪はふ

雪中竹豈有萌芽

孝子祈天得筍多

殖物冬園何事苦

帰歟行客哭還歌

雪中《セッチュウ》の竹《たけ》豈《あ》に萌芽《バウガ》有《あ》らむや。

孝子《カウシ》天《テン》に祈《いのり》て筍《たかむな》を得《う》ること多《おほ》し。

物《もの》（を）殖《うゑた》る冬《ふゆ》の園《その》に何事《なにこと》か苦《くるし》き。

帰歟《キヨ》の行客《カウカク》哭《コク》して還《ま》た歌《うた》ふ。

【校異】

「有萌芽」を、京大本・大阪市大本・天理本「肖萌芽」に作り、羅山本・永青本「有萌牙」に作る。「得筍多」を、藤波家本「得箇多」に作る。「殖物」を、類従本「残物」に作り、「殖」の左傍に「残」を注記する本あり。「冬園」を、京大本・大阪市大本・天理本「冬閨」に作り、永青本・久曾神本「園」を欠く。「何事苦」を、京大本・大阪市大本・天理本「何事芳」に作る。「帰歟」を、永青本・久曾神本「婦郷」に作り、「哭還歌」を、京大本・大阪市大本・天理本「笑還歌」に作る。

【通釈】

雪の（積もる真冬の）竹に、どうしてその芽であるタケノコが出ることがあろうか、あるわけがない。（しかし）孝行息子の孟宗は、天に祈り求めて、タケノコをたくさん手に入れることができたということだ。（そもそも）ものを冬の畑で植え殖やすことなどにどうしてあれこれ悩むことがあろう。（諸国遍歴の途次、絶望して）故国に帰ろうという嘆

りつつ」（古今集一―二一）「君がためうつしてうるくれ竹にちよもこもれる心地こそすれ」（後撰集二〇―一三八二）などのように、初句に来ることが多い。当歌の「君（きみ）」はとくに主君とする要素が見当たらないので、二人称代名詞と見ておく。

根刺し求むと 「根刺（ねざ）し」は、根が「刺す」つまり地中に伸びるの意で、名詞形としては、その伸びた根のことを表す。万葉集には名詞としても動詞としても、その例がなく、動詞の類似表現としては「奥山の岩本菅の根深めて結びし心忘れかねつも」（万葉集三―三九七）の「深（ふか）む」や「磯の上のつままを見れば根を延へて年深からし神さびにけり」（万葉集一九―四一五九）の「延（は）ふ」が用いられている。八代集には動詞の例はあり、「千世へむと契りおきてし姫松のねざしそめてしやどはわすれじ」（後撰集一一―七九二）や「…かくれぬの　したよりねざす　あやめぐさ…」（拾遺集九―五七二）など、マツやアヤメ草に用いられることが多い。当歌の「根刺し」が何の根かは、第四句の「竹のそのふ」から、タケの根となろうが、それではなぜ求めるのかが不明である。地中で伸びるという意味で、タケノコとみなされる。「たけのこ」という語は「今更になにおひいづらむ竹のこのうきふししげき世とはしらずや」（古今集一八―九五七）「よのなかにふるかひもなきたけのこはわがつむとしをたてまつるなり」（詞花集九―三三一）など見られる。「求（もと）むと」の形の表現は、「むささびは木末求むと〔求跡〕あしひきの山の猟雄にあひにけるかも」（万葉集三―二六七）「春されば妻を求むと〔求等〕うぐひすの木末を伝ひ鳴きつつもとな」（万葉集一〇―一八二六）、「はるののにところもとむといふなるはふた

きを漏らした孔子でさえ、（帰国後も愛弟子の顔回、子路が亡くなったときには、天が我を見捨てたと）慟哭し、また慨嘆の歌を歌ったのだ。（しかし、孔子の死後その弟子たちが諸国で彼の考えを広め、『論語』を編纂し、後世に至聖と称されるまでになったのだから）

【語釈】

1 雪中 雪の降り積もる中、の意。底本等版本には音合符がある。「雪裏」とも。梁・庾肩吾「歳尽応令詩」に「梅花応可折、倩為雪中看」、陳・江総「梅花落」詩に「楊柳条青楼上軽、梅花色白雪中明」とあり、菅原道真「雪中早衙」詩に「風送宮鐘暁漏聞、催行路上雪紛紛」（『菅家文草』巻一）、同「臨別送鞍具総州春別駕」詩に「山行莫忘浮雲上、歳暮当思踏雪中」（『菅家文草』巻二）、同「立春」詩に「誕告浪従氷下動、暗思花在雪中開」（『菅家文草』巻四）とある。 **豈有** 「豈」は、疑問・反語を表す助字。どうして〜ということがあろうか、の意。『礼記』檀弓上に「君謂我欲弑君也。天下豈有無父之国哉」、宋玉「風賦」に「今子独以為寡人之風、豈有説乎」（『文選』巻一三）とあり、朝野鹿取「奉和春閨怨」詩に「水上浮萍豈有根、風前飛絮奈無蔕」（『文華秀麗集』巻中）、菅原道真「重依行字和裴大使被訕之什」詩に「千年豈有孤心負、万里当憑一手章」（『菅家文草』巻二）とある。 **萌芽** 草木が初めて芽を出すこと。『礼記』月令に「仲春之月、…是月也、安萌牙、養幼少、存諸孤」とあり、その正義は「萌牙」を「萌芽」とする諸本があることを言った後、「按依説文萌芽字作芽、从艸牙声、古多以牙為芽」という。東方朔「非有先生論」に「甘露既降、朱草萌芽」（『文選』巻五一）、惟

りぬばかりみてたりやきみ」（拾遺集一六―一〇三二）など見られるが、その対象として「根刺し」あるいは「たけのこ」をとる例は見いだせない。

雪深き　雪に対して「深（ふか）し」と形容する例は万葉集には見られないが、八代集には「雪ふかき山ぢになにかへるらん春まつ花のかげにとまらで」（拾遺集四―二五九）「ゆきふかきみちにぞしるきやまざとはわれよりさきに人こざりけり」（後拾遺集六―四一一）「雪ふかきいはのかけ道あとたゆるよし野の里も春はきにけり」（千載集一―三）などあり、道に関する表現として見られる。

竹のそのふを　「そのふ」は、「その（園）」と同じく、栽培庭園のことであり、「竹のそのふ」はタケを栽培する庭園をいう。この形で出てくるのは、「ひくるればたけのそのふにぬるとりのそこはかとなくねをもなくかな」（続古今集一九―一七八八）「つたへこし代代の跡をも尋ねみつ竹のそのふの庭のしら雪」（続千載集六―六八二）など、八代集の後である。ただ、「梅の花散らまく惜しみ我が園の竹の林にうぐひす鳴くも」（万葉集五―八二四）「み園生の竹の林にうぐひすはしば鳴きにしを雪は降りつつ」（万葉集一九―四二八六）、「いかにせむしづがそのふのおくの竹かきこもるとも世中ぞかし」（新古今集一七―一六七三）などのように、その存在は万葉集から認められる。

わけまどふかな　「わけ」については、五六番歌【語釈】「わけ来れば」の項、「まどふ」については、二五番歌【語釈】「まどひ増される」の項を、それぞれ参照。「わけまどふ」は万葉集にも八代集にも見当たらず、類似の「わけまよふ」が、後代の「わけまよふ野原の霧の下露に涙なら

氏「雑言和出雲巨太守茶歌」詩に「山中茗、早春枝、萌芽採擷為茶時」（『経国集』巻一四）とある。ここは、韓愈「和侯協律詠筍」詩に「萌芽防寖大、覆載莫偏恩」とあるように、「筍」を竹の萌芽と言った。またタケノコの異名に「竹萌」「竹芽」があり、梁・劉孝綽「餞張恵紹応令詩」に「竹萌始防露、桂挺已含芳」、張籍「春日行」詩に「春日融融池上暖、竹牙出土蘭心短」とある。

2 孝子　その父母に孝養を尽くす息子のこと。『礼記』内則に「曾子曰、孝子之養老也、楽其心、不違其志、楽其耳目、安其寝処、以其飲食忠養之。孝子之身終。終身也者、非終父母之身、終其身也」とあり、桑原腹赤「奉和傷野女侍中」詩に「孤墳対月貞女硤、閲水咽雲孝子泉」（『文華秀麗集』巻中）、菅原道真「仲春釈奠聴講孝経同賦資事父事君」序に「孝子之門、必有忠臣。臣子之道、何異」（『菅家文草』巻一）とある。ここは、その孝子の代表の一人であり、『孝子伝』にも収載される呉の孟宗のこと。なお、【補注】を参照のこと。**祈天**　『尚書』召誥に「王其徳之、用祈天永命」、「惟恭奉幣、用供王、能祈天永命」とある言葉に基づく語。「祈」は、祈り求める、の意。杜預「春秋左氏伝序」に「若平王能祈天永命、紹開中興、隠公能弘宣祖業、光啓王室、則西周之美可尋、文武之跡不墜」（『文選』巻四五）とあり、元稹「痁臥聞幕中諸公徴楽会飲因有戯呈三十韻」詩に「布卦求無妄、祈天願孔皆」とあるが、用例は極めて限られる。『日本後紀』大同四年四月の「上表陳譲」に「冀日復嘗薬、祈天遠寿、佇昇平於半武、濫庶績於一簣」とある。**得筍多**　タケノコは、「筍」または「笋」と書く。梁・蕭琛「餞謝文学詩」に「春筍方解籜、弱柳向低風」、梁簡文帝蕭綱「晩景納涼詩」に「横階入細

でも袖はぬれけり」（続千載集四―四三三）に見られるのみである。「わく」を前項とする複合動詞としては、八代集に「わけいる・わけく・わけすぐ・わけすつ・わけそほつ・わけなす・わけゆく・わけわぶ」など用いられているが、最後の「わけわぶ」を除き、前項と後項は、わけて、あるいは、わけながら〜する、という関係にある。それにたいして「わけわぶ」は「わけわびていとひし庭のよもぎふもかれぬとおもふはあはれなりけり」（千載集一七―一一四五）「尋ねきてみちわけわぶる人もあらじいくへもつもれ庭のしら雪」（新古今集六―六八二）などを見てもわかるように、わけることにわぶ、ことを表す。「わけまどふ」も同様で、わけることにまどふ、ということであろう。『注釈』は「雪の深い竹林をかきわけていき、どこに筍があるか探しあぐねてさまよっていることだ」と釈するが、「まどふ」の意味が不適切であるのみならず、「わけまどふ」という複合動詞として成り立たない解釈である。

【補注】

当歌は和歌としてきわめて異質であり、詩【補注】にあるように、孝子・孟宗に関する逸話をふまえて作られたとしか考えられない。それにより、「君」が誰であるか、なぜ「雪深き」冬にタケノコを求めるのかも、はじめて了解される。

【語釈】「君が為」の項に挙げた「君がため浮沼の池の菱摘むと我が染めし袖濡れにけるかも」（万葉集七―一二四九）「君がため山田の沢にゑぐ摘むと雪消の水に裳の裾濡れぬ」（万葉集一〇―一八三九）、「君がため春ののにいでてわかなつむわが衣手に雪はふりつつ」（古今集一―

笋、蔽地湿軽苔。草化飛為火、蚊声合似雷」、良岑安世「五言暇日閑居」詩に「春風読楚詞。…初笋篁辺出、遊糸柳外飛」（『経国集』巻一一）とあるように、早春から初夏に掘り取って、焼いて食べるのが一般。

3 殖物　「物産」というに同じ。その土地の産物のこと。元禄九年版本・元禄一二年版本・文化版本には、音合符がある。皇甫謐「三都賦序」に「考分次之多少、計殖物之衆寡」（『文選』巻四五）とあり、李善は、「物之生殖也」という。ただし、ここは、後漢「楚相孫叔敖碑延熹三年五月」に「考文象之度、敬授民時、聚蔵於山、殖物於藪」、魏・阮籍「元父賦」に「地下沈陰兮受気匪和、太陽不周兮殖物靡嘉」とある如く、ものを植える、繁らせる意の動詞。藤波家本・講談所本・道明寺本・羅山本・無窮会本の訓に従う。異文「残物」では意味をなさない。

冬園　冬の畑。「園」は、果樹・野菜などが植えられた畑兼庭のこと。「冬園」の用例は知らないが、晋「子夜四時歌・春歌二十首其十四」詩に「春園花就黄、陽池水方渌」、韋応物「題鄭拾遺草堂」詩に「秋園雨中緑、幽居塵事違」などとある。異文「冬菌」では意味をなさない。前項と同様、字形の類似から来る誤写であろう。本来は、「物を冬の園に殖うること」と訓むべきか。

何事苦　「何事」は、どうして、なにゆえ、の意の口語。三〇番詩【語釈】該項を参照。ここは、反語。梁簡文帝蕭綱「和人愛妾換馬」詩に「功名幸多種、何事苦生離」、岑参「春尋河陽陶処士別業」詩に「南橋車馬客、何事苦喧喧」とある。異文「芳」は、字形の類似から来る誤写。「苦」を、底本および藤波家本・講談所本・道明寺本・羅山本・無窮会本は、「ネンゴロナル」と訓み、元禄九年版本・元禄一二年版本・文化版本は、「（くるし）キ」と訓む。

二一）などならば、女性が特定の男性のために苦労しながら食べ物を手に入れるという現実的な状況が想像できるが、当歌の場合はそもそも到底、入手不可能な状況設定であるから、孝子伝のような、特別な関係や目的・事態を想定しないかぎりは成り立ちえない。

「竹のそのふ」が皇室をさすことはあるものの、当歌の文脈にはそぐわない。また、タケノコの採取時期を考えても、地表の近くまで成長する春遅くなってからのことであり、まだ冬で、しかも雪深いのであれば、そもそも探しようもないのである。

しかし、そうすると、当歌の主題・趣意は何なのかという問題が生じる。歌末の「かな」の詠嘆は、途方に暮れることに対してであり、そこで終わってしまい、後の奇跡的な展開がないのである。考えられるとすれば、孝子伝の逸話における、件んの一シーンを描いた絵に付した歌という可能性である。これならば、それなりに完結した内容といえよう。

※人之為慟、而誰為」とあり、また『論語』先進「顔淵死。子曰、噫、天喪予。天喪予」とある。顔淵の死は、孔子の七一、二歳のことといわれる。「還」は、時間的にあまり間をおかないことを表す助字。引き続いて。杜甫「日暮」詩に「羌婦語還哭、胡児行且歌」、白居易「放言五首其四」詩に「誰家第宅成還破、何処親賓哭復歌」とある。「歌」は、『史記』孔子世家に「明歳、子路死於衛。孔子病、子貢請見。孔子方負杖逍遙於門、曰、賜、汝来何其晩也。孔子因歎、歌曰、太山壊乎。梁柱摧乎。哲人萎乎。因以涕下。謂子貢曰、天下無道久矣。莫能宗予。夏人殯於東階、周人於西階、殷人両柱間。昨暮予夢坐奠両柱之間。予殆殷人也。後

4 帰歟 さあ、帰ろう、の意。「歟」は、文末に用いる場合は、疑問または詠嘆の助字。底本には「（かへら）メヤ」の訓がある。『広韻』に「語末之辞、亦作与」とあるように、異文「与」と同じで、この用法の場合は平声で読む。『論語』公冶長に「子在陳曰、帰与、帰与。吾党之小子狂簡、斐然成章、不知所以裁之」とあるに基づく語。王粲「登楼賦」には「昔尼父之在陳兮、有帰与之歎音」（『文選』巻一一）とあり、李善はその『論語』を出典とする。また、同じ事柄を、『孟子』尽心下は「万章問曰、孔子在陳曰、盍帰乎来」と表記する。この語は、孔子が諸国周遊の旅に出て一三年目、自説の天下に行われないのを嘆き、陳の国にあって故国の魯に帰ろうと決心した際の言葉として、以後詩人たちの嚢中に長く留められた。漢・李陵「贈蘇武別詩」に「鍾子歌南音、仲尼歎帰与」とあり、菅原道真「夏夜於鴻臚館餞北客帰郷」詩に「帰歟浪白也山青、恨不追尋界上亭」（『菅家文草』巻二）とある。異文「婦郷」は、字形の類似から来る誤写。**行客** 旅人のこと。「行子」「遊子」「過客」などとも。「古詩一九首其三」詩に「人生天地間、忽如遠行客」（『文選』巻二九）、梁簡文帝蕭綱「泛舟横大江」詩に「行客誰多病、当念早旋帰」とあり、藤原冬嗣「奉和河陽十詠　故関柳」詩に「春到尚開旧時色、看過行客幾回久」（『文華秀麗集』巻下）、菅原道真「題駅楼壁」詩に「為問去来行客報、讃州刺史本詩人」（『菅家文草』巻四）とある。「帰歟行客」とは、孔子のことで、この時六〇歳前後であったと言われる。いま、講談所本・道明寺本・羅山本・無窮会本の訓みに従う。**哭還歌** 「哭」とは、弔問の儀礼で、悲しみの声を上げて泣くこと。『論語』先進に「顔淵死。子哭之慟。従者曰、子慟矣。曰、有慟乎。非夫※

七日卒」とある、その「太山壊乎。梁柱摧乎。哲人萎乎」という孔子の、死を目前にして歌ったこと。孔子が七三、四歳のこととする。いずれも、魯に帰ってからの、愛弟子たちの死に際しての孔子の絶望にも似た嘆きである。なお「歌」と「哭」は、陳子昂「同旻上人傷寿安傅少府」詩に「杳杳泉中夜、悠悠世上春。幽明長隔此、歌哭為何人」、杜甫「写懐二首其一」詩に「万古一骸骨、隣家遞歌哭」、白居易「清明日登老君閣望洛城贈韓道士」詩に「風光煙火清明日、歌哭悲歓城市間」というように、基本的には相反するものであり、「歌」は生の喜びをうたうもの、「哭」は死の悲しみを訴えるものである。だから『論語』述而に「子食於有喪者之側、未嘗飽也。子於是日哭、則不歌」というのである。しかし、それと共に「歌」は時に「挽歌」の語もあるように、死者を悼む歌となる場合があり、杜甫「早行」詩に「歌哭倶在暁、行邁有期程。孤舟似昨日、聞見同一声」、白居易「寄唐生」詩に「歌哭雖異名、所感則同帰」とあるような句も生まれることになり、類似の意味を持つ場合があり、ここもそれ。「哭」の異文「笑」は、草体の類似から来る誤写。

【補注】

韻字は、「芽」（下平声九麻韻）、「多・歌」（下平声七歌韻）で、前者は独用だから、押韻に傷があることになるが、起句の句末はいわゆる踏み落としと考えれば、問題はない。平仄には基本的な誤りはない。

孝子・孟宗に関する逸話は、以下に収載されるものが代表的である。

・『白氏六帖』孝感に「孟宗泣而冬笋出」として、「孟宗後母好笋、令宗冬月求之。宗入竹林慟哭、笋為之出」と双行注がある。

・『藝文類聚』竹の「楚国先賢伝曰、孟宗母嗜筍。及母亡、冬節将至。筍尚未生、宗入竹哀歎、而筍為之出、得以供祭。至孝之感也」。

・『蒙求』孟宗寄鮓の注文の末尾に「楚国先賢伝曰、宗母嗜筍、冬節将至。時筍尚未生、宗入竹林哀歎、而筍為之出、得以供母、皆以為至孝所感。仕孫皓至司空」とあるが、いわゆる古注『蒙求』には、標題「孟宗寄鮓」に関する話柄が載るのみで、この話柄を収載するものはない（池田利夫編『蒙求古註集成』）。

・以上の孟宗の故事について、今本『三国志』呉志・孫皓伝の裴松之注所引の『楚国先賢伝』には、「楚国先賢伝曰、宗母嗜筍、冬節将至。時筍尚未生、宗入竹林哀嘆、而筍為之出、得以供母、皆以為至孝之所致感。累遷光祿勲、遂至公矣」とある。

・なお、幼学の会編『孝子伝注解』（汲古書院）に詳細な注解がある。

・「孟仁字恭武、江夏人也。事母至孝。母好食笋、仁常懃採笋供之。冬月笋未抽、仁執竹而泣。精霊有感、笋為之生。乃足供母。可謂孝動神霊感斯瑞也。」（陽明本『孝子伝』）、「孟仁者江夏人也。事母至孝。母好食笋、仁常勤供養。冬月無笋。仁至竹園、執竹泣。而精誠有感、笋為之生。仁採供之也。」（船橋本『孝子伝』）

また、この逸話を利用した唐詩には、以下のものがあるが、未だ六朝詩には見出していない。

・「遠伝冬筍味、更覚綵衣春」（杜甫「奉賀陽城郡王太夫人恩命加鄧国太夫人」詩）、「旧径已知無孟竹、前渓応不浸荀星」（方干「題故人廢宅二首其二」詩）、「筍非孝子泣、文異湘霊哭」（陳陶「題僧院紫竹」詩）、「霊泉巧鑿天孫渚、孝筍能抽帝女枝」（趙彦昭「奉和初

春幸太平公主南荘応制」詩）、「非時応有筍、間地尽生蘭」（皇甫冉「劉侍御朝命許停官帰侍」詩）

・「撫桐未慰孫枝思、養笋難堪母竹情」（兼明親王「天元四年夏和小童傷亡之詩」『扶桑集』巻七）

さて、補説すべきは当詩の後半の二句の解釈である。『注釈』は、後半二句を、前半の孝子伝の世界をそのまま引継ぎ、「（その例もあり、故郷に帰って）冬の畑にものを植えるのに何の苦しさがあろうか。「帰らんかな」と旅人は（故郷を思って）泣き、そして歌った。」と解釈する。

しかし、この解釈にはいくつかの疑問がある。

一、なぜ旅人は故郷に帰って、わざわざ冬の畑にものを植えなければならないのか。

二、なぜ旅人は、故郷を思って「哭」す必要があったのか。郷里の親が死んだのだろうか。それなら、親孝行のために冬の畑にわざわざものを植える必要はない。

三、その解釈の基になったと思われる、白居易「放言五首其四」詩の「誰家第宅成還破、何処親賓哭復歌」の一節も、後句は、一体どこの親族や賓客だ、葬式で哭したかと思うとすぐに宴会で歌っているという意味で、世間の不条理・無常を告発非難する言葉である。

これらの疑問に納得できる解答を得られなかったので、改めて前半二句を見直してみると、孟宗の逸話は確かに孝行息子のそれであるが、詩の作者はそれを本来の「孝」の話として用いたのではないのではないか。本来あり得ないことが、天に祈ることで実現できる、あるいは人の善行を天は見ていて必ず報いてくれる、ということを言うための材料として用いたに過ぎないのではないかということである。すなわち、改めて後半二句の意味を極言すれば、次のようになる。

以上のように、冬の畑での栽培など何の苦しさもない。それよりも、かの孔子は絶望して郷里に帰った後、愛弟子にも先立たれる不幸の中で亡くなったけれども、最終的に彼の名前が残ったということは、彼が生前「君子病没世而名不称焉。吾道不行矣、吾何以自見於後世哉」（君子は自分の世が終わって、その名が称せられないのを悩むのだ。名が称せられないことは、わが道が世に行われないということで、わしは、どうして自分自身が後世に名を顕すことになり得ようや）（『史記』孔子世家）と言っていたことからすれば、彼の道が世に行われたということであり、それは天が孔子を見捨てなかったということだろう。

【比較対照】

当歌詩は、孝氏伝の逸話を素材とする点で共通する。当歌から、それを読み取り、詩に写すことは容易であったろう。ただ、歌の表現内容がそのまま対応するのではなく、相当する詩の前半が、歌では途中で終わった逸話の続きを示すという形で呼応しているといえる。このような歌詩の対応関係は、本集のこれまでには見られなかったケースであり、当時広く知られた逸話だったからこそ可能だったと考えられる。

しかし、詩はその逸話を例とするだけで、難解な後半に中心があるかのように構成されている。この部分には、歌にはまったく関わりのない内容が付加されているが、前半と後半を整合させるために、詩【補注】が提案する、孝ではなく天の報いという、主題のとらえ直しとするならば、それを導きだしたのは、他ならぬ当歌の持つ一種の非現実性・無謀性ではないだろうか。

歌【補注】で検討したように当歌の中心を「わけまどふかな」にあるとみなすには、何らかの前提が示されなければ、不自然であり、詩の起句の反語表現は、それにたいする即座のツッコミととることもできる。そして、そのような非現実的な状況における無謀な行為にもかかわらず、というところにポイントが置かれるのである。

実は、この「にもかかわらず」という条件は、当歌はもとより、詩の起句・転句・結句にそれぞれ示されるのに対して、結果が明示されるのは当歌および詩の起句にたいする承句のみである。結句の結果もまた、孔子の伝記から引き出されるとしたら、残るのは転句だけである。その結果が収穫とするならば、「殖物冬園何事苦」という反語表現は、そのまま当歌の「わけまどふ」者にたいする叱咤激励になっているのではないだろうか。

このように考えてみると、当歌詩は、合せて孝氏伝の逸話を完結させるだけでなく、問答のような関係にもなっていると見ることができる。もっとも、そうすると、詩の結句だけが浮いてしまうことになるが。

九七番

攙散芝　散花秖而已　降雪者　雲之城之　玉之散鴨

かきくらし　散る花とのみ　降る雪は　雲のみやこの　玉の散るかも

【校異】

本文では、初句の「攙」を、永青本が「攙」とし、同句の「散」を、永青本と久曾神本が「崩」とし、第二句の「已」を、底本はじめ元禄九年版本・元禄一二年版本・文化版本・文化写本が「巳」、道明寺本・京大本・大阪市大本・羅山本が「己」するが他本により改め、第三句の「降」を、類従本・羅山本・無窮会本が「白」とし、講談所本が「降」の後に「白」を補い、第四句の「雲」を、藤波家本が「雪」とする。

付訓では、初句の「かきくらし」を、底本はじめ訓のあるテキストはすべて「かきちらし」とするが、【語釈】該項に述べる理由から改め、第二句を、羅山本と無窮会本が「はなとのみふる」とする。

同歌は、寛平御時后宮歌合（十巻本・廿巻本、冬歌、一四四番。ただし初句「かきくらし」第四句「ふゆの都の」、結句が十巻本では「雲の散るかと」廿巻本では「花とみるかも」）にあり、また夫木抄（巻一八、冬三、七二六六番）に「寛平御時后宮歌合　読人不知」として（ただし初句「かきくらし」第四句「冬のみそらの」結句「くもやちるかも」）、同（巻三〇、雑、都、雲のみやこ、一四二〇二番）に「題不知　新撰万葉　読人不知」として（ただし初句「かきくらし」第二句「花とのみふ

素雪紛々落蕊新
応斯白玉下天津
挙眸望処心如夢
霽後園中似見春

素雪《ソセツ》紛々《フンプン》として落蕊《ラクズイ》新《あらた》なり。
斯《こ》れ白玉《ハクギョク》の天津《テンシン》より下《くだ》るなる（べ）し。
眸《まなこ》を挙《あげ》て望《のぞ》む処《ところ》心《こころ》夢《ゆめ》の如《ごと》し。
霽《はれ》て後《のち》園中《ヱンチュウ》春《はる》を見《み》るに似《に》たり。

【校異】

「紛々」を、文化写本・藤波家本「紛紛」に作り、「落蕊新」を、天理本・羅山本・無窮会本「落葉新」に作る。「応斯」を、永青本・久曾神本「応是」に作る。「心如夢」を、道明寺本・京大本・大阪市大本・天理本「以如夢」に作り、永青本・久曾神本「如心夢」に作る。「霽後」を、類従本・藤波家本・講談所本・道明寺本・京大本・大阪市大本・天理本・羅山本・無窮会本「霜後」に作り、「霽」を異本注記するものが多い。「園中」を、道明寺本・京大本・大阪市大本・天理本・永青本・久曾神本「閨中」に作り、「似見春」を、類従本・藤波家本・講談所本・道明寺本・京大本・大阪市大本・天理本・羅山本・無窮会本・永青本・久曾神本「仮見春」に作り、多く「似」を異本注記する。

【通釈】

白い雪が紛紛と降り乱れて、まるで散る花びらが落ちはじめたばかりに見える。それはきっと白い宝玉が天の川から降ってきたのに違いない。

る」第三句「しら雪は」）見られる。

【通釈】

（空一面を）覆うようにして、さながら散る花のように降る雪は、（実は）雲の都にある玉が散るのであろうか。

【語釈】

かきくらし　本集諸本の訓として示す「かきちらす」という複合動詞は、万葉集にも八代集にも見られない。日本国語大辞典第二版はこの語を立項するが、その用例として当歌のみを掲げる。本集諸本には異訓が見られないにもかかわらず、「かきくらし」とする理由は、以下のとおりである。一つは、八三番歌の「攪崩芝」を「かきくづし」ではなく「かきくらし」にした理由と同様である。当歌においては、第二句にも見られる「散」字と、あくまでも表記上の関連性を持たせようとしたものと見られる。もう一つは、寛平御時后宮歌合をはじめ他集ではすべて「かきくらし」になっていることによる。その用法の一般性・妥当性については、八三番歌【語釈】「かきくらし」の項で述べたとおりであり、この語は直下の「散る」ではなく、第三句の「降る」を修飾する。三つめには、「かきちらし」と訓むとすると、「ちる」という語が三度も表れるからである。これがリズムを意図したとは考えがたい。

散る花とのみ　「降る雪」を「散る花」に見立てる歌については、二一番歌【語釈】「花とや見らむ」の項を参照。「散る」が直接「花」を連体修飾する例は、万葉集には「み園生の百木の梅の散る花し天に飛び上

眸を上げて遠くを眺めると（降り続く雪が立ちこめてぼうっとして）心はまるで夢を見ているかのようだ。雪が降り止んだ後には、庭の中は（真っ白な花びらが散り敷いたようで）春景色を見ているようになるだろう。

【語釈】

１素雪　「白雪」（八五番）と言うに同じ。曹植「朔風詩」に「今我旋止、素雪雲飛」（『文選』巻二九）、太宗皇帝「望雪」詩に「凍雲宵遍嶺、素雪暁凝華」とあり、仁明天皇「閑庭対雪」詩に「玄雲聚万端、素雪颺宮中」（『経国集』巻一三）とある。　**紛々**　乱れ散る様。五六番詩【語釈】該項を参照のこと。なおこの語は一一二番詩にもある。張衡「四愁詩四首其四」詩に「我所思兮在雁門、欲往従之雪紛紛」（『文選』巻二九）とあり、李善は『楚辞』九歎・遠逝に「雪紛紛而薄木、雲霏霏而隕集」とあったという。ただし、今本は「雰雰」に作るも、音義同じ。藤原道雄「詠雪」詩に「紛紛白雪従千里、熒熒瀌瀌一何斜」（『凌雲集』）、菅原道真「雪中早衙」詩に「風送宮鐘暁漏聞、催行路上雪紛紛」（『菅家文草』巻一）とある。異文「粉粉」では、平仄が合わない。　**落蕊新**　「蕊」は、花のこと。六三番詩【語釈】「蕚初開」の項を参照。梁・蕭瑱「春日貽劉孝綽詩」に「新禽争弄響、落蕊乱自従風」、駱賓王「春晩従李長史遊開道林故山」詩に「落蕊翻風去、流鶯満樹来」とあり、小野岑守「雑言於神泉苑侍讌賦落花篇応製」詩に「此時澹蕩吹和風、落蕊因之満遠空」（『凌雲集』）とある。また、武元衡「唐昌観玉蕊花」詩に「琪樹芊芊玉蕊新、洞宮長閉綵霞春」とある。異文「落葉新」では、比喩とし

がり雪と降りけむ」（万葉集一七―三九〇六）の一例があり、この場合は「散る花」を「雪と降り」のように、雪に見立てている。八代集には「山高み霞をわけてちる花を雪とやよその人は見るらん」（後撰集三―九〇）「はるさめにちる花みればかきくらしみぞれし空の心ちこそすれ」（千載集二―八二）「山たかみ嶺のあらしにちる花の月にあまぎるあけがたの空」（新古今集二―一三〇）などあり、いずれも「散る花」を雪・霰・霧などに見立てていて、当歌のような逆の見立ては見られない。

降る雪は　「降る」が直接「雪」を連体修飾する例は、万葉集では「散る花」よりもはるかに多く見られ、「春の野に霧立ち渡り降る雪と人の見るまで梅の花散る」（万葉集五―八三九）「我がやどの冬木の上に降る雪を梅の花かとうち見つるかも」（万葉集八―一六四五）「梅の花それとも見えず降る雪のいちしろけむな間使ひ遣らば」（万葉集一〇―二三四四）などのように、「降る雪」と「梅の花」が関係付けられている。八代集にも「ふる雪はかつもけなむ梅花ちるにまどはず折りてかざさん」（後撰集一―四五）「ふる雪に色はまがひぬ梅の花かにこそにたる物なかりけれ」（拾遺集一―一四）「春の日ののどけき空にふる雪は風にみだるる花にぞ有りける」（金葉集（異本歌）六六八）「あさまだきみのりのにはにふる雪はそらより花のちるかとぞみる」（千載集一九―一二四八）「ふる雪に色まどはせる梅の花鶯のみやわきて忍ばん」（新古今集一六―一四四二）など、同様の例が見られる。

雲のみやこの　「雲（くも）」も「みやこ」も、それぞれは万葉集・八代集とも数多く見られるが、「雲のみやこ」と熟した表現は一例も見出せない。それどころか、ともに詠まれることさえほとんどなく、わずか

て不適である上、現実の季節とも適合しない。

2応斯　きっと〜に違いない、の意。一三番詩【語釈】該項を参照。九九番詩にも。類句「応是」は、一六・六三・一〇七番詩にある。**白玉**　白い色の玉石のこと。『礼記』月令に「孟秋之月、…（天子）衣白衣、服白玉」とある。また、謝恵連「雪賦」に「乱曰、白羽雖白、質以軽兮。白玉雖白、空守貞兮。未若茲雪、因時興滅」（『文選』巻一三）とあり、李善は『孟子』告子上に「孟子曰、生之謂性也、猶白之謂白与。曰、然。白羽之白也、猶白雪之白、白雪之白、猶白玉之白歟」とあるを引き、更にその劉熙注には「孟子以為白羽之白性軽、白雪之性消、白玉之性堅、雖倶白、其性不同。問告子、告子以為三白之性同」とあったという。「白雪」と「白玉」の連想や見立ては、これらを嚆矢とするが、白居易「雪夜喜李郎中見訪兼酬所贈」詩に「十分満醆黄金液、一尺中庭白玉塵」とある他は、意外に少ない。なお、雪を玉と見立てる例は極めて多く、玉と露の見立ては、四四・四八・（六二）番詩に、雪と玉塵が八二番詩にあった。大枝永野「詠雪」詩に「榭楼皆白玉、草樹総花梅」（『経国集』巻一三）、島田忠臣「敬和源十七奇才歩月詞」詩に「清夜徘徊白玉場、身軽目極眇雲郷」（『田氏家集』巻下）とあり、前者は雪の、後者は月光の比喩。**下天津**　「津」は、渡し場の意。「天津」とは、天の川の渡し場のことで、天の川を横切る九つの星のこと。屈原「離騒経」に「朝発軔於天津兮、夕余至乎西極」（『文選』巻三二）とあり、「天津、東極箕斗之間、漢津也」と王逸はいう。許敬宗「奉和喜雪応制」詩に「何如御京洛、流霰下天津」とある。「下」は、落下すること。都良香「代渤海客上右親衛源中郎将」詩に「渤海朝宗帰聖沢、願君先道入

に「みやこをばあまつそらともきかざりきなにながむらん雲のはたてを」（新古今集一〇―九五九）「都より雲の八重たつおく山の横河の水はすみよかるらむ」（新古今集一八―一七一八）が見られるくらいである。これらも当歌とはまったく関わりがない。想像上の場所として「雲のみやこ」に近い例としては、「ながめつつおもふもさびし久方の月の都のあけがたの空」（新古今集四―三九二）が挙げられるが、設定が異なる。『注釈』は、この語は「玉京」と呼ばれる崑崙山のことをさすかという。結句に出てくる「玉」と「みやこ」を詠み込む歌も、万葉集・八代集に見られないことから、当歌の下句はもともと和歌的な発想に基づくものではないと考えられる。【校異】に示したように、同歌を寛平御時后宮歌合では「ふゆの都」とし、夫木抄（七二六六番）では「冬のみそら」とするのも、そのなじみがたさによる改変であろう。ただし、夫木抄のもう一首（一四二〇二番）は、都の一例の「雲のみやこ」という項の歌として挙げられ、当歌の下句がそのまま生かされている。同項ではもう一例、長恨歌の「忽開海上有仙山」という句題で、大宰大弐高遠卿の「たづねずはいかでかしらんわたつうみの浪まに見ゆる雲のみやこを」を掲げる。これはむしろこの語がいかに珍しかったかを示すといえる。

玉の散るかも　「玉（たま）」および、それと結び付く「散（ち）る」について、さらに、「玉」が「露」の見立てであることについては、四四番歌【語釈】「玉ぞ散りける」の項および【補注】を参照。同じ見立ては四八・六二番歌にも見られる。それに対して、「玉」が「雪」の見立てとなる例は、万葉集にはもとよりなく、八代集で確認できるのは「花

天津」（『扶桑集』巻七）、大江以言「水清似晴漢」詩に「浪澄柳巷天津静、砂徹菊潭星渚幽」（『類題古詩』清）とある。

3 挙眸　視線を上げて遠くを見ること。八六・八七番詩【語釈】該項を参照。　**望処**　「処」は、軽い添え字で、～するとの意。唐代以後の詩に用いられる俗語。張九齢「和崔尚書喜雨」詩に「聴中声滴瀝、望処影徘徊」、章孝標「西山広福院」詩に「日斜登望処、湖畔一僧帰」とあり、島田忠臣「秋暮傍山行」詩に「昨日出郊信宿帰、回頭望処入雲微」（『田氏家集』巻中）、菅原道真「九日侍宴群臣献寿応製」詩に「登高望処九陽重、天道人心髪不容」（『菅家文草』巻五）とある。　**心如夢**　心持ちはまるで夢を見ている時のようだ。『毛詩』王風・黍離に「行邁靡靡、中心如酔」、白居易「求分司東都寄牛相公十韻」詩に「忽忽心如夢、星星鬢似糸」とある。後者は茫然自失の様。菅原清公「奉和春閨怨」詩に「心如煎、眼不眠」（『文華秀麗集』巻中）、菅原道真「客館書懐同賦交字寄渤海副使大夫」詩に「度春欲見心如結、専夜相思睫不交」（『菅家文草』巻五）とある。異文「以如夢」は、まだ意味的に可能だが、「如心夢」は、成立しないだろう。

4 霽後　雪が降り止んだ後、の意。六七・八八番詩【語釈】該項を参照。江淹「雑体詩三十首・謝法曹贈別　恵連」詩に「幸及風雪霽、青春満江皐」（『文選』巻三一）、皮日休「公斎四詠　小桂」詩に「影澹雪霽後、香泛風和時」とある。異文「霜後」は、成立しないことはないが、文脈を重視すれば、ここで「霜」が来るのは唐突の感を免れない。　**園中**　庭園の中。「長歌行」に「青青園中葵、朝露行日晞」（『文選』巻二七）、白居易「読史五首其三」詩に「春華何暐曄、園中発桃李」とあり、

とちり玉とみえつつあざむけば雪ふる里ぞ夢に見えける」（新古今集一八—一六九五）のみである（ちなみに、この例は、雪を花と玉の双方に見立てている点で、当歌と共通する）。古今六帖（巻七、天、雪、八六首）や夫木抄（巻一八、冬部三、雪、二一〇首）などを一覧しても、花に見立てる歌はいくつも見出せるが、玉の例はない。当詩【語釈】「白玉」の項に述べるように、漢詩には玉への見立てがきわめて多いとすれば、これもまたそれに倣ったものであろう。

【補注】

当歌は、降る雪を、花と玉の両方に見立てていることになるが、表現の展開に即せば、花とばかり思った雪が、実はそうではなく、玉のようだったということになる。つまり、花から玉への見立ての変更であり、【語釈】に挙げた「花とちり玉とみえつつあざむけば雪ふる里ぞ夢に見えける」（新古今集一八—一六九五）の、両立する場合とは異なる。

その変更のきっかけとなったのは何か。見立て自体を、ありきたりなものではなく、珍しいほうを良しとしたと考えられなくもないが、それよりも、対象となる雪の質量のとらえ方が変化したからではないだろうか。おそらくは梅の「花」と、「玉」しかも雲の都の玉とを比べれば、後者のほうが、その白の輝きや大きさ・丸さ、そして量・範囲が圧倒的に勝ると考えられる。まさにその点において、当の雪の降る様子にたいし、花よりも玉の見立てのほうが適切ととらえ直す過程を示した歌と見ることができる。雪の降り方の変化に伴ってという見方もできようが、当歌の表現から、そのような時間性までは読みとれない。

巨勢識人「和野柱史観闘百草簡明執之作」詩に「聞道春色遍園中、閨裏春情不可窮」（『文華秀麗集』巻下）とある。異文「閨中」は、前項の異文と同様、非。　**似見春**　春景色を見るのに似ている、の意。「似見春」の語句は、その例を知らないけれども、司空曙「歳暮懐崔峒耿湋」詩に「臘月江天見春色、白花青柳疑寒食」、東方虬「昭君怨三首其三」詩に「胡地無花草、春来不似春」などとあるのを見れば、「春」とは、春の風景のこと。雪景色を春の光景に見立てるのは、岑参「和祠部王員外雪後早朝即事」詩に「長安雪後似春帰、積素凝華連曙暉」、張継「会稽郡楼雪霽」詩に「江城昨夜雪如花、郢客登楼斉望華」、竇鞏「早春松江野望」詩に「江村風雪霽、暁望忽驚春」などとある。異文「仮」の旧字の草書体は、「似」と酷似する場合がある。

【補注】

韻字は「新・津」（上平声十七真韻）と「春」（上平声十八諄韻）で、両者は同用。平仄にも基本的な誤りはない。

降りしきる雪を、落花にたとえる起句と、それを更に天の川から落下する白玉にたとえる承句。微視的な視点から巨視的な視点への移動。そして、「挙眸望処」と視点を転換する転句。更に結句では、雪が止んだ後、日光に輝く雪景色を春の光景として思い遣るという形で、一応の纏まりを見せている。起句の暗喩を含めて、「応斯」「如」「似」と、まるで比喩のオンパレードではあるが。

【比較対照】

当歌における、花への見立ては詩の起句に、玉への見立ては承句に、つまり詩の前半に写されている。この二つの見立てを、詩【補注】のように「微視的な視点から巨視的な視点への移動」ととらえるならば、歌【補注】で述べたのとは異なるものの、同時成立の見立てではないという点で共通しよう。

詩の後半において、転句に示された、光景の圧倒感は、当歌にもあてはめることができる。結句は起句の見立てにつながるという意味では整合的であるものの、結果的に詩全体としては、花の見立てのほうに重点を置く趣になった点は、歌とは異なる。

この歌と詩の関係で一つ気になるのは、歌の「雲のみやこ」をなぜ「天津」に変えたのかということである。詩において「天津」と「白玉」との結び付きが強いということなら、それなりに説明も付くだろうが、「雲のみやこ」に置き換えられた「玉京」ほどであろうか。そもそも「雲のみやこ」が白詩語に由来するとすれば、余計に不審である。あるいは、だからこそあえて変えてみたという可能性もなくはないが。

九八番

霜枯丹　成沼雖思　梅花　拆留砥曾見　雪之照礼留者

霜枯れに　成りぬと思へど　梅の花　さけるとぞ見る　雪の照れるは

【校異】

本文では、第二句の「沼」の後に、永青本・久曾神本が「砥」を補い、同句末の「思」の後に、同二本が「者」を補い、第三句の「梅」の後に、類従本・永青本・久曾神本が「之」を補い、第四句の「拆」を、類従本・藤波家本・講談所本・道明寺本・無窮会本が「折」とし、同句の「拆留」および「見」を、永青本・久曾神本が欠き、同句末の「見」の後に、同二本が「湯留」を加え、結句の「礼」を、永青本・久曾神本が欠く。

付訓では、第二句の「おもへど」を、底本および藤波家本・講談所本・道明寺本・羅山本・無窮会本が「おもへば」とするが他本により改め、結句の「てれる」を、羅山本・無窮会本が「ふれる」とする。

同歌は、歌合や他の歌集に見当たらない。

【通釈】

霜枯れになったと思ったのに、梅の花がまさに咲いているようである、(枝に降り積もった)雪が光り輝いているのは。

寒風粛々雪封枝
更訝梅花満苑時
山野偸看堪奪眼
深春風景豈無知

寒風《カンプウ》粛々《シュクシュク》として雪《ゆき》枝《えだ》に封《ホウ》ず。
更《さら》に訝《いぶか》る梅花《バイクワ》苑《その》に満《みつ》る時《とき》。
山野《サンヤ》偸《ひそか》に看《み》れば眼《まなこ》を奪《うば》ふに堪《たへ》たり。
深春《シンシュン》の風景《フウケイ》は豈《あ》に知《し》ること無《なから》んや。

【校異】

「粛粛」を、底本・文化写本・藤波家本・永青本「隶隶」に作るも、他本に従う。「更訝」を、羅山本・無窮会本「更訶」に作り、またそれを異本注記する本がある。

【通釈】

北からの冷たい風がビュービュー吹いて、雪が木々の枝に積もっている。どうしてそれを今は梅の花が御苑一杯に咲き乱れている時節であったっけと怪しんだりすることがあろうか、そんなことはない。しかし、遙か彼方の山野のそれをちらっと見ただけであれば、(梅花と見紛うから)人の目を引きつけるのに十分だろう。(初春の風景ならまだしも)それが春爛漫の風景であるならば、どうして見分けられないことがあるだろうか。

【語釈】

霜枯れに　八二番歌【語釈】「霜枯れに」あるいは「霜枯れの」という形で、当歌同様、初句に来ることが多く、四季歌としては冬歌のみに現れる。何が霜枯れになるか、万葉集では「冬の柳」（一〇―一八四六）の一例、八代集ではほとんどが草葉であるが、「霜がれの枝となわびそ白雪のきえぬ限は花とこそみれ」（後撰集八―四七六）「霜がれに見えこし梅はさきにけり春にはわが身あはむとはすや」（拾遺集一七―一一五五）のように、当歌と同じく、ウメの木と思しき例も認められる。

成りぬと思へど　この句を確定するうえで、本文との関わりから二つ、問題がある。一つは「と」に対応する漢字を欠いていること、もう一つは「思へど」か「思へば」かである。前者については、単なる欠字と見るのが普通であろう。ただ、当歌においては「雪の」の「の」には「之」字があるものの、「梅の花」の「の」も補読である。同様に「さけると」の「と」にも「砥」字が当てられている。これらからはあるいは適宜、訓みを同定しやすいほうを省略したのかもしれない。なお別解として、「雖」は万葉集では接続助詞の「とも」とも訓まれるので、「ともへど」というつながりを想定したとも考えられる。後者については、「雖」の字義に対応するのは逆接の「ど」であり、後続文脈との関係からも、順接としての「ば」はとりがたい。「ば」にも逆接確定条件を表す場合がなくもないが、これを積極的に推すだけの理由は見出しがたい。「成りぬ」は初句の「霜枯れに」と結び付き、「事のはもみな霜がれに成りゆくはつゆのやどりもあらじとぞ思ふ」（後撰集一三―九二三）とい

【語釈】

1 寒風　冬に北方から吹く冷たい風のこと。九一・九四番詩【語釈】該項を参照。謝恵連「雪賦」に「歳将暮、時既昏。寒風積、愁雲繁」（『文選』巻一三）とあり、菅原道真「文章院漢書竟宴各詠史得公孫弘」詩に「何忌牧童疲望海、不愁布被耐寒風」（『菅家文草』巻五）とある。　**粛々**　風の音、あるいは羽音などを表す重言の擬音語。魏・王仲宣「贈蔡子篤詩」に「烈烈冬日、粛粛凄風」（『文選』巻二三）、晋・陶淵明「答龐参軍詩第六章」に「惨惨寒日、粛粛其風」、盧綸「冬日登城楼有懐因贈程騰」詩に「風声粛粛雁飛絶、雲色茫茫欲成雪」とある。異文「隶隶」は、「粛粛」の誤写だろう。その用例を知らない。　**雪封枝**　雪が枝を掩うように積もること。梁簡文帝蕭綱「詠梔子花詩」に「疑為霜裏葉、復類雪封枝」（『藝文類聚』梔子）、梁・虞羲「見江辺竹詩」に「秋波漱下趾。冬雪封上枝」とあり、多治比真人「和菅祭酒賦朱雀衰柳作」詩に「寒霜着樹非真葉、霏雪封枝是偽花」（『凌雲集』）、菅原道真「寄白菊四十韻」詩に「地疑星隕宋、庭似雪封袁」（『菅家文草』巻四）とある。

2 更訝　「更」は、「豈」と同義の俗語。「訝」は、怪しみ疑うこと。五一番詩【語釈】該項を参照。「蘆花日々得風鳴、更訝金商入律声」（五一番）・「松風緒張韻類曲、更訝邕良琴瑟響」（一七四番）と、当詩も含めて前句には必ず風に関わる描写がある。異文「更訶」は、その用例を確認できない。「訶」は、叱る、怒鳴りつける意。文意不通であり、「訝」の誤写だろう。　**梅花**　二・八一番詩【語釈】該項を参照。　**満苑時**「苑」は、天子や高級官僚の営む広大な遊楽のための場所をいい、中に

う類例も見られる。

梅の花　八代集には、この形のみであるのにたいして、万葉集には「梅が花」というのも二例（五―八三七、五―八四五）見られる。当歌は、雪を花に見立てたものであり、その例は万葉集・八代集を通して数多くあるが、ウメの花であると明示するのは少ない。万葉集では「我がやどの冬木の上に降る雪を梅の花かとうち見つるかも」（万葉集八―一六四五）「梅の花枝にか散ると見るまでに風に乱れて雪ぞ降り来る」（万葉集八―一六四七）「山高み降り来る雪を梅の花散りかも来ると思ひつるかも」（万葉集一〇―一八四一）とあり、当歌と同じく枝に積もっている雪を見立てるのは最初の一例しかない。八代集では「雪ふれば木ごとに花ぞさきにけるいづれを梅とわきてをらまし」（古今集六―三三七）「春立ちて猶ふる雪は梅の花さくほどもなくちるかとぞ見る」（拾遺集一―八）「梅がえにふりつむ雪はひととせにふたたびさける花かとぞ見る」（拾遺集四―二五六）「むめがえにふりつむ雪は鶯のはかぜにちるも花かとぞ見る」（千載集一―一七）など見られる。

さけるとぞ見る　「梅の花」に「さける」という完了の助動詞が加わった表現をとる例は、万葉集には「雪の色を奪ひて咲ける〔佐家留〕梅の花今盛りなり見む人もがも」（万葉集五―八五〇）「我が岡に盛りに咲ける〔開有〕梅の花残れる雪をまがへつるかも」（万葉集八―一六四〇）など何例か見られるが、八代集には一例もない。「〜とぞ見る」という見立て表現は、万葉集には「藤波の影成す海の底清み沈く石をも玉とぞ我が見る」（万葉集一九―四一九九）しか見られないのに対して、古今集以降は前項にも例を挙げた如く、「〜かとぞ見る」の形で多く見られは林や湖があり、鳥獣を養って狩りをしたり、美しい草花を見に遠足に出かけたりするところであった。それに対して同じ発音でも「園」は、基本的には果樹を植えて周囲に牆をめぐらせた、いわば労働する場所であった。この広さと用途の基本認識は、「満苑」の用例が六朝詩・唐詩を含めて確認できないのに対して、「満園」は、唐詩に多数確認できるというように、中国ではよく守られており、日本漢詩でも同様である。本集においても「苑」は二・八番詩と当詩に用例があるが、いずれも梅花の咲く場所として登場する。梅は奈良時代に舶来し、宮廷に移植されて大いに流行した花木であった。一方「園」は、九・九六・九七番詩に登場するが、九六番が孝子・孟宗の私邸で筍を栽培する場所として描かれる以外は植物を特定できない。

３ 山野　六六・八七・九三番詩【語釈】該項を参照。また、「野山」（五六番）もあった。ここは、「苑」すなわち近景の宮中に対比される遠景としての「山野」である。

偸看　男が、気になる女性の表情をちらっと盗み見るように、素早く見ること。六七番詩【語釈】該項、およびその【比較対照】を参照のこと。なお、一九番詩【語釈】「偸見」の項と【補注】も参照のこと。

堪奪眼　「奪眼」とは、注意がそこに引きつけられること。眼が自分の自由意志で動かないで、対象に奪われるようになること。類語に「奪目」があり、梁・聞人倩「春日詩」に「林有驚心鳥、園多奪目花」（『玉臺新詠』巻八）とあり、李徳裕「南梁行」詩に「澗底紅光奪目燃、揺風有毒愁行客」とある。日中の諸辞書は、この「奪目」を、光で目をくらませることと解釈するが、少なくとも、前者には当てはまらないだろう。一方「奪眼」は、諸辞書に項目がる。

雪の照れるは　「照る」については、六八番歌【語釈】「袖さへぞ照る」の項を参照。その主体は月あるいは日がほとんどで、雪にたいして用いる例は見当たらない。ただ、万葉集には「咲き出照る梅の下枝に置く露の消ぬべく妹に恋ふるこのころ」（万葉集一〇―二三三五）「磯影の見ゆる池水照るまでに咲けるあしびの散らまく惜しも」（万葉集二〇―四五一三）などのように、「花」に対する例が認められる。当歌は雪を花に見立てる歌であるから、この「照る」は「花」を通じて「雪」に結び付いているといえる。『注釈』では、万葉集に雪に「光る」を用いる例があることから、「雪について「照る」という表現が用いられるようになるのも不自然なことではない」とする。なお、この点については、八一番歌【語釈】「光まつ」の項も参照。動詞句＋助詞「は」で歌末となる表現は、「彦星し妻迎へ舟漕ぎ出らし天の川原に霧の立てるは」（万葉集八―一五二七）「新しき年の初めに豊の稔しるすとならし雪の降れるは」（万葉集一七―三九二五）、「いさりせしあまのをしへしいづくぞやしまめぐるとてありといひしは」（拾遺集七―四〇〇）など見られるが、けっして多くはない。ちなみに、万葉集では「うち渡す竹田の原に鳴く鶴の間なく時なし我が恋ふらくは」（万葉集四―七六〇）「茅花抜く浅茅が原のつほすみれ今盛りなり我が恋ふらくは」（万葉集八―一四四九）などのようなク語法＋「は」の形式が定型的に用いられ、八代集では「ちはやぶる神世もきかず竜田河唐紅に水くくるとは」（古今集五―二九四）「しられじなわがひとしれぬ心もて君を思ひのなかにもゆとは」（後撰集一四―一〇一七）「思ひきやわがまつ人はよそながらたなばたつ

無く、六朝詩にも用例がないが、唐詩には四例見える。浩虚舟「賦得琢玉成器」詩に「玷滅随心正、瑕消奪眼明」（キズが消えたのでその宝石は心に従って正しくなり、キズが消えたので目を奪われるばかりに明るくなった）、皮日休「以紫石硯寄魯望兼酬見贈」詩に「騒人白芷傷心暗、狎客紅筵奪眼明」（文人達はハナウドに心を傷つけられて暗く、親しい人は赤いむしろに目を引きつけられて明るい）、王轂「紅薔薇歌」に「晩日春風奪眼明、蜀機錦彩渾疑黦」（赤い薔薇は夕陽と春風に揺れて目を奪われんばかりに明るく、蜀の錦江の水で洗った錦の彩りと一体になって、黄黒かと疑われる）、李九齢「山舎南渓小桃花」詩に「一樹繁英奪眼紅、開時先合占東風」（一本の木のたくさんの花房は目を奪われんばかりに赤く、咲くときは先を合わせて東風が吹くかどうかを窺う）とあるのがそれであるが、玉石や花に対して言うのであるから、少なくとも目がくらんで見えないというのではあるまい。

4 深春　春たけなわ、の意。唐代からの詩語。二一・八七番詩【語釈】該項を参照。　**風景**　風と光のこと。光に満ちた春の景色。一八・六八・八九番詩【語釈】該項を参照。　**豈無知**　どうして分からないことがあろうか、いや無い、の意。四八番詩【語釈】該項を参照。

【補注】

韻字は、「枝」（上平声五支韻）、「時」（上平声七之韻）、「知」（上平声五支韻）で、支韻は之韻と同用。平仄にも基本的な誤りはない。

第一句のみ宮中の冬景色という眼前の実景を詠んだもの。第二句は、季節的に近い初春の光景である梅花と見紛うはずはないと言い、第三句

めのあふを見むとは」（拾遺集一二―七七一）などのように、助詞「と」＋「は」で結ぶ形式が目立つ。

【補注】

雪を花に見立てる歌は、本集上巻に二一・八一・八二番など見られるが、措辞のうえで当歌と近いのは「霜枯れの枝とな侘びそ白雪を花と雇ひて見れど飽かれぬ」（八二番）となろう。

当歌の特色は結句の「雪の照れるは」という表現にある。冬の見立て歌においては、雪を花と見立てることにより、その鑑賞の価値が生まれることを詠むが、当歌は雪そのものを「照る」という表現により、鑑賞の対象としている。「霜枯れに成りぬ」という状態は、雪さえもない＊

で、でも遠い山野の光景で、しかもちらっとしか見ないのであれば、間違う可能性は十分にあると述べる。しかしそれも、時期的に近い初春ならあり得るけれども、春たけなわの時であれば、間違うことはないと第四句でダメを押すという構成になっている。

結局、当詩は見立ての合理性をあれこれ述べたものということになる。

＊殺風景をいうとすれば、その中にあって、日の光を浴びた「雪の照れる」さまが目に付いたのである。その意味では、「梅の花」への見立ても、そのさまを形容するために用いられたにすぎないという感もある。

当歌が他集に見られないのは、雪をそのものとして鑑賞の対象とする歌いぶりがなじまなかったからではないかと考えられる。

【比較対照】

詩【補注】に述べるように、「この漢詩は見立ての合理性をあれこれ述べたもの」にすぎないとするならば、詩は、見立てそのものがねらいではない歌の趣意をとりそこなっているかのように見える。

しかし、実景を詠むのが起句だけならば、その美しさを、承句以降で表現しようとしたと見ることもできなくはない。そこでのあれこれの検討の結果として見立てを否定し、やはり「雪封枝」という苑の風景がそれ自体として美しいのだということを言おうとしたのならば。

そもそも厳密にいえば、当詩は意図的な見立ての表現としては成立していない。現実にたいする錯覚を自覚し、疑い、打ち消しているからである。そのことに詩全体の四分の三を費やしてまでこだわるのは、それでもそのように錯覚してしまうほどに、実景が美しいということを強調しようとしたためと考えざるをえない。つまり、梅花に見立てられるから美しいのではなく、そのものが美しいということである。

この解釈が妥当だとすれば、当詩はまさに歌の趣意どおりを見事に写していることになる。それに、時期や場所などの具体的な条件を重ねるという、漢詩らしさも添えた点は、歌の「霜枯れに成りぬと思へど」という表現と、間接的に呼応していると見ることもできる。

九九番

歴年砥　色裳不変沼　松之葉丹　宿留雪緒　花砥許曾見咩

年ふれど　色も変はらぬ　松の葉に　宿れる雪を　花とこそ見め

冬来松葉雪斑々
素蕊非時枝上寛
山客廻眸猶誤道
応斯白鶴未翩翻

冬《ふゆ》来《きたり》て松葉《ショウエフ》雪《ゆき》斑々《ハンパン》。
素蕊《ソズイ》時《とき》に非《あらず》して枝上《シシャウ》に寛《ゆた(か)》なり。
山客《サンカク》眸《まなこ》を廻《めぐら》して猶《なほ》誤《あやまち》て道《い》ふならく、
斯《こ》れ白鶴《ハクカク》の未《いま》だ翩翻《ヘンパン》せざるなるべし。

【校異】

本文では、初句の「歴年」を、京大本・大阪市大本・天理本が「年歴」とし、第二句の「色」を、底本はじめ講談所本・京大本・大阪市大本・天理本・羅山本が「㐌」とするが他本により改め、第三句の「葉」を、類従本・下澤本・羅山本・無窮会本が「枝」とし、第四句の「宿」の後に、永青本・久曾神本が「礼」を補い、同句の「雪」を、同二本が欠き、結句の「砥」を、京大本・大阪市大本・天理本が欠き、同句の「許」を、藤波家本・講談所本・道明寺本が欠き、同句末の「咩」を、永青本が「咋」とする。

付訓では、第三句の「の」を、羅山本・無窮会本が「が」とし、同句の「葉」を「枝」とする下澤本が「えだ」、講談所本・道明寺本・羅山本・無窮会本が「え」とし、結句の「みめ」を、藤波家本・講談所本・道明寺本が「みれ」、京大本・大阪市大本・天理本・無窮会本が「みぬ」とする。

同歌は歌合には見られないが、後撰集（巻八、冬、題しらず、よみ人も、四七五番。ただし第三句「松がえに」第四句「かかれる雪を」結句「花とこそ見れ」）、また古今六帖（巻一、天、雪、七四〇番。ただし第三句「松がえに」第四句「かかれる雪を」結句「花かとぞ見る」）にも

【校異】

「斑々」を、底本等「班班」に作るも、元禄九年版本・元禄一二年版本・文化版本・詩紀本・下澤本・藤波家本・天理本・無窮会本・永青本に従う。「素蕊」を、久曾神本「蘂」に作る。「廻眸」を、元禄九年版本・元禄一二年版本・文化版本・詩紀本・下澤本「回眸」に作る。「猶誤道」を、元禄九年版本・類従本・藤波家本・講談所本・道明寺本・京大本・大阪市大本・天理本・羅山本・無窮会本・永青本・久曾神本「猶誤導」に作る。

【通釈】

冬になって松葉に雪が積もって白と青のまだら模様に見える。それは白い花が咲く時季でないのに枝の上にたくさん咲いたかのよう。その光景は、山に住む仙人ならばあたりを見回してやはり間違えて言うだろう、きっと白鶴がまだ舞わずに枝に止まっている姿だと。

見られる。

【通釈】

何年も経つけれど色のちっとも変らない松の葉に留まっている雪を花と見ることにしよう。

【語釈】

年ふれど　漢語「歴年」を返読して「としふ」と訓む例は、本集にも万葉集にも見られない。また本集には、付属語との関係以外で返読する例も他に見当たらない。「年ふれど」という表現も万葉集にはなく、八代集でも同歌所載の後撰集以降に見られ、すべて初句に位置する。どの歌でも、一年ではなく何年も経つの意。そのうち、松とともに詠まれるのは「としふれどかはらぬ松をたのみてやかかりそめけんいけの藤なみ」（千載集二―一二〇）のみ。「年ふとも」でも、「住吉のわが身なりせば年ふとも松より外の色を見ましや」（後撰集九―五九七）という、松の色に関わる歌がある。なお七九番歌【語釈】「年ぞへにける」の項も参照。

色も変はらぬ　本集上巻の、助動詞「ず」の各活用形で訓む例における本文表記は、「ず」の場合、一〇例中九例が「不」、一例が「栖」、「ね」の場合、五例中四例が「不」、一例が「不…祢」、そして「ぬ」の場合、一七例中「不…沼」が七例、「不」が六例、「沼」が三例、残り一例が無表記となっていて、連体形「ぬ」における「不…沼」という併用表記が目立つ。色が「かはる」という表現については、七八番歌【語釈】「変

【語釈】

1冬来　冬になる、の意。八四番詩【語釈】該項参照。　**松葉**　松の、細くて鋭い棘を持つ青葉のこと。松に懸かる雪を花と見立てることは、八七番詩に「青松残雪似花鮮…咲殺寒梅万朶連」とあり、梅花よりも美しいものと詠まれている。ただし、「松葉」と更に観察が細かくなると、例えば、陳・曇瑗「遊故苑詩」に「丹陽松葉少、白水黍苗多」とあるのを初出として、唐詩から用例は増えて、王建「和少府崔卿微雪早朝」詩に「無多白玉階前湿、積漸青松葉上乾」とあるのは、当詩と類似する光景。具平親王「唯以酒為家」詩に「戸牖梨花松葉裏、郷園藍水玉山程」（『本朝麗藻』巻下）、源英明「秋気颯然新」詩に「露滴蘭叢寒玉白、風銜松葉雅琴清」（『和漢朗詠集』露、『類題古詩』気）とあり、前者は「松葉酒」の意も含ませる。　**雪斑々**　雪がまだらに残っている様。九〇番詩にも「雪後朝朝興万端、山家野室物斑々」とある。鄭愔「折揚柳」詩に「風花滾成雪、羅綺乱斑斑」、白居易「以鏡贈別」詩に「我慚貌醜老、繞鬢斑斑雪」とあるが、用例は極めて少ない。ちなみに、中国詩には雪の形容としての異文「班班」の用例はなく、日本漢詩にも他の用例を知らない。なお本書巻末論文を参照。

2素蕊　白い花。「蕊」は、花のこと。六三番詩【語釈】「蕚初開」の項を参照のこと。ただし、この語の用例は極めて稀で、梁・劉孝綽「於座応令詠梨花詩」に「詎匹竜楼下、素蕊映朱扉」以外に知らない。　**非時**　しかるべき、正しい時節でないこと。八一番詩【語釈】該項を参照のこと。　**枝上寛**　「寛」は、九〇番詩【語釈】「月色寛」の項を参照のこと。ただし、ここはそれと語義が異なり、「枝上」という局所におけ

はらざりける」の項を参照。また、マツの「色」についても、同歌【補注】を参照。「色も変はらぬ」という表現自体は万葉集にはなく、八代集には同歌も含め九例、見られる。その対象となるのは、同歌以外にマツはなく、「さか木ば」と「くれたけ」が二例ずつ、他に「もみぢ」「事のは」「月のかつら」「やまぶき」が各一例である。「も」以外の助詞あるいは「ぬ」以外の活用形にまで広げると、万葉集にも「咲く花の色は変はらずももしきの大宮人ぞ立ち変はりける」（万葉集六―一〇六一）や「我が背子がやどのなでしこ日並べて雨は降れども色も変はらず」（万葉集二〇―四四四二）のように、花に関する例はあり、八代集には「ちはやぶるかものやしろのひめこまつよろづ世ふともいろはかはらじ」（古今集二〇―一一〇〇）「ちはやぶるひらのの松の枝しげみ千世もやちよも色はかはらじ」（拾遺集五―二六四）「神山の松ふくかぜもけふよりは色はかはらでおとぞ身にしむ」（千載集四―二三二）「千とせふる尾上の松は秋風のこゑこそかはれ色はかはらず」（新古今集七―七一六）など、マツに関する例が多く見られる。

松の葉に　八七番歌【語釈】「松の葉に」の項を参照。【校異】に示したように、「葉」を「枝」とする諸本があり、後撰集や古今六帖も「松がえ」としている。雪との関係でいえば、葉については「松の葉にかかれる雪のそれをこそ冬の花とはいふべかりけれ」（後撰集八―四九二）「山がくれきえせぬ雪のわびしきは君まつのはにかかりてぞふる」（後撰集一四―一〇七三）「見わたせば松のはしろきよしの山いくよつもれる雪にかあるらん」（拾遺集四―二五〇）などの類例が挙げられるのに対して、枝のほうは「こぬ人を松のえにふる白雪のきえこそかへれくゆる思

るものであることに注意。あるいは、「ユタ（カ）」（永青本・久曾神本）という訓に引かれた、和習に近い用例かもしれない。僅かに類似する訓詁を探し得たとするならば、杜甫「遣悶戯呈路十九曹長」詩に「晩節漸於詩律細、誰家数去酒杯寛」とある「寛」で、仇兆鰲注に「多也」とするものである（『漢語大詞典』該項の指摘）。そもそも「寛」のいう「ユタカ」は、心の豊かさ（＝心の広さ・寛大さ）をいうのであって、物の豊富さ、数の多さを意味することはないはずであり、その意味でも、嵯峨天皇「贈綿寄空法師」詩に「禅関近日消息断、京邑如今花柳寛」（『凌雲集』）とある例にも違和感がある。それは押韻のため。

3 山客　基本義は、山中に住む人だが、それは時に隠者となり、仙人・道士となる。ここは、仙人の意。一〇番詩には、「山人」とあったが、それとほぼ同じ。九二番詩の「遊人」は、「跡を絶ちて幽山に入った」のだから、「山客」「山人」となったのだろう。六朝詩には、漢・古辞「予章行」に「涼秋八九月、山客持斧斤」、梁・江淹「感春氷遙和謝中書詩二首其二」詩に「若作商山客、寄謝丹水浜」の二例を見るのみで、前者は基本義、後者は隠者の意。王維「田園楽七首其六」詩に「花落家童未掃、鶯啼山客猶眠」、李白「日夕山中忽然有懐」詩に「久臥青山雲、遂為青山客」とあるのは、山中に住む人の意、司空曙「薬園」詩に「独有深山客、時来辨薬名」、王建「尋李山人不遇」詩に「山客長須少在時、渓中放鶴洞中棋。生金有気尋還遠、仙薬成窠見即移」、王建「送山人二首其二」詩に「山客狂来跨白驢、袖中遺却潁陽書。人間亦有妻児在、抛向嵩陽古観居」等とあるのは、仙人・道士の意だが、白居易は、「春遊二林寺」詩に「朝為公府吏、暮作霊山客」、「和裴令公一日日一年年雑

ひに」（後撰集一二―八五一）のみである。

宿れる雪を　八七番歌【語釈】「宿れる雪は」の項を参照。異訓「かかれる」との違いにも言及してある。

花とこそ見め　八七番歌【語釈】「花とこそ見れ」の項を参照。雪を花に見立てる歌については、二一番歌【語釈】「花とや見らむ」の項および【補注】を参照。「見め」は動詞「見る」の未然形に助動詞「む」の已然形が付いた表現であるが、これについて『注釈』は「見るだろうよの意であって、（略）「こそ見れ」ほどの直截な表現でない」と説く。「だろう」という訳からは「む」を推量の意ととってのことであろうが、一人称主語で推量はありえない。見ることにしようという意志が示されているのであって、「直截」かどうかはともかく、「見れ」と同等もしくは、より強い歌末表現である。なお、【校異】には「みぬ」という異訓があるが、片仮名の「メ」を誤写したものであろう。

【補注】

【語釈】で明らかなように、当歌の措辞は「松の葉に宿れる雪はよそにして時まどはせる花とこそ見れ」（八七番）にきわめて類似している。にもかかわらず眼目はまったく異なる。同じ見立てであっても、八七番歌は「よそにして時まどはせる」点においてであるのに対して、当歌は「年ふれど色も変はらぬ松の葉」との対比においてであり、見立てのポイントが違うのである。

マツの葉の色が永久不変であるのに比べれば、花の色はほんの一時にすぎない。当歌において雪を花に見立てるのも、そのような花のはかな

言見贈」詩に「山客硯前吟待月、野人尊前酔送春」と、自身を「山客」と呼ぶので、山野に遊ぶ人という意味にとっていい。ここは、王建「尋李山人不遇」詩との類似から、仙人と解釈する。良岑安世「山亭聴琴」詩に「山客琴声何処奏、松蘿院裏月明時」（『文華秀麗集』巻下）、源常「七言奉和太上天皇問浄上人病」詩に「山客尋来若相問、自言身世浮雲虚」（『経国集』巻一〇）とあり、前者は隠者の意。　**廻眸**　一三・五六・六八・七六番詩に既出。あたりを見回すこと。語義に関しては、六八番詩【補注】を参照されたい。　**猶誤道**　やはり間違って言う、の意。一三番詩【語釈】該項を参照のこと。

4 応斯　きっとそれは〜に違いない、の意。一三番・九七番詩に既出。**白鶴**　魏・曹植「白鶴賦」に「嗟皓麗之素鳥兮、含奇気之淑祥」（『初学記』鶴）、劉禹錫「和浙西李大夫伊川卜居」詩に「徒令双白鶴、五里自翩翻」とあり、雪を鶴に見立てることは、例えば『初学記』雪には、謝恵連「雪賦」に「皎鶴奪鮮、白鷴失素」、陳・張正見「潔圃観春雪詩」に「払鶴伊川上、飄花桂苑中」とある二例が収載されるが、『藝文類聚』雪には無い。源弘「七言和良将軍題瀑布下蘭若簡清大夫之作」詩に「四時毎聴奔雷響、遠近同看白鵠懸」（『経国集』巻一〇）、菅原道真「賦木形白鶴」詩に「清唳無期何歳月、金吾願得一声聞」（『菅家文草』巻二）とある。ちなみに、前者の「白鵠」は、「瀑布」の比喩。雪を鶴に見立てることに関しては、楊泰師「五言奉和紀朝臣公詠雪詩」詩に「昨夜竜雲上、今朝鶴雪新」（『経国集』巻一三）とあり、大江匡衡「暮秋左相府東三条第守庚申同賦池水浮明月詩」詩に「洲晴舞鶴疑廻雪、底徹遊魚似上氷」、源為憲「奉和藤賢才子登天台山之什」詩に「鶴閑翅刷千年

さゆえである。しかし、『注釈』の「松の葉の緑が永久不変であることと、〔宿れる〕つまり冬のわずかな間とどまって花が咲いているような雪のはかなさとの対比も、詠み込んでいると言えよう」のように、雪にも「はかなさ」をそのままあてはめるのは妥当とは言えない。実際に降り積もった雪は、花とは異なり、冬の間、長く留まることもあるからである。それでも、この見立てが成り立つのは、結句の「とこそ見め」という表現による。すなわち、単にマツの葉の雪が花に似ているということではなく、この意志表現によって、留まる雪が花のように早く無くなってほしいという、春の到来を待ち望む気持ちが表されているのである。その意味では、冬歌の掉尾を飾るのにふさわしい歌といえよう。

※一三番詩との類似を取り上げねばならないだろう。

霞光片々錦千端。未辨名花五彩斑。
遊客廻眸猶誤道。応斯丹穴聚鵷鸞。

第二句は、「未辨」と言うが、本詩では「非時」と言って、比喩であることを匂わせるだけで暗喩としている。後半の類似は述べるまでもない。おまけに押韻まで上平声二十七刪韻と上平声二十六桓韻を用いている。現代であれば、両者の作者が同一人でないならば、恐らく剽窃問題になるだろう。

なお、雪と花の比喩については、八七番詩を参照されたい。また、この作の比喩については、小島憲之『古今集以前』二六一頁以下にも言及がある。

雪、僧老眉垂八字霜」(『本朝麗藻』巻下)とあるのは鶴の白さを雪に喩えたもの。**翩翻** ひるがえりながら飛ぶ様を表す双声の語。張衡「西京賦」に「衆鳥翩翻、群獣駓騃」(『文選』巻二)、王昌齢「灞上間居」詩に「庭前有孤鶴、欲啄常翩翻」、章孝標「聞雲中唳鶴」詩に「翩翻縈碧落、嘹唳入重雲」とあり、滋野貞主「雑言臨春風效沈約体応制」詩に「黄鶯雑踏誰求媒、素蝶翩翻不倦廻」(『経国集』巻一一)とある。

【補注】

韻字は、「斑」(上平声二十七刪韻)、「寛」(上平声二十六桓韻)、「翻」(上平声二十二元韻)で、それぞれ隣接する韻ではあるが、同用ではないので押韻に傷がある。平仄に基本的な誤りはない。

「山客」を仙人とするのは、白鶴との関連による。鶴が仙境に棲み、仙人の乗り物とされた鳥であるばかりでなく、仙人だからこそ、「猶ほ誤りて道ふ」と考えるのである。葛野王「五言遊龍門山」詩に「安得王喬道、控鶴入蓬瀛」(『懐風藻』)、藤原史「遊吉野二首其二」詩に「霊仙駕鶴去、星客乗査逡」(『懐風藻』)、島田忠臣「鶴棲松」詩に「千年松与千年鶴、…時留羽駕仙人過、日長精神道士瞻。何必乗軒終表質、願従君子得無厭」(『田氏家集』巻下)、菅原道真「感金吾相公冬日嵯峨院即事之什聊押本韻」詩に「老鶴従来仙洞駕、寒雲在昔妓楼衣」(『菅家文草』巻五)等とあり、菅原道真「賦木形白鶴」詩の題下注には、源能有の四〇歳の祝賀の法会にそれが飾られていたことが記されている。

当詩の構成に就いてみるならば、まず【語釈】でも多く挙げたように※

【比較対照】

歌詩の対応で言えば、詩は歌の「年ふれど色も変わらぬ」の部分はまったく無視して、前半の二句を制作したということになるだろう。歌【補注】に言うように、雪を花とする見立てにおける当歌の眼目が、「年ふれど色も変わらぬ松の葉」にあるにもかかわらずである。しかも面白いことに、歌が類似する八七番詩では、その【比較対照】に言及があるように、歌の「よそにして」と「時まどはせる」という、見立てであることを際立たせる趣向、その歌の生命線であるはずのものが反映されなかったという指摘である。当詩にはその「時まどはせる」を映したとおぼしき、「非時」が挿入されているという皮肉もある。おそらく、詩の前半だけなら、八七番と九九番は入れ替えた方がよりうまく歌に対応するのではないか。「青松」という語も、「年ふれど色も変わらぬ」というニュアンスを、少なくとも「松葉」より伝えているように思われる。

さて、後半は歌の内容にない、詩独自の付加部分であるが、これは単に余計な比喩を付け足したということではないように思われる。歌【補注】に、「とこそ見め」という意志表現が「春の到来を待ち望む気持ち」を表しており、「冬歌の掉尾を飾るのにふさわしい歌」だというが、その新年の到来を予祝する意味で、わざわざ鶴の比喩が選ばれたのではないかということである。「山客」を仙人とするのも、詩【補注】の用例にもあるように、松も鶴もそして仙人も、永遠の命を持つものであり、春という歳月の再生を意味する季節の到来を強く待ちわびる歌の含意を、具現化していると言えるのではなかろうか。

恋歌　二十首

一〇〇番

紅之　色庭不出芝　隠沼之　下丹通手　恋者死鞆

くれなゐの　色にはいでじ　隠れぬの　下に通ひて　恋ひは死ぬとも

【校異】

本文・付訓とも、とくには異同が見られない。

同歌は、寛平御時后宮歌合（十巻本・廿巻本、恋歌、一六〇番）にあり、また古今集（巻一三、恋三、六六一番）に「寛平御時きさいの宮の歌合のうた　きのとものり」として、古今六帖（第三、水、ぬま、一六八三番）、同（第五、色、くれなゐ、三四九八番）、友則集（三五番）にも「寛平御時中宮歌合に」として見られる。

【通釈】

（この思いが）紅色のようにはっきりと表に出るようにはするまい、草木に隠れた沼のように（その底知れない）下に届くほどに（心深く）ひそかに慕って死ぬことになるとしても。

【語釈】

くれなゐの　「色（いろ）」にかかる枕詞とされるが、その確例と認められるのは万葉集・八代集の中で、古今集所載の同歌を除けば、「言ふことの恐き国そ紅の色にな出でそ思ひ死ぬとも」（万葉集四―六八三）の一例のみであり、むしろ実質的にその色を表す用法のほうが圧倒的に多

閨房怨緒惣無端
万事呑心不表肝
胸火燃来誰敢滅
紅深袖涙不応干

閨房《(ケイハウ)》の怨緒《(エンショ)》惣《(すべ)》て端《(はし)》無《(な)》（し）。
万事《(バンシ)》心《(こころ)》に呑《(のみ)》て肝《きも》を表《(あらは)》さ（ず）。
胸《(むね)》の火《(ひ)》燃来《(もえきた)》る誰《(たれ)》か敢《(あへ)》て滅《け》さむ。
紅《(くれなゐ)》深《(ふか)》き袖《(そで)》の涙《(なみだ)》干《ほ》す（べ）から（ず）。

【校異】

「不応干」を、永青本「不応乾」に作る。

【通釈】

一人寝室でふさぎ込む女性の鬱屈した思いは、次から次へとわき出てまったく切りがない。すべてのことは心に呑み込んで、心の内は外に表さないようにしよう。でも胸の火は燃えるばかりでいったい誰が消してくれるのであろう（誰も消してはくれまい）。袖をぬらす涙も血の色と同じ深い紅色なので、きっと乾かないに違いない。

【語釈】

1 閨房　宮廷女性の私的生活のための部屋のことで、夫との寝室でもある。『漢書』張敞伝に「臣聞閨房之内、夫婦之私、有過於画眉者」、呉均「与柳惲相贈答六首其五」詩に「閨房宿已静、落月有余輝」（『玉臺新詠』巻六）とあり、『続日本紀』天平宝字元年四月条に「然船王者閨房

い。当歌では、文脈全体との不関与から枕詞とみなさざるをえないもの、それでも比喩的な枕詞として「くれなゐ」という色のイメージが喚起されるだけでなく、「隠れぬ」との関係からは、紅と黒という色の対比も意図されていると見られる。

色にはいでじ　「色にいづ」は比喩的に、内心が表にあらわれる、とくに恋心が表情や言動にあらわれることを意味する。古今集の諸注釈書は「表・顔色・表情やそぶりに出す・表面に表す」のように他動詞的に訳するが、意図せずに自然に出ることを表すのであって、適切とは言えない。ただし下接する助動詞の「じ」は打ち消しの意志を示すと見られるので、そのような非意図的なことを禁じようという、無理な表明をしていることになる。「色にいづ」という表現はそれ単独で「岩が根のこごしき山を越えかねて音には泣くとも色に出でめやも」（万葉集三―三〇一）「色に出でて恋ひば人見て知りぬべし心の中の隠り妻はも」（万葉集一一―二五六六）、「おもふには忍ぶる事ぞまけにける色にはいでじとおもひしものを」（古今集一一―五〇三）「しのぶれど色にいでにけりわが恋は物や思ふと人のとふまで」（拾遺集一一―六二二）などのようにも用いられるが、植物（花）と結び付けて「よそのみに見つつ恋ひなむ紅の末摘む花の色に出でずとも」（万葉集一〇―一九九三）「人しれずおもへばくるし紅のすゑつむ花のいろにいでなむ」（古今集一一―四九六）、「あしひきの山橘の色に出でよ語らひ継ぎて逢ふこともあらむ」（万葉集四―六六九）「わがこひをしのびかねてはあしひきの山橘の色にいでぬべし」（古今集一三―六六八）、「隠りには恋ひて死ぬともみ苑生の韓藍の花の色に出でめやも」（万葉集一一―二七八四）などのように表現す

不修、池田王者孝行有闕」とある。本集にも「閨房独坐面猶嚬」（一〇七番）、「顧念閨房思愛情」（一〇九番）、「高低歎息満閨房」（一一六番）とある。

怨緒　逢えない男に対する鬱屈した悲しい思い、の意。「緒」の原義は、糸巻きに巻かれた糸の端の意であり、従って「悲緒」「愁緒」なども、次から次へと引き出されるような悲しみをいう。駱賓王「望月有所思」詩に「離居分照耀、怨緒共徘徊」、紀斉名「落葉賦」に「静室端居之妾、…況復憂心悦然、怨緒蕭然」（『本朝文粋』巻一）とある。

惣無端　「惣」は、まったく、すべて、の意。三四番詩【語釈】該項を参照のこと。「無端」は、限りがない、際限がない、の意。司馬相如「上林賦」に「視之無端、察之無涯」（『文選』巻八）、嵇康「養生論」に「従哀得白、従白得老、従老得終、悶若無端」（『文選』巻五三）とあり、楊泰師「雑言夜聴擣衣」詩に「雖忘容儀難可問、不知遙意怨無端」（『経国集』巻一三）、菅原道真「対残菊詠所懐寄物忠両才子」詩に「思家一事乱無端、半畝華園寸歩難」（『菅家文草』巻四）とある。なお「無端」は、陳・曹植「浮萍篇」詩に「恪勤在朝夕、無端獲罪尤」（『玉臺新詠』巻二）、菅原道真「冬夜対月憶友人」詩に「月転孤輪満百城、無端悩殺客中情」（『菅家文草』巻四）とあるように、詩語として、①何の考えもなく、何気なく。②思いがけなく、意外にも。③どうしようもなく、等の意を表すことがある（王鍈『詩詞曲語辞例釈（第二次増訂本）』に詳しい）が、ここは不適。むしろここは、『広韻』桓韻に「端、緒也」とあるように、「怨緒」の「緒」との縁語的な技巧と見るべきだろう。つまり、糸巻きの糸を繰るように次から次へと生ずる男へのウラミは、糸口（端緒）があるはずなのだがまったくそれが見つからないので際限も

る例も目に付く。

隠れぬの　「ぬ」は沼の意。「ぬま」の古形と見られるが、複合語の後項としてのみ確認される。「隠（かく）れぬ」は万葉集には見られず、古今集以降、①「かくれぬのしたよりおふるねぬなはのねぬなはたてじくるないとひそ」（古今集一九―一〇三六）②「…かくれぬの　したよりねざす　あやめぐさ　あやなき身にも　人なみに　かかる心を…」（拾遺集九―五七二）③「かくれぬのそこの心ぞうらめしきいかにせよとてつれなかるらん」（拾遺集一二―七五八）④「さむしろはむべさえけらしかくれぬのあしまのこほりひとへしにけり」（後拾遺集六―四一八）⑤「あらはれてうらみやせましかくれぬのみぎはによせしなみの心を」（後拾遺集一五―八七三）⑥「人づてにしらせてしかなかくれぬのみごもりにのみこひやわたらむ」（新古今集一一―一〇〇一）のように見られる。以上は八代集における「隠れぬの」の全例であるが、この六例のうち、当歌と同じく「下（した）」を下接するのは①と②の二例、枕詞と認められるのは③と⑥の二例で、両者は一致しない。この点で問題になるのが万葉集には見られ八代集には見出せない「こもりぬ」との関係である。「かくれぬ」という語は「こもりぬ」の「隠沼」という表記の誤読から生じたとされるが、「隠」字は万葉集では「かくる」と「こもる」の両方で訓まれ、また万葉集でも八代集でも「こもる」と「かくる」の両語が用いられているのであるから、肯いがたい。「こもりぬ」は万葉集八例のうち、「埴安の池の堤の隠り沼〔隠沼〕の行くへを知らに舎人は惑ふ」（万葉集二―二〇一）「あぢの住む須沙の入江の隠り沼〔許母理沼〕のあな息づかし見ず久にして」（万葉集一四―三五四七）のなく胸にわだかまる、というように。

2 万事　世俗的なあらゆること、すべてのこと。梁・沈約「悼亡詩」に「万事無不尽、徒令存者傷」（『玉臺新詠』巻五）、王叔英妻劉氏「和昭君怨」詩に「一生竟何定、万事良難保」（『玉臺新詠』巻八）とあり、菅原道真「驚冬」詩に「不愁官考三年黜、唯歎生涯万事非」（『菅家文草』巻四）、同「独吟」詩に「詩興変来為感興、関身万事自然悲」（『菅家文草』巻四）とある。　**呑心**　類句として、唐・太宗徐賢妃「諫太宗息兵罷役疏」に「固亦包呑心府之中、循環目囲之内」とあるを知るのみで、日中ともその用例を知らない。「呑恨」「呑哀」「呑悲」などは、何れも恨みや悲しみを隠して堪えることであるので、ここもそれに類するだろう。また「呑舌」とは、喋らないこと。　**表肝**　日中ともにこの語の用例を知らない。「肝」には、鄒陽「獄中上書自明」に「両主二臣、剖心析肝相信、豈移於浮辞哉」（『文選』巻三九）、杜甫「義鶻行」に「聊為義鶻行、用激壮士肝」とあるように、内心の意があり、「肝心」「肝鬲」「肝腸」「肝膽」「肺肝」等にも類似の意味がある。ただし、内心・真心を吐露するの意の場合には、「披肝」「披心」と「披」を取るのが一般。この第二句も「心」と「肝」との対応をおそらく意識する。他本は無訓だが、久曾神本に「キモ」とある。

3 胸火　日中ともに用例を知らない。ただし、「火」は白居易「感春」詩に「憂喜皆心火、栄枯是眼塵」とあるように、激情や煩悩などに喩えられる一方で、菅原道真「対鏡」詩では「未滅胸中火、空銜口上銀。意猶如少日、只已非昔春」（『菅家文草』巻四）と、若き情熱の意で用いられ、紀斉名「為大江成基申諸司助状」には「然則一寸如焦之心、胸中

二例が序詞内の用法、残りはすべて「隠り沼〔隠沼〕の下に恋ふれば飽き足らず人に語りつ忌むべきものを」（万葉集一一―二七一九）「隠り沼〔隠沼〕の下ゆ恋ひ余り白波のいちしろく出でぬ人の知るべく」（万葉集一二―三〇二三）などのように、「下（した）」にかかる枕詞である。以上の相異を勘案すれば、「こもりぬ」と「かくれぬ」はさしあたり別々の語とみなしておくのが穏当と考えられる。

下に通ひて　当歌は本集では恋歌の冒頭に位置するのに対して、古今集では恋三の終盤に配列され、同歌の次には「冬の池にすむにほ鳥のつれもなくそこにかよふと人にしらすな」（古今集一三―六六二）という、ともに「通（かよ）ふ」を用いた歌が並ぶ。この古今集における配列からすれば、どちらの歌の「通ふ」も明らかに相手の元に行き続けることを意味する。また当歌の「下に」は次歌の「そこ（底）に」と同じく、移動の方向を示すとともに、ひそかにという意味も表すことになる。それに対して、『注釈』ではこの句を「水が地下を通るように、心の中で相手を思うこと」とし、古今集の注釈書にも同様の説明をするものが見られる。これらは、相手との直接の関係以前の段階を想定していると考えられ、本集恋歌における位置付けからは、その解釈の可能性も否定できない。それどころか、結句の「恋ひは死ぬとも」との結び付きからは、相手の元に通っている状態であるよりもふさわしくさえ思われる。ただし、八代集における他の「下に通ふ」という表現でも、「せきとむるいはまのみづもおのづからしたにはかよふものとこそきけ」（詞花集八―二四三）「われならぬ人に心をつくば山したにかよはむみちだにやなき」（新古今集一一―一〇一四）などは、具体的な行動を表し、「事にいでて

火滅、二年不乾之涙、袂上雨収」（『本朝文粋』巻六）と、焦燥感の意で用いられるが、本集では「怨深喜浅此閨情、夏夜胸燃不異蛍」（三五番）、「胸中刀火例焼身、寸府心灰不挙煙」（一〇七番）等と、思いを遂げられぬ女性の怨みの比喩として用いられる。ここもおそらく、それ。**燃来**　日中ともに用例を知らない。「来」の、動詞のあとについて、動作の現在完了や進行を表す用法の応用だろう。元禄九年版本・元禄一二年版本・文化版本「燃来レドモ」と訓む。**誰敢滅**　「誰敢」は、一体誰がわざわざ〜するだろうか、するわけがないという、強い反問・反語を表す。『毛詩』小雅・小旻に「発言盈庭、誰敢執其咎」、李白「荊州歌」詩に「白帝城辺足風波、瞿塘五月誰敢過」とあり、空海「贈野陸州歌」に「走馬弄刀如電撃、彎弓飛箭誰敢囚」（『性霊集』巻一）とある。

4 紅深　温庭筠「寒食日作」詩に「紅深緑暗径相交、抱暖含芳披紫袍」、顧夐「酒泉子」詩に「黛薄紅深、約掠緑鬟雲膩」とあれば、「紅深」とは暗く濃い紅色。藤原忠通「見屛風春所独吟」詩にも「松杉緑老枝経歳、桃李紅深花染春」（『本朝無題詩』巻二）とある。この色は、「袖」を形容すると考えるのが原則だが、「紅袖」が単なる美女の袖を意味するのに対して、「紅涙」は、化粧した女性の涙を意味し、その「紅」が「深」とは、より悲しみが深いことを表すことになると考えられるという（于永梅「平安時代の漢詩における「血涙」「紅涙」の受容」『和漢比較文学』三一、二〇〇三・八）。「紅涙」は、唐代流行の楽府「長垂双玉啼」詩に「双双紅涙堕、度日暗中啼」、劉言史「長門怨」詩に「手持金箸垂紅涙、乱撥寒灰不挙頭」とあるなど、女性の怨みを表す語として頻出する。本集にも「含情泣血袖紅新」（一〇三番）、「千行流処袖紅斑」（一〇

いはぬばかりぞみなせ河したにかよひてこひしきものを」（古今集一二—六〇七）は、心が相手に通じるの意でとられている。翻って当歌の文脈を考えた場合、手掛かりになりそうなのは「隠れぬ」と接続助詞の「て」である。「隠れぬ」は草木などに覆われて、周りから見えない沼のことである。その沼の「下」であるから、まして傍からは到底うかがいしれない。その「下に通ふ」というのは、方向性は異なるものの、「雲ゐにもかよふ心のおくれねば我やわするる人やとはぬと」（古今集八—三七八）や「遙なる程にもかよふ心かなさりとて人のしらぬものゆゑ」（拾遺集一四—九〇八）に等しく、思いの程度を強調していると見られ、当歌では「下に通ひて」という表現によって、「恋ひ」を強調的に修飾しているととることができる。つまり当歌における「通ふ」自体は、思うや思いが通じる、まして相手の所に行くという実質的な意味をあらわすのではなく、底知れない沼の下まで届くほどに、心深くひそかにという程度表現の一部を成しているということである。

恋ひは死ぬとも　「恋（こ）ふ」と「死（し）ぬ」が複合した動詞の間に助詞「は」を加えた表現。逆接仮定の助詞「とも」を伴って結句となる例としては、「恋と言へば薄きことなり然れども我は忘れじ恋ひは死ぬとも」（万葉集一二—二九三九）「わたつみの沖に生ひたるなはのりの名はさね告らじ恋ひは死ぬとも」（万葉集一二—三〇八〇）、「吉野河いはきりとほし行く水のおとにはたてじこひはしぬとも」（古今集一一—四九二）「山高みした行く水のしたにのみ流れてこひむこひはしぬとも」（古今集一一—四九四）「住吉の岸におひたる忘草見ずやあらましこひはしぬとも」（拾遺集一四—八八八）「荒磯の外ゆく浪の外心我はおもはじ

四番）とあれば、例え「紅深」が「袖」に係ると見ても、それは涙によるものと見るべきである。　**袖涙**　衣の袖をぬらす涙のこと。岑参「暮春虢州東亭送李司馬帰扶風別廬」詩に「西望郷関腸欲断、対君衫袖涙痕斑」、李商隠「別薛岩賓」詩に「還将両袖涙、同向一窓灯」とあり、小野末嗣「七言奉試得王昭君」詩に「出塞笛声腸闇絶、銷紅羅袖涙無乾」（『経国集』巻一四）とある。なお、日本国語大辞典（第二版）は、「袖の涙」の初出例に「人目をもつつまぬものと思いせば袖の涙のかからましやは〈藤原実方〉」（拾遺集一二—七六四）を挙げる。本集には「双袖双眸両不晞」（六一番）、「冬閨両袖空成涙」（九五番）等の類句がある。

不応　～するはずがない、の意。陳の「近代雑歌三首・蚕糸歌」に「春蚕不応老、昼夜常懐糸」（『玉臺新詠』巻一〇）、宋の「読曲歌」に「明月不応停、特為相思苦」とある。なお「不応」は、『詩詞曲語辞匯釈』に、①「不須」、②「不是」、③「不曾」「未嘗」、④「不知」「不顧」、の四義が挙げられるが、ここは①の意。　**干**　「干」の原義は武器のほこ。「乾」に当てるのは仮借。従って、「干」「乾」は、同声同韻。岑参「逢入京使」詩に「故園東望路漫漫、双袖竜鐘涙不乾」、杜甫「月夜」詩に「何時倚虚幌、双照涙痕乾」とあり、小野末嗣「七言奉試得王昭君」詩に「出塞笛声腸闇絶、銷紅羅袖涙無乾」（『経国集』巻一四）、菅原道真「白微霰」詩に「袖中収拾慇懃見、応是為氷涙未乾」（『菅家後集』）とある。一方、「涙干」の用例も多くはないが、任翻「宮怨」詩に「涙干紅落臉、心尽白垂頭」とあり、朝野鹿取「奉和王昭君」詩に「遠嫁匈奴域、羅衣涙不干」（『文華秀麗集』巻中）とある。

こひはしぬとも」（拾遺集一五—九五五）など見られる。この結句を含む下句全体が上句を修飾する倒置表現となっている。

【補注】

当歌が古今集の恋三に採られたのは、ひとえに「通ふ」という語によると考えられる。「色にいづ」だけならば、八代集ではむしろ恋一に配されることのほうが多い。ただ、ひそかにであれ、相手の元に通う関係にあるならば、「恋ひは死ぬ」というほどの心境になるかは疑問である。とりわけ「通ふ」主体は男であろうから、わざわざそこまでの思いで「色にはいでじ」と決意する必要があるようには思えない。

本集の各部立における歌の配列は必ずしも時間や事態の推移に対応したものではないけれども、当歌が恋歌の冒頭に置かれたのは、「色にはいでじ」を優先し、片恋状態を表す歌とみなされたからではないだろうか。そのほうが「恋ひは死ぬとも」という強調表現ともなじむのであり（ちなみに、「恋ひ死ぬ」という語は恋の一あるいは二によく見られる）、それに伴って「通ふ」の意味も再検討の必要が生じることになる。　＊

【補注】

韻字は「端」（上平声二十六桓韻）、「肝・干」（上平声二十五寒韻）で、両者は同用。平仄にも基本的誤りはない。

一読して分かるように、全体が閨怨詩の作りになっている。なぜ、「袖涙」が乾かないのかについては、その直接的理由は「紅深」に求められよう。しかし、それが何を意味するのかは推測に係る。悲しみが深いから（涙も当然流れ続けるから）とも考えられるし、【通釈】のように、「血」の色と同じだから（涙は涸れて血涙が流れているから）とも考えられる。後者の考え方も、一〇三番詩【語釈】該項と【補注】を参照すれば、決して無理な考えとは言えないと思われるので、敢えてそのようにしておく。

＊　初句の「くれなゐの」と第三句の「隠れぬの」という、二つの対比的かつ比喩的な枕詞を用いての表現構成は、万葉的な傾向を帯びている。しかも「色にはいで」ずということと「下に通」ふこととは、同じ内容を言い換えたにすぎず、この反復性も万葉的といえよう。

【比較対照】

恋愛に関わる思いは、歌では恋歌として男からも女からも詠まれるのに対して、詩ではもっぱら閨怨詩として女一般ではなく妻という立場からのみ歌われる。本集の恋歌に詩を対応させようとするとき、詩らしく作ろうとすれば、その閨怨詩という枠組みを基本とすることは避けられないことであり、それにともなって当然、歌と詩との対応関係にもさまざまな影響が及ぶことになる。それは恋歌にかぎらず、すでに四季歌においても、恋愛的な内容を含む歌に対する詩に認められたことであった。

前提として、当歌の場合、その【補注】でも触れたように、男の歌とも女の歌ともとることができるが、詩はその起句からして、まさに明確に閨怨詩として設定してあり、女（妻）の歌でしかありえない。しかも、同じく【補注】に述べたごとく、当歌は恋歌の冒頭に位置することから、出会う前の片恋の思いを表しているとすると、詩はすでに夫婦関係にある妻の、夫の不在に対する怨みを訴えるものであり、相手との関係・状況・感情のありようも大きく異なることになる。

その上で、表現上の対応関係を見てみるならば、歌の眼目である第二句「色にはいでじ」は、詩の承句「万事呑心不表肝」に写されている。ただし、詩【語釈】「呑心」「表肝」の項に示してあるように、対応させるために、かなりの無理をしたことが知られる。それ以外は、歌の初句の「くれなゐ（紅）」が詩の結句にも見られる程度で、歌の「隠れぬ」や「恋ひは死ぬとも」に相当する表現は見当たらない。むしろ詩の後半は、紀貫之の「君こふる涙しなくは唐衣むねのあたりは色もえなまし」（古今集一二―五七二）にふさわしそうである。

当歌はその【補注】に記したように、反復と形容で成り立っている表現であるが、詩は歌の中心である第二句を写す以外は、閨怨詩の枠組みにしたがって、その怨みのほどを承句以外に反復的に形容した表現といえる。つまり、その実質は異なるにしても、反復・形容という表現方法もまた、詩は歌に対応させたと見ることもできよう。本集の詩には、表現量を補うために、そのパターンの表現が多いことも事実であるが。

一〇一番

思筒　昼者如此店　名草咩都　夜曾侘杵　独寝身者

思ひつつ　昼はかくても　なぐさめつ　夜ぞ侘しき　独り寝る身は

【校異】

本文では、第二句の「昼」を、藤波家本が「昼」、永青本が「尽」とし、第四句の「夜」を、大阪市大本が欠き、その後に、羅山本・無窮会本・永青本・久曾神本が「許」を置き、同句の「侘」を、底本および文化写本・藤波家本・講談所本は「佗」とするが他本により改め、同句の「侘杵」を、永青本・久曾神本が「涙」とし、結句全体を、永青本・久曾神本が「不絶流礼」とし、同句の「寝」の冠を、類従本・文化写本・藤波家本・京大本・大阪市大本・羅山本・無窮会本が穴冠にする。

付訓では、第三句末の「つ」を、無窮会本が「と」とし、第四句の「ぞ」を、羅山本・無窮会本が「こそ」とする。

同歌は、寛平御時后宮歌合（十巻本、恋歌、一七五番。ただし下句「夜こそ涙つきず流るれ」）にあり、また下って新拾遺集（巻一一、恋三、一一六一番）に「菅家万葉集歌　よみ人しらず」として見られる。

【通釈】

あなたのことを思いながらも、昼はこうして（何かして、自分の気持ちを）なだめることができる。（しかし）夜がわびしい、（あなたのことを思いながら）独りで寝る身は。

寡婦独居欲数年
容顔枯槁敗心田
日中怨恨猶応忍
夜半潜然涙作泉

寡婦《クヮフ》独居《トクキョ》して数年《スネン》に欲《ななむ》とす。
容顔《ヨウガン》枯槁《コカウ》して心田《シンデン》敗《やぶ》る。
日中《ジツチュウ》の怨恨《エンコン》は猶《なほ》忍《しの》ぶ（べ）し。
夜半《ヤハン》に潜然《サンゼン》として涙《なみだ》泉《いづみ》と作《な》る。

【校異】

「寡婦」を、京大本・大阪市大本「寞婦」に作る。「独居」を、類従本「獸居」に作る。「欲数年」を、京大本・大阪市大本・天理本「無数年」に作る。「潜然」を、底本始め諸本「潜然」に作り、京大本・大阪市大本・天理本「憯然」に作るも、類従本・無窮会本に従う。

【通釈】

若い婦人が一人で夫を待ち続けるようになってからもう数年になろうとする。顔つきはやせ衰え、心も駄目になった。昼間のうちは、夫に対する恨み辛みもまだ堪えることが出来るけれど、夜中は涙がほろほろと溢れて泉のようになってしまう。

【語釈】

1 寡婦　「寡」は、本来連れ合いを亡くした者をいう語で、それ故「寡夫」の語も存在したが、次第に『孟子』梁恵王・下に「老而無夫曰寡」、

【語釈】

思ひつつ　この表現を初句に置く例は、「思ひつつ来れど来かねて三尾の崎真長の浦をまたかへり見つ」（万葉集九―一七三三）「思ひつつ寝ればかもとなぬばたまの一夜もおちず夢にし見ゆる」（万葉集一五―三七三八）、「思ひつつぬればや人の見えつらむ夢としりせばさめざらましを」（古今集一二―五五二）「思ひつつねなくにあくる冬の夜の袖の氷はとけずもあるかな」（後撰集八―四八一）などのように、万葉集にも八代集にも見られる。何を思うかについては明示されていないが、恋歌であることを考えれば、恋する相手のことであろう。接続助詞「つつ」によって「思ひ」と並列される行為は、文法的には、三句目で切れているので、「なぐさめ」とせざるをえない。ただし、意味的には、結句の「寝る」にまで関わっていると考えられる。ちなみに、恋歌ではないが、「神代より　生れ継ぎ来れば　人さはに　国には満ちて　あぢ群の　通ひは行けど　我が恋ふる　君にしあらねば　昼は　日の暮るるまで　夜は　夜の明くる極み　思ひつつ　眠も寝かてにと　明かしつらくも　長きこの夜を」（万葉集四―四八五）のように、「思ひつつ」が夜を中心にしつつも、一日中であることを示す歌も見られる。

昼はかくても　「昼（ひる）」は「夜（よる）」と対になって、一日のうち、日の出ている時間帯のほうを表す。ただし、「夜」は単独でも歌に多く詠まれるのに対して、「昼」は「あかねさす昼は物思ひぬばたまの夜はすがらに音のみし泣かゆ」（万葉集一五―三七三二）「…片恋のみに昼はも　日のことごと　夜はも　夜のことごと　立ちて居て　思ひそ我がする　逢はぬ児ゆゑに」（万葉集三―三七二）「我が恋は夜昼別かず百

潘岳「寡婦賦」の題下注に「少而無夫曰寡」（『文選』巻一六）とあるように、夫を亡くした婦人、もしくは独居して夫の帰りを待ち続ける婦人の意に多用されるようになった。宋玉「高唐賦」に「孤子寡婦、寒心酸鼻」（『文選』巻一九）、漢・陳琳「飲馬長城窟行」詩に「辺城多健少、内舎多寡婦」（『玉臺新詠』巻一）とあり、『日本書紀』仁徳紀一六年条に「時玖賀媛曰、妾之寡婦以終年。何能為君之妻乎」、紀長谷雄「貧女吟」詩には「有女有女寡又貧、年歯蹉跎病日新」（『本朝文粋』巻一）とある。異文「寞婦」は、おそらく誤写。　**独居**　一人住まいをすること。司馬相如「長門賦」に「夫何一佳人兮、歩逍遙以自虞。魂踰佚而不返兮、形枯槁而独居」（『文選』巻一六）、漢・秦嘉「贈婦詩」に「寂寂独居、寥寥空室」（『玉臺新詠』巻九）とある。本集に「独居独寝涙零零」（一〇九番）とあれば、部屋の中で一人つくねんと座っていることを表すだろう。元禄九年版本・元禄一二年版本・文化版本は「独リ居テ」と訓読するが、底本や諸写本は音読する。　**欲数年**　「欲」は、数詞の上につけてやがてそれだけの量になろうとする意を表す。白居易「答山駅夢」詩に「入君旅夢来千里、閉我幽魂欲二年」、同「夜宿江浦聞元八改官因寄此什」詩に「君遊丹陛已三遷、我汎滄浪欲二年」とあり、慶滋保胤「暮春於文章院…別方山水深」詩序に「諸故人夜雪開帙、相携亦欲数十年、春風割符、一別不知幾千里」（『本朝文粋』巻九）、大江以言「三月尽日…古廟春方暮」詩序に「廟基拓兆、欲百年之間、家業継塵、及七代之後」（『本朝文粋』巻一〇）とある。元禄九年版本・元禄一二年版本・文化版本は「数年ナラムト欲ス」と訓み、異文である京大本・大阪市大本の「無」には、なぜか「ナンナン」の訓がある。

重なす心し思へばいたもすべなし」（万葉集一二―二九〇二）、「おとにのみきくの白露よるはおきてひるは思ひにあへずけぬべし」（古今集一一―四七〇）「みかきもりゑじのたくひのよるはもえひるはきえつつものをこそおもへ」（詞花集七―二二五）「いかにしてよるの心をなぐさめむひるはながめにさてもくらしつ」（千載集一四―八四〇）などのように、そのほとんどが「夜」との対で用いられている。「昼」が単独で使用されるのは、「あさまだき露わけきつる衣手のひるまばかりにこひしきやなぞ」（拾遺集一二―七二〇）「ちかのうらになみよせまさる心地してひるまなくてもくらしつるかな」（後拾遺集一二―六七三）などのように、「干る」との掛詞の場合である。「かくても」の「かく」は指示副詞であり、文脈指示の用法としては、初句の「思ひ」を指していると考えられなくもないが、反復的で冗長の感を免れないだけでなく、「かくても」の修飾先である第三句の「なぐさめつ」ともなじみがたい。ここは現場指示ととり、詠み手自身の何らかの心理的あるいは肉体的な行為を指すととらえておく（受け手は想像するしかない）。「我が思ひかくてあらずは玉にもがまことも妹が手に巻かれむを」（万葉集四―七三四）、「身をうしと思ふにきえぬ物なればかくてもへぬるよにこそ有りけれ」（古今集一五―八〇六）「きみこふとかつはきえつつふるほどをかくてもいける身をもうらみん」（後拾遺集一四―八〇七）などにおける「かく」も同様に、詠み手のみが知りうる現場指示の用法である。ただし、当歌での、その行為が「なぐさめ」るための手段・便法であることは明らかである。なお、半沢幹一「古代和歌における指示副詞『かく』」（『国語語彙史研究二〇』和泉書院、二〇〇一）参照。

2 容顔 顔つき、様子、の意。宋玉「神女賦」に「整衣服、斂容顔」（『文選』巻一九）、魏・文帝「燕歌行二首其二」詩に「涕零雨面毀容顔、誰能懐憂独不歎」（『玉臺新詠』巻九）とあり、藤原衛「七言奉和春日作」詩に「容顔忽逐年序変、花鳥恒将歳月新」（『経国集』巻一一）、『続日本後紀』承和九年一〇月菅原清公薨伝に「以此為勤、恒服名薬、容顔不衰、薨時年七十三」とある。 **枯槁** やせ衰えてやつれること。ただし、この語は、『楚辞』漁父に「顔色憔悴、形容枯槁」（『文選』巻三三）、『楚辞』遠遊に「神儵忽而不反兮、形枯槁而独留」（「独居」の項の『文選』「長門賦」の李善注所引）とあるように、屈原とあまりに強く結びつけられたためか、また、『老子』七六章に「万物草木生之柔脆、其死枯槁」（『藝文類聚』木）などとあるように、樹木の枯れた状態も意味することもあるからか、所謂閨怨詩に用いられることはなく、女性の容貌の形容に用いられることも極めて稀であり、「長門賦」の陳皇后のそれを知るのみである（「独居」の項を参照）。陶淵明「飲酒詩二十首其十一」詩に「雖留身後名、一生亦枯槁」とあり、本集にも「枯槁形容何日改」（七〇番）とあるのは、その和歌に「友惑わせる虫にはあらねど」とあるように男性の痩せ細った姿であるが、男性の「枯槁」は、貧士・高士のそれであり必ずしも悪いイメージではない。島田忠臣「賦海老三十字絶句」詩に「脱泉枯又槁、跼脊長髯称海老」（『田氏家集』巻上）、大江匡衡「初夏陪…雨中暗応教」詩に「雨露一同無不潤、何因枯槁在儒林」（『江吏部集』巻下）とある。前者は海老のひからびた様、後者は自身の貧窮をいう。 **敗心田** 「心田」とは、仏教語。心と同義だが、心は善悪の苗を生育させるから、こう言う。『古尊宿録』に「偽山曰、直

なぐさめつ　「なぐさめ」は他動詞「なぐさむ」の連用形、「つ」は完了の助動詞の終止形。「なぐさむ」対象になるのは、それを明示する「旅の憂へを　慰もる　こともありやと」（万葉集九―一七五七）「我が恋は慰めかねつ」（万葉集一一―二八一四）、「わが心なぐさめかねつ」（古今集一七―八七八）「こひしきを何につけてかなぐさめむ」（拾遺集一二―七三五）「いかでいかでこふる心をなぐさめて」（拾遺集一五―九四一）などから分かるように、自らの心とりわけ恋心であり、「なぐさむ」はその心の興奮や混乱を鎮めることである。当歌では、文法的な結び付きはないものの、初句の「思ひ」がそれに相当しよう。

夜ぞ侘しき　「侘（わび）し」については、二〇番歌【語釈】「侘しきこゑ」の項および三四番歌【語釈】「侘しき物は」の項を参照。夜に関して「わびし」を用いている例は万葉集にはなく、八代集に「暁と何かいひけんわかるれば夜ひもいとこそわびしかりけれ」（後撰集九―五〇八）「ひとりぬる時はまたるる鳥のねもまれにあふよはわびしかりけり」（後撰集一三―八九五）が見られる。ただし、これらは昼と対比しているわけではない。当歌では、昼もわびしいことを前提としての、「夜ぞ」という強調表現になっている。なお、当歌は、この句が係り結びになっていて、三句目だけでなく、四句目でも切れていることになる。

独り寝る身は　「独り寝る」については、八〇番歌【語釈】「独り寝る」の項を参照。また、「身」の用法および「〜身は」という歌末表現については、五一番歌【語釈】「衣無き身は」の項を参照。

得没交渉、名運糞人。汚㒲心田」とある。梁・簡文帝「上大法頌表」に「沢雨無偏、心田受潤」（『藝文類聚』寺碑）、白居易「狂吟七言十四韻」詩に「性海澄渟平少浪、心田洒掃浄無塵」とあり、小野年永「七言夏日同美三郎遇雨過菩提寺作」詩に「誰識心田先種因、希夷覚路仰余徳」（『経国集』巻一〇）とある。「敗」は、形が崩れてだめになること。食物が腐ること。ただし、「心敗」「敗心」また「敗田」「田敗」の用例を知らない。類似の内容を言う場合は、「心」に「傷」「絶」などを取るのが一般。「田」を取るのは、おそらく押韻のため。底本等版本は「心田ヲ敗ル」と「ヲ」を採るが、諸写本にはない。

3 日中　正午、あるいは昼間の明るい間、の意。鮑照「放歌行」に「日中安能止、鐘鳴猶未帰」（『文選』巻二八）、白居易「秦中吟十首　歌舞」詩に「日中為一楽、夜半不能休」とある。後句「夜半」との対応から、ここでは昼間の意。菅原道真「奉和安秀才代無名先生寄矜伐公子」詩に「乍見浮雲風処破、何嫌捕影日中昇」（『菅家文草』巻一）とある。本集には「日午寒条蕊尚貧」（八二番）ともあるので、「日中」と「日午」を使い分けていた可能性がある。**怨恨**　恨み辛みのこと。相手に対する強烈な不満。『墨子』兼愛・中に「凡天下禍簒怨恨、其所以起者、以不相愛生也」、曹冏「六代論」に「親者怨恨、疏者震恐」（『文選』巻五二）とあるように、「怨」や「恨」は、閨怨詩の常用語だが、「怨恨」と熟すると極めて少ない。強いて挙げれば、鮑照「擬行路難十八首其一七」詩に「日月流邁不相饒、令我愁思怨恨多」とあるくらいか。嵯峨天皇「和尚書右丞良安世銅雀台」詩に「毎対平常月、追思怨恨多」（『文華秀麗集』巻中）とあるのも、政治的なそれ。**猶応忍**　「忍」は、辛

【補注】

本集諸本および寛平御時后宮歌合では、下句が「夜こそ涙たえず（あるいは、つきず）流るれ」となっていて、底本本文とは大きく異なる。どちらにせよ、「ぞ」あるいは「こそ」という係助詞によって、恋の思いが昼よりも夜のほうが痛切であることを訴える点では共通している。【語釈】「昼はかくても」の項に例として挙げた「あかねさす昼は物思ひぬばたまの夜はすがらに音のみし泣かゆ」（万葉集一五—三七三二）や「いかにしてよるの心をなぐさめむひるはながめにさてもくらしつ」（千載集一四—八四〇）なども同様であろう。

本文と異文とで違うのは、前者がそのことを、「わびし」という形容詞を用いてストレートに表しているのに対して、後者が涙が流れるさまを通して間接的に表す点である。なぜ昼よりも夜のほうがわびしいかと言えば、夜に寝るときに「独り」であることを否応なく思い知らされるからで、それも本文では示されている。このような表現の直接性や明示性の如何が、歌としての評価を左右することにもなるのだろう。

いことにねばり強く堪えること。王筠「行路難」詩に「含悲含怨判不死、封情忍思待明年」（『玉臺新詠』巻九）、沈約「陽春曲」に「楊柳垂地燕差池、緘情忍思落容儀」（『玉臺新詠』巻九）とあり、滋野貞主「王昭君」詩に「行行常望長安日、曙色東方不忍看」（『凌雲集』）、菅原道真「夢阿満」詩に「那堪小妹呼名覓、難忍阿嬢滅性憐」（『菅家文草』巻二）、本集にも「恋情忍処寧応耐」（一一三番）とある。

4 夜半 夜中、の意。鮑照「行路難四首其一」詩に「人生不得常称意、惆悵徒倚至夜半」（『玉臺新詠』巻九）、白居易「長恨歌」に「七月七日長生殿、夜半無人私語時」とあり、菅原道真「詶裴大使留別之什」詩に「夜半誰欺顔上玉、旬余自断契中金」（『菅家文草』巻二）、同「庚申夜述所懐」詩に「己酉年終冬日少、庚申夜半暁光遅」（『菅家文草』巻四）、本集には「流涙湅来夜半寒」（一一五番）とある。なお、魏文帝曹丕「寡婦詩」に「妾心感兮惆悵、白日急兮西頽。守長夜兮思君、魂一夕兮九乖」（『藝文類聚』哀傷）とある。 **潸然** 「潸」は、「濟」の別体字。「濟然」は、涙の流れる様。この語、詩語としては六朝以前に用例がないが、初唐以来涙を流すの意で用いられ、さらに李白「送方士趙叟之東平」詩に「念別復懐古、濟然空涙流」、白居易「別州民」詩に「甘棠無一樹、那得涙濟然」と、落涙の形容として用いられる。また小野岑守「奉和傷右近衛大将軍坂宿禰御製」詩に「豈図舟壑潜相代、知与不知共潸然」（『凌雲集』）、菅原道真「雲州茂司馬…聊叙一篇」詩に「詩本取諸播管絃、豈図今日別濟然」（『菅家文草』巻二）とあるのは動詞の用例。異文「潜然」は、隠れてあらわれぬ様。『漢語大詞典』は、「潜然」に気分の落ち込む様の義を認め、用例に唐・竇弘余「広謫仙怨序」の「因※

※上馬索長笛、吹笛、曲成、潸然流涕、佇立久之」を挙げるが、『全唐詩』本文は「潸然」を「濟然」に作る。異文「憯然」は、憂え痛む様。両異文は、おそらく字形の類似からの誤写。 **涙作泉** 涙が泉のように湧き出るようになる、の意。徐幹「室思」詩に「自恨志不遂、泣涕如涌泉」（『玉臺新詠』巻一）とあるほか、李白「白頭吟二首其二」詩に「涙如双泉水、行墮紫羅襟」、同「長相思三首其二」詩に「昔日横波目、今成流涙泉」、唐の雑曲歌辞「石州」詩に「看花情転切、攬鏡涙如泉」とある

など、唐代の楽府などの俗体に多い表現。本集には「怨婦泣来涙作淵」（九五番）とあった。なお、京大本・大阪市大本・天理本・羅山本・無窮会本の「泉」の左には「フチト」の訓がある。

【補注】

韻字は「年・田」（下平声一先韻）「泉」（下平声二仙韻）で、両者は同用。平仄にも基本的な誤りはない。

「寡婦」「独居」と意味上の重複のある語を連続して用いること、後半の対句の構成がゆるいことなど、あまり上々の作品とは言えないけれども、一応の姿はとれている。

夜の寡婦のつらさは、例えば「友人阮元瑜早亡。傷其妻孤寡、為作此詩」という魏文帝曹丕「寡婦詩」にも、「霜露紛兮交下、木葉落兮淒淒。候雁叫兮雲中、帰燕翩兮徘徊。妾心感兮惆悵、白日急兮西頽。守長夜兮思君、魂一夕兮九乖。悵延佇兮仰視、星月随兮天廻。徒引領兮入房、竊自憐兮孤棲。願従君兮終没、愁何可兮久懐」（『藝文類聚』哀傷）と描かれる。

そもそも『礼記』坊記に、孔子の言葉として「寡婦不夜哭」（『白氏六帖』喪夫）と明記され、理由として男女の人倫を乱すからとあることは、裏を返せば漢代前後にそうした女性がいかに多かったかを物語ることであろう。

【比較対照】

当歌における昼と夜の対比的な表現および内容は、詩の後半にほぼ尽くされている。ただし、詩の結句を見るかぎりでは、歌の下句の異文の方にこそよく対応していると言えよう。

詩の前半は、後半部分に対して、その前提となる、女性の立場に即した閨怨詩的な設定を示している。それに対して、歌のほうは、男女どちらの立場としても、一応成り立ちうるが、その状態が「数年」にまで及ぶとは考えがたい。詩はむしろ起句の「数年」があるから、承句の表す、心身共に荒廃した状態となるのだろうが、それならば、もはや後半のような感情の抑えなり高ぶりなりがありえるかという気がしないでもない。歌の「わびし」が気力を失った様を表すことを思い合わせれば、詩はその状態の方がふさわしいだろう。

歌においても、夜に涙が流れるのは、昼は気を張っているので何とかこらえられているが、夜一人になると精根も尽きて、まさに「わびし」の状態となってしまうからであろう。その点、詩は承句の「敗心田」によって写そうとしたのかもしれない。しかし、それを前提とする限り、もはや転句の「猶応忍」だけの気力を想定するのは難しいと思われる。

つまり、当詩もまた、恋歌に対する閨怨詩的な設定に基いたとしたら、表面上の対応はともかくとして、当歌のような、一時的に感情が起伏する事態はそもそも表現するのに無理があったのではないかと考えられる。

一〇二番

鹿嶋成　筑波之山之　築築砥　吾身一丹　恋緒積鶴

鹿嶋なる　筑波の山の　つくづくと　吾が身一つに　恋を積みつる

【校異】

本文では、第三句の「築築」を、底本以外は「築々」とし、結句の「恋」の後に、講談所本が「績」を加え、結句の「鶴」を、底本および文化写本が右に「鴨」左に「鶴」とし、下澤本が「鴨」とし、藤波家本がその後に「鴨」を加え、久曾神本が欠く。

付訓では、結句の「つみ」を、藤波家本・講談所本・道明寺本は「つむ」とし、同句末の「つる」を、下澤本が「かも」とする。

同歌は、寛平御時后宮歌合（十巻本・廿巻本、恋歌、一六八番。ただし廿巻本では第三句「つくまの山の」）にあり、また拾遺集（巻一五、恋五、九九九番。ただし第二句「つくまの神の」）、古今六帖（第二、山、やま、八三九番。ただし第二句「つくまの山の」結句「こひをつむかな」）にも見られる。

【通釈】

鹿嶋（のあたり）にある筑波の山のように、つくづくと自分の身一つに恋の思いを（高く）積み重ねることだよ。

馬蹄久絶不如何
恋慕此山涙此河
蕩客怨言常詐我
蕭君永去莫還家

馬蹄《バテイ》久《ひさ》しく絶《た》えて如何《いかん》ともせ（ず）。
恋慕《レンボ》は此《こ》れ山《やま》涙《なみだ》は此《こ》れ河《かは》。
蕩客《タウカク》の怨言《エンゲン》常《つね》に我《われ》を詐《あざ》むく。
蕭君《セウクン》永《なが》く去《さり》て家《いへ》に還《かへ》ること莫《な》し。

【校異】

「久絶」を、藤波家本「文絶」に作る。「恋慕」を、久曾神本「恋暮」に作る。「此山」を、講談所本「山此」として、右傍に「下上」を注記し、天理本「此」の右傍に「比也」の注記あり。「怨言」を、羅山本「留言」に作り、無窮会本「留言」に作って「怨」を注記し、永青本・久曾神本「留言」に作る。「常詐我」を、羅山本・無窮会本「常誰我」に作って「詐」を注記する。「蕭君」を、底本・文化写本・永青本「兼君」に作って、文化写本には「蕭」の注記があり、藤波家本「隶君」に作る。また、元禄九年版本には「蕭」に「兼」の注記がある。「莫還家」を、京大本・大阪市大本・天理本「暮還家」に作る。

【通釈】

あの人の乗った馬の蹄の音が長いこと聞こえてこないけれど、どうすることも出来ない。そこで、私の恋心は山のように積み上がり、涙は河のように止めどなく流れる。あの人の怨みごとがいつも私を騙し続けた

【語釈】

鹿嶋なる　「鹿嶋（かしま）」という地名は全国的に分布するようであるが、第二句の「筑波の山」との関係の近さから言えば、茨城県のそれが順当であろう。万葉集には「あられ降り鹿島の崎を波高み過ぎてや行かむ恋しきものを」（万葉集七—一一七四）「あられ降り鹿島の神を祈りつつ皇御軍卒に我は来にしを」（万葉集二〇—四三七〇）など見られるが、八代集には拾遺集所載の同歌以外には見出せない。「なる」は断定の助動詞で、ここでは「〜にある」という場所を表す用法。

筑波の山の　「筑波（つくば）」は「鹿嶋」とともに、同じく茨城県の地名として有名ではあるものの、片や内陸、片や海沿いと隔たっているので、「鹿嶋なる筑波の山」とは言えない。両地名が詠み込まれた歌は、万葉集にも八代集にも見られない（「衣手　常陸の国の　二並ぶ　筑波の山を　見まく欲り…」（万葉集九—一七五三）という例はあり、「常陸」と「筑波」ならば問題はない）。おそらく、当歌で両地名を並べたのは、間違いというほどではなく、遠い東国の地としては同じあたりと意識されたことによるものだろう。他集には「つくま」とする例があるが、これは滋賀県の地名であって、「かしま」とは関係ない。筑波山を表す語は、万葉集にも八代集にもあるものの、その多くは「筑波嶺（つくばね）」であって、当歌の「つくばのやま」の例としては、「鷲の住む　筑波の山の　裳羽服津の　その津の上に　率ひて…」（万葉集九—一七五九）「橘の下吹く風のかぐはしき筑波の山を恋ひずあらめかも」（万葉集二〇—四三七一）、「今はてふ心つくばの山見ればこずゑよりこそ色かはりけれ」（後撰集一〇—六七四）「人づてにいふ事のはの中よりぞ思

のだが、もうあの人は永遠に出て行ったきり家に戻ってくることはないだろう。

【語釈】

1 馬蹄　馬のひづめ、の意。隋・薛道衡「昔昔塩」詩に「一去無消息、那能惜馬蹄」、趙嘏「昔昔塩二十首　那能惜馬蹄」詩に「妾久垂珠涙、君何惜馬蹄」とあるように、夫の訪れがないことを「惜馬蹄」というのが一般。本集にも「願教蕭郎枉馬蹄」（六〇番）、「不枉馬蹄歳月抛」（一一三番）とある。その六〇番詩【語釈】該項も参照のこと。　**久絶**　習慣、行事、音信等が長期にわたって途絶えること。ここは、夫の訪れの途絶。劉滄「懐江南友人」詩に「久絶音書隔塞塵、路岐誰与子相親」、李頻「長安即事」詩に「故園久絶書来後、南国空看雁去多」とあり、菅原道真「早秋夜詠」詩に「家書久絶吟詩咽、世路多疑託夢占」（『菅家文草』巻三）とある。　**不如何**　どうしようもない、どうすることもできない、の意。ただし、この語日中に用例を知らない。同じ「いかん」と読む「奈何」には、打ち消しの「不」を前置する用法が唐代に一〇例ほどあるので、そこからの応用だろう。白居易「惜落花贈崔二十四」詩に「漠漠紛紛不奈何、狂風急雨両相和」とあるなど白詩には三例を見る。

2 恋慕　恋い慕う、の意。「楚辞鈔」の伝える漢の古楽府「陌上桑」詩に「今有人、山之阿。被服薜茘帯女蘿。既含睇、又宜笑。子恋慕予善窈窕」、梁・呉均「行路難五首其二」詩に「遊侠少年游上路、傾心顛倒想恋慕」（『藝文類聚』怨）とあり、具平親王「贈心公古調詩」詩に「形皃猶在目、恋慕幾動魂」（『本朝麗藻』巻下）とあるが、それは出家した心

ひつくばの山は見えける」（後撰集一〇—六八六）が見られる程度である。なお、八代集では右の後撰集の例のように、掛詞の用法としても用いられている。この第二句までが、「つくば」の「つく」から次の「つくづくと」を導き出す同音反復の序詞とみなされるが、類例は見当たらない。

つくづくと　この語、万葉集にはなく、八代集でも拾遺集以降に現れる。「ひたすらにのきのあやめのつくづくとおもへばねのみかかるそでかな」（後拾遺集一四—七九九）「つくづくとおもへばかなしあかつきのねざめも夢をみるにぞ有りける」（千載集一七—一一三九）などのように、「おもふ」を下接・修飾する表現が多く、しみじみと、という意に近い。

吾が身一つに　「わが身」という表現については、半沢幹一「古代和歌における「身」と「心」」（『文芸研究』一四五、一九九八・三）に示したように、万葉集・八代集において、「わが」が修飾する語としては「身」がもっとも多く、かつ「身」の全用例の約三分の一に「わが」が上接する、非常に結合度の高い表現である。これに「一（ひと）つ」という語が付く例は、「かにかくに物は思はじ朝露の我が身一つは君がまにまに」（万葉集一一—二六九一）「…老いはてぬ　我が身一つに　七重花咲く…」（万葉集一六—三八八五）、「月見ればちぢに物こそかなしけれわが身ひとつの秋にはあらねど」（古今集四—一九三）「ふちせともいさやしら浪立ちさわぐわが身ひとつはよる方もなし」（後撰集九—五二六）「かへりしはわがみひとつとおもひしになみださへこそとまらざりしか」（後拾遺集一二—六八六）などのように見られる。「一つ」という語に関して言えば、そのほとんどが「わが身」とともに用いられている

公（慶滋保胤）を慕う気持ちをいう。　**此山**　「此」は、近いものを指し示す指示代名詞としての用法しかないはずだが（実際、元禄九年版本・元禄一二年版本・文化版本は訓合符を伴って「此ノ山」「此ノ河」と訓む。）、認定を表す繋詞の「是」を「コレ」と訓むのと、取り違えた用法か。強いて言えば、晋・湛方生「帆入南湖詩」の「此水何時流、此山何時有」などは、前句との対応でやや強調の意味合いがあるが、そもそも文法的意味合いがまるで異なる。ここは、「恋慕」が「山」（のよう）である、ということであるから、和歌の「恋を積む」という表現と「筑波の山」とを掛け合わせることで生まれた表現だろう。中国における山や河の直喩は、『毛詩』鄘風・君子偕老に「君子偕老、副笄六珈。委委佗佗、如山如河」とあるところから始まるが（毛伝は、「山無不容、河無不潤」）、劉琨「答盧諶詩幷書」に「斯罪之積、如彼山河」（『文選』巻二五）とあり、楊雄「甘泉賦」に「儐暗藹兮降清壇、瑞穰穰兮委如山」（『文選』巻七）とあり、李善は「委、積也」という。恋慕の情ではなく「罪」や「瑞」ではあるけれども、いずれも「積」もって「山」となるという知識も背景にあるだろう。ちなみに、鮑照「代白紵舞歌詞四首其四」詩には「恩厚徳深委如山」の句があり、白居易「秦中吟十首重賦」には、「絵帛如山積、糸絮如雲屯」とある。　**涙此河**　涙が河のように流れること。「涙河」については、九五番の【比較対照】を参照のこと。ちなみに、陸雲「答兄平原詩」に「悠悠大道、載邈載遐。洋洋淵源、如海如河」とあるのを見ると、「河」には「海」と同様、遙かに果てしないというイメージが中国にはある。

3 蕩客　日中ともにこの語の用例を知らない。『注釈』の挙げる陳・釈

のに対して、人数を表す「ひとり」が「わが身」に用いられることはない。これは「身」の、もともと有する物質性と関わりがあろう。

恋を積みつる 「積（つ）む」は「恋を」を上接するので、他動詞の用法。「積む」対象となるのは、「たきつせのなかにたまつむしらなみは流るる水ををにぞぬきける」（拾遺集七―三六九）「秋ごとにかりつるいねはつみつれど老いにける身ぞおき所なき」（拾遺集一七―一一二四）などの「たま（玉）・いね（稲）」のように、具体物の例も見られるが、「春ののに心をだにもやらぬ身はわかなはつまで年をこそつめ」（後撰集一―九）「春の野のわかなならねどきみがため年のかずをもつまんとぞ思ふ」（拾遺集五―二八五）「かぞへしる人なかりせばおく山のたにの松とやとしをつままし」（千載集一六―九五九）などのような「年」をとる例が中心的である。その他に、「あたらしき年の始にかくしこそちとせをかねてたのしきをつめ」（古今集二〇―一〇六九）「たらちめのなげきをつみてわれがかくおもひのしたになるぞかなしき」（金葉集一〇―六一五）のように、「たのしき」や「なげき」の「き」に「木」を掛ける例も見られる。当歌では「恋」という抽象的な対象を「積む」とするが、近い例としては、「恋草を力車に七車積みて恋ふらく我が心から」（万葉集四―六九四）の「恋草」、「…長き日に　思ひ積み来し　憂へは止みぬ」（万葉集九―一七五七）の「思ひ」などが挙げられる。「積む」は物の数を増やし重ねることを意味するが、「恋を積む」は、恋うことを何度も重ねるの意となろう。新日本古典文学大系本の注では、拾遺集の同歌にたいして「さまざまな恋の体験をする」とするが、当歌には当たらないと考えられる。

洪偃「登呉昇平亭」詩に「旅人聊策杖、登高蕩客情」とある例は、「旅人」である作者自身が、「登高すると（故郷が思い出されて）客情を揺り動かされる」の意。「蕩子」が『文選』の古詩十九首などに用いられてよく知られた語であり、家を出たまま帰らない男であるのに対して（本集にも四一・四七番詩に既出）、「客」は、見知らぬ者の意だから、「蕩客」は文字通りの意味なら、見知らぬ遊び人、よそから来た浮気者の意となる。ただし、ここでは【補注】に述べる理由で、女性から見て戻ってきてはくれないものと諦めた男の意と考える。この「蕩客」という語は、「蕩子」を念頭に置いた上での造語。元禄九年版本・元禄一二年版本・文化版本は、音合符を伴って「蕩客ノ」と訓むが、藤波家本・道明寺本・京大本・羅山本等多くの写本が「客ヲ蕩トラカス」と訓む。

怨言 うらみごと、の意。七八番詩【語釈】該項を参照。本来この語に男女間の恋の怨みというニュアンスはない。あるいは、『源氏物語』真木柱に「まして、なぞ、このおとどの、をりをり、思ひはなたず、うらみごとはし給ふ」（況や実の親でもなくて、何で、源氏が、玉鬘を諦めきらず逢いたがって、時々恨み言を言いなさるぞ）とあるように、玉鬘を諦めきれない源氏がつぶやくような、和語の「うらみごと」を翻訳したものと考えるべきかも知れない。七八番詩の「怨言」も、当詩と同様、相手の女を恋慕する心を前提とした男の恨み言である。

常詐我 「詐」とは、嘘をついてだますこと。恋愛感情を歌う宋「読曲歌八十九首」に「詐我不出門、冥就他儂宿」、同じく「読曲歌八十九首」に「闔面行負情、詐我言端的」とある。「（アザ）ムク」の訓は、元禄九年版本・元禄一二年版本・文化版本。底本や諸写本には、「イツハル」の訓が多い。

4 蕭君 「蕭君」の語例を確認できるのは、次の二例のみ。盧仝「聴蕭君姫人弾琴」詩題と周曇「酇侯」詩に「韓生不是蕭君薦、猟犬何人為指蹤」とある例であるが、前者は盧仝の周辺に実在した蕭某であり、後者は詠史詩であるから、漢代の重臣・蕭望之のことで、いずれも当詩の「蕭君」とは、何の関わりもない。色男、あるいは女性に愛される男の総称である「蕭郎」を踏まえ、夫婦間で互いを敬愛して呼ぶ「君」をつけて、愛しいあなたというほどの意味で、「蕩客」に対立させたものと考える。「蕭郎」については、四一・六〇番詩【語釈】該項を参照。本集には「性似蕭郎含女怨」（四一番）、「願教蕭郎枉馬蹄」（六〇番）、「被厭蕭郎永守貞」（一〇九番）、「争使蕭郎一処群」（一一二番）等、引用が多い。なお、小島憲之『古今集以前』二八八頁以下にも言及がある。

永去 永遠に去ること。梁・任昉「王貴嬪哀策文」に「永去椒華、長辞嘉福」（『藝文類聚』后妃）、王維「哭祖六自虚」詩に「永去長安道、徒聞京兆阡」とあるなど、この語は中国では例外なく死を意味するが、『日本書紀』神代・上「是後素戔嗚尊之為行也甚無状」の条の一書（第三）に「是後素戔嗚尊曰、諸神逐我、我今当永去」（是の後に素戔嗚尊の曰《のたま》はく、「諸《もろもろ》の神我を逐ふ。我、今当に永《ひたすら》に去《まか》りなむ」）、藤原広業「松竹対策」に「復有費長房之竜鱗、葛陂之雲永去、周景式之塵尾、石門之路空閑」（『本朝文粋』巻三）とあるのを見れば、日本においては必ずしも死ではなかったと言えるだろう。**莫還家** 自分の家に戻ることはない、の意。漢の「古詩為焦仲卿妻作」に「卿但暫還家、吾今且報府」（『玉臺新詠』巻一）、周・庾信「春賦」に「百丈山頭日欲斜、三晡未酔莫還家」（『藝文類聚』春）などとあり、嵯峨天皇「雑言鞦韆篇」詩※

【補注】

序詞は、枕詞と違って、必ずしも慣用性を条件とせず、即境性つまりその場で触発された景物を取り上げることを本来とする。ただし、当歌が筑波山の赴いた時の歌とは到底考えられないから、あるいは「つくづくと」という語の使用を契機として、逆に「鹿嶋なる筑波の山」が連想され持ち出されたものかもしれない。

当歌の序詞と下句は、「つく」という同音の反復によって結びつけられているが、筑波山の高さと積み重ねた恋の思いの高さとがイメージとしても重ね合わされていると言えよう。平行的に、「鹿嶋」と「わが身一つ」のイメージも関連付け、その背景に鹿島信仰があるとしたいところであるが、そこまでは無理であろう。

なお、古今六帖の「山」の項には、九四首が収められているが、そのうち山の名前から同音反復の序詞になる例は、同歌を含めても、「するがなるうつのを山のうつつにも夢にもみぬに人のこひしき（二―八三八）「あふことをとほたふみなるたかし山たかしやむねにもゆる思ひは」（二―八六〇）「うらみてもしるしなけれどしなのなるあさまの山のあさましや君」（二―八九三）など、八首にすぎない。

※に「西日斜、未還家」（『経国集』巻一一）、菅原道真「絶句十首賀諸進士及第其七」詩に「還家拝世何為櫢、手捧芬芬桂一枝」（『菅家文草』巻二）とある。

【補注】

韻字は「何・河」（下平声七歌韻）、「家」（下平声九麻韻）で、後者は独用だから傷を持つことになる。平仄には基本的な誤りはない。

「蕩客」を造語と考えたが、その背景を述べておく。この語からすぐに連想されるのは、「蕩子」であり、本集にも夏部四一番詩、秋部四七番詩と二例ある。また、「蕩子」の類語としては、「遊子」がよく知られているが、本集には用例がなく、「遊客」（四・一三・一八・一九・七二番）、「遊人」（九・一一・五二・五六・九二番）の語例がある。

「遊客」と「遊人」の二語については、部立からも分かるとおり、ともに美しい景色を見て回る人の意で用いられており、両語の意味の相違は認められない。「客」（仄）と「人」（平）の声調の相違により使い分けられていると考えてよい。「遊人」は、『文選』に例が無く、唐代になって爆発的に増加するが、近体詩が確立して、平仄が問題となったからであろう。

それに対して、「遊子」と「蕩子」は、ほぼ同じ意味を持つが、前者は『文選』に二〇例近く用例があるのに、後者は「古詩十九首其二」詩に「昔為倡家女、今為蕩子婦。蕩子行不帰、空牀難独守」（巻二九）とあるに過ぎないのに、なぜ前者が採用されず、後者が採用されたのか。

その理由は、本集の本文にある。すなわち、「性似蕭郎含女怨、操如蕩子尚迷他」（四一番）、「蕩子従来無定意、未嘗苦有得羅敷」（四七番）とあるように、この二例は季節の部立にあるにもかかわらず、明らかに女性との関わりの中で用いられており、旅人というよりむしろ、酒色に溺れる者、放蕩者の意で用いられているのである。

一方「遊子」は、『文選』の中で李善がしばしば強調するように、その語の背後には、『漢書』高帝紀下のかの有名な一節「忼慨傷懐、泣数行下。謂沛父兄曰、游子悲故郷。吾雖都関中、万歳之後吾魂魄猶思沛」がある。漢の高祖・劉邦（沛公）が、天下を統一して沛の町に凱旋し、あの「大風歌」を歌った直後の場面である。この「游子」とは劉邦自身であり、この語には天下統一のために諸国を遍歴する軍人・兵士のイメージがあることになる。古詩十九首をはじめ、『文選』の中では「蕩子」と同義に解釈されることの多い語だが、その語が持つ基本的イメージには、「蕩子」と相容れないものがあったのである。

では、なぜ本集恋部では、「蕩子」ではいけなかったのか。「子」（上声）と「客」（入声）では、平仄も同じであり、「蕩客」という先例に乏しい語を用いる根拠がないが、その理由も、本集の本文にある。「蕩客怨言常詐我。蕭君永去莫還家」（一〇二番）、「撫瑟沈吟無異態。試追蕩客贈詞華」（一一四番）がその全てであるが、前者は緩い対句と考えられ、「蕩客」と「蕭君」が対語になっている。「蕩客」と「蕭君」が同一人物とすると、「蕩客」は永遠に私の元を去って家に帰ることはないことになる。「客」は、本来見知らぬ人の意であり、「遊子」と「遊客」、「旅人」と「旅客」のニュアンスの違いもそこに起因する。翻って、四一番詩では「操如蕩子尚迷他」と、他の女にも迷っていたのであり、四七番詩でも「蕩子従来無定意」と、この人に決めようという気持ちがなかったのであり、いずれも私（女性）との関係は浅く薄いことはあっても、断ち切れていなかったのである。

【比較対照】

日本固有の地名はそのまま中国語に置き換えても意味がないので、詩でそれが省かれるのは、これまでにも見られた措置である。序詞は詩の比賦興という表現方法の興に相当すると言われるが、当詩ではそれも認められず、ただ、承句のように「恋慕此山」と一般的に比喩されるのみである。そればかりか、当歌の趣意はこの承句に集約されているのであって、詩の他句はその具体的な状況説明に終始していると言える。

その状況説明は、当歌そのものからは到底うかがい知ることができない内容であり、やはり閨怨詩としての設定があるからこそ展開できるものである。片や、歌のほうは恋愛関係以前の、片思いの状態を詠んだ歌としても十分、通用しえよう。もっとも、拾遺集で同歌が恋部の掉尾に配列されているのは、様々な恋を経てきたという解釈もありえたからであって、その限りでは、詩の内容と符合しなくもない。

その観点からすると、和語「つくづくと」は、序詞を受けて以下に実内容を展開するための鍵となる言葉であるので、その原義「力尽き果てて」（岩波古語辞典）というニュアンスを、漢詩でより膨らませたと考えることができるように思う。「馬蹄久絶」という長期にわたって一方的に思い続けても「如何とも」することができないというのは、まさに漢語の「恋」そのものであり、相手を「蕭君」と呼びつつ、「蕩客」という突き放した呼称を用いるのも、「つくづくと恋を積」んだ結果、ようやくたどり着いた心情を苦心して移し変えたものと言えよう。

ただ、閨怨詩という枠に縛られたためか、その転換の幅が狭いことは否定できない事実であり、和歌を単に状況説明しただけという評価を覆すことまではできないだろう。

一〇三番

都例裳那杵　人緒待砥手　山彦之　音為左右　歎鶴鉇

つれもなき　人を待つとて　山彦の　こゑのするまで　歎きつるかな

【校異】

本文では、第二句の「人」を、永青本・久曾神本が「君」とし、第四句の「音」の後に、永青本・久曾神本が「之」を加え、結句末の「鉇」を、類従本・文化写本・藤波家本・講談所本が「銫」とする。

付訓では、第四句の「こゑ」を、底本および付訓のある本すべてが「をと」とするが、底本および元禄九年版本・元禄一二年版本・文化版本の左訓により改め、同句の「の」を、京大本・大阪市市大本・天理本が欠き、同句の「まで」の後に、同三本が「に」を加える。

同歌は、寛平御時后宮歌合（十巻本・廿巻本、恋歌、一六一番。ただし第二句「人を恋ふとて」第四句「こたふるまでも」）にあり、また古今集（巻一一、恋一、五二一番）に「題しらず　読人しらず」としてあり（ただし第二句「人をこふとて」第四句「こたへするまで」）、古今六帖（第二、山、やまびこ、九九二番。ただし第四句「こたへするまで」）にも見られる。

【通釈】

（私のもとにはもう来ないだろう）そっけない人を待っているので、山彦の声がするほどに（大きな）溜息を付いてしまうことだなあ。

千般怨殺厭吾人
何日相逢万緒申
歎息高低閨裏乱
含情泣血袖紅新

千般《センパン》怨《うら》み殺《そ》す吾《われ》を厭《いと》ふ人《ひと》を。
何《いづ》れの日《ひ》か相《あ》ひ逢《あひ》て万緒《バンショ》の申べむ。
歎息《タンソク》すること高低《カウテイ》閨裏《ケイリ》乱《みだ》る。
情《セイ》を含《ふく》みて血《ち》に泣《なき》て袖《そで》の紅《くれなゐ》新《あらた》なり。

【校異】

「千般」を、永青本・久曾神本「手般」に作る。「万緒申」を、日本詩紀本「万緒中」に作る。「歎息」を、文化写本「難息」に作って「歎群」を注記し、京大本・大阪市大本「嗽息」に作る。「閨裏乱」を、藤波家本「闈哀乱」に作る。「含情」を、京大本・大阪市大本「含倩」に作る。

【通釈】

私に飽きて遠ざかった人を数え切れないほど深く怨みぬいている。いったい何時になったら直接逢ってこの怨みを何から何まで全部言い尽くすことが出来るのかしら。ため息を高くついたり低くついたり、心はねやの中で乱れる。その思いを抑えて忍び音に泣くので、拭う袖を血涙の紅色が鮮やかに染めることだ。

【語釈】

1 千般　何度も、数え切れないくらい、の意。三五・四六番詩【語釈】

【語釈】

つれもなき　この表現については、三五番歌【語釈】「人のつれなき」の項を参照。初句に位置する例は、万葉集に一例「つれもなき佐田の岡辺に帰り居ば島の御橋に誰か住まはむ」（万葉集二―一八七）のみで、しかも連体修飾するのは「人」ではない。八代集には「つれもなき人にまけじとせし程に我もあだなは立ちぞしにける」（後撰集一一―七三三）「つれもなき人もあはれといひてましこひするほどをしらせだにせず」（後拾遺集一一―六四六）「つれもなき人の心やあふさかのせきぢへだつるかすみなるらん」（千載集一一―六六九）など見られる。

人を待つとて　「人（ひと）」と「待（ま）つ」の結び付きについては、五四番歌【語釈】「吾が待つ人の」の項を参照。当歌の「人」は言うまでもなく、人一般ではなく、恋愛相手（男性）と想定される。「とて」という連語は、当歌では引用ではなく、原因・理由を表す。万葉集では用いられず、八代集でも「待つ」を受ける例は、拾遺集以降に「世の中を住吉としもおもはぬになにをまつとてわが身へぬらん」（拾遺集八―四六二）「なかぬよもなくよもさらにほととぎすまつとてやすくいやはねらるる」（後拾遺集三―一九三）「くる人もなきわがよどのふぢのはなたれをまつとてさきかかるらん」（金葉集一―八三）など見られるが、どれも恋歌ではない。

山彦の　「山彦（やまびこ）」は、山や谷などに反響した音声のこと。「彦」は男子の意であるから、その反響音を発する主体として擬人化した表現である。類義語の「こだま（木霊）」は木の精霊に見立てたものであるが、万葉集や八代集の歌には見られない。「山彦」は万葉集には

該項を参照。本集にも「千般怨殺鵲橋畔」（七四番）、「千般歎息員難計」（一一二番）とある。　**怨殺**　「怨」については四一番詩【語釈】該項を参照。「殺」については二三番詩【語釈】該項を参照。ただし、「怨殺」の用例を知らない。両語の意味からすれば、ひどく怨むの意であろう。本集には「千般怨殺鵲橋畔」（七四番）とあるが、その和歌は「稀に来て飽かず別るるたなばた〈織女〉はたち帰るべき波路なからむ」であるので、「千般怨殺」の主体は、織女とすべきであり、当詩でも歌が「つれもなき人を待つとて…嘆きつるかな」であるので、女が男を「千般怨殺」するのである。元禄九年版本・元禄一二年版本・文化版本は、「殺ス」と訓むが、底本や諸写本は、「殺（ソサ）シム」と訓む。　**厭吾人**　「厭」とは、あきる（あり余って嫌になる）、いとう（もうたくさんだと思う）、の意。恋が終わるときの感情。丘巨源「詠七宝扇詩」に「時移務忘故、節改競存新。巻情随象簟、舒心謝錦茵。厭歇何足道、敬哉先後晨」（『玉臺新詠』巻四）とある。美しい扇子も、時節が移れば古いものは捨てられて新しいものに替わられる。夏には引っ張りだこだが冬には放り出される。飽きられ止められるは仕方ないが、肝心なのは時の見極めだという。

2何日　いつか、いつの日にか、の意。晋・呉声歌曲「子夜四時歌七十五首　秋歌十八首其一二」詩に「自従別歓来、何日不相思」、白居易「別李十一後重寄」詩に「蕙帯与華簪、相逢是何日」とあり、菅原道真「種菊」詩に「不計悲愁何日死、堆沙作壝荻編垣」（『菅家後集』）とある。本集にも「枯槁形容何日改」（七〇番）とある。　**相逢**　相手の男に逢う。この場合の「相」は、対象のあることを表すのみの軽い添え字。謝

七例あり、そのうち六例までが「山彦の相とよむまで妻恋に鹿鳴く山辺に一人のみして」（万葉集八―一六〇二）「夜を長み眠の寝らえぬにあしひきの山彦とよめさ雄鹿鳴くも」（万葉集一五―三六八〇）などのように、「（相）とよむ」という動詞と共起し、残り一例が「…山彦の　応へむ極み…」（万葉集六―九七一）のように、「こたふ」である。ところが八代集になると、「打ちわびてよばはむ声に山びこのこたへぬ山はあらじとぞ思ふ」（古今集一一―五三九）「打ちわびてよばはむ声に山びこのこたへぬそらはあらじとぞ思ふ」（後撰集一三―九六九）「山びこもこたへぬ山のよぶこどり我ひとりのみなきやわたらむ」（拾遺集一一―六四三）などのように、「こたふ」が主流となる。これは山彦に関して、反響音の大きさよりも反響すること自体に、重点が移ったということである。同歌を収める他集の第四句が「こたふ」の本文を採るのも、それと関係しよう。

こゑのするまで　本集の和歌の「音」字については、五九番歌【語釈】「こゑを帆に挙げて」の項で触れたように、「おと」もしくは「こゑ」と訓むことができる。「声」字も用いられているが、少なくも本集上巻ではすべて「ね」と訓み、「こゑ」の例はない。ここで問題になるのは何の「音」かであり、続き柄からすれば、山彦の「音」であって、それを表すのに「おと」と「こゑ」のどちらが適当かということになる。万葉集の「山彦」の歌には両語とも見られないが、八代集では「やまびこのこゑにたてても年はへぬわが物思ひをしらぬ人きけ」（後撰集一二―七九七）「山びこのこゑのまにまにとひゆかばむなしきそらにゆきやかへらん」（後撰集一三―九七〇）「そま人は宮木ひくらしあしひきの山の山

眺「和王主簿怨情詩」詩に「相逢詠蘼蕪、辞寵悲班扇」（『文選』巻三〇、『玉臺新詠』巻四）、晋「越謡歌」詩に「卿雖乗車我戴笠、後日相逢下車揖。我雖歩行卿乗馬、他日相逢卿当下」とあり、菅原道真「廬山異花詩」に「何処異花触目新、廬山独立採松人」（『菅家文草』巻五）とある。本集にも「不識相逢何歳月」（九二番）とあった。　**万緒申**　様々に言う、の意。今まで堪えてきた怨みを、あれもこれも全部口に出して言う。「緒」は、糸巻きの糸の端が原義。「万緒」は、様々な事柄、あるいは、様々に、の意で副詞的に用いられる。ここは、「千般」と対応する。三七番詩でも「一曲弾来千緒乱、万端調処八音清」とあって「万端」と対応して用いられていた。その「千緒」の項も参照のこと。『列子』周穆王・第一〇章に「数十年来存亡、得失、哀楽、好悪、擾擾万緒起矣」、江淹「雑体詩三十首　謝僕射遊覧　混」詩に「巻舒雖万緒、動復帰有静」（『文選』巻三一）とあり、大江以言「暮春於文章院…別路花飛白」詩序に「夫離別之為事焉、憂則万緒、理亦千名」（『本朝文粋』巻九）、三善道統「為空也上人供養金字大般若経願文」に「星霜十四廻、胸臆千万緒」（『本朝文粋』巻一三）とある。「申」は、「伸」の原字と説明されることがあるように、引きのばす、伸展する、の意。そこから、心の内の思いを外に出す、申し述べる、の意が生まれる。劉鑠「詠牛女」詩に「沈情未申写、飛光已飄忽」（『玉臺新詠』巻三）とある。なお、本集一〇番詩【語釈】「意未申」の項を参照のこと。

3 歎息　嘆いて深くため息をつくこと。陸機「擬青青河畔草」詩に「空房来悲風、中夜起歎息」（『玉臺新詠』巻三）、沈約「夜夜曲」詩に「零涙向誰道、雞鳴徒歎息」（『玉臺新詠』巻五）、虞炎「有所思」詩に

びこ声とよむなり」（拾遺集七―三七一）など、その関係が明確な例は、すべて「こゑ」である。これはたまたま山彦の元が「こゑ」だからと考えることもできるが、そうだとしても、当歌の場合も歎きの「こゑ」が元になるので、「おと」ではなく「こゑ」のほうを妥当とする。「山彦のこゑのするまで」という第三・四句が結句の「歎きつるかな」を連用修飾し、この両者の関係は、第三・四句が結句の歎きの声の高さ・大きさの程度を強調するという関係であると捉えられる。古今集所載の同歌に対して、たとえば窪田評釈では「山彦が応えをする程度までの高い音を立てて」、日本古典集成本では「谺がかえってくるほど、大きな嘆きの声」のように、そのことを明確に示している。歎くことに対して、このような程度を強調する具体的な表現をとる例としては、「…夜はすがらに　この床の　ひしと鳴るまで　歎きつるかも」（万葉集一三―三二七〇）「…遙々に　家を思ひ出　負ひ征矢の　そよとなるまで　歎きつるかも」（万葉集二〇―四三九八）「…朝霧の　思ひ迷ひて　丈足らず　八尺の歎き　嘆けども…」（万葉集一三―三三四四）のように、万葉集には現れるのに対して、八代集では「なげく」が七〇例程度出てくるのに、せいぜい「あふことのとどこほるまはいかばかりみにさへしみてなげくとかしる」（後拾遺集一一―六三〇）「しぬばかりなげきにこそはなげきしかいきてとふべき身にしあらねば」（後拾遺集一七―一〇〇一）ぐらいであり、しかも観念的な形容である。

歎きつるかな　「歎（なげ）く」はもと「長＋息」で、溜息を付くことをいい、それが泣くことを含めた、悲しむ行為全般に及ぶようになった。当歌の場合、「山彦のこゑのするまで」という修飾句があり、その強調

「思君一歎息、苦涙応言垂」（『玉臺新詠』巻一〇）とあるなど、「長歎息」も含めれば『玉臺新詠』中、二五例にも上る。まさに閨怨詩の常套語。また、楊泰師「雑言夜擣衣詩」に「寄異土兮無新識、想同心兮長歎息」（『経国集』巻一三）、菅原道真「苦長日」詩に「眠疲也嘯倦、歎息而鳴慨」（『菅家文草』巻四）とあり、本集にも「千般歎息員難計」（一一二番）、「高低歎息満閨房」（一一六番）とある。**高低**　高く低く。一一二番詩【語釈】該項を参照。他に歎息を形容する例を知らないが、本集には、「高低歎息満閨房」（一一六番）とある。底本等版本には音合符がある。**閨裏乱**　「閨裏」とは、寝室の中、「閨中」というに同じ。姚翻「同郭侍郎采桑」詩に「桑間視欲暮、閨裏遽飢蚕」（『玉臺新詠』巻六）、蕭子範「春望古意」詩に「氛氲閨裏思、逶迤水上風」（『玉臺新詠』巻八）とあり、巨勢識人「和野柱史観闘百草簡明執之作」詩に「聞道春色遍園中、閨裏春情不可窮」（『文華秀麗集』巻下）とある。「乱」の主語は「歎息」とするのが順当だが、陸機「為顧彦先贈婦二首其二」詩に「隆思乱心曲、沈歓滞不起。歓沈難克興、心乱誰為理」（『文選』巻二四、『玉臺新詠』巻三）とあるように、閨怨詩においては「心」も少なくないので、そう取ることも可能だろう。

４含情　感情を抑えて黙ったまま胸の中にしまっておくこと。「含」は、耐える、こらえる、の意。江淹「従冠軍建平王登廬山香爐峯」詩に「藉蘭素多意、臨風黙含情」（『文選』巻二二）とあり、李善は「含情、情未申也」という。また梁・武帝「襄陽白銅鞮歌三首其二」詩に「含情不能言、送別霑羅衣」（『玉臺新詠』巻一〇）とあるように、『玉臺新詠』には一〇例以上を数える頻出語。白居易「長恨歌」に「含情凝睇謝君王、

の度合いが高いのは、溜息を付くほうであろう。「歎きつるかな」という表現で歌末となる例は、万葉集では「かも」を用いた「かきつはたにつらふ君をゆくりなく思ひ出でつつ歎きつるかも」（万葉集一一―二五二一）「我が背子を今か今かと待ち居るに夜のふけぬれば歎きつるかも」（万葉集一二―二八六四）、八代集には「しづはたに思ひみだれて秋の夜のあくるもしらずなげきつるかな」（後撰集一三―九〇二）「あふと見し夢にならひて夏の日のくれがたきをも歎きつるかな」（後撰集四―一七三）などがある。

【補注】

当歌の発想・表現において見るべき点は、「山彦のこゑのするまで」というところであろう。「まで」という副助詞が程度を表すととるとき、【語釈】「こゑのするまで」の項に記したように、歎くことの音量のはなはだしさを強調するものであった。つまり、当り前のことであるが、山彦はある程度以上の音量がなければ発生しないのであり、通常、歎きつまり溜息なら山彦は生じるはずがないということが前提になっている、ということである。

ところが、この「まで」を程度ではなく範囲と見る捉え方もあり、古今集の同歌について、日本古典文学全集本では「薄情者のあの人を恋したので、大きな嘆息をもらしてしまったが、山のこだまが返事をしてくれました」、『注釈』でも「つれない人のかわりに山彦が答えるという構図になる」としている。これには本文が「こゑのするまで」ではなく「こたへするまで」になっていることも関わる。しかし、自分の歎きに

一別音容両渺茫」、朱慶余「宮中詞」に「含情欲説宮中事、鸚鵡前頭不敢言」（『千載佳句』艶情）とあり、菅原清公「奉和春閨怨」詩に「怨婦含情不能寐、早朝褰幌出欄楯」（『文華秀麗集』巻中）、菅原道真「早春内宴聴宮妓奏柳花怨曲応製」詩に「応縁奏曲吹羌竹、豈取含情怨柳花」（『菅家文草』巻三）、本集にも「事事含情不可陳」（一一七番）とある。

泣血　悲しみが甚だしいために、声も出ないで血の涙が出るほど泣くこと。『礼記』檀弓上に「高子皐之執親之喪也、泣血三年、未嘗見歯」（『藝文類聚』泣）とあり、鄭玄は「言泣無声、如血出」という。この語は『礼記』との結びつきで考えられたのだろうか、後には親の喪に服することを意味するようになり、『玉臺新詠』や『藝文類聚』閨情には用例がないように、閨怨詩に用いられることはない。『文選』には、六例を見るが、その五例までは死に関する場面での用例である。『日本書紀』欽明二三年六月条に「況乎太子大臣、処趺蕚之親、泣血〈古訓　血に泣き〉銜怨之寄」、『万葉集』にも「柿本人麻呂妻死之後泣血哀慟作歌二首」（二―二〇七）とあるように、何れも死に関する文脈中にある。ただし、菅原道真「別遠上人」詩には「何処浮盃欲絶蹤、愁看泣血旧渓竜」（『菅家文草』巻四）とあり、本集にも「暁夕凍来冬泣血」（一一六番）とある。なお、于永梅「平安時代の漢詩における「血涙」「紅涙」の受容」（『和漢比較文学』三一、二〇〇八・八）も参照のこと。

袖紅新　女の袖が「紅涙」によって濡れること。一〇〇番詩【語釈】「紅深」の項を参照のこと。「紅涙」は唐詩には美女の涙、血のまじった涙、の意で用いられる。白居易「離別難」詩に「不覚別時紅涙尽、帰来無涙可霑巾」とあり、本集にも「千行流処袖紅斑」（一〇四番）とある。尚、

山彦がその人の代わりに応えてくれることによって、気持が慰められるならともかく、当歌は会えないでいることを歎くのが主意なのであるから、「こたへするまで」という表現であっても、それは歎きの大きさを表すものでなければ不自然である。

杜牧「閨情」詩に「袖紅垂寂寞、眉黛斂依稀」とあるのは、文字通りの意味で使われたもので、その「紅」は涙に何の関係もない。

【補注】

韻字は「人・申・新」で、何れも上平声十七真韻。平仄にも基本的な誤りはない。

『玉臺新詠』には、「血涙」をはじめとして、「血」に関する表現を見いだし得ない。僅かに梁・呉均「和蕭洗馬子顕古意六首其三」詩に「非独涙如珠、亦見珠成血」（『玉臺新詠』巻六、『藝文類聚』閨情）とあるのを見いだすだけである。

于永梅論文はよく整理された論文だが、当詩では、「血」と「紅」が近接するために、その色は化粧の紅ではなくて、血の色とする方が自然であり、皮肉なことに氏が否定される晋・王嘉『拾遺記』魏に「文帝所愛美人、姓薛名霊芸、常山人也。…霊芸聞別父母、歔欷累日、涙下霑衣。至升車就路之時、以玉唾壺承涙、壺則紅色。既発常山、及至※

※京師、壺中涙凝如血」とある話から「紅涙」の語ができたとする諸辞書の説の方が、納得できる形になっている。于論文には呉均の作に言及がないが、美女の涙にも、僅かながら血が混じっているとする方が現実的ではなかろうか。紅色の涙は、元は化粧のものであっても、すぐに血を連想できるものでもあるから。

ただし、「泣血」の項で指摘したとおり、一般的に言えば当詩の措辞に問題があるのであって、それだけこの語が浮き出てしまっているとも言えよう。一〇二番詩の結句中の「永去」という語といい、当詩の「泣血」といい、同じ箇所に死をイメージする語が用いられるのは、単なる偶然であろうか。

【比較対照】

当詩は、三句目までで、歌の表現順に、対応している。すなわち、「つれもなき人」が起句の「厭吾人」に、「人を待つ」が承句の「何日相逢」に、「山彦のこゑのするまで歎きつるかな」が転句の「歎息高低」に、という具合である。詩における「千般怨殺」「万緒申」という心情も、歌の状況としては自然な発露と考えられ、詩の結句も転句からの展開としては無理がない。とすれば、その言語量の差を勘案しても、当歌詩は全体的に、主意も含めて、対応していると言えよう。

詩は例によって、閨怨詩的な設定で、それはそれとして一貫して完結している。対するに、歌のほうはすでに「待つ」という関係にあり、「山彦のこゑのするまで」という強調表現を伴うのであるから、それなりの時間幅が想定されるのであって、その意味では、状況設定自体も近い。同歌が古今集においては、もっぱら片思いの段階を歌う恋一の中ほどに配列されているのは、本文が「待つ」ではなく「恋ふ」だからこそであろう。

当歌詩で異なる点を挙げれば、歌のほうの趣向は【補注】にも述べたように、「山彦のこゑのするまで」という強調表現にあるが、詩にはそれが写されていないこと、また歌では「歎く」という自己自身の心情の表出に中心があるのに対して、詩では怨みという相手に対する心情の表明が主となっている点である。

一〇四番

恋亘　許呂裳之袖者　潮満　海松和布加津加沼　浪曾起芸留

恋ひわたる　ころもの袖は　潮満ちて　みるめかづかぬ　浪ぞたちける

【校異】

本文では、第二句の「許呂裳」を、永青本・久曾神本が「衣」とし、同句末の「者」を、文化写本が欠き、第三句の「満」の後に、類従本・羅山本・無窮会本・永青本・久曾神本が「手」を補い、第四句の「和布」を、羅山本・無窮会本が欠き、永青本・久曾神本が「海□」とし、同句の「布」を、講談所本・道明寺本・京大本・大阪市大本が「希」とし、結句の「起」を、永青本・久曾神本「立」とする。

付訓については、とくに異同が見られない。

同歌は、歌合にはなく、下って新勅撰集（巻一一、恋一、六五四番）に「題しらず　よみびとしらず」として見られる。

【通釈】

（あの人のことを）恋い慕い続ける（私の）衣の袖は潮が満ちて〔ひどく涙に濡れて〕ミルという海藻を取りに潜ることができない〔逢うことができない〕浪が（繰り返し）立った〔涙を流した〕ことであるよ。

【語釈】

恋ひわたる　恋し続けるの意。万葉集にも八代集にも数多く見られ、結

落涙成波不可乾
千行流処袖紅斑
平生昵近今都絶
寂寞閑居緪瑟弾

落涙《ラクルイ》波《なみ》と成《なり》て乾《かわ》く（べ）から（ず）。
千行《センカウ》流《なが》るる処《ところ》袖《そで》の紅《くれなゐ》斑《まだらか》なり。
平生《ヘイセイ》の昵近《ヂツキン》は今《い》ま都《すべ》て絶《たえ》ぬ。
寂寞《セキバク》たる閑居《カンキョ》瑟《シツ》を緪《あげはり》て弾《ひ》く。

【校異】

「成波」を、詩紀本「成涙」に作り、下澤本「成浪」に作って「波」を校注し、久曾神本「成流」に作る。「袖紅斑」を、底本・文化写本・講談所本「袖紅班」に作って文化写本には「斑」の校注があり、永青本・久曾神本「袖紅単」に作る。「昵近」を、底本等諸本「眤近」に作り、京大本・大阪市大本は「眤」に「眼」の異本注記がある。また類従本「眤近」に、永青本・久曾神本「睦近」にそれぞれ作るも、無窮会本に従う。「寂寞」を、類従本・藤波家本・講談所本・道明寺本・京大本・大阪市大本・天理本・羅山本・無窮会本・永青本・久曾神本「寂室」に作り、文化写本「寂寛」に作って「寛」に「室」を校注し、元禄九年版本「寞」に「室」を校注する。「緪瑟弾」を、底本・類従本・文化写本「絚瑟弾」に作り、講談所本・道明寺本「絚瑟弾」に作り、藤波家本「縆瑟弾」に作り、京大本・大阪市大本「緪琴弾」に作り、天理本「絚琴弾」に作り、永青本・久曾神本「独瑟弾」に作る。

句に位置し、「恋ひわたるかも（かな）」の形をとることが多い。初句に来る例は万葉集にはなく、八代集に「こひわたる人に見せばやまつのはのしたもみぢするあまのはしだて」（金葉集八―四二二）「こひわたるけふの涙にくらぶればきのふの袖はぬれしものかは」（千載集一二―七一七）「こひわたるなみだやそらにくもるらんひかりもかはるねやの月かげ」（新古今集一四―一二七四）など見られ、どれも当歌と同じく、続く語を連体修飾している。

ころもの袖は　「袖（そで）」はもとより「ころも（衣）」の一部であるから、「ころもの袖」という表現は音調を整えるためと考えられる。万葉集には「しろたへの袖」という表現が多いが、「…ますらをと　思へる我も　しきたへの　衣の袖は　通りて濡れぬ」（万葉集一二―一三五五）「白たへの衣の袖をまくらがよ海人漕ぎ来見ゆ波立つなゆめ」（万葉集一四―三四四九）という例も見られ、さらに八代集にも「…しろたへの衣のそでに　おくつゆの　けなばけぬべく　おもへども…」（古今集一九―一〇〇二）「しろたへのころものそでをしもかとてはらへばつきのひかりなりけり」（後拾遺集四―二六〇）「きてなれしころものそでもかわかぬにわかれし秋になりにけるかな」（後拾遺集一〇―六〇〇）などのように見られる。初句からのつながりでは、「恋ひわたる」が「ころもの袖」を連体修飾するとみなされ、被修飾語が「恋ひわたる」主体（人）になっていないのは、前掲の「こひわたるけふの涙にくらぶればきのふの袖はぬれしものかは」（千載集一二―七一七）「こひわたるなみだやそらにくもるらんひかりもかはるねやの月かげ」（新古今集一四―一二七四）と同様で、どれも詠み手である私を示す表現が省略されてい

【通釈】

流れ落ちる涙は、止まったかと思うとまた流れて波のようにそれを繰り返すから、乾くことができない。それは幾筋も流れて女の袖を赤く斑に染める。かつての夫との親しみは今はまったくなくなった。寂しく静かなこの住まいで弦をきつく張って大琴をかき鳴らす。（演奏者はもちろん、それを聴く人もため息をつきながら胸をかきむしり、血涙をはらはらと落として、明け方まで眠ることが出来ない。）

【語釈】

1 **落涙**　流れ落ちる涙のこと。七〇番詩【語釈】該項を参照のこと。また、鮑泉「和湘東王春日」詩に「新落連珠涙、新点石榴裙」（『玉臺新詠』巻八）、李端「妾薄命」詩に「対鏡不梳頭、倚窓空落涙」とある。本集にも「落涙交横潤斗筲」（一一三番）とある。元禄九年版本・元禄一二年版本・文化版本は「落ル涙」と読むが、底本および講談所本・道明寺本・羅山本・無窮会本には音合符がある。**成波**　波となる、の意。波のようになる。語例を知らないが、落涙の比喩であることに疑問の余地はない。波のようだとは、晋・陸機「君子行」詩に「天道夷且簡、人道険而難。休咎相乗躡、翻覆若波瀾」（『文選』巻二八）、劉孝標「広絶交論」に「或前栄而後悴、或始富而終貧、或初存而末亡、或古約而今泰、循環翻覆、迅若波瀾」（『文選』巻五五）とある通り、「翻覆」（繰り返す）と結びついて、波の寄せては返す様を言う。宋・謝瞻「置酒高堂上」詩に「朝日不夕盛、川流常宵征。生猶懸水溜、死若波瀾停」とあるのは、死は波のように常に繰り返していた日常が停止するようなものだ

ると考えられる。なお、「袖」については、五二番歌【語釈】「袖と見ゆらむ」の項に述べたように、「そで」の六種の用法のうち、八代集では「袖が濡る・ひつ／乾く」という表現が圧倒的に多い。

潮満ちて　「潮（しほ）満（み）つ」は海面が周期的に上昇すること。「満つ」という動詞は、万葉集でも八代集でもそのほとんどが「潮」を主格とする用法である。当歌の第三句以降は、「ころもの袖」との関連から、比喩的に恋しさのあまりに流す涙の程度・状態を表していると見られる。「袖」とともに「潮満つ」という表現が用いられた例は、八代集に「…うらみはふかく　みつしほに　そでのみいとど　ぬれつつぞ…」（拾遺集九―五七三）「わが袖のしほのみちひるうらならば涙のよらぬをりもあらまし」（千載集一二―七五四）「うらみつつぬるよのそでのかわかぬは枕のしたにしほやみつらん」（新古今集一五―一三七七）などあり、どれも「潮」が「袖」の涙を表している。万葉集には該当の例はないものの、「葦辺より満ち来る潮のいや増しに思へか君が忘れかねつる」（万葉集四―六一七）「…朝なぎに　満ち来る潮の　夕なぎに　寄せ来る波の　その潮の　いやますますに　その波の　いやしくしくに　我妹子に　恋ひつつ来れば…」（万葉集一三―三二四三）などのように、「潮満つ」を恋情と結び付ける例は見られる。

みるめかづかぬ　「みるめ」は「みる＋め」で、「め」は海藻一般を表すが、単独例は乏しく、「志賀の海人はめ刈り塩焼き暇なくくしげの小櫛取りも見なくに」（万葉集三―二七八。ただし、「軍布」の訓であり、確例とは言えない）、「みるもなくめもなき海のいそにいでてかへるがへるも怨みつるかな」（後撰集一二―七九九）「かづきするあまのありかをそと言う。そこから孟郊「弔盧殷其三」詩に「夢世浮閃閃、涙波深洄洄」とあるような語が生まれる。涙の流れては止まり、止まってはまた流れる、「塞き敢へぬ涙」を言い、悲しみの痛切な様を形容する。羅山本・無窮会本には、「波ヲ」をある。　**不可乾**　一〇〇番詩【語釈】「干」の項を参照のこと。

2千行　七〇番詩【語釈】該項を参照のこと。北周・庾信「王昭君」詩に「囲腰無一尺、垂涙有千行」、王涯「閨人贈遠五首其二」詩に「妝成対春樹、不語涙千行」とあるなど、閨怨詩に常見の語。底本等版本には音合符がある。　**流処**　「処」については一七番詩【語釈】「零処」の項を参照のこと。晩唐・梁瓊「宿巫山寄遠人」詩に「君今渺渺在天涯。暁看襟上涙流処、点点血痕猶在衣」とある。　**袖紅斑**　「袖紅」については、一〇〇番詩【語釈】「紅深」の項と一〇三番詩【語釈】「袖紅新」の項を参照のこと。「斑」については前項、及び一三番詩【語釈】該項を参照のこと。藤波家本・講談所本・道明寺本・羅山本・無窮会本には「斑（ハン）タリ」の訓点がある。

3平生　かつて、往時、以前、の意。以下の「今」と対比する。曹植「雑詩五首其四」詩に「人皆棄旧愛、君豈若平生」（『玉臺新詠』巻二）、謝朓「同王主簿怨情」詩に「平生一顧重、夙昔千金賤」（『玉臺新詠』巻四、『文選』巻三〇）など、昔の美や幸福と現在の不幸を対比する手法は、閨怨詩に常見し、小野岑守「雑言奉和聖製春女怨」詩に「平生容色不曾似、宿昔蛾眉迷自身」（『凌雲集』）もそれ。菅原道真「哭奥州藤使君」詩に「哭罷想平生、一言遺在耳」（『菅家後集』）とあり、空海「九想詩　璅骨猶連相第六」詩に「平生市朝花、今則空照山」（『性霊

こなりとゆめいふなとやめをくはせけん」（後拾遺集一九―一一五五）が見られる程度である。「みる」は海藻の一種で、海岸近くの海底に生える。万葉集にはこの形で「…綿もなき　布肩衣の　海松（美留）のごと　わわけさがれる…」（万葉集五―八九二）の一例のみ、他は「神風の　伊勢の海　朝なぎに　来寄る深海松　夕なぎに　来寄る股海松　深海松　深めし我を　股海松の　また行き反り　妻と言はじとかも　思ほせる君」（万葉集一三―三三〇一）のように「ふかみる」あるいは「またみる」という形で見られ、「みるめ」は出て来ない。「みるめ」が盛んに用いられるのは古今集以降であり、しかももっぱら恋部における「見る目」との掛詞としてである。「かづく」は当歌の文脈からは、水に潜るあるいは潜って何かを取るの意を表す。万葉集では「磯の上に爪木折り焚き汝がためと我が潜き来し沖つ白玉」（万葉集七―一二〇三）「伊勢の海人の朝な夕なに潜くといふ鮑の貝の片思にして」（万葉集一一―二七九八）「海人娘子潜き取るといふ忘れ貝よにも忘れじ妹が姿は」（万葉集一二―三〇八四）などのように、玉や貝を取るために「かづく」とされ、海藻を対象とする例はない。それが八代集になると、「いせのあまのあさなゆふなにかづくてふみるめに人をあくよしもがな」（古今集一四―六八三）「伊勢の海に遊ぶあまともなりにしか浪かきわけてみるめかづかむ」（後撰集一三―八九一）「なにたてるあはでのうらのあまだにもみるめはかづく物とこそきけ」（金葉集一〇―四五六）などのように、「みるめ」を「かづく」という表現が見られるようになる。「かづかぬ」の「ぬ」は打消しの助動詞の連体形で、結句の「浪」を修飾する。

浪ぞたちける　「浪（なみ）」が「たつ」という表現は古くから見られる

集』巻一〇）とあるのは、「今」と対比する例。

昵近　「昵」の異文のうち、「胒」「眤」についてはいずれも異体字として処理できる。『龍龕手鏡』入声巻四・目部に「暱眤、俗。尼乙反、又音日。正従日。二」とあり、同じ『龍龕手鏡』入声巻四・日部には「昵、俗。暱、正。尼乙反。近也、親也。上又音日。二」とあるので、「眤」「昵」の二字は、「暱」を正字とする俗字だということになる。又「胒」については、書陵部本『玄応一切経音義』巻一に「親胒」、同巻一一に「若胒」と、いずれも「昵」の異体字として見える。ただし、「胒」は、本来別字。異文「睦」は、「暱」と意味も近く同じ入声であるが、音は異なる。「睦近」の語例を知らない。今、最も通行する字体に従う。「昵（暱）近」とは、親しみ近づくこと。謝恵連「七月七日詠牛女」詩に「遐川阻暱愛、脩渚曠清容」（『玉臺新詠』巻三、『文選』巻三〇、ただし『文選』は「昵愛」に作る）とある。なお、『宋書』武三王伝に「昵近爵賜、尤応裁量」とあり、『漢書』文三王伝に「詩云『戚戚兄弟、莫遠具爾』。」とあり、その顔師古注に「小雅行葦之詩也。戚戚、内相親也。爾、近也。言王之族親、情無疏遠、皆昵近也」とあるように、史書には散見する語。空海「暮秋賀元興僧正大徳八十詩」には「怨親既歓、何況昵親」（『性霊集』巻一〇）とあり、大江匡衡「請特蒙天恩依尾張国…美濃守闕状」に「応和之侍読、中納言大江維時卿者、陪帷幄昵近天顔」（『本朝文粋』巻六）とある。

今都絶　「都」には、否定詞に前置する「都不」「都無」などの場合には、「すべて」の意ではなく、「まったく、全然〜でない」という、下の否定詞を強める働きが指摘されている（例えば塩見邦彦『唐詩口語の研究』四七頁を参照）が、和語「すべて」も打消表現を伴う時には同

が、歌末表現としては万葉集では「浪ぞたちける」は見られず、「白たへの衣の袖をまくらがよ海人漕ぎ来見ゆ波立つなゆめ」（万葉集一四―三四四九）「葦北の野坂の浦ゆ舟出して水島に行かむ波立つなゆめ」（万葉集三―二四六）などのように、文字どおりの「波」に対する禁止表現が目立つ。一方、八代集には「さくら花ちりぬる風のなごりには水なきそらに浪ぞたちける」（古今集二―八九）「もとゆひにふりそふ雪のしづくには枕のしたに浪ぞたちける」（拾遺集一七―一一五三）「ふぢの花さかりとなればにはのおもにおもひもかけぬなみぞたちける」（後拾遺集二―一五二）などのように、当歌と同じ結句表現をとる例が現れ、どれも比喩的な「波」に対してである。

【補注】

当歌は一首のうちに、「袖・潮・みるめ・浪」という四つもの素材を盛り込んでいる。同様の例は、万葉集にも八代集にも見当たらない。わずかに「みるめこそいりぬるいその草ならめ袖さへ波のしたにくちぬる」（新古今集一二―一〇八四）で「みるめ・袖・波」の三種を取り入れている例が見られるくらいである。「袖」を中心として、「潮・みるめ・波」のそれぞれがともに詠み込まれた例としては、「…うらみはふかく　みつしほに　そでのみいとど　ぬれつつぞ…」（拾遺集九―五七三）「我がそでの涙やにほの海ならんかりにも人をみるめなければ」（千載集一四―八五五）「あしのねのうきみのほどとしれぬればうらみぬそでもなみはたちけり」（後拾遺集一四―七七一）のように見いだせる。

このように多くの素材を含んだ結果として問題になるのは、涙の比喩様の意となる（岩波古語辞典）。ただし、韻文に用いられた例を知らない。杜甫「蘇大侍御訪江浦賦八韻記異」詩の自注に「蘇大侍御渙、静者也、旅於江側。不交州府之客、人事都絶久矣」とある。

4 寂寞　寂しく静かな様。曹植「雑詩五首其四」詩に「閒房何寂寞、緑草被階庭」（『玉臺新詠』巻二）とある。二〇番詩【語釈】該項を参照。本集にも「閨中寂寞蜘綸乱」（一〇八番）とある。異文「寂室」は、閨怨詩に用例を知らない。むしろ寂しさを言う場合は、「空室」「空房」「虚室」などとその部屋に誰もいないことを客観的に強調するのが一般。

閑居　静かな住まい。又、一人静かに暮らすこと。ただしこの語は例えば、潘岳「閑居賦」（『文選』巻一六）、及びその構想の基になった『礼記』孔子間居がそうであるように、積極的に孤独の生活を求め、政界を退隠するというニュアンスを含む。世俗から逃れ、性を養う場が閑居である。『文選』に八例ある「閑居」は例外なくそうした意味で使われ、『玉臺新詠』には用例がないように、男に棄てられて一人泣きながら過ごす閨怨詩の女主人公に、ふさわしいとは言えない。白居易に影響を受けたのであろう島田忠臣「自勧閑居」詩に「衰病豈無閑退日、健時閑退是閑居」（『田氏家集』巻中）とある通りである。わずかに探し得たのは、権徳輿「薄命篇」詩に「歳去年来年漸長、青春紅粉全堪賞。玉楼珠箔但間居、南陌東城詎来往」とある例であるが、それは嫁ぐ前のいわば箱入り娘の状態をそう呼んでいるのであって、夫に見捨てられた怨みを抱いてひとり涙を流す状況を言うのではない。本集のもう一例「専夜閑居賞一時」（五〇番）は、秋の夜に雁の羽音と機織りの音とを風物として鑑賞しようというもの。日本においても大神安麻呂「五山斎言志」詩

表現としてある第三句以降の句同士の関係である。

まず「潮満つ」と「浪立つ」の関係であるが、「夕なぎにあさりする鶴潮満てば沖波高み己が妻呼ぶ」（万葉集七―一一六五）「…朝なぎに満ち来る潮の　夕なぎに　寄せ来る波の　その潮の　いやますますに　その波の　いやしくしくに　我妹子に　恋ひつつ来れば…」（万葉集一三―三二四三）、「岸もなくしほしみちなば松山をしたにて浪はこさんとぞ思ふ」（後撰集一一―七六〇）「しほみてば野じまがさきのさゆりばに浪こすかぜのふかぬ日ぞなき」（千載集一六―一〇四五）「ゆふづく夜しほみちくらしなには江のあしのわかばにこゆる白波」（新古今集一―二六）などから知られるように、両者は連動する現象つまり「潮が満つ」から「波が立つ」ということである。

次に「みるめかづく」と「波立つ」の関係であるが、「伊勢の海に遊ぶあまともなりにしか浪かきわけてみるめかづかむ」（後撰集一三―八九一）「おぼろけのあまやはかづくいせの海の浪高き浦におふるみるめは」（後撰集一三―八九二）「たちさわぐ浪まをわけてかづきてしおきのもくづをいつかわすれん」（後撰集一六―一一四八）などから察せられるのは、よほどの高波の場合を別にして、波が立っていても「みるめをかづく」ことはできなくはないということである。とすれば、「みるめかづかぬ」というのは、波が立ち寄せる満潮時に普通、わざわざ潜って海藻採りをしないという実際を前提にした表現であると考えられる。

以上からすれば、袖を濡らす涙の状態および「みるめかづかぬ」理由を示すには、「潮満ちて」という表現だけで十分なのである。にもかかわらず、当歌では第四句が「浪」を修飾し、かつ「浪ぞたちける」とい

に「欲知閒居趣、来尋山水幽」（『懐風藻』）と上代から用例があり、菅原道真においても本来の意味で用いられるのが大半だが、「行春詞」詩に「人散閑居悲易触、夜深独臥涙難勝」（『菅家文草』巻三）、「冬夜閑居話旧以霜為韻」詩に「不恨寒更三五去、無堪落涙百千行」（『菅家文草』巻三）と、やや湿っぽい例がある。**緪瑟弾**　「緪」とは、弦を強く張ること。馬融「長笛賦」に「若絚瑟促柱、号鍾高調」（『文選』巻一八）とあり、李善は『淮南子』繆称訓に「治国、辟若張瑟。大絃絚、則小絃絶矣」とあり、高誘が「絚、急也」といい、更に『楚辞』九歌・東君に「緪瑟兮交鼓」とあり、王逸が「緪、急張絃也」と注するのを指摘する。底本には「スケハリテ」、元禄九年版本・元禄一二年版本・文化版本には「ハツテ」とあるが、今『色葉字類抄』の訓に従う。「瑟」は大型の琴。各種あるが二五絃の物が標準。他の閨怨詩と異なって、ことさら「緪」というのは、馬融「長笛賦」に上記の文に続けて「於是放臣逐子、棄妻離友、彭胥伯奇、哀姜孝己。攅乎下風、収精注耳。靁歎頽息、搯膺擗摽、泣血泫流、交横而下、通旦忘寐、不能自禦」とあるのを踏まえるから。つまり、ここは笛の材料となる竹が風に鳴る様を、瑟の弦をきつく張ったような音と比喩しているのだが、それを聞くと、彭咸・伍子胥・伯奇等の、放逐された家来や子供、夫に棄てられた妻や友に見放された男は、ため息をつきながら胸をかきむしり、血涙をはらはらと落として、明け方まで眠ることが出来ないというのである。その「棄妻」を意識させる構成になっている。「弾瑟」と本来あるべきところ、押韻のために倒置した。

う強調表現をとって結句としている。ここには、強調されるだけの「波立つ」ことに対する何らかのイメージが託されていたからではないかと見られる。憶測の域を出ないが、既出の例に見られたように、涙が何度も湧き出してくるという反復のイメージあるいはまた「君をおきてあだし心をわがもたばすゑの松山浪をこえなむ」（古今集二〇—一〇九三）のような、心変わりのイメージが想定されないだろうか。

【補注】

韻字は「乾・弾」（上平声二十五寒韻）、「斑」（上平声二十七刪韻）だが、両者は韻目を異にする。平仄に基本的な誤りはない。

第二句から第三句への転換・変化は大きくはないが、それなりにあり、結句では余情を効かせるなど、それなりの作品に仕上がっている。「閑居」など一部の語句にやや違和感があるが。

【比較対照】

当歌が「袖」による縁で涙を間接的に表現するのに対して、詩では「落涙」に始まり、前半でそれを明確に示している。しかも、比喩としても起句の「成波」、承句の「千行流」により、歌の主意である結句の「浪ぞたちける」に焦点を当てて対応させている。歌【補注】の最後に示唆した、落涙の反復性のイメージを前景化していると言える。

「袖」は歌詩とも、涙に濡れるところとして用いられているが、詩ではさらに「袖紅斑」として、その涙の切なることまでも表現している。それに対して、歌の「恋ひわたる」に直接対応する表現は見られず、詩の後半に暗示されるのみである。もとより、暗示とはいえ、転句をふまえて、他句も見れば、そのことは容易に想像しうることではあるけれども。

当詩は措辞としては珍しく、閨怨詩的な色合いが薄く、その分だけ歌との親近性があるようにも感じられる。転句の表現は、逆に歌の「恋ひわたる」がその前提として、かつて「みるめ（見る目）」があったことを示す、古今集で言えば、恋四あたりの歌として解釈したうえでのこととみなされる。

一〇五番

恋侘手　打寝留中丹　往還留　夢之只径者　宇都々那良南

恋ひ侘びて　うち寝る中に　往き還る　夢のただちは　うつつならなむ

【校異】

本文では、初句の「侘」を、底本および文化写本・藤波家本・講談所本は「佗」とするが他本により改め、第二句の「打」を、羅山本・無窮会本が「朾」とし、同句の「寝」の冠を、底本および類従本・永青本が写本・藤波家本・京大本・大阪市大本・羅山本・無窮会本・永青本が穴冠とし、同句の「留」を、永青本・久曾神本が欠き、第四句の「径」を、藤波家本・講談所本・道明寺本が「侄」、京大本・大阪市大本が「住」、天理本が「往」、羅山本・永青本・久曾神本が「侄」とし、結句の「都々」を、永青本・久曾神本が「筒」とし、同句末の「南」を、講談所本・道明寺本が「ナン」とする。

付訓では、とくに異同が見られない。

同歌は、寛平御時后宮歌合（十巻本・廿巻本、恋歌、一七〇番、敏行朝臣。ただし第三句「ゆきかよふ」）にあり、古今集（巻一二、恋二、五五八番）にも「寛平御時きさいの宮の歌合のうた　藤原としゆきの朝臣」として（ただし第三句「行きかよふ」）、古今六帖（第四、恋、ゆめ、二〇三一番、としゆき。ただし第三句「ゆきかよふ」）、敏行集（九番、きさいのみやのうたあはせに。ただし第三句「ゆきかよふ」）にも見られる。

恋緒連綿無絶期
履声佩響聴何時
君吾相去程千里
連夜夢魂猶不稀

恋緒《(レンショ)》連綿《(レンベン)》として絶《(たゆ)》る期《(とき)》無《(な)》し。
履声《(リセイ)》佩響《(ハイキャウ)》何《(いづ)》れの時《(とき)》か聴《き》かむ。
君《(きみ)》と吾《(われ)》と相去《(あひさる)》こと程《(ほ)ど》千里《(センリ)》。
連夜《(レンヤ)》の夢魂《(ボウコン)》は猶《(なほ)》稀《まれ》なら（ず）。

【校異】

「連綿」を、藤波本「連縮」に作る。「無絶期」を、久曾神本「無絶斯」に作り、「期歟」と校注する。「佩響」を、久曾神本「佩響」に作って「佩歟」と校注する。

【通釈】

（あなたのことを思い浮かべたときの）心の取り乱しようは際限が無くて終わるときがない。あなたの靴音や佩玉の響きはいつになったら聞き取ることが出来るのでしょう（その時が来れば、この思いは満たされるのに）。あなたと私とは千里の距離を隔てている。一晩中夢の中でお会いできることは、それでも稀というわけではないのだけれど（でも現実の貴方でなければ、だめなの）。

【語釈】

1 恋緒　日中共に用例を知らない。「恋」は「乱」と同系の語で、心

【通釈】

恋することに疲れたために、ちょっと居眠りをした（ときの、短い時の）中で、（あなたに逢いに）行って帰ることのできる夢の近道は、現実にあってほしい。

【語釈】

恋ひ侘びて　「恋（こ）ひ侘（わ）ぶ」は、恋することに疲れること。万葉集には「里遠み恋ひわび〈恋和備〉にけりまそ鏡面影去らず夢に見えこそ」（万葉集一一―二六三四）の例のみであるが、八代集では、古今集の同歌をはじめとして一八例、見られる。そのうち一七例が「こひわびてしぬてふことはまだなきを世のためしにもなりぬべきかな」（後撰集一四―一〇三六）「こひわびてねぬよつもればしきたへのまくらさへこそうとくなりけれ」（金葉集八―四二五）「恋ひわびてうちぬるよひの夢にだにあふとは人のみえばこそあらめ」（千載集一四―八九九）などのように、初句に用いられ、しかも一一例が当歌と同じ形式をとる。接続助詞の「て」はさまざまな関係をあらわすが、当歌では次の「うち寝る」との関係で、原因・理由を示していると考えられる。

うち寝る中に　「うち寝（ぬ）」という派生語は、万葉集には見られず、八代集に古今集の同歌をふくめ七例、出てくる。「うち」という接頭語について、岩波古語辞典では「平安時代ごろまでは、打つ動作が勢いよく、瞬間的であるという意味が生きていて、副詞的に、さっと、はっと、ぱっと、ちょっと、ふと、何心なく、ぱったり、軽く、少しなどの意を添える場合が多い。しかし和歌の中の言葉では、単に語調を整えるが様々に乱れて、いつまでも決着が付かない気持ちを表す。「恋」字は『玉臺新詠』中に僅か七例しかないように、和語の「こひ」とは異なって、男女間の愛情のみを意味するのではない。「緒」は、一〇〇番詩「怨緒」・一〇三番詩「万緒」の**【語釈】**該項を参照のこと。また本集には「誰識中心恋緒纒」（一一二番）、「思緒有余心不休」（一一八番）ともある。　**連綿**　ある物事がどこまでも続いて途絶えることがない様。「連緜」「聯綿」等とも表記される畳韻の語。王素「学阮歩兵体」詩に「連綿共雲翼、嬿婉相携持」（『玉臺新詠』巻四）、宋・鮑照「和王丞詩」に「秋心日迥絶、春思坐連綿」、周・王褒「別王都官詩」に「聯綿慨流客、悽愴惜離群」（『初学記』離別）とあり、雄略天皇一四年夏四月条に「詔曰、根使主、自今以後、子子孫孫八十聯綿、莫預群臣之例」（『日本書紀』巻一四）、嵯峨天皇「和菅清公秋夜途中聞笙」詩に「新声宛転遙夜振、妙響聯綿遠風沈」（『凌雲集』）とある。　**無絶期**　途絶える時がない、の意。白居易「長恨歌」に「天長地久有時尽、此恨緜緜無絶期」とある。

2 履声　靴音、誰かがやって来る足音のこと。「履」は、木や布で作った靴の総称。『漢書』鄭崇伝に「数求見諫争、上初納用之。毎見曳革履、上笑曰、我識鄭尚書履声」（『藝文類聚』『初学記』僕射、『白氏六帖』履舄・諫諍・尚書）とある故事にはじまる語で、本来極めて政治的な語。白居易「令狐相公拜…因以継之」詩に「車騎新従梁苑回、履声佩響入中台」とあり、大江澄明「仲春釈奠聴講古文孝経同賦夙夜匪懈」詩序に「何唯鄭尚書伏闕之夜、遙知履声。徐侍中還家之朝、自歎犬吠而已哉」（『本朝文粋』巻九）とある。　**佩響**　佩玉の音のこと。「佩」は、身分

ためだけに使ったものもあり」とある。日本国語大辞典第二版では「うちぬ」を単に「寝る」とのみ語釈し、古今集の同歌にたいする注釈においても、そのように解しているものが多い。『注釈』でも「〔うち〕は接頭語で、語調を整える」と注しながら、通釈では「うたたねしている」とする。問題は「恋ひ侘びて」という初句との関係で、前項に挙げた「こひわびてねぬよつもればしきたへのまくらさへこそうとくなりけれ」（金葉集八—四二五）のように、恋いわびていたら、寝ることができないのである。しかし、疲れてはいるので、気付かぬうちに、ちょっと居眠りしてしまう、つまりうたたねしてしまうのであり、「恋するのに耐えられなくなってうたたねしている」（注釈）、「恋い慕い悩んで寝ている」（新日本古典文学大系本）「恋いわずらって、独寝をしている」（窪田評釈）などでは、まったく意味が通じない。「恋ひ侘びて」の「て」を原因・理由を表すとしたのも、そういうワンクッションを置いたうえでの関係としてである。「おもひあまりうちぬるよひのまぼろしも浪ぢをわけてゆきかよひけり」（千載集一五—九三六）「おもひかねうちぬるよひもありなましふきだにすさべ庭の松かぜ」（新古今集一四—一三〇四）などの例も、同様である。「打寝留中丹」の「中」にたいして、異同は認められず「なか」と訓まれ、諸注釈のほとんどでは「あいだ」という言葉に置き換えられている。「寝ているあいだ」とすれば、この「なか」を時間的な意味でとらえたことが明らかであるが、「なか」がその意味で用いられた例は、万葉集にも八代集にも、一例も見出すことができない。「仲」という抽象的な意味をあらわす場合を除けば、どれも空間的な意味で用いられている。ついでにいえば、「仲」の意味以外での高い役人が大帯に着けて飾りにした数個の玉。歩けばそれが触れ合って清らかな音がしたという。又「珮」に作る。梁・沈約「脚下履」詩に「逆転珠珮響、先表繡袿香」（『玉臺新詠』巻五）とあるなど、閨怨詩にあらわれる「佩の響」は女官のそれが一般的だが、ここは、謝朓「直中書省」詩に「茲言翔鳳池、鳴珮多清響」（『文選』巻三〇）とあり、李善が『礼記』玉藻に「古之君子必佩玉。…行則鳴佩玉」とあるのを指摘するごとく、男性のものを言う。白居易「和夢遊春詩一百韻」詩に「漸聞玉珮響、始辨珠履躅」とある「玉珮」「珠履」は少女のものだが、前項白詩の「履声佩響」は、高官令狐相公のそれ。大江朝綱「冬日於文章院懐旧招飲」詩にも「翰林懐古遇樽盈、銀艾紛紛珮響清」（『扶桑集』）とある。　**聴何時**　「何時」は、二一二番詩の【語釈】該項を参照。元禄九年版本・元禄一二年版本・文化版本は、「聴カムコト何レノ時ソ」と訓む。

3 君吾　あなたと私、の意。これを互倒した「吾君」なら、潘岳「寡婦賦」に「要吾君兮同穴、之死矢兮靡佗」（『文選』巻一六）とある通り、私のあなたの意で、あるいは、白居易「新楽府　驪宮高」詩に「吾君在位已五載、何不一幸乎其中」とあるように、我が天子の意で用いられるが、「君吾」は、日中共に用例を知らない。ここは前後の文脈からはそれ以外の意味に取りようがないのは明らかであるが。又、本集に「君我昔時長契約」（一一〇番）とある。元禄九年版本・元禄一二年版本・文化版本には、両字に訓読符がある。　**相去**　お互いの距離や時間の隔たりを言う。「古詩十九首其一」詩に「相去万余里、各在天一涯」（『文選』巻二九、『玉臺新詠』巻一）、「古詩十九首其一〇」詩に「河漢清且

は、「なか」が動詞句の連体修飾を受ける例も認められない。その点で、当歌は稀有な例であって、「なか」を空間的な意味でとるとすれば、夢という空間を設定しなければならない。第四句の「夢のただち」も、空間だからこそ成り立つのである。当歌では、音数律や措辞の関係で、それが省略された表現となったのであろう。

往き還る　「往(ゆ)き還(かへ)る」にたいして、「ゆきかよふ」という異訓あるいは異文が認められるが、用例としては「ゆきかへる」のほうがはるかに多く、しかも「ゆきかよふ」が「夢(ゆめ)」とともに用いられるのは、万葉集・八代集では、古今集の同歌以外に見当たらない。「ゆきかへる」は「ゆきかへり」の形で副詞的に用いられることが多く、人間を主体とした動作をあらわす例としては、「天雲の行き帰りなむものの故に思ひそ我がする別れ悲しみ」(万葉集一九―四二四二)、「ゆきかへるやそうぢ人の玉かづらかけてぞたのむ葵てふ名を」(後撰集四―一六一)「あづまぢのはるけきみちを行きかへりいつかとくべきしたひものせき」(詞花集六―一八四)「草まくらかりねの夢にいくたびかなれし都にゆきかへるらん」(千載集八―五三四)などが見られる。

夢のただちは　「ただち」は「ただ(直)+ち(路)」のことで、万葉集に「月夜良み妹に逢はむと直道から我は来つれど夜そふけにける」(万葉集一一―二六一八)、八代集に古今集の同歌の、各一例が見られる。夢の中に道を設ける発想は、万葉集には見られないが、ただ「人の見て言咎めせぬ夢に我今夜至らむやどさすなゆめ」(万葉集一二―二九一二)や「門たてて戸もさしたるをいづくゆか妹が入り来て夢に見えつる」(万葉集一二―三一一七)などに見られる「至る」や「入り来」などの

浅、相去復幾許」(『文選』巻二九、『玉臺新詠』巻一)、呉均「閨怨」詩に「相去三千里、参商書信難」(『玉臺新詠』巻六)とあるなど、夫婦の距離の遠さを言う常套句でもある。版本や講談所本・道明寺本・京大本・大阪市大本・天理本には、訓合符がある。神代紀上に「是時、天地相去未遠、故以天柱、挙於天上也」(『日本書紀』巻一)、光仁天皇宝亀七年冬一〇月条に「美濃国菅田駅、与飛駅国大野郡伴有駅、相去七十四里」(『続日本紀』巻三四)とある。ただし、菅原道真「暮秋賦秋尽翫菊応令」詩に「惜秋秋不駐、思菊菊纔残。物与時相去、誰厭徹夜看」(『菅家文草』巻五)とあるのは、菊と秋という「物与時」が、両方とも道真から去っていくという珍しい句法。　**程千里**　「程」は、道のり、行程の意。中唐・柳郴「贈別二首其一」詩に「江浦程千里、離尊涙数行」、韋荘「上行杯」詞に「少年郎、離別容易、迢遞去程千万里」とあり、本集に「四方千里求難得」(一一八番)とある。

4 連夜　一晩中、あるいは、その日の夜、の意。唐代からの語。則天皇后「臘日宣詔幸上苑」詩に「花須連夜発、莫待暁風吹」(『白氏六帖』臘)、崔湜「同李員外春閨」詩に「落日啼連夜、孤灯坐徹明」とある。ただし、『文徳天皇実録』嘉祥三年夏四月・葛井親王薨伝に「晩年好酒、志在讌楽、累日連夜、淵酔忘疲、喜祥三年為太宰師、薨時年五十一」とある例や「連日連夜」などと熟する場合の「連夜」は、「連日」などの関連で、毎晩の意となる。　**夢魂**　夢の中の霊魂、あるいは、夢見ることの意。初唐の張文収「大酺楽」詩に「倘随明月去、莫道夢魂遙」、劉希夷「巫山懐古」詩に「頽想臥瑤席、夢魂何翩翩」とあるのが、初出。菅原道真「孤雁」詩に「未卜能鳴意、唯驚冷夢魂」(『菅家文草』巻二)、

移動の動詞表現には、その径路を想定することになる下地が認められる。夢の中の道を端的に示すのが「ゆめ（夢）＋ぢ（路）」であり、古今集以降に「夢ぢにもつゆやおくらむよもすがらかよへる袖のひちてかわかぬ」（古今集一二―五七四）「ゆきやらぬ夢ぢにまどふたもとにはあまつそらなき露ぞおきける」（後撰集九―五五九）「わがこひはゆめぢにのみぞなぐさむるつれなき人もあふとみゆれば」（詞花集七―一九三）などのように現れる。また「住の江の岸による浪よるさへやゆめのかよひぢ人めよくらむ」（古今集一二―五五九）「はかなしや枕さだめぬうたたねにほのかにまよふ夢のかよひぢ」（千載集一一―六七七）などのように、「夢のかよひぢ」という表現も用いられる。これらが夢の中の道を一般的に表すのに対して、「夢のただち」は、その道のまっすぐさ、あるいは近さという空間的な特徴を強調するものといえる。しかし当歌の場合、その結果として、「うち寝る」という短時間に「往き還る」ことができる道、つまり時間的な特徴に重点があると考えられる。

うつつならなむ　「うつつ」は現実という意であるが、この語をわざわざ用いるのは、現実ではないことがら、つまり夢との対比があってこそである。万葉集にある一五例のうち、「墨江の小集楽に出でて現にも己妻すらを鏡と見つも」（万葉集一八―三八〇八）以外、八代集では五七例のうち、「まどろまぬものからうたてしかすがにうつつにもあらぬ心地のみする」（後撰集一二―八七七）「おどろかすこゑなかりせばほととぎすまだうつつにはきかずぞあらまし」（金葉集二―一一五）「すがたこそねざめのとこにみえずとも契りしことのうつつなりせば」（千載集一三―八一〇）の三例以外、すべて「ゆめ」とともに詠み込まれている。

同「早春閑望」詩に「早起灰心坐、冥冥是夢魂」（『菅家文草』巻三）とあるように、菅原道真の場合は、自分がまだ夢を見ているような状態であることを言うので、「夢魂」と言うより「夢中」と言うに近い。ただ、「思家竹」詩に「纔憑客夢遊魂見、適問家書使口聞」（『菅家文草』巻三）とあるのは、自宅の夢を「客夢の遊魂によって見」たと表現する。**猶不稀**　「稀」は、滅多にない様。梁簡文帝「晩春時」詩に「紫蘭葉初満、嬌鶯弄不稀」（『藝文類聚』春、『初学記』春）、姚合「遊春十二首其八」詩に「処処春光遍、遊人亦不稀」とある。

【補注】

韻字は「期・時」（上平声七之韻）、「稀」（上平声八微韻）で、後者は独用だから、押韻に難がある。平仄には基本的な誤りはない。

「夢魂」について、贅言しておく。夢に関しては、『周礼』春官・大卜の「占夢」まで遡り、魂の生体離脱に関しては、遊離した魂に向かって元の身体に「帰来帰来」と呼びかける『楚辞』招魂に、そうした信仰・習俗の痕跡が認められる。夢の中で自らの恋人に会うというのは、『周礼』に言う「思夢」（常に思っていることを見る夢）に当たるだろう。

夢と霊魂の離脱とが綯い交ぜになった話は、当然六朝志怪小説で顕著になる。『幽明録』の「龐阿」、『捜神後記』巻三・第三八話などは、最も著名なものだろう。男女に限らず思慕し合う一方の霊魂が、寝ているうちに身体から遊離して、他方を探し求めるパターンが多い。そしてそれらが結実するのが唐代伝奇の陳玄祐『離魂記』であり、夢の複雑な形象を提示するのが、白行簡『三夢記』である。因みに、元稹にも夢に纏

両者の関係付けには、ほぼ三つのパターン、①現実よりも夢（「現には直に逢はなく夢にだに逢ふと見えこそ我が恋ふらく」（万葉集一二―二八五〇）、「夢にだにうれしとも見ばうつつにてわびしきよりは猶まさりなん」（後撰集一六―一一九四））、②夢よりも現実（「夢のみに見てすらここだ恋ふる我は現に見てばましていかにあらむ」（万葉集一一―二五五三）、「思ひねのよなよな夢に逢ふ事をただかた時のうつつともがな」（後撰集一一―七六六））、③両者の区別がつかない（「現にか妹が来ませる夢にかも我か惑へる恋の繁きに」（万葉集一二―二九一七）、「きみやこし我や行きけむおもほえず夢かうつつかねてかさめてか」（古今集一三―六四五））がある。当歌は、歌末の「なむ」が願望の終助詞であり、②のパターンに属する。

【補注】

「恋ひ侘び」るのは、相手を思うばかりで、実際にはなかなか会えないからであろう。その逢瀬が夢の中では実現したかどうか、実は当歌の表現からは確認しえない。第三句「往き還る」が現在形のまま「夢のただち」を連体修飾するのは、そのような俗信の存在を示しているにすぎないからである。とすれば、望むのは、夢ではなく、あくまでも現実にであって、その限りでは「往き還る」主体は相手ではなく、詠み手自身おそらくは男性であろう。

わる興味深い詩が数首（「江陵三夢」詩など）ある。

【語釈】の該項でも述べたが、「夢魂」の語は初唐に始まるが、初めてよく用いたのは李白であるので、その詠みぶりを確認しておく。

「長相思」詩に「天長路遠魂飛苦、夢魂不到関山難。長相思、摧心肝」、「聞丹丘子…因叙旧以寄之」詩に「思君楚水南、望君淮山北。夢魂雖飛来、会面不可得」とあるのは、相手の霊魂であるが、「大堤曲」詩に「春風無復情、吹我夢魂散。不見眼中人、天長音信断」とあるのは、自分の夢と言うのにほぼ同じだろう。こうしたことは、白詩でも確認できる。

「長恨歌」詩に「聞道漢家天子使、九華帳裏夢魂驚」とあるのは、余りに有名な場面であり、その「夢魂」は、楊貴妃のもののように思われるけれど、異文に「夢中」とある通り、それでも文脈に齟齬は生じない。話は前後するが、失意の玄宗皇帝が長安に戻った後、「悠悠生死別経年、魂魄不曾来入夢」と嘆く際の、「魂魄」は、明らかに楊貴妃のそれであるが、陳鴻「長恨歌伝」には「三載一意、其念不衰。求之夢魂、杳不能得」とあるだけで、それは単に「夢中」と書いても問題は生じないのである。また、「夢裴相公」詩では「五年生死隔、一夕夢魂通。夢中如往日、同直金鑾宮」とあって、こちらは「夢魂」の、「魂」の方に重点がある。

【比較対照】

当歌詩は、恋しい相手に実際に会えないでいる状況を詠んでいる点では共通しているものの、細かい設定には異なりが認められる。まず、歌の第二句の「うち寝」が詩の結句では「連夜夢魂」になっていて、大きく異なる。歌は恋に思い悩んで夜もおちおち眠れないからこそ、うたた寝してしまうのであるが、詩の起句と結句との関係からは、そのような経緯はうかがいしれない。しかも、歌では夢で会えたかどうかわからず、あくまでも俗信を歌うのに対して、詩結句の「猶不稀」はそれが時々は実現することを示している。「夢魂」という語を用いながら、詩【補注】で詳述したように、恋心と夢を結び付けようとする意図があったのかどうか、不審である。

詩の承句「履声佩響聴何時」は、会えない状況を表し、歌での主体が男性なのに対して、閨怨詩の枠組みから、女性の立場であるという点でも違いが認められる。また、詩の転句「君吾相去程千里」も、会えないことの理由として示しているのであろうが、歌ではいっさい触れられていない。ただ、あえて極端な距離を持ちだしたのは、あるいは歌における「ただち」からの推測かもしれない。つまり、歌で「ゆめぢ」や「かよひぢ」ではなく、あえて「ただち」を持ち出したのは、当該の二人が遠距離だったからではないかと考えたのではないかということである。

一〇六番

懸都例者　千々之金裳　数知沼　何吾恋之　逢量那岐

懸けつれば　ちぢの金も　数知りぬ　など吾が恋の　あふはかりなき

【校異】

本文では、初句末の「者」を、藤波家本・講談所本が欠き、第二句の「々」を、藤波家本・道明寺本・京大本・大阪市大本・天理本・羅山本・無窮会本・永青本・久曾神本が欠き、第四句の「何」の後に、永青本・久曾神本が「曾」を補い、結句の「那」を、類従本・羅山本・無窮会本・久曾神本が「無」、永青本が「无」とし、同句の「岐」を、永青本・久曾神本が「杵」とする。

付訓では、第三句の「しり」を、羅山本・無窮会本が「しら」とし、第四句の「なぞ」を、底本が「なに」とするが類従本・文化版本・講談所本・道明寺本・京大本・大阪市大本・天理本・羅山本・無窮会本により改める。

同歌は、歌合には見られず、古今六帖（第五、服飾、はかり、三四四一番）と夫木抄（巻三三、雑一五、斤、一五六九八番、寛平御時后宮歌合、読人不知。ただし第四句「など」）に見られる。

【通釈】

（秤に）懸けると、どんなにたくさんの黄金でも、その量が分かる。（しかし）なぜ私の恋が（どのくらいかをはかるのに）合う秤がないの

年来積恋計無量
屈指員多手算忙
一日不看如数月
慇懃相待隔星霜

年来《(ネンライ)》の積《(つも)》る恋《(こひ)》計《かぞ》ふるに量《(はかり)》無《(な)》し。
指《(ゆび)》を屈《(クツ)》するに員《かず》多《(おほく)》して手算《(シウサン)》忙《(いそが)》はし。
一日《(イツジツ)》だも看《(み)》（ざ）れば数月《(スゲツ)》の如《(ごと)》し。
慇懃《(インキン)》に相待《(あひまち)》て星霜《(セイサウ)》を隔《(へだ)》つ。

【校異】

「員多」を、永青本・久曾神本「数多」に作る。「手算」を永青本・久曾神本「年算」に作る。

【通釈】

あの人のことをこのごろずっと心にかけて思い続けているのだが、その分量を計ろうにも、（それを量れる）量りが無い。指折り数えてみようと思うのだが、数が多くて手で数えることが慌ただしくて数え切れない。一日でもその姿を見つけることが出来ないと数ヶ月も逢っていないようであり、そんな気持ちであの人を待ち続けて年月だけが遠ざかるばかりだ。

【語釈】

1 年来　数年来、またはここ一、二年、の意。六朝時代には「歳去」等と対応して、新しい年が来るという原義を失うことがないが、唐代に

か〔あなたに逢うことだけがないのか〕。

【語釈】

懸けつれば　「懸（か）く」については、四六番歌【語釈】「懸けて来つらむ」の項を参照。当歌では、「千々の金」を「はかり」（秤）に「かく」という関係で用いられている。ただし、この関係での「はかり」の語は省略され、後述するように、結句の「あふはかりなき」の「はかり」の掛詞から推測されるものである。

ちぢの金も　「ちぢ」については、六六番歌【語釈】「ちぢに染むらむ」の項を参照。「金（こがね）」は万葉集では「…陸奥の　小田なる山に金〔久我禰〕ありと…」（万葉集一八―四〇九四）のように「くがね」の確例があり、八代集では「ひとまきにちぢのこがねをこめたれば人こそなけれこゑはのこれり」（後拾遺集一八―一〇八四）「いにしへのちぢのこがねはかぎりあるをあふはかりなききみがたまづさ」（後拾遺集一八―一〇八五）のように「こがね」となっている。ちなみに、この後拾遺集の「こがね」は和歌のたとえになっているが、当歌の「こがね」は黄金という、文字通りの意味で、下句と対比されている。

数知りぬ　「数（かず）」＋「知る」という表現は、万葉集にはなく、八代集になって「月日をもかぞへけるかな君こふるかずをもしらぬわが身なりけり」（後撰集九―五四三）「吉野山こえん事こそかたからめこらむ歎のかずはしりなん」（後撰集一六―一一六八）「かぞふれどおぼつかなきをわがやどの梅こそ春のかずをしるらめ」（拾遺集一六―一〇一二）などのように、「数」の例の大方が「知る」と結び付いている。ただし、なると熟語化して、このごろ、と言う程度の軽い意味で使用されることが多い。厳維「書情献相公」詩に「年来白髪欲星星、誤却生涯是一経」とあり、『三代実録』貞観五年四月三日条に「僧賢永奏言、年来五穀不登、百姓窮弊」、『三代実録』貞観六年一二月一〇日条に「駿河国言、…惣差点丁駅子四百人、伝子六十人。年来疫旱荐臻、課丁欠少。因而駅伝子等不能満数、郡民凋残」、『三代実録』貞観一七年正月二日条に「親王公卿及次侍従以上奉参三宮賜宴、例也。而年来不書、史之闕也。今此記之。他皆效此」、大江匡衡「暮秋同賦草木揺落応教」詩に「年来零落未逢遇、願託好文賜早抽」とある。

積恋　本来は、何年も、ある物事を心にかけること。いつまでも（天子や上官を）思慕し続けること。「恋」については一〇五番詩「恋緒」の項を参照のこと。唐代からの散文語。高郢「請致仕表」に「上答恩私。歯尽請骸、終慚且惕。徘徊積恋、戦汗陳愚。天闕一辞、朝車永税。方従野老、共楽尭年。臣郢不勝感恩兢惶之至」、令狐楚「賀冬至進鞍馬弓剣香嚢等状」に「臣某限従外役、叨奉殊私。秉戎律以输誠、望宸居而積恋」、令狐楚「為鄭儋謝河東節度使表」に「望帝城而積恋、倏已四年、処戎幕而懐憂、若臨千仞」、同「河陽節度使謝上表」に「十乗隠鱗以啓行。荷委寄而誠深、苦離違之稍遠。就日積恋、瞻天靡遑、払儒冠以自驚、対朝服而増歎」とある。おそらくこの用法を、応用したものであろう。底本は無訓だが、諸写本には、返点のみある。元禄九年版本・元禄一二年版本・文化版本の訓に従う。

計無量　「計」は、ある物事を集めてその数を数え調べること。合計すること。菅原道真「四年三月二六日作」詩に「計四年春残日四、逢三月尽客居三」（『菅家文草』巻四）とある。「無量」とは、計算することが出来

「かずしらず」のように、打ち消しを伴うことが多く、それは万葉集に目立つ「数にもあらぬ」や「数なき」という表現と共通する。当歌における「数」は、「金」の重量をあらわしていると考えられるが、万葉集でも八代集でももっぱら回数あるいは個数のことで、重量を示す例は見当たらない。

なぞ吾が恋の 「なぞ」に対して「なに」あるいは「など」の異訓・異文が見られる。「なぞ」は「なに＋そ」、「など」は「なに＋と」の転で、時代別国語大辞典上代篇では「ナニソ・ナゾが下に形容詞文を従えるのに対して、ナニト・ナドは動詞文」という区別を指摘しているが、必ずしもそのとおりにはなっていない。万葉集における「なに」の副詞用法としては「か」あるいは「しか」を下接し、単独例は認められず、古今集以降には約四〇例あるが、一例をのぞき、動詞に「らむ」あるいは「けむ」「まし」という推量の助動詞を下接するところから、当歌にはそぐわないとみられる。「など」は万葉集に「奈騰」という確例が二例あるが、どちらも「かも」「か」を伴う。八代集には四〇例ほど見られ、その多くは「なに」同様、「らむ」「けむ」「む」などを下接するが、「たきつせのなかにもよどはありてふをなどわがこひのふちせともなき」（古今集一一―四九三）「たまぼこのとほ道もこそ人はゆけなど時のまも見ねばこひしき」（拾遺集一二―七三七）「なつぐさの露わけ衣きもせぬになどわがそでのかわく時なき」（新古今集一二―一三七五）などのように、当歌と同じく、形容詞連体形で結ぶ例がある。「なぞ」は万葉集に「秋の夜を長みにかあらむなぞ（奈曾）ここば眠の寝らえぬも一人寝ればか」（万葉集一五―三六八四）という、推量の助動詞を伴わない確

ないこと、又それほどに限りがないこと。左太沖「蜀都賦」に「故雖兼諸夏之富有、猶未若兹都之無量也」（『文選』巻四）とあり、劉淵林注は、『論語』郷党に「唯酒無量、不及乱」とあるのを指摘する。小野岑守「奉和観佳人踏歌御製」詩に「春女春粧言不及、無量無数満華庭」（『凌雲集』）とある。ただし、この「量」を、和歌の原文の「量」と同じ用法と解釈すると、名詞で、いわゆる計量用の「ます」の意。『尚書』虞書・舜典に「協時月、正日、同律度量衡」とあり、その孔伝が「律法制、及尺丈、斛斗、斤両、皆均同」といい、『漢書』律暦志上に「量者、龠、合、升、斗、斛也、所以量多少也」とあるように、容積をはかるための古代の容器のことで、またその単位の総称でもあった。度量衡と言う場合の、「度」は、長さを測る物差し、「量」は、容積をはかるマス、「衡」は、重さを知る天秤ばかりのこと。量には、このように動詞の意と名詞の意があるが、前者は平声、後者は去声で声調が異なる。押韻からすれば、動詞でなければならないが、和歌の意味も生かすということで、【通釈】のように解釈しておく。

2 屈指 指を折って数える、の意。八五番詩【語釈】該項を参照。『呉志』呉主伝・黄武三年夏条の裴松之注が引用する干宝『晋紀』に「権令趙達算之曰、曹丕走矣、雖然、呉衰庚子歳。権曰、幾何。達屈指而計之曰、五十八年」とある。 **員多** 「員」は『説文』に「員、物数也」とあるように、数の意。『漢書』百官公卿表第七上に「博士、秦官、掌通古今、秩比六百石、員多至数十人」とあり、本集にも「千般歎息員難計」（一一二番）とある。 **手算忙** 「手算」は、その用例を知らない。「算」は、『説文』に「算、数也」とあるように、数える意。恐らく、

例があり、他にも「一日には千重波敷きに思へどもなぞ〔奈何〕その玉の手に巻きかたき」（万葉集三―四〇九）「解き衣の思ひ乱れて恋ふれどもなぞ〔何如〕汝が故と問ふ人もなき」（万葉集一一―二六二〇）など、形容詞連体形と呼応する例がある。ところが、八代集になると、一六例あるものの、「見る時は事ぞともなく見ぬ時はこと有りがほに恋しきやなぞ」（後撰集九―五八八）「見ぬ人のこひしきやなぞおぼつかな誰とかしらむゆめに見ゆとも」（拾遺集一一―六二九）「月かげはたびのそらとてかはらねどなほみやこのみこひしきやなぞ」（後拾遺集九―五二二）などのように、「なぞ」の多くが述語相当の用法に変化してしまっている。以上を勘案するに、原因・理由を問う疑問副詞の単独用法として当歌に即するのは、万葉集を中心にすれば「なぞ」、八代集では「など」となるが、本集諸本の付訓状況もふまえ、「なぞ」としておく。「なぞ」に続く「吾が恋の」は、結句の「はかり」を掛詞とみなすと、「あふ」と「あふばかりなき」の双方に対する主格相当句と考えられる。「あふ」に対しては、わが恋が合う秤つまりわが恋の量が計れる秤であり、「あふばかりなき」に対しては、わが恋が、相手に逢うことだけない、つまり逢えない恋だということである。

あふはかりなき　「量」字を副助詞の「ばかり」と訓むのは、九五番歌の第二句「身投量之」は「みなぐばかりの」にあり、万葉集にも「かくばかり〔是量〕恋ひむものそと知らませば遠く見べくもありけるものを」（万葉集一一―二三七二）の一例がある。万葉集では「許」字を宛てるのが多いのに対して、本集の「ばかり」表記は「量」字のみであるが、当歌では重量を知る秤の意が掛けられているので、それが意識

「心計」「心算」（暗算すること）に対応する語であろう。『漢書』食貨志第四下に「弘羊、洛陽賈人之子、以心計、年十三侍中」とあり、その顔師古注に「不用籌算」といい、『呉志』顧譚伝に「毎省簿書、未嘗下籌、徒屈指心計」とあることからすれば、「手算」とは、「籌算」（計算の際に用いる数を書いた竹べら）を用いて計算すること。異文「年算」は、年齢の意で非。「手」との草体の類似によるもの。

3 一日不看　『毛詩』王風・采葛に「彼采葛兮、一日不見、如三月兮。彼采蕭兮、一日不見、如三秋兮。彼采艾兮、一日不見、如三歳兮」とあり、古注は例によって君子と讒言を恐れる臣下の詩とするが、新注は婦人が恋人を思う歌と解し、「言思念之深、未久而似久也」と言う。この一節から、「一日三秋」「一日千秋」の語が生まれた。「見」を「看」に変えたのは、平仄の関係（「見」は仄、「看」は平）と、この時代には「みる」という和語として認識して、漢語としての両者の根本的な相違を意識していなかったからでもあろう。類似の誤りは『菅家文草』にもある。また、「一日不〇、〜」という語句が『毛詩』には幾つもある。

如数月　この語例を確認できない。王昌齢「出郴山口至畳石湾野人室中寄張十二」詩に「数月乃離居、風湍成阻脩」とあり、菅原文時「請殊蒙天裁依勤績及儒労叙従三位状」に「厥後数月、抑涙懐旧」（『本朝文粋』巻六）とある。

4 慇懃　畳韻の語で、「殷勤」「慇懃」等とも表記される。情愛の細やかな様、愛情を込める様。七二番詩【語釈】該項を参照。本集にも「生死慇懃尚在胸」（一一〇番詩）とある。**相待**　「相」は、相手を意識していることを暗示する助字。盧照鄰「長安古意」詩に「節物風光不相待、

されたのではないかと推察される（ついでながら、「あふ」に「逢」字を用いたのも、裏の意味を喚起させるためであろう）。万葉集の「ばかり」は「かく」という指示副詞に下接する例が大勢を占め、動詞の例としては「広瀬川袖漬くばかり浅きをや心深めて我が思へるらむ」（万葉集七―一三八一）「我が命の長く欲しけく偽りをよくする人を捕ふばかりを」（万葉集七―二九四三）があるが「あふ」の例はない。八代集には「あふばかりなくてのみふるわがこひを人めにかくる事のわびしさ」（後撰集一四―一〇一八）「いにしへのちぢのこがねはかぎりあるをあふはかりなききみがたまづさ」（後拾遺集一八―一〇八五）の二例が見られ、しかもどちらも「はかり」に副助詞の「ばかり」と名詞の「はかり」（秤）が掛けられている。古今六帖は「はかり」題の歌として、同歌の他に三首あげるが、「いまこんといひしばかりにかけられて人のつらさのかずはしれにき」（五―三四四二）「くればかりわれをななめにたのめつつさよちか君がかけてはかるか」（五―三四四三）「わがつめるいたづらいねのかずならばあふばかりなしなにかかけまし」（五―三四四四）のように、どれも掛詞として用いられていて、秤の意のみの「はかり」の用例は見られない。当歌においても、「あふはかり」の「はかり」には副助詞と秤の意が掛けられているとみなされる。このことは、類例にも確認されるように、当歌にも「かく」や「かず」などの、「はかり」（秤）と縁語関係にあることばがあることからも裏付けられよう。

【補注】

当歌は、やや複雑な表現構成になっている。主意は、どんなに恋しく＊

桑田碧海須臾改」、李白「登高丘而望遠」詩に「秦皇漢武空相待、精衛費木石」とあり、嵯峨天皇「左兵衛佐藤是雄…因以賜詩」詩に「邑裏児童歓相待、村中耆耋拝邀迎」（『文華秀麗集』巻上）とある。諸本に訓合符がある。　**隔星霜**　「星霜」は、双声の語で、唐代以後の詩語。星は一年で天空を一周し、霜は毎年降りるので、年月、歳月の意。八五番詩【語釈】該項を参照。ただし、「隔星霜」という表現は確認できない。本集にも「与君相別幾星霜」（一一六番）とある。

【補注】

韻字は「量・霜」（下平声十陽韻）、「忙」（下平声十一唐韻）で両者は同用。平仄にも基本的な誤りはない。

前半の二句については、「計」「量」「員」「算」など、意識的に「かず」に関する類語を揃えるなどの機知的な作意があると見るべきだろう。あるいは「積」にも、掛け算の意を響かせているのかも知れない（『九章算術』商功に「今有城下広四丈、上広二丈、高五丈、袤一百二十六丈五尺、問積幾何」とある）。

また、「積恋」の語は、当時の公文書作成の修練の中で、作者が転用したものと考えたい。本集の作者圏を考える上での資料となる箇所と思われる。

＊思っても相手に逢えない、ということであろうが、そのことを、「はかり」の掛詞を基点とした黄金との対比によって表現している。

「ちぢの金」が持ち出されたのは、「ちぢ」によって、その恋のありよう・程度のはなはだしさを、「金」によって、その恋の自分にとってのかけがえのなさを表そうとしたからであろう。「銀も金も玉もなにせむに優れる宝子に及かめやも」（万葉集五―八〇三）という憶良の歌にも知られるように、すでに金の採掘がおこなわれ、貴重な財貨として流通していたという背景があってのことである。

金の量をはかる秤はあるのに、自分の恋心のほどをはかる秤はない。そういう秤があれば、相手に示すことができ、その結果、逢うことができるだろうに、ということになる。したがって、掛詞の「はかり」は、文脈的に表の意味になるのが秤、裏の意味が副助詞の「ばかり」となる。『注釈』は「秤にかけてみると多くのこがね（銭）の数も量り知れるが、どうして私の恋は逢うはかりごとがないのでしょうか」と通釈するが、「はかり」をはかりごとの意とする類例は認められないばかりか、その意では当歌全体の解釈にもなじむまい。

【比較対照】

当歌詩は、数量へのこだわりという点では共通している。ただ、歌のほうは全体としてあくまでも自らの恋心の量を問題にしているのに対して、詩の起句はそれに対応しているものの、承句以降は会えない時間の量のほうに移り、それが中心になっている。

歌では、「金」と対比しているのであるから、恋心としてはかるのは、その重さということになろう。それが詩では【語釈】に述べたように、「量」字からは容積をはかることになる。恋心については、どのみち比喩的な表現であるから、どちらでもかまわないようなものであるが、歌における「こころ」の比喩を見た場合、重量よりは容積のほうが、実はなじみやすい（半沢幹一「古代和歌における「こころ」の空間化表現」『国語学研究』三四、一九八五・三、参照）。

しかし、当歌において恋心の対比物としてわざわざ「金」を取り上げたのは、単に数量の多さゆえではなく、その貴重さ・希少性ゆえと考えられる。数量の多さだけなら浜の砂でもよかったはずだからである。ところが、そういう点は詩には生かされることなく、数量のみに終始してしまっている。

一〇七番

人緒念　心之熾者　身緒曾焼　烟立砥者　不見沼物幹

人をおもふ　心の熾は　身をぞ焼く　けぶり立つとは　見えぬものから

【校異】

本文では、第四句の「烟」を、大阪市大本・天理本・羅山本・無窮会本・永青本・久曾神本が「煙」とし、同句末の「者」を、永青本・久曾神本が欠き、結句の「不」を、京大本・大阪市大本・天理本・永青本・久曾神本が欠き、同句の「見」の後に、類従本・藤波家本・講談所本・大阪市大本・天理本・羅山本・無窮会本・永青本・久曾神本が「江」を補い、結句末の「幹」を、天理本が「韓」とする。

付訓では、とくに異同が見られない。

同歌は、寛平御時后宮歌合（十巻本・廿巻本、恋歌、一六六番）にあり、古今六帖（第一、天、火、七八〇番）にも同文で見られる。

【通釈】

あの人のことをいとおしいと思う時の（熱い）心の熾き火はまさに私の体を焼いている、（その結果、体から）煙が立っている（はずであるが、そう）とは見えないけれども。

【語釈】

人をおもふ　この一句の表現は万葉集には見当たらず、八代集でも古今

胸中刀火例焼身
寸府心灰不挙烟
応是女郎為念匹
閨房独坐面猶嚬

胸中《(キョウチュウ)》の刀火《(タウクワ)》例《つね》に身《(み)》を焼《(や)》く。
寸府《(ソンプ)》の心灰《(シンクヮイ)》烟《(けぶり)》を挙《(あ)》げ（ず）。
是《(こ)れ》女郎《(ヂョラウ)》の匹《(ヒツ)》を念《(おも)》ふが為《(ため)》なる（べ）し。
閨房《(ケイハウ)》に独坐《(トクサ)》して面《(おも)て》猶《(なほ)》嚬《ひそ》めり。

【校異】

「寸府」を、類従本・羅山本・無窮会本「十府」に作り、類従本以外には「寸歟」の校注あり。「挙烟」を永青本・久曾神本「挙相」に作り、永青本は「楯歟」と校注す。「女郎」を京大本・大阪市大本「女良」に作る。「念匹」を京大本・大阪市大本・天理本・羅山本・無窮会本・永青本・久曾神本「念疋」に作る。なお、「匹」「疋」双方とも「正」の異本注記を持つ本がある。「猶嚬」を久曾神本・永青本「猶頻」に作り、永青本には「顰也」の注記がある。

【通釈】

胸の中にある刀のように鋭い火炎は体をすべて焼き尽くしてしまったので、心は灰のように冷めてしまって煙をあげることもない。きっとそれは若い女がつれあいを思うためであるに違いなく、女は寝室で一人座って顔はまだ苦悩にゆがんでいる。

集の「人を思ふ心は我にあらねばや身の迷ふだにしられざるらむ」（古今集一一―五二三）「人を思ふ心はかりにあらねどもくもゐにのみもなきわたるかな」（古今集一二―五八五）「人を思ふ心のこのはにあらばこそ風のまにまにちりもみだれめ」（古今集一五―七八三）の三首のみであり、どれも当歌と同じく、次句の「心」を連体修飾している。本集には下巻に「人を思ふ涙し無くは唐衣胸のわたりは色もえなまし」（二二九番）が見られる。「人を」という対象を明示した「おもふ」は、その人をいとおしく思うという意味であるが、「九月のその初雁の使ひにも思ふ心は聞こえ来ぬかも」（万葉集八―一六一四）、「色ならば移るばかりも染めてまし思ふ心をえやは見せける」（後撰集一〇―六三二）「まだしらぬ人をはじめてこふるかなおもふ心よみちしるべせよ」（千載集一一―六四二）などのように、対象を示さなくても、同様の意味を表しうる。また、「おもふ」主体は示されないことが多いが、たとえば「泊瀬川流る水沫の絶えばこそ我が思ふ心遂げじと思はめ」（万葉集七―一三八二）「ほととぎす間しまし置け汝が鳴けば我が思ふ心いたもすべなし」（万葉集一五―三七八五）、「しるや君しらずはいかにつらからむわがかくばかり思ふ心を」（拾遺集一二―七五四）「きみをわがおもふこころはおほはらやいつしかとのみすみやかれつつ」（詞花集八―二三三）などのように「わが」という一人称が明示されることもある。なぜこれにこだわるかといえば、連体修飾関係にある「おもふ」と「心」の結び付き方であって、「心」は「おもふ」の主体ではないということである。文法論的には、「おもふ」と「心」は、修飾関係として、内の関係ではなく外の関係ということであり、つまり私が人を思う時の心ということを

【語釈】

1 胸中　胸の中、こころ、思い、の意。魏・阮籍「詠懐詩」に「胸中懐湯火、変化故相招」とあり、菅原道真「対鏡」詩に「未滅胸中火、空銜口上銀」（『菅家文草』巻四）とあるが、菅原道真の「火」は希望や意欲の比喩であり、ここでいう情念の炎とは異なる。紀斉名「為大江成基申諸司助状」に「然則一寸如焦之心、胸中火滅、二年不乾之涙、袂上雨収」（『本朝文粋』巻六）とある。この「火」は願望の遂げられぬ煩悶をいうので、ここに近い。　**刀火**　刀のような形の火炎のこと。白居易「祭小弟文」に「黄墟白日、相見無縁、毎一念至、腸熱骨酸、如以刀火刺灼心肝」とあるのに基づく語。ただし、その用例や、それを受けた菅原道真「暮秋賦秋尽翫菊応令幷序」に「意之所鍾、刀火交刺」（『菅家文草』巻五）、大江匡衡「為四条大納言請罷中納言左衛門督状」に「暫罷文武之両官、将慰刀火於一途」（『本朝文粋』巻五）とあるように、本来の意味は、刀と火のことで、心身に苦痛を与えるものの喩えとして用いられる。猶、本集には「夏夜胸燃不異螢」（三五番）、「胸火燃来誰敢滅」（一〇〇番）等の類似表現がある。　**例焼身**　「例」は、すべて、みな、大部分の意で、副詞的用法。『広韻』に「皆也」とあり、劉禹錫「白舎人曹長寄新詩有遊宴之盛因以戯酬」詩に「蘇州刺史例能詩、西掖今来替左司」、白居易「詩酒琴人例多薄命…聊写愧懐」詩に「愛琴愛酒愛詩客、多賤多窮多苦辛」、『南史』劉苞伝に「家有旧書、例皆残蠹」とある。ただし、中古の和訓では「ミナ」「スベテ」と訓む例を知らない。いま暫く、底本等版本の和訓に従っておくが、諸写本は「ツネヨリモ」の訓を持つ。「焼身」は、仏教語。『法華経』薬王品に、薬王菩薩が仏への供養

表す。前掲の「人を思ふ心は我にあらねばや身の迷ふだにしられざらむ」（古今集一一—五二三）のような歌が成り立つのも、普通は私が思うのであって、心が思うのではないという前提があるからである。

心の熾は 「熾（おき）」は、燃え盛って赤くなった炭火のことであるが、万葉集に用例はなく、八代集にも「おきのゐて身をやくよりもかなしきは宮こしまべのわかれなりけり」（古今集〔墨滅歌〕一一〇四）の一例を見るばかりである。ただし動詞の「おく」で掛詞になっている「人にあはむ月のなきにはおもひおきてむねはしり火に心やけをり」（古今集一九—一〇三〇）という例はある。同歌を載せる古今六帖の「火」の題には一二首挙げられているが、「おき」を用いているのは他にはない。当歌では、「心」を「おき」という火にたとえているが、心とりわけ恋心を火にたとえる表現については、半沢幹一「古代和歌の火喩」（『表現研究』五七、一九九三・三）で論じたとおりである。その比喩の発想自体は万葉集から見られ、八代集になって展開した。八代集の多くは「おもひ」の「ひ」に火を掛ける表現であり、具体的に何の火かを示す例は少なく、しかも、富士山の噴火のイメージを別にすれば、そのたとえに用いられたのは「葦火・芥火・藻塩火」「漁り火・篝火・飛ぶ火・蚊やり火・埋み火」などで、当歌の「おき」はそれらとは異なり、強い熱を帯びる火元として、心を物象化している。

身をぞ焼く 当歌には「心」と「身」の両方が詠み込まれているが、その関係については、半沢幹一「古代和歌における「身」と「心」」（『文芸研究』一四五、一九九八・三）において明らかにした。その中で、両者の関係の一つとして、「心」が主で「身」が従という主従関係が見ら

として我が身を火に投じて、焼身供養したとあることに基づく。梁・釈慧皎『高僧伝』亡身・宋偽秦蒲坂釈法羽伝に「釈法羽、冀州人。…常欲仰軌薬王、焼身供養。…羽誓志既重、即服香屑、以布纏体、誦捨身品竟、以火自燎」とあるのを初め、『高僧伝』亡身には数例ある。『法華経験記』巻上・第九奈智山応照法師に「転誦法華之時、毎至薬王品、銘骨髄徹肝胆、恋慕随喜喜見菩薩焼身燃臂。遂発念願、我如薬王菩薩、焼此身供養諸仏矣」、『同』巻上・第十五薩摩国持経沙門某に「我不愛身命、但念生極楽。不如焼身供養三宝」とあるように、わが国でも浄土信仰が流行するにつれて、焼身往生が行われた。

2 寸府 方寸の府（「腑」と同じで、内臓、こころ、の意）の略で、こころの意。菅原文時「為小一条左大臣辞右大臣第三表」に「臣師尹言、去月二十九日、臣荀露寸府、忝塵九囲」（『本朝文粋』巻五）とある。この例以外に、日中ともにその用例を知らない。その柿村注では、『列子』仲尼に「文摯乃命竜叔背明而立、文摯自後向明而望之、既而曰、嘻、吾見子之心矣。方寸之地虚矣、幾聖人也」とあるから、「心」（心臓）は「方寸之地」（一寸四方の大きさ）という意識が生まれ、『荘子』徳充符に「仲尼曰、死生存亡、窮達貧富、賢与不肖毀誉、飢渇寒暑、是事之変、命之行也。日夜相代乎前、而知不能規乎其始者也、故不足以滑和、不可入於霊府」とあり、その郭象注に「霊府者、精神之宅也」とあることをもって、「寸府」が心の意を持つと説明する。因みに、「寸腸」も同様の語。「寸心」は、『玉臺新詠』等にも多数の用例をみる。異文「十府」は、おそらく「寸府」の誤写。**心灰** 『荘子』斉物論に「南郭子綦隠机而坐、仰天而嘘、荅焉似喪其耦。顔成子游立侍乎前曰、何居乎。形固

れることを指摘したが、当歌の場合にも、それが当てはまる。すなわち「おき」である「心」が「身」を「焼く」からである。「身を焼く」という表現は前掲の「おきのゐて身をやくよりもかなしきは宮こしまべのわかれなりけり」以外には、万葉集にも八代集にも例がなく、身の一部の、そしておそらくは心に近い部分ゆえに「夜のほどろ出でつつ来らく度まねくなれば我が胸切り焼くごとし」（万葉集四―七五五）、「人なししむねのちぶさをほむらにてやくすみぞめの衣きよきみ」（拾遺集二〇―一二九四）などのように、胸を対象とする例が見られる程度である。さらには万葉集には「…網の浦の　海人娘子らが　焼く塩の　思ひそ焼くる我が下心」（万葉集一―五）「冬ごもり春の大野を焼く人は焼き足らねかも我が心焼く」（万葉集七―一三三六）「我が心焼くも我なりはしきやし君に恋ふるも我が心から」（万葉集一三―三二七一）のように、「心」を「焼く」という例も見出される。当歌の「心のおき」も、炭が焼かれた状態としての心であるといえなくもないが、比喩のポイントは、何かを焼く火元としての「おき」ということにある。

けぶり立つとは　「けぶり」は万葉集では、もっぱら塩焼きか野焼きの際の、文字通りの意味で用いられている。八代集でも、それらに加え炭焼きの煙が現れるが、恋心の火の結果という比喩としても少なからずあり、「風をいたみくゆる煙のたちいでても猶こりずまのうらぞこひしき」（後撰集一二―八六五）「いつとなく恋にこがるるわが身よりたつやあさまのけぶりなるらん」（金葉集七―三九九）「煙たつおもひならねどひとしれずわびてはふじのねをのみぞなく」（新古今集一一―一〇〇九）などのように、「立つ」と共起する例も見られる。

可使如槁木、而心固可使如死灰乎」、『荘子』知北遊に「被衣大説、行歌而去之曰、形若槁骸、心若死灰」とあるに基づく（『荘子』には庚桑楚、徐無鬼等にも類似文あり）。「死灰」とは、火の消えた灰のことで、「心灰」とは、心が何も感じない、無心のこと。梁・蕭統「講解将華賦三十韻」詩に「器月希留影、心灰庶方撲」、白居易「冬至夜」詩に「心灰不及爐中火、鬢雪多於砌下霜」（『句題和歌』）、大江朝綱「為貞信公請致仕表」に「爰丹心消尽、方寸之灰積胸。玄鬢化来、一把之糸在鏡」（『本朝文粋』巻五）、三善清行「詰眼文」に「憂火常熱、則君之方寸成灰。悲泣双流、則臣之両瞳永溺」（『本朝文粋』巻一二）とある。　**挙烟**　けむりを上げること。謝承『後漢書』左雄伝に「左雄字伯豪、為冀州刺史、不挙烟火、長食乾飯」（『北堂書鈔』巻三八・七二）、『晋書』苻堅伝下に「初、秦之末乱也、関中土然、無火而煙気大起、方数十里中、月余不滅。堅毎臨聴訟観、令百姓有怨者挙煙於城北、観而録之。長安為之語曰、欲得必存当挙煙」とある。

3 応是　きっと〜にちがいない、の意。一三番詩の【語釈】該項を参照のこと。本集には「応是年光趁易遷」（一六番）、「応是為秋気早来」（六三番）等とある。　**女郎**　十代前半くらいの年若い女性。楽府「木蘭詩」に「同行十二年、不知木蘭是女郎」とある。なお、四七番詩の【語釈】該項を参照のこと。本集には「女郎（良）花野宿羇夫」（四七番）、「秋嶺有花号女郎」（七二番）等とあり、下巻の例でも異文を持つものがある。　**念匹**　「念」は、『釈名』釈言語に「黏也。意相親愛、心黏着不能忘也」とあるように、ある物事を常に胸に抱いて忘れることがないこと。「思」は、頭の中で考える、「想」は、美しいものを思い描く

見えぬものから　第四句の「けぶり立つとは」を受けるが、何がそう見えないかといえば、上句の「人をおもふ心のおき」が「身を焼く」状態にある私が、であり、誰にとって見えないかといえば、その相手の「人」にとって、であろう。身を焼けば、その身から煙が出ることになるが、それがはたから見えないのは、もちろんそれがあくまでも比喩だからである。「そらにみつ思ひの煙雲ならばながむる人のめにぞ見えまし」（拾遺集一五―九七二）「恋ひわびてながむるそらのうき雲やわがしたもえのけぶりなるらん」（金葉集八―四三五）「いかでかはおもひありともしらすべきむろのやしまのけぶりならでは」（詞花集七―一八八）などの類想の歌にも、現実の煙なり雲なりならば見えるということが詠まれている。「ものから」という複合辞は万葉集から見られるが、歌末の例はなく、八代集では「あま雲のよそにも人のなりゆくかさすがにめには見ゆるものから」（古今集一五―七八四）「なげきさへ春をしるこそわびしけれもゆとは人に見えぬものから」（後撰集一―六五）「わりなしやしひてもたのむ心かなつらしとかつは思ふものから」（拾遺集一五―九四三）など、三代集に一〇例ほど用いられている。「ものから」は順接と逆接の両方の関係を示しうるが、当歌の場合は、上句と下句が倒置され、逆接で結び付けられている。

【補注】

古今集恋三の「ゆふされば螢よりけにもゆれどもひかり見ねばや人のつれなき」（古今集一二―五六二）も、恋心を火にたとえた歌であり、その火の「ひかり」を見ないから、相手がつれないのではないかと歌っ

のに対して、「念」は、司馬遷「報任少卿書」に「毎念斯恥、汗未嘗不発背沾衣也」（『文選』巻四一）とあるように、常に心に出てきて忘れられないことをいう。「匹」は、つれあい、配偶者。顔延年「秋胡詩」に「椅梧傾高鳳、寒谷待鳴律。影響豈不懐、自遠毎相匹」（『玉臺新詠』巻四、『文選』巻二一）とあり、李善注に「言椅梧佇鳳鳥之来儀、寒谷資吹律而成煦、類乎影響、豈不相思。故夫婦之儀、自遠相匹」と言い、沈約「效古」詩に「豈云無我匹、寸心終不移」（『玉臺新詠』巻五）とあり、島田忠臣「和宮部藤郎中感曹局前棲鳥有雌雄」詩に「好似鴛鴦疋鳥思、飛棲曾未失雄雌」（『田氏家集』巻上）とある。ただし「念匹」の用例を知らない。異文「疋」も、同音同義の文字。諸本に音訓を明示するもの無し。

4 閨房　一〇〇番詩【語釈】該項を参照のこと。また「顧念閨房思愛情」（一〇九番）、「高低歎息満閨房」（一一六番）もある。　**独坐**　夫婦の寝室で妻がひとり寂しく座っている、の意。秦嘉「贈婦詩三首其一」詩に「独坐空房中、誰与相勧勉」（『玉臺新詠』巻一）、楊方「合歓詩五首其三」詩に「独坐空室中、愁有数千端」（『玉臺新詠』巻三）とあり、石上乙麻呂「秋夜閨情」詩に「空思向桂影、独坐聴松風」（『懐風藻』）とあるように、閨怨詩の典型的なパターン。先に本集にあった「風前独坐甑芬芳」（七六番）とは、異なる。　**面猶嚬**　「面」の羅山本・無窮会本には、「テ」の捨仮名がある。「嚬」は、眉をひそめ、顔をしかめること。王融「古意二首其一」詩に「嚬容入朝鏡、思涙点春衣」（『玉臺新詠』巻四）、武陵王紀「同蕭長史看妓」詩に「迴羞出曼臉、送態入嚬蛾」（『玉臺新詠』巻七）とあり、巨勢識人「奉和折楊柳」詩に「辺山花映雪、

ている。そのたとえが「螢」の火であるのに比べ、当歌は火力の強い熾き火であり、身を焼く煙まで持ち出すのであるから、インパクトははるかに強い。にもかかわらず、どこか自己完結していて、相手にたいする訴求力が、もしその意図があったとしても、弱く感じられる。

その原因は下句にあると考えられる。「煙立つとは見えぬものから」というところが、上句の比喩のリアリティーを損なっているからである。全身から煙が立っているのがあなたには見えないのか、というのならば、リアリティーは維持されるが、「ものから」という逆接表現が、倒置的に上句に収束すると、どうせ分からないだろうけれど、という諦めに通じてしまいかねない。

ちなみに、寛平御時后宮歌合における同歌と合わされた左歌は、「思ひわび煙は空に立ちぬれどわりなくもなき恋のしるしか」（一六五番）で、これも後の勅撰集に採られることがなかったが、第三句の「立ちぬれど」という逆接が、当歌同様の物足りなさに通じていよう。

虚牖葉嚬眉」（『文華秀麗集』巻中）とある。なお、本集に「婳女嚬臨無粉黛」（八四番）、「寂然静室両眉嚬」（一一七番）とある。その八四番詩【語釈】「嚬臨」項も参照のこと。元禄九年版本・元禄一二年版本・文化版本には、「ム」の仮名のみあり、藤波家本・講談所本・道明寺本には「ヒタメリ」の訓があるが、おそらくは、京大本・大阪市大本・天理本の「ヒソメリ」の誤写。

【補注】

韻字は「身・烟・嚬」で、上平声十七真韻。平仄にも基本的な誤りはない。

前半の二句は、仏教・道教関連の用語で構成されている。

【比較対照】

当歌の内容は、ほぼ漢詩の前半で尽くされているが、対応上の特色は、歌下句の「煙立つとは見えぬものから」を、詩承句の「寸府心灰不挙烟」のように表現している点である。火葬して、文字どおり身体から煙が出ているのではないのであるから、どちらも比喩であるが、歌では「人をおもふ心のおきは身をぞ焼く」という、まさにその状態にあるから、むしろ煙が出ていることを仮想しているのに対して、詩では、煙が出ないという、いわば当然の事態を、起句の「胸中刀火例焼身」の結果、「心灰」となったからとして、そのとらえ方を逆転している。

これまでの歌詩の組み合わせでも、歌では仮定上のことがらを、詩が既定の事実として詠む例は見られたが、同じく比喩つまり仮定であり、かつ同様の表現をしながらも、比喩としてのポイントが異なるという点で、非常に異色であると言える。

このような事態になった経緯を漢詩作者の立場として推測するとすれば、「心灰」という『荘子』に典拠を持つ言葉が、和歌を見てまず思い浮かび、それを核に据えて詩作しようとしたのではないか。あるいは、「刀火」も含めて、それらの語は白詩を共通の出典とするものであった可能性もある。

というのは、本集の翌年に撰進された『大江千里集』でも、「心灰不及爐中火」という白詩句に付された歌には、「もの思ふ心はひとくだくれどあつきおきにぞをよばざりける」（書陵部本）とあり、「おき」という共通語が存するからである。承和四年（八四七）五月には、荘子竟宴が開かれ、それに先だって文章博士春澄善縄による仁明天皇への講書も行われており、その五〇年後になる本集成立時には、『荘子』に関する一定の教養が知識階級に十分備わっていたと見て良い。詩【語釈】に示したように、白詩の当該詩句は、後年『千載佳句』にも採られるように、広く知られていたものであった。

しかし、それ以外の措辞に関しては、いずれも和語をそのまま漢語に直しただけのような印象を受ける。「身をぞ焼く」が「焼身」、「けむり立つとは見えぬものから」が「不挙烟」というように。先に当詩の比喩を非常に異色であるとしたが、それはむしろ意図したところではなく、結果としてそうなっただけであったのではないか。

その証拠に、詩の後半部分は表現の補充であり、それらは歌における状況としては十分に推測可能なものであって、閨怨詩という確立されたパターンに沿って、用語も熟知して使い古されたものを使用しているにすぎないからである。

一〇八番

恋芝砥者　今者不思　魂之　不相見程丹　成沼鞆倍者

恋しとは　今は思はず　魂の　相見ぬ程に　成りぬともへば

【校異】

本文では、第二句の「不思」を、永青本・久曾神本が「盃」の一字とし、第四句の「程」を、底本はじめ藤波家本・天理本・羅山本が「裎」とするが他本により改める。

付訓では、第二句の「おもはず」を、底本はじめ藤波家本・大阪市大本が「おもはぬ」とするが他本により改め、第四句の「みぬ」を、底本が「みる」とするが他本により改め、結句の「ともへ」を、底本はじめ藤波家本・講談所本・天理本・羅山本が「とおもへ」とするが他本により改める。

同歌は、歌合には見られず、興風集（書陵部本四〇番。ただし初句「こひしとも」第四句「あひみぬさきに」結句「なくなりぬれば」）にあり、下って玉葉集（巻一一、恋三、一五八九番、恋歌よみ侍りける中に、興風。ただし初句「恋しとも」第四句「あひみぬさきに」結句「なくなりぬれば」）に見られる。

【通釈】

（あの人のことを）恋しいとは、今はもう思わないことにしよう、（夢の中でさえあなたの）魂を見ることもないぐらいになったと思うと。

消息絶来幾数年
昔心忘却不須憐
閨中寂寞蜘綸乱
粉黛長休鏡又捐

消息《セウショク》絶《タエ》来《きた》る幾《い》く数年《スネン》ぞ。
昔心《セキシン》忘却《バウキャク》して憐《あはれ》ぶことを須《もち》ゐ（ず）。
閨中《ケイチュウ》寂寞《セキバク》として蜘綸《チリン》乱《みだ》る。
粉黛《フンタイ》長《なが》く休《や》めて鏡《かがみ》又《ま》た捐《す》つ。

【校異】

「幾数年」を、羅山本・無窮会本「幾数千」に作り、「年」を校注する。「蜘綸乱」を、京大本・大阪市大本・天理本「蜘綸飛」に作る。「鏡又捐」を、羅山本「鏡又損」に作る。

【通釈】

あの人からの手紙が途絶えてしまってから、一体どのくらいの年月がたったのかしら。昔の恋い焦がれた気持ちなどもうすっかり忘れてしまったから、愛おしいと思うこともなくなった。私の部屋はガランとして蜘蛛の糸がもつれ、お化粧もうすることはないので、鏡も捨ててしまおう。

【語釈】

1 消息　本来は、増減、盛衰など、相反する物事が交互に変化することを意味するが、ここでは手紙、便りの意。梁・簡文帝「倡婦怨情十二

【語釈】

恋しとは　次句の「思はず」にかかる。万葉集には「はしきやし然ある恋にもありしかも君に後れて恋しき思へば」（万葉集一二―三二四〇）「今のごと恋しく君が思ほえばいかにかもせむするすべのなさ」（万葉集一七―三九二八）のような表現はあるが、格助詞「と」を介した例はない。八代集には「雲井にて人をこひしと思ふかな我は葦べのたづならなくに」（後撰集九―五七六）「はりまなるしかまにそむるあながちに人をこひしとおもふころかな」（詞花集七―二三〇）などがある。

今は思はず　「今は」という表現は、「今は我はわびそしにける息の緒に思ひし君をゆるさく思へば」（万葉集四―六四四）「うち上る佐保の川原の青柳は今は春へとなりにけるかも」（万葉集八―一四三三）、「時すぎてかれゆくをののあさぢには今は思ひぞたえずもえける」（古今集一五―七九〇）「ふじのねをよそにぞききし今はわが思ひにもゆる煙なりけり」（後撰集一四―一〇一四）などのように、現在時点でその物事がすでに実現している場合にも、「うぐひすは今は鳴かむと片待てば霞たなびき月は経につつ」（万葉集一七―四〇三〇）「今は我は死なむよ我妹逢はずして思ひ渡れば安けくもなし」（万葉集一二―二八六九）、「たのめこし事のは今はかへしてむわが身ふるればおきどころなし」（古今集一四―七三六）「夢よりぞ恋しき人を見そめつる今はあはする人もあらなん」（拾遺集一一―七三六）などのように、現在時点でその物事がまだ実現していない場合にも用いられる。「思はず」の「ず」を、『注釈』は「自身のことに「今は～」という場合には決意を示しており、ここも「じ」と訓むべきものと思われる」として「じ」に改めている。たしか

韻」詩に「蕩子無消息、朱脣徒自香」（『玉臺新詠』巻七）、白居易「閨婦」詩に「遼陽春尽無消息、夜合花前日又西」とあり、また、菅原清公「奉和梅花落」詩に「楡関消息断、蘭戸歳年催」（『文華秀麗集』巻中）、同「賦得絡緯無機応製」詩に「歳暮倡楼冷、征夫消息希」（『文華秀麗集』巻下）とある。夫からの便りがないのは、閨怨詩の一つのパターン。　**絶来**　日中ともにその用例を知らない。「来」は、～以来・以後、あるいは、完了、継続を表す俗語。手紙の途絶えることは、賈島「寄李存穆」詩に「忽然消息絶、頻夢卻還京」とある一方で、令狐楚「遠別離二首其二」詩に「春来消息断、早晩是帰期」とあるから、盧綸「春日題杜叟山下別業」詩に「雲影断来峰影出、林花落尽草花生」、白居易「病中早春」詩に「羶膩断来無気力、風痰悩得少心情」とあるように、「断来」とすれば、違和感はなかったはず。　**幾数年**　その用例を知らない。「幾」は、一桁ほどの数を尋ねる疑問詞。「幾」と「数」は意味上重なるから、「幾数年」の言い方は普通ではないが、本集には「引領望君幾数年」（九五番）、「相思相語幾数処」（二三五番）と、二例を見る。今「幾年」と同義と取っておく。ただし、『魏書』天象志・星変上に「至是彗干天庭、二太子首乱、三君為戮、侯王宰死者幾数十人」、劉蛻「移史館書」に「聖人之教、棄不相守者、幾数百年」などとあるのは、「数十人にちかし」「数百年にちかし」と読んで、「殆ど～に同じ」の意。従って、ここも「消息絶え来って数年に幾し」と読んで、「手紙が来なくなってからほぼ数年になる」の解釈も可能だろう。ただし、諸本にその訓を持つものはない。

2 昔心　謝霊運「擬魏太子鄴中集詩八首其四　徐幹」詩に「中飲顧昔

に、万葉集でも八代集でも、その同一条件では「常止まず通ひし君が使ひ来ず今は逢はじとたゆたひぬらし」（万葉集四―五四二）、「つれなきを今はこひじとおもへども心よわくもおつる涙か」（古今集一五―八〇九）「そめ河にやどかる浪のはやければなき名立つとも今は怨みじ」（拾遺集一二―七〇五）「おもふてふことはいはでも思ひけりつらきもいまはつらしとおもはじ」（後拾遺集一四―七八六）などのように「じ」となっていて、「ず」を用いるのは「しら山に雪ふりぬればあとたえて今はこしぢに人もかよはず」（後撰集八―四七〇）「いはまにはこほりのくさびうちてけりたまゐしみづもいまはもりこず」（後拾遺集六―四二一）のように、自身のことではない。しかし、このことは「ず」が「今は」とともには用いることができないことを証明するわけではないし、決意を示さないことを意味するわけでもない。そもそも「今は」という表現は特定の形式との呼応を求めるものではなく、本集諸本および同歌を載せる他文献に「じ」という異訓・異文がまったく見られないのは、「ず」という語を用いることが、少なくても許容されていたことを物語っている。

魂の　「魂（たましひ）」という語は「魂〔多麻之比〕は朝夕に賜ふれど我が胸痛し恋の繁きに」（万葉集一五―三七六七）のように、万葉集から確例が見られ、八代集にも「恋しきにわびてたましひ迷ひなばむなしきからのなにやのこらむ」（古今集一二―五七一）「こひてぬる夢ぢにかよふたましひのなるるかひなくうとききみかな」（後撰集一一―八六八）「おくりてはかへれとおもひしたましひのゆきさすらひてけさはなきかな」（金葉集八―四七三）など見られる。「たま」と同義であり、「魂合

心、悵焉若有失」（『文選』巻三〇）、陶淵明「読山海経詩十三首其一〇」詩に「徒設在昔心、良晨詎可待」とある。底本等版本には音合符がある。**忘却**　忘れてしまった、の意。「却」は、動詞の後について、その動作の完了を表す助字で、唐代に習見する口語。白居易「贈蘇錬師」詩に「携将道士通宵語、忘却花時尽日眠」とあり、斉・許瑤之「閨婦答隣人」詩に「不知行遠近、忘却離年月」（『玉臺新詠』巻一〇）とあるが、後者の「却」には、「去」の異文を持つテキストがあるのも、「却」の意味の理解を助けるだろう。佐伯長継「奉和観新燕」詩に「既能忘却蒼波遠、朝夕欲巣画梁辺」（『文華秀麗集』巻下）、菅原道真「新月二十韻」詩に「跂将心緒急、忘却眼珠除」（『菅家文草』巻三）とある。**不須憐**　「不須」は、〜する必要がない、〜にはおよばない、の意。古楽府「皚如山上雪」詩に「凄凄復凄凄、嫁娶不須啼」（『玉臺新詠』巻一）、白居易「題李次雲窓竹」詩に「不用裁為鳴鳳管、不須截作釣魚竿」とあり、また、宋之問「有所思」詩に「寄言全盛紅顔子、須憐半死白頭翁」とあるも、同文の劉廷芝「代悲白頭翁」詩には「須」を「応」に作る。島田忠臣「傷高大夫」詩に「矢辞弓可惜、唇欠歯須憐」とあり、本集には「秋芽一種最須憐」（四九番）とあった。その【語釈】該項を参照のこと。なお、『注釈』に、「憐」を恋愛感情に用いる例が見出せない旨の記述があるが（四七六頁）、『玉臺新詠』を見ればそれが誤りであることは一目瞭然である。

3 閨中　女性の寝室の中、の意。二四番詩【語釈】該項を参照。本集には「耿耿閨中待暁鶏」（二四番）、「閨中自此思沈沈」（五五番）とある。**寂寞**　寂しく静かな様。二〇番詩【語釈】該項を参照。本集に

へば相寝るものを小山田の鹿猪田守るごと母守らすも」（万葉集一二―三〇〇〇）「筑波嶺のをてもこのもに守部据ゑ母い守れども魂そ合ひにける」（万葉集一四―三三九三）、「空蟬のからは木ごとにとどむれどたまのゆくへを見ぬぞかなしき」（古今集一〇―四四八）「ものおもへばさはのほたるをわがみよりあくがれにけるたまかとぞみる」（後拾遺集二〇―一一六二）「恋ひしなばうかれん玉よしばしだにわがおもふ人のつまにとどまれ」（千載集一五―九二三）などのように用いられている。右の諸例からうかがえる「たましひ」あるいは「たま」の特徴は、①身体から遊離することがある、②遊離するのは、恋する時や死ぬ時である、③恋の場合は、その相手の夢の中へと遊離する、などである。

相見ぬ程に　「相見（あひみ）る」という語の使い方で注目したいのは、「夕さらば屋戸開け設けて我待たむ夢に相見に来むといふ人を」（万葉集四―七四四）、「夢の内にあひ見む事をたのみつつくらせるよひはねむ方もなし」（古今集一一―五二五）「うたたねの夢にあひみて後よりは人もたのめぬくれぞまたるる」（千載集一二―七三八）などのように、それが夢の中でも行われるということである。当歌の「相見る」の対象は第三句の「魂」であり、前項で確認したように、それが実現するのはまさに夢においてということになる。「程（ほど）」（万葉集では「ほと」）は、程度をあらわす場合と、時間をあらわす場合とがあり、前者の例としては「妹が門いや遠そきぬ筑波山隠れぬほと（保刀）に袖は振りてな」（万葉集一四―三三八九）、「あふことはくもゐはるかにへだつとも心かよはぬほどはあらじを」（後拾遺集八―四九三）「ふきくれば香をなつかしみむめのはなちらさぬほどの春風もがな」（詞花集一―九）など、後は「寂寞林亭鶯囀頻」（二〇番）、「寂寞閑居絚瑟弾」（一〇四番）等とあり、又下巻には六例と頻出する。

蜘綸乱　日中ともに「蜘綸」の用例を知らない。ただし、「蜘」は、『玉篇』に「蜘、竹奇切。蜘蛛」、『新撰字鏡』虫部に「久毛」（享和本）。「綸」は、『説文』に「青糸綬也」とあるので、印鑑を下げるための青い絹の組紐が原義。また、釣り糸の意もあり、『名義抄』には「イトヲ」（観智院本）とある。「蜘綸」は、クモの糸を意味しよう。とすれば、張協「雑詩十首其一」詩に「青苔依空牆、蜘蛛網四屋」（『文選』巻二九、『玉臺新詠』巻三）、王僧孺「春閨有怨」詩に「悲看蛺蝶粉、泣望蜘蛛糸」（『玉臺新詠』巻六）、何思澄「奉和湘東王教班婕妤」詩に「蜘蛛網高閣、駁蘚被長廊」（『玉臺新詠』巻六）、梁・簡文帝「和蕭侍中子顕春別四首其二」詩に「蜘蛛作糸満帳中、芳草結葉当行路」（『玉臺新詠』巻九）等とあるように、相手の男の訪れのないことを言う、閨怨詩の常套表現。本集には「蜘綸柯懸似飛鬟」（一九二番）、「荒室蜘綸人無桃」（二三六番）とある。ただし、なぜ「蜘蛛糸」や「蜘蛛網」のような常套表現にしなかったのかは不明。辞書類はともかく、日中ともに「蜘」一字でクモを表す作品はなく、本集に独特。あるいは、常見の語「蛛糸」からの造語か。底本等版本、講談所本・道明寺本には音合符があるが、永青本・久曾神本には、「蜘ノ綸ト」の訓があるから、「（くも）の（い）と」と読ませたものと見える。異文「蜘綸飛」は、「乱」の草体と「飛」の草体との類似による誤写。

4 粉黛　おしろいとまゆずみ、の意。化粧。二四番詩【語釈】該項を参照。本集には「粉黛壊来収涙処」（二四番）、「嫗女嚬臨無粉黛」（八四番）とあった。

長休　ながいあいだやめていること。あるいは、永遠

者の例としては「青波に袖さへ濡れて漕ぐ舟のかし振るほと〔保刀〕にさ夜ふけなむか」（万葉集二〇―四三一三）、「思ひきやあひ見ぬほどの年月をかぞふばかりにならん物とは」（拾遺集一四―九〇七）「ふぢごろもはつるるそでのいとよわみたえてあひみぬほどぞわりなき」（後拾遺集一三―七一六）などが、それぞれあてはまる。当歌と同じく「相見ぬほど」という表現は後者の意味で用いられているが、当歌では結句とのつながりから、程度を表すととらえておく。

成りぬともへば 「鞆」は本集では助詞の「とも」あるいは「ども」を表記するのがほとんどであり、「ともふ」という、助詞「と」に「おもふ」の「お」が脱落した「もふ」が付いた例は、当歌のみである。万葉集でも「ば」を下接する已然形の確例は「春へ咲く藤の末葉のうら安にさ寝る夜そなき児ろをし思〔毛倍〕ば」（万葉集一四―三五〇四）「家の妹ろ我を偲ふらし真結ひに結ひし紐の解くらく思〔毛倍〕ば」（万葉集二〇―四四二七）「…そこ思へ〔母倍〕ば　心し痛し…」（万葉集一七―四〇〇六）の三例のみで、しかも「と」に続いてはいない。八代集でも、「をしめどもとどまらなくに春霞かへる道にしたちぬとおもへば」（古今集二―一三〇）「わりなしといふこそかつはうれしけれおろかならずと見えぬとおもへば」（後撰集一〇―六二九）「ありあけの心地こそすれ杯に日かげもそひていでぬとおもへば」（拾遺集一七―一一四八）などのように、歌末表現ではいずれも「とおもへば」の形であり、「ともへば」の例は見当たらない。語頭母音を含む句は字余りが許されるので、読みあげ方はともかく、わざわざ「ともへば」とする必要はないのであるが、本文表記および本集諸本に従って、そのように訓んでおく。あるいは、

に止めてしまうこと。ただし、この語は蔡邕「被収時表」に「臣属吏張宛、長休百日」とあるように、本来は役人の長期休暇、または辞職を意味した。杜甫「承聞故房相公霊櫬自閬州啓殯帰葬東都有作二首其二」詩に「尽哀知有処、為客恐長休」とあるのは、葬儀の哭哀が永遠に出来ないのではないか、の意。　**鏡又捐**　「捐」は、『説文』手部に「棄也」とあるとおり、棄てる意。

【補注】

韻字は「年・憐」（下平声一先韻）、「捐」（下平声二仙韻）で、両者は同用。平仄にも基本的な誤りはない。

結句の表現に関しては、直接的に化粧をやめるとか、鏡を棄ててしまうなどといったものは見られず、徐幹「情詩」に「鑪薫闔不用、鏡匣上塵生」（『玉臺新詠』巻一）、梁・武帝「擬明月照高楼」詩に「台鏡早生塵、匣琴又無弦」（『玉臺新詠』巻七）、邵陵王綸「代秋胡婦閨怨」詩に「塵鏡朝朝掩、寒牀夜夜空」（『玉臺新詠』巻七）、徐陵「為羊兗州家人答餉鏡」詩に「取鏡掛空台、於今莫復開」（『玉臺新詠』巻八）等とあるように、鏡台にチリが積もるとか、鏡を見ないなど、間接的婉曲に表現するのが一般である。

「破鏡」（鏡を割る）という語が夫婦や恋人の別れを意味するのは、漢代に夫婦が別れに臨んで鏡を割り、その片方ずつを形見に持ち、再会を期したという伝説に基づくのであって、棄てられた女がその腹いせに破壊したというのではない。

第三句の「おもふ」との重複を避けたのかもしれない。

【補注】

当時の俗信としては、相手が自分を思っているから、その魂が自分の夢の中に現れるというのが普通であった。それに基づけば、当歌の「魂の相見ぬ」というのは、相手が夢に現れないということであり、自分のことを思わなくなったということを意味しよう。もとより、小野小町の「思ひつつぬればや人の見えつらむ夢としりせばさめざらましを」（古今集一二―五五二）という、自分側からの発想は当歌にはそぐわない。

『注釈』では、「こちらは恋しいのに相手の心は離れてしまったという状態。その絶望から、私はもう恋しいなどとは思うまいという決意に至る。恋しいという感情は抑えがたいのが一般的で、それを表出するのが恋の歌であるから、このような歌は珍しいだろう」とする。このようなとらえ方をするには、二つの前提が必要である。一つは、二人が恋愛関係にあったということ、もう一つは、実際には逢えない状態になっているということ、である。

一つめについて。本集の恋歌の配列は、古今集ほどではないとしても、一応、恋愛のプロセスを追っていると見ることができ、当歌の次の「いとはれて今は限りと成りにしを更に昔の恋ひらるるかな」（一〇九番）とのつながりを考えれば、当歌もそれに近い状況であったと見られる。二つめについて。単に「相見る」ではなく、わざわざ「魂の相見る」としたのは、現実の逢瀬はもとより、夢のそれさえなくなったということであろう。

さて、それで、当歌が「もう恋しいなどとは思うまいという決意」を歌った「珍しい」歌か、である。これがもし対詠歌としてあったのなら、決意の態度を示してみせて相手の反応を確かめるためであり、独詠歌としても、このような決意はほんの一時のもので、決定的な事態になるまでは、何度も繰り返されるのが一般的なのではあるまいか。つまり、当歌が恋歌であるかぎり、文字通りの意味での「決意」ではありえないということである。

【比較対照】

一〇七番【比較対照】に述べたことであるが、当歌詩の場合も、歌が仮定のこととしていることを、詩では既定のこととして示すというパターンである。歌【補注】で検討したように、歌の「恋しとは今は思はず」というのは、決意のように見えて、まだ未練があることを示唆しているのに対して、詩承句「昔心忘却不須憐」では、決意でさえなく事実として表現している。

歌がその理由とした「魂の相見ぬ程に成りぬともへば」も、詩起句で「消息絶来幾数年」という客観的な事実によって示され、夢が関与する余地はなく、実際に会えなければせめて夢の中だけでもという心理的なプロセスを欠いている。一〇五番詩【補注】で説明したように、「夢魂」という語には、歌に通じる用法もあり、唐代伝奇「離魂記」とその源流たる六朝志怪小説の「幽明録」や「捜神後記」にも、その例が見られる。それにもかかわらず、歌の核心ともいうべき「魂」という語に対応する表現を、詩で採らなかったのはなぜか。

それはおそらくその発想を知らなかったからではなく、歌の「恋しとは今は思はず」を既定の事実ととらえたからであろう。その場合、未練につながる理由を持ち出すよりも、その事実の結果の状況を描写するほうがふさわしい。歌にはまったく見られない詩後半の状況は、恋心を失った女の殺伐・荒涼とした心象風景でもある。

一〇九番

被猒手　今者限砥　成西緒　更昔之　被恋鉇

いとはれて　今は限りと　成りにしを　更に昔の　恋ひらるるかな

【校異】

本文では、初句の「猒」を、類従本が「厭」とし、第四句の「更」の後に、永青本・久曾神本が「丹」を補い、結句の「恋」の後に、同二本が「留」を補い、結句末の「鉇」を、類従本・文化写本が「銫」とする。

付訓では、とくに異同が見られない。

同歌は、寛平御時后宮歌合（十巻本・廿巻本、恋歌、一七二番。ただし第二句「知りにしを」十巻本で結句「こひしかるらむ」）にあり、下って続後撰集（巻一四、恋四、八六四番、寛平御時きさいの宮の歌合の歌、よみ人しらず。ただし第三句「しりにしを」結句「恋しかるらん」）に見られる。

【通釈】

（あの人に）嫌われて今はもう（恋も）最後となってしまったのに、ますます昔（付き合っていた頃）のことが（なぜか）恋しく思われることだなあ。

【語釈】

いとはれて　「いとふ」について、日本国語大辞典第二版の語誌には

被厭蕭郎永守貞
独居独寝涙零々
心中昔事雖忘却
顧念閨房恩愛情

蕭郎《セウラウ》に厭《いと》は（れ）て永《なが》く貞《テイ》を守《まも》る。
独《ひと》り居《ゐ》独《ひと》り寝《いね》て涙《なみだ》零々《レイレイ》たり。
心中《シンチュウ》の昔《むかし》の事《こと》忘却《バウキャク》すと雖《いへども》、
顧《かへり》み念《おも》ふ閨房《ケイハウ》恩愛《オンアイ》の情《こころ》。

【校異】

「被厭」を、底本等「被猒」に作るも、類従本・詩紀本・天理本に従う。「蕭郎」を京大本・大阪市大本・天理本「蕭良」に作る。「雖忘却」を永青本・久曾神本「難忘却」に作る。「顧念」を京大本・大阪市大本・天理本「顧怠」に作り「如本」の注記あり。「恩愛情」を底本等「思愛情」に作るも、元禄九年版本・元禄一二年版本・文化版本・類従本・詩紀本・下澤本・講談所本・道明寺本・羅山本・無窮会本・永青本・久曾神本に従う。また京大本・大阪市大本・天理本「息愛倩」に作り、「息」には京大本・大阪市大本・天理本「思」の異本注記があり、さらに天理本には「恩也」と付記される。また「倩」には天理本に「情也」の書き入れがある。

【通釈】

あの人に飽きられ捨てられても、いつまでも操をかたく守りつづけようと思っている。ガランとした部屋にポツンとすわり、ひとりで寝て、

「もともとは、人を対象にして、嫌悪や忌避の感情を表わす語であった。中古以後、物事を対象に、嫌悪を感じてそれを避けるという行為を表わす用法が中心的になる」とあるが、万葉集には「何すとか君を厭はむ秋萩のその初花の嬉しきものを」（万葉集一〇—二二七三）「向かひ居て一日もおちず見しかども厭はぬ妹を月渡るまで」（万葉集一五—三七五六）などのように、人を対象とする用法の一方で、「ほととぎす厭ふ時なしあやめ草縵にせむ日こゆ鳴き渡れ」（万葉集一〇—一九五五）「梅の花何時は折らじと厭はねど咲きの盛りは惜しきものなり」（万葉集一七—三九〇四）などのように、鳥や花を対象とする例も認められる。また八代集では六〇例以上あるが、主な対象となるのは、「世をいとひこのもとごとにたちよりてうつぶしぞめのあさのきぬなり」（古今集一九—一〇六八）「世中をいとひてあまのすむ方もうきめのみこそ見えわたりけれ」（後撰集一八—一二九〇）「そむかばやまことの道はしらずともうき世をいとふしるしばかりに」（千載集一七—一一二一）などの「世」、「いとはるるわが身ははるのこまなれやのがひがてらにはなちすてつる」（古今集一九—一〇四五）「うきままにいとひし身こそをしまるれあればぞみけるあきのよのつき」（後拾遺集四—二六三）「うき身をばわれだにいとふいとへただそをだにおなじ心とおもはむ」（新古今集一二—一一四三）などの「身」、「吹く風をなにいとひけん梅の花ちりくる時ぞかはまさりける」（拾遺集一—三〇）「さくらちるとなりにいとふはるかぜは花なきやどぞうれしかりける」（後拾遺集二—一三八）「さくらゆゑいとひしかぜの身にしみてはなよりさきにちりぬべきかな」（金葉集一〇—六〇六）などの「風」であり、「世」については避けるという行為を表す

涙はハラハラと落ちる。こころの中では他の昔のことはすっかり忘れてしまったとはいっても、今でも思い浮かべてしまうのは、寝室でのあの人のやさしさ。

【語釈】

1 被厭　「被」は、受け身をあらわす助字。「厭」は、あきる、もうたくさんだと思うこと。一〇三番詩【語釈】該項を参照のこと。ただし、「被厭」の表記は、一般的な日中の漢籍には見られないので、和歌の本文表記をそのまま使用したものと思われる。**蕭郎**　色男、あるいは女性に愛される男の総称。四一番詩【語釈】該項を参照。六〇・一〇二・一一二番詩にもある。**守貞**　操を固く守って変えないこと。「守節」に同じ。謝恵連「雪賦」に「白玉雖白、空守貞兮」（『文選』巻一三）とある。劉叉「古怨」詩に「君莫嫌醜婦、醜婦死守貞」、徐凝「山鷓鴣詞」に「南越嶺頭山鷓鴣、伝是当時守貞女」とあるように、それが女性に用いられた場合は、操を守って転嫁しないことをいう。菅原道真「早霜」詩に「寒心旅客雖樗散、含得後凋欲守貞」（『菅家文草』巻四）、同「春惜桜花応製」詩序に「花北有五粒松、雖小不失勁節。花南有数竿竹、雖細能守貞心」（『菅家文草』巻五）、紀長谷雄「贈渤海国中台省牒」に「秋雁愆知候之賓、而寒松全守貞之節」（『本朝文粋』巻一二）等とあるのは、節義を守る賢臣のこと。

2 独居　一人住まいの部屋でつくねんと座っていること。一〇一番詩【語釈】該項を参照のこと。唐詩にも張説「三月閨怨」詩に「三月時将尽、空房妾独居」、白居易「続古詩十首其一」詩に「伶俜独居妾、迢遞

ものの、「身」や「風」の場合は嫌うという感情がもっぱらであると見られる。「れ」は助動詞で受け身を表す。「いとふ」に下接する例は万葉集には見当たらないが、八代集では「雲もなくなぎたるあさの我なれやいとはれてのみ世をばへぬらむ」(古今集一五―七五三)「いとはれてかへりこしぢのしら山はいらぬに迷ふ物にぞありける」(後撰集一四―一〇六三)などあり、いずれも厭われるのは私である。

今は限りと　「今は限り」という表現については、五三番歌【語釈】「今は限りの」の項を参照。同項で問題にしたように、「限り」には最後という意味と最高という意味の二つが考えられるが、当歌の場合は前者であろう。何の「限り」つまり最後かといえば、初句の「いとはれて」を理由とする、その恋の最後である。それを明示する例としては、「あふことをその年月とちぎらねば命や恋のかぎりなるらん」(千載集一二―七一四)「我が恋はいまをかぎりとゆふまぐれ荻ふく風のおとづれて行く」(新古今集一四―一三〇八)などがある。

成りにしを　前句の「限りと」を受けるが、「限りとなる」という表現は万葉集にも八代集にも見られない。句末の「を」は「成りにし」という動詞句を受ける接続助詞であり、「狭野方は実になりにしを今更に春雨降りて花咲かめやも」(万葉集一〇―一九二九)、「身ははやくならの宮こと成りにしを恋しきことのまたもふりぬか」(後撰集九―五六〇)などのように逆接で用いられることが多いが、順接の例も指摘されている。ちなみに、『注釈』の語釈では「[を]は、順接確定条件を表わし、なってしまったので、の意」と明言しているにもかかわらず、通釈では「終わりになってしまったけれども」と逆接に解している。順接と

長征客」とあり、『日本書紀』巻一三に「八年春二月、幸于藤原。密察衣通郎姫之消息。是夕、衣通郎姫、恋天皇而独居」とある。**独寝**　一人ぼっちで寝ること。陸雲「為顧彦先贈婦往返四首其二」詩に「独寐多遠念、寤言撫空衿」(『玉臺新詠』巻三)、梁・劉孝威「独不見」詩に「夫婿結纓簪、偏蒙漢寵深。…独寝鴛鴦被、自理鳳凰琴」とあり、小野岑守「雑言奉和聖製春女怨」詩に「幽閨独寝危魂飃、単枕夢啼粉顔穿」(『凌雲集』)とあるのは、孤閨をかこつ妻の様。因みに、白居易「春眠」詩に「新浴肢体暢、独寝神魄安」とあるのは、白氏自身の独り寝。本集にも「寂寞虫館独寝咕」(一七三番)、「独寝泣涙九夷溢」(一七五番)、「閑館独寝無問人」(二一〇番)とある。**涙零零**　「零零(ling ling)」とは、本来擬音を表す聯綿字であり、涙を形容する例を知らない。ただし、晋・山濤「蟋蟀賦」に「風涙涙而動柯、露零零而隕樹」、王岩「山中有所思」詩に「零零夜雨漬愁根、触物傷離好断魂」のように、露や雨が落下する様をいう例はあり、「零涙」の語もあるように、全く無理な表現というわけではない。日本語でも涙ハラハラ、涙ポタポタというように、擬音語か擬態語か、どちらか判然としない場合も少なくない。本集には「秋山寂寂葉零零」(五七番)、「芽花艶艶葉零零」(七七番)の二例を見るが、いずれも押韻箇所に用いられているところを見ると、あるいはやや無理を承知の句作であったか。

3 心中　こころのなか、こころの底、の意。「胸中」「心裏」というに同じ。無名人「古詩為焦仲卿妻作」詩に「十七為君婦、心中常苦悲」(『玉臺新詠』巻一)、張率「擬楽府長相思二首其一」詩に「独延佇、心中結」(『玉臺新詠』巻九)、梁・元帝「燕歌行」に「還聞入漢去燕営、

逆接という正反対の接続関係を同じ「を」が示しうるのは不都合のはずであり、その理由を古代語「を」の接続の緩さに求めることもある。要は「を」をはさんだ前後のことがら同士の成り立ち方にたいする推論の蓋然性に委ねられているということである。当歌の上句「いとはれて今は限りと成りにし」と下句「更に昔の恋ひらるる」との関係を考えてみても、逆接でも順接でも解釈が可能であろうし、「を」を終助詞として、関係付けのない二文構成の歌と見ることもできなくはない。なお【補注】で説明するが、ここでは逆接関係を表しているととっておく。

更に昔の　「更（さら）に」は結句の「恋ひらるる」を修飾し、打ち消しを伴わないので、一層・ますますの意を表す。「あしひきの山下日影かづらける上にや更に梅をしのはむ」（万葉集一九―四二七八）、「あぢきなくなどか松山浪こさむ事をばさらに思ひはなるる」（後撰集一一―七五九）「あやめぐさかけしたもとのねをたえてさらにこひぢにまどふころかな」（後拾遺集一三―七一五）などの該当例がある。この場合、それ以前にもその事態が成り立っていたことが前提にあり、「更に」はその程度が増すことを意味する。「昔（むかし）」そのものが「恋ふ」対象として表現される例は万葉集にはなく、近い例として「移り行く時見るごとに心いたく昔の人し思ほゆるかも」（万葉集二〇―四四八三）があるのみであるが、八代集には「あはれてふ事のはごとにおくつゆは昔をこふるなみだなりけり」（万葉集一八―九四〇）、「いまはただむかしぞつねにこひらるるのこりありしをおもひでにして」（詞花集九―三四三）「故郷にけふこざりせばほととぎすたれかむかしを恋ひてなかまし」（千載集九―五八八）など見られる。

怨妾心中百恨生」（『玉臺新詠』巻九）とあり、本集には「誰識中心恋緒纏」（一一二番）の句がある。菅原道真「残灯」詩に「一点残灯五夜通、分分落涙寸心中」（『菅家文草』巻二）、同「行幸後朝憶雲林院勝趣戯呈吏部紀侍郎」詩に「青苔地有心中色、瀑布泉遺耳下声」（『菅家文草』巻六）とある。底本等版本には音合符があるが、藤波家本・講談所本・道明寺本・羅山本・無窮会本は、「心ノ中」と訓む。　**昔事**　むかしのこと。杜甫「秋日夔府詠懐奉寄鄭監李賓客一百韻」詩に「共誰論昔事、幾処有新阡」、権徳輿「敷水駅」詩に「空見水名数、秦楼昔事無」とある。元禄九年版本・元禄一二年版本のみ「ノ」の仮名がある。　**忘却**　すっかり忘れてしまった、の意。一〇八番詩【語釈】該項を参照。

4 顧念　こころに思い描く、こころにとめて考えること。『漢書』孝武李夫人伝に「上所以攣攣顧念我者、乃以平生容貌也」、白居易「羅子」詩に「顧念嬌啼面、思量老病身」とある。『続日本紀』慶雲三年二月一六日条に「准令、五世之王、雖得王名、不在皇親之限。今五世之王、雖有王名、已絶皇親之籍、遂入諸臣之例。顧念親親之恩、不勝絶籍之痛」とあるのは、帝や上司が部下の諸事情を心にあれこれ思い描くという、本来の用例。元禄九年版本・元禄一二年版本・文化版本には音合符があり、写本の大半には「顧」に返点がある。異文「顧怠」は、あるいは「念」と「怠」の草体の類似から来る誤写か。　**閨房**　宮廷女性の私的生活のための部屋、その寝室のこと。一〇〇番詩【語釈】該項を参照のこと。また、一〇七・一一六番番詩にもある。　**恩愛情**　夫婦間の愛情をいう。夫から妻への情愛。傅玄「擬北楽府三首　歴九秋篇」に「君恩愛兮不竭、譬若朝日夕月」（『玉臺新詠』巻九）とある。六〇番詩【語

恋ひらるるかな　「らるる」は「恋ひ」に下接して、自発の意を表す。助動詞「らる」は万葉集ではいまだ用いられず、「らゆ」の自発の例も認められない。八代集には「人ごとにけふけふとのみこひらるる宮こちかくも成りにけるかな」（後撰集一九―一三六二）「かきくもり雨ふる河のささらなみまなくも人のこひらるるかな」（拾遺集一五―九五六）前掲の「いまはただむかしぞつねにこひらるるのこりありしをおもひでにして」（詞花集九―三四三）などという自発の例のほかに、「おもかげはかずならぬ身にこひられてくもゐの月をたれと見るらん」（金葉集七―三七一）「われもしかなきてぞ人にこひられしいまこそよそに声をのみきけ」（新古今集一五―一三七三）などのように、受け身の例も見られる。【校異】に示したとおり、結句には「恋しかるらむ」という異文がある。そもそも「恋ふ」という心的変化は意図的なものではなく自然発生的・自発的なものであるから、自発の「らる」を付加するのは余剰的であり、その分だけその自発性、別にいえば、意図に逆らってというニュアンスを出すことにもなるであろう。「恋ふ」という動詞ではなく「恋し」という形容詞を用いれば、動詞のもつ意図性を中立化することになる。また異文の「らむ」という助動詞は疑問詞を伴わなくても、疑問の意を表し、それは終助詞「かな」の「か」にも通じる。どちらにせよ、自分自身の内面の変化にたいする疑問に発する推量であり、あるいは詠嘆である。

【補注】

「いとはれて今は限りと成りにし」というのは、相手から最後通告を＊

釈】該項を参照のこと。ただし、「恩愛情」の用例を知らない。

【補注】

韻字は「貞・情」（下平声十四清韻）、「零」（下平声十五青韻）で、青韻は独用ゆえ押韻に傷がある。平仄には基本的な誤りはない。

初句は、「蕭郎に厭はれて永く貞を守る」という訓みでは、相手がいなくなったので、結果として「守貞」の状態になっているというようにも取れるが、「守貞」の本来のニュアンスを優先して解釈した。

＊受けたのか、あるいは相手の訪れの間遠さから自ら断念したのか、定かではないものの、「成りにし」は異文の「知りにし」に比べても、既定の客観的な事実としての表現である。それに基づいての「更に昔の恋ひらるるかな」との関係について、【通釈】および【語釈】に示してあるように、逆接の関係としてとらえた。そのポイントになったのは、「更に」と「恋ひらるるかな」である。

すでに疎遠になりかけた段階から、昔つまり相手と付き合いはじめた頃を懐かしんでいたと考えられ、それゆえの「更に」である。また、相手方の心変わりにより、恋の終わりに直面したら、相手を怨むのが普通であろう。あるいは怨むことによって、相手への未練を断ち切ろうとするのが普通であろう。当歌の詠み手もまたそうしようとしたに違いない。だからこそ、その意図にもかかわらずの「昔の恋ひらるるかな」なのである。

【比較対照】

一〇八番歌詩の対応パターンとは異なり、当歌詩はともに相手への未練を歌っている。異なるのは、歌の「今は限り」という条件設定を詩が欠いているところである。詩起句の「被厭蕭郎永守貞」という表現からは、相手に嫌われて恋が終わったのはかなり以前のことであって、恋の終わりの、まさに今という臨場感がなく、だからこその昔への追慕・未練という、歌の上句から下句に展開された一種、不可解な心の動きも辿れていない。ただ詩作者は、歌のポイントとして初句の「いとはれて」と結句の「恋ひらるるかな」という対照を取り上げ、それぞれに見合う表現を歌と同じく配置することにより、全体的な対応を図ったと見られる。そして、それはそれなりに成功していると言えるだろう。承句「独居独寝涙零零」は起句をふまえた現状としてふさわしく、転句「心中昔事雖忘却」は結句を効果的に導き出しているからである。

更に言うならば、「今は限り」を棄てて、「永守貞」を加えることで、結句の「顧念閨房恩愛情」をその根拠にするという、一種の合理的な理解を持ち込んで、全体を統一したのである。和歌に詠まれた恋における女心の不可解さは、漢詩に移されることによって、むしろ昔の恋人に対して貞節を守るという積極的肯定的な志向に変わったとも言えよう。それによって、和歌の中でも感じられる相手の男への想いは、決して憎悪などではない、何かそれはそれとして自分の良い思い出とさえ言えるような気持ちであり、それは漢詩の内容としても、形を変えて同じように存在しているように思われる。

一一〇番

恋敷丹　侘手魂　迷那者　空敷幹之　名丹哉立南

恋しきに　侘びて魂　まどひなば　空しきからの　名にや立ちなむ

【校異】

本文では、第二句の「侘」を、底本および文化写本・藤波家本・講談所本が「佗」とするが他本により改め、第四句の「敷」を、永青本・久曾神本が「芝杵」とし、同句の「幹」を、天理本が「韓」とし、結句の「立」を、類従本・羅山本・無窮会本が「遺」、藤波家本・講談所本・道明寺本・京大本・大阪市大本・天理本が「迷」、永青本が「赴」、久曾神本が「起」とし、結句末の「南」を、類従本・藤波家本・講談所本・道明寺本・京大本・大阪市大本・天理本・羅山本・無窮会本が「濫」とする。

付訓では、第三句の「まどひ」を、底本が「まよひ」とするが他本により改め、結句の「や」を、藤波家本が「か」とし、同句の「たちなむ」を、羅山本・無窮会本が「のこらむ」とする。

同歌は、寛平御時后宮歌合（十巻本・廿巻本、恋歌、一八七番。ただし結句は「なにやのこらむ」）にあり、古今集（巻一二、恋二、五七一番）に「寛平御時きさいの宮の歌合のうた、よみ人しらず」としてあり（ただし結句は「なにやのこらむ」）、古今六帖（第四、恋、こひ、一九八三番。ただし第三句「いでていなば」結句「なにやのこらむ」）にも見られる。

恋情無限匪須勝
生死慇懃尚在胸
君我昔時長契約
嗤来寒歳柏将松

恋情《レンセイ》限《かぎ》り無《な》くして勝《たふ》るを須《もち》ゐるに匪《あら》ず。
生死《セイシ》慇懃《インキン》にして尚《なほ》胸《むね》に在《あ》り。
君《きみ》と我《われ》と昔時《セキシ》長《なが》く契約《ケイヤク》せり。
嗤《あざけ》り来《きた》る寒歳《カンセイ》の柏《ハク》と松《ショウ》と。

【校異】

「匪須勝」を、底本等版本「匪須膳」に作るも、類従本・講談所本・道明寺本・京大本・大阪市大本・天理本・羅山本・無窮会本・永青本・久曾神本によって改める。「嗤来」を、底本「咄来」に作るも、元禄九年版本・元禄一二年版本・文化版本・類従本・講談所本・京大本・大阪市大本・天理本・無窮会本・永青本・久曾神本により改める。「柏将松」を元禄九年版本・元禄一二年版本・文化版本「柏与松」に作り、永青本「柏時松」に作る。

【通釈】

あの人を求める気持ちには限りがないけれど、それをこらえる必要など無い。（あの人を思う気持ちは）生きている時も死んだ後も本当にいつでも私の胸の中に存在している。だって、あなたとわたしは以前に永遠の誓いの文書を取り交わしているのだもの。（その契約の不変さに比べれば）冬が特別に寒い年には、少しその色を衰えさせるという松や柏

【通釈】

恋しさのあまりに疲れはてて魂が（体から外に出て）道に迷うことになったならば、（そんな私に）中身のない抜け殻という（実体のない）噂が立つのだろうか。

【語釈】

恋しきに　次句の「侘びて」を修飾し、その理由を表す。同様の表現に、「暁の家恋しきに浦回より梶の音するは海人娘子かも」（万葉集一五―三六四一）、「恋しきにきえかへりつつあさつゆのけさはおきゐん心地こそせね」（後撰集一一―七二〇）「ながむれば恋しき人のこひしきにくもらばくもれ秋のよの月」（金葉集七―三六九）などが挙げられる。

侘びて魂　「侘びて」については、一〇五番歌【語釈】「恋ひ侘びて」の項、「魂（たましひ）」については、一〇八番歌【語釈】「魂の」の項を、それぞれ参照。「恋しきに侘びて」は一〇五番歌の「恋ひ侘びて」とほぼ同義であり、恋しさが原因で疲れること、気力を失うことである。当歌のこの部分にたいする「恋しさからつらく苦しい思いをして」（注釈）、古今集の同歌にたいする「人の恋しさをどうすることもできないので」（日本古典文学全集本）「あの人恋しさに、思いあまって」（日本古典集成本）「恋しい思いに悲しみ苦しんで」（新日本古典文学大系本）「恋しさに当惑し切って」（窪田評釈）「恋しいのに、どうにも気力がなくなって」（竹岡評釈）などには、それぞれ不適切な点が含まれている。また、恋い侘びることと魂のありようとの関係は、前者は魂を制御できなくなっている状態であり、それはつまり魂が肉体を離れて浮遊するという

の木を、その時からずっと嘲笑っているの。

【語釈】

1 恋情　対象を強く追い求める気持ちをいう。「恋」は、一〇五番詩【語釈】該項を参照。王粲「従軍詩五首其二」詩に「征夫懐親戚、誰能無恋情」（『文選』巻二七）、嵯峨天皇「和左金吾将軍藤緒嗣過交野離宮感旧作」詩に「荊棘不知歌舞処、薜蘿独向恋情深」（『凌雲集』）とある。ただし、ここは無論、男女の恋。毛文錫「恋情深」詞に「宝帳欲開慵起、恋情深。…永願作鴛鴦伴、恋情深」とある。　**無限**　限りがない、はてしがない、の意。権徳輿「薄命篇 一作妾薄命篇」詩に「花前拭涙情無限、月下調琴恨有余」、盧仝「秋夢行」詩に「湘水冷冷徹底清、二妃怨処無限情」とあり、島田忠臣「十非」詩に「壮年不得録功名、老大営求無限情」（『田氏家集』巻中）とある。「恋情無限」とは、喜び、悲しみ、苦しみ、怨み、むなしさなど、さまざまな感情が次々と湧くが、それは皆相手を求める感情だということ。　**匪須勝**　「匪」は「非」に同じく、〜ではない、の意。「須」は、〜するのが当然だの意の助動詞。前に否定詞が来ると、〜する必要はない、〜するには及ばない、などの意となる。「勝」は、耐える、こらえる、持ちこたえる、の意。異文「膳」では、意味が取れない。元禄九年版本・元禄一二年版本・文化版本は、「勝ヲ須キズ」と読む。

2 生死　生と死、生きていても死んでしまっても、の意。そこから、永遠に、絶対に、など下接語を強める意味にも使用される。邵陵王綸「代蒨姫有怨」詩に「寧為万里別、乍此死生離」（『玉臺新詠』巻七）、鮑

状態である。

まどひなば　「まどひ」については、二五番歌【語釈】「まどひ増される」の項を参照。「まどふ」は、主に道に迷うという意味と心が混乱するという意味の二つに用いられ、しばしばその両方を掛けた表現が見られる。当歌においては、「まどふ」の主語は前句の「魂」であり、それを物象化すれば前者の意味、心理とみれば後者の意味を掛けているといえよう。「魂」（あるいは「たま」）と「まどふ」を結び付ける表現は、万葉集にも八代集にも見当たらないが（「心」が「まどふ」という表現はある）、「ものおもへばさはのほたるをわがみよりあくがれにけるたまかとぞみる」（後拾遺集二〇―一一六二）の「あくがる」、「おくりてはかへれとおもひしたましひのゆきさすらひてけさはなきかな」（金葉集八―四七三）の「さすらふ」、「恋ひしなばうかれん玉よしばしだにわがおもふ人のつまにとどまれ」（千載集一五―九二三）の「うかる」などには、「まどふ」との類義関係が認められよう。

空しきからの　「空（むな）し」という形容詞は、「人もなき空しき家は草枕旅にまさりて苦しかりけり」（万葉集三―四五一）「世間は空しきものとあらむとそこの照る月は満ち欠けしける」（万葉集三―四四二）のように、万葉集から具体的な意味でも抽象的な意味でも用いられている。八代集をとおしては、「空しき」という連体形で連体修飾する用法が目立ち、中でも「空しきそら」という表現が非常に多い。当歌では「空しき」は直接には「から」を修飾すると見られるが、類例は万葉集にも八代集にも見られない。ただ、「空しき」が結句の「名」にまで及ぶとすると、「うかりける身のふのうらのうつせがひむしきなのみたつはき

照「行路難四首其二」詩に「結帯与我言、死生好悪不相置」（『玉臺新詠』巻九）とあり、本集には「生死瀑河不留人」（二四六番）とある。

慇懃　何度も、たびたび、しょっちゅう、の意。唐代の俗語的な用法。劉禹錫「謫居悼往二首其二」詩に「殷勤望帰路、無雨即登山」、白居易「長恨歌」に「為感君王展転思、遂教方士殷勤覓」、菅原道真「観王度囲碁献呈人」詩に「殷勤不愧相嘲哢、漫説当家有積薪」（『菅家文草』巻一）とある。また、七二・一〇六番詩【語釈】該項を参照。　**尚在胸**　白居易「病中詩十五首　初病風」詩に「恬然不動処、虚白在胸中」、雍陶「憶山寄僧」詩に「新愁旧恨多難説、半在眉間半在胸」とある。

3 君我　あなたと私、の意。ただ、この語の中国詩の用例を知らない。たとえば「古詩一九首其一」詩が「行行重行行、与君生別離。相去万余里、各在天一涯」（『文選』巻二九）で始まるように、「与君」「相去」「各在」という言葉で君と我の存在を明示するので、「君与我」では、詩のリズムに反するというならば、ここも「与君」の語を用いるべきだろう。ただし日本には、兼明親王「贈心公古調」詩に「君我相別後、漸以累晨昏」（『本朝麗藻』巻下）の例がある。また、一〇五番詩【語釈】「君吾」の項を参照のこと。　**昔時**　むかし、いにしえ、以前、の意。梁・簡文帝「詠人棄妾」詩に「昔時嬌玉歩、含羞花灯辺」（『玉臺新詠』巻七）、劉復「長相思」詩に「彩糸織綺文双鴛、昔時贈君君可憐」とあり、巨勢識人「奉和春閨怨」詩に「昔時送別秋蘆白、此日愁思春草萋」（『文華秀麗集』巻中）、同「奉和婕妤怨」詩に「昔時同輦愛、翻怨裂紈情」（『文華秀麗集』巻中）とある。元禄九年版本・元禄一二年版本・文化版本には、音合符がある。　**長契約**　「長」は、永遠に、の意。「契

ききや」（後拾遺集一八―一〇九七）という例がある。「空しき」に続く「から」は、魂が抜けた後に残る肉体のことであり、それ自体が「空しき」ものであるから、「空しきから」という修飾関係は、いわゆる非限定的な用法つまり「から」の特性を明示した表現であり、両者があいまって、結句の「名」のありよう、つまり実体のない噂ということを強調していることになる。そのような「から」の可視的な対象として取り上げられるのが「うつせみ」であり、「空蟬のからは木ごとにとどむれどたまのゆくへを見ぬぞかなしき」（古今集一〇―四四八）「空蟬のむなしきからになるまでもわすれんと思ふ我ならなくに」（後撰集一三―八九六）などのように詠まれている。

名にや立ちなむ　「名に立つ」という表現は万葉集にはなく、八代集では「あだなりとなにこそたてれ桜花年にまれなる人もまちけり」（古今集一―六二）「つのくにのなにはたたまくをしみこそすくもたくひのしたにこがるれ」（後撰集一一―七六九）などのように、当歌と同じく、噂が立つという意味と、「わが袖はなにたつすゑの松山かそらより浪のこえぬ日はなし」（後撰集一〇―六八三）「名にたてるよしだのさとの杖なればつくともつきじ君がよろづ世」（拾遺集一〇―六一五）などのように、有名なという意味とで、用いられている。

【補注】

魂が肉体から出て、そのまま戻らない状態が、死ぬことであり、一時的に離れて、また肉体に戻ってくるのが、たとえば夢である。魂が外に出る出ないは、その当人の意志によるものではなく、覚醒していない、

約」とは、双方が協議の上で交わされた取り決めの文書。あるいは、その文書を交換すること。「契券」（わりふ）の語があるように、その取り決めは単なる口約束とは異なる。語性に特徴のある語で、日中ともに韻文を初めとする文学系の作品に用例がない。王維「魏郡太守…徳政碑」に「異邑居而瓦合、無契約而麕至」、陸贄「賜吐蕃宰相尚結賛書」に「契約至明、誓詞至重」とあり、『令集解』戸令に「戸婚律云、男女嫡庶長幼、当時理有契約者」とある。底本等版本や大半の写本に、音合符がある。

4　嗤来　「嗤」は、あざ笑う、嘲笑すること。八六番詩【語釈】該項を参照。異文「咄」は、チェッと舌打ちをする、叱る、の意。文脈より「嗤」を取る。講談所本・道明寺本・京大本・大阪市大本・天理本に「アザケリ」とあり、永青本・久曾神本には、「（ワラ）ヒ」とある。

寒歳　冬の寒さの厳しい年。回文詩である晋・蘇若蘭「四旁相向横読而成五言」詩に「寒歳識凋松、真物知終始」、白居易「村居臥病二首」詩に「葺廬備陰雨、補褐防寒歳」とある。**柏将松**　柏と松、の意。「将」は、と、の意で、異文「与」に同じ。陳・張正見「置酒高殿上」詩に「歌喧桃与李、琴挑鳳将雛」、李白「北山独酌寄韋六」詩に「巣父将許由、未聞買山隠」とある。「寒歳柏将松」については、『論語』子罕に「子曰、歳寒、然後知松柏之後彫也」とあるに基づく。この典故をめぐっては、巻末の『論語』子罕篇「歳寒の松」の解釈をとその受容について」を参照のこと。

つまり魂を宿す主体が制御できない状態でのありようによる。

外に出た魂がその肉体に戻る道にとまどったままならば、死ぬことになる。死ねば「空しきから」つまり魂の宿っていない肉体のみとなる。それならば、その「名」は文字通りであって、実体のある噂となりうる。「空しきからの名」を実体のない噂とみなすのは、生きているからこそである。当歌の表現があくまでも仮定と疑問推量から成り立っているのも、そのせいである。

古今集が同歌を、恋部の二に位置付けているのは、片恋が募った段階の歌とみなしたからであろう。すなわち、どれほど相手のことを思っているかを強調する歌ということであり、いわゆる「恋死に」というイメージを表現したものと考えられる。「なにやのこらむ」という異訓・異文は死後のイメージに重点を置いたものであって、片恋だけで終わるならば、まさに実体のない恋ということになる。

しかし、同歌の、本集や寛平御時后宮歌合における配列上の位置から、恋愛の過程と無関係でないとするならば、恋しくて夢に現れるような段階の魂ではなく、もっとリアルな死のイメージを想定する、切羽詰まっ＊

＊た段階の歌としてとらえられたと考えられる。

【補注】

韻字は「勝」（下平声十六蒸韻）、「胸・松」（上平声三鍾韻）だが、「勝」をいわゆる踏み落としとすれば、問題はない。あるいは日本漢字音での押韻とも考え得る。平仄には基本的な誤りはない。

本当は死にたいくらい辛い恋心を、「勝ふるを須ふるに匪ず」「尚ほ胸に在り」と、むしろ堂々と肯定しているところが、当詩の存在理由であろう。その根拠は、言うまでもなく「長契約」という耳慣れぬ言葉である。【語釈】でも指摘したが、この語はおそらく当時の事務文書や行政文書に用いられる語で、恋愛に対してこの語を用いたところに作者の苦心があったはずである。昔、男とやり取りした和歌が書かれた手紙などをそう呼んだのかどうかは分からないが、恋愛という、何の当てもないと分かっているものを、敢えて「契約」と呼ぶことで、それにすがらざるを得ない、あるいはそれゆえに男を忘れられない女性の切なさ、いじらしさを際立たせている。

【比較対照】

一〇八番と同じく、当歌でも「魂」という語を用いているが、異なるのはそれを「から」つまり肉体と対比している点である。それに対して、当詩は一〇八番同様、見事なぐらい取り上げることを回避している。当歌の場合、この「魂」のありようが趣向の眼目であるから、詩におけるその回避は、一〇八番以上に、何らかの理由があったものと推測される。それには、詩【補注】で指摘したような、「長契約」などという事務用語を用いたことも関連があるだろう。たしかに、事務用語に対して「魂」はなじみがたい。

それにしても、当歌詩の表現上の隔たりは著しい。ほぼ対応していると見られるのは「恋しきに侘びて」と「恋情無限」ぐらいであって、他は関連付けることさえ容易ではない。詩承句「生死慇懃尚在胸」の主語が「恋情」だとするならば、歌の「魂まどひなば」とはまったく相違する。結局、当詩は起句の内容を、承句以降が相異なった表現で反復しているだけであり、主意は起句一句で言い尽くされている。そして、その主意自体は歌のそれと対応しているのである。

当歌は、「身」が「魂」とそれを包む「体（から）」から成り、「魂」が抜け出してしまえば「亡骸（なきがら）」になるという発想を基盤としている。かりにそのような発想が中国漢詩にはなかったとしても、詩作者が日本人であるならば、その発想そのものを知らなかったとは考えにくいし、かなり無理をしてでも歌の表現に合わせる詩の例も見られたのである。とすれば、当歌詩の場合、主意の対応以外は、ともかく別の趣向で構成しようと意図したとしか考えられない。

一一一番

朝景丹　吾身者成沼　白雲之　絶手不聞沼　人緒恋砥手

朝かげに　吾が身は成りぬ　白雲の　絶えて聞こえぬ　人を恋ふとて

【校異】

本文では、第二句末の「沼」および第四句末の「沼」を、永青本が「治」とし、結句の「恋」を、永青本・久曾神本が欠く。

付訓では、とくに異同が認められない。

同歌は、寛平御時后宮歌合（十巻本、恋歌、一八五番）に見られ、また古今六帖（第五、雑思、思ひやす、三〇〇〇番）にも同文で見られる。

【通釈】

朝日による影法師のような痩せ細った姿に、私はなってしまった、まったく（噂さえも何も）聞こえてこない人を恋しく思うせいで。

【語釈】

朝かげに　「朝（あさ）かげ」の意味として、日本国語大辞典第二版には「①朝、鏡や水に映る顔かたち、②朝日の光、③朝日によってできる細長く弱々しい影」の三つを挙げる。当歌の例は③に該当し、それは「恋の悩みなどでやせ細った人の姿をたとえてい」ったものである。たとえの由来は諸説あるが、「朝日のほのかな弱々しい光」とするのは、イメージの重ね合わせがしづらい。体験的には、朝日や夕日に当たって

恨来相別抛恩情
朝暮劬労体貌零
寂々空房孤飲涙
時々引領望荒庭

恨来《(うらみきた)》る相別《(あひわか)》れて恩情《(オンセイ)》を抛《(なげうつ)》ことを。
朝暮《(テウボ)》劬労《(クラウ)》して体貌《(テイバウ)》零《おちぶ》れたり。
寂々《(セキセキ)》たる空房《(コウハウ)》孤《(ひと)り》涙《(なみだ)》を飲《(の)》む。
時々《よりより》領《(くび)》を引《(ひき)》て荒庭《(クワウテイ)》を望《(のぞ)》む。

【校異】

「恩情」を、京大本・大阪市大本・天理本・藤波家本「思情」に作る。「寂々」を、類従本「零零」に作り、元禄九年版本・文化写本の右傍注にも「零零」とある。「引領」を、永青本・久曾神本「引頸」に作る。

【通釈】

あの人の御厚意を投げ棄ててお別れしてしまったことを後悔している。朝から夜まで悩み疲れて、すがたかたちはすっかり衰えてしまった。あの人のいないガランとした部屋の中で、一人寂しく涙がいくすじも頬を伝う。（そのために、来るはずはないと思ってはいるのだけれど）しきりに荒れた庭先の方を首を長くして見やってしまうのだ。

【語釈】

1 恨来　「恨」は、取り返しのつかないことをしてしまったことを自覚するうらみをいう。一二番詩【語釈】該項を参照。「来」は、助字。島

できる人の影法師が実体よりも細長く見えることからではないかと考えられる。本集下巻に「恋すればわが身ぞ影と成りにけるさりとて人に添はぬものゆゑ」(二四八番。古今集一一―五二八にも同歌あり)という類似歌がある。「朝かげ」であれ、単に「かげ」であれ、同様の意味を表すとすれば、影法師は実体ではないという点を、比喩のポイントにしているということであろう。「朝かげ」は万葉集にのみ現れ、八代集には一例も見られない。しかも③の用法がほとんどで、「朝影に我が身はなりぬ玉かきるほのかに見えて去にし児故に」(万葉集一一―二三九四)「夕月夜暁闇の朝影に我が身はなりぬ汝を思ひかねて」(万葉集一一―二六六四)「年も経ず帰り来なむと朝影に待つらむ妹し面影に見ゆ」(万葉集一二―三一三八)などのように、巻一一・一二に集中する。当歌の第二句までは、右掲の万葉歌を踏襲したとみなされる。ちなみに、「夕影(ゆふかげ)」という語もあり、「我がやどの秋の萩咲く夕影に今も見てしか妹が姿を」(万葉集八―一六二二)、「我のみやあはれとおもはむきりぎりすなくゆうかげのやまとなでしこ」(古今集四―二四四)など見られるが、いずれも、夕日の光のことで、比喩的な例は見当たらない。

吾が身は成りぬ　この句は八拍なので、古代和歌においては原則的に許容されない字余りとなる。あるいは「あが」と訓むのかもしれないが、本集諸本にも見られないので、そのままにしておく。「わが身ハ朝かげニ成りぬ」という関係であり、「朝かげに」が初句に倒置されている。本集における同様の表現には、「わが身の秋に成ればなりけり」(六一番)、倒置の例には、「薄くや人の成らむと思へば」(二二番)「霜とわが身の成りぬれば」(一一六番)がある。「わが身」という表現について

田忠臣「密竹有清陰」詩に「世事探湯焦爛期、恨来曾入竹陰遅」(『田氏家集』巻下)とある。ただし、このように「恨」に助字として付属する「来」の用例は唐詩にない。底本初め諸本に訓合符がある。**相別**　誰かと別れること。ここでは、男女が別れ別れになること。『神異経』に「昔有夫婦、相別、破鏡各執其半」、巨勢識人「奉和春閨怨」詩に「自恨相別不相見、使妾長歎復長思」(『文華秀麗集』巻中)、本集に「与君相別幾星霜」(一一六番)とある。「相逢」(九二・一〇三番)や「相見」が、その反意語。**抛恩情**　「恩情」とは、肉親間、あるいは男女間の愛情のこと。ここは無論、後者。繁欽「定情詩」に「何以結恩情、佩玉綴羅纓」(『玉臺新詠』巻一)、魏・文帝「又清河作」詩に「心傷安所念、但願恩情深」(『玉臺新詠』巻二)とあり、巨勢識人「奉和春閨怨」詩に「誰慮遺君向戎路、恩情婉孌忽相遺」(『文華秀麗集』巻中)とある。底本等版本には音合符がある。異文「思情」とは、感情、おもい。張協「雑詩十首其六」詩に「感物多思情、在険易常心」(『文選』巻二九)とある。ここは文脈上、前者を取る。「抛」は、放物線を描くように物を投げる、投げ捨てること。唐代になって特に白詩圏の詩人に多く用いられた語で、白詩には、「自到潯陽生三女子因詮真理用遣妄懐」詩に「頼学空王治苦法、須抛煩悩入頭陀」、「題東楼前李使君所種桜桃花」詩に「唯留花向楼前著(一作看)、故故抛愁与後人」、「酬劉和州戯贈」詩に「不似劉郎無景行、長抛春恨在天台」とあるように、物や官位などではない、感情や精神的なものを抛つという表現が見られる。本集には「不枉馬蹄歳月抛」(一一三番)とある。

2 朝暮　朝に夕に、また、いつも、の意。「朝夕」「旦暮」というに同

は、六一番歌【語釈】該項を参照。

白雲の　八六番歌【語釈】「立つ白雲に」の項を参照。「白雲の」の形で枕詞としても用いられ、「絶え」にも掛かるとされる。しかし、実際に枕詞と認定しうるのは、「白雲の絶えにし妹をあぜせろと心に乗りてここばかなしけ」（万葉集一四―三五一七）と「今のみとたのむなれども白雲のたえまはいつかあらんとすらん」（後撰集九―五三六）ぐらいであって、「伊豆の海に立つ白雲の絶えつつも継がむと思へや乱れそめけむ」（万葉集一四―三三六〇或本歌）や「風ふけば峰にわかるる白雲のたえてつれなき人もあはれとや見む」（古今集一二―六〇一）は序詞の例であり、「白雲のたえずたなびく岑にだにすめばすみぬるよにこそ有りけれ」（古今集一八―九四五）や「さくら花ゆめかうつつか白雲のたえてつねなき峰の春風」（新古今集二―一三九）は実景描写であろう。当歌の「白雲の」は「朝かげ」とのつながりがなくはないものの、一首全体の文脈からは離れているので、枕詞とみなしておく。

絶えて聞こえぬ　「絶（た）えて」と「聞こえぬ」を、順序を示す並列表現ととることもできなくはないが、「絶えて」で否定と呼応する副詞と見るほうが、上二句の状況を示すにはより適切であろう。副詞としての「絶えて」の例は万葉集にはなく、八代集に「水のおもにおふるさ月のうき草のうき事あれやねをたえてこぬ」（古今集一八―九七六）「あふ事はたえてしなくは中中に人をも身をも怨みざらまし」（拾遺集一一―六七八）「ふぢごろもはつるるそでのいとよわみたえてあひみぬほどぞわりなき」（後拾遺集一三―七一六）など、「絶ゆ」の意と重ねた形で見られる。「聞（き）こえぬ」について、『注釈』では「恋人から便りや

じ。宋玉「高唐賦」に「旦為朝雲、暮為行雨。朝朝暮暮、陽台之下、旦朝視之」（『文選』巻一九）、白居易「春江」詩に「閉閣只聴朝暮鼓、上楼空望往来船」（『千載佳句』閑居）とあり、平城天皇「五言詠庭梅」詩に「庭梅競艶色、朝暮正芳菲」（『経国集』巻一一）、巨勢識人「嵯峨院納涼探得帰字応製」詩に「山院幽深無所有、唯余朝暮泉声飛」（『文華秀麗集』巻上）とある。底本初め諸本に音合符がある。　**劬労**　つかれなやむ、の意。ここは異なるが、多くのばあい父母の、子を育てる苦労をいう。『毛詩』邶風・凱風に「棘心夭夭、母氏劬労」とあり、伝は「病苦也」という。『毛詩』小雅・蓼莪に「哀哀父母、生我劬労」とあるなど、『毛詩』に多い語。楊雄「長楊賦」に「出凱弟、行簡易、矜劬労、休力役」（『文選』巻九）とあり、李善は『毛詩』小雅・鴻鴈の「之子于征、劬労于野。爰及矜人、哀此鰥寡」を指摘する。閨怨詩には、傅玄「擬四愁詩四首其二」詩に「何以要之比目魚、海広無舟悵労劬」（『玉臺新詠』巻九）、范靖妻沈氏「晨風行」に「念君劬労冒風塵、臨路揮袂涙沾巾」（『玉臺新詠』巻九）とあり、『日本書紀』欽明紀六年冬一一月条に「敬受糸綸、劬労陸海」とある。底本等版本や講談所本・道明寺本・京大本・大阪市大本・天理本に音合符がある。　**体貌零**　「体貌」とは、すがたかたちの意。宋玉「登徒子好色賦」に「玉為人、体貌閑麗、口多微詞」（『文選』巻一九）、魏・文帝「典論論文」に「日月逝於上、体貌衰於下」（『文選』巻五二）とあり、『続日本紀』延暦二年正月八日条・道嶋宿禰嶋足の卒伝に「体貌雄壮、志気驍武、素善馳射」とある。底本初め諸本に音合符がある。「零」は、静かに降る雨の滴を原義とするが、屈原「離騒」に「惟草木之零落兮、恐美人之遅暮」（『文選』巻三二）と

連絡が来ないの意」とする。実際にはそういうことであろうが、「聞こゆ」という語に即すならば、その意味はなく、あくまでも聴覚的な意味が基本である。万葉集および八代集の相聞・恋歌に見られる「長月のその初雁の使ひにも思ふ心は聞こえ来ぬかも」（万葉集八―一六一四）「ま日長く恋ふる心ゆ秋風に妹が音聞こゆ紐解き行かな」（万葉集一〇―二〇一六）、「玉かづら今はたゆとや吹く風のおとにも人のきこえざるらむ」（古今集一五―七六二）「かりがねのくもゐはるかにきこえしは今は限のこゑにぞありける」（後撰集一一―七七七）など、いずれも音声に関わる表現がされている。

人を恋ふとて　「人（ひと）を恋（こ）ふ」という表現は万葉集にはなく、古今集に「夕ぐれは雲のはたてに物ぞ思ふあまつそらなる人をこふとて」（古今集一一―四八四）「つれもなき人をこふとて山びこのこたへするまでなげきつるかな」（古今集一一―五二一）の二例が同じ句として見られる。「恋ふ」が格助詞「を」をとることについては、一一六番歌【語釈】「君恋ふと」の項を参照。「とて」という複合助詞については、一〇三番歌【語釈】「人を待つとて」の項を参照。第三句から結句までが、上二句の理由を示す。

【補注】

【校異】に示したように、同歌が古今六帖の「おもひやす」の題においても採られている。同題に一二首あるうち四首にも「かげ」ということばが用いられている。このことからも、痩せ細るというイメージを「かげ」が強く持っていたことを示すといえよう。

あり、その王逸注が「零、落、皆堕也。草曰零、木曰落」というように、特に草とその花が枯れ凋むことを言い、延いては「零落」が、人物の形容にも用いられる。ただし、「零残」「零悴」「凋零」などと熟すればともかく、「零」一字で容貌の衰えを言うのは、陸機「長歌行」詩に「容華夙夜零、体沢坐自捐」とある以外、極めて少ない。底本左訓・講談所本・道明寺本・羅山本・無窮会本に「オチブレタリ」の訓があり、元禄九年版本・元禄一二年版本・文化版本には、右訓に「（オ）ツ」、左訓に「オチブル」とある。

3寂々　寂しく静かな様、さびれた様。秦嘉「贈婦詩」に「寂寂独居、寥寥空室」（『玉臺新詠』巻九）、左思「詠史八首其四」詩に「寂寂楊子宅、門無卿相輿」（『文選』巻二一）とあり、李善は「説文曰、寂寂、無人声也」と注する。本集に「秋山寂々葉零々」（五七番）とある。異文「零零」では、平仄が合わない。**空房**　ガランとした部屋、夫又は妻のいない寂しい部屋のこと。秦嘉「贈婦詩三首其一」詩に「独坐空房中、誰与相勧勉。長夜不能眠、伏枕独展転」（『玉臺新詠』巻一）、無名人「古詩為焦仲卿妻作」詩に「賤妾留空房、相見常日稀」（『玉臺新詠』巻一）、魏・文帝「燕歌行二首其二」詩に「賤妾煢煢守空房、憂来思君不可忘」（『玉臺新詠』巻九、『文選』巻二七）とあるなど、閨怨詩の常套語。また、嵯峨天皇「七言聴早鶯示惟山人春道」詩に「寂寂空房無与聴、春寒独恨薜蘿帷」（『経国集』巻一一）、有智子内親王「春日山荘勒塘光行蒼」詩に「寂寂幽荘水樹裏、仙輿一降一池塘」とある。**孤飲涙**　「飲涙」は「飲泣」と同じで、涙があふれて、口にも入ってしまうこと。悲しみの甚だしさの形容。李陵「答蘇武書」に「当此時也、天地

当歌は、「朝かげにわが身は成りぬ」という上二句の表現、二句切れ、「白雲の」という枕詞など、万葉歌の表現パターンにならったものになっている。続く一一二番歌と合わせ、その傾向の顕著な歌は本集では珍しい。

※平声十五青韻）だが、厳密に言うと下平声十五青韻は独用だから押韻に傷があることになる。平仄には基本的な誤りはない。

当詩の眼目は、第一句にある。「抛恩情」という見慣れぬ表現は、ある意味で閨怨詩の通念を超える。つまり、男の訪れがなくなるのは、兵役もしくは男の気まぐれというのが相場であるのに、ここでは女性本人が愛情を投げ捨てたというからである。唐詩のどの用例を見ても、「抛」の主体はハッキリしている。白詩の例においても、そのほとんどは白氏自身が投げ捨てている。【語釈】に挙げた例でも、「煩悩」や「愁」を棄てるのは白氏であり、「春恨」だけは劉禹錫のことを戯れて言うのだが、いずれにしろ「抛」の主体は明確なのであり、だからこそ、この「恨」は、深いのである。

「飲涙」という語は、用例にも示したように、誄や祭文などに用いられて、死者を悼むための語である。恐らく、和歌の「朝景」を意識するのだろうが、そうした特別な深い悲しみを表すのにふさわしい設定を作者が用意したと見るべきだろう。

為陵震怒、戦士為陵飲血」（『文選』巻四一）とあり、李善注に「血即涙也。燕丹子曰、太子唏嘘飲涙」という。更に、曹植「武帝誄」に「寝疾不興、聖体長帰。華夏飲涙、黎庶含悲」（『藝文類聚』巻一三・魏武帝）、梁・江淹「傷愛子賦」に「姉目中而下泣、兄嗟季而飲涙」とある。「孤」は、独り者の、寄る辺のない様。斉澣「長門怨」詩に「煢煢孤思逼、寂寂長門夜」とある。

4 時々 たびたび、いつも、の意。陳琳「飲馬長城窟行」に「善事新姑章、時時念我故夫子」（『玉臺新詠』巻一）、無名人「古詩為焦仲卿妻作」詩に「時時為安慰、久久莫相忘」（『玉臺新詠』巻一）、菅原道真「春日独遊」詩に「唯有時時東北望、同僚指目白癡人」（『菅家文草』巻四）、同「自詠」詩に「万事皆如夢、時時仰彼蒼」（『菅家後集』）とある。底本には音合符があるが、元禄九年版本・元禄一二年版本・文化版本の訓に従う。**引領** 首を伸ばして彼方を望み見ること。強く待ち望むことの形容。「延頸」「鶴首」というに同じ。陸機「擬蘭若生春陽」詩に「引領望天末、譬彼向陽翹」（『玉臺新詠』巻三、『文選』巻三〇）、同「擬迢迢牽牛星」詩に「引領望大川、双涕如霑露」（『玉臺新詠』巻三、『文選』巻三〇）とある。九五番詩【語釈】該項を参照のこと。異文「引頸」は、意味同じ。**荒庭** 荒れ果てて人気のない庭の意。張協「雑詩十首其九」詩に「荒庭寂以閑、幽岫峭且深」（『文選』巻二九）、喬知之「哭故人」詩に「古木巣禽合、荒庭愛客疏」とある。

【補注】

韻字は「情」（下平声十四清韻）、「零」（下平声十五青韻）、「庭」（下※

【比較対照】

当詩の承句「朝暮劬労体貌零」は、歌の上二句「朝かげにわが身は成りぬ」にほぼ対応している。詩の承句「寂寂空房孤飲涙」も、その一連の事態として歌においても十分に想定しうるし、結句「時時引領望荒庭」も、歌の結句「人を恋ふ」と関連付けることができる行為である。

しかし、詩【補注】で確認したように、詩の起句「恨来相別抛恩情」が「女性本人が愛情を投げ捨てた」ことを表すととらざるをえないとしたら、その設定は当歌のどこから導き出されたのか、文字どおりにとらえる限り、見当が付かない。手がかりがあるとすれば、歌の「白雲の絶えて聞こえぬ」の部分しかないだろう。

可能性として考えられるのは、「聞こゆ」を「言う」の謙譲語ととったのではないか、ということである。その主体は歌の詠み手であり、それを女性とみなすことにさしつかえはない。つまり、こちらから相手に何も言わないと解釈すれば、相手の求めに応じないことになり、当詩起句のような設定が成り立ちうる。歌【語釈】「絶えて聞こえぬ」の項でも述べたように、「聞こゆ」自体は相手側の積極的な行為を表すことばではないので、そのような解釈を招くことは考えられることである。それが単なる誤解によるのか、意図的な曲解なのかは、判然としないが。

ちなみに、古今集以降の和歌には敬語が用いられないのが原則であるが、万葉集ではしばしば認められるのであって、万葉的な歌いぶりの当歌であるならば、「聞こゆ」を謙譲語とみなしてしまうということもありえよう。

一一二番

片糸丹　貫玉之　緒絹弱美　紊手恋者　人哉知南

片糸に　貫く玉の　緒を弱み　みだれて恋ひば　人や知りなむ

【校異】

本文では、第三句の「緒絹」を、底本および文化写本以外は「緒々」とし、第四句の「手」を、永青本・久曾神本が「留」とする。

付訓では、とくに異同が認められないが、第四句の「恋者」を、諸本で「こひは」とし、濁点表記がないので、そのままでも訓みうるが、前後のつながりから「こひば」と訓んでおく。

同歌は、万葉集（巻一一、寄物陳思、二七九一番。ただし初句「片糸もち」下句「乱れやしなむ人の知るべく」）に見られ、また古今六帖（第五、服飾、たま、三一八八番。ただし初句「かたいともて」第二句「わがぬくたまの」下句「みだれてこひん人なとがめそ」）、下って新勅撰集（巻一二、恋二、七一九番、題しらず、よみ人しらず。ただし初句「かたいともて」第二句「ぬきたるたまの」下句「みだれやしなむ人の知るべく」）、続後撰集（巻一一、恋一、六八九番、題しらず、よみ人しらず。ただし初句「かたいともて」第二句「ぬきたるたまの」下句「みだれやしなん人のしるべく」）にも見られる。

【通釈】

片糸で貫き通した玉が、その糸が弱いので、散り乱れるように、もし

誰識中心恋緒纁
卞和泣処玉紛々
千般歎息員難計
争使蕭郎一処群

誰《たれ》か識《し》らむ中心《チュウシン》恋緒《レンショ》の纁《クン》。
卞和《ヘンクヮ》が泣《な》く処《ところ》玉《たま》紛々《フンプン》たり。
千般《センパン》の歎息《タンショク》員《かず》計《かぞ》へ難《かた》し。
争《いか》でか蕭郎《セウラウ》をして一処《イッショ》に群《むら》がらしめむ。

【校異】

「誰識中心」を類従本・羅山本・無窮会本「誰知心中」に作る。「恋緒纁」を類従本・羅山本・無窮会本「恋緒紛」に作り、藤波家本・講談所本・道明寺本・京大本・大阪市大本・天理本・永青本・久曾神本「恋緒紘」に作り、「紛」の右傍校記を持つものがある。「千般」を、詩紀本「千脱」に誤る。「歎息」を下澤本「難息」に誤る。「蕭郎」を、京大本・大阪市大本「蕭良」に作る。

【通釈】

一体誰が知っていよう、わたしのこころの中の恋の糸は赤色だということを（私には既に決まった一人の相手がいるはずなのに）。かの卞和が、手に入れた玉璞を石だと判定されて、何度も傷つけられて泣いたように、私の赤い糸（又は、真心）が相手の男に理解されずに何度も傷つけられて、涙の玉が乱れ落ちる。何度も出るため息は、その数を数えようにも多すぎて数えることが難しい。どうして浮気な男たちが一箇所

取り乱して恋したなら、周りの人が気付いてしまうかしらん。

【語釈】

片糸に　「片糸（かたいと）」は、より合わせて丈夫な糸にするための、元になる一方の糸のこと。本集にはこの例のみ。「河内女の手染めの糸を繰り返し片糸にあれど絶えむと思へや」（万葉集七―一三一六）、「かたいとをこなたかなたによりかけてあはずはなにをたまのをにせむ」（古今集一一―四八三）「逢ふ事のかた糸ぞとはしりながら玉のをばかり何によりけん」（後撰集九―五五〇）など見られ、それ自体を詠むのではなく、もっぱら恋愛の比喩として用いられる。格助詞「に」は、異訓の「もて」同様、次句の「貫く」と結び付き、その手段を表す。

貫く玉の　「貫」字は音数上、「つらぬく」と訓む。「玉（たま）」との関係では「ぬく」という語が用いられることが圧倒的に多く、同歌を載せる他集でも「ぬく」になっている。四四番歌【語釈】「貫きとめぬ」の項を参照。「玉」についても、四四番歌【語釈】「玉ぞ散りける」の項を参照。ただし当歌は、露の見立てではなく、文字どおりの意味。

緒を弱み　「緒（を）」は、片糸をより合わせて作った、何かの道具として用いるもの。ただし当歌では玉を通すのに片糸だけを用いたものをいう。「緒」単独では万葉集に多く見られ、「東人の荷前の箱の荷の緒にも妹は心に乗りにけるかも」（万葉集二―一〇〇）「白玉の間開けつつ貫ける緒もくくり寄すればまたも逢ふものを」（万葉集一一―二四四八）「菅の根のねもころ君が結びたる我が紐の緒を解く人はあらじ」（万葉集一一―二四七三）「住吉の津守網引の浮けの緒の浮かれか行かむ恋ひつつ

（私の所）に集まるようにさせているのかしら。

【語釈】

1 誰識　一体誰が知っていようか（誰も知らないだろう）、の意。七四番詩【語釈】該項を参照のこと。小野年永「七言夏日同美三郎遇雨過菩提寺作」詩に「誰識心田先種因、希夷覚路仰余徳」（『経国集』巻一〇）とある。こうした強い疑問（反語）は、詩の末句、又は末聯の上句に用いられるのが普通で、文頭におかれる例は極めて稀。　**中心**　心の中、まごころのこと。異文「心中」というに同じ。徐幹「室思」詩に「良会未有期、中心摧且傷」（『玉臺新詠』巻一）、陸機「擬古七首其二」詩に「曷為牽世務、中心悵有違」（『玉臺新詠』巻三、『文選』巻三〇）とあり、朝野鹿取「奉和春閨怨」詩に「賤妾中心歓未尽、良人上馬遠従征」（『文華秀麗集』巻中）、菅原道真「寄白菊四十韻」詩に「下手分移遍、中心愛護敦」（『菅家文草』巻四）とある。　**恋緒纏**　「恋緒」は、一〇五番詩【語釈】該項を参照のこと。心が様々に乱れて、いつまでも決着がつかない気持ちをいう。ただし、ここでの「緒」は、国訓としての細長いひもの意。「纏」とは、三度染めの濃い赤い色。醤油の色よりもやや薄い赤色。恋の緒が赤いとは、いわゆる赤縄の縁を示唆するものか。唐の韋固が、旅の途中で出会った老人は、婚姻書類を司る幽冥界の役人だった。孤児の韋固は、早く結婚したいと思っていたので相談すると、あなたの嫁になる人はまだ三歳で、一七歳になったら嫁に来る、ということだった。老人の凭れていた袋の中身を問うと、「赤縄子」（赤い細縄）がはいっている。この世に生まれてきたら、密かに二人の足を繋ぐのだ。

あらずは」（万葉集一一―二六四六）など、さまざまな用途があったことが知れる。前句からのつながりでは「玉の緒」となり、それが一語化して、短さや命の比喩となるが、当歌では原義のままの用法であり、「玉の」は「乱れて」の主格とみなす。「ヲ〜ミ」というミ語法については、五〇番歌【語釈】「羽風を寒み」の項を参照。より合わせていない片糸だけの緒であるから、弱いのは当然である。あえて「片糸」なのは、「片糸に」の項に挙げた例のほか、「片緒」という語を用いた「玉の緒を片緒に搓りて緒を弱み乱るる時に恋ひざらめやも」（万葉集一二―三〇八一）からも明らかなように、片想いと重ねることによる。

みだれて恋ひば　「みだれて」は下接の「恋ひ」を修飾するとともに、「玉の」にたいしては述語相当の働きをすることから、上句がこの語を導く序詞とみなされる。前掲の「玉の緒を片緒に搓りて緒を弱み乱るる時に恋ひざらめやも」（万葉集一二―三〇八一）も同様。万葉集では、「うちひさす宮道に逢ひし人妻故に玉の緒の思ひ乱れて寝る夜しそ多き」（万葉集一一―二三六五）「息の緒に思へば苦し玉の緒の絶えて乱れな知らば知るとも」（万葉集一一―二七八八）などのように、序詞ではなく、「玉の緒の」という枕詞によって「絶え」という「緒」との関わりも含めた表現になっている。八代集では、「したにのみこふればくるし玉のをのたえてみだれむ人なとがめそ」（古今集一三―六六七）のように、万葉集に近い例の他に、「流れくるたきのいとこそよわからしぬけどみだれておつる白玉」（拾遺集八―四四八）「たつたひめかざしの玉のををよわみみだれにけりとみゆるしら露」（千載集四―二六五）などのような、自然の情景の見立てになっている例も現れる。「みだれて」が

そうすると、二人が仇敵同士の家に育とうが、貴賤の隔たりが大きくなろうが、どこに住んでいようが結局逃れられない。あなたの足は既に彼女と繋がっているから、他の人を探しても無駄だ、と言った（『続玄怪録』所収「定婚店」）という話。わが国にもある、結婚する男女は生まれる以前に既に赤い糸で結ばれているものだという俗信と同様なものが、唐土にも存在した。異文の「恋緒紘」では、押韻しないし、「恋緒紛」では、承句の押韻字と同じになってしまう。

2 卞和泣処　「卞和」は春秋時代の楚の人。楚山で手に入れた玉璞を、厲王に献上したが偽物とされて左足を切られ、次に武王に献じて右足を切られた。武王の死後、文王が位を継ぐとその玉璞を抱いて楚山の麓で三日三晩血の涙を流して泣き通した。不審に思った文王が玉人にその玉璞を磨かせてみると、果たして本物であったという。『蒙求』に「卞和泣玉」とあり、その注は『韓非子』和氏を引用する。『広韻』下平声七歌韻・和に「又姓…一云、卞和之後」とあれば、ここの「和」は平声。四八番詩【語釈】「卞氏」の項を参照のこと。紀虎継「五言奉試得治荊璞」詩に「未遇卞和献、無由奉皇天」（『経国集』巻一四）とある。一六三・二〇四番詩にもある。　**玉紛々**　「玉」は、卞和のそれを表すと同時に、涙の比喩でもあろう。「紛紛」とは、乱れ散る様、入り交じる様を表す重言の擬態語。五六・九七番詩【語釈】該項を参照のこと。玉を形容する例を知らないが、劉商「送廬州賈使君拝命」詩に「懸旌風肅肅、臥轍涙紛紛」、権徳輿「九日北楼宴集」詩に「心憶旧山何日見、併将愁涙共紛紛」と、涙を形容する例はある。

3 千般　何度も、数え切れないくらい、の意。三五・四六・七四・一

「恋ふ」を修飾する例としては、「ぬばたまの我が黒髪を引きぬらし乱れてなほも恋ひ渡るかも」（万葉集一一—二六一〇）「草枕旅にし居れば刈り薦の乱れて妹に恋ひぬ日はなし」（万葉集一二—三一七六）、「おきのへにもよらぬたまもの浪のうへに乱れてのみやこひ渡りなむ」（古今集一一—五三二）など見られる。「恋ひば」は上二段活用の未然形に接続助詞「ば」が接続したもので、順接の仮定条件を表す。

人や知りなむ　同一表現で一句を成す例は、万葉集にも八代集にも見出されない。「バ＋人ヤ〜＋推量の助動詞」まで範囲を広げると、万葉集にはないが、八代集には「梅花かをふきかくる春風に心をそめば人やとがめむ」（後撰集一—三一）「世の中のうきもつらきもしのぶれば思ひしらずと人や見るらん」（拾遺集一五—九三三）「ひとしれぬこひにししなばおほかたのよのはかなきとひとやおもはん」（後拾遺集一四—七八〇）などが挙げられる。「人ガ知る」という関係では、万葉集に「紅に衣染めまく欲しけども着てにほはばか人の知るべき」（万葉集七—一二九七）「はなはだも降らぬ雨故にはたつみいたくな行きそ人の知るべく」（万葉集七—一三七〇）などのように、助動詞「べし」を伴った、ある程度パターン化した表現として見られる。末尾の「なむ」は、完了の助動詞「ぬ」の未然形＋推量の助動詞「む」の連体形。

【補注】

当歌が万葉集の「片糸もち貫きたる玉の緒を弱み乱れやしなむ人の知るべく」（万葉集一一—二七九一）に、本歌取りとも言えないほどに酷似していることは、本集の成立を考える上で重要な意味を持つであろう。

〇三番詩【語釈】該項を参照のこと。**歎息**　嘆いてつく深いため息をいう。一〇三番詩【語釈】該項を参照のこと。**員難計**　一〇六番詩「年来積恋計無量、屈指員多手算忙」の「計」と「員」の【語釈】を参照のこと。元禄九年版本・元禄一二年版本・文化版本の「計」の左訓には「（ハカ）リ」とある。

4争使　「争」は、疑問・反語をあらわす助字。口語的用法。五三番詩【語釈】該項を参照のこと。**蕭郎**　色男、女に愛される男のこと。四一・六〇・一〇二・一〇九番詩【語釈】該項を参照のこと。**一処群**　「一処」とは、一箇所、一つの場所の意。晋・陶淵明「雑詩一二首其四」詩に「親戚共一処。子孫還相保」、杜甫「雲」詩に「高斉非一処、秀気豁煩襟」とあり、島田忠臣「暮春宴菅尚書亭同賦掃庭花自落字各一字」詩に「家風扇与好風還、一処歓遊咲破顔」（『田氏家集』巻下）とある。「群」は、集める、集まる、の意。

【補注】

韻字は「纁・紛・群」（上平声二十文韻）で、平仄にも基本的な誤りはない。

当詩は、難解。和歌の内容に対応しているはずなのだが、内容が捉えがたい。その一つは、起句の「恋緒」が「纁」であるということの意味である。「纁」は、押韻字だから赤系統の色を表すと考えるとしても、何を言いたいのかが判然としない。『注釈』は、「下和」の血の涙を念頭に置いたものと見て、通釈には特に反映しない。また、「赤」には、「赤心」「赤誠」の語があるように、真心、誠意の意がある。ただし、「恋

しかし、表現上、単に似ているだけではなく、改変されている箇所からは、一首の重点を移そうとしたことがうかがえる。すなわち、係助詞を伴う疑問が、万葉歌の第四句から結句に移されているのである。これにより、歌の中心が、万葉歌では自分自身の変化だったのにたいして、当歌ではそれをふまえた周囲の変化に置かれることになる。その分だけ内容が複雑になっているといえる。

上句が序詞として機能する点に違いはなく、ともに「みだれて」を導き出すためだけではなく、「みだれ」の原因となることが暗示される。つまり、片想いゆえに、その相手との結び付きが弱いということである。この片想いは、当歌の位置付けから考えれば、恋愛初期のそれではなく、相手が疎遠になった段階での思いとして想定されよう。「みだれて」というのは、周りの人に知られることが予想されるのであるから、心の中だけのことではなく、それが表情なり態度なり行動なりに表れた状態をさしていると考えられる。

緒」自体が和語であり、作者の造語であるとすれば、この語を無視することは出来ない。そこで、【語釈】のように解釈してみたのである。

二つ目は、「卞和」の故事を用いた必然性である。単に涙がとめどなく流れることを表現したいだけであれば、用いるまでもない典故であろう。一体この故事は、未だ世に出ない有為の人材を知る人の喩えや、才能があっても不遇な者の喩えに用いられるのが一般であり、そうした意味合いを生かす必要があろう。そこで、卞和＝女主人公、厲王・武王＝蕭郎（相手の男たち）、と想定して、「恋緒」が「纏」であるということを、相手に理解されないで、涙を流すという意味が籠められていると考えた。

三つ目は、結句の「一処」の解釈である。「蕭郎」が「群」れる「一処」とは、どこなのか、ということである。「一処」を別の女性の所と考えれば、女主人公の所には誰もやってこないことになり、涙や溜め息は独り身をかこつ女主人公のものとなるので、閨怨詩の通常のパターンに類似することにはなるが、「卞和」の故事の涙（真実が理解されずに罰を受けて流す涙）に矛盾することになる。

【比較対照】

当詩は、歌に対応させるための苦心が諸処にうかがえるが、歌における表現相互の関連性までは及ばない結果、一篇としての内容的なまとまりを認めることが困難である。

たとえば、当歌における「玉」と、それらをつなぐ「片糸」および「緒」という関係が、詩では承句の「玉」と起句の「恋緒」で、それぞれには対応するものの、両者に直接的な関係付けはなく、まして当歌下句に続く「弱し」という理由付けもない。

歌の第四句の「みだれて」は、詩承句により、それが泣くという具体的な行為として対応を図ったと見られる。詩転句もまた関与的に付加されたのであろう。さらに、この「みだれて」は、苦しい恋心を表にあらわすことであるから、これらは詩起句の「誰識中心」と間接的ながら、対比されていると言える。

しかし、歌の結句「人や知りなむ」に対しては当歌の解釈に添う形では、詩に対応する表現を見出しがたい。ただ気になるのが、疑問表現に成っている詩結句である。疑問表現という点でのみ歌の当該句と対応させたとは考えられない。

詩【補注】で結句の解釈について説明したが、もし歌の結句「人や知りなむ」との対応が意識されたとすれば、「蕭郎」が「人」に相当し、「どうして一箇所（私の所）に集まるようにさせているのかしら」は「知りなむ」つまりどうしてこんな私のことを知っているのかしらという意味で対応させようとしたとも考えられる。かりにそうだとしても、詩そのものの脈絡としても、どのみち整合させがたい。

一一三番

都例無緒　今者不恋砥　念倍鞆　心弱裳　落涙歟

つれなきを　今は恋ひじと　おもへども　心弱くも　落つる涙か

【校異】

本文では、初句の「無」を、類従本・羅山本・永青本が「无」、無窮会本が「旡」とし、同句の「無」の後に、永青本・久曾神本が「杵」を補い、第二句の「恋」を、永青本・久曾神本が「応」とし、第三句の「倍」を、永青本・久曾神本が欠き、結句の「落」を、永青本と久曾神本が「墜留」、同句の「歟」を、類従本が「與」とし、同句末の「涙歟」を、久曾神本が欠く。

付訓では、第二句の「こひじ」を、羅山本と無窮会本が「こひしき」とする。

同歌は、寛平御時歌合（十巻本・廿巻本、恋歌、一七九番、十巻本では「菅野忠臣」として）に見られ、古今集（巻一五、恋五、八〇九番）に「寛平御時きさいの宮の歌合のうた　すがののただおむ」として、新撰和歌（巻四、恋、二三六番）にも、同文で見られる。

【通釈】

私に冷たくなっているのだから、今はもう（あの人のことを）恋しく思わないようにしようと思うけれども、意気地のないことに（すぐにも）落ちる涙であることか。

不枉馬蹄歳月抛
従休雁札望雲郊
恋情忍処寧応耐
落涙交横潤斗筲

馬蹄《バテイ》を枉《ま》げ（ず）して歳月《セイゲツ》抛《なげうち》たり。
雁札《ガンサツ》を休《やみ》し（よ）り雲郊《ウンカウ》を望《のぞ》む。
恋情《レンセイ》忍《しの》ぶ処《ところ》寧《むし》ろ耐《た》ふ（べ）けむや。
落涙《ラクルイ》交《こもごも》横《よこた》へて斗筲《トウサウ》を潤《うる》ほす。

【校異】

諸本間に、特に異同がない。

【通釈】

あなたが来て下さらなくなって、何も手につかないまま年月が経ってしまった。手紙が途絶えてからは（雁の使いが来ないかと）雲の彼方を望み見るようになった。あなたを追い求める気持ちをこらえているけれど、どうしてこんな状況を堪え忍ぶことができようか、いやできないだろう。落ちる涙は止めどなく流れてわたしを濡らすことだ。

【語釈】

1　不枉馬蹄　わざわざ行く先を変えてあなたが来て下さらなくなる、の意。六〇・一〇二番詩【語釈】該項を参照のこと。「枉」とは、『戦国策』韓策二に「不遠千里、枉車騎而交臣」とあるように、本来の行く方向を曲げてわざわざ立ち寄るの意で、そうされた受け手の側からは、わ

【語釈】

つれなきを　「つれなし」については三五番歌【語釈】「人のつれなき」の項を参照。その連体形に格助詞が直接する例は八代集に、古今集所載の同歌以外では「つれなきを思ひしのぶのさねかづらはてはくるをも厭ふなりけり」（後撰集一一―七八七）「夢のうちにあふと見えつるねざめこそつれなきよりも袖はぬれけれ」（新古今集一二―一一二七）が見られる程度で、他は圧倒的に「つれなき人」という連体修飾表現になっている。大方の古今集の注釈書では「薄情な（あの）人」のようにとっているが、竹岡評釈では「「つれない人を」と解しているが、厳密でない。「かの人のつれなき」それを、という格で、あの人はあんなにつれないのに、それを、という気持」とする。準体用法として考えればそのとおりなのであるが、「～のに、それを」という訳し方は、「を」を、逆接の接続助詞とも「恋ふ」と結び付く格助詞ともとっているようで、曖昧であり、「恋ひじ」との意味的なつながりも穏当ではない。この「を」を順接の接続助詞ととれば、「つれなき」と次句が自然に流れる。

今は恋ひじと　本文「不恋」を「こひず」ではなく「こひじ」と訓むことで、諸本に異同は見られない。四番歌の「今は掘り植ゑじ（不掘殖）」と同様であるが、ただし一〇八番歌の「今者不思」は「今は思はず」と訓み、同じく「今は」に続く表現であっても、「じ」と「ず」の両方がありえたと考えられる。この点と、「今（いま）は」という表現については、一〇八番【語釈】「今は思はず」の項を参照。「恋（こ）ひじ」という表現は、万葉集にも「よしゑやし恋ひじ〔不恋〕とすれど秋風の寒く吹く夜は君をしそ思ふ」（万葉集一〇―二三〇一）のように見られざわざそうして下さったという敬意が籠もる。「古詩十九首其一六」詩に「良人惟古歓、枉駕恵前綏」（『文選』巻二九、『玉臺新詠』巻一）、李白「別韋少府」詩に「多君枉高駕、贈我以微言」とあるのも同じ。「枉駕」が一般的で、「枉馬蹄」、あるいは「枉馬」「枉蹄」の語を知らない。

歳月拋　無為に人生を送ること。無駄に歳月を過ごすこと。岑参「送郭乂雑言」詩に「功名須及早、歳月莫虚擲」、長孫佐輔「山行書事」詩に「憂歓世上并、歳月途中拋」、羅隠「途中送人東遊有寄」詩に「歳月易拋非曩日、酒杯難得是同人」とある。白居易「寄黔州馬常侍」詩に「可惜風情与心力、五年拋擲在黔中」とあるのは、五年間何もせずにいること。なお、「拋」に関しては、一一一番詩【語釈】該項を参照のこと。元禄九年版本・元禄一二年版本・文化版本には、「（ナゲ）ウツ」とある。

2従休　「従」は、～以来、～より、の意。時間・場所の起点を表す。「休」は、止む、停止する。三五番詩【語釈】該項を参照のこと。耿湋「奉和元承杪秋憶終南旧居」詩に「解佩従休沐、承家豈退耕」、斉己「辺上」詩に「漢地従休馬、胡家自牧羊」とある。底本は「雁札ヲ休テ従」、元禄九年版本・元禄一二年版本・文化版本には「雁札ヲ休シ従リ」との訓がある。正格には「ヲ」は不要であるが、暫く下澤本の訓に従う。

雁札　手紙のこと。一四・四六・六一番詩などの【語釈】該項を参照のこと。『漢書』蘇武伝の故事から。李白「蘇武」詩に「白雁上林飛、空伝一書札」、同「学古思辺」詩に「白雁従中来、飛鳴苦難聞。足繫一書札、寄言難離群」とある。「雁書」「雁信」と同じだが、中国での用例を知らない。『吾妻鏡』建久三年一二月一一日「以此直実諷諫之雁札、為伝来葉称美之亀鑑」、『平家物語』巻二・蘇武「それよりしてぞ、ふみを

るものの、「不」という表記のため、確例とは言いがたい。八代集には「唐衣たつ日をよそにきく人はかへすばかりのほどもこひじを」（後撰集一九―一三一七）の一例が見出される。

おもへども　この表現は初句よりも第三句で用いられることが多く、前句末の「と」を受けた、「秋萩に恋尽くさじと思へどもしゑやあたらしまたも逢はめやも」（万葉集一〇―二一二〇）「うぐひすの声は過ぎぬと思へどもしみにし心なほ恋ひにけり」（万葉集二〇―四四四五）、「わびぬればしひてわすれむと思へども夢といふ物ぞ人だのめなる」（古今集一二―五六九）「いにしへをさらにかけじと思へどもあやしくめにもみつなみだかな」（拾遺集一五―九九一）「わびぬればしひてわすれんとおもへどもこころよわくもおつるなみだか」（詞花集七―二〇三）などの例が見られる。

心弱くも　「心弱（こころよわ）し」という複合形容詞も、「心」について「よわし」を用いた例も、万葉集にはなく、ただ「玉の緒を片緒に搓りて緒を弱み乱るる時に恋ひざらめやも」（万葉集一二―三〇八一）のように、恋心のたとえとして、「緒」にたいして「弱み」というミ語法の例が見られるのみである。一一二番歌【語釈】「緒を弱み」の項を参照。八代集には、古今集の同歌のほかに、「よのなかをおもひすててしみなれども心よわしとはなにみえける」（後拾遺集一一―一一七）や右掲の「わびぬればしひてわすれんとおもへどもこころよわくもおつるなみだか」（詞花集七―二〇三）など見られる。

落つる涙か　「涙（なみだ）」の移動を表す動詞としては、「おつ・こぼる・たる・ながる・ふる」などが挙げられるが、万葉集・八代集を通し

ば雁書ともいひ、雁札とも名付けたり」とある。　**望雲郊**　「雲郊」とは、街のはるか彼方、雲の浮かぶ辺りの意。『梁書』張率伝に「背清都而日行、把雲郊而玄運」とあり、劉長卿「送賈三北遊」詩に「片雲郊外遙送人、斗酒城辺暮留客」、盧順之「重陽東観席上贈侍郎張固」詩に「白雲郊外無塵事、黄菊筵中尽酔容」とある。また、梁・張率「擬楽府長相思二首其二」詩に「長相思、久離別。美人之遠如雨絶。独延佇。心中結。望雲去去遠、望鳥飛飛滅。空望終若斯。珠涙不能雪」（『玉臺新詠』巻九）、曹植「七啓八首」に「歌曰、望雲際兮有好仇、天路長兮往無由」（『文選』巻三四）とあり、李善は、『楚辞』九歌・少司命の「君誰須兮雲之際」（『文選』巻三三）を指摘する。雲の彼方に恋人がいるというはかない思いを託す。

3 恋情　対象を強く追い求める気持ちをいう。一一〇番詩【語釈】該項を参照。　**忍処**　「忍」と、次項の「耐」は、類義語であるが、「忍」は、悲哀や苦痛で不快な感情、感覚、情緒など内面的な要因に耐えて我慢する意を表す。晋・潘岳「悼亡詩三首其三」詩に「徘徊墟墓間、欲去復不忍。徘徊不忍去、徙倚歩踟躕」（『文選』巻二三）、梁元帝「春別応令詩四首其一」詩に「花朝月夜動春心。誰忍相思不相見」（『玉臺新詠』巻九）とあるように。本集にも「日中怨恨猶応忍」（一〇一番）とあった。なお次項も参照のこと。　**寧応耐**　「寧」は、反語。通常は文末に「乎」などの助字を伴う。「イカムゾ」「イヅクゾ」などの訓が適当と思われるが、諸本にない。本集に「流涙難留寧有耐」（一一七番）とある。「応」は、推量を表す。おそらく〜だろう。たぶん〜だろう、の意。「耐」は、不利な条件や悪い環境など、外的な要因に耐えて我慢する意

てもっとも多いのは「おつ」である。万葉集には「秋萩に置きたる露の風吹きて落つる涙は留めかねつも」（万葉集八―一六一七）の一例のみであるが、当歌と同じく「涙」の連体修飾になっている。同様の例は八代集では約三〇例中六割を占め、結句の例も「君見ずていく世へぬらん年月のふるとともにもおつる涙か」（後撰集一二―八四七）「ゆふまぐれこしげきにはをながめつつこの葉とともにおつるなみだか」（詞花集一〇―三九六）「いまはただおさふる袖もくちはてて心のままにおつるなみだか」（千載集一五―九四〇）など見られる。

【補注】

当歌の「つれなし」を、そもそも相手と縁がないの意味でとることもできなくはない。完全な片想いである。しかし、下句に表された未練や、本集恋歌の配列を考えれば、そうではなく、今や相手が疎遠になってしまったことを表していると見るのが妥当であろう。

「おもへども」という逆接が成り立つのは、「今は恋ひじ」という堅い決心をしたら、泣くことはないと考えられるからである。もとより、泣くのは相手を恋しく思ってのことである。詠嘆性を帯びた「心弱くも」の「も」と「落つる涙か」の「か」が用いられているのは、その折角の決心自体が恋しさのあまりから発していることに対する、自嘲を含んだ自覚によるものであろう。

※「鶏鶵自愧群霜鶴、瑚璉当嫌対竹筲」（『菅家文草』巻五）、同「客館書懐同賦交字寄渤海副使大夫」詩に「暗知器量容衡霍、愧我区区小斗筲」

を表す。皇甫曾「寄劉員外長卿」詩に「疏髪応成素、青松独耐霜」、白居易「桐花」詩に「況吾北人性、不耐南方熱」とあり、菅原道真「路次見芭蕉」詩に「過雨芭蕉不耐秋、行行念念意悠悠」（『菅家文草』巻四）とある。

4 落涙　七〇・一〇四番詩【語釈】該項を参照。元禄九年版本・元禄一二年版本・文化版本は訓合符を付して「落ル涙」と読むが、講談所本・道明寺本・京大本・大阪市大本・天理本・羅山本・無窮会本には音合符がある。　**交横**　涙の盛んに流れる様。潘岳「寡婦賦」に「気憤薄而乗胸兮、涕交横而流枕」（『文選』巻一六）、馬融「長笛賦」に「泣血泫流、交横而下」（『文選』巻一八）とあり、島田忠臣「夢高侍郎」詩に「涙随冬霰交横落、愁与寒灯向背燃」（『田氏家集』巻中）とある。「横」には、「横溢」「横流」の語があるように、溢れるの意味があるのでここもそれと思われるが、藤波家本・講談所本・道明寺本・京大本・大阪市大本に「横へ」とあるのみ。いま底本に従う。　**潤斗筲**　「潤」は、湿らせる、ぬらす、の意。「斗筲」の「斗」は一斗ます、「筲」は一斗二升入りの竹の器で、双方とも僅かの分量を入れる器。そこから、微賤なもの、或いは小人の譬えとして用いられる。潘岳「閑居賦序」に「尚何能違膝下色養、而屑屑従斗筲之役乎」（『文選』巻一六）、班彪「王命論」に「斗筲之子、不秉帝王之重」（『文選』巻五二）とあり、いずれも李善は『論語』子路に「曰、今之従政者何如。子曰、斗筲之人、何足算也」とあるのを指摘する。また更に、『漢書』翟方進伝に「自古大聖猶懼此、況臣莽之斗筲」とあり、顔師古が「斗筲、自喩材器小也」と言うように、自己の謙辞としても広く用いられ、菅原道真「和大使交字之作」詩に※

(『菅家文草』巻五)、同「和副使見訓之作」詩に「不須眉面相霑接、推料応嫌我瑣筲」(『菅家文草』巻五)と、渤海大使一行との唱和詩の中で「竹筲」「瑣筲」という類語とともに連続して用いられる。特に他の表現がいずれも「我」という字が用いられているのに対して、「竹筲」の句だけは、それのみで「竹筲」のようなつまらない我々の意で用いていることに注意されたい。更に、『日本三代実録』貞観八年一二月一一日条の右大臣藤原朝臣良相重抗表にも「雖云在賢知之人、而持満難久。何況於斗筲之器任重年深乎」とある。ここもそれと同様の用法。

【補注】

韻字は「抛・郊・筲」で、下平声五肴韻。平仄にも基本的な誤りはない。

当詩の特徴は、冒頭と末尾に謙辞が用いられていることであろう。「斗筲」とその関連語については、六国史には『続日本後紀』承和七年六月壬申(二八日)条に「納隍之労良深、孳孳責躬。済物之仁至広。臣等伏惟斗筲、謬叨匪拠、覩天猶暗」と初出して、『日本三代実録』には、元慶二年年七月二三日条の「右大臣正二位藤原朝臣基経抗表」に、「臣謬以斗筲、忝斯台鉉」、元慶六年正月一二日条の「右大臣従二位源朝臣多上表」に、「臣之斗筲承其渥沢、叩心而畏、刻骨以慙」と自己の謙辞として用いられる。

【比較対照】

当歌詩の対応度の如何は、歌の第二・三句の「今は恋ひじとおもへども」と、詩の転句の「恋情忍処寧応耐」との関係をどうとらえるかにかかっていると見られる。

歌初句「つれなきを」には、詩の前半がそれを具体化した形で対応していると言えよう。歌の下句「心弱くも落つる涙か」には、詩の結句が相当する。歌の第四句「心弱くも」が涙の量の多少に関わるかどうかは微妙であるが、詩の結句のように、多いほうでとることもありえる。

さて、問題の詩の転句であるが、「寧」が反語を表すのであるから、それが結局、堪え忍ばなくていい、さらにもう堪え忍ぶのは止めようということまで含意するとしたら、この反語表現は歌の「恋ひじ」という決心に相当し、歌詩は対応する。その場合、詩の転句から結句への展開は逆接的となる。しかし、これがもし、とても堪え忍ぶことなんかできないということになると、結句へはそのまま順接でつながるものの、歌における決心は詩には認められず、肝心なところが外れてしまう。

一一四番

人不識　下丹流留　涙河　堰駐店　景哉見湯留砥

人しれず　下に流るる　涙河　せきとどめてむ　かげや見ゆると

【校異】

本文には、とくに異同が見られない。

付訓では、初句の「しれず」を、下澤本が「しれぬ」、第四句の「とどめてむ」を、同本が「とどめても」とする。

同歌は、寛平御時后宮歌合（十巻本・廿巻本、恋歌、一八九番。ただし廿巻本では初句「人知れで」十巻本および廿巻本で第四句「せきとどめなむ」）に見られ、また下って続後撰集（巻一一、恋一、六四〇番）に「寛平御時きさいの宮の歌合歌」として見られる（ただし第四句「せきとどめなん」）。

【通釈】

誰にも知られることなく、こっそりと流れる涙の河をせきとどめてしまおう、（あの人の）面影が見えるかと思って。

【語釈】

人しれず　四二番歌【語釈】「人知れぬ」の項を参照。慣用句的には、「人（ひと）」は誰と特定されることはない。八代集には四〇例以上見られるが、その約八割が当歌と同じく初句に位置し、全体の約三分の一が

毎宵流涙自然河
早旦臨如作鏡何
撫瑟沈吟無異態
試追蕩客贈詞華

宵《よ》毎《ごと》に流《なが》るる涙《なみだ》自然《シゼン》に河《かは》たり。
早旦《サウタン》に臨《のぞ》めば鏡《かがみ》を作《な》すを如何《いかむ》。
瑟《シツ》を撫《ひ》いて沈吟《チンギン》して異《こと》なる態《わざ》無《な》し。
試《こころみ》に蕩客《タウカク》を追《おひ》て詞華《シクワ》を贈《おく》る。

【校異】

「毎宵」を、底本等諸本「毎霄」に作るも、無窮会本・永青本に従う。「如作鏡何」を、永青本・久曾神本「如作鏡可」に作る。「異態」を、藤波家本・道明寺本・京大本・大阪市大本・羅山本「異熊」に作り、永青本・久曾神本「異意」に作る。ただし、久曾神本は、「沈吟無異」の四字を欠損。「詞華」を、類従本・無窮会本・永青本・久曾神本「詞花」に作る。

【通釈】

毎夜涙を流すのでその涙はいつの間にか川となった。早朝にその川の前に立つと（川が凍って）鏡になっているのをどうすればいいのだろう。毎日ひたすら瑟を奏でて思いに沈んでいる。お別れのしるしにあの人に歌を贈ろう。

「(もの)おもふ」を修飾する。当歌では次句の「流るる」を修飾するが、八代集にその例は見出されない。

下に流るる 「下(した)に」が「流(なが)る」を修飾する例は、万葉集にはなく、八代集に「虫のごと声にたててはなかねども涙のみこそしたにながるれ」(古今集一二—五八一)「人浪にあらぬわが身はなにはなるあしのねのみぞしたにながるる」(後撰集一四—一〇六四)「たにがはのうへはこの葉にうづもれてしたにながると人しるらめや」(金葉集七—一〇六四)など見られるが、この句のように「涙河」に用いられた例はない。「下に」は、一〇〇番歌【語釈】「下に通ひて」の項で説明したように、人に知られないように、こっそりとの意味であるから、初句の「人しれず」と重複する。その分だけ、その意を強調しようとしたとみなしておく。

涙河 九五番歌【語釈】「涙河」の項を参照。

せきとどめてむ 「せく」および「とどむ」単独では、万葉集にも「明日香川しがらみ渡し塞かませば流るる水ものどにかあらまし」(万葉集二—一九七)「秋萩に置きたる露の風吹きて落つる涙は留めかねつも」(万葉集八—一六一七)など見られるが、複合した形は見られない。八代集には「たきつせのはやき心をなにしかも人めづつみのせきとどむらむ」(古今集一三—六六〇)「いはまをもわけくるたきの水のいかでちりつむ花のせきとどむらん」(拾遺集一—六七)などあり、「かりそめのわかれとおもへどもしらかはのせきとどめぬはなみだなりけり」(後拾遺集八—四七七)のように、涙について用いた例も見られる。「涙河」について、類似の表現がされている例としては、「ながれてのなにぞたち

【語釈】

1 毎宵 「宵」は、夜のこと。類語の「毎夜」の用例は存在するのに、「毎宵」の存在がないのは、恐らくその基本義のため。三八番詩【語釈】該項を参照のこと。異文「霄」は、あられ。天空、の意。ただし、「宵」と通ずる用法もある。

流涙 涙を流すこと。「流涕」「垂涙」等というに同じ。沈約「有所思」詩に「流涙対漢使、因書寄狭斜」(『玉臺新詠』巻五)、釈宝月「行路難」詩に「夜聞南城漢使度、使我流涙憶長安」(『玉臺新詠』巻九)とあり、菅原道真「近曾有…以慰悲感」詩に「時節暗逢流涙気、州名自有断腸声」(『菅家文草』巻三)、同「予曾経以…予先読消息。詩云書云、不覚流涙。更用園字、重感花鳥」詩がある。本集にも「流涙凍来夜半寒」(一一五番)、「流涙難留寧有耐」(一一七番)とある。なお、講談所本・道明寺本・京大本・大阪市大本・天理本・羅山本・無窮会本には、音合符がある。

自然河 「自然」は、ひとりでに、自然に、の意。一六番詩【語釈】該項を参照のこと。ただし「河」を、河(のよう)になる、という動詞の意で用いるのは異例のこと。この表現は恐らく和歌の「涙河」からの連想であろう。一〇二番詩【語釈】該項を参照。なお、講談所本・道明寺本・京大本・大阪市大本・天理本・羅山本・無窮会本には、「河ナリ」の訓点がある。

2 早旦 早朝のこと。司馬相如「難蜀父老」に「曶爽闇昧、得耀乎光明」(『文選』巻四四)とあり、李善は、「尚書(牧誓)曰、甲子昧爽。孔安国曰、昧、早旦也」と注する。唐土の韻文の用例を知らない。仲雄王「早舟発」詩には「早旦偏舟発、微茫海未晴」(『凌雲集』)とある。

臨 上からのぞき込む。八四番詩【語釈】該項を参照のこと。

如作鏡

ぬるなみだがは人めつつみをせきしあへねば」（金葉集七―三七六）「せきもあへぬなみだのかははやけれど身のうきくさはながれざりけり」（金葉集一〇―六〇九）がある。

かげや見ゆると　「かげ（影）」については、七九番歌【語釈】「影だに見えで」の項および九五番歌【語釈】「かげも宿らず」の項を参照。同句が結句となる例には、「花の色をうつしとどめよ鏡山春よりのちの影や見ゆると」（拾遺集一―七三）「涙河のどかにだにもながれなんこひしき人の影や見ゆると」（拾遺集一四―八七五）がある。倒置で、第四句を修飾する。この「かげ」は涙河の水面に映る影であり、右掲の拾遺集歌のように、流れが滞ると、見えると考えられていたことから、「せきとどめてむ」と思うことになる。問題は何の「かげ」かであるが、恋歌であるから、直接会うことができないゆえに、涙を流して恋しく思う相手の面影であろう。

【補注】

【語釈】でも触れたように、「人しれず」と「下に」は重複的であり、あるいは単に音数上の調整によることかもしれないが、これを強調と考えるならば、一人でいかに思い悩んで泣いたかという点が際立つことになる。別に言えば、相手を待つだけで、自分からは何もしない、できないで、泣くという状況である。

上句について、『注釈』は「あの人に知られることなく心の中に涙川が流れる」とする。「あの人に知られることなく」はともかくとして、「心の中に」とすると、実際には涙を流していないことになる。これで

何　「如何」は、手段、処置の方法等を尋ねる際の言葉。目的語は「如」と「何」の間に置かれる。（目的語）をどうすればよいか、（目的語）をどのようにしようか、などと訳す。「作鏡」は、梁・江従簡「採蓮諷」詩に「欲持荷作鏡、荷暗本無光」、寒山「蒸砂擬作飯」詩に「用力磨碌磚、那堪将作鏡」とあるように、鏡にする、鏡を作る、の意。本集冬部には、「冬至毎朝凍作鏡」（七九番）、「池水凍来鏡面瑩」（八九番）などの類句が多く、そこでは凍ることで鏡になった、の意。

3 撫瑟　瑟を弾く、の意。瑟は、大形の琴。江淹「張司空離情」詩に「佳人撫鳴琴、清夜守空帷」（『文選』巻三一、『玉臺新詠』巻五）とあり、李善は陸機「擬西北有高楼」詩に「佳人撫琴瑟、繊手清且閑」（『文選』巻三〇、『玉臺新詠』巻三）、同「擬東城一何高」詩に「閑夜撫鳴琴、恵音清且悲」（『文選』巻三〇、『玉臺新詠』巻三）とあるのを指摘する。いずれも、美女がその演奏に孤独な思いを籠める、閨怨詩の典型的なパターン。村上天皇「寒夜撫鳴琴」詩に「寡鶴怨長夢自断、寒烏啼苦漏猶深」（『新撰朗詠集』管絃）とある。**沈吟**　思いに沈み、考え込むこと。魏・武帝「短歌行」に「但為君故、沈吟至今」（『文選』巻二七）、謝恵連「七月七日夜詠牛女」詩に「沈吟為爾感、情深意弥重」（『文選』巻三〇、『玉臺新詠』巻三）とあり、いずれも李善は「古詩十九首其一二」詩の「音響一何悲、絃急知柱促。馳情整中帯、沈吟聊躑躅。思為双飛鷰、銜泥巣君屋」（『文選』巻二九、『玉臺新詠』巻一）を指摘する。とすれば、女性の「撫瑟沈吟」には、恋人と早く一緒になりたいという願望が籠もると考えてもよかろう。なお、藤原万里「五言過神納言墟其二」詩に「放曠遊嵆竹、沈吟佩楚蘭」（『懐風藻』）、本集にも「山室沈吟独作

は、下句が観念的になりすぎないだろうか。もとより「涙河」自体が想像上の設定ではあるが、涙なり河なり具体的なイメージがあるから成り立つのである。

涙河を「せきとどむ」とは、泣きながら何かで遮るということではなく、泣くのを止めることと考えられる。泣き続けていては河の流れが絶えることがないし、泣きながらでは面影を見ることもできないからである。下接する「てむ」（完了の助動詞「つ」の未然形＋意志の助動詞「む」の終止形）が意志性の強さを表すとすれば、もう泣いてばかりいるのは止めようという決意のほどを示しているととることができる。

※易「哭皇甫七郎中」詩に「志業過玄晏、詞華似禰衡」とあり、『日本三代実録』仁和二年五月二八日条の紀朝臣安雄の卒伝に「安雄専精経業、頗閑詞華」、菅原輔正「一昨日藤亜相…呈前茂才」詩に「詞華吏部塵相累、句麗和州玉自瑩」（『粟田左府尚歯会詩』）とある。

【補注】

韻字は「河・何」（下平声七歌韻）、「華」（下平声九麻韻）だが、後者は独用なので、押韻に傷がある。平仄には基本的誤りはない。

情」（五八番）とあるが、当詩とは背景が異なる。**無異態**「異態」とは、異なった様子。状態を異にすること。司馬相如「上林賦」に「蕩蕩乎八川分流、相背而異態」（『文選』巻八）とあり、郭璞は「変態不同也」と注する。また、白居易「簡簡吟」詩に「殊姿異態不可状、忽忽転動如有光」、鮑溶「夏日華山別韓博士愈」詩に「三峰多異態、迥挙仙人手」とあるように、素晴らしい容姿（風景）、の意がある。ここは、前者の意。異文「異能」は、字形の類似による誤り。

4試追「試」は軽い副詞で、しばらく、ちょっと、とりあえず、なんとはなしに、の意。「追」は、下の「贈」と連動して、本来は「追贈蕩客詞華」（蕩客に詞華を追贈する）の意。「追贈」は、死後に官位を贈ることだが、李益「校書郎楊凝往年以古鏡貺別今追贈以詩」詩の例があるように、「詞華」を以て「蕩客」に贈ると解する。無論「蕩客」は、死者ではないが、自分とは関係が切れてしまった男。感情的にはともかく、理性的には戻らないと分かっている人。「追贈」とせず、わざわざ分離したのは、それへの配慮と考える。**蕩客**「蕩子」の類義語。出ていったままもう元に戻らぬと諦めた男のこと。一〇二番詩【語釈】該項および【補注】を参照のこと。**詞華** 言葉の美しさ、詩文、の意。「文藻」「詞藻」というに同じ。唐代からの語。ここでは、歌を意味する。杜甫「贈比部蕭郎中十兄」詩に「詞華傾後輩、風雅藹孤騫」、白居※

【比較対照】

当歌の内容は、詩の前半で尽くされ、後半は詩独自の付加である。この付加は、片想いの状況を示すものとしては無理がないが、前半との直接的な脈絡はなく、一篇としてのまとまりを欠いている。

詩の起句は、歌の「涙河」自体の成立を表現しているが、歌の「人しれず下に」に対応する表現は見当たらない。あるいは「宵」という時間帯に暗示させたことは考えられる。承句は歌の下句に対応させようとしたことは明らかであるが、歌の第四句「せきとどめてむ」という具体的な行為として特定することなく、「如作鏡何」のように、問いのままにとどめている。歌結句の「かげや見ゆると」は、涙河の水面を「鏡」とすることが前提であるから、その意を汲んで、詩では「鏡」を用いたのであろうが、「早旦臨」という状況設定をしているのであるから、問うまでもなく、水面が鏡となって何かを映し出しうる。その何かについて、詩前半だけからは、恋を歌ったものであるとは限定できず、したがってなぜそもそも「作鏡」とするのかも不明である。当歌を前提とし、かつ詩の後半があってはじめて、片想いの相手であることが想定されるのである。

一一五番

涙河　流被店袖之　凍筒　佐夜深往者　身而已冷濫
涙河　流れて袖の　凍りつつ　さ夜ふけゆけば　身のみ冷ゆらむ

【校異】

本文では、第二句の「被店」を、類従本・天理本・無窮会本が欠き、同句の「店」を、永青本・久曾神本が「手」とし、「袖」を、類従本・藤波家本・講談所本・道明寺本・京大本・大阪市大本・天理本・羅山本・無窮会本・永青本・久曾神本が「袂」とし、第四句の「往」を、永青本・久曾神本が「行」とし、結句の「身」を、羅山本・無窮会本が「深」とし、同句の「已」を、底本はじめ元禄九年版本・元禄一二年版本・文化版本・類従本・文化写本が「巳」とするが他本により改める。

付訓では、第二句の「ながれて」を、類従本が「ながるる」とし、結句の「ひゆ」を、類従本・講談所本・道明寺本・京大本・大阪市大本・天理本・羅山本・無窮会本が「さゆ」とする。

同歌は、歌合にも他の歌集にも見出されない。


【通釈】

涙河が流れて袖が凍りながら、夜が更けてゆくからか、自分の体だけが冷えるのだろう。

冬閨独臥繡衾単
流涙凍来夜半寒
想像蕭咸佳会夕
庶幾毎日有相看

冬閨《トウケイ》独《ひと》り臥《ふ》して繡衾《シウキン》単《ひとへ》なり。

流涙《リウルイ》凍《こほ》り来《きたり》て夜半《ヤハン》に寒《さむ》し。

想像《おもひやる》蕭咸《セウカン》佳会《カイクワイ》の夕《ゆふべ》。

庶幾《こひねが》はくは毎日《バイジツ》相看《シャウカン》有《あら》んことを。


【校異】

「繡衾」を底本等「緑衾」に作るも、類従本・講談所本・道明寺本・永青本・久曾神本に従う。京大本・大阪市大本「緑含」、天理本・羅山本・無窮会本「繡食」に作る。「流涙」を、永青本・久曾神本「涙」字を欠く。「想像」を底本等「相像」に作るも、元禄九年版本・元禄一二年版本・文化一三年版本・類従本・詩紀本・下澤本・大阪市大本・天理本・羅山本・無窮会本・永青文庫本・久曾神本に従う。「蕭咸」を、下澤本・永青本「蕭成」に作り、底本等版本「成イ」を補入する。「佳会」を、京大本・大阪市大本「侄会」に作る。


【通釈】

そうでなくとも寒々しい冬のねやでひとり一枚の掛け布団で寝ている。だから流れる涙は凍るようになり夜中は寒い。今は辺境に勤務する夫が、あの蕭咸のように思いがけなく都の近くに任地を得ることが出来たなら、その時の親戚を集めての祝賀会の夕べは、さぞ楽しく盛大なことになる

【語釈】

涙河　九五番歌【語釈】「涙河」の項を参照。

流れて袖の　異訓「ながるる」ならば、「袖（そで）」を連体修飾することになり、涙河が袖を流れていることになるが、「ながれて」ならば、その場所は特定されない。「つらしとも思ひぞはてぬ涙河流れて人をたのむ心は」（後撰集一〇―六五六）「涙河のどかにだにもながれなんこひしき人の影や見ゆると」（拾遺集一四―八七五）「めのまへにかはるこころをなみだがはながれてやともおもひけるかな」（金葉集八―四七二）などのように、流れる場所が特定されない例もあるいっぽう、「袖」とともに用いられる場合は、「あさみこそ袖はひつらめ涙河身さへ流るときかばたのまむ」（古今集一三―六一八）「君がゆく方に有りてふ涙河まづは袖にぞ流るべらなる」（後撰集一九―一三二七）「なみだがはながるるみをとしらねばやそでばかりをば人のとふらん」（後拾遺集一〇―五五〇）などから、涙河が流れる場所として袖がまずイメージされるといえよう。なお、「袖」については、五二番歌【語釈】「袖と見ゆらむ」の項を参照。

凍りつつ　「凍（こほ）る」については、九五番歌【語釈】「こほりとけねば」の項を参照。「涙河流れて袖の」との続き柄において、「袖ガ凍る」という関係は問題ないが、それと「涙河流れて」との関係は、単なる並列関係ではありえないし、因果関係としては飛躍があろう。涙河の流れる程度や様子などの強調として、袖が凍るというのは考えられず、両者の因果関係が成り立つには、間に、寒い冬の夜だから、などの補充が必要と考えられる。あるいは第四句の「さ夜ふけゆけば」を、結句の

だろう。どうか毎日お互い見つめ合って過ごすようになりたいものだ。

【語釈】

1冬閨　冬の寝室、の意。九五番詩【語釈】該項を参照のこと。「春閨」「秋閨」の語は一般的だが、冬の場合は、「寒閨」の語が用いられるのが一般的。　**独臥**　ひとりで寝ること。六〇番詩【語釈】該項を参照のこと。ただし、『玉臺新詠』には「独寐」「独枕」「独眠」「独宿」などとはいっても「独臥」の用例がないのは、女性のそれに対して用いるべき語ではなかったのかも知れない。　**繡衾単**　「衾」とは、大形の掛け布団のこと。異文「緑衾」の語の用例を知らない。おそらく草体の類似による誤り。「繡衾」は、刺繡のある美しい掛け布団。『後漢書』和熹鄧皇后紀に「贈以長公主赤綬、東園秘器、玉衣繡衾」、許渾「和畢員外雪中見寄」詩に「灯晃垂羅幙、香寒重繡衾」とある。「単」とは、その布団が一枚であること。元禄九年版本・元禄一二年版本・文化版本には、訓読符がある。潘岳「悼亡詩三首其二」詩に「凜凜涼風升、始覚夏衾単。豈曰無重纊、誰与同歳寒」（『文選』巻二三、『玉臺新詠』巻二）というように、布団が一枚であると意識されるのは、共に寝るべき人の不在の強調であり、巨勢識人「奉和春閨怨」詩には「空床春夜無人伴、単寝寒衾誰共暖」（『文華秀麗集』巻中）とある。

2流涙　涙を流すこと。一一四番詩【語釈】該項を参照。元禄九年版本・元禄一二年版本・文化版本は訓合符を付して「流ルル涙」とするが、底本や諸写本の大半には音合符がある。　**凍来**　八九番詩【語釈】該項を参照のこと。また、本集には「暁夕凍来冬泣血」（一一六番）とある。

みにかかるのではなく、一首全体に及ぶとみなせば、その補充を間接的ながらも果たしているといえる。とすれば、接続助詞「つつ」が並列しているのは、上句と結句ということになる。

さ夜ふけゆけば　「さ夜（よ）」の「さ」は接頭語で、「さ夜」は意味的には「夜」と同義であり、歌語としてもっぱら用いられる。歌語としての使用は、圧倒的に「さ夜ふけて」という一句の形が多く、「ふく」「ふかし」も含めれば、そのほとんどを占め、用法が限られていたといえる。ところが、「ふけゆく」という複合動詞を伴う例は見当たらず、「彦星の思ひますらむ心より見る我苦し夜のふけ行けば」（万葉集八—一五四四）「霞立つ春の永日を恋ひ暮らし夜もふけ行くに妹も逢はぬかも」（万葉集一〇—一八九四）、「ひとしれず心ながらやしぐるらんふけゆくあきのよはのねざめに」（後拾遺集一六—九三六）「こぬ人をまつとはなくてまつよひのふけゆくそらの月もうらめし」（新古今集一四—一二八三）などのように、「夜」がほとんどであり、しかも右掲例以外は、叙景的な歌に用いられている。

身のみ冷ゆらむ　「身（み）」は、三四・五一・九五・一〇一番歌にも見られる。当歌では、自分の肉体の意味であろう。「冷（ひ）ゆ」は、万葉集・八代集をとおして、「おいはてて雪の山をばいただけどしもと見るにぞ身はひえにける」（拾遺集九—五六四）の一例しか見当たらず、歌語性に疑問がある。対して、異訓の「さゆ」は、八〇番歌【語釈】「さえ増さりけれ」の項に示したように、万葉集から用例が認められる。しかし、意味的に「ひゆ」が触覚的、「さゆ」が視覚的に冷感を表すので、当歌には「ひゆ」のほうがよりふさわしいと考えられる。副助詞

夜半寒　「夜半」は、夜中のこと。一〇一番詩【語釈】該項を参照。

3 想像　異文「相像」は、「相」を「想」の意で用いる敦煌変文などの例があるので、あるいは当時の世俗的用字法を反映するのかも知れない。六五番詩や一四八番詩にも同様の異文を持つ「想像」がある。なお、九・二九番詩【語釈】該項を参照。底本等諸本に訓合符がある。

蕭咸　辺境での勤務から僥倖により首都近郊勤務に変わることが出来た若手官僚の典型。嫁本人は言うまでもなく、その家族や親戚達から見てもまさに理想的な婿ということが出来る。『白氏六帖事類集』女の「愛女」という項目の下に、『漢書』匡張孔馬（張禹）伝の「禹毎病、輒以起居聞、車駕自臨問之。上親拝禹牀下、禹頓首謝恩、〔因〕帰誠、言、老臣有四男一女、愛女甚於男、遠嫁為張掖太守蕭咸妻、不勝父子私情、思与相近。上即時徙咸為弘農太守」という一節の節略文が掲載される。天子の信頼の厚い老臣・張禹が、病床で天子直々の見舞いを受けた際、「自分には四男一女がいて娘を息子達よりずっと愛しているが、遠く張掖の太守蕭咸に嫁いで親子の情を交わし難いのが辛い」と真情を漏らすと、帝は即座に蕭咸を弘農の太守に異動させたという。張掖は、直線距離でも長安の西北約一千キロ近い僻遠の地。対して弘農は、長安と洛陽の中間にある。石崇「王明君詞」に「伝語後世人、遠嫁難為情」（『文選』巻二七）とあり、李善は「遠嫁」の背景として上の『漢書』の一部を引用する。これを元に、唐詩では先の意味で用いる。なお、【補注】を参照のこと。異文「蕭成」の用例を知らない。字形の類似による誤り。

佳会夕　「佳会」は、二義ある。①男女の私的な歓会。②立派な宴会、高雅な集会。白居易「和夢遊春詩一百韻」詩に「京洛八九春、未曾花裏宿。

「のみ」による限定は、肉体に対する他の何かとの比較ではなく、自分に対する他の人々との比較によるものであろう。助動詞「らむ」は自分の肉体に対する推量ならば、現在推量とはみなしにくい。『注釈』の通釈は、「一人で寝ているわたしの体は、ひたすら冷えきってゆくのだろう」とするが、これでは現在推量にさえなっていない。当歌では原因推量であって、自分の体が冷えることの原因を推量しているのである。その原因とは第四句の「さ夜ふけゆけば」である。

【補注】

当歌は、次の「君恋ふと霜とわが身の成りぬれば袖のしづくぞさえまさりける」（一一六番）ときわめて似通った発想・設定の歌であり、どちらも冬歌でも通用しうる。むしろ当歌は、一一六番に比べると、いかにも恋歌らしい語彙に乏しく、ただ「涙河」という語があることによって、それと認められる。

【語釈】でも述べたように、第四句「さ夜ふけゆけば」は「身のみ冷ゆ」のみを修飾しているとすれば、「涙河流れて袖の凍りつつ」とのバランスを欠くので、それら全体にかかるとするほうが適切であろう。涙が流れて、袖が凍り、体が冷えることを実感するのは、それなりの時間的な経過があってこそであって、それが「さ夜ふけゆけば」によって表されているのである。つまり、相手の訪れを待って、寒い夜にどれほど長い間、一人で過ごしたかに気付いたということであり、当歌はその気付きにポイントがあると考えられる。

壮年徒自棄、佳会応無復」とあるのは、①の例。魏・応瑒「公讌詩」に「巍巍主人徳、佳会被四方」、白居易「郡斉暇日…以十六韻酬之」詩に「良辰不易得、佳会無由果」、同「六年寒食洛下宴遊贈馮李二少尹」詩に「佳会不易得、良辰亦難弁」とあるのは、②の例。蕭咸の故事との関連を考えれば、都への帰任が済んで、親族達と催す祝宴の夜と解すべきだろう。三善清行「八月十五夜同賦映池秋月明」詩序に「風情漸高、疑入銀河之中。所以為佳会也」（『本朝文粋』巻八）、慶滋保胤「暮春見厳閣亜相山庄尚歯会詩」に「天惜多才延寿命、容佳会供風煙」（『粟田左府尚歯会詩』）とあるが、これらはいずれも②の例。異文「侄」は、「姪」の別体字なので、意味を成さない。

4 庶幾 希望する、どうか〜であってほしい、の意。張茂先「答何劭二首其一」詩に「衰夕近辱殆、庶幾並懸輿」（『文選』巻二四）、魏・王粲「従軍詩五首其四」詩に「雖無鉛刀用、庶幾旧薄身」（『文選』巻二七）とあり、菅原道真「行春詞」詩に「慙愧城陽因勇進、庶幾馮翊以廉称」（『菅家文草』巻三）とある。本集には「庶幾使家々好事、常有梁塵之動。処々遊客、鎮作行雲之遏」（上巻序）とある。底本は無訓だが、元禄九年版本・元禄一二年版本・文化版本には訓合符を付して「庶幾ハクハ」とある。**毎日** 日々、日毎に、の意。唐代からの詩語。崔国輔「漂母岸」詩に「幾年崩冢色、毎日落潮痕」、杜甫「曲江二首其二」詩に「朝回日日典春衣、毎日江頭尽酔帰」とあり、王孝廉「在辺亭…弁滋三」詩に「主人毎日専挙尽、残片何時贈客情」（『文華秀麗集』巻上）、菅原道真「陪源尚書餞総州春別駕」詩に「涙痕争得盈双袖、別後思君毎日看」（『菅家文草』巻二）とある。**相看** お互いに見つめ合うこと。梁・簡文帝「対燭賦」に「迴照金屏裏、脈脈両相看」、沈約「六憶詩四首其二」詩に「慊慊道相思。相看常不足、相見乃忘飢」(『玉臺新詠』巻五)、庾肩吾「詠美人自看画　応令」詩に「並出似分身、相看如照鏡」(『玉臺新詠』巻八)とあるなど、閨怨詩には頻出する。「相」は、一般的には対象を意識することを示しているだけで、お互いに、の意は無いとされるが、閨怨詩の用例を見ると、相思樹の故事を持つ「相思」を始めとして、「相逢」「相看」などの語には、互いに、の意を認めても良いように思う。底本等版本には音合符がある。島田忠臣「残春宴集」詩に「同情乍会頻回首、一座相看共解頤」(『田氏家集』巻中)とあるが、菅原道真「古石」詩に「漱歯幽人意、相看太可憐」(『菅家文草』巻五)、同「対残菊待寒月」詩に「況復詩人非俗物、夜深年暮泣相看」(『菅家文草』巻六)とある例などは、普通の用法。本集には「咲殺人間有相看」(一八二番)とある。

【補注】

韻字は「単・寒・看」(上平声二十五寒韻)。平仄にも基本的な誤りはない。

蕭咸については、唐詩に二例あるのが知られている。

盧綸「送撫州周使君　即侍中之婿」詩に、「周郎三十余、天子賜魚書。竜節随雲水、金鐃動里閭。松声三楚遠、郷思百花初。若転弘農守、蕭咸事不如」とあるのがその全文である。詩題にある「周使君」は即ち「侍中之婿」であると注があるように、周使君の岳父は侍中(宰相)であり、その事情は、張禹と蕭咸の関係に類したので、蕭咸の故事が用いられたという(劉初棠校注『盧綸詩集校注』上海古籍出版社、一九八九)。周使君の赴任地撫州は、鄱陽湖の南にある。直線距離上はほぼ同じだが蕭咸が勤務した張掖よりはマシだから、もし弘農の守に転任できたとしても、彼の苦労には「如かず」と言って周使君を慰め励ましている。

もう一首が劉禹錫「和汴州令狐相公到鎮改月偶書所懐二十二韻」詩である。長編なので省略するが、なかに「為兄憐庾翼、選婿得蕭咸」の句がある。この蕭咸は、令狐相公の婿の裴十四(後の宰相・裴枢とは別人)を指し、この詩が書かれたとき(宝暦二年春)には、妻と一緒に家に帰っていたのであり、邸宅の提供やそれ以上の親戚としてのよしみがあったのではないかと、李商隠「令狐八拾遺綯見招送裴十四帰華州」詩の箋注が云うのが正しいと推測される(陶敏・陶紅雨校注『劉禹錫全集編年校注』岳麓書社、二〇〇三)。華州は、長安の東の近郊にある。令狐楚の婿の裴十四が、近郊の地に任地を得たことを「婿を選んで蕭咸を得たり」と祝しているというのである。今、裴十四の前勤務地がどこであったのか明らかにし得ないが、この推測に従う。

ところで、このように解したとしても、嫁が地方勤務に同行していたとすれば、当詩のような怨みは生じないわけであるが、或いは夫だけが単身赴任するという場合も少なくなかったのではないか。それを窺わせるのが、耿湋「古意」詩の「雖言千騎上頭居、一世生離恨有余。葉下綺窓銀燭冷、含啼自草錦中書。」という七絶である。

全体は夫の帰りを待つ妻の立場で書かれる。起句の「千騎上頭居」は、言うまでもなく古楽府「陌上桑」(『玉臺新詠』巻一では、「日出東南隅行」)の一節「東方千余騎、夫婿居上頭」を踏まえて、夫の現在の地位と威容を言うが、承句は、夫がその地位を得たために自分には一生の「離恨」が生じたという。すなわち夫は遙か彼方に任地を得ているのだ。そのお陰で、「綺窓銀燭」という豪華な調度品の中で生活ができるのだが、そういう環境を得ながらも、妻は涙をこらえて夫への手紙をしたためると詠っている。

考えてみれば、古楽府「陌上桑」自体も、単身赴任した夫の留守を守る「羅敷」に、その土地の太守が言い寄ったとも解釈できる内容になっており、梁・呉均の擬古詩「陌上桑」（『玉臺新詠』巻六）は、そうした側面を強調し、また梁・王臺卿「陌上桑四首」の連作なども、様々な可能性を暗示する。

【比較対照】

当歌詩は、一一四番と同様、歌の内容が詩の前半に写され、後半は独自の付加になっている。ただし、当詩の付加は、前半の状況における当事者の「想像」なり「庶幾」なりという思いであるから、全体としても整合していると言える。

歌初句の「涙河」という語は、一一四番詩ではその見立てがそのまま生かされていたが、当詩では承句の「流涙」という文字どおりの表現に変えられている。これは歌においても、その見立てが全体に及んでいないからであろう。その他、詩の起句は歌では前提にされている冬の独り寝の状況を具体化したものであり、承句は、時間経過も含めて、歌の第三句以降に対応させようとしたと見られる。

以上のように、和歌の内容は漢詩の前半で尽くされており、しかも女が一人寒さに震えながら泣いているという極めて一般的なものなので、後半の二句は、どのような情景でも可能であったはずだが、漢詩作者は「蕭咸」という人物にまつわる故事を用いた。この人物に関しては、【語釈】【補注】にもあるとおり、中国においてさえそれほど知られた存在ではなく、日本においては言うまでもない。『漢書』は早くから日本に将来され（『日本書紀編修の参考書の一』「吉備真備の漢籍将来」など『太田晶二郎著作集』第一冊、吉川弘文館、一九九一、参照）三史の一として『史記』などより尊重されていたから、彼を知る人物が存在したこと自体に不思議はないが、それにしてもなお、本集の漢詩作者の中に、そうした人物に共感を覚える者がいたということは、注意されてしかるべきだろう。日本においては、国司の遙任は九世紀前半から始まるとされるが、平安前期にあっては、国司としての地方赴任が通常のこととされており、それに従う者も少なくなかったのだろう。おそらくそれを厭う風潮が、下級官人たちの間にもあったのではなかったか。作者の実人生が典故の運用を通して仄見える例と考えたい。

ともかく、この作者は婦人の一人泣く姿の背景に、そうした官人たちの、地方に単身赴任するという事情を想定したのである。とすれば、観念的な和歌に対して、極めて現実的具体的な内容の漢詩を対応させたと言いうる。

一一六番

君恋砥　霜砥吾身之　成沼礼者　袖之滴曾　冴増芸留

君恋ふと　霜と吾が身の　成りぬれば　袖のしづくぞ　冴えまさりける

【校異】

本文では、第四句の「袖」を、類従本・京大本・大阪市大本・天理本・羅山本・無窮会本・永青本・久曾神本が「袂」とし、同句の「滴」を、底本はじめ類従本・文化写本・藤波家本・講談所本・道明寺本・羅山本が「滴」とするが他本により改め、結句の「冴」を、永青本・久曾神本が「洋」とし、同句の「芸留」を、同二本が「介流」とする。

付訓では、とくに異同が見られない。

同歌は、歌合にも他の歌集にも見出されない。

【通釈】

あなたを恋しく思うことで、霜のように私の体が成ってしまったので、袖に溜まった涙のしずくがますます冷え冷えとすることだなあ。

【語釈】

君恋ふと　本文の漢字表記からは「きみこふと」という訓み以外は考えにくい。この表現は八代集になって現れ、「君こふとぬれにし袖のかわかぬは思ひの外にあればなりけり」（後撰集九—五六二）「きみこふとかつはきえつつふるほどをかくてもいけるみとやみるらん」（後拾遺集一

与君相別幾星霜。　君《（きみ）》（と）相別《（あひわかれ）》て幾《（い）く》星霜《（セイサウ）》ぞ。

疇昔言花絶不香。　疇昔《むかし》言花《（ゲンクヮ）》絶《（かつ）》て香《（かうば）》しから（ず）。

暁夕凍来冬泣血。　暁夕《（ケウセキ）》凍《（こほ）》り来《（きた）》る冬《（ふゆ）》の泣血《（キフケツ）》。

高低歎息満閨房。　高低《（カウテイ）》歎息《（タンショク）》して閨房《（ケイハウ）》に満《（み）》つ。

【校異】

「幾星霜」を京大本・大阪市大本・天理本「歳星霜」に作る。「冬泣血」を永青本・久曾神本「泣面瀝」に作る。

【通釈】

あなたとお別れしてからどのくらいの歳月が経ったのかしら。むかしあなたがおっしゃった花のように美しい言葉は、まったく香ることがなく、私の心には何の影響も与えなかった。（でも、今では反ってその言葉が忘れられない。）冬の血の涙は朝に晩に凍ってしまうので、高く低くつくため息だけが夫婦の寝室に満ちることだ。

【語釈】

1 与君　「古詩十九首其一」詩に「行行重行行、与君生別離」（『文選』巻二九、『玉臺新詠』巻一）、徐幹「室思」詩に「念与君相別、各在天一方」（『玉臺新詠』巻一）とあるなど、「与君別」は、閨怨詩の一パター

四—八〇七）「君こふとうきぬる玉のさ夜ふけていかなるつまにむすばれぬらん」（千載集一五—九二四）など、五例すべてが当歌と同じく初句に用いられている。類似の表現に「君恋ふる」があり、「君こふる涙のとこにみちくればみをつくしとぞ我はなりぬる」（古今集一二—五六七）「君こふる我もひさしくなりぬれば袖に涙もふりぬべらなり」（拾遺集一五—九六〇）「きみこふる心はちぢにくだくれどこひをばけたぬものにぞありける」（後拾遺集一四—八〇一）などで、多く初句に見られる。どちらも「君」と「恋ふ」の関係を明示する格助詞が用いられていない。万葉集には、類似の初句表現として「君に恋ひ」があり、「君に恋ひいたもすべなみ奈良山の小松が下に立ち嘆くかも」（万葉集四—五九三）「君に恋ひうらぶれ居れば敷の野の秋萩しのぎさ雄鹿鳴くも」（万葉集一〇—二一四三）「君に恋ひしなえうらぶれ我が居れば秋風吹きて月傾きぬ」（万葉集一〇—二二九八）など、「君恋ふと」とほぼ同様な用法である。この「君に恋ひ」から「君恋ふと」への変化は、「恋ふ」のとる格助詞がニ格からヲ格に変わったことが関わっていると考えられる。ヲ格は省略できてもニ格はできないからであり、実際に万葉集では「恋ふ」の格助詞を欠いた例は認められない。この点については、六〇番歌【語釈】「恋するしかの」の項も参照。句末の「と」は格助詞で、該句全体が第三句の「成りぬれば」を、その契機・理由として修飾する。

霜と吾が身の　「霜（しも）」については、八〇番歌【語釈】「置く霜よりも」の項を参照。「吾が身」については、六一番歌【語釈】「吾が身の秋に」の項を参照。次句と合わせ、「吾が身」ガ「霜」ト「成る」という関係になる。「吾が身の」と「霜と」との語順関係は、一一〇番歌の

ン。**相別**　ある人と別れること。ここでは、男女・夫婦が別れ別れになること。李白「代秋情」詩に「幾日相別離、門前生穭葵」、王建「別鶴曲」詩に「主人一去池水絶、池鶴散飛不相別」とある。一一一番詩【語釈】該項を参照。底本初め大半の諸本に訓合符がある。**幾星霜**　「星霜」は、双声の語。唐代以後の詩語で、年月、歳月。八五・一〇六番詩【語釈】該項を参照。ただし、「幾星霜」の語例を確認できない。

2 疇昔　むかし、以前、昔日、の意。謝恵連「擣衣」詩に「腰帯准疇昔、不知今是非」（『玉臺新詠』巻三、『文選』巻三〇）、呉均「去妾贈前夫」詩に「棄妾在河橋、相思復相遼。…願君憶疇昔、片言時見饒」（『玉臺新詠』巻六）とあり、多治比清貞「和菅祭酒賦朱雀衰柳作」詩に「疇昔栄華都不見、今時顦顇一応嗟」（『凌雲集』）、惟氏「雑言奉和擣衣引」詩に「莫怪腰囲疇昔異、昨来入夢君容悴」（『経国集』巻一三）とある。底本初め諸本に訓合符を付して「ムカシ」の訓がある。**言花**　その用例を知らない。当時は耳に心地よくても後でそうではないと分かったという意味で、「花言」（上辺だけの実のない言葉）を互倒したものと考える。あるいは、「言葉」からの連想で、下の「香」との縁語的な発想も考えられよう。晋の楽府「懊儂歌十四首其五」に「既就頽城感、敢言浮花言」、『晋書』范甯伝に「飾華言以翳實、騁繁文以惑世」とあり、慶滋保胤「賽菅丞相廟願文」に「嗟呼花言綺語之遊、何益於神道」（『本朝文粋』巻一三）とある。**絶不香**　「絶」は、下に「不」「無」などの否定の語を伴って、それを強める。魏・嵆康「遊仙詩」に「願想遊其下、蹊路絶不通」、劉済「出塞曲」詩に「将軍在重囲、音信絶不通」とあり、滋野善永「雑言奉和太上天皇青山歌」詩に「人間遊兮絶不夢、暁

「朝かげにわが身は成りぬ」にも見られる。同一句内であるからどちらが先行してもかまわないはずであるが、「霜と」が先に置かれているのは、倒置的にそれを強調する意図があったかと考えられる。

成りぬれば　「吾が身」を主体とした「成（な）る」の例としては、「朝影に我が身はなりぬ玉かぎるほのかに見えて去にし児故に」（万葉集一一―二三九四）、「恋すればわが身は影と成りにけりさりとて人にそはぬものゆゑ」（古今集一一―五二八）「などわが身したばもみぢと成りにけんおなじなげきの枝にこそあれ」（後撰集七―四二九）などがある。この表現で第三句を構成する例は、「立ちかはり古き都となりぬれば道の芝草長く生ひにけり」（万葉集六―一〇四八）、「人はいさわが身はすゑになりぬればまたあふさかをいかがまつべき」（金葉集六―三四六）などのように、万葉集にも八代集にも見られる。

袖のしづくぞ　「袖（そで）」については、五二番歌【語釈】「袖と見ゆらむ」の項を参照。「しづく」は、万葉集では「あしひきの山のしづく（四付）に妹待つと我立ち濡れぬ山のしづく（四付）に」（万葉集二―一〇七）「あしひきの山の黄葉にしづく（四頭久）あひて散らむ山路を君が越えまく」（万葉集一九―四二二五）などのように、雨滴や露などの自然現象のみを表す。「袖のしづく」という表現は八代集後半になって現れ、「よそにふる人はあめとやおもふらんわがめにちかきそでのしづくを」（後拾遺集一四―八〇五）「おもひやれむなしきとこをうちはらひむかしをしのぶ袖のしづくを」（千載集九―五七四）「よそ人にとはれぬるかな君にこそみせばやと思ふ袖のしづくを」（千載集一一―六九九）などのように、「袖の露」と同様、比喩的に涙を表すのに用いられる。

猿深兮落月洞」（『経国集』巻一四）、菅原道真「賦殿前梅花応太皇製」詩に「笑松嘲竹独寒身、看是梅花絶不隣」（『菅家文草』巻六）とある。また、梁・鮑泉「秋日詩」に「燕去櫚恒静、蓮寒池不香」とある。ただし、「絶不香」の用例を知らない。この第二句は、「疇昔言花絶テ香カラ不」（底本系）、「疇昔ノ言花絶テ香シカラ不」（元禄九年版本系）、「疇昔言花ハ絶香カラ不」（講談所本系）の三種の訓みがある。「言花」を相手の男からの言葉とすると、元禄九年版本系では、以前男からかけられた言葉は今は自分に作用を及ぼさないという解釈になり、後半に繋がらない。しかし底本等の訓みでは、以前は男の言葉は自分に作用を及ぼさなかったが、今では反って心に響くと言外に述べることになる。

3 暁夕　朝に晩に、昼に夜に、の意。唐代以後の詩語。太宗皇帝「初夏」詩に「陰陽深浅葉、暁夕重軽煙」、姚合「送丁端公赴河陰」詩に「炎天木葉焦、暁夕絶涼飆」とあり、猪名部善縄「七言奉試賦挑灯杖」詩に「一客環堵暁夕勤、十年翫文自為奨」（『経国集』巻一四）とある。なお、本集には「秋来暁暮報吾声」（四五番）ともある。　**凍来**　一一五番詩【語釈】該項を参照。　**冬泣血**　「泣血」は、あまりの悲しみのため、声も咽れて血の涙が出るほど泣くこと。元禄九年版本・元禄一二年版本・文化版本には、音合符を付した上で、左訓に「ナミタ」とある。一〇三番詩【語釈】該項を参照。異文「泣面灑」については、【補注】を参照のこと。

4 高低　高く低く、の意。一二・一〇三番詩【語釈】該項を参照。
歎息　嘆いて深くため息をつくこと。一〇三・一一二番詩【語釈】該項を参照。底本等諸本「歎息シ」または「歎息シテ」と動詞に読むが、そ

冴えまさりける　「冴（さ）えまさる」については、八〇番歌【語釈】「さえ増さりけれ」の項を参照。当歌においてその主体となるのは第四句の「袖のしづく」であるが、「さゆ」は八〇番歌のように「霜」に関しては用いられても「しづく」の例は見られない。ただ、「白玉をつつむ袖のみなかるるは春は涙もさえぬなりけり」（後撰集一―二〇）や「しもおかぬ袖だにさゆる冬の夜にかものうはげを思ひこそやれ」（拾遺集四―二三〇）のように、「涙」や「袖」の例は見出される。さらに、「さゆ」と「こほる」が関連しあうとすれば、「雪の内に春はきにけりうぐひすのこほれる涙今やとくらん」（古今集一―四）「思ひつつねなくにあくる冬の夜の袖の氷はとけずもあるかな」（後撰集八―四八一）「むかしおもふさよのねざめの床さえて涙もこほる袖のうへかな」（新古今集六―六二九）などあり、当歌と類似の発想が認められる。

【補注】

当歌には、いくつかの謎がある。一つは、なぜ私の体が霜になってしまうのか、である。『注釈』の通釈では「来ないあなたを待って起きあかし、我が身は冷えきって霜となってしまった」とし、おそらくは冬の夜という設定により合理化している。もとより冬歌ならばこの解で問題あるまいが、当歌は恋歌であり、「霜」があくまでも比喩ならば、季節と直接、関係付ける必要もない。また、「ありつつも君をば待たむうちなびく我が黒髪に霜の置くまでに」（万葉集二―八七）もふまえられているようであるが、この歌の「霜」は白髪の比喩であって、季節は関係ないとされる。

＊

れでは「満」の主語がなくなる。　**満閨房**　「閨房」は、女性の寝室。夫婦の寝室。一〇〇・一〇七・一〇九番詩【語釈】該項を参照。

【補注】

韻字は「霜・香・房」で下平声十陽韻。平仄にも基本的な誤りはない。一〇三番詩の、特に後半部「歎息高低閨裏乱、含情泣血袖紅新」と使用語句が一致する。

転句の異文「泣面瀝」について、「瀝」は、しずくの滴ること、あるいは、その滴りで、司空曙「哭苗員外呈張参軍」詩に「因瀝殊方涙、遙成墓下詩」、賈島「贈梁浦秀才斑竹拄杖」詩に「莫嫌滴瀝紅斑少、恰似湘妃涙尽時」とあるように、涙のそれを稀に表現しないことはないが、圧倒的に多いのは、泉水や雨水である。加えて、「泣面」の用例を日中ともに知らない。

「暁夕凍来す泣面の瀝」（朝に晩に泣き顔の涙の滴は凍ってしまう）と訓めば、文脈は辿れるけれども、和歌の「霜」や「袖の滴」との対応の緊密度から言うと、「冬泣血」の方が、季節を言うこと、「面」と指定しないことの二点で、優っていると判断できる。

＊

見立てとしての霜は、もっぱら二つのイメージで用いられる。一つは白のイメージ、もう一つははかなさのイメージである。しかし、当歌には、どちらもそぐわず、下句との関係からはやはり、冷たさのイメージを表しているとするしかない。

二つめの謎は、なぜ「君恋ふと」霜になってしまうのか、である。

「君恋ふ」のは相手が不在の状況だからであって、冷たさのイメージから想起されるのは独り寝の状況である。独り寝を余儀なくされて、体はもちろん、心も冷え冷えとしているのであろう。実体的な見立てとしては想像しがたいが、「霜」は心身ともに冷え切った状態をとらえたものと考えておく。同じ状態ならば、「氷」でもさしつかえないはずであるものの、「霜」のほうが一時的な状況を暗示するには、よりふさわしいとみなされる。

三つめの謎は、当歌は何が言いたいのか、である。下句の係り結びによる強調や歌末の「ける」による詠嘆は、あたかも叙景的に、下句の状況の気付きに、歌の中心があるように受け取れる。しかし、それでは恋歌として成り立ちえない。むしろ、表現の序列とは反対に、その気付きを通して、自分がいかに辛い恋の状況にあるかを自覚したということではないだろうか。

【比較対照】

独り寝の状況を嘆くという点では、歌詩とも共通している。そもそも詩は閨怨詩としての設定であるから、当然と言えば当然であり、むしろ詩作の前提となる歌のほうがそれにはまったものだったということになる。

ただし、表現としてほぼ相当するのは、歌の下句と詩の転句のみで、歌の上句は詩には生かされていない。「君恋ふ」という心情は詩の前半の時間経過に関する状況描写によって間接的に表されていると見ることができるものの、「霜とわが身の成りぬれば」に対応する表現は、この比喩自体が受け入れがたかったからであろう、まったく詩には見られない。おそらくはこの対応を回避し、転句において、「凍り来たる」のが「冬」の「泣血」であるとして、わずかに「霜」とのつながりをもたせようとしたと考えられる。

歌の表現上の中心は下句の「袖のしづくぞさえまさりける」という気付きにあるのに対して、詩では結句に示された心情が中心となろう。この心情は、歌においても【補注】に述べたように、十分に想定されうるものであり、詩はそれを閨怨詩として最後に収めるべくして収めたと言える。

一一七番

恋敷丹　金敷事之　副沼礼者　物者不被言手　涙而已許曽

恋しきに　かなしき事の　そひぬれば　物は言はれで　涙のみこそ

【校異】

本文では、第三句の「沼」を、永青本が「治」とし、第四句の「言」を、道明寺本が欠き、結句の「已」を、底本はじめ元禄九年版本・元禄一二年版本・文化版本・類従本・下澤本・文化写本・講談所本・道明寺本が「巳」、大阪市大本・羅山本が「己」とするが他本により改める。

付訓では、とくに異同が見られない。

同歌は、歌合にも他の歌集には見出されない。

【通釈】

恋しい思いに悲しい事が付け加わってしまうと、何も言うことができなくて、ただ涙だけが（こぼれてしまう）。

【語釈】

恋しきに　「恋しき」の準体用法については一一〇番歌【語釈】「恋しきに」の項を参照。

かなしき事の　「かなしき事」という表現は、万葉集にはなく、八代集に「世中のかなしき事を菊のうへにおく白露ぞ涙なりける」（後撰集二〇―一四〇九）「こひわびぬかなしき事もなぐさめんいづれながすのは

一悲一恋是平均
事々含情不可陳
流涙難留寧有耐
寂然静室両眉嚬

一《ひと》たびは悲《かなしび》一《ひと》たびは恋《こふ》是《こ》れ平均《ヘイキン》。
事々《シシ》情《セイ》を含《ふくみ》て陳《の》ぶ（べ）から（ず）。
流涙《リウルイ》留《とど》め難《かた》し寧《むし》ろ耐《しのぶ》こと有《あ》らむや。
寂然《セキゼン》たる静室《セイシツ》両眉《リヤウビ》嚬《ひそ》めり。

【校異】

「一恋」を京大本・大阪市大本・天理本「一慈」に作る。「平均」を類従本・京大本・大阪市大本・天理本・羅山本・無窮会本・永青本・久曽神本「同均」に作り、更に前四本は「平」の校注あり。「両眉嚬」を永青本・久曽神本「両眉頻」に作る。

【通釈】

ある時には悲しくて胸が裂けるほどであり、またある時には恋しくていつまでも心が引かれるけれど、それは差のないことであって、色々な感情は胸にしまって一つ一つのことを述べることは出来ない。流れる涙は留め難くどうしてそれをこらえることが出来よう。そこでひっそりと静かな部屋で眉を顰めることになるのだ。

【語釈】

1　一悲一恋　「一～一～」については、二七番詩【語釈】を参照。～し

まべなるらん」（拾遺集一五―九八八）など見られる。なお、一首に「こひし」と「かなし」が共に用いられる例は、万葉集・八代集とも見出されない。「かなし」という形容詞は、哀と愛の両方の意味を持つが、初句の「恋し」との関係から、愛の意では類義で余剰的な表現になるので、哀の意としてとっておく。

そひぬれば　「そひ（添）」は四段活用自動詞「そふ」の連用形で、万葉集に見られる三例はどれも「うち鼻ひ鼻をそひ〔副〕つる剣大刀身に添ふ妹し思ひけらしも」（万葉集一一―二六三七）「彼方の赤土の小屋に小雨降り床さへ濡れぬ身に添へ〔副〕我妹」（万葉集一一―二六八三）のように、「妹ガ身ニそふ」という、人間関係の用法である。当歌は「かなしき事ガ恋しきニそふ」という、二つの感情の関係について用いられている。同様に、ともに感情形容詞を用いた表現は、八代集にも見られないが、類例としては「曙ぬとて今はの心つくからになどいひしらぬ思ひそふらむ」（古今集一三―六三八）「うれしともおもふべかりしけふしもぞいとどなげきのそふここちする」（後拾遺集一一―六六三）「おもふことしのぶにいとどそふ物はかずならぬみのなげきなりけり」（千載集一二―七四一）などが挙げられる。「そふ」という場合、関係の中心は主体ではなく対象のほうにあるから、当歌も、「恋しき」という感情がもともとにあって、それに「かなしき」という感情が加わることを表している。

物は言はれで　句末の接続助詞「で」は、「不」と「手」という二つの漢字で、意味と読みが示される表記になっている。本集上巻で、「不」字を用いた表記に、その読みを示す漢字が付されるのは、助動詞「ず」たり、〜したり、の意。漢・蔡琰「胡笳十八拍其十四」に「夢中執手兮一喜一悲。覚後痛吾心兮無休歇時」、崔顥「盧姫篇」詩に「翠幌珠簾門弦管、一奏一弾雲欲断」とあり、朝野鹿取「奉和春閨怨」詩に「洛陽城東桃与李、一紅一白蹊自成」（『文華秀麗集』巻中）、菅原道真「州廟釈奠有感」詩に「一趨一拝意如泥、罇俎蕭疎礼用迷」（『菅家文草』巻三）とある。「恋」については、一〇五番詩【語釈】該項を参照。心が様々に乱れて、いつまでも決着が付かない気持ちを表す。底本等版本には「一悲」「一恋」それぞれに訓合符がある。

平均　ならして等しい、差がないこと、また平等、公平、の意。東方曼倩「答客難」に「天下平均、合為一家」（『文選』巻四五）、白居易「自詠」詩に「唯是無児頭早白、被天磨折恰平均」とあり、菅原道真「左金吾相公…同賦親字」詩に「努力努力猶努力、明明天子恰平均」（『菅家文草』巻五）、藤原有声「晴添草樹光」詩に「河畔容輝藍染出、林中紅紫日平均」（『類題古詩』光）とある。底本等版本には音合符がある。異文「同均」は、その用例を知らない。

2 事々　色々なこと、あらゆる事、の意。また、副詞的に、事ごとに。陶淵明「乙巳歳三月為建威参軍使都経銭渓」詩に「晨夕看山川、事事悉如昔」、劉禹錫「初至長安」詩に「不改南山色、其余事事新」とあり、菅原道真「客舎書籍」詩に「来時事事任軽疎、不妨随身十帙余」（『菅家文草』巻四）、同「九日後朝同賦秋深応製」詩に「穿雲明月応能照、何更人前事事談」（『菅家文草』巻六）とある。底本には確認できないが、他版本には音合符がある。

含情　一〇三番詩【語釈】該項を参照。感情を抑えて胸の中にしまっておくこと。

不可陳　「陳」は、列ね述べ

の連体形「ぬ」が一四例中七例に「沼」、已然形「ね」が五例中一例に「祢」、助動詞「じ」の四例中二例に「芝」、そして接続助詞「で」に、当歌を含め、二例中二例に「手」が見られる。いっぽう、助動詞「ず」の未然形「な」一例、連用形「ず」八例、「ざり」一例には見られない。結句とのつながりとしては「ず」も可能性としてはあるが、本集諸本にも「で」以外の訓が見られないのは「手」字の表記があるからであろう。「物ヲ言ふ」という表現は、「ありきぬのさゑさゑしづみ家の妹に物言はで来にて思ひ苦しも」（万葉集一四―三四八一）「恥を忍び恥を黙して事もなく物言はぬさきに我は寄りなむ」（万葉集一六―三七九五）、「つらけれどうらむる限ありければ物はいはれでねこそなかるれ」（拾遺集一五―九七四）「ものはいはで人の心をみるからにやがてとはれでやみぬべきかな」（後拾遺集一五―九七四）などに見られる。「言はれ」の「れ」は助動詞「る」の未然形で、可能を表しているとみなされるが、「言ふ」に「る」が下接する例自体、万葉集・八代集では前掲の「つらけれどうらむる限ありければ物はいはれでねこそなかるれ」（拾遺集一五―九七四）以外には見当たらない。

涙のみこそ　「涙（なみだ）」については、一一三番歌【語釈】「落つる涙か」の項を参照。副助詞「のみ」と係助詞「こそ」が連続した例は、「よしゑやし死なむよ我妹生けりともかくのみこそ我が恋ひ渡りなめ」（万葉集一三―三二九八）、「つのくにのなにはおもはず山しろのとはにあひ見むことをのみこそ」（古今集一四―六九六）「葦たづの沢辺に年はへぬれども心は雲のうへにのみこそ」（後撰集一一―七五三）など見られるが、「涙のみこそ」という表現は認められない。歌末の「こそ」は

ること。楊方「合歓詩五首其二」詩に「徐氏自言至、我情不可陳」（『玉臺新詠』巻三）、劉禹錫「有僧言羅浮事因為詩以写之」詩に「安知視聴外、怪愕不可陳」とあり、菅原道真「中途送春」詩に「風光今日東帰去、一両心情且附陳」（『菅家文草』巻三）とある。

3 流涙　流れ落ちる涙の意。一一四番詩【語釈】該項を参照。ここは底本はじめ諸本に訓点がない。**難留**　止めることが難しい。王僧孺「為姫人自傷」詩に「弦断猶可続、心去最難留」（『玉臺新詠』巻六）とある。李商隠「景陽宮井双桐」詩に「翠襦不禁綻、留涙啼天眼」とあるものの、涙をこらえることとは、次項にあるように、「忍涙」と言うのが一般。**寧有耐**　「寧」は、反語。本来「イカンゾ」「イヅクゾ」と訓むべきところ。昭明太子「文選序」に「若夫椎輪為大輅之始、大輅寧有椎輪之質」、李陵「答蘇武書」に「寧有背君親、捐妻子、而反為利者乎」（『文選』巻四一）とあり、嵯峨天皇「神泉苑九日落葉篇」詩に「朝来暮往無常時、北度南飛寧有期」（『文華秀麗集』巻下）、菅原清公「賦得絡緯無機応製」詩に「思虫寧有憶、誰為織寒衣」（『文華秀麗集』巻下）、本集に「恋情忍処寧応耐」（一一三番）とある。なお、「耐」は、我慢する、こらえる、の意だが、涙をこらえる場合には、杜甫「奉送郭中丞…三十韻」詩に「漸衰那此別、忍涙独含情」、李咸用「送従兄坤載」詩に「忍涙不敢下、恐兄情更傷」とあるように、「忍涙」と言って、「耐涙」とは言わない。なお、底本等版本・講談所本・道明寺本には、「コト」の訓のみあり。

4 寂然　ひっそりと静かな様。『周易』繋辞伝上に「易无思也、无為也、寂然不動」、嵆康「養生論」に「曠然無憂患、寂然無思慮」（『文選』

終助詞的用法ではなく結びの省略であろう。『注釈』は「流るれ」の省略とするが、「涙」を主体とする動詞を特定しようとすれば、必ずしも「ながる」が第一に挙げられるわけではない。一一三番歌【語釈】「落つる涙か」の項でも述べたように、むしろ万葉集・八代集を通して用例が多いのは「おつ（落）」あるいは「ふる（降）」である。第四句との関係から、物を言うことと泣くこととの関係を歌ったものとしては、「賢しみと物言ふよりは酒飲みて酔ひ泣きするし優りたるらし」（万葉集三―三四一）、「河と見てわたらぬ中にながるるはいはで物思ふ涙なりけり」（後撰集一〇―六三六）「おとなしのかはとぞつひに流れけるいはで物思ふ我ぞまされる」（拾遺集一二―七五〇）「恋しともいはぬにぬるるたもとかな心をしるは涙なりけり」（千載集一一―六六二）、前項にも挙げた「つらけれどうらむる限ありければ物はいはれでねこそなかるれ」（拾遺集一五―九七四）などあり、八代集では恋心について、その思いを口にしない、できないから泣くという表現が一つのパターンになっている。

【補注】

【語釈】「涙のみこそ」の項で説明したように、八代集では、恋心の告白を我慢しているから、知らず涙が出てしまうという状況が詠まれているが、当歌の場合は上句の条件表現との関係によれば、それとはあきらかに異なる。告白云々の問題ではなく、過酷な現実ゆえに、言葉を発すること自体が不可能ということであり、ただ涙だけが出るのである。「物ヲ」ではなく「物ハ」であることも、意志を伴う「言はで」ではなく「言はれで」になっていることもその表れであり、「こそ」の結びが

巻五三）とあるように、本来心情を形容する語であったが、杜甫「自閬州領妻子却赴蜀山行三首其二」詩に「物役水虚照、魂傷山寂然」、嵯峨天皇「贈賓和尚」詩に「賓公遁跡星霜久、万事無情愛寂然」（『凌雲集』）、滋野貞主「夏日陪幸左大将藤原冬嗣閑居院応製」詩に「寂然閑院当馳道、祇候仙輿灑一盧」（『凌雲集』）とある。**静室**　清らかで静かな部屋のこと。『北史』列女伝・鄭善果母崔氏に「静室端居、未嘗輒出門閭」とあるものの、六朝詩や唐詩の例は、寺院の宿坊や隠士の修行の部屋の意で用いられるのが一般である。ただし、白居易「病中詩十五首　枕上作」詩に「浩気自能充静室、驚飆何必蕩虚舟」、同「夏日間放」詩に「静室深下簾、小庭新掃地」と、白詩には自室を「静室」と呼ぶ例がある。なお【補注】を参照のこと。また、日本漢詩は、巨勢識人「琴興」詩に「独居想像嵆生興、静室一弄五絃琴」（『文華秀麗集』巻下）、菅原道真に「同諸小児旅館庚申夜賦静室寒燈明之詩」詩（巻三）があるように、本義に拘わらない。**両眉嚬**　「嚬」は、眉のあたりに皺をよせてしかめ面をすること。八四・一〇七番詩【語釈】該項を参照のこと。「眉嚬」とは、憂愁や深い悲哀をあらわす。李嶠「倡婦行」詩に「空余千里月、照妾両眉嚬」、杜甫「江月」詩に「誰家挑錦字、滅燭翠眉嚬」とあるように、夫が遠く家郷を離れたままの妻の悲涙を詠う。日本にも同様の詠歌が、石上乙麻呂「五言贈旧識」詩に「霜花逾入鬢、寒気益顰眉」（『懐風藻』）、巨勢識人「奉和春閨怨」詩に「君不見妾離別、昼夜吁嗟涕如雪。双蛾眉上柳葉嚬、千金咲中桃花歇」（『文華秀麗集』巻中）、同「奉和折楊柳」詩に「辺山花映雪、虚牖葉嚬眉」（『文華秀麗集』巻中）とあり、本集に「蕤賓怨婦両眉低」（二一四番）ともある。

省略されているのも、単に音数律の都合ではなく、その先が続けられない様子を表現そのものとしてなぞっているととることができる。

それでは、その苛酷な現実とは何か。「恋しきにかなしき事のそひぬれば」という表現はあまりに漠然としている。『注釈』では「恋しく思っている相手が訪れない悲しみを指すか」と推測しているが、相手が訪れないことは恋しさを募らせることはあっても、悲しいという別の感情を引き起こすことにはなるまい。通常の恋愛レベルで考えられるのは、相手が自分以外の人に心を寄せたという噂を耳にしたのではないか、ということである。


【補注】

韻字は「均」(上平声十八諄韻)、「陳・嚬」(上平声十七真韻)で、両者は同用。平仄にも基本的な誤りはない。

白詩の「静室」に関しては、全部で三例あるが、【語釈】に挙げた以外のもう一例が、「北窓閒坐」詩に「虚窓両叢竹、静室一爐香。門外紅塵合、城中白日忙。無煩尋道士、不要学仙方。自有延年術、心閒歳月長。」とあるものである。街中の喧噪に比べたら嘘のように静かな部屋で、「道士」の居室や「仙方」を学ぶ部屋に比定されるのが「静室」であり、本来の意味を全て失ったわけではないことが理解できよう。

当詩は、恋部の末尾に近く、絶望的な悲嘆を乗り越えようと、やや宗教的な静謐さが感じられる。


【比較対照】

表現として、歌の「恋しきにかなしき事のそひぬれば」に対しては詩の起句「一悲一恋是平均」が、「物は言はれで」に対しては承句「事事含情不可陳」が、「涙のみこそ」に対しては転句「流涙難留寧有耐」が、順序どおりに対応している。詩の結句はいわば補足であるが、詩の展開としても、歌の状況としても自然であろう。

ただ細かく見てみれば、看過しがたい差異がある。歌の「恋しきにかなしき事のそひぬれば」における「そふ」という動詞は、「恋しき」が「かなしき」に先行し、かつ主要であることを表すが、詩の「一悲一恋是平均」においては、両者に先後の関係はなく、かつ対等である。

また、詩の承句は「事事含情」と「不可陳」との関係が、順接確定条件の「ば」によって結び付けられる歌の上句と「物は言はれで」との関係に比べ、因果性・緊密性を持っていない。歌の「物は言はれで」と「涙のみこそ」の関係に対する、詩の承句と転句との関係についても、同様である。

一般に詩では歌に比べ、句相互の関係付けを明示しないので当詩も例外ではないのであるが、当歌における心情と行為との不可避的なつながりを考えるならば、その順番のままに詩は歌の表現を写してはいるものの、並列的で平板な印象を拭えない。もとより、本集は歌あってこその詩であるから、両方を読み比べることを前提とすれば、当歌詩はよく対応している部類に入ると言える。

一一八番

思侘　山辺緒而已曾　往手見留　不飽別芝　人哉見留砥
思ひ侘び　山辺をのみぞ　往きて見る　飽かず別れし　人や見ゆると

【校異】

本文では、初句の「侘」を、底本および文化写本・藤波家本・講談所本は「佗」とするが他本により改め、第二句の「已」を、底本および元禄九年版本・元禄一二年版本・文化版本・文化写本・講談所本・京大本・大阪市大本が「巳」とし、天理本が「己」とするが、他本により改め、第三句の「手」を、永青本・久曾神本が「而」とし、結句の「見」の後に、同二本が「湯」を補う。

付訓では、第四句の「あかず」を、元禄九年版本・元禄一二年版本・下澤本が「あかで」とする。

同歌は、歌合にも他の歌集にも見出されない。


【通釈】

思い疲れたまま山のあたりだけでも通ってみよう、満たされることなく別れた（あの）人が現れるかと思って。

【語釈】
思ひ侘び　「思（おも）ひ侘（わ）ぶ」という複合動詞形は、「ますらをの思ひわび〔思和備〕つつ度まねく嘆く嘆きを負はぬものかも」（万葉

思緒有余心不休
偸看河海与山丘
四方千里求難得
借問人家是有不

思緒《(シショ)》余《(あま)》り有《(あり)》て心《(こころ)》休《(やす)》ま（ず）。

偸《(ひそか)》に看《(み)》る河海《(カカイ)》と山丘《(サンキウ)》（と）。

四方《(シハウ)》千里《(センリ)》求《もと》むれども得《(え)》難《(かた)》し。

借問《(と)》ふ人家《(ジンカ)》是《(こ)》れ有《ぁ》りやいなや。


【校異】

「人家」を藤波家本・講談所本・道明寺本・京大本・大阪市大本・天理本・羅山本・永青本・久曾神本「人寰」に作る。「是有不」を下澤本「是有否」に作る。


【通釈】

（あの人に纏わる）色々な思いがつぎつぎにわき上がって切りがないのでわたしの心はゆったり安定することがない。（もうダメだと分かっていながら時に眼を上げて）チラッと川や海、山や丘を見る。（そこで実際に探しに出たのだが、）四方八方千里の彼方まで探し求めても得ることが難しく、この辺りに人の住む家はあるのかどうか、ちょっと自分に尋ねてみる。（そんな所まで来てしまったことだ。）


【語釈】
1　思緒　つぎつぎにわき上がる思いのこと。梁・柳惲「擣衣」詩に

集四―六四六）「立ち反り泣けども我は験なみ思ひわぶれ（於毛比和夫礼）て寝る夜しそ多き」（万葉集一五―三七五九）など、万葉集から見られ、八代集には当歌と同じく連用形で初句に来る例も「思ひわび君がつらきにたちよらば雨も人めももらさざらなん」（後撰集一三―九五三）「おもひわびきのふ山べにいりしかどふみみぬみちはゆかれざりけり」（後拾遺集一一―六二七）「おもひわびさても命はあるものをうきにたへぬは涙なりけり」（千載集一三―八一八）などのように見られる。「恋ひ侘ぶ」とほぼ同じ意味であり、一〇五番歌【語釈】「恋ひ侘びて」の項および一一〇番歌【語釈】「侘びて魂」の項を参照。

山辺をのみぞ　「山辺（やまべ）」という言葉自体は一五・一六・三〇・六六番の歌にも見られる。万葉集から「春日野の山辺の道を恐りなく通ひし君が見えぬころかも」（万葉集四―五一八）「あしひきの山辺に居りて秋風の日に異に吹けば妹をしそ思ふ」（万葉集八―一六三二）などのように見られる。格助詞「を」は次句の「ゆき」と結び付き、係助詞「ぞ」は次句末の「見る」と呼応する。『注釈』は「山辺につれない恋人を探しに出かけている」と解し、その人物像あるいは理由の可能性をいくつか挙げている。しかし、そもそもその解釈には致命的なミスがある。「山辺ニゆく」ではなく「山辺ヲゆく」であり、「を」は目的地点ではなく経過地点を表すからである。「…秋さりて　山辺を行けば　なつかしと　我を思へか…」（万葉集一六―三七九一）「玉くしげ三諸戸山を行きしかばおもしろくして古思ほゆ」（万葉集七―一二四〇）「衾道を引手の山に妹を置きて山路を行けば生けりともなし」（万葉集二―二一二）、「神なびのみむろの山を秋ゆけば錦たちきる心地こそすれ」（古今

「孤衾引思緒、独枕愴憂端」（『玉臺新詠』巻五）、白居易「初与元九別後忽夢…因以此寄」詩に「桐花詩八韻、思緒一何深」とあり、紀長江「七言奉試賦得秋一首」詩に「擣衣夾室月光冷、織錦中閨思緒滋」（『経国集』巻一三）、本集に「無限思緒忍猶発」（一三九番）とある。元禄九年版本・元禄一二年版本・文化版本・講談所本・京大本・大阪市大本・天理本・羅山本・無窮会本には音合符がある。なお「緒」については、一〇〇番詩【語釈】「怨緒」の項を参照。　**有余**　ある一定の基準・限度以上に過剰なこと。潘岳「悼亡詩三首其三」詩に「誰謂帝宮遠、路極悲有余」（『文選』巻二三）とあり、李善は『礼記』壇弓上に「子路曰、吾聞諸夫子。喪礼、与其哀不足而礼有余也、不若礼不足而哀有余也」とあるを挙げる。劉鑠「雑詩五首　代孟冬寒気至」詩に「一章意不尽、三復情有余」（『玉臺新詠』巻三）、梁・元帝「戯作艶詩」詩に「今懐固無已、故情今有余」（『玉臺新詠』巻七）、白行簡「李都尉重陽日得蘇属国書」詩に「対酒情無極、開緘思有余」とあり、嵯峨天皇「婕妤怨」詩に「団扇含愁詠、秋風怨有余」（『文華秀麗集』巻中）、菅原道真「八月十五夜待月席上各分一字」詩に「四更待月事何如、鐘漏頻移意有余」（『菅家文草』巻一）とある。　**心不休**　心のゆったり安定しないこと。語は『毛詩』小雅・菁菁者莪に「既見君子、我心則休」とあるに基づく。鄭玄は「休者、休休然」と箋し、また、『尚書』周書・秦誓に「其心休休焉、其如有容」とある。元禄九年版本・元禄一二年版本・文化版本には、「心」に訓読符がある。

2 偸看　こっそり盗み見をする、ちらっと見る、の意。六七・九八番詩【語釈】該項および一一九番詩【補注】を参照のこと。　**河海**　川や

集五―二九六）「あしがらのせきの山ぢをゆく人はしるもしらぬもうとからぬかな」（後撰集一九―一三六一）など、どれもどこかに向かって「山辺・山・山路」を通って行くことを表している。

往きて見る　この表現で一句を成す例は万葉集にも八代集にも見られない。近い例としては「しましくも行きて見てしか神奈備の淵は浅せにて瀬にかなるらむ」（万葉集六―九六九）「行きて見て来れば恋しき浅香潟山越しに置きて寝ねかてぬかも」（万葉集一一―二六九八）、「春の夜の夢のなかにも思ひきや君なきやどをゆきてみんとは」（後撰集二〇―一三八七）「つのくにのなには渡につくるなるこやといはなんゆきて見るべく」（拾遺集一四―八八五）などが挙げられる。右掲の後撰集歌の場合、「やどを」は「ゆく」ではなく「みる」と結び付くととらえるのが穏当であろう。前項では、当歌の「山辺を」を「ゆく」と結び付けたが、同様に考えられなくもない。「ながめやる山べはいとどかすみつつおぼつかなさのまさる春かな」（拾遺集一三―八一七）のように、「山辺」は見る対象にもなりうるからである。かりにそうとると、どこに行って山辺を見るかが問題になる。山辺は遠望するものであって、山辺に行って山辺を見るでは成り立ちがたい。いっぽう、前項どおりに「山辺ヲゆく」とすると、何を見るかが問題になろう。同じく「山辺」では、「人や見ゆる」とのバランスを欠き、いかにも茫漠としている。一案として、「見る」を、実質的な視覚行為を表すのではなく、「をりて見ばおちぞしぬべき秋はぎの枝もたわわにおけるしらつゆ」（古今集四―二二三）「人心たとへて見れば白露のきゆるまもなほひさしかりけり」（後撰集一八―一二六三）などと同様、ためしに～するという補助動詞の用法とみて

海の意。ただし、本来は、黄河と海の意。班固「西都賦」に「朝発河海、夕宿江漢」（『文選』巻一）とあり、李善は『公羊伝』僖公三一年に「河海潤于千里」とあるのを指摘する。また李斯「上書秦始皇」書に「是以太山不譲土壌、故能成其大。河海不択細流、故能就其深」（『文選』巻三九）とあるように、広大なものの比喩としても用いられる。底本等版本や大半の写本に音合符がある。**山丘**　山と丘の意。「山邱」に同じ。左思「呉都賦」に「置酒若淮泗、積肴若山丘」（『文選』巻五）、何晏「景福殿賦」に「豊侔淮海、富賑山丘」（『文選』巻一一）とあるように、膨大なものの比喩でもある。淳和天皇「秋晩侍内殿宴」詩に「微臣荷徳良無力、但寿天基献山丘」（『凌雲集』）とあるのも、膨大な寿命を言う。底本等版本や大半の写本に音合符がある。

3四方　周囲の僻遠の地。基本義は勿論東西南北の四つの方角であるが、そこから畿内・関内に対する地方の国々、延いてはそれを含む天下を表すことになる。「漢時童謡歌」に「城中好高髻、四方高一尺。城中好大眉、四方眉半額。城中好広袖、四方用匹帛」（『玉臺新詠』巻一）、傅玄「有女篇艶歌行」に「徽音冠青雲、声響流四方」（『玉臺新詠』巻二）とあるように、城内に対する郊外・地方の意で用いられることが多く、白居易「贈友五首其五」詩にも「京師四方則、王化之本根」とある。菅原道真「霜夜対月」詩に「当時誰道四方在、苦惜孤輪独望西」（『菅家文草』巻五）、同「早春侍内宴同賦香風詞応製」詩に「香風半是殿中香、吹自綺羅及四方」（『菅家文草』巻六）とあるのも同様。**千里**　遙か彼方、の意。呉邁遠「飛来双白鵠」詩に「歩歩一零涙、千里猶待君」（『玉臺新詠』巻四）、王融「古意二首其二」詩に「千里不相聞、寸心鬱氛氳」

おきたい。

飽かず別れし　一六番歌【語釈】「飽かず散るとや」の項および七四番歌【語釈】「飽かず別るる」の項を参照。この句全体が結句の「人」を修飾する。

人や見ゆると　一一四番歌【語釈】「かげや見ゆると」の項を参照。倒置で、第三句の「ゆきて見る」を修飾する。

【補注】

　終わった恋を諦めきれず、なお相手を求めるという歌である。「飽かず別れし」であるから、一方的に相手が疎遠になったものと見られる。当歌で問題になるのは、なぜ「山辺をのみぞ」なのかであろう。おそらくは、いつも相手が山辺の道を通り、自分の家に通ってきたからであろうと考えられる。【語釈】でも触れたように、『注釈』では、山籠や仙界あるいは冥界などの相手を探しに行くという可能性を指摘する。それも同じ疑問から発したのであろうが、恋歌としてはどれも尋常でない設定であり、山の中まで行くならばともかく、山のふもとあたりだけでは、探しに行くことにもなるまい。

　もう通わなくなったのであるから、通り道のある山辺に行ったとしても会えるはずはない。しかし、自ら相手を出迎えに行けば会えるかもしれず、そして会える可能性があるとしたら、その山辺しかないという思いである。それが夕刻以降のことならば、常軌を逸した思い付きであり、それほどまでに「思ひ侘び」ていたということである。

(『玉臺新詠』巻四)とあり、石上乙麻呂「五言飄寓南荒贈在京故友」詩に「遼敻遊千里、徘徊惜寸心」(『懐風藻』)、菅原道真「早春内宴侍清涼殿同賦草樹暗迎春応製」詩に「千里遺懐銷尽雪、四山廻眼染初藍」(『菅家文草』巻六)とある。なお、一〇五番詩【語釈】該項も参照のこと。

求難得　探し求めても手に入れることが難しい、の意。曹植「与呉季重書」に「夫求而不得者有之矣、未有不求而得者也」(『文選』巻四二)、劉得仁「省試日上崔侍郎四首其二」詩に「如病如癡二十秋、求名難得又難休」とあり、村上天皇「雪裏覓梅花」詩に「雪山宿艶尋難得、庾嶺寒粧半不真」(『類題古詩』求)とある。

4 借問　質問する、ちょっと尋ねてみること。上句に用いて下句はその自答となるのが一般。六九番詩【語釈】該項を参照。なお、曹植「雑詩五首其二」詩に「借問歎者誰、言是客子妻」(『玉臺新詠』巻二)、同「美女篇」詩に「借問女安居、乃在城南端」(『玉臺新詠』巻二)とあるなど、閨怨詩にも少なくない。底本には訓合符があるが、元禄九年版本・元禄一二年版本・文化版本には音合符がある。藤波家本・講談所本・道明寺本・京大本・天理本・羅山本・無窮会本には、訓合符を付して「借問フ」とある。**人家**　人の住む家の意。この語は、例えば晋・傅玄「美女篇」詩に「美人一何麗、顔若芙蓉花。一顧乱人国、再顧乱人家」とあるように、家庭の意味になったり、様々な意味を持つが、その「有」「無」を言う場合には、沈佺期「入少密渓」詩に「樹密不言通鳥道、雞鳴始覚有人家」、劉長卿「尋張逸人山居」詩に「危石纔通鳥道、空山更有人家」、元稹「景申秋八首其七」詩に「荒涼池館内、不似有人家」と、民家の意となることが非常に多い。なお、六九番詩【語釈】該項を参照。異文「人寰」は、人間の住む世界。俗界。八五番詩【語釈】該項を参照。「家」と「寰」は、共に平声。両字の草体の類似による混同だろう。意味上より、「人家」を採る。**是有不**　「不」が文末に来たときは、そうなのか、違うのかと訊くときの言葉。たとえば古楽府「日出東南隅行」に「使君謝羅敷、寧可共載不」（『玉臺新詠』巻一）、同「隴西行」に「伸腰再拝跪、問客平安不」（『玉臺新詠』巻一）とあり、菅原道真「舟行五事其五事」詩に「我将知実不、試擲米三升」（『菅家文草』巻三）、同「左金吾相公…同賦親字」詩に「相公送君君知不、為我君聞説本因」（『菅家文草』巻五）とある。この訓みは、底本等諸本に大きな差はない。

【補注】

韻字は「休・丘・不」で、下平声十八尤韻。平仄にも基本的誤りはない。

【比較対照】

その主体が女性だとするならば、歌でさえ普通とは言えない行動であるが、閨怨を背景とする詩としてはまったくありえない行動が描かれている。詩の前半はともかくとして、後半は文字どおりの行動として受け取るならば、生ま身の、しかも女性ではそもそも想定できないであろう。歌における「山辺をのみぞゆきて見る」の「のみ」という限定を、詩が「四方千里」という無茶な範囲にまで拡大してしまったのは、なぜか。女性の歌ではなく、男性の歌と受け取ったからか。あるいは、女性の歌を、詩では男性に置き換えてみたからか。詩【通釈】では「（そこで実際に探しに出たのだが、）四方八方千里の彼方まで探し求めても」とし、『注釈』も同様である。これが出発点ゆえの不審であった。

これを解く一試案として、「四方千里」を文字どおりではなく、一種の誇大表現とみなすことである。女性にとっては近辺に出歩くことでさえ、そのように思われるということである。そもそも承句において、「河海」や「山丘」を「偸看」するのは、家の中に籠っていてはできまい。居ても立ってもいられないという思いが、外出するという思いきった行動を引き起こしたという点では当歌詩は共通するが、それが受け入れ可能になるのは、承句の「四方千里」を誇大表現とみなすことによってである。

詩の起句は歌の初句を、承句は歌の「山辺」と「見る」をふまえて、ふくらませた表現と考えられる。補われた「偸」には、周りの人に隠れてというニュアンスも含まれているかもしれない。問題の転句はすでに述べたとおりであり、「難得」は結句の表現も含めて、歌の下句から、その可能性への諦めを汲みとった結果であろう。

それにしても、詩には歌の「飽かず別れし人」という恋歌の条件を示す表現をまったく欠いている。起句の「思緒」のみからそれに思い及ぶのは難しいし、承句以降の行動の理由も明示されていない。これもまた、歌に付された詩だからこそ、恋人を探し求める内容と理解できるという成り立ちである。

一一九番

千々色丹　移徙良咩砥　不知国　意芝秋之　不黄葉祢者

ちぢの色に　移ろふらめど　知らなくに　こころし秋の　もみぢならねば

【校異】

本文では、初句の「々」を、京大本・天理本・羅山本・無窮会本・永青本・久曾神本が欠き、同句の「色」の前に、類従本・文化写本・京大本・大阪市大本・天理本・羅山本・無窮会本が「之」を補い、同句の「色」を、底本により改め、第二句の「徙」を、底本は「従」とするが元禄九年版本・元禄一二年版本・文化一三年版本・類従本・講談所本・京大本・大阪市大本・天理本・羅山本・無窮会本により改め、第三句の「知」の後に、文化写本・類従本・京大本・大阪市大本・天理本・羅山本・無窮会本が「名」を補い、同句の「国」の後に、永青本・久曾神本が「丹」を補う。

付訓では、結句の「もみぢ」を、羅山本・無窮会本が「くさば」とする。

同歌は、古今集（巻一四、恋四、七二六番）に「題しらず　よみ人しらず」として同文で見られる。

人情変改不須知

見説生涯離別悲

閑対秋林看落葉

何堪爽候索然時

人情《(ジンセイ)》の変改《(ヘンカイ)》須《(すべから)》く知《(し)》る（べ）から（ず）。

見《いふ》説《(なら)》く生涯《(セイガイ)》離別《(リヘツ)》の悲《(かな)》しみ。

閑《(しづか)》に秋林《(シウリン)》に対《(タイ)》して落葉《(ラクエフ)》を看《(み)》る。

何《(なに)》ぞ爽候《(サウコウ)》の索然《(サクゼン)》たる時《(とき)》に堪《(たへ)》ん。

【校異】

「索然時」を、詩紀本「索然詩」に作る。

【通釈】

人の心が変わり改まるということなど知るまでもない。（なぜなら）聞くところによれば、人の一生には離別の悲しみがあるだけだからだ。静かに秋の林に向かい葉の落ちるのを見ると、どうして秋の気候の物皆が衰え尽きるときに堪えられるだろうか。

【語釈】

1 人情　『礼記』礼運に「何謂人情。喜、怒、哀、懼、愛、悪、欲。七者弗学而能」とあるとおり、人間の様々な感情、心の意。また『春秋左氏伝』には、「喜怒哀楽好悪」の六情が見える。鮑照「擬楽府白頭吟」詩に「人情賤恩旧、世議逐衰興」（『玉臺新詠』巻四、『文選』巻二八）とある如く、男女間の感情の意にも用いるが、王維「酌酒与裴迪」詩

【通釈】

（あの人は）今さまざまに心変わりしているのだろうけれど、（そんなことは）分からないもの。（だって）心というものは秋のもみじ（と同じく目に見えるわけ）ではないから。

【語釈】

ちぢの色に　「ちぢ（千々）」については、六六番歌【語釈】「ちぢに染むらむ」の項、「色（いろ）」については、一三番歌【語釈】「色のちぐさに」の項、その「色」が秋の紅葉に関係することについては、六八番歌【語釈】「秋の色は」の項、七八番歌【補注】、九三番歌【語釈】「色増さり往く」の項を参照。なお、「ちぢの色」という表現は、万葉集はもとより、八代集にも古今集の同歌以外には見られない。

移ろふらめど　「移（うつ）ろふ」については、四番歌【語釈】「移ろふ色」の項および七七番歌【語釈】「うつろひにけり」の項を参照。継続的な推移を表し、多くはマイナスの推移の場合である。その主体としては、結句の「こころ」と「もみぢ」の双方が関わるが、現在推量の助動詞「らむ」を下接した表現としては、「こころ」の方のみが主体となる。「うつろふ」は連用修飾語を伴わずもっぱら単独で用いられるが、当歌では初句の「ちぢの色に」が「うつろふ」の修飾語となっている。同様の例はきわめて少なく、万葉集には見当たらず、八代集でも九〇例近くある中で「秋ののちくさの色にうつろへば花ぞかへりて露をそめける」（千載集四―二六二）や「かくばかりふかき色にもうつろふを猶きみきくの花といはなん」（後撰集一三―九六三）「むらさきにうつろひにしを

に「酌酒与君自寛、人情翻覆似波瀾」、韋応物「行路難」詩に「恩在環中尋不絶、人情厚薄苦須臾」、白居易「太行路」詩に「行路難、不在水、不在山、只在人情反覆間」とあるように、人の心の変わりやすさを言う場合には、男と男、あるいは君臣間の政治的な趣を帯びる場合がある。島田忠臣「病後閑座偶吟所懐」詩に「物理是非閑裏得、人情疎密病中知」（『田氏家集』巻上）、菅原道真「博士難」詩に「吾先経此職、慎之畏人情」（『菅家文草』巻二）、同「賦晴霄将見月各分一字応令」詩に「姮娥何事遅遅見、為是人情不耐秋」（『菅家文草』巻五）とある。底本等諸本に音合符がある。

変改　変わり改まること。七八番詩【語釈】該項を参照のこと。

不須　〜する必要がない、〜にはおよばない、の意。一〇八番詩【語釈】該項を参照。「須」には、底本には返点のみだが、元禄九年版本・元禄一二年版本・文化版本には右に「ク」、左に「カラ」の訓があり、講談所本・道明寺本・京大本・大阪市大本・羅山本・無窮会本には右に「ク」がある。

2 見説　唐代の口頭語。「聞説」「聞道」とも表記される。聞くところによると、聞くところでは、の意。王維「贈裴旻将軍」詩に「見説雲中擒黠虜、始知天上有将軍」、李白「送友人入蜀」詩に「見説蚕叢路、崎嶇不易行」とあるのが、比較的早い例。また小野篁「和従弟内史見寄兼示二弟」詩に「承聞堂上増羸病、見説家中絶米粮」（『扶桑集』巻七）、島田忠臣「奉拝西方幀因以詩讃浄土之意」詩に「見説国名為極楽、承聞仏寿是無量」（『田氏家集』巻上）とある、対語の「承聞」も、「余乃問曰、承聞此処有神仙窟宅、故来祇候」とあるのを初めとして『遊仙窟』に三例を見る語であり、この二例の対句は、当時の唐土の語性をよく

おくしものなほしらぎくとみするなりけり」（後拾遺集五―三五八）などが見られる程度である。初句・第二句の逆接確定条件は、第三句の「知らなくに」を修飾する。

知らなくに　「なくに」は、助動詞「ず」の未然形の「な」＋体言化の接尾語「く」＋格助詞「に」から成る。「知る」に下接した場合、万葉集には「山吹の立ちよそひたる山清水汲みに行かめど道の知らなく」（万葉集二―一五八）「岩戸割る手力もがも手弱き女にしあればすべの知らなく」（万葉集三―四一九）「ももしきの大宮人の熟田津に舟乗りしけむ年の知らなく」（万葉集三―三二三）などのように、「に」を伴わず、すべて歌末に用いられている。八代集では「君があたり雲井に見つつ宮ぢ山うちこえゆかん道もしらなく」（後撰集一三―九一八）という、万葉的な一例を除き、「わがやどの歎ははるもしらなくに何にか花をくらべても見む」（後撰集三―九三）「いさやまだこひてふ事もしらなくにこやそなるらんいこそねられね」（拾遺集一四―八九六）「たれぞこのみわのひばらもしらなくに心のすぎのわれをたづぬる」（新古今集一一―一〇六二）などのように、当歌と同じく、「に」を伴って第三句で用いられている。

こころし秋の　「意」字を「こころ」と訓む例は五六番歌に見られ、万葉集にも見られる。「こころ」および「秋（あき）」については、七二番歌【語釈】「人の心に」および「秋は来るとも」の項を参照。「し」は副助詞で、「秋の」以下の述語の主語となる「こころ」を強調する。「秋の」は次句の「もみぢ」を修飾するが、「秋のもみぢ」という表現は、万葉集に「手折らずて散りなば惜しと我が思ひし秋の黄葉をかざしつる

反映したものと言えるだろう。醍醐寺本『遊仙窟』の「承聞」の訓にも「イフナラク」がある。また、菅原道真「奉和執金吾相公弾琴之什」詩に「見説秋堂事、金吾撫玉琴」（『菅家文草』巻二）、同「水辺試飲」詩に「消憂見説有黄醅、遊出江頭試勧盃」（『菅家文草』巻四）とあり、本集上巻序に「聞説古者飛文染翰之士」とある、「聞説」の異文にも「見説」がある。底本等版本には訓合符があるだけだが、講談所本・道明寺本は、訓合符を伴って「見説ク」とあり、京大本・大阪市大本には更に「見」に「イフ」の訓がある。

生涯　『荘子』養生主に「吾生也有涯、而知也無涯」とあるに基づく語。人生、あるいは死ぬまでの間、の意。駱賓王「幽縶書情通簡知己」詩に「生涯一滅裂、岐路幾裴徊」、許渾「暁発鄞江北渡寄崔韓二先輩」詩に「南北信多岐、生涯半別離」とある。「見説」の語は、この例などを念頭に置くか。菅原道真「驚冬」詩に「不愁官考三年黜、唯歎生涯万事非」（『菅家文草』巻四）、同「叙意一百韻」詩に「生涯無定地、運命在皇天」（『菅家後集』）とあるなど、菅原道真には人心の変改と自己の生涯の関連を言う詩が少なくない。

離別悲　「別離」に同じ。『楚辞』九歌・少司命に「悲莫悲兮生別離、楽莫楽兮新相知」、張率「白紵歌辞三首其二」詩に「涼陰既満草虫悲、誰能離別長夜時。流歎不寝涙如糸、与君之別終何如」（『玉臺新詠』巻九）、阮籍「詠懐詩十七首其十三」詩に「願覩卒歓好、不見悲別離」（『文選』巻二三）とあり、山田三方「五言七夕」詩に「所悲明日夜、誰慰別離憂」（『懐風藻』）、菅原道真「哭奥州藤使君」詩に「憶昔相別離、寧知独傷毀」（『菅家後集』）とある。

3　閑対　静かに向かい合う、の意。温庭筠「観棋」詩（一作段成式詩）

かも」（万葉集八―一五八二）の一例、八代集にも「君こふと涙にぬるるわが袖と秋のもみぢといづれまされり」（後撰集七―四二七）「かすむらんほどをもしらずしぐれつつすぎにし秋の紅葉をぞ見る」（新古今集一四―一二四六）が見出されるくらいである（ちなみに本集下巻一六七番歌にも出てくる）。もみじは秋と決まっているものであり、通常はわざわざ「秋の」と付ける必要もないからであろう。当歌があえて句をまたいでまで用いたのは「秋」に「飽き」を重ねる意図があったことによると考えられ、「こころし秋の」という句のまとまりで、心が飽きることを含意しているといえる。

もみぢならねば　「もみぢ」は万葉集から「黄葉」という漢字表記が多く、本集ではすべて「黄葉」になっている。下句全体で確定条件を表し、第三句の「知らなくに」を修飾する。

【補注】

人の心と木の葉を同じとみなして、紅葉のほうを自然の推移と考えるならば、心変わりもまた避けられないこととなる。違うのは、それが目に見えるか見えないかだけである。「ちぢの色にうつろふらめど」という推量は、相手にその何らかの兆候、たとえば、あちこちで浮名を流している噂などに接したからであろうが、「知らなくに」で終わっているというのは、それ以上は追及しようとはせず、むしろ下句の理由付けによって諦めているようにさえ受け取れる。おそらくまったく疎遠になったわけではなく、会えば以前どおりの対応だったのであろう。そうならば、窪田評釈は「恋の相手の心のつかみ切れずにいる歎き」とするが、

に「閑対楸枰傾一壺、黄華坪上幾成盧」とある以外に中国詩に用例を知らない。具平親王「看山尽日坐」詩に「閑対松蘿為我事、独望巌壑絶他営」（『類題古詩』坐）とある。写本の中に「対ム」（講談所本・京大本・大阪市大本）、「対ン」（羅山本・無窮会本）の訓を持つものがあり、「ム（カフ）」の位置がずれたか、「（ムカハ）ム・ン」か。**秋林**　秋の林。陸雲「九愍・攷志」に「感秋林之夙暮、悲芳草之中霜」とある。五五番詩【語釈】該項を参照のこと。**看落葉**　陸機「文賦」に「悲落葉於勁秋、喜柔条於芳春」（『文選』巻一七）、同「園葵詩」に「豊条並春盛、落葉後秋衰」（『文選』巻二九）とあり、嵯峨天皇「神泉苑九日落葉篇」詩に「観落葉、断人腸。…無物不蕭条、坐見寒林落葉飄」（『文華秀麗集』巻下）とある。また、四九・六八番詩【語釈】該項を参照のこと。

4何堪　どうして～（すること）に耐えられようか、いや我慢できない、の意。「何」は、基本的には疑問詞だが、この場合は反語になることが極めて多い。盧綸「得耿湋司法書…鄭倉曹暢参軍昆季」詩に「塵容帯病何堪問、涙眼逢秋不喜開」、白居易「寄劉蘇州」詩に「何堪老涙交流日、多是秋風揺落時」とあり、賀陽豊年「高士吟」詩に「一室何堪掃、九州豈足歩」（『凌雲集』）とある。**爽候**　秋のさわやかな気候のこと。王勃「為人与蜀城父老第二書」に「方今炎飈謝節、爽候関辰。風高而宇宙清、霜下而亭郊粛」とあり、本集に「爽候催来両事悲」（五〇番）、「惜来爽候欲闌光」（五三番）とある。ただし、憲宗「賑給京畿百姓制」に「去歳旬服、気序愆和。夏属驕陽、秋多苦雨。三農爽候、五稼不滋」とある例は、「三農候を爽へ、五稼滋らず」の意で、この語が熟語化していたとは言い難く、日本漢文にも用例を知らない。**索然**　衰え尽きる

「案外悟っている心境と見てはどうか」（完訳日本の古典）というほうがふさわしいと考えられる。

ひっかかるのは、新日本古典文学大系本の「草木の葉がそれぞれいろいろの色に変るように、あの人の心はさまざまに変るようですけれど、わたくしにはよく分からないことですよ。人の心というものは、秋のもみじではないのですから、飽きがきたからとそう簡単に心変りするものではないはずですもの」という解釈である。とくに後半、人の心と木の葉の違いを、目に見えるか否かではなく、変化のしやすさの違いととらえていることである。しかし、これでは、前半と後半はあきらかに整合しない。分からないのではなく、（たとえ間違っていたとしても）分かっていることになるはずだからである。

※木落葉而隕枝」（『文選』巻一六）とあるのを知りつつも、恋愛詩というよりも政治詩的な意味合いの方が強いと言い得る。あるいは逆に、「寡婦賦」に秋の落葉の描写があることで、恋の完全な終わりを表現しているとも言えよう。

【比較対照】

心と木の葉の対比という当歌の趣向が詩に写されているかと言えば、否である。たしかに、詩前半には「人情」や「悲」が見られ、後半には「落葉」が出てくる。しかし、決定的に異なるのは、歌がそれらの変化の過程を取り上げているのに対して、詩は変化の結果を表現している点である。加えて、歌の眼目は、その変化の過程の可視性と不可視性とを対立させるところにあるのに対して、詩は人情の変化と自然の変化の同一性のほうを見ているという点である。

「ちぢの色にうつろふ」の「ちぢの」という表現は、まさに心と木の葉の変化の過程のありようを表しているが、詩にはそれに相当する表現がない。


様。消え入るような様。陸機「歎逝賦序」に「或所曾共遊一塗、同宴一室、十年之外、索然已尽。以是思哀、哀可知矣」（『文選』巻一六）とあり、李善は「索、尽貌」という。また『説苑』貴徳に「聖人之於天下也、譬猶一堂之上也、今有満堂飲酒者、有一人独索然向隅泣、則一堂之人皆不楽矣」とある。


【補注】

韻字は「知」（上平声五支韻）、「悲」（上平声六脂韻）、「時」（上平声七之韻）で、三者は同用。この「五支」「六脂」「七之」という押韻は、おそらく作者の意識して狙ったものであろう。

この詩が恋部に収載される要因は、起句の「人情変改」の語句以外にない。一一七番あたりから準備されてきた恋愛感情に基づく以上の孤独感・寂寥感は、この作品にいたって最高潮となり、単なる恋愛を超えて、人生全体を覆い尽くす。中国詩においては、男女の恋愛感情は君臣間の親近感にすぐに比定されるから、その伝統的な解釈に依拠すれば、当詩は悲秋文学の系譜とも相俟って、潘岳「寡婦賦」に「天凝露以降霜兮、※

転句の「落葉」は紅葉の事後のことであり、しかも色については一切触れていない。歌の第三句「知らなくに」には詩の起句における「不須知」が相当するものの、知らないという事実と、知るまでもないことという真理との隔たりは大きい。歌の下句「こころし秋のもみぢならねば」という対比表現そのものもまた、詩には見出せない。前半と後半の関係はすでに述べたように、対比ではなく重ね合わせが意図されたことが、結句によって示されている。

詩【補注】では、「恋愛感情に基づく以上の孤独感・寂寥感は、この作品にいたって最高潮となり、単なる恋愛を超えて、人生全体を覆い尽くす」とする。そのような詩に成りえたのは、当歌も人心一般を歌ったものととることが可能だからである。むしろ恋歌という部立に含まれるから、当歌を恋歌としてとらえるのであって、表現に即すならば、詩と同じく、ほかならぬ恋歌と認定できる特定の語は用いられていない。さらに言えば、歌に秋の景物としての「もみぢ」が出てくるが、【語釈】「こころし秋の」の項で述べたように、「飽き」との掛詞を意図して、わざわざ「秋のもみぢ」と表現したことが逆に、季節感を希薄にし、観念的な比喩という感じを否めなくしている。対するに、詩のほうが結句を中心として秋という季節だからこその思いという印象が強い。

関連論文

上巻全体の和歌と漢詩の対応関係

半澤幹一

はじめに

『新撰万葉集』上巻における、和歌と漢詩の組み合わせそれぞれについては、各【比較対照】欄で述べたとおりである。ここでは、上巻全体について、とくに表現上の対応関係という観点から、その特徴・傾向を計量的に明らかにしたい。

和歌に漢詩を付すという試みは、『新撰万葉集』が初めてであるが、その際、短歌に対して七言絶句という詩形式が選ばれたのはなぜかという問題がある。この問題について、小島憲之「古今集への道」（『文学』四三—八、一九七五・八）は「一体、出来上った「歌」を、形式を異にする「詩」に改めることはなかなかむつかしい。三十一文字の「歌」は、五言（七言）の二句で満たすことができる。詩の二句がひとまとまりをなすことは、『千載佳句』や『和漢朗詠集』にみえる如く、二句の抽出によっても知られる。しかし一首の「詩」の完成は最小限四句を必要とする。つまり詩二句によって歌意を満たす場面には——勿論その三句四句を合せて始めて歌意を満たすものもある——、あとに残る二句は「あまりもの」である」とし、五言であれ七言であれ、当時の漢詩としてはもっとも小さい四句構成の絶句でさえ、短歌の倍の言語量を有するとみなしている。

句題和歌と呼ばれる、漢詩一句に和歌（短歌）を付すことも、その逆の場合より盛んに行われたが、その嚆矢となるのは、『新撰万葉集』上巻とほぼ同時期に成立したと見られる、大江千里の『句題和歌』である。『句題和歌』における漢詩一句と和歌の対応関係については、漢詩一句のすべての語が何らかの形で和歌に訳されているのは全体の五〇パーセントに満たないのであって、七言句については四〇パーセント強にすぎず、五言句より二〇パーセント以上低い（半澤幹一「大江千里『句題和歌』における和歌——その評価の見直しのために」日本文芸研究会編『伝統と変容――日本の文芸・言語・思想』ぺりかん社、二〇〇〇、参照)。この結果からも、単純に言語量として換算してみるならば、和歌一首で漢詩二句にほぼ相当するということであり、小島論文の指摘と重なる。

それを承知のうえで、漢詩として一つのまとまりのある形式を選択するとすれば、その最小形式である絶句しかありえなかったことは間違いないであろう。とすれば、後は、五言か七言かという問題になる。言語量として、できるだけ和歌との差を小さくしようとすれば五言を選ぶのが順当そうであるが、あえて七言にした理由は、和歌と対応させやすくするためであったと考えられる。すなわち、中国漢詩において、五言が叙景に重きを置くのに対して七言が叙情を含むのが一般的であり、そのことが叙情中心の和歌にはふさわしかったということである。

しかし、この選択のゆえに、『新撰万葉集』における漢詩は、その「あまりもの」の二句の処置に窮することとなった。小島前掲論文は『新撰万葉集』の歌に附属し並立する詩は、一般に「拙し」の評を得ている。拙なるが故に、その考察も殆ど進展をみない現状である。それは「歌」の意を満たすべき並立の「詩」がやや歌意をそれるために特に誤解されたのである」のように、一般的な評価として「拙し」とし、近年では、村上哲見『漢詩と日本人』(講談社、一九九四)が「短歌で表現されている事柄は概ね七言の二句で尽くせるので、七絶で対応させようとすれば、あとに二句の余裕をどうするかが問題になる。理論的に考えれば、後世の俳句をも含めて、日本の短詩形式は、ことのほかに言外の意味というものを重んずるところに特色があるはずで、そこのところを詩句にうまく写し取ることができればよいと思われるけれども、『新撰万葉集』の漢詩にはほとんどそうした工夫を窺うことができず、適当に引き伸ばしたり、あるいは別の事柄を持ちこんでつじつまを合せるようなことに終始している」と述べている。

このような否定的な評価に対して、「これを好意的にみて、歌の本意を補足する部分とみれば、実に興味深いものである。平安人の歌は宣長のほどこした口語訳のような意のほかに、歌に現われない部分に各自めいめいの文学的あそびの場、「あやの空想」をもつたわけであり、直截的な万葉集とは違つた世界があつたのである」(小島憲之「古今集的表現の成立」『解釈と鑑賞』三五―二、一九七〇・二)、また「残りの詩二句は、歌意に添はない別の内容を附加しなければ一首の詩として完成しない。それは歌意に「入らぬ」余分の句を加へることになる。しかも詩を讃美する平安人にとつても、自身の詩的表現を本場の中国詩に即してつかむことはやはり困難である。その詩を歌意に接近させようとするならば、それは、おのづから和習味(和臭味)を免れ得ない。このやうな困難を克服してともかくも九世紀末に生れた、『新撰万葉集』の歌に対する詩を「拙劣」と評することはやや残酷であり、平安人の当時の立場に戻つて多少の反省を試みることは、やはり必要である」(同「九世紀の歌と詩」関西大学『国文学』五二、一九七五・九)などのように、むしろ日本的な漢詩の特色であるという弁護も見られる。

さらに、「漢詩について注意しておきたいのは、当然のことながら、漢詩は和歌の単純な訳（解説・説明）ではないということである。それは、当該和歌の一享受形態としての漢詩的解釈を示した、言い換え（直訳）というよりも翻訳――優れて文化的なコード変換というべきもの。両者はもとより等価関係になく、相互に固有の存在様態を照らし出すそれぞれに独自の表現方法として認識されていたから、漢詩から逆算して、和歌の意味を一元的に規定しおおすことは（漢詩の「意味」をとってそれを当代「和歌」の正当なる解釈とする態度は）正しくない。両者が一元的に等価交換可能なものならば、和歌に漢詩を付する行為などほとんど無意味な蛇足に等しいであろう」（渡辺秀夫「和歌と漢詩」『国文学』三七―一二、一九九二・一〇）のように、和歌の直訳と、それゆえの余りの句という、従来の見方を否定し、『新撰万葉集』の漢詩を積極的に評価しようとする立場も現れるようになった。

今となっては、「重要なことは、最初の意図は、純然たる歌集にあったということである。「先生」が詩を付したのも全歌ではなく「数首」にすぎない。私たちは、現在のスタイルにまどわされて、『新撰万葉集』の和歌と漢詩を同等の比重で考えがちである。しかし、それは大きな誤りであって、漢詩の比重はなきに等しいのである」（山口博『王朝歌壇の研究　宇多醍醐朱雀朝篇』桜楓社、一九七三）などの如き評価はもはや顧みられることはなく、日本人が作った、いわば歌題漢詩としてその独自性を前向きに評価しようとするのが研究の大勢であると考えられる。

しかし、以上のような、これまでの評価にはいずれにしても、たぶんに断片的に突出した例を挙げての印象批評という面が拭いきれず、それを全体として実証的に裏付ける調査は行われてこなかった。直訳か否かという基本的な問題も、和歌と漢詩の言語的な対応関係が確認されて初めて正当に問われることであって、かりに直訳であるとしても、和歌が漢詩二句で収まっているかどうかも、全体の表現上の対応関係を見た上で評価すべきことであろう。

一　対応確認の手続き

まずは、いたずらに結果を煩雑にしないように、和歌も漢詩も一句を単位とし、それぞれに含まれる自立語を中心として、両者の対応関係を見ることとした。その対応関係は厳密に語として同一あるいは意味的に共通するものだけではなく、関連があると認められる場合も含め、ややゆるやかに認定した。逆に言えば、それでもなお対応関係があるとみなされない場合は、和歌あるいは漢詩それぞれの独自の用語・措辞ということになる。
対応関係の認定は以下のように行った。具体例をあげて説明する。

21　春来れば　花とや見らむ　白雪の　懸かれるえだに　鶯の鳴く
　　嗤見深春帯雪枝　黄鶯出谷始馴時　初花初鳥皆堪翫　自此春情可得知

この組み合わせの場合、各句の自立語を中心として見れば、和歌の第一句が漢詩の第四句（「春」と「春情」）に、和歌の第二句が漢詩の第三句（「花」と「初花」）に、和歌の第三句と第四句が漢詩の第一句（「白雪」「えだ」と「雪枝」）に、和歌の第五句が漢詩の第二句（「鶯」と「黄鶯」）に対応・関連しているとみなすことができる。つまり、和歌の五句が、その順番は異なるものの、漢詩の四句全体にわたって対応しているということである。

これに対して、

93　かみなづき　しぐれ降るらし　山里の　まさきのもみぢ　色増さり往く
　　孟冬細雨足如糸　寒気始来染葉時　一一流看山野裏　樹紅草緑乱参差

という組み合わせでは、和歌の第一句と第二句が漢詩の第一句（「かみなづき」と「孟冬」、「しぐれ」と「細雨」）に、第三句が第三句（「山里」と「山野」）に、第四句が第二句と第四句（「まさき」と「樹」、「もみぢ」と「染葉」）にというように、漢詩の全句が和歌に対応・関連しているものの、和歌の第五句に対応する表現は漢詩に見られない。また、

37　琴のねに　響き通へる　松風を　調べても鳴く　蟬のこゑかな
　　邕郎死後罷琴声　可賞松蟬両混幷　一曲弾来千緒乱　万端調処八音清

という組み合わせでは、和歌の第一句と漢詩の第一句（「琴のね」と「琴声」）、第二句と第二句（「響き通へ」と「混幷」）、第三句と第二

句（「松風」と「松」）、第四句と第四句（「調べ」と「調」）、第五句と第二句（「蟬」と「蟬」）のように、和歌の五句すべてが漢詩の表現に対応・関連しているが、漢詩の第三句に相当する表現が和歌には見られず、新たに付加されたものである。

また、後ほど和歌と漢詩の各句の内容同士の対応関係を取り上げるが、その際、内容として、自然（動物・植物・天象・地儀・自然現象など）と人事（人間主体・行為・心情・人工物など）の二つに大きく分け、実際の句においては、自然中心の句、人事中心の句、自然と人事がともに含まれる句の三種に分類した。その内容分類の方法は、右掲の21番の和歌と漢詩を例とすると、次のようになる。

和歌　第一句―自然（「春・来」）、第二句―自然＋人事（「花」＋「見る」）、第三句―自然（「白雪」）、第四句―自然（「懸かる・えだ」）、
　第五句―自然（「鶯・鳴く」）

漢詩　第一句―自然＋人事（「深春・雪枝」＋「嗤見」）、第二句―自然（「黄鶯・谷」）、第三句―自然＋人事（「初花・初鳥」＋「翫」）、
　第四句―自然＋人事（「春」＋「情・知」）

二　結果その一

以上の手続きを経て、まず、漢詩の表現が何句、和歌に対応・関連しているかを整理してみると、〈表1〉の結果となる。なお、これは和歌の五句すべてに対応しているということではなく、和歌のいずれかの句に対応しているという意味である。

〈表1〉

漢詩の四句が対応	八（ 六・七%）
漢詩の三句が対応	四四（三七・〇%）
漢詩の二句が対応	五六（四七・一%）
漢詩の一句が対応	一一（ 九・二%）
漢詩の〇句が対応	〇（ 〇%）

詩の二句が和歌に対応する場合が最も多く、その点では、言語量として、和歌の五句に対して漢詩二句が相当するという見方は正しいともいえるが、実際には全体の半数に満たず、三句が対応する場合と大きく異なるわけではない。また、さすがに詩が和歌の表現にまったく対応しないという場合は皆無であるものの、逆に、詩の四句すべてが対応する場合はわずかながらも見られる。

では、和歌の五句のうち何句に、漢詩の句が対応しているかを見てみると、〈表2〉のようになる。

〈表2〉

漢詩対応句数＼和歌対応句数	五句	四句	三句	二句	一句
四句	四	四	〇	〇	〇
三句	一三	二一	一〇	〇	〇
二句	一三	一八	二二	三	〇
一句	一	二	二	五	一
計	三一	四五	三四	八	一

この結果によれば、漢詩が和歌の五句すべてに対応するのは三一組（二六・一%）あって、つまり漢詩が何句であれ和歌を直訳したというのは、全体の四分の一程度にすぎないということである。最も多いのは和歌の四句に対応する場合で全体の約四割、次が三句に対応するケースで約三割であり、和歌の一句か二句は漢詩に生かされないというのが大勢を占める。

さらに、和歌の一句あるいは二句にしか漢詩が対応しないという場合もなくはなく、その場合はそもそも漢詩でも一句あるいは二句しか対応する表現がないのであって、それらの場合、和歌と漢詩はそれぞれ表現という点ではほぼ別々に成り立っているといえる。なお、言うまでもないことではあるが、歌集の成り立ち上、和歌の全句に表現上まったく対応しない漢詩というのは、皆無であった。

漢詩における対応表現の句数という観点から見れば、和歌の四句あるいは三句に対して漢詩の三句あるいは二句が対応するというケースが多く、全体の約六割に及び、これが『新撰万葉集』における標準的な和歌と漢詩の対応関係であるといえる。

三　結果その二

今度は逆の観点から、和歌あるいは漢詩のどの句が互いに対応しないかを、その句の位置から見てみたい。

まずは、和歌のほうで漢詩に対応・関連する表現が認められない句数は、〈表3〉のとおりである。なお、「漢詩対応句数」の欄は、前掲の〈表1〉・〈表2〉に示したものと同じで、和歌に対応する漢詩の句数別に算出した数値である。

〈表3〉

漢詩対応句数＼和歌不対応句	第一句	第二句	第三句	第四句	第五句
四句	○	○	一	○	二
三句	三	九	一二	一二	五
二句	一七	一二	一一	一五	一六
一句	四	二	五	八	六
計	二四	二三	二九	三五	二九

合計を見ると、和歌の第一句から第五句まで、それほど大きな差は見られないが、上句と下句を比較すれば、下句の第四句や第五句のほうが不対応になることがやや多い。対応する漢詩の句数別に見て目立つのは和歌の第一句と第五句であり、漢詩の二句が対応する場合と漢詩の三句が対応する場合で、極端な差が見られる。

いっぽう、漢詩において、和歌と対応しない句の位置を見ると、〈表4〉のとおりである。

合計から見ると、詩の第四句（結句）が和歌と不対応になるのが最多であり、詩の後半の二句を合わせると、約八割になる。ということは、逆に考えれば、和歌に対して漢詩はその前半で対応し、後半は独自の表現を新たに用いたということになる。これは小島前掲論文の言う「残りの詩二句」が後半のことを意味するとすれば、「歌意に添はない別の内容を附加しなければ一首の詩として完成しない。それは歌意に「入らぬ」余分の句を加へることになる」ことを裏付ける結果であるといえる。

〈表4〉

漢詩対応句数＼漢詩不対応句	第一句	第二句	第三句	第四句
三句	三	七	一三	二一
二句	七	一五	四二	四八
一句	四	七	一一	一一
計	一四	二九	六六	八〇

次に、和歌と漢詩の対応する句の位置同士の関係を整理すると、〈表5〉のとおりである。なお、一句が二句以上にまたがって対応・関連する場合は、重複してカウントしてある。

〈表5〉

漢詩＼和歌	第一句	第二句	第三句	第四句	第五句	計
第一句	六四	四七	四二	一六	二五	一九四
第二句	一九	三四	三六	四三	三三	一六五
第三句	七	一二	一一	二〇	二二	七二
第四句	八	七	三	一二	一八	四八
計	九八	一〇〇	九二	九一	九八	四七九

この結果から指摘できるのは、次の四点である。

第一点は、すでに確認したことであるが、和歌の五句全体が漢詩の前半の第一句および第二句で全体の約四分の三（一九四＋一六五／四七九）がカバーされているのに対して、漢詩の四句は和歌の五句全体にほぼ均等に分散して対応しているということである。

第二点は、和歌の第一句には漢詩の第一句が対応することが圧倒的に多い（約六五％）ということである。

第三点は、和歌の第二句と第三句は、漢詩の第一句あるいは第二句で約八割（四七＋四二／三四＋四三）が対応しているということである。

第四点は、和歌の下句つまり第四句と第五句は、対応が漢詩の第二句を中心としつつも四句全体にほぼ均等にばらついているということである。

以上のことから、漢詩は和歌の上句（第一句から第三句）については、その前半で対応しているが、和歌の下句（第四句・第五句）については、その都度、漢詩の各句に配されて対応しているといえる。

今度は、和歌と漢詩の対応関係を、その部立として、季節歌（春・夏・秋・冬）と恋歌の大きく二つに分けて、比較してみると、〈表6〉のような結果になる。

〈表6〉

和歌／漢詩の対応句数	季節歌	恋歌
四句	八（八・一%）	〇（　〇%）
三句	三三（三三・三%）	九（四五・〇%）
二句	四八（四八・五%）	八（四〇・〇%）
一句	一〇（一〇・一%）	三（一五・〇%）
計	九九	二〇

全体として、季節歌であれ恋歌であれ、漢詩の三句あるいは二句が和歌に対応するケースがともに八割以上で、その点では大きな違いは見られない。ただ、季節歌のほうは漢詩四句すべてが対応している場合があるのに対して、恋歌にはそれがなく、また割合としては恋歌のほうが季節歌に比べて漢詩の一句のみが対応する場合が多いといえる。

四　結果その三

『新撰万葉集』上巻におけるすべての和歌と漢詩の各句に表現される内容を、自然、人事、自然と人事の三つに大分してみると、〈表7〉のような結果となる。

〈表7〉

	和歌句内容	漢詩句内容
自然	三一〇	九四
人事	一九九	一六二
自然＋人事	八六	二二〇

和歌と漢詩を比べると、和歌は自然のみを内容とする句が半数以上であるのに対して、漢詩は自然と人事の両方を含む句が半数近くになるという点が指摘できる。これには、和歌に自然＋人事を含む句の割合が少ない点も含め、一句あたりの言語量として漢詩が和歌の倍以上あることが関係するであろう。それにしても、漢詩には自然のみの句が二割にも満たない点が注目される。

これをさらに、季節歌と恋歌に分けて、和歌と漢詩を比較すると、次の〈表8〉のようになる。

季節歌では、和歌の半数以上が自然を内容とする句であるのは当然としても、漢詩では四分の一にも達せず、自然、人事、自然＋人事のそれぞれに分散している。

恋歌では、和歌も漢詩も人事を中心とする点で変りはないが、漢詩にはまったく自然に関する句が見られない。

〈表8〉

内容		和歌	漢詩
季節歌			
	自然	二八五	九四
	人事	一三四	一〇五
	自然＋人事	七六	一九七
恋歌			
	自然	二五	〇
	人事	六五	五七
	自然＋人事	一〇	二三

次に、和歌と漢詩の各句の位置ごとに、内容を見ると、〈表9〉のようになる。

〈表9〉

和歌句内容	第一句	第二句	第三句	第四句	第五句
自然	八三	六一	七二	四六	四八
人事	二九	三四	四四	四〇	五二
自然＋人事	七	二四	三	三三	一九

漢詩句内容	第一句	第二句	第三句	第四句
自然	二七	三二	一七	一八
人事	三七	三五	五〇	四〇
自然＋人事	五五	五二	五二	六一

和歌は五句全体にわたって自然を内容とする句が多く、とくには上句に目立つ。人事についてはとくに集中する句はないが、自然＋人事は下句の二句で六割を占める。

いっぽう、漢詩はどの句も自然＋人事がもっとも多いが、相対的には前半二句に自然、後半二句に人事が偏る傾向が見られる。

五　結果その四

〈結果その三〉をふまえ、和歌と漢詩の内容上の対応関係を、句単位で見てみる。はじめに、不対応の句については、〈表10〉のとおりである。

〈表10〉

句内容	和歌	漢詩
自然	三一〇	九四
人事	一九九	一六二
自然＋人事	八六	二二〇
計	五九五	四七六

和歌のほうから見ると、自然の句が漢詩では不対応になるのが全体の約六割ともっとも多く、自然＋人事の句がもっとも少ないのに対して、漢詩のほうでは、ちょうど逆の傾向を示すという対照的な結果である。これは、和歌では自然の句、漢詩では自然＋人事の句が、それぞれ独自の内容になっているということである。

最後に、和歌と漢詩の句の内容同士の対応関係を見てみると、〈表11〉のとおりであり、右表から、次の三点が指摘できる。

第一に、組み合わせの可能性として考えられる九種類が、数の違いはあるものの、すべて認められるということである。

第二に、同一の内容同士による対応関係が多く、自然を人事に、あるいは人事を自然に対応させることは非常に少ないということである。

第三に、漢詩は、和歌の内容の如何にかかわらず、自然+人事という内容で対応することが多いということである。

〈表11〉

漢詩句内容＼和歌句内容	自然	人事	自然＋人事
自然	一一七	一二	二五
人事	一四	六七	五
自然＋人事	一三四	六〇	四五

おわりに

以上の調査結果から、『新撰万葉集』上巻全体における和歌と漢詩の表現上の対応関係について指摘できる特徴・傾向を改めて確認すると、次のようになる。

〔結果その一〕からは、和歌の四句あるいは三句に対して漢詩の三句あるいは二句が対応するというケースが約六割に及び、これが『新撰万葉集』上巻における標準的な和歌と漢詩の対応関係であるといえる。この結果により、従来の、和歌全体に対して漢詩二句という、言語量としての対応関係に関する通説は部分的に否定されたと考えられる。

〔結果その二〕からは、漢詩は和歌の上句（第一句から第三句）については、その前半で対応しているが、和歌の下句（第四句・第五句）については、その都度、漢詩の各句に配されて対応しているといえる。これは、従来の、漢詩後半が「あまりもの」であるという見方を否定するものではないが、実際にはそう単純な対応関係ではなく、もっと多様であることが明らかになったと考えられる。

〔結果その三〕からは、和歌は自然を内容とする句が半数以上あるのに対して、漢詩は自然と人事の両方を含む句が半数近くになること、季節歌では、和歌の半数以上が自然を内容とする句であるのに対して、漢詩では四分の一にも達せず、恋歌でも、漢詩にはまったく自然に関する句が見られないこと、和歌は五句全体にわたって自然を内容とする句が多いのに対して、漢詩はどの句も自然+人事がもっとも多いが、相対的には前半二句に自然、後半二句に人事が偏る傾向が見られることなどが、新たに判明したと考えられる。

〔結果その四〕からは、和歌では自然の句、漢詩では自然+人事の句が、もう一方に対応しないことが多く、それぞれ独自の内容になっているということ、同一の内容同士による対応関係は多いものの、漢詩は、和歌の内容の如何にかかわらず、自然+人事という内容での対応が目立つことなどが、初めて具体的に示されたと考えられる。

総じて言えば、『新撰万葉集』上巻における和歌に対する漢詩は、おそらくは複数の漢詩作者による、言語量も含めて、それぞれのジャンルとしての特性や歌題詩としての制約をふまえつつも、単なる直訳ではもとよりなく、また結果としての作品の成否は別にして、多様性を帯びた、不即不離の対応関係を示すための、さまざまな試みが行われた結果といえよう。

〔参考1〕和漢表現対応分類一覧

〈注〉各番号のアルファベット大文字は当該番号の和歌の第一句から第五句を、小文字は漢詩の第一句から第四句を順に示し、「−」によるつなぎは、その句同士に対応（もしくは関連）関係があることを示す。「／」の下は和歌のいずれの句とも対応しない漢詩句を示す。「φ」は該当の漢詩句がないことを示す。

Ⅰ　和歌五句に漢詩が対応

21（春）A−d、B−c、C−a、D−a、E−b／φ
31（夏）A−a、B−d、C−b、D−b、E−c／φ
78（秋）A−c、B−d、C−a、D−a・b、E−a・b／φ
87（冬）A−b、B−b、C−a、D−c、E−b・d／φ

7（春）A−a、B−b、C−a、D−d、E−d／c
37（夏）A−a、B−b、C−b、D−d、E−b／c
62（秋）A−a、B−a、C−d、D−b、E−b／c
67（秋）A−a、B−b、C−a、D−d、E−d／c
84（冬）A−a、B−a、C−a、D−b、E−d／c
10（春）A−a、B−b、C−b、D−c、E−c／d
14（春）A−a、B−b、C−a、D−a、E−c／d
33（夏）A−b、B−c、C−c、D−a、E−a・c／d
51（秋）A−a、B−a・b、C−a・b、D−a・b、E−c／d

76（秋）A−a、B−a、C−b、D−c、E−c／d
77（秋）A−a、B−c、C−c、D−b、E−b／d
101（恋）A−c、B−c、C−c、D−d、E−a／b
107（恋）A−c、B−a、C−a、D−b、E−b／d

1（春）A−b、B−b、C−b、D−d、E−d／a・c
15（春）A−c、B−c、C−b、D−b、E−b／a・d
23（夏）A−a・c、B−a、C−a、D−c、E−a／b・d
26（夏）A−a・b、B−a、C−b、D−b、E−b／c・d
29（夏）A−a、B−a、C−a、D−b、E−b／c・d
48（秋）A−a、B−a、C−a、D−b、E−b／c・d
57（秋）A−a、B−a、C−b、D−b、E−a／c・d
63（秋）A−a、B−a、C−a、D−b、E−b／c・d
73（秋）A−a、B−a、C−a、D−b、E−b／c・d
86（冬）A−a、B−a、C−a、D−c、E−c／b・d
88（冬）A−b、B−b、C−b、D−a、E−a／c・d

89（冬）A—a、B—a、C—a、D—b、E—b／c・d
97（冬）A—a、B—a、C—a、D—b、E—b／c・d

115（恋）A—b、B—b、C—b、D—b、E—b／a・c・d

II　和歌四句に漢詩が対応

28（夏）A—b、B—φ、C—a、D—c、E—d／φ
3（春）A—a、B—a・b、C—φ、D—c、E—d／φ
81（冬）A—d、B—a、C—a、D—a・b・c、E—φ／φ
93（冬）A—a、B—a、C—c、D—b・d、E—φ／φ

92（冬）A—φ、B—a・b、C—b、D—a、E—c／d
104（恋）A—φ、B—b、C—a、D—c、E—a／d
18（春）A—a、B—φ、C—c、D—d、E—d／b
25（夏）A—b、B—φ、C—d、D—c、E—c／a
38（夏）A—a、B—φ、C—b、D—d、E—b／c
52（秋）A—a・b、B—φ、C—b、D—c、E—c／d
66（秋）A—a、B—φ、C—b、D—b・d、E—b・d／c
6（春）A—a、B—d、C—φ、D—c、E—a・c／b
36（夏）A—a、B—c、C—φ、D—a・b、E—b／d
80（冬）A—d、B—b、C—φ、D—b、E—a／c
82（冬）A—d、B—d、C—φ、D—b、E—c／a
100（恋）A—d、B—b、C—φ、D—b、E—a／c
117（恋）A—a、B—a、C—φ、D—b、E—c／d
4（春）A—a、B—a、C—b、D—φ、E—d／c
5（春）A—a、B—a、C—b、D—φ、E—d／c
13（春）A—a、B—a、C—c、D—φ、E—b／d
72（秋）A—c、B—d、C—a、D—φ、E—a／b
79（冬）A—b、B—a・c、C—c、D—φ、E—b／d
65（秋）A—a、B—b、C—b、D—φ、E—a・c／d
91（冬）A—d、B—a、C—a、D—φ、E—c／b

118（恋）A—a、B—b、C—b、D—φ、E—d／c
55（秋）A—a、B—a、C—c、D—b、E—φ／d

39（夏）A—φ、B—b、C—b、D—b、E—a／c・d
46（秋）A—φ、B—a、C—a、D—c、E—c／b・d
68（秋）A—φ、B—a、C—a、D—b、E—b／c・d
99（冬）A—φ、B—b、C—a、D—a、E—b／c・d
112（恋）A—φ、B—b、C—a、D—b、E—a／c・d
113（恋）A—φ、B—c、C—c、D—c、E—d／a・b
119（恋）A—φ、B—a、C—a、D—a、E—c／b・d
2（春）A—b、B—φ、C—b、D—d、E—d／a・c
60（秋）A—b、B—φ、C—b、D—b、E—a／c・d
111（恋）A—b、B—b、C—φ、D—a、E—a／c・d
20（春）A—b、B—b、C—a、D—φ、E—b／c・d
56（秋）A—a、B—a、C—a、D—φ、E—b／c・d
74（秋）A—a、B—a、C—a、D—φ、E—c／b・d
12（春）A—c、B—c、C—b、D—b、E—φ／a・d
24（夏）A—a、B—a、C—d、D—d、E—φ／b・c
45（秋）A—d、B—d、C—b、D—b、E—φ／a・c
110（恋）A—a、B—a、C—b、D—b、E—φ／c・d

59（秋）A—a、B—a、C—φ、D—a、E—a／b・c・d
50（秋）A—b、B—b、C—b、D—b、E—φ／a・c・d

III　和歌三句に漢詩対応

106（恋）A—φ、B—φ、C—a・b、D—a、E—・d／c
85（冬）A—a、B—φ、C—φ、D—c、E—b・c／d
109（恋）A—a、B—φ、C—φ、D—c、E—d／b
16（春）A—a、B—φ、C—b、D—φ、E—c／d
19（春）A—a、B—φ、C—b、D—c、E—φ／d
43（秋）A—a、B—c、C—φ、D—φ、E—b／d

103（恋）A—a、B—b、C—φ、D—φ、E—c／d
11（春）A—a、B—c、C—φ、D—d、E—φ／b
27（夏）A—a、B—b・d、C—φ、D—b、E—φ／c
53（秋）A—d、B—b、C—c、D—φ、E—φ／a

98（冬）A—φ、B—φ、C—b、D—b、E—a／c・d
8（春）A—φ、B—a、C—φ、D—b、E—b／c・d
40（夏）A—φ、B—a、C—b、D—φ、E—b／c・d
42（夏）A—φ、B—c、C—a、D—φ、E—a／b・d
9（春）A—φ、B—a、C—a、D—b、E—φ／c・d
61（秋）A—φ、B—b、C—b、D—d、E—φ／a・c
69（秋）A—φ、B—b、C—b、D—a、E—φ／c・d
71（秋）A—φ、B—a、C—a、D—b、E—φ／c・d
83（冬）A—φ、B—a、C—a、D—b、E—φ／c・d
96（冬）A—φ、B—a、C—a、D—c、E—φ／b・d
94（冬）A—a、B—φ、C—φ、D—b、E—a／c・d
34（夏）A—a、B—φ、C—φ、D—b、E—b／c・d
116（恋）A—a、B—φ、C—φ、D—c、E—c／b・d
17（春）A—a、B—φ、C—a、D—φ、E—d／b・c
32（夏）A—a、B—φ、C—b、D—φ、E—a／c・d
95（冬）A—a、B—φ、C—a、D—c、E—φ／b・d
44（秋）A—b、B—a、C—φ、D—φ、E—b／c・d

64（秋）A—a、B—b、C—φ、D—φ、E—b／c・d
108（恋）A—b、B—b、C—φ、D—φ、E—a／c・d
58（秋）A—a、B—a・b、C—φ、D—a、E—φ／c・d
22（夏）A—a、B—a、C—c、D—φ、E—φ／b・d
30（夏）A—b、B—b、C—a、D—φ、E—φ／c・d

35（夏）A—b、B—b、C—b、D—φ、E—φ／a・c・d
47（秋）A—a、B—a、C—a、D—φ、E—φ／b・c・d

Ⅳ 和歌二句に漢詩が対応

54（秋）A—a、B—φ、C—φ、D—φ、E—d／b・c
105（恋）A—a、B—φ、C—φ、D—d、E—φ／b・c
90（冬）A—a、B—φ、C—b、D—φ、E—φ／c・d

49（秋）A—φ、B—a、C—φ、D—φ、E—a／b・c・d
70（秋）A—φ、B—a、C—φ、D—φ、E—a／b・c・d
41（夏）A—a、B—φ、C—a、D—φ、E—φ／b・c・d
102（恋）A—φ、B—b、C—φ、D—φ、E—b／a・c・d
114（恋）A—φ、B—a、C—a、D—φ、E—φ／b・c・d

Ⅳ 和歌**1**句に漢詩が対応

75（秋）A—a、B—φ、C—φ、D—φ、E—φ／b・c・d

〈参考2〉和漢不対応句一覧

〈漢詩句に対応しない和歌句〉

ア 飽かず散るとや（16）／飽かず別れし（118）／秋風に（46）／秋の仮りほに（75）／秋の野に（70）／秋の野は（44）／あしびきの（27）／相見ぬ程に（108）／雨降れば（68）／綾無くあだの（47）／有らじともへば（19）／有るべきものを（2）

イ いかにして（66）／いづち往くらむ（24）／いなおほせ鳥の（75）／いふべかりけれ（81）／今は限りと（109）／今は限りの（53）／入りにけむ（36）／色と見つれば（53）／色増さり往く（93）

ウ　薄くや人の（22）／うち寝る中に（105）／うつつならなむ（105）／移ろふ色に（4）／移ろひぬべき（5）

オ　置く露は（75）／驚かれつつ（9）／思ひきゆらむ（90）／思ひ限なく（17）／老いも死なずて（27）

カ　かきくらし（83）／隠れぬの（100）／影だに見えで（79）／かげも宿らず（95）／かげや見ゆると（114）／懸けつれば（106）／
鹿嶋なる（102）／風にきほひて（54）／風やはぎつる（55）／片糸に（112）／かたみと思はむ（11）／かつ散りにけり（12）／
かへる山（85）／かみなびの（71）／唐衣（61）

キ　君が為（96）／きえかへりても（91）／きりきりとする（50）

ク　草の袂か（52）／くつていださぬ（30）／来る船は（59）

コ　ここちこそすれ（71）／こころにもあらぬ（56）／恋するしかの（60）／恋ひわたる（104）／衣をぞかる（5）／衣にうつる（49）／
こゑ立てて（70）／こゑのするまで（103）

シ　下にのみこそ（40）／下黄葉（49）／霜と吾が身の（116）／白雲の（111）／白露の（49）／白雪を（82）

ス　過ぐれども（54）／住む人さへや（90）

セ　せきとどめてむ（114）

ソ　そひぬれば（117）／それかあらぬか（32）

タ　高さごの（64）／只ここにしも（41）／立ち還るべき（74）／竜田姫こそ（65）／たなびく山の（13）／魂の（108）

チ　ちぢの色に（119）／ちぢの金も（106）

ツ　告げつらむ（8）／つつめども（3）／綴り刺せとて（43）／貫きとめぬ（44）／つれなきを（113）／つれも無き（39）

ト　時にこそ（94）／年の暮れ往く（94）／年は暮れなむ（18）／年ふれど（99）／とどめてば（11）／ともまどはせる（70）

ナ　鳴きふるしてし（32）／成す由もがな（19）／夏草の（34）（40）／夏の夜をしも（42）／なに人か（69）／名にや立ちなむ（110）／
成らむと思へば（22）／成りにしを（109）／成りぬと思へど（98）／成りぬれば（116）／成ればなりけり（61）／名をや立てなむ（47）

ネ　寝たるこゑする（41）

ノ　野辺のほとりの（28）／野辺を匂はす（69）

ハ　はかなく見ゆる（25）／春の山辺に（16）

ヒ　光見ねばや（35）／人しれず（114）／人しれぬ（42）／人の心に（72）／人のつれなき（35）／人は見るがに（83）／人や住むらむ（30）／
独り寝る（80）

フ　吹く風や（8）／藤袴（43）／降りて積もれる（90）

マ　まきもくの（9）／交へてぞ（6）

ミ　道やまどへる（38）／身投ぐばかりの（95）／み吉野の（92）

ヤ　八重降り敷ける（85）／やまとなでしこ（45）／山彦の（103）

ユ　往き還る（105）

ヨ　夜がれをしてか（41）／夜を寒み（58）

ワ　吾が待つ人の（54）／吾が身一つに（102）／わけまどふかな（96）／侘しきこゑに（20）／侘しき物は（34）／

　われてはぐくむ（17）
ヲ　尾上に今や（64）

〈和歌句に対応しない漢詩句〉

イ　夷斉愛崿遂無還（92）／一留一去傷人意（27）／一宵鐘漏尽尤早（29）／一曲弾来千緒乱（37）／一年再会此猶悲（74）／
　引領望君幾数年（95）／一日不看如数月（106）
ウ　雨後紅匂千度染（64）／雲中見月素驚弦（54）
エ　艶陽気若有留術（5）／怨深喜浅此閨情（35）
オ　応斯丹穴聚鵷鸞（13）／応是年光趁易遷（16）／応斯白鶴未翩翻（99）／嫗女嚬臨無粉黛（84）
カ　可憐百感毎春催（15）／可憐素色満清晨（83）／花々樹々傍籬栽（11）／花々数種一時開（15）／家々処々匣中加（6）／
　夏天処々多撩乱（38）／何堪爽候索然時（119）／海上悠悠四遠通（59）／或南或北幾門庭（33）／寒風寒気蕊芬芳（91）／
　含毫朗詠依々処（50）／含情泣血袖紅新（103）／願教蕭郎枉馬蹄（60）
キ　帰歟行客哭還歌（96）／羇人挙檝櫂歌処（59）／疑是鄭生任氏嬢（52）／許由洗耳永離憂（40）／況復家々音不希（30）／
　況乎墻蔭又敦々（88）／胸火燃来誰敢滅（100）／響処多疑琴瑟曲（39）／玉壺晴後翫清々（89）／錦字一行涙数行（46）／
ク　駒犢纍々趁苜蓿（7）／君吾相去程千里（105）／君我昔時長契約（110）
ケ　閨中自此思沈々（55）／閨中寂寞蜘綸乱（108）／閨房独坐面猶嚬（107）／携手携觴送一時（19）／経年亘月臆揚煙（95）／
　見説生涯離別悲（119）／嫌朝日往望為晞（44）
コ　戸牖荒涼蓬草乱（61）／枯槁形容何日改（70）／鼓腹尭年今亦鼓（75）／高翥華間終日啼（17）／高低歎息満閨房（116）／
　好女係心夜不眠（25）／好夜月来添助潤（44）／孝子祈天得筍多（96）／姮娥触処翫清光（23）／耿々閨中待暁鶏（24）／
　耿々長宵驚睡処（45）／杭稲離離九穂同（75）／恨使良辰独有量（12）／恨有清談無酒樽（36）
サ　再三嗤来数疋紈（86）／最感応驚月色寛（90）／三秋係札早応朝（14）／三夏優遊林樹裏（34）／三秋垂暮趁看処（66）／
　山客廻眸猶誤道（99）／山室沈吟独作情（58）／戔々新服風前艶（71）
シ　四時喘息此寰中（34）／四遠無栖汝最奢（41）／四知廉正豈無知（48）／四方千里求難得（118）／試望三冬見玉塵（82）／
　試追蕩客贈詞華（114）／時々引領望荒庭（111）／石硯濡毫興万端（56）／借問遊仙何処在（69）／秋来暁暮報吾声（45）／
　終日回眸無倦意（68）／終日貪来対艶昌（76）／終日看来無厭足（88）／終宵対翫凝思処（62）／従斯処々樹陰新（20）／
　従来狎媚叫房櫳（42）／従休雁札望雲郊（113）／淑女偸攀堪作簪（2）／春風触処物皆楽（2）／春来天気有何力（1）／
　春来終日浪成漪（79）／初銷粉婦泣来面（90）／書信休来年月暮（35）／松柏凋残枝惨冽（80）／咲殺伶倫竹与糸（22）／
　咲殺女牀鳳羽儀（71）／嘯取詞人偸走筆（26）／勝地尋来遊宴処（57）／蕭君永去莫還家（102）／上苑百花今已富（8）／
　深春風景豈無知（98）
ス　垂枝雨後乱糸牽（49）／誰道春天日此長（12）／誰知両興無飽足（58）／誰知我乗指南車（69）／誰識二星涙未晞（74）／
　雖希風景此誰憂（18）

セ　西施潘岳情千万(4)／生前不幸希恩愛(60)／性似蕭郎含女怨(41)／倩見年前風景好(89)／霽後園中似見春(97)／
寂寂空房孤飲涙(111)／寂然静室両眉嚬(117)／寂寞閑居絔瑟弾(104)／遮莫残鶯舌尚多(32)／千家裁縫婦功成(51)／
千顆瑠璃多誤月(83)／千般其奈望門庭(35)／千般珍重遠方情(46)／千般歎息員難計(112)／専夜閑居賞一時(50)／
ソ　争使蕭郎一処群(112)／早旦臨如作鏡何(114)／操如蕩子尚迷他(41)／爽候催来両事悲(50)／窓間側耳憐聞処(32)／
想像桃源両岸斜(9)／想像閨筵怨婦悲(29)／相像古調在此林(65)／忽望遅々暖日中(1)／叢芽処処蕁初開(63)／
造化功尤任汝躬(42)
チ　疇昔言花絶不香(116)／朝々余響満庭壇(73)
ツ　通宵抱膝百憂成(70)
ト　蕩子従来無定意(47)／登峯望壑回眸切(56)／濤音櫓響響相同(59)／曩時恩幸絶今悲(61)／鞋纊塞来斯盛夏(40)／
独向風前傷幾許(17)／独出人寰欲数冬(85)／独居独寝涙零々(109)
ナ　奈何桑葉先零落(94)
ノ　農夫扣角旧謳通(75)
ハ　馬蹄久絶不如何(102)／白兎千群入幾堂(23)
ヒ　微禽汝有知来意(54)／百般攀折一枝情(43)
フ　不知斉后化何時(22)／不許繁花負万区(47)／不屑槿花暫有昌(94)／不枉馬蹄歳月抛(113)／撫瑟沈吟無異態(114)／
風光処々此傷哉(8)／風前錦色自然多(64)／文章気味与春同(26)／粉黛壊来収涙処(24)／粉黛長休鏡又捐(108)
ヘ　壁萫家家音始乱(68)／卞氏謝来応布地(48)
ホ　放眼雲端心尚冷(20)／本自山人意未申(10)
マ　毎朝尋到望山顔(86)
ミ　未嘗苦有得羅敷(47)
ム　無朋無酒意猶冷(57)
メ　一時風景誰人訕(68)
ヤ　野樹斑々紅錦装(53)／野庭得所汝孤光(72)／夜々愁音侵客耳(73)
ユ　遊人記取図屏障(9)／遊時最似錦綾窠(39)／幽人聴取堪憐翫(30)／幽感相干傾緑醽(77)
ヨ　杳冥若有天容出(67)／容顔枯槁敗心田(101)
ラ　落葉風前砕錦播(49)／落涙千行意不平(70)
リ　履声佩響聴何時(105)

『論語』子罕篇「歳寒の松」の解釈とその受容について

津田　潔

はじめに

『古今和歌集』冬歌の後半部に、

寛平御時后の宮の歌合わせの歌　　読人知らず

340　雪降りて年の暮れぬる時にこそつゐ（ひ）にもみぢぬ松も見えけれ

という歌が収載され、その歌が『新撰万葉集』冬部には、

94　雪降手　年之暮往　時丹許曾　遂緑之　松裳見江芸礼

雪降りて　年の暮れ往く　時にこそ　遂に緑の　松も見えけれ

94　松樹従来蔑雪霜　　松樹従来《もとより》雪霜を蔑《ないがしろ》にす。

寒風扇処独蒼々　　寒風扇《あふ》ぐ処独り蒼々。

奈何桑葉先零落　　桑葉の先だちて零落することを奈何《いかに》せむ。

不屑槿花暫有昌　　槿花の暫く昌《さかゆ》ること有るを屑《もののかず》とせず。

という形で収載されている。『新撰万葉集』には、このほかにも『論語』子罕篇の「子曰、歳寒然後知松栢之後彫也。（子曰はく、歳寒にして然る後に松栢の彫（凋）むに後るるを知るなり。）」という一節を典拠とするらしい和歌と漢詩の組合せが幾つか存在するので、ここにそれを抜き出してみよう。

80　小竹之葉丹　置自霜裳　独寝留　吾衣許曽　冷増芸礼
ささの葉に　置く霜よりも　独り寝る　吾が衣こそ　さえ増さりけれ

80　玄冬季月景猶寒　玄冬の季月景猶ほ寒し。
露往霜来被似単　露往き霜来て被単なるに似たり。
松柏凋残枝惨冽　松柏凋残して枝惨冽、
竹叢変色欲枯殫　竹叢色を変じて枯れ殫きなんと欲す。

99　歴年砥　色裳不変沼　松之葉丹　宿留雪緒　花砥許曽見咩
年ふれど　色も変はらぬ　松の葉に　宿れる雪を　花とこそ見め

99　冬来松葉雪斑々　冬来て松葉雪斑々。
素蘂非時枝上寛　素蘂時に非して枝上に寛《ゆたか》なり。
山客廻眸猶誤道　山客眸を廻して猶誤りて道《い》ふならく、
応斯白鶴未翩翻　斯れ白鶴の未だ翩翻せざるなるべし。

110　恋敷丹　侘手魂　迷那者　空敷幹之　名丹哉立南
恋しきに　侘びて魂　まどひなば　空しきからの　名にや立ちなむ

110　恋情無限匪須勝　恋情限り無して勝を須るに匪ず、
生死慇懃尚在胸　生死慇懃にして尚胸に在り。
君我昔時長契約　君と我と昔時長く契約せり。
嗤来寒歳柏将松　嗤り来る寒歳の柏と松と。

さて、このように並べてみると明らかに二つの表現が存在していることが分かる。則ち、松柏は冬にも青々として凋むことなどないというもの（九四、九九番）と、松柏でも、寒い冬には凋むことがあるというもの（八〇、一一〇番）とである。

九四番歌は、『古今和歌集』三四〇番の形の方が、『論語』子罕篇を意識する事がより明瞭になると思われるが、一一〇番詩の結句は、松柏が寒い冬には凋んでしまうことがあることを念頭に置いたものと見ないと、「嗤」（あざける、嘲笑する）の解釈ができない。
柳瀬喜代志「「つゐにもみぢぬ」・「つゐに緑の」松の歌（『古来風体抄』）考――論語受容史の一端――」（柳瀬喜代志『日中古典文学論考』汲古書院、一九九九）は、『古今集』三四〇番歌と『新撰万葉集』九四番歌の本文の相違に関して、「もみぢぬ松」は論語の古注の解釈から生まれ、「緑の松」の異文は、李嶠『百詠注』の「歳寒終不改」の本文と注に拠るとし、近時の新撰万葉集研究会編『新撰万葉集注釈　巻上（二）』（和泉書院、二〇〇六）もそれを襲う。

しかし卑見に拠れば、この『論語』子罕篇の著名な一章は、その簡潔な表現と寓意内容との間に懸隔があるために、早くからその解釈には異説があったらしいこと、従って和歌の異文の発生については、簡単にどれに拠るとは言いがたいことを述べようとする。

一　古代日本漢詩の用例

それでは、日本の古代詩においてはどうであったかを見てみる。まず、『懐風藻』（小島注古典大系本）では、

12　中臣大島「詠孤松」詩に「余根堅厚地、貞質指高天」

89　藤原宇合「七言在常陸贈倭判官留在京」序に「然而、歳寒後験松竹之貞、風生迺解芝蘭之馥」、同詩に「為期不怕風霜触、猶似巌心松柏堅」

105　麻田陽春「五言和藤江守詠裨叡山先考之旧禅処柳樹之作」詩に「烟雲万古色、松柏九冬堅」

の四例ほどを指摘できようが、みな寒い冬にあっても凋むことはないという解釈で統一されている。『凌雲集』（小島憲之『国風暗黒時代の文学　中（中）』）でも、

32　藤原冬嗣「奉和聖製宿旧宮、応製」詩に「宿殖高松全古節、前栽細菊吐新心」

69　菅原清公「九月九日侍宴神泉苑各賦一物得秋山」詩に「防露古松千載翠、待風危葉九秋紅」

と、同様の解釈であるが、『文華秀麗集』（小島注古典大系本）に至って少し変化が出る。

48　仲科善雄「奉和秋夜書懐之作」詩に「当慶貞松不彫葉、誰論蒲柳望秋遷」（巻中）

121　仲雄王「奉和代神泉古松傷哀歌」詩に「孤松盤屈薜蘿枝、貞節苦寒霜雪知」（巻下）

123　嵯峨天皇「冷然院各賦一物得澗底松」詩に「鬱茂青松生幽澗、経年老大未知霜」（巻下）

善雄と仲雄王の作も明らかに『論語』子罕篇の「後彫」を意識していることが分かるが、嵯峨天皇の作は、「年月を経過した老年の松は

まだ霜を知らない」というのは、その松が「鬱茂たる青松」であるからであり、「大寒」の後には「松栢小彫傷」するという何晏注（後述）が前提となった表現であるからである。更に『経国集』（小島憲之『国風暗黒時代の文学　下Ⅰ・Ⅱ』）では、

99 小野岑守「五言和藤朝臣春日過前尚書秋公帰病之作」詩に「貞松百尺節、寒竹四時筠」（『経国集』巻一一）貞（いさぎよき）庭の松　高やかに節操（みさを）あり

155 滋野貞主「七言秋月夜」詩に「貞筠不変緑窓色、暮柳先疎官路風」（『経国集』巻一三）貞筠変らず緑窓の色

158 紀長江「七言奉試賦得秋」詩に「宦渡柳営計応砕、扶風松蓋想無衰」（『経国集』巻一三）扶風の松蓋想ふに衰ふること無し

と、元に戻り、『性霊集』や『田氏家集』でも変化がないが、『菅家文草』（川口注古典大系本）では

105「重依行字和裴大使被誚之什」詩に「寒松不変冒繁霜、面礼何須仮粉光」（『菅家文草』巻二）

143「近日野州安別駕…予不勝助憂聊依本韻誚」詩に「請抱貞心能報国、寒松不道遂無花」（『菅家文草』巻二）

154「晩秋二十詠　小松」詩に「小松経幾日、不変旧青々」（『菅家文草』巻二）

373「賦葉落庭柯空」詩に「罥塵先落柳、絶凋後凋松」（『菅家文草』巻五）

404「松」詩に「孤松呈勁節、幸許在中庭。久苦寒霜素、猶全細葉青。…」（『菅家文草』巻五）

443「九日後朝侍朱雀院同賦閑居楽秋水応太上天皇製」序に「嗟乎、節過重陽、残菊猶含旧気。心期百歳、老松弥染新青」（『菅家文草』巻六）

449「九日後朝侍宴朱雀院同賦秋思入寒松応太上皇製」詩に「霜堕終無黄落地、雲遙早出碧尖峰」（『菅家文草』巻六）

と、全体的には冬にあっても変わらぬ松の姿が描かれるが、373番詩の「後凋松」という語が注目される（これを川口注は「凋みに後るる松」と訓む）。というのは、この作はその題下注に「于時諸文人相招、飲于紀学士文亭」とあって、紀長谷雄との関係の中で制作されているからである。その長谷雄の作の中で『論語』子罕篇に関係するのは次の二首であるが、

21「七言秋日陪左丞相城南水石之亭祝蔵外史大夫七旬之秋応教」詩に「松寒未有霜枝変、鶴老終無雪鬢愁」（『雑言奉和』）

78「翫禁庭残菊」詩序に「嵐陰欲暮、契松柏之後凋、秋景早移、嘲芝蘭之先敗」（『和漢朗詠集』九月九日付菊）

と、明らかに二首共に『論語』子罕篇の「後彫」の意味を踏まえた表現となっているのである。ちなみに、78の「後凋」を、『和漢朗詠集』の川口注・大曾根注とも「後に凋まんことを」と訓ずる。

以上のように、『論語』子罕篇の一章を巡っては、松は冬にも青々として常に変わらぬ状態を保持するという解釈と、厳しい寒さの年

には松柏も枝葉を傷めるという二つの解釈が存在していることが確認できる。

二　六朝詩における受容

以上の様相は、中国の作品においても実証することができる。

試みに、六朝の詩文を瞥見すると、

①寒歳識凋松、真物知終始。顔衰改華容、仁賢別行士。反読窈窕成文。士行別賢仁、容華改衰顔。終始知物真、松凋識歳寒。（晋・蘇若蘭「四旁相向横読而成五言」詩）

②孟冬十月交、殺盛陰欲終。風烈無勁草、寒甚有凋松。（宋・鮑照「従拝陵登京峴詩」）

③但使万物之後凋、夫何独知於松柏。（梁・蕭子暉「冬草賦」）

④非有松柏後彫之心、蓋闕葵藿傾陽之識。（梁・沈約「脩竹弾甘蕉文」）

という、厳冬には松も凋むという解釈に基づくものと、

⑤不見山上松、隆冬不易故。不見陵澗柏、歳寒守一度。（晋・潘岳「内顧詩二首其二」詩）

⑥松柏生玄嶺、鬱為寒林桀。繁葩盛厳氷、未肯懼白雪。乱世幽重岫、巡生道常潔。（晋・楊羲「右英作」詩）

⑦固此苦節、易彼歳寒。霜雪雖厚、松柏丸丸。（宋・王韶之「贈潘綜呉逵挙孝廉詩六章其三」詩）

⑧衰廃帰丘樊、歳寒見松柏。（宋・湛茂之「歴山草堂応教」詩）

⑨果欲結金蘭、但看松柏林。経霜不堕地、歳寒無異心。（梁武帝「子夜四時歌・冬歌四首其三」詩）

⑩桃李爾繁華、松柏余本性。（梁・范縝「暮秋答朱記室詩」）

⑪寧知霜雪後、独見松竹心。（梁・江淹「效阮公詩十五首其一」詩）

⑫孤生小庭裏、尚表歳寒心。（隋煬帝・楊広「北郷古松樹詩」）

などの、いわば常識的な理解に基づく用例が混在する。ちなみに、⑦の表現は、当該文のほか「陟彼景山、松柏丸丸」（毛伝「丸丸、易直也」）という、『毛詩』商頌・殷武篇にも基づいていること、説明を要しない。また、④と⑨以下の表現には「心」「本性」という語が付随し始めることも注目される。

そして、こうした六朝の詩文を集成して粋をとったものが、言うまでもなく『文選』である。その中から、李善注を中心にした諸注に、『論語』子罕篇の一章とその関連文の指摘のあるものを列挙してみると以下のとおりである。本文、注共に足利本六臣注により、他は、清胡克家本李善注、『文選集注』を参観した。なお、巻数は六〇巻本のそれ。

①第四巻・左太沖「蜀都賦」迎隆冬而不彫

（李善注）孫卿子曰、松柏経隆冬而不彫、蒙霜雪而不変。

②第八巻・司馬長卿「上林賦」其南則隆冬生長

（李善注）善曰、孫卿子曰、松柏経隆冬而不彫。

③第十巻・潘安仁「西征賦」勁松彰於歳寒、貞臣見於国危。

（向曰）歳寒而知松柏之堅勁、国乱而見臣之忠貞。（善曰）論語、子曰、歳寒然後知松柏之後凋。

④第二十巻・潘安仁「金谷集作詩」春栄誰不慕、歳寒良独希。

（李善注）論語曰、歳寒然後知松柏之後凋。

⑤第二十一巻・何敬祖「遊仙詩」青青陵上松、亭亭高山柏。光色冬夏茂、根柢無彫落。

（李善注）荘子曰、受命於地、唯松柏独在、冬夏青青。焦貢易林曰、温山松柏、常茂不凋落。

⑥第二十二巻・左太沖「招隠詩二首其二」悄蒨青葱間、竹柏得其真。

（李善注）孫卿子曰、桃李蒨粲於一時、時至而後殺。至於松柏、経隆冬而不彫、蒙霜雪而不変、可謂得其真矣。

⑦第二十二巻・殷仲文「南州桓公九井作」歳寒無早秀、浮栄甘夙殞。何以標貞脆、薄言寄松菌。

（李善注）論語、子曰、歳寒然後知松柏之後凋。

⑧第二十三巻・欧陽堅石「臨終詩」松柏隆冬悴、然後知歳寒。

（銑曰）言歳寒能瘁松柏、時乱則害忠良。（善曰）孫卿子曰、松柏経冬而不彫。論語、子曰、歳寒然後知松柏之後彫也。

⑨第二十三巻・劉公幹「贈従弟三首其二」亭亭山上松、瑟瑟谷中風。風声一何盛、松枝一何勁。氷霜正惨愴、終歳常端正。豈不羅凝寒、松柏有本性。

（翰曰）人心堅貞亦当如此、終世不改易。（善曰）荘子曰、天寒既至、雪霜将降、吾是以知松柏之茂也。

⑩第二十六巻・顔延年「直東宮答鄭尚書」惜無丘園秀、景行彼高松。

（李善注）高松、喩守節而不移也。論語、子曰、歳寒然後知松柏之後彫也。
⑪第二十九巻・「古詩十九首其三」青青陵上柏、磊磊磵中石。
（李善注）言長存也。荘子、仲尼曰、受命於地、唯松柏独也。在冬夏常青青。
⑫第五十五巻・劉孝標「広絶交論」風雨急而不輟其音、霜雪零而不渝其色。斯賢達之素交、歴萬古而一遇。
（李善注）荘子曰、天寒既至、霜雪既降、吾是以知松柏之茂也。
⑬第五十五巻・陸士衡「演連珠五十首其五十」臣聞足於性者、天損不能入。…勁陰殺節、不凋寒木之心。
（済曰）此章明貞操之士、時乱不能易其節也。足於性、謂松柏也。天損、謂霜雪也。…喩君子邪乱不能侵其明節。…霜雪不能凋松柏也。（劉曰）夫冒霜雪而松柏不彫、此由是堅実之性也。

このうち、①②については、松や柏の表現と無関係であるけれども、念のため挙げておく。

さて、これらは基本的に松は冬でも凋むことはなく、心も変化しないという表現になっているが、⑧だけが例外になっている。その違いはどこにあるか。それは、松や柏が例外なく賢者・君子の変わらぬ節操の比喩になっているのに対して、⑧のみが、時世の乱れが忠良を害するということを言うために、松柏が凋むことで歳寒を知るという表現をとっていることである。いわば、論語の当該文の裏を言おうとするために、表現も歳寒によって松柏を知るのではなく、その逆の表現をしたものと言えよう。

ともかく、こうしてみると古代日本漢詩の二通りの解釈は、やはり中国六朝詩の傾向を襲ったものであったこと、松柏は常に色を変えないという表現は、六朝時代からあり、それが主流であったことが確認できたわけであった。更に、その典拠となるものも、どうやら『論語』子罕篇の一章だけではないことも判明した。

三　論語の注釈について

ところで、当該の『論語』子罕篇の本文と、現存する代表的な注釈を時代を追って書きだそう。テキストは特に断らない限り、刑昺『論語注疏』（北京大学整理本。句読もそれによる）である。

【論語本文】子曰、歳寒然後知松栢之後彫也。

【後漢・鄭玄注】彫、傷也、病也。論（諭）賢者雖遭困厄、不改其操行也。（『唐写本論語鄭氏注及其研究』文物出版社）

【魏・何晏注】大寒之歳、衆木皆死、然後知松栢小彫傷。平歳則衆木亦有不死者、故須歳寒而後別之。喩凡人処治世亦能自脩整、与君子同。在濁世然後知君子之正不苟容。

【梁・皇侃注】此欲明君子徳性与小人異也。故以松柏匹於君子、衆木偶乎小人矣。言君子小人若同居聖世、君子性本自善、小人服従教化。是君子小人並不為悪。故堯舜之民、比屋可封、如松柏与衆木同処春夏。松柏有心、故本蓊鬱。衆木従時、亦尽其茂美者也。若至無道之主、君子秉性無過、故不為悪、而小人無復忌憚、即随世変改。故桀紂之民、比屋可誅、譬如松柏衆木同在秋冬。松柏不改柯易葉、衆木枯零先尽。而此云歳寒然後知松柏後彫者。就如平叔之注意、若如平歳之寒、衆木猶有不死、不足致別、如平世之小人、亦有修飾而不変者。唯大寒歳則衆木皆死、大乱則小人悉悪、故云歳寒也。又云然後知松柏後彫者、後非俱時之目、彫非枯死之名。言大寒之後、松柏形小彫衰、而心性猶存、如君子之人。遭値積悪、外逼闇世、不得不遜迹随時、是小彫矣。而性猶不変、如松柏也。而琳公曰、夫歳寒別木、遭困別士。寒麗霜降、知松柏之後彫、謂異凡木也。遭乱世、小人自変、君子不改其操也。（武内義雄「論語義疏校本」、徐望駕校注『皇侃「論語集解義疏」』も参照）

【北宋・邢昺注】正義曰、此章喩君子也。大寒之歳、衆木皆死、然後知松栢小彫傷。若平歳、則衆木亦有不死者、故須歳寒而後別之。喩凡人処治世亦能自脩整、与君子同。在濁世、然後知君子之正不苟容也。

【南宋・朱熹注】范氏曰、小人之在治世、或与君子無異。惟臨利害、遇事変、然後君子之所守可見也。〇謝氏曰、士窮見節義、世乱識忠臣。欲学者必周於徳。（新編諸子集成『四書章句集注』中華書局）

さて、こうして見ると、孔子の言葉の真意がどのようなことかということについては、変化がないことが分かろう。要するに、小人と違って、賢者・君子は困難に遭おうとも、その操行を改めることはないということであり、それは鄭玄から朱熹まで一貫している。

この比喩関係を明示しようとしたのが何晏であり、衆木＝小人、松柏＝君子、気温＝時勢という関係を想定し、平年の寒さでは衆木と松柏の区別はハッキリしないこともあるが、大寒の年には、衆木は全て枯れるのに対して、松柏は、少し痛む程度だからその違いが明白になるということと同じ事で、平時であればどんな人でも取り繕って君子と変わらぬように出来るが、乱世の時にこそ、君子の、おべっかを使わない、毅然とした正しさが現れるのだと説明する。

しかし、この説明は少し苦しい。「松柏」が「小彫傷」するのに、同じ比喩関係にあるとする「君子」は、「正不苟容」と言うからである。問題の根源は、孔子の、「松柏」が「後彫（凋）」するという言葉にあることは言うまでもないが、これでは比喩関係の平衡性が保てない。

この何晏注の問題点を解決しようとしたのが、皇侃注である。何晏の解釈に「形」と「心」「性」という概念を挿入した。「松柏」は枝葉が変色したり落ちたりすることはないが、「衆木」は、枯れ死んで先になくなってしまう（「松柏不改柯易葉、衆木枯零先尽」）と述べた後、

平叔（何晏の字）が意を注いだことに着目すれば、普通の歳の寒さであれば、「衆木」でも枯れないものもあり、（松柏と）分かつことができないが、それは、平和な世の中の小人もまた、繕い飾って節操を変えない者がいるのと同じようなものだ。ただ、大寒の歳のみに「衆木」が皆枯れるのであり、大乱の時に小人が悉く悪事を働くのであり、だから、「歳寒」というのだ。更に「歳寒然後知松柏後彫」ということを言えば、「後」というのは、時を同じくするということではなく、「彫」とは、枯れ死ぬと言うことではない。その意味することは、大寒の後、松柏の姿は少し凋み衰えるが、しかし心性はしっかりと存在して、君子の人のようだ。長年の悪事（恨み）に出会い、外部からは暗黒時代が逼って、その場を逃れ、時勢に随わざるを得ない場合が、「小凋」なのだ。しかし心性は不変であること、松柏と同じだ。

と説明する。則ち、歳寒（愚者の治世）の時には、衆木は先に枯れ死んでしまう（小人は皆悪事を働く）が、松柏だけは少し葉を傷める（君子も時勢に妥協せざるを得ないことがある）だけで、松柏も君子もその心性・本質には全く変化がないと言うのである。恐らくこの皇侃のように解釈して初めて、読者はようやく納得することができる。従って、刑昺注は、何晏注と字面上は全く同じように見えるけれども、その内容上の懸隔は非常に大きいと言うべきである。

柳瀬氏はこの論語の本文の訓に、「松柏の後に凋むことを知る」と「松柏の凋むに後るるを知る」という二種があることを指摘して、後者は新注に拠ると言われる。後者の読みを、現代の通行本の解釈のように、「松や柏がまだしぼまないでいることが分かる。」と言い、更に「「後彫」は、後になって凋むというのではなく、衆木の凋む時にはなお凋まないでいることをいう。」（平岡武夫注、全釈漢文大系本、集英社、一九八〇）とわざわざ補説する根拠は、少なくとも新注にはないように思われる。なぜなら、鄭注に既に「賢者雖遭困厄、不改其操行也」とあって朱子の集注の新見ではないからである。

しかし確かに今手元にある二三の活字本を見ると、集注に拠るという中村惕斎『論語示蒙句解』（漢籍国字解全書、早稲田大学出版部、一九〇九）の読みは、「子の曰たまはく、歳寒《としさむ》くして然して後に松柏《はく》の彫《しぼむ》に後《をく》るることを知る也」（原漢文）であり、古注を尊重したといわれる安井息軒『論語集説』（漢文大系、冨山房、一九〇九）の読みは、「子曰く、歳寒くして、然後に松柏の後に凋むを知る也」（原漢文）となっており、前者は加えて「此章も比《ひ》の体なり、春夏《はるなつ》の間は、諸木みなみどりにして其性のことなる所、みへわかず、歳さむくな

りて後、松柏の性、かたきによりて、諸木のしぼむにをくれてときはの色あることを知るとぞ、これ小人も治世《ちせい》に居る時は、君子とことならず、見ゆることとあれども、只利害にのぞみ、事変にあふに至りて後、君子の守る所のみさほ、貞固《ていこ》にして、かはらざること、明に見つべきとの、たとへなり」（傍点筆者）と講述しており、柳瀬氏の言われることももっともと思われるが、ここでは立ち入らない。

四　先秦諸子の受容

一方、『論語』および当該の子罕篇の言葉に関しては、早く注目するところとなり、先秦諸子をはじめ諸書に引用されることが少なくないこと、周知の如くである。いま、先に見た『文選』注と清・劉宝楠『論語正義』などを参考に、それを書き出してみる。順序はその作者の通説の生存時期にほぼ従っている。

①『荘子』徳充符篇

仲尼曰、…受命於地、唯松柏独也在。在冬夏青青。受命於天、唯舜独也正。幸能正生以正衆生。

②『荘子』雑篇譲王

孔子曰、…故内省而不窮於道、臨難而不失其徳。天寒既至、霜雪既降、吾是以知松柏之茂也。

③『荀子』大略篇

歳不寒、無以知松柏、事不難、無以知君子、無日不在是。

④『荀子』逸文

孫卿子曰、桃李蒨粲於一時、時至而後殺。至於松柏、経隆冬而不彫、蒙霜雪而不変、可謂得其真。（『文選』第二十二巻左太沖招隠詩二首其二・李善注所引文）

⑤『呂氏春秋』孝行覧

大寒既至、霜雪既降、吾是以知松柏之茂也。

⑥『淮南子』俶真訓

夫大寒至、霜雪降、然後知松柏之茂也。拠難履危、利害陳于前、然後知聖人之不失道也。

⑦『史記』伯夷列伝第一

子曰「道不同不相為謀」、亦各従其志也。故曰「富貴如可求、雖執鞭之士、吾亦為之。如不可求、従吾所好」。「歳寒、然後知松柏之後凋」。［四］挙世混濁、清士乃見。［五］

［四］集解　何晏曰、「大寒之歳、衆木皆死、然後松柏少凋傷。平歳衆木亦有不死者、故須歳寒然後別之。喩凡人処治世、亦能自脩整、与君子同、在濁世然後知君子之正不苟容也。」

［五］索隠　老子曰、「国家昏乱、始有忠臣」、是挙代混濁、則士之清絜者乃彰見、故上文「歳寒然後知松柏之後彫」、先為此言張本也。　正義　言天下泯乱、清絜之士不撓、不苟合於盗跖也。

⑧『風俗通』窮通篇

大寒既至、霜雪既降、吾是以知松柏之茂也。

⑨『世説新語』上巻上・言語第二

57　顧悦与簡文同年、而髪蚤白。簡文曰、「卿何以先白。」對曰、「蒲柳之姿、望秋而落。松柏之質、経霜弥茂。」

⑩『世説新語』中巻上・方正第五

2　南陽宗世林、魏武同時、而甚薄其為人、不与之交。及魏武作司空、総朝政、従容問宗曰、「可以交未。」答曰、「松柏之志猶存。」世林既以忤旨見疏、位不配徳。文帝兄弟毎造其門、皆獨拝牀下、其見礼如此。

以上を見れば、これらが『論語』子罕篇の一章に影響を受けて成っていること、多言を要しないが、注意すべきは、⑦『史記』伯夷列伝を除く全てが、ほぼ例外なく「歳寒」の後であっても、「松柏」が「青々」と「茂」っていると言っていることである。あるいは、②や⑤などの表現には、『毛詩』小雅・天保篇の「如月之恒、如日之升。如南山之寿、不騫不崩。如松柏之茂、無不爾或承」という一節の記憶が揺曳しているのかもしれない。

ともかく、時期が早く、思想的には対立的とされる『荘子』と『荀子』双方に於いて、松柏と君子が対応して扱われていることも、『論語』当該文の受容のされ方を、鄭玄注に先んじて示していると言って良いだろう。

すなわち、後に『論語』本文が定まり、それに対して六朝時代にどのような合理的解釈が付されようとも、一方に於いては『荘子』的な理解が極めて分かりやすいということもあってか、一般化されていたということを考慮しておく必要があるということである。就中『荘子』の一節は両方とも、孔子自身の言葉として出てくる。「賢者雖遭困厄、不改其操行也」という鄭玄注の簡潔な一文は、彼独自の解釈というより、当時までのごく一般的な解釈を文字化したものと言って良いのでは無かろうか。

結語

以上を要するに、『論語』の純粋な解釈の問題ではいざ知らず、作詩の場面においては、『文選』注の仕方にあるように、論語の一章と荘子や荀子の一節が渾然一体となっており、それは当時の詩家達の嚢中（脳中）を具現化したものでもあろう。実際の作詩の場においては、記憶に頼ることが多く、あるいは『文選』を多く利用することがあったのではなかろうか。

なお、第五節に上げた文章のうち、『藝文類聚』松には、『論語』子罕篇の一章、②『荘子』雑篇譲王の一節、及び『礼記』礼器の「其在人也。如竹箭之有筠也。如松柏之有心也。二者居天下之大端矣。故貫四時而不改柯易葉」の節略文が収載されるが、『初学記』松には、『論語』子罕篇の一章を含めて、松の常緑性を言う文は一切収載されず、永遠性のみが強調される。収載される実作の詩賦にも、冬に松が凋むことを言うものはない。

著者略歴

半澤幹一（はんざわ・かんいち）

共立女子大学文芸学部教授。専門は日本語表現学。

主な論文に「古代和歌における指示副詞「かく」」（『国語語彙史研究』20、和泉書院、2001年3月）、「『句題和歌』の漢和〈接触〉ノート」（『共同研究〈接触〉問題』、共立女子大学総合文化研究所、2005年2月）、「文体・位相から見た語彙史」（『シリーズ日本語史2　語彙史』、岩波書店、2009年11月）などがある。

津田　潔（つだ・きよし）

東京工業高等専門学校一般教育科教授。専門は日中比較文学。

主な論文に「承和期前後と白氏文集」（『白居易講座3　日本における受容（韻文篇）』勉誠出版、1993年5月）、「『新撰万葉集』上巻・恋歌における白詩の受容について」（『白居易研究年報』創刊号、白居易研究会、2000年5月）、「『論語』子罕篇「歳寒の松」の解釈とその受容について」（『東京工業高専研究報告書』第43（1）号、2012年12月）などがある。

対釈新撰万葉集

（平成二十六年度日本学術振興会科学研究費補助金「研究成果公開促進費」助成出版）

著者　半澤幹一　津田潔

発行者　池嶋洋次

発行所　勉誠出版㈱

〒101-0051 東京都千代田区神田神保町三-一〇-二

電話　〇三-五二一五-九〇二一㈹

二〇一五年二月二十五日　初版発行

印刷　シナノパブリッシングプレス

製本　若林製本工場

ISBN978-4-585-29095-7　C3095

注釈語索引

見出し語には和歌あるいは漢詩の注釈においてある程度の説明のある語を抜き出し、和歌と漢詩に分けて五十音順に示す。斜体の数字は当該頁数を、正体の数字は作品番号を指す。さらに和歌のほうは【語釈】の該項も示し、和歌・漢詩とも【語釈】以外では【補注】【比較対照】の別も示す。

《和　歌》

【あ】

あかず(不飽)　*524*・74「飽かず別るる」
あきかぜ(秋風)　*319*・43「秋風に」
あきぎり(秋霧)　*478*・67「秋霧は」
あきたつ(秋立)　*456*・63「秋立つ日とは」, *457*・63【補注】
あきのいろ(秋色)　*486*・68「秋の色は」
あきのつき(秋月)　*448*・62「秋の月」
あきのの(秋野)　*328*・44「秋の野は」
あきはぎ(秋萩)　*460*・64「秋はぎの」
あきやま(秋山)　*435*・60「秋山に」
あく(飽)　*130*・16「飽かず散るとや」, *582*・82「見れど飽かれぬ」
あさかげ(朝影)　*768*・111「朝かげに」
あさみどり(浅緑)　*45*・3「浅緑」
あしびきの〔枕詞〕　*212*・27「あしびきの」
あだ(徒)　*351*・47「綾無くあだの」
あはれ(哀)　*335*・45「憐れと思はむ」
あひみる(相見)　*752*・108「相見ぬ程に」
あふ(逢)　*237*・31「逢ひぬらむ」
あまてる(天照)　*356*・48「天照る月の」
あまのと(天門)　*431*・59「天のとわたる」, *433*・59【補注】
あみ(網)　*58*・5「網に張りこめ」
あめふれば〔枕詞〕　*484*・68「雨降れば」, *488*・68【補注】
あや(綾)　*32*・1「あや織りみだる」
あやなし(綾無)　*351*・47「綾無くあだの」
あやめぐさ(菖蒲草)　*217*・28「あやめ草」
あられ(霰)　*586*・83「あられ降り積め」
ある(荒)　*182*・23「荒れたる宿を」
いかにして(如何)　*473*・66「いかにして」
いくつ(幾)　*210*・27「いくつ夏」
いけ(池)　*560*・79「池は鏡と」
いづち(何方)　*191*・24「いづち往くらむ」
いづれか(何)　*553*・78「いづれか色の」
いとふ(厭)　*756*・109「いとはれて」
いなおほせどり(稲負鳥)　*534*・75「いなおほせ鳥の」
いのち(命)　*292*・39「命とたのむ」
いまは(今)　*750*・108「今は思はず」
いる(入)　*271*・36「入りにけむ」
いろ(色)　*651*・93「色増さり往く」, *688*・99「色も変はらぬ」
いろにいづ(色出)　*696*・100「色にはいでじ」
うかる(浮)　*251*・33「浮かれては鳴く」
うぐひす(鶯)　*102*・12「鶯は」
うすし(薄)　*176*・22「薄くや人の」
うたて〔副〕　*39*・2「うたて匂ひの」
うちぬ(打寝)　*730*・105「うち寝る中に」
うちつけに(打付)　*454*・63「にはかにも」
うつせみ(空蝉)　*254*・34「うつせみの」, *261*・34【比較対照】
うつつ(現)　*733*・105「うつつならなむ」
うつる(移)　*365*・49「衣にうつる」
うつろふ(移)　*54*・4「移ろふ色に」, *59*・5「うつろひぬべき」, *548*・77「移ろひにけり」, *812*・119「移ろふらめど」
うとむ(疎)　*248*・33「うとみつつ」
うめのはな(梅花)　*684*・98「梅の花」
おいしぬ(老死)　*212*・27「老いも死なずて」
おいまどふ(老惑)　*594*・84「老いまどふべく」
おき(熾)　*744*・107「心の熾は」
おく(置)　*560*・79「掘りて置きし」
おくやま(奥山)　*416*・57「奥山に」
おと(音)　*429*・59「こゑを帆に挙げて」
おとづれ(音信)　*643*・92「おとづれもせぬ」
おどろく(驚)　*83*・9「おどろかれつつ」
おの(己)　*519*・73「おのが綴りと」
おほぞら(大空)　*623*・89「大ぞらの」
おもひ(思)　*311*・42「思ひや繁き」
おもひきゆ(思消)　*630*・90「思ひきゆらむ」, *631*・90【補注】
おもひわぶ(思侘)　*806*・118「思ひ侘び」
おもふ(思)　*742*・107「人をおもふ」
おゆ(老)　*601*・85「老いにけるかな」
おりいだす(織出)　*363*・49「織りいだすはぎの」
おりきる(織着)　*425*・58「虫の織りきる」
おりみだる(織乱)　*32*・1「あや織りみだる」

おりゐる（下居）　*616*・88「下り居る山と」

【か】

かがみ（鏡）　*560*・79「池は鏡と」
かかる（懸）　*167*・21「懸れる枝に」, *592*・84「のきに懸かれる」
かかる（此有）　*152*・19「かかる時」
かきくづす（掻崩）　*585*・83「かきくらし」
かきくらす（掻暗）　*585*・83「かきくらし」, *677*・97「かきくらし」
かきちらす（掻散）　*677*・97「かきくらし」
かきね（垣根）　*636*・91「菊の垣ほに」
かきほ（垣）　*636*・91「菊の垣ほに」
かぎり（限）　*394*・53「今は限りの」
かく（懸）　*345*・46「懸けて来つらむ」
かく（此）　*704*・101「昼はかくても」
かくれぬ（隠沼）　*697*・100「隠れぬの」
かげ（影）　*110*・13「花のかげかも」, *561*・79「影だに見えで」, *624*・89「影見し水ぞ」
かさとりやま（笠取山）　*486*・68「笠取山の」
かしま（鹿島）　*709*・102「鹿嶋なる」
かず（数）　*737*・106「数知りぬ」
かすみ（霞）　*45*・3「野辺の霞は」
かすみたつ（霞立）　*122*・15「霞立つ」
かぜのたより（風便）　*63*・6「風の便りに」
かたいと（片糸）　*775*・112「片糸に」
かたみ（形見）　*97*・11「かたみと思はむ」
かつ（且）　*104*・12「かつ散りにけり」
かづく（潜）　*725*・104「みるめかづかぬ」
がてに（難）　*286*・38「過ぎがてに鳴く」
かなし（悲）　*419*・57「秋はかなしき」, *801*・117「かなしき事の」
がに〔助〕　*589*・83「人は見るがに」
かねて（予）　*393*・53「かねてぞ惜しき」
かはる（変）　*244*・32「こゑの変はらぬ」, *554*・78「変はらざりける」
かひ（甲斐）　*540*・76「見れどかひ無し」
かへすがへす〔副〕　*599*・85「かへるがへるぞ」
かへるがへる〔副〕　*599*・85「かへるがへるぞ」
かへるやま（帰山）　*599*・85「かへる山」
かみなづき（神無月）　*648*・93「かみなづき」
かみなび（神奈備）　*504*・71「かみなびの」
かも〔助〕　*111*・13「花のかげかも」, *119*・14「花の散るかも」
かやりび（蚊遣火）　*298*・40「蚊遣り火の」
かよふ（通）　*277*・37「響き通へる」, *698*・100「下に通ひて」
から（殻）　*765*・110「空しきからの」
からころも（唐衣）　*441*・61「唐衣」
かり（雁）　*118*・14「雁のたむけと」
かりがね（雁音）　*343*・46「鳴く雁がねぞ」, *545*・77「衣かりがね」
かりほ（仮庵）　*532*・75「秋の仮りほに」
かる（借）　*425*・58「衣をぞかる」
かる（離）　*304*・41「夜がれをしてか」
かわく（乾）　*442*・61「かわかぬは」
きえかへる（消返）　*637*・91「きえかへりても」
きく（菊）　*635*・91「菊の垣ほに」, *639*・91【補注】
きこゆ（聞）　*405*・55「聞こゆなる」, *770*・111「絶えて聞こえぬ」
きぬ（衣）　*406*・55「木の葉のきぬを」
きほふ（競）　*399*・54「風にきほひて」
きみ（君）　*668*・96「君が為」
きり（霧）　*479*・67「今朝はなたちそ」
きりきり　*374*・50「きりきりとする」
きりぎりす　*322*・43「きりぎりす鳴く」, *336*・45「きりぎりす」, *518*・73「きりぎりす」
くさば（草葉）　*291*・39「夏の草葉に」
くさむら（叢）　*448*・62「くさむらよきず」
くだまく（管巻）　*373*・50「くだまく音の」, *424*・58「くだまくおとの」
くつて（沓代）　*231*・30「くつていださぬ」
くま（隈）　*140*・17「思ひ隈なく」
くもぢ（雲路）　*117*・14「たちて雲路に」
くものみやこ（雲都）　*678*・97「雲のみやこの」
くれなゐ（紅）　*695*・100「くれなゐの」
くれゆく（暮行）　*655*・94「年の暮れ往く」
けさ（今朝）　*479*・67「今朝はなたちそ」
けに（異）　*263*・35「螢よりけに」
けぶり（煙）　*745*・107「けぶり立つとは」
こがね（黄金）　*737*・106「ちぢの金も」
ここ（此処）　*305*・41「只ここにしも」
ここちす（心地）　*509*・71「ここちこそすれ」
ここら〔副〕　*148*・18「惜しとやここら」
こころ（心）　*413*・56「こころにもあらぬ」
こころよわし（心弱）　*782*・113「心弱くも」
こぞ（去年）　*241*・32「こぞの夏」
こと（琴）　*277*・37「琴のねに」
ごと（毎）　*237*・31「来る年ごとに」, *494*・69「秋来る毎に」
ことつて（言伝）　*401*・54「ことつても無し」
ことのは（言葉）　*551*・78「ことのはを」
このは（木葉）　*406*・55「木の葉のきぬを」
こひしぬ（恋死）　*699*・100「恋ひは死ぬとも」
こひす（恋）　*436*・60「恋するしかの」
こひわたる（恋渡）　*722*・104「恋ひわたる」
こひわぶ（恋侘）　*730*・105「恋ひ侘びて」
こふ（恋）　*796*・116「君恋ふと」

こほる(凍)　*561*・79「凍れども」
こぼる(零)　*46*・3「こぼれて匂ふ」
こほろぎ　*322*・43「きりぎりす鳴く」
こもりぬ(隠沼)　*697*・100「隠れぬの」
こもる(籠)　*75*・8「枝にこもれる」
ころも(衣)　*406*・55「木の葉のきぬを」
ころもで(衣手)　*389*・52「袖と見ゆらむ」
こゑ(声)　*306*・41「寝たるこゑする」, *429*・59「こゑを帆に挙げて」, *717*・103「こゑのするまで」
こゑたつ（声立)　*437*・60「こゑ立てて」

【さ】

さくらばな(桜花)　*47*・3「花桜かな」, *140*・17「桜花」
ささ(笹)　*566*・80「ささの葉に」
さそふ(誘)　*64*・6「鶯さそふ」
さと(郷)　*249*・33「とどむる郷の」
さほやま(佐保山)　*481*・67「竜田山」
さみだれ(五月雨)　*189*・24「さみだれに」
さむし(寒)　*371*・50「羽風を寒み」, *405*・55「寒きこゑにぞ」, *454*・63「風の涼しく」
さゆ(冴)　*568*・80「さえ増さりけれ」, *569*・80【補注】
さよ(小夜)　*792*・115「さ夜ふけゆけば」
さらに(更)　*759*・109「更に昔の」
し〔助〕 *626*・89【補注】
しか(鹿)　*418*・57「鳴くしかの」, *418*・57「こゑ聴く時ぞ」
しく(頻)　*327*・44「風の吹きしく」
しく(敷)　*588*・83「しけるにはとも」
しぐれ(時雨)　*648*・93「しぐれ降るらし」
しげし(繁)　*298*・40「繁き思ひは」
した(下)　*698*・100「下に通ひて」
したば(下葉)　*547*・77「はぎの下葉も」
したもみぢ(下紅葉)　*364*・49「下黄葉」
しづく(雫)　*798*・116「袖のしづくぞ」
しづはた(倭文機)　*373*・50「はたおりの」
しののめ(東雲)　*205*・26「明くるしののめ」
しひて(強)　*513*・72「しひてたのまむ」
しほ(潮)　*724*・104「潮満ちて」
しも(霜)　*181*・23「霜や降れると」, *566*・80「置く霜よりも」
しもがれ(霜枯)　*579*・82「霜枯れの」, *683*・98「霜枯れに」
しらくも(白雲)　*606*・86「立つ白雲に」, *770*・111「白雲の」
しらたま(白玉)　*587*・83「白玉の」
しらつゆ(白露)　*326*・44「白露に」, *471*・66「白露の」
しらなくに(不知)　*813*・119「知らなくに」
しらぶ(調)　*279*・37「調べても鳴く」
しらゆき(白雪)　*167*・21「白雪の」
しる(知)　*310*・42「人しれぬ」
しるし(験)　*540*・76「見れどかひ無し」
しるべ(標)　*64*・6「しるべにはやる」
すぐ(過)　*96*・11「春は過ぐとも」, *399*・54「過ぐれども」
すずし(涼)　*454*・63「風の涼しく」
すつ(捨)　*663*・95「身投ぐばかりの」
すべて(全)　*153*・19「すべての春に」
すみか(住処)　*158*・20「すみかの花や」
せ(瀬)　*663*・95「淵なれど」
せきとどむ(堰止)　*786*・114「せきとどめてむ」
せち(節)　*236*・31「いくつの五月」
せみ(蟬)　*174*・22「蟬のこゑ」, *293*・39「蟬のはかなさ」, *404*・55「秋の蟬」
そで(袖)　*39*・2「袖にとまれる」, *386*・52「草の袂か」, *389*・52「袖と見ゆらむ」, *723*・104「ころもの袖は」
そのふ(園生)　*670*・96「竹のそのふを」
そふ(添)　*802*・117「そひぬれば」
そむ(染)　*34*・1「なべて染むらむ」, *363*・49「織りいだすはぎの」, *474*・66「ちぢに染むらむ」
そよ〔擬音語〕 *380*・51「そよともすれば」

【た】

たえて(絶)　*770*・111「絶えて聞こえぬ」
たが(誰)　*303*・41「たが里に」, *344*・46「たが玉梓を」
たかさご(高砂)　*460*・64「高さごの」, *461*・64「尾上に今や」
ただ(只)　*305*・41「只ここにしも」
ただち(直路)　*732*・105「夢のただちは」
たちかへる(立帰)　*81*・9「立ちかへり」, *526*・74「立ちかへるべき」
たちきる(裁着)　*508*・71「錦裁ちきる」
たちく(立来)　*74*・8「春立ち来ぬと」
たづ(鶴)　*219*・28「たづがこゑする」
たつ(立)　*352*・47「名をや立てなむ」, *455*・63「吹きぬるか」
たつたひめ(竜田姫)　*468*・65「竜田姫こそ」
たつたやま(竜田山)　*480*・67「竜田山」, *482*・67【補注】
たなばた(七夕)　*524*・74「たなばたは」
たなびく(棚引)　*109*・13「たなびく山の」
たのむ(頼)　*292*・39「命とたのむ」, *552*・78「たのむべしやは」
たま(玉)　*329*・44「玉ぞ散りける」
たま(魂)　*751*・108「魂の」
たましひ(魂)　*751*・108「魂の」
たまづさ(玉梓)　*344*・46「たが玉梓を」
たむけ(手向)　*118*・14「雁のたむけと」
たもと(袂)　*386*・52「草の袂か」, *389*・52「袖と見ゆらむ」
ちくさ(千種)　*109*・13「色のちくさに」, *539*・76「ち

くさの匂ひ」
ちぢ(千々)　*474*・66「ちぢに染むらむ」
つきかげ(月影)　*183*・23「照らす月影」
つきのひかり(月光)　*623*・89「月の光し」
つぐ(告)　*74*・8「告げつらむ」
つくづくと〔副〕　*710*・102「つくづくと」
つくば(筑波)　*709*・102「筑波の山の」
つつ〔助〕　*84*・9「おどろかれつつ」
つつむ(包)　*46*・3「つつめども」
つづり(綴)　*519*・73「おのが綴りと」
つづりさす(綴刺)　*321*・43「綴り刺せとて」
つひに(遂)　*656*・94「遂に緑の」
つみくる(摘来)　*69*・7「若菜摘みくる」
つむ(積)　*711*・102「恋を積みつる」
つゆ(露)　*257*・34「露に懸かれる」, *258*・34【補注】, *326*・44「白露に」, *532*・75「置く露は」
つらぬきとむ(貫止)　*328*・44「貫きとめぬ」
つらぬく(貫)　*328*・44「貫きとめぬ」
つる(鶴)　*219*・28「たづがこゑする」
つれなし〔形〕　*265*・35「人のつれなき」, *716*・103「つれもなき」
て〔助〕　*655*・94「雪降りて」
てらす(照)　*449*・62「照らせるは」
てる(照)　*487*・68「袖さへぞ照る」, *685*・98「雪の照れるは」
とき(時)　*612*・87「時まどはせる」, *655*・94「時にこそ」
とく(速)　*141*・17「とくも散るかな」
とく(溶)　*664*・95「こほりとけねば」
としふ(年経)　*688*・99「年ふれど」
とて〔助〕　*716*・103「人を待つとて」
とどむ(留)　*96*・11「とどめてば」, *248*・33「とどむる郷の」
とほし(遠)　*123*・15「遠けれど」
とまる(止)　*39*・2「袖にとまれる」
とも(友)　*498*・70「友まどはせる」
とも〔助〕　*97*・11「春は過ぐとも」
とよむ(響)　*437*・60「こゑ立てて」
とわたる(門渡)　*431*・59「天のとわたる」

【な】

な〔助〕　*175*・22「聞けば哀しな」
な〔副〕　*480*・67「今朝はなたちそ」
なか(中)　*731*・105「うち寝る中に」
ながら〔助〕　*146*・18「春ながら」
ながる(流)　*791*・115「流れて袖の」
なきあかす(鳴明)　*312*・42「鳴き明かすらむ」
なきかへる(鳴帰)　*117*・14「鳴きかへる」, *211*・27「鳴きかへるらむ」
なきす(鳴)　*437*・60「鳴きぞしぬべき」
なきたつ(鳴立)　*230*・30「鳴き立つ春の」
なきふるす(鳴古)　*242*・32「鳴きふるしてし」
なぐ(投)　*662*・95「身投ぐばかりの」
なぐさむ(慰)　*705*・101「なぐさめつ」
なげく(嘆)　*718*・103「歎きつるかな」
なし(無)　*250*・33「無ければや」
なす(成)　*153*・19「成す由もがな」
なぞ(何故)　*738*・106「なぞ吾が恋の」
なつくさ(夏草)　*256*・34「夏草の」, *297*・40「夏草の」
なつごろも(夏衣)　*175*・22「夏衣」
なつのよ(夏夜)　*312*・42「夏の夜をしも」
なつむし(夏虫)　*196*・25「夏虫に」
なつやま(夏山)　*269*・36「夏山に」
など(何故)　*738*・106「なぞ吾が恋の」
なにおふ(名負)　*512*・72「名にし負はば」
なにたつ(名立)　*765*・110「名にや立ちなむ」
なにびと(何人)　*493*・69「なに人か」
なぶ(並)　*67*・7「駒なべて」
なべて(全)　*34*・1「なべて染むらむ」
なへに〔助〕　*546*・77「鳴くなへに」, *548*・77【補注】
なみ(波)　*725*・104「浪ぞたちける」
なみだ(涙)　*535*・75「涙なるべし」, *782*・113「落つる涙か」
なみだがは(涙川)　*662*・95「涙河」
なみぢ(波路)　*527*・74「波路無からなむ」
なむ〔助〕　*146*・18「年は暮れなむ」, *527*・74「波路無からなむ」, *527*・74【補注】
ならふ(習)　*54*・4「人習ひけり」
なり〔助動〕　*343*・46「響くなる」, *604*・86「冬なれば」
なる(成)　*798*・116「成りぬれば」
なるべし〔助動〕　*535*・75「涙なるべし」
に〔助〕　*342*・46「秋風に」
にしき(錦)　*413*・56「錦をぞきる」
には(庭)　*588*・83「しけるにはとも」
にはかに(俄)　*454*・63「にはかにも」
にほはす(匂)　*494*・69「野辺を匂はす」
にほひ(匂)　*39*・2「うたて匂ひの」, *539*・76「ちくさの匂ひ」
にほふ(匂)　*47*・3「こぼれて匂ふ」, *349*・47「匂へる野辺に」
ぬぎかく(脱懸)　*493*・69「来て脱ぎかけし」
ぬく(貫)　*329*・44「貫きとめぬ」
ぬぐ(脱)　*407*・55「風やはぎつる」
ね(音)　*91*・10「ものうかるねに」
ねざし(根刺)　*669*・96「根刺し求むと」
のき(軒)　*592*・84「のきに懸かれる」
のべ(野辺)　*217*・28「野辺のほとりの」
のやま(野山)　*412*・56「秋の野山を」

【は】

はかぜ(羽風)　*371*・50「羽風を寒み」
はかなし(儚)　*195*・25「はかなく見ゆる」
はかり(秤)　*739*・106「あふはかりなき」
ばかり〔助〕　*739*・106「あふはかりなき」
はぎ(萩)　*363*・49「織りいだすはぎの」
はぐ(剥)　*408*・55「風やはぎつる」
はぐくむ(育)　*139*・17「われてはぐくむ」
はたおり(機織)　*372*・50「はたおりの」
はだすすき(薄)　*379*・51「はなすすき」
はな(花)　*63*・6「花の香を」, *110*・13「花のかげかも」, *125*・15「花の香ぞする」
はなざくら(花桜)　*47*・3「花桜かな」
はなすすき(花薄)　*378*・51「はなすすき」
はなのき(花樹)　*52*・4「花の樹は」
ははそ(柞)　*481*・67「ははそのもみぢ」
はる(張)　*68*・7「めもはるの野に」
はるがすみ(春霞)　*58*・5「春霞」, *478*・67「秋霧は」
はるたつ(春立)　*53*・4「春立てば」, *87*・10「春立てど」
はるのあめ(春雨)　*33*・1「春の雨や」
ひかり(光)　*264*・35「光見ねばや」, *356*・48「光には」, *573*・81「光まつ」
ひく(弾)　*468*・65「秋は弾くらめ」
ひぐらし(日暮)　*410*・56「日ぐらしに」
ひとこゑ(一声)　*204*・26「鳴くひとこゑに」
ひとつ(一)　*472*・66「色は一つを」, *710*・102「わが身一つに」
ひととせ(一年)　*152*・19「ひととせを」
ひとのこころ(人心)　*513*・72「人の心に」
ひとり(一人)　*541*・76「独りと思へば」
ひばら(檜原)　*80*・9「ひ原の霞」
ひびく(響)　*277*・37「響き通へる」, *343*・46「響くなる」
ひゆ(冷)　*792*・115「身のみ冷ゆらむ」
ひる(昼)　*703*・101「昼はかくても」
ふかし(深)　*190*・24「夜深く鳴きて」, *670*・96「雪深き」
ふきくる(吹来)　*124*・15「吹き来る風は」
ふきしく(吹頻)　*327*・44「風の吹きしく」
ふきたつ(吹立)　*517*・73「吹き立てぬれば」
ふす(臥)　*202*・26「臥すかとすれば」
ふち(淵)　*663*・95「淵なれど」
ふぢばかま(藤袴)　*321*・43「藤袴」, *494*・69「藤袴」
ふみわく(踏分)　*417*・57「もみぢふみわけ」, *643*・92「ふみわけて」
ふゆのはな(冬花)　*575*・81「冬の花とは」
ふりしく(降敷)　*586*・83「あられ降り積め」
ふりたつ(振立)　*272*・36「こゑ振り立てて」
ふりつむ(降積)　*586*・83「あられ降り積め」, *605*・86「雪降り積める」
ふりつもる(降積)　*629*・90「降りて積もれる」
ふる(降)　*678*・97「降る雪は」
ほ(帆)　*430*・59「こゑを帆に挙げて」
ほ(穂)　*388*・52「穂に出でて招く」
ほころぶ(綻)　*320*・43「綻びぬらし」
ほす(干)　*442*・61「かわかぬは」
ほたる(蛍)　*263*・35「蛍よりけに」
ほど(程)　*752*・108「相見ぬ程に」
ほととぎす　*203*・26「ほととぎす」, *232*・30【補注】
ほとり(辺)　*217*・28「野辺のほとりの」
ほりうう(掘植)　*52*・4「今は掘り植ゑじ」
ほる(掘)　*560*・79「掘りて置きし」

【ま】

ま(間)　*103*・12「さくと見し間に」
まがき(籬)　*637*・91「菊の垣ほに」
まかす(任)　*467*・65「任せては」
まきもく(巻向)　*80*・9「まきもくの」
まく(巻)　*374*・50「くだまく音の」
まさき(柾)　*650*・93「まさきのもみぢ」
まさきのかづら(柾蔓)　*650*・93「まさきのもみぢ」
まじふ(交)　*64*・6「交へてぞ」
まじる(交)　*69*・7「交じりなむ」
ますかがみ(鏡)　*593*・84「ます鏡」
まそかがみ(鏡)　*593*・84「ます鏡」
まつ(松)　*657*・94「松も見えけれ」
まづ(先)　*626*・89「まづ凍りける」
まつかぜ(松風)　*278*・37「松風を」
まつのね(松音)　*465*・65「松のねを」
まつのは(松葉)　*611*・87「松の葉に」, *689*・99「松の葉に」
まどはす(惑)　*499*・70「友まどはせる」, *612*・87「時まどはせる」
まどふ(惑)　*198*・25「まどひ増される」, *284*・38「道やまどへる」
まれに(稀)　*523*・74「まれに来て」
み(身)　*258*・34「身にこそありけれ」, *662*・95「身投ぐばかりの」
みえわたる(見渡)　*607*・86「見えわたるらむ」, *608*・86【補注】
みずのうへ(水上)　*32*・1「水の上に」
みだる(乱)　*32*・1「あや織りみだる」, *776*・112「みだれて恋ひば」
みつ(満)　*724*・104「潮満ちて」
みどり(緑)　*34*・1「山の緑を」, *656*・94「遂に緑の」
みね(峰)　*605*・86「高き嶺」
みむろ(御室)　*506*・71「みむろの山を」
みよしの(御吉野)　*642*・92「み吉野の」
みる(見)　*582*・82「見れど飽かれぬ」

みるめ(海布)　*724*・104「みるめかづかぬ」
む〔助動〕　*690*・99「花とこそ見め」
むかし(昔)　*759*・109「更に昔の」
むし(虫)　*499*・70「虫にはあらねど」
むなし(空)　*764*・110「空しきからの」
むべ(肯)　*102*・12「むべも鳴くらむ」, *457*・63「むべも云ひけり」
も〔助〕　*657*・94「松も見えけれ」
もがな〔助〕　*154*・19「成す由もがな」
もとむ(求)　*669*・96「根刺し求むと」
ものうし(物憂)　*89*・10「ものうかるねに」
ものから〔助〕　*746*・107「見えぬものから」
もふ(思)　*753*・108「成りぬともへば」
もみぢば(紅葉葉)　*394*・53「もみぢ葉は」
もゆ(燃)　*264*・35「燃ゆれども」, *299*・40「燃えわたりけれ」
もる(守)　*531*・75「山田もる」

【や】

や〔助〕　*285*・38「道やまどへる」
やく(焼)　*745*・107「身をぞ焼く」
やど(宿)　*285*・38「吾がやどをしも」
やどす(宿)　*581*・82「花と雇ひて」
やとふ(雇)　*581*・82「花と雇ひて」, *582*・82【補注】
やどりす(宿)　*350*・47「宿りせば」
やどる(宿)　*450*・62「宿る露さへ」, *611*・87「宿れる雪は」, *665*・95「かげも宿らず」
やへ(八重)　*598*・85「八重降り敷ける」
やまざと(山里)　*92*・10【補注】, *650*・93「山里の」
やまだ(山田)　*531*・75「山田もる」
やまとなでしこ(大和撫子)　*337*・45「やまとなでしこ」
やまびこ(山彦)　*716*・103「山彦の」
やまほととぎす　*212*・27「山ほととぎす」, *225*・29「山ほととぎす」
やる(遣)　*65*・6「しるべにはやる」
ゆきかふ(行交)　*487*・68「往きかふ人の」
ゆきかへる(行帰)　*732*・105「往き還る」
ゆふ(夕)　*262*・35「夕去れば」
ゆふかげ(夕影)　*336*・45「鳴くゆふかげの」
ゆふぐれ(夕暮)　*336*・45「鳴くゆふかげの」
ゆめぢ(夢路)　*733*・105「夢のただちは」
よがれ(夜離)　*304*・41「夜がれをしてか」
よく(避)　*448*・62「くさむらよきず」
よしの(吉野)　*642*・92「み吉野の」
よそ(外)　*481*・67「よそにても見む」, *483*・67【比較対照】, *612*・87「よそにして」
よひ(宵)　*194*・25「よひの間も」
より〔助〕　*567*・80「置く霜よりも」

【ら】

らし〔助動〕　*320*・43「綻びぬらし」, *649*・93「しぐれ降るらし」, *652*・93【補注】
らむ〔助動〕　*35*・1「なべて染むらむ」, *35*・1【補注】
らる〔助動〕　*760*・109「恋ひらるるかな」
る〔助動〕　*582*・82「見れど飽かれぬ」, *803*・117「物は言はれで」

【わ】

わかし(若)　*237*・31「わかく見ゆれば」
わかな(若菜)　*69*・7「若菜摘みくる」
わがみ(我身)　*443*・61「吾が身の秋に」, *710*・102「わが身一つに」
わく(別)　*412*・56「わけ来れば」, *670*・96「わけまどふ」
わけまどふ(別惑)　*670*・96「わけまどふ」
わたる(渡)　*300*・40「燃えわたりけれ」
わびし(侘)　*160*・20「侘しきこゑに」, *255*・34「侘しき物は」, *705*・101「夜ぞ侘しき」
わぶ(侘)　*579*・82「枝とな侘びそ」
わる(割)　*138*・17「われてはぐくむ」
を(緒)　*775*・112「緒を弱み」
を〔助〕　*132*・16「飽かず散るとや」, *472*・66「色は一つを」, *758*・109「成りにしを」, *807*・118「山辺をのみぞ」
をこそ〔助〕　*574*・81「雪をこそ」
をし(惜)　*393*・53「かねてぞ惜しき」
をのへ(尾上)　*461*・64「尾上に今や」
をばな(尾花)　*379*・51「はなすすき」
をみなへし(女郎花)　*349*・47「をみなへし」, *353*・47【補注】, *515*・72【補注】
をりはふ(折延)　*160*・20「折りはへて鳴く」
をる(居)　*190*・24「物思ひ居れば」

《漢　詩》

【あ】

哀　*454*・63
愛崿　*644*・92
愛汝　*337*・45
漪　*563*・79
依々処　*373*・50
依人　*551*・78
夷斉　*644*・92
異態　*788*・114
一々　*406*・55, *424*・58
一夏　*270*・36
一叫　*248*・33
一行　*344*・46
一曲　*279*・37
一枝情　*324*・43
一時　*123*・15
一日不看　*739*・106
一種　*217*・28
一処群　*777*・112
一宵　*224*・29
一生　*298*・40
一声　*312*・42
一絶　*23*・序
一単　*519*・73
一旦　*593*・84
一段　*449*・62
一時　*155*・19
一年再会　*525*・74
一悲一恋　*801*・117
一留一去　*211*・27
移袂　*96*・11, *97*・11【補注】
意未申　*89*・10
意猶冷　*420*・57
匂皆尽　*147*・18
匂袖　*41*・2
慇懃　*514*・72, *764*・110
殷紅　*363*・49
員多　*738*・106
員難計　*777*・112
院裏　*183*・23
引領　*665*・95, *772*・111
飲涙　*771*・111
雨後　*367*・49
雲霞　*45*・3, *48*・3【補注】
雲郊　*782*・113
雲端　*160*・20
雲中　*400*・54
雲裏声　*342*・46
雲路　*117*・14
韞匱　*13*・序
云爾　*25*・序
運命　*255*・34
永去　*712*・102
栄枯　*552*・78
盈嚢　*70*・7
易遷　*134*・16
易別時　*524*・74
易明　*224*・29
艶々　*545*・77
艶昌　*541*・76
艶陽気　*59*・5
遠近　*63*・6
遠近来　*124*・15
遠方　*387*・52
遠方情　*343*・46
怨言　*553*・78, *710*・102
怨恨　*705*・101
怨殺　*525*・74, *716*・103
怨緒　*696*・100
怨女　*249*・33
怨深　*263*・35
怨婦　*189*・24, *225*・29, *662*・95
厭　*757*・109
厭足　*619*・88
厭吾人　*716*・103
宛如　*81*・9
園中　*679*・97
鴛鴦　*113*・13
枉　*438*・60, *780*・113
桜花　*47*・3, *103*・12
応驚　*632*・90
応斯　*112*・13
応是　*134*・16, *455*・63
応朝　*120*・14
王弘　*637*・91
鶯児　*147*・18
鶯栖　*139*・17
鶯声　*59*・5, *133*・16, *135*・16【補注】
鶯囀　*104*・12
鶯囀頻　*160*・20, *161*・20【補注】
鶯慵囀　*88*・10
嫗女　*593*・84
往望　*331*・44
臆揚煙　*663*・95
於是　*13*・序
恩愛情　*759*・109
恩愛　*438*・60
恩幸　*442*・61
恩情　*769*・111
音始乱　*455*・63
音不希　*232*・30
音不遙　*287*・38

【か】

開緘処　*344*・46
海上　*433*・59
回眸　*412*・56, *486*・68, *488*・68【補注】
廻眸　*111*・13
豈有　*669*・96
壊来　*190*・24
何因　*472*・66
何歳月　*644*・92
何事苦　*671*・96
何事悲　*230*・30
何時　*730*・105
何日　*716*・103
何日改　*500*・70
何処在　*495*・69
何堪　*814*・119
家々　*23*・序, *63*・6
芽花　*460*・64
花下　*148*・18
花々樹々　*95*・11
花香　*63*・6
花時　*118*・14
花始発　*323*・43
花樹　*51*・4
花繁　*124*・15
花貧　*88*・10
花林　*579*・82
佳会夕　*792*・115
佳期　*524*・74
佳麗　*23*・序
河海　*807*・118
華間　*140*・17
臥起　*195*・25
雅琴　*466*・65
蕚初開　*456*・63

鶴翔　*219*・28
霞光　*109*・13
霞彩　*130*・16
霞低　*57*・5
霞天　*117*・14
我乗　*495*・69
柯雪　*573*・81
夏見霜　*181*・23
夏枕　*210*・27
夏天　*286*・38
夏夜　*263*・35
夏来　*230*・30
夏漏　*203*・26
歌体　*18*・序
郭公　*191*・24, *203*・26, *242*・32
聒　*104*・12
過庭　*211*・27
稼田　*531*・75
可得知　*167*・21
可憐　*20*・序 , *125*・15
寡婦　*702*・101
下雹　*585*・83
乾　*724*・104
寛　*688*・99
干　*699*・100
雁音　*546*・77
雁札　*781*・113
雁書遅　*444*・61
還家　*712*・102
寒気　*637*・91
寒歳　*765*・110
寒蛬　*405*・55
寒条　*581*・82
寒天　*623*・89
寒灰　*73*・8, *76*・8【補注】
寒梅　*613*・87
寒風　*636*・91, *656*・94, *683*・98
寒露　*545*・77
緩急　*133*・16
閑居　*726*・104
閑居　*374*・50
緩叫　*224*・29
看誤　*613*・87
看来　*618*・88
含毫　*373*・50
含情　*718*・103
感生　*8*・序
感嘆　*540*・76
眼前　*559*・79
閑対　*813*・119
寰中　*258*・34
干頭　*598*・85
寛平五載　*24*・序
寛平聖主　*15*・序
銜蘆処　*546*・77
晞　*331*・44, *443*・61
徽音　*467*・65
幾廻年　*594*・84
幾数年　*666*・95, *750*・108
幾許　*141*・17
幾星霜　*797*・116
幾千歳　*468*・65
幾千襲　*176*・22
幾千尋　*478*・67
幾門庭　*251*・33
幾堂　*184*・23
帰雁　*117*・14
菊上霜　*636*・91
季月　*566*・80
帰鴻　*342*・46
記取　*82*・9
羇人　*432*・59
羇夫　*350*・47
疑是　*389*・52
喜浅　*263*・35
祈天　*670*・96
其奈　*196*・25, *265*・35
気味　*204*・26
侵客耳　*519*・73
客情　*47*・3
旧謳通　*534*・75
旧製　*19*・序
旧鳴　*212*・27
泣血　*719*・103
泣来　*632*・90
九穂　*533*・75
九重　*17*・序
久絶　*709*・102
休来　*264*・35
帰歟　*672*・96
去意　*119*・14
去歳今年　*242*・32
鏡　*562*・79, *786*・114
鏡面瑩　*624*・89
鏡又捐　*752*・108
興詠　*7*・序
胸火　*697*・100
胸中　*743*・107
胸燃　*263*・35
驚弦　*400*・54
驚睡処　*336*・45
驚眸　*573*・81
驚眠　*210*・27
況乎　*619*・88
況復　*4*・序 , *231*・30
興作　*7*・序
響処　*292*・39
矜如　*575*・81
凝思処　*449*・62
凝来　*181*・23
叫　*219*・28, *400*・54, *546*・77
蛬鳴寒　*518*・73
暁鶏　*190*・24
暁夕　*798*・116
暁枕　*243*・32
暁暮　*334*・45
暁牖　*287*・38
暁露　*322*・43
尭年　*533*・75
仰弥高　*10*・序
抛簷懸　*592*・84
挙烟　*745*・107
挙音啼　*437*・60
挙宮　*16*・序
挙檝　*432*・59
挙眸　*605*・86
玉壺　*625*・89
玉樹柯　*493*・69
玉塵　*579*・82
玉墀　*585*・83
御溝　*574*・81
居諸積　*600*・85
漁父　*218*・28
魚鼈通　*218*・28
許由洗耳　*300*・40
愧来　*554*・78
錦　*109*・13
錦帷　*46*・3
錦字　*344*・46
錦繍　*506*・71
錦色　*462*・64
錦葉林　*480*・67
錦綾窠　*294*・39
均　*552*・78
今已　*76*・8
槿花　*657*・94
琴瑟曲　*293*・39

琴声　278・37
近習　16・序
金商　381・51
吟嘯　7・序
今人　20・序
今年　212・27
空房　771・111
屈指　598・85, 738・106
駒犢　69・7
劬労　770・111
君我　764・110
君吾　731・105
螢　264・35
閨筵　225・29
閨情　248・33
閨中　190・24, 407・55
閨房　695・100
閨裏乱　718・103
径応迷　141・17
景猶寒　566・80
軽々　320・43
嘒々　174・22
警策　4・序
係札　119・14
係心　195・25
携手　155・19
携觴　155・19
繋書　343・46
警節　75・8
経年　662・95
計無量　737・106
契約　764・110
形容　499・70
月気　623・89
月色寛　632・90
月入　283・38
潔白　586・83
嫌　330・44
倦意　487・68
見月　400・54
見塵　586・83
見説　812・119
言花　797・116
玄冬　7・序, 566・80
吾身　554・78
吾声　334・45
好　329・44
好女　195・25
好事　23・序
匣　63・6
紅匂　461・64
紅桜　139・17
紅錦装　393・53
紅深　698・100
行雲之遏　24・序
行客　672・96
黄鶯　63・6
交横　783・113
更訝　380・51, 683・98
姮娥　182・23
扣角　534・75
墝埆　87・10
高響　271・36
高翥　140・17
高低　103・12, 335・45
高飛　224・29
亘月　663・95
耿々　189・24, 335・45
孝子　670・96
後進　16・序
後世之頤　25・序
荒庭　772・111
杭稲　532・75
狎媚　311・42
曠野　68・7
黄葉　394・53
荒涼　183・23
古歌　3・序
古者　7・序
古人　20・序
古調　468・65
五月　236・31
五月時　224・29
五月尤繁　218・28
五彩斑　111・13
五日　236・31
五色鮮　132・16
五夜　285・38
哭還歌　672・96
誤月　587・83
誤道　112・13
枯槁　499・70, 704・101
枯殫　569・80
忽扇　454・63
忽望　33・1
顧念　759・109
鼓腹　533・75
鼓翼　372・50
恨　105・12
恨来　768・111
混幷　279・37

【さ】

催　125・15
細雨　32・1, 648・93
最似　294・39
最感　632・90
在胸　764・110
砕錦　365・49
採蕨　69・7
歳月抛　781・113
歳時　561・79
歳猶豊　599・85
再三　606・86
再難得　395・53
才子　16・序
裁縫　382・51
催来　371・50
栽来　52・4
塞来　300・40
詐我　710・102
作情　426・58
昨日　552・78
索然　814・119
錯乱　10・序
策驢　68・7
颯々　320・43
雑揉　10・序
山　709・102
山下　230・30
山家　631・90
山花　68・7
山河　35・1
山顔　608・86
山客　689・99
山丘　808・118
山谷　477・67
山室　426・58
山人　89・10
山中　270・36
山桃　132・16, 135・16【補注】
山野　474・66
浪　292・39
三夏　256・34
三秋　119・14, 460・64
三春　96・11
三冬　573・81

三百六旬期　*154*・19
潛然　*706*・101
鑽弥堅　*10*・序
惨冽　*568*・80
参差　*650*・93
残鶯　*244*・32
残香　*41*・2
残春　*159*・20
残雪　*605*・86, *611*・87
残嵐　*46*・3, *48*・3【補注】
而已　*11*・序
四遠　*304*・41
四山　*617*・88
四時　*16*・序, *257*・34
四知　*359*・48
四方　*808*・118
詞華　*788*・114
詞人　*16*・序, *204*・26
似花鮮　*612*・87
識春　*87*・10
嗤見　*164*・21
死後　*278*・37
耳根　*270*・36
自此　*47*・3
事々　*802*・117
時々　*772*・111
指車　*64*・6
指南車　*495*・69
馴時　*165*・21
思緒　*806*・118
枝上　*688*・99
自然　*133*・16, *505*・71, *786*・114
七夕　*524*・74
耳聴　*68*・7
試追　*788*・114
試入　*505*・71
試望　*578*・82
瑟弾　*727*・104
字対　*10*・序
昵近　*725*・104
日午　*580*・82
日此長　*102*・12
日々　*379*・51
日中　*705*・101
日長　*202*・26
蟋蟀　*335*・45
斜　*82*・9
奢　*81*・9
賒　*63*・6
鵲橋畔　*526*・74
灼々　*132*・16
借問　*494*・69, *809*・118
遮莫　*244*・32
樹作家　*292*・39
樹陰新　*161*・20
樹紅　*650*・93
樹少　*88*・10
愁音　*519*・73
愁人　*498*・70
秋花　*424*・58
秋芽　*362*・49
秋雁　*399*・54
秋気　*455*・63
秋闈　*437*・60
秋月　*447*・62
秋鴻　*371*・50
秋山　*417*・57
秋日　*386*・52
秋色　*485*・68
秋始装　*539*・76
秋天　*356*・48
秋登　*531*・75
秋風　*326*・44
秋霧　*478*・67
秋夜冷　*545*・77
秋葉　*424*・58
秋来　*334*・45
秋林　*405*・55
秋嶺　*512*・72
従休　*781*・113
従風　*124*・15
従来　*311*・42, *351*・47
繡衾単　*791*・115
繡幕　*58*・5
袖紅新　*719*・103
袖紅斑　*724*・104
袖爛　*486*・68
袖涙　*699*・100
縦使　*145*・18
終日　*486*・68
終日啼　*140*・17
終宵　*183*・23, *195*・25
終朝　*580*・82
収涙　*191*・24
手潑手穿　*560*・79
粛々　*683*・98
淑女　*40*・2
濡毫　*413*・56
手算忙　*738*・106
酒樽　*273*・36
出谷　*64*・6
守貞　*757*・109
殉滄　*256*・34
皴集　*594*・84
春日　*576*・81
春嬢　*69*・7
春情　*166*・21
春天　*102*・12, *154*・19
春風　*39*・2
春来　*32*・1
春嶺　*57*・5
所謂　*10*・序
昌　*658*・94
賞一時　*375*・50
墻陰　*619*・88
上苑　*39*・2
蕭咸　*792*・115
蕭君　*712*・102
蕭郎　*305*・41
焼香　*58*・5
情彩　*20*・序
咲殺　*176*・22
嘯取　*203*・26
松樹　*654*・94
松声　*466*・65
松蟬　*278*・37
松柏　*568*・80
松葉　*688*・99
似招袖　*388*・52
上々　*531*・75
焼身　*743*・107
消息　*749*・108
勝地　*419*・57
照莫窮　*449*・62
商飈　*320*・43
菖蒲　*217*・28, *236*・31
逍遙　*387*・52
嘗来　*238*・31
将来　*359*・48
上林　*147*・18
鐘漏尽　*225*・29
女怨　*305*・41
女牀　*507*・71
女郎　*745*・107
女郎花　*349*・47
如炎　*299*・40
如花　*54*・4

如何　*709*・102
如糸　*648*・93
如箭　*599*・85
如数月　*739*・106
初花　*166*・21
初降　*545*・77
初銷　*631*・90
初製　*176*・22
初鳥　*166*・21
初萌　*75*・8
庶幾　*23*・序, 793・115
触処　*39*・2, *182*・23, *312*・42, *518*・73
触来　*636*・91
触聆　*8*・序
織素　*20*・序
殖物　*671*・96
汝孤光　*513*・72
汝最奢　*304*・41
汝如何　*291*・39
汝有　*402*・54
助潤　*330*・44
処々　*24*・序, *63*・6
書信　*264*・35
始来　*649*・93
嗤来　*606*・86
人意　*211*・27
人家　*493*・69, *809*・118
人寰　*600*・85
人口　*13*・序
人情　*811*・119
人聴　*134*・16
心灰　*744*・107
心緒　*20*・序
心如夢　*679*・97
心尚冷　*160*・20
心中　*758*・109
心田　*704*・101
心不休　*807*・118
新作　*19*・序
新服　*507*・71
深春　*165*・21
深緑　*35*・1
尋到　*513*・72
尋来　*419*・57
尽美　*25*・序
蕊　*460*・64
蕊尚貧　*581*・82
誰敢滅　*698*・100
誰言　*337*・45
誰識　*526*・74, *775*・112
誰知　*425*・58
誰道　*102*・12
誰人訕　*488*・68
随見　*7*・序
垂枝　*366*・49
垂暮　*473*・66
吹傷　*395*・53
蕤賓　*188*・24
水面穀　*33*・1
翠嶺　*466*・65
数音　*406*・55
数花新　*580*・82
数種　*123*・15
数処　*321*・43, *418*・57
数冬　*600*・85
数年　*703*・101
数疋紈　*606*・86
数鳴時　*230*・30
須勝　*763*・110
須臾艶　*580*・82
寸府　*744*・107
盛夏　*218*・28
生涯　*812*・119
倩見　*18*・序, *79*・9
成沍　*664*・95
成行　*118*・14
成波　*723*・104
成霊　*237*・31
晴後　*625*・89
晴後聳　*607*・86
清光　*182*・23
清晨　*588*・83
清々　*625*・89
清談　*272*・36
霽後　*479*・67, *617*・88, *679*・97
斉后　*175*・22
生死　*763*・110
西施　*53*・4
西巘　*284*・38
静室　*804*・117
青春　*7*・序
青女　*636*・91
青松　*611*・87
生前　*437*・60
星霜　*599*・85
栖来　*219*・28
石硯　*413*・56
惜矣　*96*・11
惜殺　*580*・82
惜来　*393*・53
昔事　*759*・109
昔時　*764*・110
昔心　*750*・108
寂々　*417*・57
寂然　*803*・117
寂寞　*159*・20
積恋　*737*・106
世上　*554*・78
雪後　*630*・90
雪霜　*655*・94
雪猶存　*617*・88
雪中　*669*・96
雪封枝　*683*・98
舌尚多　*245*・32
絶跡　*642*・92
絶不香　*797*・116
絶来　*750*・108
絶域　*88*・10
絶期　*730*・105
千匂　*47*・3
千家　*382*・51
千顆　*586*・83
千群　*184*・23
千行　*499*・70
千緒　*280*・37
千端　*109*・13
千度染　*461*・64
千般　*265*・35, *342*・46
千片霞　*80*・9
千里　*732*・105, *808*・118
染翰　*7*・序
染功　*472*・66
染葉時　*649*・93
剪錦　*20*・序
然而　*11*・序
撰集　*13*・序
扇処　*327*・44
浅深　*44*・3
蟬人　*254*・34
蟬声　*174*・22
前世　*25*・序
先生　*22*・序
戔々　*411*・56
喘息　*258*・34
禅門　*271*・36
専夜　*374*・50

叢芽　*456*・63
叢間　*448*・62
贈花　*196*・25
造化功　*313*・42
相干　*547*・77
相看　*793*・115
相去　*731*・105
相待　*739*・106
相同　*255*・34, *431*・59
相別　*769*・111, *797*・116
相逢　*643*・92, *716*・103
相憐処　*272*・36
窓間　*243*・32
爽候　*371*・50, *393*・53, *814*・119
草稿　*8*・序
草奢　*461*・64
草木　*472*・66
草緑　*650*・93
草露　*291*・39
贈札　*196*・25
争使　*395*・53
双袖　*442*・61
綜緝　*13*・序
早春　*75*・8
早旦　*786*・114
早梅　*95*・11
操如　*306*・41
蒼々　*656*・94
想像　*82*・9, *468*・65
走筆　*204*・26
双眸　*443*・61
桑葉　*656*・94
側耳　*243*・32
素色　*588*・83
素蕊　*688*・99
素雪　*677*・97
樽酒　*638*・91

【た】

待価　*14*・序
対翫　*448*・62
帯雪枝　*165*・21
体貌零　*770*・111
多感　*154*・19
多疑　*293*・39
多年　*436*・60
奪眼　*684*・98
綻　*103*・12
単衣　*506*・71
丹穴　*113*・13
暖日中　*34*・1
嘆殺　*573*・81
歎息　*717*・103
弾来　*280*・37
絺衣　*175*・22
知己　*271*・36
竹与糸　*177*・22
竹叢　*569*・80
池水　*623*・89
遅々　*34*・1
遅明　*203*・26
中夏　*291*・39
中心　*775*・112
虫機　*372*・50
偸看　*479*・67
偸見　*152*・19
偸攀　*40*・2
偸聞　*249*・33
駐声過　*243*・32
虫声　*498*・70
疇昔　*797*・116
長休　*752*・108
凋残　*568*・80
朝日　*331*・44
朝々　*520*・73
朝暮　*769*・111
朝陽　*478*・67
調処　*280*・37
長宵　*336*・45
聴得　*341*・46
帳裏　*437*・60
貯水　*560*・79
蜘綸乱　*752*・108
陳　*802*・117
趁　*69*・7, *70*・7【補注】
趁看処　*474*・66
趁到　*638*・91
砧響聒　*382*・51
沈吟　*426*・58, *787*・114
沈々　*407*・55
鎮作　*24*・序
鎮待　*444*・61
珍重　*212*・27
追名　*513*・72
通宵　*500*・70
定意　*352*・47
鄭衛之音　*5*・序
鄭生　*389*・52
締懸　*493*・69
定処　*250*・33
泥雪　*642*・92
庭前　*357*・48
庭壇　*520*・73
丁寧　*337*・45, *402*・54
適情　*52*・4
適逢　*271*・36
輟手　*468*・65
天気　*32*・1
天隅　*80*・9
天津　*678*・97
天容　*479*・67
擣衣　*381*・51
冬園　*671*・96
冬閨　*664*・95
冬至　*561*・79
冬日　*610*・87
冬天　*585*・83
冬峰　*605*・86
冬来　*592*・84
濤音　*431*・59
刀火　*299*・40, *743*・107
櫂歌処　*432*・59
蕩客　*710*・102, *713*・102【補注】
蕩子　*308*・41
桃源　*82*・9
藤袴　*493*・69
慟哭　*498*・70
当今　*15*・序
陶氏荘　*639*・91
鬧声　*249*・33
踏霜　*643*・92
登峰　*412*・56
凍来　*624*・89
得所　*512*・72
得風鳴　*379*・51
得名　*236*・31
独臥　*436*・60, *791*・115
独居　*703*・101, *757*・109
独坐　*539*・76, *746*・107
独出　*600*・85
独寝　*758*・109
斗筲　*783*・113
妬声　*210*・27
都絶　*725*・104
戸牖　*443*・61
呑心　*697*・100
敦々　*620*・88

貪来　540・76
貪露　255・34

【な】

奈何　656・94
難入難悟　10・序
難暮　224・29
難留　803・117
二星　527・74
入耳悲　174・22
入手　344・46
入律声　381・51
忍　705・101, 782・113
任氏嬢　402・52
任汝躬　313・42
寧応耐　782・113
寧有耐　803・117
燃　133・16
燃来　698・100
年月暮　264・35
年光　134・16
年前　152・19
年々　237・31
年来　736・106
念愁　298・40
念匹　745・107
曩時　442・61
農夫　534・75

【は】

簸　46・3
佩響　730・105
梅花　40・2, 575・81
梅風　64・6
梅柳　75・8
媒介　64・6
白雲　607・86, 618・88
白花　388・52
白鶴　690・99
白玉　678・97
白雪　598・85
白兎　183・23
白露　327・44, 357・48
柏将松　765・110
伯牙　467・65
八音　280・37
八十翁　598・85
馬蹄　438・60, 709・102,
780・113
半～　半～　363・49
播　365・49
泛灔　124・15
繁花　350・47
潘岳　53・4
攀翫　96・11
攀折　323・43
斑々　130・16, 393・53, 631・90,
688・99
班々　130・16
斑々声　425・58, 427・58【補注】
否　553・78
飛去飛来　250・33
飛文　7・序
微禽　401・54
非時　574・81
非詩非賦　10・序
非未嘗　4・序
被似単　567・80
筆墨　10・序
百花　58・5
百花貧　159・20
百感　125・15
百般　191・24, 323・43
百憂成　500・70
表肝　697・100
氷鏡　592・84
屏障　82・9
飄々　405・55
飄颻　285・38
麋鹿　418・57
繽紛　328・44, 485・68
嚬臨　593・84
夫　3・序
富　76・8
婦意睽　436・60
婦功成　383・51
風景　147・18, 487・68
風景好　624・89
風月奇　153・19
風光　76・8
風前　140・17
風前艶　507・71
浮華　304・41
不稀　732・105
不憖　20・序
不再来　97・11
不幸　438・60
不須　751・108, 812・119
不屑　4・序, 657・94
不平　499・70
不変何　242・32
不芼　87・10
服者　237・31
撫瑟　787・114
応布地　359・48
物皆奇　327・44
物色　35・1, 474・66
文字昭　118・14
文章　204・26
聞説　7・序
粉黛　190・24
粉婦　631・90
芬馥　123・15
紛々　411・56, 677・97, 776・112
芬々　218・28
芬芳　141・17, 539・76, 637・91
平均　802・117
平生　724・104
麛子　460・64
壁下鳴　335・45
壁蛬　321・43
碧空　430・59
蔑寒　643・92
別叢　448・62
変改　551・78
卞氏　358・48
卞和泣処　776・112
鶣鵲　237・31
変色　569・80
片々　45・3, 109・13,
翩翻　691・99
鳳羽儀　508・71
萌芽　669・96
望壑　412・56
望君　665・95
望処　679・97
放眼　160・20
忘却　751・108
抱膝　500・70
蓬草乱　443・61
飽足　425・58
傍籬栽　95・11
房櫳　311・42
暮芳　59・5
鋪来　586・83
凡眼　14・序
本自　89・10, 89・10【補注】

【ま】

毎日　*793*・115
毎秋　*444*・61
毎春　*125*・15
毎宵　*786*・114
毎朝　*562*・79
毎逢　*236*・31
満園　*81*・9
満苑時　*683*・98
満洲中　*217*・28
万区　*351*・47
万機余暇　*15*・序
万恨苦　*312*・42
万事　*697*・100
万緒申　*717*・103
万朶　*81*・9
万朶連　*613*・87
万端　*280*・37, *630*・90
万葉集　*3*・序
味尚平　*238*・31
未辨　*110*・13
無限　*95*・11, *763*・110
無私　*356*・48
無栖　*304*・41
無端　*696*・100
無智者　*11*・序
夢魂　*732*・105
鳴音　*418*・57
鳴雁　*424*・58
鳴禽　*310*・42
鳴時　*461*・64
鳴蟬　*290*・39
鳴虫　*424*・58
名花　*110*・13
名山　*485*・68
明月　*356*・48
迷情切　*196*・25
迷他　*308*・41
嚬　*746*・107
綿々　*68*・7
孟冬　*647*・93
濛々　*33*・1
目見　*68*・7
苜蓿　*69*・7
木葉　*518*・73
門庭　*266*・35
問道　*402*・54

【や】

野外　*45*・3, *387*・52
野山　*411*・56
野室　*631*・90
野樹　*393*・53
野宿　*350*・47
野庭　*512*・72
夜叫　*211*・27
夜月　*181*・23, *329*・44
夜短　*202*・26
夜半　*706*・101
夜不眠　*195*・25
夜々　*191*・24
有意者　*11*・序
有花　*512*・72
有事　*16*・序
有余　*807*・118
有量　*105*・12
遊宴処　*419*・57
遊客　*24*・序 , *52*・4, *155*・19
遊遨　*638*・91
遊時　*294*・39
遊人　*82*・9, *95*・11, *97*・11【補注】, *386*・52, *642*・92
遊仙　*494*・69
遊虫　*197*・25
遊覧　*505*・71
幽感　*547*・77
幽閑　*478*・67
幽山　*642*・92
幽人　*230*・30
幽亭　*87*・10
邕子瑟　*407*・55
聴取　*231*・30
優遊　*256*・34
悠々　*433*・59
容顔　*704*・101
養躬　*256*・34
葉錦　*411*・56
葉先紅　*473*・66
瑤池　*560*・79
揺動　*388*・52
要妙　*13*・序
杳冥　*479*・67
杳冥霄　*284*・38
遙々　*117*・14
雝々　*399*・54
邕郎　*277*・37
余興　*17*・序
余響　*520*・73

【ら】

来意　*402*・54
来添　*330*・44
落蕊新　*677*・97
落葉　*365*・49, *814*・119
落涙　*498*・70, *723*・104
羅敷　*352*・47
乱璣　*358*・48
乱響　*405*・55
乱玉飛　*328*・44
乱糸牽　*367*・49
蘭光　*393*・53
懶晨興　*202*・26
履声　*730*・105
立春　*52*・4
離別悲　*812*・119
離憂　*300*・40
離々　*532*・75
流　*3*・序
流音　*321*・43
流看　*649*・93
流処　*724*・104
流聞　*407*・55
流涙　*786*・114
留香　*103*・12
留術　*59*・5
柳絮　*575*・81
瑠璃　*587*・83
両岸　*82*・9
両興　*425*・58
両事悲　*371*・50
両袖　*664*・95
両眉低　*189*・24
両眉嚬　*804*・117
良久留　*147*・18
良辰　*105*・12
梁塵　*24*・序
涼風　*395*・53, *454*・63
撩乱　*286*・38
緑色　*44*・3
緑醽　*547*・77
臨　*786*・114
林樹裏　*257*・34
林亭　*53*・4
林頭　*104*・12, *576*・81
綸綍　*13*・序

涙此河　*709*・102
涙作泉　*706*・101
涙作淵　*662*・95
涙数行　*344*・46
涙未晞　*527*・74
累々　*69*・7
例　*743*・107
齢還幼　*237*・31
零処　*141*・17
零堆　*519*・73
零落　*656*・94
零々　*417*・57, *758*・109
嶺上　*124*・15
嶺上屯　*618*・88
嶺辺　*611*・87
伶倫　*176*・22
冷々　*623*・89
唳々　*430*・59
玲瓏　*448*・62
恋思　*17*・序
恋緒　*729*・105
恋緒纏　*775*・112
恋情　*763*・110
恋慕　*709*・102
廉正　*359*・48
憐翫　*231*・30
憐聞処　*244*・32
連綿　*730*・105
連夜　*732*・105
連々　*195*・25
朗詠　*373*・50
老来　*594*・84
露往霜来　*567*・80
蘆花　*379*・51
蘆芒　*388*・52
櫓響　*431*・59
鹿鳴　*322*・43

【わ】

倭歌　*23*・序
或南或北　*250*・33
和処　*466*・65